btb

HONORÉ DE BALZAC

Die Menschliche Komödie

XI

HONORÉ DE BALZAC

Die Menschliche Komödie

Gesamtausgabe in zwölf Bänden mit Anmerkungen und biographischen Notizen über die Romangestalten

Herausgegeben und eingeleitet von Ernst Sander

HONORÉ DE BALZAC

Das Chagrinleder

u. a.

btb

Diese Ausgabe folgt der von Balzac bestimmten Anordnung der ›Comédie humaine‹

Eine Übersicht über die Gesamtausgabe befindet sich am Ende dieses Bandes.
Je ein Register nach den deutschen und französischen Titeln und ein Verzeichnis aller in der ›Menschlichen Komödie‹ auftretenden Personen enthält Band XII.

Umwelthinweis:
Alle bedruckten Materialien dieses Buches sind chlorfrei und umweltschonend.

btb Taschenbücher erscheinen im Goldmann Verlag, einem Unternehmen der Verlagsgruppe Bertelsmann.

1. Auflage
Genehmigte Taschenbuchausgabe Dezember 1998

Unveränderter Nachdruck der Goldmann-Gesamtausgabe in zwölf Bänden
Umschlaggestaltung: Design Team München
Umschlagmotiv: William Merritt Chase »A Bit of the Terrace«
KR · Herstellung: Augustin Wiesbeck
Made in Germany
ISBN 3-442-72450-3

INHALT

PHILOSOPHISCHE STUDIEN

Das Chagrinleder

Übertragung von Ernst Sander

Der Roman ›Das Chagrinleder‹ ist das erste Werk, das Balzac mit der Adelspartikel zeichnete, und zugleich dasjenige, das ihm seinen ersten großen Erfolg bei Publikum und Presse eintrug, auch im Ausland. Daß eine der deutschen Übersetzungen den Titel ›Die Elendshaut‹ trägt, sei als Kuriosum vermerkt. Man verstand unter Chagrinleder zu Balzacs Zeit ein starkes, hartes, aus dem Rückenstück der Pferde- und Eselshäute gefertigtes Leder; es wurde vor allem in der Türkei, in Persien und im südlichen Rußland hergestellt. Heute gilt die Bezeichnung für ein weiches Ziegenleder mit eingepreßten Narben, das in der Hauptsache für Bucheinbände benutzt wird.

Vor der Buchausgabe waren mehrere Fragmente in Zeitschriften erschienen, zum Teil mit Anmerkungen versehen. Den Verlagsvertrag über ›Das Chagrinleder‹ schloß Balzac am 17. Januar 1831; er lieferte das Manuskript verspätet ab, das Lesen und Verbessern der Korrekturen beanspruchte geraume Zeit, und so gelangte der Roman erst am 1. August 1831 in den Handel. Die erwähnten Vorabdrucke dienten der Reklame; überdies hat Balzac verschiedentlich aus dem Manuskript in der Gesellschaft vorgelesen, mehrmals bei Madame Récamier. Unter dem Pseudonym Graf Alexandre de B . . . hat er sogar am 31. August 1831 einen lobenden Artikel über sich selber in ›La Caricature‹ veröffentlicht, was ein damals häufig geübter Brauch war, der sogar heute noch unter Literaten im Schwange ist.

Die 750 Exemplare umfassende Erstauflage war innerhalb weniger Tage vergriffen; schon im September erschien der Roman, zusammen mit zwölf Erzählungen, in einer zweiten, 1200 Seiten umfassenden Auflage in drei Bänden, betitelt ›Romans et contes philosophiques‹. Die Einleitung hatte Philarète Chasles geschrieben, und abermals setzte Balzac selber sich durch mehrere lobende Artikel für sein Werk ein. Die dritte Auflage, als vierte bezeichnet, da die zweite in zwei gleichzeitig gedruckten Schüben in den Handel gelangt war, erschien 1833, die vierte 1835; diese Auflage enthält zum erstenmal den Ort und das Datum der Vollendung: ›La Bouleaunière, April 1831.‹ Die fünfte Auflage von 1838 enthielt Illustrationen; die siebente endlich ging als erster Band der ›Philosophischen Studien‹ in die ›Menschliche Komödie‹ ein, mit der Widmung an M. Savary.

Jener Félix Savary (1797–1841), Lehrer an der École Polytechnique, Mitglied der Akademie der Wissenschaften, hat Balzac bei seinem Werk höchstwahrscheinlich beraten. Der große Balzac-Forscher und Sammler Vicomte de Lovenjoul hat irrigerweise gemeint, der Widmungsempfänger (dessen Vornamen Balzac nicht angab) sei Henri-Joseph de Savary, der Schwiegervater von M. de Margonne, dem Schloßherrn von Saché.

Goethe äußerte sich am 27. Februar 1832, also etwa drei Wochen vor seinem Tode, über ›Das Chagrinleder‹, wie Soret berichtet:

»... Nous avons passé à d'autres sujets aux romans français modernes, en particulier ceux de Balzac. Goethe dit de Peau de Chagrin qu'on peut attaquer chaque détail, trouver à chaque page des péchés de facture, des extravagances, en un mot, qu'ils s'y trouve plus d'imperfections qu'il n'en faudrait pour abîmer un bon livre et que cependant il est impossible d'y méconnaître l'œuvre d'un talent plus qu'ordinaire et de le lire sans intéret.« (»... Dann sind wir auf andere Dinge zu sprechen gekommen, auf moderne französische Romane, und zumal diejenigen Balzacs. Goethe sagte von ›Das Chagrinleder‹, daß man gegen jede Einzelheit etwas einwenden, auf jeder Seite Verstöße gegen die Komposition und Extravaganzen finden könne; mit einem Wort, daß sich darin mehr als genug Unvollkommenheiten fänden, deren es bedürfe, um ein gutes Buch zu verderben, und daß es dennoch unmöglich sei, darin nicht das Werk eines mehr als durchschnittlichen Talents zu erkennen und es ohne Interesse zu lesen.«)

Sterne, ›Tristram Shandy‹, Kap. CCCXXII[1]

Der Talisman

Gegen Ende des vergangenen Oktober betrat zu der Stunde, da die Spielsäle ihre Pforten entsprechend dem Gesetz zu öffnen pflegen, das diese steuerpflichtige Leidenschaft beschirmt, ein junger Mann das Palais-Royal[2]. Ohne allzu lange zu zögern, stieg er die Treppe zum Spielsaal Nr. 36 hinauf.

»Monsieur, bitte Ihren Hut!« rief ihm mit trockener, griesgrämiger Stimme ein kleiner, leichenblasser alter Mann zu, der hinter einer Holzschranke im Dunkeln gekauert hatte, jetzt unerwartet aufstand und ein vulgäres Gesicht zeigte.

Wenn man ein Spielhaus betritt, so wird man durch das Gesetz zunächst seines Hutes beraubt. Ist das ein dem Evangelium entnommenes und von der Vorsehung geschaffenes Gleichnis? Ist es nicht vielmehr eine Art, einen teuflischen Vertrag mit uns dadurch zu schließen, daß man uns irgendein Pfand abfordert? Geschieht es vielleicht, um uns zu nötigen, eine respektvolle Haltung vor denjenigen zu bewahren, die uns unser Geld abgewinnen werden? Oder legt etwa die Polizei, die ja in allen gesellschaftlichen Kloaken hockt, Wert darauf, den Namen unseres Huthändlers und den unsrigen zu erfahren, wenn wir ihn ins Hutfutter geschrieben haben? Geschieht es schließlich und endlich, um das Maß unseres Schädels zu nehmen und eine instruktive Statistik über den Gehirnumfang aufzustellen? Die öffentliche Verwaltung bewahrt über diesen Punkt tiefes Schweigen. Aber man merke sich: Kaum hat man einen Schritt in Richtung auf den grünen Tisch getan, so gehört uns unser Hut so wenig mehr, wie man sich selbst gehört; wir sind dem Spiel verfallen, wir selber, unser Vermögen, unser Hut, unser Spazierstock und unser Mantel. Beim Hinausgehen wird uns das »Spiel« durch ein bissiges, handelnd sich bekundendes Epigramm zeigen, daß es uns etwas läßt, indem es uns unsern Hut und Stock zurückgibt. Hat man indessen einen neuen Hut, so wird man zu seinem Schaden erfahren, daß man sich ein Spielerkostüm anschaffen muß.

Das Erstaunen, das der junge Mann bezeigte, als er im Austausch gegen seinen Hut, dessen Ränder zum Glück schon leicht abgegriffen waren, einen numerierten Zettel erhielt, ließ zur Genüge auf eine noch unschuldige Seele schließen; daher warf ihm der kleine Alte, der sicherlich von früher Jugend an durch die hitzigen Freuden des Spielerlebens abgebrüht war, einen stumpfen, der Wärme baren Blick zu, in dem ein Philosoph die Elendstage in Spitälern, das Vagabundenleben der zugrunde Gerichteten, die Protokolle einer Unzahl von Selbstmorden durch Kohlenoxyd, lebenslängliches Zuchthaus und Verbannungen an den Guazacoalco[3] gelesen hätte. Dieser Mann, dessen längliches, weißes Gesicht nur noch durch Darcets[4] Gallertsuppen genährt zu werden schien, stellte das bleiche Bild der auf ihren einfachsten Ausdruck reduzierten Leidenschaft dar. In seinen Runzeln waren die Spuren alter Martern zurückgeblieben; er mußte seine mageren Einkünfte an dem Tag verspielen, da er sie empfing. Gleich den Schindmähren, denen die Peitschenhiebe nichts mehr ausmachen, ließ ihn nichts mehr zusammenzucken; das dumpfe Stöhnen der Spieler, die das Gebäude ruiniert verließen, ihre stummen Flüche, ihre verstörten Blicke fanden ihn stets unempfänglich. Er war das Fleisch gewordene »Spiel«. Hätte der junge Mann diesen traurigen Cerberus angeschaut, so würde er sich vielleicht gesagt haben: »In diesem Herzen gibt es nur noch ein Kartenspiel!« Der Unbekannte hörte nicht auf diesen lebendigen Ratschlag, der sicherlich von der Vorsehung dort hingesetzt worden war, wie sie den Ekel an die Tür aller verrufenen Häuser gesetzt hat. Entschlossen betrat er den Saal, wo der Klang des Goldes eine verblendende Bezauberung auf begehrliche Sinne ausübt. Wahrscheinlich war dieser junge Mann von dem logischsten aller beredten Sätze J.-J. Rousseaus dorthin getrieben worden, dessen, wie ich glaube, trauriger Gedanke hier folgen möge: »Ja, ich begreife, daß ein Mann zum Spieltisch geht, aber nur dann, wenn ihm zwischen sich selbst und dem Tod nur noch sein letzter Taler bleibt.«

Am Abend haben die Spielhäuser nur eine vulgäre Poesie, aber deren Wirkung ist ebenso sicher wie die eines blutrünstigen Dramas. Die Säle sind voll von Zuschauern und Spielern, von bedürftigen alten Männern, die sich dort hinschleppen, um sich zu wärmen, von erregten Gesichtern, von Orgien, die im Wein begonnen haben und denen es bestimmt ist, in der Seine zu enden. Zwar quillt die Leidenschaft dort über; allein die allzu große Schar von Mitspielenden hindert einen daran, den bösen Geist des Spiels von Angesicht zu Angesicht zu erblicken. Der Abend stellt ein richtiges Ensemblestück dar, bei dem die ganze Truppe schreit, bei dem jedes Orchesterinstrument seinen Part moduliert. Man kann dort viele anständige Menschen erblicken, die herkommen, um Ablenkung zu suchen und die sie bezahlen, wie sie die Freude eines Theaterbesuchs bezahlen würden, oder die Freuden der Tafel, oder wie sie in eine Mansarde hinaufsteigen würden, um gegen geringes Entgelt drei Monate lang währende ätzende Reue zu erkaufen. Aber ob man wohl alles versteht, was an Wahnvorstellungen und Kräften in der Seele eines Mannes vorhanden sein muß, der voller Ungeduld die Öffnung eines Spielkasinos erwartet? Zwischen dem Morgenspieler und dem Abendspieler klafft der gleiche Unterschied wie zwischen dem gleichgültigen Ehemann und dem Liebhaber, der, vor Leidenschaft außer sich, unter den Fenstern der Schönen steht. Einzig am Morgen nahen sich die zuckende Leidenschaft und die Notwendigkeit in ihrer ungeschminkten Grausigkeit. Zu dieser Stunde kann man den wahren Spieler bewundern, einen Spieler, der nicht gegessen, geschlafen, gelebt, gedacht hat, so gröblich ist er von der Peitsche seiner Sucht, immer wieder den Einsatz zu verdoppeln, gegeißelt worden; so sehr hat er unter dem krankhaften Drang nach einer Partie Trente-et-quarante gelitten. Zu dieser verfluchten Stunde vermag man Augen zu sehen, deren Ruhe erschreckt, Gesichter, die einen bannen, Blicke, die die Karten aufdecken und sie verschlingen. Daher sind die Spielkasinos nur um die Stunde erhaben, da sie ihre Pforten auftun. Wenn Spanien seine Stierkämpfe, Rom seine Gladiatoren gehabt hat, dann ist Paris stolz auf sein Palais-Royal, dessen aufreizende Roulettetische einem die Lust verschaffen, das Blut in Strömen fließen zu sehen, ohne daß die Füße des Parterres sich der Gefahr aussetzen, darin auszurutschen. Will man versuchen, einen flüchtigen Blick auf diese Arena zu werfen und einzutreten . . .? Welch eine Kahlheit! Die Wände sind bis zu Manneshöhe von einer fettigen Tapete bedeckt und bieten kein einziges Bild dar, das die Seele erquicken könnte. Es findet sich nicht einmal ein Nagel darin, um den Selbstmord zu erleichtern. Das Parkett ist abgetreten und unsauber. Ein länglicher Tisch nimmt die Mitte des Raums ein. Die Einfachheit der Strohstühle, die eng gedrängt um den mit grünem Tuch, das das Gold abgenutzt hat, bespannten Tisch herumstehen, kündet von einer seltsamen Gleichgültigkeit gegenüber dem Luxus bei diesen Männern, die doch herkommen, um sich um des Geldes und des Luxus willen zugrunde zu richten. Dieser menschliche Widerspruch wird überall dort offenbar, wo die Seele schrankenlos auf sich selber reagiert. Der Verliebte möchte seine Geliebte in Seide betten und sie danach in ein weiches orientalisches Gewebe hüllen, und dabei besitzt er sie die meiste Zeit auf einer schäbigen Lagerstatt. Der Ehrgeizling träumt sich auf den Gipfel der Macht, und dabei erniedrigt er sich zum Schmutz der Unterwürfigkeit. Der Kaufmann vegetiert hinten in einem feuchten, ungesunden Laden und erbaut ein geräumiges Haus, aus dem sein Sohn, der frühzeitige Erbe, durch eine brüderliche Zwangsversteigerung vertrieben wird. Mit einem Wort, gibt es etwas Unangenehmeres als ein Freudenhaus? Absonderliches Problem! Der Mensch, der stets im Widerspruch mit sich selbst steht, der seine Hoffnungen durch seine augenblicklichen Leiden betrügt und seine Leiden durch eine Zukunft, die ihm nicht gehört, prägt allen seinen Handlungen den Charakter der Inkonsequenz und der Schwäche auf. Hienieden ist nichts vollkommen als das Unglück.

Als der junge Mann den Spielsaal betrat, befanden sich bereits einige Spieler darin. Drei alte, kahlköpfige Männer saßen lässig um den grünen Tisch herum; ihre kalkigen Gesichter waren unbeweglich wie die von Diplomaten und enthüllten abgestumpfte Seelen und Herzen, die seit langem das Beben verlernt hatten, auch wenn sie das Privateigentum einer Frau aufs Spiel setzten. Ein junger, schwarzhaariger Italiener mit olivenfarbenem Teint stützte ruhig am Tischende die Ellbogen auf und schien auf die heimlichen Ahnungen zu lauschen, die einem Spieler schicksalhaft zurufen: »Ja!« – »Nein!« Dieser Südländerkopf atmete Gold und Feuer. Sieben oder acht Schaulustige standen so da, daß sie ein Publikum bildeten, und warteten der Szenen, die die Schläge des Schicksals, die Gesichter der Handelnden, das Hinundher des Geldes und der Rechen ihnen vorbereiteten. Diese Nichtstuer standen so stumm, reglos und aufmerksam da, wie es das Volk auf dem Grève-Platz[5] ist, wenn der Henker einen Kopf abschlägt. Ein großer, dürrer Herr in abgeschabtem Frack hielt in der einen Hand ein Verzeichnis und in der andern eine Nadel, mit der er das Erscheinen von Rot oder Schwarz markierte. Es war einer jener modernen Tantalusse, die am Rand aller Genüsse ihres Jahrhunderts leben, einer der Geizhälse ohne Schatz, die mit einem nur in der Phantasie vorhandenen Einsatz spielen, eine Art vernünftiger Narr, der sich dadurch über sein Elend hinwegtröstete, daß er eine Chimäre liebkoste, der sich gegenüber dem Laster und der Gefahr verhielt wie die jungen Priester gegenüber der Eucharistie, wenn sie zur Probe die Messe lesen. Auf der anderen Seite des Tisches hielten sich einige gerissene Spekulanten auf, Experten der Möglichkeiten des Spiels; gleich ehemaligen Sträflingen, die keine Angst mehr vor der Galeere haben, waren sie hergekommen, um drei Einsätze zu wagen und den wahrscheinlichen Gewinn, von dem sie lebten, sogleich heimzutragen. Zwei alte Saaldiener gingen lässig mit gekreuzten Armen auf und ab, und von Zeit zu Zeit schauten sie durch die Fenster hinab in den Garten, wie wenn sie den Vorübergehenden ihre platten Gesichter als Aushängeschild zeigen wollten. Der Croupier und der Bankhalter hatten den Spielenden gerade jenen fahlen Blick zugeworfen, der sie tötet, und mit heller, dünner Stimme gesagt: »Ihren Einsatz, bitte!«, als der junge Mann die Tür öffnete. Die Stille wurde noch tiefer, und neugierig wandten sich die Köpfe dem Ankömmling zu. Es geschah etwas Unerhörtes! Die abgestumpften Greise, die versteinerten Angestellten, die Zuschauer und sogar der fanatische Italiener, alle empfanden den Anblick des Unbekannten als etwas Furchterregendes. Muß man nicht sehr unglücklich sein, um Mitleid zu erlangen, sehr schwach, um Sympathie zu erregen, oder sehr unheimlich aussehen, um in diesem Spielsaal, wo die Schmerzen stumm sein müssen, wo das Elend heiter ist und die Verzweiflung dezent, die Seelen erschauern zu lassen? Nun, es war von allem dem etwas in dem neuen Eindruck, der diese vereisten Herzen bewegte, als der junge Mann eintrat. Aber haben nicht sogar die Henker über die Jungfrauen geweint, deren blonde Köpfe auf Weisung der Revolution fallen mußten?

Auf den ersten Blick lasen die Spieler auf dem Anlitz des Neulings irgendein grausiges Geheimnis; seine jungen Züge waren von einer unklaren, nebelhaften Anmut geprägt; sein Blick zeugte von vereitelten Mühen und tausend getäuschten Hoffnungen. Der düstere Gleichmut des Selbstmords lieh dieser Stirn eine matte, krankhafte Blässe, ein bitteres Lächeln zeichnete in seine Mundwinkel leichte Falten, und das Gesamt seines Gesichts drückte eine Schicksalsergebenheit aus, deren Anblick weh tat. Etwas wie geheimes Genie flackerte in der Tiefe seiner Augen, die vielleicht durch die Erschöpfung nach der Liebeslust verschleiert waren. Hatte die Ausschweifung ihr schmutziges Siegel auf dieses edle, ehedem reine und glühende, jetzt entwürdigte Antlitz gedrückt? Die Ärzte würden sicherlich die gelben Ringe, die die

Lider umgaben, und die Röte, die die Wangen brandmarkte, einem Lungenleiden oder einem Herzfehler zugeschrieben haben, während die Dichter darin nur zu gern die Merkmale der Verheerung durch die Wissenschaft erblickt hätten, die Spuren beim Schein der Studierlampe verbrachter Nächte. Dabei hatte eine Leidenschaft, die unbarmherziger als Wissensbegier und Studium ist, diesen jungen Kopf gewandelt, diese lebenskräftigen Muskeln verkrampft und dieses Herz zusammengepreßt, das die Orgien, das Studium und die Krankheit nur leicht gestreift hatten. Wie wenn ein berühmter Verbrecher im Zuchthaus anlangt und die Verurteilten ihn respektvoll empfangen, so neigten alle diese menschlichen Dämonen, die Fachleute in Folterqualen waren, sich vor einem unerhörten Schmerz, einer tiefen Wunde, die ihr Blick ergründete, und erkannten einen ihrer Fürsten an der Majestät seiner stummen Ironie, an der eleganten Dürftigkeit seiner Kleidung. Der junge Mann trug zwar einen Frack von gutem Schnitt, aber seine Weste und seine Halsbinde waren allzu klüglich übereinander gefaltet, als daß man hätte meinen können, er trage Leibwäsche. Seine Hände, hübsch wie die von Frauen, waren von zweifelhafter Sauberkeit; schließlich hatte er seit zwei Tagen keine Handschuhe mehr angehabt! Wenn der Bankhalter und sogar die Saaldiener erschauerten, so geschah das, weil über der zierlichen, feingliedrigen Gestalt, in dem natürlich gelockten, blonden und dünnen Haar noch in Spuren der Zauber der Unschuld lag. Dieses Gesicht war erst das eines Fünfundzwanzigjährigen, und das Laster schien darauf nur etwas Zufälliges und Vorübergehendes zu sein. Das unreife Leben der Jugend kämpfte noch darin mit den Verheerungen einer ohnmächtigen Lüsternheit. Finsternis und Licht, das Nichts und das Dasein bekämpften darin einander und erzeugten gleichzeitig Anmut und etwas Schauerliches. Der junge Mann wirkte wie ein Engel ohne Strahlenglanz, der sich auf seinem Weg verirrt hatte. Daher waren alle diese im Ruhestand befindlichen Lehrer des Lasters und der Gemeinheit – wie eine alte, zahnlose Frau beim Anblick eines schönen Mädchens, das sich der Verderbnis darbietet, vom Mitleid gepackt wird – nahe daran, dem Neuling zuzurufen: »Machen Sie, daß Sie von hier wegkommen!« Doch jener ging stracks auf den Tisch zu, blieb daran stehen, warf ohne

Überlegung ein Goldstück, das er in der Hand gehalten hatte, auf das grüne Tuch, wo es auf Schwarz rollte; dann warf er, wie starke Seelen tun, die ärgerliche Ungewißheiten verabscheuen, dem Bankhalter einen Blick zu, der zugleich erregt und ruhig war. Das Interesse an diesem Wurf war so groß, daß die alten Männer nichts setzten; den Italiener jedoch überkam mit dem Fanatismus der Leidenschaft ein Einfall, der ihn lächeln machte, und er setzte all sein Gold gegen das Spiel des Unbekannten. Der Bankhalter hatte vergessen, jene Worte zu sagen, die sich im Lauf der Zeit in den rauhen, kaum verständlichen Ruf: »Ihren Einsatz, bitte! Der Einsatz steht! Nichts geht mehr!« verwandelt haben. Er breitete die Karten aus und schien dem zuletzt Gekommenen Glück zu wünschen; er war gleichgültig gegen Verlust oder Gewinn der Eigentümer des Spielhauses. Jeder einzelne der Zuschauer wollte in dem Schicksal jenes Goldstücks ein Drama und die letzte Szene eines edlen Lebens mitansehen; ihre Augen, die sich an die weissagenden Karten hefteten, funkelten; aber trotz der Aufmerksamkeit, mit der sie abwechselnd den jungen Mann und die Karten anschauten, konnten sie auf seinem kalten, resignierten Gesicht kein Symptom der Erregung wahrnehmen. – »Rot, gerade darüber«, sagte der Bankhalter geschäftsmäßig. Eine Art dumpfen Röchelns entrang sich der Brust des Italieners, als er eine nach der andern die zusammengefalteten Banknoten niederfallen sah, die der Bankhalter ihm zuwarf. Was nun aber den jungen Mann betraf, so wurde er sich erst in dem Augenblick über seinen Ruin klar, da der Rechen ausgestreckt wurde, um seinen letzten Napoleon einzuheimsen. Das Elfenbein entlockte der Münze ein trockenes Geräusch; dann vereinigte sie sich pfeilgeschwind mit dem Goldhaufen, der vor der Kasse ausgebreitet lag. Der Unbekannte schloß langsam die Augen; seine Lippen wurden blaß; doch bald schlug er die Lider wieder auf, sein Mund wurde abermals rot; er setzte die Miene eines Engländers auf, für den das Leben keine Mysterien mehr besitzt, und verschwand, ohne durch einen jener herzzerreißenden Blicke um Trost zu betteln, die die in letzter Not befindlichen Spieler oftmals den Zuschauern zuwerfen. Wie viele Geschehnisse drängen sich in dem Zeitraum einer Sekunde zusammen, und wie viele Dinge in einem Würfelfall!

»Das war bestimmt seine letzte Patrone«, sagte lächelnd der Croupier nach einem Augenblick der Stille, während der er jenes Goldstück zwischen Daumen und Zeigefinger genommen hatte, um es den Anwesenden zu zeigen.

»Das ist ein Hirnverbrannter, der sich ins Wasser stürzen wird«, sagte ein Stammgast und ließ den Blick ringsum über die Spieler schweifen, die einander alle kannten.

»Pah!« rief der Saaldiener und nahm eine Prise Schnupftabak.

»Wenn wir nun getan hätten wie der Herr da?« sagte einer der alten Herren zu seinen Kollegen und deutete auf den Italiener.

Alle schauten zu dem glücklichen Spieler hin, dessen Hände zitterten, als er seine Banknoten zählte.

»Ich habe eine Stimme gehört«, sagte er, »die mir ins Ohr rief, das Spiel werde gegen die Verzweiflung jenes jungen Mannes recht behalten.«

»Das ist kein Spieler«, entgegnete der Bankhalter, »denn sonst hätte er sein Geld in drei Teile geteilt, um mehr Chancen zu haben.«

Ohne seinen Hut zu fordern, wollte der junge Mann hinausgehen; aber der alte Wachhund, dem der schlechte Zustand jenes schäbigen Filzes aufgefallen war, hielt ihn ihm hin, ohne dabei ein Wort zu sagen. Mit einer mechanischen Bewegung erstattete der Spieler die Garderobemarke zurück, stieg die Treppen hinab und pfiff dabei *»Di tanti palpiti«*[6] mit so schwachem Atem vor sich hin, daß er die köstliche Melodie kaum selber vernahm.

Bald war er unter die Galerien des Palais-Royal gelangt; er ging bis zur Rue Saint-Honoré, schlug den Weg nach den Tuilerien ein und durchschritt unentschlossenen Ganges den Garten. Er ging wie mitten in einer Wüste; er wurde von Menschen angestoßen, die er nicht sah; er vernahm durch den Volkslärm hindurch nur eine einzige Stimme, die des Todes; kurzum, er war in ein betäubendes Nachgrübeln versunken, gleich demjenigen, das ehedem die Verbrecher überkam, die in einem Karren vom Justizpalast zum Grève-Platz gefahren wurden, jenem Schafott entgegen, das rot von all dem seit 1793 vergossenen Blut ist.

Es ist etwas Großes und Furchtbares um den Selbstmord. Der

Sturz einer großen Zahl von Menschen ist gefahrlos wie der von Kindern, die aus zu geringer Höhe fallen, als daß sie sich verletzen könnten; aber wenn ein großer Mann zerschmettert wird, muß er aus sehr großer Höhe herabfallen, muß er sich bis hinauf in den Himmel erhoben und irgendein unzugängliches Paradies erblickt haben. Unversöhnlich müssen die Orkane sein, die ihn zwingen, Seelenfrieden von der Mündung einer Pistole zu verlangen. Wie viele junge, auf eine Dachstube beschränkte Talente verkümmern und gehen, weil ihnen ein Freund, eine Trost spendende Frau fehlt, unter, und dies inmitten einer Million von Menschenwesen, angesichts einer des Goldes satten, sich langweilenden Menge. Wenn man das bedenkt, dann nimmt der Selbstmord gigantische Proportionen an. Gott allein weiß, wie viele Pläne und Entwürfe, wie viele aufgegebene Dichtungen, Verzweiflungsausbrüche und erstickte Schreie, unnütze Versuche und nicht zur Reife gelangte Meisterwerke zwischen einem Freitod und der fruchtbaren Hoffnung aneinander stoßen, deren Stimme einen jungen Menschen nach Paris gerufen hat. Jeder Selbstmord ist ein erhabenes Gedicht voller Schwermut. Wo findet man im Ozean der Literatur ein oben schwimmendes Buch, das sich an Genie mit folgender Zeitungsnotiz messen könnte: »Gestern um vier Uhr hat sich eine junge Frau vom Pont-des-Arts in die Seine gestürzt.«

Vor diesem Pariser Lakonismus erbleichen die Dramen, die Romane und schlechthin alles, sogar das alte Titelblatt: »Die Klagen des ruhmreichen Königs von Kaërnavan, den seine Söhne ins Gefängnis geworfen haben«, das letzte Überbleibsel eines Buchs, dessen bloße Lektüre jenen Sterne[7] zum Weinen brachte, der selber Frau und Kinder im Stich gelassen hatte.

Der Unbekannte wurde von tausenderlei ähnlichen Gedanken bestürmt; wie Fetzen durchzogen sie sein Inneres, wie zerschossene Fahnen mitten im Schlachtgetümmel flattern. Zwar warf er für einen Augenblick die Bürde seiner Intelligenz und seiner Erinnerungen ab und blieb vor ein paar Blüten stehen, deren Köpfchen durch die Brise in grünem Laubwerk weich gewiegt wurden; aber nur zu bald überkam ihn ein krampfhaftes Zucken des Lebens, das sich nach wie vor unter dem lastenden Gedanken an den Selbstmord widerspenstig bezeigte, und dann hob er die Augen zum Himmel auf; aber dort rieten die grauen Wolken, die mit Traurigkeit geladenen Windstöße und die Schwere der Atmosphäre ihm abermals zu sterben. Er setzte seinen Weg in Richtung auf den Pont Royal fort und gedachte dabei der letzten Phantasien seiner Vorgänger. Er mußte lächeln, als ihm einfiel, daß Lord Castlereagh[8] das bescheidenste unserer Bedürfnisse befriedigt hatte, ehe er sich den Hals abschnitt, und daß das Akademiemitglied Auger[9] seine Tabaksdose geholt hatte, um auf dem Weg in den Tod schnupfen zu können. Er analysierte diese Absonderlichkeiten und befragte sich selber, als er sich gegen das Brückengeländer gelehnt hatte, um einen Markthelfer vorbeigehen zu lassen, der seine Frackärmel leicht weiß machte, wonach er sich dabei ertappte, daß er den Staub sorgfältig abschüttelte. Als er auf dem höchsten Punkt des Brückenbogens angelangt war, starrte er mit finsterer Miene ins Wasser.

»Zu schlechtes Wetter, um ins Wasser zu gehen«, sagte eine alte, in Lumpen gekleidete Frau lachend zu ihm. »Die Seine ist dreckig und kalt.«

Er antwortete mit einem Lächeln voller Naivität, das den Wahnwitz des Mutes bezeugte; aber es durchschauerte ihn jäh, als er in der Ferne, oberhalb der Anlegestelle bei den Tuilerien, die Baracke sah, die von einem Schild überragt wurde, auf dem in fußhohen Buchstaben zu lesen steht: »Erste Hilfe für Kohlenoxyd-Vergiftete.« Monsieur Dacheux[10] erschien ihm, gewappnet mit seiner Philanthropie, wie er munter wurde und die tugendhaften Ruderstangen in Bewegung setzte, die den Ertrunkenen den Schädel einschlagen, wenn sie unseligerweise an die Wasseroberfläche kommen; er sah ihn vor sich, wie er die Neugierigen in Scharen anlockte, einen Arzt anforderte, Räucherungen[11] vornahm; er las die bedauernden Worte der Journalisten, die zwischen den Freuden eines Festmahls und dem Lächeln einer Tänzerin niedergeschrieben worden waren; er hörte die Taler klingen, die vom Präfekten des Seine-Départements irgendwelchen Flußschiffern für seinen Kopf ausgezahlt wurden. War er tot, so betrug sein Wert fünfzig Francs[12]; aber als Lebender war er lediglich ein talentvoller Mann ohne Gönner, ohne Freunde, ohne Strohsack, ohne Rcklametrommel, eine wahre soziale Niete, ohne Nutzen für den Staat, der sich um ihn nicht kümmerte. Ein Toter im vollen Tageslicht dünkte ihn gemein; er beschloß, während der Nacht zu sterben, um eine nicht zu identifizierende Leiche jener Gesellschaft preiszugeben, die kein Verständnis für die Größe seines Lebens gehabt hatte. So setzte er denn seinen Weg fort und wandte sich dem Quai Voltaire zu, wobei er den lässigen Schritt eines Müßiggängers nachahmte, der die Zeit totschlagen will. Als er die Stufen hinabstieg, in die der Fußgängersteig der Brücke an der Ecke des Kais ausläuft, erregten die alten Bücher seine Aufmerksamkeit, die auf dem Geländer aufgestapelt lagen; er war nahe daran, um einige davon zu handeln. Es überkam ihn ein Lächeln; philosophisch steckte er die Hände wieder in die Taschen und nahm abermals seine sorglose Haltung an, die von kalter Verachtung durchdrungen war, als er zu seiner Überraschung tief unten in seiner Tasche auf eine wahrhaft phantastische Weise ein paar Geldstücke klingeln hörte. Ein Lächeln der Hoffnung verklärte sein Gesicht, glitt von seinen Lippen über seine Züge, über seine Stirn und ließ seine düsteren Augen und Wangen vor Freude erschimmern. Dieser Glücksfunke ähnelte der Feuerspur, die über die Überbleibsel eines Stücks Papier eilt, das die Flamme bereits verzehrt hat; allein dem Antlitz wurde das Los der schwarzen Asche zuteil: Es wurde wieder traurig, als der Unbekannte, der hastig die Hand aus der Tasche gezogen hatte, drei dicke Sousstücke erblickte.

»Ach, lieber Herr, *la carità! La carità! Catarina!* Nur einen Sou, damit ich mir Brot kaufen kann!«

Ein junger Schornsteinfeger, dessen gedunsenes Gesicht schwarz, dessen Körper braun vor Ruß, dessen Kleider zerlumpt waren, streckte diesem Mann die Hand entgegen, um ihm seine letzten Sous zu entreißen.

Zwei Schritte von dem kleinen Savoyarden entfernt sagte ein alter verschämter, kränklicher, Schmerzen leidender, schäbig in eine durchlöcherte Gobelinstickerei gehüllter Bettler mit plumper, dumpfer Stimme zu ihm: »Monsieur, geben Sie mir, was Sie wollen, und ich werde für Sie zu Gott beten ...« Doch als der junge Mann den Alten angeblickt hatte, bat dieser um nichts mehr; vielleicht hatte er in diesem düsteren Gesicht das Kleid eines Elends erkannt, das noch bitterer war als das seine.

»La carità! La carità!«

Der Unbekannte warf sein Geld dem Knaben und dem armen Alten hin, verließ den Gehsteig und ging auf die Häuser zu; er konnte den quälenden Anblick der Seine nicht mehr ertragen.

»Wir wollen Gott bitten, daß er Ihren Lebenstagen Dauer verleiht«, sagten die beiden Bettler zu ihm.

Als dieser beinahe tote Mann am Schaufenster eines Kupferstichhändlers vorüberkam, begegnete er einer jungen Frau, die gerade einer glänzenden Equipage entstieg. Genießerisch musterte er diese reizende Person, deren weißes Gesicht harmonisch vom Atlas eines eleganten Hutes umrahmt wurde. Eine geschmeidige Taille, hübsche Bewegungen schlugen ihn in Bann. Das leicht durch den Wagentritt angehobene Kleid ließ ihn ein Bein sehen, dessen feine Konturen durch einen weißen, straff sitzenden Strumpf betont wurden. Die junge Frau trat in den Laden ein und erhandelte dort Alben, Sammlungen von Lithographien; sie kaufte davon für mehrere Goldstücke, die auf dem Ladentisch funkelten und klingelten. Der junge Mann, der dem Anschein nach auf der Türschwelle damit beschäftigt war, die in dem Schaukasten dargebotenen Kupferstiche zu betrachten, tauschte mit der schönen Unbekannten den durchdringendsten werbenden Blick, den ein Mann schleudern kann, gegen einen der unbekümmerten Blicke, die beiläufig auf Vorübergehende geworfen werden. Von seiner Seite aus war es ein Abschied von der Liebe, von der Frau! Aber diese letzte, mächtige Frage wurde nicht verstanden, sie hatte dieses Herz einer frivolen Frau nicht gerührt, sie nicht erröten oder die Augen niederschlagen lassen. Was war es für sie? Ein bißchen Bewunderung mehr, ein eingeflößtes Begehren, das sie am Abend zu dem wohligen Ausspruch anregen würde: »Heute habe ich gut ausgesehen.« Der junge Mann trat rasch an ein anderes Schaufenster heran und sah sich nicht um, als die Unbekannte wieder in ihren Wagen stieg. Die Pferde zogen an; dieses letzte Bild des Luxus und der Eleganz schwand hin, wie sein Leben hinschwinden würde. Melancholischen Schrittes ging er an Läden vorbei und musterte ohne große Anteilnahme die Warenproben. Als die Läden aufgehört hatten, betrachtete er den Louvre, das Institut de France, die Türme von Notre-Dame, die des Justizpalastes und den

Pont-des-Arts. Alle diese Bauwerke schienen ein betrübtes Aussehen anzunehmen, nun sie die grauen Farbtöne des Himmels zurückwarfen, dessen seltene Aufhellungen Paris ein drohendes Aussehen verliehen; wie eine hübsche Frau ist diese Stadt unerklärlichen, launenhaften Wandlungen zwischen Häßlichkeit und Schönheit unterworfen. Auf diese Weise schien die Natur selber sich verschworen zu haben, den Sterbenden in eine schmerzliche Ekstase zu versenken. Im Bann jener bösartigen Macht, deren auflösende Wirkung eine Hilfe in dem Fluidum findet, das in unsern Nerven zirkuliert, fühlte er seinen Organismus unmerklich in die Phänomene des Flüssigwerdens gelangen. Die Qualen dieser Agonie ließen ihm eine Bewegung ähnlich derjenigen der Wellen zuteil werden; die Gebäude, die Menschen nahm er wie durch einen Nebel wahr, in dem alles wogte und wallte. Er wollte sich dem Prickeln entziehen, das die Reaktionen seiner physischen Natur in seiner Seele hervorgerufen hatten, und er wandte sich einem Antiquitätenladen zu, in der Absicht, seinen Sinnen eine Labe zu verschaffen oder dort beim Feilschen um Kunstgegenstände die Dunkelheit zu erwarten. Es geschah sozusagen, um Mut zu schöpfen und um eine Herzstärkung zu bitten, wie die Verbrecher, die auf dem Weg zum Schafott ihren Kräften mißtrauen; aber das Bewußtsein seines nahen Todes lieh dem jungen Mann für eine Weile die Selbstsicherheit einer Herzogin, die zwei Liebhaber hat, und so trat er mit gelöster Miene bei dem Kuriositätenhändler ein und ließ auf seinen Lippen ein starres Lächeln erscheinen, das wie das eines Trunkenen war – er war ja auch trunken vom Leben, oder vielleicht vom Tod. Bald überkamen ihn abermals seine Schwindelanfälle, und er fuhr damit fort, die Dinge in fremdartigen Farben wahrzunehmen oder von einer leichten Bewegung belebt, deren Ursache sicherlich in einem unregelmäßigen Kreisen seines Blutes zu suchen war, das bald brauste wie eine Kaskade, bald ruhig und schal war wie lauwarmes Wasser. Er bat einfach, die Verkaufsräume besichtigen zu dürfen, um zu sehen, ob sie nicht einige Besonderheiten enthielten, die seinem Geschmack und seinen Neigungen entsprächen. Ein junger Bursche mit frischem, pausbäckigem Gesicht, rotem Haar und einer Mütze aus Otterfell übertrug die Aufsicht über den Laden einem alten Bauernweib, einer Art weiblichem Caliban; sie war dabei, einen Ofen zu säubern, dessen Wunder dem Genie Bernard de Palissys[13] zu verdanken waren; dann sagte er mit unbekümmerter Miene zu dem Fremden: »Halten Sie nur Umschau, Monsieur, halten Sie nur Umschau! Hier unten haben wir nur ganz gewöhnliche Sachen; aber wenn Sie sich der Mühe unterziehen wollten, in den ersten Stock hinaufzusteigen, könnte ich Ihnen sehr schöne Mumien aus Kairo zeigen, mehrere inkrustierte Keramiken, einige Schnitzarbeiten aus Ebenholz, echt Renaissance, erst vor kurzem eingetroffen und von erstklassiger Schönheit.«

In der grausigen Lage, in der sich der Unbekannte befand, wurden dieses Ciceronegeschwätz und diese dummen merkantilen Phrasen dasselbe wie die armseligen Sticheleien, mit denen beschränkte Geister einen Mann von Genie umbringen. Aber da er sein Kreuz bis zum Ende tragen wollte, schien er seinem Geleiter zuzuhören und antwortete ihm durch Gesten oder ganz kurze Worte; allein er verstand sich darauf, sich das Recht zum Schweigen zu erobern, und so konnte er sich ungescheut seinen letzten Erwägungen hingeben; sie waren schrecklich. Er war ein Dichter, und seine Seele fand unversehens eine riesige Weidefläche: Er sollte schon im voraus die Gebeine von zwanzig Welten sehen.

Auf den ersten Blick boten ihm die Lagerräume ein verworrenes Bild dar, darin alle menschlichen und göttlichen Werke einander bedrängten. Ausgestopfte Krokodile, Affen und Riesenschlangen grinsten Kirchenfenster an, schienen Büsten beißen, Lackarbeiten nachlaufen oder an Deckenkronen hinaufklettern zu wollen. Eine Sèvres-Vase, auf die Madame Jacquetot[14] Napoleon gemalt hatte, stand neben einer dem Sesostris geweihten Sphinx. Der Anbeginn der Welt und die Geschehnisse von gestern vermählten sich hier mit einer grotesken Wohlgelauntheit. Ein Bratenwender lehnte gegen eine Monstranz, ein Republikanersäbel an einer mittelalterlichen Arkebuse. Madame du Barry, von Latour in Pastell gemalt, einen Stern auf dem Kopf, nackt und in einer Wolke, schien begehrlich einen indischen Tschibuk zu betrachten und zu überlegen, wozu die Spiralen dienlich seien, die sich ihr entgegenschlängelten. Die Werkzeuge des Todes, Dolche, seltsame Pistolen und Stockdegen, lagen in wirrem Durcheinander mit Gerätschaften, die dem Leben dienen: porzellanenen Suppenschüsseln, Meißener Tellern, durchscheinenden, aus China stammenden Tassen, antiken Salzfäßchen, Konfektschalen aus feudalen Zeiten. Ein Elfenbeinschiff schwamm mit vollen Segeln auf dem Rücken einer reglosen Schildkröte. Eine Luftpumpe machte den Kaiser Augustus, der auf majestätische Weise dagegen unempfindlich schien, zum Einäugigen. Mehrere Bildnisse französischer Schöffen und holländischer Bürgermeister, auch jetzt fühllos, wie sie ihr Leben lang gewesen waren, hingen über diesem Chaos von Antiquitäten und warfen einen blassen, kalten Blick darauf. Alle Länder der Erde schienen irgendein Trümmerstück ihrer Wissenschaften oder eine Probe ihrer Künste hierher gebracht zu haben. Es war eine Art philosophischer Kehrichthaufen, auf dem nichts fehlte, weder die Friedenspfeife der Indianer noch der grüngoldene Haremspantoffel, noch der Jatagan des Mauren, noch das Götzenbild der Tataren. Alles war vorhanden, sogar der Tabaksbeutel des Soldaten, das Ziborium des Priesters, die Federkrone eines Throns. Diese monströsen Bilder wurden überdies noch den tausenderlei Zufälligkeiten des Lichts unterworfen, nämlich durch die Willkürlichkeit einer Fülle von Reflexen, die vom Wirrwarr der unterschiedlichen Farbtöne herrührten, von dem harten Gegensatz von Hell und Dunkel. Das Ohr glaubte abgebrochene Schreie zu hören, der Geist unvollendete Dramen wahrzunehmen, das Auge schlecht ersticktes Leuchten zu erblicken. Zudem hatte ein hartnäckiger Staub seinen leichten Schleier auf alle diese Dinge geworfen, deren mannigfache Kanten und Windungen die malerischsten Wirkungen hervorriefen.

Anfangs hatte der Unbekannte diese drei weitläufigen, mit Kultur, mit Kulten, Gottheiten, Meisterwerken, Königsprunk, Ausschweifungen, Vernunft und Wahnwitz vollgestopften Räume einem Spiegel mit zahlreichen Facetten verglichen, deren jede eine Welt darstellte. Nach diesem nebelhaften Eindruck wollte er sich seine Genüsse auswählen; aber durch das Betrachten, das Denken und Träumen geriet er in die Gewalt eines Fiebers, dessen Ursache vielleicht der in seinen Eingeweiden nagende Hunger war. Der Anblick so vieler nationaler und individueller Existenzen, die durch diese menschlichen, am Leben gebliebenen Unterpfänder bezeugt wurden, betäubte vollends die Sinne des jungen Mannes; der Wunsch, der ihn in den Laden getrieben hatte, war erhört worden; er war aus dem wirklichen Leben herausgetreten, stufenweise in eine ideale Welt hinaufgestiegen und in die Zauberpaläste der Ekstase gelangt, wo das Universum ihm nur durch Überbleibsel und in feuriger Schrift erschien, wie ehedem die Zukunft flammend vor den Augen des heiligen Johannes auf Patmos vorübergeglitten war.

Eine Fülle schmerzlicher, anmutiger und schrecklicher, dunkler und leuchtender, ferner und näher stehender Gestalten erhob sich in Massen, in Myriaden, in Generationen. Das starre, geheimnisvolle Ägypten erstand aus seinen Sandwüsten in Gestalt einer von schwarzen Binden umhüllten Mumie, und er erschaute die Pharaonen, die ganze Völker begraben hatten, um sich eine Grabstätte zu erbauen, und Moses, die Hebräer und die Wüste; er gewahrte das Gesamt einer uralten, feierlichen Welt. Eine Marmorstatue, die jung und schlank auf einem Säulenbruchstück saß und vor Weiße leuchtete, erzählte ihm von den wollüstigen Mythen Griechenlands und Joniens. Ach, wer hätte nicht gleich ihm gelächelt, als er auf rotem Untergrund das junge, braune, vor dem Gott Priapus, vor dem es sich mit freudiger Miene neigte, tanzende Mädchen in dem feinen Ton einer etruskischen Vase erblickte? Ein Gegenstück dazu war eine latinische Königin, die ihre Chimäre liebkoste. Hier atmeten die Launen des kaiserlichen Rom in ihrer Gesamtheit und boten das Bad, das Lager, den Putztisch einer trägen, träumerischen Julia dar, die ihren Tibull erwartet. Gewappnet mit der Macht arabischer Talismane, erweckte der Kopf Ciceros Erinnerungen an das freie Rom und entrollte ihm die Schriften des Titus Livius. Der junge Mann betrachtete nachsinnend *Senatus populusque romanus*: Der Konsul, die Liktoren, die purpurgesäumten Togen, die Kämpfe auf dem Forum und das erzürnte Volk zogen langsam an ihm vorüber wie die Nebelgestalten eines Traums. Endlich beherrschte das christliche Rom diese Bilder. Ein Gemälde tat die Himmelsweiten auf; er sah darin die Jungfrau Maria in einer goldenen Wolke inmitten von Engeln; sie verdunkelte den Glanz der Sonne und lauschte den Klagen der Unglücklichen, denen diese neuerstandene Eva milde zulächelte. Als er ein Mosaik anrührte, das aus den mannigfachen Laven des Vesuvs und des Ätnas gefertigt war, schwang seine Seele sich in das warme, falbe Italien hinüber: Er wohnte den Orgien der Borgia bei, durchwanderte eilends die Abruzzen, trachtete nach italienischen Liebschaften, erglühte für die weißen Gesichter mit den länglichen, schwarzen Augen. Er erbebte bei nächtlichen Entscheidungen, die durch den kalten Degen eines Ehemanns unterbrochen wurden, als er einen mittelalterlichen Dolch erblickte, dessen Griff ziseliert war, daß er wie Spitze anmutete, und dessen Rost wie Blutflecken aussah. Indien und seine Religionen lebten in einem chinesischen Götzenbild auf, das einen spitzigen, mit hervortretenden Rauten geschmückten, mit Glöckchen behängten Hut trug und in Gold und Seide gekleidet war. Neben der grotesken Porzellanfigur verströmte ein Flechtwerk, das hübsch wie die Bajadere war, die sich hineingewickelt hatte, noch Sandelholzduft. Ein Ungeheuer aus China mit verdrehten Augen, verzerrtem Mund und verrenkten Gliedern munterte die Seele durch die Erfindungen eines Volkes auf, das des stets nach Einheitlichkeit strebenden Schönen müde ist und unauslöschliche Genüsse in der Fruchtbarkeit des Häßlichen empfindet. Ein Salzfaß aus der Werkstatt Benvenuto Cellinis versetzte ihn mitten in die Renaissance, in die Zeit, da die Künste und die allzu großen Freiheiten blühten, da die Herrscher sich an Martern ergötzten, da die Konzile in den Armen von Kurtisanen die Keuschheit der einfachen Priester dekretierten. Auf einer Kamee sah er die Eroberungen Alexanders, auf einer Luntenarkebuse die Metzeleien Pizarros, die Religionskriege, wild, heißblütig und grausam, auf einem Helm. Dann quollen die lachenden Bilder des Rittertums aus einer meisterlich damaszierten, blank geputzten Mailänder Rüstung hervor, unter deren Visier noch die Augen eines Paladins funkelten.

Dieser Ozean von Möbelstücken, Erfindungen, Moden, Werken und Trümmern schuf für ihn ein endloses Gedicht. Formen, Farben, Gedanken, alles war darin wieder lebendig geworden; aber der Seele bot sich nichts Vollkommenes dar. Der Dichter mußte die Skizzen des großen Malers vollenden, von dem diese Riesenpalette herrührte, auf der die zahllosen Zufälle des menschlichen Lebens verschwenderisch, allein mit Verachtung, hingeworfen worden waren. Nachdem der junge Mann sich der Welt bemächtigt, nachdem er Länder, Zeitalter, Regierungsepochen betrachtet hatte, kehrte er wieder zu den individuellen Existenzen zurück. Er wurde wieder zu einer Person, er bemächtigte sich der Einzelheiten und stieß das Leben der Völker von sich, als sei es zu erdrückend für einen Einzelmenschen.

Dort schlief ein Kind aus Wachs, das aus Ruyschs[15] Kabinett gerettet worden war, und dieses entzückende Geschöpf erinnerte ihn an die Freuden seiner eigenen ersten Lebensjahre. Bei dem zauberhaften Anblick des jungfräulichen Lendenschurzes irgendeines jungen Mädchens aus Tahiti malte ihm seine glühende Phantasie das schlichte Naturleben aus, die keusche Nacktheit der echten Scham, die Wonnen der Faulheit, die dem Menschen etwas so Natürliches ist, ein ganzes geruhsames Schicksal am Saum eines kühlen, träumerischen Baches unter einer Bananenstaude, die ein würziges Manna spendete, ohne daß sie der Pflege bedurft hätte. Doch plötzlich wurde er zum Korsaren und dachte sich in die schreckliche Poesie hinein, die in der Rolle des Lara[16] ausgeprägt ist; die Perlmutterfarben Tausender von Muscheln hatten ihn dazu angeregt, und der Anblick einiger Schwammkorallen, die nach Tang rochen, nach Algen und atlantischen Orkanen, hatte ihn außer sich gebracht. Als er danach die köstlichen Miniaturen, die azurnen und goldenen Arabesken bewunderte, die die kostbare Handschrift eines Meßbuchs zierten, vergaß er das unruhevolle Toben des Meers. Weich gewiegt von einem Friedensgedanken, gab er sich wiederum dem Studium und der Wissenschaft hin, wünschte sich das nahrhafte Leben der Mönche, das keinen Kummer und keine Lüste kannte, ruhte in einer Zelle und schaute durch sein Spitzbogenfenster hinaus auf die Wiesen, die Wälder und Rebberge seines Klosters. Vor einigen Gemälden von Teniers zog er den Mantel eines Soldaten an oder machte sich die Not eines Handwerkers zu eigen; es verlangte ihn danach, die schmutzige, verräucherte Kappe der Flamen zu tragen, er berauschte sich mit Bier, spielte mit ihnen Karten und lächelte einer dicken Bäuerin von anziehender Fülle zu. Er schlotterte beim Erblicken einer Winterlandschaft von Mieris oder kämpfte mit, als er ein Schlachtenbild des Salvator Rosa sah. Er streichelte einen Tomahawk aus Illinois und spürte das Skalpiermesser eines Irokesen, das ihm die Kopfhaut vom Schädel trennte. Der Anblick einer dreisaitigen Geige entzückte ihn, und er vertraute sie der Hand einer Schloßherrin an, genoß die melodiöse Romanze und erklärte ihr seine Liebe, abends, an einem gotischen Kamin, im Halbdunkel, in dem ein gewährender Blick sich verlor. Er klammerte sich an alle Freuden, raffte alle Schmerzen an sich, bemächtigte sich aller Formeln des Daseins, indem er so großmütig sein Leben und seine Gefühle über die Trugbilder dieser plastischen und leeren Natur verschleuderte, daß das Geräusch seiner Schritte in seinem Innern widerhallte wie der ferne Klang einer andern Welt, wie das Rumoren von Paris, wenn es hinauf zu den Türmen von Notre-Dame gelangt.

Als er die Innentreppe hinaufstieg, die nach den im ersten Stock gelegenen Räumen hinaufführte, sah er Votivschilde, Rüstungen, geschnitzte Tabernakel und Holzfiguren an den Wänden hängen oder auf jeder Stufe stehen. Verfolgt von den seltsamsten Formen, von wunderbaren Schöpfungen, die an den Grenzen von Tod und Leben angesiedelt waren, schritt er in den Bezauberungen eines Traumes einher. Kurzum, da er an seiner eigenen Existenz zweifelte, war er wie jene kuriosen Dinge, weder gänzlich tot noch gänzlich am Leben. Als er die neuen Lagerräume betrat, begann der Tag zu erbleichen; aber das Licht schien in Anbetracht der dort angehäuften, goldenen und silbernen Schätze überflüssig zu sein. Die kostspieligen Liebhabereien von Verschwendern, die in Mansarden gestorben waren, nachdem sie mehrere Millionen besessen hatten, fanden sich in diesem ausgedehnten Bazar menschlicher Narrheiten. Ein Schreibzeug, das hunderttausend Francs gekostet hatte und das für hundert Sous weiterverkauft worden war, lag neben einem Geheimschloß, dessen Preis in früheren Zeiten für das Lösegeld eines Königs gereicht haben würde. Das menschliche Genie erschien dort in allen Prächten des Elends, in aller Glorie seiner gigantischen Niedrigkeiten und Nichtigkeiten. Ein Ebenholztisch, ein wahres Künstleridol, geschnitzt nach Zeichnungen von Jean Goujon[17], das seinerzeit mehrere Jahre Arbeit gekostet hatte, war vielleicht um den Preis von Feuerholz erworben worden. Kostbare Schatullen, Möbelstücke, die von Feenhänden geschaffen worden zu sein schienen, lagen verächtlich übereinandergestapelt.

»Aber Sie haben hier ja Millionen«, rief der junge Mann, als er in dem Zimmer anlangte, das eine riesige Flucht von Gemächern abschloß, die von Künstlern des letzten Jahrhunderts vergoldet und mit plastischem Schmuck versehen worden waren.

»Sagen Sie getrost: Milliarden«, antwortete der dicke, pausbäckige Gehilfe. »Aber das ist noch gar nichts; steigen Sie hinauf in den dritten Stock, da werden Sie Augen machen!«

Der Unbekannte folgte dem Vorangehenden und gelangte in eine vierte Galerie, wo nacheinander vor seinen ermüdeten Augen mehrere Bilder von Poussin, eine erhabene Statue von Michelangelo, ein paar entzückende Landschaften von Claude Lorrain, ein Gerard Dow, der wie ein Kapitel von Sterne anmutete, mehrere Rembrandts, Murillos und düstere Velasquez' mit den Farben einer Dichtung Lord Byrons vorüberglitten, ferner antike Basreliefs, Achatbecher, wundervolle Gestaltungen aus Onyx . . .! Kurzum, es waren Arbeiten, die einem die Arbeit verekeln konnten, Meisterwerke in solcher Menge, daß sie einen die Kunst hassen und die Begeisterung hinsterben ließen. Er kam zu einer Madonna von Raffael, aber er hatte Raffael satt. Eine Gestalt des Correggio wollte einen Blick von ihm und bekam ihn nicht. Eine unschätzbare antike Porphyrvase, deren rundum laufender plastischer Schmuck die auf die groteskeste Weise unanständigsten aller römischen Priapus-Szenen darstellte und die das Entzücken irgendeiner Corinna[18] gebildet hätte, entlockte ihm kaum ein Lächeln. Er erstickte unter den Überbleibseln von fünfzig hingeschwundenen Jahrhunderten; er war krank von allen diesen menschlichen Ideen, erschlagen vom Luxus und den Künsten, erdrückt von diesen wieder erwachenden Formen, die gleich Ungeheuern, die von einem boshaften Genius unter seinen Füßen gezeugt worden waren, ihm einen endlosen Kampf lieferten.

Stellt die Seele, die in ihren Willkürlichkeiten der modernen Chemie ähnelt, die behauptet, die Schöpfung sei auf ein Gas[19] zurückzuführen, nicht schreckliche Gifte her durch die rasche Konzentration ihrer Genüsse, ihrer Kräfte oder ihrer Ideen? Gehen nicht viele Menschen unter der blitzartigen Einwirkung irgendeiner moralischen Säure zugrunde, die sich jäh in ihrem Innern ausbreitet?

»Was ist in dieser Kiste?« fragte er, als er in einem großen Kabinett angelangt war, der letzten Anhäufung von Glanz, von menschlichen Bemühungen, von Absonderlichkeiten und Reichtümern, unter denen allen er auf eine große, kubische Mahagonikassette deutete, die an einer Silberkette von einem Nagel herabhing.

»Ach, den Schlüssel dazu hat Monsieur«, sagte der dicke Gehilfe mit geheimnisvoller Miene. »Wenn Sie dieses Porträt zu sehen wünschen, werde ich es gern auf mich nehmen, Monsieur Bescheid zu sagen.«

»Es auf mich nehmen!« wiederholte der junge Mann. »Ist Ihr Chef denn ein Fürst?«

»Tja, das weiß ich nicht«, antwortete der Gehilfe.

Beide schauten einander gleichermaßen erstaunt an. Der Angestellte deutete das Schweigen des Unbekannten als einen Wunsch und ließ ihn in dem Kabinett allein.

Hat man sich jemals anhand von Cuviers geologischen Werken[20] in die Unermeßlichkeit von Raum und Zeit gestürzt? Ist man, von seinem Genie getragen, über den grenzenlosen Abgrund des Vergangenen hinweggeschwebt, als halte einen die Hand eines Zauberers? Wenn man von Schicht zu Schicht und von Ablagerung zu Ablagerung in den Steinbrüchen des Montmartre oder den Schieferbrüchen des Urals die fossilen Reste jener Tiere entdeckt, die vorsintflutlichen Kulturen angehören, dann erschrickt die Seele beim Rückblick auf Milliarden von Jahren, Millionen von Völkern, die das schwache menschliche Gedächtnis, die die unzerstörbare göttliche Überlieferung vergessen haben und deren auf der Oberfläche unserer Erdkugel angehäufte Asche die zwei Fuß Erdreich bilden, die uns Brot und Blumen spenden. Ist Cuvier nicht der größte Dichter unseres Jahrhunderts? Zwar hat Lord Byron aus Worten seelische Erschütterungen neu gestaltet; aber unser unsterblicher Naturforscher hat aus gebleichten Knochen Welten wiedererstehen lassen; er hat, wie Kadmos, aus Zähnen Städte neu erbaut, hat tausend Wälder mittels ein paar Brocken Steinkohle mit allen Mysterien der Zoologie bevölkert, hat im Fuß eines Mammuts Völker von Riesen wiedergefunden. Solcherlei Gestalten ragen auf, werden größer und erfüllen Bereiche, die ihren kolossalen Körpermaßen entsprechen. Er ist ein Dichter mit Ziffern; er ist erhaben, wenn er eine Null neben eine Sieben setzt. Er erweckt das Nichts, ohne gekünstelte Zauberworte auszusprechen; er durchwühlt ein Fleckchen Kalkboden, gewahrt darin einen Abdruck und ruft uns zu: »Seht!« Plötzlich wird der Marmor beseelt, der Tod wird lebendig, die Welt entrollt sich! Nach unzähligen Geschlechterfolgen von Riesengeschöpfen, nach Rassen von Fischen und Molluskenstämmen kommt endlich das Menschengeschlecht, das degenerierte Produkt eines grandiosen Typus, der vielleicht vom Schöpfer zerschlagen worden ist. Erwärmt von seinem nach rückwärts schauenden Blick können die kläglichen, gestern geborenen Menschen das Chaos überschreiten, einen Hymnus ohne Ende anstimmen und sich die Vergangenheit des Weltalls in einer Art rückläufiger Apokalypse vorstellen. Angesichts dieser furchterweckenden Auferstehung, die der Stimme eines einzigen Menschen zu verdanken ist, erweckt die Krume, deren Nutznießung uns in jener namenlosen Unendlichkeit gewährt wurde, die allen Sphären gemeinsam ist und die wir »die Zeit« genannt haben, erweckt diese Lebensminute unser Mitleid. Niedergeschmettert, wie wir angesichts so vieler zerstörter Welten sind, fragen wir uns, wozu denn unser Ruhm, unsere Haßgefühle, unser Lieben gut sind und ob man, um zu einem unberührbaren Punkt in der Zukunft zu werden, die Mühsal des Lebens auf sich nehmen soll? Wir sind mit unsern Wurzeln aus der Gegenwart herausgerissen; wir sind tot, bis unser Diener eintritt und uns sagt: »Die Frau Gräfin hat geantwortet, sie erwarte Monsieur.«

Die Wunder, deren Anblick dem jungen Mann soeben die gesamte bekannte Schöpfung vor Augen geführt hatte, versetzten seine Seele in die gleiche Niedergeschlagenheit, die im Philosophen durch die wissenschaftliche Erfassung unbekannter Schöpfungen erzeugt wird; inständiger denn je verlangte ihn danach zu sterben, und er sank auf einen kurulischen Stuhl nieder und ließ seine Blicke die Phantasmagorien dieses Panoramas der Vergangenheit durchschweifen. Die Bilder erglänzten farbiger, die Köpfe der Madonnen lächelten ihm zu, und die Statuen erhielten die Farben eines trügerischen Lebens. Des Dunkels wegen, und da sie durch den fieberähnlichen Wirbel, der in seinem angegriffenen Gehirn kreiste, in eine Tanzbewegung gesetzt worden waren, kreisten alle diese Werke wild und wirbelten vor ihm umher; jedes Götzenbild warf ihm die ihm eigene Grimasse zu; die Lider der auf den Bildern dargestellten Personen senkten sich über die Augen, um sie zu erfrischen. Jede dieser Gestalten zitterte, hüpfte, löste sich gravitätisch, leichtfertig, anmutig oder ungestüm, je nach ihrer Lebensart, ihrem Charakter oder ihrem Körperbau, von ihrem Platz. Es war ein mysteriöser Sabbat, würdig der Phantasien, die Doktor Faust auf dem Brocken erblickte. Aber diese optischen Phänomene, die von der Übermüdung, der Spannung der Sehnerven oder den Launen der Dämmerung erzeugt worden waren, vermochten dem Unbekannten keine Furcht einzujagen. Die Schrecknisse des Lebens besaßen keine Macht über eine Seele, die mit den Schrecknissen des Todes vertraut war. Durch eine Art spöttischer Mitwisserschaft begünstigte er sogar die Bizarrerien dieses geistig-seelischen Galvanismus, dessen Wunder sich mit den letzten Gedanken verbanden, die ihm noch das Gefühl des Daseins liehen. Rings um ihn her herrschte so tiefes Schweigen, daß er sich bald einer sanften Träumerei anbefahl, deren allmählich immer dunklere Eindrücke einander von Abschattung zu Abschattung folgten und, wie durch Zaubergewalt, dem langsamen Abnehmen des Lichts. Ein Schein, der vom Himmel schied, ließ im Ankämpfen gegen das Dunkel einen letzten roten Widerschein aufleuchten; der Unbekannte hob den Kopf und erblickte ein kaum beleuchtetes Skelett, das zweiflerisch seinen Schädel von rechts nach links neigte, wie um ihm zu sagen: »Die Toten wollen noch nichts von dir wissen!« Als der junge Mann sich mit der Hand über die Stirn fuhr, um den Schlummer zu vertreiben, verspürte er deutlich einen kühlen Windzug; er rührte von irgend etwas Wolligem her, das seine Wangen streifte, und es durchschauerte ihn. Da die Fensterscheiben ein dumpfes Klappern hatten ertönen lassen, meinte er, diese kalte, der Mysterien des Grabes würdige Liebkosung rühre von einer Fledermaus her. Noch für eine kurze Weile erlaubten die vagen Reflexe des Sonnenuntergangs ihm, undeutlich die Phantome wahrzunehmen, von denen er umgeben war; dann aber verschwamm dies ganze Stilleben in einem gleichmäßigen, dunklen Farbton. Die Nacht, die Todesstunde war jäh hereingebrochen. Von dieser Sekunde an verging noch eine gewisse Zeitspanne, während der er über keine klare Wahrnehmung der irdischen Dinge mehr verfügte, sei es, daß er, wie in eine Gruft, in eine tiefe Grübelei hinabgesunken war, sei es, daß er dem Schlafverlangen nachgegeben hatte, der Folge der Erschöpfung und der Fülle von Gedanken, die ihm das Herz zerrissen hatten. Plötzlich war ihm, als sei er von einer schrecklichen Stimme gerufen worden, und er zuckte zusammen, wie wenn er in qualvollem Alptraum mit jähem Schwung in die Tiefen eines Abgrunds gestürzt würde. Er schloß die Augen, die Strahlen eines grellen Lichts blendeten ihn; er sah in der Finsternis einen rötlichen Kreis aufschimmern, dessen Mitte von einem kleinen Greis eingenommen wurde; er stand da und richtete den Schein einer Lampe auf ihn. Er hatte ihn weder kommen noch reden noch sich regen hören. Dieser Erscheinung wohnte etwas Magisches inne. Auch der Unerschrockenste, der auf solcherlei Weise im Schlaf überrascht worden wäre, hätte sicherlich angesichts dieser Persönlichkeit gezittert, die einem in der Nähe stehenden Sarkophag entstiegen zu sein schien. Die seltsame Jugendlichkeit, die die reglosen Augen der Geistererscheinung, wie man hätte sagen können, belebte, verwehrte es dem Unbekannten, an übernatürliche Auswirkungen zu glauben; dennoch verharrte er während der raschen Zwischenpause, die sein somnambulisches Leben von seinem wirklichen Leben schied, in dem philosophischen Zweifel, den Descartes empfiehlt, und blieb also wider Willen im Bann der unerklärlichen Halluzinationen, deren Geheimnisse durch unsere Überheblichkeit in Acht und Bann getan sind oder die unsere ohnmächtige Wissenschaft vergeblich zu ergründen trachtet.

Man stelle sich einen kleinen, ausgedörrten, hageren Greis in einem schwarzen Samtgewand vor, das mit einer dicken Seidenkordel um die Hüften gegürtet war. Auf dem Kopf trug er eine gleichfalls schwarze Samtkappe, unter der zu beiden Seiten des Gesichts lange Strähnen weißen Haars herausglitten und die sich dem Schädel so anpaßte, daß sie die Stirn streng umrahmte. Das Gewand umhüllte den Körper wie ein weites Leichentuch und ließ von der menschlichen Gestalt lediglich ein schmales, blasses

Gesicht sehen. Ohne den knochigen Arm, der einem mit Stoff umwickelten Stock glich und den der Alte in die Luft hielt, um das volle Licht der Lampe auf den jungen Mann fallen zu lassen, hätte es geschienen, als hänge jenes Gesicht in der Luft. Ein grauer, spitz geschnittener Bart verbarg das Kinn dieses absonderlichen Menschenwesens und lieh ihm das Aussehen jener jüdischen Köpfe, die den Künstlern als Modelle dienen, wenn sie Moses darstellen wollen. Die Lippen dieses Mannes waren so farblos und so dünn, daß man besonders aufmerksam hinsehen mußte, um die Linie zu erraten, die der Mund in sein weißes Gesicht ritzte. Seine breite Faltenstirn, seine bleichen, hohlen Wangen, die unversöhnliche Strenge seiner kleinen, grünen, wimpern- und brauenlosen Augen konnten den Unbekannten glauben lassen, daß der »Goldwieger« Gerard Dows aus seinem Rahmen herausgetreten sei. Die Krümmungen seiner Runzeln und die kreisförmigen Falten rings um seine Schläfen kündeten von dem Scharfsinn eines Inquisitors und zeugten von tiefem Wissen um die Dinge des Lebens. Diesen Mann hinters Licht zu führen war unmöglich; er schien die Gabe zu besitzen, die Gedanken in der Tiefe der verschwiegensten Herzen aufzuspüren. Die Sitten aller Nationen des Erdballs und ihrer aller Weisheit fanden sich auf diesem kalten Gesicht vereint, wie die Erzeugnisse der ganzen Welt in seinen staubigen Lagerräumen angehäuft waren. Man hätte darin die hellsichtige Ruhe eines Gottes lesen können, der alles sieht, oder die hochmütige Kraft eines Menschen, der alles gesehen hat. Ein Maler würde mittels zwei verschiedener Ausdrucksmöglichkeiten und mit zwei Pinselstrichen aus diesem Gesicht ein schönes Bild des Ewigen Vaters oder die höhnische Maske des Mephistopheles schaffen können, denn es lag zugleich die höchste Macht auf der Stirn und finsterer Spott auf den Lippen. Dadurch, daß dieser Mann alles menschliche Leid unter einer ungeheuren Kraft zermalmt hatte, mußte er die irdischen Freuden abgetötet haben. Den zum Sterben Entschlossenen durchschauerte es, als er ahnte, daß dieses alte Genie eine der Welt fremde Sphäre bewohnte, in der er ganz allein lebte, ohne Genüsse, weil er keine Illusionen mehr hatte, und ohne Schmerz, weil er keine Freuden mehr kannte. Reglos und unerschütterlich stand der Alte da wie ein Stern inmitten einer

Lichtwolke. Seine grünen Augen, die irgendwie von ruhiger Bosheit erfüllt waren, schienen die geistig-seelische Welt zu erhellen, wie seine Lampe das geheimnisvolle Kabinett erleuchtete.

Das war das seltsame Schauspiel, das den jungen Mann überraschte, als er die Augen aufschlug, nachdem er von Todesgedanken und wunderlichen Bildern eingeschläfert worden war. Wenn er wie betäubt blieb, wenn er sich für eine kurze Weile von einer Annahme beherrschen ließ, die der Kinder würdig gewesen wäre, die den Märchen ihrer Ammen lauschen, so muß man diesen Irrtum dem durch seine Grübeleien über sein Leben und über sein Wahrnehmungsvermögen gebreiteten Schleier, der Überreiztheit seiner erregten Nerven, dem ungestümen Drama zuschreiben, dessen Szenen ihm vor kurzem die wüsten Entzükkungen hatten zuteil werden lassen, die ein Stück Opium birgt. Diese Vision hatte sich in Paris ereignet, auf dem Quai Voltaire, im neunzehnten Jahrhundert, zu einer Zeit und an Stätten, wo Magie etwas Unmögliches sein müßte. Als Nachbar des Hauses, in dem der Gott der französischen Ungläubigkeit gestorben war, als Schüler Gay-Lussacs[21] und Aragos[22], als Verächter der Taschenspielerkünste, wie sie die Regierungsleute vollführen, gehorchte der Unbekannte sicherlich nur den poetischen Faszinationen, denen wir uns oftmals hingeben, um Verzweiflung erregenden Wahrheiten zu entfliehen oder um die Macht Gottes herauszufordern. So erbebte er also vor diesem Licht und diesem alten Mann, durchschauert von der unerklärlichen Ahnung irgendeiner fremdartigen Macht; aber dieses innere Angerührtsein ähnelte demjenigen, das wir alle angesichts Napoleons oder in Gegenwart eines großen Mannes empfunden haben, der vor Genie strahlt und vom Ruhm gekrönt ist.

»Monsieur wünscht das Bildnis Jesu Christi zu sehen, das Raffael gemalt hat?« fragte der Alte höflich und mit einer Stimme, deren klarem, knappem Klang etwas Metallisches innewohnte.

Und er stellte die Lampe auf den Stumpf einer gewundenen Säule, so daß die braune Kiste den vollen Schein empfing.

Bei den heiligen Namen Jesu Christi und Raffaels entschlüpfte dem jungen Mann eine Geste der Neugier. Der Händler hatte sie wohl erwartet; er drückte auf eine Feder. Plötzlich glitt die Mahagoniplatte in eine Rille, sank lautlos und gab das Bild der Bewunderung des Unbekannten preis. Beim Erblicken dieser unsterblichen Schöpfung vergaß er das phantastische Aussehen des Verkaufsraumes und die launischen Eingebungen seines Schlummers; er wurde wieder Mensch; er erkannte in dem Alten ein Geschöpf aus Fleisch und Blut, durchaus lebendig, in keiner Weise phantasmagorisch, und er lebte wieder in der wirklichen Welt. Die zarte Besorgnis, die milde Heiterkeit des göttlichen Antlitzes übten alsbald ihre Wirkung auf ihn aus. Ein dem Himmel entströmter Dufthauch verwehte die Höllenqualen, die ihm im Mark der Knochen brannten. Das Haupt des Erlösers der Menschheit schien aus den Finsternissen hervorzutreten, die durch einen schwarzen Hintergrund dargestellt wurden; ein Strahlenkranz umleuchtete hell sein Haar, von dem jenes Leuchten auszugehen schien; auf der Stirn, unter der Haut obwaltete eine beredte Überzeugungskraft, die mittels deutlich spürbarer Ausströmungen aus allen Einzelzügen drang. Die Purpurlippen hatten soeben das Wort des Lebens vernehmen lassen, und der Schauende horchte dessen geweihtem Echo in den Lüften nach, er fragte das Schweigen nach seinen wunderbaren Gleichnissen, er lauschte danach in die Zukunft hinein und fand es in den Lehren der Vergangenheit wieder. Das Evangelium war durch die ruhige Schlichtheit dieser anbetenswerten Augen vermittelt worden, darein verwirrte Seelen flüchteten. Kurzum, die ganze katholische Religion war in einem milden, herrlichen Lächeln zu lesen, das die Weisung auszudrücken schien, in der ihr Wesensgehalt zusammengefaßt worden ist: »Liebet einander!« Dies Gemälde flößte ein Gebet ein, empfahl Verzeihung, erstickte die Selbstsucht und erweckte alle eingeschlummerten Tugenden. Dieses Werk Raffaels hatte teil an den Bezauberungen, die nur der Musik eigen sind; es zwang einen in den gebieterischen Bann der Erinnerungen, und sein Triumph war vollkommen, da man den Maler vergaß. Der Reiz des Lichtes übte überdies noch seine Wirkung auf dieses Wunder aus; bisweilen schien es, als bewege das Haupt sich in der Ferne, inmitten von Gewölk.

»Ich habe dieses Bild mit Goldstücken bedeckt«, sagte der Händler kalt.

»Nun, jetzt gilt es zu sterben«, rief der junge Mann aus; er ließ eine Grübelei hinter sich, deren letzter Gedanke ihn dadurch wieder zu seinem armseligen Geschick zurückgeleitet hatte, daß er ihn vermöge unfaßbarer Schlußfolgerungen einer letzten Hoffnung zugeführt, an die er sich geklammert hatte.

»Haha! Ich hatte also recht, dir zu mißtrauen«, antwortete der Alte und packte die beiden Hände des jungen Mannes, die er an den Gelenken mit einer seiner Hände zusammenpreßte wie in einem Schraubstock.

Der Unbekannte lächelte traurig über dieses Mißverständnis und sagte mit sanfter Stimme: »Ach, fürchten Sie nichts, Monsieur, es handelt sich um *mein* Leben und nicht um das Ihrige. Warum sollte ich nicht eine harmlose Täuschung eingestehen?« fuhr er fort, nachdem er den beunruhigten Greis angeschaut hatte. »Ich hatte die Nacht abwarten wollen, um mich ohne Aufsehen ertränken zu können, und da bin ich hergekommen, um mir Ihre Schätze anzusehen. Wer würde jemandem, der die Wissenschaft und die Poesie liebt, diese letzte Freude nicht verzeihen?«

Der argwöhnische Händler musterte mit scharfen Augen das trübsinnige Gesicht seines falschen Kunden, während er dessen Worten lauschte. Der Klang jener schmerzlichen Stimme hatte ihn bald beruhigt, oder vielleicht hatte er aus den fahlen Zügen die düsteren Geschicke gelesen, die kurz zuvor die Spieler hatten erschauern lassen; er ließ die Hände los. Aber aus einem Rest von Mißtrauen, das von einer zumindest hundertjährigen Erfahrung zeugte, streckte er nachlässig den Arm nach einer Anrichte aus, als wolle er sich darauf stützen, ergriff ein darauf liegendes Stilett und sagte: »Sind Sie seit drei Jahren Supernumerar beim Schatzamt und haben keine Gratifikation bekommen?«

Der Unbekannte mußte unwillkürlich lächeln und machte eine verneinende Geste.

»Hat Ihr Vater Ihnen allzu heftig vorgeworfen, daß Sie auf die Welt gekommen sind, oder haben Sie sich etwas Unehrenhaftes zuschulden kommen lassen?«

»Wenn ich etwas Unehrenhaftes tun wollte, würde ich am Leben bleiben.«

»Sind Sie in den Funambules[23] ausgepfiffen worden, oder

müssen Sie Schlager komponieren, damit Sie das Begräbnis Ihrer Geliebten bezahlen können? Oder leiden Sie nicht vielmehr an der Goldkrankheit? Wollen Sie die Langeweile vom Thron stoßen? Kurz und gut, welch ein Irrtum treibt Sie in den Tod?«

»Suchen Sie den Antrieb zu meinem Tod nicht in den vulgären Gründen, die die meisten Selbstmorde herbeiführen. Um es mir zu ersparen, Ihnen unerhörte Leiden zu enthüllen, die in menschlicher Sprache auszudrücken schwierig ist, lassen Sie mich Ihnen sagen, daß ich im tiefsten, schmählichsten, quälendsten Elend bin. Und«, fügte er in einem Tonfall hinzu, dessen wilder Stolz seine vorhergegangenen Worte Lügen strafte, »ich will weder um Hilfe noch um Trost betteln.«

»Hehe!« Diese beiden Silben, die der Alte zunächst als Antwort ausstieß, klangen wie das Schrillen einer Schnarre. Dann entgegnete er Folgendes: »Ohne daß ich Sie zwänge, mich anzuflehen, ohne Sie erröten zu machen und ohne Ihnen einen französischen Centime, einen levantinischen Para, einen sizilianischen Taras, einen deutschen Heller, eine russische Kopeke, einen schottischen Farthing, einen einzigen Sesterz oder Obolus der antiken Welt oder einen Piaster der gegenwärtigen, ohne Ihnen irgend etwas an Gold, Silber, Kippergeld, Banknoten oder Wechseln anzubieten, will ich Sie reicher, mächtiger und angesehener machen, als ein konstitutioneller König es je sein kann.«

Der junge Mann hielt den Alten für kindisch; er stand benommen da und wagte nicht zu antworten.

»Drehen Sie sich um«, sagte der Händler und ergriff unvermittelt die Lampe, um ihr Licht auf die Wand gegenüber dem Bildnis fallen zu lassen, »und betrachten Sie dies *Chagrinleder*«, fügte er hinzu.

Der junge Mann sprang auf und bezeigte einige Überraschung, als er über dem Sessel, in dem er gesessen hatte, ein Stück Chagrinleder an der Wand hängen sah, dessen Größe die eines Fuchsfells nicht übertraf; aber durch ein auf den ersten Blick unerklärliches Phänomen strahlte das Leder inmitten der tiefen, in dem Lagerraum herrschenden Dunkelheit so helle Lichtstrahlen aus, daß man es für einen kleinen Kometen hätte halten können. Der junge Ungläubige trat an diesen vorgeblichen Talisman heran, der ihn vor allem Unglück bewahren sollte, und machte darüber innerlich eine spöttische Bemerkung. Allein eine nur zu berechtigte Neugier trieb ihn an; er beugte sich vor, um das Lederstück von allen Seiten zu betrachten, und entdeckte bald eine natürliche Ursache jener eigenartigen Leuchtkraft. Die dunklen Narben des Chagrinleders waren so sorgfältig geglättet und blank gerieben, seine launischen Streifen waren so sauber und reinlich, daß die Unebenheiten dieses orientalischen Leders wie Granatfacetten kleine Brennspiegel bildeten, die das Licht heftig zurückwarfen. Er bewies dem Alten mathematisch genau die Ursache jenes Phänomens; statt einer Antwort lächelte jener boshaft. Dieses überlegene Lächeln ließ den jungen Gelehrten in diesem Augenblick glauben, er werde von einem Charlatan zum besten gehalten. Er wollte kein weiteres Rätsel mit ins Grab nehmen und drehte rasch das Lederstück um, wie ein Kind, das es eilig hat, die Geheimnisse seines neuen Spielzeugs kennenzulernen.

»Haha«, rief er, »hier ist der Abdruck des Siegels, das die Orientalen als das Siegel Salomos[24] bezeichnen.«

»Dann kennen Sie es also?« fragte der Händler, und seine Nasenflügel ließen zwei oder drei Luftstöße entweichen, die mehr an Gedanken ausdrückten, als die nachdrücklichsten Worte es getan hätten.

»Gibt es auf der ganzen Welt einen Menschen, der einfältig genug wäre, an diese Chimäre zu glauben?« rief der junge Mann; er war gereizt, dieses stumme, von bitterem Hohn erfüllte Lachen zu vernehmen. »Wissen Sie nicht«, fügte er hinzu, »daß der Aberglaube des Orients die mystische Form und die lügnerischen Schriftzeichen dieses Emblems geschaffen hat, das eine fabelhafte Macht darstellen soll? Ich glaube nicht, daß ich in diesem Zusammenhang für nichtiger gehalten werden könnte, als wenn ich von Sphingen oder Greifen spräche, deren Existenz ja ebenfalls irgendwie mythologisch beglaubigt ist.«

»Da Sie Orientalist sind«, fuhr der alte Mann fort, »können Sie vielleicht diesen Spruch hier lesen?«

Er trug die Lampe ganz nahe an den Talisman heran, den der junge Mann mit der Rückseite nach vorn hielt, und ließ ihn Schriftzeichen sehen, die in das Zellgewebe dieses wunderbaren

Lederstücks inkrustiert waren, wie wenn sie von dem Tier hervorgebracht worden wären, dem es ehedem angehört hatte.

»Ich gestehe«, rief der Unbekannte aus, »daß ich mir kaum das Verfahren vorstellen kann, dessen man sich bedient hat, um diese Buchstaben so tief in die Haut eines Wildesels einzugraben.«

Damit wandte er sich bebend nach den Tischen um, die mit Kuriositäten überladen waren; seine Augen schienen dort irgend etwas zu suchen.

»Was wollen Sie?« fragte der Greis.

»Ein Instrument, mit dem ich das Leder zerschneiden kann, um zu sehen, ob die Buchstaben aufgedruckt oder inkrustiert sind.«

Der Alte hielt dem Unbekannten sein Stilett hin; er nahm es und versuchte, das Leder an der Stelle, wo die Worte standen, abzuschaben; doch als er eine leichte Lederschicht entfernt hatte, kamen die Buchstaben abermals so klar und genau denen gleich, die auf die Oberfläche geprägt waren, daß er einen Augenblick lang glaubte, er habe gar nichts weggekratzt.

»Die orientalischen Kunsthandwerker verfügen über Geheimnisse, die gänzlich ihr Eigentum sind«, sagte er und sah die morgenländische Inschrift mit einer gewissen Unruhe an.

»Ja«, antwortete der Greis, »man hält sich besser an die Menschen als an Gott!«

Die geheimnisvollen Worte waren auf folgende Weise angeordnet:

لو ملكتني ملكت آلكل
ولكن عمرك ملكي
واراد الله هكذا
اطلب وستنال مطالبك
ولكن قس مطالبك على عمرك
وهى هاهنا
فبكل مرامك استنزل ايامك

أتريد فيّ
الله مجيبك
آمين

Das bedeutet übersetzt:

WENN DU MICH BESITZEST, BESITZEST DU ALLES.
ABER DANN IST DEIN LEBEN MEIN. GOTT HAT
ES SO GEWOLLT. WÜNSCHE, UND DEINE WÜNSCHE
WERDEN ERFÜLLT. DOCH PASSE
DEIN VERLANGEN DEINEM LEBEN AN.
ES LIEGT IN MIR. MIT JEDEM
WOLLEN NEHME ICH AB
WIE DEINE TAGE.
WILLST DU MICH?
NIMM. GOTT WIRD
DICH ERHÖREN.
SO SEI ES!

»Siehe da, Sie lesen fließend Sanskrit[25]«, sagte der Alte. »Vielleicht sind Sie in Persien oder Bengalen gereist?«

»Nein«, antwortete der junge Mann und betastete neugierig das symbolträchtige Leder, das seiner geringen Geschmeidigkeit wegen fast einem Metallblatt ähnelte.

Der alte Händler stellte die Lampe wieder auf die Säule, von der er sie weggenommen hatte, und warf dem jungen Mann einen Blick voll kalter Ironie zu, der zu besagen schien: »Er denkt schon nicht mehr ans Sterben.«

»Geht es hier um einen Scherz oder um ein Geheimnis?« fragte der junge Unbekannte.

Der Greis schüttelte den Kopf und sagte ernst: »Darauf vermag ich Ihnen nicht zu antworten. Ich habe die schreckliche Macht, die dieser Talisman verleiht, Menschen angeboten, die über mehr Kraft verfügten, als Sie zu besitzen scheinen; aber alle haben über den problematischen Einfluß gespottet, den er auf ihr künftiges Schicksal ausüben sollte, und keiner hat den Abschluß des Vertrags wagen wollen, der von irgendeiner Macht auf so verhängnisvolle Weise vorgeschlagen worden ist. Ich denke wie jene; ich habe gezweifelt, ich habe mich enthalten, und ...«

»Und Sie haben es nicht einmal versucht?« unterbrach ihn der junge Mann.

»Versuchen!« sagte der Greis. »Wenn Sie oben auf der Säule auf der Place Vendôme ständen, würden Sie dann versuchen, sich in die Lüfte zu stürzen? Kann man den Lauf des Lebens anhalten? Hat der Mensch je den Tod ausscheiden können? Ehe Sie dies Kabinett betraten, waren Sie entschlossen, Selbstmord zu begehen; aber unvermittelt beschäftigt Sie ein Geheimnis und lenkt Sie vom Sterben ab. Sie Kind! Wird Ihnen nicht jeder Ihrer Tage ein Rätsel darbieten, das interessanter als dieses hier ist? Hören Sie mich an. Ich habe den lasterhaften Hof des Regenten[26] erlebt. Gleich Ihnen steckte ich damals im Elend, ich habe mir mein Brot erbettelt; dennoch habe ich ein Alter von hundertundzwei Jahren erreicht und bin Millionär geworden; das Unglück hat mir Vermögen beschert, die Unwissenheit hat mich belehrt. Ich will Ihnen in wenigen Worten ein großes Geheimnis des menschlichen Lebens enthüllen. Der Mensch erschöpft sich durch zwei instinktive Betätigungen, die alle Quellen seines Daseins zum Versiegen bringen. Zwei Zeitwörter drücken alle Formen aus, die diese beiden Todesursachen annehmen: *wollen* und *können*. Zwischen diesen beiden Grenzen menschlichen Handelns gibt es eine weitere Formel, deren sich die Weisen bemächtigen, und ihr danke ich mein Glück und meine Langlebigkeit. *Wollen* verbrennt uns, und *können* zerstört uns; aber *wissen* läßt unsern schwachen Organismus in einem beständigen Zustand der Ruhe verbleiben. Auf diese Weise ist das Verlangen oder das Wollen in mir erstorben, getötet vom Denken; die Bewegung oder das Können haben durch das natürliche Spiel meiner Organe ihr Ende gefunden. Um es in zwei Worten zu sagen: Ich habe mein Leben nicht in das Herz verlagert, das bricht, und auch nicht in die Sinne, die sich erschöpfen, sondern in das Gehirn, das sich nicht abnützt und das alles überlebt. Nichts Übertriebenes hat meine Seele oder meinen

Körper wundgerieben. Dabei habe ich die ganze Welt gesehen. Meine Füße haben die höchsten Berge Asiens und Amerikas bestiegen; ich habe alle menschlichen Sprachen gelernt; ich habe unter allen Regierungsformen gelebt. Ich habe mein Geld einem Chinesen geliehen und die Leiche seines Vaters als Pfand genommen; ich habe auf das Ehrenwort des Arabers in seinem Zelt geschlafen; ich habe Verträge in allen europäischen Hauptstädten unterzeichnet und mein Gold ohne Furcht im Wigwam der Indianer gelassen; kurzum, ich habe alles erlangt, weil ich mich darauf verstanden habe, alles zu verachten. Mein einziger Ehrgeiz hat darin bestanden zu sehen. Ist sehen nicht wissen? Und wissen, junger Mann, ist das nicht intuitives Genießen? Heißt das nicht die Substanz der Fakten entdecken und sich ihrer auf wesentliche Weise bemächtigen? Was bleibt denn von einem materiellen Besitz? Eine Idee. Urteilen Sie jetzt, wie schön das Leben eines Menschen sein muß, der, da er seinem Denken alle Wirklichkeiten einzuprägen vermag, die Quellen des Glücks in seine Seele verlegt und daraus tausend ideale Wollüste gewinnt, die der irdischen Makel bar sind. Der Gedanke ist der Schlüssel aller Schätze; er verschafft einem die Freuden des Geizhalses, ohne daß man dessen Sorgen teilhaftig wird. Daher habe ich über der Welt geschwebt, in der meine Genüsse stets intellektuelle Genüsse gewesen sind. Meine Ausschweifungen waren die Betrachtung der Meere, der Völker, der Wälder, der Gebirge! Ich habe alles gesehen, aber geruhsam, ohne Erschöpfung; ich habe niemals auch nur das mindeste begehrt, aber alles erwartet. Ich bin im Universum umhergewandelt wie im Garten einer Wohnstatt, die mir gehörte. Was die Menschen Kümmernisse, Liebschaften, Ehrgeiz, Rückschläge und Traurigkeit nennen, all das sind für mich Ideen, die ich in Träumereien verwandle; anstatt sie zu fühlen, leihe ich ihnen Ausdruck und übersetze sie; anstatt sie mein Leben verzehren zu lassen, dramatisiere, entwickle ich sie und habe mein Ergötzen daran wie an Romanen, die ich mittels einer inneren Schaukraft lesen würde. Da ich meine Organe nie erschöpft habe, erfreue ich mich noch heute einer robusten Gesundheit. Da meine Seele alle Kraft geerbt hat, die ich nicht mißbraucht habe, ist mein Kopf noch besser gefüllt als meine Lagerräume. Hier«, sagte er und schlug sich an die

Stirn, »hier lagern die wahren Millionen. Ich verbringe köstliche Tage, wenn ich einen verstehenden Blick in die Vergangenheit werfe; ich erwecke ganze Länder zum Leben, Fernsichten, Ausblicke auf den Ozean, schöne historische Gestalten! Ich habe einen imaginären Harem, darin ich alle Frauen besitze, die ich nicht gehabt habe. Häufig sehe ich eure Kriege, eure Revolutionen wieder vor mir und bilde mir Urteile darüber. Oh, wie kann man fieberhafter, leichtsinniger Bewunderung mehr oder weniger farbiger Leiber, mehr oder weniger rundlicher Formen den Vorzug einräumen! Wie kann man alles Unheil, das aus eurem getäuschten Willen entsteht, der erhabenen Fähigkeit vorziehen, in sich selbst das Universum vor Gericht erscheinen zu lassen, dem ungeheuren Lustgefühl, sich zu bewegen, ohne von den Banden der Zeit oder den Fesseln des Raums erwürgt zu werden, der Lust, alles zu umfassen, alles zu sehen, sich über den Rand der Welt zu neigen, um die andern Sphären zu befragen, um Gott zu belauschen! Dies hier«, sagte er mit erhobener Stimme und zeigte auf das Chagrinleder, »ist die Vereinigung von *Können* und *Wollen*. Es sind darin alle eure sozialen Ideen enthalten, eure ausschweifenden Wünsche, eure Zügellosigkeiten, eure Freuden, die töten, eure Schmerzen, die allzu sehr zum Leben treiben; denn der Schmerz ist vielleicht nur eine allzu heftige Lust. Wer vermöchte den Punkt zu bestimmen, an dem die Wollust Schmerz wird, und den, an dem der Schmerz noch Wollust ist? Sind nicht die heftigsten Lichterscheinungen der idealen Welt eine Liebkosung des Sehsinns, wogegen die sanftesten Dunkelheiten der physischen Welt ihm stets weh tun? Kommt das Wort Weisheit nicht von Wissen? Und was ist Wahnwitz anderes als ein Übermaß an Wollen oder Können?«

»Gut denn, ja, ich will im Übermaß leben«, sagte der Unbekannte und griff nach dem Chagrinleder.

»Hüten Sie sich, junger Mann«, rief der Greis mit unglaubwürdiger Lebhaftigkeit.

»Ich hatte mein Leben den Studien und der Gedankenarbeit bestimmt; aber beides hat mich nicht einmal ernährt«, entgegnete der Unbekannte. »Ich will mich weder durch eine Swedenborgs[27] würdige Predigt noch durch Ihr orientalisches Amulett noch durch Ihre menschenfreundlichen Bemühungen, Monsieur, zum Narren halten lassen, um in einer Welt zu verbleiben, in der meine Existenz fortan unmöglich ist. Wir wollen sehen!« fügte er hinzu und drückte den Talisman mit einem krampfhaften Griff an sich, wobei er den Greis ansah. »Ich will ein Abendessen von königlicher Pracht, ein Bacchanal, das des Jahrhunderts würdig ist, darin, wie es heißt, alles sich vervollkommnet hat! Meine Tischgäste sollen jung, geistreich und frei von Vorurteilen sein und fröhlich bis zur Tollheit! Die Weine sollen immer süffiger, immer feuriger aufeinander folgen und so stark sein, daß sie uns für drei Tage betrunken machen! Glühende Frauen sollen diese Nacht verschönen! Ich will, daß die rasende, röhrende Ausschweifung uns in ihren vierspännigen Wagen über die Grenzen der Welt hinausträgt und uns an unbekannten Gestaden aussetzt, daß die Seelen in den Himmel aufsteigen oder in den Schmutz tauchen; ich weiß nicht, ob sie sich dann erheben oder erniedrigen, und es ist mir auch gleichgültig! So befehle ich denn dieser finsteren Macht, für mich alle Freuden zusammenzuschmelzen. Ja, ich verspüre das Verlangen, in einer letzten Umschlingung die Lüste des Himmels und der Erde zu umfangen und daran zu sterben. Auch wünsche ich nach dem Zechen antike Priapsfeste und Lieder, die die Toten erwecken, und dreifache Küsse, Küsse ohne Ende, deren Schall über Paris hingleiten soll wie das Prasseln einer Feuersbrunst, die Gatten aufweckt und ihnen eine heiße Liebesglut einflößt, die sie alle verjüngt, sogar die Siebzigjährigen!«

Schallendes Gelächter aus dem Mund des kleinen Greises dröhnte dem jungen Narren in die Ohren wie Höllengetöse und unterbrach ihn so gebieterisch, daß er verstummte.

»Glauben Sie«, fragte der Händler, »daß meine Fußbodendielen sich plötzlich öffnen, um üppig gedeckten Tischen und Gästen aus dem Jenseits freie Bahn zu schaffen? Nein, nein, Sie junger Tollkopf. Sie haben den Pakt geschlossen, das sagt alles. Jetzt werden Ihre Wünsche peinlich genau in Erfüllung gehen, aber auf Kosten Ihres Lebens. Der Kreis Ihrer Tage ist in diesem Stück Leder verkörpert; er wird entsprechend der Kraft und Zahl Ihrer Wünsche, vom leichtesten bis zum maßlosesten, sich verengen. Der Brahmane, dem ich diesen Talisman verdanke, hat mir seinerzeit erklärt, es walte ein geheimnisvoller Einklang zwischen dem Schicksal und den Wünschen des Besitzers. Ihr erster Wunsch ist vulgär, ich könnte ihn verwirklichen; aber ich überlasse das den Geschehnissen Ihres neuen Daseins. Schließlich haben Sie ja sterben wollen. Nun, Ihr Selbstmord ist bloß aufgeschoben.«

Der Unbekannte war verwundert und fast verärgert, daß er nach wie vor von diesem sonderbaren Greis zum besten gehalten wurde, dessen halb philanthropische Absicht ihm in dieser letzten Spötterei klar ersichtlich zu sein schien; er rief: »Ich werde schon sehen, Monsieur, ob meine Glücksumstände sich ändern während der Zeit, die ich zum Überschreiten der Breite des Kais benötige. Aber wenn Sie nicht bloß Ihren Spott mit einem Unglücklichen treiben, dann wünsche ich, um mich für einen so fatalen Dienst zu rächen, daß Sie sich in eine Tänzerin verlieben! Dann werden Sie begreifen, wie glücklich eine Ausschweifung macht, und vielleicht werden Sie zum Vergeuder aller der Güter, mit denen Sie so philosophisch hausgehalten haben.«

Er ging hinaus, ohne den tiefen Seufzer zu hören, den der Greis ausstieß, durchschritt die weitläufigen Räume und stieg die Treppen jenes Hauses hinab, gefolgt von dem dicken, pausbäckigen Gehilfen, der ihm vergebens leuchten wollte; er lief mit der Hast eines Diebes, der auf frischer Tat ertappt worden ist. In seiner Verblendung durch eine Art Delirium fiel ihm nicht einmal auf, wie unglaublich geschmeidig das Chagrinleder geworden war; weich wie ein Handschuh ließ es sich in seinen wahnsinnigen Fingern zusammenrollen und in seine Fracktasche stekken, in die er es beinahe mechanisch gleiten ließ. Als er aus der Tür des Ladens auf die Straße stürzte, stieß er mit drei jungen Leuten zusammen, die Arm in Arm einherschritten.

»Tölpel!«

»Trottel!«

So lauteten die liebenswürdigen Ausrufe, die sie wechselten.

»Ach, es ist ja Raphaël.«

»Haha, wir waren auf der Suche nach dir.«

»Was? *Ihr* seid es?«

Diese drei freundschaftlichen Sätze folgten der Schimpferei, sobald das Licht einer im Wind schwankenden Straßenlaterne die Gesichter der erstaunten Gruppe getroffen hatte.

»Lieber Freund«, sagte der junge Mann, den Raphaël fast umgestoßen hätte, »du mußt mit uns kommen.«

»Was habt ihr denn vor?«

»Komm nur mit, ich erzähle es dir unterwegs.«

Halb gewaltsam, halb gutwillig wurde Raphaël von seinen Freunden umstellt; sie faßten seine Arme, reihten ihn in ihre fröhliche Schar ein und zogen ihn in Richtung auf den Pont-des-Arts von dannen.

»Mein Lieber«, fuhr der Redner fort, »seit etwa einer Woche sind wir hinter dir her. In deinem ehrbaren Hotel Saint-Quentin, auf dessen unwiderruflichem Aushängeschild, nebenbei gesagt, nach wie vor die abwechselnd roten und schwarzen Buchstaben stehen wie zu den Zeiten J.-J. Rousseaus, hat deine Léonarde[28] gesagt, du seiest aufs Land gefahren. Dabei haben wir doch bestimmt nicht ausgesehen wie Geldleute, Gerichtsvollzieher, Gläubiger, Häscher des Handelsgerichts und so weiter. Macht nichts! Rastignac hat dich am Abend zuvor in den ›Bouffons‹[29] gesehen; da haben wir wieder Mut geschöpft und unsern Stolz darein gesetzt herauszubekommen, ob du auf den Bäumen der Champs-Élysées hocktest, ob du für zwei Sous in jenen menschenfreundlichen Häusern übernachtetest, wo die Bettler auf gespannten Seilen schlafen, oder ob du nicht etwa besser dran seiest und dein Biwak in irgendeinem Boudoir aufgeschlagen habest. Nirgendwo sind wir deiner habhaft geworden, weder in den Gefangenenregistern von Sainte-Pélagie[30] noch in denjenigen von La Force[31]! Nachdem die Ministerien, die Oper, die Freudenhäuser, Cafés, Bibliotheken, Präfektenlisten, Journalistenbüros, Restaurants, Theaterfoyers, kurz, alles, was es in Paris an guten und üblen Örtlichkeiten gibt, klüglich durchforscht worden waren, seufzten wir über den Verlust eines Mannes, der genial genug ist, daß man nach ihm gleichermaßen bei Hofe wie in den Gefängnissen suchen kann. Wir redeten schon davon, dich heilig sprechen zu lassen wie einen der Juli-Helden! Und, Ehrenwort, wir haben um dich getrauert.«

In diesem Augenblick überschritt Raphaël mit seinen Freunden den Pont-des-Arts, von wo aus er, ohne ihnen zuzuhören, auf die Seine und deren rauschende Wasser, die die Lichter von Paris spiegelten, hinabschaute. Nun er über diesem Strom stand, in den er sich vor kurzem noch hatte hineinstürzen wollen, waren die Voraussagen des alten Mannes erfüllt: Seine Todesstunde war schicksalsmäßig hinausgezögert worden.

»Und wir haben dir ehrlich nachgetrauert!« sagte sein Freund und fuhr unbeirrt mit seiner Darlegung fort. »Es handelt sich um eine Kombination, in die wir dich in deiner Eigenschaft als überlegener Mensch, das heißt, als jemand, der sich über alles hinwegzusetzen weiß, einbegriffen haben. Das Verschwindenlassen des konstitutionellen Taschenspielerkügelchens im königlichen Würfelbecher wird heute ernster betrieben denn je, mein Lieber. Die durch den Volksheroismus gestürzte infame Monarchie war eine Frau von üblem Lebenswandel, mit der man lachen und bankettieren konnte; das Vaterland dagegen ist eine zänkische, tugendhafte Ehegattin; wir müssen, mögen wir wollen oder nicht, ihre steifleinenen Liebesbezeigungen über uns ergehen lassen. Nun aber ist die Macht, wie du weißt, von den Tuilerien zu den Journalisten übergewechselt, gerade wie das Budget eine neue Unterkunft gefunden hat, als es vom Faubourg Saint-Germain nach der Chaussée-d'Antin[32] verlegt wurde. Aber das Folgende weißt du vielleicht nicht! Die Regierung, also die Aristokratie der Bankiers und Advokaten, die heute für uns das Vaterland ausmachen wie ehedem die Priester die Monarchie, hat die Notwendigkeit verspürt, das gute französische Volk mit neuen Worten und alten Ideen zu mystifizieren, nach dem Beispiel der Philosophen aller Schulen und der großen Geister aller Zeiten. Es handelt sich also darum, daß uns eine königlich nationale Meinung eingeimpft werden soll, und zwar dadurch, daß uns bewiesen wird, wir seien weit glücklicher, wenn wir zwölfhundert Millionen dreiunddreißig Centimes dem Vaterland in Gestalt der Herren Soundso zahlten, statt elfhundert Millionen neun Centimes einem König, der *ich* gesagt hat statt *wir*. Mit einem Wort, es ist unlängst eine Zeitung gegründet worden, hinter der zwei- oder dreihunderttausend gute Francs stehen, gegründet in der Absicht, eine Opposition zu bilden, die die Unzufriedenen zufriedenstellt, ohne der nationalen Regierung des Bürgerkönigs zu schaden. Und da wir uns über die Freiheit genauso lustig machen wie über den Despotismus, über die Religion wie über die Ungläubigkeit, da das Vaterland für uns eine Hauptstadt ist, wo die Gedanken für so und so viel die Zeile ausgetauscht und verkauft werden, wo jeder Tag üppige Essen und zahlreiche Theateraufführungen bringt, wo liederliche Prostituierte wimmeln, wo die Nachtmähler erst am andern Morgen enden, wo die Liebe stundenweise bezahlt wird wie die Stadtdroschken, und da Paris immer das anbetungswürdigste aller Vaterländer bleiben wird, das Vaterland der Freude, der Freiheit, des Geistes, der hübschen Frauen, der üblen Subjekte, des guten Weins, das Vaterland, in dem die Zuchtrute der Regierung niemals allzu spürbar wird, weil man zu dicht bei denen steht, die sie schwingen – deshalb haben wir, die wahren Anhänger des Gottes Mephistopheles, es unternommen, die öffentliche Meinung zu schminken, die Akteure neu zu kostümieren, neue Planken an die Regierungsbaracke zu nageln, die Doktrinäre[33] mit Medikamenten zu versehen, die alten Republikaner aufzuwärmen, die Bonapartisten aufzufrischen und die Mitte neu zu verproviantieren, immer vorausgesetzt, daß es uns erlaubt ist, uns über Könige und Völker ins Fäustchen zu lachen, am Abend anderer Meinung zu sein als am Morgen, ein fröhliches Leben à la Panurge[34] oder *more orientali*[35] auf schwellenden Kissen zu führen. Wir haben dir die Zügel dieser makkaronischen und burlesken Herrschaft zugedacht, und also führen wir dich geradewegs zu dem Diner, das der Gründer besagter Zeitung gibt, ein Bankier im Ruhestand, der, da er nicht weiß, was er mit seinem Gold anfangen soll, es in Geist umwechseln will. Du wirst dort empfangen werden wie ein Bruder; wir werden dich dort als den König der frondierenden Geister begrüßen, die vor nichts zurückschrecken, deren Scharfsinn die Absichten Österreichs, Englands oder Rußlands enthüllt, bevor Rußland, England oder Österreich überhaupt Absichten haben! Ja, wir wollen dich zum Herrscher über die Mächte der Intelligenz einsetzen, die die Welt mit Leuten wie Mirabeau, Talleyrand, Pitt und Metternich beliefert, kurzum, mit allen geschickten Crispins[36], die untereinander um die Geschicke eines Reichs spielen wie vulgäre Leute beim Domino um ihr Kirschwasser. Wir haben dich als den unerschrockensten Kumpan hingestellt, der je Brust an Brust mit der Ausschweifung gerungen hat, diesem wunderbaren Ungeheuer, mit dem alle starken Geister kämpfen wollen; wir haben sogar behauptet, es habe dich noch nicht besiegt. Ich hoffe, daß du unsere Lobeshymnen nicht Lügen strafst. Taillefer, unser Amphitryon, hat uns versprochen, die kümmerlichen Saturnalien unserer kleinen, modernen Lukullusse zu übertreffen. Er ist so reich, daß er Größe in Niedrigkeit und Eleganz und Grazie in das Laster einfügen kann. Hörst du eigentlich zu, Raphaël?« unterbrach sich der Redner.

»Ja«, antwortete der junge Mann; er war weniger erstaunt über die Erfüllung seiner Wünsche als über die natürliche Art und Weise der Verkettung der Geschehnisse.

Obwohl es ihm unmöglich war, an einen magischen Einfluß zu glauben, bewunderte er das Walten des Zufalls im menschlichen Geschick.

»Aber du sagst: ›Ja‹, als ob du an den Tod deines Großvaters dächtest«, antwortete ihm einer der neben ihm Gehenden.

»Ach«, fuhr Raphaël in einem naiven Tonfall fort, der jene Schriftsteller, die Hoffnung des jungen Frankreich, auflachen ließ, »ich mußte gerade daran denken, ihr Freunde, daß wir auf dem besten Wege sind, ziemlich große Schurken zu werden! Bislang haben wir immer nur zwischen zwei Zechereien ruchlose Reden geführt; wir haben als Betrunkene das Leben gewogen; wir haben Menschen und Dinge gewertet, während wir verdauten. Wir waren jungfräulich im Tun, aber tollkühn in Worten; aber wenn wir jetzt mit dem glühenden Eisen der Politik gebrandmarkt werden, müssen wir in jenes große Zuchthaus eingehen und darin unsere Illusionen verlieren. Wenn man nur noch an den Teufel glaubt, darf man sich wohl nach dem Paradies der Jugend zurücksehnen, nach der Zeit der Unschuld, da wir fromm einem gütigen Priester die Zunge hinstreckten, um den heiligen Leib unseres Herrn Jesu Christi zu empfangen! Ach, liebe Freunde, wenn es uns so viel Spaß gemacht hat, unsere ersten Sünden zu begehen, dann nur, weil wir Gewissensbisse empfanden, um sie zu verschönern und ihnen etwas Pikantes und Würziges zu leihen, während jetzt ...«

»Oh! Jetzt«, fuhr der erste Gesprächspartner fort, »bleibt uns ...« – »Was denn?« fragte ein anderer.

»Das Verbrechen ...«

»Das ist ein Wort, das die volle Höhe eines Galgens und die volle Tiefe der Seine hat«, entgegnete Raphaël.

»Ach, du verstehst mich nicht. Ich spreche von politischen Verbrechen. Seit heute morgen bin ich nur auf *eine* Daseinsform neidisch, auf die der Verschwörer. Morgen weiß ich nicht, ob meine Phantasie noch ausdauern wird; heute abend jedoch läßt das bleiche Leben unserer Kultur, die so einförmig ist wie Eisenbahngleise, mein Herz vor Ekel sich aufbäumen. Ich bin leidenschaftlich verliebt in alles Unglück bei der Flucht aus Moskau, in das Aufregende des ›Roten Korsaren‹[37] und das Dasein der Schmuggler. Da es in Frankreich keine Kartäuser mehr gibt, möchte ich wenigstens eine Botany Bay[38], eine Art Lazarett für die kleinen Lord Byrons, die, nachdem sie das Leben zerknittert haben wie eine Serviette nach dem Essen, nichts mehr zu tun wissen, als ihre Heimatstadt in Brand zu stecken, sich eine Kugel in den Kopf zu schießen, für die Republik zu konspirieren oder nach Krieg zu verlangen ...«

»Émile«, sagte feurig der neben Raphaël Gehende zu dem Sprecher, »mein Manneswort, ohne die Juli-Revolution wäre ich Priester geworden und hätte irgendwo auf dem Land ein animalisches Leben geführt, und ...«

»Und hättest täglich das Brevier gelesen?«

»Ja.«

»Du bist ein Aufschneider.«

»Wir lesen doch auch die Zeitungen.«

»Nicht übel für einen Journalisten! Aber schweig bitte, wir gehen gerade inmitten einer Masse von Abonnenten. Der Journalismus, mußt du wissen, ist die Religion der modernen Gesellschaften, und das ist ein Fortschritt.«

»Wieso?«

»Die Pontifexe sind nicht gehalten zu glauben, und das Volk ebenfalls nicht ...«

Unter solcherlei Geplauder von wackeren Leuten, die seit langen Jahren das *›De viris illustribus‹*[39] kennen, kamen sie vor einem Stadtpalais in der Rue Joubert an.

Émile war ein Journalist, der sich durch Nichtstun mehr Ruhm erworben hatte als die andern mit ihren Erfolgen. Er war ein kühner Kritiker, schwungvoll und bissig; er besaß alle guten Eigenschaften, die seine Fehler gerade noch zuließen. Er war freimütig und lachte gern; er sagte einem Freund, den er, war er nicht anwesend, tapfer und getreulich verteidigt hatte, tausend Bosheiten ins Gesicht. Er spottete über alles, sogar über seine Zukunft. Stets befand er sich in Geldnöten, und so verblieb er, wie alle Menschen von einiger Bedeutung, in einer unsäglichen Faulheit und warf mit einem einzigen Ausspruch Leuten ein ganzes Buch an den Kopf, die sich nicht darauf verstanden, in ihren Büchern auch nur *einen* Ausspruch zu tun. Er verschwendete Versprechungen, die er nie Wirklichkeit werden ließ; er hatte sich aus seinem Glück und seinem Ruhm ein Kissen zum Schlafen gemacht, und so lief er Gefahr, als alter Mann im Armenspital zu erwachen. Übrigens war er ein Freund bis zum Schafott, ein Aufschneider aus Zynismus und unkompliziert wie ein Kind; er arbeitete nur, wenn er gerade Lust dazu hatte, oder aus Not.

»Jetzt werden wir, nach dem Ausdruck des Meisters Alcofribas[40], uns gehörig den Wanst vollschlagen«, sagte er zu Raphaël und zeigte auf die Blumenkästen, die die Treppe mit Düften und Grün erfüllten.

»Ich habe eine Schwäche für gut gewärmte und mit kostbaren Teppichen belegte Vorhallen«, antwortete Raphaël. »Luxus vom Peristyl an ist in Frankreich etwas Seltenes. Hier fühle ich mich wie neugeboren.«

»Und dort droben wollen wir noch einmal trinken und lachen, mein guter Raphaël. Wahrhaftig«, fuhr er fort, »ich hoffe, wir sind die Sieger und schreiten über alle diese Köpfe hinweg.«

Daraufhin wies er mit einer spöttischen Geste auf die Geladenen, als sie einen Salon betraten, der vor Vergoldungen und Lichtern nur so strahlte; sogleich wurden sie von den bemerkenswertesten jungen Leuten von Paris empfangen. Der eine hatte sich unlängst als ein neues Talent erwiesen und mit seinem ersten Bild den Wettbewerb mit den Malergrößen der Kaiserzeit aufgenommen. Der andere hatte sich kürzlich mit einem Buch voller Herbheit und durchtränkt von einer gewissen Verachtung alles Literarischen hervorgewagt und damit der modernen Schule neue Wege aufgetan. Etwas weiter entfernt stand ein Bildhauer, dessen hartes Gesicht auf ein kraftvolles Genie schließen ließ; er plauderte gerade mit einem der kalten Spötter, die, je nach der Gelegenheit, bald nirgendwo eine Überlegenheit erblicken wollen, bald sie überall finden. Hier lauerte der geistreichste unserer Karikaturisten mit boshaftem Auge und bissigem Mund auf gehässige Bemerkungen, um sie in Bleistiftstriche umzusetzen. Dort unterhielt sich jener junge, wagemutige Schriftsteller, der besser als irgend jemand sonst die Quintessenz politischer Gedanken destillierte oder kondensierte, wenn er seinen Spott mit dem Geist eines fruchtbaren Autors trieb, mit jenem Dichter, dessen Schriften alle Werke der Gegenwart zermalmen würden, wenn sein Talent die Macht seines Hasses besäße. Sie versuchten beide, nicht die Wahrheit zu sagen und nicht zu lügen, wenn sie einander mit liebenswürdigen Schmeichelreden bedachten. Ein berühmter Musiker tröstete in B-Dur und mit spöttischer Stimme einen jungen Politiker, der unlängst von der Rednertribüne gefallen war, ohne sich dabei weh zu tun. Junge Autoren ohne Stil standen neben jungen Autoren ohne Einfälle, Prosaisten voller Poesie neben prosaischen Poeten. Ein armer Saintsimonist[41], der so naiv war, an seine Lehre zu glauben, verkuppelte sie voller Mitleid miteinander; er wollte sie wohl in Mönche seines Ordens verwandeln. Schließlich waren auch noch ein paar jener Gelehrten da, denen es obliegt, der Unterhaltung Stickstoff hinzuzufügen, sowie mehrere Vaudeville-Schreiber, die bereit waren, einige von jenen vergänglichen Geistesblitzen dazu beizusteuern, die, wie das Funkeln des Diamanten, weder Wärme noch Licht spenden. Ein paar Männer, die zu Paradoxen neigten, lachten verstohlen über Leute, die sich ihre Bewunderung oder ihre Verachtung für Menschen und Dinge zu eigen machten; sie trieben bereits jene zweischneidige Politik, mit der sie gegen sämtliche Systeme konspirieren, ohne für eins davon Partei zu ergreifen. Der »Besserwisser« oder »Nörgler«, der sich über nichts wundert, der sich in der Italienischen Oper mitten in einer Kavatine geräuschvoll die Nase putzt, der vor allen andern »Brava«[42] ruft und allen widerspricht, die vor ihm seine Meinung verkünden, war ebenfalls da und trachtete, die Aussprüche geistvoller Leute als von sich selbst stammend hinzustellen. Von jenen Gästen hatten fünf eine Zukunft, etwa zehn sollten eine flüchtige Berühmtheit erlangen; was die übrigen betraf, so konnten sie sich wie alle Durchschnittsmenschen die berühmte Lüge Ludwigs XVIII. sagen: »Eintracht und Vergessen.«[43] Der Gastgeber bekundete die sorgenvolle Heiterkeit eines Mannes, der zweitausend Taler zum Fenster hinauswirft. Von Zeit zu Zeit richteten seine Blicke sich voller Ungeduld auf die Tür des Salons und riefen denjenigen der Tischgäste herbei, der auf sich warten ließ. Bald erschien ein beleibtes Männlein, das von einem schmeichelhaften Geraun begrüßt wurde; es war der Notar, der am selben Morgen die Zeitungsgründung vollendet hatte. Ein schwarz livrierter Diener hatte gerade die Türen eines geräumigen Eßzimmers geöffnet; jedermann ging ohne weitere Umstände hinein und erkundete seinen Platz an einem riesigen Tisch. Ehe Raphaël die Salons verließ, warf er einen letzten Blick auf sie. Sicherlich war sein Wunsch vollständig erfüllt worden. Seide und Gold prangten an den Wänden der Gemächer. Prunkvolle Kandelaber, die unzählige Kerzen trugen, ließen die winzigsten Einzelheiten der vergoldeten Friese, die zarten Ziselierungen der Bronze und die üppigen Farben der Einrichtung erglänzen. Die seltenen Blumen in kunstvoll aus Bambus gefertigten Ständern verbreiteten süßen Wohlgeruch. Alles, sogar die Draperien, atmeten eine Eleganz ohne Aufdringlichkeit; kurzum, es herrschte in allem und jedem eine gewisse poetische Anmut, deren Zauber auf die Phantasie eines Mannes ohne Geld wirken mußte.

»Hunderttausend Francs Zinsen sind ein recht hübscher Kommentar zum Katechismus und helfen einem wunderbar, die Moral in Taten umzusetzen!« sagte er seufzend. »Ach ja, meine Tugend ist schlecht zu Fuße. Für mich besteht das Laster in einer Mansarde, einem abgeschabten Frack, einem grauen Hut im Winter und Schulden beim Portier. Ach, ich möchte inmitten dieses Luxus ein Jahr, nur ein halbes leben, es kommt nicht drauf an! Und danach sterben. Dann hätte ich zumindest tausend Daseinsformen erschöpft, gekannt und verschlungen.«

»O weh!« sagte Émile, der ihm zugehört hatte. »Du hältst den Kutschwagen eines Wechselmaklers für das Glück. Glaub mir, das Vermögen würde dich bald langweilen, wenn du dir bewußt würdest, daß es dir die Möglichkeit nimmt, ein überlegener Mensch zu sein. Hat ein Künstler je zwischen den Armseligkeiten des Reichtums und den Reichtümern der Armut geschwankt? Braucht unseresgleichen nicht immerfort Kämpfe? Deswegen bereite deinen Magen vor; sieh nur«, sagte er und zeigte ihm mit einer heroischen Geste den majestätischen, dreimal heiligen und beruhigenden Anblick, den das Eßzimmer des gebenedeiten Kapitalisten darbot. »Der Mann da«, fuhr er fort, »hat sich tatsächlich die Mühe gemacht, sein Geld lediglich für uns zusammenzuscheffeln. Ist er nicht eine Art Schwamm, den die Naturforscher in der Gattung der Polypen vergessen haben und den es voller Zartgefühl auszudrücken gilt, ehe man ihn durch die Erben aussaugen läßt? Findest du nicht, daß die Reliefs, die die Wände schmücken, wirklich Stil haben? Und die Kronleuchter, die Bilder, welch verständnisvoller Luxus! Wenn man den Neidhälsen und denen glauben will, die Wert darauf legen, die Triebfedern des Lebens zu sehen, dann soll dieser Mann während der Revolution einen Deutschen und ein paar andere Leute umgebracht haben, nämlich, wie es heißt, seinen besten Freund und die Mutter jenes Freundes[44]. Kann man unter dem ergrauenden Haar dieses verehrungswürdigen Taillefer Raum für Verbrechen vermuten? Er sieht doch aus wie ein recht guter Mensch. Schau nur, wie das Tafelsilber funkelt; müßte nicht jeder dieser schimmernden Strahlen für ihn ein Dolchstoß sein . . .? Geh mir doch! Ebenso gut könnte man an Mohammed glauben. Wenn die Öffentlichkeit recht hätte, dann würden sich hier dreißig Männer von Herz und Talent anschicken, die Herzen einer ganzen Familie zu verspeisen und deren Blut zu trinken. Und wir beide, junge Menschen voller Reinheit und Enthusiasmus, würden die Mitschuldigen der Untat sein! Ich habe Lust, unseren Kapitalisten zu fragen, ob er ein ehrenwerter Mensch ist.«

»Nicht jetzt!« rief Raphaël. »Erst, wenn er toll und voll betrunken ist; dann haben wir nämlich gegessen.«

Lachend nahmen die beiden Freunde Platz. Zunächst und mittels eines Blickes, der stets schneller ist als das Wort, zollte jeder Gast dem prunkvollen Anblick seine Bewunderung, den eine lange Tafel darbietet, die weiß ist wie eine Schicht frisch gefallenen Schnees; es befanden sich darauf in symmetrischer Anordnung die von blonden Brötchen gekrönten Gedecke. Die Kristallgläser warfen in ihren sternförmigen Reflexen die Farben des Regenbogens zurück; die Kerzen schleuderten Kreuzfeuer bis ins Unendliche; die Gerichte unter ihren Silberkuppeln reizten den Appetit und die Neugier. Es wurde recht wenig gesprochen. Die Nachbarn schauten einander an. Der Madeira-Wein kreiste. Dann erschien der erste Gang in aller seiner Glorie; er hätte dem seligen Cambacérès[45] Ehre gemacht, und Brillat-Savarin[46] hätte ihn gepriesen. Die weißen und roten Bordeaux- und Burgunderweine wurden mit königlicher Großzügigkeit gereicht. Dieser erste Teil des Festmahls war in jeder Hinsicht der Exposition einer klassischen Tragödie vergleichbar. Der zweite Akt gedieh ein wenig geschwätzig. Jeder Gast hatte vernünftig getrunken und die Weinsorten je nach seinem Gefallen gewechselt, so daß in dem Augenblick, da die Reste dieses großartigen Ganges abgetragen worden waren, sich stürmische Diskussionen angesponnen hatten; ein paar blasse Stirnen hatten sich gerötet, mehrere Nasen hatten angefangen, sich purpurn zu färben; die Gesichter erglühten, die Augen funkelten. Während dieser Morgenröte der Trunkenheit verblieben die Reden noch innerhalb der Grenzen der Wohlanständigkeit; doch nach und nach entsprangen jedem Mund Spöttereien und Wortwitze; dann erhob die Verleumdung ganz langsam ihren kleinen Schlangenkopf und sprach mit Flötenstimme; hier und dort lauschten ein paar Heimtücker aufmerksam und hofften, auch weiterhin bei klarem Verstand zu bleiben. Der zweite Gang fand also die Geister schon völlig erhitzt vor. Jeder aß, während er sprach, sprach, während er aß und trank, ohne auf das weitere Zuströmen der Getränke zu achten, so ölig und reich an Blume waren sie, so ansteckend wirkte das Beispiel. Taillefer ließ es sich angelegen sein, seine Gäste anzuregen, und so ließ er die gefährlichen Rhôneweine auftragen, den hitzigen Tokaier und alten, zu Kopfe steigenden Roussillon. Ausgelassen wie die Pferde eines Eilpostwagens, der von einer Umspannstation abfährt, ließen diese von den Feuerfunken des ungeduldig erwarteten, jetzt überreichlich ausgeschenkten Champagners aufgepeitschten Männer ihren Geist in die Leere jener klügelnden Schwätzereien hineingaloppieren, denen niemand lauscht; sie fingen an, jene Geschichten zu erzählen, die keinen Zuhörer finden; sie begannen hundertmal jene Zwischenfragen zu stellen, die ohne Antwort bleiben. Einzig die Orgie erhob ihre laute Stimme; sie bestand aus hundertfach verworrenem Geschrei, das anschwoll wie die Crescendi Rossinis. Dann kamen die hinterhältigen Trinksprüche, die Aufschneidereien und Herausforderungen. Alle verzichteten darauf, ihre intellektuellen Fähigkeiten glänzen zu lassen; sie übernahmen statt dessen die von Tonnen, Fässern und Bütten. Es mutete an, als habe jeder zwei Stimmen. Dann kam ein Augenblick, da die Herren alle zugleich sprachen und da die Diener lächelten. Aber dies Durcheinander von Worten, darin die Paradoxe von zweifelhafter Leuchtkraft, die grotesk gewandeten Wahrheiten, die durch den Lärm, die Zwischenentscheide, die selbstherrlichen Urteile und die Albernheiten hindurch aufeinanderprallten, wie inmitten eines Kampfes Kanonenkugeln, Gewehrgeschosse und Kartätschen – dies Durcheinander hätte sicherlich um der Absonderlichkeit der Gedanken willen einen Philosophen interessiert oder durch das Bizarre der Systeme einen Politiker überrascht. Es war zugleich ein Buch und ein Bild. Die Philosophien, die Religionen, die Moral, die so verschieden von einem Breitengrad zum andern sind, die Regierungen, kurz, alle großen Betätigungen der menschlichen Intelligenz fielen unter einer Sense, die genauso lang ist wie die des Gottes der Zeit, und vielleicht hätte man nur unter Schwierigkeiten entscheiden können, ob sie von trunkener Weisheit gehandhabt wurde oder von weise und hellsichtig gewordener Trunkenheit. Jene Geister wurden von einer Art Sturm davongetragen; sie schienen, wie das erzürnte Meer an Steilklippen, alle Gesetze erschüttern zu wollen, zwischen denen die Kulturen einherwogen, und auf diese Weise, ohne es zu wissen, dem Willen Gottes genug zu tun, der in der Natur das Gute und das Böse zuläßt und das Geheimnis von ihrer beider beständigem Kampf für sich behält. In ihrer Wut, ihrer burlesken Komik war die Diskussion gewissermaßen ein Hexensabbat der Intelligenzen. Zwischen den traurigen Witzen, die diese Söhne der Revolution bei der Geburt einer Zeitung rissen, und den Reden der fröhlichen Zecher bei der Geburt Gargantuas klaffte der ganze Abgrund, der das neunzehnte Jahrhundert vom sechzehnten trennt. Jenes bereitete lachend eine Zerstörung vor; das unsrige lacht inmitten von Ruinen.

»Wie heißt eigentlich der junge Mann, den ich da hinten stehen sehe?« fragte der Notar und deutete auf Raphaël. »Ich glaube, ich habe gehört, daß er mit Valentin angeredet wurde.«

»Was schwatzen Sie da kurzweg von einem Valentin?« rief Émile lachend. »Raphaël de Valentin, wenn ich bitten darf! Er führt im Wappen einen goldenen Adler mit silberner Krone, Schnabel und Klauen rot, auf schwarzem Grund, und die schöne Devise lautet: *Non cedit animus!*[47] Er ist kein Findelkind, sondern ein Nachkomme des Kaisers Valens, des Stammvaters der Valentinois, des Gründers der Städte Valencia in Spanien und Valence in Frankreich, der rechtmäßige Erbe des oströmischen Reichs. Wenn er Mahmud in Konstantinopel thronen läßt, so nur aus purer Gutmütigkeit, und auch, weil es ihm an Geld und Soldaten fehlt.«

Émile zeichnete mit seiner Gabel über Raphaëls Kopf eine Krone in die Luft. Der Notar überlegte ein Weilchen, fing bald wieder zu trinken an und vollführte unwillkürlich eine unmißverständliche Geste, durch die er einzugestehen schien, daß es ihm unmöglich sei, die Städte Valencia und Valence sowie Konstantinopel, Mahmud, den Kaiser Valens und die Familie der Valentinois seiner Klientel einzugliedern.

»Ist die Zerstörung jener Ameisenhaufen mit Namen Babylon, Tyrus, Karthago oder Venedig, die stets unter den Füßen einherschreitender Riesen zermalmt worden sind, nicht eine Warnung, die dem Menschen durch eine spöttische Macht zuteil geworden ist?« fragte Claude Vignon, eine Art Sklave, der gekauft worden war, um für zehn Sous die Zeile den Bossuet zu spielen.

»Moses, Sulla, Ludwig XI., Richelieu, Robespierre und Napoleon sind vielleicht ein und derselbe Mensch, der in den einzelnen Kulturepochen wiedererscheint wie ein Komet am Himmel!« antwortete ein Anhänger Ballanches[48].

»Warum der Vorsehung auf den Zahn fühlen?« fragte Canalis, der Balladenfabrikant.

»Na, jetzt wird schon wieder die Vorsehung aufgetischt«, unterbrach ihn der nörglerische Besserwisser. »Ich kenne in der Welt nichts, was elastischer wäre.«

»Aber, Monsieur, Ludwig XIV. hat mehr Menschen beim Bau der Wasserleitung nach Maintenon umkommen lassen als der Konvent, um die Steuern gerecht zu verteilen, um die einheitliche Gesetzgebung durchzuführen, Frankreich zu nationalisieren und die Erbschaften gleichmäßig zu verteilen«, sagte Massol, ein junger Mann, der zum Republikaner geworden war, weil ein einsilbiges Wort vor seinem Namen fehlte.

»Monsieur«, antwortete ihm Moreau de l'Oise, ein wohlhabender Gutsbesitzer, »Sie, der Sie Blut für Wein halten, werden Sie diesmal jedermann seinen Kopf auf den Schultern lassen?«

»Wozu denn, Monsieur? Sind die Grundsätze der gesellschaftlichen Ordnung nicht ein paar Opfer wert?«

»Bixiou! He! Das bißchen Republikaner da behauptet, der Kopf jenes Gutsbesitzers würde ein Opfer sein«, sagte ein junger Mann zu dem neben ihm Sitzenden.

»Menschen und Geschehnisse sind nichts«, sagte der Republikaner und fuhr unter dem allgemeinen Gerülpse mit der Darlegung seiner Theorie fort, »es gibt in der Politik und der Philosophie nichts als Prinzipien und Ideen.«

»Wie gräßlich! Dann würde es Ihnen also nicht das mindeste ausmachen, Ihre Freunde um eines ›Wenn‹ willen umzubringen ...?«

»Unsinn, Monsieur! Der Mensch, der Gewissensbisse hat, ist der wahre Schurke, denn er hat irgendeinen Begriff von der Tugend, während Peter der Große und der Herzog von Alba Systeme waren und der Korsar Montbars[49] eine Organisation.«

»Aber kann die Gesellschaft nicht auch ohne Ihre Systeme und Organisationen auskommen?« fragte Canalis.

»Oh, da denke ich wie Sie«, rief der Republikaner.

»Na, eure blödsinnige Republik erregt mir Übelkeit! Man kann nicht mal in Ruhe einen Kapaun tranchieren, ohne darin das Agrargesetz zu finden.«

»Deine Prinzipien sind vortrefflich, mein kleiner, mit Trüffeln gefüllter Brutus! Aber du hast Ähnlichkeit mit meinem Diener; der komische Kerl ist dermaßen von der Reinlichkeitsmanie besessen, daß, wenn ich ihn meine Fräcke nach seinem Ermessen ausbürsten ließe, ich völlig nackt herumlaufen müßte.«

»Ihr seid unvernünftige Tiere! Ihr wollt eine Nation mit Zahnstochern reinigen«, entgegnete der auf die Republik Erpichte. »Wenn es nach euch ginge, wäre die Justiz noch gefährlicher als die Diebe.«

»Haha!« lachte der Advokat Desroches.

»Wie sind die langweilig mit ihrer Politik«, sagte der Notar

Cardot. »Hört auf damit. Es gibt keine Wissenschaft oder Tugend, die einen Tropfen Blut wert wäre. Wenn wir die Liquidation der Wahrheit durchführten, würden wir vielleicht sehen, daß sie bankrott ist.«

»Ach, sicherlich hätte es uns weniger gekostet, uns im Bösen zu amüsieren, als uns über das Gute in die Haare zu geraten. Deswegen würde ich alle auf der Tribüne seit vierzig Jahren gehaltenen Reden für eine Forelle geben, für ein Märchen von Perrault oder eine flüchtige Skizze von Charlet[50].«

»Da haben Sie vollauf recht! Bitte, reichen Sie mir den Spargel. Denn schließlich erzeugt die Freiheit die Anarchie, die Anarchie führt zum Despotismus und der Despotismus wieder zurück zur Freiheit. Millionen von Menschen sind umgekommen, ohne daß sie einem dieser Systeme zum Sieg verholfen hätten. Ist das nicht der *Circulus vitiosus*, in dem sich die moralische Welt immerfort drehen wird? Wenn der Mensch glaubt, er habe etwas vervollkommnet, hat er lediglich die Dinge von ihrem Platz gerückt.«

»Hoho!« rief der Vaudevilleschreiber Cursy. »Dann, ihr Herren, trinke ich auf Karl X., den Vater der Freiheit!«

»Warum auch nicht?« fragte Émile. »Wenn in den Gesetzen Despotismus herrscht, dann findet die Freiheit sich in den Sitten, und *vice versa*[51].«

»Dann laßt uns also auf den Schwachsinn der Macht trinken, die uns soviel Macht über die Schwachsinnigen einräumt!« sagte der Bankier.

»Na, mein Lieber, Napoleon hat uns doch zumindest den Ruhm hinterlassen!« rief ein Marineoffizier, der nie aus Brest herausgekommen war.

»Ach, der Ruhm, ein trauriges Nahrungsmittel! Er kostet viel und hält sich nicht. Sollte er nicht der Egoismus der großen Männer sein, wie das Glück derjenige der Dummen ist?«

»Monsieur, Sie sind sehr glücklich.«

»Der erste, der die Trenngräben erfand, war sicherlich ein schwacher Mensch, denn die Gesellschaft kommt nur Jämmerlingen zustatten. An den beiden entgegengesetzten Polen der moralischen Welt stehend, empfinden der Wilde und der Denker gleichermaßen Abscheu vor dem Eigentum.«

»Hübsch!« rief Cardot aus. »Wenn es keinen Grundbesitz gäbe, wie könnten wir da Verträge aufsetzen?«

»Die jungen Erbsen hier sind von phantastischer Köstlichkeit!«

»Und am nächsten Tag wurde der Pfarrer tot in seinem Bett gefunden ...«

»Wer redet hier vom Tod? Macht keine Witze! Ich habe einen Onkel.«

»Sie würden sich sicherlich damit abfinden, ihn zu verlieren.«

»Keine Frage!«

»Hört, ihr Herren! Eine Methode, seinen Onkel umzubringen. Pst! (Hört, hört!) Zunächst muß man einen dicken, fetten Onkel haben, mindestens siebzigjährig, das sind die besten Onkel. (Bewegung.) Den muß man unter irgendeinem Vorwand zum Verspeisen einer Gänseleberpastete veranlassen ...«

»Aber mein Onkel ist lang, klapperdürr, geizig und mäßig.«

»Ach, dergleichen Onkel sind Scheusäler, die mit dem Leben Mißbrauch treiben.«

»Und«, fuhr der Mann mit den Onkeln fort, »dann melden Sie ihm, während er verdaut, den Konkurs seines Bankiers.«

»Und wenn er das überlebt?«

»Dann lassen Sie ein hübsches Mädchen auf ihn los!«

»Aber wenn er ...«, sagte der andere und vollführte eine verneinende Geste.

»Na, dann ist es eben kein Onkel; ein Onkel hat seinem Wesen nach geil zu sein.«

»Die Stimme der Malibran[52] hat um zwei Töne an Umfang eingebüßt.«

»Unsinn!«

»Doch!«

»Hoho! Ja und nein, ist das nicht bei allen religiösen, politischen und literarischen Abhandlungen der Fall? Der Mensch ist ein Hanswurst, der über Abgründen tanzt!«

»Ihrer Meinung nach wäre ich also ein Halbidiot?«

»Im Gegenteil, Sie verstehen mich bloß nicht.«

»Bildung, schöner Unfug! Monsieur Heineffettermach gibt an, die Zahl der gedruckten Bücher übersteige eine Milliarde, und das Leben eines Menschen erlaubt nur, hundertfünfzigtausend Bücher zu lesen. Wollen Sie mir also bitte erklären, was das Wort ›Bildung‹ bedeutet? Für die einen besteht sie darin zu wissen, wie das Pferd Alexanders, die Dogge Berezillo[53] und der Seigneur des Accords[54] geheißen haben, und nicht den Namen des Mannes zu kennen, dem wir die Holzflößerei oder das Porzellan verdanken. Für die andern heißt gebildet sein, wenn man ein Testament zu verbrennen und dennoch als anständiger Mensch geliebt und geachtet zu leben versteht, anstatt als Rückfälliger unter fünf erschwerenden Umständen eine Taschenuhr zu stehlen und gehaßt und entehrt auf der Place de Grève zu sterben.«

»Ob Nathan bleibt?«

»Haha! Seine Mitarbeiter sind geistvolle Leute.«

»Und Canalis?«

»Der ist ein großer Mann, den wollen wir aus dem Spiel lassen.«

»Sie sind ja betrunken!«

»Die unmittelbare Folge einer Verfassung ist die Verflachung der Intelligenzen. Künste, Wissenschaften, Denkmäler, alles wird von einem schauerlichen Egoismus verschlungen, dem Aussatz unserer Gegenwart. Euren dreihundert auf Bänken hockenden Bürgern[55] fällt nichts anderes ein, als Pappeln zu pflanzen. Der Despotismus vollbringt auf ungesetzliche Weise große Dinge; die Freiheit macht sich nicht mal die Mühe, auf gesetzliche Weise kleine zu schaffen.«

»Euer Unterrichtssystem auf Gegenseitigkeit fabriziert Hundertsousstücke aus Menschenfleisch«, redete ein Absolutist dazwischen. »Bei einem Volk, das durch Bildung nivelliert wird, verschwinden die Individualitäten.«

»Ist es denn aber nicht Ziel und Zweck der Gesellschaft, jedem zu Wohlstand zu verhelfen?« fragte der Saintsimonist.

»Wenn Sie fünfzigtausend Francs Zinsen hätten, würden Sie schwerlich noch an das Volk denken. Sind Sie gepackt von der schönen Liebe zur Menschheit, so gehen Sie nach Madagaskar; da werden Sie ein hübsches, unberührtes Volk finden, das Sie saintsimonisieren, klassifizieren und in Einmachgläser füllen können; hier jedoch hat jeder seine Zelle, in die er hineinpaßt wie die Schraube in ihr Loch. Die Portiers sind Portiers, die

Nullen sind blöde Viecher, ohne daß sie es nötig hätten, von einem Kollegium von Patres dazu ernannt zu werden. Haha!«

»Sie sind Karlist[56]!«

»Warum auch nicht? Ich schätze den Despotismus ungemein; es spricht aus ihm eine gewisse Verachtung für die Rasse Mensch. Ich hasse die Könige nicht. Sie sind so amüsant! In einer Kammer zu thronen, dreißig Millionen Meilen von der Sonne entfernt, ist das etwa nichts?«

»Lassen Sie uns doch diesen breiten Überblick über die Kultur zusammenfassen«, sagte der Gelehrte, der zur Aufklärung des unaufmerksamen Bildhauers eine Diskussion über den Beginn der Gesellschaften und über die autochthonen Völkerschaften angefangen hatte. »Bei den Ursprüngen der Nationen war die Macht gewissermaßen materiell, einheitlich und plump; als dann die Gemeinschaften größer wurden, sind die Regierungen zu mehr oder weniger geschickten Zersetzungen der ursprünglichen Macht weitergeschritten. Im frühen Altertum beruhte die Macht auf der Theokratie; der Priester verfügte über Schwert und Weihrauchfaß. Später gab es dann zwei priesterliche Würden, den Oberpriester oder Pontifex und den König. Heute hat unsere Gesellschaft, die letzte Grenze der Kultur, die Macht entsprechend der Zahl der Kombinationen verteilt, und wir sind zu Machtgruppen gelangt, die Industrie, Denken, Geld und Wort heißen. Die Macht, die infolgedessen keine Einheitlichkeit mehr besitzt, marschiert unaufhörlich einer sozialen Auflösung entgegen, die keine andere Schranke mehr hat als den Eigennutz. Daher stützen wir uns weder auf die Religion noch auf die materielle Macht, sondern auf die Intelligenz. Hat das Buch denselben Wert wie das Schwert, kommt die Diskussion der Tat gleich? Das ist das Problem.«

»Die Intelligenz hat alles getötet«, rief der Karlist. »Glauben Sie es nur, die absolute Freiheit führt die Völker zum Selbstmord; sie langweilen sich im Triumph wie ein englischer Millionär.«

»Sagen Sie uns damit etwas Neues? Heutzutage werden alle Formen der Macht ins Lächerliche gezogen, und das ist genauso vulgär wie das Leugnen Gottes! Es gibt keinen Glauben mehr. Deswegen mutet das Jahrhundert an wie ein alter, der Ausschweifung anheimgefallener Sultan. Schließlich hat euer Lord Byron in letzter Verzweiflung an der Poesie die Leidenschaften des Verbrechens besungen.«

»Wissen Sie eigentlich«, antwortete ihm der völlig bezechte Bianchon, »daß eine Dosis Phosphor mehr oder weniger den Mann von Genie oder den Schurken, den Geistvollen oder den Idioten, den Tugendhaften oder den Verbrecher schafft?«

»Wie kann man nur so über die Tugend reden?« rief de Cursy. »Die Tugend, das Thema aller Theaterstücke, die Lösung aller Dramen, die Basis aller Tribunale.«

»Ach, halt doch den Mund, du Rindvieh. Deine Tugend ist ein Achilles ohne Ferse!« sagte Bixiou.

»Gebt mir was zu trinken!«

»Willst du wetten, daß ich eine Flasche Champagner in einem einzigen Zug austrinke?«

»Was für ein Zug von Geist!« rief Bixiou.

»Sie sind besoffen wie die Fuhrknechte«, sagte ein junger Mann, der sich mit ernster Miene den Wein auf die Weste goß.

»Jawohl, Monsieur, die gegenwärtige Regierung ist die Kunst, die öffentliche Meinung herrschen zu lassen.«

»Die öffentliche Meinung? Aber das ist doch die lasterhafteste aller Prostituierten! Wenn man auf euch hört, ihr Männer der Moral und der Politik, dann müßte man ohne Unterlaß eure Gesetze der Natur, die öffentliche Meinung dem Gewissen vorziehen. Glaubt nur, alles ist wahr, alles ist falsch! Wenn die Gesellschaft uns die Daunen zu Kopfkissen beschert hat, dann hat sie diese Wohltat ganz bestimmt durch die Gicht kompensiert, gerade wie sie uns die Prozeßordnung zwecks Mäßigung der Justiz und den Schnupfen als Folgeerscheinung der Kaschmirschals gebracht hat.«

»Widerlicher Kerl«, unterbrach Émile den Misanthropen, »wie kannst du die Kultur angesichts von Weinen, köstlichen Speisen und mit dem Kinn auf dem Teller lästern? Beiß in diesen Rehbock mit den vergoldeten Hufen und dem vergoldeten Geweih, aber beiß nicht deine Mutter.«

»Ist es meine Schuld, wenn der Katholizismus dahin gelangt, eine Million Götter in einen Mehlsack zu stecken, wenn die Republik immer auf einen Napoleon hinausläuft, wenn das Königtum sich zwischen der Ermordung Heinrichs IV. und der Verurteilung Ludwigs XVI. befindet, wenn der Liberalismus zu La Fayette wird?«

»Haben Sie sich ihm im Juli[57] angeschlossen?«

»Nein.«

»Dann schweigen Sie, Sie Skeptiker.«

»Die Skeptiker sind die gewissenhaftesten Menschen.«

»Die haben überhaupt kein Gewissen.«

»Was sagen Sie da? Sie haben mindestens zwei.«

»Mit dem Himmel Geschäfte machen! Monsieur, das ist die richtige Kaufmannsidee. Die antiken Religionen waren nichts als eine glückliche Weiterentwicklung der Körperlust; wir jedoch haben die Seele und die Hoffnung entwickelt; das ist ein Fortschritt.«

»Haha, ihr lieben Freunde, was könnt ihr von einem Jahrhundert erwarten, das ganz und gar mit Politik gemästet ist?« fragte Nathan. »Was ist das Schicksal des Königs von Böhmen und seiner sieben Schlösser[58] gewesen, der reizendsten dichterischen Konzeption?«

»Das?« rief der Krittler vom einen Ende der Tafel zum andern. »Das besteht aus Phrasen, die, wie der Zufall es wollte, aus einem Hut gezogen worden sind; wirklich, ein Buch, das für Charenton[59] geschrieben worden ist.«

»Sie sind ein Blödian!«

»Sie sind ein Narr!«

»Oh! Oh!«

»Ah! Ah!«

»Das gibt ein Duell.«

»Nein.«

»Auf morgen, Monsieur.«

»Jetzt gleich«, antwortete Nathan.

»Na, aber! Ihr seid beide wackere Kerle.«

»Und du bist der dritte!« sagte der Herausforderer.

»Dabei können sie sich nicht mal auf den Beinen halten.«

»Was? Stehe ich etwa nicht kerzengerade?« entgegnete der kriegerische Nathan und reckte sich auf wie ein schwankender Papierdrachen.

Er warf einen stumpfsinnigen Blick auf den Tisch; dann aber, wie entkräftet durch diese Anstrengung, plumpste er wieder auf seinen Stuhl zurück, ließ den Kopf hängen und blieb stumm sitzen.

»Wäre es nicht spaßig«, fragte der Besserwisser seinen Tischnachbarn, »wenn ich mich eines Buches wegen duellierte, das ich weder gesehen noch gelesen habe?«

»Émile, hab acht auf deinen Frack, dein Nachbar wird blaß«, sagte Bixiou.

»Kant, Monsieur? Noch so ein Luftballon, den man aufsteigen läßt, um die Nullen zu amüsieren! Der Materialismus und der Spiritualismus sind zwei hübsche Schläger, mit denen die Charlatane im Talar einander denselben Federball zuwerfen. Ob Gott nach Spinoza in allem sei, oder ob nach dem heiligen Paulus alles von Gott kommt . . . Schwachköpfe! Eine Tür auf- oder zumachen, ist das nicht dieselbe Bewegung? Kommt das Ei vom Huhn oder das Huhn vom Ei? – Bitte reichen Sie mir etwas Ente! – Das ist die ganze Wissenschaft.«

»Du Einfaltspinsel«, schrie ihn der Gelehrte an, »die Frage, die du stellst, wird durch eine Tatsache entschieden.«

»Und durch welche?«

»Die Lehrstühle der Professoren sind nicht für die Philosophie geschaffen worden, wohl aber die Philosophie für die Lehrstühle! Setz eine Brille auf und lies das Budget.«

»Diebe!«

»Halbidioten!«

»Schurken!«

»Genasführte!«

»Wo können Sie übrigens anderswo als in Paris einen so lebendigen, so raschen Gedankenaustausch finden?« rief Bixiou mit Baßstimme.

»Los, Bixiou, mach uns irgendeine klassische Posse! Vorwärts, irgendeine Übertreibung!«

»Soll ich euch das neunzehnte Jahrhundert vormachen?«

»Zuhören!«

»Ruhe!«

»Setzt doch Dämpfer auf eure Schnauzen!«

»Ob du jetzt bald ruhig bist, du komischer Kerl?«

»Gebt ihm Wein, damit er den Mund hält, der Bubi!«

»Fang an, Bixiou!«

Der Künstler knöpfte seinen schwarzen Frack bis zum Kragen zu, legte seine gelben Handschuhe an und zog das Gesicht einer alten Frau, wobei er schielte und so die ›Revue des deux Mondes‹ persiflierte[60]; aber der Lärm übertönte seine Stimme; es war unmöglich, auch nur eines seiner Spottworte zu erfassen. Zwar stellte er nicht das Jahrhundert dar, wohl aber zumindest die ›Revue‹, denn er verstand sich selber nicht.

Wie durch Hexerei war das Dessert aufgetragen worden. Auf dem Tisch stand ein übergroßer Tafelaufsatz aus vergoldeter Bronze; er entstammte den Werkstätten Thomires[61]. Hohe Figuren, die ein berühmter Künstler nach dem in Europa gültigen Kanon der idealen Schönheit geschaffen hatte, trugen Büschel von Erdbeeren oder Ananas, frische Datteln, gelbe Trauben, blonde Pfirsiche, Orangen, die gerade ein Postschiff aus Setubal[62] hergebracht hatte, Granatäpfel, Früchte aus China, kurzum, alle Überraschungen des Luxus, Wunder an Petit-Fours, die köstlichsten Delikatessen, die verlockendsten Leckereien. Die Farben dieser gastronomischen Bilder wurden durch den Schimmer des Porzellans, durch die funkelnden Goldlinien, durch die Silhouette der Vasen noch gesteigert. Anmutig wie der flüssige Fransensaum des Ozeans krönte grün und leicht das Moos die Landschaften Poussins, die in Sèvres kopiert worden waren. Der Landbesitz eines deutschen Fürsten hätte nicht hingereicht zur Bezahlung dieses unverschämten Aufwands. Silber, Perlmutter, Gold und Kristall wurden nochmals in neuen Formen verschwendet; aber die abgestumpften Augen und das wortreiche Fieber der Trunkenheit gewährten den Gästen kaum einen schwachen Eindruck von dieser eines orientalischen Märchens würdigen Feenpracht. Die Dessertweine spendeten ihre Düfte und ihr Feuer, wirksame Liebestränke, behexende Dünste, die eine Art intellektueller Spiegelung erzeugen und deren starke Bande die Füße fesseln und die Hände schwer machen. Die Fruchtpyramiden wurden geplündert, die Stimmen schwollen an, der Tumult wuchs. Jetzt war kein Wort mehr verständlich, die Gläser zerscherbten, wüstes Gelächter prasselte auf wie Raketen. Cursy ergriff ein Horn und begann eine Fanfare zu blasen. Das wirkte wie ein vom Teufel gegebenes Signal. Die ganze vom

Delirium gepackte Gästeschar heulte, pfiff, sang, schrie, röhrte, grunzte. Man hätte gelächelt beim Anblick von Leuten, die von Natur heiter waren, die jetzt aber düster geworden waren wie die Lösung des Knotens in Tragödien von Crébillon[63] oder traumverloren wie Seeleute, die im Wagen fahren. Schlaue plauderten ihre Geheimnisse an Neugierige aus, die nicht zuhörten. Melancholiker lächelten wie Tänzerinnen bei der Vollendung ihrer Pirouetten. Claude Vignon wiegte den Kopf wie ein Bär im Käfig. Intime Freunde prügelten sich. Die Tierähnlichkeit menschlicher Gesichter, auf die von den Physiologen auf so seltsame Weise hingewiesen wird, erschien undeutlich in den Gesten, in den körperlichen Gewohnheiten. Das Ganze war wie ein eigens für einen Bichat[64] geschaffenes Buch, vorausgesetzt, daß dieser kühl und nüchtern mit dabei gewesen wäre. Der Hausherr kam sich betrunken vor, wagte nicht aufzustehen, billigte jedoch die Extravaganzen seiner Gäste durch eine starre Grimasse, durch die er versuchte, eine taktvolle, gastfreundliche Miene beizubehalten. Sein breites, rot und blau und fast violett gewordenes Gesicht, das schreckenerregend anzusehen war, paßte sich der allgemeinen Bewegung durch Anstrengungen an, die wie das Rollen und Stampfen einer Brigg waren.

»Haben Sie sie tatsächlich umgebracht?«[65] fragte ihn Émile.

»Die Todesstrafe wird, wie es heißt, dank der Juli-Revolution abgeschafft werden«, antwortete Taillefer und hob die Brauen mit einer Miene, die zugleich verschmitzt und dumm war.

»Aber sehen Sie sie nicht manchmal im Traum?« fuhr Raphaël fort.

»Es gibt eine Verjährung!« sagte der schwerreiche Mörder.

»Und auf seinen Grabstein«, rief Émile sardonischen Tons, »muß der Bestattungsunternehmer einmeißeln: ›Wanderer, weihet seinem Andenken eine Träne!‹ Oh«, fuhr er fort, »ich würde dem Mathematiker, der mir durch eine algebraische Gleichung die Existenz der Hölle bewiese, nur zu gern hundert Sous geben.«

Er warf eine Münze in die Luft und rief: »Kopf bedeutet Gott!«

»Sieh nicht hin«, sagte Raphaël und ergriff das Geldstück. »Man kann nie wissen. Der Zufall ist ein Witzbold.«

»Leider!« seufzte Émile mit bekümmerter Komödiantenmiene. »Ich weiß nicht, wo ich zwischen der Geometrie des Ungläubigen und dem Paternoster des Papstes festen Grund für meine Füße finden soll. Pah! Laßt uns trinken! ›Trink‹ ist, glaube ich, das Orakel der göttlichen Flasche und dient dem Pantagruel als Schluß[66].«

»Wir danken dem Paternoster«, antwortete Raphaël, »unsere Künste, unsere Bauwerke, vielleicht sogar unsere Wissenschaften und, was eine noch größere Wohltat ist, unsere modernen Regierungen, in denen eine ausgedehnte, fruchtbare Gesellschaft wunderbar durch fünfhundert Intelligenzen repräsentiert wird, wo die entgegengesetzten Kräfte einander neutralisieren und alle Macht der ›Kultur‹ überlassen, einer gigantischen Königin, die den König ersetzt, jene altertümliche, schreckliche Gestalt, eine Art falschen, von Menschen zwischen dem Himmel und sich selbst erschaffenen Schicksals. Angesichts so vieler vollbrachter Werke wirkt der Atheismus wie ein zeugungsunfähiges Skelett. Was sagst du dazu?«

»Ich mache mir Gedanken über die Ströme von Blut, die vom Katholizismus vergossen worden sind«, sagte Émile kühl. »Er hat sich unserer Adern und unserer Herzen bedient, um ein Gegenstück zur Sintflut zu machen. Aber gleichviel! Jeder lebende Mensch sollte unter dem Banner Christi marschieren. Er allein hat den Triumph des Geistes über die Materie geheiligt, er allein hat uns auf poetische Weise die Zwischenwelt enthüllt, die uns von Gott scheidet.«

»Bist du gläubig?« entgegnete Raphaël und warf ihm in seiner Trunkenheit ein undefinierbares Lächeln zu. »Na, gut; um uns nicht zu kompromittieren, wollen wir den berühmten Trinkspruch: ›Dis ignotis‹[67] darbringen!«

Und sie leerten ihre Kelche des Wissens, der Kohlensäure, der Düfte, der Poesie und der Ungläubigkeit.

»Wenn die Herren in den Salon hinübergehen möchten? Dort wartet der Kaffee auf sie«, sagte der Haushofmeister.

Um diese Zeit wälzten sich die Gäste fast sämtlich in jenen köstlichen Vorhimmeln, wo das Licht des Geistes erlischt, wo der von seinem Tyrannen befreite Körper sich den delirierenden Freuden der Freiheit überläßt. Die einen, die auf dem Höhepunkt der Trunkenheit angelangt waren, standen düster da und waren mühselig damit beschäftigt, einen Gedanken zu erhaschen, der ihnen die eigene Existenz bescheinigte; andere waren in die geistige Entkräftung versunken, die eine schwerfällige Verdauung mit sich bringt, und lehnten jede Bewegung ab. Unverzagte Redner sagten nach wie vor undeutliche Worte, deren Sinn sich ihnen selbst entzog. Immer wieder erklangen ein paar Kehrreime wie das Geräusch eines Mechanismus, der nicht anders kann, als sein künstliches, seelenloses Leben ablaufen zu lassen. Schweigen und Lärm hatten sich auf bizarre Weise gepaart. Dennoch erhoben sich die Gäste auf die sonore Stimme des Dieners hin, der, da der Hausherr ausgefallen war, ihnen neue Freuden ankündigte; sie stützten oder trugen einander. Indessen blieb die ganze Schar einen Augenblick lang entzückt auf der Türschwelle stehen. Die übertriebenen Genüsse des Festmahls verblaßten angesichts des aufreizenden Schauspiels, das der Gastgeber dem wollüstigsten ihrer Sinne darbot. Unter den schimmernden Kerzen eines goldenen Kronleuchters, rings um einen mit vergoldetem Silber überladenen Tisch, bot sich plötzlich den verstummten Gästen, deren Augen aufblitzten wie ebenso viele Diamanten, eine Gruppe von Frauen dar. Reich geschmückt waren sie, aber reicher noch waren die blendend schönen Einzelzüge, vor denen alle Wunder dieses Stadtpalais hinschwanden. Die leidenschaftlichen Blicke dieser Dirnen, die wie Feen mit Zauberkräften begabt waren, hatten eine noch größere Leuchtkraft als die Lichtströme, die die seidigen Reflexe der Wandbespannungen, die Weiße der Marmorplastiken und die zarten Vorsprünge der Bronzen auffunkeln ließen. Das Herz entbrannte einem beim Anblick ihres schwingenden Kopfputzes und ihrer Haltung, die je nach ihren Reizen und ihrem Charakter verschieden war. Es war eine Blumenhecke, die aus Rubinen, Saphiren und Korallen zusammengesetzt war; ein Gürtel von schwarzen Bändern auf schneeweißen Hälsen; leichte Schärpen, die wie Leuchtturmfeuer wehten; hoffärtige Turbane, auf bescheidene Weise herausfordernde Tuniken. Dieses Serail bot allen Augen Verführerisches dar, Wollüste für alle Varianten der Liebe. Eine Tänzerin in einer entzückenden Stellung wirkte hüllenlos in den wallenden Kaschmirfalten. Dort verbargen oder enthüllten eine durchsichtige Gaze, hier eine schmiegsame Seide geheimnisreiche Vollkommenheiten. Schmale Füßchen sprachen von Liebe, aber frische rote Lippen schwiegen. Zarte, zurückhaltende junge Dirnen von erkünstelter Unberührtheit, deren hübsches Haar eine fromme Unschuld aushauchte, boten sich den Blicken dar wie Geistererscheinungen, die ein Hauch verwehen konnte. Alsdann aristokratische Schönheiten mit stolzem Blick, jedoch gleichgültig, schmächtig, schlank und anmutig; sie neigten den Kopf, als ob sie noch immer königliche Protektion zum Kauf anböten. Eine hellhäutige Engländerin mit keuschem, ästhetischem Gesicht, wie aus den Wolken Ossians herabgestiegen, ähnelte einem Engel der Melancholie, einem Gewissensbiß, der das Verbrechen flieht. Die Pariserin, deren ganze Schönheit auf einer unbeschreiblichen Anmut beruht, die eitel auf ihre Toilette und ihren Geist ist, bewaffnet mit ihrer allmächtigen Schwäche, geschmeidig und hart, eine Sirene ohne Herz und Leidenschaft, aber befähigt, durch künstliche Mittel die Schätze der Leidenschaft zu erschaffen und Herzenstöne nachzuahmen, fehlte nicht in dieser gefährlichen Versammlung, in der überdies noch Italienerinnen glänzten, die dem Anschein nach ruhig, aber gewissenhaft in der Lust waren; ferner üppige Normanninnen von prächtigen Formen; Frauen aus dem Süden mit schwarzem Haar und schön geschnittenen Augen. Man hätte meinen können, Lebel[68] habe alle Schönheiten von Versailles zusammengerufen, und sie hätten seit dem Morgen alle ihre Fallen gestellt; sie seien gekommen wie eine Schar orientalischer Sklavinnen, die die Stimme des Händlers erweckt hat, um mit der Morgenröte weiterzuziehen. Sie verhielten sich bestürzt, sprachlos und verschämt; sie saßen eng aneinandergeschmiegt um den Tisch, wie Bienen, die im Innern eines Korbs summen. Diese furchtsame Verlegenheit, in der zugleich Vorwurf und Koketterie lag, entsprang sie wohlberechneter Verführung oder unwillkürlicher Scham? Vielleicht befahl ihnen ein Gefühl, das die Frau niemals völlig ablegt, sich in den Mantel der Tugend zu hüllen, um die Verschwendungen des Lasters noch reizvoller und prickelnder zu machen. Daher schien die vom alten Taillefer angezettelte Verschwörung scheitern zu müssen. Diese zügellosen Männer waren zunächst von der majestätischen Macht unterjocht, mit der die Frau belehnt ist. Ein

Murmeln der Bewunderung erscholl wie die sanfteste Musik. Die Liebe hatte keine Gemeinschaftsreise mit der Trunkenheit angetreten; anstatt in einen Orkan der Leidenschaft auszubrechen, überließen die in einem Augenblick der Schwachheit überraschten Gäste sich den Entzückungen einer wollüstigen Ekstase. Beim Erklingen der Stimme der Poesie, die die Künstler immer beherrscht, studierten sie beglückt die zarten Nuancen, die diese erlesenen Schönheiten auszeichneten. Ein Philosoph, den ein Gedanke erweckt hatte, der vielleicht einer Ausströmung von Kohlensäure aus dem Champagner zu verdanken war, erschauerte, als er alles des Unglücks gedachte, das diese Frauen hierher geführt hatte; vielleicht waren sie früher einmal reinerer Huldigungen würdig gewesen. Jede einzelne von ihnen hatte sicherlich ein blutiges Drama zu erzählen. Fast alle trugen an Höllenqualen und schleppten Männer ohne Glauben, gebrochene Versprechen, durch Not und Elend vergoltene Freuden nach sich. Voller Höflichkeit näherten sich ihnen die Gäste, und es spannen sich Gespräche an, die genauso verschieden wie die Charaktere waren. Man hätte glauben können, man befinde sich in einem Salon der guten Gesellschaft, in dem junge Mädchen und Frauen nach dem Abendessen die Hilfe anbieten, die Kaffee, Liköre und Zucker den gefräßigen Leckermäulern beim Vollzug einer widerstrebenden Verdauung gewähren. Doch bald erscholl Gelächter; das Gemurmel schwoll an; die Stimmen wurden lauter. Die während einer kurzen Weile gezähmte Orgie drohte zeitweise wieder aufzulodern. Dieser Wechsel von Stille und Lärm hatte eine vage Ähnlichkeit mit einer Symphonie von Beethoven.

Die beiden Freunde saßen auf einem schwellenden Diwan und sahen zunächst ein großes, gut proportioniertes Mädchen auf sich zukommen; sie hatte eine prächtige Haltung, ziemlich unregelmäßige, aber eindrucksvolle und gebieterische Züge, die die Seele durch kraftvolle Kontraster ergriffen. Ihr dunkles, aufreizend gelocktes Haar schien bereits die Kämpfe der Liebe erlitten zu haben; es fiel ihr in leichten Flocken auf die breiten Schultern, die dem Auge verlockende Perspektiven darboten. Lange braune Locken verhüllten halb und halb einen majestätischen Hals, über den dann und wann das Licht hinglitt und die Feinheit der hübschesten Konturen darbot. Die mattweiße Haut hob die warmen, beseelten Töne ihrer lebhaften Farben deutlich hervor. Das mit langen Wimpern versehene Auge schleuderte kühne Flammen, Liebesfunken. Der rote, feuchte, halboffene Mund rief nach Küssen. Dieses Mädchen war von kräftigem, aber weich-elastischem Wuchs; ihre Brust, ihre Arme waren stark entwickelt wie bei den schönen Gestalten des Carracci[69]; trotzdem wirkte sie gewandt und geschmeidig, und ihre Kraft ließ die Gelenkigkeit eines Pantherweibchens vermuten, gerade wie die männliche Eleganz ihrer Formen verzehrende Wollüste verhieß. Obwohl jenes Mädchen sich aufs Lachen und Scherzen verstehen mußte, erschreckten ihre Augen und ihr Lächeln den Nachdenklichen. Gleich jenen von einem Dämon besessenen Prophetinnen erstaunte sie mehr, als daß sie gefiel. Alle Ausdrucksmöglichkeiten glitten in Massen und wie Blitze über ihr bewegliches Gesicht. Vielleicht hätte sie abgestumpfte Männer entzückt; ein junger Mann indessen hätte Angst vor ihr bekommen. Sie war eine von irgendeinem griechischen Tempel herabgefallene Kolossalstatue, erhaben, wenn sie aus der Entfernung, allein plump, wenn sie aus der Nähe betrachtet wurde. Trotzdem mußte ihre niederschmetternde Schönheit die Impotenten aufputschen, mußte ihre Stimme die Schwerhörigen bezaubern, mußten ihre Blicke alte Gebeine aufs neue beleben; daher verglich Émile sie von ungefähr mit einer Shakespeare-Tragödie, mit einer Art wunderbaren Arabeske, in der die Freude heult, in der die Liebe etwas Wildes hat, in der die Zauber der Anmut und die Glut des Glücks den blutigen Tumulten des Zorns folgen; er verglich sie mit einem Ungeheuer, das zu beißen und zu streicheln versteht, zu lachen wie ein Dämon, zu weinen wie die Engel, in einer einzigen Zärtlichkeit sämtliche Verführungskünste der Frau zu improvisieren, ausgenommen die Seufzer der Melancholie und die hinreißende Bescheidenheit einer Jungfrau, das dann in jähem Wechsel aufbrüllen kann, sich die Flanken zerfetzen, seine Leidenschaft und seinen Geliebten abschütteln, kurzum, sich selber zerstören, wie es ein aufrührerisches Volk tut. Sie trug ein Abendkleid aus rotem Samt; mit bedenkenlosem Fuß zertrat sie ein paar Blumen, die schon aus dem Kopfputz ihrer Gefährtinnen gefallen waren, und mit einer verächtlichen Handbewegung hielt sie den beiden Freunden ein Silbertablett hin. Sie war stolz auf ihre Schönheit, vielleicht auch auf ihre Laster; sie ließ einen nackten Arm sehen, der sich kräftig vom Samt abhob. Sie stand da wie die Königin der Lust, wie ein Sinnbild der menschlichen Freude, jener Freude, die die von drei Generationen angehäuften Schätze vergeudet, die über Leichen lacht, sich über die Vorfahren lustig macht, Perlen und Throne zunichte macht, junge Menschen in Greise verwandelt und oftmals Greise in junge Menschen, jener Freude, die nur von der Macht erschöpften, vom Denken heimgesuchten Riesen verstattet ist oder solchen, für die der Krieg etwas wie ein Spielzeug geworden ist.

»Wie heißt du?« fragte Raphaël sie.

»Aquilina.«

»Haha! Du kommst aus dem ›Geretteten Venedig‹[70]«, rief Émile.

»Ja«, antwortete sie. »Gerade wie die Päpste sich neue Namen zulegen, wenn sie sich über die Menschen erheben, habe ich einen angenommen, als ich mich über alle Frauen erhob.«

»Hast du denn, wie deine Schutzheilige, einen edlen, furchtbaren Verschwörer, der dich liebt und für dich zu sterben weiß?« fragte Émile lebhaft; dieser Anschein von Poesie hatte ihn wieder zu sich selbst gebracht.

»Ich habe ihn gehabt«, antwortete sie. »Aber die Guillotine ist meine Rivalin gewesen. Daher füge ich meiner Kleidung stets etwas Rotes hinzu, damit meine Freude nie zu weit geht.«

»Ach, wenn ihr sie die Geschichte der vier jungen Leute von La Rochelle[71] erzählen laßt, wird sie nie damit fertig. Schweig doch, Aquilina! Haben nicht alle Frauen einen Liebhaber zu beweinen? Aber nicht alle haben, wie du, das Glück, ihn auf einem Schafott verloren zu haben. Ach, den meinen würde ich lieber auf dem Clamart[72] im Grab wissen als im Bett einer Rivalin.«

Diese Sätze wurden mit weicher, melodiöser Stimme von dem unschuldigsten, hübschesten und niedlichsten Geschöpfchen gesprochen, das je unter dem Zauberstab einer Fee aus einem Zauberei geschlüpft ist. Die Kleine war mit leisen Schritten herzugetreten und zeigte jetzt ihr zartes Gesicht, ihre zierliche Gestalt, in ihrer Bescheidenheit entzückende blaue Augen und frische, reine Schläfen. Keine aus ihrem Quell emportauchende unberührte Najade ist schüchterner, weißer und naiver, als dieses junge Mädchen es war; sie schien sechzehn Jahre alt zu sein, nichts vom Bösen und von der Liebe zu wissen, die Stürme des Lebens nicht zu kennen und gerade aus einer Kirche zu kommen, wo sie sicherlich die Engel gebeten hatte, vor der Zeit in den Himmel zurückgerufen zu werden. Einzig in Paris begegnet man solcherlei Geschöpfen mit reinen, treuherzigen Gesichtern, die hinter einer Stirn von der Sanftheit und Zartheit einer Margueritenblüte die tiefste Verderbtheit, die raffiniertesten Laster verbergen. Émile und Raphaël hatten sich zunächst durch die himmlischen Verheißungen täuschen lassen, die in den holden Zügen dieses jungen Mädchens geschrieben standen; sie nahmen den Kaffee entgegen, den sie ihnen in die von Aquilina gereichten Tassen goß, und begannen, ihr Fragen zu stellen. In den Augen der beiden Dichter gewann sie vollends ein anderes Aussehen durch die düstere Verkörperung einer gewissen Seite des menschlichen Lebens, dadurch nämlich, daß sie dem ungebärdigen, leidenschaftlichen Ausdruck ihrer imposanten Gefährtin das Bildnis kalter Verderbtheit gegenüberstellte, die auf wollüstige Weise grausam war, unbesonnen genug zum Begehen eines Verbrechens, stark genug, um darüber zu lachen, eine Art Dämon ohne Herz, der die reichen, zärtlichen Seelen dafür bestraft, daß sie Regungen empfinden, deren er beraubt ist, der stets eine Liebesgrimasse zu verkaufen findet, Tränen für den Leichenzug seines Opfers und am Abend Freude beim Lesen von dessen Testament. Ein Dichter hätte die schöne Aquilina bewundert; die ganze Welt mußte die rührende Euphrasie fliehen: Die eine war die Seele des Lasters, die andere das Laster ohne Seele.

»Ich wüßte gern«, fragte Émile jenes hübsche Geschöpf, »ob du manchmal an die Zukunft denkst.«

»Die Zukunft?« antwortete sie lachend. »Was verstehen Sie unter Zukunft? Warum sollte ich an etwas denken, das noch gar nicht existiert? Ich schaue nie hinter mich zurück oder vorwärts. Ist es nicht schon zuviel, wenn ich mich mit einem ganzen Tag auf einmal beschäftigen muß? Überdies kennt unseresgleichen ja die Zukunft; sie ist das Armenspital.«

»Wie kannst du von hier aus das Spital vor dir sehen und nicht vermeiden hineinzukommen?« rief Raphaël.

»Was hat denn das Spital so Schreckliches?« fragte die furchtbare Aquilina. »Wenn man weder Mutter noch Gattin ist, wenn das Alter uns schwarze Strümpfe an die Beine zieht und Falten über die Stirn, wenn alles Weibliche in uns welkt und die Freude in den Blicken unserer Freunde verdorrt, was könnten wir dann noch nötig haben? Dann seht ihr nichts mehr an uns, von unserm Prangen, als den ursprünglichen Schlamm, der auf zwei Beinen einherschreitet, kalt, trocken und vermodert, und von dem Rascheln toten Laubes begleitet wird. Der hübscheste Putz wird für uns zu Lumpen; das Ambra, das das Boudoir durchduftete, nimmt den Geruch des Todes an und stinkt nach Skelett; und wenn dann in diesem Kot ein Herz steckt, so kränkt ihr es alle; ihr erlaubt uns nicht einmal mehr ein Andenken. Auf diese Weise sind wir in jenem Lebensabschnitt in einem reichen Stadtpalais, um für Hunde zu sorgen, oder in einem Spital, um Lumpen zu sortieren; ist das im Grunde nicht ganz genau dasselbe? Ob wir unser weißes Haar unter einem rot und blau karierten Taschentuch verbergen oder unter Spitzen, ob wir die Straße mit einem Birkenrutenbesen fegen oder die Stufen der Tuilerien mit einer Atlasschleppe, ob wir an vergoldeten Kaminen sitzen oder uns an Asche in einem roten Tontopf wärmen, ob wir einer Hinrichtung auf der Place de Grève beiwohnen oder in die Oper gehen, ist denn das ein so großer Unterschied?«

»*Aquilina mia,* nie zuvor hast du in aller deiner Verzweiflung soviel Vernunft bezeigt«, entgegnete Euphrasie. »Ja, der Kaschmir, das Velinbriefpapier, Parfüme, Gold, Seide, Luxus, alles, was glänzt, alles, was gefällt, steht nur der Jugend gut an. Einzig die Zeit könnte gegen unsere Torheiten und Tollheiten recht behalten; das Glück jedoch spricht uns frei. Ihr lacht über das, was ich sage«, rief sie und bedachte die beiden Freunde mit einem giftigen Lächeln; »habe ich etwa nicht recht? Lieber möchte ich an der Lust sterben als an einer Krankheit. Ich habe weder die Sucht nach langer Lebensdauer noch großen Respekt vor der Gattung Mensch, wenn ich sehe, was Gott damit anstellt! Gebt mir Millionen, ich werde sie vernaschen; keinen Centime möchte ich für das nächste Jahr bewahren. Leben, um zu gefallen und um zu herrschen, das ist das Urteil, das jeder Schlag meines Herzens ausspricht. Die Gesellschaft pflichtet mir bei; liefert sie mir nicht unablässig die Mittel für meine Verschwendungssucht?

Warum schafft mir der liebe Gott jeden Morgen das Geld, das ich am Abend ausgebe? Warum baut ihr für uns Spitäler? Da er uns nicht zwischen Gut und Böse gestellt hat, um zu wählen, was uns verletzt oder was uns langweilt, wäre ich schön dumm, wenn ich mich nicht amüsierte.«

»Und die andern?« fragte Émile.

»Die andern? Na, die mögen sehen, wie sie sich aus der Affäre ziehen! Ich lache lieber über ihre Leiden, als daß ich über meine eigenen weine. Ich fordere einen Mann heraus, mir das geringste Leid zu verursachen.«

»Was hast du denn erlitten, daß du so denkst?« fragte Raphaël.

»Ich bin um einer Erbschaft willen sitzengelassen worden!« sagte sie und nahm eine Pose ein, die alle ihre verführerischen Reize hervortreten ließ. »Und dabei habe ich Tage und Nächte hindurch gearbeitet, um meinen Liebhaber zu ernähren. Ich kann von keinem Lächeln, keinem Versprechen mehr genasführt werden, und ich beabsichtige, aus meinem Leben eine lange Lustpartie zu machen.«

»Aber«, rief Raphaël, »kommt das Glück denn nicht aus der Seele?«

»Ach was«, entgegnete Aquilina, »ist es etwa nichts, sich bewundert und umschmeichelt zu sehen und über alle Frauen zu triumphieren, sogar über die tugendhaftesten, und zwar dadurch, daß man sie durch seine Schönheit und seinen Reichtum erdrückt? Überdies erleben wir innerhalb eines einzigen Tages mehr als eine gute Bürgersfrau in zehn Jahren, und das sagt doch alles.«

»Ist eine Frau ohne Tugend nicht hassenswert?« fragte Émile Raphaël.

Euphrasie warf auf die beiden einen Vipernblick und antwortete mit einer unnachahmlich ironischen Betonung: »Die Tugend! Die lassen wir den Häßlichen und den Buckligen. Was würden sie denn ohne das sein, die armen Frauen?«

»Hör mal, sei lieber still«, rief Émile, »du sprichst von etwas, das du nicht kennst.«

»Ach so, ich kenne sie nicht!« entgegnete Euphrasie. »Sich sein ganzes Leben lang einem verhaßten Wesen hingeben, Kinder aufziehen, von denen man weiß, daß sie einen verlassen, und ihnen auch noch ›Danke‹ sagen, wenn sie einem ins Herz stechen, das sind die Tugenden, die ihr Männer der Frau befehlt; und mehr noch, um sie für ihre Entsagung zu belohnen, erlegt ihr ihr dadurch Leiden auf, daß ihr sie zu verführen sucht; wenn sie widerstrebt, kompromittiert ihr sie. Ein reizendes Leben! Da bleibt man besser frei, liebt diejenigen, die einem gefallen, und stirbt jung.«

»Fürchtest du nicht, daß du alles das eines Tages bezahlen mußt?«

»Nun«, antwortete sie, »anstatt daß ich in meine Liebesfreuden Kümmernisse mische, soll mein Leben in zwei Teile zerfallen, eine ganz bestimmt fröhliche Jugend und irgendein Alter von ungewisser Dauer, während dessen ich nach meinem Gefallen leide.«

»Sie hat nicht geliebt«, sagte Aquilina mit tiefem Stimmklang. »Sie hat niemals hundert Meilen zurückgelegt, um mit tausend Entzückungen einen Blick und eine Weigerung in sich hineinzutrinken; sie hat niemals ihr Leben an ein Haar gehängt, nie versucht, mehrere Männer zu erdolchen, um ihren Beherrscher, ihren Herrn und Gebieter, ihren Gott zu retten. Für sie war die Liebe ein hübscher Oberst.«

»Hehe! La Rochelle«, antwortete Euphrasie. »Die Liebe ist wie der Wind; wir wissen nicht, von wannen er weht. Übrigens, wenn du von einem Vieh sehr geliebt worden wärst, würdest du geistvolle Leute gräßlich finden.«

»Der Liebesverkehr mit Tieren ist gesetzlich verboten«, entgegnete die große Aquilina, und ihre Stimme klang ironisch.

»Ich hätte dich nachsichtiger gegenüber Militärpersonen geglaubt«, rief Euphrasie lachend aus.

»Wie glücklich sie doch sind, sich auf solcherlei Weise ihrer Vernunft entledigen zu können!« rief Raphaël.

»Glücklich!« sagte Aquilina, lächelte vor Mitleid und Schrekken und warf den beiden Freunden einen entsetzlichen Blick zu. »Ach, ihr wißt nicht, was es heißt, mit einem Toten im Herzen zur Lust verdammt zu sein.«

In diesem Augenblick die Salons zu betrachten hätte eine Vorahnung von Miltons Pandämonium vermittelt. Die blauen Flammen des Punschs färbten die Gesichter derer, die noch trinken konnten, mit einer höllischen Tönung. Zügellose Tänze, die von einer wüsten Energie angefeuert wurden, lösten Gelächter und Schreie aus, die knallend wie ein Feuerwerk losplatzten. Das Boudoir und der kleine Salon waren mit Toten und Sterbenden bedeckt und wirkten wie ein Schlachtfeld. Die Atmosphäre war heiß von Wein, Lüsten und Worten. Trunkenheit, Liebe, Wahnwitz, Weltvergessenheit waren in den Herzen und den Gesichtern, standen auf den Teppichen geschrieben, taten sich in der Unordnung kund und warfen auf alle die leicht verschleierten Blicke, die in der Luft berauschende Phantasiebilder gewahren ließen. Wie in den leuchtenden Streifen, die ein Sonnenstrahl zeichnet, hatte sich ein schimmernder Staub erhoben, in dem die willkürlichsten Formen ihr Spiel trieben und die groteskesten Kämpfe stattfanden. Hier und dort verschwammen Gruppen, die einander umschlungen hielten, mit den weißen Marmorfiguren, edlen Meisterwerken der Bildhauerkunst, die die Räume schmückten. Obgleich die beiden Freunde noch eine gewisse trügerische Klarheit in ihren Gedanken und Organen bewahrt hatten, ein letztes Erheben, ein unvollkommenes Abbild des Lebens, war es ihnen unmöglich zu erkennen, was in den bizarren Phantasien wirklich und in den übernatürlichen Bildern, die unablässig an ihren ermüdeten Augen vorüberzogen, möglich war. Der erstickende Himmel unserer Träume, die glühende Süße, was beides die Gesichter in unseren Visionen zusammenzieht, vor allem aber eine gewisse, mit Ketten beladene Beweglichkeit, kurzum, die ungewöhnlichsten Phänomene des Schlummers überfielen sie so lebhaft, daß sie die Spiele dieser Ausschweifung für einen Alptraum hielten, in dem jede Bewegung sich lautlos vollzieht, in dem Schreie für das Ohr unvernehmlich sind. In diesem Augenblick gelang es dem Leibdiener nicht ohne Mühe, seinen Herrn in den Flur zu ziehen und ihm zuzuflüstern: »Monsieur, alle Nachbarn sind an den Fenstern und beschweren sich über den Lärm.«

»Wenn sie den Lärm scheuen, warum lassen sie dann nicht Stroh vor ihre Türen legen?« rief Taillefer.

Plötzlich entfuhr Raphaël ein schallendes, so völlig unangebrachtes Auflachen, daß sein Freund ihn nach dem Grund dieses brutalen Freudenausbruchs fragte.

»Du würdest mich schwerlich verstehen«, antwortete er. »Dazu müßte ich dir gestehen, daß ihr mich auf dem Quai Voltaire in dem Augenblick angehalten habt, da ich mich in die Seine habe stürzen wollen, und du würdest sicherlich die Gründe für meinen Tod kennenlernen wollen. Aber wenn ich dann hinzufügte, daß durch einen ans Fabelhafte grenzenden Zufall die poetischsten Trümmer der materiellen Welt sich vor meinen Augen durch eine symbolische Übertragung der menschlichen Weisheit zusammenfanden, während gegenwärtig alle intellektuellen Schätze, die wir bei Tisch durcheinandergeworfen haben, auf diese beiden Frauen hinauslaufen, die lebendigen, ursprünglichen Bilder der Torheit, und daß unsere tiefe Unbekümmertheit um Menschen und Dinge als Übergang zu den kräftig getönten Abbildern zweier Daseinssysteme gedient hat, die einander so diametral entgegengesetzt sind, würdest du deswegen klüger sein? Wärest du nicht betrunken, so würdest du darin vielleicht einen philosophischen Traktat erblicken.«

»Hättest du nicht beide Füße auf diese entzückende Aquilina gestellt, deren Schnarchen irgendwie Ähnlichkeit mit dem Grollen eines vor dem Ausbruch stehenden Gewitters hat«, fuhr Émile fort, der seinerseits seinen Spaß daran hatte, Euphrasies Haar aufzurollen und wieder zu entrollen, ohne sich dieser harmlosen Betätigung sonderlich bewußt zu sein, »so würdest du über deine eigene Trunkenheit und dein Geschwätz erröten. Deine beiden Systeme können in einem einzigen Satz ausgedrückt werden und lassen sich auf einen einzigen Gedanken reduzieren. Das einfache, mechanische Leben führt zu irgendeiner unsinnigen Weisheit, indem es unsere Intelligenz durch Arbeit erstickt, wogegen das Leben, das man in der Lehre der Abstraktionen oder in den Abgründen der moralischen Welt hinbringt, zu irgendeiner wahnwitzigen Weisheit führt. Mit einem Wort: Die Gefühle abtöten, damit man lange am Leben bleibt, oder jung sterben und das Martyrium der Leidenschaften auf sich nehmen, dazu sind wir verurteilt worden. Hinzu kommt freilich, daß dieser Urteilsspruch gegen die Temperamente ankämpft, die uns der wüste Spaßmacher mitgegeben hat, dem wir den Schutzherrn aller Geschöpfe verdanken.«

»Du Halbidiot!« unterbrach ihn Raphaël. »Fahr nur fort,

dich auf eine so knappe Formel zu bringen, dann bringst du Bände zustande! Wäre ich so anmaßend gewesen, diese beiden Ideen richtig formulieren zu wollen, so würde ich dir gesagt haben, daß der Mensch sich durch die Betätigung der Vernunft korrumpiert und sich durch die Unwissenheit läutert. Das heißt freilich den Gesellschaften den Prozeß machen! Aber ob wir mit den Weisen leben oder mit den Narren zugrunde gehen, ist das Ergebnis nicht früher oder später das gleiche? Daher hat der große Abstrakteur der Quintessenz ehedem diese beiden Systeme in zwei Wörtern ausgedrückt: Carymary, Carymara[73].«

»Du schaffst mir Zweifel an der Allmacht Gottes, denn du bist dümmer, als er mächtig ist«, entgegnete Émile. »Unser geliebter Rabelais hat dieses philosophische Problem durch eine kürzere Formulierung als ›Carymary, Carymara‹ gelöst; nämlich durch sein ›Vielleicht‹, dem Montaigne sein ›Was weiß ich?‹ entlehnt hat. Dabei sind diese letzten Worte der Moralphilosophie kaum etwas anderes als der Ausruf Pyrrhons[74], der zwischen Gut und Böse stehen blieb wie Buridans Esel zwischen zwei Heubündeln. Aber lassen wir diese ewige Streitfrage, die heute auf ein ›Ja‹ oder ein ›Nein‹ hinausläuft, auf sich beruhen. Welche Erfahrung hast du eigentlich durch deinen Sprung in die Seine machen wollen? Warst du eifersüchtig auf die hydraulische Maschine am Pont Notre-Dame[75]?«

»Ach, wenn du mein Leben kenntest!«

»Na«, rief Émile, »ich hätte dich nicht für so banal gehalten; der Ausspruch ist abgenützt. Weißt du etwa nicht, daß wir alle den Anspruch erheben, sehr viel mehr als die andern zu leiden?«

»Ach!« rief Raphaël.

»Du machst dich lächerlich mit deinem ›Ach!‹. Hör mal zu! Zwingt dich eine Krankheit der Seele oder des Leibes, alle Morgen durch eine Zusammenziehung deiner Muskeln die Pferde an dich heranzuziehen, die dich am Abend vierteilen sollen, wie es seinerzeit Damiens[76] getan hat? Hast du in deiner Mansarde deinen Hund roh, ohne Salz, aufgegessen? Haben deine Kinder je zu dir gesagt: ›Mich hungert‹? Hast du je das Haar deiner Geliebten verkauft, um ins Spielkasino zu gehen? Bist du je an die falsche Stelle gegangen, um einen gefälschten Wechsel zu bezahlen, den du auf einen falschen Onkel gezogen hattest, voller Angst, zu spät zu kommen? Sprich doch, ich höre. Wenn du einer Frau, eines Wechselprotests wegen oder aus Langeweile hast ins Wasser gehen wollen, dann verleugne ich dich. Beichte, aber lüg nicht; ich verlange ja schließlich keine historischen Memoiren von dir. Vor allem fasse dich so kurz, wie deine Besäufnis es dir ermöglicht; ich bin anspruchsvoll wie ein Leser und dem Einschlafen so nahe wie eine Frau, die ihr Vespergebet liest.«

»Du armer Dummkopf!« sagte Raphaël. »Seit wann stehen die Schmerzen nicht mehr im Verhältnis zur Sensibilität? Wenn wir einmal auf die Stufe der Wissenschaft gelangen, die uns gestattet, eine Naturgeschichte der Herzen zu schreiben, sie zu bezeichnen, sie in Arten und Unterarten, in Familien einzuteilen, in Krustazeen, Fossilien, Saurier, in mikroskopisch Kleine, in was weiß ich, dann, lieber Freund, dann haben wir den Beweis, daß es welche gibt, die zärtlich und zart wie Blumen sind und wie diese durch eine leichte Berührung abbrechen, eine Berührung, die gewisse mineralische Herzen nicht einmal spüren.«

»Ich flehe dich an, erspar mir deine Vorrede«, sagte Émile halb lachend, halb mitleidig und ergriff Raphaëls Hand.

Die Frau ohne Herz

Raphaël stand eine Weile schweigend da; dann sagte er mit einer unbekümmerten Geste: »Ich weiß wirklich nicht, ob ich den Dünsten von Wein und Punsch die Art Hellsicht zuschreiben muß, die es mir in diesem Augenblick ermöglicht, mein ganzes Leben zu überschauen wie ein Gemälde, auf dem die Gestalten, die Farben, Schatten, Lichter und Halbtöne getreulich wiedergegeben worden sind. Dies poetische Spiel meiner Phantasie würde mich nicht verwundern, wenn es nicht von einer gewissen Verachtung für meine vergangenen Leiden und Freuden begleitet wäre. Aus der Entfernung betrachtet, wirkt mein Leben, als sei es durch ein moralisches Phänomen eingeengt. Dieser lange, langsame Schmerz, der zehn Jahre lang gedauert hat, kann heute durch ein paar Sätze wiedergegeben werden, in denen der

Schmerz nur noch ein Gedanke und die Lust eine philosophische Reflexion geworden sind. Ich urteile, anstatt zu fühlen . . .«

»Du bist langweilig wie ein ausführlich erörterter Abänderungsvorschlag für ein Gesetz!« rief Émile.

»Das mag sein«, entgegnete Raphaël ohne Murren. »Daher schenke ich dir, um nicht deine Ohren zu mißbrauchen, die siebzehn ersten Jahre meines Lebens. Bis dahin habe ich wie du, wie tausend andere das Leben im Konvikt oder auf dem Gymnasium gelebt, dessen fiktive Leiden und wirkliche Freuden die Wonne unserer Erinnerung sind, an die unsere blasierte Gastronomie sich wendet, um nochmals die Freitagsgemüse zu bekommen, solange wir sie nicht von neuem gekostet haben; ein schönes Leben, dessen Arbeiten uns verächtlich dünken, und dabei haben sie uns doch das Arbeiten gelehrt . . .«

»Nun komm schon aufs Drama zu sprechen«, sagte Émile mit einer halb komischen, halb klagenden Miene.

»Als ich das Konvikt verlassen hatte«, sprach Raphaël weiter – er hatte durch eine Geste das Recht zum Fortfahren gefordert –, »unterwarf mein Vater mich einer strengen Disziplin. Er brachte mich in einer Kammer unmittelbar neben seinem Arbeitszimmer unter; um neun Uhr abends ging ich zu Bett, und um fünf Uhr morgens stand ich auf; er wollte, ich solle gewissenhaft meinen Rechtsstudien obliegen; ich ging gleichzeitig zur Universität und zu einem Anwalt; aber die Gesetze von Zeit und Raum wurden auf meine Ausgänge, meine Arbeiten so streng angewandt, und mein Vater verlangte von mir beim Abendessen eine so peinlich genaue Rechenschaft über . . .«

»Was geht denn das *mich* an?« fragte Émile.

»Hol' dich der Teufel«, antwortete Raphaël. »Wie könntest du dich in meine Gefühle hineindenken, wenn ich dir nicht die kaum wahrnehmbaren Tatsachen erzählte, die meine Seele beeinflußt, sie an die stete Angst gewöhnt und mich lange in der angeborenen Naivität des jungen Mannes haben verbleiben lassen? Auf diese Weise habe ich mich bis zu meinem einundzwanzigsten Lebensjahr unter einen Despotismus beugen müssen, der genauso kalt war wie eine Mönchsregel. Um dich das Traurige meines Lebens deutlich sehen zu lassen, wird es vielleicht genügen, dir meinen Vater zu schildern. Er war ein hochgewachsener, dürrer, schmaler Mann mit einem Gesicht wie eine Messerklinge, blasser Hautfarbe, kurz angebunden, streitsüchtig wie eine alte Jungfer und kleinlich wie ein Bürovorsteher. Seine Vaterwürde schwebte über meinen mutwilligen, fröhlichen Gedanken und schloß sie ein wie unter einer bleiernen Kuppel; wollte ich ihm ein weiches, zartes Gefühl bekunden, so empfing er mich wie ein Kind, das eine Dummheit sagen will; ich hatte größere Angst vor ihm, als wir früher vor unseren Schulmeistern gehabt haben; für ihn war und blieb ich ein Achtjähriger. Noch immer glaube ich ihn vor mir zu sehen. In seinem maronenbraunen Gehrock, in dem er sich gerade hielt wie eine Osterkerze, sah er aus wie ein saurer Hering, der in das rötliche Umschlagpapier eines Pamphlets eingewickelt worden ist. Dabei hatte ich meinen Vater lieb; letztlich war er gerecht. Vielleicht haßt man die Strenge nicht, wenn sie durch einen großen Charakter gerechtfertigt wird, durch reine Sitten, und wenn sie auf geschickte Weise mit Güte gemischt ist. Zwar hat mein Vater mich nie mir selbst überlassen; zwar hat er mir, bis ich zwanzig war, nie zehn Francs zur Verfügung gestellt, zehn lumpige, lockere Zeisige von Francs, die für mich einen unermeßlichen Schatz bedeutet hätten, dessen vergebens ersehnter Besitz mich von unaussprechlichen Wonnen träumen ließ; aber er hat doch wenigstens versucht, mir ein paar Zerstreuungen zu verschaffen. Monatelang hatte er mir ein Vergnügen versprochen, und dann führte er mich in die Italienische Komödie, ein Konzert, auf einen Ball, wo ich eine Geliebte zu finden hoffte. Eine Geliebte, das war für mich die Unabhängigkeit. Allein ich war verschämt und schüchtern; ich beherrschte die Ausdrucksweise der Salons nicht und kannte in jener Welt niemanden; ich kehrte daraus stets mit ebenso unerfahrenem und zugleich von Wünschen geschwelltem Herzen heim. Am andern Morgen trabte ich dann, von meinem Vater gezügelt wie ein Schwadronspferd, zu einem Advokaten, zur Universität, zum Justizpalast. Wäre ich von dem einförmigen Weg, den mein Vater mir vorgeschrieben hatte, abgewichen, so hätte ich mich seinen Zornesausbrüchen ausgesetzt; er hatte mir gedroht, bei meinem ersten Fehltritt werde er mich als Schiffsjungen an Bord bringen und nach den Antillen schicken. So überkam mich denn eine schauerliche Angst, wenn ich wagte, mich für eine oder zwei

Stunden auf eine Lustpartie zu begeben. Stell dir die schweifende Phantasie, das verliebteste Herz, die zärtlichste Seele, den poetischsten Geist vor, wenn sie unablässig mit dem kieselsteinhärtesten, sauertöpfischsten, kältesten Mann der Welt zusammen sind; kurz und gut, verheirate ein junges Mädchen mit einem Skelett, dann wirst du das Dasein verstehen, dessen seltsame Begebnisse dir nur in Worten geschildert werden können: Fluchtpläne, die sich beim Anblick meines Vaters verflüchtigten, durch den Schlummer beschwichtigte Verzweiflungen, unterdrückte Begierden, düstere Melancholien, die die Musik zerstreute. Ich gab meinem Unglück in Melodien Ausdruck. Beethoven oder Mozart waren oftmals meine heimlichen Vertrauten. Heute muß ich lächeln, wenn ich mich aller der Vorurteile erinnere, die in jener Zeit der Unschuld und Tugend mein Gewissen verstörten. Hätte ich ein Restaurant betreten, so würde ich geglaubt haben, ich sei ein Verlorener; meine Phantasie ließ mich in einem Café eine Stätte der Ausschweifung erblicken, an der die Männer ihre Ehre preisgaben und ihr Vermögen aufs Spiel setzten; um Geld beim Spiel einzusetzen, hätte ich freilich erst welches haben müssen. Ach, auch wenn du dabei einschlafen solltest, will ich dir eine der furchtbarsten Freuden meines Lebens erzählen, eine jener mit Krallen bewehrten Freuden, Krallen, die sich in unser Herz eingraben wie ein glühendes Eisen in die Schulter eines Sträflings. Ich war auf einem Ball beim Herzog von Navarreins, einem Vetter meines Vaters. Aber damit dir meine Lage ganz und gar begreiflich wird, mußt du wissen, daß ich einen schäbigen Frack hatte, schlecht gefertigte Schuhe, eine Kutscherhalsbinde und schon getragene Handschuhe. Ich stellte mich in eine Ecke, damit ich in aller Behaglichkeit Eis essen und die hübschen Frauen anschauen konnte. So sah mich mein Vater. Aus einem Grund, über den ich mir niemals klar geworden bin, so sehr verblüffte mich diese Vertrauensbekundung, gab er mir seine Börse und seinen Schlüssel zum Aufbewahren. Zehn Schritt von mir entfernt spielten ein paar Männer. Ich hörte die Goldstücke klingeln. Ich war zwanzig Jahre alt; ich wünschte, einen ganzen Tag lang in die Sünden meines Alters einzutauchen. Es war eine geistige Ausschweifung, zu der sich weder in Kurtisanenlaunen noch in den Träumen junger Mädchen Analogien finden lassen würden. Seit einem Jahr hatte ich davon geträumt, gut angezogen zu sein, im eigenen Wagen zu fahren, neben mir eine schöne Frau, den großen Herrn zu spielen, bei Véry zu Abend zu essen, danach ins Theater zu gehen, entschlossen, erst am andern Tag zu meinem Vater zurückzukehren, aber gegen ihn mit einem Abenteuer gewappnet, das weit komplizierter angelegt war als Figaros Hochzeit, so daß er keinesfalls hätte dahinterkommen können. Den ganzen Spaß hatte ich auf fünfzig Taler geschätzt. Stand ich etwa nicht noch unter dem ganz naiven Zauber des Schuleschwänzens? So ging ich also in ein Boudoir, wo ich allein, mit brennenden Augen und zitternden Fingern das Geld meines Vaters zählte: Hundert Taler! Diese Summe erweckte von neuem die Freuden meines Durchbrennens; ich hatte sie vor Augen; sie tanzten um ihren Kessel wie die Hexen in ›Macbeth‹, aber verlockend, schwirrend, köstlich! Ich wurde ein entschlossener Schurke. Ohne auf das Sausen in meinen Ohren und das schnellere Pochen meines Herzens zu hören, nahm ich zwei Zwanzigfrancsstücke; ich sehe sie heute noch vor mir! Die Jahreszahlen darauf waren abgegriffen, und das Gesicht Bonapartes war zur Grimasse geworden. Ich steckte die Börse in die Tasche, trat an einen der Spieltische heran, hielt die beiden Goldstücke im feuchten Handinnern und kreiste um die Spieler wie ein Turmfalke über einem Geflügelhof. Im Bann unaussprechlicher Ängste warf ich rings um mich einen durchdringenden Blick. Als ich sicher war, daß kein Bekannter mich gewahrte, setzte ich auf einen kleinen, dicken, wohlgelaunten Herrn, auf dessen Haupt ich mehr Gebete und Gelübde anhäufte, als bei drei Stürmen auf dem Meer gesprochen werden. Dann stellte ich mich in einem für mein Alter überraschenden Instinkt von Verruchtheit und Machiavellismus nahe einer Tür auf und ließ den Blick durch die Salons schweifen, ohne etwas zu sehen. Meine Seele und meine Blicke umschwebten den schicksalsträchtigen Spieltisch. Von jenem Abend datiert die erste physiologische Beobachtung, der ich die Fähigkeit zum intellektuellen Durchdringen verdanke, die es mir ermöglicht hat, einige der Geheimnisse unserer Doppelnatur zu erfassen. Ich wandte dem Tisch, wo mein künftiges Glück sich entscheiden sollte – ein Glück, das vielleicht um so tiefer, je verbrecherischer es war –, den Rücken zu; zwischen den beiden

Spielern und mir stand eine vier oder fünf Reihen dicke Menschenmauer von Plaudernden; das Stimmengemurmel hinderte mich, den Klang des Geldes wahrzunehmen, der sich mit dem Lärm des Orchesters mischte; trotz diesen Hindernissen konnte ich durch ein den Leidenschaften gewährtes Vorrecht, das ihnen die Macht leiht, Raum und Zeit auszulöschen, deutlich die Worte der beiden Spieler vernehmen; ich kannte ihre Points; ich wußte, wer von ihnen beiden mit dem König durch Umschlagen einen Trumpf machte, wie wenn ich die Karten gesehen hätte; mit einem Wort, zehn Schritte vom Spiel entfernt ließen dessen Launen mich erblassen. Plötzlich ging mein Vater an mir vorbei, und ich verstand das Wort der Heiligen Schrift: ›Der Geist Gottes ging an seinem Angesicht vorüber!‹ Ich hatte gewonnen. Durch den um die Spieler kreisenden Menschenwirbel hindurch glitt ich mit der Behendigkeit eines Aals, der durch eine zerrissene Netzmasche schlüpft, auf den Tisch zu. Aus einem schmerzend gespannten wurde mein Fieber zu einem freudigen. Ich war wie ein zum Tod Verurteilter, dem auf dem Weg zum Schafott der König begegnet. Zufällig verlangte ein Herr mit einer Ordensauszeichnung vierzig Francs, die fehlten. Ich wurde von inquisitorischen Blicken beargwöhnt; ich wurde blaß, und über meine Stirn rannen Schweißtropfen. Das Verbrechen, meinen Vater bestohlen zu haben, schien mir gut gerächt worden zu sein. Da sagte das gute dicke Männlein mit einer wahrhaft engelhaften Stimme: ›Alle diese Herren haben gesetzt‹ und bezahlte die vierzig Francs. Ich hob die Stirn und warf triumphierende Blicke auf die Spieler. Nachdem ich das Geld, das ich ihr entnommen, wieder in meines Vaters Börse gesteckt hatte, setzte ich meinen Gewinn abermals auf jenen würdigen, ehrenhaften Mann, der auch weiterhin gewann. Sobald ich im Besitz von hundertsechzig Francs war, wickelte ich sie so in mein Taschentuch, daß sie sich auf der Heimfahrt weder bewegen noch klingeln konnten, und spielte nicht mehr. ›Was hast du bei den Spielern zu schaffen gehabt?‹ fragte mich mein Vater beim Einsteigen in die Droschke. – ›Ich habe zugeschaut‹, antwortete ich bebend. – ›Nun‹, entgegnete mein Vater, ›es wäre nichts Ungewöhnliches gewesen, wenn die Eitelkeit dich gezwungen hätte, einiges Geld auf das grüne Tuch zu legen. In den Augen der Leute von Welt scheinst du alt genug zu sein, um das Recht zum Begehen von Dummheiten zu haben. Daher würde ich es entschuldigen, Raphaël, wenn du dich meiner Börse bedient hättest . . .‹ Ich gab keine Antwort. Als wir daheim waren, gab ich meinem Vater seinen Schlüssel und sein Geld zurück. Er ging in sein Schlafzimmer, entleerte die Börse auf seinem Kaminsims, zählte die Geldstücke, wandte sich mit freundlicher Miene zu mir um und sagte zu mir, wobei er jeden Satz durch eine mehr oder weniger lange und bedeutungsvolle Pause vom andern schied: ›Lieber Sohn, du bist bald zwanzig Jahre alt. Ich bin mit dir zufrieden. Du brauchst ein Taschengeld, und sei es nur, um Sparsamkeit zu lernen und mit den Dingen des Lebens bekannt zu werden. Von heute abend an will ich dir monatlich hundert Francs geben. Du kannst über dein Geld nach Belieben verfügen. Hier hast du das Geld für das erste Viertel dieses Jahrs‹, fügte er hinzu und fuhr mit der Hand über eine Reihe von Geldstücken, als wolle er die Summe nachprüfen. Ich gestehe, daß ich nahe daran war, mich ihm zu Füßen zu werfen, ihm zu erklären, ich sei nichts als ein Dieb, ein Schurke und, schlimmer als das, ein Lügner! Die Scham hielt mich zurück; ich wollte ihn umarmen, er stieß mich schwach zurück. ›Du bist jetzt ein Mann, mein Kind‹, sagte er zu mir. ›Was ich tue, ist etwas Selbstverständliches und Gerechtes; du brauchst mir dafür nicht zu danken. Wenn ich ein Anrecht auf deine Dankbarkeit habe, Raphaël‹, fuhr er mit sanftem, aber sehr würdevollem Tonfall fort, ›dann dafür, daß ich deine Jugend vor dem Unheil bewahrt habe, das alle jungen Leute hier in Paris verschlingt. Fortan wollen wir zwei Freunde sein. In einem Jahr bist du Doktor der Rechte. Du hast dir, nicht ohne einige Unannehmlichkeiten und gewisse Entbehrungen, solide Kenntnisse und die Liebe zur Arbeit erworben, was den Männern so notwendig ist, die dazu berufen sind, die Regierungsgeschäfte zu führen. Lerne mich kennen, Raphaël. Ich will aus dir weder einen Advokaten noch einen Notar, sondern einen Staatsmann machen, der der Ruhm unserer armen Familie werden könnte. Bis morgen!‹ fügte er hinzu und wies mich mit einer geheimnisvollen Geste hinaus. Von diesem Tag an weihte mein Vater mich freimütig in seine Pläne ein. Ich war der einzige Sohn und hatte meine Mutter vor zehn Jahren verloren. Mein Vater, das Oberhaupt einer alten, fast vergessenen Adelsfamilie aus der Auvergne, hatte es in früherer Zeit wenig schmeichelhaft gefunden, das Land mit dem Degen an der Seite zu bebauen; er war nach Paris gekommen, um dort mit dem Teufel zu kämpfen. Er war mit jener Scharfsicht begabt, die die Männer aus dem Süden Frankreichs so überlegen macht, wenn sie von Energie begleitet wird, und so war es ihm ohne große Unterstützung durch andere gelungen, im Herzen der Regierungsmacht Fuß zu fassen. Die Revolution machte seinen Glücksumständen bald ein Ende; allein er hatte es fertiggebracht, die Erbin eines großen Geschlechts zu heiraten, und unter dem Kaiserreich hatte er den Augenblick für gekommen gehalten, den alten Glanz unserer Familie wiederherzustellen. Die Restauration, die meiner Mutter ihren ansehnlichen Grundbesitz zurückerstattete, richtete meinen Vater zugrunde. Da er ehedem mehrere Güter gekauft hatte, die vom Kaiser an seine Generale geschenkt worden waren und die im Ausland lagen, schlug er sich seit zehn Jahren mit Liquidatoren und Diplomaten, mit preußischen und bayerischen Gerichten herum, um sich in dem angefochtenen Besitz dieser unseligen Schenkungen zu behaupten. Mein Vater stieß mich in das unentwirrbare Labyrinth dieses weitläufigen Prozesses, von dem unsere Zukunft abhing. Wir konnten dazu verurteilt werden, die Einkünfte sowie den Erlös gewisser zwischen 1814 und 1816 durchgeführter Holzschläge zu erstatten; in diesem Fall hätte der Besitz meiner Mutter kaum hingereicht, die Ehre unseres Namens zu retten. So geriet ich denn an dem Tag, da mein Vater mich dem Anschein nach gewissermaßen selbständig gemacht hatte, unter das hassenswerteste Joch. Wie auf einem Schlachtfeld mußte ich kämpfen, Tag und Nacht arbeiten, Staatsmänner aufsuchen, sie zu täuschen, sie für unsern Fall zu interessieren suchen, ihnen, ihren Frauen, ihrer Dienerschaft, ihren Hunden schmeicheln und dieses abscheuliche Tun mit eleganten Umgangsformen tarnen, mit angenehmen Scherzworten. Ich verstand alle Kümmernisse, deren Einwirkung das Gesicht meines Vaters gebrandmarkt hatte. Etwa ein Jahr lang führte ich also dem Anschein nach das Leben eines Mannes von Welt; aber dieses Leben in Saus und Braus und meine inständigen Bemühungen, Verbindungen mit in Gunst stehenden Verwandten oder mit Leuten anzuknüpfen, die uns hätten nützlich sein können, verbargen lediglich ungeheure Arbeiten. Meine Vergnügungen waren nur Verteidigungsreden, und meine Unterhaltungen das Ausarbeiten von Denkschriften. Bis dahin war ich tugendhaft infolge der Unmöglichkeit gewesen, mich den Leidenschaften hinzugeben, wie ein junger Mensch sie hat; doch da ich jetzt den Ruin meines Vaters oder den meinen durch eine Nachlässigkeit zu verursachen fürchtete, wurde ich mein eigener Despot und wagte mir weder ein Vergnügen noch eine Ausgabe zu gönnen. Wenn wir jung sind, wenn die Menschen und Dinge durch ihre Berührung noch nicht die zarte Blüte des Gefühls, die Jugendkraft des Gedankens, die edle Reinheit des Gewissens geraubt haben, die uns niemals einen Pakt mit dem Bösen zu schließen erlaubt, haben wir ein lebhaftes Gefühl für unsere Pflichten; unsere Ehre spricht laut und schafft sich Gehör; wir sind frei und offen und lehnen alle Umschweife ab: So war ich damals. Ich wollte das Vertrauen meines Vaters rechtfertigen. Vor kurzem noch würde ich ihm mit Freuden eine klägliche Summe entwendet haben; aber nun ich mit ihm gemeinsam die Bürde seiner geschäftlichen Angelegenheiten, seines Namens und seiner Familie trug, hätte ich für ihn heimlich mein Hab und Gut und meine Hoffnungen hingegeben, wie ich ihm meine Freuden geopfert hatte und über mein Opfer glücklich war! Als daher Monsieur de Villèle[77] eigens für uns ein kaiserliches Dekret über den Verlust der geschenkten Güter ausgegraben und uns ruiniert hatte, unterzeichnete ich den Vertrag über den Verkauf meines Besitzes und behielt nur eine mitten in der Loire gelegene wertlose Insel, auf der sich das Grab meiner Mutter befand. Heute würde es mir vielleicht nicht an Argumenten und Ausflüchten sowie an philosophischen, philanthropischen und politischen Untersuchungen fehlen, um mich von dem abzuhalten, was mein Advokat ›eine Dummheit‹ nannte. Aber mit einundzwanzig Jahren, ich wiederhole es, besteht man ganz und gar aus Großherzigkeit, Wärme und Liebe. Die Tränen, die ich damals in den Augen meines Vaters sah, waren für mich der schönste Reichtum, und die Erinnerung an jene Tränen hat mich häufig über mein Elend getröstet. Zehn Monate nach der Bezahlung seiner Gläubiger starb mein Vater vor Kummer; er hat mich sehr lieb gehabt und hatte mich ruiniert; dieser Gedanke ist sein Tod gewesen. Gegen Herbstende 1826, im Alter von zweiundzwanzig Jahren, folgte ich ganz allein dem Leichenwagen meines ersten Freundes, meines Vaters. Nur wenige junge Leute sind allein mit ihren Gedanken hinter einem Sarg hergeschritten, völlig verlassen in Paris, ohne Zukunft, ohne Vermögen. Die von der öffentlichen Wohltätigkeit betreuten Waisenknaben haben wenigstens als Zukunft das Schlachtfeld, als Vater die Regierung oder den Staatsanwalt, als Zuflucht ein Spital. Ich jedoch hatte nichts! Drei Monate später zahlte mir ein Auktionskommissar elfhundertzwölf Francs aus, das ganze, flüssige Ergebnis der väterlichen Erbschaft. Einige Gläubiger hatten mich gezwungen, unser Mobiliar zu verkaufen. Da ich von Jugend auf daran gewöhnt war, den luxuriösen Dingen, von denen ich umgeben war, großen Wert beizumessen, konnte ich nicht umhin, ein gewisses Erstaunen beim Anblick dieses kärglichen Überrests zu bekunden. ›Oh‹, sagte der Auktionskommissar zu mir, ›es war doch alles bloß Rokoko[78].‹ Das war ein schrecklicher Ausspruch; er hat allen Glauben meiner Kindheit zerstört und mir meine ersten Illusionen geraubt, die teuersten von allen. Mein Vermögen bestand nur noch aus einem Versteigerungsverzeichnis; meine Zukunft lag in einem Leinenbeutel, der elfhundertzwölf Francs enthielt; die Gesellschaft erschien mir in Gestalt eines Auktionskommissars, der den Hut auf dem Kopf behielt, als er mit mir sprach. Ein Diener, der mich sehr gern mochte und dem meine Mutter ehedem eine Leibrente von vierhundert Francs vermacht hatte, Jonathan, sagte zu mir, als ich das Haus verließ, von dem ich während meiner Kindheit so oft fröhlich im Wagen weggefahren war: ›Seien Sie recht sparsam, Raphaël!‹ Er hat geweint, der gute Mann.

Das, mein lieber Émile, sind die Geschehnisse, die mein Geschick beherrscht, meine Seele geformt und mich schon in meiner Jugend in die falscheste aller gesellschaftlichen Stellungen gebracht haben«, sagte Raphaël, nachdem er eine Pause eingelegt hatte. »Familienbande, freilich schwache, verknüpften mich mit einigen reichen Häusern, die ich allein schon aus Stolz nicht betreten haben würde, hätten nicht Verachtung und Gleichgültigkeit ohnehin die Türen vor mir geschlossen. Obwohl ich mit sehr einflußreichen und mit ihrer Gönnerschaft gegenüber Fremden verschwenderischen Leuten verwandt war, besaß ich weder Verwandte noch Gönner. Meine Seele wurde bei allen ihren Versuchen, sich mitzuteilen, unablässig gehemmt; sie hatte sich in sich selber zurückgezogen. Ich, der von unbefangenem, freimütigem Charakter war, mußte kalt und verstellt wirken; der Despotismus meines Vaters hatte mir alles Selbstvertrauen genommen; ich war schüchtern und linkisch; ich glaubte nicht, daß meine Stimme die geringste Macht ausüben könne; ich mißfiel mir, ich kam mir häßlich vor, ich schämte mich meiner selbst. Trotz der inneren Stimme, die begabte Menschen in ihren Kämpfen stützen muß und die mir zurief: ›Mut! Nur weiter!‹, trotz der plötzlichen Offenbarungen meiner Macht in der Einsamkeit, trotz der Hoffnung, von der ich beseelt wurde, wenn ich die neuen, vom Publikum bewunderten Werke mit denjenigen verglich, die sich in meinen Gedanken tummelten, zweifelte ich an mir wie ein Knabe. Ich stand im Bann eines übertriebenen Ehrgeizes; ich glaubte mich zu großen Dingen bestimmt und fühlte mich im Nichts. Ich brauchte Menschen, und ich war ohne Freunde. Ich mußte mir einen Weg in Welt und Gesellschaft bahnen, und ich blieb darin allein, weniger ängstlich denn verschämt. Während des Jahres, da ich von meinem Vater in die Wirbel der großen Welt geworfen worden war, war ich mit einem jungen Herzen, einer frischen Seele hineingetaucht. Wie alle großen Kinder habe ich mich heimlich nach schönen Liebschaften gesehnt. Unter den jungen Leuten meines Alters bin ich auf eine Sekte von Prahlhänsen gestoßen, die mit erhobenem Kopf einherschritten, Nichtigkeiten schwatzten, sich, ohne zu erzittern, zu Frauen setzten, die mir am meisten imponierten; dann äußerten sie Unverschämtheiten, nagten am Knauf ihrer Spazierstöcke, taten schön, setzten vor sich selbst die hübschesten Frauen und Mädchen herab, indem sie den Kopf auf alle Kopfkissen legten oder doch wenigstens behaupteten, sie hätten es getan, wobei sie vorgaben, es sei ihnen daran gar nichts gelegen; sie bezeichneten die Tugendhaftesten und Prüdesten als leichte Beute, die durch ein einfaches Wort, durch die gelindeste kühne Geste, durch den ersten frechen Blick erobert werden könnten! Ich schwöre dir auf Ehre und Gewissen, daß die Erringung der Macht oder eines großen literarischen Ruhms mir als ein weniger schwierig zu erlangender Erfolg erschien denn ein Erfolg bei einer hochgestellten, jungen, geistvollen und anmutigen Frau. Ich fand also die Wirrnisse meines Herzens, meine Gefühle und das, was ich anbetete, nicht im Einklang mit den Grundregeln der Gesellschaft. Zwar war ich kühn, aber nur in der Seele und nicht im Auftreten. Später habe ich erfahren, daß die Frauen nicht erbettelt werden wollen; ich habe ihrer viele gesehen, die ich aus der Ferne anbetete, denen ich ein Herz für jede Erprobung preisgab, eine Seele zum Zerfetzen, eine Energie, die weder vor Opfern noch vor Marterqualen zurückschreckte; sie gehörten Dummköpfen an, von denen ich keinen als Pförtner hätte haben wollen. Wie oft habe ich nicht stumm und reglos die Frau meiner Träume bewundernd angeschaut, wenn sie bei einem Ball plötzlich auftauchte; dann widmete ich in Gedanken mein Dasein ewigen Liebesbezeugungen; alle meine Hoffnungen legte ich in einen Blick, und ich bot ihr in meiner Ekstase die Liebe eines jungen Menschen an, der den Täuschungen geradezu entgegenlief. In gewissen Augenblicken hätte ich mein Leben für eine einzige Nacht gegeben. Aber da ich niemals Ohren gefunden habe, in die ich meine leidenschaftlichen Vorschläge hätte stammeln können, noch Blicke, um in sie die meinen zu versenken, kein Herz für mein Herz, habe ich in allen Qualen einer ohnmächtigen, sich selbst verzehrenden Energie gelebt, sei es aus Mangel an Kühnheit oder Gelegenheit, sei es aus Unerfahrenheit. Vielleicht habe ich daran gezweifelt, mich verständlich machen zu können, oder davor gezittert, allzu gut verstanden zu werden. Und dabei drohte in mir ein Gewitter und war bereit, bei jedem höflichen Blick, mit dem man mich bedenken konnte, auszubrechen. Trotz meiner Behendigkeit, jenen Blick oder dem Anschein nach von Zuneigung zeugende Worte als zärtliche Aufforderung zu deuten, habe ich niemals gewagt, zur rechten Zeit zu sprechen oder zu verstummen. Im Überschwang des Fühlens war, was ich sagte, kümmerlich, und mein Schweigen wurde albern. Sicherlich war ich zu naiv für eine künstliche Gesellschaft, die bei Kerzenlicht lebt, die alle ihre Gedanken durch konventionelle Phrasen wiedergibt, oder durch Redensarten, die die Mode diktiert. Überdies wußte ich weder zu sprechen, indem ich schwieg, oder zu schweigen, indem ich sprach. Kurzum, ich trug in mir Gluten, die mich verbrannten; ich hatte eine Seele, wie die Frauen sie anzutreffen wünschen; ich befand mich in der Gewalt jenes Überschwanges, auf den sie begierig sind; ich besaß die Energie, deren die Dummen sich rühmen; aber dennoch sind alle Frauen auf tückische Weise grausam zu mir gewesen. Deswegen habe ich naiv die Helden eines kleinen Kreises bewundert, wenn sie ihre Triumphe feierten, ohne daß ich auch nur geahnt hätte, sie lögen. Sicherlich habe ich ein Unrecht begangen, wenn ich Liebe auf ein bloßes Wort hin verlangte, wenn ich in einem frivolen, leichtfertigen Frauenherzen, das nach Luxus hungerte und von Eitelkeit trunken war, die große, starke, umfassende Leidenschaft finden wollte, jenen Ozean, der stürmisch in meinem eigenen Herzen brandete. Ach, sich zur Liebe geboren zu fühlen, dazu geschaffen, eine Frau sehr glücklich zu machen, und niemanden gefunden zu haben, nicht einmal eine tapfere, edle Marceline[79] oder irgendeine alte Marquise! Schätze in einem Bettelsack zu tragen und nie einem Mädchen, irgendeiner jungen Dame zu begegnen, um sie von ihr bewundern zu lassen! Oft habe ich mich vor Verzweiflung umbringen wollen.«

»Du bist heute abend auf eine reizende Weise tragisch!« rief Émile.

»Ach, laß mich doch mein Leben verdammen«, antwortete Raphaël. »Wenn deine Freundschaft nicht die Kraft aufbringt, meine Klagelieder anzuhören, wenn du mir nicht den Kredit einer halben Stunde der Langeweile gewähren kannst, dann geh doch schlafen! Aber dann verlang von mir nicht länger Rechenschaft über meinen grollenden, sich aufrichtenden Selbstmord, der mich ruft und den ich grüße. Um jemanden beurteilen zu können, muß man doch zumindest des Geheimnisses seiner Gedanken, des ihm Zugestoßenen, seiner Gefühlswallungen teilhaftig sein; von seinem Leben nur die materiellen, die äußeren Ereignisse kennenlernen wollen, das heißt sich mit der bloßen Chronologie, der Historie der Dummköpfe, befassen!«

Der bittere Ton, mit dem diese Worte ausgesprochen wurden, machte Émile so tief betroffen, daß er fortan Raphaël seine ganze Aufmerksamkeit lieh und ihn dabei mit stumpfsinniger Miene anschaute.

»Aber«, fuhr der Erzähler fort, »jetzt gibt das Licht, das diese

Geschehnisse färbt, ihnen ein ganz anderes Aussehen. Die Ordnung der Dinge, die ich ehedem als ein Unglück betrachtete, hat vielleicht die schönen Fähigkeiten erzeugt, auf die ich später stolz geworden bin. Sollten nicht die philosophische Neugier, das übertriebene Arbeiten, die Liebe zum Lesen, die von meinem siebten Lebensjahr an bis zu meinem Eintritt in die Gesellschaft mich beständig beschäftigten, mich mit der Fähigkeit begabt haben, mit der ich, wenn man euch Glauben schenken darf, meine Gedanken auszudrücken und in dem weiten Gefilde der menschlichen Erkenntnisse vorwärts zu schreiten vermag? Haben die Verlassenheit, zu der ich verurteilt war, die Gewohnheit, meine Gefühle zurückzudrängen und lediglich in meinem Herzen zu leben, mich nicht mit der Macht ausgestattet, vergleichen und meditieren zu können? Hat mein Empfindungsvermögen sich nicht etwa dadurch, daß er sich nicht im Dienst der weltlichen Verlockungen verlor, die die schönste Seele erniedrigen und zu einem Bettel verkleinern, konzentriert, um zu dem vervollkommneten Organ eines Willens zu werden, der höherer Art ist als das Wollen der Leidenschaft? Da ich von den Frauen verkannt wurde, habe ich sie, wie ich mich erinnere, mit der Scharfsicht der verschmähten Liebe beobachtet. Jetzt freilich sehe ich ein, daß die Aufrichtigkeit meines Charakters hat mißfallen müssen! Vielleicht ist den Frauen an einem bißchen Heuchelei gelegen? Ich bin abwechselnd, in einer und derselben Stunde, Mann und Kind, oberflächlich und grüblerisch, vorurteilslos und erfüllt von Aberglauben und oftmals Frau wie sie; haben sie da nicht meine Naivität für Zynismus und gerade die Reinheit meiner Gedanken für Liederlichkeit halten müssen? Wissenschaft bedeutete für sie Langeweile, und das weibliche Schmachten Schwäche. Jene übertriebene Beweglichkeit der Phantasie, das Unglück der Dichter, ließ mich sicherlich als ein Wesen wirken, das zur Liebe unfähig, in seinen Gedanken ohne Beständigkeit und ohne Energie sei. Wenn ich schwieg, mutete ich an wie ein Schwachsinniger; wenn ich versuchte, ihnen zu gefallen, erschreckte ich sie vielleicht, und so haben die Frauen mich verurteilt. Ich habe unter Tränen und voller Kummer den Richterspruch der Gesellschaft hingenommen. Diese Qual hat ihre Frucht getragen. Ich wollte mich an der Gesellschaft rächen, ich wollte dadurch, daß ich mir die Intelligenzen aller Frauen unterwarf, ihre Seelen besitzen, wollte es erleben, daß alle Blicke sich auf mich richteten, wenn an einer Salontür mein Name von einem meldenden Diener ausgesprochen wurde. Ich habe mich als einen großen Mann betrachtet. Von Kindheit an habe ich an meine Stirn geklopft und mir wie André Chénier[80] gesagt: ›Da drinnen steckt doch was!‹ Ich glaubte in mir einen Gedanken zu spüren, der ausgedrückt, ein System, das aufgestellt, ein Wissen, das erklärt werden mußte. Mein lieber Émile! Laß mir dir heute, nun ich kaum sechsundzwanzig Jahre alt und sicher bin, unbekannt zu sterben, ohne je der Liebhaber der Frau gewesen zu sein, die zu besitzen ich mir erträumt habe – laß mich dir heute meine Narrheiten erzählen! Haben wir nicht alle mehr oder weniger unsere Wünsche für Wirklichkeiten gehalten? Ach, ich möchte keinen jungen Menschen zum Freund haben, der sich nicht in seinen Träumen Kränze geflochten, sich nicht ein Piedestal errichtet oder sich nicht entgegenkommende Geliebte zu eigen gemacht hätte. Ich selber bin oftmals General und Kaiser gewesen; ich bin Byron gewesen, und dann wieder nichts. Nachdem ich auf den Gipfeln der menschlichen Dinge getändelt hatte, wurde ich mir bewußt, daß alle wahren Gebirge und Schwierigkeiten erst noch zu überwinden seien. Die ungeheure Eigenliebe, die in mir brodelte, der erhabene Glaube an eine Bestimmung, die vielleicht einmal Genie wird, wenn ein Mensch sich nicht von der Berührung mit den Alltagsgeschäften die Seele zerfetzen läßt, wie ein Hammel seine Wolle an den Dornen der Gestrüppe abstreift, an denen er vorübertrottet – all das hat mich gerettet. Ich wollte mich mit Ruhm bedecken und in der Stille für die Geliebte arbeiten, die ich eines Tages zu haben hoffte. Alle Frauen schlossen sich zu einer einzigen zusammen, und jener Frau glaubte ich in der ersten zu begegnen, die sich meinen Blicken darbot; doch da ich in jeder von ihnen eine Königin sah, hätten sie alle mir armem, schüchternem Tropf entgegenkommen müssen, wie die Königinnen, die genötigt sind, ihren Liebhabern unmißverständliche Zeichen zu geben. Ach, für die, die mich bedauert hätte, trug ich im Herzen, über die Liebe hinaus, so viel Dankbarkeit, daß ich sie ihr Leben lang angebetet haben würde. Später haben meine Beobachtungen mich grausame Wahrheiten gelehrt. Auf diese Weise, lieber

Émile, bestand für mich die Gefahr, ewig einsam zu leben. Die Frauen erblicken für gewöhnlich durch irgendeine Anlage ihres Geistes bei einem Mann von Talent nur seine Fehler und bei einem Dummkopf nur dessen gute Eigenschaften; sie empfinden große Sympathien für die Vorzüge des Dummkopfs, die eine beständige Schmeichelei für ihre eigenen Fehler sind, wogegen der überlegene Mann ihnen nicht genug Genüsse zum Ausgleich seiner Unvollkommenheiten bietet. Das Talent ist ein Wechselfieber; keine Frau ist erpicht darauf, dessen Mißlichkeiten zu teilen; sie alle wollen in ihren Liebhabern Anlässe zur Befriedigung ihrer Eitelkeit finden. Sich selber lieben sie in uns noch einmal! Ist nun aber ein armer, stolzer, künstlerisch befähigter, mit der Kraft zum Schaffen begabter Mann nicht mit einem verletzenden Egoismus gewappnet? Es besteht rings um ihn her ein Wirbel von Gedanken, in den er alles einhüllt, sogar seine Geliebte, und die muß der Bewegung folgen. Kann eine umschmeichelte Frau an die Liebe eines solchen Mannes glauben? Wird sie sie je suchen? Jener Liebhaber hat nicht die Muße, sich an einem Ruhebett den kleinen Äffereien der Gefühle zu überlassen, auf die die Frauen so großen Wert legen und die der Triumph der falschen und gefühllosen Männer sind. Es fehlt ihm ohnehin schon an Zeit für seine Arbeiten; wie könnte er da welche vergeuden, indem er sich klein macht und lächerlich herausputzt? Ich war dazu bereit, mein Leben mit einem Schlag hinzugeben; ich würde es nicht stückweise verschleudert haben. Schließlich liegt im Gehaben eines Wechselmaklers, der die Aufträge einer blassen Zierpuppe ausführt, etwas Schäbiges, das dem Künstler ein Greuel ist. Die Liebe an sich genügt einem armen, großen Menschen nicht; er will von ihr alle ihre Aufopferungen. Die Geschöpfchen, die ihr Leben damit hinbringen, Kaschmirschals zu probieren, oder aus sich die Kleiderständer der Mode machen, haben keine Fähigkeit zur Aufopferung; sie verlangen sie indessen und erblicken in der Liebe die Lust am Befehlen, nicht aber die am Gehorchen. Die wahre Gattin, die es mit Herz, Leib und Seele ist, läßt sich dorthin schleppen, wohin der geht, in dem ihr Leben, ihre Kraft, ihr Ruhm und ihr Glück beruhen. Überlegene Männer brauchen orientalische Frauen, deren einziger Gedanke das Überlegen ist, wessen die Männer bedürfen; denn für sie besteht das Unglück im Mißverhältnis zwischen ihren Wünschen und ihren Mitteln. Ich, der ich mich für einen genialen Menschen hielt, ich liebte ausgerechnet solcherlei kleine Puppen! Ich nährte Ideen, die den überkommenen entgegengesetzt waren; ich hegte die Anmaßung, den Himmel ohne Leiter erklettern zu wollen; ich besaß Schätze, die keinen Kurswert hatten; ich war mit Kenntnissen ausgerüstet, die mein Gedächtnis überlasteten und die ich noch nicht geordnet, die ich mir noch nicht völlig einverleibt hatte; ich war ohne Eltern und Verwandte, ohne Freunde, ganz allein inmitten der schauerlichsten Wüste, einer gepflasterten, wimmelnden, denkenden, lebenden Wüste, in der einem alles sehr viel mehr als feindlich ist, nämlich gleichgültig! Der Entschluß, den ich faßte, war natürlich, wenngleich toll; er enthielt etwas Unmögliches, das mir Mut machte. Es war wie eine Wette mit mir selbst, eine Wette, bei der ich Spieler und Einsatz war. Folgendes war mein Plan. Meine elfhundert Francs mußten auf drei Jahre zur Fristung meines Lebens hinreichen, und diese Frist gestand ich mir zu, um mit einem Werk hervorzutreten, das die öffentliche Aufmerksamkeit auf mich lenken und mir ein Vermögen oder einen Namen schaffen konnte. Ich schwelgte in dem Gedanken, daß ich von Brot und Milch leben würde wie ein Einsiedler in der Thebaïs, eingegangen in die Welt der Bücher und der Ideen, in eine unzugängliche Sphäre inmitten des lärmenden Paris, in eine Sphäre der Arbeit und der Stille, wo ich, wie die Schmetterlingspuppen, mir ein Grab zu schaffen gedachte, um daraus glänzend und glorreich wiederzuerstehen! Ich wollte den Tod riskieren, um zu leben. Ich beschränkte mein Dasein auf seine unumgänglichen Bedürfnisse, auf das Allernotwendigste und fand, daß dreihundertfünfundsechzig Francs jährlich meiner Armut genügen müßten. Tatsächlich hat diese magere Summe für mein Leben ausgereicht, solange ich freiwillig meine klösterliche Zucht auf mich genommen habe ...«

»Aber das ist doch unmöglich!« rief Émile.

»Fast drei Jahre habe ich so gelebt«, antwortete Raphaël mit einem gewissen Stolz. »Wollen wir mal nachrechnen?« fuhr er fort. »Drei Sous für Brot, zwei Sous für Milch, drei Sous für Wurstwaren hinderten mich daran, Hungers zu sterben, und erhielten meinen Geist im Zustand einer seltsamen Hellsicht. Wie du weißt, habe ich Beobachtungen über die wunderbaren Wirkungen angestellt, die die Diät auf die Phantasie ausübt. Meine Unterkunft kostete mich täglich drei Sous; nachts verbrannte ich für drei Sous Öl; ich machte meine Kammer selber sauber; ich trug Flanellhemden, um täglich nur zwei Sous für die Wäsche ausgeben zu müssen. Ich heizte mit Steinkohle; teile ich deren Kosten durch die Zahl der Tage des Jahres, so kommen auf jeden höchstens zwei Sous. Kleidung, Wäsche und Schuhzeug besaß ich für drei Jahre; anziehen wollte ich mich nur, um zu gewissen öffentlichen Vorlesungen und in die Bibliotheken zu gehen. Das Gesamt dieser Ausgaben betrug nur achtzehn Sous; es blieben mir also zwei Sous für unvorhergesehene Ausgaben. Ich erinnere mich nicht, während dieser langen Arbeitsperiode je den Pont-des-Arts[81] überschritten oder mir Wasser gekauft zu haben; ich holte mir jeden Morgen welches am Brunnen auf der Place Saint-Michel an der Ecke der Rue des Grès[82]. Oh, ich habe meine Armut voller Stolz getragen. Einer, den eine schöne Zukunft vorwärtstreibt, schreitet durch sein Elendsleben wie ein zum Schafott geführter Unschuldiger; er empfindet keine Scham. Daß ich krank werden könnte, daran habe ich nicht denken wollen. Wie Aquilina sah ich dem Spital ohne Ängste entgegen. Keinen Augenblick lang habe ich an meiner guten Gesundheit gezweifelt. Überdies darf der Arme sich nur hinlegen, um zu sterben. Ich habe mir selber das Haar geschnitten, bis zu dem Augenblick, da ein Engel der Liebe oder der Güte . . . Aber ich will der Situation nicht vorgreifen, zu der ich jetzt gelange. Vernimm lediglich, lieber Freund, daß ich in Ermangelung einer Geliebten mit einem großen Gedanken, mit einem Traum, einer Lüge zusammengelebt habe, an die wir alle zunächst mehr oder minder glauben. Heute lache ich über mich, über dieses vielleicht heilige und erhabene Ich, das nicht mehr existiert. Von nahem gesehen, haben die Gesellschaft, die Welt, unsere Bräuche, unsere Sitten mir die Gefahren meiner unschuldigen Gläubigkeit und die Überflüssigkeit meines übereifrigen Arbeitens enthüllt. Dergleichen Verproviantierungen sind für Ehrgeizige unnütz. Wer dem Glück nachjagt, muß leichtes Gepäck haben! Der Fehler der überlegenen Menschen besteht darin, daß sie ihre jungen Jahre damit vergeuden, sich der Glücksgunst würdig zu machen. Während die

Armen ihre Kraft und ihr Wissen aufspeichern, um mühelos die Last einer Macht tragen zu können, die sie flieht, kommen und gehen die Ränkeschmiede, die reich an Worten und der Gedanken bar sind, übertölpeln die Dummen und nisten sich im Vertrauen der Halbdummen ein; die einen studieren, die andern marschieren; die einen sind bescheiden, die andern kühn; der Geniale verschweigt seinen Hochmut, der Ränkeschmied bekennt den seinen öffentlich; so muß er notwendigerweise ans Ziel gelangen. Die Regierenden haben so sehr den Glauben an das fix und fertige Verdienst und das freche Talent nötig, daß es für einen wahren Gelehrten kindisch wäre, wenn er sich von Seiten der Menschen Belohnungen erhoffte. Ich versuche bestimmt nicht, die Gemeinplätze von der Tugend abzuwandeln, das ewig von verkannten Genies gesungene Lied der Lieder; ich will der Logik entsprechend den Grund der häufigen Erfolge deduzieren, die Durchschnittsmenschen erringen. Ach! Das Studium ist auf so mütterliche Weise gütig, daß es vielleicht ein Verbrechen ist, von ihm andere Belohnungen zu erwarten als die reinen, sanften Freuden, mit denen es seine Kinder nährt. Ich weiß noch ganz genau, daß ich bisweilen mein Brot fröhlich in meine Milch getaucht habe, wobei ich am Fenster saß, dort die frische Luft einatmete und meine Blicke über eine Landschaft aus braunen, graugetönten, roten, mit Schiefer, mit Ziegeln gedeckten, mit gelbem oder grünem Moos bewachsenen Dächern schweifen ließ. Anfangs dünkte mich diese Aussicht monoton; doch bald nahm ich darin seltsame Schönheiten wahr. Bald tönten und belebten am Abend durch schlechtgeschlossene Fensterläden dringende Lichtstreifen die schwarzen Tiefen dieses originellen Bereichs. Bald warf das blasse Licht der Straßenlaternen von unten gelbliche Reflexe durch den Nebel und zeichnete schwach in den Straßen das Auf und Ab jener gedrängten Dächer nach; es war ein Ozean von reglosen Wogen. Und schließlich tauchten bisweilen seltene Gestalten inmitten dieser düsteren Einöde auf: Zwischen den Blüten eines Blumenkastens sah ich flüchtig das eckige, hakennasige Profil einer alten Frau, die ihre Kapuzinerkresse begoß, oder im Rahmen einer morschen Dachluke ein junges Mädchen, das sich allein glaubte, bei der Toilette; ich konnte von ihr nur die schöne Stirn und das lange Haar wahrnehmen, das ein hübscher weißer

Arm in die Höhe hob. Ich bewunderte in den Dachrinnen ein wenig vergänglichen Pflanzenwuchs, armselige Kräuter, die ein Gewitter nur zu bald von dannen trug! Ich schaute mir genau die Moose an, ihre vom Regen belebten Farben, die sich dann im Sonnenschein in trockenen braunen Samt mit launischen Abschattungen wandelten. Kurzum, die poetischen, flüchtigen Effekte des Tageslichts, das Traurige des Nebels, das unvermittelte Flackern des Sonnenscheins, die Stille und das Zauberische der Nacht, die Mysterien der Morgenröte, der Rauch jedes Kamins, alle Zufälligkeiten dieser eigenartigen, mir vertraut gewordenen Natur unterhielten mich. Ich liebte mein Gefängnis; es war ja freiwillig. Diese Pariser Savannen, die aus wie eine Ebene geschichteten Dächern gebildet waren, die jedoch bevölkerte Abgründe bedeckten, paßten zu meiner Seele und harmonierten mit meinen Gedanken. Es macht müde, jäh die Welt wiederzufinden, wenn man aus den himmlischen Höhen herabsteigt, in die uns wissenschaftliche Betrachtungen führen; auch habe ich damals vollauf die Kahlheit der Klöster begriffen. Als ich fest entschlossen war, meinem neuen Lebensplan zu folgen, suchte ich in den entlegensten Vierteln von Paris nach einer Unterkunft. Eines Abends, auf dem Rückweg von der Estrapade[83], ging ich durch die Rue des Cordiers[84], um heimzugelangen. An der Ecke der Rue de Cluny sah ich ein etwa vierzehnjähriges kleines Mädchen, das mit einer ihrer Kameradinnen Federball spielte; ihr Lachen und ihre Mutwilligkeiten amüsierten die Nachbarn. Das Wetter war schön, der Abend warm, der September noch nicht zu Ende. Vor jeder Haustür saßen Frauen und unterhielten sich miteinander wie in einer Provinzstadt an einem Feiertag. Ich wandte den Blick zunächst dem jungen Mädchen zu, dessen Gesicht einen wunderbaren Ausdruck hatte und dessen Körper dastand, als solle sie gemalt werden. Es war eine entzückende Szene. Ich überlegte mir die Ursache dieses gemütlichen Beisammenseins mitten in Paris und stellte dabei fest, daß die Straße eine Sackgasse und schwerlich viel begangen war. Mir fiel ein, daß J.-J. Rousseau in dieser Gegend gewohnt habe; ich fand das Hôtel Saint-Quentin, und der vernachlässigte Zustand, in dem es sich befand, ließ mich hoffen, daß ich dort ein billiges Quartier bekommen könne; ich wollte es mir daraufhin anschauen. Als ich einen Raum im Erdgeschoß betrat, sah ich die typischen Messingleuchter mit ihren Kerzen systematisch oberhalb der Schlüssel aufgereiht und war betroffen ob der Sauberkeit, die in diesem Vorsaal herrschte, der für gewöhnlich in andern Häusern ziemlich schlecht instand gehalten wird; er wirkte auf mich wie ein Genrebild; das blaue Bett, das Zubehör, die Möbel besaßen die Koketterie eines landläufigen Stillebens. Die Hotelwirtin, eine Frau von ungefähr vierzig Jahren, aus deren Zügen Unglück sprach und deren Augen wirkten, als seien sie von Tränen glanzlos, stand auf und trat auf mich zu; ich unterbreitete ihr demütig, was ich an Miete zahlen könne; sie jedoch, ohne darüber verwundert zu sein, suchte unter allen übrigen einen Schlüssel hervor und führte mich hinauf ins Dachgeschoß, wo sie mir eine Kammer mit Ausblick auf die Dächer und in die Höfe der Nachbarhäuser zeigte; aus ihren Fenstern ragten lange Stangen, an denen Wäsche hing. Diese Mansarde mit ihren gelben, schmutzigen Wänden war über die Maßen grauenhaft; sie roch nach Elend und rief nach ihrem Gelehrten. Das Dach senkte sich in glatter Fläche, und durch die Lücken der Ziegel konnte man den Himmel sehen. Es war Platz für ein Bett, einen Tisch und ein paar Stühle, und unter dem spitzen Winkel des Dachs konnte ich mein Klavier aufstellen. Da die arme Frau nicht reich genug war, diesen der Bleikammern von Venedig würdigen Käfig zu möblieren, hatte sie ihn nie vermieten können. Ich hatte von der Möbelversteigerung, die ich zuvor veranstaltet, bewußt die Dinge ausgeschlossen, die für mich irgendwie von persönlicher Bedeutung waren; schnell einigte ich mich mit meiner Wirtin und zog am nächsten Tag zu ihr. In diesem luftigen Grab habe ich fast drei Jahre lang gelebt und Tag und Nacht unablässig gearbeitet, und zwar mit um so größerer Freude, als mir das Studium die schönste Aufgabe und die glücklichste Lösung des menschlichen Lebens zu sein schien. Die dem Gelehrten notwendige Ruhe und Stille haben etwas Mildes und Berauschendes wie die Liebe. Die Arbeit des Denkens, die Suche nach Ideen, die ruhige Betrachtungsweise der Wissenschaft überhäufen uns mit unauslöschlichen Entzückungen; man kann sie genauso wenig schildern wie alles, was zum Bereich des Geistes gehört, dessen Phänomene für unsere äußeren Sinne unsichtbar sind. Daher sind wir stets genötigt, die Mysterien des Geistes durch materielle Vergleiche zu erklären. Die Lust, in einem See mit klarem Wasser zu schwimmen, inmitten von Felsen, Wäldern und Blumen, allein und geliebkost von einer lauen Brise, würde dem Ahnungslosen ein recht schwaches Bild des Glückes vermitteln, das ich empfand, wenn meine Seele in den Strahlen ich weiß nicht welchen Lichts badete, wenn ich den schrecklichen, verworrenen Stimmen der Inspiration lauschte, wenn aus einer unbekannten Quelle die Bilder in mein zuckendes Hirn hineinrieselten. Eine Idee zu erblikken, die im Gefilde der menschlichen Abstraktionen aufgeht wie die Sonne am Morgen und sich gleich ihr erhebt, die, besser ausgedrückt, wie ein Kind heranwächst, in die Pubertät gelangt und langsam männlich wird, ist eine den andern Erdenfreuden überlegene Freude oder ist vielmehr eine göttliche Lust. Das Studium verleiht allem, was um uns ist, eine Art Magie. Der klägliche Schreibtisch, an dem ich schrieb, und das ihn bedekkende braune Schafleder, mein Klavier, mein Bett, mein Lehnstuhl, die Schnörkeleien meiner Tapete, meine Möbel, alle diese Dinge wurden lebendig und zu meinen demütigen Freunden, zu den verschwiegenen Gefährten meiner Zukunft; wie oft habe ich ihnen nicht meine Seele vermittelt, indem ich sie anschaute! Wenn ich meine Blicke über ein schiefes Gesims gleiten ließ, fielen mir neue Entwicklungsmöglichkeiten ein, ein schlagender Beweis meines Systems oder Worte, die ich für treffend hielt, um bislang beinahe unausdrückbare Gedanken wiederzugeben. Da ich immerfort die mich umgebenden Dinge betrachten mußte, gewahrte ich in jedem seine Physiognomie, seinen Charakter; häufig sprachen sie zu mir: Wenn die untergehende Sonne über die Dächer hinweg durch mein schmales Fenster einen flüchtigen Schein warf, nahmen sie Farbe an, verblaßten, schimmerten, wurden traurig oder heiter und überraschten mich stets durch neue Effekte. Diese winzigen Geschehnisse des Lebens in Einsamkeit, die den Voreingenommenheiten der Welt entgehen, bilden den Trost der Gefangenen. War ich nicht der Gefangene einer Idee, eingekerkert in ein System, aber gestützt durch die Aussicht auf ein ruhmreiches Leben? Bei jeder besiegten Schwierigkeit küßte ich die holden Hände der schönäugigen, eleganten und reichen Frau, die mir eines Tages das Haar streicheln und gerührt zu mir sagen mußte: ›Du hast sehr gelitten, armer Engel!‹ Ich hatte zwei große Werke in Angriff genommen. Eine Komödie sollte mir innerhalb weniger Tage einen Namen, ein Vermögen und den Zutritt zu jener Welt verschaffen, in der ich wiedererscheinen und die Hoheitsrechte des Mannes von Genie ausüben wollte. Ihr alle habt in diesem Meisterwerk den ersten Irrtum eines jungen Menschen erblickt, der aus dem Internat kommt, nichts als eine richtige Kinderei. Eure Spöttereien haben fruchtbaren Illusionen, die seither nicht wieder erwacht sind, die Flügel gestutzt. Du allein, mein lieber Émile, hast die tiefe Wunde gelindert, die die andern meinem Herzen schlugen! Du allein hast meine ›Theorie des Willens‹[85] bewundert, jenes lange Werk, um dessentwillen ich die orientalischen Sprachen, die Anatomie und die Physiologie gelernt, dem ich den größten Teil meiner Zeit geopfert habe. Dieses Werk wird, sofern ich mich nicht irre, die Arbeiten Mesmers[86], Lavaters[87], Galls[88] und Bichats[89] ergänzen, weil es der menschlichen Wissenschaft neue Bahnen weist. Hier hält mein schönes Leben inne, dies Opfer aller Tage, diese der Welt unbekannte Seidenraupenarbeit, deren einziger Lohn vielleicht in der Arbeit selber beruht. Seit dem Eintritt ins Alter der Vernunft bis zu dem Tag, da ich meine ›Theorie‹ beendet hatte, habe ich unablässig beobachtet, gelernt, geschrieben und gelesen, und mein Leben ist etwas wie eine lange Strafarbeit gewesen. Obwohl ein verweichlichter Liebhaber der orientalischen Faulheit, obwohl verliebt in meine Träume und sinnlich, habe ich stets gearbeitet und mir das Auskosten der Pariser Genüsse versagt. Ich aß gern viel und gut, bin aber in Bezug auf die Tafelfreuden zurückhaltend gewesen; ich hatte viel für Reisen zu Lande und zur See übrig, gern hätte ich mehrere Länder kennengelernt; ich hatte, wie ein Knabe, Freude daran, Kieselsteine übers Wasser zu schnellen; dabei habe ich beständig dagesessen, eine Feder in der Hand; ich war schwatzhaft und habe schweigend den Professoren bei den öffentlichen Kursen in der Bibliothek und im Museum gelauscht; ich habe auf meinem einsamen, schäbigen Lager geschlafen wie ein Benediktinermönch, und dabei war mein einziges Traumbild die Frau, ein Traumbild, das ich liebkoste und das sich mir immer entzog! Kurzum, mein Leben ist eine grausame Antithese, eine beständige Lüge gewesen. Aber so sind nun einmal die Menschen! Manchmal erwachten meine angeborenen Neigungen wie eine Feuersbrunst, die lange im Verborgenen geschwelt hat. Durch eine Art Fata Morgana oder Tropenfieber sah ich, der aller Frauen, die ich begehrt hatte, Beraubte, der ich alles entbehren mußte und der in einer Künstlermansarde hauste, mich dann von hinreißenden Geliebten umgeben! Ich durcheilte die Straßen von Paris und lehnte in den schwellenden Polstern einer glänzenden Equipage! Von allen Lastern wurde ich zernagt, ich tauchte in der Ausschweifung unter; ich wollte alles, hatte alles; mit einem Wort, ich war nüchtern trunken wie der heilige Antonius in seiner Versuchung. Zum Glück löschte der Schlummer schließlich diese verzehrenden Visionen aus; am nächsten Tag rief die Wissenschaft mich lächelnd zu sich, und ich blieb ihr treu. Ich stelle mir vor, daß die sogenannten tugendhaften Frauen oft die Beute von dergleichen Wirbelstürmen des Wahnwitzes, der Begierden und der Leidenschaften sein müssen, wie sie sich wider unsern Willen in uns Männern erheben. Solcherlei Träume sind nicht reizlos; ähneln sie nicht den Plaudereien an Winterabenden, bei denen man vom heimischen Herd aufbricht und nach China gerät? Aber was wird aus der Tugend während dieser köstlichen Reisen, bei denen das Denken alle Hindernisse überwunden hat? Während der ersten zehn Monate meiner Zurückgezogenheit führte ich das armselige, einzelgängerische Leben, das ich dir geschildert habe; am frühen Morgen und ohne gesehen zu werden, kaufte ich selber meine Vorräte für den Tag ein; ich säuberte mein Zimmer, ich war gleichzeitig Herr und Diener; mit unglaubwürdigem Stolz spielte ich den Diogenes. Aber nach dieser Zeitspanne, während welcher die Wirtin und ihre Tochter meine Sitten und Gewohnheiten ausspioniert, meine Person examiniert und einen Begriff von meiner Armut bekommen hatten, bahnten sich, vielleicht, weil sie selber sehr unglücklich waren, zwischen ihnen und mir unvermeidliche Bindungen an. Pauline, dieses liebreizende Geschöpf, dessen naive, geheime Grazie mich gewissermaßen hierhergebracht hatte, erwies mir mehrere Gefälligkeiten, die zurückzuweisen mir unmöglich war. Alle Formen des Unglücks sind Geschwister, sie sprechen dieselbe Sprache und haben dieselbe Großherzigkeit, die Großherzigkeit derer, die, da sie sonst nichts besitzen, Verschwender von Gefühlen sind und mit ihrer Zeit und ihrer Person bezahlen. Unmerklich nistete Pauline sich bei mir ein; sie wollte mich bedienen, und ihre Mutter widersetzte sich dem durchaus nicht. Ich sah, daß die Mutter meine Wäsche flickte und errötete, als sie bei dieser mildtätigen Beschäftigung überrascht wurde. Nun ich, ohne es zu wollen, ihr Schützling geworden war, nahm ich an, was sie für mich taten. Um diese sonderbare Zuneigung zu verstehen, muß man sich in der Wut der Arbeit, der Tyrannei der Ideen und dem instinktiven Widerwillen auskennen, den der Mann, der durch das Denken lebt, gegen die Einzelheiten des materiellen Lebens empfindet. Konnte ich der zarten Aufmerksamkeit widerstehen, mit der Pauline mir lautlosen Schrittes meine frugale Mahlzeit brachte, wenn sie merkte, daß ich seit sieben oder acht Stunden nichts zu mir genommen hatte? Mit weiblicher Anmut und kindlicher Harmlosigkeit lächelte sie mir zu und machte mir ein Zeichen, um mir zu sagen, ich solle sie nicht sehen. Sie war Ariel, der sylphenhaft unter mein Dach geglitten war und vorhergesehen hatte, wessen ich bedurfte. Eines Abends erzählte Pauline mir mit rührender Unschuld ihre Lebensgeschichte. Ihr Vater war Schwadronschef bei den Grenadieren zu Pferde der kaiserlichen Garde gewesen. Beim Übergang über die Beresina war er von den Kosaken gefangengenommen worden; später, als Napoleon seinen Austausch vorschlug, hatten die russischen Behörden ihn vergebens in Sibirien suchen lassen; nach den Aussagen der anderen Gefangenen war er ausgebrochen mit der Absicht, sich nach Indien durchzuschlagen. Seit jener Zeit hatte Madame Gaudin, meine Wirtin, keinerlei Nachricht über ihren Mann erlangen können; die Katastrophen von 1814 und 1815 waren hereingebrochen; sie hatte allein dagestanden, ohne Mittel und ohne Hilfe, und so hatte sie den Entschluß gefaßt, ein Hôtel garni zu führen, um ihre Tochter ernähren zu können. Nach wie vor hoffte sie ihren Mann wiederzusehen. Ihr tiefster Kummer war es, Pauline ohne Erziehung zu lassen, ihre Pauline, das Patenkind der Fürstin Borghese[90], dem die von seiner kaiserlichen Gönnerin verheißene schöne Zukunft versagt bleiben sollte. Als Madame Gaudin mir diesen bitteren Schmerz, der an ihrem Leben zehrte, anvertraute und mir mit herzzerreißender Betonung sagte: ›Ich würde gern den Fetzen Papier, der meinen Mann zum Baron des Kaiserreichs macht, und das Recht auf die Schenkung von Vitschnau hergeben, wenn ich wüßte, daß Pauline in Saint-Denis erzogen würde!‹, da durchfuhr es mich plötzlich, und als Vergeltung für die Fürsorge, die diese beiden Frauen an mich verschwendeten, kam mir der Einfall, mich zu erbieten, Paulines Erziehung zu vollenden. Die Arglosigkeit, mit der die beiden Frauen meinen Vorschlag annahmen, glich der Naivität, die ihn diktiert hatte. Auf diese Weise hatte ich Stunden der Erholung. Die Kleine hatte die glücklichsten Anlagen; sie lernte so leicht, daß sie bald besser Klavier spielte als ich. Da sie sich daran gewöhnt hatte, in meinem Dabeisein laut zu denken, entfaltete sie die tausenderlei Reize eines Herzens, das sich dem Leben auftut, wie ein Blumenkelch sich in der Sonne langsam erschließt; sie lauschte mir andächtig und lustvoll und ließ auf mir ihre schwarzen, samtigen Augen ruhen, die zu lächeln schienen; sie wiederholte die Aufgaben mit sanfter, zärtlicher Betonung und bezeigte eine kindliche Freude, wenn ich mit ihr zufrieden war. Ihre Mutter, von Tag zu Tag unruhiger, weil sie ein junges Mädchen vor allen Gefahren zu bewahren hatte, das im Heranwachsen alle Verheißungen entwickelte, die das Anmutvolle ihrer Kinderjahre gegeben hatte, sah erfreut, daß sie sich den ganzen Tag lang einschloß und lernte. Mein Klavier war das einzige, dessen sie sich bedienen konnte; sie nahm die Stunden meiner Abwesenheit wahr, um zu üben. Wenn ich heimkam, fand ich Pauline in der bescheidensten Kleidung in meinem Zimmer vor; aber bei der geringsten Bewegung enthüllten sich die Geschmeidigkeit ihres Wuchses und das Anziehende ihrer Person unter dem groben Stoff. Wie die Heldin des Märchens von der Eselshaut[91] ließ sie einen niedlichen Fuß in vulgärem Schuhwerk sehen. Aber alle diese hübschen Schätze, dieser Jungmädchenreichtum, all dieses Übermaß an Schönheit war für mich wie verloren. Ich hatte mir selbst befohlen, in Pauline lediglich eine Schwester zu sehen; mich hätte davor geschaudert, das Vertrauen ihrer Mutter zu täuschen; ich bewunderte dieses liebreizende Mädchen wie ein Gemälde, wie das Bildnis einer toten Geliebten. Kurzum, sie war mein Kind, meine Statue. Als ein neuer Pygmalion wollte ich aus einer lebendigen, fühlenden und redenden Jungfrau ein Marmorbild schaffen; ich verfuhr sehr streng mit ihr; aber je mehr ich sie die Wirkungen meines schulmeisterlichen Despotismus empfinden ließ, desto sanfter und unterwürfiger wurde sie. Zwar wurde ich in meiner Zurückhaltung und Keuschheit durch edle Gefühle ermutigt; aber trotzdem fehlte es mir nicht an Staatsanwaltserwägungen. Ich verstehe nicht, wie man mit Talern redlich sein kann, wenn man es in der Gesinnung nicht ist. Eine Frau zu betrügen oder Bankrott zu machen, das ist für mich stets eins und dasselbe gewesen. Ein junges Mädchen zu lieben oder sich von ihr lieben zu lassen stellt einen echten Kontrakt dar, dessen Bedingungen eingehalten werden müssen. Es steht uns frei, die Frau zu verlassen, die sich verkauft, aber nicht das junge Mädchen, das sich verschenkt; denn sie kennt ja die Tragweite ihres Opfers nicht. Ich hätte also Pauline heiraten müssen, und das wäre Wahnwitz gewesen. Hätte das nicht bedeutet, eine zarte, jungfräuliche Seele dem grausigsten Unglück preiszugeben? Meine Armut redete ihre eigensüchtige Sprache und schob immer wieder ihre eherne Hand zwischen jenes gute Geschöpf und mich. Ferner, ich gestehe es zu meiner Schande, ist mir die Liebe im Elend etwas Unbegreifliches. Vielleicht ist das eine Verderbtheit in mir, die auf der menschlichen Krankheit beruht, die wir ›die Kultur‹ nennen; aber eine Frau, und wäre sie verlockend wie die schöne Helena oder Homers Galatea, besitzt über meine Sinne keine Macht mehr, wenn sie schmutzig ist. Ach, es lebe die Liebe in Seide, auf Kaschmir, umgeben von den Wundern des Luxus, die sie so köstlich schmücken, weil sie selber vielleicht ein Luxus ist. Wie gern zerknittere ich in meiner Begierde übertrieben feine Toiletten, knicke Blumen und fahre mit zerstörerischer Hand in den eleganten Turmbau einer duftenden Frisur. Brennende Augen, verborgen hinter einem Spitzenschleier, durch den die Blicke dringen, wie das Mündungsfeuer den Kanonenrauch zerreißt, besitzen für mich eine phantastische Anziehungskraft. Meine Liebe will seidene Strickleitern, die stumm in einer Winternacht erklettert werden. Welche Lust, schneebedeckt in ein von Parfüms durchduftetes, mit bemalten Seidenstoffen ausgeschlagenes Zimmer zu gelangen und darin eine Frau zu finden, die ihrerseits ebenfalls Schnee abschüttelt; denn welchen andern Namen könnte man den wollüstigen Musselinschleiern geben, durch die hindurch sie sich verschwommen abzeichnet wie ein Engel in seiner Wolke und daraus sie hervortreten wird? Überdies bedarf ich eines furchtsamen Glückes, einer tollkühnen Sicherheit. Kurzum, ich möchte jene geheimnisvolle Frau wiedersehen, aber strahlend, inmitten von Welt und Gesellschaft, tugendhaft, umgeben von Huldigungen, in Spitzen gekleidet, in Diamanten, der Stadt ihre Befehle erteilend, so hoch gestellt und so gebieterisch, daß keiner wagt, begehrliche Wünsche an sie zu richten. Inmitten ihres Hofstaats wirft sie mir einen verstohlenen Blick zu, einen Blick, der alle diese Kunstgriffe Lügen straft, einen Blick, der mir die Gesellschaft und die Männer opfert! Freilich, ich bin mir hundertmal lächerlich vorgekommen, daß ich ein paar Ellen Seidenspitze, Samt, feinen Batist, die Leistungen eines Friseurs, Kerzen, eine Karosse, einen Titel, Wappenkronen, die von einem Glasmaler gemalt oder von einem Goldschmied gefertigt worden waren, mit einem Wort, alles liebte, was es an der Frau an Künstlichem und am wenigsten Weiblichen gibt; ich habe mich selber verspottet, ich habe nachgesonnen; alles das ist vergeblich gewesen. Eine aristokratische Frau und ihr kluges Lächeln, die Vornehmheit ihrer Umgangsformen und ihre Selbstachtung bezaubern mich; wenn sie eine Schranke zwischen sich und der Welt errichtet, schmeichelt sie in mir allen den Eitelkeiten, die die Hälfte der Liebe ausmachen. Mein Glück scheint mir mehr Würze zu besitzen, wenn alle mich darum beneiden. Indem meine Geliebte nichts tut, was andere Frauen treiben, indem sie nicht wie jene geht und lebt, indem sie sich in einen Mantel hüllt, den jene nicht haben können, indem sie individuelle Parfüms atmet, scheint sie mir weit enger anzugehören; je mehr sie sich von der Erde entfernt, sogar in dem, was der Liebe an Irdischem innewohnt, desto mehr verschönt sie sich in meinen Augen. Zu meinem Glück gibt es in Frankreich seit zwanzig Jahren keine Königin; ich hätte sonst die Königin geliebt. Um die Lebensform einer Prinzessin zu haben, muß eine Frau reich sein. Was war im Vergleich zu meinen schwärmerischen Phantasien Pauline? Konnte sie mir Nächte verkaufen, die das Leben kosten, eine Liebe, die tötet und alle menschlichen Fähigkeiten einsetzt? Schwerlich sterben wir für arme Mädchen, die sich verschenken!

Nie habe ich diese Gefühle und diese Dichterträumereien zunichte machen können. Ich war für die unmögliche Liebe geschaffen, und der Zufall hat es gewollt, daß ich über meine Wünsche hinaus bedient worden bin. Wie oft habe ich nicht Paulines niedliche Füße mit Atlas bekleidet, ihre Taille, die schlank war wie eine junge Pappel, in ein Gazekleid gehüllt, über ihre Brüste einen leichten Schal geworfen, sie über die Teppiche ihres Stadtpalais wandeln lassen und sie zu einem eleganten Wagen geführt; auf diese Weise hätte ich sie angebetet; ich lieh ihr einen Stolz, den sie nicht hatte; ich beraubte sie aller ihrer Tugenden, ihrer naiven Anmut, ihrer köstlichen Natürlichkeit, ihres unschuldigen Lächelns, um sie in den Styx unserer Laster zu tauchen und ihr Herz unverwundbar zu machen, um sie mit unseren Verbrechen zu schminken, um aus ihr die launische Puppe unserer Salons zu machen, eine schwächliche Frau, die morgens zu Bett geht, um abends beim Frührot der Kerzen neu aufzuleben. Pauline war ganz Gefühl, ganz Jugendfrische; ich jedoch wollte sie trocken und kalt. In den letzten Tagen meines Wahnsinns hat die Erinnerung mir Pauline so gezeigt, wie sie uns Szenen aus unserer Kindheit malt. Mehr als einmal hat mich zärtliche Rührung überkommen, wenn ich köstlicher Augenblicke gedachte; sei es, daß ich das wonnige Mädchen wiedersah, wie es an meinem Tisch saß und mit einer Näharbeit beschäftigt war, friedlich, still, gesammelt und schwach vom Tagesschein beleuchtet, der durch meine Dachluke fiel und leichte, silbrige Reflexe auf ihrem schönen schwarzen Haar entstehen ließ; sei es, daß ich ihr junges Lachen vernahm oder ihre Stimme mit dem reichen Timbre anmutige Weisen singen hörte, die sie mühelos komponierte. Oftmals geriet meine Pauline außer sich, wenn sie musizierte; dann ähnelte ihr Gesicht auf frappante Weise dem noblen Kopf, durch den Carlo Dolci Italien hat darstellen wollen. Mein grausames Gedächtnis warf mir dieses junge Mädchen durch die Exzesse meines Daseins hindurch wie einen Gewissensbiß vor, wie ein Abbild der Tugend! Aber überlassen wir das arme Kind seinem Schicksal; so unglücklich sie auch sein möge, zumindest habe ich sie vor einem entsetzlichen Orkan geschützt, indem ich davon Abstand nahm, sie in meine Hölle hinabzuziehen. Bis zum letzten Winter habe ich das ruhige, fleißige Leben geführt, von dem ich dir ein schwaches Bild zu geben versucht habe. In den ersten Dezembertagen des Jahres 1829 begegnete ich Rastignac, und trotz des elenden Zustands meiner Kleidung bot er mir den Arm und erkundigte sich mit wahrhaft brüderlicher Anteilnahme nach meinem Ergehen; seine Art und Weise bestrickte mich, und ich erzählte ihm kurz von meinem Leben und meinen Hoffnungen; er fing an zu lachen, sagte, ich sei gleichzeitig ein Genie und ein Dummkopf; seine Gaskognerstimme, seine Welterfahrung, der Reichtum, den er seiner Lebensgewandtheit verdankte, übten auf mich eine unwiderstehliche Wirkung aus. Rastignac sagte mir, ich würde im Armenspital sterben, mißkannt wie ein Tropf; er schritt meinem Leichenzug voran und warf mich in das Loch der Bettler. Er redete mir etwas von Charlatanerie vor. Mit dem liebenswürdigen Schwung, der ihn so verführerisch macht, stellte er mir alle genialen Männer als Charlatane hin. Er sagte mir, daß es mir an einem Sinn fehle, was eine Todesursache sei, wenn ich für mich allein in der Rue des Cordiers wohnen bliebe. Seiner Meinung nach mußte ich mich in der Gesellschaft umtun, die Leute daran gewöhnen, meinen Namen auszusprechen, und mich des schlichten ›Monsieur‹ entledigen, das sich für einen großen Mann zu dessen Lebzeiten nicht zieme. – ›Die Schwachköpfe‹, rief er, ›nennen dies Verfahren ‚intrigieren‘; die Leute mit Moral ächten es mit der Bezeichnung ‚Verschwenderleben‘; aber wir wollen uns nicht bei den Leuten aufhalten, sondern die Resultate befragen. Du arbeitest also? Gut und schön, dann wirst du nie etwas erreichen. Ich selber bin für alles geeignet und tauge zu nichts; ich bin faul wie ein Hummer? Na, schön, eben deswegen werde ich alles erreichen. Ich lasse mich häufig in der Gesellschaft sehen, ich dränge mich vor, man macht mir Platz; ich lobpreise mich, man glaubt mir; ich mache Schulden, man bezahlt sie! Die Verschwendung, mein Lieber, ist ein politisches System. Das Leben eines Mannes, der sich damit befaßt, sein Vermögen aufzuzehren, wird häufig zu einer Spekulation; er legt seine Kapitalien in Freunden an, in Liebesfreuden, in Gönnern, in Bekanntschaften. Setzt ein Kaufmann eine Million aufs Spiel? Zwanzig Jahre lang schläft und trinkt er nicht und amüsiert sich nicht; er brütet seine Million aus; er läßt sie durch ganz Europa trotten; er langweilt und ärgert sich, er gibt sich allen Dämonen preis, die der Mensch erfunden hat; dann kommt es zu einer Liquidation, wie ich es mitangesehen habe, und die läßt ihn oftmals ohne einen Sou, ohne Namen und ohne Freund. Der Verschwender dagegen hat seinen Spaß daran, zu leben und seine Pferde laufen zu lassen. Wenn er zufällig seine Kapitalien verliert, besteht die Möglichkeit, Generalsteuereinnehmer zu werden, sich gut zu verheiraten, einem Minister oder einem Gesandten beigeordnet zu werden. Nach wie vor hat er Freunde, einen Ruf und stets Geld. Da er die Triebfedern der Welt kennt, handhabt er sie zu seinem Nutzen. In diesem System liegt Logik, oder ich bin bloß ein Idiot! Liegt hierin nicht die Moral der Komödie, die tagtäglich in Welt und Gesellschaft gespielt wird? Dein Werk ist vollendet‹, fuhr er nach einer Pause fort, ›du hast ein riesiges Talent! Nun, du bist jetzt an meinem Ausgangspunkt angelangt. Jetzt mußt du selber für deinen Erfolg sorgen, das ist das Sicherste. Jetzt mußt du Bündnisse mit den Cliquen schließen, dir Lobpreiser verschaffen. Ich selber will mich der Hälfte deines Ruhms annehmen; ich will der Goldschmied sein, der die Diamanten deiner Krone gefaßt hat. Damit ein Anfang gemacht wird‹, sagte er, ›sei morgen abend hier. Ich werde dich in ein Haus einführen, wo ganz Paris verkehrt, nämlich ‚unser' Paris, das der Stutzer, der Millionäre, der Berühmtheiten, kurzum, der Leute, die goldene Worte reden wie Chrysostomos[92]. Nehmen diese Leute sich eines Buches an, so kommt es in Mode; wenn es dann tatsächlich gut ist, so haben sie ohne ihr Wissen ein Geniediplom ausgestellt. Hast du Geist, lieber Junge, so wirst du dir aus deiner ‚Theorie' ein Vermögen erschaffen, wenn du die Theorie des Vermögens erst besser begriffen hast. Morgen abend sollst du die schöne Gräfin Foedora sehen, die Frau, die in aller Welt Munde ist.‹ – ›Ich habe noch nie von ihr gehört.‹ – ›Du bist ein Kaffer‹, sagte Rastignac lachend. ›Foedora nicht zu kennen! Eine Frau, die zu heiraten ist und an die achtzigtausend Francs Zinsen besitzt, die keinen will, oder die keiner will! Eine Art weibliches Rätsel, eine Pariserin, die zur Hälfte Russin, und eine Russin, die zur Hälfte Pariserin ist! Eine Frau, bei der alle romantischen Werke, die nicht erscheinen, verlegt werden, die schönste Frau von Paris, die anmutsvollste! Du bist nicht mal ein Kaffer, du bist die Zwischenstufe zwischen

Kaffer und Tier. Adieu, auf morgen!‹ Er vollführte eine Pirouette und verschwand, ohne meine Antwort abzuwarten; er ließ es nicht zu, daß ein vernunftbegabter Mensch es ablehnen könne, Foedora vorgestellt zu werden. Wie ließe sich das Faszinierende eines Namens erklären? ›Foedora‹ verfolgte mich wie ein schlimmer Gedanke, mit dem man handelseinig zu werden trachtet. Eine Stimme sagte zu mir: ›Du wirst zu Foedora gehen.‹ Ich mochte mich mit dieser Stimme herumbalgen, wie ich wollte, und sie anschreien, sie löge – sie machte alle meine Vernunftgründe mit dem Namen Foedora zunichte. Aber waren denn dieser Name und diese Frau nicht das Symbol aller meiner Wünsche und das Thema meines Lebens? Der Name erweckte die künstlichen Poesien der großen Welt; er ließ die Feste der Pariser Oberschicht aufglänzen und das Flitterwerk der Eitelkeit. Die Frau erschien vor meinem inneren Auge mit allen Rätseln der Liebe, mit denen ich mir den Kopf verdreht hatte. Vielleicht waren es weder die Frau noch der Name, sondern alle meine Laster richteten sich in meiner Seele auf, um mich von neuem in Versuchung zu führen. War die Gräfin Foedora, da reich und ohne Liebhaber und den Pariser Verlockungen widerstrebend, nicht die Inkarnation meiner Hoffnungen, meiner Visionen? Ich erschuf mir eine Frau, ich malte sie mir in Gedanken aus, ich erträumte sie. Nachts schlief ich nicht, ich wurde ihr Liebhaber; ich ließ wenige Stunden ein ganzes Leben enthalten, ein Leben der Liebe, und ich genoß seine fruchtbaren, seine brennenden Wonnen. Am andern Morgen war ich außerstande, die Marter des langen Wartens auf den Abend zu ertragen; ich lieh mir einen Roman und brachte den Tag damit hin, ihn zu lesen; auf diese Weise versetzte ich mich in die Unmöglichkeit, zu denken oder die Zeit zu bemessen. Während ich las, erklang der Name Foedora in mir wie ein Ton, den man in der Ferne vernimmt, der einen nicht stört, der aber vernehmlich ist. Zum Glück besaß ich noch einen leidlich vorzeigbaren schwarzen Frack und eine ebensolche weiße Weste; von meinem ganzen Vermögen waren mir etwa dreißig Francs geblieben, und die hatte ich überall in meinen Kleidungsstücken und Schubfächern verstreut, um zwischen einem Hundertsousstück und meinen Gelüsten die Dornenhecke einer Nachsuche und die Zufälle einer Seerundreise in meinem Zimmer zu errichten. Als es Zeit zum Umkleiden war, jagte ich meinem Schatz durch einen Ozean von Papier nach. Die Kärglichkeit meiner Barschaft kann dir begreiflich machen, was meine Handschuhe und meine Droschke an Reichtümern verschlangen; sie aßen das Brot für einen ganzen Monat auf. Leider Gottes fehlt es uns nie an Geld für unsere Launen; wir feilschen nur um den Preis nützlicher oder notwendiger Dinge. Sorglos werfen wir das Geld Tänzerinnen zu und handeln mit einem Handwerker, dessen ausgehungerte Familie auf die Begleichung einer Rechnung wartet. Wie viele Menschen haben einen Frack für hundert Francs, einen Diamanten am Knauf ihres Spazierstocks und essen für fünfundzwanzig Sous zu Abend! Es scheint, daß wir die Freuden der Eitelkeit nie teuer genug bezahlen. Rastignac hielt sich pünktlich an die Verabredung; er lächelte über meine Verwandlung und neckte mich deswegen; aber er gab mir während der Fahrt zur Gräfin mildtätige Ratschläge über die Art und Weise, wie ich mich ihr gegenüber verhalten solle; er schilderte sie mir als geizig, eitel und mißtrauisch, geizig freilich mit Prunk, eitel mit Schlichtheit und mißtrauisch mit Gutmütigkeit. ›Du kennst meine Liebesbindungen‹[93], sagte er zu mir, ›und du weißt, wieviel ich bei einem Wechsel der Liebe verlieren würde. Als ich Foedora beobachtete, war ich uninteressiert und kalten Blutes; meine Bemerkungen müssen also stimmen. Bei dem Einfall, dich bei ihr einzuführen, habe ich an dein Glück gedacht; überleg dir also genau, was du ihr sagen willst. Sie hat ein grausames Gedächtnis und eine Gewandtheit, die einen Diplomaten zur Verzweiflung treiben könnte; sie vermöchte den Augenblick zu erraten, da er die Wahrheit sagt. Ganz unter uns, ich glaube, ihre Ehe ist vom Zaren nicht anerkannt worden, denn der russische Botschafter hat zu lachen angefangen, als ich die Rede auf sie brachte. Er empfängt sie nicht; er grüßt sie nur leichthin, wenn er ihr im Bois begegnet. Trotzdem gehört sie zu dem Kreis um Madame de Sérisy und verkehrt bei den Damen de Nucingen und de Restaud. In Frankreich ist ihr Ruf intakt; die Herzogin von Carigliano, die hochnäsigste Marschallsgattin der ganzen bonapartistischen Clique, verbringt häufig mit ihr den Sommer auf ihrem Landsitz. Viele junge Gecken, der Sohn eines Pairs von Frankreich haben ihr zum Austausch für ihr Vermögen einen Namen geboten; sie hat sie samt und sonders höflich abgewiesen. Vielleicht wird sie erst vom Grafentitel an empfänglich! Bist du nicht Marquis? Dann leg dich ins Zeug, wenn sie dir gefällt! Das nenne ich Instruktionen erteilen.‹ Dieser Scherz ließ mich glauben, Rastignac wolle lachen und meine Neugier anreizen, so daß meine improvisierte Leidenschaft zum Paroxysmus gelangt war, als wir vor einem mit Blumen geschmückten Peristyl stehen blieben. Mir pochte das Herz, als wir eine breite, mit einem Läufer belegte Treppe hinaufstiegen, wo ich alle Ausgesuchtheiten englischen Komforts feststellte; ich wurde rot, ich strafte meine Abkunft, meine Gefühle, meinen Stolz Lügen; ich war auf dümmliche Weise ein Bourgeois. Ach, ich kam aus einer Mansarde, hatte drei Jahre der Armut hinter mir und verstand mich noch nicht darauf, über die Bagatellen des Lebens jene erworbenen Schätze zu stellen, jene riesigen intellektuellen Kapitalien, die einen im Handumdrehen reich machen, wenn einem die Macht in die Hände fällt, ohne einen zu zermalmen, weil das Studium einen schon im voraus für die politischen Kämpfe ausgebildet hat. Ich erblickte eine etwa zweiundzwanzigjährige, mittelgroße, weiß gekleidete Frau, die von einem Kreis von Herren umgeben war und in der Hand einen Federfächer hielt. Als sie Rastignac eintreten sah, erhob sie sich, schritt uns entgegen, lächelte voller Anmut und machte mir mit melodischer Stimme ein sicherlich vorbereitetes Kompliment; unser Freund hatte mich als jemand von Talent angemeldet, und seine Gewandtheit, seine gaskognische Emphase hatten mir einen schmeichelhaften Empfang vorbereitet. Ich wurde zum Gegenstand besonderer Aufmerksamkeit, was mich verwirrte; aber glücklicherweise hatte Rastignac von meiner Bescheidenheit gesprochen. Ich traf dort Gelehrte an, Literaten, ehemalige Minister, Pairs von Frankreich. Einige Zeit nach meinem Kommen nahm die Unterhaltung wieder ihren bisherigen Lauf, und da ich spürte, daß ich einen Ruf aufrecht zu erhalten hatte, nahm ich mich zusammen; ohne das Wort zu mißbrauchen, wenn es mir eingeräumt worden war, versuchte ich, die Diskussionen durch mehr oder weniger einschneidende, tiefe oder geistvolle Aussprüche zusammenzufassen. Ich rief einige Sensationen hervor. Zum tausendsten Mal in seinem Leben wurde Rastignac zum Propheten. Als genügend

Leute beisammen waren, so daß jeder sich nach seinem Ermessen bewegen konnte, reichte mein Geleitsmann mir den Arm, und wir spazierten durch die Gemächer. ›Erwecke nicht den Eindruck, als seiest du allzu hingerissen von der Prinzessin[94]‹, sagte er zu mir, ›sie würde sonst das Motiv deines Besuchs erraten.‹ Die Salons waren mit erlesenem Geschmack möbliert. Ich sah darin Gemälde von besonderem Wert. Jeder Raum hatte, wie bei den allerreichsten Engländern, seinen besonderen Charakter, seidene Wandbespannungen und Annehmlichkeiten; die Form der Möbel, der geringste Zierat harmonierten mit einem ersten Einfall. In einem gotischen Boudoir, dessen Türen mit Gobelins verhängt waren, waren die Umrahmungen des Stoffes, die Stutzuhr, die Zeichnung des Teppichs gotisch; die Decke aus geschnitzten braunen Balken bot dem Auge Kassetten voller Anmut und Originalität dar; das Getäfel war auf künstlerische Weise gearbeitet worden. Nichts störte das Gesamt dieser hübschen Dekoration, nicht einmal die Fenster, deren Scheiben aus kostbaren Glasmalereien bestanden. Mich überraschte der Anblick eines kleinen, modernen Salons, in dem irgendein Künstler die Leistungen unseres Dekorationsstils abgewandelt hatte, der so leicht, so jung, so lieblich, so unauffällig, so sparsam ist, was die Vergoldungen betrifft. Er war liebeatmend und verschwommen wie ein altes deutsches Lied, ein echtes Refugium für eine Leidenschaft von 1827, durchduftet von Blumenständern mit seltenen Pflanzen. Nach diesem Salon erblickte ich anstoßend einen vergoldeten Raum, in dem der Stil des Zeitalters Ludwigs XIV. wieder aufgelebt war, der unserer heutigen Malweise entgegengesetzt ist und einen bizarren, aber angenehmen Kontrast bildete. ›Du wirst hier recht gut untergebracht sein‹, sagte mir Rastignac mit einem Lächeln, das eine leichte Ironie durchschimmerte. ›Ist es nicht verlockend?‹ fügte er hinzu und setzte sich. Unvermittelt stand er auf, nahm mich bei der Hand, führte mich ins Schlafzimmer und zeigte mir unter einem Baldachin von weißem Musselin und Moiré ein schwach beleuchtetes, wollüstiges Bett, das wahre Bett einer mit einem Genius verlobten jungen Fee. ›Ist es nicht‹, rief er leise aus, ›eine Schamlosigkeit, eine Unverschämtheit und Koketterie über alles Maß hinaus, uns diesen Thron der Liebe betrachten zu lassen? Sich niemandem hinzugeben und jedermann zu erlauben, dort seine Karte abzugeben? Wäre ich frei, so möchte ich diese Frau gefügig gemacht und an meiner Tür weinen sehen.‹ – ›Bist du dir denn ihrer Tugend so gewiß?‹ – ›Die kühnsten unserer Verführer und sogar die geschicktesten gestehen, sie seien bei ihr gescheitert, lieben sie jedoch noch immer und sind ihre ergebenen Freunde. Ist diese Frau nicht ein Rätsel?‹ Diese Worte entfachten in mir eine Art Rausch; meine Eifersucht fürchtete bereits das Vergangene. Bebend vor Freude ging ich hastig wieder in den Salon, wo ich die Gräfin verlassen hatte; ich begegnete ihr in dem gotischen Boudoir. Mit einem Lächeln hielt sie mich fest, ließ mich neben sich Platz nehmen, stellte mir Fragen über meine Arbeiten und schien sich dafür lebhaft zu interessieren, vor allem, als ich ihr mein System in scherzenden Worten darlegte, anstatt mich der Ausdrucksweise eines Professors zu bedienen und es ihr auf gelehrte Weise zu entwickeln. Es schien sie höchlichst zu amüsieren, als sie erfuhr, der menschliche Wille sei eine materielle Kraft ähnlich dem Dampf; in der moralischen Welt könne dieser Macht nichts Widerstand leisten, wenn ein Mensch sich daran gewöhne, sie zu konzentrieren, sie als Ganzes einzusetzen, ohne Unterlaß die Projektion dieser flüssigen Masse auf die Seelen zu lenken; jener Mensch könne nach seinem Ermessen alles die Menschheit Betreffende modifizieren, sogar die Naturgesetze. Foedoras Einwände enthüllten mir in ihr eine gewisse geistige Scharfsicht; ich gefiel mir darin, ihr für eine Weile recht zu geben, um ihr zu schmeicheln, und zerstörte ihre weiblichen Klügeleien dann durch ein Wort, indem ich ihr Augenmerk auf ein Faktum des täglichen Lebens richtete, den Schlaf, ein dem Anschein nach banales Faktum, das jedoch im Grunde erfüllt von für den Gelehrten unlösbaren Problemen sei; und damit stachelte ich ihre Neugier an. Die Gräfin bewahrte sogar für einen Augenblick Schweigen, als ich ihr sagte, unsere Ideen seien organische, vollkommene Wesen, lebten in einer unsichtbaren Welt und beeinflußten unsere Geschicke; zum Beweis führte ich ihr die Gedanken Descartes', Diderots und Napoleons an, die ein ganzes Jahrhundert geführt hatten und noch immer führten. Ich hatte die Ehre, diese Frau zu amüsieren; sie verabschiedete sich von mir mit der Bitte, sie zu besuchen; im Hofstil ausgedrückt, räumte sie mir also ungehinderten Zutritt ein. Sei es nun, daß ich, meiner löblichen Gewohnheit gemäß, die Höflichkeitsformeln für aus dem Herzen kommende Worte hielt, oder sei es, daß Foedora in mir eine demnächstige Berühmtheit erblickte und ihre Gelehrtenmenagerie erweitern wollte – ich glaubte ihr zu gefallen. Ich rief alle meine physiologischen Kenntnisse und meine früheren Studien über die Frau zu Hilfe, um während dieser Abendgesellschaft peinlich genau jene sonderbare Person und deren Gehaben zu prüfen; ich hielt mich in einer Fensternische verborgen und bespitzelte ihre Gedanken, die ich aus ihrem Verhalten zu erraten suchte; ich studierte die Art und Weise einer Herrin des Hauses, die kommt und geht, sich setzt und plaudert, einen Herrn zu sich ruft, ihn etwas fragt und sich, um ihm zu lauschen, an eine Türumrahmung lehnt; mir fiel bei ihrem Gang eine so weich gebrochene Bewegung, ein so anmutiges Wogen des Kleides auf; sie erregte das Begehren so machtvoll, daß ich jetzt höchst ungläubig wurde, was ihre Tugend betraf. Wenn Foedora heute die Liebe verleugnete, hatte sie früher sehr leidenschaftlich sein müssen; denn eine wissende Wollust zeichnete sich sogar in der Art ab, wie sie sich vor ihrem Gesprächspartner in Positur setzte; kokett stützte sie sich auf das Holzwerk wie eine dem Umsinken Nahe, aber auch wie eine, die davonlaufen würde, wenn ein allzu lebhafter Blick sie einschüchterte. Mit lässig gekreuzten Armen schien sie die Worte einzuatmen; sie hörte sie sogar mit dem Blick, und zwar voller Wohlwollen; sie hauchte Gefühl aus. Ihre frischen roten Lippen hoben sich von einem Teint von blendender Weiße ab. Ihr braunes Haar harmonierte recht gut mit der ins Orangene spielenden Farbe ihrer Augen, die geädert waren wie Florentiner Gestein und deren Ausdruck ihren Worten eine besondere Feinheit hinzuzufügen schien. Ihre Büste schließlich war geschmückt mit der verlockendsten Anmut. Vielleicht hätte eine Nebenbuhlerin die dichten Brauen, die zusammenzuwachsen schienen, zu streng gefunden, und sie hätte wohl auch den unmerklichen Flaum bemängelt, der die Konturen ihres Antlitzes zierte. Ich fand in allem die Leidenschaft ausgeprägt. Die Liebe stand auf den italienischen Augenlidern dieser Frau geschrieben, auf ihren schönen, der Venus von Milo würdigen Schultern, in ihren Zügen, auf der ein wenig zu starken, leicht umschatteten Unterlippe. Sie war mehr als eine Frau; sie war ein Roman. Ja, diese üppigen weiblichen Reize, das harmonische Gesamt der Linien, die Verheißungen, die dieser reiche Körper der Leidenschaft gab, das alles wurde gemäßigt durch eine beständige Zurückhaltung, durch eine ungemeine Bescheidenheit, die im Widerspruch zu dem Ausdruck der ganzen Person standen. Es bedurfte einer so scharfen Beobachtungsgabe wie der meinen, um in diesem Naturell die Anzeichen eines wollüstigen Schicksals wahrzunehmen. Um meine Gedanken deutlicher auszudrücken: Es waren in Foedora zwei Frauen vereinigt, die vielleicht durch die Büste getrennt waren; die eine war kühl, lediglich der Kopf schien Liebe zu atmen; bevor sie ihre Augen auf einem Mann ruhen ließ, bereitete sie ihren Blick vor, als vollziehe sich in ihr etwas Geheimnisvolles; man hätte es als eine Verkrampfung ihrer so strahlenden Augen bezeichnen können. Kurzum, entweder war meine wissenschaftliche Erfahrung unvollkommen und ich hatte in der geistig-seelischen Welt noch viele Geheimnisse zu entdecken, oder aber die Gräfin besaß eine schöne Seele, deren Gefühle und Ausstrahlungen ihren Zügen jenen Zauber mitteilten, der uns Männer unterjocht und bannt, ein geistig-seelischer Hang und um so mächtiger, als er sich mit den Wechselbeziehungen des Begehrens vereinigt. Entzückt ging ich fort, verführt von dieser Frau, berauscht von ihrem Luxus, gekitzelt in allem, was mein Herz an Edlem, Lasterhaftem, Gutem und Bösem barg. Nun ich mich so bewegt, so lebendig, so hochgesteigert fühlte, glaubte ich die Anziehungskraft zu verstehen, die jene Künstler, jene Diplomaten, jene Männer an der Macht, jene Spekulanten, die, wie ihre Kassen, innen mit Eisenblech ausgeschlagen sind, in dieses Haus führte; sicherlich wollten sie bei ihr die wahnwitzig machende Erregung suchen, die in mir alle Kräfte meines Seins hatte vibrieren lassen, die mein Blut in der kleinsten Ader aufgepeitscht, den kleinsten Nerv gereizt und in meinem Hirn gezittert hatte! Sie hatte sich keinem geschenkt, um sie alle zu behalten. Eine Frau ist kokett, solange sie nicht liebt. ›Vielleicht‹, sagte ich zu Rastignac, ›ist sie mit irgendeinem alten Mann verheiratet gewesen oder an ihn verkauft worden, und die Erinnerung an ihre erste Liebesnacht flößt ihr Abscheu vor der Liebe ein.‹ Ich ging zu Fuß vom Faubourg Saint-Honoré, wo Foedora wohnte, heim.

Zwischen ihrem Stadtpalais und der Rue des Cordiers liegt beinahe ganz Paris; der Weg kam mir kurz vor, und dabei fror es. Die Eroberung Foedoras im Winter unternehmen, einem harten Winter, als ich keine dreißig Francs besaß und die uns trennende Entfernung so groß war! Einzig ein armer junger Mann kann wissen, was eine Liebesleidenschaft an Droschkenfahrten, Handschuhen, Kleidung, Wäsche usw. kostet. Wenn die Liebe nur eine kurze Weile platonisch bleibt, führt sie zum Ruin. Wahrhaftig, es gibt Lauzuns[95] der juristischen Fakultät, denen es unmöglich ist, sich einer Liebe zu nähern, die in einem ersten Stock wohnt. Und wie konnte ich, der ich schwächlich, dünn, schlicht gekleidet, blaß und abgezehrt wie ein Künstler war, der sich von einem großen Werk erholt, es mit jungen Leuten aufnehmen, die gut frisiert, hübsch, fein herausgeputzt waren, Halsbinden trugen, die ganz Kroatien zur Verzweiflung hätten treiben können, dazu reich waren, mit Tilburys bewaffnet und mit Unverschämtheit bekleidet? ›Pah! Foedora oder den Tod!‹ rief ich beim Einbiegen auf eine Brücke. ›Foedora ist das Glück und der Reichtum!‹ Das schöne gotische Boudoir und der Salon im Stil Ludwigs XIV. glitten vor meinen Augen vorüber; wiederum sah ich die Gräfin in ihrem weißen Kleid, ihren weiten, anmutigen Ärmeln, mit ihrem verführerischen Gang, ihren verlockenden Brüsten. Als ich in meiner kahlen, kalten Mansarde anlangte, die so ungepflegt wie die Perücke eines Naturforschers war, stand ich noch immer im Bann der Bilder von Foedoras Luxus. Dieser Gegensatz war ein schlechter Ratgeber; so müssen Verbrechen geboren werden. Also verfluchte ich, bebend vor Wut, meine dezente, anständige Armut, meine fruchtbare Mansarde, in der so viele Gedanken aufgeschossen waren. Ich verlangte Rechenschaft von Gott, vom Teufel, von der Gesellschaft, von meinem Vater, vom ganzen Weltall über mein Schicksal und mein Unglück; ausgehungert ging ich zu Bett, wobei ich lächerliche Verwünschungen vor mich hinbrummte; aber ich war fest entschlossen, Foedora zu verführen. Dieses Frauenherz war ein letztes Lotterielos, das mein Glück barg. Ich verschone dich mit meinen ersten Besuchen bei Foedora, um möglichst schnell zum Drama zu gelangen. Im Trachten, mich an die Seele dieser Frau zu wenden, versuchte ich, ihren Geist zu gewinnen, ihre Eitelkeit für mich einzunehmen;

um ganz sicher geliebt zu werden, gab ich ihr tausend Gründe, sich selber zu lieben; niemals habe ich sie in einem Zustand der Gleichgültigkeit gelassen; die Frauen wollen Erregungen um jeden Preis, ich verschwendete sie an sie; lieber hätte ich sie in Zorn versetzt als sie mir gegenüber teilnahmslos gesehen. Wenn ich anfänglich, angetrieben von einem festen Willen und dem Verlangen, geliebt zu werden, ein wenig Einfluß auf sie errang, so wuchs meine Leidenschaft bald; ich war nicht mehr Herr meiner selbst, ich fiel ins Wahre, ich verlor mich und wurde kopflos verliebt. Ich bin mir nicht ganz klar darüber, was wir in der Poesie oder in der Unterhaltung als ›Liebe‹ bezeichnen; aber das Gefühl, das sich plötzlich in meiner Doppelnatur entwickelt hat, habe ich nirgendwo geschildert gefunden, weder in den rhetorischen, gekünstelten Sätzen J.-J. Rousseaus, dessen Behausung ich vielleicht innehatte, noch in den kalten Konzeptionen unserer beiden literarischen Jahrhunderte, noch in den Bildern Italiens. Einzig der Anblick des Bieler Sees, ein paar Motive von Rossini, die Madonna des Murillo, die der Marschall Soult[96] besitzt, die Briefe der Lescombat[97], gewisse Wortprägungen da und dort in Anekdotensammlungen, aber vor allem die Gebete der Ekstatiker und ein paar Stellen in unseren altfranzösischen Verserzählungen haben mich in die göttlichen Bereiche meiner ersten Liebe entrücken können. Nichts in den Menschensprachen, keine Übertragung von Gedanken mittels der Farben, des Marmors, der Worte oder der Töne wäre befähigt, den Nerv, das Vollendete, die Jähheit des Gefühls in der Seele auszudrücken! Ja, wer Kunst sagt, sagt Lüge. Die Liebe durchschreitet unendliche Verwandlungen, ehe sie sich für alle Zeit unserm Leben beimischt und es für immer mit ihrer Flammenfarbe tönt. Das Geheimnis dieser unwahrnehmbaren Verschmelzung entzieht sich der Analyse des Künstlers. Die wahre Leidenschaft drückt sich in Aufschreien aus, in Seufzern, die einen Mann mit kaltem Blut als langweilig anmuten. Man muß aufrichtig lieben, um halbwegs das Gebrüll Lovelaces[98] nachzuempfinden, wenn man ›Clarissa Harlowe‹ liest. Die Liebe ist eine unschuldige Quelle, die ihrem Bett aus Kresse, Blumen und Kies entspringt, zum Fluß, zum Strom wird, mit jeder Welle ihren Charakter und ihr Aussehen wandelt und sich in einen unermeßlichen Ozean ergießt, in dem unvollkommene Geister Monotonie erblicken, an dem jedoch große Seelen sich in endlose Betrachtungen versenken. Wie könnte man es wagen, diese vergänglichen Gefühlstönungen zu schildern, diese Nichtigkeiten, die einen so hohen Wert besitzen, diese Äußerungen, deren Tonfall die Schätze der Sprache ausschöpft, diese Blicke, die fruchtbarer sind als die reichsten Dichtungen? In jeder der mystischen Szenen, in denen wir uns unmerklich in eine Frau verlieben, tut sich ein Abgrund auf, der alle menschlichen Dichtungen verschlingt. Ja, wie könnten wir durch Glossen die lebendigen, geheimnisvollen Regungen der Seele wiedergeben, wenn uns schon die Worte fehlen, um die sichtbaren Mysterien der Schönheit zu schildern? Was für Bezauberungen! Wie viele Stunden lang bin ich nicht in eine unaussprechliche Ekstase versenkt gewesen, als ich nichts tat, als ›sie‹ anzusehen! Was machte mich glücklich? Ich weiß es nicht. In solcherlei Augenblicken, wenn ihr Gesicht lichtüberflutet war, vollzog sich darin etwas, das es erglänzen ließ; der unwahrnehmbare Flaum, der ihre zarte, feine Haut vergoldete, zeichnete deren Konturen verschwimmend mit der Anmut nach, die wir in den fernen Linien des Horizontes bewundern, wenn sie sich im Sonnenschein verlieren. Es war, als ob das Licht sie liebkose und dabei mit ihr eins würde, oder als ob ihrem strahlenden Antlitz ein Licht entströme, das lebhafter war als sogar das Tageslicht; dann glitt ein Schatten über dieses holde Antlitz und schuf darauf etwas wie eine Farbe, die seinen Ausdruck vervielfachte und seine Tönungen änderte. Häufig schien sich ein Gedanke auf ihrer Marmorstirn abzuzeichnen; dann schien ihr Auge sich zu röten; ihre Lider zuckten, ihre Züge gerieten durch ein Lächeln in Bewegung; die intelligente Koralle ihrer Lippen wurde lebendig, tat sich auf, schloß sich wieder; irgendein Reflex ihres Haars warf braune Töne über ihre kühlen Schläfen; bei jedem Geschehnis hatte sie gesprochen. Jede Abschattung der Schönheit spendete meinen Augen neue Feste, enthüllte meinem Herzen unbekannte Gnaden. In allen diesen Phasen des Gesichts wollte ich ein Gefühl, eine Hoffnung lesen. Diese stummen Unterredungen drangen von Seele zu Seele, wie der Ton im Echo widerhallt, und verschwendeten vergängliche Freuden, die mir tiefe Eindrücke hinterließen. Ihre Stimme löste in mir eine Entrückung aus, die zu begreifen mir schwer fiel. Gleich jenem lothringischen Fürsten hätte ich eine glühende Kohle in meiner hohlen Hand nicht gespürt, wenn sie mir mit ihren liebkosenden Fingern durchs Haar gefahren wäre. Dies war keine Bewunderung und kein Begehren mehr, sondern ein Zauberbann, etwas über mich Verhängtes. Oft, wenn ich unter mein Dach heimgekehrt war, sah ich Foedora undeutlich in ihrem Heim und teilte ihr Leben; litt sie, dann litt auch ich und sagte ihr am nächsten Tag: ›Sie haben Schmerzen gehabt!‹ Wie oft ist sie nicht in der tiefen Stille der Nacht gekommen, von der Macht meiner Ekstase herbeigerufen! Bald, jäh wie ein einfallender Lichtstrahl, schlug sie mir die Feder aus der Hand und erschreckte die Wissenschaft und das Studium, so daß sie verzweifelt entflohen; sie zwang mich, sie zu bewundern, indem sie die reizende Pose einnahm, in der ich sie vor kurzem gesehen hatte. Bald ging ich selber in der Welt der Geister auf sie zu und grüßte sie wie eine Hoffnung, wobei ich sie bat, mich ihre Silberstimme vernehmen zu lassen; danach erwachte ich schluchzend. Eines Tages, als sie mir versprochen hatte, mit mir das Theater zu besuchen, weigerte sie sich plötzlich aus purer Laune, aus dem Haus zu gehen, und bat mich, sie allein zu lassen. Verzweifelt über einen Widerspruchsgeist, der mich einen Arbeitstag und – soll ich es sagen? – meinen letzten Taler kostete, begab ich mich dorthin, wo sie hätte sein sollen; ich wollte das Stück sehen, das zu sehen sie gewünscht hatte. Kaum saß ich, als ich einen elektrischen Schlag im Herzen empfing. Eine Stimme sagte zu mir: ›Sie ist da!‹ Ich wende mich um und sehe die Gräfin tief hinten in ihrer Parterreloge, im Schatten. Mein Blick zauderte nicht; meine Augen fanden sie sogleich mit einer fabelhaften Hellsicht; meine Seele war auf ihr Leben zugeflogen wie ein Insekt auf seine Blume. Wodurch waren meine Sinne benachrichtigt worden? Es gibt ein inneres Erbeben, das nur oberflächliche Menschen erstaunen kann; aber diese Auswirkungen unserer inneren Natur sind ebenso einfach wie die gewohnten Phänomene unserer äußeren Schau; daher war ich nicht verwundert, sondern verärgert. Meine Studien über unsere geistig-seelische Macht, die so wenig bekannt ist, hatten wenigstens dazu gedient, mich in meiner Leidenschaft einigen lebendigen Beweisen meines Systems begegnen zu lassen. Diesem Bündnis des Gelehrten und des Verliebten, einer echten Vergötterung und einer wissenschaftlichen Liebe, wohnte etwas Bizarres inne. Oft war die Wissenschaft zufrieden über das, was den Liebenden zur Verzweiflung trieb, und wenn der Liebende zu triumphieren glaubte, jagte er beglückt die Wissenschaft von dannen. Foedora erblickte mich und wurde ernst: Ich störte sie. In der ersten Pause stattete ich ihr einen Besuch ab; sie war allein, ich blieb bei ihr. Obwohl wir nie von Liebe gesprochen hatten, sah ich eine Erklärung voraus. Ich hatte ihr noch nichts von meinem Geheimnis gesagt, und dabei bestand zwischen uns etwas wie eine Erwartung; sie pflegte mir ihre geplanten Vergnügungen anzuvertrauen und mich am Vorabend mit einer gewissen freundschaftlichen Unruhe zu fragen, ob ich am folgenden Tage kommen werde; sie befragte mich mit einem Blick, wenn sie eine geistvolle Äußerung getan hatte, als ob sie ausschließlich mir hätte gefallen wollen; wenn ich schmollte, wurde sie zärtlich; wenn sie die Erzürnte spielte, hatte ich auf irgendeine Weise das Recht, sie zu fragen; hatte ich mich eines Fehlers schuldig gemacht, ließ sie sich lange flehentlich bitten, ehe sie mir verzieh. Dieser Streit, an dem wir Gefallen gefunden hatten, war voll Liebe. Sie entfaltete dabei so viel Anmut und Koketterie, und ich empfand dabei ein solches Glück! In jenem Augenblick nun war unsere Vertrautheit völlig aufgehoben, und wir saßen einander gegenüber wie zwei Fremde. Die Gräfin war eisig; und ich befürchtete ein Unglück. ›Sie können mich begleiten‹, sagte sie zu mir, als das Stück zu Ende war. Das Wetter war jäh umgeschlagen. Als wir hinausgingen, fiel ein mit Regen gemischter Schnee. Foedoras Wagen konnte nicht bis an die Tür des Theaters vorfahren. Als ein Dienstmann sah, daß eine gutgekleidete Dame den Boulevard überschreiten mußte, hielt er einen Regenschirm über unsere Köpfe, und als wir eingestiegen waren, verlangte er den Lohn für seine Gefälligkeit. Ich hatte nichts; ich hätte damals zehn Jahre meines Lebens verkauft, um zwei Sous zu bekommen. Alles, was den Mann und seine tausend Eitelkeiten ausmacht, wurde in mir durch einen höllischen Schmerz zermalmt. Die Worte: ›Ich habe kein Geld, mein Lieber!‹ wurden in einem harten Ton gesprochen, der von meiner gekränkten Liebe herzustammen schien, gesprochen von mir, dem Bruder jenes Mannes, von mir, der das Elend so gut kannte, von mir, der ehedem leichten Herzens siebenhunderttausend Francs hingegeben hatte! Der Diener stieß den Dienstmann zurück, und die Pferde stoben davon. Bei der Rückfahrt nach ihrem Stadtpalais antwortete Foedora, die zerstreut war oder tat, als hänge sie Gedanken nach, auf meine Fragen mit verächtlicher Einsilbigkeit. Ich bewahrte Schweigen. Es war ein grausiger Moment. Als wir in ihrer Wohnung angelangt waren, setzten wir uns vor den Kamin. Der Diener schürte das Feuer und zog sich dann zurück; mit einer unenträtselbaren Miene wandte die Gräfin sich mir zu und sagte mit einer gewissen Feierlichkeit: ›Seit meiner Rückkehr nach Frankreich hat mein Vermögen ein paar junge Leute verlockt; ich habe Liebeserklärungen erhalten, die meinem Stolz hätten genugtun können; ich bin Männern begegnet, deren Zuneigung so aufrichtig und so tief war, daß sie mich geheiratet hätten, auch wenn sie in mir nur das arme Mädchen gefunden hätten, das ich ehedem gewesen bin. Schließlich müssen Sie wissen, Monsieur de Valentin, daß mir neuer Reichtum und neue Titel angeboten worden sind; aber vernehmen Sie auch, daß ich nie die Leute wiedergesehen habe, die auf den schlechten Einfall kamen, zu mir von Liebe zu sprechen. Wenn meine Zuneigung zu Ihnen leicht wöge, würde ich Ihnen keine Warnung zukommen lassen, in der mehr Freundschaft als Hochmut enthalten ist. Eine Frau setzt sich etwas wie einer Kränkung aus, wenn sie, in der Meinung, sie werde geliebt, sich von vornherein einem stets schmeichelhaften Gefühl versagt. Ich kenne die Szenen der Arsinoë[99] und der Araminte[100]; und also habe ich mich mit den Antworten vertraut gemacht, die ich unter solcherlei Gegebenheiten vernehmen könnte; heute jedoch hoffe ich, von einem hochstehenden Mann nicht falsch beurteilt worden zu sein, weil ich ihm freimütig meine Seele gezeigt habe.‹ Sie drückte sich mit der Kaltblütigkeit eines Advokaten, eines Notars aus, wenn diese ihren Klienten die Mittel und Wege eines Prozesses oder die Paragraphen eines Vertrags erklären. Der helle, verführerische Klang ihrer Stimme verriet nicht die mindeste Erregung; doch ihre Züge und ihre Haltung, die nach wie vor nobel und dezent waren, schienen mir eine diplomatische Kälte und Trockenheit zu haben. Sicherlich hatte sie sich ihre Worte überlegt und sich ein Programm dieser Szene aufgesetzt. Ach, lieber Freund, wenn gewisse Frauen Lust dabei empfinden, uns das Herz zu zerreißen, wenn sie sich vorgenommen haben, einen Dolch hineinzustoßen und ihn in der Wunde umzudrehen, dann sind diese Frauen anbetenswert; dann lieben sie oder wollen geliebt werden! Eines Tages werden sie uns für unsere Schmerzen belohnen, wie Gott, so heißt es, uns unsere guten Werke anrechnen wird; sie werden uns das Hundertfache des Bösen, dessen Heftigkeit von ihnen gewürdigt wird, mit Freuden vergelten: Ist ihre Bosheit nicht erfüllt von Leidenschaft? Aber von einer Frau gequält zu werden, die uns gleichmütig umbringt, ist das nicht eine grausige Marter? In diesem Augenblick trat Foedora, ohne es zu wissen, alle meine Hoffnungen mit Füßen, zerbrach mein Leben und zerstörte meine Zukunft mit der kalten Unbekümmertheit und der unschuldigen Grausamkeit eines Kindes, das aus Neugier die Flügel eines Schmetterlings zerreißt. ›Später‹, sagte Foedora noch, ›werden Sie, wie ich hoffe, die Verläßlichkeit der Zuneigung anerkennen, die ich meinen Freunden darbiete. Für sie werden Sie mich stets gütig und opferwillig finden. Ich vermöchte ihnen mein Leben hinzugeben; aber Sie würden mich verachten, wenn ich mir ihre Liebe gefallen ließe, ohne sie zu teilen. Damit sei es genug. Sie sind der einzige Mensch, zu dem ich bislang diese letzten Worte gesagt habe.‹ Anfangs versagte mir die Sprache, und es kostete mich Mühe, den Orkan zu meistern, der in mir anhob; bald indessen drängte ich meine Gefühle auf den Grund meiner Seele zurück und begann zu lächeln. ›Wenn ich Ihnen sagte, ich liebte Sie‹, antwortete ich, ›werden Sie mich verbannen; wenn ich mich der Gleichgültigkeit zeihe, werden Sie mich deswegen bestrafen. Die Priester, die Richter und die Frauen werfen ihre Roben nie gänzlich ab. Schweigen ist kein vorweggenommenes Urteil; gestatten Sie, Madame, daß ich stumm bleibe. Um solcherlei schwesterliche Warnungen an mich zu richten, müssen Sie gefürchtet haben, mich zu verlieren, und dieser Gedanke könnte meinem Stolz genugtun. Aber lassen Sie uns alles Persönliche weit von uns weisen. Sie sind vielleicht die einzige Frau, mit der ich als Philosoph eine den Gesetzen der Natur so sehr widersprechende Entscheidung erörtern könnte. Im Vergleich zu Ihren Geschlechtsgenossinnen sind Sie ein Phänomen. Gut denn, lassen Sie uns gemeinsam gutgläubig nach der

Ursache dieser psychologischen Anomalie forschen. Waltet in Ihnen wie bei vielen Frauen, die auf sich stolz und verliebt in ihre Vollkommenheiten sind, ein Gefühl so raffinierter Selbstsucht ob, daß Sie die Vorstellung verabscheuen, einem Mann anzugehören und sich Ihres Willens zu entäußern, einer konventionellen Überlegenheit, die Sie kränkt, unterworfen zu sein? Dann würden Sie mir tausendmal schöner erscheinen. Sollten Sie beim erstenmal durch die Liebe mißhandelt worden sein? Vielleicht läßt Sie der Wert, den Sie der Eleganz Ihrer Taille, Ihrer köstlichen Büste beilegen, Verunstaltungen durch die Mutterschaft befürchten; würde das nicht einer der besten unter Ihren geheimen Gründen sein, es abzulehnen, allzu sehr geliebt zu werden? Haben Sie körperliche Mängel, die Sie wider Ihren Willen tugendhaft machen? Werden Sie nicht böse, ich diskutiere, ich studiere nur, ich bin um tausend Meilen von der Liebe entfernt. Die Natur, die Menschen blind geboren werden läßt, kann auch Frauen hervorbringen, die in der Liebe taub, stumm und blind sind. Wirklich, Sie sind ein kostbarer Gegenstand für die medizinische Forschung! Sie wissen gar nicht, wieviel Sie wert sind. Sie können einen sehr berechtigten Abscheu vor den Männern haben, da stimme ich Ihnen zu; auch mir kommen sie alle häßlich und widerlich vor. Aber Sie haben recht‹, fuhr ich fort, und mir schwoll das Herz, ›Sie müssen uns Männer verachten; es gibt keinen, der Ihrer würdig wäre!‹ Ich will dir nicht alle die Sarkasmen wiederholen, mit denen ich sie lachend bedachte. Allein weder das bitterste Wort noch die schärfste Ironie zwangen ihr eine Bewegung oder eine unwillige Gebärde ab. Sie hörte mir zu und bewahrte auf den Lippen und in den Augen ihr gewohntes Lächeln, jenes Lächeln, das sie anlegte wie ein Kleidungsstück und das für ihre Freunde, für ihre einfachen Bekannten und für Fremde immer das gleiche war. ›Bin ich nicht sehr gutmütig, daß ich mich auf diese Weise im Seziersaal vorführen lasse?‹ fragte sie und nahm dabei einen Augenblick wahr, während dessen ich sie schweigend anschaute. ›Sie sehen ja‹, fuhr sie lachend fort, ›ich bezeige in der Freundschaft keine dummen Empfindlichkeiten! Viele Frauen würden Ihre Unverschämtheit dadurch bestrafen, daß sie Ihnen ihre Tür verschlössen.‹ – ›Sie können mich aus Ihrer Nähe verbannen, ohne gehalten zu sein, Ihre strengen

Maßnahmen zu begründen.‹ Als ich das sagte, fühlte ich mich bereit, sie umzubringen, wenn sie mich vor die Tür gewiesen hätte. – ›Sie sind verrückt‹, rief sie aus und lächelte. – ›Haben Sie jemals‹, fuhr ich fort, ›über die Auswirkungen einer heftigen Liebe nachgedacht? Oftmals hat ein Mann in Verzweiflung seine Geliebte ermordet.‹ – ›Besser tot als unglücklich‹, antwortete sie kalt. ›Ein so leidenschaftlicher Mann muß eines Tages seiner Frau den Rücken kehren und sie dem Strohsack überliefern, nachdem er ihr Vermögen vernascht hat.‹ Diese Arithmetik verschlug mir die Sprache. Hart und deutlich gewahrte ich einen Abgrund zwischen dieser Frau und mir. Niemals konnten wir einander verstehen. ›Adieu‹, sagte ich kühl zu ihr. – ›Adieu‹, antwortete sie und nickte mir freundschaftlich zu. ›Bis morgen.‹ – Ich sah sie einen Augenblick an und schleuderte ihr wie eine Lanze alle Liebe entgegen, auf die ich verzichtet hatte. Sie stand da und bedachte mich mit ihrem banalen Lächeln, dem abscheulichen Lächeln einer Marmorstatue, das Liebe auszudrücken scheint, aber kalt ist. Ob du wohl, mein Lieber, alle die Schmerzen begreifen kannst, die auf dem Heimweg durch Regen und Schnee über mich herfielen, als ich eine Meile lang auf dem Glatteis der Kais einherschritt im Bewußtsein, alles verloren zu haben? Oh, zu wissen, daß sie nicht an meine Notlage dachte und mich, gleich ihr selbst, reich und weich auf Wagenpolstern sitzend glaubte! Wieviel Zusammenbrüche und Enttäuschungen! Es handelte sich nicht mehr um Geld, sondern um alle Reichtümer und Glücksmöglichkeiten meiner Seele. Ich ging aufs Geratewohl und besprach mit mir selbst die Wendungen jenes seltsamen Gesprächs; ich verstrickte mich so sehr in meine Kommentare, daß ich schließlich an der buchstäblichen Bedeutung der Worte und der Ideen zweifelte! Und dabei liebte ich noch immer, ich liebte diese kalte Frau, deren Herz in jeder Sekunde erobert werden wollte und die dadurch, daß sie stets die Verheißungen des Vorabends auslöschte, sich am andern Tag als eine völlig neue Geliebte erwies. Als ich an den Portalen des Institut de France vorbeiging, überkam mich eine fieberhafte Erregung. Mir fiel ein, daß ich nichts gegessen hatte. Ich besaß keinen roten Heller. Und der Gipfel des Unglücks war, daß der Regen meinen Hut entstellte. Wie konnte ich fortan ohne einen vorzeigbaren Hut vor eine elegante Frau hintreten und mich in einem Salon präsentieren? Dank unendlicher Sorgfalt und unter Verwünschung der dummen, albernen Mode, die uns dazu verurteilt, den Kopfteil unserer Zylinder dadurch zu gefährden, daß wir sie in einem fort in der Hand halten, hatte ich den meinen bislang in einem zweifelhaften Zustand erhalten. Ohne auffällig neu oder offenbar alt zu wirken, ohne struppig zu sein oder allzu seidig zu glänzen, konnte er als die Kopfbedeckung eines gepflegten Mannes gelten; aber sein künstliches Dasein war in der letzten Phase angelangt; jetzt war er verbogen, verbeult, erledigt, ein lumpiger Überrest, der würdige Repräsentant seines Herrn. Weil es mir an dreißig Sous fehlte, ging ich meiner geflissentlichen Eleganz verlustig. Ach, wie viele Opfer, von denen sie nichts wußte, hatte ich Foedora seit drei Monaten gebracht! Wie oft hatte ich das Geld, das mir für das Brot einer Woche notwendig gewesen wäre, hingegeben, um sie für einen Augenblick zu sehen! Meine Arbeiten liegen lassen und fasten, das war nichts! Aber die Pariser Straßen zu durchschreiten, ohne sich mit Schmutz bespritzen zu lassen, zu laufen, um nicht in einen Regenguß zu geraten, bei ihr ebenso piekfein anzulangen wie die Gecken, die sie um sich hatte, ach, für einen verliebten und zerstreuten Dichter war diese Aufgabe mit zahllosen Schwierigkeiten verbunden. Mein Glück und meine Liebe hingen von einem Schmutzspritzer auf meiner einzigen weißen Weste ab! Ich mußte darauf verzichten, zu ihr zu gehen, wenn ich mich besudelte oder naß wurde! Keine fünf Sous zu besitzen, um von einem Schuhputzer den leichtesten Schmutzfleck auf meinem Stiefel entfernen zu lassen! Durch alle diese kleinen, unbekannten, für einen reizbaren Menschen riesengroßen Martern war meine Leidenschaft nur desto größer geworden. Die Armen bringen Opfer, von denen sie den Frauen, die in einer Sphäre des Luxus und der Eleganz leben, keinesfalls etwas sagen dürfen; denn solche Frauen sehen Welt und Gesellschaft durch ein Prisma, das die Männer und die Dinge golden färbt. Solche Frauen sind Optimistinnen aus Egoismus, spröde um des guten Tons willen; das Nachdenken schenken sie sich im Namen ihrer Genüsse, und von ihrer Gleichgültigkeit gegenüber Armut und Unglück sprechen sie sich vermöge der Beanspruchung durch die Daseinsfreuden frei. Für sie ist ein Heller niemals eine Million; aber die Million dünkt sie einen Heller. Die Liebe muß zwar ihre Sache durch große Opfer verfechten; allein sie muß sie auch zartsinnig mit einem Schleier bedecken und sie im Schweigen begraben; reiche Männer jedoch, die im Sichopfern ihr Vermögen und ihr Leben vergeuden, ziehen Nutzen aus den gesellschaftlichen Vorurteilen, die ihren verliebten Torheiten einen gewissen Glanz leihen; für sie spricht das Schweigen, und der Schleier ist eine Gunst, während meine grausige Notlage mich zu entsetzlichen Leiden verdammte, ohne daß es mir verstattet gewesen wäre zu sagen: ›Ich liebe!‹ oder: ›Ich sterbe!‹ War es denn letztlich Aufopferung? Wurde ich nicht reich belohnt durch die lustvolle Freude, die ich empfand, alles für sie hinzugeben? Die Gräfin hatte den alltäglichsten Geschehnissen meines Lebens außerordentlichen Wert verliehen und ihnen ungemeine Genüsse hinzugefügt. Vor kurzem noch waren mir Toilettendinge gleichgültig gewesen; jetzt respektierte ich meinen Frack wie ein zweites Ich. Zwischen einer zu empfangenden Wunde und einem Riß in meinem Abendanzug hätte ich nicht geschwankt! Jetzt kannst du dich in meine Lage hineindenken und wirst meine wütenden Gedanken, den wachsenden Wahnsinn verstehen, die mich unterwegs heimsuchten und die das Gehen zu Fuß vielleicht noch verstärkte! Ich empfand irgendwie eine infernalische Freude, mich auf dem Höhepunkt des Unglücks zu befinden. In dieser letzten Krise wollte ich eine Verheißung von Glück und Vermögen erblicken; aber das Elend verfügt über bodenlose Schätze. Meine Hoteltür war nur angelehnt. Durch die herzförmigen Ausschnitte in den Fensterläden sah ich einen auf die Straße fallenden Lichtschein. Pauline und ihre Mutter plauderten miteinander, während sie auf mich warteten. Ich vernahm meinen Namen und lauschte. ›Raphaël‹, sagte Pauline, ›sieht weit besser aus als der Student von Nummer sieben! Sein blondes Haar hat einen so hübschen Farbton! Findest du in seiner Stimme nicht etwas, ich kann es nicht genau sagen, aber etwas, das einem ans Herz greift? Und überdies trägt er zwar eine stolze Miene zur Schau; aber er ist so gütig, und er hat so vornehme Manieren. Oh, er ist wirklich tadellos! Ich bin sicher, daß alle Frauen vernarrt in ihn sind.‹ – ›Du redest, als ob du ihn liebtest‹, entgegnete Madame Gaudin. – ›Ach, ich habe ihn lieb wie einen

Bruder‹, antwortete sie lachend. ›Ich wäre sehr undankbar, wenn ich nicht Freundschaft für ihn empfände! Hat er mich nicht in Musik, Zeichnen und Grammatik unterrichtet, kurzum in allem, was ich weiß? Du schenkst meinen Fortschritten keine allzu große Aufmerksamkeit, liebe Mutter; aber ich werde so gebildet, daß ich binnen kurzem so gescheit bin, daß ich Stunden geben kann, und dann können wir uns ein Hausmädchen halten.‹ Leise zog ich mich zurück; und nachdem ich mich bemerkbar gemacht hatte, trat ich in das Zimmer, um meine Lampe zu holen, die Pauline gerade anzünden wollte. Das arme Kind hatte köstlichen Balsam auf meine Wunden geträufelt. Das naive Lob meiner Person hatte mir ein wenig Mut zurückerstattet. Ich bedurfte des Glaubens an mich selber und eines unparteiischen Urteils über den wahren Wert meiner Vorzüge. Vielleicht warfen meine auf diese Weise neu angefachten Hoffnungen einen Schein auf die Dinge, die ich vor Augen hatte. Vielleicht hatte ich bisher auch nie mit vollem Ernst die Szene wahrgenommen, die sich meinen Blicken so oft in Gestalt dieser beiden Frauen und dieses Zimmers dargeboten hatte; jetzt aber bewunderte ich in seiner Wirklichkeit das köstliche Bild von jener bescheidenen Art, wie die flämischen Maler sie so naiv wiedergegeben haben. Die Mutter saß an einem halb erloschenen Feuer, strickte Strümpfe und ließ ein gutes Lächeln über ihre Lippen irren. Pauline kolorierte Lampenschirme; ihre Farben, ihre Pinsel, die auf einem Tischchen lagen, sprachen das Auge durch anziehende Effekte an; aber da Pauline aufgestanden war und dastand, um meine Lampe anzuzünden, empfing ihr helles Gesicht deren volles Licht; man mußte schon im Bann einer schrecklichen Leidenschaft stehen, um nicht ihre durchscheinenden, rosigen Hände, ihren idealen Kopf und ihre jungfräuliche Haltung zu bewundern! Die Nacht und die Stille liehen dieser fleißigen Nachtwache, diesem friedlichen Interieur ihren Zauber. Dieses unablässige, heiter ertragene Arbeiten zeugte von einer frommen Ergebenheit voll erhabener Gefühle. Hier herrschte eine undefinierbare Harmonie zwischen den Dingen und den Personen. Bei Foedora war der Luxus dürr, er erweckte in mir böse Gedanken; wogegen dies demütige Elend und diese gute Natürlichkeit mir die Seele erquickten. Vielleicht fühlte ich mich angesichts des Luxus gedemütigt; bei diesen beiden Frauen indessen, in diesem braunen Raum, wo das vereinfachte Leben sich in die Regungen des Herzens zurückzuziehen schien, versöhnte ich mich vielleicht mit mir selbst, weil ich eine Möglichkeit fand, den Schutz auszuüben, den der Mann spüren zu lassen so eifersüchtig bedacht ist. Als ich vor Pauline stand, warf sie mir einen beinah mütterlichen Blick zu und rief, wobei sie mit zitternden Händen die Lampe auf den Tisch stellte: ›Mein Gott, wie blaß Sie sind! Oh, er ist völlig durchnäßt! Meine Mutter wird Sie abtrocknen. Monsieur Raphaël‹, fuhr sie nach einer leichten Pause fort, ›Sie trinken doch so gern Milch; wir haben heute abend Rahm gehabt, da, wollen Sie nicht kosten?‹ Wie ein Kätzchen hüpfte sie auf einen Porzellannapf voll Milch zu und bot ihn mir so eifrig dar, sie hielt ihn mir auf eine so reizende Weise unter die Nase, daß ich zögerte. ›Sie wollen nicht?‹ fragte sie mit veränderter Stimme. Ihr Stolz und der meine hatten einander verstanden; Pauline schien unter ihrer Armut zu leiden und mir meinen Hochmut vorzuwerfen. Ich war gerührt. Jener Rahm war vielleicht ihr Frühstück für den nächsten Morgen; dennoch nahm ich ihn. Das arme Mädchen versuchte, seine Freude zu verbergen; allein sie blitzte in ihren Augen. ›Es hat mir not getan‹, sagte ich und setzte mich. (Über ihre Stirn glitt ein sorgenvoller Ausdruck.) ›Erinnern Sie sich, Pauline, der Stelle bei Bossuet, wo er uns Gott schildert, wie er ein Glas Wasser reicher belohnt als einen Sieg?‹ – ›Ja‹, sagte sie. Und ihr Herz pochte wie das einer jungen Grasmücke in den Händen eines Kindes. – ›Na ja, da wir einander bald verlassen werden‹, fügte ich mit unsicherer Stimme hinzu, ›lassen Sie mich Ihnen meine Dankbarkeit für alle Fürsorglichkeit bezeigen, die Sie und Ihre Mutter mir haben zuteil werden lassen.‹ – ›Oh, wir wollen nicht rechnen‹, sagte sie lachend. Ihr Lachen tarnte eine Erregung, die mir weh tat. – ›Mein Flügel‹, fuhr ich fort und tat, als hätte ich jene Worte nicht gehört, ›ist eins der besten Instrumente von Érard[101]; nehmen Sie ihn. Nehmen Sie ihn ohne Skrupel; ich kann ihn wirklich nicht auf die Reise mitnehmen, die ich zu unternehmen gedenke.‹ Vielleicht hatte der schwermütige Tonfall, mit dem ich jene Worte sprach, die beiden Frauen aufgeklärt; sie schienen mich verstanden zu haben und blickten mich mit einer Neugier an, in die sich Schrecken mischte. Die Zuneigung, die ich in den frostigen Bereichen der großen Welt gesucht hatte, war also hier, echt, prunklos, aber weihevoll und vielleicht von Dauer. – ›Man soll sich nicht soviel Sorgen machen‹, sagte die Mutter zu mir. ›Bleiben Sie hier. Mein Mann ist um diese Stunde unterwegs‹, fuhr sie fort. ›Ich habe heute abend im Johannesevangelium gelesen, während Pauline unsern Schlüssel, der an einer Schnur befestigt ist, zwischen ihren Fingern aufgehängt hielt, und der Schlüssel hat sich gedreht. Diese Vorhersage bedeutet, daß es ihm gut geht und daß er wohlhabend ist. Dann hat Pauline dasselbe für Sie und den jungen Mann von Nummer sieben versucht; aber der Schlüssel hat sich nur für Sie gedreht. Wir werden alle reich. Mein Mann wird als Millionär wiederkommen. Ich habe ihn im Traum auf einem Schiff voller Schlangen gesehen; zum Glück war das Wasser trübe; das bedeutet Geld und Edelsteine von jenseits des Meeres.‹ Diese freundschaftlichen, leeren Worte waren wie die unklaren Lieder, mit denen eine Mutter die Schmerzen ihres Kindes einschläfert; sie gaben mir eine gewisse Ruhe. Der Stimmklang und der Blick der guten Frau strömten jene weiche Herzlichkeit aus, die den Kummer zwar nicht auslöscht, aber ihn lindert, einwiegt und abstumpft. Pauline war hellsichtiger als ihre Mutter; sie musterte mich voller Unruhe; ihre klugen Augen schienen zu erraten, wie es um mein Leben und meine Zukunft bestellt war. Durch ein Neigen des Kopfes dankte ich Mutter und Tochter; dann zog ich mich zurück; ich hatte Angst, weich zu werden. Als ich unter meinem Dach allein war, bettete ich mich in mein Unglück. Meine unselige Phantasie gaukelte mir tausend Pläne ohne Grundlage vor und diktierte mir unmögliche Entschlüsse. Wenn ein Mensch sich zwischen den Trümmern seines Vermögens hinschleppt, stößt er zwischen ihnen wohl noch auf irgendwelche Hilfsmittel; ich aber befand mich im Nichts. Ach, mein Lieber, wir klagen allzu leichtfertig das Elend an. Wir wollen nachsichtig gegen die Auswirkungen dieses stärksten unter allen gesellschaftlichen Zersetzungsmitteln sein. Dort, wo die Not herrscht, gibt es weder Scham noch Verbrechen noch Tugenden noch Geist mehr. Ich war damals ohne Gedanken und ohne Kraft wie ein junges Mädchen, das vor einem Tiger auf die Knie gefallen ist. Ein Mann ohne Leidenschaft und ohne Geld bleibt Herr seiner selbst; aber ein Unglücklicher, der liebt, gehört sich nicht mehr und kann sich nicht umbringen. Die Liebe spendet uns etwas wie eine Religion für uns selber; wir achten in uns ein anderes Leben; sie wird dann zum grausigsten unter allen Unglücken, zum Unglück mit einer Hoffnung, die einen dazu bringt, Foltern auf sich zu nehmen. Ich schlief mit dem Gedanken ein, am andern Tag Rastignac den seltsamen Entschluß Foedoras anzuvertrauen. – ›Haha‹, sagte Rastignac, als er mich um neun Uhr morgens bei sich eintreten sah, ›ich weiß, was dich herführt; du bist von Foedora verabschiedet worden. Ein paar gute Seelen, die auf deine Herrschaft über die Gräfin eifersüchtig waren, haben eure Heirat verkündet. Gott weiß, was für Tollheiten deine Nebenbuhler dir angedichtet haben und der Gegenstand welcher Verleumdungen du gewesen bist!‹ – ›Jetzt wird mir alles klar‹, rief ich. Ich gedachte aller meiner Unverschämtheiten und fand die Gräfin erhaben. Meiner Meinung nach war ich ein Erbärmlicher, der noch nicht genug gelitten hatte, und ich erblickte in ihrer Nachsicht nur noch das geduldige Mitleid der Liebe. – ›Immer langsam voran‹, sagte der kluge Gaskogner. ›Foedora besitzt den angeborenen Scharfblick zutiefst egoistischer Frauen; vielleicht hat sie sich zu der Zeit ein Urteil über dich gebildet, da du in ihr nur ihr Vermögen und ihren Luxus sahst; trotz deiner Verstellungskunst wird sie in deiner Seele gelesen haben. Sie verstellt sich so sehr, daß keine Verstellungskunst vor ihren Augen Gnade findet. Ich glaube‹, fügte er hinzu, ›ich habe dich auf einen falschen Weg gebracht. Trotz der Gewitztheit ihres Geistes und ihren raffinierten Manieren scheint dieses Geschöpf mir herrisch zu sein wie alle Frauen, die nur durch den Kopf zu Freuden gelangen. Für sie beruht das Glück einzig und allein in den Annehmlichkeiten des Lebens, in den gesellschaftlichen Genüssen; bei ihnen ist das Gefühl nur eine Schauspielerrolle; sie würde dich unglücklich und aus dir ihren ersten Diener machen!‹ Rastignac sprach zu einem Tauben. Ich unterbrach ihn und schilderte ihm mit zur Schau getragener Heiterkeit meine finanzielle Lage. – ›Gestern abend‹, antwortete er mir, ›hat ein besonderes Pech mich um alles Geld gebracht, über das ich verfügen konnte. Ohne dies gemeine Mißgeschick hätte ich gern meine Börse mit dir geteilt. Aber laß uns im Restaurant zu Mittag essen; vielleicht geben die Austern uns einen guten Rat.‹ Er zog sich an und ließ seinen Tilbury anspannen; dann langten wir am Café de Paris[102] wie zwei Millionäre an, mit der Impertinenz jener kühnen Spekulanten, die von imaginären Kapitalien leben. Dieser Satan von Gaskogner verblüffte mich durch die Leichtigkeit seiner Manieren und durch sein unerschütterliches Auftreten. Gerade als wir nach der Beendigung einer höchst delikaten und vortrefflich zusammengestellten Mahlzeit den Kaffee tranken, sagte Rastignac, der ein Kopfnicken nach dem andern an eine Menge junger Leute verteilte, die sich gleichermaßen durch ein angenehmes Aussehen und die Eleganz ihrer Kleidung empfahlen, zu mir, als er einen jener Dandys hereinkommen sah: ›Das ist für dich der richtige!‹ Und er gab einem Herrn mit gut sitzender Halsbinde, der nach einem ihm genehmen Tisch zu suchen schien, ein Zeichen, daß er mit ihm zu sprechen wünsche. ›Dieser Bursche‹, flüsterte Rastignac mir zu, ›hat die Ehrenlegion bekommen, weil er Werke veröffentlicht hat, die er nicht versteht; er ist Chemiker, Historiker, Romanautor und Publizist, ist mit einem Viertel, einem Drittel, der Hälfte an wer weiß wie vielen Theaterstücken beteiligt und dabei dumm wie Don Miguels Maulesel. Er ist kein Mensch, sondern ein Name, ein dem Publikum vertrautes Warenschild. Daher wird er sich sorglich hüten, eines jener Kabinette zu betreten, die die Inschrift tragen: ‚Hier kann man selber schreiben.‘ Er ist so schlau, daß er einen ganzen Kongreß hinters Licht führen könnte. Kurz und gut, er ist in der Moral ein Bastard, nicht völlig ehrlich und nicht durch und durch Schurke. Aber pst! Er hat sich schon duelliert, mehr verlangen Welt und Gesellschaft nicht; es heißt von ihm: ‚Der ist ein Ehrenmann.‘ – Nun, mein vortrefflicher, ehrenwerter Freund, wie befinden sich Eure Intelligenz?‹ fragte Rastignac den Unbekannten, als dieser sich an einen Nachbartisch setzte. – ›Ach, weder gut noch schlecht. Ich weiß nicht aus noch ein vor Arbeit. Ich habe alle Unterlagen in den Händen, aus denen sich sehr merkwürdige historische Memoiren machen ließen, und ich weiß nicht, wen ich damit betrauen soll. Das bedrückt mich, denn die Sache eilt, weil Memoiren aus der Mode kommen.‹ – ›Handelt es sich um zeitgenössische Memoiren, alte, über den Hof oder über was?‹ – ›Über die Halsbandaffäre.‹ – ›Ist das nicht ein Wunder?‹

fragte Rastignac mich lachend. Dann wandte er sich wieder an den Spekulanten: ›Monsieur de Valentin‹, sprach er weiter und deutete auf mich, ›ist einer meiner Freunde; ich stelle ihn Ihnen vor als eine unserer künftigen literarischen Berühmtheiten. Früher hat er eine Tante gehabt, die bei Hofe sehr angesehen war, eine Marquise, und seit zwei Jahren arbeitet er an einer royalistischen Geschichte der Revolution.‹ Dann neigte er sich zum Ohr dieses eigenartigen Händlers und sagte zu ihm: ›Er ist ein Talent, aber völlig unerfahren; er kann Ihnen Ihre Memoiren unter dem Namen seiner Tante für hundert Taler den Band schreiben.‹ – ›Das Geschäft soll mir recht sein‹, antwortete der andere und schob seine Halsbinde höher. ›Kellner, wo bleiben meine Austern?‹ – ›Ja, aber Sie müssen mir fünfundzwanzig Louis Kommissionsgebühr zahlen und ihm einen Band bevorschussen‹, fuhr Rastignac fort. – ›Nein, nein. Ich zahle nur einen Vorschuß von fünfzig Talern, um desto sicherer zu sein, daß ich mein Manuskript pünktlich bekomme.‹ Diese geschäftliche Unterhaltung hat Rastignac mir leise wiederholt. Dann antwortete er dem andern, ohne mich zu befragen: ›Wir sind einverstanden. Wann können wir Sie aufsuchen, um die Sache endgültig abzuschließen? Gut, kommen Sie morgen abend um sieben zum Essen hierher.‹ Wir standen auf; Rastignac warf dem Kellner Geld zu, steckte die Rechnung in die Tasche, und wir gingen. Ich war verblüfft über die Leichtigkeit, die Unbekümmertheit, mit der er meine ehrenwerte Tante, die Marquise de Montbauron, verkauft hatte. – ›Lieber will ich mich nach Brasilien einschiffen und den Indianern Algebra beibringen, wovon ich keine Ahnung habe, als den Namen meiner Familie beschmutzen!‹ – Rastignac unterbrach mich durch ein schallendes Auflachen. ›Wie dumm du bist! Nimm zunächst einmal die fünfzig Taler und schreib die Memoiren. Wenn sie fertig sind, weigerst du dich, sie unter dem Namen deiner Tante erscheinen zu lassen, du Rindvieh! Madame de Montbauron, die auf dem Schafott gestorben ist, ihre Reifröcke, ihre Geltung, ihre Schönheit, ihre Schminke, ihre Pantoffel sind sehr viel mehr wert als sechshundert Francs. Wenn der Verleger dann nicht für deine Tante zahlen will, was sie wert ist, dann wird er schon irgendeinen alten Hochstapler oder Gott weiß welche dreckige Gräfin finden, die die Memoiren mit ihren Namen zeichnen.‹ – ›Oh‹, rief ich aus, ›warum habe ich meine tugendhafte Dachkammer verlassen? Die Welt hat eine gar zu schmutzige Kehrseite!‹ – ›Gut‹, antwortete Rastignac, ›das ist Lyrik; und dabei handelt es sich um ein Geschäft. Du bist ein Kind. Hör mal zu. Was die Memoiren betrifft, so wird das Publikum sie beurteilen; was meinen literarischen Kuppler betrifft, hat er nicht etwa acht Lebensjahre vergeudet und seine Beziehungen zum Verlagsbuchhandel mit schlimmen Erfahrungen bezahlt? Zwar teilst du mit ihm die Arbeit an dem Buch ungleich; aber ist dein Anteil an dem Geld nicht der schönere? Fünfundzwanzig Louis sind für dich eine sehr viel größere Summe als tausend Francs für ihn. Glaub es nur, du kannst historische Memoiren schreiben, die ja schließlich ebenfalls Kunstwerke sind, wenn Diderot sechs Predigten für hundert Taler geschrieben hat.‹ – ›Schließlich‹, sagte ich ganz gerührt zu ihm, ›ist es für mich eine Lebensnotwendigkeit; also schulde ich dir Dank, lieber Freund. Fünfundzwanzig Louis machen mich tatsächlich reich.‹ – ›Und dazu reicher, als du denkst‹, fügte er lachend hinzu. ›Wenn Finot mir bei dem Geschäft eine Provision zahlt, kannst du dir dann nicht denken, daß sie für dich ist? Komm mit ins Bois de Boulogne‹, sagte er. ›Da werden wir deine Gräfin sehen, und ich zeige dir eine hübsche kleine Witwe, die ich heiraten soll, eine charmante Person, Elsässerin und ein bißchen dicklich. Sie liest Kant, Schiller, Jean Paul und eine Menge hydraulischer Bücher[103]. Sie hat die Manie, mich stets nach meiner Meinung zu fragen; ich bin genötigt, so zu tun, als verstände ich die ganze deutsche Gefühlsduselei, als kennte ich einen Haufen Balladen, lauter Rauschgifte, die mir der Arzt verboten hat. Ich habe sie noch nicht von ihrem literarischen Enthusiasmus entwöhnen können; sie weint ganze Platzregen, wenn sie Goethe liest, und das zwingt mich, gleichfalls ein bißchen zu weinen, aus Gefälligkeit; sie hat nämlich fünfzigtausend Francs Zinsen, mein Lieber, und das hübscheste Füßchen, das hübscheste Händchen der Welt! Ach, wenn sie nur nicht ›mein Enkel‹ statt ›mein Engel‹ und ›Zangen‹ statt ›zanken‹ sagte, wäre sie die Vollkommenheit in Person.‹ Wir sahen die Gräfin; sie saß funkelnd in einem funkelnden Wagen. Die Kokette grüßte uns überaus herzlich und warf mir ein Lächeln zu, das mir damals göttlich und voller Liebe vorkam. Ach, ich war sehr glücklich, ich glaubte mich geliebt, ich besaß Geld und Schätze an Leidenschaft; es gab keine Notlage mehr. Ich war unbeschwert, heiter, mit allem zufrieden, und so fand ich die Geliebte meines Freundes bezaubernd. Die Bäume, die Luft, der Himmel, die ganze Natur schienen mir Foedoras Lächeln zu wiederholen. Auf dem Heimweg über die Champs-Élysées sprachen wir bei Rastignacs Hutmacher und Schneider vor. Die Halsbandaffäre erlaubte mir, meinen elenden Friedensfuß aufzugeben und zu einem furchteinflößenden Kriegsfuß überzugehen. Fortan konnte ich ohne Furcht den Kampf mit der Anmut und der Eleganz der jungen Leute aufnehmen, die Foedora umwirbelten. Ich ging nach Hause. Dort schloß ich mich ein und blieb dem Anschein nach ruhig an meiner Luke stehen; indessen sagte ich meinen Dächern auf ewig Lebewohl; ich lebte in der Zukunft, dramatisierte mein Leben und genoß im voraus die Liebe und ihre Freuden. Ach, wie stürmisch kann ein Dasein zwischen den vier Wänden einer Dachkammer werden! Die menschliche Seele ist eine Fee; sie verwandelt einen Strohhalm in Diamanten; unter ihrem Zauberstab erblühen Märchenpaläste wie Feldblumen unter dem warmen Hauch der Sonne. Am andern Tag gegen Mittag klopfte Pauline leise an meine Tür und brachte mir – rate, was wohl? – einen Brief von Foedora. Die Gräfin bat mich, sie im Luxembourg abzuholen und von dort aus mit ihr ins Museum[104] und in den Jardin des Plantes zu gehen. – ›Ein Dienstmann wartet auf die Antwort‹, sagte Pauline zu mir nach einem kurzen Schweigen. Ich kritzelte rasch einen Dankesbrief; sie nahm ihn mit. Ich kleidete mich an. Gerade als ich, sehr mit mir zufrieden, meine Toilette vollendete, überrann mich ein eisiger Schauer bei dem Gedanken: ›Ist Foedora im Wagen oder zu Fuß gekommen? Wird es regnen oder schön sein? Aber‹, so sagte ich mir, ›ob nun zu Fuß oder im Wagen, ist man jemals vor den bizarren Einfällen einer Frau sicher? Sie wird kein Geld eingesteckt haben und möchte dann einem kleinen Savoyarden hundert Sous schenken, weil er so hübsche Lumpen trägt.‹ Ich selber hatte keinen roten Heller und sollte erst am Abend Geld bekommen. Oh, wie teuer bezahlt ein Dichter in den Krisen unserer Jugend die geistige Überlegenheit, die er dem kargen Leben und der Arbeit verdankt! Im Nu durchstachen mich tausend lebhafte und schmerzliche Gedanken wie ebenso viele Dolche. Durch meine Dachluke blickte ich zum Himmel auf; das Wetter war sehr ungewiß. Schlimmstenfalls konnte ich ja einen Wagen für den ganzen Tag mieten; aber würde ich dann nicht ununterbrochen inmitten meines Glücks zittern, Finot am Abend nicht anzutreffen? Ich fühlte mich nicht stark genug, so viele Ängste in aller meiner Freude auf mich zu nehmen. Ungeachtet der Gewißheit, nichts zu finden, unternahm ich eine große Forschungsreise durch mein Zimmer; bis in die Tiefe meines Strohsacks suchte ich nach imaginären Talern; ich durchstöberte alles, sogar alte Stiefel schüttelte ich aus. Im Bann eines nervösen Fiebers schaute ich mit verstörtem Blick meine Möbel an, nachdem ich sie samt und sonders von der Stelle gerückt hatte. Ob du dich wohl in das Delirium hineindenken kannst, das mich packte, als ich zum siebentenmal das Schubfach meines Schreibtisches aufzog und es mit der Gleichgültigkeit durchsuchte, darein die Verzweiflung uns stürzt, und, an einem Seitenbrett haftend, tückisch hingeduckt, um sich zu verstecken, aber sauber, glänzend, funkelnd wie ein aufgehender Stern, ein schönes, nobles Hundertsousstück entdeckte? Ohne von ihm Rechenschaft über seine Stummheit oder über seine Grausamkeit zu fordern, deren es sich schuldig gemacht, indem es sich so lange versteckt hatte, küßte ich es wie einen im Unglück getreuen Freund und begrüßte es durch einen Schrei, der ein Echo fand. Jäh wandte ich mich um und erblickte Pauline; sie war blaß geworden. ›Ich habe gemeint‹, sagte sie mit bewegter Stimme, ›Sie hätten sich weh getan. Der Dienstmann . . .‹ Sie unterbrach sich, als müsse sie Luft holen. ›Aber meine Mutter hat ihn bezahlt‹, fügte sie hinzu. Dann lief sie davon, kindisch und koboldhaft wie ein Zicklein. Die arme Kleine! Ich wünschte ihr mein Glück. In dieser Minute kam es mir vor, als enthalte mein Inneres alle Lust der Erde, und am liebsten hätte ich den Unglücklichen den Teil zurückerstattet, den ich ihnen entwendet zu haben glaubte. Fast immer haben wir recht mit unsern Vorahnungen von Widerwärtigkeiten; die Gräfin hatte ihren Wagen weggeschickt. Durch einen der launischen Einfälle, über die hübsche Frauen sich selber nicht immer klar werden, wollte sie zu Fuß über die Boulevards zum Jardin des Plantes gehen. – ›Aber es wird regnen‹, sagte ich zu ihr. Sie machte sich den Spaß, mir zu widersprechen. Zufällig blieb es die ganze Zeit hindurch schön, die wir im Jardin du Luxembourg gingen. Als wir ihn verließen, fielen aus einer dicken Wolke, deren Nahen mir Unruhe eingeflößt hatte, ein paar Tropfen, und wir stiegen in eine Droschke. Bei unserer Ankunft auf den Boulevards hatte der Regen aufgehört und der Himmel seine Heiterkeit wiedergewonnen. Am Museum wollte ich den Wagen wegschicken; aber Foedora bat mich, ihn zu behalten. Welche Qualen! Aber mit ihr zu plaudern und dabei eine heimliche Raserei zu unterdrücken, die sich sicherlich auf meinem Gesicht in Gestalt eines albernen, gehemmten Lächelns abzeichnete, durch den Jardin des Plantes zu schlendern, auf bebuschten Gartenwegen, und zu spüren, wie ihr Arm sich auf den meinen stützte – in allem dem war etwas Phantastisches; es war ein Traum am hellen, lichten Tag. Dabei hatten ihre Bewegungen beim Gehen und auch, wenn wir stehen blieben, nichts Weiches oder Verliebtes, trotz ihrer augenscheinlichen Wollüstigkeit. Wenn ich danach trachtete, auf irgendeine Weise an ihren Lebensäußerungen teilzunehmen, stieß ich in ihr auf eine intime, geheime Heftigkeit, auf etwas Sprunghaftes und Exzentrisches. Frauen ohne Seele haben in ihren Gesten nichts Weichliches. Daher brachten weder der gleiche Wille noch der gleiche Schritt zwischen uns eine Vereinigung zustande. Es gibt keine Worte, die eine solche körperliche Disharmonie zwischen zwei Menschenwesen schildern könnten; denn wir sind es noch nicht gewohnt, in der Bewegung einen Gedanken wahrzunehmen. Dieses Phänomen unserer Natur läßt sich nur instinktiv empfinden, aber nicht ausdrücken.

Während der heftigen Paroxysmen meiner Leidenschaft«, fuhr Raphaël nach kurzem Schweigen fort, wie wenn er auf einen Einwand antworte, den er sich selbst gemacht, »habe ich meine Empfindungen nicht seziert, meine Lustgefühle nicht analysiert, noch meine Herzschläge nachgezählt, wie ein Geizhals seine Geldstücke überprüft und wiegt. O nein, heute wirft die Erfahrung ihr trauriges Licht auf vergangene Geschehnisse, und die Erinnerung bringt mir diese Bilder, wie bei schönem Wetter die Meereswogen Stück für Stück Schiffbruchstrümmer an den Strand schwemmen. – ›Sie können mir einen sehr wichtigen Dienst erweisen‹, sagte die Gräfin zu mir und schaute mich mit verwirrter Miene an. ›Nun ich Ihnen meinen Widerwillen gegen die Liebe eingestanden habe, fühle ich mich freier, wenn ich von Ihnen im Namen der Freundschaft eine Gefälligkeit erbitte. Werden Sie nicht‹, fuhr sie lachend fort, ›ein sehr viel größeres Verdienst davontragen, wenn Sie mich heute zu Dank verpflichten?‹ Ich blickte sie schmerzlich an. Da sie mir gegenüber nichts empfand, gab sie sich schmeichlerisch, aber nicht herzlich; sie schien mir als vollendete Schauspielerin eine Rolle vorzuspielen; doch dann erweckten plötzlich ihr Tonfall, ein Blick, eine Äußerung aufs neue meine Hoffnungen. Aber wenn damals meine aufs neue angefachte Liebe sich in meinen Augen abgezeichnet hat, hielt sie deren Strahlen aus, ohne daß die Klarheit der ihren sich geändert hätte; sie schienen, wie diejenigen der Tiger, mit einem Metallplättchen ausgeschlagen zu sein. In solcherlei Augenblicken haßte ich sie. – ›Die Fürsprache des Herzogs von Navarreins‹, fuhr sie fort, und ihre Stimme hob und senkte sich schmeichlerisch, ›würde mir von großem Nutzen bei einer in Rußland allmächtigen Person sein, deren Eingreifen erforderlich ist, um mir mein Recht in einer Angelegenheit zu verschaffen, die mein Vermögen und meine gesellschaftliche Stellung betrifft, nämlich die Anerkennung meiner Eheschließung durch den Zaren. Ist der Herzog von Navarreins nicht Ihr Vetter? Ein Brief von ihm würde alles entscheiden.‹ – ›Ich bin ganz der Ihre‹, antwortete ich, ›befehlen Sie.‹ – ›Sie sind sehr liebenswürdig‹, entgegnete sie und drückte mir die Hand. ›Essen Sie mit mir zu Abend; ich werde Ihnen alles sagen wie einem Beichtvater.‹ Diese so mißtrauische, so verschlossene Frau, die niemand ein Wort über ihre persönlichen Angelegenheiten hatte äußern hören, wollte mich also um Rat fragen. – ›Oh, wie lieb ist mir jetzt das Schweigen, das Sie mir auferlegt haben!‹ rief ich. ›Aber weit lieber hätte ich mir eine noch strengere Erprobung gewünscht.‹ Sie hieß in diesem Augenblick die Trunkenheit meiner Blicke willkommen und entzog sich nicht meiner Bewunderung; sie liebte mich also! Wir langten vor ihrem Haus an. Glücklicherweise reichte meine Barschaft zur Bezahlung des Kutschers hin. Ich verbrachte den Tag auf eine köstliche Weise allein mit ihr in ihrer Wohnung; es war das erste Mal, daß ich sie so sehen konnte. Bis zu diesem Tag hatten die Gesellschaft, deren hemmende Höflichkeit und ihre kalten Umgangsformen uns stets getrennt, sogar während ihrer üppigen Abendessen; aber jetzt war ich bei ihr, als hätte ich immer unter ihrem Dach gelebt; ich besaß sie sozusagen. Meine schweifende Phantasie zerbrach die Fesseln, ordnete die Ereignisse des Lebens nach meinem Gefallen und tauchte mich in die Entzückungen einer glücklichen Liebe. Da ich mir vorkam wie ihr Ehemann, bewunderte ich es, wie sie sich mit Kleinigkeiten beschäftigte; ich empfand sogar ein Glücksgefühl, als ich sie ihren Schal und ihren Hut ablegen sah. Sie ließ mich einen Augenblick allein, kam mit neu frisiertem Haar wieder und sah bezaubernd aus. Diese hübsche Toilette hatte sie um meinetwillen gemacht! Während des Abendessens überschüttete sie mich mit ihren Aufmerksamkeiten und entfaltete eine unendliche Liebenswürdigkeit in tausenderlei Dingen, die dem Anschein nach Nichtigkeiten, dabei aber die Hälfte des Lebens sind. Als wir beide vor einem flackernden Feuer saßen, auf Seide, umgeben von den wünschenswertesten Schöpfungen eines orientalischen Luxus, als ich diese Frau so nah bei mir sah, deren berühmte Schönheit so viele Herzen krampfhaft zucken ließ, diese so schwer zu erobernde Frau, die zu mir sprach, die mich dabei zum Gegenstand aller ihrer Koketterien machte, wurde meine wollüstige Glückseligkeit fast zum Schmerz. Zu meinem Unglück erinnerte ich mich des wichtigen Geschäfts, das ich abschließen mußte, und wollte mich zu der gestern verabredeten Zusammenkunft begeben. – ›Wie? Schon?‹ fragte sie, als sie mich nach meinem Hut langen sah. Sie liebte mich! Wenigstens glaubte ich es, als ich sie diese beiden Worte mit streichelnder Stimme aussprechen hörte. Um meine Ekstase zu verlängern, hätte ich damals gern zwei Jahre meines Lebens gegen jede der Stunden eingetauscht, die sie mir gewähren wollte. Mein Glück wuchs um das Geld, das ich verlor! Es war Mitternacht, als sie mich entließ. Dennoch kostete mein Heroismus mich am andern Tag mancherlei Gewissensbisse; ich fürchtete, das Geschäft mit den Memoiren, das für mich lebenswichtig geworden war, verpaßt zu haben; ich lief zu Rastignac, und wir überraschten den Besitzer meiner künftigen Arbeiten, als er gerade aus dem Bett stieg. Finot las mir einen kleinen Vertrag vor, in dem von meiner Tante nicht die Rede war und nach dessen Unterzeichnung er mir fünfzig Taler auszahlte.

Wir aßen alle drei zusammen zu Mittag. Als ich meinen neuen Hut, sechzig Eßmarken zu je dreißig Sous und meine Schulden bezahlt hatte, blieben mir noch dreißig Francs; aber für ein paar Tage waren alle Schwierigkeiten des Lebens eingeebnet. Hätte ich auf Rastignac hören wollen, so hätte ich mir Schätze dadurch verschaffen können, daß ich mich freimütig des ›englischen Systems‹ bediente. Er wollte mir unbedingt einen Kredit eröffnen und mich zum Schuldenmachen veranlassen, wobei er behauptete, Schulden würden den Kredit stützen. Wie er behauptete, war von allen Kapitalien der Welt die Zukunft das beachtlichste und verläßlichste. Indem er auf solcherlei Weise meine Schulden auf künftige Anteile hypothekarisierte, schenkte er meine Kundschaft seinem Schneider, einem Künstler, der sich auf ›junge Menschen‹ verstand und mich bis zu meiner Heirat in Ruhe lassen sollte. Von diesem Tag an brach ich mit dem mönchischen, arbeitsamen Leben, das ich drei Jahre lang geführt hatte. Ich ging geflissentlich zu Foedora, wo ich versuchte, in Bezug auf das Äußere die Unverschämten oder die Cliquenhelden zu übertrumpfen, die sich dort befanden. Im Glauben, ich sei für immer der Not entronnen, gewann ich meine geistige Freiheit wieder, stach meine Nebenbuhler aus und galt als ein verführerischer, bestechender, unwiderstehlicher Mensch. Freilich sagten Schlauköpfe, wenn von mir die Rede war: ›Ein so geistvoller junger Mensch darf nur im Kopf Leidenschaften haben!‹ Barmherzig rühmten sie meinen Geist auf Kosten meiner Gefühlskräfte. ›Wie glücklich er ist, daß er nicht liebt!‹ riefen sie. ›Würde er, wenn er liebte, so viel Heiterkeit und Schwung aufbringen?‹ Dabei war ich in Foedoras Anwesenheit auf sehr verliebte Weise blöd! Wenn ich allein mit ihr war, wußte ich ihr nichts zu sagen, oder wenn ich sprach, dann schmähte ich die Liebe; ich war trübselig fröhlich wie ein Höfling, der einen tiefen Verdruß verbergen will. Kurzum, ich versuchte, mich ihrem Leben, ihrem Glück, ihrer Eitelkeit unentbehrlich zu machen: Da ich alle Tage bei ihr verbrachte, war ich ein Sklave, ein ihr unaufhörlich zur Verfügung stehendes Spielzeug. Hatte ich so meinen Tag vergeudet, kam ich wieder nach Hause, um dort die Nacht hindurch zu arbeiten; kaum, daß ich zwei oder drei Morgenstunden schlief. Allein da ich nicht, wie Rastignac, an das

›englische System‹ gewöhnt war, sah ich mich bald ohne einen Sou. Von da an, lieber Freund, war ich ein Geck ohne Liebesglück, ein Elegant ohne Geld und sank wieder zurück in das kümmerliche Leben, in das kalte, tiefe Unglück, das sorglich unter dem trügerischen Anschein des Luxus verborgen wurde. Abermals verspürte ich meine früheren Leiden, wenn auch weniger ätzend; sicherlich hatte ich mich mit ihren schrecklichen Krisen vertraut gemacht. Oftmals waren die Kuchen und der Tee, die in den Salons so knauserig dargeboten werden, meine einzige Nahrung. Manchmal mußten die üppigen Abendessen der Gräfin mir über zwei Tage hinweghelfen. Ich setzte meine ganze Zeit, meine Bemühungen und meine kundige Beobachtung daran, tiefer in den unenträtselbaren Charakter Foedoras einzudringen. Bis dahin hatten Hoffnung oder Verzweiflung meine Meinung beeinflußt; ich hatte in ihr abwechselnd die am meisten liebende oder die gefühlloseste Vertreterin ihres Geschlechts erblickt. Aber dieser stete Wechsel von Freude und Traurigkeit wurde unerträglich; dadurch, daß ich meine Liebe mordete, wollte ich eine Entscheidung in diesem grausigen Kampf suchen. Manchmal glommen unheilverkündende Lichter in meiner Seele auf und ließen mich flüchtig die zwischen uns klaffenden Abgründe erblicken. Die Gräfin rechtfertigte alle meine Ängste: Noch nie hatte ich sie dabei ertappt, daß sie Tränen in den Augen hatte; im Theater ließ eine rührende Szene sie kalt oder machte sie spottsüchtig; sie behielt alle ihre Klugheit sich selbst vor und ahnte nichts vom Unglück oder Glück anderer Menschen. Kurzum, sie hatte mich hinters Licht geführt! Ich war beglückt gewesen, ihr ein Opfer bringen zu können; ich hatte mich um ihretwillen beinah erniedrigt, als ich meinen Verwandten, den Herzog von Navarreins, aufsuchte, einen egoistischen Menschen, der über meine Notlage errötete und der mir allzu großes Unrecht angetan hatte, um mich deswegen nicht zu hassen; so empfing er mich denn mit jener kalten Höflichkeit, die den Gesten und Worten den Anschein des Beleidigenden leiht; sein unruhiger Blick erregte mein Mitleid. Ich schämte mich um seinetwillen, seiner Kleinheit inmitten aller dieser Größe, seiner Armseligkeit inmitten alles dieses Luxus wegen. Er redete mir etwas von beträchtlichen Verlusten vor, die ihm die Zinsherabsetzung auf drei Prozent verursachte; und da sagte ich ihm, welches der Grund meines Besuchs sei. Der Wandel seines Gehabens, das von Eiseskälte unmerklich zur Herzlichkeit überschwang, ekelte mich an. Nun, lieber Freund, er kam ins Haus der Gräfin, er stellte mich dort kalt. Foedora entfaltete für ihn unbekannte Zauberkünste und Gaukeleien; sie verführte ihn; sie erledigte ohne mich jene mysteriöse Angelegenheit, von der ich kein Wort erfuhr; ich war für sie nur ein Mittel gewesen ...! Wenn mein Vetter bei ihr war, schien sie mich nicht mehr zu bemerken; sie empfing mich jetzt vielleicht mit noch weniger Freude als an dem Tag, da ich ihr vorgestellt worden war. Eines Abends demütigte sie mich im Dabeisein des Herzogs durch eine der Gesten und einen der Blicke, die kein Wort zu schildern vermöchte. Weinend ging ich weg, schmiedete tausend Rachepläne, erfand furchtbare Gewalttaten. Häufig habe ich sie in die Italienische Oper begleitet; wenn ich dort ganz erfüllt von meiner Liebe neben ihr saß, blickte ich sie an und gab mich dem Zauber preis, der Musik zu lauschen, und erschöpfte meine Seele im Doppelgenuß, zu lieben und die Regungen meines Herzens trefflich in den Themen des Musikers ausgedrückt zu finden. Meine Leidenschaft war in der Arie auf der Bühne; sie triumphierte überall, ausgenommen bei meiner Geliebten. Dann nahm ich Foedoras Hand, versenkte mich in ihre Züge und ihre Augen und erflehte ein Verschmelzen unserer Gefühle, eine der plötzlichen Harmonien, die, wenn sie durch die Noten erweckt worden sind, die Seelen im Einklang schwingen lassen; aber ihre Hand war stumm, und ihre Augen sagten nichts. Wenn das Feuer meines Herzens, das aus allen meinen Zügen lohte, allzu heftig ihr Gesicht traf, warf sie mir das gesuchte Lächeln zu, die konventionelle Phrase, die sich in den Salons auf den Lippen aller Porträts zeigt. Sie lauschte nicht der Musik. Die göttlichen Klänge Rossinis, Cimarosas und Zingarellis erinnerten sie an kein Gefühl, übersetzten ihr keine Poesie ihres eigenen Lebens; ihre Seele war unfruchtbar. Foedora wirkte dort wie ein Schauspiel im Schauspiel. Unablässig wanderte ihr Lorgnette von Loge zu Loge; voller Unruhe, obwohl ruhig, war sie ein Opfer der Mode; ihre Loge, ihr Kopfputz, ihr Wagen, ihre Person bedeuteten ihr alles. Man begegnet oft Menschen von kolossaler Leiblichkeit, deren Herz in einem ehernen Körper zart und zärtlich ist; sie indessen barg ein ehernes Herz in einer zerbrechlichen, anmutigen Hülle. Mein fatales Wissen zerfetzte für mich viele Schleier. Wenn der gute Ton darin besteht, sich selber um anderer willen zu vergessen, in Stimme und Gestik eine beständige Freundlichkeit zu legen, den andern dadurch zu gefallen, daß man sie selbstzufrieden macht, hatte Foedora trotz ihrer Klugheit nicht jegliche Spur ihrer plebejischen Herkunft ausgelöscht; ihre Selbstvergessenheit war Falschheit; ihre Manieren waren nicht angeboren, sondern mühselig erlernt; und schließlich roch ihre Höflichkeit nach Unterwürfigkeit. Na, gut, ihre honigsüßen Worte galten für ihre Günstlinge als Ausdruck der Güte; ihre anmaßende Überheblichkeit war nobler Enthusiasmus. Ich allein hatte ihre Grimassen studiert, hatte die dünne Rinde, die der Welt und der Gesellschaft genügt, von ihrem inneren Wesen abgeschält; ich ließ mich nicht länger durch ihre Äffereien täuschen; ich kannte mich in ihrer Katzenseele von Grund auf aus. Wenn ein Hohlkopf ihr Komplimente machte und sie pries, schämte ich mich um ihretwillen. Und dabei liebte ich sie nach wie vor! Ich hoffte, ihr Eis unter den Flügeln einer Dichterliebe zum Schmelzen zu bringen. Wenn ich ein einziges Mal ihr Herz weiblichen Zärtlichkeiten hätte auftun, wenn ich sie in die Erhabenheit der Hingabe hätte einweihen können, dann wäre sie vollkommen, dann wäre sie ein Engel gewesen. Ich liebte sie als Mann, als Liebender, als Künstler, und dabei hätte man sie, um sie zu bekommen, gar nicht zu lieben brauchen; ein steifer Geck, ein kalter Rechner hätten vielleicht über sie triumphiert. Eitel und künstlich, wie sie war, hätte sie sicherlich auf die Sprache der Eitelkeit gehört und sich von den Fallstricken einer Intrige umgarnen lassen; von einem trokkenen, eiskalten Mann wäre sie beherrscht worden. Ätzende Schmerzen drangen bis ins Innerste meiner Seele, wenn sie mir naiv ihren Egoismus enthüllte. Voller Schmerz sah ich sie eines Tages allein im Leben dastehen und nicht wissen, wem sie die Hand reichen solle, da sie keine freundschaftlichen Blicke fand, um die ihren darin ruhen zu lassen. Eines Abends brachte ich den Mut auf, ihr in lebhaften Farben ihr ödes, leeres, trauriges Alter auszumalen. Angesichts dieser furchtbaren Rache der getäuschten Natur tat sie eine abscheuliche Äußerung. ›Ich werde stets Vermögen haben‹, antwortete sie mir. ›Mit Geld können wir immer rings um uns die Gefühle erschaffen, die für unser Behagen erforderlich sind.‹ – Ich ging, niedergeschmettert von der Logik dieses Luxus, dieser Frau, dieser Welt, und ich schmähte mich, so abgöttisch in sie vernarrt zu sein. Die arme Pauline liebte ich nicht; hatte die reiche Foedora nicht das Recht, mich zurückzustoßen? Unser Gewissen ist ein unfehlbarer Richter, sofern wir es noch nicht ertötet haben. ›Foedora‹, rief mir eine sophistische Stimme zu, ›liebt niemanden und stößt niemanden zurück; sie ist frei, aber ehedem hat sie sich um Gold hingegeben. Ob nun als Liebhaber oder als Gatte, der russische Graf hat sie besessen. Es wird sich schon noch eine Versuchung in ihrem Leben finden! Die mußt du abwarten.‹ Diese Frau war weder tugendsam noch lasterhaft; sie lebte fern allem Menschlichen in einer ihr eigentümlichen Sphäre, mochte diese nun Hölle oder Paradies sein. Dieses in Kaschmir und Stickereien gekleidete weibliche Mysterium setzte in meinem Herzen alle menschlichen Gefühle in Bewegung, Stolz, Ehrgeiz, Liebe und Neugier. Eine Modelaune oder die Lust, originell zu wirken, die uns alle verfolgt, hatte die Manie gezeitigt, ein kleines Boulevardtheater zu rühmen. Die Gräfin bezeigte das Verlangen, das mehlgepuderte Gesicht eines Schauspielers zu sehen, das das Entzücken einiger Leute von Geist war; und es wurde mir die Ehre zuteil, sie zur Erstaufführung irgendeiner schlechten Posse zu geleiten. Die Loge kostete kaum hundert Sous, und ich besaß nicht mal einen schäbigen Liard. Da ich noch einen halben Memoirenband zu schreiben hatte, wagte ich nicht, Finot um Hilfe anzubetteln, und Rastignac, meine Vorsehung, war verreist. Jener beständige Geldmangel war der Fluch meines ganzen Lebens. Einmal, als wir aus der Italienischen Oper kamen und es schrecklich regnete, hatte Foedora für mich einen Wagen vorfahren lassen, ohne daß ich mich ihrer allzu deutlich bekundeten Freundlichkeit hätte entziehen können; sie ließ keine meiner Entschuldigungen zu, weder mein Wohlgefallen am Regen noch mein Verlangen, in den Spielsaal zu gehen. Sie ahnte nichts von meiner Bedürftigkeit, weder in meiner verlegenen Haltung noch in meinen traurigen Scherzworten. Ich errötete bis über beide Augen; aber verstand sie denn einen Blick? Das Leben junger Leute ist sonderbaren Launen unterworfen! Während der Fahrt weckte jede Räderumdrehung in mir Gedanken, die mir das Herz verbrannten; ich versuchte, hinten im Wagen ein Brett loszulösen, in der Hoffnung, auf das Straßenpflaster schlüpfen zu können; allein ich stieß dabei auf unüberwindliche Hindernisse, fing krampfhaft zu lachen an und verharrte in düsterer Ruhe, stumpf wie ein am Pranger Stehender. Bei der Ankunft daheim unterbrach mich Pauline bei den ersten Stammellauten: ›Falls Sie kein Geld bei sich haben ...‹ Ach! Rossinis Musik war nichts im Vergleich zu diesen Worten. Aber wir wollen auf jene Posse zurückkommen. Um die Gräfin hinfahren zu können, hatte ich daran gedacht, den Goldrahmen vom Porträt meiner Mutter zu verpfänden. Obwohl das Leihhaus sich in meiner Vorstellung stets als eine der Pforten des Zuchthauses abgezeichnet hatte, war es noch besser, eigenhändig mein Bett hinzutragen, als um ein Almosen zu betteln. Der Blick jemandes, den man um Geld bittet, tut einem so weh! Gewisse Darlehen kosten uns unsere Ehre, wie gewisse Ablehnungen, wenn ein befreundeter Mund sie ausspricht, uns unserer letzten Illusionen berauben. Pauline saß bei der Arbeit; ihre Mutter war schon schlafen gegangen. Ich warf einen flüchtigen Blick auf das Bett, dessen Vorhänge leicht offenstanden, und glaubte Madame Gaudin, deren ruhiges, gelbes Profil im Dunkel sich vom Kopfkissen abhob, tief eingeschlafen. – ›Sie haben Sorgen‹, sagte Pauline zu mir und legte den Pinsel auf das zu kolorierende Blatt. – ›Liebes Kind, Sie können mir einen großen Gefallen tun‹, antwortete ich ihr. Sie schaute mich mit so beglückter Miene an, daß es mich durchzuckte. ›Sollte sie mich lieben?‹ dachte ich. ›Pauline?‹ entgegnete ich und setzte mich zu ihr, um sie genau zu beobachten. Sie erriet mich, so fragend hatte meine Stimme geklungen; sie schlug die Augen nieder, und ich musterte sie, im Glauben, in ihrem Herzen lesen zu können wie in dem meinen, so naiv und rein waren ihre Züge. ›Lieben Sie mich?‹ fragte ich sie. – ›Ein wenig, über die Maßen, gar nicht!‹ rief sie. Sie liebte mich also nicht. Ihr neckischer Ton und die Niedlichkeit der Gebärde, zu der sie sich hatte hinreißen lassen, kündeten lediglich von scherzender Jungmädchendankbarkeit. So gestand ich ihr denn meine üble Lage, die Verlegenheit, in der ich mich befand, und bat sie, mir zu helfen. – ›Wie, Monsieur Raphaël‹, sagte sie, ›Sie wollen nicht zum Leihhaus gehen, und mich schicken Sie hin?‹ Ich wurde rot; die Logik eines Kindes verwirrte mich. Da ergriff sie meine Hand, als wolle sie durch eine Zärtlichkeit die Wahrheit ihres Ausrufs ausgleichen. ›Oh, ich würde wohl hingehen‹, sagte sie, ›aber der Gang ist unnütz. Heute morgen habe ich hinter dem Piano zwei Hundertsousstücke gefunden, die ohne Ihr Wissen zwischen die Wand und das Querholz gerutscht sein müssen, und ich habe Sie auf Ihren Tisch gelegt.‹ – ›Sie müssen bald Geld bekommen, Monsieur Raphaël‹, sagte die gute Mutter zu mir und steckte den Kopf zwischen den Vorhängen hindurch, ›inzwischen kann ich Ihnen ein paar Taler leihen.‹ – ›O Pauline‹, rief ich und drückte ihr die Hand, ›ich wollte, ich wäre reich.‹ – ›Pah! Warum denn?‹ fragte sie mit eigensinniger Miene. Ihre in der meinen zitternde Hand antwortete auf alle Schläge meines Herzens; rasch zog sie die Finger zurück und musterte die meinen. ›Sie werden eine reiche Frau heiraten‹, sagte sie, ›aber sie wird Ihnen viel Kummer machen. Ach, du großer Gott! Sie wird Sie umbringen. Ich bin überzeugt davon!‹ In ihrem Aufschrei lag eine Art Gläubigkeit an den tollen Aberglauben ihrer Mutter. – ›Sie sind recht leichtgläubig, Pauline!‹ – ›Oh, ganz sicher‹, sagte sie und schaute mich entsetzt an, ›die Frau, die Sie lieben werden, wird Sie umbringen.‹ Sie nahm ihren Pinsel wieder in die Hand, tauchte ihn in die Farbe, wobei sie eine heftige Erregung bekundete, und schaute mich nicht länger an. In diesem Augenblick hätte auch ich fast an Hirngespinste geglaubt. Ein Mensch ist nicht gänzlich elend, wenn er abergläubisch ist. Ein Aberglaube ist oftmals eine Hoffnung. Als ich mich in mein Zimmer zurückgezogen hatte, erblickte ich tatsächlich zwei noble Taler, deren Anwesenheit mich unbegreiflich dünkte. In der Befangenheit der wirren Gedanken vor dem Einschlafen versuchte ich, meine Ausgaben zu berechnen, um diesen unerwarteten Fund vor mir rechtfertigen zu können; aber ich schlief unter nutzlosen Berechnungen ein. Am andern Morgen kam Pauline gerade in dem Augenblick zu mir, da ich ausgehen wollte, um eine Loge zu mieten. ›Vielleicht kommen Sie mit zehn Francs nicht aus‹, sagte dieses gutherzige, liebenswerte Mädchen zu mir und errötete, ›meine Mutter hat mich beauftragt, Ihnen dieses Geld anzubieten. Nehmen Sie es! Nehmen Sie es doch!‹ Sie warf drei Taler auf meinen Tisch und wollte davonlaufen; aber ich hielt sie zurück. Die Bewunderung trocknete die Tränen, die meinen Augen entrollten. ›Pauline‹, sagte ich zu ihr, ›Sie sind ein Engel! Dieses Darlehen rührt mich weit weniger als die Verschämtheit, mit der Sie es mir anbieten. Ich habe mir eine reiche, elegante, adlige Frau gewünscht; ach, jetzt möchte ich Millionen besitzen und einem armen jungen Mädchen begegnen, wie Sie es sind, einer, die reich an Herz ist wie Sie; dann würde ich auf eine verhängnisvolle Leidenschaft verzichten, die mich umbringen wird. Vielleicht behalten Sie recht.‹ – ›Genug!‹ sagte sie. Sie entfloh, und ihre Nachtigallenstimme, ihre jungen Triller hallten im Treppenhaus wider. – ›Wie glücklich ist sie dran, daß sie noch nicht liebt!‹ sagte ich mir und gedachte der Qualen, die ich seit mehreren Monaten litt. Paulines fünfzehn Francs wurden mir sehr wertvoll. Foedora mußte an die Ausdünstungen des Volks in dem Zuschauerraum denken, in dem wir ein paar Stunden lang bleiben sollten; sie bedauerte, keinen Strauß zu haben; ich holte ihr Blumen, ich brachte ihr mein Leben und meine Barschaft dar. Ich hatte gleichzeitig Gewissensbisse und Lustempfindungen, als ich ihr einen Strauß überreichte, dessen Preis mir alles enthüllte, was die oberflächliche Galanterie, wie sie in der Gesellschaft im Schwange war, an Kostspieligem mit sich brachte. Bald beklagte sie sich über den ein wenig zu starken Duft eines mexikanischen Jasmins; sie verspürte einen unerträglichen Ekel, als sie den Zuschauerraum sah, als sie auf einem harten Bänkchen saß; sie warf mir vor, sie dorthin gebracht zu haben. Obgleich sie an meiner Seite war, wollte sie weggehen, und sie ging weg. Mir schlummerlose Nächte aufzuerlegen, zwei Monate meines Daseins vergeudet zu haben und ihr nicht zu gefallen! Nie ist jener böse Geist anmutvoller und gefühlloser gewesen. Während der Fahrt, als ich neben ihr in dem engen Coupé saß, atmete ich ihren Hauch, berührte ich ihren parfümierten Handschuh, sah ich undeutlich die Schätze ihrer Schönheit, verspürte ich einen süßen Duft, der wie der von Iris war: die ganze Frau und kein bißchen Frau. In diesem Augenblick erlaubte mir ein Lichtstrahl, in die Tiefen dieses mysteriösen Lebens zu blicken. Ich mußte plötzlich an ein Buch denken, das unlängst von einem Dichter veröffentlicht worden war, eine echte Künstlerkonzeption, gemeißelt wie die Statue des Polyklet[105]. Ich glaubte, jenes Zwitterwesen vor mir zu sehen, das bald Offizier ist und ein durchgehendes Pferd bändigt, bald ein junges Mädchen, das sich vor seinen Toilettespiegel setzt und seine Liebhaber zur Verzweiflung treibt, bald ein Liebhaber, der eine sanfte, bescheidene Jungfrau unglücklich macht. Da ich Foedora anders nicht enträtseln konnte, erzählte ich ihr diese phantastische Geschichte; aber nichts enthüllte ihr ihre Ähnlichkeit mit dieser Dichtung des Unmöglichen; unbefangen amüsierte sie sich darüber wie ein Kind über ein Märchen aus Tausendundeiner Nacht. ›Um der Liebe eines Mannes in meinem Alter, der mitteilsamen Glut dieser schönen Seelenansteckung zu widerstehen, muß Foedora durch irgendein Geheimnis geschützt werden‹, sagte ich mir auf meinem Heimweg. ›Vielleicht zehrt an ihr ein Krebs wie an Lady Delacour? Sicherlich ist ihr Leben ein künstliches Leben.‹ Bei diesem Einfall überlief es mich kalt. Dann faßte ich den extravagantesten und zugleich vernünftigsten Plan, den je ein Liebender sich ausgedacht hat. Um diese Frau körperlich zu ergründen, wie ich sie intellektuell durchforscht hatte, um sie endlich ganz und gar kennenzulernen, beschloß ich, ohne ihr Wissen eine Nacht bei ihr zu verbringen, in ihrem Schlafzimmer. Folgendermaßen führte ich dieses Unternehmen durch, das mir die Seele verzehrte, wie ein Racheverlangen das Herz eines korsischen Mönchs zernagt. An Empfangstagen sah Foedora eine zu große Menschenschar bei sich, als daß es dem Portier möglich gewesen wäre, genau festzustellen, ob die Zahl der Kommenden und Gehenden übereinstimme. Ich war mir sicher, im Hause bleiben zu können, ohne dort einen Skandal zu verursachen, und so sah ich voller Ungeduld der nächsten Soirée der Gräfin entgegen. Beim Ankleiden steckte ich in meine Westentasche mangels eines Dolchs ein kleines englisches Federmesser. Würde dieses literarische Instrument bei mir gefunden, so würde ihm nichts Verdächtiges anhaften; aber da ich nicht wußte, wie weit mein romantischer Entschluß mich führen konnte, wollte ich bewaffnet sein. Als die Wohnräume sich zu füllen begannen, ging ich ins Schlafzimmer, um mich zu überzeugen, wie es dort aussehe, und fand die Jalousien und Läden geschlossen, was ein erster Glücksfall war. Da die Zofe kommen konnte, um die an den Fenstern drapierten Vorhänge loszuhaken, löste ich ihre Halter; ich wagte viel, als ich mich im voraus zu jener Verrichtung erkühnte; allein ich hatte mich in die Gefahren meines Unterfangens geschickt und sie kaltblütig einkalkuliert. Gegen Mitternacht versteckte ich mich in einer Fensternische. Damit meine Füße nicht zu sehen waren, versuchte ich, auf die Plinthe der Täfelung zu klimmen, den Rücken gegen die Wand gelehnt und mich an den Fensterriegel anklammernd. Nachdem ich mein Gleichgewicht und meine Stützpunkte ausprobiert und die Entfernung ausgemessen hatte, die mich von den Vorhängen trennte, gelang es mir schließlich, mit den Schwierigkeiten meiner Stellung vertraut zu werden, so daß ich dort unentdeckt verbleiben konnte, sofern Krämpfe, Husten oder Niesen mich verschonten. Um mich nicht unnütz zu ermüden, blieb ich stehen und wartete auf den kritischen Moment, da ich hängen bleiben mußte wie eine Spinne in ihrem Netz. Der weiße Moireestoff und der Musselin der Vorhänge bildeten vor mir Falten, die dick wie Orgelpfeifen waren; ich bohrte mit meinem Taschenmesser Löcher hinein, um durch diese Art Schießscharten alles sehen zu können. Undeutlich vernahm ich das Stimmengebrodel in den Wohnräumen, das Lachen der Plaudernden, die Ausbrüche ihrer Stimmen. Dieser nebelhafte Tumult, diese dumpfe Bewegung nahmen nach und nach ab. Ein paar Herren holten ihre Hüte, die sie dicht neben mir auf der Kommode der Gräfin abgelegt hatten. Wenn sie die Vorhänge streiften, durchschauerte es mich bei dem Gedanken an die Zerstreutheit, die Zufälle beim Suchen von Leuten, die es eilig haben wegzukommen und überall herumstöbern. Ich sah für mein Unternehmen gutes Gelingen voraus, da keins dieser Mißgeschicke eintrat. Der letzte Hut wurde von einem alten Verehrer Foedoras abgeholt; er glaubte sich allein, warf einen Blick auf das Bett und stieß einen tiefen Seufzer aus, dem irgendein ziemlich energischer Ausruf folgte. Die Gräfin, die in dem an ihr Schlafzimmer stoßenden Boudoir nur noch fünf oder sechs nahe Bekannte um sich hatte, schlug diesen vor, dort den Tee zu nehmen. Die üble Nachrede, für die die gegenwärtige Gesellschaft das bißchen Glauben reserviert hat, das ihr geblieben ist, mischte sich jetzt mit boshaften Bemerkungen, geistvollen Urteilen in das Geklapper von Tassen und Löffeln.

Rastignac erregte ohne Mitleid mit meinen Nebenbuhlern durch bissige Ausfälle ein tolles Gelächter. – ›Mit Monsieur de Rastignac darf man sich nicht überwerfen‹, sagte die Gräfin lachend. – ›Ganz meine Meinung‹, erwiderte er unbefangen. ›Ich habe mit meinen Haßempfindungen immer recht behalten. Und mit meinen Freundschaften ebenfalls‹, fügte er hinzu. ›Meine Feinde sind mir vielleicht ebenso dienlich wie meine Freunde. Ich habe mich ziemlich eingehend mit der modernen Ausdrucksweise und den naturgegebenen Kunstgriffen befaßt, deren man sich bedient, um alles anzugreifen oder um alles zu verteidigen. Die ministerielle Beredsamkeit ist eine soziale Vervollkommnung. Ist einer unserer Freunde geistlos? Dann redet man von seiner Rechtschaffenheit und Offenherzigkeit. Ist das Werk eines anderen schwerfällig? Dann stellt man es als eine gewissenhafte Arbeit hin. Wenn ein Buch schlecht geschrieben ist, rühmt man seinen Gedankengehalt. Ein gewisser Jemand ist unzuverlässig, unbeständig, er entgleitet einem alle paar Augenblicke? Pah! Dann ist er verführerisch, blendend, bezaubernd. Handelt es sich um Feinde? Dann wirft man ihnen die Toten und die Lebenden an den Kopf; man kehrt für sie die Ausdrücke seiner Redeweise um, und man ist ebenso scharfsinnig im Aufdecken ihrer Fehler, wie man geschickt im Hervorheben der guten Seiten seiner Freunde war. Diese Anwendung der moralischen Lorgnette bildet das Geheimnis unserer Gespräche und die ganze Kunst des Höflings. Sich ihrer nicht bedienen heißt ohne Waffen Leute bekämpfen wollen, die eiserne Rüstungen tragen wie Bannerherren. Und ich bediene mich ihrer! Dann und wann treibe ich sogar Mißbrauch damit. Daher werden ich und meine Freunde respektiert, denn, nebenbei gesagt, mein Degen ist genauso viel wert wie meine Zunge.‹ Einer der glühendsten Verehrer Foedoras, ein junger Mann, dessen Impertinenz berühmt war und der aus ihr sogar ein Mittel zum Weiterkommen gemacht hatte, hob den Handschuh auf, den Rastignac so verächtlich hingeworfen hatte. Er begann von mir zu sprechen und rühmte dabei über die Maßen meine Talente und meine Person. Diese Art des Lästerns hatte Rastignac vergessen. Jenes sardonische Lob täuschte die Gräfin; mitleidlos opferte sie mich; um ihre Freunde zu erheitern, trieb sie Mißbrauch mit meinen Geheimnissen, meinen

Bestrebungen und meinen Hoffnungen. ›Er hat Zukunft‹, sagte Rastignac. ›Vielleicht steht er eines Tages als ein Mann da, der grausame Rache nimmt; zumindest hat er genauso viel Talente wie Mut; daher halte ich diejenigen für sehr kühn, die ihn angreifen; er hat nämlich ein gutes Gedächtnis . . .‹ – ›Und schreibt Denkwürdigkeiten‹[106], sagte die Gräfin, der das eingetretene tiefe Schweigen zu mißfallen schien. – ›Denkwürdigkeiten einer Gräfin, die keine war, Madame‹, entgegnete Rastignac. ›Um sie zu schreiben, bedarf es einer andern Art von Mut.‹ – ›Ich halte ihn für sehr mutig‹, antwortete sie, ›er ist mir treu.‹ – Es überkam mich ein lebhaftes Verlangen, mich den Spöttern plötzlich zu zeigen wie Banquos Geist in ›Macbeth‹. Ich hatte eine Geliebte verloren, aber ich besaß einen Freund! Indessen flüsterte mir die Liebe unvermittelt eins jener feigen, subtilen Paradoxe zu, mit denen sie unsere Schmerzen einzuschläfern weiß. ›Wenn Foedora mich liebt‹, dachte ich, ›muß sie dann nicht ihre Zuneigung mit boshaften Scherzen tarnen? Wie oft hat das Herz die Lügen des Mundes dementiert!‹ Schließlich wollte mein impertinenter Nebenbuhler, der mit der Gräfin allein geblieben war, aufbrechen. – ›Wie? Schon?‹ fragte sie mit einem schmeichlerischen Stimmklang, der mich erbeben ließ. ›Wollen Sie mir nicht noch einen Augenblick schenken? Haben Sie mir denn nichts mehr zu sagen, und wollen Sie mir nicht ein paar Ihrer Freuden opfern?‹ – Er ging. – ›Ach‹, rief sie gähnend, ›sie sind doch alle recht langweilig!‹ Nachdrücklich zog sie an einer Schnur, und das Gellen einer Klingel durchhallte die Gemächer. Die Gräfin kam in ihr Schlafzimmer und trällerte ein Stückchen Melodie des *›Pria che spunti‹*[107] vor sich hin. Nie hatte jemand sie singen hören, und diese Stummheit hatte die absonderlichsten Auslegungen gefunden. Sie habe, so hieß es, ihrem ersten Liebhaber, der von ihren Talenten bezaubert und übers Grab hinaus eifersüchtig gewesen sei, versprochen, niemandem ein Glück zu spenden, das er allein genossen haben wollte. Ich spannte alle Kräfte meiner Seele an, um die Klänge in mich aufzunehmen. Von Note zu Note schwoll die Stimme an; Foedora schien sich zu beleben; die Reichtümer ihrer Kehle entfalteten sich, und jene Melodie wurde zu etwas Göttlichem. Die Stimme der Gräfin besaß eine lebendige Klarheit, eine Treffsicherheit des Tons, etwas Wohllautendes und Vibrierendes, das einem ins Herz drang, es bewegte und wonnig berührte. Musikalische Frauen sind fast immer Liebeskünstlerinnen. Jene, die da so sang, mußte sich gut auf die Ausübung der Liebe verstehen. Die Schönheit dieser Stimme war somit ein weiteres Geheimnis an dieser an sich schon so geheimnisvollen Frau. Ich konnte sie jetzt sehen, wie ich dich sehe; sie schien sich selbst zu lauschen und eine ihr eigentümliche Wollust zu empfinden; sie kostete sie aus wie einen Liebesgenuß. Sie trat vor den Kamin und sang das Hauptmotiv jenes Rondos zu Ende; doch als sie verstummte, änderte sich ihr Gesicht; ihre Züge verfielen, ihr Antlitz drückte Müdigkeit aus. Sie hatte eine Maske abgelegt; sie war eine Schauspielerin, und ihre Rolle war beendet. Dabei war das Welken, das ihrer Schönheit durch ihre künstlerische Leistung oder durch die abendliche Müdigkeit aufgeprägt worden war, nicht ohne Reiz. ›So ist sie in Wahrheit‹, sagte ich mir. Wie um sich zu wärmen, stellte sie einen Fuß auf die Bronzestange des Kaminvorsetzers, zog die Handschuhe aus, entledigte sich ihrer Armbänder und zog eine Goldkette, an deren Ende ein mit kostbaren Steinen besetztes Riechdöschen hing, über den Kopf. Ich empfand eine unbeschreibliche Lust, ihre Bewegungen zu sehen, die reizend wie die der Katzen waren, wenn sie sich im Sonnenschein putzen. Sie musterte sich im Spiegel und sagte ganz laut mit mißgelaunter Miene: ›Heute abend war ich nicht hübsch; mein Teint wird mit schauerlicher Schnelle welk. Vielleicht sollte ich früher zu Bett gehen und auf dies leichtsinnige Leben verzichten. Aber was fällt Justine eigentlich ein?‹ Abermals klingelte sie; die Zofe kam herbeigeeilt. Wo mochte sie wohnen? Ich weiß es nicht. Sie war über eine Geheimtreppe gekommen. Ich war begierig, sie mir anzuschauen. Meine Dichterphantasie hatte schon oft diesen unsichtbaren dienenden Geist beschuldigt, ein großes, braunhaariges, gut gewachsenes Mädchen. – ›Madame hat geschellt?‹ – ›Zweimal‹, antwortete Foedora. ›Solltest du jetzt etwa taub werden?‹ – ›Ich war dabei, die Mandelmilch für Madame zu machen.‹ Justine kniete nieder, löste die kreuzweise geschlungenen Bänder und zog ihrer Herrin die Schuhe aus; diese hatte sich lässig am Kamin auf einem Lehnstuhl mit Sprungfedern ausgestreckt, gähnte und kratzte sich den Kopf. Alle ihre Bewegungen waren ganz natürlich, und kein einziges Anzeichen enthüllte mir die geheimen Schmerzen oder die Leidenschaften, die ich vermutet hatte. ›Georges ist verliebt‹, sagte sie, ›ich werde ihn entlassen. Heute abend hat er noch nicht mal die Vorhänge aus den Haltern genommen. Was hat er eigentlich im Kopf?‹ Bei dieser Bemerkung strömte mir all mein Blut ins Herz; aber dann war von den Vorhängen nicht mehr die Rede. ›Das Leben ist sehr öde‹, sprach die Gräfin weiter. ›Na, hör mal! Paß auf, daß du mich nicht kratzest wie gestern. Da, siehst du?‹ sagte sie und zeigte ihr ein kleines, seidiges Knie. ›Da trage ich noch die Spuren deiner Klauen.‹ Sie fuhr mit den nackten Füßen in Plüschpantoffel, die mit Schwanenpelz gefüttert waren, und zog ihr Abendkleid aus, während Justine nach einem Kamm langte, um ihr das Haar in Ordnung zu bringen. – ›Sie sollten heiraten, Madame, und Kinder haben.‹ – ›Kinder! Die fehlten mir gerade noch, um mich vollends fertigzumachen‹, rief sie. ›Einen Ehemann! Welchen Mann könnte ich . . . War ich gut frisiert heute abend?‹ – ›Nein, nicht sehr gut.‹ – ›Du bist dumm.‹ – ›Nichts steht Ihnen schlechter, als wenn Sie sich das Haar allzu sehr kräuseln‹, fuhr Justine fort. ›Große, glatte Locken stehen Ihnen am besten.‹ – ›Tatsächlich?‹ – ›Freilich, Madame; gekräuseltes Haar steht nur Blondinen gut.‹ – ›Heiraten? Nein, nein. Die Ehe ist ein Handel, für den ich nicht geschaffen bin.‹ Welch furchtbare Szene für einen Liebhaber! Diese alleinstehende Frau, ohne Eltern und Verwandte, ohne Freunde, in der Liebe Atheistin, ohne Glauben an irgendein Gefühl, wie schwach war bei ihr das Verlangen nach einem Herzenserguß, das doch bei jedem Menschenwesen etwas Natürliches ist. Bei ihr war es so gering, daß ein Geplauder mit der Zofe es befriedigte, das Aussprechen von ein paar dürren Redensarten oder Nichtigkeiten! Sie tat mir leid. Justine schnürte ihr das Korsett auf. Neugierig musterte ich sie in dem Augenblick, da die letzte Hülle fiel. Sie hatte eine jungfräuliche Brust, die mich blendete; durch ihr Hemd hindurch und beim Kerzenschimmer funkelte ihr weißer und rosiger Körper wie eine Silberstatue unter ihrer Gazehülle. Nein, keine Unvollkommenheit mußte sie die verstohlenen Blicke der Liebe fürchten lassen. Ach, ein schöner Körper wird stets über die martialischen Entschlüsse triumphieren. Die Herrin setzte sich stumm und nachdenklich ans Feuer, während die Zofe die Kerze der Alabasterlampe anzündete, die vor dem Bett hing. Justine holte eine Wärmflasche, deckte das Bett auf und half ihrer Herrin beim Hinlegen; dann, nach einer ziemlich langen Zeit für die Verrichtung winziger Dienste, die von Foedoras tiefer Selbstverehrung zeugten, ging das Mädchen. Die Gräfin wälzte sich ein paarmal hin und her, sie war aufgeregt, sie seufzte; ihren Lippen entfuhr ein leiser Laut, der für das Gehör vernehmlich war und von Regungen der Ungeduld kündete; sie streckte die Hand nach dem Tisch aus, ergriff ein Fläschchen und goß in ihre Milch, ehe sie sie trank, ein paar Tropfen einer braunen Flüssigkeit; schließlich, nach einigen schmerzlichen Seufzern, rief sie aus: ›Mein Gott!‹ Dieser Ausruf und vor allem die Betonung, die sie ihm lieh, zerbrachen mir das Herz. Unmerklich glitt sie in die Reglosigkeit hinüber. Ich hatte Angst; aber bald hörte ich die regelmäßige, kräftige Atmung einer Schlafenden; ich schlug die knirschende Seide der Vorhänge auseinander, verließ meinen Posten, stellte mich an das Fußende ihres Bettes und betrachtete sie mit einer Empfindung, für die es keinen Ausdruck gibt. Wie sie da lag, war sie schlechthin entzückend. Sie hielt den Kopf unter dem Arm wie ein Kind; ihr ruhiges, hübsches, in Spitzengespinste gehülltes Gesicht drückte eine Süße aus, die mich entflammte. Ich hatte eine zu hohe Meinung von mir selbst gehabt und war mir nicht klar über meine Marter geworden, ihr so nahe und so fern zu sein. Ich mußte alle Qualen erdulden, die ich mir bereitet hatte. ›Mein Gott!‹ Dieser Fetzen eines unbekannten Gedankens, den ich als einzige Aufklärung mitnehmen mußte, hatte jäh meine Auffassung von Foedora gewandelt. Diese bedeutungslose oder tiefe Äußerung, die substanzlos oder voller Tatsächlichkeiten war, konnte gleichermaßen als Glück oder als Leid gedeutet werden, als Körperschmerz oder als Seelenpein. War sie Fluch oder Gebet, Erinnerung oder Zukunft, Reue oder Furcht? Es lag ein ganzes Leben in jenem Ausruf, ein Leben in Not oder in Reichtum; er konnte sogar ein Verbrechen bedeuten! Das Rätsel, das in diesem schönen Frauenbild verborgen lag, erstand aufs neue; Foedora konnte auf so mannigfache Weise erklärt werden, daß sie zu etwas Unerklärlichem wurde. Das Launische des Atems, der bald schwach, bald deutlich ausgeprägt, schwer oder leicht ihren Lippen entglitt, bildete eine Art Sprache, an die ich Gedanken und Gefühle knüpfte. Ich träumte mit ihr, ich hoffte, mich dadurch in ihre Geheimnisse einzuweihen, daß ich in ihren Schlummer eindrang; ich schwankte zwischen tausend entgegengesetzten Entschlüssen, zwischen tausend Urteilen. Beim Anblick dieses schönen, ruhigen und reizenden Gesichts war es mir unmöglich, dieser Frau ein Herz abzusprechen. Ich beschloß, noch einen Versuch zu machen. Vielleicht konnte ich, wenn ich ihr von meinem Leben, meiner Liebe, meinen Opfern erzählte, in ihr Mitleid erwecken, ihr eine Träne entlocken, ihr, die niemals weinte. Alle meine Hoffnungen hatte ich in diese letzte Prüfung gesetzt; da kündete mir der Straßenlärm den Tagesanbruch an. Einen Augenblick lang stellte ich mir Foedora in meinen Armen erwachend vor. Ich konnte mich ganz behutsam neben sie legen, zu ihr schlüpfen und sie umschlingen. Dieser Gedanke tyrannisierte mich so grausam, daß ich, im Verlangen, ihm zu widerstehen, in den Salon flüchtete, ohne darauf zu achten, ob ich dabei ein Geräusch vollführte oder nicht; aber glücklicherweise kam ich zu einer Geheimtür, die auf eine kleine Treppe führte. Wie ich vermutet hatte, befand sich der Schlüssel im Loch; ich riß die Tür auf; kühn stieg ich in den Hof hinab, und ohne darauf zu achten, ob ich gesehen wurde, war ich mit drei Sätzen auf der Straße. Zwei Tage danach sollte ein Autor bei der Gräfin eine Komödie vorlesen; ich ging in der Absicht hin, als letzter dort zu bleiben und ihr eine recht seltsame Bitte vorzutragen; ich wollte sie bitten, mir den nächsten Abend zu schenken und ihn mir gänzlich zu widmen, dadurch nämlich, daß sie ihre Tür geschlossen hielt. Als ich allein mit ihr war, verließ mich der Mut. Jeder Schlag der Stutzuhr erschreckte mich. Es war ein Viertel vor Mitternacht. ›Wenn ich mich ihr gegenüber nicht ausspreche‹, sagte ich zu mir, ›muß ich mir den Schädel an der Kaminecke zerschmettern.‹ Ich gewährte mir drei Minuten Frist; die drei Minuten gingen hin; ich zerschmetterte mir nicht den Schädel an dem Marmor; das Herz war mir schwer geworden wie ein Schwamm im Wasser. – ›Sie sind ungemein liebenswürdig‹, sagte sie zu mir. – ›Ach, Madame‹, antwortete ich, ›wenn Sie sich in mich hineindenken könnten!‹ – ›Was haben Sie denn?‹ entgegnete sie. ›Sie werden ja ganz blaß.‹ – ›Ich getraue mich nicht,

Sie um eine Gunst zu bitten.‹ Sie ermutigte mich durch eine Geste, und ich bat sie um das Beisammensein. – ›Gern‹, sagte sie. ›Aber warum können Sie sich nicht gleich jetzt mit mir aussprechen?‹ – ›Um Sie nicht zu täuschen, muß ich Ihnen die Reichweite Ihres Versprechens zeigen; ich möchte jenen Abend bei Ihnen verbringen, wie wenn wir Bruder und Schwester wären. Haben Sie keinerlei Furcht! Ich kenne Ihre Abneigungen; Sie haben mich zur Genüge kennengelernt, um sich gewiß zu sein, daß ich nichts von Ihnen will, was Ihnen mißfallen könnte; überdies gehen Kühne so nicht vor. Sie haben mir Freundschaft bezeigt; Sie sind gütig und voller Nachsicht. Gut denn, vernehmen Sie, daß ich Ihnen morgen Lebewohl sagen muß. Nehmen Sie Ihr Versprechen nicht zurück!‹ rief ich, als ich merkte, daß sie sich zum Sprechen anschickte, und damit verschwand ich. Im letzten Mai, gegen acht Uhr abends, habe ich mit Foedora allein in ihrem gotischen Boudoir gesessen. Ich habe damals nicht gezittert; ich war überzeugt davon, glücklich zu werden. Meine Geliebte mußte mir gehören, oder ich flüchtete mich in die Arme der Todesgöttin. Ich hatte über meine feige Liebe das Urteil gesprochen. Wenn ein Mann sich seine Schwäche eingesteht, ist er sehr stark. Die Gräfin trug eine Robe aus blauem Kaschmir und lag auf einem Ruhebett, die Füße auf einem Kissen. Ein orientalisches Barett, eine Kopfbedeckung, wie sie die Maler den alten Hebräern zuteilen, hatte allem, was an ihr verführerisch war, einen pikanten Zug der Fremdartigkeit geliehen. Ihre Züge trugen das Gepräge eines flüchtigen Zaubers, der zu beweisen schien, daß wir in jedem Augenblick neue, einzigartige Wesen ohne die mindeste Ähnlichkeit mit dem ›Wir‹ der Zukunft und dem ›Wir‹ der Vergangenheit sind. Nie zuvor hatte ich sie so strahlend gesehen. – ›Wissen Sie‹, fragte sie lachend, ›daß Sie meine Neugierde erregt haben?‹ – ›Die werde ich nicht enttäuschen‹, antwortete ich kühl, setzte mich zu ihr und ergriff ihre eine Hand; sie überließ sie mir. ›Sie haben eine recht schöne Stimme!‹ – ›Aber Sie haben mich doch niemals singen hören‹, rief sie mit einer Geste der Überraschung. – ›Falls es erforderlich sein sollte, werde ich Ihnen das Gegenteil beweisen. Ihr köstlicher Gesang würde also abermals ein Geheimnis sein? Beruhigen Sie sich; ich will es nicht durchdringen.‹ Etwa eine Stunde verblieben wir in vertraulichem

Geplauder. Ich hatte zwar den Tonfall, das Gehaben und die Gesten eines Mannes angenommen, dem Foedora nichts verweigern durfte; aber ich hatte auch allen Respekt eines Liebenden gewahrt. Bei diesem Spiel erlangte ich die Gunst, ihr die Hand zu küssen; sie streifte mit einer reizenden Bewegung den Handschuh ab, und da geriet ich auf so wollüstige Weise in die Illusion, an die ich zu glauben versuchte, daß meine Seele in diesem Kuß zerschmolz und sich ergoß. Mit einer unglaublichen Willfährigkeit ließ Foedora sich umschmeicheln und liebkosen. Aber wirf mir bitte keine Albernheit vor; wenn ich einen Schritt über diese geschwisterliche Zärtlichkeit hinaus hätte tun wollen, würde ich die Krallen der Katze zu spüren bekommen haben. Etwa zehn Minuten lang blieben wir in tiefes Schweigen versunken. Ich bewunderte sie; ich lieh ihr Reize, die sie nur vortäuschte. In diesem Augenblick gehörte sie mir, mir ganz allein. Ich besaß dieses entzückende Geschöpf, wie es zu besitzen erlaubt war, nämlich intuitiv; ich umhüllte sie mit meinem Begehren; ich hielt sie, drückte sie an mich; meine Phantasie vermählte mich mit ihr. Ich habe die Gräfin durch die Kraft einer magnetischen Bezauberung besiegt. Übrigens habe ich es stets bedauert, mir diese Frau nicht gänzlich unterworfen zu haben; in jener Minute jedoch habe ich nicht ihren Leib gewollt; ich habe eine Seele gewünscht, ein Leben, jenes ideale, vollkommene Glück, den schönen Traum, an den wir nicht lange glauben. ›Madame‹, sagte ich schließlich zu ihr, als ich fühlte, daß die letzte Stunde meines Rausches gekommen war, ›hören Sie mich an. Ich liebe Sie; Sie wissen es; ich habe es Ihnen tausendmal gesagt; Sie hätten mich vernehmen müssen. Da ich Ihre Liebe weder der Geckenanmut noch den Schmeicheleien oder den Zudringlichkeiten der Hohlköpfe verdanken wollte, bin ich nicht verstanden worden. Wie viele Leiden habe ich um Ihretwillen erduldet, und dennoch trifft Sie daran keine Schuld! Doch binnen kurzem werden Sie über mich urteilen können. Es gibt zwei Arten der Not, Madame: die eine, die schamlos in Lumpen durch die Straßen geht, die, ohne es zu wissen, von neuem wie Diogenes lebt, sich von wenig nährt und das Leben auf das Einfache und Schlichte reduziert; diese Art ist vielleicht glücklicher als der Reichtum, und zumindest sorglos; sie nimmt Welt und Leben dort, wo die

Mächtigen nichts mehr davon wissen wollen. Ferner gibt es die Not des Luxus, ein spanisches Elend, das sein Bettlertum unter einem Adelstitel versteckt; es ist stolz, aufgebläht; dieses Elend in weißer Weste und mit gelben Handschuhen hat Equipagen und verliert ein Vermögen, weil es ihm an einem Centime gebricht. Das eine ist das Elend des Volkes, das andere dasjenige der Gauner, der Könige und der Leute von Talent. Ich bin weder Volk noch König noch Gauner; vielleicht habe ich nicht einmal Talent; ich bin eine Ausnahme. Mein Name befiehlt mir, eher zu sterben als zu betteln. Seien Sie unbesorgt, Madame, heute bin ich reich; ich besitze an irdischen Gütern alles, wessen ich bedarf‹, sagte ich zu ihr, als ich ihr Gesicht den kalten Ausdruck annehmen sah, der sich auf unsern Zügen malt, wenn wir durch Almosensammlerinnen überrascht werden, die der guten Gesellschaft angehören. ›Erinnern Sie sich des Tages, da Sie ohne mich ins Gymnase[108] gegangen sind, im Glauben, ich würde nicht dort sein?‹ Sie nickte bestätigend. ›Ich habe meinen letzten Taler geopfert, um hinzugehen und Sie zu sehen. Erinnern Sie sich unseres Spaziergangs im Jardin des Plantes? Ihr Wagen hat alles an Geld gekostet, was ich besaß.‹ Ich erzählte ihr von meinen Opfern, ich schilderte ihr mein Leben, nicht, wie ich es dir heute erzähle, im Weinrausch, sondern in der noblen Trunkenheit des Herzens. Meine Leidenschaft überbrandete die Dämme durch lodernde Worte, durch seither vergessene Gefühlsausbrüche, die weder die Kunst noch die Erinnerung wiederzugeben vermöchten. Es war nicht die der Wärme entbehrende Erzählung von einer verabscheuten Liebe; meine Liebe in ihrer Kraft und in der Schönheit ihrer Hoffnung gab mir jene Worte ein, die ein ganzes Leben dadurch ausdrücken, daß sie die Schreie einer zerrissenen Seele wiederholen. Mein Stimmklang war der der letzten Gebete, die ein Sterbender auf dem Schlachtfeld spricht. Sie weinte. Ich hielt inne. Großer Gott! Ihre Tränen waren das Ergebnis der künstlichen Rührung, wie sie für hundert Sous an der Tür eines Theaters gekauft werden kann; ich hatte den Erfolg eines guten Schauspielers gehabt. – ›Wenn ich das gewußt hätte‹, sagte sie. – ›Sprechen Sie nicht weiter‹, rief ich. ›Ich liebe Sie in diesem Augenblick noch immer genug, um Sie umzubringen . . .‹ – Sie wollte nach der Klingelschnur greifen. Ich lachte schallend auf. ›Rufen Sie nicht‹, warf ich ein. ›Ich werde Sie Ihr Leben in Frieden vollenden lassen. Sie töten hieße den Haß mißverstehen! Fürchten Sie keinerlei Gewalttat; ich habe eine ganze Nacht am Fußende Ihres Bettes verbracht, ohne ...‹ – ›Monsieur!‹ sagte sie errötend. Aber nach dieser ersten Regung der Scham, die jede Frau besitzen muß, sogar die gefühlloseste, warf sie mir einen verächtlichen Blick zu und sagte: ›Da muß Ihnen aber sehr kalt gewesen sein!‹ – ›Glauben Sie, Madame, daß Ihre Schönheit für mich etwas so Kostbares sei?‹ antwortete ich, der ich die Gedanken ahnte, die sie durchtobten. ›Ihr Antlitz ist für mich die Verheißung einer noch schöneren Seele. Ach, Madame, die in einer Frau nichts als das Weibwesen sehen, können sich allabendlich Odalisken kaufen, die des Harems würdig sind, und sich für billiges Geld glücklich machen! Ich jedoch war ehrgeizig; ich hatte Herz an Herz mit Ihnen leben wollen, mit Ihnen, die Sie kein Herz haben. Das weiß ich jetzt. Gehörten Sie einem Mann, so würde ich ihn ermorden. Ach, Unsinn, Sie würden ihn lieben, und sein Tod würde Ihnen vielleicht Schmerz bereiten. Wie muß ich leiden!‹ rief ich aus. – ›Wenn dies Versprechen Sie trösten kann‹, sagte sie lachend, ›dann will ich Ihnen versichern, daß ich niemandem gehören werde.‹ – ›Gut‹, unterbrach ich sie, ›Sie lästern Gott, und dafür werden Sie bestraft werden! Eines Tages werden Sie auf einem Ruhebett liegen, können kein Geräusch und kein Licht ertragen, sind dazu verdammt, in einer Art Gruft zu liegen, und werden unerhörte Leiden erdulden. Wenn Sie dann nach der Ursache dieser langsamen, rachsüchtigen Schmerzen suchen, dann gedenken Sie all des Unglücks, das Sie auf Ihrem Lebensweg so verschwenderisch ausgestreut haben! Überall haben Sie Flüche gesät; dafür werden Sie Haß ernten. Wir sind die geeigneten Richter, die Henker einer Justiz, die hienieden herrscht und über der der Menschen und unter derjenigen Gottes einherschreitet.‹ – ›Haha‹, sagte sie lachend, ›sicherlich bin ich eine große Verbrecherin, weil ich Sie nicht liebe? Ist das etwa meine Schuld? Nein, ich liebe Sie nicht; Sie sind ein Mann, das genügt. Ich bin glücklich, daß ich allein bin; warum sollte ich mein Leben, das egoistisch ist, wenn Sie wollen, gegen die Willkürlichkeiten eines Herrn und Meisters vertauschen? Die Ehe ist ein Sakrament, vermöge dessen wir einander nichts als Kümmernisse bereiten. Überdies kann ich mit Kindern nichts anfangen. Habe ich Ihnen meinen Charakter etwa nicht ehrlich im voraus geschildert? Warum haben Sie sich nicht mit meiner Freundschaft begnügt? Ich wollte, ich könnte Sie für die Nöte entschädigen, deren Ursache ich war, weil ich nichts von Ihren Geldschwierigkeiten ahnte; ich erkenne die Größe Ihrer Opfer an; aber Ihre Ergebenheit, Ihre Zartsinnigkeiten können nur durch Liebe bezahlt werden, und ich liebe Sie so wenig, daß diese Szene mich höchst unangenehm berührt.‹ – ›Ich spüre, wie lächerlich ich bin; verzeihen Sie mir‹, sagte ich sanft zu ihr, ohne meinen Tränen wehren zu können. ›Ich liebe Sie zur Genüge‹, fuhr ich fort, ›um voller Entzücken die grausamen Worte anzuhören, die Sie äußern. Oh, am liebsten würde ich meine Liebe mit all meinem Blut unterzeichnen.‹ – ›Alle Männer sagen uns Frauen mehr oder weniger diese klassischen Redensarten‹, entgegnete sie lachend. ›Aber dem Anschein nach ist es sehr schwierig, zu unsern Füßen zu sterben; denn solcherlei Toten begegne ich überall. Es ist Mitternacht; gestatten Sie, daß ich schlafen gehe.‹ – ›Und in zwei Stunden werden Sie dann rufen: ‚Mein Gott!'‹ sagte ich. – ›Vorgestern! Ja‹, sagte sie lachend, ›da habe ich an meinen Wechselmakler gedacht; ich hatte vergessen, ihn meine fünfprozentigen Staatspapiere in dreiprozentige umtauschen zu lassen, und an jenem Tag waren die dreiprozentigen gesunken.‹ Ich sah sie mit wutfunkelnden Blicken an. Ach, bisweilen muß ein Verbrechen ein wahres Gedicht sein; das ist mir klar geworden. Offenbar waren die leidenschaftlichsten Liebeserklärungen für sie etwas Vertrautes; sie hatte meine Tränen und meine Worte bereits vergessen. ›Würden Sie einen Pair von Frankreich heiraten?‹ fragte ich sie kalt. – ›Vielleicht, wenn er Herzog wäre.‹ – Ich nahm meinen Hut; ich verabschiedete mich. ›Erlauben Sie, daß ich Sie bis an meine Wohnungstür begleite‹, sagte sie und legte in ihre Handbewegung, ihre Kopfhaltung und ihren Stimmklang beißende Ironie. – ›Madame.‹ – ›Monsieur.‹ – ›Ich werde Sie nie wiedersehen.‹ – ›Das will ich hoffen‹, sagte sie und neigte den Kopf mit einem impertinenten Ausdruck. – ›Sie wollen Herzogin werden?‹ entgegnete ich, angefeuert durch die Raserei, die ihre Geste in meinem Herzen entfacht hatte. ›Sie sind versessen auf Titel und Ehren? Gut, dann lassen Sie sich einzig von mir lieben, sagen Sie zu meiner Feder, sie solle nur für Sie sprechen, zu meiner Stimme, sie solle nur für Sie erklingen; seien Sie das geheime Prinzip meines Lebens, seien Sie mein Stern! Nehmen Sie mich nur als Minister, als Pair von Frankreich, als Herzog zum Gatten an! Ich werde alles werden, was Sie wollen, daß ich es sei!‹ – ›Sie haben‹, sagte sie lächelnd, ›Ihre Zeit bei den Advokaten gut ausgenützt; Ihre Plaidoyers haben Wärme.‹ – ›Du hast die Gegenwart‹, rief ich, ›und ich die Zukunft. Ich verliere nur eine Frau, und du verlierst einen Namen, eine Familie. Die Zeit ist trächtig mit meiner Rache; sie wird dir Häßlichkeit und einen einsamen Tod bescheren, mir jedoch den Ruhm!‹ – ›Schönen Dank für den effektvollen Schluß!‹ sagte sie, unterdrückte ein Gähnen und bezeigte durch ihre Haltung das Verlangen, mich nicht länger zu sehen. Ihre Äußerung hatte mir Schweigen auferlegt. Ich warf ihr meinen Haß durch einen Blick ins Gesicht und eilte von dannen. Ich mußte Foedora vergessen, von meinem Wahnwitz genesen, mein arbeitsames, einzelgängerisches Leben wieder aufnehmen oder sterben. Ich zwang mich zu einem Übermaß an Arbeit; ich wollte meine Werke vollenden. Vierzehn Tage lang habe ich meine Dachkammer nicht verlassen; alle meine Nächte habe ich in kraftlosen Studien hingebracht. Trotz meines Mutes und der Inspirationen meiner Verzweiflung arbeitete ich unter Schwierigkeiten und nur stoßweise. Die Muse war entflohen. Ich konnte das strahlende, spöttische Phantom Foedora nicht verjagen. Jeder meiner Gedanken brütete einen anderen krankhaften Gedanken aus, irgendeinen Wunsch, der schrecklich war wie ein Gewissensbiß. Ich ahmte die Einsiedler der Thebaïs nach. Zwar betete ich nicht gleich ihnen, aber ich lebte wie sie in einer Wüste und höhlte meine Seele aus anstatt der Felsen. Notfalls hätte ich mir einen Stachelgürtel um die Hüften geschlungen, um den seelischen Schmerz durch den physischen zu bezähmen. Eines Abends kam Pauline ohne weiteres in mein Zimmer. ›Sie bringen sich um‹, sagte sie mit flehender Stimme; ›Sie sollten ausgehen, Ihre Freunde besuchen.‹ – ›Ach, Pauline, Ihre Prophezeiung hat gestimmt. Foedora ist mein Tod, ich will sterben. Das Leben ist mir unerträglich.‹ – ›Gibt es denn auf Erden nur *eine* Frau?‹ fragte sie lächelnd. ›Warum fügen Sie zu einem so kurzen Leben so unendliche Schmerzen?‹ – Betroffen blickte ich Pauline an. Sie ließ mich allein. Ich hatte gar nicht gemerkt, daß sie gegangen war; ich hatte ihre Stimme gehört, ohne den Sinn ihrer Worte zu begreifen. Bald war ich genötigt, das Manuskript meiner Memoiren zu meinem Literaturunternehmer zu bringen. Im Bann meiner Leidenschaft hatte ich mir keine Gedanken darüber gemacht, wie ich ohne Geld leben könne; ich wußte lediglich, daß die mir geschuldeten vierhundertfünfzig Francs zur Bezahlung meiner Schulden hinreichen würden. Ich ging also, um mein Honorar abzuholen, und begegnete Rastignac; er fand mich verändert und abgemagert. ›Aus welchem Spital kommst du?‹ fragte er mich. – ›Diese Frau bringt mich um‹, antwortete ich. ›Ich kann sie weder verachten noch vergessen.‹ – ›Dann ist es besser, du bringst sie um; dann wirst du vielleicht nicht mehr an sie denken‹, rief er lachend. – ›Daran habe ich auch schon gedacht‹, antwortete ich. ›Aber wenn ich auch manchmal meine Seele durch den Gedanken an ein Verbrechen erquicke, an eine Vergewaltigung oder einen Mord oder beides zusammen, dann merke ich, daß ich außerstande bin, dergleichen in Wirklichkeit zu begehen. Die Gräfin ist ein wunderbares Ungeheuer, sie würde um Gnade bitten, und dann schwindet Othellos Wille hin!‹ – ›Sie ist wie alle Frauen, die wir nicht haben können‹, fiel Rastignac mir ins Wort. – ›Ich bin irrsinnig‹, rief ich. ›Bisweilen verspüre ich das Aufbrüllen des Wahnsinns in meinem Gehirn. Meine Gedanken sind wie Gespenster; sie tanzen vor meinen Augen, ohne daß ich sie fassen könnte. Diesem Leben ziehe ich den Tod vor. Deswegen habe ich nach dem besten Mittel gesucht, diesen Kampf zu beenden. Es handelt sich nicht mehr um die lebende Foedora, die Foedora im Faubourg Saint-Honoré, sondern um *meine* Foedora, um die, die *dort* ist‹, sagte ich und schlug mich an die Stirn. ›Was hältst du von Opium?‹ – ›Pah! Gräßliche Quälerei‹, antwortete Rastignac. – ›Kohlenoxyd?‹ – ›Proletenhaft!‹ – ›Die Seine?‹ – ›Die Fischnetze und die Morgue sind sehr schmutzig.‹ – ›Ein Pistolenschuß?‹ – ›Wenn du fehlschießest, bleibst du entstellt. Hör mal zu‹, fuhr er fort, ›wie alle jungen Menschen habe ich den Selbstmord erwogen. Wer von uns hätte sich mit dreißig Jahren nicht ein paarmal umgebracht? Ich habe nichts Besseres gefunden, als das Dasein in Genuß und Liebeslust aufzubrauchen. Tauche in eine abgründige Ausschweifung, dann kommt darin einer um, deine Liebe oder du. Die Maßlosigkeit, mein Lieber, ist die Königin aller Todesarten. Gebietet sie nicht über den zu Boden schmetternden Schlaganfall? Der Gehirnschlag ist ein Pistolenschuß, der nicht vorbeigeht. Die Orgien verschwenden an uns alle Lüste des Leibes; ist das nicht Opium in Kleingeld? Wenn die Ausschweifung uns dazu zwingt, im Übermaß zu trinken, fordert sie uns zu einem tödlichen Zweikampf mit dem Wein heraus. Hat das Malvasierfaß des Herzogs von Clarence[109] keinen besseren Geschmack als der Schlamm der Seine? Wenn wir auf noble Weise unter den Tisch fallen, ist das nicht etwas wie eine kleine periodische Kohlengasvergiftung? Wenn eine Polizeistreife uns aufgegriffen hat und wir auf der kalten Pritsche der Wachstube liegen, genießen wir dann nicht die Freuden der Morgue, und zwar ohne die aufgetriebenen, geblähten, blauen, grünen Bäuche, aber im Bewußtsein der Krise? Ach‹, fuhr er fort, ›dieser lange Selbstmord ist nicht der Tod eines bankrotten Krämers. Die Händler haben den Fluß entehrt; sie stürzen sich ins Wasser, um ihre Gläubiger milde zu stimmen. Ich würde an deiner Stelle versuchen, mit Eleganz zu sterben. Wenn du dadurch, daß du dich auf solcherlei Weise mit dem Leben herumschlägst, eine neue Todesart erschaffen willst, bin ich dein Sekundant. Ich langweile mich; ich bin enttäuscht. Die Elsässerin, die mir als Frau vorgeschlagen worden ist, hat am linken Fuß sechs Zehen, und mit einer Frau, die sechs Zehen hat, kann ich nicht leben! Es würde sich herumsprechen, und dann wäre ich lächerlich. Sie hat nur achtzehntausend Francs Zinsen; ihr Vermögen mindert sich, und ihre Zehen nehmen zu. Den Teufel auch! Wenn wir ein tolles Leben führen, finden wir vielleicht das Glück durch einen Zufall!‹ Rastignac zog mich mit sich fort. Dieser Plan ließ allzu starke Verführungen aufglänzen; er entfachte aufs neue allzu viele Hoffnungen; kurzum, er hatte eine allzu poetische Färbung, als daß er einem Dichter nicht gefallen hätte. ›Und das Geld?‹ fragte ich ihn. – ›Hast du nicht vierhundertfünfzig Francs?‹ – ›Ja, aber ich habe Schulden bei meinem Schneider und meiner Zimmerwirtin.‹ – ›Du bezahlst deinen Schneider? Aus dir wird niemals etwas werden, nicht mal ein Minister.‹ – ›Aber was können wir mit zwanzig Louis anfangen?‹ – ›In den Spielsaal gehen.‹ – Ich zuckte zusammen. – ›Ach so‹, rief er, als er mein Zurückschrecken bemerkte, ›du willst dich in das stürzen, was ich den systematischen Saus und Braus nenne, und hast Scheu vor dem grünen Tuch?‹ – ›Höre‹, antwortete ich, ›ich habe meinem Vater versprochen, nie einen Fuß in ein Spielkasino zu setzen. Nicht nur, daß dieses Versprechen etwas Heiliges ist; ich empfinde überdies einen unbesieglichen Abscheu, wenn ich an einer Spielhölle vorübergehe; nimm von mir hundert Taler und geh allein hin. Während du unser Kapital riskierst, bringe ich meine Angelegenheiten in Ordnung, und dann komme ich wieder und erwarte dich in deiner Wohnung.‹ So, mein Lieber, bin ich ins Verderben geraten. Für einen jungen Menschen genügt es, einer Frau zu begegnen, die ihn nicht liebt, oder einer Frau, die ihn allzu sehr liebt, damit sein ganzes Leben aus den Fugen gerät. Das Glück verzehrt unsere Kräfte, wie das Unglück unsere Tugenden auslöscht. Als ich wieder in meinem Hotel war, hielt ich lange Umschau in der Mansarde, in der ich das keusche Leben eines Gelehrten geführt hatte, ein Leben, das vielleicht ehrenhaft und lang hätte sein können und das ich nicht um des leidenschaftlichen Lebens willen hätte verlassen sollen, das mich in einen Abgrund riß. Pauline überraschte mich in einer melancholischen Haltung. ›Ja, was ist Ihnen denn?‹ fragte sie. Ich stand mit kalter Miene auf, zählte das Geld hin, das ich ihrer Mutter schuldete, und fügte den Betrag für meine Halbjahresmiete hinzu. Sie musterte mich mit einem gewissen Erschrecken. – ›Ich verlasse Sie, liebe Pauline.‹ – ›Ich habe es geahnt‹, rief sie aus. – ›Hören Sie, mein Kind, ich verzichte nicht darauf, hierher zu kommen. Halten Sie meine Zelle ein halbes Jahr lang für mich frei. Sollte ich am 15. November nicht zurückgekehrt sein, so treten Sie meine Erbschaft an. Dieses versiegelte Manuskript‹, sagte ich und wies sie auf ein Paket mit Papieren hin, ›ist die Abschrift meines großen Werks über den Willen; das übergeben Sie bitte der Königlichen Bibliothek. Mit allem andern, was ich hier zurücklasse, können Sie verfahren, wie Sie wollen.‹ – Pauline warf mir Blicke zu, die mein Herz belasteten. Sie stand vor mir wie ein Fleisch gewordenes Gewissen. ›Dann bekomme ich keine Unterrichtsstunden mehr‹, sagte sie und zeigte auf das Piano. Ich gab keine Antwort. – ›Werden Sie mir schreiben?‹ – ›Adieu, Pauline.‹

Ich zog sie sanft an mich, und dann drückte ich auf ihre geliebte Stirn, die jungfräulich war wie Schnee, der die Erde nicht berührt hat, den Kuß eines Bruders, den Kuß eines alten Mannes. Sie lief davon. Ich wollte Madame Gaudin nicht sehen. Ich hing meinen Schlüssel an den gewohnten Platz und verließ das Haus. Als ich von der Rue de Cluny abbog, hörte ich hinter mir einen leichten Frauenschritt. ›Ich habe Ihnen diese Börse gestickt; wollen Sie die ebenfalls ablehnen?‹ fragte mich Pauline. Im Licht der Straßenlaterne glaubte ich eine Träne in ihren Augen wahrzunehmen und stieß einen Seufzer aus. Vielleicht trieb uns beide der gleiche Gedanke an; wir schieden voneinander mit der Hast von Leuten, die vor der Pest fliehen wollen. Das ausschweifende Leben, dem ich mich weihen wollte, schien mir absonderlicherweise in dem Zimmer ausgedrückt, in dem ich mit nobler Unbekümmertheit Rastignacs Rückkehr erwartete. Mitten auf dem Kaminsims stand eine Stutzuhr, und darauf war eine auf einer Schildkröte kauernde Venus, die in ihrem Arm eine halb aufgerauchte Zigarre hielt. Elegante Möbel, Geschenke der Liebe, standen regellos umher. Alte Socken waren auf ein wollüstiges Ruhebett geworfen worden. Der bequeme Sprungfederlehnsessel, in den ich mich geworfen hatte, trug Narben wie ein alter Soldat; er bot den Blicken seine zerfetzten Armlehnen dar und zeigte auf seiner Rückenlehne Inkrustierungen von der Pomade und dem alten Haaröl, das sämtliche Freundesköpfe dort hinterlassen hatten. Üppigkeit und Elend paarten sich naiv in dem Bett, an den Wänden, überall. Man mußte an die von Lazzaroni umlungerten Paläste Neapels denken. Es war das Schlafzimmer eines Spielers oder eines Taugenichts, dessen Luxus sich nur auf seine Person erstreckt, der von einer Sensation zur anderen lebt und sich um Zusammenhanglosigkeiten nicht kümmert. Es mangelte diesem Bild übrigens nicht an Poesie. Es erstand darin das Leben mit seinem Flitterputz und seinen Lumpen, ganz plötzlich und unvollkommen, wie es ja auch in Wirklichkeit ist, aber lebendig, abenteuerlich wie ein Rastplatz auf dem Marsch, wo Maraudeure alles geplündert haben, was ihnen Freude macht. Ein Band Byron, aus dem Blätter herausgerissen worden waren, hatte dem jungen Mann zum Anstecken seines Reisigbündels gedient; er wagte im Spiel zwar tausend Francs, hatte aber kein richtiges Brennholz; er fuhr im Tilbury, besaß jedoch kein ganzes Hemd. Am nächsten Tag schenken eine Gräfin, eine Schauspielerin oder das Écarté die Ausstattung eines Königs. Hier steckte die Kerze in der grünen Hülse eines Phosphorfeuerzeugs; dort lag ein Frauenbildnis, das seiner Fassung aus ziseliertem Gold beraubt worden war. Wie konnte ein junger Mensch, der von Natur aus begierig auf Erregungen war, auf die Verlockungen eines Lebens verzichten, das so reich an Gegensätzen war und ihm in Friedenszeiten die Genüsse des Krieges darbot? Ich wäre fast ein bißchen eingenickt, als Rastignac mit einem Fußtritt seine Schlafzimmertür aufstieß und rief: ›Viktoria! Jetzt können wir sterben, wie wir Lust haben!‹ Er zeigte mir seinen Hut, der voller Gold war, stellte ihn auf den Tisch, und wir umtanzten diesen wie zwei Kannibalen, die eine Beute zum Verzehren holen, heulend, stampfend, hüpfend; wir versetzten einander Faustschläge, die einem Nashorn den Garaus hätten machen können, und grölten bei der Aussicht auf alle Lüste der Welt, die für uns jener Hut barg. ›Siebenundzwanzigtausend Francs‹, sagte Rastignac mehrmals und warf noch ein paar Banknoten auf den Geldhaufen. ›Für andere würde dieses Geld zum Leben hinreichen; aber ob es uns zum Sterben genügt? Freilich! Wir werden in einem Geldbad verrecken. Hurra!‹ Und wir begannen mit unseren Bocksprüngen von vorn. Wie Erben teilten wir Stück für Stück; mit den Doppel-Napoleons fingen wir an, gingen von den großen Münzen zu den kleinen über und genossen unsere Freude tropfenweise, indem wir eine ganze Weile sagten: ›Dies für dich. Dies für mich.‹ – ›Heute wird nicht schlafen gegangen‹, rief Rastignac. ›Joseph, bring Punsch!‹ Er warf seinem getreuen Diener Geld zu. ›Das ist dein Anteil‹, sagte er, ›laß dich meinetwegen dafür begraben.‹ Am nächsten Tag kaufte ich Möbel bei Lesage[110], mietete die Wohnung in der Rue Taitbout, in der du mich kennengelernt hast, und beauftragte den besten Tapezierer mit ihrer Ausstattung. Ich schaffte mir Pferde an. Ich stürzte mich in einen Strudel von Vergnügungen, die zugleich leer und wirklich waren. Ich spielte und gewann und verlor abwechselnd riesige Summen, aber immer nur beim Ball, in den Häusern unserer Freunde; nie in den Spielsälen, vor denen ich meine heilige, ursprüngliche Scheu bewahrt hatte. Unmerklich gewann ich mir Freunde. Ich verdankte ihre Anhänglichkeit Streitigkeiten oder der vertrauensseligen Leichtigkeit, mit der wir Männer einander unsere Geheimnisse anvertrauen und uns unter Kameraden gemein machen; aber vielleicht binden uns auch nur unsere Laster aneinander? Ich erkühnte mich einiger literarischer Arbeiten; sie trugen mir Komplimente ein. Die großen Männer des Literaturgeschäfts erblickten in mir keinen zu fürchtenden Rivalen und lobten mich, wohl weniger um meines persönlichen Verdienstes willen, als um das ihrer Kameraden herabzusetzen. Ich wurde ein Lebemann, um mich des pittoresken Ausdrucks zu bedienen, den eure Orgiensprache geprägt hat. Ich setzte meinen Stolz darein, mich rasch umzubringen und die heitersten Gefährten durch meinen Schwung und meine Macht in den Schatten zu drängen. Stets war ich frisch und elegant. Ich galt als geistvoll. Nichts verriet an mir das schreckliche Dasein, das aus einem Mann einen Trichter, einen Speisesaftapparat, ein Luxuspferd macht. Bald erschien mir die Ausschweifung in der ganzen Majestät ihrer Schauerlichkeit, und ich durchschaute sie! Es steht fest, daß die weisen, in geordneten Verhältnissen lebenden Leute, die für ihre Erben Weinflaschen etikettieren, weder die Theorie dieses Lebens in großem Stil noch dessen Normalzustand begreifen können; wie soll man Provinzlern, für die Tee und Opium, die doch beide an Genüssen so überreich sind, nach wie vor nur zwei Medikamente darstellen, einen Begriff davon einimpfen? Finden sich nicht sogar in Paris, in dieser Hauptstadt des Denkens, unvollkommene Sybariten? Gehen sie in ihrer Unfähigkeit, das Übermaß an Lust zu ertragen, nicht nach einer Orgie erschöpft heim, gerade wie die wackeren Spießer, die, wenn sie eine neue Oper von Rossini gehört haben, die Musik verdammen? Verzichten sie nicht auf dieses Leben wie ein im Essen und Trinken maßvoller Mensch, der keine Pasteten von Ruffec[111] mehr essen will, weil er sich an der ersten den Magen verdorben hat? Ganz bestimmt ist die Ausschweifung eine Kunst wie die Poesie und verlangt starke Seelen. Um ihre Mysterien zu erfassen, um ihre Schönheiten zu genießen, muß man gewissermaßen gründliche Studien getrieben haben. Wie alle Wissenschaften wirkt sie zunächst abstoßend und dornig. Riesige Hindernisse umgeben die großen, lustvollen Freuden des Menschen, nicht seine Einzelgenüsse, sondern die Systeme, die die seltensten Sensationen zur Gewohnheit erheben, sie zusammenfassen, sie für ihn fruchtbar machen, indem sie ihm innerhalb seines Lebens ein dramatisches Leben erschaffen, dadurch, daß sie eine ungemeine, eine schnelle Vergeudung seiner Kräfte notwendig machen. Der Krieg, die Macht, die Künste sind Verderbnisse, die außerhalb der menschlichen Reichweite liegen; sie sind genauso tief wie die Ausschweifung, und zu ihnen allen ist der Zugang schwierig. Aber wenn der Mensch erst einmal stürmenden Schrittes in diese großen Geheimnisse eingedrungen ist, dann schreitet er in einer neuen Welt einher. Die Generale, die Minister, die Künstler werden samt und sonders mehr oder weniger der Zerstörung entgegengetrieben, und zwar durch das Bedürfnis, ihrer Existenz, die sich so weit außerhalb des gewöhnlichen Lebens abspielt, heftige Ablenkungen entgegenzusetzen. Schließlich ist der Krieg die Ausschweifung des Blutes, wie die Politik diejenige der Interessen ist. Alle Exzesse sind Geschwister. Diese sozialen Ungeheuerlichkeiten besitzen die Macht der Abgründe; sie ziehen uns an, wie Sankt Helena Napoleon zu sich gerufen hat; sie lösen Schwindelanfälle aus, sie faszinieren, und wir wollen bis zu ihrem Grund hinabblicken, ohne zu wissen, warum. Vielleicht existiert in diesen Schlünden die Idee des Unendlichen; vielleicht bergen sie irgendeine große Schmeichelei für den Menschen; interessiert er sich dann nicht ganz und gar für sich selber? Als Gegensatz zum Paradies seiner Stunden des Schaffens, zu den Wonnen der Konzeption verlangt es den ermüdeten Künstler entweder wie Gott nach der Ruhe des Sonntags oder wie den Teufel nach den Wollüsten der Hölle, um die Betätigung der Sinne der Betätigung seiner Fähigkeiten gegenüberzustellen. Lord Byrons Erholung konnte nicht das geschwätzige Boston-Spiel sein, das einen Rentner entzückt; er war ein Dichter, er wollte Griechenland, um gegen Mahmud[112] zu spielen. Wird der Mann im Krieg nicht zu einem Würgengel, zu einer Art Henker, freilich zu einem gigantischen? Bedarf es nicht ganz außerordentlicher Bezauberungen, um uns dahin zu bringen, daß wir jene wüsten Schmerzen ertragen, die Feinde unserer zerbrechlichen Hülle, die die Leidenschaften umgeben wie ein Stachelgürtel? Hat nicht der Raucher, wenn er mit dem Tabak Mißbrauch getrieben hat, sich in Krämpfen wälzt und etwas wie Todesqualen erleidet, zuvor in unbekannten Bereichen an köstlichen Festen teilgenommen? Hat der Mensch der Masse etwa ebenso seine Trunkenheiten, wie die Natur ihre Liebesanfälle hat? Für den Privatmann, für einen Mirabeau, der unter einer friedlichen Regierung dahinvegetiert und von Stürmen träumt, begreift die Ausschweifung alles in sich; sie ist eine ständige Umklammerung des Lebensgesamts oder, besser gesagt, ein Zweikampf mit einer unbekannten Macht, mit einem Ungeheuer. Zuerst flößt dieses Ungeheuer Schrecken ein; es muß bei den Hörnern gepackt werden, was unerhörte Mühen kostet; hat die Natur einem einen engen oder trägen Magen gegeben? Man bändigt ihn, man erweitert ihn, man lernt, Wein zu vertragen, man gewöhnt sich an den Rausch, man verbringt Nächte ohne Schlaf, man verschafft sich schließlich das Temperament eines Kürassierobersten, indem man sich zum zweitenmal erschafft, um Gott zu trotzen! Hat der Mensch sich auf solcherlei Weise verwandelt, ist der Rekrut ein alter Soldat geworden und hat seine Seele der Artillerie, seine Beine dem Marsch angepaßt, ohne noch dem Ungeheuer verfallen zu sein, aber ohne zu wissen, wer von ihnen beiden Herr und Meister ist, dann wälzen sie sich übereinander, bald Sieger, bald Besiegte, in einer Sphäre, in der alles wunderbar ist, wo die Schmerzen der Seele einschlummern, wo einzig Phantome von Ideen wieder Leben gewinnen. Schon ist dieser wüste Kampf zu etwas Notwendigem geworden. Der Ausschweifende ist die Realisierung der Fabelgestalten, die der Legende nach ihre Seele dem Teufel verkauft haben, um von ihm die Macht, Böses zu tun, zu erlangen; er hat seinen Tod gegen alle Genüsse des Lebens eingetauscht, Genüsse über alle Maße und noch dazu fruchtlose! Anstatt lange Zeit zwischen zwei einförmigen Ufern dahinzufließen, in einem Kontor oder einem Anwaltsbüro, schäumt das Dasein und strudelt einher wie ein Bergstrom. Letztlich ist die Ausschweifung sicherlich für den Körper, was für die Seele die mystischen Freuden sind. Der Rausch taucht uns in Freuden, deren Phantasmagorien ebenso seltsam sind, wie die der Ekstase es sein können. Man hat entzückende Stunden, die wie die Launen eines jungen Mädchens sind, köstliche Plaudereien mit Freunden, Äußerungen, die ein ganzes Leben schildern, freimütige Freuden ohne Hintergedanken, Reisen ohne Müdigkeit, Dichtungen, die sich in ein paar Sätzen entfalten. Der brutalen Befriedigung des Tiers, in dessen Tiefe die Wissenschaft eine Seele gesucht hat, sind wunderbare Zustände der Stumpfheit gefolgt; nach diesen seufzen die Menschen, die ihre Intelligenz langweilt. Fühlen sie nicht alle die Notwendigkeit völliger Ruhe, und ist die Ausschweifung nicht etwas wie eine Steuer, die das Genie dem Bösen zahlt? Sieh dir doch alle großen Männer an: Entweder sind sie Wollüstlinge, oder die Natur hat sie als Kümmerlinge geschaffen. Eine boshafte oder eifersüchtige Macht hat ihnen die Seele oder den Körper verdorben, um die Mühen ihrer Talente zu neutralisieren. Während solcher Stunden der Bezechtheit erscheinen die Menschen und Dinge vor einem in den Livreen, die man ihnen gegeben hat. Als König der Schöpfung verwandelt man sie nach seinen Wünschen. Inmitten dieses beständigen Deliriums gießt das Spiel nach unserm Ermessen uns sein geschmolzenes Blei in die Adern. Eines Tages gehört man dem Ungeheuer; dann erlebt man, wie es mir widerfahren ist, ein fürchterliches Erwachen: An unserm Lager sitzt die Impotenz. Den alten Krieger verzehrt die Schwindsucht; beim Diplomaten hängt durch eine Herzerweiterung das Leben an einem Faden; mir selber wird vielleicht eine Lungenentzündung sagen: ›Aus und vorbei!‹, wie sie es ehedem zu Raffael von Urbino sagte, den eine Liebesausschweifung getötet hat. So habe ich gelebt! Ich bin zu früh oder zu spät in das Leben von Welt und Gesellschaft getreten; sicherlich wäre meine Kraft ihr gefährlich geworden, wenn ich sie nicht auf diese Weise geschwächt hätte; ist das Universum nicht von Alexander am Ende einer Orgie durch den Becher des Herakles[113] geheilt worden? Kurzum, gewisse enttäuschte Existenzen bedürfen des Himmels oder der Hölle, der Ausschweifung oder des Hospizes auf dem Sankt Bernhard. Gerade eben habe ich nicht den Mut gehabt, diesen beiden Geschöpfen Moral zu predigen«, sagte er und zeigte auf Euphrasie und Aquilina. »Waren sie nicht die personifizierte Geschichte und ein Abbild meines Lebens? Ich konnte sie nicht anklagen; sie kamen mir vor wie Richter. Inmitten dieses lebendigen Gedichts, im Bann dieser betäubenden Krankheit habe ich indessen zwei an bitteren Schmerzen sehr fruchtbare Krisen durchlebt. Zunächst begegnete ich ein paar Tage, nachdem ich mich wie Sardanapal auf meinen Scheiterhaufen geworfen hatte, in der Eingangshalle der Italienischen Oper Foedora. Wir warteten beide auf unsere Wagen. – ›Oh, Sie sind noch am Leben?‹ Diese Äußerung war die Übersetzung ihres Lächelns, der boshaften, leisen Worte, die sie zu ihrem Cicisbeo sagte, dem sie wohl meine Geschichte erzählte, wobei sie meine Liebe als eine Alltagsverliebtheit hinstellte. Sie zollte sich Beifall wegen ihrer falschen Scharfsichtigkeit. Ach, für sie zu sterben, sie noch immer zu vergöttern, sie in meinen Ausschweifungen, meinen Trunkenheiten im Kurtisanenbett vor mir zu sehen und mich als Opfer ihres Spottes zu fühlen! Mir nicht die Brust zerreißen und meine Liebe daraus hervorwühlen zu können, um sie ihr zu Füßen zu werfen! Kurzum, ich habe meinen Reichtum mühelos erschöpft; aber drei Jahre strengen, maßvollen Lebens hatten mich mit der robustesten aller Gesundheiten begabt, und an dem Tag, da ich kein Geld mehr hatte, fühlte ich mich wunderbar. Um mit meinem Sterben fortzufahren, unterschrieb ich kurzfristige Wechsel, und dann kam der Verfallstag heran. Grausame Aufregungen! Aber welch ein Leben entfachen sie in jungen Herzen! Ich war noch nicht zum Altern geschaffen; meine Seele war nach wie vor jung, lebensfroh und frisch. Meine erste Geldschuld erweckte alle meine Tugenden zu neuem Leben; langsamen Schrittes nahten sie und dünkten mich verzweifelt. Ich brachte es fertig, mit ihnen Vergleichsverhandlungen zu führen wie mit jenen alten Tanten, die uns anfangs ausschelten und uns schließlich mit Tränen und Geld aufwarten. Meine Phantasie war strenger; sie zeigte mir, wie mein Name von Stadt zu Stadt, von einem Börsenplatz Europas zum andern reiste. ›Unser Name sind wir selber‹, hat Eusèbe Salverte[114] gesagt. Nach langen Wanderungen mußte ich, wie der Doppelgänger eines Deutschen, in meine Behausung zurückkehren, die ich nicht verlassen hatte, um mich selber mit einem Ruck aus dem Schlaf zu schrecken. Die Bankangestellten, jene graugekleideten kaufmännischen Gewissensmahner, die die Livree ihres Herrn mit einer silbernen Plakette tragen, die habe ich früher mit gleichgültiger Miene angeschaut, wenn sie durch die Straßen von Paris gingen; jetzt jedoch haßte ich sie schon im voraus. Würde nicht eines Morgens einer von ihnen kommen und von mir Rechenschaft über die elf Wechsel fordern, die ich unterschrieben hatte? Meine Unterschrift war dreitausend Francs wert, ich selber aber nicht! Die Gerichtsvollzieher, deren Gesichter aller Verzweiflung und sogar dem Tod gegenüber gleichmütig bleiben, erstanden vor meinen Augen wie die Henker, die zu einem Verurteilten sagen: ›Jetzt eben schlägt es halb vier.‹ Ihre Schreiber hatten das Recht, sich meiner zu bemächtigen, ihrerseits meinen Namen hinzukritzeln, ihn zu besudeln, seiner zu spotten. *Ich hatte ja Schulden!* Gehört man noch sich selbst, wenn man Schulden hat? Konnten nicht andere Menschen von mir Rechenschaft über mein Leben verlangen? Warum hatte ich *Puddings à la cipollata*[115] gegessen, warum eisgekühlte Getränke getrunken? Warum hatte ich geschlafen, marschiert, gedacht, mich amüsiert, ohne meine Wechsel zu bezahlen? Mitten in einer Dichtung, in der Beschäftigung mit einem Gedanken oder beim Mittagessen, umgeben von Freunden, vom Vergnügen, von milden Spöttereien, konnte ich einen Herrn im maronenbraunen Frack hereinkommen sehen, der einen schäbigen Hut in der Hand hielt. Jener Herr ist dann meine Geldschuld, ist mein Wechsel, ein Gespenst, das mir meine Freude vergällt, das mich zwingt, vom Tisch aufzustehen, um mit ihm zu sprechen; er wird mir meine Fröhlichkeit nehmen, meine Geliebte, alles, bis auf mein Bett. Der Gewissensbiß ist duldsamer; er setzt uns nicht auf die Straße oder bringt uns nach Sainte-Pélagie[116]; er taucht uns nicht in den abscheulichen Pfuhl des Lasters; er führt uns nur aufs Schafott, wo der Henker zu adeln pflegt; denn im Augenblick unserer Hinrichtung wird jedermann an unsere Unschuld glauben, während die Gesellschaft einem Wüstling ohne Geld keinerlei Tugend zugesteht. Dann kommen diese zweipfotigen Schulden im grünen Tuchanzug, die blaue Brillen oder bunte Regenschirme tragen, diese fleischgewordenen Schulden, denen wir uns an einer Straßenecke in einem Augenblick gegenübersehen, da wir gerade lächeln; die Leute hätten dann das schreckliche Privileg zu sagen: ›Monsieur de Valentin hat bei mir Schulden und zahlt nicht. Er ist in meiner Hand. Haha, er soll sich ja nicht einfallen lassen, mir ein unfreundliches Gesicht zuzukehren!‹ Man muß seine Gläubiger grüßen, sie überfreundlich grüßen. ›Wann werden Sie mich bezahlen?‹ fragen sie. Und wir sind genötigt zu lügen, einen anderen Menschen um Geld anzuflehen, uns vor einem Dummkopf zu krümmen, der auf seiner Kasse sitzt, seinen kalten Blick entgegenzunehmen, seinen Blutsaugerblick, der hassenswerter ist als eine Ohrfeige, seine Barrème-Moral[117] und seine schmutzige Ahnungslosigkeit. Eine Geldschuld ist ein Werk der Phantasie, das ihnen unbegreiflich ist. Oftmals reißen seelische Aufschwünge den Schuldenmacher fort und unterjochen ihn, während diejenigen, die im Geld schwimmen und die nichts als das Geld kennen, von nichts unterjocht und von nichts Großherzigem geleitet werden. Mir graute vor dem Geld. Schließlich kann ein Wechsel sich in einen alten Mann verwandeln, der eine Familie auf dem Hals hat und von Tugenden umgeben ist. Vielleicht hatte ich bei einem lebendig gewordenen Bild von Greuze[118] Schulden, einem Paralytiker mit einem Haufen Kinder, bei der Witwe eines Soldaten, die mir sämtlich flehende Hände entgegenstrecken werden. Das sind furchtbare Gläubiger, mit denen man weinen muß, und wenn man sie bezahlt hat, schulden wir ihnen noch Hilfe. Am Vorabend des Verfallstags habe ich mich mit der erkünstelten Ruhe von Leuten zu Bett gelegt, die vor ihrer Hinrichtung, vor einem Duell schlafen; stets lassen sie sich von einer trügerischen Hoffnung einwiegen. Doch als ich erwachte, als ich kalten Blutes war, als ich spürte, wie meine Seele in der Brieftasche eines Bankiers gefangen saß, daß sie auf mit roter Tinte geschriebenen Berechnungen des Solls und Habens schlief, da sprangen meine Schulden überall hervor wie Heuschrecken; sie waren in meiner Stutzuhr, auf meinen Sesseln oder in die Möbelstücke inkrustiert, deren ich mich am freudigsten bediente. Diese angenehmen dinglichen Sklaven waren zur Beute der Harpyien des Châtelet[119] geworden; sie sollten von Bütteln weggeschleppt und brutal auf den Markt geworfen werden. Ach, wessen ich beraubt werden sollte, war ja nach wie vor ich selber. Meine Türschelle klingelte in meinem Herzen; sie traf mich dort, wo man die Könige treffen muß, am Kopf. Es war ein Martyrium ohne den Himmel als Lohn. Ja, für einen edelherzigen Menschen ist eine Geldschuld die Hölle, aber die Hölle mit Gerichtsvollziehern und Wucherern. Eine unbezahlte Schuld ist die Niedrigkeit, ist der Beginn der Schurkenhaftigkeit und, schlimmer als das, eine

Lüge! Sie skizziert Verbrechen; sie sammelt die Bohlen für das Schafott. Meine Wechsel gingen zu Protest. Drei Tage später habe ich sie bezahlt, und zwar auf folgende Weise. Ein Spekulant suchte mich auf und schlug mir vor, ihm die Loire-Insel zu verkaufen, die ich besaß und auf der sich das Grab meiner Mutter befand. Ich stimmte zu. Als ich den Vertrag bei dem Notar meines Käufers unterzeichnete, verspürte ich in dem dunklen Büro eine Kühle wie die eines Kellers. Ich erschauerte, als ich die gleiche feuchte Kühle erkannte, die mich am Rand des Grabes gepackt hatte, in dem mein Vater lag. Ich nahm diesen Zufall als ein schlimmes Vorzeichen. Mir war, als hörte ich die Stimme meiner Mutter und sähe ihren Schatten; irgendeine Macht ließ verschwommen meinen eigenen Namen in meinen Ohren erklingen, inmitten von Glockengeläut! Der Erlös meiner Insel ließ mir nach der Begleichung aller Schulden zweitausend Francs. Freilich hätte ich in das friedliche Gelehrtendasein zurückkehren und, nachdem ich das Leben erprobt, aufs neue meine Bodenkammer beziehen, dorthin heimkehren können, im Kopf eine riesige Fülle von Beobachtungen und bereits im Genuß einer gewissen Berühmtheit. Aber Foedora hatte ihre Beute nicht losgelassen. Wir hatten noch oft miteinander zu tun gehabt. Ich hatte ihr meinen Namen durch ihre Liebhaber, die meinen Geist, meine Pferde, meine Erfolge und meine Equipagen anstaunten, um die Ohren posaunen lassen. Allem gegenüber war sie kalt und gefühllos geblieben, sogar gegenüber der schrecklichen Äußerung Rastignacs: ›Er bringt sich Ihretwegen ums Leben!‹ Ich lud der ganzen Welt meine Rache auf; aber ich war nicht glücklich. Auf diese Weise bohrte ich mich in das Leben ein bis zum Schlamm; aber dabei habe ich stets um so mehr die Wonnen einer erwiderten Liebe gefühlt; ich habe deren Phantom durch alle Zufälligkeiten meiner Ausschweifungen bis in die Tiefe der Orgien hinein nachgejagt. Zu meinem Unglück war ich in meinen schönen Hoffnungen getäuscht, war ich für meine Wohltaten mit Undankbarkeit bestraft, für meine Sünden durch tausend Liebesfreuden bezahlt worden. Eine düstere philosophische Erkenntnis, aber die richtige für die Ausschweifung! Schließlich hatte Foedora mich noch mit der Lepra ihrer Eitelkeit angesteckt. Als ich meine Seele erforschte, war sie vom Brand angefressen und verfault. Der Teufel hatte mir seine Affenklaue in die Stirn gedrückt. Fortan war es mir unmöglich, mich der beständigen Schauer eines Lebens, das jeden Augenblick gefährdet war, und der verruchten Verfeinerungen des Reichtums zu entschlagen. Hätte ich Millionen besessen, so würde ich in einem fort gespielt und gegessen haben und den Frauen nachgelaufen sein. Ich wollte nicht länger mit mir selbst allein sein. Ich bedurfte der Kurtisanen, der falschen Freunde, des Weins und der Tafelfreuden, um mich abzulenken. Die Bande, die einen Mann an die Familie knüpfen, waren für mich für alle Zeit zerrissen. Ich war ein Galeerensträfling der Lust; ich mußte mein Selbstmörderschicksal erfüllen. Während der letzten Tage, da ich noch Geld hatte, beging ich täglich unglaubliche Exzesse; doch jeden Morgen stieß der Tod mich wieder ins Leben zurück. Gleich dem Inhaber einer Leibrente hätte mir eine Feuersbrunst nicht das mindeste ausgemacht. Schließlich stand ich lediglich mit einem Zwanzigfrancsstück da, und da erinnerte ich mich an Rastignacs Glück ... Haha!« lachte er auf; ihm war unvermittelt der Talisman eingefallen; er zog ihn aus der Tasche.

Sei es, daß Raphaël, erschöpft von den Kämpfen dieses langen Tags, nicht mehr die Kraft besaß, in den Fluten von Wein und Punsch seine Intelligenz zu beherrschen, sei es, daß ihn die Schilderung seines Lebens außer sich gebracht hatte und er durch den Strom seiner Worte unmerklich berauscht worden war, jedenfalls geriet er in Bewegung, in Erregung wie jemand, der vollkommen den Verstand verloren hat. »Hol' der Teufel den Tod!« rief er und schwenkte das Stück Leder. »Jetzt will ich leben! Ich bin reich, ich bin im Besitz aller Kräfte. Nichts kann mir widerstehen. Wer wäre nicht gut, wenn er alles vermag? Haha! Ja, ich habe mir zweihunderttausend Francs Zinsen gewünscht, ich werde sie haben. Neigt euch vor mir, ihr Ferkel, die ihr euch auf diesen Teppichen wälzt wie auf dem Misthaufen! Ihr gehört mir, ein vortreffliches Eigentum! Ich bin reich, ich kann euch alle kaufen, sogar den Abgeordneten, der dort schnarcht. Vorwärts, ihr Kanaillen der guten Gesellschaft, segnet mich! Ich bin Papst.«

In diesem Augenblick wurden Raphaëls Ausrufe, die bislang von dem *basso continuo* der Schnarchlaute überdeckt worden waren, jäh vernehmlich. Die Mehrzahl der Schläfer erwachte mit

Geschrei; sie sahen den Störenfried auf unsicheren Beinen und verfluchten seine geräuschvolle Betrunkenheit mit einem Konzert von Schimpfwörtern.

»Ruhe!« rief Raphaël. »Kuscht euch, ihr Hunde! Émile, ich habe Schätze, ich will dir Havannazigarren schenken.«

»Sprich nur weiter«, antwortete der Dichter, »Foedora oder den Tod! Nur zu! Diese Zimperliese von Foedora hat dich getäuscht. Alle Frauen sind Evastöchter. Deine Geschichte ist nicht im mindesten dramatisch.«

»Oh! Du hast geschlafen, du Duckmäuser?«

»Nein! Foedora oder den Tod, ich bin im Bild.«

»Wach auf«, rief Raphaël und schlug mit dem Chagrinleder auf Émile ein, als ob er daraus elektrische Funken schlagen wolle.

»Donnerwetter!« sagte Émile, stand auf und faßte Raphaël um den Leib. »Lieber Freund, bedenk, daß du mit anrüchigen Frauen zusammen bist.«

»Ich bin Millionär.«

»Wenn du auch nicht Millionär bist, betrunken bist du ganz sicher.«

»Trunken von Macht. Ich kann dich töten! Ruhe! Ich bin Nero! Ich bin Nebukadnezar.«

»Hör doch, Raphaël, wir sind in schlechter Gesellschaft; rein um der Würde willen müßtest du den Mund halten.«

»Mein Leben ist ein allzu langes Stillschweigen gewesen. Jetzt will ich mich an der ganzen Welt rächen. Künftig amüsiere ich mich nicht mit der Vergeudung elender Taler; ich will mein Zeitalter zusammenfassen, indem ich Menschenleben, Intelligenzen und Seelen verzehre. Das ist ein Luxus, dem nichts Schäbiges anhaftet, sondern die Üppigkeit der Pest! Ich will mit dem gelben, dem blauen, dem grünen Fieber kämpfen, mit Armeen, mit Schafotten. Ich kann Foedora haben; sie ist meine Krankheit; ich sterbe an Foedora! Ich will Foedora vergessen.«

»Wenn du weiterhin so schreist, befördere ich dich ins Eßzimmer.«

»Siehst du das Stück Leder hier? Es stammt aus dem Nachlaß Salomos. Jetzt gehört er mir, dieser arme kleine Kerl von König! Mir gehört Arabien, sogar das petráische[120]. Das Universum ist mein. Auch du, wenn ich es will. Ja, wenn ich es will; nimm dich also in acht! Ich kann deine ganze Journalistenbude kaufen; dann sollst du mein Diener sein. Du kannst für mich Schlager dichten und mein Schreibpapier linieren. Diener! *Valet*, das bedeutet: ›Er fühlt sich wohl, weil er an nichts denkt.‹«

Als Raphaël das gesagt hatte, schleppte Émile ihn ins Eßzimmer hinüber. »Also gut, jawohl, mein Lieber«, sagte er zu ihm, »ich bin dein Diener. Aber du sollst Chefredakteur einer Zeitung werden, also schweig! Benimm dich aus Rücksicht auf mich anständig! Hast du mich gern?«

»Und ob! Du sollst Havannazigarren haben, durch dieses Stück Leder! Ein treffliches Pflaster; ich kann damit Hühneraugen heilen. Hast du welche? Ich schaffe sie dir weg.«

»Nie zuvor habe ich ihn so verblödet gesehen.«

»Verblödet, mein Lieber? Unsinn. Dieses Leder wird stets kleiner, wenn ich einen Wunsch ausspreche ... ein köstlicher ironischer Gegensinn! Der Brahmane, es steckt nämlich ein Brahmane dahinter, der Brahmane also war ein Spaßvogel, weil Begehren, siehst du, doch größer machen muß ...«

»Ja, freilich.«

»Ich sage dir ...«

»Ja, sehr richtig, ich denke wie du. Begehren macht größer ...«

»Ich sage dir, das Leder ...«

»Ja.«

»Du glaubst mir nicht. Ich kenne dich, alter Freund, du lügst wie ein neugebackener König.«

»Wie soll ich dein betrunkenes Irrereden ernst nehmen?«

»Laß uns wetten; ich kann es dir beweisen. Komm, wir wollen Maß nehmen.«

»Also, der schläft nicht wieder ein«, rief Émile, als er sah, daß Raphaël das Eßzimmer durchstöberte.

Dank der Hellsichtigkeit, deren Phänomene bisweilen bei Trunkenen im Gegensatz zu den wirren Visionen des Rausches stehen, war in Valentin eine Affengeschicklichkeit gefahren; er machte ein Schreibzeug und eine Serviette ausfindig und wiederholte in einem fort: »Laß uns Maß nehmen! Laß uns Maß nehmen!«

»Gut, einverstanden«, entgegnete Émile, »laß uns Maß nehmen!«

Die beiden Freunde breiteten die Serviette aus und legten das Chagrinleder darüber. Émile, dessen Hand sicherer zu sein schien als diejenige Raphaëls, zog mit der Feder die Umrisse des Talismans nach, während sein Freund zu ihm sagte: »Ich habe mir zweihunderttausend Francs Zinsen gewünscht, nicht wahr? Also, wenn ich sie bekomme, dann wirst du sehen, daß mein Leder[121] kleiner geworden ist.«

»Gut, aber jetzt schlaf. Soll ich dich auf das Kanapee hier betten? Na, liegst du jetzt gut?«

»Ja, mein Pressesäugling. Du sollst mich amüsieren, du kannst mir die Fliegen wegjagen. Der Freund im Unglück hat ein Anrecht darauf, der Freund dessen zu sein, der die Macht hat. Deswegen will ich dir . . . Ha . . . van . . . na . . . zig . . .«

»Jetzt schlaf deinen Goldrausch aus, Millionär.«

»Brüte du deine Artikel aus. Gute Nacht. Sagst du Nebukadnezar nicht gute Nacht? Liebe! Was zu trinken! Frankreich . . . Ruhm und reich . . . Reich . . .«

Bald stimmten die beiden Freunde durch ihr Schnarchen in die Musik ein, die die Salons durchhallte. Es war ein überflüssiges Konzert! Die Kerzen erloschen eine nach der andern und ließen ihre kristallenen Tellerchen zerplatzen. Das Dunkel verhüllte mit einem Kreppflor diese lange Orgie, innerhalb derer Raphaëls Erzählung eine Wortorgie gewesen war, eine Orgie aus Worten ohne Gedanken und von Gedanken, die oft einen unrichtigen Ausdruck gefunden hatten.

Am folgenden Tag gegen Mittag stand die schöne Aquilina gähnend und müde auf; auf den Wangen trug sie den Abdruck der gemusterten Samtpolsterung des Taburetts, auf dem ihr Kopf geruht hatte. Euphrasie war durch die Bewegung ihrer Gefährtin geweckt worden; sie fuhr plötzlich auf und stieß dabei einen heiseren Schrei aus; ihr hübsches, am Abend zuvor so weißes, frisches Gesicht war gelb und blaß wie das einer Dirne auf dem Weg ins Spital. Allmählich regten sich die Zechgenossen und ließen ein düsteres Stöhnen laut werden; die Arme und Beine waren ihnen steif geworden; tausenderlei Plagen bedrängten sie beim Erwachen. Ein Diener öffnete Jalousien und Fenster. Die Festgesellschaft stand auf den Beinen, ins Leben zurückgerufen durch die warmen Sonnenstrahlen, die über die Köpfe der Schlafenden hinweggehuscht waren. Die Bewegungen im Schlaf hatten den eleganten Aufbau der Frisuren der Frauen in Unordnung gebracht und ihre Toiletten zerknittert; im hellen Tageslicht boten sie einen häßlichen Anblick dar; das Haar hing ihnen anmutlos herunter; ihre Gesichter hatten einen anderen Ausdruck angenommen; ihre zuvor so glänzenden Augen waren stumpf vor Erschlaffung. Der gallengelbliche Teint, der bei Kerzenlicht so viel Glanz ausgestrahlt hatte, wirkte jetzt schauerlich; die lymphatischen Züge, die so weiß und weich wirken, wenn sie ausgeruht sind, waren grün geworden; die vor kurzem noch köstlichen, roten Lippen waren jetzt trocken und weiß und trugen die schmählichen Wundmale der Trunkenheit. Die Männer verleugneten ihre nächtlichen Geliebten, als sie sie so entfärbt und leichenhaft sahen wie zertretene Blumen auf einer Straße nach dem Durchzug einer Prozession. Doch diese verachtenden Männer wirkten noch schauerlicher. Man hätte gezittert beim Anblick dieser Menschengesichter und der eingesunkenen, umränderten Augen, die vom Wein betäubt und durch einen oft unterbrochenen Schlaf, der mehr ermüdend als erfrischend war, verblödet wirkten, so daß sie nichts zu sehen schienen. Diese abgezehrten Gesichter, in denen noch die physischen Begierden nackt, ohne die Poesie, mit der unsere Seele sie schmückt, zu verweilen schienen, hatten etwas Wüstes und auf kalte Weise Bestialisches. Das Erwachen des hüllenlosen, ungeschminkten Lasters, dieses entblößte, kalte, leere und der Sophismen des Geistes oder der Zauberkünste des Luxus beraubte Skelett des Bösen erschreckte jene furchtlosen Athleten, so sehr sie auch an den Kampf mit der Ausschweifung gewöhnt sein mochten. Künstler und Kurtisanen bewahrten Schweigen und musterten mit verstörten Blicken die Unordnung in der Wohnung, wo im Feuer der Leidenschaften alles verwüstet und verheert worden war. Unvermittelt erscholl ein satanisches Lachen, als Taillefer das dumpfe Röcheln seiner Gäste hörte und sie durch eine Grimasse zu begrüßen versuchte; sein verschwitztes, rotgeädertes Gesicht ließ über dieser höllischen Szene das Urbild des Verbrechens ohne Reue schweben. (Siehe ›Die rote Herberge‹[122].) Das Gemälde war vollkommen. Es war das schmutzige Leben inmitten des Luxus, ein schauerliches Gemisch von menschlichem Pomp und Elend, das Erwachen der Ausschweifung, wenn sie mit kräftigen Händen alle Früchte des Lebens ausgepreßt hat, um rings um sich her nur gemeine Trümmer oder Lügen zu hinterlassen, an die sie selber nicht mehr glaubt. Man hätte meinen können, der Tod grinse inmitten einer pestverseuchten Familie; es gab keine Düfte oder betäubenden Lichter mehr, keine Heiterkeit und kein Begehren, sondern nur noch den Ekel mit seinen Übelkeit erregenden Gerüchen und seiner durchbohrenden Philosophie, die wie die Wahrheit strahlende Sonne, eine Luft, die rein war wie die Tugend; und das alles stand im Gegensatz zu einer heißen, mit Miasmen geladenen Atmosphäre, den Miasmen einer Orgie! Obwohl an das Laster gewöhnt, mußten mehrere junge Mädchen an ihr Erwachen in früheren Zeiten denken, als sie unschuldig und rein durch ihre ländlichen, mit Geißblatt und Rosen geschmückten Fenster eine frische Landschaft erblickt hatten, die die fröhlichen Triller der Lerche bezauberten, die dunstig erhellt war vom Schimmer der Morgenröte und verziert von den Willkürlichkeiten des Taus. Andere malten sich das Frühstück der Familie aus, den Tisch, an dem die Kinder und der Vater harmlos lachten, wo alles einen unbeschreiblichen Zauber atmete, wo die Mahlzeiten schlicht waren wie die Herzen. Ein Künstler dachte an den Frieden seines Ateliers, an seine keusche Statue, an das reizende Modell, das seiner wartete. Ein junger Mann erinnerte sich des Prozesses, von dem das Schicksal einer Familie abhing; er dachte an die wichtige Vergleichsverhandlung, die seine Anwesenheit erforderte. Der Gelehrte sehnte sich nach seinem Arbeitszimmer, wohin ein rühmliches Werk ihn rief. Fast alle machten sich Selbstvorwürfe. In diesem Augenblick erschien lachend Émile, frisch und rosig wie der hübscheste Ladenschwengel eines beliebten Geschäfts.

»Ihr seid noch häßlicher als die Gerichtsdiener«, rief er aus. »Heute werdet ihr nichts tun können; der Tag ist verloren; ich meine, jetzt wird gefrühstückt.«

Auf diese Äußerung hin ging Taillefer hinaus und erteilte Weisungen. Die Frauen machten sich seufzend daran, vor den Spiegeln Ordnung in ihre Toiletten zu bringen. Jedermann schüttelte sich. Die Lasterhaftesten hielten die züchtigsten Predigten. Die Kurtisanen verspotteten die, die nicht die Kraft zu finden schienen, dies aufreibende Gelage fortzusetzen. Im Handumdrehen fuhr neues Leben in die Gespenster; sie bildeten Gruppen, stellten einander Fragen und lächelten. Ein paar gewandte, behende Diener stellten rasch die Möbel und alles übrige wieder richtig hin. Es wurde ein üppiges Frühstück aufgetragen. Da stürzten die Gäste ins Eßzimmer. Dort trug zwar alles die unauslöschlichen Spuren der Exzesse des Vorabends, aber es gab doch wenigstens Spuren von Leben und Denken, wie in den letzten Zuckungen eines Sterbenden. Gleich dem Fastnachtszug wurde die Saturnalie von Masken begraben, die ihre Tänze müde, die die Trunkenheit trunken gemacht hatte und die der Lust Impotenz einreden wollten, um nicht die eigene einzugestehen. Gerade als die unverzagte Festgesellschaft an den Tisch des Kapitalisten herantrat, tauchte Cardot auf, der sich am Abend zuvor nach dem Essen klüglich gedrückt hatte, um seine Orgie im Ehebett zu vollenden; er hatte sein offiziöses Gesicht aufgesetzt; es wurde von einem sanften Lächeln überspielt. Er schien eine Erbfolge gewittert zu haben, bei der es zu probieren, zu teilen, zu inventarisieren, Reinschriften zu machen galt, eine Erbschaft mit anzulegenden Aktenstücken, fetten Honoraren, ebenso saftig wie das zitternde Filet, in das der Gastgeber eben sein Messer senkte.

»Haha, jetzt werden wir mit notarieller Anwesenheit speisen«, rief de Cursy.

»Sie kommen gerade rechtzeitig, um alle Stücke zu numerieren und zu paraphieren«, sagte der Bankier und wies ihn auf das Festmahl hin.

»Es handelt sich um kein aufzusetzendes Testament, sondern vielleicht um Ehekontrakte!« sagte der Gelehrte, der seit einem Jahr zum erstenmal glänzend verheiratet war.

»Hoho!«

»Haha!«

»Einen Augenblick«, entgegnete Cardot, der durch einen Chor schlechter Witze schier ertaubt war, »ich bin um einer ernsten Sache willen hergekommen. Einem von Ihnen bringe ich sechs Millionen mit. (Tiefes Schweigen.) Monsieur«, sagte er, sich an Raphaël wendend, der gerade dabei war, sich mit einem Zipfel seiner Serviette zwanglos die Augen auszuwischen, »war Ihre Frau Mutter nicht eine geborene O'Flaherty?«

»Doch«, antwortete Raphaël ziemlich mechanisch. »Sie hieß mit Vornamen Barbe-Marie.«

»Haben Sie«, fuhr Cardot fort, »Ihren Geburtsschein und den Ihrer Frau Mutter noch?«

»Ich glaube.«

»Nun, Monsieur, dann sind Sie der Alleinerbe des Majors O'Flaherty, gestorben im August 1828 in Kalkutta.«

»Das ist ja ein unkalkuttierbares Glück!« rief der Nörgler.

»Da der Major testamentarisch über mehrere Summen zugunsten einiger öffentlicher Wohlfahrtsunternehmen verfügt hat, hat die französische Regierung seine Hinterlassenschaft von der Indischen Handelsgesellschaft angefordert«, sprach der Notar weiter. »Sie ist jetzt flüssig gemacht worden und kann angetreten werden. Seit vierzehn Tagen habe ich ergebnislos die Rechtsnachfolger der Demoiselle Barbe-Marie O'Flaherty gesucht, als gestern bei Tisch . . .«

Da sprang Raphaël unvermittelt auf und vollführte die heftige Bewegung eines Mannes, der verwundet wird. Es erfolgte etwas wie ein stummer Zuruf; die erste Regung der Tischgäste war von einem dumpfen Neid diktiert, alle Augen richteten sich auf ihn wie ebenso viele Flammen. Dann entstand ein Murmeln ähnlich dem eines unwilligen Theaterparketts; ein aufrührerisches Gemurr begann und schwoll an, und jeder sagte etwas zur Begrüßung dieses riesigen Vermögens, das der Notar mitgebracht hatte. Raphaël, dem durch den jähen Gehorsam des Schicksals seine gesamte Vernunft zurückerstattet worden war, breitete sogleich die Serviette auf dem Tisch aus, mit der er vor wenigen Minuten das Chagrinleder ausgemessen hatte. Ohne auf irgend etwas zu hören, legte er den Talisman darauf und zuckte heftig zusammen, als er zwischen dem auf dem Leinen nachgezogenen Umriß und dem des Lederstücks einen kleinen Abstand gewahrte.

»Na, was hat er denn?« rief Taillefer. »Er ist billig zu seinem Vermögen gekommen!«

»›Komm, stütz ihn, Châtillon‹«[123], sagte Bixiou zu Émile, »die Freude bringt ihn um.«

Eine schauerliche Blässe zeichnete alle Muskeln in dem welken Gesicht dieses Erben ab; seine Züge krampften sich zusammen, die hervortretenden Stellen färbten sich weiß, die Höhlungen dunkel; die Maske wurde bleifahl, und die Augen erstarrten. Er sah den Tod vor sich. Dieser glänzende, von verwelkten Kurtisanen, von übersättigten Gesichtern umgebene Bankier, dieser Todeskampf der Freude waren ein leibhaftiges Abbild seines Lebens. Dreimal betrachtete Raphaël den Talisman, der zwischen den unbarmherzigen Linien auf der Serviette Spielraum hatte, und versuchte zu zweifeln; aber ein klares Vorgefühl machte seine Ungläubigkeit zunichte. Die Welt gehörte ihm, er vermochte alles und wollte nichts mehr. Wie ein Reisender mitten in der Wüste hatte er ein bißchen Wasser für den Durst und mußte sein Leben nach der Zahl der Schlucke bemessen. Er erkannte, daß jeder Wunsch ihn Lebenstage kosten werde. Jetzt glaubte er an das Chagrinleder; er hörte sich atmen; er fühlte sich bereits krank und fragte sich: »Ich bin doch nicht etwa schwindsüchtig? Ist meine Mutter nicht einem Lungenleiden erlegen?«

»Haha, Raphaël, jetzt werden Sie sich aber mal amüsieren! Was schenken Sie mir?« fragte Aquilina.

»Wir wollen auf den Tod seines Onkels, des Majors Martin O'Flaherty, trinken! Das war ein Mann.«

»Er wird sicherlich Pair von Frankreich.«

»Pah! Was ist denn schon ein Pair von Frankreich seit der Juli-Revolution?« fragte der Nörgler.

»Nimmst du eine Loge in der Italienischen Oper?«

»Hoffentlich werden Sie uns alle einladen«, sagte Bixiou.

»Ein Mann wie er versteht sich darauf, alles im großen Stil durchzuführen«, sagte Émile.

Das Hurrageschrei dieser lachlustigen Gesellschaft dröhnte Valentin in den Ohren, ohne daß er den Sinn eines einzigen Wortes hätte erfassen können; verschwommen dachte er an das mechanische, wunschlose Dasein eines bretonischen Bauern, der eine Menge Kinder hat, sein Feld beackert, seinen Buchweizen ißt, seinen Zider direkt aus der Kanne trinkt, an die Madonna und an den König glaubt, Ostern zur Kommunion geht, sonntags auf dem grünen Rasen tanzt und von der Predigt seines Pfarrers kein Wort versteht. Das Schauspiel, das sich in diesem

Augenblick seinen Augen bot, diese vergoldete Wandtäfelung, diese Kurtisanen, dieses Essen, dieser Luxus, das alles schnürte ihm die Kehle zusammen; er mußte husten.

»Wünschen Sie Spargel?« rief der Bankier ihm zu.

»Ich wünsche gar nichts«, antwortete Raphaël ihm mit Donnerstimme.

»Bravo!« entgegnete Taillefer. »Sie wissen, was es mit dem Vermögen auf sich hat; es ist ein Freibrief für Unverschämtheit. Sie sind einer der Unsern. Meine Herren, lassen Sie uns auf die Macht des Goldes trinken. Monsieur de Valentin, jetzt sechsfacher Millionär, gelangt zur Macht. Er ist König, er kann alles, er steht über allem, wie alle Reichen. Für ihn ist fortan das ›Alle Franzosen sind vor dem Gesetz gleich‹ eine Lüge, die an der Spitze der Verfassung steht. Er wird den Gesetzen nicht gehorchen, sondern die Gesetze werden ihm gehorchen. Für Millionäre gibt es kein Schafott und keine Henker.«

»Ja«, entgegnete Raphaël, »sie sind ihre eigenen Henker.«

»Auch das ist ein Vorurteil!« rief der Bankier.

»Wir wollen trinken«, sagte Raphaël und steckte den Talisman in die Tasche.

»Was machst du da?« fragte Émile; er hielt ihm die Hand fest. »Meine Herren«, sprach er weiter und wendete sich jetzt an die Versammelten, die über Raphaëls Verhalten ziemlich erstaunt waren, »vernehmen Sie, daß unser Freund de Valentin – was sage ich? –, daß der Herr Marquis de Valentin ein Geheimnis besitzt, um zu Glück und Vermögen zu gelangen. Seine Wünsche werden in dem Augenblick erfüllt, da er sie formuliert. Sofern er nicht für einen Lakaien, für einen Menschen ohne Herz gehalten werden will, muß er uns alle reich machen.«

»Ach, liebes Raphaëlchen, ich will einen Perlenschmuck«, rief Euphrasie.

»Wenn er dankbar ist, wird er mir zwei Wagen mit schönen, schnellen Pferden davor schenken!« sagte Aquilina.

»Wünschen Sie hunderttausend Francs Zinsen für mich.«

»Kaschmirschals!«

»Bezahlen Sie meine Schulden!«

»Schick meinem Onkel, dem langen, hageren Kerl, einen Schlagfluß!«

»Raphaël, mich wirst du für zehntausend Francs Zinsen los.«

»Das sind mir Schenkungen!« rief der Notar.

»Er könnte mich recht gut von der Gicht heilen.«

»Lassen Sie die Staatspapiere fallen«, rief der Bankier.

Alle diese Sätze schossen hervor wie die Garben des Raketenbüschels, das den Abschluß eines Feuerwerks bildet. Diese ungestümen Wünsche waren vielleicht mehr ernst als scherzhaft gemeint.

»Lieber Freund«, sagte Émile mit ernster Miene, »ich will mich mit zweihunderttausend Francs Zinsen begnügen; vorwärts also, spute dich!«

»Émile«, sagte Raphaël, »weißt du denn nicht, welchen Preis es kostet?«

»Schöne Entschuldigung!« rief der Dichter. »Muß man sich nicht für seine Freunde aufopfern?«

»Fast hätte ich Lust, euch allen den Tod zu wünschen«, antwortete Valentin und warf einen düsteren, tiefen Blick auf die Tischgäste.

»Sterbende sind fürchterlich grausam«, sagte Émile lachend. »Jetzt bist du reich«, fügte er ernsthaft hinzu, »gut also, ich gebe dir keine zwei Monate Zeit, dann bist du ein schmutziger Egoist. Verblödet bist du bereits, du verstehst keinen Spaß. Jetzt fehlt dir nur noch, daß du an dein Chagrinleder glaubst.«

Raphaël fürchtete die Spöttereien dieser Tischgesellschaft; er bewahrte Schweigen, trank über die Maßen und berauschte sich, um für eine Weile seine unheimliche Macht zu vergessen.

Der Todeskampf

In den ersten Dezembertagen ging trotz des Regens ein siebzigjähriger Greis durch die Rue de Varennes; er hob vor der Tür eines jeden Stadtpalais die Nase und forschte mit der Naivität eines Kindes und der gedankenschweren Miene der Philosophen nach der Adresse des Herrn Marquis de Valentin. Die Spuren heftigen Grams im Widerstreit mit einem despotischen Charakter zeigten sich auf jenem Gesicht, das langes, wirres graues Haar hatte und ausgedörrt war wie ein Stück altes Pergament, das sich im Feuer krümmt. Wäre ein Maler dieser eigenartigen, schwarzgekleideten, mageren und knochigen Persönlichkeit begegnet, so hätte er sie sicherlich nach der Rückkehr in sein Atelier in seinem Skizzenbuch verewigt und unter das Porträt geschrieben: »Klassischer Dichter auf der Suche nach einem Reim.« Endlich fand diese leibhaftige Wiedergeburt Rollins[124] die ihr genannte Hausnummer und klopfte sacht an die Tür eines prächtigen Stadtpalais.

»Ist Monsieur Raphaël daheim?« fragte der wackere Alte einen livrierten Schweizer.

»Der Herr Marquis empfängt niemanden«, antwortete der Bediente und verschlang dabei eine riesige Brotschnitte, die er zuvor in eine bauchige Schale Kaffee getunkt hatte.

»Sein Wagen ist da«, antwortete der unbekannte Alte und deutete auf eine blitzblanke Equipage; sie hielt unter einem hölzernen Vordach, das ein Zwillichzelt darstellte und durch das die Stufen der Freitreppe geschützt wurden. »Er will ausfahren; ich werde auf ihn warten.«

»Ach, Alterchen, da würden Sie möglicherweise bis morgen früh hier stehen bleiben müssen«, entgegnete der Schweizer. »Es steht für Monsieur immer ein Wagen bereit. Aber gehen Sie bitte weg; ich würde sechshundert Francs Leibrente einbüßen, wenn ich ein einziges Mal ohne Befehl einen Fremden in das Palais ließe.«

In diesem Augenblick kam ein hochgewachsener alter Mann, dessen Tracht der eines Ministeriumstürhüters ähnelte, aus der Vorhalle und stieg hastig ein paar Stufen hinab, wobei er den verblüfften alten Bittsteller musterte.

»Überdies kommt hier Monsieur Jonathan«, sagte der Schweizer. »Wenden Sie sich an ihn.«

Die beiden alten Männer, die sich durch Sympathie oder Neugier zueinander hingezogen fühlten, begegneten sich in der Mitte des weiten Ehrenhofs, und zwar an einer Stelle, wo zwischen den Pflastersteinen ein paar Büschel Gras wuchsen. In diesem Palais herrschte ein erschreckendes Schweigen. Wenn man Jonathan erblickte, hätte man nur zu gern das Geheimnis durchdrungen, das über seinem Gesicht schwebte und von dem die geringsten Dinge in diesem düsteren Hause kündeten. Nachdem er die riesige Erbschaft seines Onkels eingeheimst hatte, war es Raphaëls erste Sorge gewesen, herauszubekommen, wo der alte, treue Diener wohnte, auf dessen Anhänglichkeit er sich verlassen konnte. Jonathan hatte Freudentränen geweint, als er seinen jungen Herrn wiedersah, dem er ein ewiges Lebewohl gesagt zu haben glaubte; aber nichts glich seinem Glück, als der Marquis ihn mit den wichtigen Funktionen eines Intendanten betraute. Der alte Jonathan wurde eine zwischen Raphaël und der ganzen Welt vermittelnde Macht. Er war der oberste Verwalter des Vermögens seines Herrn, der blinde Vollstrecker eines unbekannten Denkens; er war etwas wie ein sechster Sinn, durch den hindurch die Regungen des Lebens zu Raphaël gelangten.

»Monsieur, ich möchte Monsieur Raphaël sprechen«, sagte der alte Mann zu Jonathan und stieg ein paar Stufen der Freitreppe hinauf, um vor dem Regen in Sicherheit zu sein.

»Den Herrn Marquis sprechen?« rief der Intendant. »Er richtet doch kaum das Wort an mich, der ich sein Pflegevater bin.«

»Aber ich bin doch gleichfalls sein Pflegevater«, rief der Alte. »Wenn Ihre Frau ihn ehedem gestillt hat, so habe ich ihn an den Brüsten der Musen saugen lassen. Er ist mein Pflegekind, mein Sohn, mein *carus alumnus*! Ich habe sein Gehirn geformt, seinen Verstand gegängelt, seinen Geist entwickelt, und zwar, wie ich zu sagen wage, mir zur Ehre und zum Ruhm. Ist er nicht einer der bemerkenswertesten Männer unserer Epoche? Ich habe ihn in der Sexta, der Tertia und der Unterprima unter mir gehabt. Ich bin sein Lehrer.«

»Ach so, Sie sind Monsieur Porriquet.«

»Eben derselbe. Aber, Monsieur ...«

»Pst, pst!« zischte Jonathan seinen Küchenjungen zu, deren Stimmen das klösterliche Schweigen unterbrochen hatten, darin das Haus begraben lag.

»Aber, Monsieur«, fuhr der alte Lehrer fort, »ist der Herr Marquis etwa krank?«

»Mein lieber Herr«, antwortete Jonathan, »Gott allein weiß, was meinem Herrn fehlt. Sehen Sie, es gibt in Paris keine zwei Häuser, die dem unsern gleichen. Verstehen Sie? Keine zwei Häuser. Wahrhaftig nicht. Der Herr Marquis hat dies Palais kaufen lassen; vorher hat es einem Herzog und Pair gehört. Dreihunderttausend Francs hat er an die Einrichtung verschwendet. Sehen Sie? Das ist doch ein gehöriges Stück Geld, dreihunderttausend Francs. Und jedes Zimmer unseres Hauses ist ein wahres Wunder. ›Gut‹, habe ich mir gesagt, als ich diese Pracht sah, ›es ist wie bei seinem verstorbenen Herrn Großvater! Der junge Marquis wird die Stadt und den Hof empfangen!‹ Nicht die Spur! Monsieur hat keinerlei Besuch haben wollen. Er führt ein komisches Leben, Monsieur Porriquet, verstehen Sie? Ein Leben wie kein anderer. Monsieur steht alle Tage zur selben Stunde auf. Nur ich, ich ganz allein, wissen Sie, darf sein Schlafzimmer betreten. Um sieben mache ich die Tür auf, sommers und winters. So ist es sonderbarerweise vereinbart. Bin ich drinnen, so sage ich zu ihm: ›Herr Marquis, Sie müssen aufwachen und sich anziehen.‹ Er wacht auf und zieht sich an. Ich muß ihm seinen Hausmantel reichen, der stets nach demselben Schnitt und aus demselben Stoff gemacht ist. Es ist meines Amtes, ihn zu ersetzen, wenn er abgetragen ist, um ihm die Mühe zu ersparen, sich einen neuen zu bestellen. Was der für Einfälle hat! Fest steht, daß er täglich tausend Francs zu verzehren hat; er tut, was er will, der liebe Junge. Ich hänge übrigens so an ihm, daß ich ihm, wenn er mir eine Ohrfeige auf die rechte Backe gäbe, auch noch die linke hinhalten würde! Er könnte mir noch schwierigere Dinge auftragen, ich würde sie trotzdem ausführen, verstehen Sie? Übrigens hat er mich mit so viel Kleinkram betraut, damit ich was zu tun habe. Er liest die Zeitungen, nicht wahr? Ich habe Befehl, sie stets auf dieselbe Stelle und auf denselben Tisch zu legen. Ich komme auch um dieselbe Stunde, um ihn eigenhändig zu rasieren, und ich zittere dabei nicht. Der Koch würde tausend Taler Leibrente verlieren, die seiner nach Monsieurs Tod warten, wenn das Mittagessen nicht unweigerlich jeden Vormittag um zehn Monsieur vorgesetzt würde und das Abendessen Punkt fünf. Die Speisenfolge ist für das ganze Jahr aufgestellt, Tag für Tag. Dem Herrn Marquis bleibt nichts zu wünschen übrig. Er bekommt Erdbeeren, wenn es Erdbeeren gibt, und die erste Makrele, die nach Paris kommt, die ißt er. Das Programm ist gedruckt; morgens weiß er sein Abendessen auswendig. Ferner zieht er zur selben Stunde dieselbe Kleidung an, dieselbe Wäsche, die ich stets für ihn bereit lege, auf immer demselben Stuhl, verstehen Sie? Ich muß auch aufpassen, daß er immer denselben Kleiderstoff bekommt; gesetzt den Fall, sein Überrock ist abgenutzt – das ist aber nur eine Annahme –, dann muß ich ihn durch einen anderen ersetzen, ohne ihm ein Wort zu sagen. Ist schönes Wetter, so gehe ich zu meinem Herrn hinein und sage zu ihm: ›Sie sollten ausfahren, Monsieur!‹ Er antwortet: ›Ja‹ oder: ›Nein.‹ Wenn ihm aber einfällt, spazierenzufahren, so wartet er nicht auf seine Pferde; sie sind immer angespannt; der Kutscher sitzt unweigerlich da, die Peitsche in der Hand, wie Sie ihn da sehen. Abends, nach dem Essen, geht Monsieur am einen Tag in die Oper und am andern in die It . . ., nein, Unsinn, in der Italienischen Oper ist er noch nicht gewesen; ich habe erst gestern eine Loge bekommen können. Dann kommt er Punkt elf heim und legt sich schlafen. Während der Zwischenpausen den Tag über, wo er nichts tut, liest er; er liest immer; wissen Sie, das ist auch so eine Idee, die er hat. Ich habe Weisung, vor ihm die Buchhandelszeitung[125] zu lesen und die neu erschienenen Bücher zu kaufen, damit er sie am Tag des Erscheinens auf seinem Kaminsims vorfindet. Ich habe ferner Weisung, stündlich zu ihm hineinzugehen, um auf das Kaminfeuer und auf alles übrige zu achten, um zu sehen, ob er auch alles hat, was er braucht; er hat mir, Monsieur, ein kleines Buch zum Auswendiglernen gegeben, und darin stehen alle meine Pflichten verzeichnet, der reinste Katechismus. Im Sommer muß ich mit Eisblöcken die Zimmertemperatur immer gleich kühl halten und jederzeit überall frische Blumen aufstellen. Er ist ja reich! Er hat täglich tausend Francs zu verzehren und kann sich jede Laune leisten. Wie lange hat er sogar das Notwendige entbehren müssen, der arme Junge! Er tut niemandem was zuleide; er ist gut wie das liebe Brot, nie redet er ein Wort, ja, es muß im Palais und im Garten völlige Stille herrschen! Kurz und gut, mein Herr braucht keinen einzigen Wunsch zu äußern; alles funktioniert auf einen Wink und auf einen Blick, und zwar exakt! Und er hat ja recht; wenn man die Dienerschaft nicht kurz hält, geht alles drunter und drüber. Ich sage ihm alles, was er tun muß, und er hört auf mich. Und man sollte es nicht für möglich halten, wie weit er die Sache getrieben hat. Seine Gemächer liegen in . . . Na, wie heißt so was? Richtig, in einer Flucht. Gut, er macht, nehmen wir mal an, die Tür seines Schlafzimmers oder seines Arbeitszimmers auf, dann, krack, öffnen sich alle andern Türen ebenfalls, durch einen Mechanismus. Also kann er vom einen Ende seines Hauses zum andern gehen, ohne auf eine geschlossene Tür zu stoßen. Das ist nett und bequem und angenehm für unsereinen! Aber es hat uns auch ein gehöriges Stück Geld gekostet, wahrhaftig! Und schließlich und endlich, Monsieur Porriquet, hat er zu mir gesagt: ›Jonathan, du mußt für mich sorgen wie für ein Wickelkind.‹ Ein Wickelkind, jawohl, Monsieur, ein Wickelkind, hat er gesagt. ›Du mußt an meiner Statt an alles denken, was ich brauche.‹ Ich bin Herr im Haus, verstehen Sie? Und er ist sozusagen der Diener. Und warum? Ach, zum Henker, gerade das wissen auf Erden nur er und der liebe Gott. Das steht unweigerlich fest!«

»Er schreibt eine Dichtung«, rief der alte Lehrer aus.

»Sie glauben, Monsieur, er schreibe eine Dichtung? So was ist doch sehr mühselig! Aber wissen Sie, ich glaube es nicht. Er sagt mir immer wieder, er wolle leben wie die Vergetation, nämlich vergetarisch. Und erst gestern, Monsieur Porriquet, hat er eine Tulpe angeschaut und beim Ankleiden gesagt: ›So ist mein Leben. Ich vergetiere, mein guter Jonathan.‹ Und gegenwärtig behaupten andere, er sei Monomane. Das ist unvereinbar!«

»Alles das beweist mir, Jonathan«, fuhr der Lehrer mit schulmeisterlichem Ernst fort, der dem alten Diener tiefen Respekt einflößte, »daß Ihr Herr sich mit einem großen Werk beschäftigt. Er ist in tiefe Betrachtungen versunken und will nicht durch die Zerstreuungen des vulgären Lebens davon abgelenkt werden. Wenn ein genialer Mann bis über beide Ohren in geistiger Arbeit steckt, vergißt er alles. Eines Tages hat der berühmte Newton . . .«

»Ach, Newton, schön«, sagte Jonathan. »Ich kenne ihn nicht.«

»Newton, ein großer Geometer«, fuhr Porriquet fort, »hat vierundzwanzig Stunden lang dagesessen, den Ellbogen auf einen Tisch gestützt; als er aus seiner Grübelei auffuhr, hat er gemeint, heute sei noch gestern, als ob er ein bißchen geschlafen habe. Ich will ihn sehen, den lieben Jungen; ich kann ihm nützlich sein.«

»Augenblick!« rief Jonathan. »Und wenn Sie der König von

Frankreich wären, der vorige selbstverständlich, so kämen Sie nicht hinein, wenn Sie nicht die Türen sprengten und über Leichen gingen. Aber, Monsieur Porriquet, ich laufe hin, sage ihm, Sie seien da, und frage ihn ganz einfach: ›Soll er 'raufkommen?‹ Dann muß er mit ›Ja‹ oder ›Nein‹ antworten. Nie frage ich ihn: ›Wünschen Sie? Wollen Sie? Verlangen Sie?‹ Diese Ausdrücke sind aus der Unterhaltung ausradiert. Einmal ist mir einer davon entschlüpft. – ›Willst du dafür sorgen, daß ich sterbe?‹ hat er voller Wut zu mir gesagt.«

Jonathan ließ den alten Lehrer in der Eingangshalle stehen und bedeutete ihm, keinen Schritt weiter vorzutreten; er kam jedoch schnell mit einer günstigen Antwort wieder und geleitete den alten Emeritus durch prunkvolle Gemächer, deren Türen sämtlich offen standen. Porriquet sah schon von weitem seinen Schüler an einem Kamin sitzen. Raphaël war in einen großgemusterten Hausmantel gehüllt, saß tief in einem Lehnsessel mit Sprungfederpolsterung und las die Zeitung. Die tiefe Schwermut, in deren Bann er zu sein schien, drückte sich in der kränklichen Haltung seines entkräfteten Körpers aus; sie stand auf seiner Stirn geschrieben und auf seinem Gesicht, das blaß war wie eine hinsiechende Blume. Etwas wie weibliche Anmut und die reichen Kranken eigentümlichen bizarren Absonderlichkeiten gaben seiner Person ihr Gepräge. Wie die Hände einer hübschen Frau waren die seinen von einer weichen, zarten Weiße. Sein spärlich gewordenes blondes Haar lockte sich durch gesuchte Koketterie um seine Schläfen. Eine phrygische Mütze, die von einer für den leichten Kaschmir, aus dem sie gefertigt war, zu schweren Troddel heruntergezogen wurde, hing an einer Kopfseite hernieder. Das mit Gold verzierte Malachitmesser, dessen er sich zum Aufschneiden eines Buches bediente, hatte er zu seinen Füßen herabfallen lassen. Auf seinen Knien lag das Bernsteinmundstück einer prächtigen indischen Wasserpfeife, deren buntgewirkte Spiralen in seinem Schlafzimmer lagen wie eine Schlange; er hatte vergessen, deren kühle Düfte einzusaugen. Indessen wurde die allgemeine Schwäche seines jungen Körpers durch blaue Augen Lügen gestraft, in die das gesamte Leben sich zurückgezogen zu haben schien und in denen ein ungewöhnliches Gefühl schimmerte, das auf der Stelle ergriff. Diesen Blick zu gewahren tat weh. Die einen konnten darin Verzweiflung lesen, andere daraus auf einen inneren Kampf schließen, der schrecklich war wie ein Gewissensbiß. Es war der tiefe Blick des Unvermögenden, der sein Begehren in seine Herzenstiefe zurückdrängt, oder der des Geizigen, der in Gedanken alle Lüste auskostet, die sein Geld ihm würde verschaffen können und die er sich versagt, um seinen Schatz nicht zu mindern, oder der Blick des gefesselten Prometheus, des abgesetzten Napoleon, der 1815 im Élysée-Palast von dem strategischen Fehler erfährt, den seine Gegner begangen haben, der für vierundzwanzig Stunden das Kommando verlangt und es nicht erhält. Wahrhaftig, es war der Blick eines Eroberers und eines Verdammten und, besser ausgedrückt, der Blick, den Raphaël ein paar Monate zuvor auf die Seine oder auf sein letztes, aufs Spiel gesetztes Goldstück geworfen hatte. Er hatte seinen Willen und seine Intelligenz dem plumpen gesunden Menschenverstand eines alten, durch eine fünfzigjährige Dienstbarkeit kaum zivilisierten Bauern unterworfen. Fast froh darüber, gewissermaßen zum Automaten zu werden, hatte er, um zu leben, dem Leben den Abschied erteilt und seiner Seele alles Poetische der Wünsche entzogen. Um besser mit der grausamen Macht kämpfen zu können, deren Herausforderung er angenommen, hatte er sich nach Art des Origenes[126] keusch gemacht, indem er seine Phantasie entmannte. Am Tag nach dem Tag, da er, der plötzlich durch ein Testament reich Gewordene, das Chagrinleder hatte kleiner werden sehen, war er zu seinem Notar gegangen. Dort hatte ein gerade sehr in Mode gekommener Arzt in vollem Ernst beim Nachtisch erzählt, wie ein lungenkranker Schweizer sich kuriert habe. Jener Mann hatte zehn Jahre lang kein Wort gesprochen und sich auferlegt, nur zehnmal in der Minute die dicke Luft eines Kuhstalls einzuatmen, bei einer Ernährung mit äußerst leicht bekömmlichen Speisen. »Dieser Mann will ich sein!« hatte sich Raphaël gesagt; er hatte um jeden Preis leben wollen. Inmitten des Luxus führte er das Leben einer Dampfmaschine. Als der alte Lehrer diesen jungen Kadaver ins Auge faßte, überkam ihn ein Zittern; an diesem schmächtigen, gebrechlichen Körper dünkte ihn alles künstlich. Beim Anblick des Marquis mit dem brennenden Blick und der gedankenschweren Stirn konnte er den Schüler mit der frischen, rosigen Gesichtsfarbe und den jugendlichen Gliedern nicht wiedererkennen, den er in seiner Erinnerung trug. Hätte der biedere Klassikerverehrer, der scharfsinnige Kritiker und Bewahrer des guten Geschmacks Lord Byron gelesen, so würde er geglaubt haben, Manfred dort vorzufinden, wo er Childe Harold zu sehen geglaubt hatte.

»Guten Tag, Papa Porriquet«, sagte Raphaël zu seinem Lehrer und nahm die eiskalten Finger des alten Mannes in seine glühend heiße, feuchte Hand. »Wie geht es Ihnen?«

»Ja, mir geht es ganz gut«, antwortete der Alte, den die Berührung jener fieberheißen Hand erschreckt hatte. »Und Ihnen?«

»Oh, ich hoffe, mich bei guter Gesundheit zu erhalten.«

»Sie arbeiten doch sicherlich an einem schönen Werk?«

»Nein«, antwortete Raphaël, »*exegi monumentum*[127], Papa Porriquet, ich habe eine große Seite zu Ende gebracht und der Wissenschaft für immer Lebewohl gesagt. Ich weiß kaum noch, wo sich mein Manuskript befindet.«

»Der Stil ist doch sicherlich rein?« fragte der Lehrer. »Sie haben doch hoffentlich nicht die barbarische Sprache dieser neuen Schule übernommen, die Wunder zu vollbringen glaubt, wenn sie Ronsard aufstöbert?«

»Mein Werk ist eine rein physiologische Arbeit.«

»Oh, das sagt alles«, entgegnete der Lehrer. »In der Wissenschaft muß sich die Grammatik den Erfordernissen der Entdekkungen anpassen. Nichtsdestoweniger, mein Junge, verdirbt ein klarer, harmonischer Stil, die Sprache Massillons[128], Monsieur de Buffons und des großen Racine, ein klassischer Stil mit einem Wort, niemals etwas. Aber, lieber Freund«, unterbrach der Lehrer sich fortfahrend, »ich vergesse ja den Grund meines Besuchs. Es ist nämlich ein eigennütziger Besuch.«

Zu spät erinnerte Raphaël sich der wortreichen Eleganz und der beredten Umschreibungen, an die eine lange Lehrtätigkeit seinen Lehrer gewöhnt hatte; fast bereute er, ihn empfangen zu haben. Doch in dem Augenblick, da er fast gewünscht hätte, ihn draußen zu sehen, unterdrückte er rasch ein geheimes Verlangen und warf einen hastigen Blick auf das Chagrinleder, das vor ihm hing; es war auf einen weißen Stoff geheftet, auf dem seine weissagenden Konturen sorglich mittels einer roten Linie nachgezeichnet waren, die es genau umrahmte. Seit der verhängnisvollen Orgie hatte Raphaël die leisesten seiner Wunschanwandlungen unterdrückt und so gelebt, daß er dem schrecklichen Talisman auch nicht die geringste Zuckung verursachte. Das Chagrinleder war wie ein Tiger, mit dem er zusammenleben mußte, ohne dessen Blutdurst zu wecken. Also hörte er geduldig die weitschweifigen Erklärungen des alten Lehrers an. Papa Porriquet brauchte eine Stunde, um ihm von den Verfolgungen zu erzählen, deren Gegenstand er seit der Juli-Revolution geworden sei. Der wackere Mann, der eine starke Regierung haben wollte, hatte den patriotischen Wunsch geäußert, man möge die Krämer ihren Kontoren überlassen, den Staatsmännern die Handhabung der öffentlichen Angelegenheiten, den Advokaten den Justizpalast, den Pairs von Frankreich das Palais du Luxembourg; aber einer der volkstümlichen Minister des Bürgerkönigs hatte ihn des Karlismus[129] bezichtigt und ihn von seinem Katheder gestoßen. Jetzt stand der alte Mann ohne Stellung, ohne Ruhegehalt und ohne Brot da. Da er für einen armen Neffen zu sorgen hatte, dessen Kostgeld im Seminar von Saint-Sulpice er bezahlte, war er weniger um seiner selbst als um seines Adoptivsohnes willen gekommen, um seinen ehemaligen Schüler zu bitten, er solle sich bei dem neuen Minister für ihn verwenden, nicht, damit er wieder angestellt werde, sondern um den Direktorsposten irgendeines Collège in der Provinz zu erhalten. Raphaël stand im Bann einer unüberwindlichen Schläfrigkeit, als die monotone Stimme des biederen Alten aufhörte, in seinen Ohren widerzuhallen. Die Höflichkeit hatte ihn gezwungen, in die weißen, fast unbeweglichen Augen dieses Greises mit der langsamen, trägen Redeweise zu blicken, und er war durch eine unerklärliche Passivität betäubt und hypnotisiert worden.

»Also schön, lieber Papa Porriquet«, erwiderte Raphaël, ohne genau zu wissen, auf welche Frage er eigentlich antwortete, »in dieser Sache kann ich nichts tun. *Ich wünsche inständig, daß Sie Erfolg haben ...*«

In diesem Augenblick bäumte er sich auf wie ein erschrecktes Rehkitz, und dabei hatte er noch nicht einmal die Wirkung gesehen, die diese banalen Worte, die voller Egoismus und Teilnahmslosigkeit waren, auf der gelben, faltigen Stirn des Greises hervorgerufen hatten. Er hatte eine dünne weiße Linie zwischen dem Rand des dunklen Leders und der roten Umrißzeichnung erblickt; er stieß einen so schrecklichen Schrei aus, daß der arme Lehrer darob erschrak.

»'raus, altes Vieh«, rief er, »Sie werden Direktor! Konnten Sie von mir nicht lieber eine Leibrente von tausend Talern verlangen als einen mörderischen Wunsch? Dann hätte Ihr Besuch mich nichts gekostet. Es gibt in Frankreich hunderttausend Anstellungsmöglichkeiten, und ich habe nur *ein* Leben! *Ein* Menschenleben gilt mehr als alle Anstellungen der Welt. Jonathan!«

Jonathan erschien.

»Da siehst du dein Werk, du dreifacher Idiot! Warum hast du mir vorgeschlagen, den Herrn zu empfangen?« fragte er und deutete auf den versteinerten Greis. »Habe ich meine Seele deinen Händen anbefohlen, damit du sie zerfetzest? Du entreißest mir in diesem Augenblick zehn Lebensjahre! Noch ein Fehler wie dieser, und du wirst mich an die Stätte geleiten, an die ich meinen Vater geleitet habe. Wäre es nicht besser gewesen, ich hätte die schöne Foedora besessen, als mir dieses alte Knochengestell, diesen Mensch gewordenen Fetzen zu Dank zu verpflichten? Er bekommt von mir Gold. Was würde es mich übrigens kümmern, wenn alle Porriquets der Welt Hungers stürben?«

Der Zorn hatte Raphaëls Antlitz gebleicht; ein leichter Schaum bildete auf seinen zitternden Lippen Streifen, und der Ausdruck seiner Augen war mörderisch. Bei diesem Anblick überkam die beiden alten Männer ein krampfhaftes Zittern wie zwei Kinder vor einer Schlange. Der junge Mann sank in seinen Sessel zurück; in seiner Seele hatte sich etwas wie eine Reaktion vollzogen; überreichlich entströmten die Tränen seinen lodernden Augen.

»O mein Leben! Mein schönes Leben!« sagte er. »Keine wohltätigen Gedanken mehr! Keine Liebe! Nichts mehr!« Er wandte sich dem Lehrer zu. »Das Unglück ist geschehen, alter Freund«, fuhr er mit sanfter Stimme fort. »Damit sind Sie reichlich für alle Ihre Mühen belohnt worden. Und mein Unglück hat wenigstens Gutes für einen gütigen, würdigen Menschen gezeitigt.«

Er hatte so viel Seele in den Tonfall gelegt, der diese nahezu unverständlichen Worte färbte, daß die beiden alten Männer weinten, wie man weint, wenn man eine rührende Weise vernimmt, die in einer fremden Sprache gesungen wird.

»Er ist Epileptiker«, sagte Porriquet leise.

»Ich erkenne Ihre Güte wieder, lieber Freund«, entgegnete Raphaël weich; »Sie wollen mich entschuldigen. Krankheit ist ein Unglück, Unmenschlichkeit würde ein Laster sein. Verlassen Sie mich jetzt«, fügte er hinzu. »Sie werden morgen oder übermorgen, vielleicht sogar heute abend noch, Ihre Ernennung bekommen; denn der ›Widerstand‹ hat über die ›Bewegung‹[130] gesiegt. Adieu.«

Der alte Mann zog sich zurück, durchdrungen von Entsetzen und im Bann lebhafter Besorgnisse um Raphaëls geistige und seelische Gesundheit. Dieser Auftritt hatte für ihn etwas Übernatürliches gehabt. Er zweifelte an sich selbst und ging mit sich zu Rate, ob er nicht etwa aus einem schweren Traum erwacht sei.

»Hör, Jonathan«, fuhr der junge Herr fort, an seinen alten Diener gewendet. »Versuch die Mission zu verstehen, die ich dir anvertraut habe.«

»Ja, Herr Marquis.«

»Ich bin ein Mensch, der außerhalb der allgemeingültigen Gesetze steht.«

»Ja, Herr Marquis.«

»Alle Genüsse des Lebens treiben ihr Spiel um mein Sterbebett und tanzen vor meinen Augen wie schöne Frauen; wenn ich sie zu mir rufe, sterbe ich. Immer der Tod! Du mußt eine Schranke zwischen der Welt und mir sein.«

»Ja, Herr Marquis«, sagte der alte Diener und wischte sich die Schweißtropfen ab, die seine faltige Stirn belasteten. »Aber wenn Sie keine schönen Frauen sehen wollen, was fangen Sie dann heute abend in der Italienischen Oper an? Eine englische Familie, die nach London zurückkehrt, hat mir den Rest ihres Abonnements abgetreten, und Sie haben eine schöne Loge. Oh, eine Prachtloge, im ersten Rang.«

Raphaël war in tiefe Grübelei verfallen und hörte nicht mehr zu.

Seht ihr den prunkvollen Wagen dort, jenes äußerlich schlichte, braune Coupé, auf dessen Türschlägen aber das Wappen einer altadligen Familie glänzt? Wenn jenes Coupé schnell vorüberfährt, wird es von den Grisetten angestaunt; sie werfen begehrliche Blicke auf den gelben Atlas, die Decke aus der Savonnerie[131], die Borten, die sauber wie Reisstroh sind, die schwellenden Kissen und die schweigenden Spiegelscheiben. Zwei livrierte Lakaien stehen hinten auf diesem aristokratischen Wagen; aber im Innern liegt auf der Seide ein fieberheißer Kopf mit umränderten Augen, der traurige, nachdenkliche Kopf Raphaëls. Verhängnisvolles Sinnbild des Reichtums! Er fährt quer durch Paris wie eine Rakete; er langt vor der Säulenhalle des Théâtre Favart[132] an; der Wagentritt wird niedergeklappt, seine beiden Diener stützen ihn, eine neidische, neugierige Menge schaut ihn an. – »Was hat der da geleistet, daß er so reich ist?« fragte ein armer Jura-Student, der, da es ihm an einem Taler gebrach, Rossinis magische Akkorde nicht hören konnte. Raphaël durchschritt langsam die Gänge des Zuschauerraums; er versprach sich keinerlei Genuß von diesen ehedem so heißbegehrten Freuden. Bis zum Beginn des zweiten Akts von ›Semiramis‹[133] ging er im Foyer auf und ab und irrte durch die Flure; er kümmerte sich nicht um seine Loge; er hatte sie noch nicht betreten. Der Sinn für Eigentum existierte in seinem Herzen schon nicht mehr. Wie alle Kranken dachte er lediglich an sein Leiden. Er stützte sich auf die Umrahmung des Kamins in der Mitte des Foyers, um den herum die jungen und alten Elegants, ehemalige und neue Minister, Pairs ohne Grundbesitz und Grundbesitz ohne Pair, so, wie die Juli-Revolution sie gemacht hat, kurzum, eine Welt von Spekulanten und Journalisten wogte; unter allen diesen Köpfen sah Raphaël ein paar Schritte von sich entfernt ein seltsames, übernatürliches Gesicht. Er trat vor und kniff höchst unverschämt die Augen gegenüber diesem absonderlichen Wesen ein, um es aus größerer Nähe zu betrachten. »Was für ein wunderbares Gemälde!« sagte er sich. Die Brauen, das Haar und die Fliege à la Mazarin, die der Unbekannte eitel zur Schau trug, waren schwarz gefärbt; aber das Schönheitsmittel war sicherlich auf allzu weißes Haar aufgetragen worden, und so hatte es eine ins Violette spielende, falsche Farbe hervorgebracht, deren Tönungen je nach den mehr oder minder starken Reflexen der Beleuchtung wechselten. Sein schmales, plattes Gesicht, dessen Rillen mit dicken Lagen roter und weißer Schminke ausgefüllt waren, drückte gleichzeitig List und Unruhe aus. An einigen Stellen des Gesichts fehlte der grelle Farbauftrag und ließ auf eigenartige Weise den Verfall und einen bleiernen Teint hervortreten; deshalb war es unmöglich, nicht zu lachen, wenn man diesen Kopf mit dem spitzigen Kinn und der gebuckelten Stirn sah; er glich den grotesken Holzfiguren, die in Deutschland von den Schäfern in ihren Mußestunden geschnitzt werden. Hätte ein Beobachter abwechselnd diesen alten Adonis und Raphaël gemustert, so würde er bei dem Marquis die Augen eines Jünglings unter der Maske eines Greises und bei dem Unbekannten die stumpfen Augen eines Greises unter der Maske eines Jünglings zu erkennen vermeint haben. Valentin versuchte sich zu erinnern, bei welcher Gelegenheit er diesem kleinen ausgedörrten Alten mit der schmucken Halsbinde und den Stiefeln eines Halbwüchsigen begegnet sei, der mit seinen Sporen klingelte und die Arme gekreuzt hielt, als habe er alle Kraft einer sprühenden Jugend zu verschwenden. Sein Gang hatte nichts Gehemmtes oder Erkünsteltes. Sein eleganter, sorgfältig zugeknöpfter Frack, der ein altes, kräftiges Knochengerüst verbarg, lieh ihm das Aussehen eines alten Gecken, der noch der Mode folgt. Diese von Leben erfüllte Puppe besaß für Raphaël alle Reize einer Geistererscheinung, und er betrachtete sie wie einen alten, verräucherten Rembrandt, der neu gerahmt worden ist. Der Vergleich ließ ihn in der Wirrnis seiner Erinnerungen die richtige Spur finden; er erkannte den Antiquitätenhändler wieder, den Mann, dem er sein Unglück verdankte. In diesem Augenblick entschlüpfte jener phantastischen Persönlichkeit ein lautloses Lachen und zeichnete sich auf ihren kalten Lippen ab, die ein falsches Gebiß spannte. Bei diesem Lachen zeigte Raphaëls lebhafte Phantasie ihm schlagende Ähnlichkeiten zwischen diesem Mann und dem typisierten Kopf, den die Maler Goethes Mephistopheles gegeben haben. Tausend abergläubische Gedanken bemächtigten sich Raphaëls starker Seele; jetzt glaubte er an die Macht des bösen Geistes, an die Hexenkünste, von denen die Legenden des Mittelalters berichten und die von den Dichtern ausgewertet worden sind. Voller Entsetzen verschloß er sich der Rolle des Faust; unvermittelt rief er den Himmel an, da er, wie alle Sterbenden, einen glühenden Glauben an Gott und die Jungfrau Maria hegte. Ein strahlendes, kühles Licht erlaubte ihm, den Himmel Michelangelos und Sanzios von Urbino[134] zu erschauen: Wolken, einen weißbärtigen Greis, geflügelte Köpfe, eine schöne, in einer Aureole sitzende Frau. Jetzt verstand er und eignete sich diese wunderbaren Schöpfungen an, deren fast menschliche Phantasien ihm sein Abenteuer erklärten und ihm eine letzte Hoffnung verstatteten. Aber als seine Augen sich wieder auf das Foyer der Italienischen Oper niedersenkten, erblickte er statt der Madonna ein entzückendes Mädchen, die verworfene Euphrasie, jene Tänzerin mit dem geschmeidigen, schwerelosen Körper, die, in ein strahlendes Gewand gekleidet, mit Orientperlen bedeckt, voller Ungeduld nach ihrem ungeduldigen Alten hereinkam, nachdem sie sich frech, mit dreister Stirn und blitzenden Augen dieser Welt der Neidhälse und Spekulanten gezeigt hatte, um den grenzenlosen Reichtum des Händlers zur Schau zu stellen, dessen Schätze sie vergeudete. Raphaël mußte an den spöttischen Wunsch denken, mit dem er das verhängnisvolle Geschenk des Alten entgegengenommen hatte, und er genoß alle Wonnen der Rache im Anschauen der tiefen Erniedrigung jener erhabenen Weisheit, deren Sturz ihm noch vor kurzem als unmöglich erschienen war. Das Leichenlächeln des Hundertjährigen galt Euphrasie, die es durch ein Liebeswort beantwortete; er bot ihr seinen ausgedörrten Arm, unternahm zwei oder drei Rundgänge durch das Foyer, empfing voller Entzücken die Blicke der Leidenschaft und die Komplimente, mit denen die Menge seine Geliebte bedachte, und merkte nichts von dem verächtlichen Lachen und den beißenden Spottworten, deren Ziel er war.

»Auf welchem Kirchhof hat dieses junge Vampirweib diesen Kadaver ausgegraben?« rief der eleganteste aller Romantiker.

Euphrasie mußte lächeln. Der Spötter war ein junger, blondhaariger Mann mit blauen, strahlenden Augen, schlank gewachsen, schnurrbärtig, gekleidet in einen kurzen Frack, den Zylinder auf einem Ohr; er war schlagfertig und beherrschte die ganze Redeweise dieser Art von Menschen.

»Wie viele Greise«, sagte sich Raphaël, »krönen ein Leben der Redlichkeit, der Arbeit und der Tugend mit einer Torheit. Der da hat kalte Füße und treibt es mit einem Mädchen.«

»Na, Monsieur«, rief Valentin, zwang den Händler zum Stehenbleiben und begann mit Euphrasie zu äugeln, »erinnern Sie sich nicht mehr der strengen Leitsätze Ihrer Philosophie?«

»Ach«, antwortete der Händler mit schon gebrochener Stimme, »ich bin jetzt glücklich wie ein Jüngling. Ich hatte das Dasein verkehrt herum angepackt. In einer einzigen Liebesstunde liegt ein ganzes Leben.«

In diesem Augenblick vernahmen die Zuschauer das Klingelzeichen, verließen das Foyer und begaben sich auf ihre Plätze. Der alte Mann und Raphaël verabschiedeten sich. Beim Betreten seiner Loge erblickte der Marquis Foedora, die genau ihm gegenüber an der andern Seite des Zuschauerraums saß. Die offenbar eben erst angelangte Gräfin warf ihren Schal zurück, entblößte ihren Hals und vollführte alle die kleinen, nicht zu schildernden Bewegungen einer Koketten, die sich zur Schau stellt; alle Blicke waren auf sie gerichtet. Ein junger Pair von Frankreich war ihr Begleiter; sie bat ihn um die Lorgnette, die sie ihn für sich hatte tragen lassen. Aus ihrer Geste, aus der Art, wie sie diesen neuen Partner anblickte, erriet Raphaël die Tyrannei, der sein Nachfolger unterworfen war. Der junge Herr war sicherlich bezaubert, wie Raphaël es ehedem gewesen, er war gleich ihm hinters Licht geführt worden; gleich ihm kämpfte er mit der vollen Kraft einer wahren Liebe gegen die kalten Berechnungen dieser Frau an; er mußte die Qualen leiden, auf die Valentin zu seinem Glück verzichtet hatte. Eine unaussprechliche Freude belebte Foedoras Gesicht, als sie, nachdem sie ihre Lorgnette auf alle Logen gerichtet und rasch die Toiletten gemustert hatte, sich bewußt geworden war, daß sie durch ihren Schmuck und ihre Schönheit die hübschesten und elegantesten Frauen von Paris ausstach; sie fing an zu lachen, um ihre weißen Zähne zu zeigen; sie bewegte den mit Blumen geschmückten Kopf, damit sie bewundert wurde; ihr Blick glitt von Loge zu Loge; sie machte sich über ein Barett lustig, das linkisch auf der Stirn einer russischen Fürstin saß, oder über den geschmacklosen Hut einer Bankierstochter. Plötzlich erblaßte sie, als sie den starren Augen Raphaëls begegnete; ihr verschmähter Liebhaber schmetterte sie durch einen unerträglichen Blick der Verachtung nieder. Kein einziger ihrer in Acht und Bann getanen Liebhaber hatte ihre

Macht verkannt; Valentin war als einziger auf Erden vor ihren Verführungskünsten gefeit. Eine Macht, der ungestraft getrotzt wird, ist dem Untergang nahe. Diese Regel ist tiefer in das Herz einer Frau eingegraben als in das Hirn der Könige. Deswegen erblickte Foedora in Raphaël den Tod ihres Zaubers und ihrer Koketterie. Ein Ausspruch, den er tags zuvor in der Großen Oper getan hatte, war bereits in den Pariser Salons berühmt geworden. Die Schärfe dieses schrecklichen Witzwortes hatte der Gräfin eine unheilbare Wunde geschlagen. Wir verstehen uns in Frankreich darauf, eine Wunde auszubrennen; aber wir kennen noch nicht das Heilmittel für den Schaden, den ein Satz anrichtet. Als alle Frauen abwechselnd den Marquis und die Gräfin anblickten, hätte Foedora ihn am liebsten in die Verließe irgendeiner Bastille hinabwerfen lassen; denn trotz ihrer Verstellungskünste errieten ihre Rivalinnen, daß sie litt. Endlich hatte auch ihr letzter Trost sie verlassen. Die köstlichen Worte: »Ich bin die Schönste!«, dieser ewige Satz, der alle Kümmernisse der Eitelkeit beschwichtigt hatte, war zur Lüge geworden. Während des Vorspiels zum zweiten Akt hatte sich in einer bislang leer gebliebenen Loge eine Frau neben Raphaël gesetzt. Das ganze Parkett ließ ein bewunderndes Gemurmel laut werden. Jenes aus menschlichen Gesichtern bestehende Meer regte seine intelligenten Wellen, und alle Augen schauten die Unbekannte an. Jung und alt vollführte einen so lange anhaltenden Tumult, daß, während der Vorhang aufging, die Orchestermusiker sich zunächst umdrehten, um Ruhe zu verlangen; dann aber stimmten sie in die Beifallsäußerungen ein und vermehrten den wirren Lärm. In jeder Loge setzten lebhafte Unterhaltungen ein. Sämtliche Frauen hatten sich mit ihren Operngläsern bewaffnet; die verjüngten alten Herren reinigten mit dem Leder ihrer Handschuhe die Gläser ihrer Lorgnetten. Allmählich legte sich die Begeisterung; auf der Bühne ertönte der Gesang; alles kam wieder ins rechte Gleis. Die gute Gesellschaft schämte sich, einer natürlichen Regung nachgegeben zu haben, und bezeigte wiederum aristokratische Kälte und deren glatte Manieren. Reiche Leute wollen nichts anstaunen; sie müssen beim ersten Blick den Fehler an einem schönen Werk erkennen, der sie der Bewunderung, eines vulgären Gefühls, entheben wird. Indessen verblieben einige Männer reglos, ohne der Musik zu lauschen, versunken in ein naives Entzücken, und betrachteten Raphaëls Nachbarin. In einer Parkettloge gewahrte dieser, und zwar an der Seite Aquilinas, das gemeine, blutunterlaufene Gesicht Taillefers, das ihm eine billigende Grimasse zusandte. Dann sah er Émile, der beim Orchester stand und ihm zu sagen schien: »So schau dir doch das schöne Geschöpf unmittelbar neben dir an!« Und schließlich zerknüllte Rastignac, der neben Madame de Nucingen und deren Tochter saß, seine Handschuhe, als sei er verzweifelt, dort angekettet zu sein, ohne zu der göttlichen Unbekannten gehen zu können. Raphaëls Leben hing von einem bislang nicht gebrochenen Pakt ab, den er mit sich selbst geschlossen hatte; er hatte sich gelobt, niemals aufmerksam eine Frau anzuschauen, und um sich vor einer Versuchung zu schützen, trug er ein Lorgnon, dessen vergrößerndes Glas auf höchst künstliche Weise so eingesetzt worden war, daß es die Harmonie der schönsten Züge zerstörte, indem es ihnen einen abscheulichen Anblick lieh. Raphaël stand noch unter der Nachwirkung des Entsetzens, das ihn am Morgen übermannt hatte, als um eines einfachen, aus Höflichkeit geäußerten Wunsches willen der Talisman so prompt zusammengeschrumpft war, und so war er fest entschlossen, sich nicht seiner Nachbarin zuzuwenden. Er saß da wie eine Herzogin, den Rücken der Ecke seiner Loge zugekehrt, und entzog impertinent der Unbekannten die Hälfte der Bühne; er tat, als verachte er sie, als wisse er nicht einmal, daß hinter ihm eine hübsche Frau sitze. Die Nachbarin nahm ganz genau die gleiche Haltung wie Valentin ein. Sie stützte den Ellbogen auf die Logenbrüstung, wandte den Kopf in einer Dreivierteldrehung und sah zu den Sängern hin, als sitze sie Modell für einen Maler. Die beiden wirkten wie ein verzanktes, schmollendes Liebespaar, das einander den Rücken zuwendet und sich beim ersten Liebeswort um den Hals fallen wird. Dann und wann streiften die leichten Marabufedern oder das Haar der Unbekannten Raphaëls Kopf und lösten in ihm ein wollüstiges Gefühl aus, gegen das er tapfer ankämpfte; bald verspürte er die weiche Berührung der Seidenspitzenrüschen, mit denen die Säume des Kleides geschmückt waren; das Kleid selber ließ das frauliche Knistern seiner Falten vernehmen, ein Rascheln voll weicher

Hexenkünste; schließlich sprang die unmerkliche Bewegung, die das Atmen der Brust dem Rücken, der Kleidung dieser hübschen Frau mitteilte, sprang ihr ganzes wonniges Leben auf Raphaël über wie ein elektrischer Funke; der Tüll und die Spitzen, die seine Schulter kitzelten, übertrugen ihr getreulich die köstliche Wärme dieses weißen, nackten Rückens. Durch eine Laune der Natur atmeten diese beiden Menschenwesen, die der gute Ton voneinander schied und die die Abgründe des Todes voneinander trennten, gemeinsam, und vielleicht dachten sie aneinander. Der durchdringende Duft des Aloeparfüms berauschte Raphaël vollends. Seine durch eine Hemmung gereizte Phantasie, die die Fesseln noch phantastischer gemacht hatten, zeichnete rasch eine Frau in flammenden Zügen. Jäh wandte er sich um. Sicherlich betroffen davon, unmittelbar neben einem Fremden zu sitzen, vollführte die Unbekannte die gleiche Bewegung; ihre vom selben Gedanken beseelten Gesichter verharrten voreinander.

»Pauline!«

»Monsieur Raphaël!«

Beide waren versteinert; eine Weile blickten sie einander schweigend an. Raphaël sah, daß Pauline eine schlichte, geschmackvolle Toilette trug. Durch die ihren Busen keusch verhüllende Gaze hindurch konnten geübte Blicke eine Lilienweiße wahrnehmen und Formen erraten, die eine Frau bewundert hätte. Überdies hatte sie nach wie vor ihre jungfräuliche Bescheidenheit, ihre himmlische Reinheit, ihre anmutsvolle Haltung. Der Stoff ihres Ärmels kündete von dem Zittern, das den Körper beben ließ, wie das Herz bebte.

»Oh, kommen Sie morgen«, sagte sie, »kommen Sie ins Hotel Saint-Quentin und holen Sie Ihre Papiere ab. Ich werde um zwölf Uhr dort sein. Seien Sie pünktlich.«

Hastig stand sie auf und verschwand. Raphaël wollte Pauline folgen; doch er fürchtete, sie zu kompromittieren, blieb, sah zu Foedora hinüber und fand sie häßlich; aber da er keinem einzigen Thema der Musik zu folgen vermochte, da er in diesem Zuschauerraum keine Luft bekam, da das Herz ihm voll war, ging er hinaus und fuhr heim.

»Jonathan«, sagte er zu seinem alten Diener, als er zu Bett gegangen war, »gib mir auf ein Stück Zucker einen halben

Tropfen Opiumtinktur und weck mich morgen erst zwanzig Minuten vor zwölf.«

»Ich will von Pauline geliebt werden«, rief er am folgenden Tag und blickte mit unbeschreiblicher Angst auf den Talisman.

Das Leder vollführte keinerlei Bewegung; es schien die Kraft, sich zusammenzuziehen, eingebüßt zu haben; es konnte wohl keinen bereits erfüllten Wunsch verwirklichen.

»Ach«, rief Raphaël und fühlte sich befreit wie von einem Bleimantel, den er seit dem Tag getragen hatte, da der Talisman ihm geschenkt worden war, »du lügst, du gehorchst mir nicht, der Pakt ist gebrochen! Ich bin frei, ich werde leben. Es war also nur ein schlechter Scherz.«

Als er diese Worte sprach, wagte er nicht, an seinen eigenen Gedanken zu glauben. Er zog sich so schlicht an wie in früheren Zeiten und versuchte, sich in Gedanken in die glücklichen Tage zurückzuversetzen, da er sich ohne Gefahr dem Ungestüm seiner Begierden überlassen und noch nicht allen menschlichen Genüssen abgeschworen hatte. Er ging seines Wegs und sah dabei Pauline vor sich, nicht mehr die Pauline des Hotels Saint-Quentin, sondern die Pauline des gestrigen Abends, die vollkommene Geliebte, die er sich so oft erträumt hatte, das junge, geistvolle Mädchen, das liebt, das künstlerisch begabt war, das die Dichter verstand, die Poesie verstand und dabei im Luxus lebte; mit einem Wort: Foedora mit einer schönen Seele begabt, oder Pauline als Gräfin und zweifache Millionärin, wie Foedora es war. Als er auf der abgetretenen Schwelle, auf der zerbrochenen Steinplatte dieser Tür stand, wo er so oft verzweifelten Gedanken nachgehangen hatte, kam eine alte Frau aus dem Vorraum und fragte ihn: »Sind Sie nicht Monsieur Raphaël de Valentin?«

»Doch, gute Frau«, antwortete er.

»Sie kennen ja Ihr früheres Zimmer«, fuhr sie fort, »Sie werden dort erwartet.«

»Wird das Hotel noch immer von Madame Gaudin geleitet?« fragte er.

»O nein, Monsieur. Madame Gaudin ist jetzt Baronin. Sie wohnt in einem schönen Haus, das ihr gehört, am andern Seine-Ufer. Ihr Mann ist heimgekehrt. Ei ja doch! Hunderte und Tausende hat er mitgebracht. Es heißt, sie könne das ganze Stadtviertel Saint-Jacques kaufen, wenn sie wolle. Sie hat mir unentgeltlich ihre Einrichtung und die schon gezahlte Miete abgetreten. Ach, sie ist wirklich eine gute Frau! Sie ist heute nicht stolzer, als sie es gestern war.«

Hurtig stieg Raphaël zu seiner Bodenkammer hinauf, und als er auf die letzten Treppenstufen gelangt war, vernahm er die Klänge des Pianos. Pauline war drinnen; sie trug bescheidentlich ein Perkalkleid; aber dessen Schnitt, die Handschuhe, der Hut und der Schal, die nachlässig auf das Bett geworfen waren, zeugten von beträchtlichem Reichtum.

»Ach, da sind Sie also!« rief Pauline, als sie den Kopf wandte; aus einer naiven Freudenregung heraus sprang sie auf.

Raphaël setzte sich zu ihr, errötend, beschämt, glücklich; stumm blickte er sie an.

»Warum sind Sie von uns weggezogen?« fuhr sie fort und schlug die Augen nieder, als ihr Antlitz sich purpurn färbte. »Wie ist es Ihnen ergangen?«

»Ach, Pauline! Ich bin sehr unglücklich gewesen und bin es noch!«

»Also doch!« rief sie ganz gerührt. »Ich habe Ihr Schicksal gestern geahnt, als ich Sie gut gekleidet, dem Anschein nach reich vor mir sah; aber in Wirklichkeit, nicht wahr, Monsieur Raphaël, ist es noch immer wie einst?«

Valentin konnte ein paar Tränen nicht wehren; sie entrollten seinen Augen, und er rief: »Pauline ... Ich ...« Er vollendete nicht, seine Augen leuchteten vor Liebe, und sein Herz schwoll in seinen Blick über.

»Oh! Er liebt mich, er liebt mich«, rief Pauline.

Raphaël nickte; er fühlte sich außerstande, auch nur ein einziges Wort hervorzubringen. Auf diese Geste hin ergriff das junge Mädchen seine Hand, drückte sie und sagte bald lachend, bald schluchzend: »Wir sind reich, reich, glücklich, wir sind reich, deine Pauline ist reich. Aber heute müßte ich eigentlich wieder ganz arm sein. Ich habe tausendmal gesagt, für das Wort: ›Er liebt mich!‹ würde ich alle Schätze der Erde zahlen. O mein Raphaël, ich besitze Millionen! Du liebst den Luxus, du wirst zufrieden sein; in diesem Herzen ist so viel Liebe für dich! Du weißt es noch nicht? Mein Vater ist heimgekehrt. Ich bin eine reiche Erbin. Meine Mutter und er lassen mir völlig die Freiheit über meine Zukunft; ich bin frei, verstehst du?«

Raphaël fiel einer Art Delirium anheim; er hielt Paulines Hände und küßte sie so glühend, so gierig, daß sein Kuß etwas wie ein Krampf zu sein schien. Pauline entzog ihm ihre Hände, legte sie ihm auf die Schultern und zog ihn an sich; sie verstanden, sie umschlangen und küßten einander mit der heiligen, köstlichen Glut, die frei von Hintergedanken ist und die ihren Ausdruck in einem einzigen Kuß findet, dem ersten Kuß, durch den zwei Seelen Besitz von sich selbst nehmen.

»Ach«, rief Pauline und sank auf ihren Stuhl zurück, »ich will dich nie wieder verlassen. Ich weiß nicht, woher mir so viel Kühnheit kommt!« fuhr sie errötend fort.

»Kühnheit, Pauline? Oh, fürchte nichts; es ist Liebe, wahre, tiefe Liebe, die ewig ist wie die meine, nicht wahr?«

»Oh, sprich doch weiter, sprich«, sagte sie. »Dein Mund ist so lange für mich stumm gewesen!«

»Hast du mich denn geliebt?«

»O mein Gott, ob ich dich geliebt habe! Wie oft habe ich geweint, hier, siehst du, wenn ich dein Zimmer machte und deine Notlage bejammerte und die meine. Dem Teufel würde ich mich verkauft haben, um dir einen Kummer zu ersparen! Heute bist du *mein* Raphaël, denn jetzt gehörst du mir: Mein ist dieser schöne Kopf, mein dein Herz! Ach ja, dein Herz, das vor allem, es ist ein ewiger Reichtum! Ja, wo bin ich denn stehen geblieben?« fuhr sie nach einer Pause fort. »Ach, jetzt weiß ich es wieder: Wir haben drei, vier, fünf Millionen, glaube ich. Wäre ich arm, legte ich vielleicht Wert darauf, deinen Namen zu tragen und deine Frau genannt zu werden; aber gegenwärtig möchte ich dir die ganze Welt opfern, möchte ich nach wie vor für alle Zeit deine Magd sein. Glaub es nur, Raphaël, nun ich dir mein Herz, meine Person, mein Vermögen darbiete, gebe ich dir heute nicht mehr als an dem Tag, da ich dorthinein«, sagte sie und zeigte auf das Tischschubfach, »ein gewisses Hundertsousstück gelegt habe. Oh, wie hat deine Freude mir damals weh getan.«

»Warum bist du reich?« rief Raphaël aus. »Warum bist du frei von Eitelkeit? Ich kann nichts für dich tun.«

Er rang die Hände vor Glück, Verzweiflung und Liebe.

»Wenn du erst die Frau Marquise de Valentin bist, ich kenne dich, himmlische Seele, dann werden jener Titel und mein Vermögen dir nicht so viel gelten wie ...«

»Ein einziges deiner Haare«, rief sie.

»Auch ich besitze Millionen; aber was bedeuten uns jetzt Reichtümer? Ach, ich habe mein Leben, ich kann es dir darbringen, nimm es.«

»Oh, deine Liebe, Raphaël, deine Liebe wiegt die Welt auf. Gehört mir wirklich dein ganzes Denken? Dann wäre ich ja die Glücklichste der Glücklichen.«

»Man wird uns hören«, sagte Raphaël.

»Oh, es ist ja niemand da«, antwortete sie mit einer mutwilligen Geste.

»Nun, dann komm«, rief Raphaël und breitete ihr die Arme entgegen.

Sie hüpfte ihm auf die Knie und faltete die Hände hinter seinem Hals. »Küssen Sie mich«, sagte sie, »um all des Kummers willen, den Sie mir gemacht haben, um alle die Pein auszulöschen, die mir Ihre Freuden bereiteten, um aller der Nächte willen, in denen ich meine Lampenschirme gemalt habe.«

»Deine Lampenschirme?«

»Nun wir reich sind, mein Schatz, kann ich dir alles sagen. Du armer Junge! Wie leicht ist es doch, intelligente Männer zu täuschen! Hättest du für drei Francs Wäscherlohn im Monat wöchentlich zweimal weiße Westen und saubere Hemden haben können? Überdies hast du zweimal so viel Milch getrunken, als dir für dein Geld zustand. Mit allem habe ich dich hinters Licht geführt: mit dem Feuer, dem Petroleum, und auch mit dem Geld. Ach, liebster Raphaël, nimm mich nicht zur Frau«, sagte sie lachend, »ich bin eine zu hinterlistige Person.«

»Aber wie hast du denn das angefangen?«

»Ich habe bis zwei Uhr morgens gearbeitet«, antwortete sie, »und meiner Mutter die eine Hälfte des Erlöses für meine Lampenschirme gegeben und dir die andere.«

Beide blickten einander eine Weile an, sprachlos vor Freude und Liebe.

»Oh«, rief Raphaël, »eines Tages werden wir dieses Glück sicherlich mit irgendeinem entsetzlichen Leid bezahlen müssen.«

»Solltest du etwa verheiratet sein?« rief Pauline. »Oh, ich will dich keiner andern Frau überlassen.«

»Ich bin frei, Liebste.«

»Frei«, wiederholte sie, »du bist frei und gehörst mir!«

Sie ließ sich auf die Knie hinabgleiten, faltete die Hände und blickte ihn mit andachtsvoller Glut an.

»Ich habe Angst, ich werde verrückt. Wie hübsch du bist!« fuhr sie fort und fuhr mit der einen Hand durch das blonde Haar ihres Liebhabers. »Wie dumm sie ist, deine Gräfin Foedora! Wie habe ich es gestern genossen, als ich es erlebte, daß alle diese Männer mich grüßten. Ihr ist nie Beifall gezollt worden. Weißt du, Liebster, als mein Rücken deinen Arm berührt hat, da habe ich in meinem Innern etwas wie eine Stimme gehört, die mir zurief: ›Er ist da.‹ Ich habe mich umgewandt und dich gesehen. Oh, und da bin ich davongelaufen; ich verspürte Lust, dir vor allen Leuten um den Hals zu fallen.«

»Du bist gut dran, daß du reden kannst«, rief Raphaël. »Denn mir ist das Herz wie zusammengeschnürt. Ich möchte weinen und kann es nicht. Zieh deine Hand nicht zurück. Mir ist, als müsse ich mein Leben lang so dasitzen und dich anschauen, glücklich und zufrieden.«

»Oh, sag das noch einmal, Liebster!«

»Aber was sind denn Worte!« fuhr Valentin fort und ließ eine heiße Träne auf Paulines Hände fallen. »Später will ich versuchen, dir von meiner Liebe zu sagen; augenblicklich kann ich sie nur empfinden . . .«

»Oh«, rief sie, »diese schöne Seele, dieses schöne Genie, dieses Herz, das ich so gut kenne, alles das ist mein, wie ich dein bin.«

»Für immer, mein holdes Geschöpf«, sagte Raphaël mit gerührter Stimme. »Du, mein guter Geist, wirst meine Frau. Deine Nähe hat von je meine Sorgen zerstreut und mir die Seele erquickt; in diesem Augenblick hat dein engelhaftes Lächeln mich, wie ich sagen möchte, gereinigt. Ich glaube, es beginnt für mich ein neues Leben. Die grausame Vergangenheit und meine jämmerlichen Torheiten kommen mir vor, als seien sie lediglich schlimme Träume gewesen. Wenn du bei mir bist, bin ich rein. Ich spüre den Atem des Glücks. Oh, sei immer da«, sagte er noch und preßte sie in heiliger Verehrung an sein bebendes Herz.

»Möge der Tod nahen, wann er will«, rief Pauline ekstatisch, »ich habe gelebt.«

Glücklich, wer sich in ihrer beider Freude hineindenken kann; er hat sie erlebt!

»Ach, liebster Raphaël«, sagte Pauline nach ein paar Stunden des Schweigens, »ich wollte, es käme künftig niemand mehr in diese liebe Mansarde.«

»Dann müssen die Tür zugemauert, die Dachluke vergittert und das Haus gekauft werden«, antwortete der Marquis.

»So ist es«, sagte sie. Dann fuhr sie nach einem kurzen Schweigen fort: »Beinah hätten wir vergessen, nach deinen Manuskripten zu suchen!«

In holder Unschuld fingen sie zu lachen an.

»Pah! Ich pfeife auf die ganze Wissenschaft«, sagte Raphaël.

»Und wie ist es um den Ruhm bestellt, Monsieur?«

»Mein einziger Ruhm bist *du*!«

»Du bist sehr unglücklich gewesen, als du alle diese kleinen Krickelkrakel hingemalt hast«, sagte sie und blätterte in den Papieren.

»Meine geliebte Pauline . . .«

»O ja, ich bin *deine* Pauline. Was willst du denn?«

»Wo wohnst du eigentlich?«

»In der Rue Saint-Lazare. Und du?«

»In der Rue de Varennes.«

»Wie weit werden wir dann voneinander entfernt sein, bis . . .« Sie hielt inne und blickte den Freund mit koketter und verschmitzter Miene an.

»Aber«, antwortete Raphaël, »wir bleiben doch nur noch höchstens vierzehn Tage getrennt.«

»Ja, richtig! In vierzehn Tagen sind wir verheiratet!« Sie hüpfte umher wie ein Kind. »Oh, ich bin eine entartete Tochter«, fuhr sie fort, »ich denke überhaupt nicht mehr an meinen Vater, an meine Mutter oder an sonst etwas in der Welt! Du weißt ja noch gar nicht, Liebster, daß mein Vater schwer krank ist. Er ist arg leidend aus Indien heimgekommen. In Le Havre wäre er fast gestorben; von dort haben wir ihn abgeholt. O Gott«, rief sie und sah nach ihrer Uhr, »es ist schon drei. Um vier, wenn er aufwacht, muß ich bei ihm sein. Ich bin die Hausfrau; meine Mutter tut alles, was ich will; mein Vater vergöttert mich; aber ich will mit ihrer beider Güte keinen Mißbrauch treiben, das wäre von Übel! Der liebe Vater, er hat mich gestern in die Italienische Oper geschickt; du wirst ihn doch morgen besuchen, nicht wahr?«

»Erweist mir die Frau Marquise de Valentin wohl die Ehre, meinen Arm zu nehmen?«

»Ich will den Schlüssel dieses Zimmers an mich nehmen«, entgegnete sie. »Ist es nicht ein Palast, unsere Schatzkammer?«

»Pauline, bekomme ich nicht noch einen Kuß?«

»Tausend! Mein Gott«, sagte sie und blickte Raphaël an. »Und so soll es immer sein? Ich glaube, ich träume.«

Langsam stiegen sie die Treppe hinab; dann gelangten sie in enger Gemeinschaft, im gleichen Schritt, beide unter dem Gewicht des gleichen Glücks zitternd, aneinander geschmiegt wie zwei Tauben, auf die Place de la Sorbonne, wo Paulines Wagen wartete.

»Ich will mit zu deinem Haus fahren«, rief sie. »Ich will dein Schlafzimmer, dein Arbeitszimmer sehen, mich an den Tisch setzen, an dem du schreibst und liest. Dann wird es sein wie früher«, fügte sie errötend hinzu. »Joseph«, sagte sie zu einem Diener, »ich will in die Rue de Varennes, ehe ich heimfahre. Es ist Viertel nach drei, und um vier muß ich zu Hause sein. Georges muß die Pferde gehörig antreiben.«

Und innerhalb weniger Minuten waren die beiden Liebenden vor Valentins Stadtpalais angelangt.

»Ach, wie freut es mich, daß ich mir das alles angeschaut habe«, rief Pauline und zerknitterte die Seide der Vorhänge, die gerafft an Raphaëls Bett hingen. »Wenn ich künftig einschlafe, werde ich in Gedanken hier sein. Ich werde mir deinen lieben Kopf auf diesem Kissen vorstellen. Sag mal, Raphaël, hast du dich bei der Einrichtung deines Palais von jemandem beraten lassen?«

»Von niemandem.«

»Ganz bestimmt nicht? Hat nicht etwa eine Frau ...«

»Aber Pauline!«

»Oh, ich verspüre in mir eine furchtbare Eifersucht. Du hast einen guten Geschmack. Ich will mir morgen genauso ein Bett wie deines anschaffen.«

Trunken vor Glück umschlang Raphaël Pauline.

»Oh, mein Vater, mein Vater«, sagte sie.

»Dann fahre ich dich heim; ich will möglichst wenig ohne dich sein«, rief Valentin.

»Wie lieb du bist! Ich habe nicht gewagt, es dir vorzuschlagen . . .«

»Bist du denn nicht mein Leben?«

Es würde langweilig sein, getreulich dieses ganze anbetenswürdige Liebesgeplauder aufzuzeichnen, dessen Wert einzig im Tonfall, im Blick und in einer nicht wiederzugebenden Geste besteht. Valentin begleitete Pauline bis vor deren Haus, und sein Herz war auf dem Heimweg von so viel Glück erfüllt, wie ein Mann hienieden zu empfinden und zu tragen vermag. Als er in seinem Sessel am Kamin saß, mußte er an die jähe, vollständige Verwirklichung aller seiner Hoffnungen denken; doch da fuhr ihm ein kalter Gedanke durch die Seele, wie der Stahl eines Dolchs eine Brust durchdringt; er schaute zu dem Chagrinleder hin; es war um ein Geringes kleiner geworden. Er stieß den französischen Lieblingsfluch aus, und zwar ohne die jesuitischen Weglassungen der Äbtissin von Les Andouillettes[135], lehnte den Kopf an den Sessel und blieb reglos sitzen, die Augen starr auf einen Gardinenhalter gerichtet, ohne ihn zu sehen.

»Großer Gott!« rief er aus. »Wie? Alle meine Wünsche, alle! Arme Pauline!«

Er nahm einen Zirkel und maß, was der Vormittag ihn an Leben gekostet hatte. »Es langt kaum noch für zwei Monate«, sagte er.

Aus seinen Poren brach eisiger Schweiß; plötzlich gab er einer unbeschreiblichen Wutregung nach, packte das Chagrinleder und rief: »Wie dumm ich doch bin!« Er verließ das Haus, eilte durch die Gärten und warf den Talisman in einen Brunnen. »Nun komme, was da wolle«, sagte er. »Zum Satan mit allen diesen Dummheiten!«

So überließ sich Raphaël denn dem Glück zu lieben und lebte Herz an Herz mit Pauline. Ihre Hochzeit hatte sich durch Schwierigkeiten, die zu berichten kaum lohnt, verzögert; sie sollte in den ersten Märztagen gefeiert werden. Sie hatten einander geprüft; sie hegten keinerlei Zweifel an sich, und das

Glück hatte ihnen die volle Stärke ihrer Zuneigung enthüllt; nie zuvor hatten zwei Seelen, zwei Charaktere sich so vollkommen vereint wie sie beide durch die Leidenschaft. Dadurch, daß sie einander ergründeten, liebten sie sich noch mehr: auf beiden Seiten das gleiche Zartgefühl, die gleiche Wollust, die süßeste aller Wollüste, die der Engel; ihrer beider Himmel war wolkenlos; wechselweise waren die Wünsche des einen das Gesetz des andern. Beide waren sie reich; es gab für sie keine Launen, die sie sich nicht hätten erfüllen können, und daher hatten sie gar keine Launen. Ein erlesener Geschmack, Sinn für das Schöne, eine wahrhafte Poesie lebte im Herzen der Gattin; sie verachtete den geschmacklosen Zierat der Finanzwelt; ein Lächeln ihres Freundes dünkte sie schöner als alle Perlen von Hormus[136]; Musselin oder Blumen bildeten ihren reichsten Schmuck. Übrigens flohen Pauline und Raphaël Welt und Gesellschaft; die Einsamkeit dünkte sie so schön und war für sie so fruchtbar! Die Müßiggänger konnten buchstäblich jeden Abend dieses hübsche, unverehelichte Ehepaar in der Italienischen Oper oder in der Großen Oper sehen. Anfangs hatte einiger Klatsch über die beiden die Salons erheitert; bald jedoch brachte der Strom der Ereignisse, der über Paris hinwegflutete, das harmlose Liebespaar in Vergessenheit; schließlich war es für die Prüden eine gewisse Entschuldigung, daß ihre Eheschließung angekündigt worden war, und zufällig war ihrer beider Dienerschaft verschwiegen; keinerlei allzu gehässige Bosheit strafte sie für ihr Glück.

Gegen Ende Februar, eine Zeit, da recht schöne Tage schon an die Freuden des Frühlings glauben ließen, frühstückten eines Morgens Pauline und Raphaël gemeinsam in einem kleinen Gewächshaus, einer Art Salon voller Blumen, der ebenerdig mit dem Garten war. Die milde, blasse Wintersonne, deren Strahlen sich durch die spärlichen Sträucher einen Weg suchten, machte die Temperatur lau. Die Augen wurden durch die kräftigen Kontraste des mannigfachen Laubwerks, durch die Farben der Blütenbüschel und alle launischen Spiele von Licht und Schatten erheitert. Während ganz Paris sich noch an den trübseligen Kaminfeuern wärmte, lachten die beiden jungen Gatten unter einer Laube von Kamelien, Flieder und Erikagewächsen. Ihre fröhlichen Köpfe erhoben sich über Narzissen, Maiglöckchen und

Bengalrosen. In diesem wollüstigen, reichen Gewächshaus schritten die Füße auf einer afrikanischen Matte einher, die bunt wie ein Teppich war. Ausgespannter grüner Zwillich bildete die Wände; sie zeigten nicht die geringste Spur von Feuchtigkeit. Das Mobiliar bestand aus dem Anschein nach plumpem Holz, dessen geglättete Rinde indessen vor Sauberkeit glänzte. Auf dem Tisch kauerte eine junge Katze, die wohl der Milchgeruch hergelockt hatte, und ließ sich von Pauline die Nase mit Kaffee bestreichen; sie spielte mit ihr, enthielt ihr die Sahne vor, an der sie sie kaum schnuppern ließ, um sie in der Geduld zu üben und den Kampf weiterzuführen; bei jedem ihrer possierlichen Sprünge lachte sie auf und heckte tausend Scherze aus, um Raphaël am Lesen der Zeitung zu hindern; sie war ihm bereits zehnmal aus den Händen gefallen. In dieser morgendlichen Szene lag ein Überfluß von unaussprechlichem Glück wie in allem, was natürlich und wahr ist. Nach wie vor tat Raphaël, als lese er sein Blatt; aber verstohlen betrachtete er Pauline bei ihrem Tun mit der Katze, seine in einen langen Morgenrock, der sie unvollkommen verhüllte, gekleidete Pauline, seine Pauline mit dem unfrisierten Haar, die einen kleinen weißen, blaugeäderten Fuß und einen schwarzen Samtpantoffel sehen ließ. In ihrem Morgengewand war sie reizend anzublicken, köstlich wie die phantastischen Figuren von Westall[137]; sie wirkte gleichzeitig wie ein junges Mädchen und eine Frau – vielleicht mehr als junges Mädchen denn als Frau; sie genoß ein ungetrübtes Glück und kannte von der Liebe nur deren erste Freuden. Gerade als Raphaël sich völlig seiner weichen träumerischen Versunkenheit hingegeben und seine Zeitung vergessen hatte, ergriff Pauline sie, knüllte sie zusammen, machte eine Kugel daraus, warf sie in den Garten, und die Katze sprang der Politik nach, die sich, wie stets, um sich selber drehte. Als Raphaël, den jene Kindereien abgelenkt hatten, weiterlesen wollte und die Hand ausstreckte, um das nicht mehr vorhandene Zeitungsblatt hochzuheben, erklang beider herzhaftes, freudiges Gelächter, das sich immerfort aus sich selbst erzeugte wie das Singen eines Vogels.

»Ich bin eifersüchtig auf die Zeitung«, sagte sie und wischte sich die Tränen ab, die ihr Kinderlachen hatte kullern lassen. »Es ist doch Bosheit«, fuhr sie fort, plötzlich wieder zur Frau geworden, »in meiner Gegenwart russische Proklamationen[138] zu lesen und die Prosa des Zaren Nikolaus den Worten und den Blicken der Liebe vorzuziehen!«

»Ich habe gar nicht gelesen, mein geliebter Engel; ich habe dich angeschaut.«

In diesem Augenblick erscholl in der Nähe des Gewächshauses der schwere Schritt des Gärtners, dessen eisenbeschlagene Schuhe den Sand der Gartenwege knirschen ließen.

»Entschuldigen Sie bitte, Herr Marquis, wenn ich Sie und Madame störe; aber ich bringe Ihnen etwas so Seltsames, wie ich es nie gesehen habe. Als ich eben, mit Respekt, einen Eimer Wasser hochgezogen habe, da habe ich diese sonderbare Wasserpflanze mit heraufgeholt! Sehen Sie nur! Sie muß schließlich das Wasser gewohnt sein, weil sie kein bißchen naß oder feucht gewesen ist. Trocken wie Holz war sie, und nicht die Spur Fleischiges war dran. Der Herr Marquis ist ganz bestimmt gelehrter als ich; da habe ich gemeint, ich müsse sie ihm bringen und es würde ihn interessieren.«

Und der Gärtner hielt Raphaël das unerbittliche Chagrinleder hin; es war nur noch sechs Zoll im Quadrat groß.

»Danke, Vanière«, sagte Raphaël. »Das ist eine sehr merkwürdige Sache.«

»Was hast du denn, mein Engel? Du wirst ja ganz blaß!« rief Pauline.

»Bitte gehen Sie, Vanière.«

»Deine Stimme erschreckt mich«, fuhr das junge Mädchen fort, »sie klingt ganz anders. Was hast du? Wie fühlst du dich? Wo tut es dir weh? Dir tut was weh! Einen Arzt her!« rief sie. »Jonathan, Hilfe!«

»Liebe Pauline, sei still«, antwortete Raphaël, der seine Kaltblütigkeit wiedergefunden hatte. »Hier in der Nähe wächst eine Blume, deren Duft ich nicht vertrage. Vielleicht ist es jene Verbene dort.«

Pauline stürzte sich auf die unschuldige Pflanze, packte sie beim Stengel und warf sie in den Garten.

»O mein Engel«, rief sie und drückte Raphaël mit einer Umarmung an sich, die so stark wie ihre Liebe war, wobei sie ihm mit schmachtender Koketterie ihre Scharlachlippen zum Kuß bot,

»als ich dich erbleichen sah, habe ich eingesehen, daß ich dich nicht überleben würde: Dein Leben ist mein Leben. Liebster Raphaël, legst du mir wohl deine Hand auf den Rücken? Ich spüre dort noch immer einen Schauer, mir ist dort ganz kalt. Deine Lippen glühen. Und deine Hand . . .? Die ist eisig«, fügte sie hinzu.

»Wahnwitzige!« rief Raphaël.

»Warum diese Träne?« fragte sie. »Laß mich sie trinken.«

»O Pauline, Pauline, du liebst mich allzu sehr.«

»Es geht in dir etwas Ungewöhnliches vor, Raphaël. Sei ehrlich, ich werde dein Geheimnis bald erfahren. Gib mir dies hier«, sagte sie und langte nach dem Chagrinleder.

»Du bist meine Henkerin«, rief der junge Mann und warf einen entsetzten Blick auf den Talisman.

»Wie anders klingt deine Stimme!« antwortete Pauline und ließ das unheilvolle Sinnbild des Schicksals fallen.

»Liebst du mich?« erwiderte er.

»Ob ich dich liebe? Welch eine Frage!«

»Gut, dann laß mich allein, geh!«

Die arme Kleine ging.

»Wie«, rief Raphaël, als er allein war, »in einem Jahrhundert der Erkenntnisse, wo wir entdeckt haben, daß Diamanten Kohlenstoffkristalle sind, in einem Zeitalter, wo alles erklärt wird, wo die Polizei einen neuen Messias vor Gericht schleppen und seine Wunder der Akademie der Wissenschaften unterbreiten würde, in einer Zeit, da wir an nichts mehr glauben als an die Unterschriften der Notare, sollte *ich*, ausgerechnet *ich*, an eine Art Menetekel upharsin[139] glauben? Nein, bei Gott! Ich mag nicht denken, daß das höchste Wesen sich einen Spaß daraus machen könnte, eine ehrenhafte Kreatur zu quälen. Wir wollen die Gelehrten befragen.«

Bald war er zwischen der Weinmarkthalle, einer ungeheuren Ansammlung von Tonnen, und der Salpêtrière[140], der ungeheuren Lehranstalt der Trunksucht, an einen kleinen Teich gelangt, auf dem sich Enten tummelten, die durch die Seltenheit der Arten und die wogenden Farben auffielen; diese ähnelten den Glasmalereien einer Kathedrale und funkelten in den Sonnenstrahlen. Sämtliche Entenarten der Welt waren dort; sie schnatterten, wimmelten durcheinander und bildeten eine Art Entenparlament, das wider seinen Willen zusammengerufen worden war, aber glücklicherweise ohne Verfassung oder politische Prinzipien, und das am Leben war, ohne Jägern zu begegnen, unter den Augen der Naturforscher, die sie bei Gelegenheit beobachteten.

»Da steht Monsieur Lavrille«, sagte ein Schließer zu Raphaël, der nach diesem Hohenpriester der Zoologie gefragt hatte.

Der Marquis erblickte ein tief in weises Sinnen versunkenes, zwei Enten anschauendes Männlein. Dieser Gelehrte war mittleren Alters und hatte sanfte Züge; sie wurden durch eine entgegenkommende Miene noch freundlicher. Aber es herrschte in seiner ganzen Erscheinung eine wissenschaftliche Voreingenommenheit vor; seine Perücke, die er unaufhörlich kratzte und die auf abenteuerliche Weise zurückgeschoben war, ließ eine Linie von weißem Haar sehen und kündete von der Entdeckerwut, die uns, wie alle Leidenschaften, so machtvoll von den Dingen dieser Welt ablenkt, daß wir das Bewußtsein unser selbst einbüßen. Raphaël als Mann der Wissenschaft und der Forschung bewunderte diesen Naturforscher, dessen durchwachte Nächte der Erweiterung der menschlichen Kenntnisse geweiht waren und dessen Irrtümer sogar noch dem Ruhm Frankreichs dienten; aber ein kokettes Dämchen hätte sicherlich über den gestörten Zusammenhang zwischen der Hose und der gestreiften Weste des Gelehrten gelacht, welcher Zwischenraum übrigens keusch durch ein Hemd ausgefüllt wurde, das ausgiebig vorgebauscht war, weil er sich im Verlauf seiner zoogenetischen Beobachtungen abwechselnd gebückt und wieder aufgerichtet hatte.

Nach ein paar einleitenden Höflichkeitsfloskeln hielt Raphaël es für angebracht, Monsieur Lavrille ein banales Kompliment über seine Enten zu machen.

»Oh, Enten haben wir reichlich«, antwortete der Naturwissenschaftler. »Übrigens ist diese Gattung, wie Ihnen sicherlich bekannt, die fruchtbarste innerhalb der Ordnung der Schwimmvögel. Sie beginnt beim Schwan, endet bei der Krikente und umfaßt hundertsiebenunddreißig deutlich unterscheidbare Varietäten, die ihre Namen, ihre Lebensgewohnheiten, ihre Heimat, ihr Aussehen haben und einander nicht ähnlicher sind als ein Weißer einem Neger. Tatsächlich, Monsieur, wenn wir eine Ente verspeisen, machen wir uns zumeist keine Vorstellung davon, wie ausgedehnt . . .« Er unterbrach sich beim Anblick einer hübschen kleinen Ente, die die Teichböschung hinaufkletterte. – »Da sehen Sie den Kragenschwan, einen armen Sohn Kanadas, der von weit her gekommen ist, um uns sein braunes und graues Gefieder und seinen kleinen schwarzen Kragen zu zeigen! Sehen Sie, jetzt kratzt er sich. Da drüben sehen Sie die berühmte Daunengans oder Eiderente, unter deren Daunen unsere kleinen Freundinnen schlafen; wie hübsch sie ist! Wer würde nicht seine Freude an diesem niedlichen, rötlich-weißen Bauch und diesem grünen Schnabel haben? Gerade eben, Monsieur«, fuhr er fort, »bin ich Zeuge einer Paarung gewesen, an deren Möglichkeit ich bislang gezweifelt hatte. Die Hochzeit ist glücklich vollzogen worden, und ich warte voller Ungeduld auf das Ergebnis. Ich hoffe nämlich, eine hundertachtunddreißigste Art zu erzielen, der dann vielleicht mein Name gegeben werden wird! Da sehen Sie die Neuvermählten«, sagte er und deutete auf zwei Enten. »Es handelt sich einerseits um eine Lachgans (*Anas albifrons*) und andererseits um die große Pfeifente (*Anas ruffina* nach Buffon). Ich habe lange zwischen der Pfeifente, der Ente mit den weißen Brauen, und der Löffelente (*Anas clypeata*) geschwankt; sehen Sie, das da ist die Löffelente, der dicke, schwarzbraune Schlingel da mit dem grünlichen Hals, der so kokett irisiert. Aber, Monsieur, die Pfeifente hatte eine Haube, und da verstehen Sie wohl, daß es mit meinem Zaudern aus war. Es fehlt uns hier lediglich die Varietät der Schwarzkappenente. Gewisse Herren behaupten einstimmig, jene Ente sei bloß eine Spielart der krummschnabeligen Knäkente, wogegen ich . . .« Er vollführte eine bewundernswerte Handbewegung, aus der zugleich Bescheidenheit und Gelehrtenstolz sprach, ein Stolz voller Verbohrtheit und eine Bescheidenheit voller Selbstgenügsamkeit. »Ich glaube das nicht«, sprach er weiter. »Sie sehen, verehrter Herr, daß wir nicht zu unserm Vergnügen hier sind. Ich beschäftige mich gegenwärtig mit der monographischen Darstellung der Gattung Ente. Aber womit kann ich Ihnen dienen?«

Sie betraten ein recht hübsches Haus in der Rue de Buffon, wo Raphaël das Chagrinleder Monsieur Lavrilles Forscherblikken überließ.

»Ich kenne dieses Produkt«, sagte der Gelehrte, als er seine Lupe auf den Talisman gerichtet hatte. »Es hat als Überzug für irgendeinen Kasten gedient. Das Leder ist sehr alt! Heutzutage verwenden die Futteralmacher lieber das Galuchat. Galuchat ist, wie Sie sicherlich wissen werden, die Haut des *Raja zephen*, eines im Roten Meer lebenden Fisches ...«

»Aber dies hier, Monsieur, da Sie die ungemeine Güte haben ...«

»Dies hier«, unterbrach ihn der Gelehrte, »ist etwas anderes. Zwischen Galuchat und Chagrin, Monsieur, besteht der volle Unterschied wie zwischen Ozean und Land, zwischen Fisch und Vierfüßler. Dabei ist die Fischhaut härter als die des Landtiers. Dies hier«, sagte er und zeigte auf den Talisman, »ist, wie Sie sicherlich wissen werden, eines der merkwürdigsten Produkte der Zoologie.«

»Was Sie nicht sagen!« rief Raphaël.

»Monsieur«, antwortete der Gelehrte und ließ sich in seinen Lehnsessel sinken, »dies hier ist Eselsleder.«

»Das weiß ich«, sagte der junge Mann.

»Es gibt in Persien«, fuhr der Naturwissenschaftler fort, »einen äußerst seltenen Esel, den Onager der Alten, *Equus asinus*, den Kulan der Tataren; Pallas[141] ist hingereist, hat ihn beobachtet und ihn der Wissenschaft wiedergeschenkt. Jenes Tier hat nämlich lange Zeit als ein Phantasieprodukt gegolten. Wie Sie wissen, ist er in der Heiligen Schrift erwähnt worden; Moses hat verboten, ihn mit seinen Artverwandten zu paaren. Aber der Onager, der Wildesel, ist noch berühmter durch den geschlechtlichen Mißbrauch, der mit ihm getrieben worden ist; die biblischen Propheten sprechen häufig davon. Wie Sie sicherlich wissen werden, erklärt Pallas in seinen ›Acta Petropolitana‹ Band II, daß diese absonderlichen Ausschweifungen nach wie vor unter Billigung durch die Religion bei den Persern und den Nogaiern[142] als ein unfehlbares Heilmittel gegen Nierenleiden und Hüftweh gelten. Wir armen Pariser haben von so was natürlich keine Ahnung. Der Jardin des Plantes besitzt keinen Wildesel. Was für ein prächtiges Tier!« redete der Gelehrte weiter. »Es steckt voller Geheimnisse; sein Auge ist mit einer Art reflektierendem Überzug versehen, dem die Orientalen Zauberkraft zuschreiben; sein Fell ist eleganter und glatter als das unserer schönsten Pferde; es hat mehr oder weniger falbe Streifen und ähnelt sehr dem Zebrafell. Seine Behaarung ist weich, gewellt und fühlt sich fettig an; sein Sehvermögen gleicht, was die Schärfe und Genauigkeit betrifft, völlig dem des Menschen; er ist etwas größer als unsere schönsten Hausesel und dabei außerordentlich tapfer. Wenn er überfallen wird, wehrt er sich mit bemerkenswerter Überlegenheit gegen die wildesten Tiere; seine Schnelligkeit läßt sich nur mit dem Flug der Vögel vergleichen; ein Wildesel, Monsieur, würde beim Rennen die besten arabischen und persischen Pferde schlagen. Wie der Vater des gewissenhaften Dr. Niebuhr[143] berichtet, dessen Verlust wir seit kurzem zu bedauern haben, wie Sie sicherlich wissen werden, legen diese wunderbaren Geschöpfe bei gewöhnlichem Gang siebentausend geometrische Schritte in der Stunde zurück. Unsere degenerierten Esel vermögen keinen Begriff von diesem unabhängigen, stolzen Esel zu geben. Er hat eine geschmeidige, lebhafte Haltung, einen geistvollen, gewitzten Ausdruck, anmutige Züge, Bewegungen voller Koketterie! Im Orient ist er der König der Tierwelt. Der Aberglaube der Türken und Perser leiht ihm sogar einen geheimnisvollen Ursprung, und der Name Salomos kommt in den Geschichten vor, die die Märchenerzähler Tibets und der Tatarei von den Heldentaten zum besten geben, die diesen edlen Tieren zugeschrieben werden. Schließlich kostet ein gezähmter Wildesel ungeheure Summen; es ist fast unmöglich, seiner im Gebirge habhaft zu werden; da springt er umher wie ein Reh und scheint zu fliegen wie ein Vogel. Die Fabel vom geflügelten Pferd, unserm Pegasus, ist sicherlich in jenen Gegenden entstanden, wo die Hirten wohl oftmals einen Wildesel von einem Felsen zum andern haben springen sehen. Die Reitesel, die man in Persien aus der Paarung einer Eselin mit einem gezähmten Wildesel erhält, werden infolge einer uralten Tradition rot angemalt. Dieser Brauch hat vielleicht Anlaß zu unserm Sprichwort ›Tückisch wie ein roter Esel‹ gegeben. Zu einer Zeit, da es um die Naturgeschichte in Frankreich ziemlich übel bestellt war, hat, wie ich meine, ein Reisender eins dieser merkwürdigen Tiere, die die Sklaverei nur sehr ungeduldig ertragen, mitgebracht. Daher die Redensart! Das Leder, das Sie mir zeigen«, fuhr der Gelehrte fort, »stammt von der Haut eines Onagers, eines Wildesels. Unsere Meinungen über den Ursprung des Namens gehen auseinander. Die einen behaupten, *Chagri* sei ein türkisches Wort; andere behaupten, *Chagri* sei die Stadt, in der diese Tierhautstücke einer chemischen Prozedur unterworfen werden, wie Pallas sie ziemlich genau beschreibt und die ihr die besondere Narbung gibt, die wir so sehr schätzen; Monsieur Martellens hat mir geschrieben, *Châagri* sei ein Bach.«

»Monsieur, ich danke Ihnen, daß Sie mir Aufschlüsse gegeben haben, die irgendeinem Dom Calmet[144] eine bewundernswerte Textanmerkung geliefert haben würden, wenn es noch Benediktiner gäbe; aber ich habe die Ehre, Sie darauf hinzuweisen, daß dieses Stück hier ursprünglich einen Umfang hatte wie ... die Landkarte dort«, sagte Raphaël und wies Lavrille auf einen aufgeschlagenen Atlas hin; »nun aber ist es seit drei Monaten merklich zusammengeschrumpft ...«

»Gut«, sagte der Gelehrte, »ich verstehe, Monsieur, alle von ursprünglich organischen Wesen stammenden Reste sind einem natürlichen Verfall unterworfen, wie leicht zu begreifen ist, einem Verfall, dessen Fortschreiten von atmosphärischen Einflüssen abhängt. Sogar die Metalle dehnen sich merklich aus oder ziehen sich zusammen; denn die Ingenieure haben ziemlich beträchtliche Lücken zwischen dicken Steinen beobachtet, die ursprünglich von Eisenklammern zusammengehalten worden waren. Die Wissenschaft ist ein weites Gebiet, und das menschliche Leben ist kurz. Daher beanspruchen wir nicht, alle Phänomene der Natur zu kennen.«

»Monsieur«, fuhr Raphaël beinahe verwirrt fort, »entschuldigen Sie die Frage, die ich Ihnen jetzt stellen werde. Sind Sie sich ganz sicher, daß dieses Leder den gewöhnlichen Gesetzen der Zoologie unterworfen ist und daß es sich auch wieder ausdehnen könnte?«

»O freilich! Ach, potztausend«, sagte Monsieur Lavrille und versuchte, den Talisman langzuziehen. »Aber, Monsieur«, fuhr er fort, »wenn Sie zu Planchette gehen würden, dem berühmten Professor der Mechanik, so würde er sicherlich Mittel und Wege ausfindig machen, durch die sich auf dies Lederstück einwirken ließe, die es weich machten und es dehnten.«

»Oh, Herr Professor, Sie retten mir das Leben.«

Raphaël verabschiedete sich von dem gelehrten Naturwissenschaftler, eilte zu Planchette und ließ den guten Lavrille in seinem mit Glasflaschen und getrockneten Pflanzen angefüllten Arbeitszimmer. Ohne es zu wissen, hatte er von diesem Besuch das gesamte menschliche Wissen mitgenommen: ein Verzeichnis von Namen! Jener Biedermann besaß Ähnlichkeit mit Sancho Pansa, als er Don Quijote die Geschichte der Ziegen erzählte; er unterhielt sich damit, die Tiere zu zählen und zu numerieren. Nun er am Rand des Grabes angelangt war, kannte er kaum einen kleinen Bruchteil von der unermeßlichen Zahl der großen Herde, die Gott zu einem unbekannten Zweck und Ziel durch den Ozean der Welten hindurchgeschleudert hat. Raphaël war zufrieden. »Ich werde meinen Esel schon im Zaum halten«, rief er sich zu. Schon vor ihm hat Sterne gesagt: »Wir müssen mit unserm Esel schonend umgehen, wenn wir alt werden wollen.« Aber das Biest ist nun einmal störrisch!

Planchette war ein hochgewachsener, hagerer Mann, ein wahrer, in stete Betrachtung versunkener Dichter, damit beschäftigt, immerfort in einen grundlosen Schlund zu starren, *die Bewegung*. Der Durchschnittsmensch hält solcherlei erhabene Geister, Unverstandene, die in einer bewundernswerten Unbekümmertheit um Luxus und Gesellschaft leben, die ganze Tage damit hinbringen, eine ausgegangene Zigarre zu rauchen oder die in einen Salon kommen, ohne die Knöpfe ihrer Kleidungsstücke in genaue Übereinstimmung mit den Knopflöchern gebracht zu haben, für geisteskrank. Eines Tages, wenn sie lange das Leere gemessen oder haufenweise X unter Aa-gG geschrieben, haben sie irgendein Naturgesetz analysiert und das einfachste aller Prinzipien zerlegt; plötzlich staunt die Menge eine neue Maschine oder einen Sturzkarren an, dessen leichte Bauart uns wundert und verwirrt! Der bescheidene Gelehrte lächelt und sagt zu seinen Verehrern: »Was habe ich denn geschaffen? Nichts. Der Mensch erfindet keine Kraft, er lenkt sie, und die wissenschaftliche Leistung besteht in der Nachahmung der Natur.«

Raphaël trat unversehens bei dem Maschinenbauer ein, als dieser auf seinen beiden Beinen starr wie ein Gehenkter dastand, der vom Galgen gefallen ist. Planchette beobachtete gerade eine

Achatkugel, die über eine Sonnenuhr rollte, und wartete, daß sie darauf zum Stillstand komme. Der arme Mann hatte weder einen Orden noch eine Pension, weil er es nicht verstanden hatte, seine Berechnungen ins rechte Licht zu rücken. Er war froh, daß er auf der Lauer nach einer Entdeckung leben konnte; er dachte weder an den Ruhm noch an Welt und Gesellschaft noch an sich selber; er lebte in der Wissenschaft und für die Wissenschaft.

»Das ist unerklärlich«, rief er. »Oh, Monsieur«, fuhr er fort, als er Raphaël gewahrte, »Ihr ergebener Diener. Wie geht's der Mama? Schauen Sie doch bei meiner Frau herein.«

»Und so hätte auch ich leben können!« dachte Raphaël; er fragte den Gelehrten nach einem Mittel zur Einwirkung auf den Talisman, den er ihm hinhielt, und entriß ihn dadurch seiner Grübelei. »Lachen Sie getrost über meine Leichtgläubigkeit, Monsieur«, sagte der Marquis abschließend, »ich werde Ihnen dennoch nichts verbergen. Dieses Stück Leder scheint mir eine Widerstandskraft zu besitzen, über die nichts obsiegen kann.«

»Monsieur«, lautete die Antwort, »die Gesellschaftsmenschen behandeln die Wissenschaft stets recht kavaliersmäßig; sie sagen zu uns so etwa, was ein Incroyable[145] zu Lalande[146] gesagt hat, als er nach der Sonnenfinsternis zwei Damen zu ihm brachte: ›Haben Sie die Güte und fangen Sie noch einmal von vorn an.‹ Was soll bewirkt werden? Ziel und Zweck der Mechanik ist es, die Gesetze der Bewegung anzuwenden oder sie zu neutralisieren. Was die Bewegung an sich betrifft, so erkläre ich Ihnen in aller Demut, daß wir außerstande sind, sie zu definieren. Unter dieser Voraussetzung haben wir einige konstante Phänomene festgestellt, die die Bewegung der festen und flüssigen Körper lenken. Dadurch, daß wir die Grundursachen dieser Phänomene reproduzieren, können wir die Körper von einer Stelle zur anderen bewegen, eine treibende Kraft hinsichtlich einer bestimmten Schnelligkeit auf sie übertragen, sie werfen, sie einfach oder bis ins Unendliche teilen, indem wir sie zerbrechen oder sie pulverisieren; ferner können wir sie drehen, sie in Rotation versetzen, sie modifizieren, sie komprimieren, sie dehnen, sie strecken. Diese Wissenschaft, Monsieur, beruht auf einer einzigen Tatsache. Sie sehen diese Kugel hier«, fuhr er fort. »Sie liegt hier auf diesem Stein. Jetzt liegt sie dort. Mit welchem Namen bezeichnen wir diesen physikalisch so natürlichen, aber im Geistigen so außergewöhnlichen Vorgang? Mit Bewegung, Verlagerung, Ortsveränderung? Welch ungeheure Eitelkeit steckt hinter den Wörtern! Ist ein Name denn eine Lösung? Und dennoch liegt darin die ganze Wissenschaft. Unsere Maschinen wenden diesen Akt, diese Tatsache an oder heben sie auf. Wird dieses einfache Phänomen auf Massen angewandt, so kann es Paris in die Luft sprengen. Wir können die Geschwindigkeit auf Kosten der Kraft erhöhen und die Kraft auf Kosten der Geschwindigkeit. Was nun aber sind Kraft und Geschwindigkeit? Das zu sagen ist unsere Wissenschaft außerstande, gerade wie sie unfähig ist, eine Bewegung zu schaffen. Eine Bewegung, um welche es sich auch handle, ist eine ungeheure Macht, und der Mensch erfindet keine Mächte. Die Macht ist im Etwas, wie die Bewegung, und die ist das eigentliche Wesen der Macht. Alles ist Bewegung. Der Gedanke ist eine Bewegung. Die Natur beruht auf der Bewegung. Der Tod ist eine Bewegung, deren Zwecke uns kaum bekannt sind. Wenn Gott ewig ist, glauben Sie dann, daß er ständig in Bewegung ist? Vielleicht ist Gott die Bewegung. Eben deswegen ist die Bewegung unerklärlich wie er; wie er ist sie tief, grenzenlos, unbegreiflich und unfaßbar. Wer hätte je die Bewegung berührt, erfaßt und gemessen? Wir spüren ihre Wirkungen, ohne sie zu sehen. Wir können sie sogar leugnen, wie wir Gott leugnen. Wo ist sie? Wo ist sie nicht? Von wo geht sie aus? Wo ist ihre Grundursache? Wo ihr Ende? Sie umhüllt uns, übt einen Druck auf uns aus und entschlüpft uns. Sie ist offensichtlich wie eine Tatsache, dunkel wie eine Abstraktion, zugleich Wirkung und Ursache. Wie wir bedarf sie des Raums, und was ist der Raum? Das enthüllt uns einzig die Bewegung; ohne die Bewegung ist er nur ein leeres Wort ohne Sinn. Wie der leere Raum, wie die Schöpfung, wie das Unendliche ist die Bewegung ein unlösbares Problem; sie verwirrt das menschliche Denken, und alles, was der Mensch begreifen kann, ist, daß er sie niemals begreifen wird. Zwischen jedem der Punkte, die diese Kugel nacheinander im Raum einnimmt«, fuhr der Gelehrte fort, »findet sich für die menschliche Vernunft ein Abgrund, ein Abgrund, in den Pascal gestürzt ist. Um auf die unbekannte Substanz zu wirken, die Sie einer unbekannten Kraft aussetzen wollen, müssen wir zunächst eben jene Substanz genau untersuchen; ihrer Beschaffenheit entsprechend wird sie bei einem Stoß entweder zerbrechen oder ihm Widerstand leisten; wenn sie sich teilt und es nicht Ihre Absicht war, daß sie geteilt werde, werden wir das beabsichtigte Ziel nicht erreichen. Wollen Sie sie komprimieren? Dann muß auf alle Teile der Substanz eine gleichmäßige Bewegung übertragen werden, so daß der Zwischenraum, der jene Teile trennt, gleichmäßig verändert wird. Wünschen Sie sie auszudehnen? Dann müßten wir versuchen, auf jedes Molekül eine gleiche exzentrische Kraft einwirken zu lassen; denn ohne die genaue Befolgung dieses Gesetzes würden wir nur eine Auflösung des Zusammenhangs zuwege bringen. Es gibt, Monsieur, in der Bewegung unendliche Modalitäten und grenzenlose Kombinationen. Zu welcher Einwirkung entschließen Sie sich?«

»Monsieur«, sagte Raphaël ungeduldig, »ich wünsche irgendeinen Druck, der stark genug ist, dieses Stück Leder unendlich auszudehnen . . .«

»Da die Substanz endlich ist«, antwortete der Mathematiker, »vermag sie nicht unendlich ausgedehnt zu werden; aber der Druck wird notwendigerweise ihre Oberfläche auf Kosten der Dicke vervielfachen; sie wird immer dünner werden, bis es an Materie mangelt . . .«

»Gelangen Sie zu diesem Ergebnis, Monsieur«, rief Raphaël, »und Sie sollen Millionen verdienen.«

»Ich würde Ihnen Ihr Geld stehlen«, antwortete der Professor mit dem Phlegma eines Holländers. »Ich will Ihnen mit ein paar Worten die Beschaffenheit einer Maschine schildern, mit der Gott selber zerquetscht werden würde wie eine Fliege. Sie würde einen Menschen in Löschpapier verwandeln, einen gestiefelten und gespornten Menschen mit Halsbinde, Hut, Gold, Schmucksachen und allem . . .«

»Was für eine furchtbare Maschine!«

»Statt daß die Chinesen ihre Kinder ins Wasser werfen, sollten sie sie lieber auf diese Weise nutzbar verwenden«, erwiderte der Gelehrte, ohne an die Ehrfurcht des Menschen gegenüber seiner Nachkommenschaft zu denken.

Ganz im Bann seiner Idee nahm Planchette einen am Boden durchlöcherten Blumentopf und setzte ihn auf die Platte der

Sonnenuhr; dann holte er aus einem Winkel des Gartens ein bißchen Tonerde. Raphaël stand hingerissen da wie ein Kind, dem seine Amme eine wunderbare Geschichte erzählt. Planchette legte seine Tonerde gleichfalls auf die Platte, zog aus der Tasche ein Gartenmesser, schnitt zwei Holunderzweige ab und fing an, sie auszuhöhlen, wobei er pfiff, als sei Raphaël gar nicht anwesend.

»Da haben wir die Grundbestandteile der Maschine«, sagte er.

Er befestigte mittels eines Knies aus Ton eine seiner Holzröhren unten an dem Topf, so daß das Loch des Holunders genau in das des Gefäßes paßte. Es sah aus wie eine übergroße Tabakspfeife. Er breitete auf der Platte eine Tonschicht so aus, daß die Form einer Schaufel entstand, setzte den Blumentopf auf den breitesten Teil und befestigte den Holunderzweig auf dem Teil, der den Schaufelstiel darstellte. Schließlich brachte er etwas Tonerde am äußersten Ende des Holunderrohrs an und steckte den andern hohlen Zweig ganz gerade hinein, worauf er ein zweites Knie knetete, um ihn mit dem horizontalen Zweig zu verbinden, so daß die Luft oder irgendeine Flüssigkeit in dieser improvisierten Apparatur zirkulieren und bis zur Mündung des vertikalen Rohrs durch den Verbindungskanal bis in den großen leeren Blumentopf fließen konnte.

»Dieser Apparat, Monsieur«, sagte er zu Raphaël mit dem Ernst eines Mitglieds der Akademie, das eine Antrittsrede hält, »ist einer der schönsten Ruhmestitel des großen Pascal, den wir deswegen bewundern.«

»Ich verstehe nicht.«

Der Gelehrte lächelte. Er ging und löste von einem Obstbaum ein Fläschchen, in dem sein Apotheker ihm eine Flüssigkeit geschickt hatte, in der die Ameisen sich fingen, schlug den Boden ab, so daß ein Trichter entstand, befestigte diesen sorgsam an der Öffnung des hohlen Zweigs, den er vertikal in den Ton hineingesteckt hatte, gegenüber dem großen Behältnis, das der Blumentopf darstellte, und goß dann mittels einer Gießkanne die Wassermenge hinein, die erforderlich war, damit das Wasser gleich hoch in dem großen Gefäß und dem kleinen, kreisrunden Loch des Holunders stand. Raphaël dachte an sein Chagrinleder.

»Monsieur«, sagte der Mechaniker, »noch heutzutage gilt das

Wasser als ein Körper, der sich nicht komprimieren läßt; vergessen Sie dieses Grundprinzip nicht; aber dennoch läßt es sich komprimieren, aber so geringfügig, daß wir seine kontraktile Fähigkeit gleich Null setzen dürfen. Sehen Sie die Oberfläche, die das Wasser bildet, das bis oben in den Blumentopf gelangt ist?« – »Ja.«

»Gut. Jetzt nehmen Sie mal an, jene Oberfläche sei tausendmal breiter als das Mundstück des Holunderstocks, durch den ich die Flüssigkeit eingegossen habe. Warten Sie, ich nehme den Trichter weg.«

»Ganz recht.«

»Na also, Monsieur, wenn ich jetzt durch irgendein Mittel das Volumen dieser Masse dadurch vergrößere, daß ich noch mehr Wasser durch das Mundstück des Röhrchens einfließen lasse, dann wird die Flüssigkeit, die hineinfließen muß, in dem Reservoir steigen, das durch den Blumentopf dargestellt wird, bis sie dahin gelangt, daß sie in beiden gleich hoch steht.«

»Das leuchtet ein«, rief Raphaël.

»Aber dabei gibt es folgenden Unterschied«, fuhr der Gelehrte fort. »Wenn nämlich die dünne Wassersäule, die in dem vertikalen Röhrchen hinzugefügt worden ist, darin eine Kraft darstellt, die beispielsweise einer Kraft vom Gewicht eines Pfunds entspricht, dann beginnt ihr Druck sich getreulich der flüssigen Masse mitzuteilen und wird auf alle Punkte der Oberfläche einwirken, die sie in dem Blumentopf darstellt, so daß sich darin tausend Wassersäulen befinden, die sämtlich dazu neigen zu steigen, als ob sie von einer Kraft getrieben würden, die gleich derjenigen ist, die die Flüssigkeit in dem verteilenden Holunderstock steigen läßt, und also notwendigerweise hier«, sagte Planchette und zeigte Raphaël die Öffnung des Blumentopfs, »eine Kraft hervorbringen, die tausendmal stärker ist als die dort eingeführte Kraft.«

Und der Gelehrte wies den Marquis mit dem Finger auf das Holzrohr hin, das senkrecht in den Ton gesteckt worden war.

»Das ist ganz einfach«, sagte Raphaël.

Planchette lächelte.

»Anders ausgedrückt«, fuhr er mit jener Zähigkeit der Logik fort, wie sie den Mathematikern eigentümlich ist, »müßte man, wenn man den Einbruch des Wassers zurückstoßen will, auf jedem Teil der großen Oberfläche eine Kraft entfalten, die gleich der Kraft ist, die sich in dem vertikalen Rohr auswirkt, allerdings mit dem Unterschied, daß, wenn die flüssige Säule einen Fuß hoch ist, die tausend kleinen Säulen der großen Oberfläche dort nur eine sehr schwache Erhebung zuwege bringen. Jetzt«, sagte Planchette und gab seinen Zweigstücken einen Nasenstüber, »wollen wir diesen grotesken kleinen Apparat durch Metallröhren von zulänglicher Stärke und Dimension ersetzen; wenn man dann die flüssige Oberfläche des großen Reservoirs mit einer beweglichen, starken Platte bedeckt und ihr gegenüber eine zweite von erprobter Widerstandskraft und Festigkeit anbringt, und wenn Sie mir überdies die Macht zugestehen, ohne Unterlaß Wasser durch das kleine Vertikalrohr der flüssigen Masse hinzuzufügen, dann muß der Gegenstand zwischen den beiden festen Platten notwendigerweise dem ungeheuren Druck weichen, der ihn unendlich zusammenpreßt. Das Mittel, beständig Wasser durch das kleine Rohr hinzuzufügen, ist für die Mechanik ein Kinderspiel, gerade wie die Art und Weise, die Druckkraft der flüssigen Masse auf eine Platte zu übertragen. Dazu genügen zwei Kolben und ein paar Ventile. Begreifen Sie jetzt, verehrter Herr«, sagte er und faßte Valentin am Arm, »daß schwerlich eine Substanz existiert, die, wenn sie zwischen diese beiden unendlichen Widerstände gelegt wird, nicht gezwungen würde, sich auszudehnen?«

»Wie? Der Verfasser der ›Lettres provinciales‹[147] ist der Erfinder von . . .«, rief Raphaël.

»Er und kein anderer, Monsieur. Es gibt in der Mechanik nichts Einfacheres und nichts Schöneres. Das entgegengesetzte Prinzip, die Ausdehnungskraft des Wassers, hat den Dampf geschaffen. Aber das Wasser ist nur bis zu einem gewissen Grad ausdehnbar, während seine Unkomprimierbarkeit als eine sozusagen negative Kraft notwendigerweise unendlich ist.«

»Wenn dieses Stück Leder sich ausdehnt«, sagte Raphaël, »verspreche ich Ihnen, Blaise Pascal eine Kolossalstatue zu errichten, einen Preis von hunderttausend Francs für das schönste Problem der Mechanik zu stiften, das in jedem Jahrzehnt gelöst wird, Ihre Kusinen und Großkusinen auszustatten und schließlich ein

Hospital für verrückt gewordene oder verarmte Mathematiker zu bauen.«

»Das würde etwas sehr Nützliches sein«, sagte Planchette. »Monsieur«, fuhr er mit der Ruhe eines Mannes fort, der in einer völlig geistigen Sphäre lebt, »wir wollen morgen zu Spieghalter gehen. Dieser ausgezeichnete Maschinenbauer hat gerade nach meinen Plänen eine vervollkommnete Maschine hergestellt, mit der ein Kind tausend Bündel Heu so zusammenpressen könnte, daß sie in einen Hut gingen.«

»Auf morgen, Monsieur.«

»Auf morgen.«

»Da sage mir jemand was gegen die Mechanik!« rief Raphaël. »Ist sie nicht die schönste aller Wissenschaften? Der andere mit seinen Wildeseln, seiner Einteilung in Klassen, seinen Enten, seinen Arten und seinen Gläsern voller Mißgeburten taugt höchstens dazu, bei einem öffentlichen Billard die Points zu markieren.«

Am andern Tag begab sich Raphaël wohlgelaunt zu Planchette, und sie gingen zusammen in die Rue de la Santé, deren Name ein gutes Vorzeichen war. In Spieghalters Fabrik geriet der junge Herr in einen riesigen Betrieb; seine Blicke fielen auf eine Menge roter, lärmender Eisenhämmer. Es war ein Regen von Feuer, eine Sintflut von Nägeln, ein Ozean von Kolben, Schrauben, Hebeln, Stangen, Feilen, Schraubenmuttern, ein Meer von Gußeisen, Hölzern, Ventilen und Stahlbarren. Feilstaub nahm einem den Atem. In der Luft lag Eisen, die Männer waren mit Eisen bedeckt, alles stank nach Eisen, das Eisen hatte Leben, es war etwas Organisches, es verflüssigte sich, lief, lachte und nahm dabei sämtliche Formen an, es gehorchte dabei sämtlichen Launen. Durch das Schnaufen der Blasbälge, das Crescendo der Hämmer, das Kreischen der Drehbänke, die das Eisen ächzen und grollen ließen, gelangte Raphaël in einen großen, sauberen, gut gelüfteten Raum, wo er in aller Ruhe die riesige Presse anschauen konnte, von der Planchette ihm erzählt hatte. Er staunte dicke, gußeiserne Balken an, wie er sie nannte, sowie eiserne Preßwangen, die durch einen unzerstörbaren Kern verbunden waren.

»Wenn Sie siebenmal rasch hintereinander an dieser Kurbel

drehten«, sagte Spieghalter und zeigte ihm einen beweglichen Handgriff aus poliertem Eisen, »dann würden Sie eine Stahlplatte in tausend Splitter zersprengen, und die würden Ihnen dabei wie Nadeln in die Beine dringen.«

»Donnerwetter!« rief Raphaël.

Planchette schob eigenhändig das Chagrinleder zwischen die beiden Platten der gewaltigen Presse, und erfüllt von der Sicherheit, die wissenschaftliche Überzeugungen verleihen, drehte er schnell die Kurbel.

»Alle hinlegen, sonst sind wir des Todes«, rief Spieghalter mit Donnerstimme und warf sich selber zu Boden.

Ein schreckliches Pfeifen durchhallte die Werkstätten. Das in der Maschine enthaltene Wasser zersprengte das Schmiedeeisen, erzeugte einen Strahl von unvorstellbarer Kraft, der sich zum Glück auf einen alten Eisenhammer richtete und ihn umwarf, ihn zerschmetterte und in sich verdrehte, wie eine Windhose ein Haus verdreht und mit sich reißt.

»Oh«, sagte Planchette vollkommen ruhig, »das Chagrinleder ist heil wie mein Auge! Meister Spieghalter, in Ihrem Gußeisen muß eine fehlerhafte Stelle gewesen sein, oder irgendeine undichte Stelle im großen Rohr.«

»Nein, nein, ich kenne mein Gußeisen. Monsieur soll sein Zeug wieder mitnehmen; da drin steckt der Teufel.«

Der Deutsche ergriff einen Schmiedehammer, warf das Stück Leder auf einen Amboß und vollführte mit aller Kraft, die der Zorn verleiht, den furchtbarsten Schlag auf den Talisman, der je in seinen Werkstätten erdröhnt war.

»Aber er zeigt sich nicht mal«, rief Planchette und streichelte das rebellische Leder.

Die Arbeiter kamen herbeigelaufen. Der Vorarbeiter nahm das Lederstück und tauchte es in die Steinkohlen einer Schmiede. Alle reihten sich im Halbkreis um das Feuer und warteten ungeduldig auf das Arbeiten eines riesigen Blasbalges. Raphaël, Spieghalter und Professor Planchette standen in der Mitte dieser schwarzen, aufmerksamen Schar. Als Raphaël alle diese weißen Augen, diese mit Eisenstaub überpuderten Köpfe, diese schwarzen, glänzenden Kleider, diese behaarten Männerbrüste sah, glaubte er sich in die nächtliche, phantastische Welt deutscher

Balladen[148] versetzt. Der Vorarbeiter faßte das Leder, nachdem er es zehn Minuten lang in der Glut hatte liegen lassen, mit einer Zange.

»Geben Sie es mir«, sagte Raphaël.

Der Vorarbeiter hielt es Raphaël aus Spaß hin. Der Marquis nahm das Leder ohne weiteres in die Hand; es war in seinen Fingern kalt und geschmeidig. Ein Schreckensschrei gellte auf; die Arbeiter liefen davon; Raphaël und Planchette standen allein in dem leeren Werkraum.

»Es steckt unbedingt etwas Teuflisches darin«, schrie Raphaël verzweifelt. »Keine menschliche Macht kann mir einen zusätzlichen Lebenstag schenken!«

»Monsieur, ich habe unrecht«, antwortete der Mathematiker mit zerknirschter Miene; »wir hätten dieses seltsame Stück Leder der Einwirkung eines Walzwerks aussetzen müssen. Wo habe ich bloß meine Augen gehabt, als ich Ihnen eine hydraulische Presse vorschlug?«

»Ich selber war es, der darum gebeten hat«, entgegnete Raphaël.

Der Gelehrte atmete auf wie ein Schuldiger, der von zwölf Geschworenen freigesprochen worden ist. Doch da ihn das merkwürdige Problem interessierte, das dieses Lederstück ihm darbot, dachte er ein Weilchen nach und sagte dann: »Wir müssen diese unbekannte Substanz mit Reagenzien behandeln. Lassen Sie uns zu Japhet gehen; vielleicht hat die Chemie mehr Glück als die Mechanik.«

Valentin trieb sein Pferd zu einem scharfen Trab an; er hoffte, den berühmten Chemiker Japhet in seinem Laboratorium anzutreffen.

»Na, alter Freund«, sagte Planchette, als er Japhet in einem Sessel sitzen und einen Niederschlag beobachten sah, »wie geht's der Chemie?«

»Sie schläft ein. Nichts Neues. Dabei hat die Akademie die Existenz des Salizin anerkannt. Aber Salizin, Asparagin, Vauquelin[149] und Digitalin sind keine Entdeckungen.«

»Da Sie nichts an Dingen erfinden können«, sagte Raphaël, »bleibt Ihnen anscheinend nichts übrig, als Namen zu erfinden.«

»Leider Gottes stimmt das, junger Mann!«

»Hör mal«, sagte Professor Planchette zu dem Chemiker, »versuch doch bitte, uns diese Substanz hier zu zerlegen; wenn du daraus irgendeinen neuen Grundstoff gewinnst, benenne ich ihn schon im voraus mit ›Diabolin‹; als wir sie nämlich zusammenpressen wollten, haben wir eine hydraulische Presse zerstört.«

»Zeig mal her, zeig mal her«, rief der Chemiker erfreut, »vielleicht ergibt sich dabei ein neues Element.«

»Monsieur«, sagte Raphaël, »es ist ganz einfach ein Stück Eselshaut.«

»Wie meinen Sie?« entgegnete ernst der berühmte Chemiker.

»Es ist mein voller Ernst«, entgegnete der Marquis und hielt ihm das Chagrinleder hin.

Der Baron Japhet führte das Stück Leder an die Geschmackswärzchen seiner Zunge, die so geschickt Salze, Basen und Gase herauszuschmecken verstand, und sagte nach ein paar Versuchen: »Schmeckt nach nichts! Paßt auf, jetzt geben wir ihm ein bißchen Fluorsäure zu trinken.«

Das mit diesem Stoff, der so schnell tierisches Gewebe zu zerstören vermag, behandelte Leder zeigte keinerlei Veränderung.

»Das ist kein Chagrinleder«, rief der Chemiker. »Jetzt wollen wir dieses geheimnisvolle Unbekannte mal behandeln wie ein Mineral und ihm gehörig eins auf die Nase geben; ich will es in einen Schmelztiegel legen, in dem ich gerade glühende Pottasche habe.«

Japhet ging hinaus und kam bald wieder. »Monsieur«, sagte er zu Raphaël, »lassen Sie mir ein Stück von dieser eigenartigen Substanz hier; sie ist etwas so Ungewöhnliches . . .«

»Ein Stück?« rief Raphaël. »Nicht mal eins von Haaresbreite. Versuchen Sie es übrigens«, sagte er, mit einer zugleich bekümmerten und spöttischen Miene.

Der Gelehrte zerbrach ein Rasiermesser, als er das Leder anschneiden wollte; er versuchte, es mit einer starken elektrischen Ladung zu zerbrechen; dann unterwarf er es der Einwirkung einer Voltaischen Säule; kurzum, es scheiterten an dem schrecklichen Talisman alle Blitze seiner Wissenschaft. Es war sieben Uhr abends. Planchette, Japhet und Raphaël hatten die Flucht der Zeit nicht bemerkt; sie hatten auf das Ergebnis eines letzten

Experiments gewartet. Das Chagrinleder war siegreich aus einem furchtbaren Angriff hervorgegangen, der mittels einer ansehnlichen Dosis von Stickstoffchlorür unternommen worden war.

»Ich bin verloren!« rief Raphaël. »Hier spricht Gott. Ich muß sterben.« Er ließ die beiden verdutzten Gelehrten stehen.

»Wir wollen uns hüten, dieses Abenteuer der Akademie zu erzählen; unsere Kollegen würden uns auslachen«, sagte Planchette nach einer langen Pause, während welcher sie einander angeschaut hatten, ohne zu wagen, sich ihre Gedanken mitzuteilen, zu dem Chemiker.

Die beiden Gelehrten waren wie zwei Christen, die aus ihren Gräbern auferstehen und im Himmel keinen Gott vorfinden. Die Wissenschaft? Machtlos! Die Säuren? Nichts als klares Wasser! Die glühende Pottasche? Blamiert! Die Voltaische Säule und der Blitz? Zwei Kugelfangspiele!

»Eine hydraulische Presse gespalten wie eine Brotschnitte!« sprach Planchette weiter.

»Ich glaube an den Teufel«, sagte der Baron Japhet nach einer Schweigepause.

»Und ich an Gott«, antwortete Planchette.

Beide waren sie in ihrer Rolle. Für den Mechaniker ist das Universum eine Maschine, die einen Arbeiter will; für die Chemie stellt die Welt, dieses Werk eines bösen Geistes, der alles auflöst, ein mit Bewegung begabtes Gas dar.

»Wir können die Tatsache nicht leugnen«, fuhr der Chemiker fort.

»Pah! Uns zum Trost haben die Herren Doktrinäre das nebulose Axiom ›Dumm wie eine Tatsache‹ geschaffen.«

»Dein Axiom«, entgegnete der Chemiker, »scheint mir tatsächlich dumm zu sein.«

Sie mußten beide lachen und aßen zu Abend wie zwei Leute, die in einem Wunder lediglich ein Phänomen sehen.

Auf dem Heimweg war Valentin im Bann kalter Wut; er glaubte an nichts mehr, die Gedanken brodelten in seinem Hirn, kreisten und schwankten wie diejenigen eines jeden Menschen angesichts eines unmöglichen Geschehnisses. Er hatte ohne weiteres an irgendeinen geheimen Fehler in Spieghalters Maschine geglaubt, und die Ohnmacht der Wissenschaft und des Feuers war für ihn nicht eben verwunderlich gewesen; aber die Geschmeidigkeit des Leders, wenn er es in der Hand knetete, und seine Härte, wenn sich die den Menschen zur Verfügung stehenden Zerstörungsmittel dagegen richteten, erschreckten ihn. Diese unbestreitbare Tatsache machte ihn schwindlig.

»Ich bin wahnsinnig«, sagte er sich. »Obwohl ich seit heute morgen nichts zu mir genommen habe, verspüre ich weder Hunger noch Durst, und in meiner Brust fühle ich eine Glut, die mich verzehrt.«

Er steckte das Chagrinleder wieder in den Rahmen, in dem es vorher gewesen war, zog mit roter Tinte den augenblicklichen Umfang des Talismans nach und setzte sich in seinen Lehnstuhl.

»Schon acht Uhr«, rief er aus. »Dieser Tag ist hingegangen wie ein Traum.«

Er stützte die Ellbogen auf die Sessellehnen, schmiegte den Kopf in die linke Hand und blieb in todtraurige Betrachtungen versunken, in aufreibende Gedanken, deren Geheimnis die zum Tode Verurteilten mit sich nehmen. »Ach, Pauline«, rief er, »armes Kind! Es gibt Abgründe, die die Liebe nicht zu überfliegen vermag, trotz der Kraft ihrer Schwingen.« In diesem Augenblick vernahm er überdeutlich einen erstickten Seufzer und erkannte durch eins der rührenden Vorrechte der Leidenschaft den Atem seiner Pauline. »Ach«, sagte er sich, »das ist mein Urteil. Wenn sie da wäre, möchte ich in ihren Armen sterben.«

Das Erschallen eines sehr ungehemmten, sehr fröhlichen Lachens ließ ihn den Kopf seinem Bett zuwenden; durch die durchsichtigen Vorhänge sah er Paulines Gesicht; sie lächelte wie ein glückliches Kind über einen gelungenen Streich; ihr schönes Haar bildete auf ihren Schultern Tausende von Locken; sie lag da wie eine Bengalrose auf einem Haufen weißer Rosen.

»Ich habe Jonathan bestochen«, sagte sie. »Gehört dieses Bett nicht mir, die ich deine Frau bin? Zürne mir nicht, Geliebter; ich habe nur neben dir schlafen und dich überraschen wollen. Verzeih mir diesen tollen Streich.« Mit einer katzenhaften Bewegung sprang sie aus dem Bett, zeigte sich strahlend in ihrem Musselingewand und setzte sich auf Raphaëls Knie. »Von welchem Abgrund sprichst du, Liebster?« fragte sie, und auf ihrer Stirn erschien ein sorgenvoller Ausdruck.

»Vom Tod.«

»Du tust mir weh«, antwortete sie. »Es gibt gewisse Vorstellungen, bei denen wir armen Frauen nicht verweilen können; sie bringen uns um. Liegt das an der Liebe oder an mangelndem Mut? Ich weiß es nicht. Der Tod erschreckt mich nicht«, fuhr sie lachend fort. »Mit dir zu sterben, morgen früh, gemeinsam, in einem letzten Kuß, das müßte ein Glück sein. Mir ist, als hätte ich dann schon über hundert Jahre gelebt. Was liegt an der Zahl der Tage, wenn man in einer Nacht, in einer Stunde ein ganzes Leben des Friedens und der Liebe ausgekostet hat?«

»Du hast recht; der Himmel spricht aus deinem hübschen Mund. Gib ihn mir, daß ich ihn küsse, und dann wollen wir sterben«, sagte Raphaël.

»Dann laß uns also sterben«, antwortete sie lachend.

Gegen neun Uhr morgens glitt das Tageslicht durch die Spalten der Jalousien; die Musselinvorhänge dämpften es; doch man konnte bereits die reichen Farben des Teppichs und die seidenbezogenen Möbel des Schlafzimmers erkennen, in dem die beiden Liebenden ruhten. Ein paar Vergoldungen funkelten auf. Gerade war ein Sonnenstrahl auf der weißen Steppdecke erstorben, die bei den Liebesspielen zu Boden gefallen war. Paulines Kleid hing über einem großen Stehspiegel und zeichnete sich ab wie eine Dunsterscheinung. Die winzigen Schuhe waren weit vom Bett entfernt stehengelassen worden. Eine Nachtigall hatte sich aufs Fensterbrett gesetzt; ihr immer wieder einsetzendes Trillern und das Geräusch ihrer beim Davonfliegen plötzlich entfalteten Flügel hatten Raphaël aufgeweckt.

»Damit ich sterbe«, sagte er und spann einen Gedanken fort, der in seinem Traum begonnen hatte, »muß mein Organismus, diese Apparatur aus Fleisch und Knochen, die durch meinen Willen belebt wird und die aus mir ein menschliches Individuum macht, eine spürbare Verletzung aufweisen. Die Ärzte müssen die Symptome der angegriffenen Lebenskraft erkennen und mir sagen können, ob ich gesund bin oder krank.«

Er betrachtete seine schlafende Frau, die ihren Arm unter seinen Kopf gelegt hielt und auf solcherlei Weise der zärtlichen Fürsorglichkeit der Liebe Ausdruck gab. Anmutig wie ein ganz junges Mädchen lag Pauline da, das Gesicht ihm zugewandt;

nach wie vor schien sie ihn anzuschauen und ihm einen hübschen, durch das gleichmäßige, reine Atmen halb geöffneten Mund darzubieten. Ihre kleinen, porzellanweißen Zähne steigerten das Rot ihrer frischen Lippen, über die ein Lächeln irrte; das Rosige ihres Teints war lebhaft, und die Weiße war in diesem Augenblick sozusagen noch weißer als in den verliebtesten Tagesstunden. Ihre graziöse, vertrauensvolle Hingegebenheit gesellte dem Zauber der Liebe noch die göttlichen Reize schlummernder Kindheit zu. Die Frauen, sogar die natürlichsten, gehorchen während des Tags immer gewissen gesellschaftlichen Konventionen, die die naiven Ausbrüche ihrer Seele in Fesseln schlagen; der Schlummer jedoch scheint ihnen die jähe Unmittelbarkeit des Lebens zurückzuerstatten, die ein Schmuck des frühen Kindesalters ist: Pauline errötete über nichts, wie eins der lieben, himmlischen Geschöpfe, bei denen die Vernunft noch keine Gedanken in die Gesten oder Geheimnisse in den Blick gemengt hat. Ihr Profil hob sich deutlich von dem feinen Batist der Kopfkissen ab, und die breiten Spitzenrüschen, in die ihr wirres Haar geglitten war, liehen ihr ein beinahe mutwilliges Aussehen; sie war inmitten der Liebesfreuden eingeschlafen; ihre langen Wimpern lagen auf den Wangen, wie um ihre Augen vor allzu grellem Licht zu schützen oder um die Seele bei ihrer Sammlung zu unterstützen, wenn sie versucht, eine vollkommene, aber flüchtige Wollust festzuhalten; ihr niedliches, weißes und rotes Ohr, das von einer Strähne ihres Haars umrahmt war und sich in einer Muschel von Mechelner Spitze abzeichnete, hätte einen Künstler, einen Maler, einen Greis vor Liebe verrückt gemacht und vielleicht einem Irrsinnigen die Vernunft wiedergeschenkt. Seine Geliebte schlafend zu sehen, im Traum lächelnd, geborgen in unserm Schutz, uns sogar noch im Traum liebend, in dem Augenblick, da es scheint, als habe sie aufgehört zu sein, und einem dabei noch einen stummen Mund darbietend, der uns im Schlummer vom letzten Kuß erzählt! Eine vertrauende, halb nackte, aber in ihre Liebe wie in einen Mantel gehüllte Frau zu sehen, die keusch inmitten der Unordnung daliegt, ihre umhergestreuten Kleidungsstücke zu bewundern, einen am Vorabend uns zu Gefallen hastig ausgezogenen Seidenstrumpf, einen gelösten Gürtel, der für uns von unendlichem

Glauben zeugt, ist das alles nicht eine namenlose Freude? Jener Gürtel ist ein ganzes Gedicht; die Frau, die er beschirmt hatte, existiert nicht mehr; sie gehört uns, sie ist man selber; sie fortan verraten ist eine Selbstverwundung. Der gerührte Raphaël hielt Umschau in diesem von Liebe und von Erinnerungen erfüllten Schlafzimmer, in dem das Tageslicht wollüstige Tönungen annahm, und seine Augen kehrten alsdann zu dieser noch immer liebenden Frau mit den reinen, jungen Formen zurück, deren Gefühle zumal ungeteilt ihm gehörten. Er wünschte weiterzuleben. Als sein Blick auf Pauline fiel, schlug sie die Augen auf, als habe ein Sonnenstrahl sie getroffen.

»Guten Morgen, Lieber«, sagte sie lächelnd. »Wie schön du bist, du Schlimmer!«

Diese beiden Köpfe waren von einer Anmut geprägt, die der Liebe, der Jugend, dem Dämmerlicht und der Stille zu verdanken war; sie stellten eins jener göttlichen Bilder dar, deren vergänglicher Zauber nur den ersten Tagen der Liebe eigen ist, wie Naivität und Jugend die Attribute der Kindheit sind. Ach, diese Frühlingsfreuden der Liebe müssen gerade wie das Lachen unserer jungen Jahre entfliehen und dürfen nur noch in unserer Erinnerung weiterleben, um uns zur Verzweiflung zu treiben oder uns mit einem Dufthauch des Trostes zu bedenken, je nach den Launen unserer heimlichen Meditationen.

»Warum bist du aufgewacht?« fragte Raphaël. »Ich hatte so viel Freude daran, dich schlafend zu sehen; es trieb mir die Tränen in die Augen.«

»Auch mir«, antwortete sie, »sind diese Nacht die Tränen in die Augen gestiegen, als ich dich in deinem Schlummer betrachtete; allein es waren keine Freudentränen. Höre, Raphaël, hör mich an! Wenn du schläfst, ist dein Atem nicht frei; in deiner Brust ist etwas, das mitklingt, und das macht mir Angst. Du hast, während du schläfst, ein trockenes Hüsteln, ganz genauso wie mein Vater, und der siecht an der Schwindsucht hin. In dem Geräusch deiner Lungen habe ich einige der absonderlichen Symptome dieser Krankheit wiedererkannt. Überdies hattest du Fieber, davon bin ich überzeugt; deine Hand war feucht und glühend heiß. Liebster, du bist jung«, sagte sie erschauernd, »du könntest wieder gesund werden, falls du unseligerweise . . . Ach,

Unsinn«, rief sie fröhlich, »es ist kein Unglück, die Krankheit sei ansteckend, sagen die Ärzte.« Mit beiden Armen umschlang sie Raphaël und sog seinen Atem mit einem der Küsse ein, in denen die Seele erscheint. »Ich mag nicht alt werden«, sagte sie. »Wir wollen beide jung sterben und mit Blumen in den Händen in den Himmel eingehen.«

»Dergleichen Pläne macht man leicht, wenn man bei guter Gesundheit ist«, antwortete Raphaël und tauchte die Hände in Paulines Haar; doch da bekam er einen grausigen Hustenanfall, jenen schweren, dröhnenden Husten, der aus einem Sarg zu erschallen scheint, der die Stirn der Erkrankten bleich macht und sie zitternd und schweißnaß liegen läßt, nachdem er ihre Nerven durchwühlt, ihre Rippen gerüttelt, ihr Rückenmark erschöpft und in ihre Adern irgend etwas Schweres gesenkt hat. Raphaël war zerschlagen und blaß; langsam legte er sich nieder, erschlafft wie jemand, dessen ganze Kraft in einer letzten Anstrengung vergeudet worden ist. Pauline blickte ihn mit starren, durch die Angst vergrößerten Augen an; reglos, bleich und schweigend stand sie da.

»Wir dürfen es nicht mehr so toll treiben, mein Engel«, sagte sie; sie wollte Raphaël die furchtbaren Ahnungen verhehlen, die sie heimsuchten.

Sie verbarg das Gesicht in den Händen; sie hatte das häßliche Skelett des Todes gewahrt.

Raphaëls Kopf war bleifahl und hohlwangig wie ein den Tiefen eines Friedhofs entrissener Schädel, der einem Gelehrten zu Studienzwecken dienen soll. Pauline mußte an den Ausruf denken, der Valentin am Abend zuvor entschlüpft war; sie sagte sich: »Ja, es gibt Abgründe, die die Liebe nicht zu überfliegen vermag; aber sie darf sich darin bestatten lassen.«

Ein paar Tage nach dieser verzweifelten Szene saß Raphaël an einem Märzmorgen in einem Lehnsessel; er war von vier Ärzten umgeben, die ihn sich an das Fenster seines Schlafzimmers hatten setzen lassen; nacheinander hatten sie ihm den Puls gefühlt, ihn abgeklopft und ihn mit offenbarem Interesse ausgefragt. Der Kranke forschte nach ihren Gedanken, indem er ihre Gesten und die geringsten Falten zu deuten trachtete, die sich auf ihrer Stirn bildeten. Diese Konsultation war seine letzte

Hoffnung. Jene höchsten Richter sollten das Urteil über sein Leben oder seinen Tod sprechen. Daher hatte Valentin, um der Wissenschaft das letzte Wort zu entreißen, die Orakel der modernen Medizin zu sich berufen. Dank seinem Vermögen und seinem Namen hatte er jetzt die drei Systeme, zwischen denen das menschliche Wissen sich hin und her bewegt, vor sich. Drei jener Doktoren trugen die gesamte medizinische Wissenschaft in sich; sie stellten den Kampf dar, den der Spiritualismus, die Analyse und irgendein spöttischer Eklektizismus miteinander führen. Der vierte Arzt war Horace Bianchon, ein Mann von Zukunft und Wissen, vielleicht der hervorragendste unter den neuen Ärzten, ein weiser, bescheidener Vertreter der lernbegierigen Jugend, die das Erbe der seit einem halben Jahrhundert durch die Pariser Schule angehäuften Schätze antreten und vielleicht das Bauwerk errichten wird, für das die vorhergegangenen Jahrhunderte so viel unterschiedliche Materialien herbeigeschafft haben. Er war mit dem Marquis und Rastignac befreundet, hatte vor ein paar Tagen seine Behandlung übernommen und half ihm jetzt, auf die Fragen der drei Professoren zu antworten, denen er dann und wann mit einer gewissen Hartnäckigkeit die Symptome auseinandersetzte, die ihm für eine Lungenschwindsucht zu sprechen schienen.

»Sicherlich haben Sie sehr ausschweifend gelebt und ein zügelloses Leben geführt, oder haben Sie sich großer geistiger Arbeit unterzogen?« fragte Raphaël derjenige der drei berühmten Mediziner, dessen Quadratschädel, breites Gesicht und kräftiger Körperbau eine geniale Begabung zu verkünden schienen, die derjenigen seiner beiden Antagonisten überlegen war.

»Ich habe mich durch Ausschweifungen ums Leben bringen wollen, nachdem ich drei Jahre lang an einem umfangreichen Werk gearbeitet hatte, mit dem Sie sich vielleicht eines Tages beschäftigen werden«, antwortete ihm Raphaël.

Der große Arzt nickte zum Zeichen seiner Zufriedenheit, und wie im Selbstgespräch sagte er: »Davon war ich überzeugt.«

Dieser Arzt war der berühmte Brisset, das Haupt der Organizisten, der Nachfolger eines Cabanis[150] und eines Bichat[151], der Arzt der positivistisch und materialistisch eingestellten Geister, der im Menschen ein in sich abgeschlossenes, endliches Wesen sieht, das einzig den Gesetzen seines eigenen Organismus unterworfen ist und dessen Normalzustand oder schädliche Anomalien ihre Erklärung in offen zu Tage liegenden Ursachen finden.

Nach dieser Antwort hatte Brisset stumm zu einem untersetzten Mann hingeschaut, dessen hochrotes Gesicht und glühende Augen einem antiken Satyr zu gehören schienen; er lehnte mit dem Rücken an der Ecke der Fensternische und musterte Raphaël aufmerksam, ohne ein Wort zu sagen. Es war der Doktor Caméristus, ein überschwenglicher, gläubiger Mann, das Haupt der Vitalisten, der poetische Verfechter der abstrakten Lehren van Helmonts[152]; er erblickte im menschlichen Leben ein hochstehendes Prinzip, ein unerklärliches Phänomen, das sein Spiel mit dem Operationsbesteck treibt, das die Chirurgie hinters Licht führt, sich den Medikamenten der Pharmazeutik entzieht und ebenso denen der Algebra sowie den Demonstrationen der Anatomie und das unserer Bemühungen lacht, eine Art unantastbarer, unsichtbarer Flamme, irgendeinem göttlichen Gesetz unterworfen; es verharrt oftmals in einem Körper, den wir bereits aufgegeben haben, gerade wie es aus den lebensfähigsten Organismen entweicht.

Ein sardonisches Lächeln glitt über die Lippen des dritten, des Doktors Maugredie, eines erlauchten Geistes, der ein Skeptiker, Zweifler und Spötter war, der an nichts als an das Skalpell glaubte, Brisset den Tod eines Menschen zugestand, der sich bester Gesundheit erfreute, und mit Caméristus anerkannte, ein Mensch könne noch leben, auch wenn er gestorben sei. Er fand an allen Theorien gute Seiten, übernahm ihrer keine, behauptete, das beste System in der Medizin sei, keines zu haben und sich an die Tatsachen zu halten. Als Panurg der Schule, als König der Beobachtung musterte dieser große Forscher, dieser große Spötter, der Mann der verzweifelten Versuche das Chagrinleder.

»Ich wäre nur zu gern Zeuge der Wechselwirkung zwischen Ihren Wünschen und seinem Kleinerwerden«, sagte er zum Marquis.

»Wozu denn?« rief Brisset. »Wozu denn?« echote Caméristus.

»Oh, Sie sind einer Meinung«, antwortete Maugredie.

»Dies Kleinerwerden ist etwas ganz Einfaches«, fügte Brisset hinzu.

»Es ist etwas Übernatürliches«, sagte Caméristus.

»Tatsächlich«, entgegnete Maugredie, tat, als setze er eine ernste Miene auf, und reichte Raphaël das Chagrinleder zurück, »das Einschrumpfen des Leders ist ein unerklärliches Faktum und dabei etwas Natürliches, das seit der Erschaffung der Welt die Verzweiflung der Medizin und der hübschen Frauen ausmacht.«

Als er die drei Ärzte genau ansah, vermochte Valentin bei ihnen keinerlei Teilnahme für seine Leiden wahrzunehmen. Alle drei waren bei jeder Antwort stumm geblieben, hatten ihn gleichgültig gemustert und ihn befragt, ohne ihn zu bedauern. Durch ihre Höflichkeit schimmerte Gleichgültigkeit. Sei es, daß sie ihrer Sache sicher waren oder daß sie nachsannen, ihre Äußerungen waren so spärlich, so lässig, daß Raphaël zeitweise glaubte, sie seien mit ihren Gedanken ganz woanders. Dann und wann antwortete Brisset als einziger: »Gut! Schön!« auf sämtliche besorgniserregenden Symptome, deren Vorhandensein Bianchon dargelegt hatte. Caméristus saß in tiefe Grübelei versunken da; Maugredie ähnelte einem Komödiendichter, der zwei Originale studiert, um sie naturgetreu auf die Bühne zu bringen. Horaces Gesicht verriet tiefen Kummer und eine von Traurigkeit erfüllte Rührung. Er war seit allzu kurzer Zeit Arzt, um fühllos angesichts von Schmerzen und teilnahmslos an einem Sterbebett zu sein; er brachte es nicht fertig, in seinen Augen die Freudentränen zu unterdrücken, die daran hindern, klar zu sehen, und wie ein Heerführer den für den Sieg geeigneten Augenblick wahrzunehmen, ohne auf das Geschrei der Sterbenden zu hören. Nachdem die drei etwa eine halbe Stunde damit hingebracht hatten, der Krankheit und dem Kranken gewissermaßen Maß zu nehmen, wie ein Schneider einem jungen Mann, der bei ihm seinen Hochzeitsanzug bestellt, für einen Frack Maß nimmt, sagten sie ein paar Gemeinplätze und redeten sogar über Politik; dann wollten sie in Raphaëls Arbeitszimmer hinübergehen, um einander ihre Gedanken mitzuteilen und ihr Urteil zu formulieren.

»Darf ich denn an Ihrer Besprechung nicht teilnehmen, meine Herren?« fragte Raphaël.

Bei diesen Worten erhoben Brisset und Maugredie lauten Einspruch und weigerten sich trotz den dringenden Bitten ihres Patienten, in seiner Gegenwart zu beraten. Raphaël unterwarf sich dem Brauch, weil ihm einfiel, daß er sich in einen Flur schleichen und von dort aus mit Leichtigkeit die medizinische Diskussion belauschen könne, die die drei Professoren jetzt führen wollten.

»Meine Herren«, sagte Brisset beim Eintreten, »erlauben Sie mir bitte, Ihnen rasch meine Meinung zu sagen. Ich will sie Ihnen weder aufdrängen noch sie bestritten sehen; erstens ist sie klar und genau und das Ergebnis einer vollkommenen Ähnlichkeit zwischen einem meiner Patienten und dem Fall, zu dessen Untersuchung wir hergerufen worden sind; und zweitens werde ich in meiner Klinik erwartet. Die Wichtigkeit des Falles, der meine Anwesenheit dort erforderlich macht, möge mir als Entschuldigung dienen, daß ich als erster das Wort ergreife. Der Fall, der uns hier beschäftigt, ist gleichfalls der eines durch geistige Arbeit Erschöpften ... Was hat er eigentlich geschrieben, Horace?« wandte er sich an den jungen Mediziner.

»Eine Theorie des Willens.«

»Teufel noch mal, das ist freilich ein weites Feld. Er ist, sage ich, durch denkerische Exzesse, durch Abweichungen von vernünftiger Ernährung und durch den wiederholten Gebrauch allzu starker Stimulantien erschöpft. Die allzu heftige Beanspruchung des Körpers und des Gehirns hat also die Funktionen des gesamten Organismus durcheinandergebracht. Es ist nicht weiter schwierig, meine Herren, aus den Symptomen, die Gesicht und Körper erkennen lassen, auf eine ausgiebige Überreizung des Magens, eine Erkrankung des großen Sympathikus, eine sehr starke Sensibilität des Epigastriums und eine Verengung der Hypochondrien zu schließen. Sie haben die Anschwellung und das Hervortreten der Leber bemerkt. Endlich hat Monsieur Bianchon ständig die Verdauung seines Patienten beobachtet und uns gesagt, sie sei schwierig und mühsam. Um es rundheraus zu sagen, es existiert kein Magen mehr; damit ist der Mensch verschwunden. Der Intellekt ist atrophisch geworden, weil der Mann nicht mehr verdaut. Die fortschreitende Veränderung des Epigastriums, des Zentrums des Lebens, hat das gesamte System verdorben. Daher stammen die ständigen, unbestreitbaren Ausstrahlungen; die Unordnung hat durch das Nervengeflecht auf das Gehirn übergegriffen; daher rührt die starke Überreizung dieses Organs. Es liegt eine Monomanie vor. Der Patient steht unter der Belastung durch eine fixe Idee. Für ihn zieht sich jenes Chagrinleder tatsächlich zusammen; vielleicht ist es immer so gewesen, wie wir es gesehen haben; aber ob es nun kleiner wird oder nicht, dieses Chagrinleder ist für ihn die Fliege, die ein gewisser Großwesir auf der Nase sitzen hatte. Legen Sie schleunigst Blutegel auf das Epigastrium, beruhigen sie die Reizung des Organs, in dem der ganze Mensch enthalten ist, sorgen Sie dafür, daß der Patient Diät hält, dann wird die Monomanie aufhören. Ich möchte darüber dem Doktor Bianchon nichts weiter sagen; er soll die Behandlung im Gesamt und in den Einzelheiten übernehmen. Vielleicht liegt eine Komplikation der Krankheit vor; vielleicht sind die Atmungswege gleichfalls gereizt; aber ich halte die Behandlung des Verdauungsapparates für sehr viel wichtiger, notwendiger und dringender als die der Lungen. Die angespannte Betätigung des Geistes mit abstrakten Themen und ein paar heftige Liebesleidenschaften haben in jenem lebenswichtigen Mechanismus ernste Störungen hervorgerufen; indessen ist es noch Zeit, seine Tätigkeit wieder in Ordnung zu bringen; bislang ist noch nichts endgültig verdorben. Sie können also Ihren Freund mit Leichtigkeit über den Berg bringen«, sagte er zu Bianchon.

»Unser gelehrter Kollege nimmt die Wirkung für die Ursache«, antwortete Caméristus. »Freilich, die von ihm so gut beobachteten Störungen existieren tatsächlich bei dem Patienten, aber der Magen hat keinerlei graduelle Störungen im Organismus und in Richtung auf das Gehirn hervorgebracht, wie ein Sprung in einer Glasscheibe rings um sich her Strahlen aussendet. Es hat eines Stoßes bedurft, um die Glasscheibe zu durchlöchern; wer hat ihn geführt, diesen Stoß? Wissen wir es? Haben wir den Patienten zulänglich beobachtet? Kennen wir sämtliche Geschehnisse seines Lebens? Meine Herren, das Lebensprinzip, van Helmonts ›Weltseele‹, ist bei ihm getroffen, die Lebenskraft im eigentlichen Sinn ist in ihrem Wesenskern angegriffen, der göttliche Funke, die transitorische Intelligenz, die der Maschine als Bindeglied dient und die den Willen hervorruft, das Wissen um das Leben haben aufgehört, die täglichen Phänomene des Mechanismus und die Funktionen jedes Organs zu regeln; daher rühren die Störungen, die mein gelehrter Kollege so richtig eingeschätzt hat. Die Bewegung ist nicht vom Epigastrium zum Gehirn verlaufen, sondern vom Gehirn zum Epigastrium. Nein«, sagte er und schlug sich kräftig auf die Brust, »nein, ich bin kein Mensch gewordener Magen! Nein, da sitzt nicht alles. Ich bringe nicht den Mut auf zu sagen, wenn ich ein gutes Epigastrium habe, sei alles übrige bloße Formsache. Wir können nicht«, fuhr er ruhiger fort, »die schweren Störungen, die bei unterschiedlichen, mehr oder weniger schwer erkrankten Fällen auftreten, einer und derselben physischen Ursache zuschreiben und sie sämtlich auf die gleiche Weise behandeln. Kein Mensch gleicht dem andern. Wir alle haben besondere Organe, die unterschiedlich affiziert, unterschiedlich ernährt und dazu geeignet sind, unterschiedliche Aufgaben zu erfüllen und dabei die Anlagen zu entwickeln, die zur Herstellung einer uns unbekannten Ordnung der Dinge erforderlich sind. Der Teil des großen Ganzen, der durch einen hohen Willen in uns das Phänomen der Belebung und Beseelung ins Werk setzt und andauern läßt, bekundet sich in jedem Menschen auf eine deutlich ausgeprägte Weise und macht aus ihm ein dem Anschein nach endliches, in sich vollendetes Wesen, das indessen durch einen Punkt mit einer unendlichen Ursache zusammenhängt. Daher müssen wir uns mit jedem Fall gesondert befassen, in ihn eindringen, erkennen, worin sein Leben besteht und worin dessen Kraft beruht. Zwischen der Schlaffheit eines nassen Schwamms und der Härte eines Bimssteins gibt es unendliche Abstufungen. So auch beim Menschen. Welche Irrtümer begeht zwischen den schwammigen Organismen der Lymphatiker und der metallischen Muskelstärke mancher zu einem langen Leben bestimmter Menschen das einzige, unerbittliche System der Heilung durch Niederschlagen und Unterwerfen der menschlichen Kräfte, von denen Sie stets annehmen, sie seien gereizt! In diesem unserm Fall trete ich für eine seelisch-geistige Behandlung ein, für eine vertiefte Durchforschung seines innersten Wesens. Wir müssen die Ursache in den Eingeweiden der Seele und nicht in den Eingeweiden des Körpers suchen! Ein Arzt ist ein inspiriertes, mit einem besonderen Genie begabtes Wesen, dem Gott die Macht gewährt, in der Vitalität zu lesen, wie er die Propheten mit Augen begabt hat, die Zukunft zu erschauen, den Dichter mit der Fähigkeit, die Natur zu beschwören, den Musiker mit derjenigen, die Töne in eine harmonische Ordnung zu reihen, deren Urbild vielleicht dort droben ist . . .!«

»Immer und ewig seine absolutistische, monarchische und religiöse Medizin«, brummte Brisset vor sich hin.

»Meine Herren«, griff Maugredie rasch ein und überdeckte damit Brissets Ausruf, »wir wollen doch lieber den Patienten nicht aus den Augen verlieren . . .«

»Da sieht man, was es mit der Wissenschaft auf sich hat!« rief Raphaël bekümmert aus. »Meine Heilung schwankt zwischen einem Rosenkranz und einem Kranz von Blutegeln, zwischen Dupuytrens[153] Operationsbesteck und dem Gebet des Fürsten von Hohenlohe[154]. Auf der Linie, die die Tatsache vom Wort und die Materie vom Geist scheidet, steht Maugredie und zweifelt. Überall verfolgt mich das menschliche Ja und Nein! Immer das *Carymary, Carymara* des Rabelais: Ich bin geisteskrank, Carymary! Oder körperlich krank, Carymary! Darf ich am Leben bleiben? Sie wissen es nicht. Planchette war wenigstens ehrlicher, als er mir sagte: ›Ich habe keine Ahnung.‹«

In diesem Augenblick vernahm Valentin die Stimme des Doktors Maugredie.

»Der Patient ist ein Monomane, na schön, einverstanden«, rief er, »aber er hat zweihunderttausend Francs Zinsen; solcherlei Monomanen sind sehr selten, und wir sind ihm zumindest einen Rat schuldig. Was nun die Frage betrifft, ob sein Epigastrium auf das Gehirn oder ob das Gehirn auf das Epigastrium eingewirkt hat, so können wir das vielleicht feststellen, wenn er tot ist. Fassen wir also zusammen. Er ist krank, dies Faktum ist unbestreitbar. Er bedarf irgendeiner Behandlung. Lassen wir doch die Doktrinen aus dem Spiel. Wir wollen ihm Blutegel ansetzen, damit die Reizung der Eingeweide und die Nervenkrankheit, über die wir uns einig sind, beschwichtigt werden, und dann wollen wir ihn in einen Badeort schicken; auf diese Weise handeln wir gleichzeitig nach zwei Systemen. Ist er lungenkrank, dann können wir ihn kaum retten; also . . .«

Raphaël verließ rasch den Flur und setzte sich wieder in seinen Lehnstuhl. Bald danach kamen die vier Ärzte aus dem Arbeitszimmer. Horace war der Wortführer; er sagte zu ihm:

»Die Herren haben sich einstimmig für die Notwendigkeit des sofortigen Ansetzens von Blutegeln in der Magengegend entschieden sowie für die Dringlichkeit einer zugleich körperlichen und seelischen Behandlung. Vorherzugehen hat eine diätetische Ernährung, um die Reizung Ihres Organismus abklingen zu lassen.«

Hier nickte Brisset zustimmend.

»Alsdann eine hygienische Diät zwecks Einwirkung auf Ihren seelischen Zustand. Deswegen raten wir Ihnen einstimmig, die Heilquellen von Aix in Savoyen oder die von Mont-Dore in der Auvergne zu benutzen, sofern Sie die letzteren vorziehen sollten; Luft und Lage Savoyens sind angenehmer als die des Cantal; aber Sie können völlig Ihrer Neigung folgen.«

Hier bekundete Doktor Caméristus seine Billigung.

»Die Herren«, fuhr Bianchon fort, »haben leichte Störungen Ihres Atemapparates festgestellt und sind sich über die Nützlichkeit meiner früheren Vorschriften einig. Sie meinen, Ihre Heilung sei nicht weiter schwierig und nur abhängig von klüglicher Abwechslung dieser verschiedenen Mittel ... Und ...«

»Und deswegen ist Ihre Tochter stumm«, sagte Raphaël lächelnd und zog Horace in sein Arbeitszimmer, wo er ihm das Honorar für diese unnötige Konsultation einhändigte.

»Die drei Herren sind logisch«, antwortete ihm der junge Mediziner. »Caméristus lügt, Brisset untersucht, und Maugredie zweifelt. Hat der Mensch nicht Seele, Körper und Vernunft? Eine dieser drei Grundursachen wirkt sich in uns mehr oder minder stark aus, und es wird sich bei der Wissenschaft vom Menschen ja stets um den Menschen handeln. Glaub mir, Raphaël, wir heilen nicht, wir helfen nur bei der Heilung. Zwischen Brissets Medizin und derjenigen von Caméristus gibt es noch die Medizin des Abwartens; aber um diese mit Erfolg anzuwenden, müßte man seinen Patienten seit zehn Jahren kennen. In der Tiefe der Medizin waltet wie bei allen Wissenschaften die Negation ob. Versuch also, vernünftig zu leben, versuch es mit einer Reise nach Savoyen; das Beste ist und bleibt, sich der Natur anzuvertrauen.«

Einen Monat später waren an einem schönen Sommerabend nach der Rückkehr vom Spaziergang einige der Leute, die in den Badeort Aix gekommen waren, in den Räumen des Kasinos versammelt. Raphaël saß an einem Fenster und kehrte der Gesellschaft den Rücken zu; er war lange allein geblieben, versunken in eine der mechanischen Grübeleien, in denen unsere Gedanken entstehen, sich miteinander verketten und hinschwinden, ohne Gestalt zu gewinnen, und in uns vorübergleiten wie leichte, kaum getönte Wolken. Die Trauer ist dann sanft, die Freude nebelhaft und die Seele fast eingeschlafen. Raphaël hatte sich diesem sinnlichen Leben überlassen, badete sich wohlig in der lauen, abendlichen Atmosphäre und genoß die reine, duftende Bergluft, froh, keinen Schmerz zu verspüren und sein bedrohliches Chagrinleder endlich zur Ruhe gebracht zu haben. Als die roten Farben des Sonnenuntergangs auf den Gipfeln erloschen und es kühler wurde, verließ er seinen Platz und schloß das Fenster.

»Monsieur«, sagte eine alte Dame zu ihm, »würden Sie die Güte haben, das Fenster nicht zuzumachen? Wir ersticken.«

Dieser Satz zerriß Raphaëls Trommelfell durch Dissonanzen von eigenartiger Schrille; er war wie die Äußerung, die ein Freund, an dessen Freundschaft wir haben glauben wollen, sich unbedachterweise entfahren läßt und die irgendeine liebenswerte Gefühlsillusion zerstört und einen Abgrund von Egoismus enthüllt. Der Marquis warf auf die alte Dame den kalten Blick eines unzugänglichen Diplomaten, rief einen Diener herbei und sagte, als dieser kam, trockenen Tones zu ihm: »Machen Sie das Fenster da auf!«

Bei diesen Worten zeigte sich auf allen Gesichtern ein ungemeines Erstaunen. Die Anwesenden begannen zu tuscheln und blickten den Kranken mit mehr oder weniger ausdrucksvollen Mienen an, als habe er eine grobe Unziemlichkeit begangen. Raphaël, der seine ursprüngliche Jünglingsschüchternheit nicht gänzlich abgelegt hatte, spürte etwas wie Beschämung in sich aufsteigen; aber er schüttelte seine Benommenheit ab, gewann seine Energie wieder und überlegte, was diese seltsame Szene bedeuten solle. Plötzlich belebte eine rasche Bewegung sein Gehirn; das Vergangene erschien ihm in einer deutlichen Vision, in der die Ursachen der Stimmung, die er ausgelöst hatte, plastisch hervortraten wie die Adern eines Leichnams, bei dem die Naturwissenschaftler durch irgendeine zweckdienliche Injektion auch die geringsten Verästelungen färben. Er erkannte sich selber in diesem flüchtigen Bild, er verfolgte darin sein Dasein, Tag für Tag, Gedanke für Gedanke; er sah sich darin, nicht ohne Staunen, düster und zerstreut inmitten dieser frohen Welt; er hatte immer nur an sein Schicksal gedacht und sich ausschließlich mit seinen Leiden beschäftigt; es war gewesen, als verachte er die harmloseste Plauderei; er hatte die flüchtigen Bekanntschaften gemieden, die sich so rasch zwischen Reisegenossen anbahnen, wohl, weil sie sich darauf verlassen, einander nie wieder zu begegnen; er hatte sich kaum um die andern gekümmert, er war letztlich wie die Felsen gewesen, die gegen das Streicheln wie gegen die Wut der Wogen unempfindlich sind. Dann las er vermöge einer seltenen Vorzugsgabe der Intuition in sämtlichen Seelen: Als er im Schein einer großen Kerze den gelben Schädel und das sardonische Profil eines alten Mannes wahrnahm, fiel ihm ein, daß er jenem Geld abgewonnen hatte, ohne ihm Revanche anzubieten; etwas weiter abseits bemerkte er eine hübsche Frau, gegen deren herausfordernde Blicke er kalt geblieben war; jedes Gesicht machte ihm ein dem Anschein nach unerklärliches Unrecht zum Vorwurf, dessen Vergehen indessen stets in einer unsichtbaren, der Eigenliebe geschlagenen Wunde beruhte. Ohne es zu wollen, hatte er alle diese kleinen Eitelkeiten verletzt, die ihn rings umkreisten. Die Gäste seiner Feste oder diejenigen, denen er seine Pferde zur Verfügung gestellt hatte, hatten sich über seinen Luxus geärgert; überrascht ob ihrer Undankbarkeit hatte er ihnen solcherlei Demütigungen erspart; fortan hatten sie sich von ihm mißachtet geglaubt und ihn des Adelsdünkels bezichtigt. Indem er auf diese Weise die Herzen erforschte, konnte er die geheimsten Gedanken entziffern; es packte ihn Grauen vor der Gesellschaft, vor ihrer glatten Höflichkeit, ihrem Firnis. Da er reich und von überlegenem Geist war, wurde er beneidet und gehaßt; sein Schweigen enttäuschte die Neugier; seine Bescheidenheit dünkte diese niedrigen, oberflächlichen Menschen Hochmut. Er erriet das verborgene, unverzeihliche Verbrechen, dessen er sich ihnen gegenüber schuldig gemacht hatte; er hatte sich der Gerichtsbarkeit der Mittelmäßigkeit entzogen. Er war ein Rebell gegen ihren inquisitorischen Despotismus; er konnte ohne sie auskommen; um sich für dieses heimliche Königtum zu rächen, hatten sich alle instinktiv zusammengeschlossen, um ihn ihre Macht fühlen zu lassen, ihn gewissermaßen einem Scherbengericht zu unterwerfen und ihn zu lehren, daß auch sie ohne ihn auskommen konnten. Zunächst hatte ihn beim Anblick dieser Leute Mitleid überkommen; doch bald hatte ihn beim Gedanken an ihre geschmeidige Macht geschaudert, die ihm den Schleier des Fleisches gelüftet hatte, unter dem die geistig-seelische Natur verborgen liegt; und er hatte die Augen geschlossen, als wolle er nichts mehr sehen. Plötzlich wurde ein schwarzer Vorhang über diese düstere Phantasmagorie der Wahrheit gezogen, und nun fand er sich in der schrecklichen Vereinsamung, die der Mächtigen und der Herrschenden wartet. In diesem Augenblick überkam ihn ein heftiger Hustenanfall. Nicht nur, daß er jetzt keins der dem Anschein nach gleichgültigen Worte vernahm, die aber doch wenigstens eine Art Mitleid seitens der Leute der guten Gesellschaft heucheln, die der Zufall zusammengeführt hat – er hörte feindselige Ausrufe und mit leiser Stimme gemurmelte Beschwerden. Die Gesellschaft geruhte nicht einmal mehr, sich um seinetwillen zu verstellen, vielleicht, weil er sie durchschaut hatte. – »Seine Krankheit ist ansteckend.« – »Der Leiter des Kasinos müßte ihm das Betreten der Räume verbieten.« – »So zu husten ist geradezu polizeiwidrig.« – »Wenn einer so krank ist, dürfte er in keinen Kurort kommen.« – »Er wird mich noch von hier vertreiben.«

Raphaël stand auf, um der allgemeinen Verwünschung auszuweichen, und ging in dem Raum auf und ab. Er wollte Schutz finden und trat zu einer jungen, allein dasitzenden Frau, wobei er sich ein paar Schmeicheleien zurechtlegte, die er ihr sagen wollte; doch als er sich näherte, wandte sie ihm den Rücken zu und tat, als schaue sie zu den Tanzenden hin. Raphaël fürchtete, an diesem Abend bereits seinen Talisman beansprucht zu haben; er verspürte weder den Willen noch den Mut, ein Gespräch anzuknüpfen, verließ den Gesellschaftsraum und flüchtete sich ins Billardzimmer. Dort sprach niemand mit ihm, grüßte ihn oder warf ihm den leisesten wohlwollenden Blick zu. Sein von Natur dem Nachdenken zugeneigter Geist enthüllte ihm durch eine jähe Erkenntnis die allgemeine und vernunftbegründete Ursache der Abneigung, die er erregt hatte. Diese kleine Welt gehorchte, vielleicht ohne es zu wissen, dem großen Gesetz, das die vornehme Gesellschaft beherrscht, deren unversöhnliche Moral sich Raphaël vollends enthüllt hatte. Ein Blick zurück in die Vergangenheit zeigte ihm ihr vollendetes Urbild in Foedora. Er konnte bei jener nicht mehr an Mitgefühl für seine Krankheit antreffen als bei dieser für die Nöte seines Herzens. Die gute Gesellschaft verbannt die Unglücklichen aus ihrer Gemeinschaft, wie ein Mensch von kräftiger Gesundheit einen Krankheitskeim aus seinem Körper austreibt. Die Gesellschaft verabscheut Schmerzen und Mißgeschicke; sie fürchtet sie wie Ansteckungen und schwankt niemals zwischen ihnen und dem Laster: Das Laster ist ein Luxus. So majestätisch ein Unglück auch sein möge, die Gesellschaft weiß es zu verkleinern, es durch eine boshafte Äußerung lächerlich zu machen; sie zeichnet Karikaturen, um entthronten Königen die Kränkungen an den Kopf zu werfen, die sie von ihnen empfangen zu haben glaubt; gleich den jungen Römerinnen im Zirkus begnadigt sie niemals den zu Boden gesunkenen Gladiator; sie lebt von Gold und Spott; »Tod den Schwachen!« ist die Losung dieser Art von Ritterorden, der sich bei allen Nationen der Erde gebildet hat; denn überall erstehen reiche Leute, und jene Sentenz ist tief in Herzen eingegraben, die durch die Üppigkeit zu Stein geworden oder durch Adelsdünkel genährt worden sind. Man stelle sich Kinder in einem Collège vor! Dies verkleinerte Bild der Gesellschaft, aber ein Bild, das um so wahrer, als es naiver und ehrlicher ist, bietet einem stets arme Heloten dar, Geschöpfe des Leidens und des Schmerzes, die unaufhörlich zwischen Verachtung und Mitleid gestellt sind: Das Evangelium verheißt ihnen das Himmelreich. Will man auf der Stufenleiter der Lebewesen weiter hinabsteigen? Wenn auf einem Geflügelhof eins der Hühner krank ist, verfolgen die andern es mit Schnabelhieben, reißen ihm die Federn aus und bringen es um. Diesem Freibrief des Egoismus getreu verschwendet die Welt ihre Strenge an alles Unglück, das keck genug ist, ihre Feste zu stören und ihr ihre Freuden zu vergällen. Wer an Leib oder Seele leidet, wer kein Geld oder keine Macht hat, ist ein Paria. Möge er doch in seiner Wüste bleiben; überschreitet er deren Grenzen, so findet er überall Winter: Kälte der Blicke, Kälte des Benehmens, der Redeweise, des Herzens; er kann noch von Glück sagen, wenn er nicht dort Beleidigungen einheimst, wo für ihn ein Trost hätte erblühen müssen. Sterbende, bleibt in euern von allen verlassenen Betten. Greise, bleibt allein an euern erloschenen Kaminen. Arme Mädchen ohne Mitgift, friert und glüht in euern einsamen Dachkammern. Wenn die Gesellschaft ein Unglück duldet, geschieht es dann nicht lediglich, um es zu ihrem Gebrauch umzumodeln, um daraus Nutzen zu ziehen, es zu satteln, ihm einen Zaum anzulegen, es mit einer Pferdedecke zu versehen, es zu besteigen und daraus etwas Erfreuliches zu machen? Ihr verschrobenen Gesellschafterinnen, setzt heitere Gesichter auf! Duldet die Launen eurer vorgeblichen Wohltäterin; tragt ihre Hunde; seid Rivalinnen ihrer Affenpinscher, amüsiert sie, kommt ihren Wünschen zuvor und dann haltet den Mund! Und du, König der Diener ohne Livree, schamloser Parasit, laß deinen Charakter daheim; verdau, wie dein Gastgeber verdaut, weine seine Tränen, lach sein Lachen, empfinde seine Bosheiten als angenehm; wenn du ihn schlecht machen willst, dann warte seinen Sturz ab. Folgendermaßen ehrt die Welt das Unglück: Sie tötet es oder verjagt es; sie erniedrigt oder kastriert es.

Diese Betrachtungen erstanden in Raphaëls Herzen mit der Raschheit einer poetischen Inspiration; er blickte umher und verspürte die unheimliche Kälte, die die Gesellschaft verbreitet, um sich das Elend fernzuhalten, und die die Seele noch heftiger angreift, als der Dezemberwind den Körper zu Eis erstarren läßt. Er kreuzte die Arme über der Brust, lehnte sich mit dem Rücken an die Wand und versank in tiefe Melancholie. Er dachte darüber nach, wie wenig Glück diese furchtbare Ordnung der Welt verschafft. Was gab es denn? Amüsements ohne Lust, Heiterkeit ohne Freude, Feste ohne Genuß, Raserei ohne Wollust und schließlich das Holz oder die Aschenreste eines Kamins, aber ohne einen entflammenden Funken. Als er aufblickte, merkte er, daß er allein war; die Spieler waren geflohen. »Um sie dahin zu bringen, daß sie meinen Husten vergöttern, brauchte ich ihnen nur meine Macht zu enthüllen!« sagte er sich. Bei diesem Gedanken warf er die Verachtung wie einen Mantel zwischen die Welt und sich.

Am folgenden Tag besuchte ihn mit herzlicher Miene der

Badearzt und erkundigte sich besorgt nach seiner Gesundheit. Raphaël empfand eine Regung der Freude, als er die freundschaftlichen Worte vernahm, die an ihn gerichtet wurden. Er fand, daß die Züge des Doktors von Sanftmut und Güte geprägt waren; aus den Locken seiner blonden Perücke sprach Menschenliebe; der Schnitt seines uneleganten Fracks, die Falten seiner Hose, seine Schuhe, die breit wie die eines Quäkers waren, sogar der Puder, der kreisförmig durch sein Zöpfchen auf seinen leicht gewölbten Rücken gesät worden war, zeugte von einem apostolischen Charakter, drückte christliche Nächstenliebe und den Opferwillen eines Mannes aus, der sich aus Eifer für seine Patienten dazu gezwungen hatte, so gut Whist und Tricktrack zu spielen, daß er ihnen stets ihr Geld abgewann.

»Herr Marquis«, sagte er nach einem langen Geplauder zu Raphaël, »sicherlich werde ich Ihre trübe Stimmung vertreiben können. Ich kenne jetzt Ihre Konstitution zur Genüge, um Ihnen zu versichern, daß die Pariser Ärzte, deren große Talente mir bekannt sind, sich über die Natur Ihrer Krankheit geirrt haben. Abgesehen von einem Unfall, Herr Marquis, können Sie alt werden wie Methusalem. Ihre Lungen sind stark wie die Blasbälge einer Schmiede, und Ihr Magen würde denjenigen eines Straußes beschämen; aber wenn Sie in einem Höhenklima bleiben, laufen Sie Gefahr, sehr bald und sehr rasch in geweihte Erde gebettet zu werden. Zwei Worte, und der Herr Marquis werden mich verstehen: Die Chemie hat bewiesen, daß die menschliche Atmung ein richtiger Verbrennungsprozeß ist, dessen mehr oder minder große Intensität von dem stärkeren oder geringeren Zuströmen phlogistischer Elemente abhängt, die sich durch den besonderen Organismus jedes Individuums angesammelt haben. Bei Ihnen ist das Phlogiston im Übermaß vorhanden; Sie sind, wenn ich mich so ausdrücken darf, überoxygeniert durch die hitzige Veranlagung aller Menschen, die zu großen Leidenschaften auserkoren sind. Wenn Sie die starke, reine Luft atmen, die bei Menschen mit schlaffen Nervenfibern das Leben beschleunigt, dann unterstützen Sie einen ohnehin schon zu schnellen Verbrennungsprozeß. Eine Ihrer Existenzbedingungen ist also die dicke Atmosphäre der Ställe, der Täler. Ja, die Lebensluft des von Genie Verzehrten findet sich auf den fetten

Weiden Deutschlands, in Baden-Baden, in Teplitz. Sofern es Ihnen vor England nicht graust, wird sein Nebelklima Ihre innere Glut dämpfen; aber unser tausend Fuß über dem Niveau des Mittelmeers gelegener Badeort ist für Sie verhängnisvoll. Das ist mein Rat«, sagte er und vollführte eine Geste der Bescheidenheit; »ich erteile ihn gegen unsere Interessen; denn wenn Sie ihn befolgen, haben wir das Pech, Sie zu verlieren.«

Ohne diese Schlußworte wäre Raphaël durch das Biedermannsgehaben des honigsüßen Arztes verlockt worden; aber er war ein zu guter Menschenkenner, um nicht aus der Betonung, der Geste und dem Blick, die jenen von mildem Spott durchtränkten Satz begleitet hatten, den Auftrag zu erwittern, mit dem das Männlein sicherlich von der Gesamtheit seiner fröhlichen Patienten betraut worden war. Diese Müßiggänger mit dem blühenden Teint, diese alten, gelangweilten Weiber, diese nomadisierenden Engländer, diese Zierpuppen, die ihren Ehemännern entwischt und von ihren Liebhabern in den Badeort geführt worden waren, hatten es also fertiggebracht, einen armen, schwachen, hinfälligen Todeskandidaten von dort zu verjagen, der dem Anschein nach außerstande war, einer täglichen Verfolgung Widerstand zu leisten. Raphaël nahm indessen den Kampf auf; er erblickte in dieser Intrige ein Amüsement.

»Da Sie über meine Abreise untröstlich sein würden«, antwortete er dem Doktor, »will ich versuchen, mir Ihren guten Rat zunutze zu machen und dennoch hier zu bleiben. Ab morgen werde ich mir ein Haus bauen lassen, in dem wir die Luft Ihren Vorschriften entsprechend regulieren können.«

Der Arzt deutete sich das Lächeln bitteren Hohns, das über Raphaëls Lippen geirrt war, und begnügte sich mit einem Abschiedsgruß, ohne ein Wort der Entgegnung zu finden.

Der See von Le Bourget ist ein großes, von zerklüfteten Bergen umgebenes Becken, in dem sieben- oder achthundert Fuß über dem Mittelmeer ein Wasser schimmert, das so blau ist wie kein zweites auf Erden. Von der Höhe des Dent-du-Chat[155] aus gesehen, liegt der See da wie ein verlegter Türkis. Dieses hübsche Gewässer hat einen Umfang von neun Meilen und an manchen Stellen eine Tiefe von nahezu fünfhundert Fuß. Bei heiterem Himmel im Boot über diese Wasserfläche zu fahren, nichts als das Knarren der Riemen zu hören, am Horizont nur umwölkte Berge zu sehen, die funkelnden Schneeflächen der französischen Maurienne[156] zu bewundern, abwechselnd an Granitblöcken, die wie mit Samt bekleidet aussehen, da sie mit Farnen und Zwergsträuchern bewachsen sind, und an lachenden Hügeln entlangzugleiten, auf der einen Seite öde Verlassenheit, auf der andern eine üppige Natur, einen Armen, der dem Gastmahl eines Reichen beiwohnt – in diesen Harmonien und Dissonanzen genießt man ein Schauspiel, in dem alles groß, in dem alles klein ist. Der Anblick der Berge ändert die Bedingungen der Optik und der Perspektive: Eine hundert Fuß hohe Tanne wirkt wie ein Schilfrohr; breite Täler dünken einen eng wie Fußpfade. Dieser See ist der einzige, auf dem man ein vertrauliches Bekenntnis von Herz zu Herz ablegen könnte. Dort sinnt man nach und liebt. An keiner Stätte vermöchte man ein schöneres Einvernehmen zwischen Wasser, Himmel, Bergen und Erde anzutreffen. Hier findet sich Balsam für alle Lebenskrisen. Dieser Ort bewahrt das Geheimnis der Schmerzen, er tröstet, er mildert sie, und er fügt der Liebe einen gewissen Ernst hinzu, eine Sammlung, durch die die Leidenschaft tiefer und reiner wird. Hier wird ein Kuß zu etwas Großem. Vor allem aber ist dies der See der Erinnerungen; er begünstigt sie dadurch, daß er ihnen die Farbtöne seiner Wellen gibt; er ist ein Spiegel, in dem alles aufs neue erscheint. Raphaël konnte seine Bürde nur inmitten dieser schönen Landschaft ertragen; dort konnte er schmerzlos, träumerisch und wunschlos sein. Nach dem Besuch des Arztes unternahm er eine Bootsfahrt und ließ sich an der einsamen Spitze eines hübschen Hügels an Land setzen, auf dem das Dorf Saint-Innocent gelegen ist. Von dieser Art Vorgebirge aus umfängt der Blick die Berge von Bugey, an deren Fuß die Rhône hinfließt, und das Ende des Sees; von dort aus schaute Raphaël gern nach der am andern Ufer gelegenen melancholischen Abtei Hautecombe[157] hinüber, der Grabstätte der Könige von Sardinien, die angesichts der Berge im Staub liegen wie Pilger am Ziel ihrer Fahrt. Ein gleichmäßiger, rhythmischer Ruderschlag störte die Stille dieser Landschaft und lieh ihr eine monotone Stimme, die wie das Psalmodieren von Mönchen war. Es wunderte den Marquis, in diesem für gewöhnlich einsamen Teil des Sees jemanden anzutreffen; ohne seine Traumversunkenheit aufzugeben, musterte er die in dem Boot Sitzenden und erkannte im Heck die alte Dame, die ihn am Abend zuvor so barsch angefahren hatte. Als das Boot an Raphaël vorüberglitt, wurde er nur von der Gesellschafterin jener Dame gegrüßt, einem armen, adligen Mädchen, von der er meinte, er sehe sie zum erstenmal. Schon nach ein paar Augenblicken hatte er die Bootsinsassen vergessen, die schnell hinter dem Vorgebirge verschwunden waren; doch da hörte er ganz in seiner Nähe das Rascheln eines Kleids und das Geräusch leichter Schritte. Er wandte sich um und erblickte die Gesellschaftsdame; aus ihrer verlegenen Miene erriet er, daß sie mit ihm sprechen wolle, und er ging ihr entgegen. Sie war etwa sechsunddreißig Jahre alt, groß, hager, trocken und kalt; wie alle alten Jungfern schüchterte sein Blick sie ziemlich ein; dieser paßte nicht mehr zu seinem unentschlossenen, gehemmten, unelastischen Gang. Sie war zugleich alt und jung; durch eine gewisse Würde der Haltung gab sie zu verstehen, welch hohen Wert sie ihren weiblichen Schätzen und ihren Vollkommenheiten beimaß. Überdies hatte sie die diskreten, klösterlichen Gesten der Frauen, die es gewohnt sind, mit sich selbst zärtlichen Umgang zu haben, sicherlich, um ihre Bestimmung zur Liebe nicht völlig zu vergessen.

»Monsieur, Ihr Leben ist in Gefahr, kommen Sie nicht mehr ins Kasino«, sagte sie zu Raphaël und trat dabei ein paar Schritte zurück, als sei ihre Tugend bereits gefährdet.

»Aber, Mademoiselle«, antwortete Raphaël lächelnd, »drükken Sie sich doch bitte deutlicher aus, wenn Sie schon geruht haben, hierher zu kommen.«

»Ach«, entgegnete sie, »ohne den triftigen Grund, der mich herführt, würde ich nicht gewagt haben, mir das Mißfallen der Frau Gräfin zuzuziehen; denn wenn sie je erführe, daß ich Sie gewarnt habe . . .«

»Und wer sollte es ihr sagen, Mademoiselle?« rief Raphaël.

»Das stimmt«, antwortete die alte Jungfer und warf ihm den zitterigen Blick eines der Sonne ausgesetzten Käuzchens zu. »Aber denken Sie an sich«, fuhr sie fort. »Einige junge Leute, die Sie aus dem Badeort vertreiben wollen, haben einander gelobt, Sie zu provozieren, um Sie zu einem Duell zu zwingen.«

In der Ferne erscholl die Stimme der alten Dame.

»Mademoiselle«, sagte der Marquis, »meine Dankbarkeit ...«

Seine Beschützerin war schon von dannen geeilt, als sie die Stimme ihrer Herrin vernommen hatte, deren Gekläff abermals zwischen den Felsen laut geworden war.

»Armes Mädchen! Die übel dran sind, verstehen und helfen einander stets«, dachte Raphaël und setzte sich an den Fuß eines Baums.

Der Schlüssel aller Wissenschaften ist, da gibt es keine Widerrede, das Fragezeichen; die meisten großen Entdeckungen danken wir dem »Wie?«, und die Lebensweisheit besteht vielleicht darin, sich bei jeder Gelegenheit zu fragen: »Warum?« Aber dieses künstliche Vorherwissen zerstört auch unsere Illusionen. So geschah es, daß Valentin ohne lange philosophische Erwägungen die gute Tat der alten Jungfer zum Thema seiner schweifenden Gedanken genommen hatte und darin lauter Galle fand.

»Daß eine Gesellschafterin mich mag«, sagte er sich, »das ist nichts Außergewöhnliches: Ich bin siebenundzwanzig Jahre alt, trage einen Titel und besitze zweihunderttausend Francs Zinsen! Aber daß ihre Herrin, die den Katzen die Palme der Wasserscheu streitig macht, sie in einem Boot zu mir gebracht hat, ist das nicht etwas Seltsames und Wunderbares? Diese beiden Weibsbilder, die nach Savoyen gekommen sind, um dort zu schlafen wie die Murmeltiere, und die mittags fragen, ob es schon Tag ist, sollten heute früh vor acht Uhr aufgestanden sein und das Wagnis auf sich genommen haben, mir zu folgen?«

Nur zu bald wurde jene alte Jungfer mit ihrer vierzigjährigen Unschuld für seine Augen eine neue Erscheinungsform jener künstlichen, tückischen Welt, eine schäbige List, ein ungeschicktes Komplott, eine priesterliche oder weibliche Spitzfindigkeit. War das Duell eine Fabel, oder wollte man ihm lediglich Angst machen? Diese engen Seelen, die dreist und lästig wie Mücken waren, hatten es fertiggebracht, seiner Eitelkeit einen Stich beizubringen, seinen Stolz zu erwecken und seine Neugier zu reizen. Er wollte sich weder von ihnen zum Narren halten lassen noch als Feigling gelten; vielleicht amüsierte ihn dies kleine Drama; jedenfalls ging er noch am selben Abend ins Kasino. Da stand er, lehnte sich an die Marmorumrahmung eines Kamins und verweilte ruhig mitten im großen Saal, wobei er es sich angelegen sein ließ, keinerlei Handhabe gegen sich zu geben; allein er musterte die Gesichter, und durch dieses Umsichschauen forderte er wohl irgendwie die Anwesenden heraus. Wie eine ihrer Kraft sichere Dogge erwartete er innerlich ohne unnützes Bellen den Kampf. Gegen Ende des abendlichen Beisammenseins ging er im Spielsaal auf und ab, an der Tür des Billardzimmers vorüber, durch die er dann und wann einen Blick auf die jungen Herren warf, die dort eine Partie spielten. Nach ein paar Gängen hörte er sie seinen Namen nennen. Obwohl sie leise sprachen, merkte Raphaël leicht, daß er zum Gegenstand eines Streits geworden war, und schließlich gelang es ihm, einige laut gesprochene Äußerungen zu erfassen. – »Du?« – »Ja, ich!« – »Das will ich dir nicht raten!« – »Wollen wir wetten?« – »Oh, er wird schon verschwinden!« – Als Valentin, der neugierig war zu erfahren, um was es sich bei der Wette handelte, stehen blieb, um dem Gespräch aufmerksam zu lauschen, trat ein hochgewachsener, kräftiger, gut aussehender junger Herr, der indessen den starren, unverschämten Blick von Leuten hatte, die sich auf irgendeine materielle Macht stützen, vom Billard weg und redete Raphaël an.

»Monsieur«, sagte er ruhigen Tons, »ich habe es auf mich genommen, Ihnen etwas begreiflich zu machen, daß Sie nicht zu wissen scheinen: Ihr Gesicht und Ihre Person mißfallen hier jedermann und mir im besonderen. Sie sind zu höflich, als daß Sie sich nicht dem allgemeinen Wohl opferten; ich bitte Sie, sich nicht mehr im Kasino zu zeigen.«

»Monsieur, dieser Scherz ist bereits während des Kaiserreichs in mehreren Garnisonen gemacht worden; heutzutage verstößt er sehr stark gegen den guten Ton«, antwortete Raphaël kalt.

»Ich scherze nicht«, entgegnete der junge Herr, »ich wiederhole Ihnen: Ihre Gesundheit würde durch Ihr Verbleiben hier arg leiden; die Hitze, die Lichter, die Luft im Salon, die vielen Menschen sind Ihnen bei Ihrer Krankheit schädlich.«

»Wo haben Sie Medizin studiert?« fragte Raphaël.

»Monsieur, ich habe die Reifeprüfung im Schießen bei Lepage[158] bestanden und das Doktorexamen bei Grisier[159], dem König des Floretts.«

»Dann brauchen Sie nur noch einen letzten akademischen Grad zu erwerben«, entgegnete Valentin, »studieren Sie das Gesetzbuch der Höflichkeit, dann sind Sie ein vollkommener Edelmann.«

In diesem Augenblick traten die jungen Leute lächelnd oder stumm vom Billard weg. Die andern Spieler waren aufmerksam geworden; sie legten ihre Karten hin und lauschten einem Streit, der ihren Passionen wohltat. Raphaël stand in dieser feindlichen Welt allein da, versuchte, seine Kaltblütigkeit zu bewahren und sich auf keinerlei Weise ins Unrecht zu setzen; aber da sein Gegner sich eine sarkastische Bemerkung erlaubt hatte, in der sich die grobe Beleidigung in eine über die Maßen schneidende und geistvolle Form hüllte, antwortete er ihm ernst: »Monsieur, es ist heutzutage nicht mehr erlaubt, einem Mann eine Ohrfeige zu versetzen; aber ich finde kein Wort, um ein so feiges Verhalten wie das Ihrige zu züchtigen.«

»Genug! Genug! Sie werden sich morgen auseinandersetzen«, sagten mehrere junge Herren, die sich zwischen die beiden Streitenden geworfen hatten.

Raphaël verließ den Salon; er galt als der Beleidiger und hatte ein Treffen auf einer kleinen, abfallenden Wiese beim Schloß Bordeau vereinbart, unweit einer kürzlich gebahnten Landstraße, auf der der Sieger nach Lyon gelangen konnte[160]. Raphaël blieb nichts anderes übrig, als entweder das Bett zu hüten oder den Badeort Aix zu verlassen. Die Gesellschaft hatte triumphiert. Am andern Tag, gegen acht Uhr morgens, kam Raphaëls Gegner mit zwei Zeugen und einem Wundarzt als erster auf dem Kampfplatz an.

»Der Platz ist vortrefflich geeignet, und das Wetter ist herrlich für ein Duell«, rief er heiter und betrachtete die blaue Himmelswölbung, die Wasser des Sees und die Felsen ohne den leisesten Hintergedanken des Zweifels oder der Trauer. »Wenn ich ihn in die Schulter treffe«, fuhr er fort, »dann stecke ich ihn doch wohl für einen Monat ins Bett, nicht wahr, Herr Doktor?«

»Mindestens«, antwortete der Wundarzt. »Aber lassen Sie den kleinen Weidenbaum da in Ruhe, sonst würden Sie sich womöglich die Hand ermüden und nicht mehr Herr Ihres Schusses sein. Sie könnten Ihren Mann töten anstatt ihn bloß zu verwunden.«

Das Geräusch eines Wagens wurde vernehmlich.

»Da kommt er«, sagten die Zeugen, die gleich danach auf

der Landstraße eine mit vier Pferden bespannte, von zwei Postillionen gelenkte Reisekalesche gewahrten.

»Merkwürdige Art und Weise!« rief Valentins Gegner. »Er kommt per Post, um sich umbringen zu lassen.«

Beim Duell wie beim Spiel üben die leichtesten Zwischenfälle Einfluß auf die Phantasie der Handelnden aus, die höchlichst interessiert am Erfolg eines Schusses oder Kartenwurfs sind; daher wartete der junge Herr mit einer gewissen Ungeduld auf das Nahen jenes Wagens; dieser hielt auf der Landstraße an. Als erster kletterte schwerfällig der alte Jonathan herab, um Raphaël beim Aussteigen zu helfen; er stützte ihn mit seinen schwächlichen Armen und entfaltete für ihn die bemühte Sorgfalt, die ein Verliebter seiner Geliebten angedeihen läßt. Beide gerieten auf den Fußpfaden, die die große Landstraße von der als Kampfplatz bezeichneten Stätte trennten, außer Sicht und kamen erst nach geraumer Zeit wieder zum Vorschein; sie gingen langsam. Die vier Zuschauer dieser eigenartigen Szene empfanden tiefe Bewegung beim Anblick Raphaëls, der sich auf den Arm seines Dieners stützte; er war bleich und hinfällig, er schritt einher wie ein Gichtbrüchiger, hielt den Kopf gesenkt und sprach kein Wort. Man hätte meinen können, es nahten sich zwei gleichermaßen zerstörte Greise, der eine durch die Zeit, der andere durch das Denken; dem ersteren stand sein Alter im weißen Haar geschrieben, der junge hatte kein Alter mehr.

»Monsieur, ich habe nicht geschlafen«, sagte Raphaël zu seinem Gegner.

Diese eisige Äußerung und der furchtbare Blick, der sie begleitete, ließen den eigentlichen Herausforderer erzittern; er wurde sich seines Unrechts bewußt und empfand geheime Scham über sein Benehmen. In Raphaëls Haltung, in dem Klang seiner Stimme und in seiner Gebärde hatte etwas Befremdendes gelegen. Der Marquis machte eine Pause, und die übrigen ahmten sein Schweigen nach. Die Unruhe und die Erwartung waren auf dem Gipfel.

»Es ist noch Zeit«, fuhr er fort, »mir eine leichte Genugtuung zu geben; geben Sie sie mir, Monsieur, sonst sind Sie des Todes. Noch in diesem Augenblick rechnen Sie mit Ihrer Geschicklichkeit, ohne vor dem Gedanken an einen Kampf zurückzuschrekken, bei dem Sie alle Vorteile zu besitzen glauben. Gut denn! Ich bin großherzig, ich warne Sie vor meiner Überlegenheit. Ich besitze eine furchtbare Macht. Um Ihre Geschicklichkeit zunichte zu machen, um Ihre Blicke zu verschleiern, um Ihre Hände zittern und Ihr Herz beben zu machen, um Sie sogar zu töten, brauche ich es bloß zu wünschen. Ich will nicht zur Ausübung meiner Macht gezwungen sein; es kostet mich zu viel, mich ihrer zu bedienen. Nicht nur Sie werden sterben. Wenn Sie es also ablehnen, sich bei mir zu entschuldigen, wird Ihre Kugel, obwohl Sie des Mordens gewohnt sind, in den Wasserfall dort fliegen, und die meine mitten in Ihr Herz, ohne daß ich ziele.«

In diesem Augenblick wurde Raphaël durch ein Stimmengewirr unterbrochen. Während der Marquis diese Worte sprach, hatte er ständig die unerträgliche Helle seines starren Blicks auf seinen Gegner gerichtet; er hatte sich aufgereckt und dabei ein unzugängliches Gesicht gemacht; es wirkte wie das eines bösartigen Irren.

»Heiß ihn schweigen«, hatte der junge Herr zu seinem Zeugen gesagt, »seine Stimme dreht mir die Eingeweide im Leib um!«

»Genug jetzt, Monsieur. Ihre Redereien sind unnütz«, riefen der Wundarzt und die Zeugen Raphaël zu.

»Meine Herren, ich erfülle eine Pflicht. Hat dieser junge Herr noch Verfügungen zu treffen?«

»Schluß jetzt! Schluß!«

Der Marquis stand reglos da, ohne seinen Gegner auch nur für eine Sekunde aus den Augen zu lassen; dieser war im Bann einer magischen Macht wie ein Vogel angesichts einer Schlange: Er mußte diesen mörderischen Blick aushalten, er floh ihn und suchte ihn unaufhörlich aufs neue.

»Gib mir Wasser, ich habe Durst«, sagte er zu seinem Zeugen.

»Hast du Angst?«

»Ja«, antwortete er. »Die Augen dieses Menschen glühen und bannen mich.«

»Willst du dich bei ihm entschuldigen?«

»Dazu ist jetzt keine Zeit mehr.«

Die beiden Gegner wurden fünfzehn Schritt voneinander entfernt aufgestellt. Jeder hatte ein Paar Pistolen bei sich, und gemäß dem Programm dieser Zeremonie mußten sie nach ihrem

Ermessen zwei Schüsse abfeuern, freilich erst nach dem Zeichen, das die Zeugen geben würden.

»Was machst du da, Charles?« rief der junge Herr, der Raphaëls Gegner als Sekundant diente. »Du schiebst ja die Kugel vor dem Pulver hinein.«

»Ich bin des Todes«, erwiderte er flüsternd, »ihr habt mich der Sonne gegenübergestellt.«

»Sie steht hinter Ihnen«, sagte Raphaël mit ernster, feierlicher Stimme und lud langsam seine Pistole, ohne sich um das bereits gegebene Zeichen oder um die Sorgfalt zu kümmern, mit der sein Gegner zielte.

Dieser übernatürlichen Sicherheit wohnte etwas Erschreckendes inne; es packte sogar die beiden Postillione, die eine grausame Neugier hergeführt hatte. Raphaël spielte mit seiner Macht oder wollte sie erproben; er sprach mit Jonathan und schaute ihn in der Sekunde an, da er dem Feuer seines Gegners ausgesetzt war. Charles' Kugel zerbrach einen Zweig des Weidenbaums und prallte auf das Wasser ab. Raphaël schoß aufs Geratewohl, traf seinen Gegner ins Herz, und ohne sich um das Niederstürzen des jungen Herrn zu kümmern, zog er rasch das Chagrinleder hervor, um nachzuschauen, was ihn ein Menschenleben koste. Der Talisman war nur noch so groß wie ein kleines Eichenblatt.

»Na, was habt ihr da zu gaffen, ihr Postillione? Vorwärts«, sagte der Marquis.

Noch am selben Abend langte er auf französischem Boden an; er schlug sogleich die Landstraße nach der Auvergne ein und begab sich nach dem Badeort Mont-Dore[161]. Während der Fahrt schoß in seinem Herzen einer der jähen Gedanken auf, die in unser Inneres wie ein Sonnenstrahl durch dichtes Gewölk über irgendeinem dunklen Tal fallen. Traurige Erhellungen, unerbittliche Weisheiten! Sie beleuchten die vollzogenen Ereignisse, sie enthüllen unsere Fehler und überlassen uns ohne Verzeihung uns selbst. Er mußte plötzlich daran denken, daß der Besitz der Macht, so gewaltig sie auch sein mochte, nicht die Fähigkeit verlieh, sich ihrer zu bedienen. Das Szepter ist für ein Kind ein Spielzeug, für Richelieu eine Axt[162] und für Napoleon ein Hebel, um die Welt aus den Angeln zu heben. Die Macht läßt uns so, wie wir sind, und macht nur die Großen größer. Raphaël hätte alles tun können, und dabei hatte er nichts getan.

Im Thermalbad Mont-Dore fand er abermals die Gesellschaft vor, die sich mit derselben Eile von ihm zurückzog, wie die Tiere eines ihresgleichen fliehen, das tot daliegt, wenn sie es von weitem gewittert haben. Jener Haß war gegenseitig. Sein letztes Abenteuer hatte ihn mit tiefem Widerwillen gegen die Gesellschaft erfüllt. Daher war es seine erste Sorge, sich eine abgelegene Zufluchtsstätte in der Nähe des Kurorts zu suchen. Instinktiv fühlte er das Bedürfnis, der Natur nahe zu kommen, unverfälschten Regungen und dem vegetativen Leben, dem wir uns inmitten der Felder so willfährig überlassen. Am Tag nach seiner Ankunft erstieg er, nicht ohne Anstrengung, den Gipfel des Sancy[163] und überblickte die höher gelegenen Täler, die ätherischen Landschaften, die unbekannten Seen, die bäuerlichen Hütten der Monts-Dore[164], deren herbe, wilde Reize die Pinsel unserer Künstler zu locken beginnen. Es finden sich dort bisweilen wunderbare Landschaften voller Anmut und Frische, die in kräftigem Gegensatz zu dem düsteren Anblick der kahlen Berge stehen. Etwa eine halbe Meile vom Dorf entfernt befand sich Raphaël an einer Stelle, wo die Natur kokett und fröhlich wie ein Kind Freude daran gehabt zu haben scheint, ihre Schätze zu verstecken; als er diese malerische, unschuldige Einsamkeit erblickte, beschloß er, dort zu wohnen. Dort mußte das Leben ruhig, ursprünglich und fruchtbringend sein wie das einer Pflanze.

Man stelle sich einen umgedrehten Kegel vor, aber einen breit ausladenden, hohlen Kegel aus Granit, eine Art Becken, dessen Ränder durch bizarre Unebenheiten zerstückt waren; hier steile Tafeln ohne Pflanzenwuchs, glatt, bläulich und wie ein Spiegel überglitten von Sonnenstrahlen; dort von Rissen zerspaltene, von Schluchten zerkerbte Felswände, in die Lavablöcke niederhingen, deren Sturz die Regenwasser langsam anbahnten, und oftmals gekrönt von ein paar verkrüppelten, windgequälten Bäumen; dann hier und dort dunkle, kühle Stufen, auf denen sich eine Gruppe von Kastanienbäumen, hoch wie Zedern, erhob, oder gelbliche Grotten, die ein schwarzes, tiefes Maul öffnen, beschirmt von Brombeerranken und Blumen und darin eine Zunge von Grün. Am Grunde dieser Kufe, die vielleicht der ehemalige

Krater eines Vulkans war, befand sich ein kleiner See, dessen klares Wasser Diamantenglanz besaß. Um dieses tiefe Becken herum, das von Granit, von Weiden, von Gladiolen, von Eschen, von tausend aromatischen Pflanzen umgeben war, die jetzt in Blüte standen, dehnte sich, wie ein englischer Rasen, eine grüne Wiese; ihr feines, hübsches Gras wurde von den Durchsickerungen bewässert, die zwischen den Felsspalten niederrieselten, und gedüngt von den pflanzlichen Überresten, die die Unwetter ohne Unterlaß von den hohen Gipfeln in die Tiefe spülen. Der kleine See, der unregelmäßig und wolfszahnartig gezackt wie der Saum eines Frauengewands war, mochte eine Ausdehnung von drei Morgen haben; entsprechend den Annäherungen zwischen Fels und Wasser war die Wiese einen oder zwei Morgen breit; an manchen Stellen blieb kaum so viel Platz, daß die Kühe hindurchgehen konnten. In einer bestimmten Höhe hörte der Pflanzenwuchs auf. Hoch in den Lüften nahm der Granit die absonderlichsten Formen an und bekam jene dunstigen Tönungen, die hohen Bergen eine verschwommene Ähnlichkeit mit den Wolken am Himmel geben. Im Gegensatz zu dem freundlichen Anblick des Tals boten jene nackten, kahlen Felsen die wilden, unfruchtbaren Bilder der Öde, der zu fürchtenden Bergstürze und von Formen dar, die so willkürlich waren, daß einer dieser Felsen »Der Kapuziner« genannt wird, so sehr ähnelt er einem Mönch. Bisweilen wurden diese Felsnadeln, diese kühnen Pfeiler, diese luftigen Höhlen nacheinander beleuchtet, je nach der Bahn der Sonne oder den Launen der Atmosphäre, und nahmen goldene Nuancen an, färbten sich purpurn, wurden zu einem lebhaften Rosa oder trüb und grau. Jene Höhen boten ein ständiges Schauspiel dar und wechselten wie die irisierenden Reflexe auf einem Taubenhals. Oftmals drang zwischen zwei Lavaplatten, von denen man hätte meinen können, sie seien durch einen Axthieb getrennt worden, mit der Morgenröte oder bei Sonnenuntergang ein schöner Lichtstrahl bis auf den Grund dieses lachenden, korbförmigen Tals und spielte in den Wassern des Beckens wie der goldene Strahl, der den Spalt eines Fensterladens durchdringt und in ein spanisches Zimmer fällt, das sorglich für die Siesta geschlossen worden ist. Wenn die Sonne über diesem alten Krater schwebte, der von irgendeiner vorsintflutlichen Umwälzung her mit Wasser gefüllt war, erhitzten sich die Felsflanken, der alte Vulkan leuchtete auf, und seine rasche Erwärmung erweckte die Keime, befruchtete die Vegetation und reifte die Früchte in diesem kleinen, unbekannten Erdenwinkel. Als Raphaël dort hinkam, sah er ein paar auf der Wiese weidende Kühe; als er ein paar Schritte auf den See zu getan hatte, erblickte er an der Stelle, wo der Landstreifen seine größte Breite hatte, ein bescheidenes Haus; es war aus Granitsteinen erbaut und mit Holzschindeln gedeckt. Das Dach dieser Art Hütte, die mit ihrer Lage harmonierte, war mit Moos, Efeu und Blumen bewachsen, die sehr alt zu sein schienen. Dünner Rauch, der die Vögel nicht mehr erschreckte, entquoll dem zerbröckelnden Schornstein. An der Tür stand eine große Bank zwischen zwei riesigen Geißblattsträuchern, deren rote Blüten dufteten. Kaum waren die Hausmauern unter den Ranken der Rebe und den Geschlingen der Rosen und des Jasmins zu sehen, die wuchsen, wie sie wollten, und gänzlich ungehindert. Die Bewohner kümmerten sich nicht im mindesten um diesen ländlichen Schmuck und ließen der Natur ihre jungfräuliche, mutwillige Anmut. An einem Johannisbeerstrauch waren lange Windeln zum Trocknen in der Sonne aufgehängt. Auf einer Hanfbrechmaschine kauerte eine Katze, und darunter lag auf einem Haufen Kartoffelschalen ein erst kürzlich gereinigter gelber Kochkessel. Auf der andern Seite des Hauses erblickte Raphaël eine Einfriedung aus dürren Dornzweigen, die wohl verhindern sollte, daß die Hühner die Früchte und den Gemüsegarten verwüsteten. Hier schien das Ende der Welt zu sein. Diese Behausung glich den Vogelnestern, die klüglich in der Höhlung eines Felsens befestigt sind, zugleich kunstvoll und nachlässig. Es war ein naiver, gutartiger Naturzustand, eine wahre Ländlichkeit, aber eine poetische, weil sie tausend Meilen weit von unsern gemalten Poesien entfernt blühte, keine Ähnlichkeit mit irgendeiner Idee besaß und als echter Triumph des Zufalls einzig aus sich selbst entsprang. Bei Raphaëls Ankunft warf die Sonne ihre Strahlen von rechts nach links und ließ die Farben der Pflanzenwelt aufleuchten; sie hob Zauberwirkungen des Lichts hervor oder machte sie zum Schmuckwerk, betonte Schattengegensätze, die gelblichen oder grauen Grundtöne der Felsen, die verschiedenen Grünabstufungen des Laubwerks, die blauen, roten oder weißen Massen der Blumen, die Kletterpflanzen mit ihren Glocken, den schimmernden Samt der Moose, die purpurnen Trauben des Heidekrauts, vor allem jedoch die klare Wasserfläche, in der sich getreulich die granitenen Gipfel, die Bäume, das Haus und der Himmel spiegelten. In diesem köstlichen Bild hatte alles seinen Glanz, vom glänzenden Glimmer bis zum blonden Grasbüschel, das in einem milden Helldunkel versteckt war; dort bot sich alles harmonisch dar: die gefleckte Kuh mit dem leuchtenden Fell, die zierlichen Wasserblumen, die wie Fransen ausgebreitet in einer Vertiefung über das Wasser niederhingen, wo in Azur oder Smaragd gekleidete Insekten summten, und die Baumwurzeln, gewissermaßen sandbedeckte Haarfasern über einem gestaltlosen Gesicht aus Kieselsteinen. Die lauen Düfte der Wasser, der Blumen und Grotten, die diese einsame Zufluchtsstätte erfüllten, lösten in Raphaël ein beinahe wollüstiges Gefühl aus. Das majestätische Schweigen, das in diesem Winkel herrschte, der vielleicht in den Listen des Steuereinnehmers vergessen war, wurde plötzlich durch das Bellen zweier Hunde unterbrochen. Die Kühe wandten die Köpfe nach dem Eingang des Tals hin, streckten ihre feuchten Schnauzen Raphaël zu, und nachdem sie ihn stumpfsinnig angesehen hatten, weideten sie weiter. Zwischen den Felsen, wie durch Zauberkraft dorthin gebracht, hüpften eine Ziege und ihr Zicklein umher, stellten sich auf eine Granitplatte dicht bei Raphaël und schienen ihn ausfragen zu wollen. Das Kläffen der Köter hatte ein dickes Kind ins Freie gelockt, das offenen Mundes stehen blieb, und dann einen weißhaarigen, mittelgroßen alten Mann. Diese beiden Menschenwesen standen im Einklang mit der Landschaft, der Luft, den Blumen und dem Haus. In dieser üppigen Natur strotzte alles vor Gesundheit; Alter und Jugend waren hier schön; kurzum, es herrschte in allen diesen Daseinstypen ein ursprungsnahes Sichgehenlassen, eine Gewöhnung an das Glück, die alle unsere philosophischen Kapuzinerpredigten Lügen strafte und das Herz von seinen schwülstigen Leidenschaften heilte. Der Greis gehörte zu den Lieblingsmodellen von Schnetz'[165] männlichem Pinsel; er hatte ein braunes Gesicht, dessen zahlreiche Falten aussahen, als fühlten sie sich beim Berühren hart an, eine gerade Nase, vorspringende Backen, die rot geädert waren wie ein altes Weinblatt, eckige Konturen, lauter Kennzeichen der Kraft, sogar dort, wo die Kraft hingeschwunden war; seine Hände waren schwielig, obwohl sie nicht mehr arbeiteten, und hatten eine weiße, dünne Behaarung bewahrt; seine Haltung, die eines wahrhaft freien Mannes, ließ vermuten, daß er in Italien aus Liebe zu seiner ihm kostbaren Freiheit vielleicht zum Briganten geworden wäre. Der Junge, ein echtes Kind der Berge, hatte schwarze Augen, mit denen er in die Sonne schauen konnte, ohne zu blinzeln, eine dunkelbraune Gesichtsfarbe und braunes, wirres Haar. Er wirkte geschmeidig und entschlossen und in seinen Bewegungen natürlich wie ein Vogel; angezogen war er schlecht; durch die Risse seines Anzugs ließ er eine weiße, junge Haut sehen. Beide waren stumm nebeneinander stehen geblieben, vom selben Gefühl bewegt; ihre Züge boten den Beweis dafür dar, daß ihrer beider mäßiges Leben sich völlig gleich war. Der Greis war zu den Kinderspielen zurückgekehrt, und das Kind hatte die ernste Laune des Alten übernommen, und zwar durch eine Art Pakt zwischen zwei schwachen Geschöpfen, zwischen einer dem Ende und einer der Entfaltung nahen Kraft. Bald erschien auf der Türschwelle eine etwa dreißigjährige Frau. Sie spann im Gehen. Es war eine Auvergnatin mit roten Wangen, heiterer Miene, weißen Zähnen, dem Gesicht einer Auvergnatin, dem Wuchs einer Auvergnatin, der Frisur und dem Kleid einer Auvergnatin, den üppigen Brüsten einer Auvergnatin und deren Redeweise; sie war ein vollendetes Idealbild des Landes; Arbeitsamkeit, Unwissenheit, Sparsamkeit, Herzlichkeit, alles war darin.

Sie begrüßte Raphaël; sie kamen ins Gespräch; die Hunde beruhigten sich, der Alte setzte sich auf eine Bank in der Sonne, und der kleine Junge folgte seiner Mutter auf Schritt und Tritt; er sagte nichts, hörte indessen zu und musterte den Fremden.

»Haben Sie hier keine Angst, gute Frau?«

»Wovor sollten wir denn Angst haben, Monsieur? Wenn wir den Eingang verrammeln, wer könnte dann hier hereinkommen? Nein, wir haben wirklich keine Angst! Überdies«, sagte sie und ließ den Marquis in die große Stube des Hauses eintreten, »was könnten denn die Diebe bei uns holen?«

Sie deutete auf rauchgeschwärzte Mauern, an denen als einziger Schmuck jene blau, rot und grün kolorierten Drucke hingen, die ›Kredits Tod‹[166], die ›Passion Jesu Christi‹ und die ›Grenadiere der kaiserlichen Garde‹ darstellen; ferner fanden sich in dem Zimmer hier und dort ein altes Säulenbett aus Nußbaumholz, ein Tisch mit gewundenen Beinen, Schemel, der Backtrog, an der Decke hängend eine Speckseite, ein Salztopf, eine Pfanne und auf dem Kaminsims vergilbte, bunt angetünchte Gipsfiguren. Beim Verlassen des Hauses gewahrte Raphaël inmitten der Felsen einen Mann, der in der Hand eine Hacke hielt, sich vorbeugte und neugierig nach dem Haus hinsah.

»Monsieur, das ist mein Mann«, sagte die Auvergnatin und lächelte auf die bei Bäuerinnen übliche Weise, »er ackert da oben ...«

»Und ist der alte Mann Ihr Vater?«

»Bitte entschuldigen Sie, Monsieur, er ist der Großvater von meinem Mann. So, wie Sie ihn da sehen, ist er hundertzwei Jahre alt. Na, und neulich hat er, zu Fuß, unsern kleinen Buben nach Clermont gebracht! Der war mal ein starker Mann; jetzt tut er nichts mehr als essen, trinken und schlafen. Er spielt immer mit dem Jungchen. Manchmal führt der Kleine ihn hoch hinauf; dann zockelt er mit.«

Sogleich hatte Valentin beschlossen, mit diesem Greis und diesem Kind zusammenzuleben, die gleiche Luft wie sie zu atmen, das gleiche Brot wie sie zu essen, Wasser wie sie zu trinken, ihren Schlaf zu schlafen, sich ein Blut wie das ihre in den Adern zu erschaffen. Die Laune eines Sterbenden! Eine der Austern an diesem Felsen zu werden, seine Schale für ein paar weitere Tage dadurch zu retten, daß er die Todesgottheit einschläferte, das war für ihn der Archetyp der individuellen Moral, die gültige Formel des menschlichen Daseins, das schöne Ideal des Lebens, das einzige, das wahre Leben. Ein tiefer Gedanke der Selbstsucht drang in sein Herz ein; das Universum wurde davon verschlungen. In seinen Augen gab es kein Universum mehr; das Universum war gänzlich in ihn eingegangen. Für Kranke beginnt die Welt am Kopfende und endet am Fußende ihres Bettes. Diese Landschaft war zu Raphaëls Bett geworden.

Wer hätte nicht zumindest einmal in seinem Leben dem Hinundher einer Ameise zugeschaut, Halme in die einzige Öffnung gesteckt, durch die eine blonde Nacktschnecke atmet, den launischen Flug einer Wasserjungfer beobachtet, die tausend Adern angestaunt, die sich, bunt wie die Fensterrose einer gotischen Kathedrale, vom rötlichen Grund der Blätter einer jungen Eiche abheben? Wer hätte nicht voller Entzücken lange Zeit die Wirkungen des Regens und der Sonne auf einem braunen Ziegeldach oder die Tautropfen betrachtet, die Blütenblätter der Blumen, die mannigfachen Zacken ihrer Kelche? Wer hätte sich nicht in diese stofflichen, trägen und beschäftigten Träumereien versenkt, die ziellos sind und dennoch zu irgendeinem Gedanken hinführen? Wer hat, mit einem Wort, nicht das Leben der Kindheit geführt, das müßige Leben, das Leben des Wilden ohne dessen Arbeiten? So lebte Raphaël mehrere Tage lang, sorglos, wunschlos, fühlte sich spürbar besser, genoß ein ungemeines Wohlsein, das seine Unruhe beschwichtigte, seine Leiden linderte. Er erklomm die Felsen und setzte sich auf einen Gipfel, von wo aus seine Augen ein Landschaftsbild von ungeheurer Ausdehnung umfaßten. Dort blieb er tagelang wie eine Pflanze in der Sonne, wie ein Hase in seinem Erdloch. Oder er machte sich mit den Phänomenen der Vegetation vertraut, mit dem Wechsel des Himmels; er spähte nach den Fortschritten aller Werke auf der Erde, in den Wassern oder in der Luft. Er versuchte, sich den heimlichen Regungen dieser Natur zuzugesellen und sich nahezu völlig mit ihrem passiven Gehorsam zu identifizieren, um sich einem despotischen, erhaltenden Gesetz zu unterstellen, das die instinktiven Existenzen beherrscht. Er wollte nicht länger mit sich selbst belastet sein. Gleich den Verbrechern früherer Zeiten, die, von der Justiz verfolgt, gerettet waren, wenn sie den Schatten eines Altars erreichten, versuchte er, in das Heiligtum des Lebens zu schlüpfen. Es gelang ihm, ein wesentlicher Bestandteil jener ausgedehnten, mächtigen Natur zu werden: Er hatte sich die Unbilden der Luft zu eigen gemacht, alle Felshöhlungen bewohnt, die Gepflogenheiten und Gewohnheiten aller Pflanzen kennengelernt, die Lebensordnung der Quellen und deren Richtungen erforscht und Bekanntschaft mit den Tieren geschlossen; kurzum, er hatte sich so völlig mit dieser belebten Erde vereint, daß er sich irgendwie ihre Seele angeeignet und ihre Geheimnisse durchdrungen hatte. Für ihn waren die unendlichen Formen in allen diesen Reichen die Entwicklungen einer und derselben Substanz, die Kombinationen einer und derselben Bewegung, die mächtige Atmung eines ungeheuren Wesens, das handelte, dachte, einherschritt, wuchs und mit dem zusammen er wachsen, schreiten, denken und handeln wollte. Auf phantastische Weise hatte er sein Leben mit dem Leben dieses Felsens vermischt, hatte er sich darein gepflanzt. Dank dieser geheimnisvollen Erleuchtung, dieser künstlichen Gesundung, die wie die wohltätigen Delirien war, die die Natur gewährt als Rastpausen im Schmerz, genoß Valentin während der ersten Zeit seines Verweilens in dieser lachenden Landschaft die Freuden einer zweiten Kindheit. Er ergründete darin Nichtigkeiten, unternahm tausenderlei Dinge, ohne ein einziges zu Ende zu führen, hatte am nächsten Morgen sorglos die Pläne des Vortags vergessen; er war glücklich, er glaubte sich gerettet. Eines Morgens war er zufällig bis Mittag im Bett geblieben, in jener Traumversunkenheit, in der Wachen und Schlummer sich mischen, die dem Wirklichen den Anschein des Phantastischen und Trugbildern das Plastische des Daseins leiht, als er plötzlich, ohne vorerst zu wissen, ob er nicht einen Traum fortsetze, zum erstenmal hörte, wie seine Wirtin Jonathan, der wie jeden Tag heraufgekommen war, um sich zu erkundigen, Bericht über seinen Gesundheitszustand erstattete. Sicherlich glaubte die Auvergnatin, Valentin schlafe noch; sie hatte den Tonumfang ihrer Gebirglerstimme nicht gesenkt.

»Es geht nicht besser, und es geht nicht schlechter«, sagte sie. »Heute nacht hat er sich beinah wieder die Seele aus dem Leib gehustet. Er hustet, er spuckt, der liebe Herr, daß es zum Gotterbarmen ist. Mein Mann und ich, wir fragen uns, wo er die Kraft hernimmt, so zu husten. Es zerreißt einem das Herz. Was für eine verdammte Krankheit hat er nur! Es geht ihm nämlich ganz und gar nicht gut! Ich habe immer Angst, ihn eines Morgens verreckt im Bett vorzufinden. Er ist doch bloß ein wächserner Jesus! Wahrhaftig, ich sehe ihn doch, wenn er aufsteht, na, sein armer Körper ist klapperdürr. Und dabei riecht er schon nicht mehr gut! Ihm ist das egal, er rackert sich damit ab, herumzulaufen, als habe er Gesundheit feilzubieten. Und dabei ist er tapfer und stöhnt und jammert nie. Aber wirklich, er wäre besser unter der Erde als auf ihr, er leidet ja doch wie unser

Herr und Heiland! Ich wünsche das nicht, Monsieur, es liegt ja nicht in unserem Interesse. Auch wenn er uns weniger gäbe, als er uns gibt, würden wir ihn trotzdem gernhaben: Uns treibt nicht der Eigennutz. Ach, mein Gott«, sprach sie weiter, »nur die Pariser haben dergleichen verfluchte Krankheiten! Wo sie die bloß hernehmen? Der arme junge Mensch, ganz sicher wird das nicht gut ausgehen. Dies Fieber, sehen Sie, das bohrt in ihm, das höhlt ihn aus, das richtet ihn zugrunde! Er hat davon keine Ahnung, Monsieur. Er merkt nichts. Sie dürfen deswegen nicht weinen, Monsieur Jonathan! Man muß sich doch sagen, daß er glücklich sein wird, wenn er nicht länger zu leiden braucht. Sie sollten für ihn eine Nonne beten lassen. Ich habe schöne Heilungen durch Nonnen erlebt, und ich will gern eine Kerze bezahlen, um ein so sanftes, so gutes Geschöpf zu retten, das reinste Osterlamm.«

Raphaëls Stimme war zu schwach geworden, als daß er sich hätte vernehmlich machen können; er mußte also dies furchtbare Geschwätz über sich ergehen lassen. Indessen trieb die Ungeduld ihn aus dem Bett, und er erschien auf der Türschwelle. »Alter Schurke«, schrie er Jonathan an, »du willst also mein Henker sein?« Die Bäuerin glaubte ein Gespenst zu sehen und lief davon.

»Ich verbiete dir«, fuhr Raphaël fort, »dir irgendwelche Sorgen über meine Gesundheit zu machen.«

»Jawohl, Herr Marquis«, antwortete der alte Diener und wischte sich die Tränen ab.

»Und fortan tätest du gut daran, nicht ohne meinen Befehl hierher zu kommen.«

Jonathan wollte gehorchen; aber ehe er sich zurückzog, warf er auf den Marquis einen Blick der Treue und des Mitgefühls, in dem Raphaël sein Todesurteil las. Valentin war entmutigt; plötzlich war er sich seines wahren Zustands bewußt geworden; er setzte sich auf die Türschwelle, kreuzte die Arme über der Brust und ließ den Kopf sinken. Der erschrockene Jonathan trat zu seinem Herrn.

»Monsieur?«

»Geh! Geh!« rief der Kranke ihm zu.

Im Lauf des nächsten Vormittags hatte Raphaël, der die Felsen erklettert hatte, sich in eine mit viel Moos bewachsene Felsspalte gesetzt, von der aus er den schmalen Weg überblicken konnte, auf dem man vom Kurort zu seiner Behausung kam. Am Fuß der Klippe erblickte er Jonathan, der sich abermals mit der Auvergnatin unterhielt. Eine boshafte Macht ließ ihn das Kopfschütteln, die verzweifelten Gesten, die unheilverkündende Naivität dieser Frau verstehen, und sie trug ihm sogar mit dem Wind und in der Stille die verhängnisvollen Äußerungen zu. Von Entsetzen gepackt flüchtete er auf die höchsten Bergesgipfel und blieb dort bis zum Abend, ohne daß er die trüben Gedanken hätte verjagen können, die auf so unselige Weise in seinem Inneren durch die grausame Anteilnahme erweckt worden waren, die ihm galt. Plötzlich stand die Auvergnatin selber wie ein Schatten im Abendschatten vor ihm; durch eine Dichterabsonderlichkeit wollte er in ihrem schwarz und weiß gestreiften Rock eine unbestimmte Ähnlichkeit mit den ausgedörrten Rippen eines Gespenstes erblicken.

»Jetzt fällt der Abendtau, lieber Herr«, sagte sie zu ihm. »Wenn Sie hier blieben, würden Sie es nicht weiterbringen als eine verdorbene Frucht. Sie müssen nach Hause. Den Tau einzuatmen ist nicht gesund, und noch dazu haben Sie seit heute früh nichts zu sich genommen.«

»Bei Gottes Donner«, rief er, »alte Hexe, ich befehle Ihnen, mich nach meinem eigenen Ermessen leben zu lassen, oder ich ziehe hier aus. Es genügt schon, daß Sie mir jeden Morgen das Grab höhlen; wühlen Sie es wenigstens nicht auch am Abend aus.«

»Ihr Grab, Monsieur? Ihnen das Grab höhlen? Wo ist denn Ihr Grab? Ich möchte, daß Sie so alt wie unser Vater würden und nicht ins Grab stiegen! Das Grab! Da kommen wir immer noch früh genug hinein, ins Grab.«

»Seien Sie still«, sagte Raphaël.

»Nehmen Sie meinen Arm, Monsieur.«

»Nein.«

Das Gefühl, das zu ertragen dem Mann am schwersten fällt, ist das Mitleid, vor allem, wenn er es verdient. Der Haß ist ein die Spannkraft erhöhendes Mittel; er facht das Leben an, er inspiriert Rachegefühle; das Mitleid hingegen tötet; es schwächt noch unsere Schwäche. Es ist das zum Leisetreter gewordene Übel, ist die Verachtung in der Zärtlichkeit oder die Zärtlichkeit in der Kränkung. Raphaël fand seitens des Hundertjährigen ein triumphierendes, bei dem kleinen Jungen ein neugieriges, bei der Frau ein zudringliches, bei dem Mann ein auf Nutzen erpichtes Mitleid; aber in welcher Gestalt sich dieses Gefühl auch zeigen mochte, es ging stets mit dem Tode schwanger. Ein Dichter macht aus allem ein Gedicht, möge es von Schrecken erfüllt oder fröhlich sein, je nach den Bildern, die ihn bedrängen; seine übererregte Seele verwirft die weichen Nuancen und wählt stets lebhafte, grelle Farben. Jenes Mitleid brachte in Raphaëls Innerem ein grauenhaftes Gedicht der Trauer und der Schwermut zuwege. Sicherlich hatte er nicht des Freimuts der natürlichen Gefühlsäußerungen gedacht, als er gewünscht hatte, sich der Natur zu nähern. Wenn er unter einem Baum allein zu sein glaubte und sich in den Klauen eines hartnäckigen Hustenanfalls befand, dessen er niemals Herr wurde, ohne völlig zerschlagen aus diesem furchtbaren Ringen hervorzugehen, sah er die glänzenden, feuchten Augen des kleinen Jungen auf sich gerichtet, der wie ein Indianer hinter einem Grasbüschel auf der Lauer lag und ihn mit jener kindlichen Neugier musterte, in der ebenso viel Spott wie Freude liegt und irgendein Gemisch aus Anteilnahme und Fühllosigkeit. Das furchtbare »Bruder, wir müssen sterben« der Trappisten schien beständig in den Augen der Bauern geschrieben zu stehen, bei denen Raphaël lebte; er wußte nicht, was er mehr fürchtete, ihre naiven Worte oder ihr Schweigen; alles an ihnen war ihm lästig. Eines Morgens sah er zwei schwarzgekleidete Männer, die um ihn herumstrichen, ihn umwitterten und verstohlen beobachteten; dann taten sie, als seien sie zu einem Spaziergang hergekommen, und richteten banale Fragen an ihn, die er kurz beantwortete. Er erkannte in ihnen den Arzt und den Pfarrer des Badeortes, die sicherlich von Jonathan hergeschickt, von seinen Wirtsleuten hergerufen oder von dem Geruch eines nahe bevorstehenden Todes hergelockt worden waren. Da sah er seinen eigenen Leichenzug vor sich, er hörte den Gesang der Priester, zählte die Kerzen und sah nur noch durch einen Trauerschleier die Schönheiten dieser reichen Natur, in deren Schoß er geglaubt hatte das Leben anzutreffen. Alles, was ihm vor kurzem noch ein langes Dasein verheißen hatte, prophezeite ihm jetzt ein nahes Ende. Am nächsten Tag reiste er nach Paris; zuvor hatte er die melancholischen und herzlichen Klagen schlucken müssen, mit denen seine Wirtsleute ihn bedachten.

Er fuhr die ganze Nacht hindurch und erwachte in einem der heitersten Täler des Bourbonnais[167], dessen Landschaften und Aussichtspunkte vor ihm vorüberwirbelten und rasch hinweggeweht wurden wie die Dunstbilder eines Traumes. Die Natur entbreitete sich vor seinen Augen mit grausamer Koketterie. Bald entrollte der Allier in einer üppigen Weite sein flüssiges, glänzendes Band; dann wieder zeigten Weiler, die bescheiden in einer Kluft aus gelblichen Felsen hockten, die Spitzen ihrer Kirchtürme; bald erschienen die Mühlen eines Tälchens unvermittelt nach eintönigen Rebbergen, und immerfort tauchten lachende Schlösser auf, Dörfer an Höhenzügen oder ein paar von majestätischen Pappeln gesäumte Landstraßen; endlich leuchteten die Loire und ihre langen, wie Diamanten glitzernden Flächen inmitten goldener Sandbänke. Verlockungen ohne Ende! Die erregte Natur war lebhaft wie ein Kind und konnte kaum die Liebe und den drängenden Saft des Juni bändigen; unseligerweise lenkte sie die erloschenen Blicke des Sterbenden auf sich. Er zog die Gardinen seines Wagens vor und schlief wieder ein. Gegen Abend, nach der Fahrt durch Cosne[168], wurde er durch eine fröhliche Musik geweckt und sah sich inmitten eines ländlichen Festes. Die Post lag ganz in der Nähe des Marktplatzes. Während der Zeit, da die Postillione seinen Wagen mit neuen Pferden bespannten, sah er den Tänzen dieser frohgemuten Einwohnerschaft zu, den hübschen, aufreizenden, mit Blumen geschmückten Mädchen, den angeregten jungen Burschen, dann den heiter vom Wein geröteten Vollmondsgesichtern der Bauern. Die kleinen Kinder tollten umher, die alten Frauen redeten und lachten, alles hatte eine Stimme, und die Freude verschönte sogar die Kleider und die aufgestellten Tische. Der Platz und die Kirche schauten glücklich drein; die Dächer, die Fenster und sogar die Türen des Dorfs schienen sich ebenfalls in ihren Sonntagsstaat geworfen zu haben. Wie alle Sterbenden, die das leiseste Geräusch verstimmt, konnte Raphaël einen finsteren Ausruf nicht unterdrücken, noch den Wunsch, jenen Geigen Stille aufzuerlegen, jene Bewegung auszulöschen, all den Lärm zum Verstummen zu bringen, dieses unzeitige Fest auseinanderzujagen. Tief verstimmt stieg er in seinen Wagen. Als er auf den Platz zurückblickte, sah er die Freude verscheucht, die Bäuerinnen auf der Flucht und die Bänke leer. Auf dem Podium für das Orchester fuhr ein blinder Dorfmusikant fort, auf seiner Klarinette einen quäkenden Rundtanz zu blasen. Diese Musik ohne Tänzer, dieser einsame alte Mann mit dem verdrossenen Profil, in Lumpen und mit spärlichem Haar, im Schatten einer Linde, das alles war wie ein phantastisches Gleichnis von Raphaëls Wunsch. Es fiel in Strömen einer der heftigen Regengüsse nieder, die die elektrischen Wolken des Juni jäh ausschütten und die ebenso schnell wieder enden. Es war etwas so Natürliches, daß Raphaël, als er am Himmel ein paar weißliche Wolken erblickte, die ein winziger Wind von dannen trug, nicht daran dachte, sein Chagrinleder anzusehen. Er lehnte sich wieder in der Ecke seines Wagens zurück, der bald auf der Landstraße einherrollte.

Am folgenden Tag befand er sich daheim, in seinem Schlafzimmer, am Kamin. Er hatte sich ein großes Feuer anzünden lassen; es fror ihn. Jonathan brachte ihm Briefe; sie waren sämtlich von Pauline. Ohne Hast öffnete er den ersten und entfaltete ihn, als wenn es das graue Papierblatt einer kostenlosen Zahlungsaufforderung gewesen wäre, die der Steuereinnehmer ihm geschickt hatte. Er las den ersten Satz: »Abgereist; aber das ist ja die reinste Flucht, lieber Raphaël. Wie? Niemand kann mir sagen, wo du bist? Und wenn ich es nicht weiß, wer vermöchte es dann zu wissen?« Ohne mehr erfahren zu wollen, nahm er kalt die Briefe und warf sie ins Feuer; dann sah er mit stumpfem Blick und ohne Wärme dem Spiel der Flamme zu, die das parfümierte Papier krümmte, es zusammenschrumpfen ließ, es umwandte und zerstückelte.

Einzelne Stücke rollten über die Asche und ließen ihn Anfänge von Sätzen sehen, Worte, halb verbrannte Gedanken; in einer Art von mechanischer Zerstreutheit fiel es ihm ein, in die Flamme zu fassen.

»... Vor deiner Tür gewesen ... gewartet ... Laune ... ich gehorche ... Nebenbuhlerinnen ... nein, ich nicht! ... deiner

Pauline . . . liebt . . . also keine Pauline mehr . . .? Wenn Du für eine Weile hättest ohne mich sein wollen, dann würdest Du mich nicht so haben sitzen lassen . . . Ewige Liebe . . . Sterben . . .«

Die Worte lösten in ihm Gewissensbisse aus; er ergriff die Feuerzange und rettete einen letzten Brieffetzen aus den Flammen.

». . . Ich habe gemurrt«, schrieb Pauline, »aber ich habe mich nicht beklagt, Raphaël! Wenn Du mich von Dir fernhalten wolltest, so hast Du mir sicherlich die Last irgendwelcher Kümmernisse ersparen wollen. Vielleicht wirst Du mich eines Tages töten; aber Du bist zu gut, um mich leiden zu lassen. Ja, aber reise nie wieder auf solcherlei Weise fort. Glaub mir, ich kann die größten Martern ertragen, aber nur, wenn ich bei Dir bin. Der Schmerz, den Du mir dann antun würdest, wäre kein Schmerz: Ich berge in meinem Herzen noch sehr viel mehr an Liebe, als ich Dich habe sehen lassen. Ich kann alles ertragen, nur nicht, fern von Dir weinen zu müssen und nicht zu wissen, was Du . . .«

Raphaël legte diesen vom Feuer geschwärzten Brieffetzen auf den Kamin; doch plötzlich warf er ihn wieder ins Feuer. Dieses Stück Papier war ein allzu lebendiges Bild seiner Liebe und seines unseligen Lebens.

»Geh und hole Monsieur Bianchon«, sagte er zu Jonathan.

Horace kam und fand Raphaël im Bett.

»Lieber Freund, kannst du mir einen leicht opiumhaltigen Trank mischen, der mich in einem beständigen Halbschlaf hält, ohne daß der dauernde Gebrauch dieses Mittels mir schadete?«

»Nichts leichter als das«, antwortete der junge Doktor. »Aber du müßtest doch einige Stunden am Tag wach sein, um zu essen.«

»Einige Stunden?« unterbrach ihn Raphaël. »Nein, nein, höchstens eine Stunde lang will ich auf sein.«

»Was beabsichtigst du denn?« fragte Bianchon.

»Schlafen ist noch leben«, antwortete der Kranke.

»Laß niemanden herein, nicht mal Mademoiselle Pauline de Vitschnau«, sagte Valentin zu Jonathan, während der Arzt sein Rezept schrieb.

»Sagen Sie bitte, Monsieur Horace, gibt es noch ein Rettungsmittel?« fragte der alte Diener den jungen Doktor, den er bis zur Freitreppe begleitet hatte.

»Es kann mit ihm noch lange dauern, er kann aber auch schon heute abend sterben. Bei ihm stehen die Möglichkeiten für Leben und Tod gleich. Ich werde daraus nicht klug«, antwortete der Arzt und vollführte eine zweiflerische Gebärde. »Er bedarf der Ablenkung.«

»Der Ablenkung! Sie kennen ihn nicht, Monsieur. Neulich hat er einen Menschen getötet, ohne mit der Wimper zu zucken! Ihn lenkt nichts ab.«

Ein paar Tage lang blieb Raphaël im Nichts seines künstlichen Schlummers versunken. Dank der materiellen Macht, die das Opium auf unsere immaterielle Seele ausübt, hatte dieser Mann mit der so machtvoll tätigen Phantasie sich bis zur Stufe der trägen Tiere erniedrigt, die in der Tiefe der Wälder in Gestalt eines Pflanzenstücks hocken, ohne einen Schritt zu tun, um eine leichte Beute zu erhaschen[169]. Sogar das Himmelslicht hatte er ausgelöscht; kein Tagesschimmer drang mehr zu ihm herein. Gegen acht Uhr abends verließ er sein Bett; ohne klares Bewußtsein seiner Existenz stillte er seinen Hunger; dann legte er sich gleich wieder hin. Seine frostigen, welken Stunden brachten ihm nur noch verworrene Bilder, Erscheinungen, ein Helldunkel auf schwarzem Grund dar. Er hatte sich in ein tiefes Schweigen bestattet, in eine Verneinung der Bewegung und der Intelligenz. Eines Abends erwachte er sehr viel später als üblich und fand sein Nachtessen nicht serviert. Er schellte nach Jonathan.

»Du kannst verschwinden«, sagte er zu ihm. »Ich habe dich reich gemacht, du kannst auf deine alten Tage glücklich sein; aber ich will dich nicht länger mit meinem Leben dein Spiel treiben lassen. Was soll das heißen, du Erbärmlicher? Mich hungert. Wo ist mein Essen? Antworte!«

Jonathan lächelte zufrieden, nahm eine Kerze, deren Lichtschein in der tiefen Dunkelheit der riesigen Räume des Stadtpalais zitterte; er führte seinen Herrn, der wieder zu etwas Willenlosem geworden war, in einen breiten Gang und öffnete dort jäh eine Tür. Sogleich wurde Raphaël von Licht überflutet; den Geblendeten überraschte ein unerhörter Anblick. Er sah seine Kronleuchter mit Kerzen besteckt, die seltensten Blumen seines Treibhauses künstlerisch verteilt, einen von Silberzeug funkelnden Tisch, Gold, Perlmutter, mannigfaches Porzellan, ein dampfendes königliches Mahl, dessen verlockende Gerichte die Gaumennerven reizten. Er sah seine Freunde als Tischgäste, darunter geschmückte, hinreißende Frauen mit nackten Brüsten, entblößten Schultern, das Haar voller Blumen, mit glänzenden Augen, alle von verschieden gearteter Schönheit, erregend in wollüstigen Verkleidungen: Die eine hatte ihre anziehenden Formen durch ein irisches Jäckchen betont, eine andere trug die laszive Basquina[170] der Andalusierinnen; diese war als Jägerin Diana halbnackt, jene bescheiden und verliebt im Kostüm der Mademoiselle de la Vallière[171]; sie alle waren dem Rausch geweiht. In den Blicken aller Gäste funkelten Freude, Liebe und Sinnenlust. In dem Augenblick, da das tote Gesicht Raphaëls in der Türöffnung erschien, erscholl ein plötzlicher, schneller Freudenruf, der glänzte wie die Strahlen dieses improvisierten Festes. Die Stimmen, die Düfte, das Licht, diese Frauen von aufreizender Schönheit stürzten sich auf alle seine Sinne und erweckten seine Begierde. Eine köstliche Musik, die in einem benachbarten Salon verborgen war, überflutete diesen berauschenden Tumult mit einem Strom von Harmonien und vervollständigte diese seltsame Vision. Raphaël spürte, wie seine Hand von einer schmeichelnden Hand ergriffen wurde, der Hand einer Frau, deren frische, weiße Arme sich hoben, um ihn an sich zu ziehen, der Hand Aquilinas. Er erkannte, daß dieses Bild nicht vage und ein Phantasieprodukt war wie die flüchtigen Einbildungen seiner farblosen Träume; er stieß einen unheimlichen Schrei aus, warf hastig die Tür zu und brandmarkte seinen alten Diener dadurch, daß er ihm ins Gesicht schlug.

»Scheusal, hast du denn geschworen, mich umzubringen?« rief er. Dann, noch immer bebend ob der Gefahr, der er sich ausgesetzt hatte, fand er die Kräfte, wieder in sein Zimmer zu gelangen, trank eine starke Dosis seines Schlafmittels und ging zu Bett.

»Zum Teufel«, sagte Jonathan und stand auf, »dabei hatte Monsieur Bianchon mir doch aufgetragen, ich solle ihn ablenken!«

Es war gegen Mitternacht. Durch eins jener physiologischen Wunder, die das Erstaunen und die Verzweiflung der medizinischen Wissenschaft bilden, strahlte Raphaël um diese Stunde während des Schlafs vor Schönheit. Ein lebhaftes Rosa tönte seine weißen Wangen. Seine Stirn, die anmutig wie die eines jungen Mädchens war, drückte Genie aus. Auf diesem ruhigen, ausgeruhten Antlitz stand das Leben in Blüte. Man hätte meinen können, es sei das eines jungen, in der Hut seiner Mutter eingeschlafenen Knaben. Sein Schlummer war ein guter Schlummer, sein scharlachfarbener Mund entließ einen gleichmäßigen, reinen Atem; er lächelte; sicherlich hatte ein Traum ihn in ein schönes Leben entrückt. Vielleicht war er hundertjährig; vielleicht wünschten seine Enkelkinder ihm ein langes Leben; vielleicht saß er auf seiner ländlichen Bank in der Sonne unter dem Laubdach und erblickte wie der Prophet vom Berg aus in wohltätiger Ferne das Land der Verheißung.

»Da bist du ja!«

Diese von einer Silberstimme gesprochenen Worte verscheuchten die wolkigen Gestalten seines Schlafs. Im Schein der Lampe sah er seine Pauline auf seinem Bett sitzen, aber eine durch die Trennung und den Schmerz verschönte Pauline. Raphaël war bestürzt beim Anblick dieses Gesichts, das weißer war als die Blütenblätter einer Wasserblume und in Verbindung mit dem langen schwarzen Haar im Schatten noch heller wirkte. Auf ihren Wangen hatten Tränen eine leuchtende Spur gezeichnet und waren hängen geblieben, bereit, bei der geringsten Bewegung herabzufallen. Sie war weiß gekleidet, ihr Kopf war geneigt, sie drückte das Bett kaum nieder; sie saß da wie ein aus Himmelshöhen herabgestiegener Engel, wie eine Geistererscheinung, die ein Hauch hätte zum Verschwinden bringen können.

»Ach, ich habe alles vergessen«, rief sie, als Raphaël die Augen aufschlug. »Ich habe nur eine Stimme, um dir zu sagen: Ich bin dein! Ja, mein Herz ist nichts als Liebe. Oh, niemals, du Engel meines Lebens, bist du so schön gewesen. Deine Augen blitzen mich an. Aber ich errate alles, glaub es nur! Du bist auf der Suche nach deiner Gesundheit gewesen, und zwar ohne mich; du hast vor mir Furcht gehabt ... Nun gut ...«

»Flieh, flieh, laß mich«, antwortete Raphaël endlich mit dumpfer Stimme. »So geh doch. Wenn du hier bleibst, sterbe ich. Willst du mich etwa sterben sehen?«

»Sterben?« wiederholte sie. »Kannst du ohne mich sterben?

Sterben, wo du doch jung bist! Sterben, wo ich dich liebe! Sterben!« fügte sie mit tiefer, kehliger Stimme hinzu und griff in einer Irrsinnsregung nach seinen Händen.

»Kalt«, sagte sie. »Ist das eine Illusion?«

Raphaël zog unter seinem Kopfkissen das Fetzchen des Chagrinleders hervor; es war jetzt dünn und klein wie ein Immergrünblatt; er zeigte es ihr und sagte: »Pauline, du schönes Abbild meines schönen Lebens, jetzt wollen wir einander Lebewohl sagen.«

»Lebewohl?« wiederholte sie mit überraschter Miene.

»Ja. Dies hier ist ein Talisman, der meine Wünsche erfüllt und mein Leben darstellt. Sieh, was mir davon übrigbleibt.Wenn du mich weiterhin anschaust, muß ich sterben . . .«

Das junge Mädchen glaubte, Valentin sei verrückt geworden; sie nahm den Talisman und holte die Lampe. In dem flackernden Licht, das sich gleichermaßen über Raphaël und über den Talisman breitete, musterte sie sehr aufmerksam das Gesicht ihres Geliebten und den letzten Rest des magischen Leders. Als er sie schön vor Entsetzen und Liebe sah, war er nicht länger Herr seines Denkens: Die Erinnerung an Szenen der Zärtlichkeit und an die wahnwitzigen Freuden seiner Leidenschaft triumphierte in seiner Seele, die seit langem geschlafen hatte, und erwachte darin wie ein schlecht gelöschtes Feuer.

»Pauline, komm! Pauline!«

Ein schrecklicher Schrei entrang sich der Kehle des jungen Mädchens, ihre Augen weiteten sich, ihre von einem unerhörten Schmerz heftig zusammengepreßten Brauen wichen vor Entsetzen auseinander; sie las in Raphaëls Augen eine der wütenden Begierden, die ehedem ihr Stolz gewesen waren; aber je stärker jenes Begehren wuchs, desto mehr kitzelte das zusammenschrumpfende Leder ihr die Hand. Ohne zu überlegen stürzte sie in das anstoßende Zimmer und schloß dessen Tür.

»Pauline! Pauline!« rief der Sterbende und lief ihr nach. »Ich liebe dich, ich bete dich an, ich will dich haben! Ich verfluche dich, wenn du mir nicht aufmachst! Ich will bei dir sterben!«

Mit außergewöhnlicher Kraft, dem letzten Ausbruch des Lebens, brach er die Tür ein und sah, wie seine Geliebte sich halbnackt auf einem Ruhebett wälzte. Pauline hatte vergebens versucht, sich die Brüste zu zerfleischen, und um einen raschen Tod zu finden, suchte sie sich mit ihrem Schal zu erdrosseln. »Wenn ich sterbe, wird er leben!« sagte sie sich und trachtete vergebens, den Knoten festzuziehen. Ihr Haar hatte sich gelöst, ihre Schultern waren nackt, ihre Kleider in Unordnung, und in diesem Kampf mit dem Tod, die Augen tränennaß, das Antlitz flammend, sich windend in furchtbarer Verzweiflung, bot sie dem liebestrunkenen Raphaël tausend Schönheiten dar, die seine Raserei noch steigerten; mit der Geschmeidigkeit eines Raubvogels warf er sich auf sie, zerriß den Schal und wollte sie in die Arme schließen.

Der Sterbende suchte nach Worten, um dem Begehren Ausdruck zu geben, das alle seine Kräfte verzehrte; allein er fand nur noch die erstickten Laute des Röchelns in seiner Brust, deren Atemzüge, die früher hohl geklungen hatten, jetzt aus seinen Eingeweiden hervorzudringen schienen. Als er schließlich keine Laute mehr hervorbringen konnte, biß er Pauline in die Brust. Auf die Schreie, die er gehört hatte, kam Jonathan erschrocken herbei und versuchte, Pauline von der Leiche wegzureißen, auf die sie sich in einer Zimmerecke niedergekauert hatte.

»Was wollen Sie denn?« fragte sie. »Er gehört mir, ich habe ihn umgebracht; habe ich es nicht vorausgesagt?«

Epilog

»Und was ist aus Pauline geworden?«

»Ach ja, Pauline! Ja. Sind Sie manchmal an einem milden Winterabend daheim vor Ihrem Kamin sitzen geblieben und haben sich wollüstigen Erinnerungen an die Liebe oder die Jugend überlassen und dabei den Streifen zugeschaut, die das Feuer auf einem Stück Eichenholz hervorrief? Hier zeichnet die Verbrennung die roten Felder eines Damebretts; dort spiegelt es samtene Weichheit; blaue Flämmchen laufen, hüpfen und spielen auf dem glühenden Holzkohlegrund. Ein unbekannter Maler naht und bedient sich dieser Flamme; mit einzigartiger Geschicklichkeit zeichnet er inmitten der lodernden violetten oder purpurnen Farbtöne ein Antlitz, das übernatürlich und von unerhörter Zartheit ist, ein flüchtiges Phänomen, das der Zufall nie wieder von vorn beginnen wird: Es ist eine Frau, deren Haar vom Wind davongeweht wird und deren Profil eine köstliche Leidenschaft atmet: Feuer im Feuer! Sie lächelt, sie vergeht, Sie werden sie nie wiedersehen. Leb wohl, Blüte der Flamme, leb wohl, du unvollendeter, unerwarteter Urstoff, der du zu früh oder zu spät gekommen bist, um ein schöner Diamant zu werden.«

»Na, und Pauline?«

»Verstehen Sie mich nicht? Ich fange von vorn an. Platz, Platz! Sie naht, da ist sie, die Königin der Illusionen, die Frau, die verweht wie ein Kuß, die Frau, die feurig ist wie ein Blitz, die wie er glühend vom Himmel herniederfährt, das unerschaffene Wesen, das ganz Geist, ganz Liebe ist. Sie hat irgendeinen Flammenkörper mit Kleidern versehen, oder die Flamme hat sich um ihretwillen für kurze Zeit beseelt! Die Linien ihrer Formen sind von einer Reinheit, die einem sagt, daß sie vom Himmel kommt. Strahlt sie nicht Licht aus wie ein Engel? Vernehmen Sie nicht das luftige Schwirren ihrer Fittiche? Leichter als ein Vogel ist sie, läßt sich dicht neben Ihnen nieder, und ihre furchtbaren Augen schlagen Sie in Bann; ihr sanfter, aber mächtiger Atem zieht mit magischer Gewalt Ihre Lippen an; sie flieht und reißt Sie mit sich empor, Sie fühlen die Erde nicht mehr. Sie wollen ein einziges Mal Ihre zärtliche Hand, Ihre schwärmerische Hand über diesen schneeigen Körper gleiten lassen, ihr goldenes Haar zerwühlen, ihre funkelnden Augen küssen. Ein Dunst berauscht, eine bezaubernde Musik berückt Sie. Sie zittern in allen Ihren Nerven, Sie sind ganz Begehren, ganz Schmerz. O namenloses Glück! Sie haben die Lippen dieser Frau berührt; doch plötzlich weckt ein furchtbarer Schmerz Sie auf. Haha! Sie sind mit dem Kopf gegen die Bettkante gestoßen, Sie haben das braune Mahagoni, die kalten Vergoldungen, einen Bronzebeschlag oder messingnen Amor geküßt!«

»Aber, Monsieur, was ist mit Pauline?«

»Schon wieder! Hören Sie zu. Eines schönen Morgens hielt bei der Abfahrt von Tours ein junger Mann an Bord der ›Ville d'Angers‹ die Hand einer hübschen Frau in seiner Hand. So vereinigt bewunderten beide lange Zeit hindurch über den breiten

Wassern der Loire eine weiße Gestalt, die auf künstliche Weise dem Schoß des Nebels entsprossen war wie eine Frucht der Fluten und der Sonne oder wie ein launisches Spiel der Wolken und der Luft. Abwechselnd Undine oder Sylphide, wogte und flatterte diese erlesene Gestalt in den Lüften wie ein vergebens gesuchtes Wort, das einem durchs Gedächtnis gleitet und sich nicht erfassen läßt; sie wandelte zwischen den Inseln einher und bewegte ihren Kopf zwischen den hohen Pappeln; dann wurde sie gigantisch und ließ entweder die tausend Falten ihres Gewandes erschimmern oder die Aureole aufglänzen, die die Sonne um ihr Antlitz zeichnete; sie schwebte über den Weilern, den Hügeln und schien es dem Dampfschiff zu verwehren, am Schloß Ussé vorüberzufahren. Man hätte sie für den Geist der Dame mit den schönen Kusinen[172] halten können, die ihre Heimat gegen die modernen Invasionen schützen wollte.«

»Gut und schön, ich verstehe, so viel über Pauline. Aber Foedora?«

»Oh, Foedora, der werden Sie immer wieder begegnen. Gestern war sie in der Italienischen Oper, heute ist sie in der Großen Oper, sie ist überall; sie ist, wenn Sie wollen, die Gesellschaft.«

Anmerkungen

Das Chagrinleder

1 Die absonderliche Zeichnung, die Balzac auf die Titelseite von ›La Peau de chagrin‹ hat setzen lassen, entstammt tatsächlich Laurence Sternes ›Tristram Shandy‹. Sie stellt das Schwenken des Spazierstocks dar, durch das der Korporal Trim dem Onkel Toby seine Meinung über die Ehe andeuten will, mit den Worten: »Solange der Mann frei ist . . .«

Balzac ließ die Zeichnung etwas abgeändert nachdrucken:

Spätere Verleger, so zumal Houssiaux im Jahre 1855, denen der Sinn der Zeichnung unverständlich war, haben daraus eine Schlange mit Kopf, Zunge, Schwanz und Schuppen gemacht, und die Zeichnung nahm sich folgendermaßen aus:

2 Das Palais-Royal, von Kardinal Richelieu begonnen, wurde von Philippe Égalité unvollendet hinterlassen und bildete während der Revolution, des Kaiserreichs und der ersten Jahre der Restauration die Lieblingsstätte der Prostitution; sie trieb in den Holzgalerien ihr Wesen, die später der Galerie d'Orléans wichen. Im Gebäude selbst waren zahlreiche Spielsäle untergebracht.

3 In den Golf von Mexiko mündender Fluß. 1823 wurde dort ein mißglückter Versuch zu einer französischen Ansiedlung unternommen.

4 Jean-Pierre-Joseph Darcet (nicht d'Arcet, wie Balzac schreibt) lebte von 1777 bis 1844 und war Chemiker, Generalkontrolleur der Münzen und Mitglied der Akademie der Wissenschaften. Einen Teil seiner Arbeiten widmete er der Entdeckung einer wohlfeilen Nahrung für die Armen. So versuchte er verschiedene Verfahren, um den Knochen die darin enthaltene Gallerte zu entziehen, aus der er ein gehaltvolles Nahrungsmittel zu gewinnen gedachte. Aber die Erfahrung lehrte, daß er sich von den nährenden Eigenschaften der Gallerte eine zu hohe Vorstellung gemacht hatte. – Der erste, dem die Herstellung einer wahren, kräftigenden Armensuppe gelang, war der englische Ingenieur, Physiker, Offizier und Staatsmann Sir Benjamin Thompson, später Graf Rumford (1753–1814). Die nach ihm benannte Suppe bestand aus Wurzeln, Würzgemüsen, Schweinefleisch, Graupen, Kartoffeln und Erbsen.

5 Die Place de Grève, wo unter dem Ancien Régime die Hinrichtungen vollzogen wurden, heißt heute Place de l'Hôtel-de-Ville.

6 Ital.: »Von soviel Herzklopfen«, erster Vers der Cabaletta im Finale von ›Tancredi‹ (›Tankred‹), einer Oper von Rossini, die Stendhal in seiner Rossini-Biographie als ein »himmlisches Werk« bezeichnet. Sie wurde 1813 in Venedig uraufgeführt. Die Arie war lange unter dem Namen *»aria dei risi«* bekannt, weil Rossini sie komponiert hatte, während der Reis für die Suppe gekocht wurde, also innerhalb weniger Minuten. Wenigstens berichtet Stendhal diese Anekdote.

7 Laurence Sterne (1713–1768), der von Balzac sehr geschätzte Autor des ›Tristram Shandy‹. Balzac übernahm von ihm seinen Lieblingsgedanken der prästabilierten Entsprechung des Namens einer Person mit ihrem Charakter.

8 Robert Henry Stewart, Viscount Castlereagh (1769–1822), Tory-Minister, wurde bevollmächtigter Gesandter Englands bei den Kongressen zu Châtillon und zu Wien. Als er zu dem von Verona

aufbrechen wollte, schnitt er sich in einem Anfall von Spleen die Pulsadern auf.

9 Louis-Simon Auger (1772–1829), Literaturkritiker, ständiger Sekretär der Académie Française. Er war der gewissenhafte Herausgeber der Werke der großen Schriftsteller des 18. Jahrhunderts, die er leidenschaftlich gegen die aufstrebende Romantik verteidigte. Überdies war er ein politischer, ultraroyalistischer Schriftsteller. In einem Schwermutsanfall beging er am 5. Januar 1829 Selbstmord; seine Leiche wurde erst am 17. Februar gefunden.

10 Im Jahre 1830 gab es in Paris an beiden Ufern der Seine sowie in der Banlieue fünfzig Rettungsstationen für Ertrunkene und mit Kohlenoxyd Vergiftete. Der Inspektor dieser Einrichtung war Monsieur Dacheux.

11 Die Räucherungen, durch die man Wiederbelebungsversuche an Ertrunkenen vornahm, bestanden darin, daß man mittels einer in den After eingeführten Spezialspritze Tabakrauch in den Dickdarm blies. Das war durch eine gesetzliche Verfügung vom 25. August 1806 angeordnet worden.

12 Die Verfügung vom 25. August 1806 ordnete an, daß »für das Auffischen eines Ertrunkenen, dessen Wiederbelebung gelang, fünfundzwanzig Francs und für das Auffischen eines Ertrunkenen, der nicht wiederbelebt werden konnte, fünfzehn Francs« gezahlt werden sollten. Balzac übertreibt also, wenn er schreibt, der tote Raphaël sei fünfzig Francs wert.

13 Bernard Palissy, nicht: de Palissy, wie Balzac schreibt, (1510–1589 oder 1590), Keramiker und Emailleur, Schriftsteller und Gelehrter, berühmt durch seine Fayencen mit plastischem, farbigem, sehr naturalistischem Dekor, die sich in fast allen Museen finden. Er machte auch Entdeckungen auf dem Gebiet der Mineralogie und Chemie. Als Hugenotte wurde er in die Bastille gesperrt, wo er starb.

14 Marie-Victoire Jacquetot (1778–1855), nicht: Jacqotot, wie Balzac schreibt, Porzellanmalerin, die für die Manufaktur Sèvres arbeitete, zu ihrer Zeit hochberühmt. Sie pflegte auf Eßteller die Werke Raffaels und der David-Schule zu kopieren. Ihre Arbeiten waren das Entzücken Louis-Philippes.

15 Frederik Ruysch (1638–1791), holländischer Anatom. Sein »Kabinett« wurde 1717 von Peter dem Großen angekauft und nach Petersburg, dem heutigen Leningrad, übergeführt. Es hatte übrigens nichts mit den Wachsfigurenkabinetten zu tun, die während

der Restauration und der Juli-Monarchie großen Zulauf hatten, sondern bestand aus anatomischen Präparaten und Leichen, die der Anatom mittels Injektionen zu präparieren verstand, so daß sie sich jahrelang hielten. Ruysch ist überdies der Verfasser zahlreicher anatomischer Werke.

16 Episches Gedicht (1816) von Lord Byron, Fortsetzung des ›Korsaren‹ (1814).

17 Jean Goujon (um 1510–1566 oder 1568), bedeutender Bildhauer und Architekt der französischen Renaissance. Er schuf die »Fontaine des Innocents« und Teile des plastischen Schmucks des Louvre in Paris und des Schlosses zu Ecouen. Auch der Lettner von Saint-Germain-l'Auxerrois, von dem sich Fragmente im Louvre befinden, stammt von ihm.

18 Griechische Lyrikerin, geboren in Theben oder Tanagra um 470 v. Chr., Rivalin Pindars. Sie regte Mme de Staël zu einem Roman an.

19 Die 1815 aufgestellte Hypothese des englischen Chemikers Prout betrachtet den Wasserstoff als eine Art Urelement, aus dessen Abwandlungen alle übrigen Elemente entstanden seien. Diese Hypothese von der Einheit der Materie erhielt nach der Entdeckung des Radiums im Dezember 1898 neue Nahrung.

20 Anspielung auf die 1812 und 1821–1829 erschienenen ›Recherches sur les ossements fossiles des quadrupèdes‹ und auf die ›Discours sur les révolutions de la surface du globe et sur les changements qu'elles ont produits dans le règne animal‹ (1812 und 1821). Das letztere Werk stellt die Einleitung des erstgenannten dar.

21 Joseph-Louis Gay-Lussac (1778–1850), berühmter Physiker und Chemiker, dessen Arbeiten über die Verbindungsverhältnisse der Gase, über die Wärmelehre usw. klassisch geblieben sind.

22 Dominique-François Arago (1786–1853), Physiker und Astronom, ständiger Sekretär der Akademie der Wissenschaften, 1848 Mitglied der provisorischen Regierung als Kriegs- und Marineminister. Beschäftigte sich mit Untersuchungen über die Polarisation des Lichts, über Galvanismus und Magnetismus. Er schrieb eine ›Astronomie populaire‹ (1834–1835) und redigierte zusammen mit Gay-Lussac die ›Annales de chimie et physique‹.

23 Die »Funambules« (»Seiltänzer«) waren zunächst, 1815, ein Akrobaten- und Marionettentheater, das erst 1825 die Erlaubnis zum Aufführen von Pantomimen erhielt, und erst 1830, nach der Revolution, dialogisierte Vaudevilles spielen durfte. In diesem

kleinen Theater, das am Boulevard du Temple gelegen war, gegenüber dem heutigen Théâtre Déjazet, debütierte der berühmte Debureau und hatte auf Anhieb einen Erfolg, der fünfzehn Jahre andauerte. Das gesamte künstlerische, literarische und mondäne Paris kam immer wieder, um außer sich vor Begeisterung über das exzentrische Talent dieses wunderbaren Schauspielers zu geraten.

24 Das sternförmige Hexagon, das Salomo auf seinem Ring getragen haben soll. Es enthielt den Namen Gottes.

25 Selbstverständlich ist der von Balzac eingefügte Text nicht in Sanskrit, sondern in arabischer Sprache und in arabischen Lettern geschrieben. Gelegentlich seines Wiener Aufenthalts im Jahre 1835 hatte Balzac den großen Orientalisten Joseph von Hammer-Purgstall (1774–1856) um eine neue Übersetzung der Inschrift des geheimnisvollen Textes auf der Rückseite des Stückes Chagrinleder ins Sanskrit gebeten, dessen der Gelehrte indessen nicht mächtig war; er übersetzte den Text ins Arabische, und Balzac war es zufrieden, vergaß aber, bei den späteren Auflagen, denen der arabische Text eingefügt wurde, das Wort »Sanskrit« durch »Arabisch« zu ersetzen. Hammer-Purgstall ist der Widmungsempfänger des Romans ›Das Antiquitätenkabinett‹, der im März 1839 erschien.

26 Gemeint ist Philipp von Orléans, der während der Minderjährigkeit Ludwigs XV. (1715–1723) die Regentschaft führte. Die »Lasterhaftigkeit« seines Hofes war eine gesunde Reaktion auf die Prüderie während der letzten Lebensjahre Ludwigs XIV. Überdies ist das Bild des Regenten durch die Schmähschriften der Revolution und der Folgezeit verfälscht worden.

27 Schwedischer Theosoph und Mystiker (1688–1772). Siehe die Anmerkung 5 zu ›Seraphita‹. – Die moderne Psychiatrie betrachtet Swedenborg als schweren Psychopathen von krankhaftem, durch sexuelle Ausschweifungen gesteigertem Erbgut (Lange-Eichbaum: ›Genie, Irrsinn und Ruhm‹).

28 Gestalt in Le Sages Roman ›Gil Blas‹.

29 Traditionelle Bezeichnung des Théâtre des Italiens.

30 Das Gefängnis Sainte-Pélagie war bis 1826 für Schuldgefangene bestimmt, die von diesem Jahr an in Clichy untergebracht wurden; Sainte-Pélagie wurde mit politischen Gefangenen belegt. Das Gefängnis ist erst in neuerer Zeit abgebrochen worden.

31 Dieses Gefängnis lag in der Rue Pavée; es wurde unter Louis-Philippe abgebrochen.

32 D. h. von der Wohngegend der Aristokratie in die der Finanzleute.

33 Die »Doktrinäre« waren jene Partei konstitutioneller Royalisten, die später »Juste-Milieu« (»Durchschnitt«) genannt wurde. Ihr Ziel war es, das Königtum zu nationalisieren und Frankreich zu verköniglichen. Sie bekämpften die Konsequenzen der revolutionären Ideen, aber nahmen die Revolution als ein Faktum hin, das die historische Evolution mit sich gebracht habe. Die Thronbesteigung des Hauses Orléans (1830) erfüllte die Wünsche der Doktrinäre, die während der ganzen Regierungszeit Louis-Philippes an der Macht blieben, zumal mit Guizot.

34 Gestalt aus Rabelais' ›Pantagruel‹.

35 Lat.: auf orientalische Weise.

36 Dienergestalt der italienischen Komödie.

37 Roman von James Fenimore Cooper, erschien 1828, erzählt die Geschichte von vier Schiffbrüchigen, die von einem Seeräuber aufgenommen werden, der ihnen schließlich die Freiheit schenkt.

38 Bucht und Stadt an der Südostküste von Australien. Im Jahre 1787 als Deportationsstätte für Sträflinge ausersehen, die aber nie dort angesiedelt wurden, sondern in der Nähe der Bucht. Aus jener Ansiedlung entstand die Stadt Sydney.

39 ›De viris illustribus urbis Romae‹ (›Über berühmte Männer der Stadt Rom‹), ein Elementarbuch von Lhomond zur Erlernung des Lateinischen.

40 Rabelais.

41 Anhänger der Lehrer des Sozialisten Claude-Henri, Graf de Saint-Simon (1760–1825), dessen Theorien erst nach seinem Tod von seinen Schülern zu einer Lehre zusammengefaßt wurden. Sie hatte eine politische, die Republik erstrebende, und eine mystische Richtung, die Güter- und Frauengemeinschaft wollte; der Führer der letzteren war Enfantin, dessen Versuche, in Ménilmontant 1832 eine Mustergesellschaft zu gründen, an dem Eingreifen der Polizei und seiner Verurteilung zu einer Gefängnisstrafe scheiterten.

42 Der italienische Beifallsruf »Brava« gilt einer Sängerin, »Bravo« einem Sänger.

43 Gemeint ist: Eintracht mit den Bonapartisten und Vergessen alles dessen, was in der Vendée geschehen war.

44 Siehe Balzacs Novelle ›Die rote Herberge‹.

45 Jean-Jacques Régis de Cambacérès (1753–1824) war nacheinander Präsident des Konvents, Mitglied des Wohlfahrtsausschusses und zweiter Konsul. Unter dem Kaiserreich war er Erzkanzler und Senatspräsident, mithin der oberste Staatsbeamte.

46 Anthelme Brillat-Savarin (1755–1826) entstammte einer Richterfamilie aus dem Bugey und mußte 1793 emigrieren. Unter dem Direktorium kehrte er nach Frankreich zurück; das Konsulat gab ihm einen Posten am Kassationsgericht. Mit glücklichem Skeptizismus ließ er alle politischen Umwälzungen über sich ergehen; sie hätten nie seine Verdauung gestört, pflegte er zu sagen. Er hatte Geist, persönliche Kultur und Geschmack; im Salon fühlte er sich noch wohler als bei Tisch, wo er mäßig, wenngleich Feinschmekker war. Sein Werk ›Physiologie des Geschmacks‹ ist noch heute berühmt.

47 Lat.: Ein stolzer Geist fügt sich nicht.

48 Pierre-Simon Ballanche (1776–1847), ehemaliger Drucker, bevorzugter Freund der Mme Récamier, bei der er von 1812 bis zu seinem Tod wohnte und in deren Grabmal er bestattet worden ist, war ein mystischer Doktrinär (siehe Anmerkung 33). Die Juli-Revolution war ein schmerzlicher Schlag für diesen an ein tausendjähriges Reich Glaubenden.

49 Montbars, genannt der Vertilger (um 1645–?), war kein Korsar oder Seeräuber, sondern ein berühmter, mit Kaperbriefen ausgestatteter Flibustier oder Freibeuter, der 1667 aus Haß gegen Spanien Kreuzfahrten im Gebiet der Antillen unternahm und dem Feind zu Lande und zur See viel zu schaffen machte. Er verhielt sich dabei stets wie ein Edelmann; er kämpfte um des Ruhmes und um seines Vaterlands willen, nicht jedoch der Beute wegen. Er ist bis in die neueste Zeit der Held zahlreicher Romane gewesen, als deren bester ›Monbars l'Exterminateur ou le dernier des flibustiers‹ von J. B. Picquenard anzusehen ist; das Werk erschien 1827 in zwei Bänden. Die Schreibung des Namens wechselt übrigens.

50 Nicolas-Toussaint Charlet (1792–1845) lernte im Atelier Gros' Zeichnen, aber trotz der freundschaftlichen Hilfe Géricaults gelang es ihm nie, sich die Technik der Malerei völlig anzueignen. Deshalb widmete er sein Talent ausschließlich der Lithographie, in der er bald ein Meister wurde und durch die er seinen Lebensunterhalt verdiente. Seine Arbeiten widersprachen jedoch in allem dem akademischen Geschmack, dem die David-Schule zur Herrschaft verholfen hatte. Charlets Arbeiten zeichneten sich

durch Feinheit der Beobachtung und »patriotische«, bonapartistische Tendenz sowie die Witzigkeit der Unterschriften aus; sie waren bald ebenso beliebt wie die Lieder Bérangers.

51 Lat.: umgekehrt.

52 Maria-Felicia Garcia (1808–1836), Tochter des berühmten spanischen Tenors Manuel Garcia, der sie mit äußerster Strenge als Sängerin ausbildete. Als Fünfzehnjährige heiratete sie den Bankier Malibran, 1836 den Violinvirtuosen Bériot; sie starb bald darauf durch einen Sturz vom Pferd. Sie feierte ihrer weichen, umfangreichen Stimme wegen (sie umfaßte drei Tonleitern) Triumphe zumal in den Opern Rossinis.

53 Die Spanier ließen gegen die Indianer Scharen von Hunden los; einer, der Berezillo hieß, war berühmt seiner Größe und Kraft wegen; er bekam die doppelte Ration Futter (Fournier, ›Animaux historiques‹, Paris 1861).

54 Etienne Tabourot, Seigneur des Accords (1549–1598), französischer Dichter, schrieb u. a. ›Bizarrures et Touches du Seigneur des Accords‹.

55 Den Abgeordneten.

56 Anhänger des 1830 gestürzten Karls X.

57 D. h.: während der Juli-Revolution von 1830.

58 Anspielung auf Charles Nodiers ›L'Histoire du roi de Bohême et de ses sept châteaux‹ (1830).

59 Charenton-le-Pont am Zusammenfluß von Seine und Marne; dort befand sich eine berühmte Irrenanstalt, der der Name verblieben ist, obwohl sie sich jetzt in Saint-Maurice befindet.

60 Balzac läßt nicht die ›Revue des deux Mondes‹ parodiert werden, sondern deren Direktor François Buloz, der tatsächlich ein mürrisches, sauertöpfisches Gesicht und einen ziemlich auffälligen Sehfehler hatte; deswegen wurde er »der Polyphem der Rue Saint-Benoît« genannt. Er leitete die Zeitschrift seit 1831.

61 Pierre-Philippe Thomire (1751–1844), berühmter Fabrikant ziselierter Bronzen, Hoflieferant Ludwigs XVI. und in der Folgezeit des Grafen von Artois (des späteren Karls X.) und des Herzogs von Berry, des 1820 ermordeten Thronfolgers.

62 Portugiesischer Hafen.

63 Gemeint ist der ältere Crébillon (1674–1762), der Autor von Schreckenstragödien.

64 Marie-François-Xavier Bichat (1771–1802), berühmter Arzt und Anatom, Begründer der Histologie.

65 Anspielung auf Balzacs Novelle ›Die rote Herberge‹.

66 Vielmehr dem zweiundvierzigsten, dem vorletzten Kapitel des fünften Buches des Romans. Das Schlußkapitel schildert den Abschied vom Flaschenorakel.

67 Lat.: Den unbekannten Göttern.

68 Diener Ludwigs XV., der dem König Mädchen zuführte. Rolle und Charakter Lebels sind durch die Literatur der Revolution und der Zeit danach mit argen Entstellungen geschildert worden.

69 Es gibt drei Bologneser Maler dieses Namens: Agostino (1552 bis 1601), Lodovico (1555–1619) und Annibale (1560–1609). Der letztere ist der berühmteste. Er schuf u. a. die mythologischen Fresken im Palazzo Farnese zu Rom.

70 Tragödie (1685) von Thomas Otway; von Hofmannsthal frei übertragen und bearbeitet. Balzac hatte eine besondere Vorliebe für dieses Werk.

71 Jean-François-Louis Bories (1795–1822), Feldwebel im 45. Linienregiment, hatte 1821 in diesem, das in Paris in Garnison lag, eine Carbonari-Venta (Zelle) gegründet und seine Kameraden Goubin, Pommier und Goupillon zum Anschluß bewogen. Im Januar 1822 wurde das Regiment nach La Rochelle verlegt, und Bories sollte von der höchsten Venta gleich nach seiner Ankunft Weisungen bekommen. Allein er wurde auf einige Verdachtsmomente hin verhaftet. Gleichzeitig scheiterte in Thouars die bonapartistische Verschwörung Bertons. Unvorsichtige Äußerungen führten zur Verhaftung von Bories' Mitwissern, bevor diese sich mit dem nach La Rochelle geflohenen Berton ins Einvernehmen setzen konnten. Schließlich gestanden sie, und Goupillon verriet die Fäden der Verschwörung. Der Denunziant wurde freigesprochen; die drei anderen wurden am 21. September 1822 hingerichtet. Balzac erwähnt sie mehrfach.

72 Ehemaliger Pariser Friedhof an der Rue du Fer-à-Moulin; 1884 wurde auf seinem Gelände ein anatomischer Hörsaal gebaut.

73 Anspielung auf die Wahnsinnsszene in der Farce ›Maistre Pierre Pathelin‹ (um 1470), von wo Rabelais jene Ausrufe übernommen hat:

»Ostez ces gens noirs . . .! Marimara!
Carimari-Carimara.«

74 Griechischer Philosoph (um 376–288 v. Chr.), Gründer der älteren skeptischen Schule; trat mit der Lehre von der Ungewißheit alles menschlichen Wissens der Sophistik entgegen.

75 Hebepumpe am Pont Notre-Dame, konstruiert 1670, erneuert 1708.

76 Robert-François Damiens (1715–1757), ein überspannter Mensch, versetzte am 5. Januar 1757 Ludwig XV. einen Messerstich, als »Warnung«, daß der König sich bessern müsse. Er wurde zum Tode verurteilt und qualvoll hingerichtet.

77 Jean-Baptiste-Séraphin-Joseph, Graf de Villèle (1773–1854), seit 1821 Präsident des Ministeriums, dem Corbière, Peyronnet, Montmorency und Chateaubriand angehörten. Er reorganisierte das Land politisch, militärisch und sozial, wurde aber 1828 gestürzt.

78 Also im Jahre 1826 sehr altmodisch, aber noch nicht »Antiquität«.

79 Wahrscheinlich Anspielung auf eine Gestalt in ›Figaros Hochzeit‹ von Beaumarchais.

80 Der Lyriker André Chénier (1762–1794) sprach die im folgenden angeführten Worte auf der Fahrt zu seiner Hinrichtung.

81 Das Überschreiten des Pont-des-Arts kostete damals einen Sou Brückenzoll.

82 Natürlich handelt es sich dabei nicht um den Monumentalbrunnen dicht beim Pont Saint-Michel; denn dieser wurde erst 1860 errichtet. Der von Balzac erwähnte existiert nicht mehr. Er befand sich an der Ecke der Rue des Grès (der heutigen Rue Cujas) und der Rue de la Harpe (des heutigen Boulevard Saint-Michel).

83 Marterinstrument in Form eines Galgens; der Delinquent wurde gefesselt mehrere Meter hochgezogen und dann fallengelassen. Es gibt in Paris noch heute eine Place de l'Estrapade und eine Rue de la Vieille-Estrapade.

84 Diese Straße verläuft parallel der Rue des Grès, der heutigen Rue Cujas.

85 Diese ›Theorie des Willens‹ bezeichnet Balzac als ein Werk des jugendlichen Louis Lambert im Roman gleichen Titels. Daß der Knabe Balzac selber eine ›Theorie des Willens‹ geschrieben habe, wie früher vielfach angenommen wurde, ist unwahrscheinlich.

86 Friedrich Anton Mesmer (1734–1815), der Entdecker des tierischen Magnetismus.

87 Johann Kaspar Lavater (1741–1801), Autor der ›Physiognomischen Fragmente‹, in denen er die Beziehungen zwischen Gesicht und Charakter darzulegen versuchte. Seine (nicht haltbare) Lehre der Physiognomik entartete bald zu einer Art Gesellschaftsspiel.

88 Franz Joseph Gall (1758–1828), badischer Arzt, glaubte aus der

Form und den Buckeln des Schädels auf die Begabungen der Menschen schließen zu können. Erst nach seiner Übersiedelung nach Paris im Jahre 1807 fand er Anhänger. Seine ›Schädellehre‹ löste als Gesellschaftsspiel Lavaters Physiognomik ab.

89 Marie-François-Xavier Bichat (1771–1802), Physiologe und Arzt.

90 Napoleons Schwester.

91 Eins der Märchen von Perrault.

92 Johannes Chrysostomos (347–407), berühmter Kirchenvater; sein Beiname bedeutet »Goldmund«; er erhielt ihn seiner Beredsamkeit wegen.

93 Rastignac war damals der Geliebte der Mme de Nucingen, deren Tochter er später heiratete.

94 Falls Balzac diese Rangbezeichnung nicht ironisch gemeint hat, stellt sie einen Irrtum dar; denn Foedora wird sonst stets als Gräfin bezeichnet.

95 Antoine Nompar de Caumont, Herzog von Lauzun (1632–1723), ist berühmt durch die Liebesleidenschaft, die er Mademoiselle de Montpensier einflößte, der Kusine Ludwigs XIV., der »Grande Mademoiselle«. 1670 hatte sie vom König die Erlaubnis erhalten, Lauzun zu heiraten; aber die Intrigen von Neidern brachten den König bald dahin, seinen Entschluß zu widerrufen. Im folgenden Jahr kam Lauzun in die Bastille und dann nach Pignerol (italienische Stadt, Schlüssel des Piemont, mehrfach in französischem Besitz), wo er acht Jahre als Gefangener verblieb. 1680 erhielt er die Freiheit wieder und heiratete die Prinzessin; aber sie verstanden sich nicht, prügelten einander und mußten sich trennen; sie haben einander nie wiedergesehen.

96 Der Marschall Soult, Herzog von Ragusa (1769–1851), besaß eine Gemäldegalerie, die er während seines Kommandos in Spanien zusammengebracht hatte; sie stellte, zusammen mit der Sammlung des Königs Louis-Philippe, die schönste Sammlung spanischer Meister dar, die je in Frankreich zu sehen gewesen ist. Die von Balzac erwähnte »Madonna« ist wahrscheinlich die »Unbefleckte Empfängnis der Jungfrau«, die sich heute im Louvre befindet. Sie wurde nach dem Tod des Marschalls im Mai 1852 bei der Versteigerung der Sammlung Soult für 615 300 Francs erworben. Sie hatte bereits 1835 im Museum gehangen, nach einem Kauf, von dem die Krone dann wieder zurückgetreten war.

97 Marie-Catherine Taperet (1725–1755), Frau des Architekten Lescombat, war die Geliebte Mongeots geworden, eines jungen Schü-

lers ihres Mannes, der bei dem Ehepaar in Kost und Logis war. Sie stiftete ihren Liebhaber dazu an, ihren Mann zu ermorden. Mongeot lieferte, von ihr vor Gericht gebracht und im Stich gelassen, ihre Briefe aus – ein Gemisch von Leidenschaft und Komik –, durch die sie ihn zu dem Verbrechen angetrieben hatte. Beide wurden in Montfaucon gehängt. Im Jahre 1844 hat Roger de Beauvoir diese Geschichte als Thema zu einem vielgelesenen Roman benutzt.

98 Gestalt des Verführers in Richardsons Roman, den Balzac häufig erwähnt.

99 Gestalt aus Molières ›Le Misanthrope‹.

100 Gestalt aus Marivaux' ›Les fausses confidences‹.

101 Sébastien Érard (1752–1831), berühmter Klavierbauer, erfand gleichzeitig mit Silbermann das Pianoforte, verbesserte die Orgel und die Harfe.

102 Berühmte Gaststätte an der Ecke des Boulevards des Italiens und der Rue Taitbout.

103 Unklar. Vielleicht meint Balzac Bücher, die dem Leser den Schweiß hervortreiben.

104 Das 1794 im Jardin des Plantes angelegte naturwissenschaftliche Museum.

105 Anspielung auf Théophile Gautiers 1835 erschienenen Roman ›Mademoiselle de Maupin‹. Polyklet, athenischer Bildhauer des 2. Jhdts. v. Chr. Winckelmann schrieb ihm die Statue des schlafenden Hermaphroditen im Louvre zu.

106 Unübersetzbares Wortspiel mit »mémoire« = Gedächtnis und »mémoires« = Denkwürdigkeiten.

107 Berühmte Arie aus Domenico Cimarosas Oper ›Die heimliche Ehe‹.

108 Das Théâtre du Gymnase, Boulevard Bonne-Nouvelle 38, wurde 1820 gegründet und 1824–1830 zu Ehren der Herzogin von Berry »Théâtre de Madame« genannt. Es ist eins der besten Pariser Theater, zumal für das gehobene Lustspiel.

109 George, Herzog von Clarence (1449–1478), Bruder Eduards IV. von England, gegen den er intrigierte. Er wurde in einem Faß voll Malvasier ertränkt. Malvasier ist ursprünglich ein likörartiger griechischer Wein aus Napoli di Malvasia in Lakonien, der zumal im Mittelalter sehr geschätzt war. In neuerer Zeit ging die Bezeichnung auf die schweren Südweine von Tinos, den Azoren, Teneriffa und Sardinien, auch Sizilien, über.

110 Elegantes Ausstattungsgeschäft in der Chaussée d'Antin 11.

111 Nicht nachweisbar.

112 Der Sultan Mahmud (1785–1839).

113 Nach dem Bericht des Diodor (XVII 117) ist Alexander bei einem Gastmahl vom Schlag gerührt worden, als er, schon des Weines voll, den »Becher des Herakles« (einen großen, zweihenkligen Kratér) bis zum letzten Tropfen leerte.

114 Pierre-Joseph-Eusèbe Baconnière de Salverte (1771–1839), französischer Philosoph und Politiker, ist besonders bekannt durch seinen ›Essai historique et philosophique sur les noms d'hommes, de peuples et de lieux‹, 1823 in zwei Bänden erschienen.

115 Wahrscheinlich eine Art Zwiebelragout.

116 Das Schuldgefängnis.

117 Bertrand-François Barrème (1640–1703), Mathematiker.

118 Jean-Baptiste Greuze (1725–1805), Maler von Genrebildern.

119 Das Petit Châtelet am linken Seineufer, Sitz des Handelsgerichts und Gefängnis.

120 Das »steinige« Arabien, nach der Stadt Petra.

121 Unübersetzbares Wortspiel mit »chagrin« = Chagrinleder und »chagrin« = Kummer.

122 Anmerkung Balzacs.

123 Nicht nachgewiesenes Dramenzitat.

124 Charles Rollin (1661–1741), Historiker.

125 Gemeint ist die ›Bibliographie de la France ou Journal général de l'imprimerie et de la librairie‹, gegründet 1811, die auch heute noch erscheint.

126 Origenes (um 185–254), griechischer Kirchenschriftsteller, strenger Asket; nach einer zu seiner Zeit manchmal vertretenen Auslegung von Matthäus 19, 12 entmannte er sich selbst.

127 *Exegi monumentum aere perennius*, lat.: Ich habe ein Denkmal errichtet, das dauerhafter als Erz ist. (Erster Vers der dreißigsten und letzten Ode des dritten Buches der ›Oden‹ des Horaz.)

128 Jean-Baptiste Massillon (1663–1742), Kanzelredner.

129 Politische Bestrebungen zugunsten des 1830 gestürzten und verbannten Karl X.

130 »Widerstand« und »Bewegung«, »Résistance« und »Mouvement«, waren zwei politische Strömungen nach der Juli-Revolution. An der Spitze der »Bewegung« standen der Bankier Laffitte und der

alte La Fayette; ihr Ministerium war aber nur vier Monate an der Macht, die Laffittes politischen Kredit und sein Privatvermögen vernichteten. Am 13. März 1831 trat Casimir Périer an die Spitze des ersten »Résistance«-Ministeriums.

131 In einer ehemaligen Seifensiederei 1627 gegründete Wandteppichmanufaktur, 1826 mit der von Les Gobelins vereinigt.

132 Seit 1801 war das Théâtre Favart mit dem Théâtre Feydeau vereinigt; es lag in der Rue Feydeau 19 und wurde auch als »Feydeau« oder als »Komische Oper« bezeichnet.

133 ›Semiramis‹, große Oper in zwei Akten von Rossini, Text von Rossi, Uraufführung 1823 im Teatro Fenice zu Venedig, französische Erstaufführung am 8. Dezember 1825 im Pariser Théâtre-Italien.

134 Raffael.

135 Sterne erzählt im ›Tristram Shandy‹ folgendes Geschichtchen: Auf einer Reise wollten die Äbtissin von Les Andouillettes und Marguerite, eine junge Novizin, ihre trägen Maultiere antreiben und beschlossen, fürchterliche Flüche auszustoßen; aber um ihre Sünde zu mindern, wollte jede nur die Hälfte sagen. »Zum Hen . . .«, rief die Novizin. ». . . fel!« ergänzte die Äbtissin. So trieben sie es, bis ihnen der Atem ausging. »Die elenden Viecher hören uns nicht!« sagte Marguerite seufzend. »Aber der Böse hat uns gehört«, sagte die Äbtissin.

136 Insel im Persischen Golf, früher portugiesischer Handelsplatz.

137 Richard Westall (Balzac schreibt: Westhall; 1765–1836), englischer Zeichner, Aquarellist und Radierer, malte im Stil Boningtons Aquarelle, die großen Erfolg hatten. Bekannt geworden sind seine Illustrationen zu Shakespeare, Milton, George Crabbe und Thomas Moore.

138 Anspielung auf die Proklamationen des Zaren Nikolaus I. während des polnischen Aufstandes im November 1830.

139 Im Buch Daniel die von Geisterhand an die Wand geschriebenen, den nahen Untergang des Königs Belsazar von Babylon verkündenden Worte. Allgemein: Warnungsruf.

140 Krankenhaus für alte Frauen, auch für Geisteskranke, Hysterikerinnen, Trunksüchtige usw.

141 Peter Simon Pallas (1741–1811), deutscher Geologe, Naturforscher und Ethnograph, führte im Dienst der Zarin Katharina II. eine große Forschungsreise durch Asien durch, die wichtige Er-

gebnisse zeitigte. Überdies kommt ihm das Verdienst zu, die Weinrebe auf der Krim akklimatisiert zu haben.

142 Mohammedanischer Tatarenstamm zwischen Kubat und Lala.

143 Carsten Niebuhr (1733–1815), deutscher Forschungsreisender, verdient um die Erforschung Südwestasiens. – Sein Sohn Barthold Georg Niebuhr (1776–1831) schrieb eine berühmte ›Römische Geschichte‹, bei deren Abfassung er sich als einer der ersten der Quellenforschung bediente.

144 Dom Augustin Calmet (1671–1757) gehörte der Kongregation Saint-Vanne an und hat zahlreiche gelehrte Werke hinterlassen, deren berühmteste seine Arbeiten über das Alte und das Neue Testament sind. Der Benediktinerorden, zu dem die Kongregation Saint-Vanne gehörte, wurde 1789 durch die Revolution aufgehoben.

145 Spitzname der jungen, in Kleidung, Verhalten und Sprechweise affektierten Royalisten unter dem Directoire.

146 Joseph-Jérôme le François de Lalande (1732–1807), Astronom, Mitglied der Akademie der Wissenschaften, ebenso berühmt durch die Absonderlichkeiten seines materialistischen Atheismus wie durch seine Arbeiten auf dem Gebiet der Astronomie und der Navigation.

147 Pascal.

148 Sicherlich eine Anspielung auf Schillers ›Gang zum Eisenhammer‹.

149 1818 entdeckten Pelletier und Caventou in der St.-Ignatius-Bohne und der Brechnuß ein sehr giftiges Alkaloid, das sie zu Ehren des berühmten Pharmazeuten Vauquelin nach diesem benannten. Sie gaben die Bezeichnung indessen bald wieder auf, da sie einen hochgeschätzten Namen nicht mit einem tödlichen Gift verbunden sehen wollten, und entschieden sich für die noch heute gültige Bezeichnung Strychnin.

150 Pierre-Jean-Georges de Salignac-Cabanis (1757–1808), Philosoph und Physiologe, gegen Ende der Revolution Mitglied des Rats der Fünfhundert, unter dem Kaiserreich Senator. Er war mit Mme Helvétius befreundet und der Arzt Mirabeaus gewesen, den er bei dessen letzter Krankheit behandelte. Er war fanatischer Atheist und machte erst in seinen letzten Lebensjahren Konzessionen.

151 Marie-François-Xavier Bichat (1771–1802), Physiologe und Arzt, Verfasser einer ›Anatomie générale‹.

152 Jan-Baptist van Helmont (1577–1644), flämischer Chemiker und

Arzt, Lehrer der Chirurgie in Löwen. Mäßiger Arzt, aber bedeutender Chemiker, der sich zumal mit den Gasen beschäftigte; er ist der Entdecker des Magensafts.

153 Guillaume Dupuytren (1777–1835), berühmter Chirurg, beratender Arzt Ludwigs XVIII. und Leibarzt Karls X., Mitglied der Akademie der Wissenschaften. Er hat viel operiert, aber wenig geschrieben.

154 Fürst Leopold Alexander von Hohenlohe (1794–1850) wurde schon in jungen Jahren Mönch, trat 1816 der Gesellschaft vom Herzen Jesu bei und wurde später Bischof von Sardisque. Er behauptete, um seine Kranken zu heilen, mochten sie noch so weit von ihm entfernt sein, genüge es, Tag und Stunde für eine Messe zu vereinbaren, die er für sie lesen wolle, und ein von ihm verfaßtes Gebet zu sprechen, übrigens für alle Krankheiten dasselbe. Trotz scheinbaren Erfolgen weigerte sich der Papst, diese vorgeblichen Wunder anzuerkennen, und die Polizei zwang den Thaumaturgen, Bayern zu verlassen. Er ist der Verfasser mehrerer mystischer Werke.

155 Am Südwestende des Sees, jetzt häufiger Mont du Chat genannt.

156 Die Maurienne ist eine savoyische Landschaft. Zu Balzacs Zeit gehörte Savoyen noch nicht zu Frankreich; die Abtretung durch Sardinien erfolgte erst 1860.

157 Gegründet um 1120, Grabstätte des savoyischen Fürstenhauses. Die Kirche wurde in einem opernhaften gotischen Stil im 19. Jahrhundert überprächtig rekonstruiert.

158 Waffenhändler in der Rue Richelieu, der auch einen Schießstand hatte.

159 Inhaber eines Fechtsaales im Faubourg Montmartre.

160 Also auf französischen Boden (siehe Anmerkung 156), um der Strafverfolgung zu entgehen.

161 Balzac schreibt: Mont-Dor. Der zumal von Asthmatikern aufgesuchte, elegante Kurort liegt 1050 m hoch in einem weiten, bergumgebenen Tal und wird überragt vom 1886 m hohen Puy de Sancy, dem höchsten Berg des Zentralmassivs.

162 Anspielung auf die gnadenlosen Hinrichtungen der politischen Gegner des Kardinals, wie Montmorency und Cinq-Mars, zu denen der Minister juristisch vollauf berechtigt war.

163 Siehe Anmerkung 161.

164 Die Dore-Berge, eine der pittoresken Landschaften der Auvergne, aus erloschenen Vulkanen bestehend.

165 Jean-Victor Schnetz (1787–1870), Schüler von David, Gros und Gérard; er bildet den Übergang vom Klassizismus zur Romantik.

166 Berühmter, volkstümlicher Kupferstich aus dem 18. Jahrhundert mit der Unterschrift »Kredit ist tot, die schlechten Zahler haben ihn umgebracht«.

167 Das heutige Département Allier, Hauptstadt Moulins.

168 Hauptort des Arrondissements Nièvre, an der Mündung des Nohain in die Loire.

169 Wahrscheinlich Anspielung auf die Gespensterheuschrecke, eine phantastisch gestaltete, meist flügellose Heuschreckenart der Tropen.

170 Eine Art weiter Oberrock.

171 Louise de La Baume Le Blanc, Herzogin von La Vallière (1644 bis 1710), Geliebte Ludwigs XIV. Sie beschloß ihr Leben im Kloster.

172 Heldin des um die Mitte des 15. Jahrhunderts geschriebenen Romans ›Histoire du Petit Jehan de Saintré‹ von Antoine de la Salle.

Biographische Notizen über die Romangestalten

Das Chagrinleder

AQUILINA, Kurtisane piemontesischen Ursprungs, hatte den Namen der Heldin von Thomas Otways Tragödie ›Das gerettete Venedig‹ angenommen. 1822 war sie die Geliebte Prosper Castaniers, des Kassierers des Barons de Nucingen, und eines gewissen Léon, eines der Unteroffiziere von La Rochelle (›Melmouth‹).

BIANCHON, Horace, geboren zu Sancerre gegen Ende des 18. Jahrhunderts; er war noch Medizinstudent, als er in der Pension Vauquer Rastignac und Victorine Taillefer kennenlernte und dem Vater Goriot in seinen letzten Augenblicken beistand (›Vater Goriot‹). Bald wurde er der Lieblingsschüler des berühmten Chirurgen Desplein (›Die Messe des Gottesleugners‹). Er war ein eifriges Mitglied des »Kreises« in der Rue des Quatre-Vents und intim mit Daniel d'Arthez befreundet (›Verlorene Illusionen‹). Sein Können und seine Verläßlichkeit machten ihn zu einem der angesehensten Ärzte der Restauration und der Juli-Monarchie. Er tritt in zahlreichen Romanen und Novellen der ›Menschlichen Komödie‹ auf.

BIXIOU, Jean-Jacques, Sohn des bei Dresden gefallenen Obersten Bixiou. Er wurde 1797 geboren und hatte es in seiner Jugend schwer. Er war Ateliergefährte des großen Malers Joseph Bridau, dann Schüler des Barons Gros. Seine Freundschaft mit Philippe Bridau schlug schließlich in Abscheu um; er verhinderte die Heirat des Obersten mit Amélie de Soulanges (›Die ‚Fischerin im Trüben'‹). Er war ein begabter Karikaturist (›Die Beamten‹) und ein Mystifikator (›Die Komödianten wider ihr Wissen‹) und führte ein echtes Bohème-Leben, teils in der Welt der Dirnen (›Glanz und Elend der Kurtisanen‹; ›Tante Bette‹; ›Béatrix‹), teils in der Welt der Journalisten (›Die Muse des Départements‹), teils in der Geschäftswelt, deren Kniffe und Pfiffe er wunderbar zu schildern verstand (›Das Bankhaus Nucingen‹; ›Ein Geschäftsmann‹; ›Gaudissart II‹). Kurzum, er war der ideale Cicerone für einen Provinzler, der das Pariser Leben kennenlernen wollte (›Die Komödianten wider ihr Wissen‹).

BLONDET, Émile, geboren um 1800 zu Alençon, vermeintlicher Sohn des Richters Blondet und natürlicher Sohn eines Präfekten des Départements Orne. Seiner Vaterstadt bewahrte er stets ein rührendes Andenken (›Die alte Jungfer‹; ›Das Antiquitätenkabinett‹), verbrachte indessen sein ganzes Leben in Paris. Er war Journalist und galt als »einer der Fürsten der Kritik« (›Verlorene Illusionen‹). Er war ein opferwilliger Freund, aber ungetreu und gewissenlos, immer knapp bei Kasse (›Glanz und Elend der Kurtisanen‹). Das hinderte nicht, daß er in der Gesellschaft gern gesehen war, wo sein Geist ihm Erfolge eintrug und ihn gefürchtet sein ließ (›Modeste Mignon‹; ›Zweite Frauenstudie‹; ›Die Geheimnisse der Fürstin von Cadignan‹; ›Eine Evastochter‹). Seine Kinderfreundschaft mit Virginie de Troisville, die durch ihre Heirat Gräfin de Montcornet geworden war, führte ihn eines Sommers, wohl 1835, auf Schloß Aigues in Burgund. Er, der so gut die Pariser Gesellschaft kannte, konnte dort lernen, was es mit den Bauern auf sich hat (›Die Bauern‹). Als fünf Jahre danach der General de Montcornet starb, heiratete er dessen Witwe.

TAILLEFER, Jean-Frédéric, geboren um 1779 zu Beauvais. Sein Vermögen dankte er einem Verbrechen (›Die rote Herberge‹). Beim dritten Konkurs Nucingens spekulierte er erfolgreich (›Das Bankhaus Nucingen‹). Von seiner ersten Frau hatte er zwei Kinder, Frédéric-Michel, der durch einen Komplicen Vautrins im Duell getötet wurde, und Victorine, die er verstoßen hatte, nach dem Tod des Sohnes aber wieder zu sich nahm (›Vater Goriot‹; ›Die rote Herberge‹).

Jesus Christus in Flandern

Übertragung von Ernst Sander

Die Novelle ›Jesus Christus in Flandern‹ erschien erstmals 1831 in der Reihe ›Romans et Contes philosophiques‹; ihr folgte eine weitere Novelle ›Die Kirche‹ (›L'Eglise‹), die letztere schloß Balzac später nach einer leichten Überarbeitung ohne Zwischentitel an die erstere an. Das geschah 1845, als das kleine Werk in die ›Philosophischen Studien‹ der ›Menschlichen Komödie‹ eingegliedert wurde. Inzwischen waren mehrere Nachdrucke erfolgt.

Die Daten der Entstehung sind, wie nahezu stets bei Balzac, ungenau. Für ›Jesus Christus in Flandern‹ gibt er den November 1833 an; für ›L'Eglise‹ den Februar 1831, welches Datum er 1845 der ganzen Novelle zuwies.

Diese Ausgabe trägt zum erstenmal die Widmung an die Lyrikerin Marceline Desbordes-Valmore (1786–1859). Die Dichterin, geboren in Douai in Französisch-Flandern als Tochter eines durch die Revolution verarmten Malers, reiste als Kind mit ihrer Mutter, die eine ihr zugefallene Erbschaft retten wollte, nach Guadeloupe. Nach der Rückkehr war sie nahezu völlig mittellos; sie schlug sich kümmerlich als Schneiderin, Sängerin und Schauspielerin durch. Ihre Ehe (1817) mit dem Schauspieler Prosper Lenchantin, genannt Valmore, war unglücklich; sie liebte den Schriftsteller Henri de Latouche (1785–1851), den Freund Chateaubriands, Lamartines und Victor Hugos. Ihre sehr persönlichen Gedichte, deren Wert erst lange nach ihrem Tod durch Sainte-Beuve erkannt und gewürdigt wurde, standen zunächst unter Lamartines Einfluß. Die Romantiker und Symbolisten schätzten sie hoch, so vor allem Verlaine, der sie in die ›Poètes maudits‹ aufnahm. Sie starb in Paris im tiefsten Elend.

Es lag nahe, daß Balzac seine flämische Novelle Marceline Desbordes-Valmore als »der Tochter Flanderns« widmete. Er hatte ihre Dichtungen von je geliebt; im Oktober 1833 lernte er sie kennen und nannte sie fortan »seine geliebte Nachtigall«. Marceline ihrerseits verehrte Balzac grenzenlos; in ihrem Nachlaß fanden sich seitenlange Abschriften und Auszüge aus der ›Menschlichen Komödie‹. Durch sie machte Balzac die Bekanntschaft des Bildhauers Théophile Bra, der ihn zu ›Seraphita‹ anregte. Später verschaffte Marceline ihm als Haushälterin jene Mme de Brugnol, die seine lästige Geliebte wurde und an ihm eine Erpressung beging.

In einem leidlich unbestimmten Zeitabschnitt der Geschichte Brabants wurde die Verbindung zwischen der Insel Cadzant[1] und der flandrischen Küste durch ein Barkschiff aufrechterhalten, das die Reisenden übersetzte. Die Hauptstadt der Insel, das später in den Annalen des Protestantismus so berühmt gewordene Middelburg[2], zählte kaum zwei- oder dreihundert Feuerstellen. Das reiche Ostende war damals ein kleiner, unbekannter Hafen, an den sich ein spärlich von ein paar Fischern, armen Händlern und nie zur Rechenschaft gezogenen Seeräubern bevölkerter Marktflecken anlehnte. Nichtsdestoweniger erfreute der Flecken Ostende, der aus etwa zwanzig Häusern und dreihundert strohgedeckten Hütten oder elenden Bruchbuden bestand, die sämtlich aus den Wrackstücken gescheiterter Schiffe erbaut worden waren, sich eines Gouverneurs, einer Miliz, einiger Galgen, eines Klosters und eines Bürgermeisters, mithin aller Organe einer fortgeschrittenen Kultur. Wer herrschte damals über Brabant, Flandern und Belgien? Über diesen Punkt bleibt die Überlieferung stumm. Sollen wir es eingestehen? In dieser Geschichte ist auf seltsame Weise das Verschwommene, das Ungewisse, das Wunderbare spürbar, das die Lieblingsplauderer der flämischen Spinnstuben so gern und so oft in ihren Erzählungen haben walten lassen, die ebenso mannigfaltig in ihrem dichterischen Gehalt wie widerspruchsvoll in den Einzelheiten sind. Diese Chronik ist von Generation zu Generation weitererzählt, von Herd zu Herd durch die Ahnmütter, von den Erzählern bei Tag und bei Nacht wiederholt worden, und so hat ihr jedes Jahrhundert eine unterschiedliche Tönung zuteil werden lassen. Gleich jenen Bauwerken, die nach den Willkürlichkeiten der Baustile jeder Epoche zurechtgestutzt worden sind, deren dunkle, verwitterte Massen indessen den Dichtern behagen, würde sie die Kommentatoren, die Klauber nach Worten, Tatsachen und Daten zur Verzweiflung treiben. Allein der Erzähler glaubt daran, wie alle abergläubischen Seelen Flanderns daran geglaubt haben, ohne dadurch gelehrter oder dümmer geworden zu sein. Die Sache ist lediglich die, daß bei der Unmöglichkeit, sämtliche Fassungen in Einklang zu bringen, das Geschehnis hier vielleicht seiner romantischen Naivität beraubt berichtet wird, die wiederzugeben unmöglich ist, aber mit all seinen Kühnheiten, die die Geschichtsschreibung mißbilligt, mit seiner Moralität, die die Kirche gutheißt, seiner Phantastik, der Blume der Einbildungskraft, mit seinem verborgenen Sinn, dem der Weise sich anpassen kann. Jedem die ihm gemäße Nahrung und die Mühewaltung, den guten Samen vom Unkraut zu sondern!

Das Barkschiff, das dem Übersetzen der Reisenden von der Insel Cadzant nach Ostende diente, stand im Begriff, das Dorf zu verlassen. Bevor der Schiffer die Eisenkette löste, durch die seine Schaluppe an einem Stein der kleinen Mole festgemacht war, von der aus an Bord gegangen wurde, gab er mehrmals ein Hornsignal, um die Nachzügler herbeizurufen; diese Fahrt war nämlich seine letzte. Das Dunkel nahte, die letzten Gluten der untergehenden Sonne ließen kaum die Küste Flanderns erkennen, noch auf der Insel die säumigen Fahrgäste wahrnehmen, die an den Lehmmauern entlangirrten, mit denen die Äcker umgeben waren, oder zwischen den hohen Sumpfbinsen. Das Schifflein war voll besetzt; ein Ruf erscholl: »Auf wen wartet ihr denn noch? Abfahren!« In diesem Augenblick erschien wenige Schritte von der Mole entfernt ein Mann; der Schiffer, der ihn weder hatte kommen sehen noch gehen hören, war ob seines Anblicks ziemlich verdutzt. Jener Fahrgast schien sich plötzlich vom Erdboden erhoben zu haben wie ein Bauer, der sich auf einem Feld niedergelegt, um die Stunde der Abfahrt zu erwarten, und den der Hornruf aufgeweckt hatte. War es ein Dieb? Gehörte er dem Zoll oder der Polizei an? Als er auf der Mole anlangte, an der die Barke festgemacht hatte, beeilten die sieben am Heck stehenden Leute sich, auf den Bänken Platz zu nehmen, damit sie dort untereinander blieben und der Fremde sich nicht zu ihnen setzen konnte. Das war ein rein instinktiver, schneller Einfall, einer der Aristokratengedanken, wie sie den Herzen reicher Leute entstammen. Vier jener Persönlichkeiten gehörten dem höchsten Adel Flanderns an. Da war zunächst ein junger Kavalier, den zwei schöne Windspiele begleiteten; er trug auf seinem langen Haar ein edelsteinbesetztes Barett, ließ seine vergoldeten Sporen klirren und zwirbelte von Zeit zu Zeit auf unverschämte Weise seinen Schnurrbart, wobei er verächtliche Blicke auf die übrigen Fahrgäste warf. Eine hochmütige junge Dame hielt einen Falken auf der Faust und sprach lediglich mit ihrer Mutter oder einem

Geistlichen von hohem Rang, wohl einem Verwandten der beiden. Jene Leute gehabten sich lärmig und plauderten miteinander, als seien sie allein an Bord. Dabei saß neben ihnen ein Mann, der in der Gegend sehr viel galt, ein feister, in einen weiten Mantel gehüllter Bürger aus Brügge. Sein bis an die Zähne bewaffneter Diener hatte neben sich zwei pralle Geldbeutel gelegt. Zu ihnen hatte sich überdies noch ein Gelehrter gesellt, ein Doktor an der Universität Löwen, der seinen Famulus bei sich hatte. Diese Leute, die füreinander Geringschätzung hegten, waren vom Bug durch die Bank der Ruderer getrennt.

Als der verspätete Fahrgast den Fuß in die Barke setzte, warf er einen raschen Blick nach achtern, gewahrte dort keinen Platz mehr und wandte sich an die, die im Bug saßen, um einen zu erbitten. Es waren sämtlich arme Leute. Beim Anblick eines barhäuptigen Mannes, dessen Rock und Kniehose aus braunem Kamelott[3] bestanden, dessen gestärkter Leinenkragen keinerlei Zierat aufwies, der in der Hand weder eine Kappe noch einen Hut hielt und am Leibgurt weder einen Geldbeutel noch einen Degen trug, hielten alle ihn für einen seines Ansehens sicheren Bürgermeister, und zwar einen gutartigen, freundlichen Bürgermeister, wie jene alten Flamen, deren Wesen und Charakter in ihrer Arglosigkeit durch die Maler des Landes so trefflich erhalten geblieben sind. So empfingen denn die armen Fahrgäste den Unbekannten mit Bezeigungen der Ehrfurcht, die bei den Leuten im Heck getuschelte Spöttereien zeitigten. Ein alter Soldat, ein Mann, der mancherlei an Mühsal und Anstrengungen hinter sich hatte, räumte seinen Platz auf der Bank dem Fremden ein und setzte sich auf die Bordwand des Boots; dort hielt er das Gleichgewicht dadurch, daß er die Füße gegen eine der hölzernen Spanten stemmte, die wie Fischgräten aussehen und dazu dienen, die Planken der Schiffe zusammenzuhalten. Eine junge Frau, die Mutter eines kleinen Jungen, die der werktätigen Klasse von Ostende anzugehören schien, rückte beiseite, damit der Neuankömmling genug Platz habe. Jener Geste wohnten weder Unterwürfigkeit noch Verachtung inne. Es war eine der Höflichkeitsbezeigungen, durch die die Armen, die den Wert einer Gefälligkeit und das Erfreuliche der Brüderlichkeit kennen, die Freimut und Ungezwungenheit ihrer im Ausdrücken ihrer guten Eigenschaften und ihrer Fehler so naiven Seelen bekunden; deswegen dankte der Fremde ihnen mit einer Handbewegung voller Noblesse. Dann setzte er sich zwischen die junge Mutter und den alten Soldaten. Eine arme, runzlige Alte mit einem fast leeren Bettelsack, in Lumpen gekleidet, der Inbegriff des Elends und der Sorglosigkeit, kauerte im Bug der Barke auf einer dicken Rolle Tauwerk. Einer der Ruderer, ein alter Seemann, der sie gekannt hatte, als sie noch schön und reich gewesen war, hatte sie aufgrund der bewundernswerten Redensart des Volkes »um Christi willen« einsteigen lassen.

»Vielen Dank, Thomas«, hatte die Alte gesagt, »ich bete heute abend für dich zwei *Pater* und zwei *Ave.*«

Noch einmal stieß der Schiffer ins Horn, ließ den Blick über das stumme Land schweifen, warf die Kette ins Boot, lief längs der Bordwand zum Ruder[4], nahm die Pinne und blieb stehen; dann betrachtete er den Himmel, und als sie in freiem Wasser waren, rief er mit kräftiger Stimme seinen Ruderknechten zu: »Pullt, pullt[5], was das Zeug hält; wir müssen schnell machen! Die See, die Hexe, grinst heimtückisch! Ich spüre das Deining[6] an der Bewegung des Ruders, und das Gewitter in meinen Narben.«

Diese Worte wurden in Seemannsausdrücken gesagt, einer Art Sprache, die nur für an Wogengebraus gewöhnte Ohren verständlich ist; sie bewirkten, daß die Ruderknechte sich mit beschleunigten, aber stets taktmäßigen Bewegungen in die Riemen legten; es war eine einhellige Bewegung, und sie wich von der Art ab, wie bisher gerudert worden war; so wie sich der Trab eines Pferdes von seinem Galopp unterscheidet. Die elegante Welt, die achtern[7] saß, hatte ihre Freude am Anblick all dieser kräftigen Arme, dieser braunen Gesichter mit den blitzenden Augen, dieser gespannten Muskeln, dieser unterschiedlichen menschlichen Kräfte, die im Einklang handelten, um sie gegen geringes Entgelt über die Meerenge zu befördern. Es lag ihnen fern, dies Elend zu bedauern; sie wiesen einander auf die Ruderer hin, wobei sie über den grotesken Ausdruck lachten, den die Handhabung der Riemen ihren gequälten Mienen aufprägte. Vom Bug aus betrachteten der Soldat, der Bauer und die Alte die Seeleute mit dem gewissen angeborenen Mitleid von Leuten, die, da sie selber von harter Mühsal leben, sich in den harten Ängsten und den fieberischen Erschöpfungen der Arbeit auskennen. Überdies waren sie alle an das Leben in freier Luft gewöhnt und hatten beim Anblick des Himmels die ihnen drohende Gefahr begriffen; und daher waren sie samt und sonders ernst. Die junge Mutter wiegte ihr Kind und sang ihm ein altes Kirchenlied vor, um es einzuschläfern.

»Wenn wir heimkommen«, sagte der Soldat zu dem Bauern, »dann hat sich der liebe Gott darauf versteift, uns am Leben zu lassen.«

»Ach, er ist der Herr und Meister«, antwortete die Alte. »Aber ich glaube, es ist sein gnädiger Wille, uns zu sich zu rufen. Seht ihr den Lichtschein da hinten?« Und mit einer Kopfbewegung deutete sie auf den Sonnenuntergang, bei dem feurige Streifen heftig braune, rötlich getönte Wolken durchschnitten, die nahe daran schienen, einen wütenden Wind zu entfesseln. Das Meer ließ ein dumpfes Grollen hören, eine Art inneres Röhren; es klang beinahe wie die Stimme eines Hundes, wenn er bloß knurrt. Nun, letztlich war es nicht weit bis nach Ostende. In diesem Augenblick boten Himmel und Meer eins der Schauspiele dar, denen längere Dauer zu verleihen, als sie sie in Wirklichkeit besitzen, vielleicht der Malerei wie der Dichtkunst unmöglich ist. Menschliche Schöpfungen wollen machtvolle Gegensätze. Daher verlangen die Künstler für gewöhnlich von der Natur deren glänzendste Phänomene, wohl weil sie daran verzweifeln, die große, schöne Poesie ihres alltäglichen Verhaltens wiedergeben zu können, obgleich die menschliche Seele oftmals in der Ruhe wie in der Bewegung ebenso tief bewegt ist, und von der Stille im gleichen Maße wie vom Sturm. Es trat ein Augenblick ein, da auf dem Schifflein alles schwieg und Himmel und Meer betrachtete, sei es aus dumpfer Vorahnung, sei es, um der frommen Melancholie nachzugeben, die uns nahezu ausnahmslos zur Stunde des Gebets überkommt, beim Sichneigen des Tags, zu der Stunde, da die Natur schweigt, da die Glocken reden. Die See strahlte ein weißes, bleifahles Licht aus; aber es wechselte und war wie die Tönungen des Stahls. Der Himmel war gleichmäßig grau. Im Westen täuschten lange, schmale Stellen Wogen Blutes vor, während im Osten funkelnde, wie von einem dünnen Pinsel gezogene

Linien von Wolken getrennt wurden, die faltig waren wie die Runzeln auf der Stirn eines Greises. So boten Meer und Himmel überall einen stumpfen, völlig in Halbtönen gehaltenen Hintergrund dar, von dem sich die düsteren Gluten des Sonnenuntergangs kräftig abhoben. Dieser Ausdruck der Natur flößte eine schauerliche Empfindung ein. Wenn es erlaubt wäre, die kühnen, bildhaften Ausdrücke des Volks in die Schriftsprache umzusetzen, würde man wiederholen, was der Soldat sagte, nämlich daß das Wetter auf wilder Flucht sei, oder was der Bauer ihm antwortete, nämlich daß der Himmel dreinschaue wie ein Henker. Plötzlich kam von Westen her ein Wind auf, und der Schiffer, der unablässig fragend die See beobachtet hatte, rief, als er sah, daß sie am Horizont aufschwoll: »Ho! Ho!« Bei diesem Ruf hielten die Seeleute sofort inne und ließen die Riemen schleifen.

»Der Schiffer hat recht«, sagte Thomas kaltblütig, als das Boot, das eine riesige Woge emporgehoben hatte, wieder hinabglitt wie auf den Grund des klaffenden Meers.

Bei dieser ungewohnten Bewegung, bei diesem jähen Zornesausbruch des Ozeans erbleichten die Leute im Heck und stießen einen entsetzlichen Schrei aus: »Wir gehen unter!«

»Ach was, noch nicht«, antwortete ihnen seelenruhig der Schiffer.

In diesem Augenblick zerrissen die Wolken unter der Gewalt des Windes, und zwar genau über der Barke. Die grauen Massen hatten sich mit unheilverkündender Schnelligkeit nach Osten und Westen hin ausgedehnt; der Schein des Sonnenuntergangs fiel grell durch einen Spalt, den der Gewitterwind gerissen hatte, und so konnte man die Gesichter erkennen. Die Fahrgäste, adlige oder reiche, Seeleute und Arme, waren eine kurze Weile starr über das Aussehen des Letztgekommenen. Sein goldnes Haar, das über seiner ruhigen, heiteren Stirn gescheitelt war, fiel in einer Fülle von Locken auf die Schultern nieder und schnitt auf der grauen Atmosphäre ein in seiner Milde erhabenes Antlitz aus, in dem göttliche Liebe erstrahlte. Nicht, daß er den Tod verachtet hätte; er war sich gewiß, nicht umzukommen. Aber wenn auch die Leute am Heck für einen Augenblick den Sturm vergessen hatten, dessen unversöhnliche Wut sie bedrohte, so kehrten sie doch bald wieder zu ihren eigensüchtigen Gefühlen und ihren Lebensgewohnheiten zurück.

»Der ist gut dran, dieser stupide Bürgermeister, daß er sich nicht der Gefahr bewußt ist, die wir alle laufen! Er sitzt da wie ein Hund und wird ohne Todeskampf sterben«, sagte der Doktor.

Kaum hatte er diesen intelligenten Satz ausgesprochen, als der Sturm seinen Legionen freie Bahn gab. Die Winde bliesen von allen Seiten, das Boot drehte sich wie ein Kreisel, und das Seewasser schlug hinein.

»Oh, mein armes Kind! Mein Kind! Wer rettet mein Kind?« rief die Mutter mit herzzerreißender Stimme.

»Du selber«, antwortete der Fremde.

Der Klang dieser Stimme drang der jungen Frau ins Herz und ließ ihm eine Hoffnung zuteil werden; sie hatte das beschwichtigende Wort trotz des Pfeifens des Gewittersturms, trotz der Schreie vernommen, die die Fahrgäste ausstießen.

»Heilige Jungfrau zur Guten Hilfe, die du in Antwerpen bist, ich gelobe dir tausend Pfund Wachskerzen und eine Statue, wenn du mir hier heraushilfst«, rief der Bürger; er kniete auf seinen Geldbeuteln.

»Die heilige Jungfrau ist in Antwerpen genausowenig wie hier«, antwortete ihm der Doktor.

»Im Himmel ist sie«, entgegnete eine Stimme, die aus dem Meer zu dringen schien.

»Wer hat da eben gesprochen?«

»Der Teufel ist das!« rief der Diener. »Er hat der heiligen Jungfrau von Antwerpen gespottet.«

»Verschont mich doch mit eurer heiligen Jungfrau«, sagte der Schiffer zu seinen Fahrgästen. »Packt lieber die Wasserschaufeln und schöpft mir das Wasser aus dem Boot. Und ihr«, sprach er weiter und wandte sich dabei an die Seeleute, »rudert wacker drauflos! Wir haben einen kurzen Aufschub; im Namen des Teufels, der euch auf dieser Welt läßt, wir wollen selber unsere Vorsehung sein. Dieser kleine Kanal ist wüst gefährlich, das weiß jeder; ich befahre ihn jetzt seit dreißig Jahren. Ist dies etwa der erste Abend, an dem ich mich mit dem Sturm herumschlage?«

Danach blieb der Schiffer am Ruder stehen und fuhr fort,

abwechselnd sein Boot, die See und den Himmel zu betrachten.

»Immer spottet der Schiffer über alles«, sagte Thomas leise.

»Ob uns Gott zusammen mit diesem elenden Pack sterben lassen wird?« fragte das hochmütige junge Mädchen den schönen Kavalier.

»Nein, nein, edle Dame. Versteht Ihr mich?« Er zog sie an der Taille an sich heran und flüsterte ihr zu: »Ich kann schwimmen, aber laßt es nicht lautwerden! Ich nehme Euch bei Euerm schönen Haar und bringe Euch behutsam ans Gestade; aber nur Euch kann ich retten.«

Die junge Dame blickte auf ihre alte Mutter. Die lag auf den Knien und bat den Bischof, der nicht auf sie hörte, um irgendeine Absolution. Der Kavalier las in den Augen seiner schönen Geliebten ein schwaches Gefühl töchterlichen Mitleids und sagte mit gedämpfter Stimme zu ihr: »Unterwerft Euch dem Willen Gottes! Will er Eure Mutter zu sich rufen, so geschieht es sicherlich zu deren Glück ... in der jenseitigen Welt«, fügte er noch leiser hinzu. – »Und für das unsere in der diesseitigen«, dachte er. Die edle Dame de Rupelmonde besaß sieben Lehen, außer der Baronie Gâvres. Das Fräulein vernahm die Stimme ihres Lebens, alles mit ihrer Liebe Zusammenhängende aus dem Munde des schönen Abenteurers, eines jungen Glaubenslosen, der sich in den Kirchen umhertrieb, wo er ein Beutestück suchte, ein Mädchen zum Heiraten oder mit schönem, barem Gelde. Der Bischof segnete die Wogen und befahl ihnen, sich zu beruhigen, wobei er sich des Vergeblichen seines Tuns bewußt war; er dachte an seine Konkubine, die seiner mit einem erlesenen Festmahl wartete, die vielleicht in dieser Minute ins Bad stieg, sich parfümierte, sich in Samt kleidete oder sich ihr Geschmeide und ihre Edelsteine anlegen ließ. Dem verderbten Bischof lag nichts ferner, als der Machtvollkommenheiten der heiligen Kirche zu gedenken und all diesen Christen dadurch Trost zu spenden, daß er sie ermahnte, sich Gott anzuvertrauen; er mischte weltliche Sehnsüchte und Liebesworte unter die heiligen Sätze des Breviers. Der Lichtschein, der diese bleichen Gesichter erhellte, ließ deren unterschiedlichen Ausdruck erkennen, wenn das Boot durch eine Woge in die Lüfte gehoben, dann auf den Grund des Schlundes zurückgeworfen, dann geschüttelt wurde wie ein welkes Blatt, ein Spielzeug des Herbstwindes, wobei sein Rumpf krachte und dem Zerbersten nahe schien. Dann erscholl grausiges Geschrei, dem eine erschreckende Stille folgte. Die Haltung der im Bug des Bootes Sitzenden unterschied sich auf seltsame Weise von derjenigen der Reichen oder Mächtigen. Jedesmal, wenn die Wogen das zerbrechliche Fahrzeug zu verschlingen drohten, preßte die junge Mutter ihr Kind an die Brust; allein sie glaubte an die Hoffnung, die ihr das von dem Fremden gesprochene Wort ins Herz gesenkt hatte; jedesmal wandte sie ihre Blicke jenem Manne zu und schöpfte aus dessen Antlitz neuen Glauben, den starken Glauben einer schwachen Frau, den Glauben einer Mutter. Das arglose Geschöpf lebte durch das göttliche Wort, durch das Wort der Liebe, das jener Mann geäußert hatte; voller Vertrauen wartete es auf die Einlösung dessen, was es als ein Versprechen ansah; fast war es frei von Furcht vor der Gefahr. Der Soldat hatte sich an der Bordwand der Schaluppe festgeklammert; ununterbrochen betrachtete er jenes seltsame Menschenwesen, nach dessen Unbeteiligtheit er sein rauhes, sonnengegerbtes Gesicht formte, wobei er seine Verstandeskräfte und seinen Willen einsetzte, dessen mächtige Triebfedern im Verlauf eines passiven, mechanischen Lebens sich nur wenig abgenutzt hatten; eifrig war er darauf bedacht, sich genauso ruhig und gefaßt zu bezeigen wie dieser höhergeartete Mut; schließlich gelang es ihm, vielleicht ohne sein Wissen, sich mit dem geheimen Grundgesetz dieser innerlichen Macht zu identifizieren. Da gedieh seine Bewunderung zu einem instinktiven Fanatismus, zu einer grenzenlosen Liebe, einem Glauben an jenen Mann, der der Begeisterung glich, wie die Soldaten sie für ihren Feldherrn empfinden, wenn dieser ein Macht ausströmender Mann ist, umstrahlt vom Glanz der Siege, und wenn er inmitten des schimmernden Zaubers des Genies einherschreitet. Die arme Alte sagte leise: »Ach, ich erbärmliche Sünderin! Habe ich genug gelitten, sind die Freuden meiner Jugend abgebüßt? Ach, warum, du Unselige, hast du das schöne Leben einer Waliserin geführt, warum hast du die Güter Gottes mit Geistlichen verpraßt, das Gut der Armen mit Wucherern und Steuereinnehmern? Ach, ich habe großes Unrecht begangen. O mein Gott, o mein Gott, laß meine Hölle auf dieser Unglückserde enden.« Oder auch: »Heilige Jungfrau, Mutter Gottes, erbarme dich meiner!«

»Tröstet Euch, Alte, der liebe Gott ist kein Pfandleiher. Obgleich ich getötet habe, vielleicht kreuz und quer, die Guten und die Bösen, habe ich keine Angst vor der Auferstehung.«

»Ach, Herr Gefreiter, wie gut haben es doch die schönen Damen da drüben, daß ein Bischof bei ihnen ist, ein geweihter Mann«, fuhr die Alte fort. »Sie werden von ihren Sünden losgesprochen. Ach, wenn ich doch die Stimme eines Priesters hören könnte, der mir sagte: ›Deine Sünden sind dir vergeben‹, dann würde ich ihm glauben!«

Der Fremde wandte sich ihr zu, und sein barmherziger Blick ließ sie erbeben.

»Glaube nur«, sagte er, »dann wirst du gerettet werden.«

»Möge Gott es Euch lohnen, guter Herr«, antwortete sie ihm. »Habt Ihr die Wahrheit gesprochen, so unternehme ich für Euch und für mich eine Pilgerfahrt zur heiligen Jungfrau von Loreto[8], nackten Fußes.«

Die beiden Bauern, der Vater und der Sohn, saßen schweigend da; schicksalsergeben unterwarfen sie sich dem Willen Gottes, als Menschen, die es gewohnt sind, instinktiv wie die Tiere den Impulsen der Natur zu folgen. So waren denn auf der einen Seite der Reichtum, die Überheblichkeit, die Wissenschaft, das Laster, das Verbrechen, mithin die ganze menschliche Gesellschaft, wie die Künste, das Denken, die Bildung, die Welt und deren Gesetze sie formen; aber auch, und zwar einzig auf dieser Seite, die Aufschreie, das Entsetzen, tausenderlei unterschiedliche Gefühle, die von grausigen Zweifeln bekämpft wurden; dort allein herrschten die Beklommenheiten der Furcht. Und ferner, erhaben über diese Existenzen, ein mächtiger Mann, der Eigner des Schiffes, furchtlos, der Anführer, der fatalistische König, der sich seine eigene Vorsehung geschaffen hatte und rief: »Heilige Schöpfkelle ...!« und nicht: »Heilige Jungfrau ...!«, kurzum, einer, der den Sturm herausgefordert und Leib an Leib mit dem Meer ringt. Und am andern Ende des Schiffleins die Schwachen ...! Die Mutter, die an ihrer Brust ein kleines Kind wiegte, das dem Sturm zulächelte; eine Dirne, die ehedem frohgemut war und die jetzt grausiger Reue preisgegeben ist; ein mit Narben übersäter Soldat, der keinen Lohn erhalten hatte außer seinem um den Preis unermüdlicher Treue verstümmelten Leben; kaum, daß er ein tränenbenetztes Stück Brot besaß; dennoch setzte er sich lachend über alles hinweg und schritt sorglos einher, glücklich, wenn er seinen Ruhm in einem Bierkrug ertränken oder ihn Kindern erzählen konnte, die ihn bewunderten. Frohgemut überließ er Gott die Sorge um seine Zukunft; und schließlich zwei Bauern, geplagte, erschöpfte Menschen, Verkörperungen der Arbeit, der Plackerei, von der die Welt lebt. Diese schlichten Geschöpfe kümmerten sich nicht um das Denken und dessen Schätze, waren jedoch bereit, beides in den Abgrund einer Gläubigkeit zu versenken, da sie einen um so robusteren Glauben besaßen, als sie nie über das mindeste hin und her geredet noch es zergliedert hatten; sie waren unberührte Naturen, deren Gewissen rein und deren Gefühlsleben stark geblieben war; Reue, Unglück, Liebe und Arbeit hatten ihren Willen geübt, geläutert, zusammengedrängt, verzehnfacht, ihren Willen, das einzige, das im Menschen dem ähnelt, was die Gelehrten als Seele bezeichnen.

Als das Boot, das durch die an ein Wunder grenzende Geschicklichkeit des Schiffers geleitet worden war, beinahe in Sicht von Ostende gelangte, etwa fünfzig Schritt vom Gestade entfernt, wurde es durch eine Ballung des Sturms zurückgerissen und geriet plötzlich auf Grund. Da sprach der Fremde mit dem leuchtenden Antlitz zu der kleinen, leidenden Schar: »Die den Glauben haben, sollen gerettet werden; sie mögen mir folgen!«

Der Mann stand auf und wandelte festen Schrittes über die Fluten. Sogleich nahm die junge Mutter ihr Kind auf den Arm und schritt neben ihm her über das Meer. Der Soldat reckte sich auf und sagte in seiner unverblümten Ausdrucksweise: »Ha, beim heiligen Kanonenrohr, dir würde ich sogar zum leibhaftigen Satan folgen!« Dann schritt auch er übers Meer, ohne sich darob groß zu wundern. Die alte Sünderin, die an die Allmacht Gottes glaubte, folgte dem Mann und schritt gleichfalls übers Meer. Die beiden Bauern sagten sich: »Wenn die da auf dem Wasser gehen können, warum sollten wir dann nicht tun wie sie?« Sie standen auf, liefen jenen nach und wandelten über die Fluten hinweg. Thomas wollte es ihnen gleichtun; aber sein Glaube war wankend; er fiel mehrmals ins Wasser, erhob sich aber wieder, und nach drei Versuchen wandelte auch er übers Meer. Der beherzte Schiffsherr hatte sich wie eine *remora*[9] an den Boden seines Boots geklammert. Der Geizhals war gläubig gewesen und aufgestanden; aber er hatte sein Gold mitnehmen wollen, und sein Gold zog ihn hinab auf den Meeresgrund. Der Gelehrte hatte sich über den Scharlatan und die Schwachsinnigen, die auf ihn hörten, lustig gemacht, als er sah, daß der Unbekannte den Fahrgästen vorschlug, über das Meer zu wandeln; er fing an zu lachen und wurde vom Ozean verschlungen. Das junge Mädchen wurde durch seinen Liebhaber in den Schlund hinabgezogen. Der Bischof und die alte Dame sanken unter, vielleicht, weil sie mit Sünden beladen waren, aber vielleicht noch schwerer durch Unglauben, durch Vertrauen zu falschen Bildwerken, schwer an Frömmelei, leicht an Almosen und wahrer Religion.

Der gläubige Trupp, der festen, trockenen Fußes die Ebene der erzürnten Wasser überschritt, hörte rings um sich her das grausige Pfeifen des Sturms. Riesige Wellen zerschellten an seinem Wege. Eine unbezwingbare Kraft durchschritt den Ozean. Durch den Dunst hindurch gewahrten die Getreuen in der Ferne am Gestade ein schwaches Lichtlein, das leicht durch das Fenster einer Fischerhütte zitterte. Beim tapferen Schreiten jenem Schimmer entgegen vermeinte jeder durch das Brüllen des Meers hindurch seine Gefährten rufen zu hören: »Mut!« Und dabei achtete jeder auf seine Gefahr, und keiner sagte ein Wort. So erreichten sie den Meeressaum. Als sie alle am Herd des Fischers saßen, suchten sie vergebens nach ihrem leuchtenden Geleitsmann. Des Menschen Sohn saß hoch droben auf einem Felsen, an dessen Fuß der Orkan den Schiffer geworfen hatte; er klammerte sich mit der Kraft, die die Seeleute entfalten, wenn sie in den Klauen des Todes sind, an seine Planke; des Menschen Sohn stieg hinab und hob den fast zerschmetterten Schiffbrüchigen auf; dann legte er ihm seine Helferhand aufs Haupt und sagte: »Für diesmal möge es gut sein; aber tut das nie wieder; es wäre ein gar zu schlechtes Beispiel.«

Er nahm den Seemann auf die Schultern und trug ihn bis zur Fischerhütte. Er klopfte für den Unglücklichen an, auf daß ihm die Tür dieser bescheidenen Zufluchtsstätte geöffnet werde; dann verschwand der Heiland. An jener Stätte wurde für die Seeleute das Kloster der »Danksagung« erbaut; dort waren lange Zeit die Abdrücke zu sehen, die die Füße Jesu Christi, wie es hieß, im Sand hinterlassen hatten. Im Jahre 1793, beim Einmarsch der Franzosen in Belgien, nahmen die Mönche diese kostbare Reliquie mit sich, das Zeugnis des letzten Besuchs, den Jesus der Erde erstattet hat.

Dort[10] habe ich mich, des Lebens überdrüssig, nach der Revolution von 1830 eine Zeitlang aufgehalten. Hätte man mich nach dem Grund meiner Verzweiflung gefragt, so wäre es mir nahezu unmöglich gewesen, ihn anzugeben, so schlaff und zerfließend war meine Seele geworden. Die Spannkraft meines Geistes war im Wehen einer von Westen kommenden Brise erlahmt. Der Himmel goß eine düstere Kälte aus, und die braunen Wolken, die über meinen Kopf hinwegzogen, liehen der Natur ein unheilverkündendes Aussehen. Die Unermeßlichkeit des Meeres, alles sagte mir: »Heute sterben, morgen sterben, muß nicht immer und ewig gestorben werden? Und dann ...« Also irrte ich umher, wobei ich einer zweifelhaften Zukunft gedachte, meiner zunichte gewordenen Hoffnungen. Im Banne meiner trauerdunklen Gedanken trat ich mechanisch in jene Klosterkirche ein, deren graue Türme mir damals durch die Seenebel hindurch wie Gespenster vorkamen. Ohne Begeisterung betrachtete ich diesen Wald versammelter Säulen, deren blättergeschmückte Kapitelle leichte Bogen trugen, ein elegantes Labyrinth. Meiner selbst völlig unbewußt, durchschritt ich die Seitenschiffe, die sich vor mir wie in sich zurückgewundene Säulenhallen entrollten. Das ungewisse Licht eines Herbsttages erlaubte kaum, oben in dem Gewölbe die gemeißelten Schlußsteine wahrzunehmen, die feinen Rippen, die so rein die Winkel all der anmutigen Spitzbogen nachzeichneten. Die Orgeln waren stumm. Einzig das Geräusch meiner Schritte erweckte die ernsten Echolaute, die sich in den dunklen Kapellen verbargen. Ich setzte mich an einen der vier Pfeiler, die die Kuppel tragen, nahe dem Chor. Von dort aus konnte ich das Gesamt dieses Bauwerks überblicken; ich betrachtete es, ohne einen Gedanken damit zu verknüpfen. Die mechanische Tätigkeit meiner Augen ließ mich lediglich die imponierende Wirrnis all dieser Pfeiler erfassen, die riesigen Fensterrosen, die wie Netzwerk auf wunderbare Weise über den Seitenpforten oder dem Hauptportal angebracht worden waren, die luftigen Galerien, wo kleine, zierliche Säulen die Glasmalereien trennten; sie wurden von Bögen, von Dreipässen oder von Blumengebilden eingefaßt, ein hübsches Steinfiligran. Hinten im Chor funkelte eine gläserne Kuppel, als sei sie aus geschickt zusammengefügten kostbaren Steinen erbaut worden. Zur Rechten und zur Linken setzten zwei tiefe Schiffe, die abwechselnd weiß und farbig gehalten waren, jener Wölbung ihre dunklen Schatten entgegen, in deren Schwärze sich schwächlich die undeutlichen Schäfte von hundert graugetönten Säulen abhoben. Beim Betrachten dieser wunderbaren Arkaden, dieser Arabesken, dieser Gewinde, dieser Spiralen, dieser sarazenischen Phantasiegebilde, die auf bizarre Weise beleuchtet waren und sich ineinanderschlangen, verwirrte sich mein Wahrnehmungsvermögen. Mir war, als befände ich mich auf der Grenze zwischen Illusionen und Wirklichkeit, als sei ich in die Fallen der Optik geraten und fast betäubt ob der Vielzahl der Eindrücke. Unmerklich verschleierten sich all diese gemeißelten Steine; ich sah sie nur noch durch eine von Goldstaub gebildete Wolke, ähnlich derjenigen, die in den Lichtbändern schwebt, wie ein Sonnenstrahl sie in einem Zimmer zeichnet. Inmitten dieser dunstigen Luft, die alle Formen verschwinden ließ, strahlte plötzlich das Spitzenwerk der Fensterrosen auf. Jede Rippe, jeder gemeißelte Grat, die geringste Einzelheit wandelte sich in Silber. Die Sonne entzündete Gluten in den Glasmalereien, deren üppige Farben funkelten. Die Säulen bewegten sich; ihre Kapitelle wankten leise. Ein schmeichlerisches Beben renkte das Bauwerk aus; seine Friese regten sich mit anmutiger Behutsamkeit. Mehrere dicke Pfeiler vollführten gravitätische Bewegungen wie beim Tanz einer adligen Witwe, die am Ende eines Balles aus Gefälligkeit eine Quadrille ergänzt. Einige schlanke, gerade Säulen begannen zu lachen und zu hüpfen im Schmuck ihrer Kleeblattkränze. Spitzbogen stießen an die hohen, langen, schmalen Fenster; sie wirkten wie jene Damen des Mittelalters, die auf ihren goldenen Kleidern die Wappen ihres Hauses gemalt trugen. Der Tanz dieser Bischofsmitren ähnlichen Bogen mit den eleganten Fenstern ähnelte Turnierkämpfen. Bald vibrierte jeder Stein in der Kirche, ohne jedoch von seinem Platz zu rücken. Die Orgeln erhoben ihre Stimme und ließen mich einen göttlichen

Wohlklang vernehmen, in den sich Engelsstimmen mischten; es war eine nie gehörte Musik, begleitet von den dumpfen Baßstimmen der Glocken, deren Geläut verkündete, daß die beiden kolossalen Türme sich auf ihren quadratischen Fundamenten wiegten. Dieser seltsame Sabbat dünkte mich das Natürlichste von der Welt, und nachdem ich den Sturz Karls X. erlebt hatte, wunderte ich mich nicht darüber. Ich selber wurde sanft gewiegt wie auf einer Schaukel, und das vermittelte mir ein nervöses Lustgefühl, von dem eine Vorstellung zu geben mir unmöglich sein würde. Dabei mutete mich inmitten dieses heißen Bacchanals der Chor der Kathedrale kalt an, als herrsche dort Winter. Ich sah darin eine Menge weißgekleideter Frauen, aber sie waren reglos und stumm. Weihrauchfässer verbreiteten einen süßen Duft, der mir in die Seele drang und sie erquickte. Die Kerzen flammten. Das Gesangspult war heiter wie ein bezechter Kantor und hüpfte wie ein Schellenbaum. Ich begriff, daß die Kathedrale sich mit solcher Geschwindigkeit um sich selber drehte, daß jedes Ding an seinem Platz zu bleiben schien. Das übergroße, auf dem Altar befestigte Christusbild lächelte mir mit einem verschmitzten Wohlwollen zu, das mich furchtsam stimmte; ich wandte den Blick davon ab und bewunderte in der Ferne einen bläulichen Dunst, der zwischen den Pfeilern hindurchglitt und ihnen eine unbeschreibliche Anmut lieh. Schließlich regten sich in den Friesen mehrere entzückende Frauengesichter. Die Putten, die die dicken Säulen stützten, schlugen mit den Flügeln. Von einer göttlichen Macht fühlte ich mich emporgetragen; sie tauchte mich in eine unendliche Freude, in eine weiche, süße Ekstase. Ich glaube, ich würde mein Leben hingegeben haben, um die Dauer dieser Phantasmagorie zu verlängern, aber plötzlich kreischte mir eine Stimme ins Ohr: »Wach auf; folge mir!«

Eine ausgemergelte Frau nahm mich bei der Hand und ließ die den Nerven entsetzlichste Kälte in mich überströmen. Durch die faltige Haut ihres bleichen, nahezu grünlichen Gesichts hindurch waren ihre Knochen zu sehen. Diese kleine, kalte Alte trug ein schwarzes, im Staube schleppendes Kleid und hatte um den Hals etwas Helles, das ich nicht genauer anzusehen wagte. Ihre starren, gen Himmel gekehrten Augen ließen nur das Weiße der Augäpfel sehen. Sie zog mich quer durch die Kirche und bezeichnete ihren Weg durch Asche, die aus ihrem Kleid fiel. Im Gehen klapperten ihre Knochen wie die eines Skeletts. Im Weiterschreiten vernahm ich hinter mir das Klingeln eines Glöckchens, dessen grelle Töne in meinem Hirn widerhallten wie die einer Harmonika.

»Gelitten werden muß, gelitten werden muß«, sagte sie zu mir.

Wir verließen die Kirche und durchschritten die schmutzigsten Straßen der Stadt; dann hieß sie mich in ein dunkles Haus eintreten; sie zog mich hinein, wobei sie mit einer Stimme, deren Klang brüchig war wie der einer geborstenen Glocke, rief: »Verteidige mich, verteidige mich!«

Wir stiegen eine Wendeltreppe hinauf. Als sie an eine kaum wahrnehmbare Tür geklopft hatte, öffnete ein stummer Mann ebenjene Tür; er sah aus wie einer der Späher der Inquisition. Bald befanden wir uns in einer mit alten, löcherigen Gobelins ausgestatteten Kammer voll alter Bettwäsche, vergilbtem Musselin und vergoldetem Messing.

»Hier lagern ewige Reichtümer!« sagte sie.

Ich zuckte vor Entsetzen zusammen, als ich jetzt im Licht einer langen Fackel und zweier Kerzen deutlich sah, daß jene Frau unlängst einem Kirchhof entstiegen sein mußte. Sie hatte kein Haar. Ich wollte fliehen; sie bewegte ihren Knochenarm und umschlang mich mit einem eisernen Stachelring. Als sie das tat, erscholl unmittelbar neben uns ein von Millionen von Stimmen ausgestoßener Schrei, das Hurragebrüll der Toten!

»Ich will dich für alle Zeit glücklich machen«, sagte sie. »Du bist mein Sohn!«

Wir saßen jetzt vor einem Kamin, dessen Asche erkaltet war. Da drückte mir die kleine Alte so kräftig die Hand, daß ich dortbleiben mußte. Ich sah sie starr an und versuchte, mir über ihre Lebensgeschichte dadurch Klarheit zu verschaffen, daß ich die Lumpen genau ansah, zwischen denen sie verkam. Aber existierte sie überhaupt? Das war wirklich ein Geheimnis. Ich sah sehr wohl, daß sie ehedem jung und schön gewesen sein mußte, geschmückt mit aller Anmut der Schlichtheit, eine wahre griechische Statue mit jungfräulicher Stirn.

»O weh!« sagte ich zu ihr. »Jetzt erkenne ich dich. Unselige, warum hast du dich den Menschen preisgegeben? Als du im Alter der Leidenschaften reich geworden warst, hast du deine reine, köstliche Jugend vergessen, deinen erhabenen Opferwillen, deine unschuldigen Sitten, deinen fruchtbaren Glauben, und du hast deiner ursprünglichen Macht, deiner ganz und gar geistigen Oberhoheit entsagt um der Macht des Leiblichen willen. Du hast deine Leinengewänder abgelegt, hast dein Mooslager, deine von göttlichen Erleuchtungen erhellten Grotten verlassen; du hast in Diamanten, Luxus und Unzucht geprangt. Du warst kühn und stolz; du hast alles gewollt und alles erlangt; auf deinem Durchzug hast du alles beiseite gestoßen, wie eine Prostituierte, die in Mode ist und der Lust entgegeneilt; blutdurstig warst du wie eine vor Machthunger verblödete Königin. Erinnerst du dich nicht, daß du oftmals zeitweise dumm gewesen bist? Und dann plötzlich wunderbar klug wie die Kunst, die einer Orgie entspringt. Dichterin, Malerin, Sängerin warst du; du hast die glänzenden Zeremonien geliebt; hast du nicht etwa die Künste nur aus Laune geschützt und lediglich, um unter prächtigem Deckengetäfel zu schlafen? Hast du, Launische und Kecke, du, die du keusch und züchtig hättest sein sollen, nicht eines Tages alles deinem Pantoffel unterworfen, und hast du ihn den Herrschern an den Kopf geworfen, die hienieden die Macht, das Geld und das Talent hatten? Du hast den Menschen beleidigt und dich daran erfreut, zu sehen, wie weit die menschliche Dummheit ging, sobald du deinen Liebhabern sagtest, sie sollten auf allen vieren gehen, dir ihr Hab und Gut schenken, ihre Kostbarkeiten, sogar ihre Frauen, wenn sie etwas taugten! Ohne Grund hast du Millionen von Menschen verschlungen; wie Sandwolken hast du sie vom Westen nach Osten geworfen. Du bist von den Höhen des Denkens hinabgestiegen, um dich neben Könige zu setzen. Frau, anstatt die Menschen zu trösten, hast du sie gequält und betrübt! Du warst sicher, Blut zu erhalten, wenn du es verlangtest! Dabei hättest du dich, wie du aufgewachsen warst, mit ein wenig Mehl begnügen, du hättest Fladen essen und Wasser in deinen Wein gießen können. Da du in allem auf Eigenart erpicht warst, hast du ehedem deinen erschöpften Liebhabern verboten zu essen, und dann haben sie nicht gegessen. Warum ging deine Extravaganz so weit, daß du das Unmögliche wolltest? Warum warst du wie eine von ihren Anbetern verwöhnte Kurtisane auf Nichtigkeiten versessen und hast die Leute nicht aufgeklärt, die alle deine Irrtümer erklärten oder rechtfertigten? Jetzt aber hast du deine letzten Leidenschaften ausgekostet! Du warst entsetzlich wie die Liebe einer Frau von vierzig Jahren; du hast aufgebrüllt! Das ganze Universum hast du in einer letzten Umarmung erdrosseln wollen, und das Universum, das dein war, ist dir entschlüpft. Alsdann haben nach den jungen Leuten Greise dir zu Füßen gelegen, Impotente, die dich zu etwas Abstoßendem gemacht haben. Dabei haben ein paar Männer mit Adleraugen dir mit einem Blick gesagt: ›Ruhmlos wirst du untergehen, weil du getäuscht, weil du nicht gehalten hast, was du als Mädchen versprachst.‹ Anstatt ein Engel mit Friedensstirn zu sein und auf deinem Wege Licht und Glück zu säen, bist du eine Messalina[11] gewesen, die Zirkusspiele und Ausschweifungen liebte, und hast deine Macht mißbraucht. Jungfräulich kannst du nicht wieder werden; du bedarfst eines Herrn und Meisters. Deine Zeit ist gekommen. Schon spürst du den Tod. Deine Erben halten dich für reich; sie werden dich morden und nichts einheimsen. Versuche wenigstens, deine Lumpen abzustreifen; sie sind nicht mehr Mode; werde wieder, was du ehedem warst. Doch nein! Du hast Selbstmord begangen! Ist das nicht deine Lebensgeschichte?« fragte ich sie abschließend, »du alte, zahnlose, kalte, jetzt vergessene Vettel, die vorübergeht, ohne daß ihr ein Blick zuteil wird? Wo ist dein Vermögen? Warum hast du es vergeudet? Wo sind deine Schätze? Was hast du an Schönem getan?«

Auf diese Frage hin richtete die kleine Alte sich in ihren Knochen auf, warf ihre Lumpen ab, wuchs, leuchtete, lächelte und trat aus ihrer schwarzen Verpuppung heraus. Dann, wie ein ausgeschlüpfter Schmetterling, diese indische Schöpfung, aus seinen Palmen hervorkommt, dünkte sie mich weiß und jung und trug ein linnenes Gewand. Ihr Goldhaar umwogte ihre Schultern, ihre Augen funkelten, Lichtgewölk umgab sie, ein goldener Reif schwebte über ihrem Haupt, sie vollführte eine Geste zur Himmelsweite empor und schwang ein langes Flammenschwert.

»Schau und glaube!« sagte sie.

Plötzlich gewahrte ich in der Ferne Tausende von Kathedralen ähnlich der, die ich soeben verlassen hatte, aber geschmückt mit Gemälden und Fresken; ich vernahm darin betörende Konzerte. Rings um diese Bauwerke drängten sich Tausende von Menschen wie Ameisen in ihren Haufen. Die einen waren eifrig darauf bedacht, Bücher zu retten und Manuskripte abzuschreiben; andere dienten den Armen; fast alle waren mit etwas beschäftigt. Mitten aus dieser unzähligen Menge ragten riesige Statuen empor, die von ihnen errichtet worden waren. In dem phantastischen Schein, der von einem Licht, groß wie die Sonne, ausging, las ich auf den Sockeln jener Bildwerke: *Wissenschaft. Geschichte. Literatur.*

Das Licht erlosch; wiederum befand ich mich vor dem jungen Mädchen, das allmählich in seine kalte Hülle, seine Leichenlumpen zurückglitt und wieder alt wurde. Ihr Späher brachte ihr ein bißchen Kohlenstaub, damit sie die Glut in ihrem Fußwärmer wieder erneuern konnte, denn das Wetter war rauh; dann zündete er ihr, die in ihren Palästen Tausende von Kerzen gehabt hatte, eine kleine Nachtlampe an, damit sie während der Nacht ihre Gebete lesen konnte.

»Der Glaube ist dahin . . .!« sagte sie.

Das war die kritische Lage, in der ich die schönste, die am weitesten reichende, die wahrste, die fruchtbarste aller Mächte erblickte.

»Wachen Sie auf, Monsieur, die Türen sollen geschlossen werden«, sagte eine rauhe Stimme zu mir.

Als ich mich umwandte, sah ich das abscheuliche Gesicht des Weihwasserspenders; er hatte mich am Arm gerüttelt. Die Kathedrale war in Dunkelheit gehüllt, wie ein Mensch sich in einen Mantel wickelt.

»Glauben«, sagte ich mir, »heißt Leben! Vor kurzem habe ich den Leichenzug einer Monarchie mitangesehen; die *Kirche* muß verteidigt werden!«

Anmerkungen

Jesus Christus in Flandern

1 Infolge von Bodenveränderungen an jenem Teil der flandrischen Küste existiert die Insel Cadzant heute nicht mehr; ihr Vorhandensein bis gegen die Mitte des 18. Jahrhunderts steht indessen fest.

2 Middelburg war nicht die Hauptstadt der Insel Cadzant, sondern ist noch heute diejenige der Insel Walcheren.

3 Grober Kleiderstoff, ursprünglich aus Kamelhaar, jetzt aus Wolle oder Ziegenhaar.

4 Das Ruder wird von Laien als »Steuer« bezeichnet, ebenso wie die Riemen als »Ruder«. Die Pinne ist die Stange, mittels derer das Ruderblatt betätigt wird.

5 Seemannsausdruck für »rudert«.

6 Hohe See.

7 Hinten, am Heck.

8 Stadt in der italienischen Provinz Ancona, nahe der Adria, berühmter Wallfahrtsort, weil der Legende nach im Jahre 1295 das Haus der Maria von Nazareth dort hingetragen worden sein soll. Das Haus, die »casa santa«, befindet sich in der Domkirche.

9 Italienisch: Schellfisch. Balzac verwechselt ihn mit dem Saugfisch.

10 An dieser Stelle beginnt die früher als selbständiges Ganzes abgedruckte Novelle ›Die Kirche‹ (siehe die Vorbemerkung).

11 Valeria Messalina, Tochter des Konsuls Marcus Valerius Messala Barbatus, erste Gemahlin des römischen Kaisers Claudius, Mutter des Britannicus, grausam, ausschweifend bis zur Schamlosigkeit, wurde 48 n. Chr. auf Anstiften des Freigelassenen Narcissus ermordet.

Biographische Notizen über die Romangestalten

Jesus Christus in Flandern

Die Gestalten dieser Novelle treten in der ›Menschlichen Komödie‹ nicht wieder auf.

Melmoth

Übertragung von Ernst Sander

Die Novelle ›Melmoth‹ erschien erstmals im Juni 1853 im sechsten Band des Sammelwerks ›Le Livre des Conteurs‹ mit einer kurzen Vornotiz; an jener Anthologie haben mehrere Autoren mitgearbeitet. Im gleichen Jahr wurde sie als 22. Band der ›Philosophischen Studien‹ nachgedruckt; als Datum der Beendigung des kleinen Werks wurde in dieser Ausgabe der 6. Mai 1835 angegeben, als Entstehungsort Paris. 1845 wurde die Novelle der ›Menschlichen Komödie‹ eingegliedert und dem General Baron de Pommereul gewidmet.

Der Name des Titelhelden weist darauf hin, daß Balzac sich durch den damals vielgelesenen Roman ›Melmoth the Wanderer‹ von Charles Robert Maturin (1782–1824) hat anregen lassen. Maturin war protestantischer Geistlicher in Dublin und mit Walter Scott und Byron befreundet. Er schrieb Dramen und Romane. Sein ›Melmoth‹ bedeutet den Höhepunkt des Schauerromans, einer seinerzeit sehr beliebten Literaturgattung. Die tragische Gestalt des Melmoth ist eine Verquickung von Miltons Satan, Faust, Manfred und dem Ewigen Juden; er schließt einen Pakt mit dem Teufel, um eines Lebens in ewiger Jugendfrische teilhaftig zu werden, unter der Bedingung, erlöst zu werden, wenn ein anderer an seine Stelle träte. Er irrt durch Länder und Jahrhunderte und tritt an Menschen heran, die sich in verzweifelter Lage befinden. Doch alle weigern sich, an seiner Statt in den Teufelspakt einzutreten. Dieses Motiv greift Balzac auf; er schildert Melmoths Aussöhnung mit Gott. Es sei daran erinnert, daß Oscar Wilde nach seiner Entlassung aus dem Zuchthaus eine Zeitlang unter dem Namen Sebastian Melmoth an der normannischen Küste gelebt hat. Maturins Roman war zu Beginn der zwanziger Jahre mehrmals übersetzt worden, u. a. von Charles Nodier.

Der General Baron de Pommereul, der Widmungsempfänger, hat im Spätsommer 1828 dem jungen Balzac Gastfreundschaft auf seinem Schloß Marigny bei Fougères in der Bretagne gewährt, um ihm Muße und Material für die Niederschrift seines Romans ›Die Königstreuen‹ (›Le dernier Chouan‹) zu geben, des ersten Werks, das Balzac für würdig befand, mit seinem Namen gezeichnet zu werden. Der General hatte bei der Artillerie des Kaiserreichs und später der Restauration gestanden und sich nach dreißigjähriger Dienstzeit 1824 zur Ruhe gesetzt; er war Offizier der Ehrenlegion und Ritter des St.-Ludwigs-Ordens; er trug den Ehrentitel eines ›Maréchal de camp‹ (etwa Generalquartiermeister). Er war der Sohn des Generals François de Pommereul, der Präfekt des Départements Indre-et-Loire war, und zwar zu der Zeit, da der Vater des Romanciers in Tours als Leiter des Proviantamts tätig war. Beide waren befreundet und konnten einander helfen. Die Restauration enthob ihn seiner Stellung.

Er gehört einer Menschengattung an, die die Kultur im Reich des Sozialen hervorbringt, wie die Gärtner im Pflanzenreich durch Züchtungen im Treibhaus eine Art von Hybriden erschaffen, die sich weder durch Samen noch durch Stecklinge fortpflanzen können. Dieser Mann ist ein Kassierer, ein wahrhaft anthropomorphes Produkt, begossen mit religiösen Ideen, aufrechterhalten durch die Guillotine, ausgeästet durch das Laster; er gedeiht in einem dritten Stockwerk zwischen einer achtbaren Frau und langweiligen Kindern. Die Zahl der Pariser Kassierer dürfte für den Psychologen stets ein Problem bleiben. Hat man je die Glieder der Rechenaufgabe begriffen, deren unbekanntes X ein Kassierer ist? Kann man sich einen Mann vorstellen, der unaufhörlich vor einem Vermögen sitzt wie ein Kater vor einer Maus in der Drahtfalle? Einen Mann, der die Eigenheit aufweist, immer und ewig auf einem Rohrstuhl in einer vergitterten Zelle zu sitzen, ohne darin mehr Schritte machen zu können als ein Marineleutnant in seiner Kabine, und zwar sieben Achtel des Jahres lang, und täglich sieben bis acht Stunden? Einen Mann, dem bei dieser Betätigung weder die Knie steif werden noch die Knochenfortsätze des Beckens? Einen Mann, der groß genug ist, um klein zu sein? Einen Mann, den das Geld anzuekeln vermag, weil er immerfort damit umgeht? Man verlange dieses Produkt irgendeiner Religion ab, irgendeiner Moral, irgendeiner höheren Schule, irgendeiner Institution, welcher auch immer, und weise ihm Paris, diese Stadt der Versuchungen, diese Filiale der Hölle, als das Milieu zu, in das der Kassierer verpflanzt wird! Na schön, da werden also die Religionen nacheinander vorbeimarschieren; die höheren Schulen, die Institutionen, die Morallehren, sämtliche großen und kleinen menschlichen Gesetze werden sich verhalten wie ein intimer Freund, den man um einen Tausendfrancs-Schein bittet. Sie werden ein trauriges Gesicht machen, Grimassen schneiden und einen auf die Guillotine hinweisen, gerade wie ein guter Freund einem die Wohnung des Wucherers nennt, die dann zu einer der hundert Türen des Armenspitals wird. Dennoch hat die moralische Natur ihre Launen; sie gestattet sich, da und dort Ehrenmänner und Kassierer zu erschaffen. Daher haben die Korsaren, die wir mit dem Namen »Bankiers« auszeichnen und die eine Konzession auf tausend Taler entgegennehmen wie ein Freibeuter seine Kaperbriefe, eine solche Verehrung für diese seltenen Produkte der Inkubationen der Tugend, daß sie sie in Käfige einsperren, um sie zu halten, wie die Regierungen merkwürdige Tiere halten. Hat der Kassierer Phantasie, hat er Leidenschaften, oder liebt der vollkommenste Kassierer seine Frau, und langweilt sich ebenjene Frau, huldigt sie dem Ehrgeiz oder auch bloß der Eitelkeit, so schwindet der Kassierer hin. Will man die Geschichte der Kasse durchstöbern? Dann wird man kein einziges Beispiel dafür anführen können, daß ein Kassierer zu dem gelangt sei, was man als »eine Position« bezeichnet. Sie kommen ins Zuchthaus, sie gehen ins Ausland, oder sie vegetieren in irgendeinem zweiten Stockwerk der Rue Saint-Louis im Marais[1]. Haben die Pariser Kassierer erst einmal über ihren wahren Wert nachgesonnen, dann wird ein Kassierer unbezahlbar sein. Freilich können gewisse Leute nichts als Kassierer sein, gerade wie andere unverbesserliche Schurken sind. Was für eine seltsame Sache doch die Kultur ist! Die Gesellschaft weist der Tugend hundert Louis Rente für das Alter zu, eine Wohnung im zweiten Stock, Brot nach Belieben, ein paar neue Schals und eine alte Frau mitsamt deren Kindern. Was nun das Laster anbelangt, so legitimiert die Gesellschaft, sofern es kühn ist, sofern es einen Gesetzesparagraphen rasch umgehen kann, wie Turenne[2] Montecuccoli[3] umging, seine gestohlenen Millionen, wirft ihm Ordensbänder zu, spickt es mit Ehren und überhäuft es mit Anerkennung. Übrigens harmoniert die Regierung mit jener durch und durch unlogischen Gesellschaft. Die Regierung ihrerseits vollzieht unter den jungen Intelligenzen zwischen achtzehn und zwanzig Jahren eine Auswahl frühreifer Talente; sie nutzt durch verfrühte Arbeit große Gehirne ab; sie beruft sie, um sie auf dem Brett auszulesen, wie die Gärtner es mit ihren Samenkörnern machen. Sie stellt zu diesem Behuf vereidigte Talentabwäger an, die die Gehirne untersuchen, wie man in der Münze das Gold untersucht. Dann wählt sie unter den fünfhundert von der Hoffnung erhitzten Köpfen, die die fortgeschrittenste Bevölkerung ihr alljährlich spendet, ein Drittel aus, steckt sie in die großen Säcke, die sie als »ihre Schulen« bezeichnet, und schüttelt sie darin drei Jahre lang durcheinander. Obwohl jedes dieser Pfropfreiser enorme Kapitalien darstellt, macht sie daraus sozusagen Kassierer; sie ernennt sie zu gewöhnlichen Ingenieuren, sie setzt sie als Artillerie-Hauptleute ein; kurzum, sie sichert ihnen alles zu, was es an gehobenen Graden in der Subalternbeamtenschaft gibt. Wenn dann diese Elite-Männer mit Mathematik gemästet und mit Wissenschaft genudelt worden sind und das fünfzigste Lebensjahr erreicht haben, verschafft sie ihnen als Lohn für ihre Dienstzeit das dritte Stockwerk, die Frau und die Kinderschar, sowie sämtliche Annehmlichkeiten des Mittelmaßes. Daß diesem Volksbetrug fünf bis sechs Männer von Genie entschlüpfen und die sozialen Gipfel erklimmen, ist das nicht ein Wunder?

Dies ist die genaue Bilanz des Talents und der Tugend in ihren Beziehungen zur Regierung und zur Gesellschaft in einer Epoche, die sich für fortschrittlich hält. Ohne diese vorbereitende Bemerkung würde ein unlängst in Paris geschehenes Abenteuer als unwahrscheinlich anmuten, während es, unter dem Gesichtspunkt dieser summarischen Zusammenfassung betrachtet, vielleicht die Geister beschäftigen könnte, die genugsam überlegen sind, um die wahren Wunden unseres Kulturlebens erraten zu haben, das seit 1815 das Prinzip »Ehre« durch das Prinzip »Geld« ersetzt hat.

An einem düstern Herbsttage arbeitete gegen fünf Uhr nachmittags der Kassierer eines der größten Pariser Bankhäuser beim Schein einer Lampe, die schon seit einiger Zeit angezündet worden war. Wie es Brauch und Herkommen im Handelsstand war, lag die Kasse im dunkelsten Teil eines engen, niedrigen Zwischenstocks. Um zu ihr zu gelangen, mußte man einen Korridor, der durch von Nachbarn geduldete Fenster erhellt war, durchschreiten; er zog sich an den Büros entlang, deren mit Schildchen versehene Türen denjenigen einer Badeanstalt ähnelten. Seiner

Weisung gemäß hatte der Pförtner seit vier Uhr phlegmatisch gesagt: »Die Kasse ist geschlossen.« Die Büros waren zu dieser Stunde verlassen, die Post war abgesandt worden, die Angestellten waren weggegangen, die Frauen der Chefs der Firma warteten auf ihre Liebhaber, die beiden Bankiers aßen bei ihren Geliebten zu Abend. Alles war in Ordnung. Die Stelle, wo die Geldschränke mit eisernen Klammern eingelassen waren, befand sich hinter der vergitterten Loge des Kassierers, der wohl damit beschäftigt war, Kasse zu machen. Die geöffnete Zwischentür gestattete den Anblick eines eisernen Schranks, auf dem noch die Hammerschläge zu sehen waren; dank den Erfindungen der modernen Schlosserkunst hatte er ein so großes Gewicht, daß Diebe ihn nicht hätten wegschleppen können. Jene Tür öffnete sich nur nach dem Belieben desjenigen, der das Schlüsselwort einzustellen wußte, dessen Geheimnis die Buchstaben des Schlosses unbestechlich bewahrten; das war eine schöne Verwirklichung des »Sesam, öffne dich!« aus »Tausendundeiner Nacht«. Aber das war noch gar nichts. Jenes Schloß feuerte aus einer Blunderbüchse[4] einen Schuß in das Gesicht desjenigen, der zwar das Schlüsselwort kannte, aber nicht das letzte Geheimnis, die *ultima ratio*[5] des Drachens der Mechanik. Die Tür der Kammer, die Wände der Kammer, Fensterladen der Kammer, die ganze Kammer waren mit vier Linien[6] dickem Eisenblech belegt und mit leichter Holztäfelung verkleidet. Die Laden waren zugemacht, die Tür war verschlossen worden. Wenn je ein Mensch hätte glauben können, er sei in tiefer Einsamkeit und allen Blicken entrückt, dann war es ebenjener Mensch der Kassierer des Bankhauses Nucingen und Co. in der Rue Saint-Lazare. Daher herrschte denn auch in diesem Eisenkäfig äußerste Stille. Der erloschene Eisenofen hauchte jene laue Wärme aus, die auf das Gehirn die pappigen Wirkungen und die Übelkeit erregende Unruhe hervorruft, die eine Orgie an dem ihr folgenden Tag zeitigt. Der Eisenofen schläfert ein, er macht stumpf und trägt auf eigenartige Weise dazu bei, die Portiers und die Angestellten zu verblöden. Ein Zimmer mit Eisenofen ist ein Glaskolben, in dem energische Männer sich auflösen, in dem ihre Schwungkraft sich mindert, in dem ihre Willenskraft sich abnutzt. Die Büros sind die große Fabrik, in der die Mittelmäßigkeiten hergestellt werden, die die Regierung braucht, um die Feudalherrschaft des Geldes aufrechtzuerhalten, auf die sich der gegenwärtige Gesellschaftsvertrag stützt. (Siehe ›Die Beamten‹.)[7] Die mephitische Wärme, die durch eine Ansammlung von Menschen erzeugt wird, ist nicht der geringste unter allen Gründen für die fortschreitende Entartung der Intelligenzen; das Gehirn, das den meisten Stickstoff ausscheidet, vergast auf die Dauer die andern.

Der Kassierer war ein Mann von ungefähr vierzig Jahren; sein kahler Schädel leuchtete im Schein einer Carcel-Lampe[8], die auf dem Tisch stand. Jenes Licht ließ das weiße, schwarz melierte Haar erglänzen, das an beiden Seiten des Kopfes wuchs; die rundlichen Formen des Gesichts liehen ihm das Aussehen einer Kegelkugel. Seine Hautfarbe war ein Ziegelrot. Ein paar Fältchen umgaben seine blauen Augen. Er hatte die fleischige Hand eines dicken Mannes. Sein Anzug bestand aus blauem Tuch; er war an den vorspringenden Stellen leicht abgetragen, und die Falten seiner blankgescheuerten Hose boten dem Auge das schäbige Aussehen dar, das von langem Gebrauch herrührt, gegen das die Bürste vergebens ankämpft und das oberflächlichen Menschen eine hohe Vorstellung von der Sparsamkeit, der Redlichkeit eines Mannes gibt, der zur Genüge Philosoph oder Aristokrat ist, um alte Kleider zu tragen. Aber man erlebt auch nicht selten, daß Leute, die mit Kleinigkeiten knausern, bei allen wichtigen Dingen des Lebens sich leichtsinnig, verschwenderisch oder unfähig verhalten. Das Knopfloch des Kassierers schmückte das Band der Ehrenlegion; er war nämlich unter dem Kaiser Schwadronchef bei den Dragonern gewesen. Monsieur de Nucingen war, ehe er Bankier wurde, Heereslieferant gewesen; er hatte in früheren Zeiten Gelegenheit gehabt, die Gewissenhaftigkeit seines Kassierers kennenzulernen, als er ihm in einer gehobenen Stellung begegnet war, von der das Unglück ihn hatte hinabsteigen lassen; der Bankier berücksichtigte das und gab ihm ein Monatsgehalt von fünfhundert Francs. Seit 1813 war der Offizier Kassierer; damals war er gerade von einer Verwundung genesen, die er während des fluchtartigen Rückzugs von Moskau in dem Gefecht bei Studzianka[9] davongetragen und an der er ein halbes Jahr lang in Straßburg gelitten hatte, wohin auf Befehl des Kaisers einige höhere Offiziere transportiert worden waren, um besonders sorgfältig gepflegt zu werden. Dieser ehemalige Offizier hieß Castanier, hatte den Ehrendienstgrad eines Obersten inne und erhielt ein Ruhegehalt von zweitausendvierhundert Francs.

Castanier, in dem seit zehn Jahren der Kassierer den Offizier getötet hatte, flößte dem Bankier ein so großes Vertrauen ein, daß er ihm auch die Buchführung in dem hinter der Kasse gelegenen Privatzimmer übertragen hatte, in das der Baron über eine Geheimtreppe hinabzusteigen pflegte. Dort wurden die Geschäfte abgeschlossen. Dort war das Mehlsieb, wo die Vorschläge durchgesiebt wurden, das Sprechzimmer, wo man die Börse diskutierte. Von dort aus gingen die Kreditbriefe; dort befanden sich auch das Hauptbuch und das Journal, in dem die Arbeit der übrigen Büros zusammengefaßt wurde. Nachdem Castanier die Verbindungstür geschlossen hatte, bei der die Treppe endete, die zu dem pompösen Büro im ersten Stock ihres Stadtpalais führte, in dem sich beide Bankiers aufhielten, hatte er sich wieder gesetzt und seit einer Weile mehrere Kreditbriefe betrachtet, die auf das Bankhaus Watschildine in London gezogen worden waren. Dann hatte er die Feder genommen und unter alle den Namenszug »Nucingen« gesetzt. Als er dabei war, zu untersuchen, welche unter diesen gefälschten Unterschriften die am vollkommensten nachgeahmte sei, hob er den Kopf, als habe ihn eine Mücke gestochen; er folgte dabei einem dunklen Vorgefühl, das seinem Innern zugerufen hatte: »Du bist nicht allein!« Und der Fälscher erblickte hinter dem Gitter, am Schiebefenster seiner Kasse, einen Mann, dessen Atemzüge unhörbar waren, der überhaupt nicht zu atmen schien; er war sicherlich durch die Korridortür hereingekommen, von der Castanier sah, daß sie weit offenstand. Zum erstenmal in seinem Leben empfand der ehemalige Offizier eine Furcht, die ihn mit sperrweitem Mund und stumpfsinnigen Augen vor jenem Mann sitzenbleiben ließ, dessen Anblick übrigens so erschreckend war, daß er der geheimnisvollen Nebenumstände einer solchen Erscheinung gar nicht bedurft hätte. Der längliche Gesichtsschnitt des Fremden, die gewölbten Konturen seiner Stirn, die auffällige Farbe seiner Haut, all das sowie die Form seiner Kleidung, verriet den Engländer. Jener Mann roch gewissermaßen englisch. Sah man seinen Überrock mit Kragen, sein gebauschtes Halstuch, in das sich ein Jabot mit zerdrückten Röhrenfalten zwängte und dessen Weiße die permanente Fahlheit eines gleichmütigen Gesichts hervorhob, dessen rote, kalte Lippen dazu bestimmt schienen, Leichen das Blut auszusaugen, erriet man seine bis über das Knie hinaufreichenden schwarzen Knopfgamaschen und die halb puritanische Aufmachung eines reichen Engländers, der sein Haus verlassen hat, um einen Spaziergang zu machen. Der Glanz, den die Augen des Fremden ausströmten, war unerträglich und wirkte auf die Seele wie ein Dolchstich, welcher Eindruck durch die Strenge der Gesichtszüge noch gesteigert wurde. Diesem dürren, ausgemergelten Mann schien ein Heißhunger innezuwohnen, den zu stillen ihm unmöglich war. Er mußte seine Nahrung so schnell verdauen, daß er sicherlich ohne Unterlaß essen konnte, ohne daß das Geäder seiner Wangen sich jemals gerötet hätte. Eine Tonne jenes Tokayerweins, der »Sukzessionswein« genannt wird, konnte er hinuntergießen, ohne daß sein stechender Blick, der in den Seelen las, noch sein grausamer Verstand, der stets allen Dingen auf den Grund zu gehen schien, ins Wanken geraten wären. Er hatte etwas von der höhnischen, ruhigen Majestät der Tiger.

»Monsieur, ich möchte diesen Wechsel einlösen«, sagte er zu Castanier mit einer Stimme, die an die Nerven des Kassierers rührte und sie sämtlich mit einer Heftigkeit traf, die derjenigen eines elektrischen Schlags vergleichbar ist.

»Die Kasse ist geschlossen«, antwortete Castanier.

»Sie ist offen«, sagte der Engländer und deutete auf die Kasse. »Morgen ist Sonntag, und ich kann nicht warten. Die Summe beträgt fünfhunderttausend Francs, Sie haben sie in der Kasse, und ich brauche sie.«

»Aber wie sind Sie eigentlich hereingekommen, Monsieur?«

Der Engländer lächelte, und sein Lächeln entsetzte Castanier. Nie ist eine Antwort umfassender und entscheidender gewesen als das verächtliche, herrscherliche Kräuseln, das die Lippen des Fremden zusammenzog. Castanier wandte sich um, nahm fünfzig Bündel von je zehntausend Francs in Banknoten, und als er sie dem Fremden gereicht, der ihm einen vom Baron de Nucingen akzeptierten Wechsel hingeworfen hatte, überkam ihn ein krampfhaftes Zittern beim Erblicken der roten Strahlen, die aus den Augen jenes Mannes drangen und gerade die gefälschte Unterschrift des Kreditbriefs beleuchtet hatten.

»Ihre . . . Quittung . . . fehlt . . . noch«, sagte Castanier, als er den Wechsel umgedreht hatte.

»Geben Sie mir Ihre Feder«, sagte der Engländer.

Castanier reichte ihm die Feder, deren er sich kurz zuvor zu seiner Fälschung bedient hatte. Der Fremde unterzeichnete JOHN MELMOTH; dann gab er den Wechsel und die Feder dem Kassierer zurück. Während Castanier die Handschrift des Unbekannten musterte, die, wie bei Orientalen, von rechts nach links lief, verschwand Melmoth und machte dabei so wenig Geräusch, daß der Kassierer, als er den Kopf hob, einen Schrei entschlüpfen ließ, weil er jenen Mann nicht mehr sah und deswegen Schmerzen verspürte, von denen unsere Phantasie vermutet, daß sie denjenigen glichen, die von einer Vergiftung herrühren. Die Feder, deren Melmoth sich bedient hatte, rief in seinen Eingeweiden ein Brennen und Brodeln hervor, wie wenn er ein Brechmittel eingenommen hätte. Da Castanier es für ausgeschlossen hielt, daß jener Engländer sein Verbrechen gewittert habe, schrieb er sein Unwohlsein dem Herzklopfen zu, das, wie es heißt, eine böse Tat in dem Augenblick, da sie begangen wird, hervorrufen muß.

»Zum Teufel, ich bin schön dumm! Gott schützt mich, denn wenn dieser widerliche Kerl sich morgen an die Chefs gewandt hätte, hätte ich in der Patsche gesessen!« sagte sich Castanier und warf die überflüssigen gefälschten Kreditbriefe in den Ofen, wo sie verbrannten.

Er siegelte den, dessen er sich bedienen wollte, entnahm der Kasse fünfhunderttausend Francs in Banknoten, schloß sie ab, brachte alles in Ordnung, nahm seinen Hut, seinen Regenschirm, steckte seinen Leuchter an, löschte die Lampe aus und verließ in aller Ruhe den Raum, um, seiner Gewohnheit gemäß, einen der beiden Kassenschlüssel Madame de Nucingen auszuhändigen, wenn der Baron abwesend war.

»Sie sind ein Glückspilz, Monsieur Castanier«, sagte die Bankiersgattin zu ihm, als sie ihn in ihr Zimmer eintreten sah, »Montag ist ein Feiertag, Sie können also aufs Land gehen, nach Soisy.«

»Hätten Sie wohl die Güte, Madame, Nucingen zu sagen, daß der Wechsel von Watschildine, der ausstand, gerade eben vorgelegt worden ist? Die fünfhunderttausend Francs habe ich ausgezahlt. Ich komme also nicht vor Dienstag gegen mittag wieder.«

»Adieu, viel Vergnügen.«

»Ihnen ebenfalls, Madame«, antwortete der alte Dragoner und sah zu einem jungen Mann hin, der zu jener Zeit große Mode war; er hieß Rastignac und galt als der Liebhaber der Madame de Nucingen.

»Madame«, sagte der junge Herr, »dieser feiste alte Knabe sieht mir ganz danach aus, als wolle er Ihnen irgendeinen schlechten Streich spielen.«

»Ach was, ausgeschlossen; dazu ist er viel zu dumm.«

»Piquoizeau«, sagte der Kassierer und trat in die Pförtnerloge, »warum läßt du nach vier Uhr noch jemanden hinauf zur Kasse?«

»Seit vier«, sagte der Pförtner, »habe ich vor der Tür meine Pfeife geraucht, und es hat kein Mensch die Büros betreten. Es ist sogar außer den Chefs keiner ’rausgegangen . . .«

»Bist du sicher?«

»So sicher wie meiner eigenen Ehre. Um vier ist bloß noch der Freund von Monsieur Werbrust gekommen, ein junger Mann von du Tillet und Co. in der Rue Joubert.«

»Gut!« sagte Castanier und verließ hastig das Haus. Die mit Brechreiz verbundene Hitze, die aus seiner Feder auf ihn übergeströmt war, nahm an Heftigkeit zu. – »Den Teufel auch«, dachte er, als er in den Boulevard de Gand einbog, »habe ich auch alle Maßnahmen richtig getroffen? Wollen mal sehen! Zwei freie Tage, Sonntag und Montag: dann ein Tag der Ungewißheit, ehe mir nachgeforscht wird, diese Frist beschert mir drei Tage und vier Nächte. Ich habe zwei Pässe und zwei verschiedene Verkleidungen; heißt das nicht, die geschickteste Polizei auf die falsche Fährte bringen? Dienstagvormittag werde ich also in London eine Million abheben, und zwar in dem Augenblick, da man hier noch nicht den mindesten Verdacht hegt. Ich hinterlasse hier meinen Gläubigern meine Schulden, sie können einen Strich dadurch machen, und für den Rest meiner Tage lebe ich glücklich in Italien und führe den Namen eines Grafen Ferraro, das ist der arme Oberst, den ich allein in den Sümpfen von Zembin habe sterben sehen und in dessen Haut ich hineinschlüpfen werde. Aber zum Satan, die Frau, die ich mitschleppen will, könnte mich kenntlich machen! Wie kann auch nur ein alter Schnauzbart wie ich sich in eine Schürze verknallen, sich an ein Weib hängen . . .? Warum soll ich sie mitnehmen? Ich muß sie sitzenlassen. Ja, ich bringe den Mut dazu auf. Aber ich kenne mich, ich bin blöd genug, um zu ihr zurückzukehren. Dabei kennt niemand Aquilina. Soll ich sie mitnehmen? Soll ich sie nicht mitnehmen?«

»Du wirst sie nicht mitnehmen!« sagte eine Stimme, die ihm durch Mark und Bein ging.

Castanier fuhr jäh herum und erblickte den Engländer.

»Jetzt hat der Teufel die Hand im Spiel!« rief der Kassierer laut.

Melmoth hatte sein Opfer bereits überholt. Wenn es Castaniers erste Regung gewesen war, Streit mit einem Mann zu suchen, der auf solcherlei Weise in seiner Seele zu lesen vermochte, so fiel er jetzt so vielen entgegengesetzten Gefühlen anheim, daß sich daraus eine kurze geistige Trägheit ergab; er setzte also seinen Weg fort, und es überkam ihn von neuem das fieberhafte Grübeln, wie es bei einem Mann selbstverständlich ist, den seine Liebesleidenschaft so weit fortgerissen hat, daß er ein Verbrechen beging, der jedoch nicht die Kraft besitzt, es ohne grausige Erregungen in sich zu tragen. So geschah es, daß Castanier, obwohl er entschlossen war, die Frucht eines schon zur Hälfte begangenen Verbrechens zu ernten, noch zögerte, sein Unternehmen weiter zu verfolgen, wie es die meisten Menschen mit uneinheitlichem Charakter tun; in ihnen findet sich genausoviel Kraft wie Schwäche; sie können ebensogut entschlossen sein, rein zu bleiben, wie Verbrecher zu werden, je nach dem Druck der geringfügigsten Umstände. Unter den Haufen Menschen, die Napoleon hat einziehen lassen, hat es viele Leute gegeben, die, wie Castanier, den rein physischen Mut des Schlachtfeldes besaßen, aber nicht den moralischen Mut, der einen Mann ebenso groß im Verbrechen macht, wie er es in der Tugend hätte sein können. Der Kreditbrief war so abgefaßt, daß er bei seiner Ankunft in London durch Watschildine, den Korrespondenten des Bankhauses Nucingen, den er selber bereits von der Abhebung unterrichtet hatte, fünfundzwanzigtausend Pfund Sterling ausbezahlt erhalten mußte; seine Überfahrt war durch einen zufällig aufgegriffenen Mittelsmann vorbestellt worden, auf den Namen des Grafen Ferraro, an Bord eines Schiffes, das eine reiche englische Familie von Portsmouth nach Italien brachte. Die kleinsten Umstände waren vorausgesehen worden. Er hatte alles so eingefädelt, daß, während er auf See war, gleichzeitig in Belgien und in der Schweiz nach ihm gefahndet wurde. Wenn dann Nucingen glauben konnte, seine Spur gefunden zu haben, hoffte er längst in Neapel zu sein, wo er unter falschem Namen zu leben gedachte, mittels einer so vollkommenen Verkleidung, daß er sich sogar entschlossen hatte, sein Gesicht zu verändern, indem er mit Hilfe einer Säure darin die Verheerungen der Blattern vortäuschte. Trotz all dieser Vorsichtsmaßnahmen, die ihm Straflosigkeit zu sichern schienen, empfand er Gewissensqualen. Er hatte Angst. Das ruhige, friedliche Leben, das er lange Zeit hindurch geführt, hatte ihn von seinen Landsknechtsgewohnheiten gereinigt. Noch war er rechtschaffen; nicht ohne Gewissensbisse hatte er sich besudelt. So überließ er sich denn zum letztenmal allen Empfindungen des Guten, das sich in ihm sträubte.

»Pah!« sagte er sich an der Ecke des Boulevards und der Rue Montmartre, »heute abend nach dem Theater bringt mich eine Droschke nach Versailles. Dort wartet auf mich ein Postwagen bei meinem alten Wachtmeister, und der würde das Geheimnis dieser Abreise auch angesichts von zwölf Soldaten bewahren, die zu seiner Erschießung bereitständen, sofern er sich weigerte zu antworten. Auf diese Weise sehe ich nichts, das mir entgegen sein könnte. Also nehme ich meine kleine Naqui mit und reise ab.«

»Du wirst nicht abreisen«, sagte ihm der Engländer, dessen absonderliche Stimme dem Kassierer alles Blut ins Herz strömen ließ.

Melmoth bestieg einen auf ihn wartenden Wagen und wurde so schnell von dannen getragen, daß Castanier seinen heimlichen Gegner hundert Schritt von sich entfernt in schlankem Trab die Fahrbahn des Boulevard Montmartre hinauffahren sah, ehe ihm der Gedanke gekommen war, ihn anzuhalten.

»Ja, Ehrenwort, was mir da zustößt, ist übernatürlich«, dachte er. »Wenn ich so dumm wäre, an Gott zu glauben, würde ich mir sagen, er habe mir Sankt Michael auf die Fersen gehetzt. Ob der Teufel und die Polizei mir gewähren, mich beizeiten zusammenzunehmen? Hat man so was je erlebt? Ach, Quatsch, nichts als Albernheiten.«

Castanier schlug die Rue du Faubourg-Montmartre ein und verlangsamte den Schritt in dem Maße, wie er sich der Rue Richer näherte. Dort wohnte im zweiten Stockwerk eines neuerbauten Hauses nach dem Garten hinaus ein junges Mädchen, das in der Stadtgegend unter dem Namen Madame de La Garde bekannt war und unschuldigerweise zur Ursache des von Castanier begangenen Verbrechens geworden war. Zur Erklärung dieser Tatsache und um die Krise vollends zu schildern, der der Kassierer anheimgefallen war, ist es erforderlich, eine gedrängte Übersicht über einige Umstände ihres Vorlebens zu geben.

Madame de La Garde, die ihren richtigen Namen jedermann, sogar Castanier, verhehlte, behauptete, Piemontesin zu sein. Sie war eins der jungen Mädchen, die, sei es durch das tiefste Elend, sei es durch Mangel an Arbeit oder Angst vor dem Tode, oft aber auch durch die Treulosigkeit eines ersten Liebhabers dazu getrieben werden, ein Gewerbe zu ergreifen, das die meisten von ihnen mit Ekel, viele völlig gleichgültig, einige aber auch ausüben, um den Gesetzen ihrer Konstitution zu gehorchen. Als sie sich im Alter von sechzehn Jahren, schön und rein wie eine Madonna, gerade in den Schlund der Pariser Prostitution stürzen wollte, begegnete sie Castanier. Der alte Dragoner war zu ungeleckt, um Erfolge in der Gesellschaft zu haben; er war es müde, allabendlich längs der Boulevards auf die Jagd nach einem bezahlten Liebesglück zu gehen; er hatte seit langem gewünscht, eine gewisse Ordnung in seine unregelmäßigen Gepflogenheiten zu bringen. Die Schönheit dieses armen Kindes, das der Zufall ihm in die Arme geführt hatte, erschütterte ihn; er beschloß, sie um seines Nutzens willen vor dem Laster zu bewahren; das war ein ebenso selbstsüchtiger wie barmherziger Gedanke, wie es bisweilen mit den Gedanken der besten Menschen der Fall ist. Die natürliche Veranlagung ist oft gut; der Zustand der Gesellschaft mischt sein Böses hinein; daher rühren dann gewisse gemischte Absichten, denen gegenüber der Sittenrichter sich nachsichtig bezeigen muß. Castanier besaß gerade Geist genug, um abgefeimt zu sein, wenn seine Interessen auf dem Spiel standen. Also wollte er Philanthrop sein und dabei sichergehen, und so machte er aus jenem Mädchen zunächst seine Geliebte. – »Haha!« sagte er sich in seiner Landsknechtssprache, »ein alter Wolf wie ich darf sich nicht von einem Lämmchen übers Ohr hauen lassen. Papa Castanier, ehe du dich in die Ehe stürzt, mußt du in die Moral des Mädchens Dankbarkeit hineintreiben, damit du weißt, ob sie der Anhänglichkeit fähig ist!« Während des ersten Jahres dieser wilden Ehe, die die Piemontesin freilich in die am wenigsten verwerfliche Lage unter allen brachte, die Welt und Gesellschaft verwarfen, nahm die Piemontesin den Decknamen Aquilina an, nach einer der Gestalten aus dem ›Geretteten Venedig‹[10], einer englischen Tragödie, die sie durch Zufall gelesen hatte. Sie glaubte dieser Kurtisane zu ähneln, sei es durch die frühreifen Gefühle, die sie im Herzen verspürte, sei es durch ihr Gesicht oder ihr allgemeines Aussehen. Als Castanier sie das regelmäßigste und tugendsamste Leben führen sah, das eine aus den gesellschaftlichen Gesetzen und Konvenienzen ausgestoßene Frau führen kann, bekundete er den Wunsch, ehelich mit ihr zusammenzuleben. Jetzt wurde sie also Madame de La Garde, um, sobald die Pariser Gepflogenheiten es erlaubten, wieder in die Vorbedingungen zu einer wirklichen Ehe einzugehen. Tatsächlich besteht ja die fixe Idee vieler dieser armen Mädchen darin, als gute Bürgersfrauen angesehen zu werden, die ihren Ehemännern auf einfältige Weise treu sind; fähig, vortreffliche Familienmütter zu werden, ihre Ausgaben aufzuschreiben und die Hauswäsche zu flicken. Dies Verlangen entspringt einem so löblichen Gefühl, daß die Gesellschaft ihm Rechnung tragen sollte. Aber die Gesellschaft dürfte unverbesserlich bleiben und die verheiratete Frau als eine Korvette ansehen, der ihre Flagge und ihre Schiffspapiere erlauben, Kurs zu halten, während die ausgehaltene Frau der Pirat ist, der, weil er keine Ausweise hat, gehängt wird. An dem Tag, da Madame de La Garde die Unterschrift Madame Castanier leisten wollte, geriet der Kassierer in Zorn. – »Du hast mich also nicht lieb genug, um mich zu heiraten?« fragte sie. Castanier gab keine Antwort und verharrte in Nachdenken. Das arme Mädchen fand sich ab. Der Exdragoner geriet in Verzweiflung. Jene Verzweiflung ging Naqui nahe, sie hätte sie gern beschwichtigt; aber hätte sie, um sie zu beschwichtigen, nicht deren Ursache kennen müssen? Als Naqui jenes Geheimnis erfahren wollte, ohne übrigens darum zu bitten, enthüllte der Kassierer ihr verdrießlich das Vorhandensein einer gewissen Madame Castanier, einer legitimen Ehefrau, und zwar einer tausendmal verfluchten, die im Dunkel bei Straßburg auf einem kleinen Besitz lebte, der er zweimal im Jahr schrieb und über die er ein so tiefes Schweigen bewahrte, daß niemand wußte, er sei verheiratet. Warum diese Verschwiegenheit? Zwar dürfte der Grund dafür vielen Offizieren bekannt sein, die sich in derselben Lage befinden; aber dennoch ist es vielleicht nützlich, ihn zu sagen. Der wahre Kommißknüppel, sofern es erlaubt ist, hier dieses Wort zu gebrauchen, dessen man sich in der Armee zur Bezeichnung der Leute bedient, denen es bestimmt ist, als Hauptleute zu sterben, dieser Leibeigene eines Regiments ist ein im Grunde naives Geschöpf, ein Castanier, der von vornherein den Durchtriebenheiten der Mütter ausgesetzt ist, die sich in den Garnisonen mit schwer zu verheiratenden Töchtern finden. So hatte denn Castanier in Nancy während einer der so kurzen Zeitspannen, da die kaiserlichen Armeen in Frankreich Rast machen durften, das Pech, einer Demoiselle Aufmerksamkeiten zu erweisen, mit der er bei den Festen getanzt hatte, die in der Provinz »Redouten« genannt werden und die von der Stadt für die Offiziere der Garnison veranstaltet wurden, und umgekehrt. Sogleich wurde der liebenswürdige Rittmeister Gegenstand einer der Verführungen, für die die Mütter stets Komplicen im menschlichen Herzen finden, dessen sämtliche Triebfedern sie in Bewegung setzen, sowie in ihren Bekannten, die mit ihnen gemeinsam konspirieren. Ähnlich den Menschen, die nur einen einzigen Gedanken im Kopf haben, beziehen solche Mütter alles und jedes auf ihr großes Vorhaben; sie machen daraus ein seit langem ausgearbeitetes Werk gleich dem Sandtrichter, auf dessen Grund sich der Ameisenlöwe aufhält. Vielleicht gerät niemand je in diese wohlgebaute Grube? Vielleicht verhungert oder verdurstet der Ameisenlöwe? Wenn jedoch irgendein unbesonnenes Tier hineingerät, muß es drinnen bleiben. Die geheimen Berechnungen der Habgier, die jeder Mann anstellt, wenn er heiratet, die Hoffnung, die menschlichen Eitelkeiten, alle die Fäden, an denen ein Rittmeister zappelt, wurden bei Castanier gezogen. Sein Pech war es, daß er der Mutter gegenüber die Tochter gelobt hatte, als er sie nach einem Walzer zu ihr zurückführte; daraus hatte sich nämlich eine Plauderei ergeben, an deren Ende es zu einer nur allzu selbstverständlichen Einladung kam. Nun der Dragoner in das Haus eingeführt worden war, wurde er durch die Gemütlichkeit eines Heims geblendet, in dem der Reichtum sich durch zur Schau getragenen Geiz tarnen zu wollen schien. Er wurde dort zum Gegenstand geschickter Schmeicheleien, und jedermann rühmte ihm die mannigfachen Schätze, die sich dort befanden. Ein eigens auf silbernem Geschirr, das von einem Onkel geliehen worden, aufgetragenes Abendessen, die Aufmerksamkeit einer einzigen Tochter, das Geschwätz der Stadt, ein reicher Leutnant, der Miene machte, ihm den Boden unter den Füßen wegzuziehen; kurzum, die vielerlei Fallen der Provinz-Ameisenlöwen waren so gut gestellt worden, daß Castanier fünf Jahre später sagte: »Ich weiß noch immer nicht, wie es eigentlich geschehen ist!« Der Dragoner empfing fünfzehntausend Francs Mitgift und eine zum Glück unfruchtbare Demoiselle, die zwei Ehejahre zur häßlichsten und folglich zänkischsten Frau auf Erden machten. Die Hautfarbe dieses Mädchens, die durch eine strenge Diät hell erhalten worden war, wandelte sich ins Kupferrote; das Gesicht, dessen lebhafte Tönungen von einer verführenden Keuschheit gekündet hatten, wurde pickelig; der Wuchs, der aufrecht gewirkt hatte, änderte sich; aus dem Engel wurde ein mürrisches, argwöhnisches Geschöpf, das Castanier zum Rasen brachte; und dann erwies das Vermögen sich als blauer Dunst. Der Dragoner erkannte die Frau nicht wieder, die er geheiratet hatte; er übereignete ihr ein kleines Besitztum bei Straßburg und wartete, bis es Gott gefallen würde, aus ihr ein Zierstück seines Paradieses zu machen. Sie war eine der tugendhaften Frauen, die mangels der Gelegenheiten, anders zu handeln, mit ihren Klagen die Engel umbringen, auf eine Weise zu Gott beten, daß er sich langweilen würde, wenn er ihnen zuhörte, und die zimperlich Schauergeschichten über ihre Ehemänner erzählen, wenn sie abends mit den Nachbarn ihre Boston-Partie beenden. Als Aquilina von diesen Mißgeschicken erfahren hatte, schloß sie sich ehrlich an Castanier an und machte ihn durch die wieder auflebenden Liebesfreuden, die ihre weibliche Begabung, indem sie sie verschwendete, zu variieren wußte, so glücklich, daß sie ohne ihr Wissen das Verderben des Kassierers herbeiführte. Gleich vielen Frauen, denen die Natur es bestimmt zu haben scheint, die Liebe bis in ihre letzten Tiefen zu erforschen, war Madame de La Garde uneigennützig. Sie bat weder um Gold noch um Kleinodien, sie machte sich keinerlei Gedanken über die Zukunft, sie lebte in der Gegenwart, und vor allem in der Lust. Reiche Schmuckstücke, Abendkleider, eigenen Wagen, alles, was Frauen ihrer Art sich so glühend wünschen, nahm sie lediglich als einen weiteren harmonischen Farbklang im Gemälde ihres Lebens entgegen. Sie wollte das alles nicht aus Eitelkeit, aus dem Verlangen, als etwas Besseres zu wirken, sondern sie wollte etwas Besseres *sein.* Übrigens konnte keine Frau leichter als sie sich all dieser Dinge entschlagen. Wenn ein großzügiger Mann, wie es fast alle Offiziere sind, einer Frau dieses Schlages begegnet, verspürt er im Herzen eine Art Wut, ihr im Tauschhandel des Lebens unterlegen zu sein. Er fühlt sich dann imstande, einen Eilpostwagen zum Halten zu bringen, um sich Geld zu verschaffen, wenn er nicht genug für seinen Verschwendungsdrang hat. So ist der Mann nun mal. Bisweilen macht er sich eines Verbrechens schuldig, um vor einer Frau oder einem besonderen Publikum groß und edel dazustehen. Ein Verliebter ähnelt dem Spieler, der sich für entehrt halten würde, wenn er das, was er sich von dem Saaldiener pumpt, nicht zurückzahlte, und der Ungeheuerlichkeiten begeht, seine Frau und seine Kinder ausplündert, stiehlt und mordet, einzig um mit vollen Taschen anzukommen, mit unangetasteter Ehre in den Augen der Leute, die in solch einem fatalen Hause verkehren. So war es auch um Castanier bestellt. Zunächst hatte er Aquilina eine bescheidene Wohnung im vierten Stock gemietet und ihr nur überaus schlichte Möbel geschenkt. Doch als er sich der Schönheit und der hervorragenden Eigenschaften dieses Mädchens bewußt wurde, als er von ihr unerhörte Liebesfreuden empfing, die kein Ausdruck zu schildern vermöchte, vernarrte er sich in sie und wollte sein Idol schmücken. Was Aquilina am Leibe trug, stand in einem komischen Gegensatz zu ihrer elenden Behausung, so daß für beide in dieser Hinsicht eine Wandlung notwendig war. Diese Umwandlung verschlang nahezu alle Ersparnisse Castaniers; er möblierte sein quasi eheliches Heim mit dem einem ausgehaltenen Mädchen eigenen Luxus. Eine hübsche Frau will nichts Häßliches um sich haben. Was sie von allen Frauen unterscheidet, ist der Sinn für Homogenität; das ist eins der am wenigsten beobachteten Bedürfnisse der menschlichen Natur; es führt die alten Jungfern dazu, sich nur mit alten Dingen zu umgeben. So geschah es, daß diese entzückende Piemontesin der neuesten, der modernsten Dinge bedurfte, alles dessen, was die Händler an Zierlichem führten, geschmeidige Stoffe, Seide, Schmuckwerk, leichte, gebrechliche Möbelstücke, schönes Porzellan. Sie verlangte nichts. Nur wenn es zu wählen galt, wenn Castanier sie fragte: »Welches willst du?«, dann antwortete sie: »Dies hier ist besser!« Liebe, die knausert, ist niemals wahre Liebe. So nahm denn Castanier stets das Beste. Und da nun einmal anerkannt war, daß alles zueinander passen solle, war es erforderlich, daß in diesem Hausstand alles harmonierte. So ging es mit der Wäsche, dem Tischsilber und dem mannigfachen Zubehör eines gepflegten Heims, der Küchenausstattung, dem Kristall, weiß der Teufel, womit sonst noch! Obgleich Castanier, einer bekannten Redensart entsprechend, alles schlicht haben wollte, geriet er fortgesetzt tiefer in Schulden. Stets erforderte ein Ding das andere. Eine Stutzuhr verlangte nach zwei Armleuchtern. Der geschmückte Kaminsims bedingte die Kaminecke. Die Draperien, die Wandbespannungen waren zu neu, als daß man sie durch den Rauch schwarz werden lassen durfte; also mußte ein eleganter Rauchabzug eingebaut werden, wie er unlängst von im Voraussagen geschickten Leuten erfunden worden war; sie hatten eine Vorrichtung versprochen, die dem Rauch den Garaus machte. Ferner fand Aquilina es so hübsch, barfuß über den Teppich ihres Schlafzimmers zu laufen, daß Castanier überall Teppiche legen ließ, um mit Naqui umherzutollen; schließlich ließ er ihr sogar ein Badezimmer bauen, nur, damit sie es noch besser habe. Die Pariser Händler, Handwerker und Fabrikanten verfügen über eine unerhörte Kunstfertigkeit, das Loch zu vergrößern, das ein Mann in seinen Geldbeutel reißt; wenn man sie befragt, wissen sie von nichts den Preis, und der Paroxysmus des Begehrens gibt sich nie mit einem Aufschub zufrieden; so lassen sie sich Aufträge in den Finsternissen eines ungefähren Kostenanschlags geben, alsdann schicken sie niemals Rechnungen und zerren den Käufer in den Wirbel der Lieferungen hinein. Alles ist köstlich und entzückend, jeder ist zufriedengestellt. Ein paar Monate später treten die entgegenkommenden Lieferanten abermals auf den Plan und haben sich in Gesamtforderungen von schauerlicher Dringlichkeit verwandelt; sie brauchen Geld, sie haben dringende Zahlungen zu leisten, sie selber stehen sozusagen vor dem Bankrott, sie schluchzen, so daß man ganz gerührt wird! Dann klafft der Abgrund auf und speit eine Kolonne von Ziffern aus, die in Viererreihen marschieren, während es doch eigentlich harmlose Dreierreihen sein müßten. Ehe Castanier den Gesamtbetrag erfuhr, hatte er gerade seiner Geliebten für jede ihrer Ausfahrten einen ständig bereitstehenden Mietwagen zur Verfügung gestellt, statt sie einfach in eine Droschke steigen zu lassen. Castanier hatte eine feine Zunge und eine ausgezeichnete Köchin; und um ihm zu gefallen, bewirtete Aquilina ihn mit Frühgemüse, mit gastronomischen Seltenheiten, mit erlesenen Weinen, und all das kaufte sie selber ein. Aber da sie selber nichts besaß, erschöpften ihre Geschenke, die so kostbar waren durch die Aufmerksamkeit, den Takt und die Anmut, denen sie entsprangen, periodisch Castaniers Börse; er wollte nun mal nicht, daß seine Naqui ohne Geld dasaß! Die Tafel wurde also zu einem Quell beträchtlicher Ausgaben im Verhältnis zum Vermögen des Kassierers. Der Exdragoner mußte zu kaufmännischen Kniffen greifen, um sich Geld zu verschaffen; denn auf seine Genüsse zu verzichten, das brachte er nicht fertig. Sein Hang zur Frau hätte ihm nicht gestattet, den Launen der Geliebten zu widerstreben. Er gehörte zu den Männern, die, sei es aus Eigenliebe, sei es aus Schwäche, einer Frau nichts abschlagen können und die eine so heftige falsche Scham empfinden, zu sagen: »Ich kann nicht ... Meine Mittel erlauben mir nicht ... Ich habe kein Geld«, daß sie sich lieber zugrunde richten. Als Castanier sich also eines Tages in der Tiefe eines Abgrunds sah; als er erkannte, daß er, um wieder herauszukommen, sich von dieser Frau loslösen und von Brot und Wasser leben müsse, um sich seiner Schulden zu entledigen, hatte er sich so sehr an diese Frau und an dieses Leben gewöhnt, daß er seine Reformpläne jeden Morgen vertagte. Die Umstände trieben ihn dazu, zunächst Darlehen aufzunehmen. Seine Stellung, seine Vergangenheit hatten ihm ein Vertrauen eingetragen, das er ausnutzte; er kombinierte ein Leihsystem, das im Verhältnis zu seinen Bedürfnissen stand. Um dann die Summen zu vertuschen, zu denen seine Schulden rasch angewachsen waren, nahm er seine Zuflucht zu dem, was im Geschäftsleben als »Gefälligkeitswechsel« bezeichnet wird. Dabei handelt es sich um Wechsel, die weder Waren noch gelieferte pekuniäre Werte repräsentieren und die der erste Indossant für den gefälligen Unterzeichner bezahlt; es ist das eine Art geduldeter Fälschung, weil es unmöglich ist, sie festzustellen, und weil überdies dieser fantastische Betrug nur bei Nichteinlösung zu einem wirklichen wird. Kurzum, als Castanier sich außerstande sah, seine finanziellen Manöver fortzusetzen, sei es durch das Anwachsen des Kapitals, sei es durch die ungeheuerliche Höhe der Zinsen, hätte er sich seinen Gläubigern gegenüber als bankrott erklären müssen. An dem Tag, da er der Ehrlosigkeit anheimzufallen drohte, zog Castanier den betrügerischen Bankrott dem einfachen, das Verbrechen dem Vergehen vor. Er beschloß, das Vertrauen in bare Münze umzuwandeln, das ihm seine tatsächlich bezeigte Redlichkeit eingetragen hatte, und die Zahl seiner Gläubiger dadurch zu erhöhen, daß er sich, wie der berühmte Kassierer des Kronschatzes[11], die Summe lieh, die erforderlich war, um den Rest seiner Tage glücklich im Ausland zu verleben. Dabei war er zu Werke gegangen, wie der Leser erfahren hat. Aquilina ahnte nichts von den Nöten dieses Lebens; sie genoß es, wie viele Frauen, ohne sich groß zu fragen, woher das Geld stamme, gerade wie manche Leute sich nicht fragen, wenn sie ihr goldbraunes Brötchen essen, wie der Weizen wächst; wogegen die Rechenfehler und Mühen der Landwirtschaft hinter dem Ofen der Bäcker stehen, wie unter dem unbemerkten Luxus der meisten Pariser Haushaltungen zermalmende Sorgen und ein Übermaß an Arbeit ruhen.

Zu der Stunde, da Castanier die Martern der Ungewißheit erlitt und über seine Tat nachgrübelte, die sein ganzes Leben änderte, saß Aquilina seelenruhig an ihrem Kamin, lässig in einen großen Sessel gelehnt, und wartete seiner in Gesellschaft ihrer Zofe. Wie alle Zofen, die dergleichen Damen dienen, war Jenny zu ihrer Vertrauten geworden, als sie erkannt hatte, wie unangreifbar die Herrschaft sei, die ihre Herrin über Castanier ausübte.

»Wie fangen wir es heute abend bloß an? Léon will unbedingt kommen«, sagte Madame de La Garde; sie las einen leidenschaftlichen Brief, der auf graues Papier geschrieben worden war.

»Da kommt Monsieur«, sagte Jenny.

Castanier trat ein. Ohne sich aus der Fassung bringen zu lassen, rollte Aquilina das Briefchen zusammen, steckte es in eine ihrer Kaminzangen und verbrannte es.

»So also gehst du mit deinen Liebschaften um?« fragte Castanier.

»Ach, mein Gott, ja«, antwortete Aquilina, »ist das nicht das beste Mittel, sie nicht offenkundig werden zu lassen? Muß überdies Glut nicht zu Glut kommen, wie das Wasser zum Fluß?«

»Du redest, Naqui, als sei es wirklich ein Liebesbrief gewesen.«

»Ja, bin ich etwa nicht hübsch genug, um welche zu bekommen?« fragte sie und hielt Castanier die Stirn mit einer Gleichgültigkeit hin, die einem weniger verblendeten Mann gezeigt hätte, daß sie gewissermaßen eine eheliche Pflicht erfüllte, wenn sie dem Kassierer eine Freude machte. Aber Castanier war zu einem Grad der von der Gewohnheit eingeflößten Leidenschaft gelangt, der nicht zuließ, daß er etwas merkte.

»Ich habe heute abend eine Loge im Gymnase[12]«, fuhr er fort; »laß uns also beizeiten essen, damit wir es in aller Ruhe tun können.«

»Geh doch mit Jenny hin. Mich langweilt das Schauspiel. Ich weiß nicht, was heute abend mit mir los ist; ich bleibe lieber am Kamin sitzen.«

»Komm trotzdem mit, Naqui; ich werde dich nicht mehr lange mit meiner Wenigkeit langweilen. Ja, Quiqui, ich verreise heute abend, und es wird einige Zeit dauern, bis ich wiederkomme. Ich lasse dich als Herrin über alles hier. Bewahrst du mir dein Herz?«

»Weder das Herz noch was anderes«, sagte sie. »Aber wenn du zurückkommst, ist Naqui für dich wieder Naqui.«

»Na, das nenne ich Offenherzigkeit. Du kämest also nicht mit mir?«

»Nein.«

»Und warum nicht?«

»Ja«, antwortete sie lächelnd, »kann ich denn einen Liebhaber verlassen, der mir so reizende Liebesbriefe schreibt?«

Und sie deutete mit einer halb spöttischen Handbewegung auf das verbrannte Papier.

»Dann stimmt es also?« fragte Castanier. »Hast du wirklich einen Liebhaber?«

»Na, hör mal!« entgegnete Aquilina, »du hast dich wohl niemals ernsthaft im Spiegel beschaut, mein Lieber! Erstens bist du fünfzig! Und zweitens hast du ein Gesicht, das man auf den Stand einer Gemüsefrau stellen könnte; niemand würde sie Lügen strafen, wenn sie es als Riesenkürbis feilböte. Wenn du die Treppe hinaufsteigst, schnaufst du wie eine Robbe. Dein Bauch bewegt sich hin und her wie ein Brillant auf dem Kopf einer Frau! Du magst getrost bei den Dragonern gedient haben, jetzt bist du alt und ungemein häßlich. Bei allem, was mir heilig ist, wenn du dir meine Achtung erhalten willst, rate ich dir nicht, allen diesen Eigenheiten auch noch die Albernheit beizufügen, du glaubtest, ein Mädchen wie ich könne sich damit abgeben, deine asthmatische Liebe durch die Blüte einer liebreizenden Jugend zu temperieren.«

»Das soll doch wohl ein Witz sein, Aquilina?«

»Machst *du* etwa keine Witze? Hältst du mich für nicht gescheit, daß du mir deine Abreise verkündest? – ›Ich verreise heute abend‹«, sagte sie und ahmte seinen Tonfall nach. »Du Langweiler, würdest du so reden, wenn du deiner Naqui tatsächlich den Rücken kehren wolltest? Du würdest heulen wie ein Schloßhund, und das bist du ja im Grunde.«

»Also kurz und gut, wenn ich verreise, kommst du dann mit?« fragte er.

»Zunächst sag mir mal, ob deine Reise kein schlechter Scherz ist.«

»Ganz im Ernst, ich reise ab.«

»Also dann ganz im Ernst, ich bleibe hier. Glückliche Reise, mein Junge! Ich will auf deine Rückkehr warten. Lieber würde ich aus dem Leben scheiden als mein gutes kleines Paris verlassen.«

»Du möchtest also nicht mit nach Italien, nach Neapel, und dort ein gutes, ganz ruhiges Leben im Luxus mit deinem Dickerchen führen, das schnauft wie eine Robbe?«

»Nein!«

»Wie undankbar du bist!«

»Undankbar?« fragte sie und stand auf. »Ich kann auf der Stelle auf und davon gehen und nichts mitnehmen als mich selber. Dann habe ich dir alles geschenkt, was ein junges Mädchen an Schätzen besitzt, und sogar etwas, das weder dein Blut noch das meine mir zurückzugeben vermöchte. Wenn ich durch irgendein Mittel, beispielsweise wenn ich meine ewige Seligkeit verkaufte, die Unschuld meines Körpers wiedererlangen könnte, wie ich mir vielleicht die meiner Seele zurückerobert habe, und mich rein wie eine Lilie meinem Liebhaber preisgeben, dann würde ich keine Sekunde zögern! Durch welche Aufopferung hast du die meine belohnt? Du hast mir Nahrung und Obdach gegeben, und zwar aus demselben Gefühl heraus, das einen dazu antreibt, einen Hund zu füttern und ihn in einer Hütte unterzubringen, nämlich weil er uns bewacht, weil er unsere Fußtritte in Kauf nimmt, wenn wir schlechter Laune sind, und weil er uns die Hand leckt, sobald wir ihn rufen. Wer von uns beiden ist großherziger gewesen?«

»Aber liebes Kind, merkst du denn nicht, daß ich scherze?« sagte Castanier. »Ich mache eine kleine Reise; sie dauert nicht lange. Aber jetzt kommst du mit mir ins Gymnase; ich fahre gegen Mitternacht ab, und vorher möchte ich mich nett von dir verabschieden.«

»Armes Katerchen, du willst also wirklich fort?« fragte sie ihn und nahm ihn beim Hals, um seinen Kopf an ihre Brüste zu legen.

»Du erstickst mich!« rief Castanier; er hatte die Nase in Aquilinas Busen.

Das gute Kind neigte sich zu Jennys Ohr: »Geh zu Léon und sag ihm, er solle erst um eins kommen; wenn du ihn nicht antriffst und er während der Abschiedsfeier hier ankommt, behältst du ihn in deinem Zimmer. – Also gut und schön«, fuhr sie fort, rückte Castaniers Kopf vor den ihren und verdrehte ihm die Nasenspitze, »los, du schönste aller Robben, ich gehe also heute abend mit dir ins Theater. Aber jetzt laß uns zu Abend essen! Du bekommst was Feines, lauter Dinge, die du magst.«

»Es fällt einem recht schwer«, sagte Castanier, »eine Frau wie dich zu verlassen.«

»Ja, warum fährst du dann weg?« fragte sie ihn.

»Ach, warum! Warum? Um dir das klarzumachen, müßte ich dir Dinge sagen, die dir beweisen würden, daß meine Liebe zu dir bis zum Wahnwitz geht. Du hast mir zwar deine Ehre gegeben, ich aber habe die meine verkauft; also sind wir quitt. Ist das Liebe?«

»Was soll das bedeuten?« fragte sie. »Los, sag mir, wenn ich einen Liebhaber hätte, würdest du mich nach wie vor wie ein Vater lieben; das wäre dann wahre Liebe! Los, sag es sofort, und gib Pfötchen.«

»Umbringen würde ich dich«, sagte Castanier lächelnd.

Sie gingen zu Tisch, und nach dem Essen fuhren sie zum Gymnase. Als das erste Stück zu Ende war, wollte Castanier sich einigen Bekannten zeigen, die er im Zuschauerraum gesehen hatte, um so lange wie möglich jeden Verdacht, er sei geflohen, abzuwenden. Er ließ Madame de La Garde in seiner Loge, die, seinen bescheidenen Lebensgewohnheiten entsprechend, eine Parterre-Loge war, und begann, im Foyer auf und ab zu gehen. Kaum hatte er ein paar Schritte getan, als er Melmoths Gesicht gewahrte; sein Blick löste in Castaniers Eingeweiden wiederum das mit Übelkeit verbundene Brennen und das Entsetzen aus, was beides er bereits zuvor empfunden hatte, und sie standen einander gegenüber.

»Wechselfälscher!« rief der Engländer.

Als Castanier dieses Wort vernahm, schaute er zu den Umhergehenden hin. Er glaubte, in ihren Gesichtern ein mit Neugier gemischtes Erstaunen wahrzunehmen; er wollte sich dieses Engländers auf der Stelle entledigen und hob die Hand, um ihn zu ohrfeigen; aber er spürte, daß eine unbesiegliche Macht ihm den Arm lähmte; sie bemächtigte sich seiner Kraft und nagelte ihn am Boden fest; er ließ den Fremden seinen Arm nehmen, und beide wandelten zusammen im Foyer auf und ab wie zwei Freunde.

»Wer wäre stark genug, um mir Widerstand zu leisten?« fragte ihn der Engländer. »Weißt du denn nicht, daß alles hienieden mir gehorchen muß, daß ich alles vermag? Ich lese in den Herzen, ich blicke in die Zukunft, ich weiß um das Vergangene. Ich bin hier, und ich könnte zugleich anderswo sein! Ich hänge weder von der Zeit noch vom Raum, noch von der Entfernung ab. Die Welt ist meine Dienerin. Ich besitze die Fähigkeit, immer zu genießen und immer Glück zu spenden. Mein Auge durchdringt Mauern, sieht Schätze, und daraus schöpfe ich mit vollen Händen. Auf ein Zeichen meines Haupts entstehen Paläste, und mein Architekt irrt nie. Aus jedem Boden vermag ich Blumen erblühen zu lassen; ich vermag Edelgestein aufzuhäufen, Gold zu stapeln und mir immer neue Frauen zu verschaffen; kurzum, mir beugt sich alles. Ich könnte mit sicherem Gewinn an der Börse spekulieren, wenn der Mann, der das Gold dort zu finden weiß, wo die Geizhälse es verscharren, es nötig hätte, die Börse der andern zu erleichtern. Verspüre doch, du armes, der Schande geweihtes Stück Elend, verspüre doch die Macht der Klaue, die dich hält. Versuche doch, diesen ehernen Arm zu beugen! Dieses Diamantherz zu erweichen! Wage doch, dich von mir zu entfernen! Auch wenn du in den Tiefen der Keller wärst, die sich unter der Seine befinden, würdest du dann meine Stimme nicht vernehmen? Wenn du in die Katakomben hinabstiegest, würdest du mich dort nicht sehen? Meine Stimme überdröhnt die des Donners, meine Augen wetteifern an Helle mit der Sonne, denn ich gleiche *Dem, der das Licht trägt.*« Castanier vernahm diese furchtbaren Worte; nichts in seinem Innern widersprach ihnen, und er schritt neben dem Engländer her, ohne sich von ihm freimachen zu können. – »Du gehörst mir, du hast vorhin ein Verbrechen begangen. So habe ich denn endlich den Gefährten gefunden, nach dem ich suchte. Willst du dein Schicksal wissen? Haha, du rechnetest damit, eine Theateraufführung zu sehen; daran soll es dir nicht fehlen, du sollst ihrer zwei haben. Komm, stell mich Madame de La Garde als einen deiner besten Freunde vor. Bin ich etwa nicht deine letzte Hoffnung?«

Gefolgt von dem Fremden, kam Castanier wieder in seine Loge; er beeilte sich, ihn Madame de La Garde vorzustellen, der Weisung entsprechend, die er zuvor erhalten hatte. Aquilina schien nicht allzu überrascht über Melmoths Erscheinung zu sein. Der Engländer lehnte es ab, auf den Vordersitzen der Loge Platz zu nehmen; er wollte, daß Castanier und seine Geliebte dort verblieben. Der einfachste Wunsch des Engländers war ein Befehl, dem es zu gehorchen galt. Das Stück, das jetzt gespielt werden sollte, war das letzte. Zu jener Zeit gaben die kleinen Theater immer nur drei Stücke. Das Gymnase hatte damals einen Schauspieler, der ihm großen Zulauf sicherte. Perlet[13] sollte in ›Le Comédien d'Etampes‹ spielen, einem Vaudeville, in dem er vier verschiedene Rollen innehatte. Als der Vorhang aufging, streckte der Fremde die Hand nach dem Zuschauerraum hin aus. Castanier stieß einen Schreckensschrei aus, der ihm in der Kehle stekken blieb, deren Innenwände aneinanderklebten; denn Melmoth wies ihn mit dem Finger auf die Bühne und gab ihm zu verstehen, daß er befohlen habe, ein anderes Stück aufzuführen. Der Kassierer erblickte Nucingens Kabinett; sein Chef befand sich darin im Gespräch mit einem höheren Beamten der Polizeipräfektur, der ihm Castaniers Verhalten darlegte und ihm die an der Kasse verübte Unterschlagung, die Wechselfälschung zu seinem Schaden sowie die Flucht seines Kassierers mitteilte. Sogleich wurde eine Klageschrift aufgesetzt, unterzeichnet und dem Staatsanwalt übermittelt. – »Glauben Sie, daß dazu noch Zeit ist?« fragte Nucingen. – »Ja«, antwortete der Beamte, »er sitzt im Gymnase und ist völlig ahnungslos.«

Castanier rutschte auf seinem Sessel hin und her; er wollte weggehen; aber Melmoths auf seiner Schulter lehnende Hand zwang ihn zum Bleiben; das beruhte auf der Auswirkung einer furchtbaren Macht, wie wir sie bei Alpdruckträumen verspüren. Dieser Mann war der verkörperte Alpdruck; er lastete auf Castanier wie eine vergiftete Atmosphäre. Als der arme Kassierer sich umdrehte und dem Engländer einen flehenden Blick zuwarf, begegnete er glühenden Augen, die elektrische Ströme ausspieen, gewissermaßen metallene Spitzen, von denen Castanier sich durchstochen fühlte, von vorn bis hinten durchbohrt und festgenagelt.

»Was habe ich dir getan?« fragte er in seiner Niedergeschlagenheit und keuchte wie ein Hirsch am Rand eines Brunnens. »Was willst du von mir?«

»Willst du wohl hinsehen?« rief ihm Melmoth zu.

Castanier sah hin, was auf der Bühne vor sich ging. Das Bühnenbild war geändert worden, das Schauspiel war zu Ende, Castanier sah auf der Bühne sich selber, wie er mit Aquilina aus dem Wagen stieg; doch als er gerade den Hof seines Hauses in der Rue Richer betrat, wandelte das Bühnenbild sich plötzlich abermals und stellte das Innere seiner Wohnung dar. Im Schlafzimmer ihrer Herrin plauderte Jenny am Kamin mit einem Unteroffizier eines in Paris in Garnison liegenden Linienregiments. – »Er reist weg«, sagte der Unteroffizier, der einer wohlhabenden Familie anzugehören schien. »Also kann ich in aller Behaglichkeit glücklich sein. Ich habe Aquilina viel zu lieb, als daß ich dulden könnte, daß sie diesem alten Frosch angehört! Ich selber will Madame de La Garde heiraten!« rief der Unteroffizier.

»Alter Frosch!« dachte Castanier schmerzlich.

»Da kommen Monsieur und Madame, verstecken Sie sich! Hier, stellen Sie sich dahin, Monsieur Léon«, sagte Jenny. »Monsieur wird nicht lange bleiben.« Castanier sah, wie der Unteroffizier sich im Toilette-Kabinett hinter Aquilinas Kleidern versteckte. Bald betrat Castanier selber die Bühne und verabschiedete sich von seiner Geliebten, die sich in ihren »Beiseite-Bemerkungen« zu Jenny über ihn lustig machte, während sie ihm gleichzeitig die süßesten und zärtlichsten Worte sagte. Nach der einen Seite hin weinte, nach der andern hin lachte sie. Die Zuschauer ließen die Couplets wiederholen.

»Verdammtes Weibstück!« rief Castanier in seiner Loge.

Aquilina lachte Tränen und rief aus: »Mein Gott, wie komisch ist Perlet als Engländerin! Was, ihr allein im ganzen Zuschauerraum lacht nicht? Lach doch, mein Katerchen!« sagte sie zu dem Kassierer.

Melmoth fing auf eine Weise an zu lachen, daß es den Kassierer eiskalt überlief. Dieses englische Lachen verdrehte ihm die Eingeweide und wühlte in seinem Gehirn, als trepaniere ihn ein Chirurg mit einem glühenden Eisen.

»Sie lachen, sie lachen«, sagte Castanier verkrampft.

Anstatt jetzt die verschämte Lady zu sehen, die Perlet so hinreißend komisch darstellte und deren anglo-französische Redeweise den ganzen Zuschauerraum vor Lachen platzen ließ, sah der Kassierer sich die Rue Richer entlang flüchten, auf dem Boulevard in eine Droschke steigen und für die Fahrt nach Versailles verhandeln. Abermals änderte sich das Bühnenbild. Er erkannte an der Ecke der Rue de l'Orangerie und der Rue des Récollets[14] die kleine Winkelherberge, die sein ehemaliger Wachtmeister leitete. Es war zwei Uhr morgens, tiefste Stille herrschte, keiner spähte ihm nach, sein Wagen war mit Postpferden bespannt und kam von einem Haus in der Avenue de Paris, wo ein Engländer wohnte, für den der Wagen bestellt worden war, um allen Verdacht abzulenken. Castanier hatte seine Wertpapiere und seine Pässe bei sich, er stieg in den Wagen, er fuhr ab. Aber an der Stadtzollschranke gewahrte er Gendarmen zu Fuß, die auf den Wagen warteten. Er wollte einen grausigen Schrei ausstoßen; Melmoths Blick unterdrückte ihn.

»Sieh nur immer hin und verhalt dich still!« sagte der Engländer.

Im Handumdrehen sah Castanier sich in der Conciergerie ins Gefängnis geworfen. Und dann, im fünften Akt dieses ›Der Kassierer‹ betitelten Dramas, drei Monate später, sah er sich das Schwurgericht verlassen, zu zwanzig Jahren Zuchthaus verurteilt. Wiederum stieß er einen Schrei aus, als er sich auf dem Platz vor dem Justizpalast an den Pranger gestellt sah und vom glühenden Eisen des Henkers gebrandmarkt wurde. Endlich, in der letzten Szene, befand er sich im Hof von Bicêtre, unter sechzig anderen Sträflingen, und wartete, daß auch ihm die Eisenfesseln angeschmiedet wurden.

»Mein Gott, ich kann nicht mehr vor Lachen«, sagte Aquilina. »Du bist recht düster, mein Katerchen, was hast du denn? Jener Herr ist nicht mehr da.«

»Zwei Worte, Castanier«, sagte Melmoth zu ihm, als das Stück aus war und Madame de La Garde sich von der Logenschließerin den Mantel umlegen ließ.

Der Korridor war gedrängt voll, jede Flucht unmöglich.

»Also, was gibt es?«

»Keine menschliche Macht kann dich daran hindern, Aquilina heimzugeleiten, nach Versailles zu fahren und dort verhaftet zu werden.«

»Warum?«

»Weil der Arm, der dich festhält«, sagte der Engländer, »dich schwerlich loslassen wird.« Nur zu gern hätte Castanier ein paar Worte aussprechen wollen, um sich selber auszulöschen und im Höllenschlund zu verschwinden.

»Wenn Satan deine Seele von dir forderte, würdest du sie nicht hingeben im Austausch gegen eine Macht, die derjenigen Gottes gliche? Mit einem einzigen Wort könntest du der Kasse des Barons Nucingen die fünfhunderttausend Francs zurückerstatten, die du ihr entnommen hast. Dann zerrissest du den Kreditbrief, und jede Spur des Verbrechens wäre beseitigt. Mit einem Wort, du würdest Gold in Hülle und Fülle haben. Du glaubst an so gut wie nichts, nicht wahr? Na, gut! Wenn all dieses eintritt, wirst du wenigstens an den Teufel glauben.«

»Wenn das möglich wäre!« sagte Castanier voller Freude.

»Der es vollbringen kann«, sagte der Engländer, »versichert es dir.«

Als Castanier, Madame de La Garde und Melmoth auf dem Boulevard waren, streckte der letztere den Arm aus. Es fiel um diese Stunde ein feiner Regen, der Boden war schmutzig, die Luft dicht und der Himmel schwarz. Sobald jener Mann den Arm ausgestreckt hatte, leuchtete die Sonne auf Paris nieder. Castanier war, als sei es heller Mittag, wie an einem schönen Julitage. Die Bäume waren voll belaubt, und die sonntäglich gekleideten Pariser bewegten sich in zwei fröhlichen Reihen. Die Lakritzenwasserverkäufer riefen: »Was zu trinken! Kühl und frisch!« Equipagen erglänzten, als sie über die Fahrbahn rollten. Der Kassierer stieß einen Entsetzensschrei aus. Auf diesen Schrei hin wurde der Boulevard wieder feucht und dunkel. Madame de La Garde war in den Wagen gestiegen.

»So beeil dich doch, mein Lieber«, sagte sie, »komm oder bleib da. Wahrhaftig, heute abend bist du langweilig wie der Regen, der niederfällt.«

»Was gilt es zu tun?« fragte Castanier Melmoth.

»Willst du an meine Stelle treten?« fragte der Engländer.

»Ja.«

»Gut. In ein paar Augenblicken bin ich in deiner Wohnung.«

»Hör mal, Castanier, du bist nicht wie sonst«, sagte Aquilina zu ihm. »Du sinnst über irgendeinen üblen Streich nach; während der Theateraufführung warst du viel zu düster und viel zu nachdenklich. Lieber Freund, brauchst du etwas, das ich dir geben könnte? Sprich.«

»Um zu wissen, ob du mich liebst, will ich warten, bis wir daheim sind.«

»Es lohnt nicht, zu warten«, sagte sie und warf sich ihm um den Hals, »da!«

Sie küßte ihn dem Anschein nach höchst leidenschaftlich und erwies ihm Liebkosungen, die bei solcherlei Kreaturen zum Beruf gehören, wie das auf der Bühne Geschehende bei Schauspielerinnen.

»Woher kommt diese Musik?« fragte Castanier.

»Na, aber, jetzt hörst du auch schon Musik.«

»Himmlische Musik!« entgegnete er. »Man könnte meinen, die Klänge kämen von oben.«

»Nanu? Du, der du mir immer eine Loge in der italienischen Oper abgeschlagen und behauptet hast, du könntest Musik nicht leiden, bist mit einemmal ein Musiknarr? Du bist ja verrückt! Deine Musik ist in deinem Schädel drin, du alter verschrobener Kerl!« sagte sie, nahm seinen Kopf und ließ ihn an ihrer Schulter hin und her rollen. »Sag mal, Papa, meinst du etwa, die Wagenräder sängen?«

»Hörst du es denn nicht, Naqui? Wenn die Engel für den lieben Gott musizieren, kann es nur so klingen wie die Musik, deren Akkorde ebenso durch alle Poren wie durch die Ohren in mich einströmen; ich weiß nicht, wie ich es dir beschreiben soll, es ist süß wie Honigseim!«

»Ganz bestimmt wird für den lieben Gott Musik gemacht; die Engel werden doch immer mit Harfen abgebildet. – Mein Ehrenwort, er ist verrückt«, dachte sie, als sie Castanier in der Haltung eines Opiumessers im Rausch erblickte.

Sie waren angelangt. Castanier war völlig im Bann alles dessen, was er zuvor gesehen und gehört hatte; er wußte nicht, ob er glauben oder zweifeln solle, er schwankte wie ein Trunkener, ein der Vernunft Beraubter. Im Schlafzimmer Aquilinas, in das er, von seiner Geliebten gestützt, vom Pförtner und von Jenny getragen worden war, kam er wieder zu sich; beim Verlassen seines Wagens war er nämlich ohnmächtig geworden.

»Ihr Freunde, ihr Freunde, ›er‹ wird kommen«, sagte er und

ließ sich mit einer verzweifelten Bewegung in seine Bergère[15] am Kamin sinken.

In diesem Augenblick hörte Jenny die Türschelle; sie ging öffnen und meldete den Engländer, wobei sie sagte, es sei ein Herr, mit dem Castanier verabredet sei. Unvermittelt erschien Melmoth. Große Stille entstand. Er blickte den Portier an, und der Portier verschwand. Er blickte Jenny an, und Jenny verschwand.

»Madame«, sagte Melmoth zu der Kurtisane, »erlauben Sie uns, ein Geschäft abzuschließen, das keinen Aufschub duldet.«

Er nahm Castanier bei der Hand, und Castanier stand auf. Alle beide gingen ins Wohnzimmer, das unbeleuchtet blieb, denn Melmoths Auge erhellte die dichteste Finsternis. Aquilina, von dem seltsamen Blick des Unbekannten wie behext, blieb kraftlos zurück; sie war außerstande, an ihren Liebhaber zu denken, den sie überdies bei ihrer Zofe eingeschlossen glaubte, während doch die ob der schnellen Heimkehr Castaniers verdutzte Jenny ihn im Toilette-Kabinett versteckt hatte, gerade wie in der Szene des für Melmoth und sein Opfer gespielten Dramas. Die Wohnungstür wurde mit Nachdruck geschlossen, und bald kam Castanier wieder zum Vorschein.

»Was hast du?« rief ihm seine von Entsetzen geschlagene Geliebte entgegen.

Die Physiognomie des Kassierers hatte sich verändert. Seine rote Gesichtsfarbe war der befremdlichen Blässe gewichen, die den Fremden so unheimlich und kalt hatte erscheinen lassen. Seine Augen strahlten ein düsteres Glühen aus, das durch unerträglichen Glanz wehtat. Seine biedere Haltung war despotisch und stolz geworden. Die Kurtisane fand, daß Castanier magerer geworden sei; seine Stirn dünkte sie auf eine majestätische Weise grausig, und der Dragoner strömte einen furchtbaren Einfluß aus, der auf den andern lastete wie eine drückende Atmosphäre. Eine Weile fühlte Aquilina sich beklommen.

»Was ist innerhalb so kurzer Zeit zwischen dir und diesem diabolischen Mann geschehen?« fragte sie.

»Ich habe ihm meine Seele verkauft. Ich fühle es, ich bin nicht mehr derselbe. Er hat mein Wesen genommen und mir das seine gegeben.«

»Wieso denn?«

»Davon würdest du nichts begreifen. Ha!« sagte Castanier kalt, »er hat recht gehabt, dieser Satan! Ich sehe alles und weiß alles. Du hast mich betrogen.«

Diese Worte ließen Aquilina zu Eis erstarren. Castanier steckte eine Kerze an und ging in das Toilette-Kabinett; das arme, verblüffte Mädchen folgte ihm dorthin, und ihr Erstaunen war groß, als Castanier die am Ständer aufgehängten Kleider beiseite schob und den Unteroffizier entdeckte.

»Kommen Sie, mein Lieber«, sagte er zu ihm, nahm Léon beim Knopf seines Waffenrocks und führte ihn ins Schlafzimmer.

Die erbleichte, bestürzte Piemontesin hatte sich in ihren Sessel geworfen. Castanier setzte sich auf die Causeuse am Kamin; Aquilinas Liebhaber ließ er stehen bleiben.

»Sie sind ein ehemaliger Offizier«, sagte Léon, »ich bin bereit, Ihnen Genugtuung zu geben.«

»Sie sind eine Null«, antwortete Castanier trocken. »Ich brauche mich nicht mehr zu duellieren; ich kann, wenn ich will, mit einem Blick töten. Jetzt werde ich Ihnen sagen, was Ihnen bevorsteht, mein Junge. Warum sollte ich Sie umbringen? Wie ich sehe, haben Sie eine rote Linie um den Hals. Die Guillotine wartet Ihrer. Ja, Sie sterben auf der Place de Grève[16]. Sie gehören dem Henker, nichts kann Sie retten. Sie gehören einer Venta der Carbonari[17] an. Sie konspirieren gegen die Regierung.«

»Davon hast du nichts gesagt!« rief die Piemontesin Léon zu.

»Sie wissen also nicht«, sprach der Kassierer ruhig weiter, »daß der Minister heute morgen beschlossen hat, Ihre Vereinigung zu verfolgen? Der Generalstaatsanwalt kennt Ihre Namen. Sie sind durch Verräter denunziert worden. Gegenwärtig wird daran gearbeitet, die Hauptpunkte der Anklageschrift gegen Sie vorzubereiten.«

»Dann hast *du* ihn also verraten . . .?« fragte Aquilina, stieß ein Löwinnengebrüll aus und sprang auf, um Castanier zu zerreißen.

»Du kennst mich zu gut, um das zu glauben«, antwortete Castanier mit einer Kaltblütigkeit, die seine Geliebte versteinte.

»Wie kommt es, daß du es weißt?«

»Ich hatte es nicht gewußt, ehe ich ins Wohnzimmer ging; jetzt jedoch sehe ich alles, weiß ich alles, kann ich alles.«

Der Unteroffizier war verblüfft.

»Ja, aber dann rette ihn doch, liebster Freund!« rief das Mädchen und warf sich vor Castanier auf die Knie. »Rette ihn, wenn du alles kannst! Ich will dich lieben, ich will dich vergöttern, deine Sklavin will ich sein statt deiner Geliebten. Ich will mich deinen zügellosesten Einfällen unterwerfen, du kannst mit mir machen, was du willst. Ja, ich will dir mehr als Liebe bezeigen; ich will die Anhänglichkeit einer Tochter für ihren Vater aufbringen, und dazu die einer ... aber ... versteh doch, Rodolphe! Mit einem Wort, so heftig auch mein Liebesdrang sein möge, ich will stets dir gehören! Was könnte ich sagen, um dich zu rühren? Ich will mir Liebesspiele ausdenken ... Ich ... Mein Gott! Hör doch, wenn du etwas von mir verlangst, etwa, daß ich aus dem Fenster springe, dann brauchst du mir bloß zu sagen: ›Léon!‹ Dann würde ich mich der Hölle überantworten, dann würde ich alle Martern auf mich nehmen, alle Krankheiten, allen Kummer, alles, was du mir auferlegst!«

Castanier blieb kalt. Statt jeder Antwort zeigte er auf Léon und sagte mit einem Satanslachen: »Die Guillotine wartet seiner.«

»Nein, er darf nicht von hier fortgehen, ich will ihn retten«, rief sie. »Ja, wer ihn anrührt, den bringe ich um! Warum willst du ihn nicht retten?« rief sie mit einer Stimme, die gewissermaßen funkelte, glühenden Auges und wirren Haars. »Könntest du es?«

»Ich kann alles.«

»Warum rettest du ihn nicht?«

»Warum?« rief Castanier, dessen Stimme so dröhnte, daß die Bodendielen bebten. »Haha! Ich räche mich! Es ist mein Gewerbe, Böses zu tun.«

»Sterben«, entgegnete Aquilina, »er, mein Geliebter, ist das möglich?«

Sie sprang zu ihrer Kommode hin, ergriff ein Stilett, das in einem Körbchen lag, und trat auf Castanier zu; er fing an zu lachen.

»Du weißt doch, daß kein Eisen mich erreichen kann.«

Aquilinas Arm entspannte sich wie eine jäh durchschnittene Harfensaite.

»Gehen Sie, lieber Freund«, sagte der Kassierer und drehte sich nach dem Unteroffizier um; »erledigen Sie Ihre Angelegenheiten.«

Er streckte die Hand aus, und der Soldat war gezwungen, der überlegenen Macht zu gehorchen, die Castanier entfaltete.

»Ich bin hier zu Hause, ich könnte den Polizeikommissar holen lassen und ihm einen Mann ausliefern, der in meine Wohnung eingedrungen ist; aber ich ziehe es vor, Ihnen die Freiheit wiederzugeben; ich bin ein Dämon, ich bin kein Spitzel.«

»Ich gehe mit ihm«, sagte Aquilina.

»Tu das«, sagte Castanier. »Jenny?«

Jenny erschien.

»Schicken Sie den Pförtner los, daß er den beiden eine Droschke holt.«

»Da, Naqui«, sagte Castanier und zog ein Bündel Banknoten aus der Tasche, »du sollst nicht wie eine Ausgestoßene von einem Manne weggehen, der dich noch immer liebt.«

Er reichte ihr dreihunderttausend Francs; Aquilina nahm sie, warf sie zu Boden, spuckte darauf und zertrat sie in der Wut der Verzweiflung mit den Füßen, wobei sie zu ihm sagte: »Wir verlassen zu Fuß das Haus und nehmen keinen Sou von dir an. Du bleibst hier, Jenny.«

»Guten Abend!« sagte der Kassierer und raffte sein Geld wieder zusammen. »Ich selber bin von der Reise zurück. – Jenny«, sagte er und blickte die sprachlose Zofe an, »du scheinst mir ein wackeres Mädchen zu sein. Du bist jetzt ohne Herrin, komm mal her ...! Für heute abend sollst du einen Herrn haben.«

Aquilina, die alledem mißtraute, begab sich schleunigst mit dem Unteroffizier zu einer ihrer Freundinnen. Aber Léon hatte den Argwohn der Polizei auf sich gezogen; sie ließ ihn überall verfolgen, wohin er sich auch wenden mochte. Deswegen wurde er einige Zeit danach mit seinen drei Freunden verhaftet[18], wie die Zeitungen jener Zeit berichteten.

Der Kassierer fühlte sich geistig-seelisch wie körperlich vollkommen verwandelt. Der Castanier, der nacheinander Kind, Jüngling, Verliebter, Offizier, tapfer, betrogen, verheiratet, ernüchtert, Kassierer, von Leidenschaft Besessener und Verbrecher aus Liebe gewesen war, existierte nicht mehr. Seine innere Form war aus den Fugen geraten. Innerhalb eines Augenblicks hatte sein Schädel sich ausgedehnt, hatten seine Sinne sich geschärft. Sein Denken umspannte die Welt; er sah darin die Dinge, als sei er in eine ungeheure Höhe versetzt worden. Ehe er ins Theater gegangen war, hatte er für Aquilina die unsinnigste Leidenschaft empfunden; lieber, als auf sie zu verzichten, hätte er ihren Treulosigkeiten gegenüber die Augen zugedrückt; dieses blinde Gefühl nun aber hatte sich verflüchtigt, wie eine Wolke unter den Strahlen der Sonne zerschmilzt. Jenny war glücklich, die Nachfolgerin ihrer Herrin geworden zu sein und deren Vermögen zu besitzen; sie tat alles, was der Kassierer wollte. Doch Castanier, der die Macht besaß, in den Seelen zu lesen, entdeckte den wahren Grund dieser rein körperlichen Ergebenheit. Daher ergötzte er sich an diesem Mädchen mit der boshaften Gier eines Kindes, das, wenn es den Saft einer Kirsche ausgepreßt hat, den Stein wegwirft. Als sie sich am nächsten Morgen beim Frühstück für eine Dame und die Herrin des Hauses hielt, wiederholte Castanier ihr Wort für Wort und Gedanke für Gedanke alles, was sie dachte, während sie ihren Kaffee trank.

»Weißt du, was du denkst, Kleines?« sagte er lächelnd zu ihr. »Folgendes: ›Diese schönen Möbel aus Palisanderholz, die ich mir so sehr gewünscht hatte, und diese schönen Kleider, die ich anprobiert habe, gehören nun also mir! All das hat mich nur Dummheiten gekostet, die Madame ihm abschlug, ohne daß ich wüßte, warum. Du lieber Himmel, um im Wagen zu fahren, Schmuck zu haben, im Theater in einer Loge zu sitzen und mir Zinsen zu schaffen, würde ich ihm Liebeslüste spenden, daß er daran krepiert, wenn er nicht stark wie ein Türke ist. Solch einen Mann habe ich noch nicht erlebt! – Habe ich recht?« fuhr er mit einer Stimme fort, die Jenny erbleichen ließ. »Gut, also ja; aber das würdest du nicht fertigbringen, Mädchen, und also geschieht es zu deinem Besten, wenn ich dir den Laufpaß gebe; du würdest dich zu Tode rackern. Komm, laß uns als gute Freunde scheiden.«

Und so verabschiedete er sie kaltlächelnd und schenkte ihr nur eine recht geringe Summe.

Der erste Gebrauch, den Castanier von der schrecklichen, soeben um den Preis seiner ewigen Glückseligkeit erkauften Macht zu machen sich gelobt hatte, war die volle und gänzliche Befriedigung aller seiner Neigungen. Nachdem er seine geschäftlichen Angelegenheiten geordnet und, was ihm nicht schwergefallen war, Monsieur de Nucingen, der ihm als Nachfolger einen biederen Deutschen gab, seine Abrechnungen erstattet hatte, verlangte es ihn nach einem der schönen Tage des römischen Kaiserreichs würdigen Bacchanal, und er stürzte sich verzweifelt hinein wie Belsazar in sein letztes Festmahl. Aber wie Belsazar sah er deutlich eine Hand voller Licht, die ihm inmitten seiner Freuden sein Urteil schrieb, nicht auf die engen Wände eines Saals, sondern auf die ungeheuren Gefilde, auf denen sich der Regenbogen abzeichnet. Sein Festmahl war im Grunde keine auf die Grenzen eines Banketts beschränkte Orgie, sondern eine Verschwendung aller Kräfte und aller Genüsse. Die Tafel war gewissermaßen die Erde selber, und er fühlte sie unter seinen Füßen zittern. Es war das letzte Fest eines Vergeuders, der mit nichts mehr spart. Da er mit vollen Händen aus dem Schatz der menschlichen Wollüste schöpfte, deren Schüssel der Dämon ihm eingehändigt hatte, gelangte er rasch auf dessen Grund. Die ungeheure, in Blitzesschnelle übernommene Macht wurde in Blitzesschnelle ausgeübt, beurteilt, verbraucht. Was alles war, wurde nichts. Es geschieht oftmals, daß der Besitz die schönsten Erdichtungen des Begehrens tötet, dessen Träumen der Gegenstand, den man besitzt, nur selten entspricht. Dieser traurige Ausgang einiger Liebesleidenschaften war dasjenige, was hinter Melmoths Allmacht verborgen lag. Plötzlich wurde die Nichtigkeit der menschlichen Natur seinem Nachfolger enthüllt; die höchste Macht hatte ihm als Mitgift das Nichts eingebracht. Um die absonderliche Lage, in der Castanier sich befand, gut zu verstehen, müßte man mittels des Denkens die schnellen Umwälzungen abschätzen und begreifen können, von wie kurzer Dauer sie waren, und es ist schwierig, davon denjenigen eine Vorstellung zu geben, die Gefangene der Gesetze der Zeit, des Raums und der Entfernungen sind. Seine gesteigerten Fähigkeiten hatten die Beziehungen gewandelt, die ehedem zwischen der Welt und ihm bestanden hatten. Gleich Melmoth konnte Castanier innerhalb einiger Augenblicke in den lachenden Tälern Hindustans sein, auf Dämonenflügeln die Wüsten Afrikas durchschweifen und über die Meere hingleiten. Gerade wie seine Hellsicht ihn alles im selben Augenblick durchdringen ließ, da sein Blick sich auf einen materiellen Gegenstand richtete oder in das Denken anderer eintauchte, geradeso kostete seine Zunge sozusagen alle Genüsse mit einem Schlage zugleich. Seine Lust glich dem Axthieb des Despotismus, der den Baum fällt, um an die Früchte zu gelangen. Die Übergänge, die Verlegenheiten der Wahl, die der Freude, dem Leid Maß leihen, gab es für ihn nicht mehr. Sein über alle Begriffe empfindlich gewordener Gaumen war plötzlich übersättigt, nun er alles auskosten konnte. Die Frauen und die erlesenen Speisen waren von dem Augenblick an, da er sie so genießen konnte, daß er über die Lust hinausgelangte, zwei so völlig erschöpfte Freuden, daß er weder zum Essen noch zum Lieben mehr Lust hatte. Er wußte, daß er der Herr und Gebieter aller Frauen sei, die er begehren würde; er wußte sich mit einer Kraft gewappnet, die niemals versagen konnte, und so wollte er keine Frauen mehr; er wußte schon im voraus, daß sie sich seinen zügellosesten Einfällen unterwerfen würden, und so empfand er einen schauerlichen Durst nach Liebe und wünschte sie sich mehr zur Liebe befähigt, als sie es sein konnten. Allein das einzige, was das Diesseits ihm versagte, waren der Glaube und das Gebet, diese beiden beschwichtigenden, tröstenden Formen der Liebe. Es wurde ihm gehorcht. Das war ein grausiger Zustand. Die tosenden Ströme der Schmerzen, der Lüste und der Gedanken, die sein Leib und seine Seele durchrüttelten, hätten das stärkste Menschenwesen zunichte gemacht; ihm aber wohnte eine Lebenskraft inne, die im rechten Verhältnis zu der Stärke der über ihn hereinbrechenden Empfindungen stand. Er verspürte in seinem Innern etwas Ungeheures, dem die Erde nicht mehr genugzutun vermochte. Er verbrachte den Tag damit, seine Flügel zu spreizen; er wollte die leuchtenden Sphären durchqueren, von denen er ein klares, trostloses Vorgefühl hatte. Er verdorrte innerlich, denn er hatte Durst und Hunger auf Dinge, die weder trinkbar noch eßbar waren, die ihn jedoch unwiderstehlich verlockten. Seine Liebe wurde glühend vor Verlangen, wie es diejenige Melmoths gewesen war, und da er alles kannte, ächzte er nach dem UNBEKANNTEN. Als ihm das Grundprinzip und der Mechanismus der Welt klar wurden, bewunderte er deren Resultate nicht länger und bekundete bald die tiefe Verachtung, die den Menschen überlegen macht wie eine Sphinx, die alles weiß, die alles sieht und eine schweigende Reglosigkeit bewahrt. Er verspürte nicht die mindeste Anwandlung, sein Wissen anderen Menschen mitzuteilen. Da er alle irdischen Reichtümer besaß und die Erde mit einem Sprung überqueren konnte, bedeuteten Reichtum und Macht nichts mehr für ihn. Er empfand die schauerliche Melancholie der höchsten Macht, gegen die Satan und Gott als Heilmittel nur einen Tatendrang besitzen, dessen Geheimnis einzig ihnen gehört. Castanier besaß nicht, wie sein Meister, die unauslöschliche Kraft, zu hassen und Böses zu tun; er fühlte sich als ein böser Geist, aber nur als ein künftiger böser Geist, während Satan für alle Ewigkeit ein böser Geist ist; nichts kann ihn loskaufen, er weiß es, und also gefällt er sich darin, mit seiner dreizinkigen Gabel die Welten umzuwühlen wie einen Misthaufen und dadurch Gottes Pläne zu durchkreuzen. Zu seinem Unglück hatte sich Castanier eine Hoffnung bewahrt. So konnte er unvermittelt, im Handumdrehen, sich von einem Pol zum andern schwingen, wie ein Vogel verzweifelt zwischen den beiden Seiten seines Käfigs hin und her flattert; aber wenn er, wie der Vogel, diesen Sprung vollführt hatte, gewahrte er unermeßliche Raumesweiten. Er hatte vom Unendlichen eine Vision, die ihm nicht mehr gestattete, die menschlichen Dinge zu betrachten wie andere Menschen. Die Wahnwitzigen, die die Macht der Dämonen wünschen, beurteilen diese nach menschlichen Begriffen, ohne vorherzusehen, daß sie zugleich mit der Macht des Dämons dessen Begriffe und Vorstellungen übernehmen, daß sie Menschen bleiben müssen, und zwar inmitten von Wesen, denen sie fortan unverständlich sind. Der noch nicht dagewesene Nero, der davon träumt, zu seiner Unterhaltung Paris in Brand zu stecken, wie man im Theater die fiktive Darstellung einer Feuersbrunst gibt, ahnt nicht, daß Paris dann für ihn wird, was für einen eiligen Wanderer ein Ameisenhaufen am Wegsaum ist. Die Wissenschaften wurden für Castanier, was ein Buchstabenrätsel für den ist, der das Lösungswort kennt. Die Könige, die Regierungen erregten sein Mitleid. Sein Übermaß an Ausschweifungen war also irgendwie ein kläglicher Abschied von seinen menschlichen Daseinsbedingungen. Auf Erden fühlte er sich beengt, denn seine höllische Macht ließ ihn dem Schauspiel der Schöpfung beiwohnen, deren Ursachen und Zweck er mutmaßte. Dadurch, daß er sich von dem ausgeschlossen sah, was die Menschen in all ihren Sprachen als den Himmel bezeichnet haben, konnte er nur noch an den Himmel denken. Jetzt verstand er das Ausgedörrtsein des Inneren, das sich auf dem Antlitz seines Vorgängers ausgedrückt; er ermaß die Reichweite jenes Blicks, in dem eine stets zunichte gewordene Hoffnung geglommen; er verspürte den Durst, der jene roten Lippen verbrannt hatte, und die Ängste eines ständigen Kampfes zwischen zwei vergrößerten Wesenheiten. Er konnte noch ein Engel sein, aber er empfand sich als einen Dämon. Er glich dem sanften Geschöpf, das durch die Böswilligkeit eines Zauberers in einen ungestalten Körper eingeschlossen worden ist und das, da es unter der Glasglocke eines Paktes gefangensitzt, des Willens anderer bedarf, um eine abscheuliche und verabscheute Hülle zu sprengen. Gerade wie ein wahrhaft großer Mensch nach einer Enttäuschung nur desto mehr Eifer bezeigt, im Herzen einer Frau das Unendliche des Gefühls zu suchen, befand Castanier sich plötzlich unter dem lastenden Druck einer einzigen Idee, und ebendiese war vielleicht der Schlüssel zu den höheren Welten. Einzig weil er auf seine ewige Seligkeit verzichtet hatte, dachte er nur noch an die Zukunft derer, die da beten und glauben. Als er aus der Ausschweifung hervorging, bei der er von seiner Macht Besitz ergriffen hatte, verspürte er die Umschlingung durch jene Empfindung; er lernte die Schmerzen kennen, die die frommen Dichter, die Apostel und die großen Weisen des Glaubens uns in so gigantischen Bildern geschildert haben. Durchbohrt von dem Flammenschwert, dessen Spitze er im Rücken fühlte, eilte er zu Melmoths Haus; er wollte sehen, was aus seinem Vorgänger geworden sei. Der Engländer wohnte in der Rue Férou, bei Saint-Sulpice in einem trübseligen, dunklen, feuchten, kalten Stadtpalais. Jene Straße ist nach Norden offen wie alle, die senkrecht zum linken Seineufer abfallen; sie ist eine der traurigsten in ganz Paris, und ihr Charakter wirkt sich auf die sie säumenden Häuser aus. Als Castanier an die Haustür gelangte, sah er, daß sie schwarz verhüllt war; das Eingangsgewölbe war gleichfalls drapiert. In dieser Halle brannten Kerzen wie in einer Trauerkapelle. Es war darin ein Katafalk aufgestellt worden; an jeder Seite stand ein Priester.

»Man braucht Monsieur nicht zu fragen, weshalb er kommt«, sagte eine alte Pförtnerin zu Castanier, »Sie sehen dem armen, lieben Entschlafenen gar zu ähnlich. Wenn Sie sein Bruder sind, dann kommen Sie zu spät, um ihm Lebewohl zu sagen. Der wakkere Edelmann ist vorgestern nacht gestorben.«

»Wie ist er denn gestorben?« fragte Castanier einen der Priester.

»Seien Sie glücklich«, antwortete ihm ein alter Priester und hob die eine Seite der schwarzen Tücher hoch, die die Kapelle bildeten.

Castanier erblickte eins der Gesichter, die der Glaube erhaben macht und aus dessen Poren die Seele hervorzudringen scheint, um auf die anderen Menschen auszustrahlen und sie durch die Gefühle einer beharrlichen Mildtätigkeit zu erwärmen. Jener Mann war Sir John Melmoths Beichtvater.

»Ihr Herr Bruder«, fuhr der Priester fort, »hat ein beneidenswertes Ende gehabt; es hat die Engel erfreuen müssen. Sie wissen ja, welche Freude im Himmel durch die Bekehrung einer sündigen Seele ausgelöst wird. Die Tränen seiner Reue, die die Gnade ihn vergießen ließ, sind geflossen, ohne zu versiegen; einzig der Tod hat ihnen Einhalt gebieten können. In ihm war der Heilige Geist. Seine glühenden, eindringlichen Worte waren des königlichen Propheten[19] würdig. Wenn ich nie im Verlauf meines Lebens eine grausigere Beichte als die dieses irischen Edelmanns vernommen habe, so habe ich auch niemals flammendere Gebete gehört. Wie groß auch seine Sünden gewesen sein mögen, seine Reue hat deren Abgrund sogleich zugeschüttet. Sichtbarlich hat Gott seine Hand über ihn ausgestreckt; denn er ähnelte nicht mehr sich selbst, so sehr ist er auf eine heiligmäßige Weise schön geworden. Sein so strenger Blick hat sich im Weinen gemildert. Seine dröhnende, erschreckende Stimme hat die Milde und Weichheit angenommen, die die Worte Gedemütigter auszeichnen. Er hat durch das, was er sagte, die Zuhörer so sehr erbaut, daß alle, die das Schauspiel dieses christlichen Todes herbeigelockt hatte, sich auf die Knie warfen und lauschten, wie Gott gepriesen, wie von seiner unendlichen Größe gesprochen, wie von himmlischen Dingen geredet wurde. Zwar hinterläßt er seiner Familie nichts; aber sicherlich hat er ihr das höchste Gut erworben, das Familien besitzen können, nämlich eine heilige Seele, die über euch alle wachen, und die euch auf den rechten Weg führen wird.«

Diese Worte übten eine so gewaltige Wirkung auf Castanier aus, daß er mit einer jähen Wendung das Haus verließ und auf die Kirche Saint-Sulpice zuschritt; er gehorchte dabei gewissermaßen dem Schicksal; Melmoths Reue hatte ihn niedergeschmettert. Zu jener Zeit hielt an bestimmten Tagen ein um seiner Beredsamkeit willen berühmter Mann[20] morgens Predigten, deren Ziel es war, die Wahrheiten der katholischen Religion der Jugend dieses Jahrhunderts darzulegen, die durch eine andere, nicht minder beredte Stimme[21] zur Gleichgültigkeit in Glaubensdingen aufgerufen worden war. Um der Bestattung des Irländers willen mußte die Predigt abgekürzt werden. Castanier kam just in dem Augenblick, da der Prediger mit jener anmutigen Salbung, mit jener Eindringlichkeit des Worts, die ihn berühmt gemacht haben, die Beweise für unsere glückliche Zukunft zusammenfassen wollte. Der ehemalige Dragoner, in dessen Haut der Dämon geschlüpft war, befand sich in den erforderlichen Vorbedingungen, um auf fruchtbare Weise den Samen der göttlichen Worte, die der Priester gedeutet hatte, in sich aufzunehmen. Wahrhaftig, wenn es überhaupt ein festgestelltes Phänomen gibt, ist es dann nicht das geistig-seelische Phänomen, das das Volk den »Köhlerglauben« genannt hat? Die Kraft der Gläubigkeit steht in unmittelbarem, ursächlichem Verhältnis zu dem größeren oder geringeren Gebrauch, den der Mensch von seiner Vernunft gemacht hat. Dieser Schar gehören die einfachen Leute und die Soldaten an. Diejenigen, die im Leben unter dem Banner des Instinkts einhergeschritten sind, sind viel geeigneter zum Empfangen der Erleuchtung als diejenigen, deren Geist und Herz in den Spitzfindigkeiten von Welt und Gesellschaft müde geworden sind. Castanier, der dem Süden Entstammende, war von seinem sechzehnten bis beinahe zu seinem vierzigsten Lebensjahr der französischen Fahne gefolgt. Als schlichter Reitersmann, der heute, gestern und morgen zu kämpfen gehabt, hatte er zunächst an sein Pferd und dann erst an sich selber denken dürfen. Während seiner militärischen Lehrzeit hatte er daher wenig Muße gehabt, über das künftige Leben des Menschen nachzugrübeln. Als er Offizier geworden war, hatte er sich mit seinen Mannschaften beschäftigt und war von Schlachtfeld zu Schlachtfeld gezogen, ohne sich jemals darüber Gedanken zu machen, was nach dem Tod geschehen werde. Das Soldatenleben erfordert wenig Gedanken. Die Leute, die außerstande sind, sich zu den hohen Berechnungen aufzuschwingen, die die Belange zwischen den Nationen umfassen, die Pläne der Politik wie die Feldzugspläne, das Wissen des Taktikers und das des hohen Verwaltungsbeamten, diese Leute leben in einem Zustand der Unwissenheit, der nur demjenigen des grobschlächtigsten Bauern in der am wenigsten fortgeschrittenen Provinz Frankreichs vergleichbar ist. Sie rücken vor, gehorchen passiv der Seele, die sie kommandiert, und töten die Menschen, die ihnen gegenüberstehen, wie der Holzfäller in einem Wald Bäume umhaut. Beständig wechseln sie von einem heftig bewegten Zustand, der die Entfaltung körperlicher Kräfte verlangt, in einen Zustand der Ruhe über, in dem sie ihre Verluste ausgleichen. Sie kämpfen und trinken, sie kämpfen und essen, sie kämpfen und schlafen, um hernach noch besser kämpfen zu können. Im Verlauf dieses Wirbels werden die geistigen Qualitäten wenig geübt. Geist und Seele verbleiben in ihrer natürlichen Schlichtheit. Wenn diese auf dem Schlachtfeld so tatkräftigen Männer ins Zivilleben zurückkehren, sind die meisten in niedrigen Rangstufen verblieben, sie haben sich keine Gedanken zugelegt, sind unbefähigt und ohne Weite des Horizonts. So kommt es, daß die junge Generation sich gewundert hat, als sie sah, daß unsere glorreichen, Schrecken einflößenden Armeen in ihrer Intelligenz genauso nichtig waren wie etwa ein Kaufmannslehrling und einfältig wie die Kinder. Ein Hauptmann der blitzschnell dreinschlagenden kaiserlichen Garde ist kaum imstande, die Bezugsgebühren einer Zeitung einzuziehen. Wenn die alten Soldaten nun einmal so sind, so gehorcht ihre vom Nachdenken unberührte Seele den großen Impulsen. Das von Castanier begangene Verbrechen war eine der Taten, die so viele Fragen aufwerfen, daß der Moralist, um sie zu diskutieren, »getrennte Abstimmung« darüber würde fordern müssen, um einen Ausdruck aus der Parlamentssprache zu gebrauchen. Jenes Verbrechen war von der Leidenschaft angeraten worden, von einer der weiblichen Hexenkünste, die auf so grausame Weise unwiderstehlich sind, daß kein Mann zu sagen vermag: »Das werde ich nie und nimmer tun«, sobald eine Sirene in den Kampf eingreifen und dabei ihre Sinnestäuschungen entfalten darf. Das Wort des Lebens fiel also in ein Gewissen, für das die religiösen Wahrheiten etwas Neues waren; die Französische Revolution und das Soldatendasein hatten Castanier sie vernachlässigen lassen. Der furchtbare Ausspruch: »Ihr werdet in der Ewigkeit glücklich oder unglücklich sein!« traf ihn um so heftiger, als er die Möglichkeiten der Erde erschöpft, als er sie geschüttelt hatte wie einen Baum ohne Frucht und als es bei der Allgewalt seiner Wünsche genügt hatte, daß ihm ein Punkt auf Erden oder im Himmel verboten sei, damit er sich gerade mit diesem beschäftigte. Wäre es verstattet, so große Dinge mit den gesellschaftlichen Nichtigkeiten zu vergleichen, so ähnelte er den millionenschweren Bankiers, denen in der Gesellschaft nichts widersteht, die jedoch, da sie in Adelskreisen nicht zugelassen sind, die fixe Idee haben, sich diesen zuzugesellen, und die alle von ihnen erworbenen gesellschaftlichen Vorrechte von dem Augenblick an, da ihnen davon ein einziges mangelt, für nichts erachten. Dieser Mann, der mächtiger war als alle Könige der Erde zusammengenommen, dieser Mann, der, wie Satan, mit Gott selber hätte kämpfen können, stand jetzt da, an einen der Pfeiler der Kirche Saint-Sulpice gelehnt, gebeugt unter der Last eines Gefühls, und vertiefte sich in eine Vorstellung vom künftigen Leben, wie Melmoth selber sich darein versenkt hatte.

»Wie gut ist *er* dran!« rief Castanier. »Er ist in der Gewißheit gestorben, in den Himmel zu kommen.«

Sekundenschnell hatte sich im Denken des Kassierers eine tiefgehende Wandlung vollzogen. Ein paar Tage lang war er der Dämon gewesen; jetzt war er nur noch ein Mensch, ein Abbild des Sündenfalls, von dem in allen Schöpfungsgeschichten berichtet wird. Allein indem er, was die Form betrifft, wieder klein geworden war, hatte er eine Ursache zur Größe erworben; er hatte sich im Unendlichen gestählt. Er verspürte mehr Durst nach dem Himmel, als ihn nach den so rasch erschöpften irdischen Wollüsten gehungert hatte. Die Genüsse, die der Dämon verheißt, sind nur die gesteigerten der Erde, während die himmlischen Wollüste ohne Grenzen sind. Dieser Mann glaubte an Gott. Das Wort, das ihm die Schätze der Welt ausgeliefert hatte, bedeutete ihm nichts mehr; jene Schätze dünkten ihn ebenso verächtlich, wie es Kieselsteine in den Augen derjenigen sind, die eine Schwäche für Diamanten hegen; denn sie kamen ihm im Vergleich zu der Schönheit des Lebens im Jenseits vor wie wertlose Glasperlen. Für ihn war das jener Quelle entstammende Gut verflucht. Er blieb in einen Abgrund der Finsternisse und der unheilverkündenden Gedanken gebannt, als er dem für Melmoth begangenen Trauergottesdienst beiwohnte. Das *Dies irae* jagte ihm Furcht ein. Er begriff in seiner ganzen Größe diesen Aufschrei der reuigen Seele, die vor der göttlichen Majestät erbebt. Plötzlich wurde er vom Heiligen Geist verzehrt wie Stroh vom Feuer. Seinen Augen entrannen Tränen.

»Sind Sie ein Verwandter des Toten?« fragte ihn der Kirchendiener.

»Sein Erbe«, antwortete Castanier.

»Spenden Sie etwas für die Kosten der Leichenfeier«, rief der Schweizer ihm zu.

»Nein«, sagte der Kassierer, der der Kirche nicht das Geld des Dämons geben wollte.

»Für die Armen.«

»Nein.«

»Für die Ausbesserungen des Gotteshauses.«

»Nein.«

»Für die Kapelle der heiligen Jungfrau.«

»Nein.«

»Für das Priesterseminar.«

»Nein.«

Castanier zog sich zurück, um nicht den verärgerten Blicken mehrerer Geistlicher ausgesetzt zu sein. – »Warum«, fragte er, als er Saint-Sulpice betrachtete, »warum haben wohl die Menschen die gigantischen Kathedralen gebaut, die ich in jedem Land gesehen habe? Dieses zu allen Zeiten von den Massen geteilte Gefühl muß sich doch, wie es nicht anders sein kann, auf etwas gründen?«

»Du bezeichnest Gott als ›etwas‹?« fragte ihn sein Gewissen.

»Gott! Gott! Gott!«

Dieses von einer inneren Stimme wiederholte Wort zermalmte ihn, aber das Entsetzen, das er verspürte, wurde durch die fernen Akkorde der köstlichen Musik gemildert, die er schon einmal verschwommen vernommen hatte. Er schrieb diesen Wohlklang den Gesängen in der Kirche zu und musterte deren Portal. Doch als er aufmerksam hinhörte, wurde er sich gewahr, daß die Klänge von allen Seiten auf ihn zukamen; er blickte auf den Platz zurück, sah dort jedoch keine Musiker. Wenn jene Melodie der Seele blaue Erdichtungen und das ferne Leuchten der Hoffnung zutrug, so lieh sie auch den Gewissensbissen stärkere Kraft, von denen der Verdammte geplagt wurde, der jetzt Paris durchschritt, wie schmerzgebeugte Menschen zu gehen pflegen. Er musterte alles und sah nichts; er ging weiter, wie es gerade kam, nach Art müßiger Spaziergänger; grundlos blieb er stehen, hielt Selbstgespräche und wäre nicht beiseite getreten, um dem Stoß einer Planke oder einem Wagenrad auszuweichen. Unmerklich gab die Reue ihn der Gnade preis, die zugleich sanft und schrecklich das Herz zernagt. Bald hatte er in seinen Zügen, wie Melmoth, etwas Großes, aber Geistesabwesendes; einen kalten Ausdruck der Kümmernisse, gleich dem eines Verzweifelten, und die keuchende Gier, die die Hoffnung verleiht; dann, über all dieses hinaus, packte ihn der Ekel vor allen Gütern dieser erbärmlichen Welt. Sein ob seiner Helle furchteinflößender Blick tarnte die demütigsten aller Gebete. Er litt um seiner Macht willen. Seine heftig bewegte Seele beugte seinen Körper, wie ein ungestümer Wind hohe Fichten beugt. Gleich seinem Vorgänger konnte er es nicht ablehnen zu leben, denn er wollte nicht unter dem Joch der Hölle sterben. Seine Marter wurde ihm unerträglich. Schließlich, eines Morgens, fiel ihm ein, daß der selige Melmoth ihm vorgeschlagen hatte, seinen Platz einzunehmen, und daß er sich dazu bereit erklärt hatte; sicherlich konnten andere Menschen tun wie er; und daß er in einem Zeitalter, dessen fatale Gleichgültigkeit in religiösen Dingen von den Erben der Beredsamkeit der Kirchenväter verkündet worden war, leichtiglich einen Menschen finden müsse, der sich den Klauseln jenes Vertrags unterwarf, um dessen Vorteile wahrnehmen zu können.

»Es gibt einen Ort, wo notiert wird, was die Könige wert sind, wo die Völker abgewogen, wo die Systeme beurteilt werden, wo über die Regierungen nach Maßgabe des Fünffrancstücks berichtet wird, wo die Gedanken, die Glaubensrichtungen beziffert werden, wo alles diskontiert wird, wo sogar Gott auf seine Seelengewinne hin leiht und gibt, denn dort hat der Papst sein laufendes Konto. Wenn ich eine käufliche Seele zu finden vermag, dann dort.«

Castanier eilte freudig zur Börse; er meinte, man könne eine Seele verschachern, wie man mit Staatspapieren Handel treibt. Ein Durchschnittsmensch hätte Angst gehabt, man werde sich dort über ihn lustig machen; aber Castanier wußte aus Erfahrung, daß ein Verzweifelter alles ernst nimmt. Gleich einem zum Tode Verurteilten, der einen Irren anhören würde, wenn dieser ihm sagte, er brauche lediglich absurde Worte auszusprechen, dann könne er durch das Schlüsselloch seiner Zelle davonfliegen, ist der Leidende leichtgläubig und gibt einen Gedanken erst auf, wenn er sinnlos geworden ist, wie der abgebrochene Zweig in der Hand des fortgerissenen Schwimmers. Gegen vier Uhr erschien Castanier unter den Gruppen, die sich nach Schluß der Preisnotierungen der Staatspapiere gebildet hatten und unter denen jetzt die Verhandlungen über Privatobligationen oder rein kommerzielle Angelegenheiten einsetzten. Er war mit ein paar Kaufleuten bekannt, und indem er tat, als suche er jemanden, konnte er auf die Gerüchte lauschen, die über in Schwierigkeiten Befindliche umliefen.

»Es fehlte noch, mein Junge, daß du dich mit Claparon und Co. einließest! Sie haben es zugelassen, daß heute morgen durch den Bankboten ihre Wechsel an Zahlungs Statt abgeholt wurden«, sagte ein dicker Bankier in seiner unverblümten Art. »Wenn du einen hast, dann behalte ihn.«

Jener Claparon stand im Hof und war in lebhaftem Gespräch mit einem Mann begriffen, von dem bekannt war, daß er wucherische Diskontgeschäfte treibe. Sogleich bewegte Castanier sich auf die Stelle zu, wo Claparon stand; dieser galt als ein Geschäftsmann, der große Coups wagte, die ihn ebensogut ruinieren wie bereichern konnten.

Als Claparon von Castanier angeredet wurde, hatte der Geldhändler ihn gerade stehenlassen, und dem Spekulanten war eine Geste der Verzweiflung entschlüpft.

»Also, Claparon, wir haben der Bank von Frankreich hunderttausend Francs zu bezahlen, und jetzt ist es vier Uhr. Die Sache hat sich herumgesprochen, und wir haben keine Zeit mehr, unsern kleinen Konkurs in die Wege zu leiten.«

»Monsieur!«

»Sprechen Sie leiser«, antwortete der Kassierer. »Wenn ich Ihnen nun ein Geschäft vorschlüge, bei dem Sie so viel Gold zusammenraffen könnten, wie Sie wollen ...«

»Das würde meine Schulden nicht aus der Welt schaffen; ich kenne kein Geschäft, das nicht eine gewisse Zeit beanspruchte.«

»Ich weiß um ein Geschäft, durch das Sie Ihre Schulden im Handumdrehen loswürden«, entgegnete Castanier, »aber bei dem Sie sich verpflichten müßten, zu ...«

»Wozu?«

»Ihren Anteil am Paradies zu verkaufen. Ist das nicht ein Geschäft wie jedes beliebige andere? Wir alle sind Aktionäre am großen Unternehmen Ewigkeit.«

»Wissen Sie eigentlich, daß ich ganz der Mann danach bin, Ihnen eine 'runterzuhauen ...?« fragte Claparon gereizt. »Man darf keine dummen Scherze mit einem Mann treiben, der im Unglück ist.«

»Ich spreche im vollen Ernst«, antwortete Castanier und nahm ein Bündel Banknoten aus der Tasche.

»Zunächst«, sagte Claparon, »würde ich meine Seele dem Teufel nicht für eine Lappalie verkaufen. Ich brauche fünfhunderttausend Francs, um flott zu werden ...«

»Wer spricht denn hier von Knausern?« entgegnete Castanier barsch. »Sie würden über mehr Gold verfügen, als die Keller der Bank von Frankreich enthalten.«

Er hielt dem Spekulanten einen Haufen Banknoten hin, der diesen zum Entschluß brachte.

»Gemacht!« sagte Claparon. »Aber wie muß ich mich dabei verhalten?«

»Kommen Sie mit nach da hinten, wo niemand steht«, antwortete Castanier und zeigte auf einen finsteren Winkel des Hofs.

Claparon und sein Versucher wechselten ein paar Worte, wobei beide ihr Gesicht der Mauer zukehrten. Keiner von denen, die die beiden wahrgenommen hatten, ahnte, was der Zweck dieses Abseitsstehens sei, obwohl sie aufs höchste neugierig waren, was die absonderlichen Gesten bedeuten sollten, die die beiden verhandelnden Parteien vollführten. Als Castanier zurückkam, entfuhr den Börsenmännern ein Ausruf des Erstaunens. Wie bei den französischen Versammlungen, bei denen das geringste Ereignis sogleich ablenkt, wandten sämtliche Gesichter sich den beiden Männern zu, die diese Aufregung verursacht hatten, und man gewahrte nicht ohne Schrecken die Veränderung, die sich bei ihnen vollzogen hatte. Auf der Börse geht jedermann plaudernd umher, und alle, aus denen die Menge besteht, haben einander bald erkannt und beobachtet; denn die Börse ist wie ein großer Bouillotte[22]-Tisch, an dem die Gewandten das Spiel eines Mannes und den Zustand seiner Kasse aus seinen Gesichtszügen zu erraten verstehen. Es war also jedem das Gesicht Claparons und dasjenige Castaniers aufgefallen. Dieser hatte, wie der Irländer, kraftvoll und mächtig ausgesehen, seine Augen hatten geleuchtet, seine Hautfarbe war kräftig getönt gewesen. Alle hatten sich über dieses auf eine majestätische Weise schreckliche Gesicht gewundert und sich gefragt, wie der gute Castanier dazu gekommen sei; jetzt jedoch wirkte der seiner Macht beraubte Castanier welk, verrunzelt, gealtert und gebrechlich. Er hatte, als er Claparon mit sich zog, wie ein Kranker ausgesehen, der einen Fieberanfall erleidet, oder wie ein Süchtiger im Augenblick höchsten Überschwangs, wie Opium ihn bewirkt; doch nun er zurückkam, befand er sich im Zustand der Ermattung, der dem Fieber folgt und in dem die Kranken zu sterben pflegen, oder er war der grausigen Entkräftung anheimgefallen, wie die übersteigerten Genüsse der Rauschgiftsucht sie verursachen. Der höllische Geist, der ihn seine großen Ausschweifungen hatte überstehen lassen, war verschwunden; sein Körper war jetzt allein, erschöpft und hilflos, ohne Beistand gegen das Anstürmen der Gewissensbisse und den Druck echter Reue. Claparon, dessen Ängste jedermann erraten hatte, erschien dagegen mit strahlenden Augen wieder und trug auf seinem Antlitz den Stolz Luzifers. Der Bankrott hatte von dem einen Gesicht auf das andere übergewechselt.

»Jetzt können Sie in Frieden verrecken«, sagte Claparon zu Castanier.

»Um Gottes willen, lassen Sie mir doch einen Wagen und einen Priester holen, den Vikar von Saint-Sulpice«, antwortete der ehemalige Dragoner und setzte sich auf einen Prellstein.

Der Ausspruch »Einen Priester!« wurde von mehreren Leuten vernommen; er zeitigte das spöttische Gemurmel, wie es die Börsianer ausstoßen; sie sind samt und sonders Menschen, deren Glaube darin besteht, daß sie meinen, ein Fetzen Papier, genannt Staatsschuldschein, sei einen Gutsbesitz wert. Ihre Bibel ist das Staatsschuldbuch.

»Ob ich noch Zeit zur Reue habe?« fragte Castanier mit einer kläglichen Stimme, die Claparon betroffen machte.

Eine Droschke fuhr den Sterbenden weg. Der Spekulant bezahlte der Bank von Frankreich schleunigst seine Wechsel. Der Eindruck, den die jähe Wandlung der Physiognomien jener beiden Männer hervorgerufen hatte, schwand in der Menge hin, wie die Kielspur eines Schiffes im Meer. Eine Nachricht von höchster Wichtigkeit hatte die Aufmerksamkeit der Geschäftswelt erregt. Wenn Moses in solch einer Stunde, da alle Interessen auf dem Spiel stehen, mit seinen beiden leuchtenden Hörnern[23] erschiene, so würde ihm kaum die Ehre eines Kalauers zuteil werden; er würde von Leuten, die drauf und dran waren, Reporte[24] zu machen, einfach nicht beachtet werden. Als Claparon die Wechsel beglichen hatte, bekam er es mit der Angst. Er war von seiner Macht überzeugt, ging in den Börsensaal zurück und bot den verdutzten Leuten seinen Pakt an. Die Eintragung ins Schuldbuch der Hölle und die mit dem Genuß »derselben« verknüpften Rechte, wie ein Notar sich ausdrückte, der an Claparons Stelle trat, wurden für siebenhunderttausend Francs angekauft. Der Notar verkaufte den Teufelspakt für fünfhunderttausend Franes an einen Bauunternehmer, der sich seiner für hunderttausend Taler entledigte, indem er ihn an einen Eisenhändler abtrat; und dieser überließ ihn für zweihunderttausend Francs einem Zimmermann. Schließlich, um fünf Uhr, glaubte kein Mensch mehr an diesen eigenartigen Vertrag, und es fehlte, mangels Glaubwürdigkeit, an Käufern.

Um halb sechs war der Inhaber ein Malermeister, der an der Tür der provisorischen Börse[25] gelehnt hatte; sie wurde zu jener Zeit in der Rue Feydeau neu erbaut. Jener Maler war ein einfältiger Mann; er wußte nicht, was er in sich hatte. – »Es war schon was dran«, sagte er zu seiner Frau, als er daheim war.

Wie alle Müßiggänger wissen, ist die Rue Feydeau eine der Straßen, die von jungen Leuten vergöttert werden, die mangels einer Geliebten sich mit dem gesamten weiblichen Geschlecht vermählen. Im ersten Stockwerk des am meisten bürgerlich dezent wirkenden Hauses wohnte eins jener entzückenden Geschöpfe, die mit der erlesensten Schönheit zu überhäufen der Himmel sich gefällt und die, da sie weder Herzoginnen noch Königinnen werden können, weil es sehr viel mehr hübsche Frauen als Titel und Throne gibt, sich mit einem Börsenmakler oder einem Bankier begnügen, den sie zu festem Preis glücklich machen. Nun aber hatte sich der zweite Schreiber des Notars Crottat in jene Frau verliebt, wie eben ein junger Mensch sich verliebt, wenn er zweiundzwanzig ist. Jener Schreiber würde den Papst und das heilige Kardinalskollegium ermordet haben, um sich die elende Summe von hundert Louis zu verschaffen, die Euphrasie für einen Schal verlangte, den sie sich in den Kopf gesetzt hatte und gegen den ihre Zofe sie dem Schreiber versprochen hatte. Der Verliebte schritt vor den Fenstern der Madame Euphrasie auf und ab wie die Eisbären im Jardin-des-Plantes in ihrem Käfig. Er hatte die rechte Hand unter die Weste auf die linke Brust geschoben und wollte sich das Herz zerreißen, aber vorerst war es ihm nur gelungen, die Gummizüge seiner Hosenträger zu verdrehen.

»Was soll ich tun, um zehntausend Francs zu ergattern?« fragte er sich. »Etwa die Summe nehmen, die ich zwecks Eintragung jenes Verkaufsakts überbringen soll? Mein Gott, würde meine Anleihe denn den Käufer ruinieren, einen Mann, der siebenfacher Millionär ist? Ach, ich werfe mich ihm morgen einfach zu Füßen und sage zu ihm: ›Monsieur, ich habe Ihnen zehntausend Francs weggenommen; ich bin zweiundzwanzig Jahre alt, und ich liebe Euphrasie, so steht es um mich. Mein Vater ist reich, er wird Sie entschädigen, stoßen Sie mich nicht ins Verderben! Sind nicht auch Sie einmal zweiundzwanzig und bis zur Tollwut verliebt gewesen?‹ Aber diese verdammten Hauseigentümer haben ja keine Seele! Er bringt es fertig und denunziert mich beim Staatsanwalt, anstatt sich milde stimmen zu lassen. Heiliges Donnerwetter! Wenn man doch seine Seele dem Teufel verkaufen könnte! Aber es gibt ja weder Gott noch Teufel, das sind Dummheiten, so was existiert nur in Erbauungsschriften oder für alte Weiber. Was tun?«

»Wenn Sie Ihre Seele dem Teufel verkaufen wollen«, sagte der Stubenmaler, vor dem der Schreiber ein paar Worte hatte fallenlassen, »dann bekommen Sie zehntausend Francs.«

»Dann also wird Euphrasie mein«, sagte der Schreiber und ging auf den Handel ein, den ihm der Teufel in Gestalt eines Malermeisters vorschlug.

Als der Pakt abgeschlossen war, besorgte sich der liebeswütige Schreiber den Schal und stieg zu Madame Euphrasie hinauf; und da er den Teufel im Leib hatte, blieb er zwölf Tage bei ihr, ohne ins Freie zu gehen; er vergeudete bei ihr sein ganzes Paradies, weil er nichts im Kopf hatte als die Liebe und deren Orgien; in ihnen ertrank der Gedanke an die Hölle und alle seine Vorrechte.

Die ungeheure Macht, die durch die Entdeckung des Irländers, des Sohns des Pfarrers Maturin[26], gewonnen worden war, ging auf diese Weise verloren.

Ein paar Orientalisten, Mystiker und Altertumsforscher, die sich mit diesen Dingen befaßten, haben es nicht fertiggebracht, historisch festzustellen, auf welche Art der Böse zu beschwören sei. Und zwar aus folgendem Grunde.

Am dreizehnten Tag seiner zügellosen Liebesfreuden lag der arme Schreiber im Hause seines Chefs, in einer Bodenkammer der Rue Saint-Honoré, auf seinem kärglichen Lager. Die Scham, diese stupide Göttin, die nicht wagt, sich im Spiegel zu beschauen, hatte sich des jungen Mannes bemächtigt; er war krank geworden, wollte sich selber kurieren und hatte sich in der Dosis vergriffen, als er ein Heilmittel einnahm, das dem Genie eines innerhalb der Mauern von Paris wohlbekannten Mannes zu verdanken war. So verreckte der Schreiber denn an einer Quecksilbervergiftung[27], und seine Leiche lief schwarz an wie der Rücken eines Maulwurfs. Sicherlich hatte da ein Teufel seine Hand im Spiel gehabt, aber welcher? Etwa Astaroth[28]?

»Dieser achtenswerte junge Mensch ist auf den Planeten Merkur[29] entführt worden«, sagte der Bürovorsteher zu einem deutschen Dämonologen, der Nachforschungen über diesen Fall anstellen wollte.

»Das will ich gern glauben«, antwortete der Deutsche.

»Haha!«

»Ja«, entgegnete der Deutsche, »diese Auffassung stimmt mit den eigenen Worten Jacob Böhmes[30] überein, und zwar in seinem achtundvierzigsten Satz in der Schrift ›Vom dreifachen Leben des Menschen‹[31], wo gesagt wird, Gott habe alle Dinge durch das Fiat[32] vollbracht, das Fiat sei die geheime Matrize, durch die die Natur verstanden und erfaßt wird, die der aus Merkur und Gott geborene Geist bildet.«

»Wie meinen Sie, Monsieur?«

Der Deutsche wiederholte seinen Satz.

»Da kennen wir uns aus«, sagten die Schreiber.

»Fiat . . .!« sagte ein Schreiber, »fiat lux[33]!«

»Sie können sich von der Richtigkeit dieses Zitats überzeugen«, fuhr der Deutsche fort, »wenn Sie den Satz auf Seite 75 des Traktes M ›Vom dreifachen Leben des Menschen‹ nachlesen, gedruckt bei Migneret[34], und übersetzt von einem Philosophen, einem großen Bewunderer des berühmten Schusters.«

»Haha, Schuster war er«, sagte der Bürovorsteher. »Sollte man das für möglich halten?«

»Noch dazu in Preußen!« entgegnete der Deutsche.

»Hat er für den König gearbeitet?« fragte ein Böotier von zweitem Schreiber.

»Er hätte seinen Sätzen Flecken[35] aufsetzen sollen«, sagte der dritte Schreiber.

»Dieser Mann ist pyramidal«, rief der vierte Schreiber und deutete auf den Deutschen.

Obwohl der Ausländer ein Dämonologe ersten Ranges war, wußte er nicht, was für Teufelskerle die Notarschreiber sind; er ging weg, ohne ihre Späße verstanden zu haben, und war überzeugt, daß diese Leute Böhme für ein pyramidales Genie hielten.

»In Frankreich herrscht Bildung«, sagte er sich.

Anmerkungen

Melmoth

1 Die heutige Rue de Turenne. Das Marais ist ein altes Pariser Stadtviertel, das das heutige III. und IV. Arrondissement umfaßt und viele alte Adelspaläste birgt. Es war ehedem eine vornehme Stadtgegend; später sank es ab. Auch Balzacs Eltern haben eine Zeitlang dort gewohnt.

2 Henri de La Tour d'Auvergne, Vicomte de Turenne (1611–1675), Marschall von Frankreich, siegte mit Condé 1645 bei Nördlingen und gewann 1647 die Schlacht bei Sommershausen, die viel zum Abschluß des Westfälischen Friedens beitrug. Während der Frondekriege schloß er sich zunächst den Gegnern Mazarins an, ging dann aber zum Hofe über und schlug Condé 1652 im Faubourg Saint-Antoine. Während des Revolutionskrieges und des Holländischen Krieges befehligte er das französische Heer und zeichnete sich durch seine glänzende Eroberung des Elsaß im Winter 1675 aus; er stand unmittelbar vor einem Sieg über Montecuccoli, als er bei Sasbach in Baden fiel.

3 Raimund, Graf von Montecuccoli (1608–1681), österreichischer Feldherr, focht als Rittmeister 1631 bei Breitenfeld, 1634 bei Nördlingen, 1639 in Böhmen gegen Banér, 1648 kaiserlicher Oberbefehlshaber, 1658 Feldmarschall, schlug 1664 die Türken bei St. Gotthard in Ungarn, wurde 1672 Oberbefehlshaber der kaiserlichen Armee am Rhein, eroberte 1673 Bonn, stand 1675 glücklos Turenne gegenüber und schloß mit der Belagerung von Philippsburg seine militärische Laufbahn ab. 1674 war er zum deutschen Reichsfürsten ernannt worden; der König von Neapel dotierte ihn mit dem Herzogtum Melfi.

4 Schußwaffe mit erweiterter Mündung.

5 Lat.: das letzte Argument.

6 Alte Maßeinheit: 2,2558 mm.

7 Einfügung Balzacs.

8 Bertrand-Guillaume Carcel (1750–1812), Uhrmacher, erfand eine Öllampe, bei der durch ein Uhrwerk und einen Kolben das Öl beständig in gleicher Höhe mit dem Docht gehalten wurde, den es speiste. Der Mechanismus war kostspielig und schwer zu reparieren, so daß nur reiche Leute sich jene zu ihrer Zeit geschätzte Lampe leisten konnten.

9 Dorf an der Beresina, bei dem zwei Notbrücken über den Fluß gebaut worden waren. Auf diesen begann am 26. November 1812 der denkwürdige Übergang der im Rückzug begriffenen Großen Armee.

10 ›Venice Preserved‹ (1682), Tragödie von Thomas Otway (1652 bis 1685), von Hofmannsthal 1905 frei für die deutsche Bühne bearbeitet. Balzac hat jenes Werk sehr geliebt und es oftmals erwähnt.

11 Es handelt sich hier um einen Kriminalfall, über den die Balzac-Kommentatoren nichts mitteilen. In den ersten Ausgaben seiner Novelle nennt Balzac den Namen jenes Kassierers: Mathév.

12 Das Theater »Gymnase dramatique« am Boulevard Bonne-Nouvelle, 1820 gegründet und 1824–1830 zu Ehren der Herzogin von Berry, der Gemahlin des Thronfolgers, »Théâtre de Madame« genannt, spielte hauptsächlich Vaudevilles und Komödien mit eingestreuten Liedern; heute ist es eins der besten Pariser Theater, zumal für das feinere Lustspiel.

13 André Perlet (1795–1850), ein Schüler Talmas, begann seine Laufbahn als Komiker im Gymnase; er war ein feines, geistvolles Talent, das seine Neigung zum Chargieren erfolgreich überwunden hatte. Im ›Comédien d'Etampes‹ spielte er u. a. die Rolle eines jungen Mannes, der, ohne die Bühne zu verlassen, fortgesetzt alterte. Perlet weigerte sich stets, zur Comédie-Française überzuwechseln, da jenes Theater ihn in seinen Anfängen zurückgewiesen hatte. Er spielte auch Stücke Molières auf einer Londoner Bühne und veröffentlichte 1828 in einer englischen Zeitung einen Aufsatz ›Gedanken über die Rolle des Tartuffe‹.

14 In Versailles.

15 Breiter, tiefer Lehnsessel mit Sitzkissen.

16 Alte Bezeichnung des Platzes vor dem Pariser Hôtel-de-Ville, wo zumal während der Revolution die Hinrichtungen stattfanden.

17 Die Carbonari (Köhler) waren ein italienischer Geheimbund, der die Freiheit und Einheit Italiens anstrebte und überdies sozialistische Tendenzen verfocht. 1816 gab es in Frankreich noch keine »Charbonnerie«; sie wurde dort erst 1821 durch Bazard und Buchez eingeführt und verfolgte teils bonapartistische, teils republikanische Ziele. Eine »Venta« ist eine »Zelle«.

18 Anspielung auf den Fall der »vier Sergeanten von La Rochelle«, der s. Z. großes Aufsehen erregte. Die vier Unteroffiziere waren in eine »Charbonnier-Verschwörung« verwickelt; drei von ihnen wurden am 21. September 1822 hingerichtet.

19 Roi prophète = Salomo.

20 Balzac spielt hier sicherlich auf Jean-Baptiste-Henri Lacordaire (1802–1861) an, einen der glänzendsten Kanzelredner des 19. Jahrhunderts, der freilich seine berühmten Predigten in Notre-Dame erst 1835 begann.

21 Gemeint ist wahrscheinlich Félicité de Lamennais (1782–1854), dessen ›Essai sur l'indifférence en matière de religion‹ 1817 erschienen war und der 1834 seine ›Paroles d'un Croyant‹ folgen ließ.

22 Glücksspiel.

23 Anspielung auf Michelangelos Moses-Statue in San Pietro in Vincoli in Rom, die den Patriarchen mit zwei Hörnern zeigt.

24 Die in Prozenten ausgedrückte Verjährung bei den sogenannten Prolongationsgeschäften für Wertpapiere (Sachs-Villatte).

25 Bis zur Vollendung der 1808 begonnenen neuen Börse, die erst 1826 fertig wurde, vollzogen sich die Börsengeschäfte ganz in der Nähe in großen Schuppen, die zwischen der Rue Notre-Dame-des-Victoires und der Rue Feydeau errichtet worden waren.

26 Charles Robert Maturin, der Autor von ›Melmoth the Wanderer‹, war protestantischer Pfarrer.

27 Damals als Heilmittel gegen die Syphilis angewendet, deren Primäraffekt freilich nicht schon am dreizehnten Tag, sondern erst nach drei bis vier Wochen auftritt.

28 Oder Astarte, syrische Göttin, dargestellt mit den beiden Hörnern des Mondes, dem Symbol der Stärke; Göttin der Natur- und Liebeskraft. Sie spielte in der mittelalterlichen Dämonologie eine große Rolle.

29 Merkur ist die alchemistische Bezeichnung für Quecksilber; ein typisch Balzacscher Scherz.

30 Jacob Böhme (1575–1624), Schuster in Görlitz, frühbarocker Mystiker und Theosoph von dunkler, in rätselhaften Bildern sich ergehender Sprache. Nach Lange-Eichbaum und Kielholz krankte Böhme an einer paranoiden Form der Schizophrenie.

31 Erschienen 1619.

32 Lat.: Es werde.

33 Lat.: Es werde Licht! Hier im Sinne: Drücken Sie sich gefälligst deutlicher aus!

34 Drucker und Verleger der Schriften Jacob Böhmes und einer Abhandlung von Noë über diesen (1826).

35 Bequets: gleichzeitig die Lederstücke, die der Schuster beim Flicken schadhafter Schuhe aufsetzt, und erläuternde Zettel, die den Korrekturabzügen beigefügt werden.

Biographische Notizen über die Romangestalten

Melmoth

AQUILINA nahm an der berüchtigten Orgie bei dem Bankier Taillefer teil, in deren Verlauf Raphaël de Valentin Blondet seine Abenteuer erzählte (›Das Chagrinleder‹).

CLAPARON, Charles, geboren um 1790, anrüchiger Geschäftsmann, Teilhaber F. du Tillets, Nucingens (›Das Bankhaus Nucingen‹) und Cérizets, der ihn verriet. Er mußte um 1840 nach Amerika fliehen (›Ein Geschäftsmann‹; ›Die Kleinbürger‹).

NUCINGEN, Frédéric, Baron de, jüdischer Bankier, vermutlich um 1767 in Straßburg geboren. Den Anfang seines Vermögens bildete eine Spekulation auf den Ausgang der Schlacht bei Waterloo; nach drei betrügerischen Bankrotten festigte er sein Vermögen endgültig durch die Affäre mit den Bergwerken von Wortschin (›Das Bankhaus Nucingen‹). Er hatte Delphine Goriot geheiratet, die Tochter eines vermögenden Nudelfabrikanten, den er im Elend sterben ließ (›Vater Goriot‹). Gegen Ende der Restauration verliebte er sich bis zum Wahnsinn in Esther Gobseck, die Geliebte Luciens de Rubempré, und wurde sogleich durch sie und durch Vautrin, ihren geheimnisvollen Gönner, gerupft (›Glanz und Elend der Kurtisanen‹). Er hatte ausgiebigen Verkehr in der Gesellschaft (›Zweite Frauenstudie‹; ›Die Geheimnisse der Fürstin von Cadignan‹; ›Tante Bette‹). Unter der Juli-Monarchie hatte er sich gänzlich vom Geschäftsleben losgesagt; er war Pair von Frankreich und trug das Großkreuz der Ehrenlegion (›Die Komödianten wider ihr Wissen‹).

NUCINGEN, Delphine, geborene Goriot, geboren 1792, war die verwöhnte Tochter des ehemaligen Nudelfabrikanten Goriot, den sie sterben ließ, ohne bei ihm zu sein. Zunächst war sie die Geliebte Henri de Marsays, dann diejenige Rastignacs, den sie aushielt, förderte und zu Vermögen gelangen ließ (›Vater Goriot‹). Ihre Herkunft und ihre Heirat schufen ihr eine etwas schiefe Stellung in der Gesellschaft (›Verlorene Illusionen‹; ›Eine Evastochter‹; ›Die Entmündigung‹); sie mußte es erleben, daß die Eheschließung ihrer Tochter von der Familie Hérouville abgelehnt wurde (›Modeste Mignon‹). Ihre Loslösung von ihrem Mann ließ ihr dessen verächtliche und nachsichtige Freundschaft zuteil werden; sie wurde seine Vertraute und Beraterin bei seiner Liebe zu Esther Gobseck (›Glanz und Elend der Kurtisanen‹). Als sie unter der Juli-Monarchie von ihrem Liebhaber Rastignac verlassen wurde, gab sie ihm die eigene Tochter zur Frau (›Der Abgeordnete von Arcis‹).

RASTIGNAC, Eugène, Baron de, geboren 1797 auf Rastignac bei Ruffec. Er kam 1819 sehr jung nach Paris und lebte als armer Student in der Pension der Mme Vauquer. Dann wurde er der Liebhaber der Mme de Nucingen, deren Vater er in dessen letzten Stunden betreut hatte. In der Pension Vauquer hatte er auch den ehemaligen Sträfling Vautrin kennengelernt, dessen Protektion er ablehnte (›Vater Goriot‹). Er kam in der Gesellschaft rasch voran und dankte seine gesamte Karriere den Frauen: Mme d'Espard (›Die Entmündigung‹) und Mme de Listomère (›Zweite Frauenstudie‹). Da es ihm weder an literarischer Bildung noch an Geist gebrach, verkehrte er auch in Literatenkreisen, zumal im Jahre 1824 (›Verlorene Illusionen‹). Dort lernte er Lucien de Rubempré kennen, dem er nach außen hin die Treue hielt (›Glanz und Elend der Kurtisanen‹). Ab 1830 widmete er sich der orleanistischen Politik; 1832 war er Unterstaatssekretär im Ministerium de Marsays (›Die Geheimnisse der Fürstin von Cadignan‹), dem er nachzufolgen hoffte (›Eine dunkle Begebenheit‹; ›Eine Evastochter‹). Der dritte Bankrott Nucingens, an dem der Baron ihn teilnehmen ließ, stellte 1836 sein Vermögen sicher (›Das Bankhaus Nucingen‹). Um 1838 heiratete er Augusta de Nucingen, die Tochter seiner ehemaligen Geliebten (›Tante Bette‹). Sein Übertritt ins Ministerium für Öffentliche Arbeiten im Jahre 1839 bereicherte ihn noch mehr. Er wurde Graf (›Der Abgeordnete von Arcis‹). 1845 war er Pair von Frankreich und besaß ein Jahreseinkommen von 300 000 Francs (›Die Komödianten wider ihr Wissen‹).

Massimilla Doni

Übertragung von Ernst Sander

Die Novelle ›Massimilla Doni‹, nach Balzacs Angabe am 25. Mai 1839 in Paris beendet, erschien erstmals in jenem Jahr als Anfügung an den Roman ›Eine Evastochter‹, um diesen auf die geforderte Anzahl von Druckbogen zu bringen; schon jener Erstdruck trägt die Widmung des Jacob Strunz (s. u.). Ein Fragment, durch das Balzac seine Novelle ausweitete, ›Une représentation du ‚Mosé' de Rossini, à Venise‹ (›Eine Aufführung von Rossinis ‚Moses' in Venedig‹), war bereits am 25. August 1839 in ›La France musicale‹ erschienen. Die zweite Ausgabe stellt der Abdruck in den ›Philosophischen Schriften‹ von 1840 dar; sie ist in dem ›Buch der Schmerzen‹ betitelten Band enthalten, zusammen mit ›Gambara‹, ›Die Verbannten‹ und ›Seraphita‹. Jener Band war in Wirklichkeit bereits 1837 gedruckt worden; die Novelle trug nicht die Widmung an Strunz und war datiert »Paris, 25. Mai 1837«.

Jenes Datum des Abschlusses ist das richtige. Zwar wurde die Novelle erst 1839 veröffentlicht; niedergeschrieben worden ist sie indessen in Paris nach der Rückkehr von Balzacs zweiter Italienreise, bei der er Venedig besucht hatte. Balzac hatte das Werk zwar am 25. Mai 1837 an den Verleger Plon geschickt, es dann aber zur Überarbeitung zurückgezogen und zunächst, im Juli 1837, ›Gambara‹ veröffentlicht, die zweite Novelle, in der er seine Auffassung von der Musik darlegte (s. den Vortext zu diesem Werk). Bei seinen Ausführungen über Probleme der Musik ist ihm, wie bei ›Gambara‹, Jacob Strunz zur Hand gegangen; Balzac hat z. T. Strunz' Niederschriften wörtlich übernommen. Jacob Strunz ist das Urbild des Musikers Schmucke in Balzacs Romanen ›Vetter Pons‹ und ›Eine Evastochter‹.

Balzac behandelt, wohl angeregt durch Stendhals 1827 erschienenen Roman ›Armance‹, der so viele Rätsel aufgegeben hat, ein für seine Zeit besonders gewagtes Thema, nämlich das der männlichen Impotenz gegenüber der wahren Geliebten, während der Held sich einer Kurtisane gegenüber völlig normal verhält, und deren Behebung auf eine besonders kühne Weise, indem die Heldin mit schöner Selbstverständlichkeit für eine Nacht die Rolle der Kurtisane übernimmt und auf diese Weise ihren Emilio »heilt«.

Über Strunz wolle man in ›Riemanns Musiklexikon‹ nachlesen, in dem ihm ein längerer Artikel gewidmet ist. Er lebte von 1783 bis 1852 bei großer Begabung ein abenteuerliches, glückloses, erfolgloses Leben als Musiklehrer und Militärmusiker, wobei er weit in der Welt herumkam. Nach der Rückkehr nach Paris nahm Berlioz, der, wie Meyerbeer, Strunz' Talent schätzte, sich seiner an. Er wurde Kapellmeister von Theatern, die bald wieder ihre Pforten schlossen. Seine Opern wurden nicht aufgeführt oder erlitten Mißerfolge; schließlich schrieb er Opernarrangements und Romanzen; dann wurde er Chef des Kopistenbüros der Komischen Oper. Er komponierte auch eine Bühnenmusik zu Victor Hugos ›Ruy Blas‹. Gedruckt worden sind nur wenige seiner Arbeiten, darunter einige Hefte Romanzen. 1846, nachdem er eine Erbschaft gemacht hatte, zog Strunz sich nach München zurück und verbrachte, verheiratet, seine letzten Lebensjahre endlich in ruhiger Behaglichkeit.

Wie die Kenner wissen, ist der venezianische Adel der erste Europas. Sein Goldenes Buch ist älter als die Kreuzzüge – die Zeit, da Venedig, ein Überrest des kaiserlichen und christlichen Rom, sich in die Fluten stürzte, um den Barbaren zu entrinnen, schon damals mächtig, damals schon berühmt, eine Beherrscherin der Welt der Politik und des Handels. Mit einigen Ausnahmen ist dieser Adel heute völlig verarmt. Unter den Gondolieri, die die Engländer dort rudern, wo die Weltgeschichte ihnen ihre eigene Zukunft zeigt, finden sich Söhne ehemaliger Dogen, deren Geschlecht älter ist als das der regierenden Häuser. Auf der Brücke, unter der unsere Gondel hindurchgleitet, falls man einmal nach Venedig reist, kann man ein wundervolles, schlicht gekleidetes junges Mädchen anschauen, ein armes Kind, das vielleicht einer der erlauchtesten Patrizierfamilien angehört. Wenn es so um ein Volk von Königen bestellt ist, finden sich darin, wie es nicht anders sein kann, absonderliche Charaktere. Es ist nicht weiter ungewöhnlich, daß inmitten der Aschenreste Funken aufsprühen. Diese Bemerkungen sollen dazu dienen, die Seltsamkeit der in dieser Geschichte auftretenden Gestalten zu rechtfertigen; sie sollen nicht weitergeführt werden, da nichts unerträglicher ist als die Wiederholungen an häufig Gesagtem durch diejenigen, die nach so vielen großen Dichtern und kleinen Vergnügungsreisenden über Venedig reden. Lediglich im Interesse der Erzählung war es erforderlich, auf den auffälligsten Gegensatz im menschlichen Dasein hinzuweisen: auf die Größe und die bittere Not, die sich dort bei gewissen Menschen wie in der Mehrzahl der Wohnstätten findet. Die Adligen Venedigs und Genuas, wie ehedem auch diejenigen Polens, trugen keine Titel. Quirini, Doria, Brignole, Morosini, Sauli, Fieschi (Fiesko), Cornaro oder Spinola zu heißen genügte dem höchsten Stolz. Alles fällt der Verderbnis anheim, und so tragen heute einige Familien Adelstitel. Immerhin bestand in den Zeiten, da die Adligen der aristokratischen Republiken einander gleichgestellt waren, in Genua ein Fürstentitel für die Familie Doria, die über Amalfi die volle Souveränität besaß, und in Venedig gab es einen ähnlichen Titel, der durch Besitz von alters her legitimiert war, für das Geschlecht der Facino Cane[1], nämlich den Titel eines Fürsten von Varese[2]. Sehr viel später erst bemächtigten sich die Grimaldi Monacos[3] und herrschten dort als unabhängige Fürsten. Der letzte Cane aus der älteren Linie verschwand dreißig Jahre vor dem Sturz der Republik[4] aus Venedig; er war mehr oder weniger verbrecherischer Freveltaten wegen verurteilt worden. Diejenigen, an die jenes Titular-Fürstentum fiel, die Cane Memmi, gerieten während der verhängnisvollen Zeitspanne zwischen 1797 und 1814 in tiefste Not. Im zwanzigsten Jahre dieses Jahrhunderts waren sie nur noch durch einen jungen Mann namens Emilio vertreten und durch einen Palazzo, der als eines der schönsten Schmuckstücke des Canale Grande galt. Dieser Sproß des schönen Venedigs besaß als ganzes Vermögen jenen unnützen Palazzo und fünfzehnhundert Francs Einkünfte, die von einem Landhaus an der Brenta herrührten, dem letzten Besitz, den die Familie ehedem auf der Terra ferma[5] besessen hatte; es war an die österreichische Regierung verkauft worden. Diese Leibrente schützte den schönen Emilio vor der Schmach, gleich vielen Adligen die Unterstützung von täglich zwanzig Soldi entgegenzunehmen, wie sie der Abtretungsvertrag mit Österreich allen bedürftigen Patriziern zugestanden hatte.

Zu Beginn der Wintersaison befand jener junge Herr sich auf einem Landgut am Fuß der Tiroler Alpen, das im letzten Frühling von der Herzogin Cataneo gekauft worden war. Das von Palladio für die Familie Tiepolo gebaute Haus besteht aus einem viereckigen Pavillon reinsten Stils. Man gewahrt dort eine grandiose Treppe, marmorne Säulenhallen an jeder Fassade, Säulengänge mit von Fresken bedeckten Gewölben, die durch das Ultramarin des Himmels schwerelos gemacht werden; es schweben darin entzückende Gestalten, üppig in der Ausführung, aber so gut proportioniert, daß das Bauwerk sie trägt wie eine Frau ihren Kopfputz, mit einer Leichtigkeit, die das Auge erfreut; kurzum, alles ist von jener edlen Anmut, die in Venedig die Prokurazien an der Piazzetta auszeichnet. Wundervoll entworfene Stuckornamente bewahren in den Gemächern eine Kühle, die die Luft angenehm macht. Die äußeren, mit Fresken bemalten Umgänge bilden Lichtschirme. Überall ist der kühle venezianische Bodenbelag vorhanden, bei dem Marmorstückchen sich in unveränderliche Blumen verwandeln. Das Mobiliar bot, wie das italienischer Palazzi, die schönsten überreich verwendeten Seidenstoffe dar, sowie gut gehängte, kostbare Gemälde: einige von dem Genueser Priester, genannt »il Capucino«[6], mehrere von Lionardo da Vinci[7] von Carlo Dolci[8], von Tintoretto[9] und Tizian[10]. Die gestaffelten Gartenanlagen stellen jene Wunderwerke dar, bei denen das Gold in Grotten mit inkrustierten Muscheln und kleinen Steinen verwandelt worden ist, in Schmuckwerk aus winzigen Kieseln, die wie zur Narrheit entartete Mühewaltung anmuten; Terrassen, wie sie Feen hätten erbauen können; streng getönte Boskette, wo hohe, fest wurzelnde Zypressen, dreieckige Pinien, der bekümmerte Ölbaum bereits geschickt mit Orangenbäumen, Lorbeersträuchern und Myrten gemischt sind; klare Wasserbecken, in denen azurblaue und zinnoberrote Fische schwimmen. Was man auch zugunsten englischer Gärten sagen möge, diese schirmförmig gestutzten Bäume, diese beschnittenen Taxusgebilde, dieser Luxus an Kunsterzeugnissen, der sich so raffiniert demjenigen einer drapierten Natur vermählt; diese Kaskaden aus Marmorstufen, die das Wasser zaghaft hinabgleitet und dabei anmutet wie eine vom Wind entführte Schärpe, die jedoch immerfort ersetzt wird; diese Figuren aus vergoldetem Blei, die so diskret verschwiegene Zufluchtstätten ausschmücken; kurzum, dieser kühne Palazzo, der von allen Seiten her dadurch den Blickpunkt bildet, daß er sein Spitzenwerk am Fuß der Alpen entfaltet; diese lebendigen Gedanken, die den Stein, die

Bronze und die Gewächse beleben oder sich in Beetanlagen bekunden, dieser ganze poetische Überschwang paßte vortrefflich zu der Liebe einer Herzogin und eines gut aussehenden jungen Mannes; einer Liebe, die ein den Zwecken der rohen Natur entrücktes Dichtwerk ist. Wer etwas für Phantasie übrig hat, hätte nur zu gern auf einer dieser schönen Treppen neben einer Vase, die ringsum mit Reliefs geschmückt war, einen bis zur Körpermitte mit einem roten Schurz drapierten kleinen Neger erblickt, der mit der einen Hand der Herzogin einen Sonnenschirm über den Kopf hielt und mit der andern die Schleppe ihres langen Kleides, während sie den Worten Emilio Memmis lauschte. Und wieviel hätte der Venezianer nicht gewonnen, wenn er gekleidet gewesen wäre wie einer der Senatoren, die Tizian gemalt hat? Leider gehorchte in diesem Feenpalast, der dem der Peschiere[11] in Genua recht ähnlich sieht, die Cataneo den Fermanen[12] der Victorine[13] und den französischen Modistinnen. Sie trug ein Musselinkleid und einen Hut aus Reisstroh, hübsche, taubenhalsfarbene Schuhe und Zwirnstrümpfe, die der leichteste Zephir hinweggetragen hätte; sie hatte um die Schultern einen schwarzen Spitzenschal! Aber was in Paris nie verstanden worden wäre, wo die Frauen in ihre Kleider eingezwängt sind wie die Wasserjungfern in ihre geringelten Puppenfutterale, das ist die köstliche Ungezwungenheit, mit der diese schöne Tochter Toskanas das französische Gewand trug; sie hatte es italianisiert. Die Französin legt einen unglaublichen Ernst in ihren Rock, während eine Italienerin sich wenig darum kümmert, ihn durch keinen steifen Blick verteidigt; denn sie weiß sich unter dem Schutz einer einzigen Liebe, einer Leidenschaft, die für sie so heilig und ernst ist wie für andere.

Es war gegen elf Uhr vormittags; sie war von einem Spaziergang heimgekehrt und lag auf einem Sofa hingestreckt, vor einem Tisch, auf dem die Überbleibsel eines eleganten Frühstücks zu sehen waren; so überließ die Herzogin Cataneo dem Blick ihres Liebhabers völlig jenen Musselin, ohne ihm durch die leiseste Geste ein »Pst!« zu gebieten. Emilio saß neben ihr auf einer Bergère[14], hielt eine der Hände der Herzogin in den seinen und betrachtete sie völlig hingerissen. Man frage nicht, ob sie einander liebten; das taten sie nur zu sehr. Sie waren nicht damit beschäftigt, im Buch zu lesen wie Paolo und Francesca; davon waren sie weit entfernt; Emilio wagte nicht zu sagen: »Wir wollen weiterlesen!« Beim Leuchten jener Augen, in denen zwei grüne Pupillen schimmerten, getigert durch Goldfäden, die von der Mitte ausgingen wie das Aufglänzen von Rissen und die dem Blick das weiße Geflimmer eines Sterns zuteil werden ließen, verspürte er in sich eine nervöse Wollust, die ihn bis zur Verkrampfung gelangen ließ. Dann und wann begnügte er sich damit, das schöne, schwarze Haar dieses vergötterten Kopfs anzuschauen, das, durch einen schlichten Goldreif zusammengehalten, zu beiden Seiten einer stark gewölbten Stirn in leuchtenden Flechten niederfiel, und dabei belauschte er in seinen Ohren das beschleunigte Pochen seines aufwallenden Blutes; es drohte, die Adern des Herzens zu zersprengen. Durch welches geistige Phänomen hatte seine Seele sich so sehr seines Körpers bemächtigt, daß er sich nicht mehr in sich selbst, sondern bei dem geringsten Wort, das sie mit einer Stimme sagte, die in einem Innern die Quellen des Lebens aufwühlte, gänzlich in dieser Frau fühlte? Wenn in der Einsamkeit eine unablässig eingehend gemusterte Frau von mäßiger Schönheit zu etwas Erhabenem und Eindrucksvollem wird, dann gelangt vielleicht eine so wunderbar schöne Frau wie die Herzogin dahin, einen jungen Menschen, bei dem der Überschwang einen Antrieb gefunden hatte, förmlich zu betäuben; denn sie hatte diese junge Seele tatsächlich in sich eingesogen.

Massimilla war die Erbin des Florentiner Geschlechts der Doni und hatte den sizilischen Herzog Cataneo geheiratet. Beim Vermitteln dieser Ehe hatte ihre betagte, inzwischen verstorbene Mutter sie entsprechend den Gepflogenheiten des Florentiner Lebens reich und glücklich machen wollen. Sie hatte gemeint, daß ihre Tochter, als sie das Kloster verließ, um ins Leben einzutreten, den Gesetzen der Liebe gemäß jene zweite Herzensehe eingehen werde, die für ein Italienerin alles bedeutet. Allein Massimilla Doni hatte im Kloster großes Gefallen an einem frommen Leben gefunden, und als sie vor dem Altar dem Herzog von Cataneo Treue gelobt, hatte sie sich christlich damit abgefunden, seine Frau zu sein. Das nun aber war unmöglich. Cataneo, der nichts als eine Herzogin hatte haben wollen, fand es höchst dumm, ein Ehemann zu sein; als Massimilla sich über sein Verhalten beschwert hatte, da hatte er ihr in aller Ruhe gesagt, sie solle sich doch auf die Suche nach einem *primo cavaliere servente*[15] machen und sich sogar erboten, ihr mehrere zur Auswahl vorzuführen. Die Herzogin hatte geweint, der Herzog sich von ihr abgewandt. Massimilla musterte die sie umdrängende Welt, wurde von ihrer Mutter zur Pergola, in ein paar Diplomatenhäuser, in die Cascine[16] geführt, überallhin, wo man jungen hübschen Kavalieren begegnete; sie fand niemanden, der ihr gefiel, und begab sich auf Reisen. Sie verlor ihre Mutter, erbte, trug Trauer, kam nach Venedig, und dort sah sie Emilio; er ging an ihrer Loge vorüber und wechselte mit ihr einen neugierigen Blick. Damit war alles geregelt. Der Venezianer fühlte sich wie vom Blitz getroffen; der Herzogin rief eine Stimme zu: »Der ist's!« Überall anders hätten zwei vorsichtige, gebildete Menschen einander geprüft und beschnuppert; aber diese beiden Ahnungslosen verschmolzen wie zwei Substanzen gleicher Art, die nur noch eine einzige bilden, wenn sie einander begegnen. Massimilla wurde sogleich Venezianerin und kaufte den Palazzo, den sie am Cannaregio[17] gemietet hatte. Da sie nicht wußte, wozu sie ihre Einkünfte verwenden sollte, hatte sie auch Rivalta erworben, den Landbesitz, wo sie sich gegenwärtig befand. Emilio, der der Cataneo durch die Vulpato vorgestellt worden war, kam während des ganzen Winters höchst ehrerbietig in die Loge seiner Freundin. Nie zuvor ist in zwei Seelen die Liebe heftiger gewesen, und nie schüchterner in ihren Ausdrücken. Diese beiden kindhaften Menschen zitterten voreinander. Massimilla kokettierte nicht; sie hatte weder einen *»secondo«*, einen *»terzo«*, noch einen *»papio«*[18]. Ein Lächeln oder ein Wort nahmen sie ein; sie bewunderte ihren jungen Venezianer mit dem spitzigen Gesicht, der langen, schmalen Nase, den schwarzen Augen und der edlen Stirn, der, ungeachtet ihrer naiven Ermutigungen, erst nach drei Monaten, die sie benutzt hatten, um miteinander vertraut zu werden, zu ihr ins Haus gekommen war. Der Sommer wartete mit seinem morgenländischen Himmel auf, die Herzogin klagte, daß sie allein nach Rivalta übersiedeln müsse. Emilio, den dieses Alleinsein mit ihr gleichzeitig beglückte und beunruhigte, hatte Massimilla zu ihrem Zufluchtsort begleitet. Dort weilte das hübsche Paar jetzt seit einem halben Jahr.

Massimilla hatte mit ihren zwanzig Jahren nicht ohne heftige Gewissensbisse ihre frommen Skrupel der Liebe aufgeopfert; aber langsam hatte sie sich entwaffnet; sie wünschte, die von ihrer Mutter so sehr gerühmte Herzensehe jetzt zu vollziehen, nun Emilio ihre schöne, edle, schmale, seidigweiße Hand hielt, die in gut geformte Fingernägel auslief; sie waren gefärbt, als habe sie aus Asien ein wenig von dem Henna empfangen, das den Sultansfrauen dazu dient, sie lebhaft rosarot zu färben. Ein Massimilla unbekanntes Unglück, unter dem jedoch Emilio grausam litt, hatte sich sonderbarerweise zwischen sie geworfen. Massimilla war zwar jung, hatte jedoch das Majestätische, das die mythologische Tradition der Juno zuschreibt, der einzigen Göttin, der die Mythologie keinen Liebhaber gegeben hat; denn Diana ist geliebt worden, die keusche Diana hat geliebt! Einzig Jupiter hat sich darauf verstanden, vor seiner göttlichen Ehehälfte nicht die Fassung zu verlieren, nach der so viele englische Ladies sich geformt haben. Emilio hatte seine Geliebte viel zu hoch gestellt, als daß er ihr zu nahegetreten wäre. Ein Jahr später wäre er vielleicht nicht mehr der edlen Krankheit anheimgefallen, die nur sehr junge oder sehr alte Männer überkommt. Aber wie derjenige, der weit übers Ziel hinausschießt, von diesem ebenso weit entfernt ist wie der, dessen Pfeil es nicht erreicht, befand die Herzogin sich zwischen einem Ehemann, der sich vom Ziel so weit entfernt wußte, daß er sich überhaupt nicht mehr darum kümmerte, und einem Liebhaber, der mit weißen Engelsfittichen so schnell darüber hinausflog, daß er nicht dazu zurückzugelangen vermochte. Massimilla war glücklich, geliebt zu werden, sie genoß das Begehren, ohne sich vorzustellen, worauf es hinauslaufen könne, während ihr im Glück unglücklicher Liebhaber seine junge Freundin von Zeit zu Zeit durch eine Verheißung an den Rand dessen führte, was alle Frauen als »den Abgrund« bezeichnen, und sie sah sich gezwungen, die ihn säumenden Blumen zu pflücken, ohne etwas anderes tun zu können, als sie zu zerzupfen und dabei in ihrem Herzen eine Wut zu verspüren, die sie nicht auszudrücken wagte. Sie waren beide miteinander gelustwandelt und hatten sich in den Morgen hinein immer wieder einen Liebeshymnus gesagt, wie ihn die in den Bäumen nistenden Vögel singen. Nach der Rückkehr hatte der

Jüngling, dessen Situation nur dadurch gekennzeichnet werden kann, daß man sie mit derjenigen der Engel vergleicht, denen die Maler nur einen Kopf und Flügel geben, sich so heftig verliebt gefühlt, daß er die ganze Zuneigung der Herzogin in Zweifel gezogen, bis er sie dahin gebracht hatte, ihn zu fragen: »Welchen Beweis dafür verlangst du?« Dieser Ausspruch war mit königlicher Miene getan worden, und Memmi hatte glühend die schöne, ahnungslose Hand geküßt. Plötzlich sprang er voller Wut über sich selber auf und ließ Massimilla allein. Die Herzogin verblieb in ihrer lässigen Pose auf dem Sofa; aber sie weinte dabei, sie überlegte, in was sie, die doch jung und schön war, Emilio mißfallen könne. Der arme Memmi seinerseits stieß mit dem Kopf gegen die Bäume wie eine angegriffene Krähe. Eben jetzt war ein Diener auf der Suche nach dem jungen Venezianer, und er lief ihm nach, um ihm einen Brief zu übergeben, den ein Eilbote gebracht hatte.

Marco Vendramini, welcher Name im venezianischen Dialekt, der gewisse Endlaute unterdrückt, einfach Vendramin ausgesprochen wird, sein einziger Freund, teilte ihm mit, daß Marco Facino Cane, der Fürst von Varese, in einem Pariser Spital gestorben sei[19]. Die Bestätigung seines Abscheidens sei eingetroffen. Auf diese Weise wurden die Cane Memmi Fürsten von Varese. In den Augen der beiden Freunde war ein Titel ohne Geld bedeutungslos; deshalb verkündete Vendramin Emilio als eine sehr viel wichtigere Nachricht, das Teatro Fenice habe den berühmten Tenor Genovese und die hochberühmte Signora Tinti engagiert. Emilio las den Brief nicht zu Ende, sondern zerknitterte ihn und steckte ihn in die Tasche; dann lief er zur Herzogin Cataneo, um ihr die große Neuigkeit mitzuteilen; seine heraldische Erbschaft vergaß er. Die Herzogin wußte nichts von der merkwürdigen Geschichte, die die Tinti der Neugier von ganz Italien empfahl; der Fürst erzählte sie ihr in ein paar Worten. Jene berühmte Sängerin war eine einfache Gasthofsmagd gewesen, deren wundervolle Stimme einen auf Reisen befindlichen großen Herrn aus Sizilien überrascht hatte. Die Schönheit jenes damals zwölfjährigen Mädchens hatte sich als ihrer Stimme würdig erwiesen, und so hatte der große Herr die Standhaftigkeit besessen, jene kleine Person erziehen zu lassen wie vormals Ludwig XV. Mademoiselle de Romans[20]. Er hatte geduldig gewartet, bis Claras Stimme von einem berühmten Lehrer ausgebildet worden und bis das Mädchen sechzehn Jahre alt war, um dann alle diese so sorgsam gehegten Schätze zu genießen. Bei ihrem ersten Auftreten im Vorjahr hatte die Tinti die drei am schwierigsten zu befriedigenden Großstädte[21] Italiens entzückt.

»Ich bin sicher, daß jener große Herr nicht mein Mann ist«, sagte die Herzogin.

Sogleich wurden Pferde bestellt, und die Cataneo reiste unverzüglich nach Venedig ab, um der Eröffnung der Wintersaison beizuwohnen. So überquerte denn an einem schönen Novemberabend der neugebackene Fürst von Varese von Mestre aus die Lagune nach Venedig, zwischen der Pfahlbreite mit den österreichischen Farben, die von der Zollbehörde den Gondeln eingeräumt worden ist. Der arme Emilio sah zu der Gondel der Cataneo hinüber, die ein livrierter Lakai ruderte und die etwa in Büchsenschußweite vor ihm das Meer durchfurchte, während die seine von einem alten Gondoliere gelenkt wurde, der bereits seinen Vater gerudert hatte, damals, als Venedig noch am Leben gewesen war; Emilio konnte bitterer Gedanken nicht Herr werden, die die Bekleidung mit seinem Titel ihm eingab.

»Welch ein Hohn des Schicksals! Fürst zu sein und fünfzehnhundert Francs Einkünfte zu haben. Einen der schönsten Palazzi der Welt zu besitzen und nicht über den Marmor, die Treppen, die Gemälde, die Bildwerke verfügen zu können, weil ein österreichisches Dekret sie unlängst als unveräußerlich bezeichnet hat! Auf einem Pfahlrost von Kampeschenholz[22] zu wohnen, dessen Wert auf nahezu eine Million geschätzt wird, und kein Mobiliar zu besitzen! Der Herr prunkvoller Wandelgänge zu sein und in einer Kammer über dem höchsten Arabeskenfries zu wohnen, der aus Marmor erbaut worden ist, der von Morza[23] stammt, das schon zu Römerzeiten ein Memmius erobernd durchstreift hat! In einer der herrlichsten Kirchen Venedigs seine Vorfahren auf ihren Gräbern in kostbaren Marmor gemeißelt zu sehen, in einer Kapelle, die mit Malereien von Tizian, Tintoretto, den beiden Palma, Bellini und Paolo Veronese geschmückt ist, und keinen marmornen Memmi nach England verkaufen zu können, damit der Fürst von Varese sein Brot hat! Genovese, der berühmte Tenor, bekommt innerhalb einer Saison für seine Triller das Kapital der Zinsen, von denen ein Abkömmling des Geschlechts der Memmii, die römische Senatoren waren und genauso alt wie das Geschlecht Caesars und Sullas, in Freuden leben könnte! Genovese kann eine Huka mit westindischem Tabak rauchen, und der Fürst von Varese kann nicht mal nach Belieben Zigarren kaufen!«

Und er warf seinen Zigarrenstummel ins Meer. Der Fürst von Varese fand seine Zigarren bei der Cataneo vor, der er so gern alle Reichtümer der Erde dargebracht hätte; die Herzogin unterrichtete sich über alle seine Neigungen und war glücklich, sie zu befriedigen! Bei ihr mußte er seine einzige Mahlzeit einnehmen, das Abendessen; denn sein Geld ging für seine Kleidung und seine Eintrittsgelder für das Fenice drauf. Dabei war er noch genötigt, jährlich hundert Francs für seines Vaters alten Gondoliere abzuzweigen, der, um ihn bei dieser Entlohnung rudern zu können, von nichts als Reis lebte. Und schließlich mußte er doch auch die Tassen schwarzen Kaffees bezahlen können, die er allmorgendlich im Café Florian zu sich nahm, um bis zum Abend in einer nervösen Erregung verbleiben zu können, einen Mißbrauch, an dem er zu sterben gedachte, wie Vendramin seinerseits am Opium.

»Und dabei bin ich Fürst!« Als Emilio Memmi sich das sagte, warf er Marco Vendraminis Brief in die Lagune, wo er schwamm wie ein Papierschiffchen, das ein Kind hineingesetzt hat. – »Dabei ist dieser Emilio erst dreiundzwanzig Jahre alt«, fuhr er fort. »Das ist besser, als wie Lord Wellington[24] die Gicht zu haben, wie der Regent[25] Paralytiker zu sein, wie die kaiserlich-österreichische Familie an der Fallsucht zu kranken, wie der König von Frankreich ...« Doch als ihm der König von Frankreich einfiel, legte Emilios Stirn sich in Falten, sein elfenbeinfarbener Teint wurde gelb, aus seinen schwarzen Augen rollten Tränen und feuchteten die langen Lider; er schob mit einer Hand, die würdig gewesen wäre, von Tizian gemalt zu werden, seinen dichten braunen Haarschwall zurück, und richtete den Blick wieder auf die Gondel der Cataneo.

»Dabei wiederholt der Hohn, den das Schicksal sich gegen mich herausnimmt, sich gar noch in meiner Liebe«, sagte er sich.

»Mein Herz und meine Phantasie sind reich an Schätzen, Massimilla weiß nichts von ihnen; sie ist Florentinerin, sie wird sich von mir abwenden. In ihrer Nähe zu Eis erstarren, wenn ihre Stimme und ihr Blick in mir himmlische Gefühle entfachen! Ich sehe ihre Gondel kaum hundert Handlängen von der meinen entfernt, und dabei ist mir, als werde mir ein glühendes Eisen ins Herz gestoßen. Ein unsichtbares Fluidum fließt in meine Nerven und setzt sie in Glut, über meine Augen breitet sich eine Wolke, die Luft scheint mir die gleiche Farbe zu haben, die sie in Rivalta hatte, wenn das Tageslicht durch einen rotseidenen Vorhang glitt und wenn ich, ohne daß sie mich sah, sie bewunderte, wenn sie träumte und klug lächelte wie Lionardos Mona Lisa[26]. Entweder endet meine Herrlichkeit durch einen Pistolenschuß, oder der Sproß der Cane folgt dem Rat seines alten Carmagnola; wir werden Seeleute, Piraten, und wir machen uns den Spaß, mitanzusehen, wie lange wir am Leben bleiben, ehe wir gehängt werden.«

Der Fürst nahm eine neue Zigarre und schaute den Arabesken ihres Rauchs nach, die er in den Wind blies, gleich als wolle er in den launischen Wirbeln eine Wiederholung seines letzten Gedankens erblicken. Schon von weitem nahm er die maurischen Spitzen der Ornamente wahr, die seinen Palazzo krönten; da wurde er wieder traurig. Die Gondel der Herzogin war im Cannaregio verschwunden. Die fantastischen Ausmalungen eines romantischen, gefahrvollen Lebens, zu dem er als Lösung seiner Liebe gegriffen hatte, erloschen wie seine Zigarre, und die Gondel seiner Freundin wies ihm nicht länger den Weg. Da sah er abermals die Gegenwart so vor sich, wie sie war: als einen Palazzo ohne Seele, als eine Seele ohne Einwirkung auf den Körper, als ein Fürstentum ohne Geldmittel, als einen leeren Körper und ein volles Herz, als tausend zur Verzweiflung treibende Gegensätze. Der Unglückliche beweinte sein altes Venedig, wie es, bitterer noch, Vendramini beweinte; denn ein gemeinsamer, tiefer Schmerz und ein gleiches Schicksal hatten eine gegenseitige, lebendige Freundschaft zwischen den beiden jungen Menschen entstehen lassen, den Überbleibseln zweier erlauchter Familien. Emilio konnte nicht umhin, an die Tage zu denken, da der Palazzo Memmi aus allen Fenstern Licht gespien und von Musik widergehallt hatte, die weit hinaus über die Wogen der Adria getragen worden war; da man an den Pfählen Hunderte von Gondeln vertäut gesehen; da man auf den von den Fluten geküßten Stufen seiner Freitreppe elegante Masken und die Würdenträger der Republik sich in Massen hatte drängen sehen; da seine Salons und seine Wandelgänge von einer Ränke schmiedenden und Ränken unterworfenen Gesellschaft erfüllt waren; da der große Festsaal, in dem Tafeln mit lachenden, spottenden Gästen standen, und seine Galerien mit dem luftigen, von Musik durchklungenen Umgang ganz Venedig zu bergen schienen, das die von Gelächter erdröhnenden Treppen hinauf und hinab schritt. Der Meißel der besten Künstler hatte von Jahrhundert zu Jahrhundert die Bronze ziseliert, die jetzt die langhalsigen oder bauchigen, in China gekauften Vasen trug, und die der Kandelaber mit den tausend Kerzen. Jedes Land hatte seinen Anteil an dem Luxus geliefert, der die Wände und Decken schmückte. Heute schwiegen und weinten die ihrer schönen Stoffbespannungen beraubten Wände, die düsteren Zimmerdecken. Keine türkischen Teppiche mehr, keine Kronleuchter mit Blumengewinden, keine Statuen, keine Gemälde, weder Freude noch Geld, dieses große Beförderungsmittel der Freude! Venedig, dieses London des Mittelalters, verfiel von Stein zu Stein, von Mensch zu Mensch. Das finstere Grün, das das Meer am Fuß der Palazzi beibehält und hegt, war für die Augen des Fürsten jetzt wie eine dunkle Franse, die die Natur dort als Zeichen des Todes angebracht hatte. Schließlich war dann noch ein großer englischer Dichter[27] gekommen und hatte sich auf Venedig niedergelassen wie ein Rabe auf einem Leichnam, um ihm in lyrischer Dichtung, dieser ersten und letzten Sprache der menschlichen Gemeinschaften, die Stanzen eines *De profundis*[28] zuzukrächzen! Englische Poesie einer Stadt ins Antlitz geworfen, die die italienische Poesie erzeugt hatte...! Armes Venedig!

Man stelle sich das Erstaunen eines in solcherlei Gedanken versunkenen jungen Menschen vor, als Carmagnola glücklich ausrief: »Erlauchte Herrlichkeit, der Palazzo brennt, oder die alten Dogen sind wiedergekehrt. Die Fenster der obersten Galerie sind hell!«

Der Fürst Emilio glaubte, sein Traum sei durch den Schlag

eines Zauberstabs verwirklicht worden. Bei hereinbrechender Dunkelheit konnte der alte Gondoliere, der seine Gondel an der ersten Stufe angehalten hatte, seinen jungen Herrn absetzen, ohne daß er von einem der vielen Leute bemerkt worden wäre, die sich im Palazzo zu schaffen machten, einige von ihnen summten auf der Freitreppe umher wie Bienen am Flugloch eines Bienenkorbs. Emilio schlüpfte in die riesige Säulenvorhalle, in der die schönste Treppe Venedigs begann, und durchschritt sie geschmeidig, um der Ursache dieses seltsamen Abenteuers auf den Grund zu gehen. Eine ganze Heerschar von Arbeitern beeilte sich, die Möblierung und Ausschmückung des Palazzo zu vollenden. Das erste, Venedigs altem Glanz würdige Stockwerk bot Emilios Blicken all die schönen Dinge dar, die er sich kurz zuvor erträumt hatte, und die Fee hatte sie mit erlesenem Kunstsinn verteilt. Eine Pracht, die des Schlosses eines königlichen Emporkömmlings würdig gewesen wäre, funkelte auch in den winzigsten Einzelheiten. Emilio schritt umher, ohne daß er im mindesten beachtet wurde, und er schritt von Überraschung zu Überraschung. Er war neugierig zu sehen, was im zweiten Stockwerk vor sich ging; er stieg hinauf und sah, daß die Einrichtung fix und fertig war. Unbekannte, die der Zauberer damit beauftragt hatte, die Wunder von Tausendundeiner Nacht zugunsten eines armen italienischen Fürsten aufs neue erstehen zu lassen, brachten Ersatz für ein paar dürftige Möbelstücke, die in der ersten Hast hereingebracht worden waren. Fürst Emilio gelangte in das Schlafzimmer der Gemächerfolge; es lächelte ihm entgegen wie eine Muschel, der Venus hätte entstiegen sein können. Jenes Zimmer war auf eine so köstliche Weise schön, so trefflich herausgeputzt, so kokett, so erfüllt von liebenswürdigen, raffinierten Zierlichkeiten, daß er sich in eine Bergère aus vergoldetem Holz sinken ließ, vor der das leckerste kalte Souper serviert worden war; er machte keine großen Umstände, er fing an zu essen.

»Auf der ganzen Welt wüßte ich niemanden, der sich dieses Fest ausgedacht haben könnte, als Massimilla. Sie hat erfahren, daß ich Fürst geworden bin, vielleicht ist der Herzog von Cataneo gestorben und hat ihr seine Güter hinterlassen; jetzt ist sie doppelt so reich, sie wird mich heiraten, und ...« Und er aß, daß ein kranker Millionär ihn sicherlich gehaßt haben würde, wenn er ihm beim Verschlingen dieses Soupers zugeschaut hätte, und er trank in Strömen einen ausgezeichneten Portwein. – »Jetzt kann ich mir die verschmitzte Miene erklären, die sie aufgesetzt hatte, als sie mir sagte: ›Bis heute abend!‹ Vielleicht wird sie kommen und mich entzaubern. Welch schönes Bett, und unter dem Betthimmel, welch hübsche Laterne . . .! Pah! So recht der Einfall einer Florentinerin.«

Es gibt reiche Naturen, auf die ein Übermaß an Glück oder Unglück eine einschläfernde Wirkung haben. Auf einen jungen Menschen jedoch, der genug an Seelenstärke besitzt, eine Geliebte in einem Maß zu idealisieren, daß er in ihr kein weibliches Wesen mehr erblickt, mußte das allzu plötzliche Hereinbrechen von Glück und Reichtum wirken wie eine Dosis Opium. Als der Fürst die Flasche Portwein getrunken und die Hälfte eines Fischs und ein paar Happen einer französischen Pastete verzehrt hatte, empfand er das heftigste Verlangen, sich schlafen zu legen. Vielleicht stand er unter dem Einfluß einer zwiefachen Trunkenheit. Er nahm selber die Bettdecke ab, richtete sich das Bett her, entkleidete sich in einem allerliebsten Toilette-Kabinett und legte sich nieder, um über sein Schicksal nachzusinnen.

»Ich habe den armen Carmagnola vergessen; aber mein Koch und mein Kellermeister werden schon für ihn sorgen.«

In diesem Augenblick kam wie ein Irrwisch eine Zofe herein und trällerte dabei eine Arie aus dem ›Barbier von Sevilla‹. Sie warf weibliche Bekleidungsstücke auf einen Sessel, eine vollständige Nachttoilette, und sagte:

»Jetzt kommen sie heim!«

Bald danach erschien tatsächlich eine junge, nach französischer Mode gekleidete Frau; sie konnte für das Original eines phantasievollen englischen Kupferstichs gehalten werden, der für ein *»Forget me not«*, eine »Schöne Gesellschaft«, oder für ein *»Book of Beauty«*[29] erfunden worden war. Den Fürsten durchschauerten Furcht und Lust; man weiß ja, daß er Massimilla liebte. Aber trotz dieser gläubigen Liebe, die ihn durchglühte, und die ehedem in Spanien zu Gemälden inspiriert hat, in Italien zu Madonnen, Michelangelo zu Statuen, Ghiberti zu den Türen des Baptisteriums[30], verstrickte die Wollust ihn in ihre Netze, und das Begehren durchwallte ihn, ohne in seinem Herzen die warme, ätherische Essenz zu verbreiten, die ein Blick oder das harmloseste Wort der Cataneo in ihn einströmen ließen. Seine Seele, sein Herz, seine Vernunft, alle seine Willenskräfte sträubten sich gegen die Untreue; aber die brutale, die launische Untreue gewann Gewalt über seine Seele. Jene Frau war nicht allein gekommen.

Der Fürst erblickte eine der Persönlichkeiten, an die niemand glauben will, sobald man sie aus dem Zustand des Wirklichen, in dem man sie bewundert, in den phantastischen Zustand einer mehr oder minder literarischen Schilderung hinüberwechseln läßt. Die Kleidung des Fremden setzte sich wie die der Neapolitaner aus fünf Farben zusammen, sofern man geneigt ist, das Schwarz des Hutes als eine Farbe gelten zu lassen. Die Hose war olivgrün, die rote Weste funkelte von Goldknöpfen, der Frack hatte einen Stich ins Grüne, und die Leibwäsche war eher gelblich. Dieser Mann schien es sich zur Lebensaufgabe gemacht zu haben, den Neapolitaner zu verkörpern, den Gerolamo[31] ohne Unterlaß auf der Bühne seines Marionettentheaters auftreten läßt. Die Augen schienen aus Glas zu bestehen. Die Nase sah aus wie ein Treff-As; sie sprang entsetzlich vor. Übrigens bedeckte die Nase schamhaft ein Loch, das als Mund zu bezeichnen man dem Mann Unrecht getan haben würde; darin waren drei oder vier weiße, mit Beweglichkeit begabte Hauer zu sehen, die sich ganz von selbst gegeneinander stellten. Die Ohren hingen durch ihr eigenes Gewicht herab und verliehen jenem Manne eine absonderliche Ähnlichkeit mit einem Hunde. Der Teint, den man im Verdacht haben konnte, er enthalte mehrere auf Geheiß irgendeines Hippokrates[32] dem Blut eingeimpfte Metalle, spielte ins Schwärzliche. Die spitzige Stirn, die flach anliegendes, spärliches Haar, das niederfiel in Strähnen aus gesponnenem Glas, kaum verdeckte, krönte mit rötlichen Unebenheiten ein verdrossenes Gesicht. Schließlich hatte jener Herr, obgleich er mager und von durchschnittlicher Größe war, lange Arme und breite Schultern; trotz dieser Häßlichkeiten und obwohl man ihn auf siebzig Jahre geschätzt haben würde, mangelte es ihm nicht an einer gewissen zyklopischen Würde; er besaß aristokratische Manieren, und aus seinem Blick sprach die Selbstsicherheit eines reichen Mannes. Für jemanden, dessen Herz hinlänglich gefestigt war, ihn genau anzuschauen, stand seine Geschichte mittels seiner Leidenschaften in diesem edlen Ton geschrieben, der zu schmutzigem Schlamm geworden war. Man hätte in ihm den großen Herrn erkannt, der, als von Jugend auf reich, seinen Körper der Ausschweifung verkauft hatte, um dadurch zu übersteigerten Lüsten zu gelangen. Die Ausschweifung hatte das menschliche Geschöpf zerstört und sich daraus zu seiner Verwendung ein anderes geschaffen. Tausende von Flaschen waren unter den Purpurbögen dieser grotesken Nase hindurchgeflossen und hatten ihre Hefe auf den Lippen zurückgelassen. Lange, erschöpfende Verdauungsarbeit hatte die Zähne mitgenommen. Die Augen waren im Licht der Spieltische verblaßt. Das Blut war mit unreinen Stoffen beladen worden, und diese hatte das Nervensystem verändert. Das Spiel der Verdauungskräfte hatte die Intelligenz aufgezehrt. Und schließlich hatte die Liebe den glänzenden Haarwuchs des Jünglings hinschwinden lassen. Als ein gieriger Erbe hatte jedes Laster seinen Anteil an diesem noch lebenden Leichnam vorgemerkt. Befaßt man sich eingehend mit der Natur, so gewahrt man in ihr Scherz von überlegener Ironie; so hat sie beispielsweise Kröten ihren Platz neben Blumen angewiesen, gerade wie dieser Herzog neben dieser Liebesrose stand.

»Spielen Sie heute abend Geige, lieber Herzog?« fragte die Frau, löste den Halter und ließ eine herrliche Portiere über die Tür fallen.

»Geige spielen?« griff Fürst Emilio diese Bemerkung auf. »Was soll das heißen? Was ist aus meinem Palazzo gemacht worden? Bin ich wachen Sinnes? Da liege ich im Bett dieser Frau, die da meint, sie sei bei sich daheim; sie legt ihren Umhang ab! Habe ich denn, wie Vendramin, Opium geraucht, und bin ich in einem der Träume befangen, in denen er Venedig erblickt, wie es vor dreihundert Jahren war?«

Die Unbekannte saß vor ihrem von Kerzen beleuchteten Toilette-Tisch und entledigte sich mit der ruhigsten Miene der Welt ihres Putzes. »Schellen Sie nach Julia, mich verlangt dringend, mich auszuziehen.«

In diesem Augenblick bemerkte der Herzog das angetastete Souper, hielt im Zimmer Umschau und erblickte die Hose des Fürsten, die breit auf einem neben dem Bett stehenden Sessel lag.

»Ich schelle nicht, Clarina«, rief mit gellender Stimme der wütende Herzog. »Und ich spiele heute abend auch nicht Geige, und auch morgen nicht, und nie wieder ...«

»La-la-la-la!« sang Clarina auf einer einzigen Note, aber jedesmal eine Oktave höher, mit der Leichtigkeit einer Nachtigall.

»Trotz dieser Stimme, die die heilige Clara, deine Schutzpatronin, eifersüchtig machen würde, bist du ein bißchen gar zu schamlos, du Ausbund an Liederlichkeit!«

»Sie haben mich nicht dazu erzogen, solcherlei Worte zu vernehmen«, sagte sie stolz.

»Habe ich dich etwa gelehrt, in deinem Bett einen Mann liegen zu lassen? Du verdienst weder meine Wohltaten noch meinen Haß.«

»Ein Mann in meinem Bett!« rief Clarina und fuhr jäh herum.

»Noch dazu einen, der ganz gemütlich unser Souper aufgegessen hat, als wäre er bei sich zu Hause«, fuhr der Herzog fort.

»Ja, aber«, rief Emilio, »bin ich denn etwa nicht im eigenen Hause? Ich bin der Fürst von Varese, und der Palazzo gehört mir.«

Mit diesen Worten richtete Emilio sich auf und ließ inmitten der pompösen Draperien des Bettes seinen schönen, edlen Venezianerkopf sehen. Zunächst brach Clarina in eines der tollen Gelächter aus, die junge Mädchen für gewöhnlich befallen, wenn ihnen ein jenseits aller Voraussicht komisches Abenteuer zustößt. Dieses Gelächter fand ein Ende, als sie den jungen Herrn erblickte, der, sagen wir es getrost, auffällig schön, wenngleich wenig bekleidet war; die gleiche Wut, die Emilio zwackte, ergriff auch sie, und da sie niemanden liebte, zügelte keinerlei Vernunft die Aufwallung einer verliebten Sizilianerin.

»Wenn dieses der Palazzo Memmi ist, werden Eure erhabene Durchlaucht die Güte haben, ihn zu verlassen«, sagte der Herzog und nahm die kalte, ironische Miene eines wohlerzogenen Mannes an. »Ich bin hier zu Hause ...«

»Vernehmen Sie, Herr Herzog, daß Sie in meinem Schlafzimmer sind, und nicht bei sich zu Hause«, sagte Clarina, die aus ihrer Benommenheit erwacht war. »Wenn Sie schon Argwohn betreffs meiner Tugend hegen, dann überlassen Sie mir bitte die Annehmlichkeiten meines Vergehens ...«

»Sag lieber, mein Kind, Gewißheit ...«

»Ich schwöre Ihnen«, entgegnete Clarina, »ich bin schuldlos.«

»Aber was sehe ich denn da in jenem Bett?«

»Ach, alter Hexenmeister, wenn du mehr dem glaubst, was du siehst, als dem, was ich dir sage«, rief Clarina, »dann liebst du mich nicht! Mach, daß du wegkommst, und lieg mir nicht länger in den Ohren! Hast du verstanden? Hinaus mit Ihnen, Herr Herzog! Dieser junge Fürst wird Ihnen die Million zurückerstatten, die ich Sie koste, wenn Sie Wert darauf legen.«

»Nichts, gar nichts erstatte ich zurück«, sagte Emilio sehr leise.

»Haha! Wir brauchen ja auch gar nichts zurückzuerstatten; eine Million ist wenig, wenn man so häßlich ist und dafür Clarina Tinti hat. Vorwärts, hinaus mit Ihnen«, sagte sie zu dem Herzog. »Sie haben mir den Laufpaß gegeben, und jetzt gebe ich Ihnen den Laufpaß; wir sind quitt.«

Auf eine Geste des alten Herzogs hin, der anscheinend diesem Befehl Widerstand leisten wollte – er war in einer Haltung gegeben worden, die der Rolle der Semiramis[33] würdig war; durch diese hatte die Tinti ihren gewaltigen Ruhm gewonnen –, stürzte die Primadonna sich auf den alten Affen und setzte ihn vor die Tür.

»Wenn Sie mich heute abend nicht in Ruhe lassen, sehen wir einander niemals wieder. Mein ›Niemals‹ gilt mehr als das Ihre«, sagte sie dabei.

»›In Ruhe‹«, entgegnete der Herzog und lachte bitter auf; »mir scheint, mein geliebtes Idol, Sie verbleiben eher ›agitata[34]‹.«

Der Herzog verschwand. Diese Feigheit überraschte Emilio mitnichten. Alle, die sich an einen gewissen Geschmack gewöhnt haben, den sie sich unter allen Auswirkungen der Liebe aussuchten und der ihrem Charakter gemäß ist, wissen, daß keine Erwägung einen Mann zum Innehalten bringt, der sich seine Leidenschaft zur Gewohnheit gemacht hat. Die Tinti hüpfte wie ein Rehkitz von der Tür zum Bett.

»Ein Fürst, und arm, und jung, und schön, aber das ist ja ein Märchen ...!« sagte sie.

Die Sizilianerin legte sich mit einer Anmut auf das Bett, die an das naive Sichgehenlassen eines Tieres erinnerte, an die Hingabe einer Pflanze an die Sonne oder an die gefällige Walzerbewegung, mit der die Zweige sich im Winde wiegen. Als sie die Bünde ihres Kleids an den Handgelenken aufknöpfte, begann sie zu singen, aber jetzt nicht mehr mit der Stimme, die der Auslösung von Beifallsbezeigungen im Fenice galt, sondern mit einer vom Begehren durchzitterten. Ihr Gesang war ein Windhauch, der dem Herzen die Bezeigungen der Liebe zuwehte. Verstohlen blickte sie zu Emilio hinüber, der genauso verwirrt war wie sie; denn jetzt hatte dieses Dämchen vom Theater nicht mehr die Kühnheit, die ihre Augen, ihre Gesten und ihre Stimme befeuert hatte, als sie den Herzog hinauswarf; nein, sie war demütig wie eine verliebte Kurtisane. Um eine richtige Vorstellung von der Tinti zu haben, müßte man eine der besten französischen Sängerinnen[35] bei ihrem Debüt in ›Il Fazzoletto‹[36], einer Oper von Garcia[37], gesehen haben, die die italienische Operntruppe damals im Theater in der Rue Louvois[38] spielte; sie war so schön, daß ein armer Leibgardist, der bei ihr kein Gehör gefunden hatte, vor Verzweiflung Selbstmord beging. Die Primadonna des Fenice verfügte über die gleiche Feinheit des Ausdrucks, die gleiche Eleganz der Formen, die gleiche Jugend; allein sie war ihr überlegen durch die warme Hauttönung Siziliens, die ihre Schönheit vergoldete; überdies war ihre Stimme voller; sie hatte das erhabene Aussehen, das die Konturen der italienischen Frau auszeichnet. Die Tinti, deren Name soviel Ähnlichkeit mit demjenigen besitzt, den die französische Sängerin sich zulegte, war siebzehn Jahre alt, und der arme Fürst dreiundzwanzig. Welch eine schäkernde Hand hatte sich darin gefallen, so dicht an das Feuer Schießpulver zu werfen? Ein durchduftetes Zimmer, mit fleischfarbener Seide bespannt, von Kerzen überglänzt, ein Bett mit Spitzendecken, ein schweigender Palazzo, Venedig, zwei junge, schöne Menschen! Hier waren alle Prächte vereinigt. Emilio ergriff seine Hose, sprang aus dem Bett, verschwand schleunigst im Toilette-Kabinett, kleidete sich wieder an, kam zurück und bewegte sich hastig auf die Tür zu.

Folgendes hatte er sich gesagt, als er wieder in seine Kleider schlüpfte:

»Massimilla, geliebte Tochter der Doni, bei denen die italienische Schönheit als Erbgut bewahrt geblieben ist, du, die du das Bildnis der Margherita nicht Lügen strafst, eins der wenigen Gemälde, die Raffael zu seinem Ruhm ganz und gar geschaffen hat, heißt es nicht, dich ehren, wenn ich vor diesem Schlund voller Blumen zurückweiche? Wäre ich deiner würdig, wenn ich ein Herz, das ganz dein ist, entweihte? Nein, ich werde nicht in die vulgäre Schlinge tappen, die meine aufgepeitschten Sinne mir stellen. Diesem Mädchen sein Herzog, mir meine Herzogin!« Gerade als er die Portiere anhob, vernahm er ein Wimmern. Der heroische Liebhaber wandte sich um und sah die Tinti; sie vergrub kniend das Gesicht im Bett und erstickte darin ihr Schluchzen. Sollte man es für möglich halten? Die Sängerin war im Knien und mit verborgenem Gesicht schöner, als sie es verwirrt und mit strahlendem Antlitz gewesen war. Ihr aufgelöst über die Schultern niederhängendes Haar, ihre Magdalenenpose, die Unordnung ihrer zerrissenen Kleider, all das war vom Teufel komponiert worden, der bekanntlich ein großer Kolorist ist. Der Fürst faßte die arme Tinti um die Taille, sie entwischte ihm wie eine Ringelnatter und wand sich um einen seiner Füße, der weich einen anbetungswerten Körper drückte.

»Möchtest du mir wohl erklären«, sagte er und schüttelte den Fuß, um von diesem Mädchen loszukommen, »wieso du dich in meinem Palazzo befindest? Wieso ich, der arme Emilio Memmi . . .«

»Emilio Memmi!« rief die Tinti und sprang auf. »Du hast gesagst, du seiest Fürst!«

»Fürst bin ich seit gestern.«

»Du liebst die Cataneo!« sagte die Tinti und musterte ihn von oben bis unten.

Der arme Emilio stand stumm da, als er die Primadonna sah, die unter Tränen lächelte.

»Eure Herrlichkeit wissen nicht, daß er, der mich für das Theater hat ausbilden lassen, daß dieser Herzog . . . Cataneo in Person ist und daß Ihr Freund Vendramin, der Meinung, er tue Ihnen einen Gefallen, ihm diesen Palazzo für die Dauer meines Engagements am Fenice für tausend Taler vermietet hat. Liebes Idol meines Verlangens«, sagte sie zu ihm, nahm ihn bei der Hand und zog ihn an sich, »warum fliehst du die, für die manch einer sich die Knochen im Leibe zerbrechen lassen würde? Die Liebe, siehst du, bleibt immer und ewig die Liebe. Sie gleicht überall sich selbst, sie ist wie die Sonne unserer Seelen, überall, wo sie glänzt, wird man warm, und wir sind hier im hellsten Mittagsschein. Wenn du morgen nicht zufrieden bist, so bring mich um! Aber laß es gut sein: ich werde am Leben bleiben! Denn ich bin über die Maßen schön.«

Emilio beschloß zu bleiben. Als er durch ein Nicken eingewilligt hatte, dünkte ihn die Regung der Freude, die die Tinti durchschwoll, von einem Leuchten erhellt, das der Hölle entströmt war. Nie zuvor hatte für ihn die Liebe einen so grandiosen Ausdruck gehabt. Da stieß Carmagnola einen kräftigen Pfiff aus. – »Was mag er von mir wollen?« fragte sich der Fürst.

Die Liebe hatte Emilio besiegt; er hörte nicht auf Carmagnolas wiederholte Pfiffe.

Wer noch keine Reise durch die Schweiz unternommen hat, wird vielleicht diese Schilderung mit Vergnügen lesen, und wer in den Alpen dort herumgeklettert ist, wird sich schwerlich ohne Erschütterung dessen erinnern, was dabei geschah. In jenem erhabenen Lande finden sich tief in einem Felsen, der durch ein Tal in zwei Teile zerspalten worden ist, ein Weg, der breit ist wie die Avenue de Neuilly in Paris, aber ein paar hundert Klafter tief eingehöhlt und von Schluchten rissig geworden, sowie ein Wasserlauf, der entweder vom Sankt Gotthard oder vom Simplon, von irgendeinem Alpengipfel, herabstürzt und ein weites Brunnenbecken bildet, ich weiß nicht, wie viele Klafter tief, aber mehrere Klafter lang und breit, gesäumt von schartigen Granitquadern, auf denen man Wiesenflecke sieht, zwischen denen gigantische Fichten und Erlen aufragen, aber wo auch Erdbeeren und Veilchen sprossen; manchmal gewahrt man auch eine Berghütte, aus der das frische Gesicht einer blonden Schweizerin hervorlugt; je nach dem Aussehen des Himmels ist das Wasser jenes Brunnens blau oder grün, aber blau wie ein Saphir, und grün wie ein Smaragd; also kurz und gut, nichts auf Erden gibt dem sorglosesten Wanderer, dem eiligsten Diplomaten, dem harmlosesten Krämer die nämliche Vorstellung von Tiefe, von Ruhe, von Gewaltigkeit, von himmlischer Liebe, von ewigem Glück wie dieser flüssige Diamant, in den hinein herab von den höchsten Alpengipfeln der Schnee als klares Wasser durch eine von der Natur geschaffene Rinne hineinfließt, verborgen unter Bäumen, in den Fels gehöhlt, aus dem es durch einen Spalt entweicht, ohne Gemurmel; der Wasserspiegel, der sich über den Schlund hinzieht, entgleitet so weich und langsam, daß man auf seiner Oberfläche, auf der der Wagen sich im Vorüberfahren spiegelt, nicht die leiseste Regung wahrnimmt. Jetzt bekommen die Pferde zwei Peitschenhiebe! Es geht um einen Felsen herum, man biegt auf eine Brücke ein; plötzlich brüllt ein grausiges Konzert von Kaskaden auf, die übereinander stürzen; der durch einen wütenden Sprung entronnene Gießbach zerschellt in zwanzig Fällen, zerschmettert auf tausend dicken Steinen; er sprüht in hundert Garben an einem Felsblock auf, der oben von der das Tal beherrschenden Bergkette herabgerollt und haargenau mitten auf jene Straße gefallen ist, die sich das Nitroglyzerin, die gewaltigste aller lebendigen Kräfte, gebieterisch gebrochen hat.

Wenn man diese Landschaft richtig erfaßt hat, dürfte man in dem schlafenden Wasser ein Abbild der Liebe Emilios zur Herzogin erblickt haben, und in den Kaskaden, die wie eine Schafherde springen, ein Abbild seiner Liebesnacht mit der Tinti. Inmitten dieser Sturzbäche der Liebe erhob sich ein Fels, an dem die Woge sich brach. Der Fürst war wie Sisyphus; er befand sich nach wie vor unter jenem Felsblock.

»Was macht der Herzog Cataneo eigentlich mit seiner Geige?« fragte er sich. »Verdanke ich etwa ihm diese Symphonie?«

Er eröffnete sich darüber Clarina Tinti.

»Lieber Junge ... (sie hatte durchschaut, daß der Fürst ein Knabe war) lieber Junge«, sagte sie, »für diesen Mann, der auf den Gefilden des Lasters hundertachtzehn und in den Kirchenregistern siebenundvierzig Jahre alt ist, gibt es auf Erden nur noch einen einzigen und letzten Genuß, durch den er spürt, daß er lebt. Ja, bei ihm sind alle Saiten gesprungen, bei ihm ist alles zertrümmert oder zerlumpt. Die Seele, die Intelligenz, das Herz, die Nerven, alles, was beim Manne einen Auftrieb hervorbringt und durch das Begehren oder die Flammen der Lust an den Himmel knüpft, hängt bei ihm nicht so sehr von der Musik ab als von einer bestimmten Wirkung innerhalb der zahllosen Wirkungen der Musik, nämlich von einem vollkommenen Einklang zweier Stimmen und der E-Saite seiner Geige. Der alte Affe setzt sich auf mich, nimmt seine Violine, er spielt recht gut, und entlockt ihr Töne, ich versuche, sie zu treffen, und wenn der lang ersehnte Augenblick eintritt, da es unmöglich ist, in der Fülle der Töne zu unterscheiden, welcher von seiner Geige herrührt und welcher meiner Kehle entstammt, gerät der Alte in Verzückung, seine toten Augen sprühen die letzten Flammen, er ist glücklich, er wälzt sich am Boden wie ein Trunkener. Deswegen bezahlt er Genovese so hoch. Genovese ist der einzige Tenor, der sich gelegentlich der Klangfarbe meiner Stimme angleichen kann. Entweder kommen wir im Verlauf eines Abends einander tatsächlich ein- oder zweimal nahe, oder der Herzog bildet es sich ein; für diese eingebildete Lustempfindung hat er Genovese engagiert, Genovese gehört ihm. Kein Theaterdirektor kann diesen Tenor ohne mich, noch mich ohne ihn singen lassen. Nur zur Befriedigung dieser Laune hat der Herzog für meine Ausbildung gesorgt; ich danke ihm mein Talent, meine Schönheit und wohl auch mein Glück. Er wird einmal an irgendeinem vollkommenen Einklang sterben. Der Gehörsinn ist der einzige, der bei dem Schiffbruch seiner Fähigkeiten davongekommen ist; er ist der Faden, der ihn mit dem Leben verbindet. Aus diesem verfaulten Stumpf schießt ein kraftvoller Sproß. Es gibt, so ist mir gesagt worden, viele Männer in derselben Lage; möge die Madonna sie schützen! Du jedoch gehörst nicht zu ihnen! Du kannst alles, was du willst, und alles, was ich will, ich weiß es.«

Gegen Morgen verließ Fürst Emilio behutsam das Schlafzimmer und fand Carmagnola längelang vor der Tür liegen.

»Eure Herrlichkeit«, sagte der Gondoliere, »die Herzogin hatte mir befohlen, Ihnen diesen Brief einzuhändigen.«

Er hielt seinem Herrn ein hübsches, dreieckig gefaltetes Papier hin. Der Fürst verspürte einen Schwächeanfall; er ging wieder hinein und sank in eine Bergère; sein Sehvermögen war getrübt und seine Hände zitterten, als er das Folgende las:

»Lieber Emilio, Ihre Gondel hat an Ihrem Palazzo angelegt, Sie wissen also nicht, daß Cataneo ihn für die Tinti gemietet hat. Wenn Sie mich lieben, dann bleiben Sie ab heute abend bei Vendramin; er hat mir gesagt, er habe für Sie bei sich eine Unterkunft eingerichtet. Was soll ich tun? Muß ich angesichts meines Mannes und seiner Sängerin in Venedig bleiben? Sollen wir zusammen ins Friaul reisen? Antworten Sie mir mit ein paar Zeilen, und sei es nur, um mir zu sagen, was es mit dem Brief auf sich hatte, den Sie in die Lagune geworfen haben.

Massimilla Doni.«

Die Handschrift und der Duft des Papiers erweckten in der Seele des jungen Venezianers tausend Erinnerungen. Die Sonne der Liebe warf ihren hellen Schein auf die aus der Ferne gekommene blaue Flut, die sich in einem bodenlosen Abgrund angesammelt hatte und die wie ein Stern funkelte. Der edle Knabe konnte den Tränen nicht wehren, die im Übermaß seinen Augen entquollen; denn bei der Mattigkeit, in die die Erschöpfung seiner gestillten Sinne ihn versetzt hatte, war er kraftlos gegenüber dem Anprall dieser reinen Göttlichkeit. Clarina hörte im Schlaf sein Weinen; sie richtete sich auf, sah ihren Fürsten in einer Haltung des Schmerzes, stürzte zu seinen Knien nieder und küßte sie.

»Es wird noch immer auf die Antwort gewartet«, sagte Carmagnola, der die Portiere gehoben hatte.

»Abscheuliche, du hast mich vernichtet!« rief Emilio und schüttelte mit dem Fuß die Tinti ab.

Sie umklammerte ihn mit so viel Liebe, sie flehte durch einen Blick, den Blick einer klagenden Samariterin, um eine Erklärung, daß Emilio in seiner Wut, noch immer in diese Leidenschaft verstrickt zu sein, die ihn hatte straucheln lassen, die Sängerin mit einem brutalen Fußtritt von sich stieß.

»Du hast mir gesagt, ich solle dich töten, stirb also, du giftige Bestie!« schrie er.

Dann verließ er seinen Palazzo, sprang in seine Gondel und rief Carmagnola zu: »Rudere!«

»Wohin?« fragte der Alte.

»Wohin du willst.«

Der Gondoliere konnte sich in seinen Herrn hineindenken und ruderte ihn auf tausend Umwegen in den Cannaregio vor die Pforte eines wundervollen Palazzo, den man sicherlich bewundern wird, wenn man einmal nach Venedig reist; denn kein

Fremder hat es versäumt, seine Gondel beim Erblicken dieser Fenster, von denen jedes anderes Schmuckwerk aufwies, wobei sie einander in phantastischen Einfällen zu übertreffen suchten, anhalten zu lassen – sie hatten sämtlich Balkons, die wie das tollste Spitzenwerk gemeißelt waren –, beim Erblicken der Ecken dieses Palazzos, die in lange, schlanke, gewundene Säulchen ausliefen; beim Erspähen der Steinlagen, die von einem so einfallsreichen Meißel bearbeitet worden waren, daß man in den Arabesken jedes Steins keine findet, die der andern gliche. Wie hübsch ist die Tür und wie geheimnisvoll die lange, gewölbte Säulenhalle, die zur Treppe führt! Und wer würde nicht die Stufen bewundern, auf die kundige Kunst für die Zeit, da Venedig bestehen wird, einen Teppich gebreitet hat, der reich ist wie ein türkischer Teppich, aber aus Steinen von tausenderlei Formen besteht, die in weißen Marmor eingelassen worden sind! Man wird die köstlichen Einfälle lieben, die die Bogenwölbungen schmücken; sie sind vergoldet wie die des Dogenpalastes und ranken sich über einem hin, so daß man die Wunder der Kunstfertigkeit unter den Füßen und über dem Kopf hat. Welch weiche Schatten, welche Stille, welche Kühle! Aber auch welch ein Ernst in diesem alten Palazzo, in dem die Herzogin, um Emilio wie Vendramini, seinem Freunde, eine Freude zu machen, antike venezianische Möbel angesammelt hatte und in dem die Decken von geschickten Händen restauriert worden waren! Ganz Venedig war dort wiedererstanden. Der Luxus war nicht nur nobel, sondern auch lehrreich. Der Altertumsforscher hätte dort die Urbilder des Schönen wiedergefunden, wie das Mittelalter sie hervorgebracht hat; denn dieses hat sich seine Beispiele aus Venedig geholt. Man erblickte hier sowohl die frühesten Balkendecken mit goldenem Blumenmuster auf farbigem Grunde oder farbige Muster auf Goldgrund als auch vergoldete Stuckdecken, die in jeder Ecke eine vielfigurige Szene zeigten, und in der Mitte die schönsten Fresken; das ist etwas so Kostbares, daß der Louvre keine zwei Decken solcher Art aufweist und daß sogar der prunkliebende Ludwig XIV. beim Bau von Versailles vor einer solchen Verschwendung zurückschreckte. Überall hatten Marmor, Holz und Stoffe als Material für kostbare Werke gedient. Emilio stieß eine geschnitzte

Eichentür auf, durchschritt die lange Galerie, die in den venezianischen Palazzi sich in jedem Stockwerk vom einen Ende zum andern erstreckte, und gelangte vor eine andere, wohlbekannte Tür, die sein Herz heftiger pochen ließ. Bei seinem Anblick kam die Gesellschaftsdame aus einem riesigen Salon heraus und ließ ihn in ein kleines Arbeitszimmer eintreten, wo er die Herzogin vor einem Madonnenbild auf den Knien fand. Er war gekommen, um sich anzuklagen und um Verzeihung zu erbitten. Die betende Massimilla machte ihn anderen Sinnes. Nur er und Gott – etwas anderes durfte nicht in diesem Herzen sein! Die Herzogin erhob sich zwanglos und bot dem Freunde die Hand dar; er ergriff sie nicht.

»Also hat Gianbattista Sie gestern abend nicht angetroffen?« fragte sie ihn.

»Nein«, antwortete er.

»Dieser leidige Zufall hat mich eine schlimme Nacht verbringen lassen; ich fürchtete so sehr, Sie könnten dem Herzog begegnen; ich kenne ja seine Perversität so gut! Was hat Vendramini sich nur dabei gedacht, ihm Ihren Palazzo zu vermieten!«

»Etwas Gutes hat er sich gedacht, Milla, denn dein Fürst ist nicht gerade vermögend.«

Massimilla war so schön in ihrem Vertrauen, so herrlich in ihrer Schönheit, so beruhigt durch Emilios Anwesenheit, daß der Fürst in dieser Minute wachen Sinnes die Empfindungen jenes grausamen Traumes auskostete, der Menschen mit lebhafter Phantasie peinigt und in dem der Träumende beim Betreter eines Ballsaals voll geschmückter Frauen sich plötzlich nackt und ohne Hemd sieht; Scham und Furcht geißeln ihn dann abwechselnd, und nur das Erwachen befreit ihn von seinen Ängsten. So kam sich jetzt Emilios Seele angesichts seiner Geliebten vor. Bislang war jene Seele mit den schönsten Blumen des Gefühls bekleidet gewesen; die Ausschweifung jedoch hatte sie in einen schmählichen Zustand versetzt, und nur er selber wußte es; denn die schöne Florentinerin vereinte mit ihrer Liebe so viele Tugenden, daß der von ihr geliebte Mann auch der geringsten Beschmutzung unfähig sein mußte. Da Emilio ihre Hand nicht entgegengenommen hatte, stand die Herzogin auf und ließ ihre Finger durch das Haar gleiten, das die Tinti geküßt hatte. Da spürte sie, daß Emilios Hand feucht, und sah, daß auch seine Stirn feucht war.

»Was ist Ihnen?« fragte sie mit einer Stimme, der die Zärtlichkeit das Liebliche einer Flöte lieh.

»Nie so sehr wie in diesem Augenblick habe ich um die Tiefe meiner Liebe gewußt«, antwortete Emilio.

»Was also willst du, geliebtes Idol?«

Bei diesen Worten zog Emilios ganzes Leben sich in sein Herz zurück. – »Was habe ich getan, um sie dahin zu bringen, das auszusprechen?« dachte er.

»Emilio, was für einen Brief hast du nun eigentlich in die Lagune geworfen?«

»Den Vendraminis; ich habe ihn nicht zu Ende gelesen, sonst wäre ich im Palazzo nicht mit dem Herzog zusammengetroffen, von dem der Brief mir sicherlich hatte berichten sollen.«

Massimilla erbleichte, aber eine Geste Emilios beschwichtigte sie.

»Bleib den ganzen Tag bei mir, wir gehen zusammen ins Theater und fahren nicht ins Friaul; deine Gegenwart wird mir wohl helfen, die Cataneos zu ertragen.«

Obwohl das für den Liebenden eine beständige Seelenqual sein mußte, stimmte er mit geheuchelter Freude zu. Wenn etwas eine Vorstellung von dem zu geben vermag, was die Verdammten empfinden, wenn sie merken, daß sie Gottes unwürdig sind, ist es dann nicht der Zustand eines jungen Mannes, der, während eine angebetete Geliebte ihn noch für rein hält, auf den Lippen den Nachgeschmack der Treulosigkeit fühlt, der in das Heiligtum der geliebten Gottheit die verpestete Atmosphäre einer Kurtisane hineinträgt? Baader[39], der in seinen Vorlesungen die himmlischen Dinge durch erotische Vergleiche erklärt hat, war sicherlich, wie den katholischen Schriftstellern, die große Ähnlichkeit aufgefallen, die zwischen der menschlichen und der himmlischen Liebe besteht. Jene Schmerzen breiteten einen Anhauch von Melancholie über die Lustempfindungen, die der Venezianer bei seiner Geliebten genoß. Die Frauenseele besitzt unglaubliche Befähigung, sich harmonisch den Gefühlen anzupassen; sie tönt sich nach der Farbe, sie schwingt in der Tonart, die ein Geliebter ihr bringt; also wurde die Herzogin nachdenklich.

Die aufreizenden Geschmacksempfindungen, die das Salz der Koketterie entfacht, sind weit davon entfernt, die Liebe im gleichen Maße anzuregen, wie jene sanfte Gleichartigkeit seelischer Vorgänge. Die Bemühungen der Koketterie weisen allzusehr auf ein Getrenntsein hin, und obwohl dieses nur von kurzer Dauer ist, verstimmt es; wogegen das sympathetische Teilnehmen die beständige Verschmelzung der Seelen anzeigt. Daher wurde der arme Emilio gerührt durch das stillschweigende Ahnungsvermögen, das die Herzogin einen ihr unbekannten Fehltritt beweinen ließ. Da die Herzogin sich stärker fühlte, weil sie sich von der sinnlichen Seite der Liebe verschont sah, konnte sie Zärtlichkeit bekunden; kühn und voller Vertrauen entfaltete sie ihre engelhafte Seele, sie entblößte sie, wie die ungestüme Tinti während jener diabolischen Nacht ihren Körper mit den zugleich kräftigen und zarten Konturen, dem geschmeidigen und festen Fleisch gezeigt hatte. In Emilios Augen mutete es an wie ein Zweikampf zwischen der heiligen Liebe dieser weißen Seele und der Liebe der kraftvollen, wütigen Sizilianerin. So ging denn dieser Tag mit dem Austausch langer Blicke nach tiefen Grübeleien hin. Jeder der beiden lotete die eigene Liebe aus und fand sie unergründlich; das war eine Sicherheit, die ihnen zärtliche Worte eingab. Die Scham, diese Gottheit, die in einem Augenblick der Selbstvergessenheit mit der Liebe die Koketterie erzeugt hat, hätte es nicht nötig gehabt, beim Anblick dieser beiden Liebenden sich die Hand vor die Augen zu legen. Ihre ganze Wollust, ihre höchste Wonne bestand darin, daß Massimilla Emilios Kopf an ihre Brust lehnte und sich dann und wann erkühnte, ihre Lippen auf die seinigen zu drücken, aber nur so, wie ein Vogel den Schnabel in das reine Wasser einer Quelle taucht und scheu Umschau hält, ob er auch nicht gesehen werde. Ihre Gedanken spannen diesen Kuß aus, wie ein Musiker ein Thema durch die Vielzahl der Tonarten der Musik entwickelt, und er rief in ihnen stürmischen, wogenden Widerhall hervor, der sie fieberisch erregte. Freilich wird die Vorstellung stets stärker als das Geschehen sein; andernfalls wäre das Begehren weniger schön als die Lust; und sie ist mächtiger, sie erzeugt ja das Geschehen. Daher waren sie vollauf glücklich; denn der Genuß des Glücks mindert stets das Glück. Diese beiden Liebenden waren lediglich im Himmel vermählt, und so bewunderten sie einander in ihrer reinsten Form, derjenigen zweier im himmlischen Licht entflammter und vereinigter Seelen, ein strahlender Anblick für Augen, die der Glaube angerührt hat, fruchtbar zumal in Entzückungen, wie sie der Pinsel eines Raffael, eines Tizian, eines Murillo zu gestalten gewußt hat, und die angesichts ihrer Kompositionen alle nochmals durchleben, die sie empfunden haben. Die grobschlächtigen Lustempfindungen, die die Sizilianerin verschwendet hatte, der stoffliche Beweis der seraphischen Vereinigung – mußten sie von überlegenen Geistern nicht verachtet werden? Diese schönen Gedanken hielt der Fürst sich vor, als er sich in einer göttlichen Entkräftung an Massimillas junge, weiße, geschmeidige Brust lehnte, unter den warmen Strahlen ihrer Augen mit den langen, schimmernden Wimpern, und er verlor sich in der Unendlichkeit dieser idealen Ausschweifung. In solchen Minuten wurde Massimilla zu einer der himmlischen Jungfrauen, die man flüchtig im Traum erblickt, die der Hahnenschrei hinschwinden läßt, aber die man inmitten ihrer leuchtenden Sphäre in einigen Werken der glorreichen Maler des Himmels wiedererkennt.

Am Abend begaben die beiden Liebenden sich ins Theater. Folgendermaßen spielt das italienische Leben sich ab: Der Morgen gehört der Liebe, der Abend der Musik, die Nacht dem Schlummer. Wie sehr ist dieses Dasein demjenigen der Länder vorzuziehen, wo jedermann seine Lungen und seine Kräfte dazu benutzt, zu politisieren, ohne von sich allein aus dem Gang der Dinge mehr ändern zu können, als ein Sandkorn Staub bilden kann. Die Freiheit in diesen seltsamen Ländern besteht darin, daß man über die öffentlichen Angelegenheiten hin und her schwätzt, sich selber in acht nimmt, sich in tausenderlei patriotischen Betätigungen verzettelt, von denen die einen noch dümmer als die andern sind, weil sie nämlich dem edlen, heiligen Egoismus zuwiderlaufen, der alle großen menschlichen Dinge erzeugt. In Venedig dagegen beansprucht die Liebe mitsamt ihren tausend Banden, beansprucht eine zärtliche Betätigung mit echten Freuden die Zeit und verhüllt sie. In dieser Stadt ist die Liebe etwas so Natürliches, daß die Herzogin als eine außergewöhnliche Frau angesehen wurde; denn jedermann war von ihrer

Reinheit überzeugt, trotz der Heftigkeit von Emilios Leidenschaft. Daher bedauerten die Frauen ehrlich den armen jungen Menschen; er galt als das Opfer der Heiligkeit derjenigen, die er liebte. Übrigens wagte niemand, die Herzogin zu tadeln; denn in Italien ist die Religion eine ebenso verehrte Macht wie die Liebe.

Allabendlich richteten sich im Theater die Operngläser zunächst auf die Loge der Cataneo, und jene Dame fragte ihren Freund, wobei sie auf die Herzogin und deren Liebhaber deutete: »Wie weit sind die beiden?« Der Freund musterte Emilio im Bestreben, an ihm dieses oder jenes Anzeichen des Glücks wahrzunehmen, fand jedoch nur den Ausdruck einer reinen, schwermütigen Liebe. Im ganzen Zuschauerraum sagten die Herren dann bei ihren Besuchen in jeder Loge den Damen: »Die Cataneo hat Emilio noch immer nicht angehört.« – »Sie verhält sich falsch«, sagten die alten Damen, »er wird ihrer müde.« – *»Forse«*[40], antworteten die jungen Damen mit jener Feierlichkeit, die die Italiener bezeigen, wenn sie dieses große Wort aussprechen, das hienieden so vielen Dingen entspricht. Manche Damen ereiferten sich, fanden, der Fall gebe ein schlechtes Beispiel, und sagten, es heiße den Glauben schlecht verstehen, wenn man ihn die Liebe ersticken lasse. – »Lieben Sie doch Emilio, Liebste«, sagte die Vulpato leise zur Herzogin, als sie ihr beim Hinausgehen auf der Treppe begegnete. – »Aber ich liebe ihn doch mit allen meinen Kräften«, antwortete sie. – »Warum sieht er dann so unglücklich aus?« Die Herzogin antwortete durch ein leichtes Achselzucken.

Wir hier in einem Frankreich, wie die Sucht nach englischen Sitten es umgestaltet hat, würden schwerlich den Ernst begreifen, mit dem die venezianische Gesellschaft solcherlei Nachforschungen betreibt. Vendramini kannte als einziger Emilios Geheimnis, ein wohlbewahrtes Geheimnis zwischen zwei Männern, die unter sich ihre Wappen zusammengefügt und darüber geschrieben hatten: »Non amici fratres.«[41]

Die Eröffnung einer Saison ist in Venedig wie in allen andern Großstädten Italiens ein Ereignis; daher war das Fenice an jenem Abend voll besetzt. Die fünf Nachtstunden, die man im Theater verbringt, spielen im italienischen Leben eine so große

Rolle, daß es nicht unangebracht ist, die Gewohnheiten zu erklären, die dieser Zeitvertreib geschaffen hat.

In Italien unterscheiden sich die Logen insofern von denjenigen anderer Länder, als überall anderswo die Damen gesehen werden wollen, während die Italienerinnen sehr wenig darauf erpicht sind, sich zur Schau zu stellen. Ihre Logen bilden ein Rechteck, das zur Bühne wie zum Wandelgang hin schräg gelegen ist. Rechts und links stehen zwei Sofas, und an deren Enden zwei Sessel, der eine für die Inhaberin der Loge, der andere für ihre Begleiterin, wenn sie eine mitbringt. Das geschieht ziemlich selten. Jede Frau ist daheim allzu sehr damit beschäftigt, Besuche zu machen oder gern welche zu empfangen; überdies ist keine versessen darauf, sich eine Nebenbuhlerin zuzulegen. Auf diese Weise verfügt die Italienerin so gut wie stets über ihre Loge, ohne sie zu teilen; dort sind die Mütter nicht Sklavinnen ihrer Töchter, und die Töchter fühlen sich nicht durch ihre Mütter behindert; auf diese Weise haben die Frauen weder Kinder noch Verwandte bei sich, die sie kritisieren, ausspionieren, langweilen oder die sich in ihre Gespräche mischen. Vorn sind alle Logen mit Seide von gleicher Farbe und gleicher Art drapiert. Von dieser Draperie hängen Vorhänge in der gleichen Farbe nieder; sie bleiben geschlossen, wenn die Familie, der die Loge gehört, in Trauer ist. Mit wenigen Ausnahmen, und recht eigentlich nur in Mailand, sind die Logen innen ohne Beleuchtung; sie empfangen ihr Licht lediglich von der Bühne her oder von einem wenig Helle spendenden Kronleuchter, den trotz lebhafter Proteste einige Städte im Zuschauerraum haben anbringen lassen; aber dank den Vorhängen sind sie noch immer ziemlich dunkel, und durch die Art, wie sie angeordnet sind, ist der Hintergrund so finster, daß es sehr schwierig ist, herauszubekommen, was dort vor sich geht. Diese Logen, die etwa acht bis zehn Menschen fassen können, sind mit üppigen Seidenstoffen bespannt; die Dekken tragen angenehme Malereien und wirken durch helle Farben schmaler, und endlich ist das Holzwerk vergoldet. Man nimmt dort Eis oder Sorbet zu sich, man knabbert Zuckerwerk, denn nur die dem Mittelstand angehörenden Leute essen dort wirklich etwas. Jede Loge ist ein unbewegliches Eigentum von hohem Wert, es gibt welche, die dreißigtausend Francs kosten; in Mailand besitzt die Familie Litta drei nebeneinanderliegende. Diese Tatsachen beweisen die hohe Wichtigkeit, die dieser Einzelheit des müßigen Lebens beigemessen wird. Das Plaudern ist unbeschränkte Herrscherin in diesem Raum, den einer der geistvollsten Schriftsteller dieser Zeit, und zwar einer derjenigen, die Italien am besten beobachtet haben, nämlich Stendhal, als einen kleinen Salon bezeichnet hat, dessen Fenster auf einen Sperrsitz hinausgeht. Im Grunde sind nämlich die Musik und die von der Bühne ausgehenden Bezauberungen lediglich Beiwerk; das Hauptinteresse fällt den in der Loge geführten Gesprächen zu, den großen und kleinen Herzensangelegenheiten, die dort verhandelt werden, den Stelldicheins, die dort stattfinden, sowie Berichten und Beobachtungen, die dort gepflogen werden. Das Theater ist die zweckgebundene Versammlungsstätte einer ganzen Gesellschaft, die sich dort mustert und über sich selbst amüsiert. Die in der Loge zugelassenen Herren nehmen nacheinander, in der Reihenfolge ihres Eintretens, auf dem einen oder dem andern Sofa Platz. Der Erstgekommene sitzt natürlich neben der Inhaberin der Loge; wenn jedoch beide Sofas besetzt sind und es kommt ein weiterer Besucher, so bricht der am längsten Anwesende die Unterhaltung ab, steht auf und geht. Dann rückt jeder um einen Platz vor und kommt nach und nach neben die Herrscherin zu sitzen. Diese flüchtigen Plaudereien, diese ernsten Unterhaltungen, diese elegante Spielerei des italienischen Lebens würden ohne eine allgemeine Lässigkeit gar nicht statthaben. Daher steht es den Damen frei, geschmückt oder nicht geschmückt zu erscheinen; sie fühlen sich so sehr daheim, daß ein in ihrer Loge zugelassener Fremder sie am folgenden Tag in ihrem Hause besuchen kann. Dem Reisenden ist auf den ersten Blick dieses Leben geistvollen Müßiggangs, dieses von Musik verschönte *dolce far niente*[42] unverständlich. Einzig ein langer Aufenthalt und geschicktes Beobachten vermögen einem Ausländer den Sinn des italienischen Lebens zu enthüllen; es gleicht dem klaren Himmel des Landes, und der Reiche wünscht dort keine Wolke zu sehen. Der Adlige kümmert sich wenig um die Verwaltung seines Vermögens; die Betreuung seiner Güter überläßt er Intendanten (ragionati)[43], die ihn bestehlen und zugrunde richten; er hat keinen Sinn für die Politik, und sie würde ihn auch bald langweilen; so lebt er einzig und allein durch die Liebe und füllt mit ihr seine Stunden aus. Daher rührt das Bedürfnis für Freund und Freundin, immerfort beieinander zu sein, einander genugzutun oder zu überwachen; denn das große Geheimnis dieses Lebens besteht darin, daß der Geliebte fünf Stunden lang von einer Frau im Auge behalten wird, und dabei hat sie ihn schon den ganzen Vormittag beschäftigt. Die italienischen Sitten bestehen also aus einem beständigen Genuß und haben das Erlernen der geeigneten Mittel, ihn aufrechtzuerhalten, im Gefolge, was übrigens unter vorgetäuschter Sorglosigkeit verborgen wird. Es ist ein schönes, aber kostspieliges Leben, denn in keinem Lande trifft man so viele verbrauchte Männer an.

Die Loge der Herzogin lag im Parterre, das in Venedig »pepiano« genannt wird; sie setzte sich stets so, daß das Rampenlicht auf sie fiel, damit ihr schöner, weich beleuchteter Kopf sich gut vom Halbdunkel abhob. Die Florentinerin lenkte um ihrer mächtigen, schneeweißen Stirn willen, die von ihren schwarzen Haarflechten gekrönt wurde, was ihr ein wahrhaft königliches Aussehen lieh, sowie durch die ruhige Erlesenheit ihrer Züge die Blicke auf sich, die an den zarten Adel der Köpfe des Andrea del Sarto[44] erinnerten, und überdies durch den Schnitt ihres Gesichts und die Umrahmung der Augen, durch jene samtigen Augen, aus denen das Entzücken einer vom Glück träumenden Frau sprach, die in der Liebe noch rein und zugleich majestätisch und hübsch ist.

Anstatt des ›Moses‹[45], in welcher Oper die Tinti zusammen mit Genovese hatte debütieren sollen, wurde der ›Barbier‹[46] gegeben, in dem der Tenor ohne die berühmte Primadonna sang. Der Impresario hatte erklärt, er sei zu dieser Spielplanänderung durch eine Indisposition der Tinti gezwungen worden, und tatsächlich erschien der Herzog Cataneo nicht im Theater. Handelte es sich um ein geschicktes Rechenmanöver des Impresarios, der zwei volle Häuser haben wollte, indem er Genovese und die Tinti nacheinander debütieren ließ, oder war die angekündigte Indisposition der Tinti echt? Das Parterre konnte nur hin und her reden; Emilio dagegen wußte sicherlich Genaueres; aber obgleich die Nachricht von jener Indisposition ihm einige Gewissensbisse schuf, weil sie ihn an die Schönheit der Sängerin und seine Roheit erinnerte, kam diese doppelte Abwesenheit dem Fürsten und der Herzogin als etwas Angenehmes zustatten. Übrigens sang Genovese auf eine Weise, daß die nächtlichen Erinnerungen an eine unreine Liebe zerstoben und die heiligen Entzückungen dieses holden Tages verlängert wurden. Der Tenor war nur zu froh, den Beifall ganz allein entgegennehmen zu können; er hatte alle Wunder seines seither zu europäischem Ruhm gelangten Talents entfaltet. Der in Bergamo geborene Genovese war damals dreiundzwanzig Jahre alt, ein Schüler Vellutis[47], seiner Kunst leidenschaftlich ergeben, gut gewachsen, mit angenehmem Gesicht und geschickt im Erfassen des Geistes seiner Rollen; er verhieß bereits den großen Künstler, auf den Ruhm und Vermögen warteten. Er hatte einen tollen Erfolg, welcher Ausdruck nur in Italien berechtigt ist, wo die Dankbarkeit des Parterres für denjenigen, der ihm einen Genuß verschafft, etwas Frenetisches hat.

Einige der Freunde des Fürsten kamen, beglückwünschten ihn zu dem ererbten Titel und erzählten ihm Neuigkeiten. Am Vorabend hatte die Tinti, die der Herzog Cataneo mitgebracht hatte, auf einer Abendgesellschaft der Vulpato gesungen, und sie war dem Anschein nach ebenso wohlauf wie gut bei Stimme gewesen; und so geschah es, daß ihre unvorhergesehene Erkrankung weidlich durchgehechelt wurde. Nach den im Café Florian umlaufenden Gerüchten war Genovese leidenschaftlich in die Tinti verliebt; die Tinti hatte sich seinen Liebeserklärungen entziehen wollen, und der Theaterunternehmer hatte die beiden nicht bewegen können, gemeinsam aufzutreten. Einem österreichischen General zufolge war nur der Herzog krank, die Tinti pflegte ihn, und Genovese war beauftragt worden, das Parterre zu trösten. Die Herzogin verdankte den Besuch des Generals der Ankunft eines französischen Arztes, den er ihr hatte vorstellen wollen. Der Fürst gewahrte Vendramin, der um das Parterre herumstrich; er ging hinaus, um ein vertrauliches Gespräch mit dem Freunde zu führen, den er seit einem Vierteljahr nicht gesehen hatte, und während er in dem Raum, der zwischen den italienischen Sperrsitzbänken und den Parterre-Logen besteht, auf und ab ging, konnte er beobachten, wie die Herzogin den Ausländer empfing.

»Wer ist dieser Franzose?« fragte der Fürst Vendramin.

»Ein Arzt, den Cataneo hat kommen lassen; er will wissen, wie lange er noch zu leben hat. Der Franzose wartet auf Malfatti, mit dem zusammen die Konsultation stattfinden soll.«

Wie alle italienischen Damen, die lieben, hörte die Herzogin nicht auf, zu Emilio hinzuschauen; denn in diesem Lande ist die ungezwungene Hingegebenheit einer Frau so ungeteilt, daß es schwierig ist, einen ausdrucksvollen Blick zu erspähen, der von seiner Quelle abgelenkt wäre.

»Caro[48]*«*, sagte der Fürst zu Vendramin, vergiß nicht, daß ich heute nacht in deinem Haus übernachtet habe.«

»Hast du gesiegt?« antwortete Vendramin und legte dem Fürsten den Arm um die Hüfte.

»Nein«, entgegnete Emilio, »aber ich glaube, ich kann eines Tages mit Massimilla glücklich werden.«

»Na, schön«, antwortete Marco, »dann bist du der beneidenswerteste Mann auf Erden. Die Herzogin ist die vollkommenste Frau Italiens. Mir, der ich die Dinge hienieden durch die glanzvollen Dünste des Opiumrauschs sehe, erscheint sie als der höchste Ausdruck der Kunst, denn die Natur hat sicherlich in ihr, ohne es zu ahnen, ein von Raffael gemaltes Bildnis geschaffen. Euer beider Leidenschaft mißfällt Cataneo durchaus nicht; er hat mir gut und gern tausend Taler aufgezahlt; ich muß sie dir noch zukommen lassen.«

»Die Sache ist also die«, fuhr Emilio fort, »was man dir auch sagen möge, ich schlafe jede Nacht in deinem Haus. Komm, denn eine fern von ihr verbrachte Minute, die ich bei ihr sein könnte, ist eine Marter.«

Emilio nahm seinen Platz im Hintergrund der Loge ein, blieb stumm in seinem Winkel sitzen, lauschte der Herzogin und genoß deren Geist und Schönheit. Um seinetwillen und nicht aus Eitelkeit, entfaltete Massimilla die ganze Anmut der von Geist überquellenden italienischen Gesprächskunst, bei der der Sarkasmus auf die Dinge und nicht auf die Menschen fällt, bei der der Spott des Spottes würdige Gefühle trifft und bei der attisches Salz sogar Nichtigkeiten schmackhaft macht. Überall anderswo hätte die Cataneo vielleicht ermüdend gewirkt; die Italiener als über die Maßen intelligente Leute haben wenig dafür übrig, ihre

Intelligenz zur Unzeit anzupassen; bei ihnen ist das Geplauder aus einem Guß und vollzieht sich mühelos; nie gleicht es, wie in Frankreich, einem Schaukampf von Fechtmeistern; in Frankreich ist, wer nichts zu sagen weiß, blamiert. Wenn in Italien das Gespräch funkelt, dann durch eine weiche, wollüstige Satire, die anmutvoll mit wohlbekannten Tatsachen spielt, und statt einer boshaften Bemerkung, die bloßstellen könnte, werfen sie einander einen Blick oder ein Lächeln zu, die unsäglich ausdrucksvoll sind. Sich dort den Kopf über Gedanken zerbrechen zu müssen, wohin man gekommen ist, um Genüsse zu suchen, ist für sie, und zwar mit Recht, etwas Langweiliges und Verdrießliches. Deswegen sagte die Vulpato zur Cataneo: »Wenn du ihn liebtest, würdest du nicht so vortrefflich plaudern.« Emilio mischte sich nie ins Gespräch, er hörte und schaute zu. Diese Zurückhaltung hätte viele Ausländer glauben machen, der Fürst sei ein nichtiger Mensch, so, wie sie sich verliebte Italiener vorstellen; dabei war er doch ganz einfach nichts als ein Verliebter, der bis zum Hals in dem steckt, was er genießt. Vendramin setzte sich neben den Fürsten, dem Franzosen gegenüber, der in seiner Eigenschaft als Ausländer seinen Platz in der Ecke der Herzogin gegenüber beibehielt.

»Ist der Herr dort berauscht?« fragte der Arzt leise Massimilla und blickte prüfend zu Vendramin hinüber.

»Ja«, antwortete die Cataneo denkbar schlicht.

In diesem Lande der Leidenschaft trägt jede Leidenschaft ihre Entschuldigung in sich selbst, und es besteht eine anbetenswerte Nachsicht für alle Abwegigkeiten. Die Herzogin seufzte tief und ließ auf ihrem Antlitz einen Ausdruck unterdrückten Schmerzes erscheinen.

»In unserm Lande erlebt man seltsame Dinge, Herr Doktor! Vendramin lebt vom Opium, dieser lebt von der Liebe, jener vertieft sich in die Wissenschaft, die meisten reichen jungen Männer sind in eine Tänzerin verschossen, die Vernünftigen horten Schätze; wir alle erschaffen uns ein Glück oder eine Trunkenheit.«

»Weil Sie alle sich durch eine fixe Idee ablenken wollen, die durch eine Revolution radikal geheilt werden würde«, entgegnete der Arzt. »Der Genuese trauert seiner Republik nach, der Mailänder will seine Unabhängigkeit, der Piemontese wünscht eine konstitutionelle Regierung, der Romagnole begehrt die Freiheit ...«

»Die er nicht begreift«, sagte die Herzogin. »Ach, es gibt Länder, die verdreht genug sind, um eure blöde Verfassung zu wünschen, durch die doch der Einfluß der Frau zunichte wird. Die meisten meiner Landsleute wollen eure französischen Literaturprodukte lesen, diese unnützen Hirngespinste.«

»Unnütz!« rief der Arzt aus.

»Ja«, entgegnete die Herzogin, »ist denn in einem Buche Besseres als das, was wir im Herzen tragen? Italien ist närrisch.«

»Ich sehe nicht ein, daß ein Volk närrisch sein muß, wenn es sein eigener Herr sein will«, sagte der Arzt.

»Mein Gott«, erwiderte die Herzogin lebhaft, »heißt das denn nicht, sich um den Preis von sehr viel Blut das Recht erkaufen, sich, wie ihr es tut, um dumme Gedanken zu streiten?«

»Dann lieben Sie also den Despotismus?« rief der Arzt.

»Warum sollte ich kein Regierungssystem lieben, das uns dadurch, daß es uns die Bücher und die Übelkeit erregende Politik vorenthält, ungeteilt die Männer läßt?«

»Ich hatte geglaubt, die Italiener seien patriotischer«, sagte der Franzose.

Die Herzogin begann so klüglich zu lachen, daß ihr Gesprächspartner nicht mehr den Spott von der Wahrheit, noch die ernste Meinung von der spöttischen Kritik unterscheiden konnte.

»Sie sind also nicht liberal?« fragte er.

»Gott behüte mich!« sagte sie. »Ich wüßte nicht, was bei einer Frau von schlechterem Geschmack zeugte, als solcherlei Ansichten zu haben. Würden Sie eine Frau lieben können, die die ›Menschheit‹ im Herzen trüge?«

»Frauen, die lieben, sind von Natur Aristokratinnen«, sagte der österreichische General lächelnd.

»Als ich das Theater betrat«, fuhr der Franzose fort, »sah ich als erste Sie, und da habe ich Seiner Exzellenz gesagt, daß, wenn es einer Frau gegeben sei, ein Land zu repräsentieren, Sie diese Frau seien; mir war, als hätte ich den Genius Italiens erblickt; jetzt aber sehe ich bedauernd, daß Sie zwar dessen erhabene Form darstellen, aber nicht seinen Geist besitzen ... den konstitutionellen«, fügte er hinzu.

»Müssen Sie nicht«, sagte die Herzogin und gab ihm einen Wink, sich das Ballett anzuschauen, »unsere Tänzer abscheulich und unsere Sänger erbärmlich finden? Paris und London stehlen uns alle unsere großen Talente; Paris beurteilt und London bezahlt sie. Genovese und die Tinti werden keine sechs Monate bei uns bleiben . . .«

In diesem Augenblick verabschiedete sich der General. Jetzt wechselten Vendramin, der Fürst und zwei andere Italiener einen Blick und ein Lächeln und wiesen einander auf den französischen Arzt hin. Etwas Seltenes bei einem Franzosen: Er zweifelte an sich selbst, weil er glaubte, etwas Ungereimtes gesagt zu haben; aber bald erfuhr er des Rätsels Lösung.

»Glauben Sie«, fragte ihn Emilio, »wir würden klug handeln, wenn wir im Dabeisein unserer Herrn und Meister offenherzig redeten?«

»Sie sind in einem versklavten Lande«, sagte die Herzogin mit einem Stimmklang und einer Kopfhaltung, die ihr plötzlich den Ausdruck liehen, den der Arzt zuvor geleugnet hatte. – »Vendramin«, sagte sie und sprach so, daß sie nur von dem Ausländer vernommen werden konnte, »hat sich darauf verlegt, Opium zu rauchen, und das ist eine verfluchte Eingebung, die er einem Engländer dankt, der aus andern Gründen, als jener sie hat, eines wollüstigen Todes sterben wollte; nicht den banalen Tod, dem man die Form eines Skeletts gegeben hat, sondern einen in jenen Putz gekleideten Tod, den ihr in Frankreich Fahnen nennt, diese Todesgottheit ist ein mit Blumen oder Lorbeeren bekränztes junges Mädchen, das inmitten einer Pulverwolke naht, die der Wind einer Geschützkugel herweht, oder auf einem Bett zwischen zwei Kurtisanen liegend; sie erhebt sich auch aus dem Dampf einer Punschbowle, oder aus den mutwilligen Rauchwolken des Diamanten, der sich noch im Zustand der Steinkohle befindet[49]. Wenn Vendramin es will, macht er sich für drei österreichische Gulden zum venezianischen General, besteigt die Galeeren der Republik und erobert die vergoldeten Kuppeln von Konstantinopel; dann wälzt er sich auf den Diwans des Serails inmitten der Frauen des Sultans, der zum Diener des triumphierenden Venedig geworden ist. Danach kehrt er zurück und bringt zur Instandsetzung seines Palazzo die Trümmer des türkischen

Kaiserreichs mit. Er wechselt von den Frauen des Orients zu den doppelt verhüllten Liebschaften seiner geliebten Venezianerinnen zurück und fürchtet sich vor den Auswirkungen einer Eifersucht, die es gar nicht mehr gibt. Für drei Zwanzigkreuzerstücke[50] gelangt er in den Rat der Zehn, dort übt er ein schreckliches Richteramt aus, befaßt sich mit den gewichtigsten Staatsgeschäften, verläßt den Dogenpalast und besteigt eine Gondel, um darin unter zwei flammenden Augen einzuschlafen, oder um einen Balkon zu erklettern, an dem eine weiße Hand eine seidene Leiter aufgehängt hat; er liebt eine Frau, der das Opium eine Poesie verleiht, wie wir Frauen aus Fleisch und Bein sie ihm nicht darbringen können. Urplötzlich, wenn er sich umwendet, sieht er sich dem grauenvollen Gesicht des mit einem Dolch bewaffneten Senators gegenüber; er hört den Dolch in das Herz seiner Geliebten zischen, die stirbt und ihm dabei zulächelt, da sie ihn ja rettet! Sie ist sehr glücklich«, sagte die Herzogin und blickte den Fürsten an. »Er entkommt und wirft sich zum Befehlshaber der Dalmatiner auf, erobert für sein schönes Venedig die illyrische Küste, wo sein Ruhm Gnade für ihn erwirkt, wo er das Glück häuslichen Daseins auskostet: ein Heim, ein Winterabend, eine junge Frau, reizende Kinder, die unter der Anleitung einer alten Hüterin zum heiligen Markus beten. Ja, für drei Gulden Opium stattet er unser leeres Arsenal aus, er sieht Kauffahrteischiffe mit Geleit auslaufen und ankommen, beladen mit Waren, die die vier Weltteile gesandt oder angefordert haben. Die moderne Macht der Industrie vollbringt ihre Wunder nicht in London, sondern in seinem Venedig, wo die hängenden Gärten der Semiramis, der Tempel von Jerusalem, die Wunderbauten Roms aufs neue erstehen. Kurzum, er bereichert das Mittelalter um die Welt der Dampfkraft, um neue, von der Kunst hervorgebrachte Meisterwerke, die geschützt werden, wie Venedig sie ehedem geschützt hat. Die Baudenkmäler, die Menschen drängen sich und verweilen in seinem engen Gehirn, wo Reiche, Städte, Revolutionen innerhalb weniger Stunden entstehen und zu Staub zerfallen, wo einzig Venedig wächst und immer größer wird; denn das Venedig seiner Träume besitzt die Herrschaft über das Meer, hat zwei Millionen Einwohner, das Zepter Italiens, und besitzt das Mittelmeer und beide Indien!«

»Was für eine Oper ist doch ein Menschenhirn, welch ein kaum verstandener Abgrund, nicht einmal von denen, die es umrundet haben wie Gall[51]«, rief der Arzt.

»Liebe Herzogin«, sagte Vendramin mit Grabesstimme, »vergessen Sie nicht den letzten Dienst, den mein Elixier mir erweisen wird. Nachdem ich entzückende Stimmen gehört, nachdem ich die Musik durch alle Poren in mich aufgenommen, durchbohrende Lustgefühle ausgekostet und in Mohammeds Paradies die heißesten Liebschaften entfesselt habe, gelange ich zu grausigen Gesichten. Dann sehe ich in meinem geliebten Venedig Kindergesichter, die verzerrt sind wie die Sterbender, mit gräßlichen Wunden bedeckte, zerfetzte, jammernde Frauen; gliederlahme Männer, die von den kupferbeschlagenen Bordwänden aneinanderstoßender Schiffe zerquetscht werden. Ich beginne Venedig zu sehen, wie es ist, mit Trauerschleiern bedeckt, nackt, ausgeplündert, verödet. Bloße Geisterschatten durchgleiten die Straßen . . .! Schon grinsen die Soldaten Österreichs, schon nähert sich mein schönes Traumleben dem wirklichen Leben an; während vor sechs Monaten noch das wirkliche Leben der böse Traum war und das Leben im Opium mein Leben der Liebe und der Wollüste, der ernsten Staatsgeschäfte und der hohen Politik. Ach, zu meinem Unglück gelange ich zum Morgendämmer des Grabes, wo das Falsche und das Wahre sich in zweifelhaften Erhellungen vermischen, die weder Tag noch Nacht sind und ein teil an beiden haben.«

»Wie Sie sehen, steckt in diesem Kopf zuviel Patriotismus«, sagte der Fürst und legte die Hand auf den schwarzen Haarschwall, der sich über Vendramins Stirn drängte.

»Oh, wenn er uns lieb hat«, sagte Massimilla, »dann verzichtet er bald auf sein elendes Opium.«

»Ich will Ihren Freund heilen«, sagte der Franzose.

»Führen Sie die Kur durch, und Sie sollen uns teuer sein«, sagte Massimilla. »Aber wenn Sie uns bei Ihrer Rückkehr nach Frankreich nicht verleumden, werden Sie uns noch weit teurer sein. Um richtig beurteilt zu werden, sind die armen Italiener viel zu entnervt durch drückende Fremdherrschaften; wir haben nämlich auch die eurige kennengelernt«, fügte sie lächelnd hinzu.

»Sie war edelmütiger als die Österreichs«, erwiderte der Arzt.

»Österreich preßt uns aus, ohne uns etwas zurückzuerstatten, und ihr habt uns ausgepreßt, um unsere Städte zu vergrößern und zu verschönern; ihr habt uns angestachelt, indem ihr uns Armeen schuft. Ihr rechnetet damit, Italien zu behalten, und jene glauben, sie werden es verlieren; das ist der ganze Unterschied. Die Österreicher bescheren uns ein Glück, das betäubend und schwerfällig ist wie sie selber, während ihr uns durch euern aufreibenden Tätigkeitsdrang vernichtetet. Aber ob man nun an tonischen oder narkotischen Mitteln stirbt, was kommt darauf an! Ist der Tod nicht immer der Tod, Herr Doktor?«

»Armes Italien! In meinen Augen ist es wie eine schöne Frau, der Frankreich dadurch als Verteidiger dienen sollte, daß es sie zur Geliebten nimmt«, rief der Arzt.

»Ihr könntet uns nicht so lieben, wie wir geliebt sein wollen«, sagte die Herzogin lächelnd. »Wir wollen frei sein; aber die Freiheit, die ich will, ist nicht euer vulgärer, bürgerlicher Liberalismus, der die Künste töten würde. Ich will«, sagte sie mit einem Stimmklang, der die ganze Loge erzittern ließ, »das heißt, ich möchte, daß jeder italienische Staat wiedererstände mit seinem Adel, seinem Volk und seinen besonderen Freiheiten für jeden Stand. Ich möchte die alten aristokratischen Stadtrepubliken mit ihren inneren Kämpfen, mit ihren Rivalitäten; sie haben die schönsten Kunstwerke hervorgebracht, sie haben die Politik erschaffen, den erlauchtesten Fürstenhäusern zum Aufstieg verholfen. Den Tätigkeitsdrang einer Regierung über eine große Fläche der Erde auszubreiten heißt ihn verkleinern. Die italienischen Stadtstaaten sind im Mittelalter der Ruhm Europas gewesen. Warum ist Italien dort unterlegen, wo die Schweizer, seine Türhüter, gesiegt haben?«

»Die Schweizer Republiken«, sagte der Arzt, »waren gute Hausfrauen; sie beschäftigten sich mit ihren kleinen Angelegenheiten und brauchten einander nicht zu beneiden; während Ihre Republiken stolze Herrscherinnen waren, die sich verkauften, um ihre Nachbarinnen nicht grüßen zu müssen; sie sind zu tief gefallen, um sich je wieder erheben zu können. Die Guelfen[52] triumphieren!«

»Bedauern Sie uns nicht zu sehr«, sagte die Herzogin mit einer so hochmütigen Stimme, daß die beiden Freunde zusammenzuckten, »wir beherrschen euch noch immer! Bei all seinem tiefen Elend regiert Italien durch die Ausnahmemenschen, von denen seine Städte wimmeln. Unseligerweise gelangt der ansehnlichste Teil unserer Genies dazu, das Leben so schnell zu begreifen, daß sie sich in ein peinliches Genießen vergraben; was nun aber diejenigen betrifft, die das traurige Spiel der Unsterblichkeit spielen wollen, so verstehen sie sich gut darauf, euer Gold an sich zu raffen und eure Bewunderung zu verdienen. Ja, in diesem Lande, das von nichtigen Reisenden oder heuchlerischen Dichtern[53] bemitleidet und dessen Charakter von den Politikern verleumdet wird, in diesem Lande, das entnervt, machtlos ist und in Trümmern liegt, das aber eher gealtert als alt ist, finden sich auf allen Gebieten mächtige Genies, die kräftige Schosse treiben, wie aus einer alten Rebe Triebe hervorsprossen, die köstliche Trauben tragen. Dieses alte Herrschervolk bringt noch Könige hervor, und sie heißen Lagrange, Volta, Rasori, Canova, Rossini, Bartolini, Galvani, Vigano, Beccaria, Cigognara und Corvetto[54]. Diese Italiener beherrschen den Gipfel menschlichen Wissens und behaupten sich darauf, oder sie regieren die Kunst, der sie sich gewidmet haben. Ganz abgesehen von den Sängern, den Sängerinnen und den nachschaffenden Künstlern, die sich Europa durch eine unerhörte Vollendung untertan machen wie die Taglioni[55] und Paganini[56] usw., beherrscht Italien noch immer die Welt, und sie wird immer herkommen und es anbeten. Gehen Sie heute abend ins ›Florian‹, da werden Sie in Capraja einen unserer Ausnahmemenschen finden, aber einen, der das Dunkel liebt; keiner, ausgenommen der Herzog von Cataneo, mein Gebieter, versteht sich besser als er auf die Musik; daher nennt man ihn hier auch ›*il fanatico*‹!«

Nach ein paar Augenblicken, während derer die Unterhaltung zwischen dem Franzosen und der Herzogin, die sich auf eine kluge Weise redegewandt bezeigte, lebhafter geworden war, zogen die Italiener sich einer nach dem andern zurück, um in allen Logen zu erzählen, die Cataneo, die für eine *»donna di gran spirito«*[57] galt, habe bei der Erörterung der italienischen Frage einen geschickten französischen Arzt geschlagen. Das war die große Neuigkeit des Abends. Als der Franzose sich mit dem Fürsten und der Herzogin allein sah, merkte er, daß er gehen müsse, und empfahl sich. Massimilla grüßte den Arzt durch ein Neigen des Hauptes, das ihn so weit von ihr entfernte, daß jene Geste ihr den Haß jenes Mannes hätte zuziehen können, sofern er imstande gewesen wäre, den Zauber ihrer Ausdrucksweise und ihre Schönheit zu verkennen. Gegen Ende der Oper war Emilio also mit der Cataneo allein; beide nahmen sich bei der Hand und lauschten so dem Duett, das den ›Barbier‹ beschließt.

»Nur die Musik vermag die Liebe auszudrücken«, sagte die von jenem Gesang zweier glücklicher Nachtigallen gerührte Herzogin.

Emilios Augen feuchtete eine Träne; Massimilla wirkte erhaben in der Schönheit, die aus Raffaels ›Heiliger Cäcilie‹[58] strahlt; sie drückte ihm die Hand, ihre Knie berührten einander, sie hatte etwas wie einen gehauchten Kuß auf den Lippen. Der Fürst gewahrte auf den schimmernden Wangen seiner Geliebten ein freudiges Aufflammen gleich dem, das sich an Sommertagen über goldenen Ernten erhebt; sein Herz wurde bedrängt durch all sein Blut, das hineinströmte; er glaubte ein Konzert von Engelsstimmen zu hören; er hätte sein Leben hingegeben, um nochmals das Begehren zu empfinden, das ihm am Abend zuvor zur gleichen Stunde die verhaßte Clarina eingeflößt hatte; allein ihm war, als habe er nicht einmal einen Körper. Jene Träne schrieb die unglückliche Massimilla in ihrer Unschuld der Äußerung zu, die Genoveses Cavatine ihr soeben entlockt hatte.

»Carino«[59], flüsterte sie Emilio zu, »bist du nicht genauso erhaben über die Ausdrucksformen der Liebe, wie es die Ursache über die Wirkung ist?«

Nachdem Emilio der Herzogin in ihre Gondel geholfen hatte, wartete er auf Vendramin, um mit ihm ins »Florian« zu gehen.

Das Cafè Florian ist in Venedig eine undefinierbare Einrichtung. Dort schließen Kaufleute ihre Geschäfte ab, und die Advokaten verabreden sich dort und erledigen ihre dornigsten Beratungen. Das »Florian« ist gleichzeitig eine Börse, ein Theaterfoyer, ein Lesekabinett, ein Klub und ein Beichtstuhl, und es entspricht so gut den schlichten Geschäftsgewohnheiten der Stadt, daß manche venezianischen Frauen nicht die leiseste Ahnung haben, was ihre Männer eigentlich tun und treiben; denn wenn sie einen Brief zu schreiben haben, gehen sie in dieses Café und schreiben ihn dort. Natürlich gibt es im »Florian« eine Fülle von Spitzeln, aber deren Anwesenheit schärft nur den venezianischen Geist, der an dieser Stätte die ehedem so berühmte kluge Vorsicht bezeigen kann. Viele Leute verbringen den ganzen Tag im »Florian«; kurzum, das »Florian« ist für gewisse Leute eine solche Lebensnotwendigkeit, daß sie während der Opernpausen die Loge ihrer Freundinnen verlassen, um schnell dort hindurchzugehen und zu erfahren, was dort geredet wird.

Solange die beiden Freunde die kleinen Gassen bei der Merceria[60] durchschritten, bewahrten sie Schweigen, da es dort zu viele Leute gab; aber als sie auf den Markusplatz einbogen, sagte der Fürst: »Laß uns noch nicht ins Café hineingehen; wir wollen lieber etwas umherspazieren. Ich habe mit dir zu reden.«

Er erzählte sein Abenteuer mit der Tinti und schilderte die Lage, in der er sich befand. Emilios Verzweiflung dünkte Vendramin dem Wahnwitz so ähnlich, daß er ihm völlige Heilung versprach, sofern er ihm bei Massimilla freie Hand lasse. Diese Hoffnung kam just zur rechten Zeit, um Emilio daran zu hindern, sich während der Nacht zu ertränken; denn beim Rückdenken an die Sängerin hatte er ein schreckliches Verlangen verspürt, zu ihr zurückzukehren. Die beiden Freunde gingen in den entlegensten Raum des Café Florian, um den typisch venezianischen Gesprächen zu lauschen, die dort ein paar Ausnahmemenschen zu führen pflegen; sie fassen dabei die Tagesereignisse zusammen. Die beherrschenden Themen waren vor allem die Persönlichkeit Lord Byrons, über die die Venezianer ihren feinen Spott ergossen; dann die Zuneigung Cataneos für die Tinti, deren Ursachen unerklärlich zu sein schienen, nachdem sie auf zwanzig verschiedene Arten und Weisen erklärt worden waren; dann kam die Rede auf das Wortgefecht zwischen der Herzogin und dem französischen Arzt; und in dem Augenblick, da die Unterhaltung sich leidenschaftlich der Musik zuwandte, betrat der Herzog Cataneo den Raum. Er begrüßte, und das fiel gar nicht auf, als so selbstverständlich mutete es an, Emilio überaus höflich, und dieser erwiderte den Gruß voller Ernst. Cataneo hielt Umschau, ob er nicht einen Bekannten erblicke; dann begrüßte er seinen Bankier, einen schwerreichen Patrizier, und schließlich denjenigen, der in diesem Augenblick gerade sprach, einen berühmten Melomanen[61], Freund der Gräfin Albrizzi, dessen Lebensführung wie die einiger Stammgäste des »Florian« völlig unbekannt war, so sorgsam hielt er sie geheim; man kannte davon nur, was er im »Florian« preisgab.

Das war Capraja, der Adlige, über den die Herzogin dem französischen Arzt ein paar Worte gesagt hatte. Dieser Venezianer gehörte zu der Klasse von Grüblern, die alles durch die Macht ihres Denkens erraten. Er war ein wunderlicher Theoretiker; um seinen Ruf kümmerte er sich genauso wenig wie um eine zerbrochene Tonpfeife. Sein Leben stand im Einklang mit seinen Anschauungen. Gegen zehn Uhr morgens erschien Capraja unter den Prokurazien, ohne daß man wußte, woher er komme; dann schlenderte er in Venedig umher und rauchte dabei Zigarren. Ins Fenice ging er regelmäßig, setzte sich ins Parterre, und in den Pausen kam er ins »Florian«, wo er jeden Tag drei oder vier Tassen Kaffee trank; den Rest des Abends verbrachte er in diesem Raum; er verließ ihn gegen zwei Uhr morgens. Mit zwölfhundert Francs befriedigte er alle seine Bedürfnisse; er aß nur eine einzige Mahlzeit, und zwar bei einem Pastetenbäcker in der Merceria, der ihm sein Essen zu einer bestimmten Stunde auf einem kleinen Tisch hinten im Laden bereithielt; die Pastetenbäckerstochter bereitete ihm eigenhändig gefüllte Austern[62], versah ihn mit Zigarren und betreute sein Geld. Auf seinen Rat hin erhörte diese Pastetenbäckerin, obwohl sie sehr schön war, keinen Verliebten, lebte keusch und züchtig und trug die alte Tracht der Venezianerinnen. Diese reinblütige Venezianerin war zwölf Jahre alt gewesen, als Capraja sich für sie zu interessieren begann; sie war sechsundzwanzig, als er starb; sie hatte ihn sehr gern, obwohl er ihr niemals die Hand oder die Stirn geküßt und obwohl sie nicht die leiseste Ahnung von den Absichten dieses armen, alten Edelmanns hatte. Jenes Mädchen hatte schließlich über den Patrizier die absolute Oberherrschaft einer Mutter über ihr Kind gewonnen; sie sagte ihm, wann er die Wäsche wechseln müsse; dann erschien Capraja am nächsten Tag ohne Hemd, sie gab ihm ein reines, er nahm es mit und trug es am folgenden Tage. Nie hatte er einen Blick für eine Frau übrig, sei es im Theater oder sei es auf seinen Spaziergängen. Obwohl er einer alten Patrizierfamilie entstammte, schien sein Adel ihm keiner

Erwähnung wert zu sein; nach Mitternacht wachte er aus seiner Apathie auf, plauderte und ließ erkennen, daß er alles beobachtet, alles gehört habe. Dieser passive Diogenes, der außerstande war, seine Lehre zu erklären, halb Türke, halb Venezianer, war plump, gedrungen und fett; er hatte die spitze Nase eines Dogen, den Satyrblick eines Inquisitors und einen klugen, obwohl lachlustigen Mund. Bei seinem Tode wurde bekannt, daß er in einer Spelunke bei San Benedetta gewohnt habe. Er hatte zwei Millionen in öffentlichen Anleihen europäischer Staaten angelegt und mit jener Anlage im Jahre 1814 die Zinsen stehenlassen, was eine riesige Summe ergab, teils durch die Wertsteigerung des Kapitals, teils durch die Anhäufung der Zinsen. Dieses Vermögen wurde testamentarisch der jungen Pastetenbäckerin vermacht.

»Genovese«, sagte er, »wird es noch weit bringen. Ich weiß nicht, ob er Sinn und Zweck der Musik begreift oder ob er rein instinktmäßig handelt, aber er ist der erste Sänger, der mich zufriedenstellt. Ich werde also nicht sterben, ohne Koloraturen so ausgeführt gehört zu haben, wie ich sie oft in gewissen Träumen vernehme, nach denen mir beim Erwachen war, als sähe ich die Töne in den Lüften schweben. Die Koloratur ist der höchste Ausdruck der Kunst, sie ist wie die Arabeske, die das schönste Zimmer der Wohnung ziert; ein bißchen weniger, und es ist nichts dran; ein bißchen mehr, und alles wird konfus. Ihr liegt es ob, in der Seele tausend schlummernde Gedanken zu erwecken, sie schwingt sich auf, sie durchgleitet den Raum und sät dabei ihre Keime in die Luft, die die Ohren dann sammeln und die im Herzensgrunde aufblühen. Glauben Sie mir, dadurch, daß Raffael seine heilige Cäcilie schuf, hat er der Musik den Vorrang vor der Dichtkunst eingeräumt. Er hat recht, die Musik wendet sich an das Herz, während das Geschriebene sich nur an den Verstand wendet; sie teilt, was sie an Gedanken birgt, unmittelbar mit, nach Art der Duftstoffe. Die Stimme des Sängers rührt bei uns nicht an das Denkvermögen, nicht an die Erinnerungen an unsere Glückseligkeiten, sondern an die Grundelemente des Denkens, und sie bringt sogar die Grundelemente unseres Empfindungsvermögens zum Schwingen. Bedauernswert ist es, daß der Pöbel die Musiker gezwungen hat, das, was sie ausdrücken, Worten aufzupappen, künstlichen Belangen; aber sonst würde es ja auch von der Menge nicht verstanden werden. Die Koloratur ist also das einzige, was den Freunden der reinen Musik noch übriggelassen worden ist, den Liebhabern einer völlig nackten Kunst. Als ich heute abend die letzte Kavatine hörte, war mir, als sei ich bei einem schönen Mädchen zu Gaste, das mich durch einen einzigen Blick wieder jung machte; die Zauberin hat mir einen Kranz aufs Haupt gedrückt und mich an die elfenbeinerne Pforte geführt, durch die man in die geheimnisvollen Gefilde des Traums eingeht. Ich danke es Genovese, daß ich für wenige Augenblicke meine alte Hülle verlassen habe; sie waren kurz, wenn ich sie an der Uhr messe, aber sehr lang durch das, was ich empfunden habe. Einen von Rosen durchdufteten Frühling lang habe ich mich jung und geliebt gefühlt!«

»Da irren Sie sich, *caro* Capraja«, sagte der Herzog. »Es gibt in der Musik eine noch magischere Macht als die der Koloratur.«

»Und welche ist das?« fragte Capraja.

»Der Zusammenklang zweier Stimmen oder einer mit der Geige, dem Instrument, dessen Klangfarbe der der menschlichen Stimme am nächsten kommt«, antwortete der Herzog. »Dieser vollkommene Zusammenklang führt uns noch weiter in die Mitte des Lebens, auf den Strom der Elemente, der die Wollüste belebt und den Menschen mitten hinein in die leuchtende Sphäre trägt, wo sein Denken die ganze Welt hinberufen kann. Du, Capraja, brauchst immer noch ein Thema; mir jedoch genügt das reine Prinzip; du willst, daß das Wasser durch die tausend Kanäle des Maschinisten fließt, um in blendenden Garben niederzufallen; während ich mich mit dem stillen, klaren Wasser begnüge, durcheilt mein Blick ein regloses Meer; ich verstehe mich darauf, die Unendlichkeit zu umarmen.«

»Schweig, Cataneo«, sagte Capraja hochmütig. »Wie? Siehst du denn nicht die Fee, die auf ihrem behenden Lauf durch eine leuchtende Atmosphäre dort mit dem Goldfaden der Harmonie die melodischen Schätze umwindet, die sie uns lächelnd zuwirft? Hast du nie den Schlag des Zauberstabs gespürt, durch den sie der Neugier sagt: ›Steh auf!‹ Die Göttin erhebt sich strahlend aus der Tiefe der Abgründe des Gehirns; sie eilt zu seinen wunderbaren Fächern, sie streift sie, wie ein Organist seine Tasten schlägt. Sogleich schwingen die Erinnerungen sich auf, sie tragen die Rosen des Vergangenen herbei, die durch Götterkraft bewahrt worden und immer frisch sind. Unsere junge Geliebte kommt wieder und streichelt mit ihren weißen Händen Jünglingshaar; das allzu volle Herz schwillt über, aufs neue erblickt man die beblühten Ufer der Bergströme der Liebe. Alle brennenden Dornbüsche der Jugend lodern auf und sagen nochmals ihr göttliches Wort, das ehedem vernommen und verstanden wurde! Und die Stimme rollt, sie drängt in ihren schnellen Evolutionen jene fliehenden Horizonte zusammen, sie verringert sie; sie verschwinden und werden von neuem überblendet, von noch tieferen Freuden, denen einer unbekannten Zukunft, auf die die Fee uns mit dem Finger hinweist, wenn sie in ihren blauen Himmel entflieht.«

»Und du«, antwortete Cataneo, »hast du es denn nie erlebt, daß das unmittelbare Licht eines Sterns dir höhere Abgründe auftat, und bist du nie auf jenen Strahl gestiegen, der uns in den Himmel emporträgt, mitten hinein in die Urantriebe, die die Welt bewegen?«

Für alle Lauschenden spielten der Herzog und Capraja ein Spiel, dessen Regeln ihnen unbekannt waren.

»Genoveses Stimme bemächtigt sich der Fibern«, sagte Capraja.

»Und die der Tinti stürzt sich ins Blut«, antwortete der Herzog.

»Welch eine Paraphrase der glücklichen Liebe in dieser Cavatine!« fuhr Capraja fort. »Ach, Rossini war jung, als er dieses Thema für die brodelnde Lust schrieb! Mein Herz hat sich mit frischem Blut gefüllt, tausend Begierden haben in meinen Adern geprasselt. Nie haben engelhaftere Chöre mich besser aus meinen körperlichen Banden gelöst, nie hat die Fee mir schönere Arme gezeigt, nie hat sie verliebter gelächelt, nie schöner ihr Gewand bis ans Knie gelupft und mir damit den Vorhang gehoben, hinter dem mein anderes Leben sich verbirgt.«

»Morgen, alter Freund«, antwortete der Herzog, »sollst du auf den Rücken eines blendend weißen Schwans steigen, der dir das reichste Gefilde zeigen wird; du sollst den Frühling erleben, wie die Kinder ihn erschauen. Dein Herz soll das siderische Licht einer neuen Sonne empfangen, auf roter Seide sollst du schlafen, unter den Augen einer Madonna; du wirst wie ein glücklich Liebender weich von einer Wollust geliebkost, deren nackte Füße noch zu sehen sind, wenn sie im Entschwinden ist. Der Schwan wird die Stimme Genoveses sein, wenn er sich mit seiner Leda vereinigen kann, der Stimme der Tinti. Morgen wird ›Mosè‹ gegeben, die großartigste Oper, die der Genius Italiens je geboren hat.«

Alle ließen den Herzog und Capraja reden; keiner wollte auf eine Mystifikation hineinfallen; nur Vendramin und der französische Arzt hörten ihnen eine Weile zu. Der Opiumraucher verstand diese Poesie; er besaß den Schlüssel des Palastes, in dem diese beiden wollüstigen Phantasien sich ergingen. Der Arzt suchte zu verstehen und verstand; er gehörte nämlich der Plejade schöner Geister der Schule von Paris an, aus der der wahre Mediziner als ein ebenso tiefer Metaphysiker wie mächtiger Analytiker hervorgeht.

»Begreifst du sie?« fragte Emilio Vendramin, als sie um zwei Uhr morgens das Café verließen.

»Ja, lieber Emilio«, antwortete ihm Vendramin und nahm ihn mit zu sich. »Diese beiden Männer gehören zu der Legion reiner Geister, die sich schon hienieden ihrer irdischen Larven entledigen und rittlings auf dem Körper der Hexenkönigin in azurenen Himmeln tummeln können, wo sie die erhabenen Wunder des geistig-seelischen Lebens entfalten; sie gelangen durch die Kunst dorthin, wohin dich deine übergroße Liebe führt, und mich das Opium. Nur von Ebenbürtigen können sie begriffen werden. Ich, dessen Seele durch ein trauriges Mittel über sich hinausgehoben wird, der ich hundert Daseinsjahre eine einzige Nacht enthalten lasse, ich kann diese großen Geister verstehen, wenn sie von dem herrlichen Land der Chimären reden, das von denen, die sich als weise bezeichnen, das Land der Chimären genannt wird, und das wir, von denen man sagt, wir seien irre, das Land der Wirklichkeiten nennen. Nun, der Herzog und Capraja, die einander bereits früher in Neapel gekannt haben, wo Cataneo geboren worden ist, sind eben Musiknarren.«

»Aber was war das für ein merkwürdiges System, das Capraja

Cataneo erklären wollte?« fragte der Fürst. »Du, der alles versteht, hast du es verstanden?«

»Freilich«, sagte Vendramin. »Capraja hat sich mit einem Musiker aus Cremona zusammengetan; er wohnt im Palazzo Capello und glaubt, die Töne träfen in unserm Innern auf eine Substanz, die derjenigen ähnlich ist, die die Phänomene des Lichts erzeugt, und die bei uns die Gedanken hervorbringt. Seiner Auffassung nach hat der Mensch in seinem Innern Tasten, die von den Tönen beeinflußt werden und mit unsern Nervenzentren in Verbindung stehen, von denen unsere Gefühle und Gedanken ausgehen! Capraja, der in den Künsten die Sammlung der Mittel erblickt, durch die der Mensch in sich selbst die äußere Natur in Einklang mit einer Wundernatur bringt, die er als das innere Leben bezeichnet, teilt die Ideen dieses Instrumentenbauers, der gegenwärtig eine Oper schreibt[63]. Stell dir eine erhabene Schöpfung vor, in der die Wunder der sichtbaren Schöpfung mit einer unvergleichlichen Großartigkeit, einer Leichtigkeit, einer Schnelligkeit, einer Reichweite wiedergegeben worden sind, in der der Bereich der Empfindungen unendlich ist und in die gewisse bevorzugte Wesen eindringen können, die eine göttliche Macht besitzen; dann hast du eine Vorstellung von den ekstatischen Genüssen, von denen Cataneo und Capraja sprechen, diese beiden, die ganz für sich allein Dichter sind. Aber auch dann, wenn ein Mensch in den Fragen der geistig-seelischen Natur gerade die Sphäre hinter sich gelassen hat, in der durch Nachahmung die plastischen Werke geboren werden, und wenn er dann in das völlig geistige Reich der Abstraktionen eingeht, wo alles in seiner Grundsätzlichkeit erschaut und in der Allmacht der Ergebnisse gewahrt wird, ist ebenjener Mensch für gewöhnliche Intelligenzen nicht mehr verständlich.«

»Eben hast du mir meine Liebe zu Massimilla klargemacht«, sagte Emilio. »Lieber, in mir ist eine Macht, die beim Feuer ihrer Blicke erwacht, bei der leisesten Berührung mit ihr, und die mich in eine Welt des Lichtes schleudert, in der sich Wirkungen entwickeln, von denen ich dir nicht zu erzählen wage. Oft hat mir geschienen, daß das zarte Gewebe ihrer Haut auf die meine Blumen einpräge, wenn ihre Hand sich auf die meine legt. Ihre Worte berühren in mir die inneren Tasten, von denen du sprichst.

Die Begierde hebt mir die Schädeldecke und wühlt im Gehirn jene unsichtbare Welt auf, anstatt meinen Körper, in dem nichts sich regt, zu erheben; dann wird die Luft rot und knistert, unbekannte Düfte von unaussprechlicher Stärke entspannen meine Nerven, Rosen überkleiden die Wände meines Kopfes, und mir ist, als rinne mein Blut aus allen meinen geöffneten Arterien, so vollkommen ist meine schmachtende Entkräftung.«

»So ist es bei mir, wenn ich Opium geraucht habe«, antwortete Vendramin.

»Du willst also sterben?« fragte Emilio erschrocken.

»Mit Venedig«, sagte Vendramin und streckte die Hand gegen San Marco aus. »Siehst du ein einziges dieser Türmchen, eine einzige dieser Fialen senkrecht stehen? Verstehst du nicht, daß das Meer seine Beute verlangen wird?«

Der Fürst senkte den Kopf und wagte nicht, zu seinem Freunde von Liebesdingen zu sprechen. Man muß bei unterjochten Völkern umherreisen, wenn man wissen will, was ein freies Vaterland ist. Als der Fürst und Marco am Palazzo Vendramin anlangten, sahen sie am Wassereingang eine Gondel halten. Da legte der Fürst Vendramin den Arm um die Hüfte, zog ihn zärtlich an sich und sagte: »Eine glückliche Nacht, Lieber.«

»Mir eine Frau, wo ich doch mit Venedig schlafe?« rief Vendramin.

In diesem Augenblick erblickte der an einer Säule lehnende Gondoliere die beiden Freunde, erkannte den, der ihm bezeichnet worden war, und flüsterte dem Fürsten zu: »Die Herzogin, gnädiger Herr[64].«

Emilio sprang in die Gondel, wo er von eisernen, aber geschmeidigen Armen umschlungen und auf die Kissen niedergezogen wurde, wo er die wogenden Brüste einer verliebten Frau fühlte. Sogleich war der Fürst nicht länger Emilio, sondern der Liebhaber der Tinti, denn seine Empfindungen waren so schwindelerregend, daß er durch den ersten Kuß wie benommen taumelte.

»Verzeih mir diesen Trug, Geliebter«, sagte die Sizilianerin. »Ich sterbe, wenn ich dich nicht mit mir nehme!«

Und die Gondel entschwebte auf verschwiegenen Wassern.

Am andern Abend um halb acht saßen die Zuschauer wieder

auf denselben Plätzen im Theater, ausgenommen die im Parterre, die sich immer auf gut Glück setzen. Der alte Capraja war in der Loge der Cataneo. Vor der Ouvertüre stattete der Herzog der Herzogin einen Besuch ab; er tat, als wolle er bei ihr bleiben und Emilio vorn in der Loge neben Massimilla sitzen lassen. Er sagte ein paar bedeutungslose, von Sarkasmus und Bitterkeit freie Sätze, und zwar mit so höflicher Miene, als hätte es sich um einen Besuch bei einer Fremden gehandelt. Obwohl der Fürst sich bemühte, liebenswürdig und natürlich zu wirken, konnte er den Ausdruck seines Gesichts, das schauerlich sorgenvoll war, nicht ändern. Unbeteiligte mußten eine so starke Wandlung seiner Züge der Eifersucht zuschreiben, denn für gewöhnlich waren sie ruhig. Sicherlich teilte die Herzogin Emilios Gemütsbewegungen; ihre Stirn war düster, sie war sichtlich niedergeschlagen. Der Herzog fühlte sich fehl am Platz zwischen diesen beiden Schmollenden; er nahm das Eintreten des Franzosen wahr und empfahl sich.

»Monsieur«, sagte Cataneo zu seinem Arzt, ehe er die Portiere der Loge niederfallen ließ, »Sie werden jetzt eine gewaltige musikalische Dichtung hören; sie ist auf Anhieb recht schwer verständlich; aber ich lasse Sie ja bei der Frau Herzogin; sie kann Ihnen das Werk besser als irgend jemand sonst erläutern; sie ist nämlich meine Schülerin.«

Wie der Herzog, war auch der Arzt betroffen über den Ausdruck, der sich auf den Gesichtern der beiden Liebenden abzeichnete; er kündete von einer krankhaften Verzweiflung.

»Bedarf eine italienische Oper denn eines Cicerone?« fragte er lächelnd die Herzogin.

Diese Frage gemahnte die Herzogin wieder an ihre Pflichten als Herrin der Loge; sie versuchte, die auf ihrer Stirn lastenden Wolken zu vertreiben, griff eifrig ein Gesprächsthema auf, durch das sie innere Gereiztheit ablenken konnte, und antwortete:

»Es ist keine Oper, sondern ein Oratorium, ein Werk, das tatsächlich einem unserer edelsten Bauwerke ähnelt; ich will Sie gern einmal hinführen[65]. Glauben Sie mir, es heißt nicht zuviel von Ihnen verlangen, wenn Sie unserm großen Rossini Ihre gesamte Intelligenz gewähren; man muß nämlich zugleich Dichter und Musiker sein, um die Tragweite einer solchen Musik zu begreifen. Sie gehören einer Nation an, deren Sprache und Geist zu positiv sind, als daß sie sofort mit beiden Füßen in die Musik eingehen könnte; aber Frankreich ist auch zu verständnisfähig, um sie nicht schließlich dennoch zu lieben und zu pflegen, und das wird Ihnen gelingen wie alles und jedes. Übrigens muß anerkannt werden, daß die Musik, wie Lully[66], Rameau[67], Haydn, Mozart, Beethoven, Cimarosa[68] und Rossini sie geschaffen haben und wie alle schönen künftigen Genies sie weiterführen werden, eine neue, der hingeschwundenen Generation unbekannte Musik ist; denn jene hatte nicht so viele Instrumente, wie wir sie jetzt besitzen, und sie wußte nichts von der Harmonie, auf die sich heutzutage die Blüten der Melodie stützen wie auf fruchtbaren Boden. Eine so neue Kunst verlangt auf seiten der Menge, daß sie sich eingehend damit befaßt, wodurch das Gefühl entwickelt wird, an das die Musik sich wendet. Dieses Gefühl besteht bei euch Franzosen kaum, ihr seid ein Volk, das sich mit philosophischen Theorien, mit der Analyse, mit Diskussionen beschäftigt, und das immerfort durch innere Parteiungen gestört wird. Die moderne Musik, die einen tiefen Frieden will, ist die Sprache zärtlicher, verliebter Seelen, die einem noblen inneren Überschwang zuneigen. Diese Sprache ist tausendmal reicher als die der Worte; sie ist für die Sprache das, was für das Denken das Wort ist; sie erweckt die Gefühle und die Vorstellungen unter der ihnen eigenen Form, und zwar dort, wo bei uns die Vorstellungen und die Gefühle entstehen, aber sie beläßt sie bei dem, was sie bei jedem einzelnen sind. Diese Macht über unser Inneres stellt eine der Großartigkeiten der Musik dar. Die andern Künste erlegen dem Geist begrenzte Schöpfungen auf; die Musik ist in dem, was sie erschafft, unendlich. Wir sind genötigt, die Gedanken des Dichters, das Bild des Malers, die Statue des Bildhauers hinzunehmen; aber jeder von uns interpretiert die Musik entsprechend seinem Schmerz oder seiner Freude, entsprechend seinen Hoffnungen oder seiner Verzweiflung. Dort, wo die andern Künste unsere Gedanken umzirken und sie eben dadurch auf etwas fest Umrissenes festlegen, läßt die Musik sie auf die ganze Natur los, die uns auszudrücken sie die Macht besitzt. Jetzt sollen Sie sehen, wie ich den ›Moses‹ von Rossini auffasse!«

Sie beugte sich zu dem Arzt hin, damit sie zu ihm sprechen und lediglich von ihm vernommen werden konnte.

»Moses ist der Befreier eines versklavten Volkes!« sagte sie. »Erinnern Sie sich dieses Gedankens; dann werden Sie sehen, mit welch einer religiösen Hoffnung das ganze ›Fenice‹ das Gebot der befreiten Hebräer anhören und mit welch donnerndem Beifall es darauf antworten wird!«

Als der Kapellmeister den Bogen[69] hob, zog Emilio sich in den Hintergrund der Loge zurück. Die Herzogin wies den Arzt durch einen Fingerzeig auf den von dem Fürsten geräumten Platz hin, damit er ihn einnehme. Aber der Franzose war viel zu begierig zu erfahren, was zwischen den beiden Liebenden vorgefallen war, als in den musikalischen Palast einzutreten, den der Mann errichtet hatte, dem damals ganz Italien zujubelte; denn zu jener Zeit errang Rossini in seinem Heimatland Triumphe[70]. Der Franzose ließ die Herzogin nicht aus den Augen; sie sprach im Bann einer nervösen Erregung und erinnerte ihn an die Niobe[71], die er unlängst in Florenz bewundert hatte; es war der gleiche Adel des Schmerzes, die gleiche körperliche Unempfindlichkeit; indessen warf die Seele einen Widerschein in die warme Tönung ihrer Gesichtsfarbe, und ihre Augen, in denen das Schmachtende durch einen stolzen Ausdruck ausgelöscht wurde, trockneten die Tränen durch eine heftige Glut. Ihre verhaltenen Schmerzen beschwichtigten sich, wenn sie Emilio anschaute, der den starren Blick nicht von ihr abwandte. Gewiß, es ließ sich unschwer feststellen, daß sie eine wilde Verzweiflung lindern wollte. Die Beschaffenheit ihres Herzens prägte ihrem Geist etwas Grandioses auf. Wie die meisten Frauen, die unter dem Druck einer ungemeinen Erregung stehen, hatte sie ihre gewohnten Grenzen überschritten und besaß etwas von der Pythonissa[72], wobei sie indessen edel und groß blieb, denn nur die Form ihrer Gedanken und nicht ihr Antlitz wand sich verzweifelt. Vielleicht wollte sie mit all ihrem Geist glänzen, um dem Leben etwas Anziehendes zu leihen und ihren Liebhaber darin zurückzuhalten.

Als das Orchester die drei Akkorde in C-Dur vernehmen ließ, die der Meister an die Spitze seines Werks gestellt hat, um deutlich zu machen, daß seine Ouvertüre gesungen werde, denn die eigentliche Ouvertüre ist das weitgeschwungene Thema, das von diesem brüsken Angriff bis zu dem Augenblick durchlaufen wird, da auf Moses' Befehl das Licht erscheint, vermochte die Herzogin eine krampfhafte Bewegung nicht zu unterdrücken, die bewies, wie sehr diese Musik mit ihrem verhehlten Leid im Einklang stand.

»Wie diese drei Akkorde einen zu Eis erstarren lassen!« sagte sie. »Man ist des Schmerzes gewärtig. Lauschen Sie aufmerksam dieser Einleitung; ihr Thema ist das grausige Klagelied eines Volkes, das Gottes Hand geschlagen hat. Welche Stöhnlaute! Der König, die Königin, ihr ältester Sohn, die Großen, das ganze Volk seufzt; sie sind in ihrem Stolz getroffen, in ihren Eroberungen, in ihrer Gier gehemmt worden. Lieber Rossini, du hast wohlgetan, den *tedeschi*[73] diesen Knochen zum Benagen hinzuwerfen, die uns die Gabe der Harmonik und der Wissenschaft absprechen! Jetzt werden Sie die düstere Melodie hören, die der Meister dieser tief harmonischen Komposition zugesellt hat, die dem Kompliziertesten vergleichbar ist, was die Deutschen aufzuweisen haben; aber es geht davon für unsere Seelen nichts Ermüdendes oder Langweilendes aus. Ihr Franzosen, die ihr unlängst die blutigste aller Revolutionen durchgeführt habt, bei denen die Aristokratie durch die Pranke des Löwen ›Volk‹ zermalmt worden ist, ihr werdet an dem Tage, da dieses Oratorium bei euch aufgeführt werden wird[74], diese großartige Klage der Opfer eines Gottes verstehen, der sein Volk rächt. Nur ein Italiener konnte dieses fruchtbare, unerschöpfliche und völlig danteske Thema schreiben. Glauben Sie etwa, es sei etwas Geringes, einen Augenblick lang von Rache zu träumen? Ihr alten deutschen Meister, Händel, Sebastian Bach und sogar du, Beethoven, fallt auf die Knie, hier steht die Königin der Künste, hier ist das triumphierende Italien!«

Die Herzogin hatte diese Worte sagen können, während der Vorhang aufging. Jetzt hörte der Arzt die erhabene Symphonie, mit der der Komponist diese weitläufige biblische Szene eröffnet hat. Es handelt sich um den Schmerz eines ganzen Volkes. Der Schmerz ist in seinem Ausdruck etwas Einheitliches, zumal wenn es sich um körperliche Schmerzen handelt. Als der Musiker daher instinktiv, wie alle Genies, gefühlt hatte, daß in den Einfällen keine Vielfalt obwalten dürfe, hat er, nachdem er sein Hauptthema einmal gefunden hatte, es von Tonalität zu Tonalität geführt und die Massen und seine Gestalten durch Modulationen und Kadenzen von wunderbarer Geschmeidigkeit um dieses Motiv gruppiert. An dieser Schlichtheit wird die Kraft erkenntlich. Die Wirkung dieser Phrase, die die Empfindungen der Kälte und des Dunkels bei einem Volke malt, das bislang unablässig von den Lichtwogen der Sonne gebadet worden war, diese Phrase, die das Volk und seine Könige wiederholen, ist ergreifend. Diese langsame musikalische Bewegung hat etwas Unerbittliches. Diese neue, schmerzvolle Phrase ist wie eine Eisenstange, die ein himmlischer Henker hält und in gleichmäßigen Rhythmen auf die Glieder aller seiner Opfer niederschlägt. Dadurch, daß der Zuhörer den Wechsel von c-Moll nach g-Moll hört, dann den Übergang auf c, um der Rückkehr zur Dominante g willen, worauf im Fortissimo die Tonika es-Moll aufgegriffen, nach F-Dur gelangt und nach C-Dur zurückgekehrt wird, wobei das Thema stets stärker mit Grauen, Kälte und Finsternis beladen ist, nimmt seine Seele schließlich die Eindrücke auf, deren Ausdruck die Musik ist. Daher empfand der Franzose die heftigste Ergriffenheit, als es zum Ausbruch aller dieser vereinten Schmerzen in dem Aufschrei kam:

O nume d'Israël!
Se brami in libertà
Il popol tuo fedel
Di lui, di noi pietà.

(O Gott Israels, wenn du willst, daß dein getreues Volk der Sklaverei entrinnt, dann geruhe, mit ihm und uns Mitleid zu haben!)[75]

»Nie zuvor hat es eine so große Synthese der natürlichen Effekte, eine so vollkommene Idealisierung der Natur gegeben. Bei den großen nationalen Katastrophen klagt jeder lange Zeit für sich allein; dann lösen sich da und dort aus der Masse mehr oder weniger heftige Schmerzensschreie; schließlich, wenn die Not von allen empfunden wird, bricht sie los wie ein Sturmwind. Sobald die Völker sich ihrer gemeinsamen Wunde bewußt geworden sind, wandeln ihre dumpfen Schreie sich in solche der Ungeduld. So ist auch Rossini vorgegangen. Nach dem Ausbruch in C-Dur singt Pharao sein erhabenes Rezitativ: ›*Mano ultrice di un dio!*‹ (›Rächender Gott, ich erkenne dich zu spät!‹). Das ursprüngliche Thema wird jetzt lebhafter, ganz Ägypten ruft Moses auf, ihm zu helfen.«

Die Herzogin hatte den durch das Kommen Moses' und Aarons notwendigen Übergang ausgenutzt, diesen schönen Teil so zu erklären.

»Mögen sie doch weinen«, sprach sie leidenschaftlich weiter, »sie haben sehr viel Böses getan. Seufzt, ihr Ägypter, sühnt die Sünden eures unsinnigen Hofes! Mit welcher Kunst hat dieser große Maler alle braunen Farben der Musik und alles, was es an Traurigem auf der musikalischen Palette gibt, einzusetzen gewußt! Welch kalte Finsternisse, welche Nebeldünste! Trauert Ihre Seele nicht? Sind Sie nicht von der Wirklichkeit der schwarzen Wolken überzeugt, die die Bühne bedecken? Verhüllen für Sie nicht die dichtesten Schatten die Natur? Man sieht weder ägyptische Paläste noch Palmen, noch Landschaften. Wie wohl tun uns deshalb in der Seele die tief religiösen Klänge des himmlischen Arztes, der diese grausame Wunde heilen wird! Wie ist alles abgestuft, um zu der herrlichen Anrufung Gottes durch Moses zu gelangen! Vermöge einer kundigen Berechnung, deren Analogien Ihnen Capraja erklären kann, wird diese Anrufung nur von den Blechbläsern begleitet. Diese Instrumente geben diesem Stück seine große religiöse Tönung. Hier ist nicht nur der Kunstgriff bewunderungswürdig, sondern beachten Sie überdies, wie fruchtbar das Genie an Hilfsmitteln ist; denn Rossini hat dem Hindernis, das er selber sich erschuf, neue Schönheiten abgewonnen. Er hat sich die Streicher dazu aufbewahrt, das Licht auszudrücken, wenn es auf die Finsternis folgt, und ist so zu einem der mächtigsten in der Musik bekannten Effekte gelangt. Hat man, ehe dieses unnachahmliche Genie erstand, jemals dem Rezitativ so viel abgewonnen? Bis jetzt sind weder eine Arie noch ein Duett vorgekommen. Der Dichter hat sich lediglich auf die Kraft des Gedankens, auf die Mächtigkeit der Bilder, auf die Wahrheit seiner Deklamation gestützt. Diese Szene des Schmerzes, dieses tiefe Dunkel, diese Verzweiflungsschreie, dieses musikalische Gemälde, dies alles ist schön wie die ›Sintflut‹ eures großen Poussin[76].«

Moses schwang seinen Stab, es wurde Licht.

»Wetteifert hier die Musik nicht mit der Sonne, deren Glanz sie sich entliehen hat, mit der ganzen Natur, deren Phänomene sie bis in die winzigsten Einzelzüge nachzeichnet?« fuhr die Herzogin leise fort. »Hier erreicht die Kunst ihren Höhepunkt, kein Musiker wird darüber hinausgelangen. Hören Sie, wie Ägypten aus dieser langen Betäubung erwacht? Mit dem Licht gleitet überall das Glück ein. In welchem alten oder zeitgenössischen Werk begegnet man einer so großartigen Stelle? Die hellste Freude ist der tiefsten Traurigkeit entgegengesetzt worden! Welche Rufe, welch hüpfende Klänge! Wie atmet die bedrängte Seele auf, welch taumelnder Freudenrausch! Welch ein *tremolo*[77] in diesem Orchester, welch schöne *tutti*[78]! Das ist der Jubel eines geretteten Volkes! Zittern Sie nicht vor Lust?«

Den Arzt hatte dieser Kontrast, einer der prächtigsten in der modernen Musik, überrascht; hingerissen von Bewunderung, klatschte er in die Hände.

»Bravo, Doni!« sagte Vendramin, der gelauscht hatte.

»Jetzt ist die Einleitung zu Ende«, fuhr die Herzogin fort. »Sie haben soeben eine heftige Gefühlswallung durchlebt«, sagte sie zu dem Arzt. »Das Herz pocht Ihnen; Sie haben in den Tiefen Ihrer Phantasie die schönste Sonne gesehen, die mit ihren Lichtfluten ein ganzes Land überströmt, das zuvor düster und kalt war. Jetzt sollen Sie wissen, wie der Musiker sich dabei verhalten hat, damit Sie morgen die Geheimnisse seines Genies bewundern können, nachdem sie heute dessen Einfluß erlegen sind. Woraus besteht Ihrer Meinung nach diese Sonnenaufgang-Stelle, die so mannigfaltig, so glänzend, so vollkommen ist? Sie besteht aus einem einfachen Akkord in C, der unaufhörlich wiederholt wird und dem Rossini nur einen Quartsextakkord beigemischt hat. Hier zeigt sich leuchtend die Magie seiner Schaffensweise. Er hat, um uns das Hereinbrechen des Lichts zu malen, sich des gleichen Mittels bedient, das er anwandte, um uns die Finsternis und den Schmerz zu schildern. Diese Morgendämmerung in Bildern ist genau das gleiche wie eine natürliche Morgendämmerung. Das Licht ist eine einheitliche, in sich gleiche Substanz, überall sich selbst gleich, und seine Wirkungen werden einzig durch die Objekte vermannigfacht, auf die es trifft, nicht wahr? Gut also; der Musiker hat als Basis seiner Musik ein einziges Motiv gewählt, einen schlichten Akkord in C. Die Sonne erscheint und ergießt ihre Strahlen zunächst auf die Gipfel, dann von da aus in die Täler. Ebenso bricht der Akkord auf der ersten Saite der ersten Violine mit nordischer Zartheit an, er verbreitet sich im Orchester, er belebt darin die Instrumente eins nach dem andern, er entfaltet sich in ihnen. Wie das Licht nach und nach weiter um sich greift und die Dinge farbig tönt, geht er vor, indem er jede Harmoniequelle erweckt, bis sie alle im *tutti* rauschen. Die Violinen, die Sie noch nicht gehört hatten, haben durch ihr leises *tremolo* das Signal gegeben, verschwommen bewegt wie die ersten Lichtwogen. Diese hübsche, diese heitere, beinah leuchtende Bewegung, die Ihnen die Seele gestreichelt hat, sie hat der geschickte Musiker mit Baßakkorden unterfüttert, durch eine unentschiedene Fanfare der Hörner, die ihre dumpfesten Töne aushalten, damit Ihnen die letzten kühlen Schatten bewußt gemacht werden, die die Täler färben, während auf den Gipfeln die ersten Gluten spielen. Dann haben sich die Bläser sanft hineingemischt und dadurch den allgemeinen Akkord verstärkt. Die Stimmen haben sich damit vereint mit Ausrufen der Heiterkeit und des Staunens. Schließlich haben die Blechinstrumente glanzvoll eingestimmt, die Trompeten haben geschmettert! Das Licht, der Urquell der Harmonie, hat die Natur überwallt, alle musikalischen Reichtümer haben sich jetzt mit aller Kraft ausgebreitet, mit einem Glanz, wie er den Strahlen der Sonne des Morgenlands innewohnt. Nichts hat gefehlt, nicht einmal der Triangel, dessen wiederholtes C durch seinen schrillen Klang und seine neckische Mutwilligkeit an das Morgengezwitscher der Vögel erinnert hat. Die gleiche Tonalität, nur umgekehrt von dieser Meisterhand, drückt die Freude der gesamten Natur aus und lindert den Schmerz, der uns vor kurzem noch das Herz zerriß. Das ist das Siegel des großen Meisters, die Einheitlichkeit! Es ist die Einheit in der Mannigfaltigkeit. Eine einzige Phrase und tausend Gefühle des Schmerzes, der Nöte einer Nation; ein einziger Akkord und alle Eigenheiten der Natur bei ihrem Erwachen, alle Ausdrucksmöglichkeiten der Freude eines

Volkes. Diese beiden ungeheuren Stellen werden durch eine Anrufung des immer lebendigen Gottes zusammengeschweißt, des Urhebers aller Dinge, jenes Leids wie jener Freude. Ist diese Einleitung nicht an sich schon ein großes Gedicht?«

»So ist es«, sagte der Franzose.

»Jetzt kommt ein Quintett, wie nur Rossini es schreiben konnte; wenn er sich je der weichen, leichtfertigen Wollust hat hingeben können, die unserer Musik vorgeworfen wird, dann in dieser hübschen Nummer, bei der jeder seine Fröhlichkeit ausdrücken muß, in der das versklavte Volk befreit ist, in der indessen eine gefährdete Liebe seufzen wird. Der Sohn des Pharao liebt eine Jüdin, und ebenjene Jüdin verläßt ihn. Was dieses Quintett zu etwas so Köstlichem und Hinreißendem macht, das ist ein Rückkehren zu den gewöhnlichen Gemütswallungen des Lebens nach einer grandiosen Schilderung der beiden gewaltigsten Szenen im Leben einer Nation und der Natur, Elend und Glück, eingerahmt von dem Zauber, den ihnen die göttliche Vergeltung und das Wunderbare der Bibel leihen.

Hatte ich ich nicht recht«, redete die Herzogin weiter auf den Franzosen ein, als die prächtige Stretta[79]

Voci di giubilo
D'intorno echeggino,
Di pace l'Iride
Per noi spunto!

(Daß Freudenrufe rings um uns erschallen; der Friedensstern strahlt für uns seine Helle aus.)[80] beendet war.

»Mit welcher Kunst hat der Komponist diese Nummer gebaut ...!« fuhr sie nach einer Pause fort; sie hatte auf eine Antwort gewartet. »Er hat es mit einem Hornsolo von göttlichem Schmelz begonnen, untermalt von den Arpeggien der Harfen; denn die ersten Stimmen, die sich in diesem großen Zusammenwirken erheben, sind die Moses' und Aarons; sie danken dem wahren Gott; ihr milder, ernster Gesang erinnert an die erhabenen Gedanken der Anrufung und vereinigt sich dennoch mit der Freude des profanen Volkes. Dieser Übergang hat gleichzeitig etwas Himmlisches und Irdisches, wie es einzig das Genie zu finden weiß; es läßt dem Andante des Quintetts eine Farbe zuteil werden, die ich mit derjenigen vergleichen möchte, mit der Tizian seine göttlichen Gedanken umgibt. Ist Ihnen die entzückende Verflechtung der Stimmen aufgefallen? Durch was für geschickte Einsätze hat der Komponist sie über die reizenden Motive gruppiert, die das Orchester spielt! Mit welch einem Können hat er die Festlichkeit seines Allegro vorbereitet! Haben Sie nicht die tanzenden Chöre gewahrt, die tollen Reigen eines ganzen, der Gefahr entronnenen Volkes? Und als die Klarinette das Zeichen zur Stretta ›Voci di giubilo‹ gab, die so glanzvoll, so belebt ist, hat Ihre Seele da nicht das heilige Feuer empfunden, von dem König David in seinen Psalmen spricht und das er den Hügeln leiht?«

»Freilich, das ergäbe einen reizenden Kontertanz!« sagte der Arzt.

»Sie sind und bleiben ein Franzose!« rief die Herzogin; sie war inmitten ihres Überschwangs von diesem pikanten Pfeil getroffen worden. »Ja, ihr brächtet es fertig, diesen erhabenen Schwung, der so heiter, auf so noble Weise schmackhaft ist, für eure Tanzweisen zu benutzen. Eine sublime Poesie findet vor euern Augen nie Gnade. Das größte Genie, die Heiligen, die Könige, die Unglücklichen, alles, was es an Heiligem gibt, muß zwischen den Spießruten eurer Karikatur hindurch. Die Banalisierung großer Ideen durch eure Kontertanzweisen ist in Musik umgesetzte Karikatur. Bei euch tötet der Geist die Seele, wie das Vernünfteln die Vernunft tötet.«

Die ganze Loge blieb stumm während des Rezitativs, in dem Osiris und Membre sich verschwören, den Befehl unwirksam zu machen, den Pharao für den Auszug der Hebräer gegeben hat.

»Habe ich Sie verstimmt?« fragte der Arzt die Herzogin. »Dann wäre ich untröstlich. Ihre Worte sind wie ein Zauberstab, der die Fächer meines Gehirns öffnet und ihnen neue Gedanken entsteigen läßt, und diese werden durch jene erhabenen Gesänge belebt.«

»Nein«, sagte sie. »Sie haben unsern großen Musiker auf Ihre Art gelobt. Ich merke, Rossini wird bei euch Erfolg durch seine geistreichen und sinnlichen Seiten haben. Wir wollen uns für ein paar edle, in das Ideale verliebte Seelen, die sich doch in Ihrem fruchtbaren Lande finden müssen und die die Erhebung zu schätzen wissen, erhoffen, daß sie Sinn für das Grandiose einer solchen Musik haben. Ach, jetzt kommt das berühmte Duett zwischen Elcia und Osiris«, fuhr sie fort; sie nutzte dabei die Pause aus, die ihr die dreifache Beifallssalve gewährte, mit der das Parkett die Tinti bei ihrem ersten Auftreten begrüßte. »Wenn die Tinti die Rolle der Elcia richtig auffaßt, werden Sie den erhabenen Gesang einer Frau hören, der die Liebe zum Vaterland und die Liebe zu einem von dessen Unterdrückern zweifach das Herz zerreißt, während der von wahnwitziger Liebe zu seiner schönen Eroberung besessene Prinz sich bemüht, sie zu behalten. Die ganze Oper basiert ebenso auf dieser großen Idee wie auf dem Widerstreben der Pharaonen gegen die Macht Gottes und die Freiheit; das müssen Sie bedenken, sonst begreifen Sie nichts von diesem Riesenwerk. Trotz der Mißgunst, mit der ihr Franzosen die Erfindungen unserer Textbuchdichter hinnehmt, müssen Sie mir gestatten, sie auf die Kunst hinzuweisen, mit der dies Drama aufgebaut worden ist. Der für alle Kunstwerke notwendige Antagonismus, der für die Entwicklung der Musik so vorteilhaft ist, findet sich darin. Was gibt es Ergiebigeres als ein Volk, das seine Freiheit will, das durch Böswilligkeit in Fesseln gehalten wird, das Gott unterstützt, das Wunder auf Wunder häuft, um frei zu werden? Was gibt es Dramatischeres als die Liebe des Prinzen zu einer Jüdin, eine Liebe, die die Verrätereien der Bedrückermacht beinahe rechtfertigt? Darin nun aber ist alles enthalten, was diese kühne, diese riesige musikalische Dichtung ausdrückt; Rossini hat sich darauf verstanden, jedem Volk seine phantastische nationale Eigenheit zu bewahren, denn wir haben ihnen eine historische Größe geliehen, der alle Einbildungskraft zugestimmt hat. Die Gesänge der Hebräer und ihr Gottvertrauen stehen in beständigem Gegensatz zu den Wutschreien und den Anstrengungen des Pharao, der in all seiner Machtfülle geschildert worden ist. Gerade jetzt hofft der gänzlich von seiner Liebe erfüllte Osiris seine Geliebte durch die Erinnerung an alle Wonnen der Leidenschaft zurückzuhalten; er will über die Zauberkraft des Vaterlandes den Sieg davontragen. Daher werden Sie das göttliche Schmachten, das glühende Lieben, die Zärtlichkeiten, die wollüstigen Erinnerungen der morgenländischen Liebe im ›*Ah! Se puoi così lasciarmi* (Wenn du den Mut hast, mich zu verlassen, brich mir das Herz)‹ des Osiris erkennen, und ebenso in der Antwort der Elcia: ›*Ma perchè così straziarmi?* (Warum quälst du mich so, da doch mein Schmerz grausig ist?)‹[81] Nein, zwei so melodisch vereinte Herzen könnten sich nicht trennen«, sagte sie und blickte den Fürsten an. »Doch jetzt werden die Liebenden plötzlich durch die triumphierende Stimme des Vaterlandes unterbrochen, die in der Ferne erdröhnt und Elcia zu sich ruft. Welch göttliches, köstliches Allegro ist das Motiv des Marsches der durch die Wüste ziehenden Hebräer! Nur Rossini vermag Klarinetten und Trompeten so viele Dinge sagen zu lassen! Eine Kunst, die in zwei musikalischen Phrasen alles zu schildern weiß, was das Vaterland bedeutet, ist doch wohl dem Himmel näher als die andern. Dieser Ruf hat mich von je allzusehr bewegt, als daß ich Ihnen sagen könnte, wie grausam es für Versklavte und in Ketten Liegende ist, freie Menschen davonziehen zu sehen!«

Der Herzogin waren die Augen feucht geworden, als sie das herrliche Motiv hörte, das ja tatsächlich die Oper beherrscht.

»›*Dov'è mai quel cuor amante* (Welches liebende Herz würde nicht meine Ängste teilen?)‹«, fuhr sie auf italienisch fort, als die Tinti die wunderbare Kantilene der Stretta anstimmte, in der sie um Mitleid mit ihren Schmerzen bittet. »Aber was geschieht? Das Parkett murrt.«

»Genovese röhrt ja wie ein Hirsch«, sagte der Fürst.

Dieses Duett, das erste, das die Tinti sang, wurde tatsächlich durch Genoveses Versagen gestört. Sowie der Tenor gemeinsam mit der Tinti sang, änderte sich seine schöne Stimme. Er schien seine kluge Methode, die zugleich an Crescentini[82] und Velluti[83] erinnerte, leichtfertig vergessen zu haben. Bald verdarb er seinen Gesang durch eine unangebrachte Geste, bald durch allzu lange Triller. Bald kündeten Stimmausbrüche ohne Übergang, ein Lostoben des Tons, wie Wasser tobt, wenn eine Schleuse geöffnet wird, von völligem, willentlichem Versagen der Regeln des Geschmacks. So kam es, daß das Parkett über die Maßen unruhig wurde. Die Venezianer glaubten an eine Wette zwischen Genovese und seinen Kameraden. Als die Tinti gerufen wurde, erhielt sie rasenden Beifall, und Genovese wurde mit ein paar Bemerkungen bedacht, die ihn die feindselige Stimmung des Parketts spüren ließen. Während dieser für einen Franzosen recht komischen Szene, während die Tinti immerfort gerufen wurde, elfmal erschien und ganz allein den frenetischen Beifall der Theaterbesucher entgegennahm, da der beinahe ausgepfiffene Genovese nicht wagte, ihr die Hand zu geben, machte der Arzt der Herzogin eine Bemerkung über die Stretta des Duetts.

»Rossini hätte darin«, sagte er, »den tiefsten Schmerz ausdrücken müssen, und dabei finde ich darin etwas Gelockertes, einen Anhauch von unangebrachter Heiterkeit.«

»Sie haben recht«, antwortete die Herzogin. »Dieser Fehler ist die Auswirkung einer der Tyranneien, denen unsere Komponisten gehorchen müssen. Als er diese Stretta schrieb, hat er mehr an seine Primadonna als an Elcia gedacht. Aber auch wenn die Tinti sie heute noch glänzender gesungen hätte, bin ich so im Bann der Situation, daß diese allzu heitere Stelle mich mit Traurigkeit erfüllt hat.«

Aufmerksam blickte der Arzt abwechselnd den Fürsten und die Herzogin an, ohne den Grund ihrer Trennung zu erraten, und weshalb das Duett auf sie herzzerreißend gewirkt hatte. Massimilla senkte die Stimme und näherte sich dem Ohr des Arztes.

»Jetzt werden Sie etwas Herrliches hören, die Verschwörung des Pharao gegen die Hebräer. Die majestätische Arie ›*A rispettarmi apprenda* (Erlerne, mich zu fürchten)‹ ist Carthagenovas[84] Glanzstelle; er wird uns den verletzten Stolz, die Doppelzüngigkeit der Höfe wunderbar veranschaulichen. Der Thron wird sprechen; er zieht die gemachten Zugeständnisse zurück, er leiht seinem Zorn Waffen. Pharao reckt sich auf, um sich auf eine Beute zu stürzen, die ihm entschlüpft. Nie zuvor hat Rossini eine so schöne Charakterschilderung geschrieben, nie etwas, in dem sich ein so überquellender, ein so kräftiger Schwung ausprägt! Es ist ein Werk von hoher Vollendung, und die Begleitung ist wundervoll gearbeitet, wie übrigens auch die geringsten Kleinigkeiten in dieser Oper; die Macht der Jugend funkelt darin in den kleinsten Einzelheiten.«

Der Beifall des gesamten Zuschauerraums krönte diese schöne Eingebung, die von dem Sänger großartig wiedergegeben und zumal von den Venezianern nur zu gut verstanden wurde.

»Jetzt kommt das Finale«, fuhr die Herzogin fort. »Sie hören abermals den Marsch, zu dem das Glück der Befreiung und der Glaube an Gott angeregt haben; er gestattet einem ganzen Volk, frohgemut in die Wüste zu ziehen! Welche Lunge wäre nicht erfrischt worden durch die himmlischen Begeisterungsausbrüche eines der Sklaverei entkommenden Volkes. Ach, diese lieben, lebendigen Melodien! Ruhm sei dem schönen Genius beschieden, der so viele Empfindungen zu schildern wußte. Es liegt in diesem Marsch etwas Kriegerisches, das besagt, dieses Volk habe den Gott der Heerscharen auf seiner Seite! Welche Tiefe wohnt diesen Gesängen inne, die von Gnadenbeweisen erfüllt sind! Unsere Seele durchziehen die Bilder der Bibel, und diese göttliche musikalische Szene läßt uns, als geschehe es wirklich, einer der großen Szenen einer antiken, feierlichen Welt beiwohnen. Die religiöse Anlage gewisser Vokalpartien und die Art, wie die Stimmen sich einander zugesellen und sich gruppieren, drücken alles aus, was wir von den heiligen Wundern dieses ersten Zeitalters der Menschheit begreifen. Dabei ist diese schöne Musik nichts als eine Entwicklung des Marschthemas in allen seinen musikalischen Konsequenzen. Jenes Motiv ist das befruchtende Prinzip für das Orchester und die Singstimmen, für den Gesang und die glänzende Instrumentation, die ihn begleitet. Jetzt vereinigt sich Elcia mit der wandernden Schar; Rossini läßt sie ihre Kümmernisse ausdrücken, um das Freudige dieser Nummer zu nuancieren. Hören Sie ihr *duettino*[85] mit Amenophis. Hat verwundete Liebe je solche Klänge vernehmen lassen? Es atmet darin das Anmutsvolle der Nachtstücke, der Nocturni, es ist darin die geheime Trauer der verwundeten Liebe. Welche Schmermut! Ach, für sie wird die Wüste zwiefach Wüste! Jetzt kommt noch der furchtbare Kampf zwischen den Ägyptern und den Hebräern! Die Fröhlichkeit, der Marsch, alles wird gestört durch das Kommen der Ägypter. Die feierliche Verkündung der Befehle des Pharao vollzieht sich durch einen musikalischen Einfall, der das Finale beherrscht, eine dumpfe, ernste Phrase; es ist, als höre man den Marschtritt der mächtigen Armeen Ägyptens, wie sie Gottes heilige Phalanx einkreisen, wie sie sie langsam umschlingen, wie eine afrikanische Riesenschlange ihre Beute umwindet. Aber wie anmutig sind die Klagen dieses mißbrauchten Volkes! Ist das nicht eher italienisch als hebräisch? Welch prächtige Bewegung bis zur Ankunft Pharaos, durch die die Häupter der beiden Völker einander gegenübergestellt werden, und damit alle Leidenschaften des Dramas. Welch wunderbare Mischung der Gefühle in dem erhabenen *ottetto*[86], bei dem der Zorn des Moses und der der beiden Pharaonen aufeinanderprallen! Welch ein Kampf entfesselter Stimmen und Zornesregungen! Nie zuvor hat sich einem Komponisten ein größerer Gegenstand dargeboten. Schließlich stellt das berühmte Finale im ›Don Juan‹[87] doch nur die Auseinandersetzung eines Wüstlings mit seinen Opfern dar, die die Rache des Himmels herbeirufen. Zwei Völker, das eine schwach, das andere stark, stehen einander gegenüber. Da Rossini sämtliche Mittel zur Verfügung standen, hat er sie klüglich angewandt. Ohne sich dabei lächerlich zu machen, hat er das Toben eines wüsten Sturms ausdrücken können, aus dem sich furchtbare Verwünschungen loslösen. Das ist ihm durch Akkorde gelungen, über die er einen Triolenrhythmus legt, und zwar mit einer düsteren Energie, mit einer Beharrlichkeit, die einen schließlich überwältigen. Die Wut der durch einen Feuerregen überraschten Ägypter, die Racheschreie der Hebräer erforderten klug berechnete Massen; hören Sie, wie er die Entwicklung des Orchesters mit den Chören zusammengehen läßt? Das Allegro assai[88] in c-Moll ist in dieser Sintflut von Feuer furchtbar. Gestehen Sie nur«, sagte die Herzogin, als Moses seinen Stab hob und den Feuerregen niederfallen ließ, eine Stelle, bei der der Komponist seine ganze Kraft im Orchester und auf der Bühne entfaltet, »daß nie zuvor eine Musik auf eine so kunstvolle Weise Verwirrung und Durcheinander wiedergegeben hat?«

»Sie hat das Parterre gewonnen«, sagte der Franzose.

»Aber was ist denn nun schon wieder los? Offenbar ist das Parterre sehr erregt«, entgegnete die Herzogin.

Genovese hatte sich im Finale in einem so absonderlichen Gegurgel ergangen und dabei die Tinti angestarrt, daß der Tumult im Parterre, das in seinem Genuß gestört worden war, sich zum Höhepunkt gesteigert hatte. Es gab nichts Abstoßenderes für diese italienischen Ohren als dieser Kontrast zwischen Gut und Schlecht. Der Impresario entschloß sich, vorzutreten und zu sagen, auf eine Bemerkung, die er seinem Hauptdarsteller gegenüber gemacht habe, habe *il signor* Genovese geantwortet, er wisse nicht, wodurch und wie er die Gunst des Publikums habe einbüßen können, da er doch versucht habe, in seiner Kunst zur höchsten Vollendung zu gelangen.

»Soll er doch so schlecht wie gestern singen, dann sind wir zufrieden!« antwortete ihm Capraja wütend.

Dieser Zuruf versetzte das Parkett in gute Laune. Gegen den italienischen Brauch fand das Ballett kaum Beachtung. In sämtlichen Logen war von nichts die Rede als von Genoveses eigenartigem Verhalten und von der Ansprache des armen Impresarios. Diejenigen, die hinter die Kulissen gehen konnten, eilten hin, um dort das Geheimnis der Komödie zu erfahren, und bald wurde nur noch von einer furchtbaren Szene gesprochen, die die Tinti ihrem Kollegen Genovese gemacht habe; die Primadonna habe dabei dem Tenor vorgeworfen, er sei eifersüchtig auf ihren Erfolg, er habe sie durch sein albernes Verhalten gehemmt und sogar versucht, sie dadurch, daß er den Leidenschaftlichen spiele, ihrer Mittel zu berauben. Die Sängerin habe über ihr Pech heiße Tränen geweint. – Sie habe gehofft, sagte sie, ihrem Liebhaber zu gefallen, der im Zuschauerraum gewesen sein müsse, aber sie habe ihn nicht entdecken können. Man muß das heutzutage so friedliche Leben der Venezianer kennen, das aller Ereignisse so gänzlich bar ist, daß man sich über eine leise Verstimmung zwischen zwei Liebenden oder das vorübergehende Schwanken der Stimme einer Sängerin unterhält und diesen Dingen eine Wichtigkeit beimißt, die man in England politischen Affären zuerkennt, um zu begreifen, wie erregt das Fenice und das Café Florian waren. Die verliebte Tinti, die Tinti, die ihre Stimmittel nicht entfaltet hatte, die Vernarrtheit Genoveses oder der schlechte Streich, den er aus jener Kunsteifersucht gespielt hatte, die die Italiener so gut verstehen, das war eine reiche Mine für lebhafte Diskussionen! Das ganze Parterre redete hin und her wie auf der Börse, und daraus ergab sich ein Lärm, der den an die in Pariser Theatern herrschende Ruhe gewöhnten Franzosen erstaunen mußte. Alle Logen waren in Bewegung wie Bienenkörbe zur Schwarmzeit. Ein einziger Mann nahm keinerlei Anteil an diesem Tumult. Emilio Memmi kehrte der Bühne den

Rücken zu; mit melancholisch an Massimilla hängenden Augen schien er nur durch deren Blick zu leben; er hatte kein einziges Mal zu der Sängerin hingeschaut.

»Ich brauche dich, *caro carino*[89], schwerlich nach dem Ergebnis meiner Unterhandlung zu fragen«, sagte Vendramin zu Emilio. »Deine reine, fromme Massimilla ist von einem erhabenen Entgegenkommen gewesen; kurzum, sie war die Tinti!«

Der Fürst antwortete durch eine Kopfbewegung von grausiger Schwermut.

»Deine Liebe hat also die ätherischen Gipfelhöhen, auf denen du schwebst, nicht verlassen«, fuhr der durch sein Opium angeregte Vendramin fort; »sie hat sich nicht materialisiert. Heute morgen hast du wie seit sechs Monaten gefühlt, wie Blumen ihre balsamisch duftenden Kelche unter den Wölbungen deines maßlos vergrößerten Schädels entfalteten. Dein angeschwollenes Herz hat all dein Blut empfangen und ist gegen deine Kehle gestoßen. Dort haben sich«, sagte er und legte ihm die Hand auf die Brust, »zauberische Gefühle entwickelt. Massimillas Stimme ist auf Lichtwellen hineingelangt; ihre Hand hat tausend gefangene Wollüste befreit; sie haben die Windungen deines Gehirns verlassen, um sich wolkenhaft um dich zu scharen und um dich, deines Körpers ledig, in Purpur gebadet in blaue Lüfte zu entrücken, hoch über den Schneebergen, wo die reine Liebe der Engel wohnt. Das Lächeln und die Küsse ihrer Lippen haben dich mit einem giftigen Gewand bekleidet, das die letzten Spuren deiner irdischen Natur verzehrte. Ihre Augen waren zwei Sterne, die dich zu Licht ohne Schatten werden ließen. Ihr wart wie zwei auf himmlischen Palmen kniende Engel, die warten, daß die Paradiesespforten sich öffnen; aber sie drehten sich schwerfällig in den Angeln, und in deiner Ungeduld wolltest du daran pochen, ohne sie erreichen zu können. Deine Hand traf nur Wolken, die behender waren als dein Verlangen. Deine leuchtende, wie eine Himmelsbraut mit weißen Rosen bekränzte Freundin weinte ob deiner Wut. Vielleicht hat sie melodische Litaneien an die Madonna gerichtet, während die teuflischen Wollüste der Erde dich durch ihre infamen Rufe anfachten; da hast du die göttlichen Früchte jener Ekstase verschmäht, in der ich auf Kosten meiner Tage lebe.«

»Dein Rausch, lieber Vendramin«, sagte Emilio ruhig, »bleibt hinter der Wirklichkeit zurück. Wer könnte jene rein körperliche Entkräftung schildern, in die uns der Mißbrauch erträumter Lüste taucht und die der Seele ihr ewiges Begehren, dem Geist seine ungetrübten Fähigkeiten läßt? Aber ich bin dieser Qual satt, die mir die des Tantalus erklärt. Diese Nacht ist die letzte meiner Nächte. Nachdem ich meine letzte Anstrengung versucht habe, will ich unserer Mutter ihr Kind zurückgeben; die Adria soll meinen letzten Seufzer empfangen . . .«

»Hast du den Verstand verloren?« entgegnete Vendramin. »Ach was, du bist verrückt, denn der Wahnsinn, diese Krise, die wir verachten, ist die Erinnerung an einen früheren Zustand, die unsere gegenwärtige Form beeinträchtigt. Der Genius meiner Träume hat mir diese Dinge und noch vieles andere gesagt! Du willst die Herzogin und die Tinti vereinen; aber, Emilio, nimm sie jede für sich, das ist klüger. Einzig Raffael hat die Form und die Idee vereint. Du willst ein Raffael in der Liebe sein; aber der Zufall läßt sich nicht erschaffen. Raffael ist ein Glückswurf des Ewigen Vaters, der die Form und die Idee als Feindinnen geschaffen hat, denn sonst gäbe es kein Leben. Wenn das Prinzip stärker ist als das Resultat, wird nichts hervorgebracht. Wir müssen entweder auf Erden oder im Himmel sein. Bleib im Himmel, du bist nur zu bald wieder auf Erden.«

»Ich begleite die Herzogin heim«, sagte Emilio, »und wage meinen letzten Versuch . . . Und danach?«

»Danach?« sagte Vendramin hastig. »Versprichst du mir, mich im ›Florian‹ abzuholen?«

»Ja.«

Dieses Gespräch war von Vendramin und dem Fürsten auf Neugriechisch geführt worden; gleich vielen Venezianern kannten sie diese Sprache; die Herzogin und der Franzose hatten es nicht verstehen können. Obwohl der Arzt gänzlich außerhalb des Interessenkreises stand, der die Herzogin, Emilio und Vendramin umschloß, denn alle drei verständigten sich durch feine, schneidende, abwechselnd verhüllte und schräge, italienische Blicke, erriet er schließlich einen Teil der Wahrheit. Eine inständige Bitte der Herzogin an Vendramin hatte diesen jungen Venezianer zu seinem Vorschlag an Emilio veranlaßt; denn die Cataneo hatte zwar das Leiden gewittert, das ihr Liebhaber in dem reinen Himmel empfand, in den hinein er sich verirrt hatte; aber die Tinti hatte sie nicht gewittert.

»Die beiden jungen Leute sind verrückt«, sagte der Arzt.

»Was den Fürsten betrifft«, antwortete die Herzogin, »so überlassen Sie bitte mir die Sorge um seine Heilung; was jedoch Vendramin betrifft, so ist er, wenn er diese erhabene Musik nicht gehört hat, vielleicht unheilbar.«

»Wenn Sie mir sagen wollten, woher der Wahnwitz der beiden stammt, dann würde ich sie heilen«, rief der Arzt.

»Seit wann ist ein großer Arzt nur noch ein Wahrsager?« fragte die Herzogin spöttisch.

Das Ballett war längst zu Ende; der zweite Akt von »Mosè« begann; das Parterre verhielt sich sehr aufmerksam. Es hatte sich das Gerücht verbreitet, der Herzog Cataneo habe Genovese ins Gewissen geredet; er habe ihm vorgestellt, welch ein Unrecht er der Clarina antue, der *diva*[90] des Tages. Man erwartete einen wundervollen zweiten Akt.

»Der Prinz und sein Vater eröffnen die Szene«, sagte die Herzogin, »sie haben zum zweitenmal nachgegeben und dabei die Hebräer geschmäht; jetzt aber zittern sie vor Wut. Der Vater tröstet sich mit der bevorstehenden Hochzeit seines Sohnes, und der Sohn ist verzweifelt über dieses Hindernis, das seine Liebe, der von allen Seiten entgegengestrebt wird, noch steigert. Genovese und Carthagenova singen wundervoll. Sie sehen, der Tenor hat seinen Frieden mit dem Parterre geschlossen. Wie gut er die Reichtümer dieser Musik zur Geltung bringt ...! Die Phrase, die der Sohn auf der Tonika singt und die der Vater auf der Dominante wiederholt, gehört dem schlichten, ernsten System an, auf dem diese Partitur beruht; die Kargheit der Mittel macht die Fruchtbarkeit dieser Musik noch erstaunlicher. Darin liegt das ganze Ägypten. Ich glaube nicht, daß es ein modernes Werk gibt, das einen solchen Adel aushaucht. Das ernste, majestätische Vaterbewußtsein eines Königs wird durch diese Phrase prächtig ausgedrückt und entspricht dem großen Stil, der in dem ganzen Werk herrscht. Sicherlich kann der Sohn eines Pharao, der seinen Schmerz in den Busen des Vaters ergießt und diesen ihn mitempfinden läßt, nicht besser dargestellt werden als durch diese grandiosen Bilder. Verspüren Sie in sich selbst nicht ein Gefühl des Glanzes, den wir dieser antiken Monarchie leihen?«

»Es ist erhabene Musik!« sagte der Franzose.

»Die Arie *Pace mia smarrita*[91], die die Königin jetzt singen wird, ist eine der routinierten Bravourarien, zu denen alle Komponisten verdammt sind und die dem allgemeinen Plan des Tongedichts schaden; aber ihre Opern würden oftmals gar nicht auf die Bühne kommen, wenn sie nicht die Eitelkeit der Primadonnen befriedigten. Dennoch ist dies musikalische Tortenstück so fabelhaft ausgeführt worden, daß es auf allen Bühnen notengetreu gesungen wird. Es ist so glänzend, daß die Sängerinnen es nie durch ihre Lieblingsarie ersetzen, wie es in den meisten Opern geschieht. Jetzt aber kommt der Glanzpunkt der Partitur, das Duett Osiris–Elcia in dem unterirdischen Gewölbe, wo er sie verstecken will, um sie den abziehenden Hebräern wegzunehmen und mit ihr aus Ägypten zu fliehen. Die beiden Liebenden werden durch das Kommen Aarons gestört, der Amalthea warnen will, und nun werden wir das königlichste aller Quartette hören: *Mi manca la voce, mi sento morire*[92]. Dieses *Mi manca la voce* ist eins der Meisterwerke, die allem widerstehen werden, sogar der Zeit, dieser großen Zerstörerin der Mode in der Musik, denn es ist der Sprache der Seele entnommen worden, und die ist unwandelbar. Mozart besitzt als sein Eigentliches das berühmte Finale aus ›Don Juan‹, Marcello[93] seinen Psalm ›*Coeli narrant gloriam Dei*‹[94], Cimarosa sein ›*Pria che spunti*‹[95], Beethoven seine Symphonie in c-Moll, Pergolese[96] sein ›*Stabat*‹[97]; von Rossini wird sein ›*Mi manca la voce*‹ bestehenbleiben. Vor allem muß bei Rossini die wunderbare Leichtigkeit bewundert werden, mit der er die Form variiert; um diesen großen Effekt zu erzielen, mußte er auf den altertümlichen Kanon im Einklang[98] zurückgreifen, um seine Stimmen mit der gleichen Melodie einsetzen und verschmelzen zu lassen. Da die Form dieser erhabenen Kantilenen neu war, hat er sie in einem alten Rahmen untergebracht, und um sie besser hervortreten zu lassen, hat er das Orchester verstummen und die Singstimmen nur durch Harfenarpeggien begleiten lassen. Unmöglich kann man mehr Geist in den Einzelheiten und mehr Größe in der Gesamtwirkung bezeigen. Mein Gott, schon wieder Tumult«, sagte die Herzogin.

Genovese, der sein Duett mit Carthagenova so gut gesungen hatte, fiel sich selbst zur Last, sobald er neben der Tinti stand. Vom großen Sänger war er zum schlechtesten aller Choristen geworden. Es hatte sich der grauenhafteste Tumult erhoben, der je die Wölbung des Fenice erschüttert hat. Nur der Stimme der Tinti wich der Tumult; sie war wütend über die Störung durch den verbockten Genovese und sang das *Mi manca la voce*, wie keine Sängerin es je wieder singen wird. Die Begeisterung erreichte ihren Höhepunkt, die Zuhörer wechselten vom Unwillen und der Wut zum hitzigsten Genußtaumel über.

»Sie gießt mir Purpurfluten in die Seele«, sagte Capraja und segnete mit ausgestreckter Hand die *diva* Tinti.

»Möge der Himmel seine Gnade über dein Haupt ausschütten!« rief ihr ein Gondoliere zu.

»Pharao muß seine Befehle widerrufen«, fuhr die Herzogin fort, während der Aufruhr im Parterre sich beruhigte. »Moses wird ihn auf seinem Thron niederschmettern, wenn er ihm den Tod aller Erstgeburt in Ägypten verkündet und jene Rachearie singt, die alle Donner des Himmels enthält und in die die hebräischen Trompeten hineinschmettern. Aber irren Sie sich nicht, die Arie ist von Pacini[99], und Carthagenova singt sie anstelle derjenigen von Rossini. Diese Arie *Parenta*[100] wird sicherlich in der Partitur verbleiben; sie gibt den Bassisten allzu gute Gelegenheit, die Reichtümer ihrer Stimmen zu entfalten, und hier muß der Ausdruck den Sieg über das kompositorische Können davontragen. Überdies ist die Arie großartig von Drohungen[101] erfüllt, daher weiß ich nicht, ob man sie uns noch lange singen lassen wird.«

Eine Salve von Bravorufen und Händeklatschen, der ein tiefes, kluges Schweigen folgte, wurde der Arie zuteil; nichts war bezeichnender und venezianischer als diese sogleich unterdrückte Kühnheit.

»Ich werde Ihnen nichts über das *tempo di marcia*[102] sagen, das die Krönung des Osiris ankündigt, durch die der Vater der Drohung des Moses Trotz bieten kann; es genügt, es zu hören. Selbst ›ihr‹ berühmter Beethoven hat nichts Herrlicheres geschrieben. Dieser von irdischem Pomp erfüllte Marsch hebt sich bewundernswert gegen den Marsch der Hebräer ab; vergleichen

Sie die beiden Märsche, dann werden Sie sehen, daß die Musik hier von unerhörter Fruchtbarkeit ist. Elcia spricht angesichts der beiden Häupter der Hebräer ihre Liebe offen aus und opfert sie durch die herrliche Arie *Porge la destra amata* (Gebt einer andern Eure angebetete Hand)[103]. Ach, welch ein Schmerz! Sehen Sie sich den Zuschauerraum an!«

»Bravo!« rief das Parterre, als Genovese vernichtet dastand.

»Nun die Tinti von ihrem jämmerlichen Gefährten befreit ist, hören wir sie singen: O *desolata Elcia!*[104], die schmerzliche Kavatine, in der eine von Gott verworfene Liebe weint.«

»Rossini, warum bist du nicht hier, um zu hören, wie herrlich alles wiedergegeben wird, was dein Genie dir diktiert hat?« sagte Cataneo. »Ist Clarina nicht seinesgleichen?« fragte er Capraja. »Um diese Noten durch Feueratemstöße zu beleben, die aus den Lungen kommen und in der Luft durch irgendwelche beflügelten Substanzen anschwellen, die unsere Ohren einatmen, und die uns durch ein verliebtes Entzücken in den Himmel emportragen, muß man Gott sein!«

»Sie gleicht jener schönen, indischen Pflanze, die sich aus der Erde emporschwingt, der Luft unsichtbare Nahrung entnimmt und deren zu einer weißen Spirale gerundeter Kelch Wolken von Wohlgerüchen aushaucht, die in unsern Hirnen Träume erblühen lassen«, antwortete Capraja.

Die Tinti wurde hervorgerufen und erschien abermals, jedoch allein; sie wurde durch Zurufe begrüßt, sie empfing tausend Küsse, die jeder ihr mit den Fingerspitzen zufliegen ließ; es wurden ihr Rosen zugeworfen und ein Kranz, für den die Frauen die Blumen ihrer Hauben spendeten, die fast sämtlich von den Modistinnen aus Paris geschickt worden waren. Die Kavatine wurde ein zweites Mal verlangt.

»Mit welcher Ungeduld mag Capraja, der Liebhaber der Koloratur, diese Nummer erwartet haben; dabei tritt ihr Wert nur durch die Ausführung zutage«, sagte jetzt die Herzogin. »Hier hat Rossini gewissermaßen der Phantasie der Sängerin den Zügel um den Hals gelegt. Die Koloratur und die Seele der Sängerin sind dabei alles. Bei einer durchschnittlichen Stimme und bei durchschnittlicher Ausführung wäre es nichts. Die Kehle muß den Brillanten dieser Passage die richtige Fassung geben. Die

Sängerin muß den ungeheuersten Schmerz ausdrücken, den einer Frau, die den Geliebten vor ihren Augen sterben sieht! Die Tinti, Sie hören es ja, läßt den ganzen Zuschauerraum von den schrillsten Tönen widerhallen, und um der reinen Kunst, nämlich der Stimme, volle Freiheit zu gewähren, hat Rossini hier klare, wahre Tonfolgen geschrieben; er hat, mit äußerster Mühewaltung, jene herzzerreißenden musikalischen Ausrufe *Tormenti! Affanni! Smanie*![105] erdacht. Welche Aufschreie! Welch ein Schmerz in diesen virtuosen Passagen! Wie Sie sehen, hat die Tinti durch ihre großartigen Anstrengungen den Zuschauerraum mitgerissen.«

Der Franzose war verblüfft ob der verliebten Raserei eines ganzen Theaterpublikums für die Ursache seiner Genüsse; er gewahrte ein wenig von dem wahren Italien; weder die Herzogin noch Vendramin, noch Emilio indessen zollten der Ovation, die der Tinti zuteil wurde, die geringste Aufmerksamkeit; die Sängerin begann von neuem. Die Herzogin hatte Angst, ihren Emilio zum letztenmal zu sehen; was nun aber den Fürsten betraf, so wußte er angesichts der Herzogin, dieser eindrucksvollen Gottheit, die ihn in den Himmel entführte, nicht, wo er sich befand; er hörte auch nicht die wollüstige Stimme derjenigen, die ihn in die irdischen Wollüste eingeweiht hatte; denn eine grausige Melancholie ließ seine Ohren ein Konzert klagender Stimmen vernehmen, die von einem Rauschen gleich dem eines mächtigen Regengusses begleitet wurden. Vendramin war jetzt als Prokurator gekleidet und erblickte die Bucentoro-Zeremonie[106]. Der Franzose, der endlich ein seltsames, schmerzliches Geheimnis zwischen dem Fürsten und der Herzogin erraten hatte, häufte die geistvollsten Mutmaßungen übereinander, um es sich zu erklären. Das Bühnenbild hatte sich verwandelt. Inmitten einer schönen Szenerie, die die Wüste und das Rote Meer darstellte, vollzogen sich die Bewegungen der Ägypter und der Hebräer, ohne daß die Gedanken, denen die vier Menschen in der Loge nachhingen, gestört wurden. Doch als die ersten Harfenakkorde das Gebet der befreiten Hebräer ankündigten, erhoben sich der Fürst und Vendramin und lehnten sich jeder an eine Seitenwand der Loge; die Herzogin stützte den Ellbogen auf die Plüschbrüstung und schmiegte den Kopf in die linke Hand.

Dem Franzosen hatte dieses Verhalten die Wichtigkeit kundgetan, die der Zuschauerraum dieser mit recht so berühmten Nummer beimaß; er lauschte andächtig. Die Zuhörer verlangten das Gebet noch einmal und spendeten ein Übermaß an Beifall.

»Mir ist, als hätte ich der Befreiung Italiens beigewohnt«, dachte ein Mailänder.

»Diese Musik richtet gebeugte Köpfe auf und gibt den am tiefsten schlafenden Herzen Hoffnung«, rief ein Romagnole.

»Hier«, sagte die Herzogin zu dem sichtlich erschütterten Franzosen, »ist das technische Können hingeschwunden; dies Meisterwerk hat einzig und allein die Inspiration diktiert; es ist der Seele entsprungen wie ein Liebesaufschrei. Was die Begleitung betrifft, so besteht sie aus Arpeggien der Harfe, und das Orchester entwickelt sich erst bei der letzten Wiederholung dieses himmlischen Themas. Nie wird Rossini sich wieder so hoch aufschwingen wie in diesem Gebet; er wird alles genauso gut machen, aber niemals besser; stets ist das Erhabene sich selbst gleich; aber dieser Gesang ist abermals eins der Dinge, die ganz und gar ihm angehören. Das Gegenstück zu einer solchen Eingebung ließe sich nur in den göttlichen Psalmen des göttlichen Marcello finden[107], eines edlen Venezianers, der in der Musik bedeutet, was Giotto[108] für die Malerei ist. Die Majestät der Phrase, deren Form sich entfaltet und uns dabei unerschöpfliche Melodien spendet, gleicht dem, was die religiösen Genies an Umfassendem erfunden haben. Welche Einfachheit der Mittel! Moses greift das Thema in g-Moll auf und beendet es durch eine Kadenz in b-Moll, die es dem Chor erlaubt, es zunächst *pianissimo* in b-Moll aufzugreifen und es alsdann durch eine Kadenz in ges-Moll wiederzugeben. Dieses dreimal begonnene noble Spiel der Stimmen vollendet sich in der letzten Strophe durch eine Stretta in G-Dur, deren Effekt für die Seele betäubend ist. Es ist, als begegne der Gesang dieses der Sklaverei entronnenen Volkes bei seinem Aufsteigen gen Himmel Gesängen, die aus himmlischen Sphären herniedersinken. Freudig antworten die Sterne auf die Trunkenheit der befreiten Erde. Die Abgerundetheit dieser Motive, die Noblesse der langsamen Abstufungen, die das Losbrechen des Gesanges und seine Rückkehr zu sich selbst vorbereiten, lassen in der Seele himmlische Bilder entstehen. Vermeinen Sie nicht, Sie sähen den Himmel offen, die Engel mit ihren goldenen Sistren[109], die Seraphim kniend und ihre mit Düften beladenen Räuchergefäße schwingend, und die Erzengel, die gerade die Gottlosen besiegt haben, auf ihre Flammenschwerter gestützt? Das Geheimnis dieser Harmonie, die das Denken erquickt, ist, wie ich glaube, dasjenige einiger sehr seltenen Menschenwerke; sie versetzt uns für eine Weile ins Unendliche; wir fühlen es, wir gewahren es andeutungsweise in diesen Melodien, die grenzenlos sind wie die um Gottes Thron gesungenen. Rossinis Genie führt uns auf eine wunderbare Höhe. Von dort aus erblicken wir ein Land der Verheißung, in das hinein unsere von himmlischen Lichtfluten geliebkosten Augen tauchen, ohne je den Horizont zu erreichen. Der letzte Ruf der fast geheilten Elcia verknüpft eine irdische Liebe mit diesem Hymnus der Dankbarkeit. Diese Kantilene ist ein Genieblitz – Singt«, sagte die Herzogin, während sie der letzten Strophe lauschte, die so gesungen, wie sie angehört wurde, nämlich mit einem düsteren Enthusiasmus, »singt, ihr seid frei.«

Dieses letzte Wort wurde mit einer Betonung gesagt, die den Arzt erschauern ließ; um die Herzogin ihren bitteren Gedanken zu entreißen, warf er während des Tumults, den die Hervorrufe der Tinti verursachten, eine der Streitfragen auf, die für die Franzosen bezeichnend sind.

»Madame«, sagte er, »als Sie mir dieses Meisterwerk erklärten, das ich dank Ihnen morgen abermals hören und es dann in seinen Mitteln und seiner Wirkung verstehen werde, haben Sie oft von der Farbe der Musik gesprochen und von dem, was sie male; aber in meiner Eigenschaft als Analytiker und Materialist muß ich Ihnen gestehen, daß mich von je die Anmaßung empört hat, die gewisse Enthusiasten bezeigen, wenn sie uns glauben machen wollen, die Musik male mit Tönen. Ist das nicht dasselbe, wie wenn die Bewunderer Raffaels behaupteten, er singe in Farben?«

»In der Sprache der Musik«, antwortete die Herzogin, »heißt Malen das Erwecken gewisser Erinnerungen in unsern Herzen durch Töne, oder gewisser Bilder in unserer Intelligenz, und ebenjene Erinnerungen, ebenjene Bilder haben ihre Farbe, sie sind traurig oder heiter. Sie, Monsieur, entfesseln einen Wortstreit, und weiter gar nichts. Nach Capraja hat jedes Instrument seine Mission und wendet sich an gewisse Ideen, wie jede Farbe auf gewisse Gefühle in uns antwortet. Haben Sie, wenn Sie goldene Arabesken auf blauem Grund betrachten, dieselben Gefühle, die in Ihnen rote Arabesken auf schwarzem oder grünem Grunde erregen? Bei der einen wie bei der andern Malerei gibt es keinerlei Figuren, werden keinerlei Gefühle ausgedrückt, und dennoch wird keine Seele bei ihrer Betrachtung kalt bleiben. Verfügt die Oboe nicht über die Macht, in allen Geistern ländliche Bilder zu erwecken, wie es fast alle Holzblasinstrumente tun? Haben die Blechinstrumente nicht etwas Kriegerisches, entwikkeln sie in uns nicht belebte und ein wenig wütige Empfindungen? Die Streichinstrumente, deren Material organischen Substanzen entstammt, wenden sie sich nicht an die zartesten Fibern unseres Organismus, dringen sie nicht vor bis in unsere Herzenstiefen? Als ich Ihnen von den düsteren Farben sprach, der Kälte der Klänge, die in der Introduktion des Moses verwandt worden sind, hatte ich da nicht genauso recht wie Ihre französischen Kritiker, wenn sie uns von der Farbigkeit dieses oder jenes Schriftstellers erzählen? Erkennen Sie nicht den nervösen Stil an, den blassen Stil, den belebten Stil, den farbigen Stil? Die Kunst schildert mit Wörtern, mit Tönen, mit Farben, mit Linien, mit Formen; die Mittel sind zwar verschieden, aber die Wirkungen sind die gleichen. Ein italienischer Architekt könnte uns dieselben Gefühle geben, die die Introduktion zu ›Mosè‹ in uns erregt, wenn er uns durch düstere, hohe, dicht belaubte, feuchte Parkgänge führte und uns dann urplötzlich vor einem Tal anlangen ließe, das erfüllt von Wasserläufen, von Blumen, von Werkstätten, und überflutet von Sonnenlicht ist. Die Künste in ihren großartigen Bemühungen sind lediglich der Ausdruck großer Naturschauspiele. Ich bin nicht gelehrt genug, um mich auf die Philosophie der Musik einzulassen; fragen Sie mal Capraja danach; was er Ihnen sagt, wird Sie überraschen. Seiner Auffassung nach ist jedes Instrument, da es für seine Ausdrucksmöglichkeiten der Betätigung durch den Atem oder die Hand des Menschen bedarf, etwas Überlegenes, wie die Sprache der unverändert bleibenden Farbe und dem Wort überlegen ist, das seine Grenzen hat. Die Sprache der Musik ist unendlich, sie enthält alles, sie kann alles ausdrücken. Wissen Sie jetzt, worauf die Überlegenheit des

Werks beruht, das Sie gehört haben? Ich will es Ihnen mit wenigen Worten erklären. Es gibt zwei Arten von Musik, eine kleine, dürftige, zweitrangige, die stets sich selbst gleicht, die auf etwa hundert Phrasen beruht, die jeder Musiker sich aneignet und die aus einem mehr oder weniger angenehmen Geschwätz besteht, von dem die meisten Komponisten leben; man hört sich ihre Gesänge an, ihre vorgeblichen Melodien, man hat mehr oder weniger Freude daran, aber nicht das mindeste davon bleibt im Gedächtnis haften; hundert Jahre vergehen, dann sind sie vergessen. Vom Altertum an bis zu unsern Tagen haben die Völker wie einen kostbaren Schatz gewisse Gesänge bewahrt, in denen ihre Sitten und ihre Gewohnheiten, und ich möchte fast sagen, ihre Geschichte, zusammengefaßt sind. Lauschen Sie einem dieser nationalen Gesänge (und der gregorianische Gesang[110] hat das Erbe früherer Völker auf diese Art in sich aufgenommen), und Sie versinken in tiefe Grübeleien; es vollziehen sich in Ihrer Seele unerhörte, gewaltige Dinge, trotz der Einfachheit dieser Rudimente, dieser musikalischen Ruinen. Nein, es gibt in jedem Jahrhundert einen oder zwei geniale Menschen, nicht mehr, die Homere der Musik, denen Gott die Macht verleiht, den Zeiten vorauszueilen, und die jene Melodie formen, die voll von vollendeten Tatsachen, die schwanger von ungeheuren Dichtungen sind. Denken Sie gut darüber nach, vergessen Sie diesen Gedanken nicht, er wird sich als fruchtbar erweisen, wenn er von Ihnen weitergetragen wird: Die Melodie und nicht die Harmonie hat die Macht, Zeitalter zu überdauern. Die Musik dieses Oratoriums birgt eine Welt großer, heiliger Dinge. Ein Werk, das mit dieser Introduktion einsetzt und mit diesem Gebet endet, ist unsterblich, unsterblich wie das *O filii et filiae*[111] zu Ostern oder das *Dies irae*[112] beim Tode, wie alle Gesänge, die in allen Ländern den Glanz, die Freuden, verlorenes Glück überdauern.«

Zwei Tränen, die die Herzogin beim Verlassen ihrer Loge trocknete, sagten zur Genüge, daß sie an ein Venedig dachte, das nicht mehr war; deshalb küßte Vendramin ihr die Hand.

Die Vorstellung schloß mit einem Konzert der urwüchsigsten Flüche und ausgiebigem Pfeifen, das Genovese galt, und mit einem Tobsuchtsanfall zugunsten der Tinti. Seit langem hatten die Venezianer keinen angeregteren Theaterabend gehabt; endlich einmal war ihr Leben durch einen der Zwiespälte erhitzt worden, an denen es in Italien nie gefehlt hat; denn dort hat die kleinste Stadt stets vom Interessengegensatz zweier Parteien gelebt: der Ghibellinen und Guelfen überall, der Capuletti und Montecchi in Verona, der Geremëi und der Lomelli in Bologna, der Fieschi und der Doria in Genua, der Patrizier und des Volks, des Senats und der Tribunen in der römischen Republik, der Pazzi und Medici in Florenz, der Sforza und der Visconti in Mailand, der Orsini und der Colonna in Rom; kurzum, überall und allerorten dieselbe Bewegung. Auf der Straße gab es schon Genovesier und Tintisten. Der Fürst geleitete die Herzogin heim; sie war durch die Liebe des Osiris noch trauriger gestimmt worden; sie glaubte an ein ähnliches Unheil für sich selber und konnte nichts tun, als Emilio an ihr Herz zu drücken, wie um ihn bei sich zu behalten.

»Denk an dein Versprechen«, hatte Vendramin zu ihm gesagt, »ich erwarte dich auf der Piazza.«

Vendramin nahm den Arm des Franzosen und schlug ihm vor, während des Wartens auf den Fürsten auf dem Markusplatz umherzuschlendern.

»Ich wäre nur zu froh, wenn er nicht wiederkäme«, sagte er.

Diese Äußerung wurde zum Ausgangspunkt eines Gesprächs zwischen dem Franzosen und Vendramin; dieser erblickte in diesem Augenblick eine günstige Gelegenheit zum Befragen eines Arztes und erzählte ihm von der sonderbaren Lage, in der Emilio sich befand. Der Franzose tat, was die Franzosen bei jeder Gelegenheit zu tun pflegen, er fing an zu lachen. Vendramin, den die Sache ungeheuer ernst dünkte, wurde wütend; aber er beruhigte sich, als der Schüler Magendies[113], Cuviers[114], Dupuytrens[115] und Broussais'[116] ihm sagte, er glaube, den Fürsten von seinem maßlosen Glück heilen und die himmlische Poesie, durch die er die Herzogin wie mit einer Wolke umgebe, verwehen lassen zu können.

»Glückliches Unglück«, sagte er. »Die Alten, die nicht so naiv waren, wie es ihr Kristallhimmel und ihre Gedanken auf dem Gebiet der Physik vermuten lassen könnten, haben in ihrer Fabel von Ixion[117] jene Macht geschildert, die den Körper verneint und den Geist zum Herrscher aller Dinge macht.«

Vendramin und der Arzt sahen Genovese kommen; der wunderliche Capraja begleitete ihn. Der Musiknarr wünschte inständig, den wahren Grund für das *fiasco*[118] zu erfahren. Als dem Tenor diese Frage gestellt wurde, begann er zu schwatzen wie alle Menschen, die sich an der Macht der Ideen berauschen, die eine Liebesleidenschaft ihnen eingibt.

»Ja, Signore, ich liebe sie, ich vergöttere sie mit einer Wut, deren ich mich nicht mehr für fähig hielt, seit ich der Frauen überdrüssig geworden war. Die Frauen sind der Kunst allzu schädlich, als daß man gleichzeitig der Liebeslust frönen und arbeiten könnte. Clara meint, ich sei eifersüchtig auf ihre Erfolge und wolle ihren Erfolg in Venedig vereiteln; dabei habe ich in der Kulisse gestanden und lauter ›*Diva!*‹ gerufen als der ganze Zuschauerraum.«

»Aber«, sagte der hinzutretende Cataneo, »das erklärt nicht, wieso du vom göttlichen Sänger zum kläglichsten aller derer werden konntest, die die Luft durch ihre Kehle strömen lassen, ohne ihr die bezaubernde Süße zuteil werden zu lassen, die uns entzückt.«

»Ich?« fragte der Virtuose. »Ich sollte ein schlechter Sänger geworden sein, ich, der ich den größten Meistern gleiche?«

Der französische Arzt, Vendramin, Capraja, Cataneo und Genovese waren jetzt gerade bis zur Piazzetta gelangt. Es war Mitternacht. Der schimmernde Golf, den die Kirchen San Giorgio und San Paolo auf der Spitze der Giudecca und der Beginn des Canal Grande andeuten, der so glorreich mit der Dogana beginnt, und mit der Kirche Santa Maria della Salute, dieser herrliche Golf lag friedlich da. Der Mond beschien die vor der Riva dei Schiavoni liegenden Schiffe. Das Wasser Venedigs, das keiner der Bewegungen des Meeres unterworfen ist, schien zu leben, so sehr zitterten seine Millionen von Pailletten. Nie zuvor hat ein Sänger sich auf einer prächtigeren Bühne befunden. Mit einer emphatischen Geste rief Genovese Himmel und Meer als Zeugen an; dann sang er, nur vom Gemurmel der Wellen begleitet, die Arie »Ombra adorata«[119], Crescentinis[120] Meisterwerk. Dieser Gesang, der zwischen den berühmten Standbildern des heiligen Theodor und des heiligen Georg aufstieg, mitten im menschenleeren, vom Mond beschienenen Venedig, die mit dem Schauplatz so trefflich harmonierenden Textworte sowie Genoveses melancholischer Ausdruck, all das schlug die Italiener und den Franzosen in Bann. Bei den ersten Worten überströmten Vendramins Gesicht dicke Tränen. Capraja stand starr da wie eine der Gestalten am Dogenpalast. Cataneo schien innerlich tief bewegt zu sein. Der überraschte Franzose versank in Nachdenken wie ein Gelehrter, dem ein Phänomen zu schaffen macht, das eins seiner wichtigsten Axiome umstößt. Jene vier so verschiedenen Geister, deren Hoffnungen so kärglich waren, die an nichts glaubten, weder an das Zeitliche noch an das Ewige, die sich selbst nur das Zugeständnis machten, sie seien vorübergehende, launische Form wie ein Kraut oder ein Käfer, gewahrten einen flüchtigen Einblick in den Himmel. Nie zuvor hat die Musik ihr Beiwort »göttlich« besser verdient. Die jener Kehle entströmenden tröstlichen Klänge hüllten die Seelen mit sanften, liebkosenden Wolken ein. Diese Wolken waren halb sichtbar wie die Marmorfirste, die jetzt der Mond rings um die Lauschenden her versilberte; sie schienen Engeln als Sitze zu dienen, deren Fittiche durch frommes Fächeln Anbetung und Liebe ausdrückten. Diese schlichte, naive Melodie durchdrang die inneren Sinne und trug Licht hinein. Wie heilig war doch die Liebe! Aber welch ein abscheuliches Erwachen bereitete die Eitelkeit des Tenors diesen edlen Regungen!

»Bin ich ein schlechter Sänger?« fragte Genovese, als er die Arie beendet hatte.

Alle bedauerten, daß das Instrument alles andere als himmlisch sei. Sie hatten diese engelhafte Musik also einem Aufwallen gekränkter Eigenliebe verdankt. Der Sänger hatte nichts empfunden, er hatte so wenig an die frommen Empfindungen, an die göttlichen Bilder gedacht, die er in ihren Herzen hatte entstehen lassen, wie die Geige weiß, was Paganini sie sagen läßt. Alle hatten es erleben wollen, wie Venedig sein Leichentuch hob und selber sang, und dabei war es nur um das *fiasco* eines Tenors gegangen.

»Erraten Sie den Sinn eines solchen Phänomens?« fragte der Arzt Capraja; er wünschte den Mann zum Sprechen zu bringen, von dem die Herzogin ihm gesagt hatte, er sei ein tiefer Denker.

»Welchen Phänomens ...?« fragte Capraja.

»Genovese, der großartig ist, wenn er die Tinti nicht neben sich hat, wird in ihrem Dabeisein zum schreienden Esel«, sagte der Franzose.

»Er gehorcht einem geheimen Gesetz, dessen mathematischer Beweis vielleicht durch einen Ihrer Chemiker gegeben werden und den das nächste Jahrhundert in einer Formel voller x und a und b finden wird, untermischt mit kleinen algebraischen Schnörkeln, mit Klammern, Vorzeichen und Strichen, die mir Leibschmerzen machen, da nun mal die schönsten Tüfteleien der Mathematik der Summe unserer Genüsse nicht viel hinzufügen. Wenn ein Künstler das Pech hat, von der Leidenschaft erfüllt zu sein, die er ausdrücken will, so kann er sie nicht schildern, denn er ist die Sache selber, anstatt ihr Abbild zu sein. Die Kunst entspringt dem Gehirn und nicht dem Herzen. Wer von seinem Thema beherrscht wird, ist dessen Sklave und nicht dessen Herr. Man ist wie ein von seinem Volk belagerter König. Empfindet man allzu lebhaft, wenn es sich darum handelt, an die Ausführung zu gehen, dann bedeutet das den Aufstand der Sinne gegen das Können!«

»Müßten wir uns davon nicht durch einen neuen Versuch überzeugen?« fragte der Arzt.

»Ihr Herren«, entgegnete der Herzog, »kommen Sie zu mir zum Nachtessen. Wir müssen den Tenor und Clarina aussöhnen, denn sonst wäre es für Venedig um die Saison geschehen.«

Das Anerbieten wurde angenommen.

»Gondoliere!« rief Cataneo.

»Einen Augenblick bitte«, sagte Vendramin zum Herzog, »Memmi erwartet mich im ›Florian‹; ich möchte ihn nicht allein lassen; wir wollen ihn heute abend betrunken machen, sonst bringt er sich morgen um.«

»Corpo santo«[121], rief der Herzog, »ich will diesen wackeren Jungen für das Glück und die Zukunft meiner Familie am Leben erhalten, ich lade ihn ebenfalls ein.«

Alle gingen zurück zum Cafè Florian, wo die Menge durch stürmische Unterhaltungen erregt war; sie endeten beim Anblick des Tenors. In einem Winkel, nahe den auf die Galerie mündenden Fenstern, bot der Fürst düster, mit starren Blicken und reglosen Gliedern ein schauerliches Bild der Verzweiflung dar.

»Dieser Narr«, sagte der Arzt auf französisch zu Vendramin, »weiß nicht, was er will! Es gibt also auf Erden einen Menschen, der eine Massimilla Doni von der ganzen Schöpfung abtrennen kann und sie nur im Himmel besitzt, inmitten des idealen Pomps, den hienieden niemand zu verwirklichen vermag. Er kann seine Geliebte stets erhaben und rein sehen, stets in seinem Innern vernehmen, was wir vorhin am Meeresgestade gehört haben, stets im Glanz zweier Augen leben, die für ihn die warme, farbige Atmosphäre schaffen, mit der Tizian die heilige Jungfrau seiner ›Himmelfahrt‹ umgeben und die Raffael als erster nach einer Offenbarung für den verklärten Christus ersonnen hat, und dieser Mensch denkt an nichts, als diese Poesie zu besudeln! Durch meine Mittlerschaft soll er seine sinnliche Liebe und seine himmlische Liebe in dieser einzigen Frau vereinen! Kurzum, er soll tun wie wir alle, er soll eine Geliebte haben. Eine Göttin hat er besessen, und der Unselige will aus ihr ein Weibchen machen! Ich sage Ihnen, Monsieur, er entsagt dem Himmel, und ich stehe nicht dafür ein, daß er nicht später vor Verzweiflung stirbt. O ihr Frauengesichter, die ihr so zierlich ein reines, leuchtendes Oval bildet, die ihr an die Schöpfungen erinnert, in denen die Kunst siegreich mit der Natur gekämpft hat! Ihr göttlichen Füße, die nicht schreiten können, ihr schmalen Gestalten, die ein irdisches Wehen zerknicken würde, ihr schlanken Formen, die ihr nie empfangen werdet, ihr Jungfrauen, die wir flüchtig erblicken, wenn die Kindheit endet, ihr heimlich angestaunten, ihr hoffnungslos vergötterten, die ihr von den Strahlen eines unermüdlichen Begehrens umhüllt seid, ihr, die man nie wieder sieht, aber deren Lächeln unser ganzes Dasein beherrscht, welches epikuräische Schwein hat euch je in den Schlamm der Erde eintauchen wollen! Haha, Monsieur, die Sonne strahlt nur auf die Erde und erwärmt sie nur, weil sie dreiunddreißig Millionen Meilen von ihr entfernt ist; gehen Sie näher an sie heran, dann, sagt Ihnen die Wissenschaft, hat sie weder Wärme noch Leuchtkraft, denn zu etwas ist die Wissenschaft dienlich«, fügte er hinzu und sah dabei Capraja an.

»Gar nicht so übel für einen französischen Arzt!« sagte Capraja und versetzte dem Ausländer einen leichten Klaps auf die Schulter. »Sie haben das erklärt, was Europa am wenigsten an

Dante versteht, nämlich seine Bice[122]!« fügte er hinzu. »Ja, Beatrice, diese Idealgestalt, die Königin aller Phantasiebilder des Dichters, die unter allen Auserlesene, durch Tränen Geweihte, durch das Rückdenken Vergötterte, die durch nicht erfülltes Begehren immerfort Verjüngte!«

»Lieber Fürst«, flüsterte der Herzog Emilio zu, »kommen Sie mit mir zum Nachtmahl. Wenn man einem Neapolitaner die Frau und die Geliebte nimmt, kann man ihm nichts abschlagen.«

Dieser neapolitanische Scherz, der mit aristokratischer Wohlerzogenheit vorgebracht worden war, entlockte Emilio ein Lächeln; er ließ sich am Arm nehmen und hinwegführen. Der Herzog hatte als erstes einen der Kellner des Café in seine Wohnung geschickt. Da der Palazzo Memmi am Canal Grande lag, nach Santa-Maria della Salute zu, mußten sie entweder zu Fuß den Umweg über den Rialto machen, oder sich mittels Gondeln hinbegeben; aber die Eingeladenen wollten sich nicht trennen, und alle zogen es vor, durch Venedig zu gehen. Den Herzog zwang seine Gebrechlichkeit, in seine Gondel zu steigen.

Wer gegen zwei Uhr morgens am Palazzo Memmi vorbeigegangen wäre, hätte gesehen, wie er aus allen seinen Fenstern Licht auf die Fluten des großen Kanals strömte, und er hätte zugleich die köstliche Ouvertüre zu ›Semiramis‹[123] gehört, die unten auf den Treppenstufen vom Orchester des Fenice gespielt wurde; es brachte der Tinti eine Serenade dar. Die Geladenen tafelten auf der Galerie des zweiten Stockwerks. Oben auf dem Balkon sang die Tinti als Dank Almavivas »Buona sera«[124], während der Intendant des Herzogs die Geschenke seines Herrn unter die armen Künstler austeilte und sie für den nächsten Tag zu einem Essen einlud; das sind Höflichkeiten, zu denen die großen Herren, die die Sängerinnen begönnern, und die Damen, die die Sänger begönnern, verpflichtet sind. In diesem Falle mußte natürlich das gesamte Theaterpersonal eingeladen werden. Cataneo betrieb alles üppig; er war der stille Teilhaber des Unternehmens, und diese Saison kostete ihn zweitausend Taler. Er hatte das Mobiliar des Palazzos kommen lassen, einen französischen Koch sowie Weine aller Länder. Daher kann man glauben, daß das Souper königlich war. Der Fürst saß an der Seite der Tinti und spürte während des ganzen Essens intensiv das, was die Dichter aller Zungen als die Pfeile der Liebe bezeichnen. Das Bild der erhabenen Massimilla wurde verdunkelt, wie die Vorstellung von Gott bisweilen im Geiste einzelgängerischer Gelehrter durch die Wolken des Zweifels verdeckt wird. Die Tinti dünkte sich die glücklichste Frau auf Erden, nun sie sich von Emilio geliebt sah; sie war sicher, ihn zu besitzen; es durchwogte sie eine Freude, die sich auf ihrem Antlitz spiegelte, ihre Schönheit erstrahlte in solchem Glanze, daß jeder, wenn er sein Glas leerte, nicht umhin konnte, sich mit bewunderndem Gruß vor ihr zu verneigen.

»Die Herzogin kann es mit der Tinti nicht aufnehmen«, sagte der Arzt; er hatte unter der Glut der Augen der Sizilianerin seine Theorie vergessen.

Der Tenor aß und trank lässig; er schien sich dem Leben der Primadonna anpassen zu wollen und legte den plumpen Hang zum Genuß ab, der für die italienischen Sänger bezeichnend ist.

»Bitte, *signorina*[125]«, sagte der Herzog mit einem bittenden Blick zu der Tinti, »und Sie *caro primo uomo*[126]«, sagte er zu Genovese, »verschmelzen Sie Ihre Stimmen zu vollkommenem Einklang. Wiederholen Sie das C des *Qual portento*[127] beim Hereinbrechen des Lichts im Oratorium, um meinen alten Freund Capraja zu überzeugen, daß der Akkord der Koloratur überlegen ist!«

»Ich will über den Fürsten siegen; sie liebt ihn, das springt in die Augen; sie betet ihn an!« dachte Genovese bei sich.

Wie groß war die Überraschung der Tischgäste, die Genovese am Meeresufer gelauscht hatten, als sie ihn jetzt grölen, gurren, miauen, knirschen, gurgeln, röhren, losbrüllen, bellen, schreien und sogar Töne ausstoßen hörten, die nur als ein dumpfes Röcheln bezeichnet werden können; kurzum, er spielte eine unverständliche Komödie und bot den erstaunten Blicken ein schwärmerisches Gesicht mit einem erhabenen Ausdruck dar, wie ihn die Märtyrer zeigen, die Zurbaran, Murillo, Tizian und Raffael gemalt haben. Das Lachen, das jeder ausstieß, wandelte sich in einen fast tragischen Ernst, als gemerkt wurde, daß Genovese guten Glaubens war. Die Tinti schien zu begreifen, daß ihr Kollege sie liebe und daß er auf der Bühne, dem Reich der Lüge, die Wahrheit gesagt habe.

»Poverino[128]*!«* rief sie und streichelte unter dem Tisch die Hand des Fürsten.

»Per dio santo[129]«, rief Capraja, »erklärst du mir jetzt wohl, welche Partitur du augenblicklich liest, du Mörder Rossinis? Sag uns doch um Gottes willen, was in dir vorgeht, welcher Dämon in deiner Kehle sein Wesen treibt!«

»Welcher Dämon?« entgegnete Genovese. »Sagen Sie lieber, der Gott der Musik. Meine Augen erblicken wie die der heiligen Cäcilia Engel, die mir mit dem Finger Noten, eine nach der andern, einer in Flammenschrift geschriebenen Partitur zeigen, und ich versuche, ihrer Herr zu werden. *Per dio*[130], verstehen Sie mich denn nicht? Das Gefühl, das mich belebt, ist in mein ganzes Wesen übergegangen, in mein Herz und in meine Lungen. Meine Seele und meine Kehle strömen nur einen einzigen Atemhauch aus. Haben Sie nie im Traum erhabene Musik vernommen, Gedanken unbekannter Komponisten, die sich des reinen Klangs bedienen, den die Natur allen Dingen einverleibt hat und den wir mehr oder weniger gut durch die Instrumente erwecken, mit denen wir die farbigen Klangmassen zusammenfügen, aber der bei jenen herrlichen Konzerten frei von den Unvollkommenheiten ist, die die Ausführenden hineinbringen, da sie nicht ganz Gefühle, ganz Seele sein können ...? Ja, diese Wunder trage ich Ihnen vor, und Sie schmähen mich! Sie sind ebenso närrisch wie das Parterre im Fenice, das mich ausgepfiffen hat. Ich hatte diese vulgären Leute verachtet, weil sie nicht mit mir auf den Gipfel hinaufsteigen konnten, von dem aus man die Kunst beherrscht, und nur Menschen von Rang ist es gegeben, einem Franzosen zum Beispiel ... Siehe da, er ist weg ...!«

»Seit einer halben Stunde«, sagte Vendramin.

»Schade! Er hätte mich vielleicht verstanden, da würdige Italiener, solche, die in die Kunst verliebt sind, mich nicht verstehen ...«

»Na, na, na!« sagte Capraja und klopfte dem Tenor lächelnd leise auf den Kopf, »galoppiere nur auf dem Flügelroß des göttlichen Ariosto[131], eile deinen schimmernden Chimären nach, du musikalischer Theriaki[132].«

Im Grunde war jeder der Tischgäste davon überzeugt, daß Genovese betrunken sei; sie ließen ihn reden, ohne ihm zuzuhören. Einzig Capraja hatte die von dem Franzosen gestellte Frage begriffen.

Während der Zyperwein alle Zungen löste und jeder sein Lieblingssteckenpferd ritt, erwartete der Arzt die Herzogin in einer Gondel; zuvor hatte er ihr ein paar Zeilen zukommen lassen, die Vendramin geschrieben hatte. Massimilla kam im Nachtgewand, so sehr hatten sie die Abschiedsworte des Fürsten beunruhigt, so sehr hatten sie die Hoffnungen überrascht, die jener Brief ihr gab.

»Madame«, sagte der Arzt, ließ die Herzogin sich setzen und gab dem Gondolieri den Befehl zur Abfahrt, »es handelt sich im Augenblick darum, Emilio Memmi das Leben zu retten, und die Macht dazu haben einzig und allein Sie.«

»Was gilt es zu tun?« fragte sie.

»Ach, könnten Sie sich dazu verstehen, eine infame Rolle zu spielen, trotz des edelsten Gesichts, das man in Italien zu bewundern vermag? Könnten Sie aus dem blauen Himmel, in dem Sie schweben, in das Bett einer Kurtisane fallen? Kurzum, könnten Sie, erhabener Engel, Sie, die reine, makellose Schönheit, sich bereit finden, die Liebe der Tinti nachzuempfinden, in deren Hause, und zwar so, daß Sie den glühenden Emilio täuschen, den übrigens der Rausch schwerlich hellsichtig machen wird?«

»Weiter nichts?« fragte sie lächelnd und zeigte dem erstaunten Franzosen einen Winkel des köstlichen Charakters einer liebenden Italienerin, den er noch nicht bemerkt hatte. »Ich werde die Tinti übertreffen, wenn es sein muß, um meinem Freund das Leben zu retten.«

»Und Sie werden dabei zwei Formen der Liebe, die bei ihm durch eine Bergkette von Poesie getrennt sind, einer Poesie, die hinschmelzen wird wie Gletscherschnee unter den Strahlen der Sommersonne, zu einer einzigen zusammenfließen lassen.«

»Ich bin Ihnen zu ewigem Dank verpflichtet«, sagte die Herzogin ernst.

Als der französische Arzt in die Galerie zurückkehrte, wo die Orgie den Charakter venezianischer Ausgelassenheit angenommen hatte, trug er eine fröhliche Miene zur Schau; sie entging dem von der Tinti bezauberten Fürsten, von der er sich die berauschenden Liebeswonnen versprach, die er bereits genossen hatte. Die Tinti schwamm als echte Sizilianerin in den Wogen einer verliebten Phantasie, die nahe daran war, befriedigt zu werden. Der Franzose flüsterte Vendramin ein paar Worte zu, und das beunruhigte die Tinti.

»Was für Ränke schmiedet ihr da?« fragte sie den Freund des Fürsten.

»Sind Sie ein gutes Mädchen?« fragte der Arzt sie leise mit der Härte eines Operateurs.

Diese Äußerung drang in die Fassungskraft des armen Mädchens wie ein Dolchstoß mitten ins Herz.

»Es handelt sich darum, Emilio das Leben zu retten«, fügte Vendramin hinzu.

»Kommen Sie mit«, sagte der Arzt zur Tinti.

Die arme Sängerin stand auf und ging zwischen Vendramin und dem Arzt zum Tischende, und dabei wirkte sie wie eine Verbrecherin zwischen ihrem Beichtvater und ihrem Henker. Sie sträubte sich lange, aber aus Liebe zu Emilio unterlag sie. Das letzte Wort des Arztes lautete: »Und Sie werden Genovese heilen!«

Als die Tinti um den Tisch herumging, sagte sie dem Tenor etwas. Sie kehrte zum Fürsten zurück, umschlang seinen Hals und küßte ihn mit einem Ausdruck der Verzweiflung aufs Haar, der Vendramin und den Franzosen betroffen machte; sie waren die einzigen, die ihren klaren Kopf behalten hatten; dann stürzte sie in ihr Schlafzimmer. Als Emilio sah, wie Genovese die Tafel verließ und daß Cataneo in ein langes medizinisches Gespräch mit Capraja verstrickt war, schlich er sich an die Tür des Schlafzimmers der Tinti, hob die Portiere und verschwand wie ein Aal im Schlamm.

»Ja, ja, Cataneo«, sagte Capraja, »du hast den körperlichen Genüssen alles abverlangt, und jetzt hängst du im Leben an einem Faden wie ein Hampelmann voller Schrammen, der sich nur bewegt, wenn man an der Schnur eines Akkordes zieht.«

»Und du, Capraja, der du alles von den Ideen verlangt hast, bist du nicht in derselben Lage, bist du nicht nur bei einer Koloratur obenauf?«

»Ich? Ich besitze die ganze Welt«, sagte Capraja und streckte mit einer königlichen Geste die Hand aus.

»Und ich habe sie in mich hineingeschlungen«, entgegnete der Herzog.

Sie merkten, daß der Arzt und Vendramin verschwunden und daß sie allein waren.

Am andern Morgen, nach der glückseligsten aller Liebesnächte, wurde der Schlummer des Fürsten durch einen Traum gestört. Er verspürte Perlen auf der Brust, die ein Engel darauf geschüttet hatte; er erwachte; er war von den Tränen der Massimilla Doni benetzt, in deren Armen er lag und die den Schlafenden angeschaut hatte.

Genovese sang an diesem Abend im Fenice, obwohl seine Kollegin Tinti ihn erst um zwei Uhr nachmittags hatte aufstehen lassen, was, wie es heißt, der Stimme eines Tenors schadet, seine Rolle in ›Semiramis‹ geradezu göttlich; er wurde zusammen mit der Tinti vor den Vorhang gerufen; es gab abermals Kränze, das Parterre war trunken vor Freude; der Tenor befaßte sich nicht länger damit, die Primadonna durch die Zauber einer seraphischen Singmethode zu betören.

Vendramin war der einzige, den der Arzt nicht heilen konnte. Die Liebe zu einem Vaterland, das nicht mehr existiert, ist eine Leidenschaft, gegen die es kein Mittel gibt. Der junge Venezianer, der immer nur in seiner Republik des dreizehnten Jahrhunderts leben und mit jener großen Kurtisane schlafen wollte, die das Opium ihm zuführte, und sich danach wieder im wirklichen Leben befand, in das die Ermattung ihn zurückgeleitete, starb, beklagt und geliebt von seinen Freunden.

Wie die Lösung dieses Abenteuers erzählen? Sie ist nämlich arg bürgerlich. Den Anbetern des »Ideals« dürfte ein kurzer Hinweis genügen.

Die Herzogin war in andern Umständen.

Die Peris[133], die Undinen, die Feen, die Sylphiden[134] alter Zeiten, die Musen Griechenlands, die Marmorjungfrauen der Certosa di Pavia[135], Michelangelos ›Tag‹ und ›Nacht‹[136], die kleinen Engel, die Bellini[137] als erster unten auf seine Kirchenbilder setzte, und die Raffael so göttlich unter die Madonnen neben den Beschenkten gemalt hat, und die Madonna, die in Dresden fröstelt[138], die köstlichen Mädchengestalten Orcagnas[139] in der

Kirche Or San Michele in Florenz, die himmlischen Chöre am Sebaldusgrab in Nürnberg, einige Jungfrauen vom Mailänder Dom, die Völkerschaften von hundert gotischen Kathedralen, das ganze Volk von Gestalten, die ihre Form zerbrechen, um zu einem zu kommen, verständnisvolle Künstler, alle jene engelhaften, körperlosen Mädchen sind an Massimillas Bett geeilt und haben geweint!

Anmerkungen

Massimilla Doni

1 Siehe Balzacs Novelle dieses Titels.

2 Italienische Mittelstadt südlich des Luganer Sees.

3 Wo sie noch heute regieren.

4 Am 16. Mai 1797 dankte nach der Besetzung durch Frankreich Luigi Manin, der letzte Doge, zusammen mit dem Großen Rat ab. Durch den Frieden von Campo Formio am 17. Oktober 1797 kam Venedig an Österreich.

5 Die Festlandbesitzungen Venedigs in Norditalien, etwa die heutige Provinz Veneto umfassend.

6 Bernardo Strozzi (1581–1641), genannt »der Kapuziner« oder »der Genueser Priester«, steht unter dem Einfluß Rubens'. Er malte in Venedig die Bibliothek aus und schuf hochwertige Porträts.

7 Lionardo da Vinci (1452–1519), Schüler Verrocchios in Florenz, 1482 von Lodovico Sforza an den Mailänder Hof, 1513 nach Rom, 1516 von Franz I. nach Frankreich berufen. Auch als Bildhauer, Architekt, Ingenieur, Kriegsbaumeister und Musiker tätig.

8 Carlo Dolci (1616–1686), bedeutender Maler der Florentiner Schule; seine Madonnen und Heilige zeichnen sich durch Milde und Zartheit aus.

9 Jacopo Robusti, gen. Tintoretto (1512–1594), Schüler Tizians, Schöpfer riesiger Kompositionen, aber auch trefflicher Porträts. Sein Werk ist an Zahl und Reichtum der Themen erstaunlich.

10 Tiziano Vecellio (1477–1576), Schüler Giovanni Bellinis, Hauptmeister der venezianischen Schule; durch seine großartige Behandlung des Hintergrundes einer der Vorläufer der Landschaftsmalerei.

11 Gemeint ist die Villa Pallavicini delle Peschiere in Genua, erbaut zwischen 1560 und 1572 von Galeazzo Alessi, mit Grotten, Terrassen und Park, die als Musterbild eines Sommerhauses der Renaissance galt.

12 Persisch: Befehle des Großherrn.

13 Eine der Nachfolgerinnen der berühmten Schneiderin Victorine Pierrard, deren Laden sich 1821 in der Rue Hasard befand; jene Straße ist heute der Teil der Rue Thérèse, der zwischen der Rue Molière und der Rue Sainte-Anne gelegen ist.

14 Breiter, tiefer Lehnstuhl mit einem Sitzkissen.

15 Ital.: Erster dienender Kavalier = Liebhaber.

16 Ital.: wörtlich »Meierei« oder »Käserei«; gemeint ist der 118 ha große, über drei Kilometer lange Florentiner Park westlich der Piazza degli Zuavi, zwischen dem Arno und dem Mugnone. Der Park, der später in dichte Waldpartien übergeht, wurde von den Medici angelegt und ist heute Eigentum der Stadt. Er gehörte ursprünglich zu einer Meierei und wird jetzt, zumal in den späten Nachmittagsstunden, von der eleganten Welt aufgesucht.

17 Seitenkanal des Canal Grande, der bei der Kirche S. Geremia in diesen einmündet; man gelangt durch ihn zur Kirche S. Giobbe; an ihm sind, außer dem Palazzo Labia, auch der Ghetto Vecchio und die von Longhena erneuerte alte Synagoge gelegen.

18 Ital.: weder ein zweiter oder dritter Geliebter noch ein sie Anschmachtender, nach damaligem Brauch.

19 Siehe Balzacs Novelle ›Facino Cane‹.

20 Mlle Romans, die Balzac bezeichnenderweise adelt, war eins der »Rehlein« in dem berüchtigten »Hirschpark«, einem Lusthaus im Park von Versailles, wo dem König durch seinen Kammerdiener junge Mädchen zugeführt wurden. Jene Mädchen, deren Zahl die antiroyalistische Literatur weit übertrieben hat, wurden vorzüglich behandelt und später glänzend verheiratet.

21 Rom, Mailand und Florenz.

22 Schweres, hartes Holz eines Baumes im tropischen Amerika, genannt nach der Stadt Campeche in Mexiko.

23 So wird im Mittelalter die Peloponnes genannt.

24 Arthur Wellesley, Herzog von Wellington (1769–1852), der Sieger von Waterloo, der als Premierminister eine ohnmächtige Politik betrieb.

25 Vielleicht ist Herzog Philipp von Orléans gemeint, der während der Minderjährigkeit Ludwigs XV. 1715–1723 die Regierung führte. Wahrscheinlicher ist, daß Balzac Georg IV. von England meint, der 1811 als Prinz von Wales die Regierung für seinen geistesgestörten Vater übernahm.

26 Im Louvre.

27 Lord Byron (1788–1824), der 1816 und 1817 in Venedig weilte, das ihn zu mehreren Dichtungen anregte.

28 Lat.: Aus der Tiefe. Erste Worte des Bußpsalms CXXIX.

29 Titel des kleinen Albums (»Vergiß mein nicht«, »Buch der Schönheit«) mit Kupferstichen, wie sie als Geschenke in der Zeit der Romantik beliebt waren; sie wurden im allgemeinen »Keepsakes« genannt. Der Leser erinnert sich vielleicht, daß Charles Grandet ein solches Album besaß und wie sehr seine Kusine Eugénie es anstaunte (Siehe Balzacs Roman ›Eugénie Grandet‹).

30 In Florenz.

31 Der Italiener Gerolamo unterhielt in Paris ein berühmtes Marionetten-Theater. Sein später Nachkömmling ist das noch heute im Jardin du Luxembourg spielende Marionetten-Theater.

32 Berühmter Arzt des klassischen Altertums (460–364 v. Chr.), Begründer der Lehre von den Krisen und der Diätetik.

33 In Rossinis Oper ›Sémiramide‹ (Uraufführung 1823 im Teatro Fenice zu Venedig).

34 Ital.: Stürmisch bewegt.

35 Es handelt sich um die Cinti, eigentlich Cinthie Montalant (1801 bis 1863). Die weiche Geschmeidigkeit ihrer Stimme veranlaßte ihren Lehrer, sie für das Théâtre-Italien auszubilden, wo sie von den Snobs anfangs ihrer französischen Herkunft wegen mißachtet wurde. Nach einem Gastspiel in London gewann sie die Gunst Rossinis, der sie durchsetzte. 1825 bis 1835 sang sie an der Französischen Oper und ging dann zur Komischen Oper über; 1843 setzte sie sich zur Ruhe. Sie war gleichzeitig Gesangslehrerin am Conservatoire und hinterließ eine geschätzte ›Méthode de Chant‹.

36 Ital: ›Das Taschentuch‹.

37 Manuel del Popolo Vicente Garcia (1775–1835), einer der berühmtesten Tenöre seiner Zeit mit riesigen Erfolgen, zugleich Komponist von 21 italienischen, 8 französischen und 2 spanischen Opern sowie mehreren Balletten; auch bedeutender Gesangspädagoge. Zu seinen bedeutendsten Schülern gehören seine Töchter Marie Malibran und Pauline Viardot sowie sein Sohn Manuel, der 1906, hundertundeinjährig, in London starb.

38 Die »Salle Louvois« war 1791 von dem Architekten Brongniart schlicht und nobel erbaut worden. 1820 wurde, nach der Ermordung des Herzogs von Berry, die Oper hineinverlegt, deren Bau, wie auch der des Louvois-Theaters, abgebrochen wurde, um einer Sühnekapelle für den ermordeten Thronfolger Platz zu machen. Diese ließ Louis-Philippe abbrechen; an ihre Stelle traten der kleine Park und der Brunnen, die heute die Place Louvois schmükken.

39 Franz Xaver von Baader (1765–1841), Professor der Philosophie in München, suchte durch Spekulation die katholische Theologie mit der Philosophie in Einklang zu bringen. Er war gleichzeitig ein »modernistischer« christlicher Denker, Nationalist und Mystiker.

40 Ital.: Vielleicht.

41 Lat.: Nicht Freunde, sondern Brüder.

42 Ital.: Süßes Nichtstun.

43 Im Italienischen unbekanntes Wort, wohl auf einem Hörfehler des das Italienische nur unzulänglich beherrschenden Balzac beruhend. Richtiger wäre »Raggiratori«, Betrüger.

44 Andrea del Sarto (1488–1530), eigentlich Vannucchi, Florentiner Maler, von Franz I. 1518 nach Paris berufen. Alfred de Musset machte ihn zum Helden eines seiner Dramen (1833).

45 ›Mosè in Egitto‹ (›Moses in Ägypten‹), Oper von Rossini, Text von Balocchi, Uraufführung 1818 im Teatro San Carlo zu Neapel; überarbeitet, erweitert und zu einer französischen Oper mit Text von Jouy umgearbeitet, in der Pariser Oper am 26. März 1827 neu aufgeführt.

46 ›Il Barbiere di Seviglia‹ (›Der Barbier von Sevilla‹), Oper von Rossini, Text nach Beaumarchais von Sterbini, erfolglose Uraufführung am 26. September 1816 in Rom, Pariser Erstaufführung 26. Oktober 1819; seither Welterfolg und noch heute auf dem Spielplan.

47 Giovanni Battista Velluti (1781–1861), der letzte berühmte Kastrat, debütierte 1805 in Rom und trat dann auf allen großen Bühnen Europas auf, zuletzt 1825/26 in London. Er verlor früh seine Stimme und lebte als Gesangslehrer.

48 Ital.: Lieber.

49 Anspielung auf den zu Balzacs Zeiten beliebten Selbstmord durch Kohlenoxyd.

50 Balzac schreibt: »swansiks«.

51 Franz Joseph Gall (1758–1828), Anatom und Phrenologe, behauptete, die Form des Kopfes und zumal der Schädeldecke entspreche der Form des Gehirns, und man könne daran die Grundeigenschaften und Fähigkeiten eines Individuums ablesen. Er beschäftigte sich seit 1798 mit dieser Theorie, wurde jedoch in Deutschland verlacht. 1807 kam er nach Paris, heiratete eine Französin und gelangte endlich zum Erfolg, nicht zuletzt durch den

Snobismus der Salons. Seine Lehre, die wissenschaftlich unhaltbar ist, wurde zu einem Gesellschaftsspiel, das die zuvor beliebte Physiognomik Lavaters ablöste.

52 Anspielung auf die mittelalterlichen Kämpfe zwischen den Parteien der »Waiblinger« (nach der Kaiserburg Waiblingen bei Stuttgart), italienisch »Ghibellinen«, also der Hohenstaufen oder Kaiserpartei, und der »Welfen«, italienisch »Guelfen«, der päpstlichen Partei. Jene zumal in Oberitalien sehr heftigen Kämpfe überdauerten die Herrschaft der Hohenstaufen, und die Bezeichnungen büßten ihre ursprüngliche Bedeutung ein.

53 Vielleicht eine Anspielung auf zwei Verse Lamartines in dessen Dichtung »Dernier chant du pèlerinage d'Harold« (1825), einer Art Fortsetzung der epischen Dichtung des 1824 gestorbenen Lord Byron:

Je vais chercher ailleurs (pardonne, ombre romaine!)
Des hommes et non pas de la poussière humaine.

Jene Verse hatten Lamartine ein Duell mit dem Oberst Pepe eingetragen, bei dem er am Handgelenk verwundet wurde. Welcher der patriotischen Brüder Florestan und Guiglielmo Pepe, die beide später Generale wurden und der liberalen Regierung von 1820 angehörten, sich mit Lamartine schlug, hat nicht festgestellt werden können.

54 Der französische Physiker, Astronom und Geometer Joseph-Louis Lagrange (1736–1813) wurde in Turin geboren, wohin sein Urgroßvater, ein französischer Rittmeister, übersiedelte, nachdem er in den Dienst des Königs von Sardinien getreten war. Die Familie stammt aus der Touraine und ist mit Descartes verwandt.

– Alessandro Graf Volta (1745–1825), berühmter Physiker, Professor in seiner Vaterstadt Como, dann in Pavia, unter Napoleon Senator des Königreichs Italien, 1815 Direktor der philosophischen Fakultät in Padua, bahnbrechender Forscher auf dem Gebiet der Elektrizität.

– Giovanni Rasori (1766–1837), italienischer Mediziner und Patriot, mehr Agitator als Reformator, von ungestümem Temperament, erfüllt von revolutionären Ideen.

– Antonio Canova (1757–1822), klassizistischer Bildhauer von europäischem Ruhm; er schuf ein riesiges Werk. Am bekanntesten sind seine Darstellung der Fürstin Paolina Borghese, der Schwester Napoleons, als ›Siegerin Venus‹ im Casino Borghese zu Rom, sowie ›Amor und Psyche‹ in der Villa Carlotta am Comer See.

Sein Grabmal in der Frari-Kirche zu Venedig wurde nach einem ursprünglich für Tizians Grab bestimmten Entwurf 1827 von seinen Schülern ausgeführt.

– Gioachino Rossini (1792–1868) war eng mit Balzac befreundet, der des Meisters Musik liebte und an vielen Stellen der ›Menschlichen Komödie‹ enthusiastisch gepriesen hat. Der Bericht ›Eine Aufführung von Rossinis ‚Moses' zu Venedig‹, den Balzac seiner Novelle ›Massimilla Doni‹ eingefügt hat, entweder als Huldigung für den Komponisten oder aber, um die Zahl der Druckbogen zu erhöhen, war am 25. August 1839 in ›La France musicale‹ erschienen.

– Lorenzo Bartolini (1777–1850), italienischer Bildhauer, Fortsetzer Canovas, schuf u. a. den plastischen Schmuck der Vendôme-Säule. Er starb als Direktor der Florentiner Kunstakademie.

– Luigi Galvani (1762–1798), Professor der Anatomie in Bologna, entdeckte durch einen Zufall die elektrische Leitfähigkeit der Nerven und Muskeln (Galvanismus). Seine Experimente wurden durch Volta systematisch weitergeführt.

– Salvatore Vigano (1796–1821), neapolitanischer Ballettmeister, Schüler von dem einer berühmten Tänzerfamilie entstammenden Marie Jean Augustin Vestris (1760–1842).

– Cesare Bonesana, Marchese de Beccaria (1738–1794), Mailänder Staatsrechtslehrer, bekämpfte nachdrücklich und erfolgreich die Mißbräuche der Strafjustiz seiner Zeit.

– Leopoldo Graf Cicognara (1767–1834), italienischer Kunstwissenschaftler, schrieb eine ›Geschichte der Plastik von der Renaissance bis zum 19. Jahrhundert‹ sowie ein Werk über die Baudenkmäler Venedigs.

– Luigi-Emanuele Graf de Corvetto (1756–1822), Staatsmann, arbeitete zusammen mit Beugnot das Handelsgesetzbuch aus. Die Restauration ernannte ihn zum Finanzminister 1815–1818. Ihm gelang die Aufhebung der Besetzung Frankreichs durch die Alliierten.

55 Marie Taglioni (1804–1884), berühmte Tänzerin an der Pariser Oper von 1827–1847, worauf sie sich nach Italien zurückzog.

56 Niccolò Paganini (1782–1840), gefeierter Violinvirtuose und Komponist, führte ein abenteuerliches Leben.

57 Ital.: Eine höchst geistvolle Dame.

58 Im Museum zu Bologna.

59 Ital.: Liebster.

60 Die unter dem Uhrturm auf dem Markusplatz mündende wichtigste Verkehrs- und Geschäftsstraße Venedigs.

61 Musiknarr.

62 Was Balzac unter »des huitres farcies« versteht, ist unklar. Entweder handelt es sich um gebackene Austern oder um »Coquilles Saint-Jacques«, sogenannte »Pilgermuscheln«, die, außer mit dem eigenen Fleisch, mit Champignons gefüllt werden.

63 Anspielung auf Gambara, siehe die Novelle dieses Titels.

64 Balzac läßt den Fürsten von Varese hier mit »Monseigneur« angeredet werden. Dieser Titel kommt ihm sowenig zu wie der früher vom Autor benutzte »Altesse« (»Hoheit«). Die italienischen Fürsten führen vielmehr den Titel »Eccellenza«, der hier gelegentlich mit »Eure Herrlichkeit« wiedergegeben worden ist.

65 Gemeint ist wohl das Oratorio dei Crociferi (gegenüber S. Maria dei Gesuiti), das Wandgemälde von Palma Giovane enthält.

66 Giovanni Battista Lully (1633–1687), berühmter Komponist, geboren in Florenz; seit 1671 Direktor der Pariser Großen Oper. Er schrieb zahlreiche Opern und Bühnenmusiken.

67 Jean-Philippe Rameau (1683–1764), schrieb Opern sowie Kammer- und Klaviermusik, auch theoretische Werke. Er verurteilte schroff Rousseaus Kompositionsversuche.

68 Domenico Cimarosa (1755–1801), Opernkomponist, dessen ›Heimliche Ehe‹ sich auf den Spielplänen erhalten hat. Er war der Lieblingskomponist Stendhals, der seine Biographie schrieb.

69 Zu jener Zeit wurden Musikwerke noch durch den ersten Violinisten (Konzertmeister) geleitet, der bald mit dem Bogen dirigierte, bald mitspielte. Der heutige gängige Taktstock (und der Kapellmeisterberuf) kam erst in den ersten Jahrzehnten des 19. Jahrhunderts auf (Siehe H. Löbmann: ›Zur Geschichte des Taktierens und Dirigierens‹, Düsseldorf 1912).

70 Später lebte er ausnahmslos in Paris.

71 Im »Saal der Niobe« der Uffizien, um 295 v. Chr. in Kilikien geschaffen.

72 Wahrsagerin der Antike.

73 Ital.: Die Deutschen; hier die Österreicher.

74 Vgl. Anmerkung 65.

75 Nach Balzacs Übersetzung.

76 Nicolas Poussin (1594–1665), einer der erlauchtesten französischen Maler, hat sich durch einen langen Aufenthalt in Italien gebildet. Er ist der Meister der klassischen Malerei in Frankreich.

77 Ital.: Beben, Zittern – schnelle Wiederholung eines Tons, zumal bei den Streichern, was einen wirksamen Effekt ergibt, der bereits zu Beginn des 17. Jahrhunderts in der italienischen Musik nachweisbar ist.

78 Ital.: Alle, volles Orchester.

79 Ital.: Das Gedrängte. Bezeichnung der längeren, lebhaften Schlußpassage besonders einer Arie.

80 Nach Balzacs Übersetzung.

81 Beide Zitate nach Balzacs freier Übersetzung, die sich wohl an das französische Textbuch der Oper anschließt.

82 Girolamo Crescentini (1766–1846), neapolitanischer Kastrat, wurde 1806–1812 von Napoleon gegen ein Gehalt von 24000 Francs engagiert; er triumphierte vor allem in Opern von Paër und Zingarelli. Er vereinte Schönheit der Stimme und dramatische Darstellungskunst. Er soll Napoleon, der ihm den Orden der Eisernen Krone verlieh, zu Tränen gerührt haben. Seine Eitelkeit übertraf noch sein Können.

83 Giovanni Battista Velluti (1781–1861), Kastrat, sang zunächst auf italienischen Bühnen, zuletzt 1825/26 in London.

84 Von Balzac erfundene Bassistengestalt.

85 Ital.: Kleines Duett.

86 Ital.: Oktett.

87 Obwohl es zahlreiche Don-Juan-Opern gibt, ist hier die Mozarts gemeint.

88 Ital.: Sehr schnell.

89 Ital.: Lieber Liebster.

90 Ital.: Die Göttliche; Bezeichnung großer Sängerinnen oder Schauspielerinnen.

91 Ital.: Mein Friede ist dahin.

92 Ital.: Die Stimme versagt mir, ich fühl', daß ich sterbe.

93 Benedetto Marcello (1686–1739), Komponist, Schriftsteller, Dichter und Jurist, einer der Meister der venezianischen Schule. Er wurde berühmt durch seine Komposition von fünfzig Psalmen Davids. Er starb als Kanzler in Brescia.

94 Lat.: Die Himmel rühmen des Ewigen Ehre.

95 Ital.: Eh' du erscheinst.

96 Giovanni Battista Pergolese (1710–1736).

97 Lat.: Stabat mater, Die Mutter stand (am Kreuz), alte katholische

Sequenz. Der Text ist häufig komponiert worden, so von Palestrina und Pergolese.

98 Ein Kanon, bei dem die Stimmen die gleichen Töne vortragen, freilich so, daß die imitierende Stimme einen oder mehrere Takte nach der ersten einsetzt.

99 Giovanni Pacini (1796–1867), überaus fruchtbarer Opernkomponist, der mit dreißig Jahren bereits dreißig Opern geschrieben hatte. Er zeichnet sich durch Leichtigkeit, Anmut und einen Überreichtum der Erfindung aus, begnügte sich aber damit, ein Nachahmer Rossinis zu sein. Er schrieb auch Aufsätze für Musikzeitschriften, mehrere Lehrbücher und seine Selbstbiographie, die von Ciconnetti zu Ende geführt wurde.

100 Ital.: Fürchte dich! oder: Erschaure!

101 Sicherlich gegen die österreichische Fremdherrschaft.

102 Ital.: Im Marschtakt.

103 Übersetzung Balzacs.

104 Ital.: O untröstliche Elcia!

105 Ital.: Qualen! Kümmernisse! Raserei!

106 Der »Bucentoro« (von *bucino d'oro,* kleine goldene Galeere) war das Prunkschiff, auf dem der Doge alljährlich am Himmelfahrtstag aufs Meer hinausfuhr, um mittels eines ins Wasser geworfenen Ringes seine Vermählung mit der Adria zu vollziehen. Der letzte Bucentoro wurde 1798 von den Franzosen zerstört.

107 Vgl. Anmerkung 93.

108 Giotto di Bondone (1276–1337), Schüler Cimabues, Hauptmeister der älteren Florentiner Malerei, auch als Architekt und Plastiker hervorgetreten.

109 Sistrum: ein angeblich von der Göttin Isis erfundenes, altägyptisches Klapperinstrument.

110 Gregor I., der Große, Papst von 590–604, hat die endgültige Ordnung der Ritualgesänge durchgesetzt, aber die zahlreichen Antiphonen, Responsorien, Offertorien usw. nicht, wie es heißt, selber komponiert oder sie als erster in die römische Kirche eingeführt. Es gibt über den gregorianischen Gesang eine umfangreiche musikwissenschaftliche Literatur.

111 Lat.: O Söhne und Töchter.

112 Lat.: Tag des Zornes.

113 François Magendie (1783–1855), berühmter Arzt und Physiologe. Er schrieb zahlreiche Werke und hatte zugleich eine Unzahl

von Patienten. Er war barsch und unabhängig, hatte kein Vertrauen zur medizinischen Wissenschaft und beschränkte sich darauf, die Natur walten zu lassen und ihr dabei nach Möglichkeit zu helfen. Bei der Cholera-Epidemie von 1832 half er fast ausschließlich den Armen.

114 George-Léopold-Chrétien-Frédéric-Dagobert, Baron de Cuvier (1769–1852), Naturwissenschaftler, gab der Zoologie eine neue Richtung und erhob die vergleichende Anatomie zur Wissenschaft.

115 Guillaume Dupuytren (1777–1835), berühmter Chirurg, Professor an der Faculté de médecine, Chefchirurg am Hôtel-Dieu, geschätzt von Ludwig XVI. und Karl X., hat viel operiert, aber wenig geschrieben.

116 François-Joseph-Victor Broussais (1772–1838), anfangs Militärarzt unter Napoleon, dann Professor am Val-de-Grâce, wo sein leidenschaftliches, unduldsames Temperament seine Zuhörer so sehr reizte, daß es zu Rebellionen kam. Er stürzte die Theorien und Gepflogenheiten der Medizin seiner Zeit um und behandelte mit Blutegeln, Aderlässen und Diät. Es wird ihm die Schuld am Tode des Ministers Casimir Perrier beigemessen, der, als er 1832 an der Cholera erkrankte, von Broussais behandelt wurde.

117 König der Lapithen in Thessalien, wurde auf dem Olymp zur Tafel der Götter zugelassen, entbrannte in Liebe zu Hera, wurde von Zeus in den Tartaros geschleudert und an ein ewig rollendes feuriges Rad geschmiedet.

118 Ital.: Mißerfolg, Versagen.

119 Geliebtes Dunkel.

120 Siehe Anmerkung 82.

121 Ital.: Beim heiligen Leibe!

122 Kurz- oder Koseform des Namens Beatrice.

123 ›Semiramis‹, Oper in zwei Akten von Rossini, Text von Rossi, wurde 1823 im Teatro Fenice zu Venedig uraufgeführt und am 8. Dezember 1825 erstmals im Théâtre-Italien zu Paris gespielt.

124 Ital.: Guten Abend. Im 2. Akt von Rossinis ›Barbier von Sevilla‹. Die anmutige Weise wird zwar vom Grafen Almaviva angestimmt, aber sogleich von anderen Stimmen aufgenommen und weitergeführt, so daß nicht recht ersichtlich ist, wieso die Tinti sie allein singt.

125 Ital.: Fräulein.

126 Ital.: Lieber Hauptrollenträger.

127 Ital.: Welch ein Wunder.

128 Ital.: Der Ärmste.

129 Ital.: Beim heiligen Gott.

130 Ital.: Bei Gott.

131 Lodovico Ariosto (1474–1533), Dichter, besonders berühmt durch sein Epos ›Orlando furioso‹, ›Der rasende Roland‹ (1516).

132 Nach den Anmerkungen der Edition Conard sind Theriaki mystische, kontemplative Einsiedler in Indien.

133 Nach dem Glauben der Parsen feenartige Wesen, Lichtgeister, Beschützer der Menschen.

134 Weibliche Luftgeister im System des Paracelsus.

135 Die Kartause von Pavia, gegründet 1396 von Gian Galeazzo Visconti, jetzt Nationaldenkmal. Berühmt ist die Fassade aus dem 15. Jahrhundert; ihr Statuenschmuck wurde erst im 17. Jahrhundert fertiggestellt.

136 In der Neuen Sakristei von San Lorenzo in Venedig (»Medici-Grabmäler«).

137 Giovanni Bellini, gen. Giambellini (1426–1516), Gründer der älteren venezianischen Malerschule.

138 Die Sixtinische Madonna.

139 Andrea Orcagna, eigentlich Cione († um 1370), Florentiner Maler, Plastiker und Architekt.

Biographische Notizen über die Romangestalten

Massimilla Doni

VARESE, Emilio Memmi, Fürst von, heiratete die Herzogin Cataneo nach dem Tode ihres Gatten und wohnte unter der Regierung Louis-Philippes mit ihr in Paris, wo er eines Abends auf den Champs-Elysées Gambara begegnete (in der Novelle ›Gambara‹).

Das unbekannte Meisterwerk

Übertragung von Felix Paul Greve. Bearbeitet von Ernst Sander

›Le Chef-d'Œuvre inconnu‹ erschien erstmals in ›L'Artiste‹ vom 31. Juli bis zum 6. August 1831 unter dem Titel ›Conte fantastique‹. Die erste Buchausgabe folgte im gleichen Jahr in den ›Romans et Contes fantastiques‹. Das in der Ausgabe von 1837 genannte Entstehungsdatum »Paris, Februar 1832« beruht auf einem Irrtum Balzacs. 1845 wurde die Novelle als erster Band der ›Philosophischen Studien‹ der ›Menschlichen Komödie‹ eingefügt.

I

Gegen Ende des Jahres 1612 ging an einem kalten Dezembermorgen ein junger Mann, dessen Kleidung sehr dürftig aussah, vor der Tür eines Hauses der Rue des Grands-Augustins zu Paris auf und ab. Nachdem er lange mit der Unentschlossenheit eines Liebhabers, der es nicht wagt, bei seiner ersten Geliebten, so zugänglich sie auch sei, einzutreten, auf jener Straße hin und her geschritten war, trat er schließlich über die Türschwelle und fragte, ob Meister Frans Porbus[1] daheim sei. Auf die bejahende Antwort einer alten Frau, die damit beschäftigt war, einen Raum des Erdgeschosses zu fegen, stieg der junge Mann langsam die Stufen hinauf, wobei er gleich einem neugebackenen Höfling, der nicht weiß, wie der König ihn empfangen wird, auf jeder Stufe stehenblieb. Als er den oberen Absatz der Wendeltreppe erreicht hatte, machte er einen Augenblick halt, denn er schwankte, ob er den grotesken Klopfer ergreifen sollte, der die Tür des Ateliers schmückte, in dem jener Maler Heinrichs IV., der von Maria de Medici zu Rubens' Gunsten vernachlässigt worden war, sicherlich am Werk war. Der junge Mann durchlebte jene tiefe Empfindung, die das Herz der großen Künstler erzittern läßt, wenn sie, noch jung, mit ihrer heißen Liebe zur Kunst vor einen Mann von Genie oder vor ein Meisterwerk treten. Alle menschlichen Empfindungen kennen eine erste, von einer edlen Begeisterung erzeugte Blüte, die immer matter wird, bis das Glück nur noch eine Erinnerung ist und der Ruhm eine Lüge. Unter all diesen zerbrechlichen Empfindungen gleicht der Liebe keine so sehr wie die junge Leidenschaft eines Künstlers, der eben die köstliche Folter seines aus Glanz und Unglück gemischten Schicksals zu erfahren beginnt: jene Leidenschaft, die so voller Verwegenheit und Schüchternheit, voll unbestimmten Glaubens und unvermeidlicher Entmutigung ist. Dem, der nicht, arm am Beutel und reich im Glauben an sein Selbst, sein Herz pochen hörte, als er vor einen Meister trat – dem wird stets im Herzen eine Saite fehlen, irgendein Pinselstrich, eine Empfindung im Werk, ein gewisser poetischer Ausdruck. Wenn ein Prahlhans, der von sich selbst geschwollen ist, allzu früh an seine Zukunft glaubt, so wird er stets nur für die Dummköpfe zu einem Mann von Geist werden. In dieser Hinsicht schien der junge Unbekannte echte Begabung zu besitzen, wenn anders man das Talent nach jener ersten Schüchternheit messen darf, nach jener undefinierbaren Scham, die die Anwärter der Unsterblichkeit in der Übung ihrer Kunst abzulegen wissen, wie die Frauen die ihre in der Arena der Koketterie ablegen. Die Gewöhnung an den Triumph vermindert den Zweifel, und die Scham ist vielleicht nur solch ein Zweifel.

Niedergedrückt von Armut und erschreckt in diesem Augenblick ob seiner eigenen Verwegenheit, wäre der arme Neuling vielleicht doch nicht bei dem Maler eingetreten, dem wir das wunderbare Bildnis Heinrichs IV. verdanken, wenn ihm der Zufall nicht eine unerwartete Hilfe geschickt hätte. Ein Greis kam die Treppe herauf. An seiner stolzen Kleidung, an der Pracht der Spitzenkrause und der unbedingten Sicherheit seines Schrittes erriet der junge Mann in dieser Persönlichkeit einen Gönner oder Freund des Malers; er trat auf dem Treppenabsatz zurück, um ihm Platz zu machen, und schaute ihn neugierig an, weil er hoffte, in ihm die Gutmütigkeit eines Künstlers oder das hilfsbereite Wesen derer zu entdecken, die die Künste lieben; statt dessen aber nahm er in diesem Gesicht etwas Teuflisches und vor allem jenes gewisse Etwas wahr, das die Künstler anlockt. Man denke sich eine kahle, gewölbte, vorspringende Stirn, die jäh über einer zerdrückten und unten wie bei Rabelais oder Sokrates aufgeworfenen Nase zurückspringt; einen lachenden, runzligen Mund, ein kurzes, stolz vorstehendes Kinn, an dem ein spitz geschnittener grauer Bart hängt; seegrüne Augen, die, anscheinend vom Alter, trüb geworden sind, die aber durch den Kontrast des perlmuttrigen Weiß, in dem die Pupille schwimmt, bisweilen im Zorn oder in der Begeisterung magnetische Blicke schleudern müssen. Das Gesicht war übrigens durch die Erschlaffung des Alters und mehr noch durch jenes Denken, das die Seele wie den Leib in gleicher Weise furcht, merkwürdig welk geworden. Die Augen hatten keine Wimpern mehr, und kaum sah man über den vorspringenden Bögen einige Spuren der Brauen. Diesen Kopf setze man auf einen schmächtigen und schwächlichen Körper; man umgebe ihn mit einer blendend weißen Spitze, die gearbeitet ist wie eine Fischkelle; man werfe über das schwarze Wams eine goldene Kette, und man hat ein ungefähres Bild jener Persönlichkeit, der das schwache Licht der Treppe noch ein besonders phantastisches Aussehen verlieh. Man hätte meinen können, ein Gemälde Rembrandt wandle schweigend und rahmenlos durch die schwarze Luft, wie sie diesem großen Maler eigen ist. Der Greis warf einen scharfsinnigen Blick auf den jungen Mann, pochte dreimal an die Tür und sagte zu einem etwa vierzigjährigen kränklichen Mann, der ihm öffnete: »Guten Tag, Meister.«

Porbus verneigte sich ehrfurchtsvoll; er ließ den jungen Mann mit eintreten, da er glaubte, er sei mit dem Greis gekommen; und er kümmerte sich um so weniger um ihn, als der Neuling ganz unter dem Bann des Zaubers stand, den alle geborenen Maler beim Anblick des ersten Ateliers empfinden müssen, das sie zu sehen bekommen und wo sich ihnen ein paar der äußerlichen Geheimnisse der Kunst offenbaren. Ein offenes Fensterdach beleuchtete das Atelier des Meisters Porbus. Das ganze Licht konzentrierte sich auf eine Leinwand, die auf der Staffelei lehnte und nur erst drei oder vier weiße Striche aufwies; es drang nicht bis in die schwarzen, tiefen Winkel des mächtigen Raums hinein; aber ein paar verirrte Reflexe setzten in diesem roten Schatten Lichter auf die Silberketten am Bauch eines Reiterpanzers, der an der Wand hing, und sie zogen eine jähe Lichtfurche in das geschnitzte und polierte Gesims eines alten Schanktisches, der mit wunderlichem Geschirr beladen war, oder sie stachen leuchtende Punkte in das gekörnte Gewebe der alten Vorhänge aus Goldbrokat mit den großen, steifen Falten, die zu Modellzwecken hingeworfen waren. Muskelabgüsse, Fragmente und Torsen antiker Göttinnen, die durch den Kuß der Jahrhunderte eine liebevolle Politur empfangen hatten, lagen auf Tischchen und Konsolen. Zahllose Skizzen, Studien in dreifarbiger Kreide oder in Rötel oder Federzeichnungen bedeckten die Wände bis zur Decke hinauf. Farbkästen, Flaschen voll Öl und Essenzen und umgestoßene Schemel ließen nur einen engen Pfad frei, um bis zu der Aureole zu gelangen, die das hohe Glasfenster hereinwarf; ihre Strahlen fielen voll auf das blasse Gesicht des Meisters Porbus und auf den Elfenbeinschädel des sonderbaren Ankömmlings. Die Aufmerksamkeit des jungen Mannes richtete sich bald ausschließlich auf ein Bild, das schon zu jener Zeit der Unruhen und der Revolution berühmt geworden war und das einige jener Starrköpfe gern aufsuchten, denen man die Erhaltung des heiligen Feuers während der schlimmen Tage verdankt. Diese schöne Tafel stellte eine ›Ägyptische Maria‹ dar, die sich anschickt, die Überfahrt im Boot zu bezahlen. Das Meisterwerk, das für Maria de Medici bestimmt war, war dann von ihr in den Tagen ihres Elends verkauft worden.

»Deine Heilige gefällt mir«, sagte der Greis zu Porbus, »und ich würde sie zehn Goldtaler teurer bezahlen als die Königin; aber ihr ins Gehege kommen ... verdammt!«

»Ihr findet sie gut?«

»Hö hö!« machte der Alte. »Gut? Ja und Nein. Deine brave Frau ist nicht übel, aber sie lebt nicht. Ihr meint immer, alles getan zu haben, wenn ihr das Gesicht richtig zeichnet und alles nach den Gesetzen der Anatomie an seinen Platz stellt! Ihr koloriert diesen Aufriß mit einem Fleischton, den ihr zuvor auf der Palette anrührt, sorgt dafür, daß eine Seite dunkler wird als die andere, und meint, weil ihr von Zeit zu Zeit ein nacktes Weib anguckt, das auf einem Tisch steht, ihr schriebet die Natur ab; ihr bildet euch ein, Maler zu sein und Gott sein Geheimnis entwendet zu haben! ... Prost Mahlzeit! Um ein großer Dichter zu sein, genügt es nicht, daß man die Syntax von Grund aus kennt und keine Sprachschnitzer mehr macht. Sieh deine Heilige an, Porbus! Auf den ersten Blick scheint sie wundervoll; aber auf den zweiten Blick merkt man, daß sie hinten in die Leinwand geklebt ist und daß man ihren Körper nicht umgehen könnte; sie ist eine Silhouette, die nur eine Seite hat, sie ist ein ausgeschnittenes Scheinbild, etwas, das man nicht umdrehen und das seine Stellung nicht verändern kann. Ich fühle keine Luft zwischen diesem Arm und dem Feld auf dem Bild; Raum und Tiefe fehlen; und doch ist in der Perspektive alles richtig, und die Luftabstufung ist genau beachtet; aber trotz so löblicher Bemühung kann ich nicht glauben, daß dieser schöne Körper vom warmen Hauch des Lebens beseelt ist. Mir scheint, wenn ich die Hand an diesen Hals mit seiner festen Rundung lege, so würde ich ihn kalt finden wie Marmor! Nein, mein Freund, durch diese Elfenbeinhaut läuft kein Blut, kein Dasein schwellt mit seinem Purpurtau die Adern und Fibern, die sich unter der Bernsteindurchsichtigkeit der Schläfen und der Brust zum Netz verschlingen. Diese Stelle zuckt, aber die andere da ist reglos; Leben und Tod kämpfen in jeder Einzelheit; hier ist es eine Frau, da eine Statue, an einer anderen Stelle ein Leichnam. Deine Schöpfung ist unvollkommen. Du hast nur einen Teil deiner Seele in dein Lieblingswerk zu gießen verstanden. Die Fackel des Prometheus ist mehr als einmal in deinen Händen erloschen, und viele Stellen deines Bildes sind von der himmlischen Flamme unberührt geblieben.«

»Aber weshalb, teurer Meister?« fragte Porbus den Greis ehrfurchtsvoll, während der junge Mann Mühe hatte, ein starkes Verlangen zu unterdrücken, das ihn drängte, den Tadler zu prügeln.

»Ei! Ja«, erwiderte der kleine Greis, »du hast unentschieden zwischen den beiden Methoden hin und her geschwankt, zwischen der Zeichnung und der Farbe, zwischen dem peinlich genauen Phlegma der alten deutschen Meister und der blendenden Glut, der glücklichen Fülle der italienischen Maler. Du hast zugleich Hans Holbein[2] und Tizian[3] nachahmen wollen, Albrecht Dürer[4] und Paolo Veronese[5]. Das war gewiß ein großartiger Ehrgeiz! Aber was ist daraus geworden? Du hast weder den strengen Reiz der Trockenheit noch die täuschende Magie des

Clair-obscur[6] gefunden. An dieser Stelle hat, einer geschmolzenen Bronze gleich, die ihre zu schwache Gußform durchbricht, die reiche, blonde Farbe Tizians die magere Kontur Albrecht Dürers, in die du sie gegossen hattest, gesprengt. Anderswo hat die Zeichnung Widerstand geleistet und die prunkvollen Wogen der venezianischen Palette zurückgedämmt. Deine Gestalt ist weder vollkommen gezeichnet noch vollkommen gemalt, und überall trägt sie die Spuren jener unseligen Unentschiedenheit. Wenn du dich nicht stark genug fühltest, um im Feuer deines Genies die beiden widerstreitenden Stile zu verschmelzen, so hättest du freimütig zwischen dem einen und dem anderen wählen müssen, um die Einheit zu erreichen, die eine der Bedingungen des Lebens vortäuscht. Du bist nur in den Maßen wahr; deine Konturen sind falsch, sie gehen nicht ineinander über und versprechen nach hinten nichts mehr. Hier steckt Wahrheit!« sagte der Greis, indem er auf die Brust der Heiligen zeigte. »Hier auch«, fuhr er fort, indem er die Stelle zeigte, wo auf dem Bilde die Schulter abschloß. »Aber da«, sagte er, indem er mitten auf den Hals deutete, »das ist alles falsch. Wir wollen keine Analyse vornehmen, das würde dich zur Verzweiflung bringen.«

Der Greis setzte sich auf einen Schemel, nahm den Kopf in die Hände und blieb stumm.

»Meister«, sagte Porbus, »und doch habe ich diesen Hals genau am Modell studiert; aber zu unserem Unglück gibt es Effekte, die in der Natur wahr sind und auf der Leinwand nicht mehr wahrscheinlich wirken ...«

»Es ist nicht die Aufgabe der Kunst, die Natur zu kopieren, sondern sie auszudrücken! Du bist kein gemeiner Abschreiber, sondern ein Dichter!« rief der Greis lebhaft, indem er Porbus durch eine despotische Geste unterbrach: »Was hätte ein Bildhauer dann noch für Arbeit zu leisten, er brauchte ja eine Frau bloß abzuformen! Ja, versuche doch, die Hand deiner Geliebten abzugießen und stelle sie vor dich hin; du wirst nur einen grauenhaften Leichnam ohne jede Ähnlichkeit finden, und du bist gezwungen, auf die Suche nach dem Meißel des Mannes zu gehen, der dir, ohne sie genau zu kopieren, die Bewegung und das Leben darstellt. Wir müssen den Geist, die Seele, die Physiognomie der Dinge und der Menschen erfassen. Wirklichkeit!

Effekte! Die sind nur das Drum und Dran des Lebens, nicht das Leben selber. Eine Hand, da ich nun einmal dieses Beispiel gewählt habe, hängt nicht nur am Körper; sie drückt einen Gedanken aus und setzt ihn fort; und den gilt es zu erfassen und wiederzugeben. Weder der Maler noch der Dichter, noch der Bildhauer dürfen die Wirkung von der Ursache trennen, denn unbesieglich steckt eins im anderen. Da liegt der wahre Kampf! Viele Maler triumphieren instinktiv, ohne dieses Problem der Kunst auch nur zu ahnen. Ihr zeichnet eine Frau, aber ihr seht sie nicht! Nicht auf diese Weise gelingt es, das Arkanum der Natur zu erzwingen. Deine Hand zeigt, ohne daß du daran denkst, das Modell, das du bei deinem Lehrer kopiert hast. Du steigst nicht in die Intimität der Form hinab, du verfolgst sie nicht mit Liebe und Beharrlichkeit in ihren Umwegen und auf ihrer Flucht. Die Schönheit ist etwas Strenges und Sprödes, das sich so nicht erreichen läßt; es gilt, ihre Stunden abzuwarten, sie zu belauern, sie zu bedrängen und sie eng zu umschlingen, um sie zur Übergabe zu zwingen. Die Form ist ein Proteus, unfaßbarer und fruchtbarer an Verwandlungsfähigkeit als der Proteus der Sage; erst nach langen Kämpfen kann man sie zwingen, sich unter ihrer wahren Erscheinung zu zeigen. Ihr begnügt euch mit der ersten Gestalt, die sie euch darbietet, oder höchstens mit der zweiten oder dritten; so handeln sieghafte Kämpfer nicht! Jene nie besiegten Maler lassen sich nicht durch ihre Finten täuschen, sie harren aus, bis die Natur gezwungen ist, sich ganz nackt und in ihrem wahren Geist zu offenbaren. So ist Raffael[7] vorgegangen«, sagte der Greis, indem er seine schwarze Samtmütze abnahm, um seiner Achtung vor dem König der Kunst Ausdruck zu verleihen, »seine große Überlegenheit entspringt dem geheimen Sinn, der bei ihm die Form zerbrechen zu wollen scheint. Die Form ist in seinen Gestalten, was sie bei uns ist, ein Dolmetsch, der den Gedanken, den Empfindungen eine ungeheure Poesie mitteilt. Jede Gestalt ist eine Welt, ein Bildnis, dessen Modell in einer erhabenen Vision aufstieg, getönt vom Licht, gerufen von einer inneren Stimme, entkleidet von einem himmlischen Finger, der in der Vergangenheit eines ganzen Lebens die Quellen des Ausdrucks aufgezeigt hat. Ihr gebt euren Frauen ein schönes Gewand aus Fleisch, schöne Draperien aus Haar, aber wo bleibt das Blut, das die Ruhe oder die Leidenschaft erzeugt und das erst die einzelnen Effekte hervorbringt? Deine Heilige ist brünett; aber dies alles, mein armer Porbus, gehört zu einer Blondine! Eure Gestalten sind blasse, kolorierte Phantome, die ihr uns vor den Augen vorüberführt, und das nennt ihr Malerei und Kunst! Weil du etwas gemacht hast, was eher einer Frau als einem Haus ähnlich sieht, meinst du, ans Ziel gerührt zu haben, und stolz darauf, daß du nicht neben deine Gemälde zu schreiben brauchst: ›currus venustus‹[8] oder ›pulcher homo‹[9], wie es die alten Meister taten, meinst du schon, ein wunderbarer Künstler zu sein. Haha, ihr seid noch nicht am Ziel, meine wackeren Gefährten; ihr werdet noch viele Stifte verbrauchen, viele Stücke Leinwand füllen müssen, ehe ihr es erreicht! Sicherlich trägt eine Frau ihren Kopf so, sie hält ihren Rock auf diese Weise, ihre Augen erschlaffen und verschwimmen mit diesem Ausdruck resignierter Milde, der zitternde Schatten der Wimpern streicht so über ihre Wangen hin! So ist es, und es ist doch nicht so. Was fehlt? Ein Nichts, aber dieses Nichts ist alles. Ihr habt den Anschein des Lebens, aber ihr drückt nicht sein Zuviel aus, das über die Ufer tritt, jenes Irgendetwas, das vielleicht die Seele ist und das wolkig über der Hülle schwimmt; kurz, jene Blüte des Lebens, die Tizian und Raffael erhaschten. Wenn man von dem Extrem ausginge, das ihr mit knapper Not erreicht, so würde man vielleicht wundervolle Bilder schaffen; aber ihr werdet zu schnell müde. Der Pöbel bewundert, aber der wahre Kenner lächelt. O Mabuse[10], o mein Meister«, fügte die absonderliche Persönlichkeit hinzu, »du bist ein Dieb, du hast das Leben mitgenommen! – Bis auf das ist diese Leinwand mehr wert als die Malereien jenes großspurigen Angebers, des Rubens, mit seinen zinnoberbestreuten flämischen Fleischbergen, seinen Wogen roten Haars und seinem Farbenlärm. Doch bei ihm ist wenigstens Farbe, Empfindung und Zeichnung vorhanden, und das sind die drei wesentlichen Bestandteile der Kunst.«

»Aber diese Heilige ist herrlich, guter Mann!« rief der Jüngling mit kräftiger Stimme; er war aus einer tiefen Träumerei erwacht. »Diese beiden Figuren, die Heilige und die des Bootsmannes, haben eine Feinheit der Erfindung, wie sie die italienischen Maler nicht kannten; ich kenne keinen, der die Unentschlossenheit des Bootsmanns hätte erfinden können.«

»Gehört der Schlingel zu Euch?« fragte Porbus den Alten.

»Ach, Meister, vergebt mir meine Kühnheit«, erwiderte der Neuling errötend, »ich bin ein Unbekannter, ein Farbenkleckser aus Instinkt, und ich bin erst seit kurzem in dieser Stadt, der Quelle alles Wissens.«

»Ans Werk!« sagte Porbus und reichte ihm einen Rotstift und ein Blatt Papier hin.

Der Unbekannte kopierte die Maria im Umriß.

»Ei, ei!« rief der Alte; »wie heißt Ihr?«

Der junge Mann schrieb unten an den Rand: »Nicolas Poussin[11].«

»Gar nicht übel für einen Anfänger!« sagte die merkwürdige Persönlichkeit, die so wild einherredete. »Ich sehe, man kann in deiner Gegenwart vom Malen sprechen. Ich tadle dich nicht, wenn du Porbus' Heilige bewunderst. Sie ist für alle ein Meisterwerk, und nur die in die tiefsten Geheimnisse der Kunst Eingeweihten können entdecken, woran es bei ihr fehlt. Aber da du des Unterrichts würdig bist und ihn begreifen kannst, will ich dir zeigen, wie wenig nötig ist, um dieses Werk zu vollenden. Sei ganz Auge und Aufmerksamkeit, eine solche Gelegenheit zum Lernen wird sich für dich vielleicht nie wieder ergeben. – Deine Palette, Porbus!«

Porbus suchte Palette und Pinsel. Der kleine Greis schob mit einer Bewegung von krampfhafter Schroffheit seinen Ärmel hoch, steckte den Daumen in die mit allen Farben beladene und beblümte Palette, die Porbus ihm reichte, und riß ihm die Handvoll Pinsel in allen Größen mehr aus der Hand, als daß er sie nahm; sein spitzgeschnittener Bart zuckte plötzlich unter den bedrohlichen Anstrengungen, die den Stachel einer leidenschaftlich arbeitenden Phantasie verrieten. Während er den Pinsel mit Farbe belud, brummte er zwischen den Zähnen: »Die Farben sind gerade gut genug, um sie samt dem, der sie gemacht hat, zum Fenster hinauszuwerfen, so empörend roh und falsch sind sie! Wie soll man damit malen?« Dann tauchte er die Spitze des Pinsels mit fieberhafter Lebendigkeit in die verschiedenen Farbenkleckse, deren ganze Skala er zuweilen schneller durchlief, als ein Domorganist die Tonleiter seiner Orgel beim O *Filii*[12] zu Ostern durcheilt.

Porbus und Poussin standen zu beiden Seiten des Gemäldes, in das leidenschaftlichste Schauen versunken, reglos da.

»Siehst du, junger Mann«, sagte der Greis, ohne sich umzudrehen, »siehst du, wie man mit drei oder vier Strichen und ein wenig bläulicher Lasur die Luft um den Kopf dieser armen Heiligen streichen läßt, die zuvor ersticken mußte, als sei sie in dieser toten Atmosphäre gefangen? Schau, wie diese Draperie jetzt flattert und wie man versteht, daß der Wind sie aufhebt! Vorher sah sie aus wie eine gestärkte Leinwand, die von Nadeln gehalten wurde. Merkst du, wie der satinierte Glanz, den ich auf die Brust lege, die fette Weichheit der Haut eines jungen Mädchens wiedergibt, und wie der aus Rotbraun und gebranntem Ocker gemischte Ton die graue Kälte dieses Schattens wärmt, wo das Blut gefror, statt zu kreisen? Junger Mann, junger Mann, was ich dir da zeige, das könnte dich kein Meister lehren. Nur Mabuse besaß das Geheimnis, den Gestalten Leben zu geben. Mabuse hat nur einen Schüler gehabt, und der bin ich. Ich habe keinen gefunden, und ich bin alt! Du hast Verstand genug, um den Rest zu erraten, nachdem ich dir so viel gezeigt habe.«

Während er sprach, berührte der unheimliche Greis alle Teile des Bildes: Hier zwei Pinselstriche, dort ein einziger, aber stets so treffend, daß man hätte meinen können, das Ganze sei ein neues Bild, aber ein in Licht getauchtes. Er arbeitete mit so leidenschaftlichem Eifer, daß der Schweiß auf seiner kahlen Stirn perlte; es ging so rasch in kleinen, ungeduldigen, stoßweisen Bewegungen, daß es dem jungen Poussin schien, als stecke in dem Körper dieser wunderlichen Persönlichkeit ein Dämon, der durch seine Hände wirkte, indem er sie phantastisch wider den Willen des Menschen führte. Der übernatürliche Glanz der Augen, die Zuckungen, die wie ein Widerstand wirkten, gaben dieser Vorstellung einen Schein der Tatsächlichkeit, der eine junge Phantasie stark beeindrucken mußte. Dabei sprach der Greis: »Baff! baff! baff! So bestreicht man die Sache, junger Mann! Kommt, meine kleinen Strichelchen, macht mir diesen Eiston rot! Los! Klatsch! klatsch! klatsch!« sagte er, indem er die Partien aufwärmte, bei denen er von einem Mangel an Leben gesprochen hatte, indem er lediglich durch ein paar Farbkleckse die Unterschiede im Charakter zum Verschwinden brachte und die Einheit des Tons wiederherstellte, wie eine glühende Ägypterin sie verlangte.

»Siehst du, Junge, nur der letzte Pinselstrich zählt. Porbus hat hundert geführt, ich nur einen. Niemand weiß uns Dank für das, was daruntersteckt. Das merke dir.«

Schließlich hielt der dämonische Mann inne, und indem er sich zu Porbus und Poussin umwandte, die vor Bewunderung stumm dastanden, sagte er zu ihnen: »Das kommt meiner ›Belle-Noiseuse‹ noch nicht gleich, aber unter ein solches Werk könnte man schon seinen Namen setzen. Ja, ich würde es signieren«, fügte er hinzu, indem er aufstand und einen Spiegel nahm, um es zu betrachten. »Jetzt wollen wir frühstücken«, sagte er; »kommt beide mit zu mir, ich habe geräucherten Schinken und guten Wein!... Ja, ja, trotz der unglücklichen Zeiten wollen wir vom Malen plaudern! Wir haben die Kraft... Hier haben wir ein Männlein«, fügte er hinzu, indem er Nicolas Poussin auf die Schulter klopfte, »das eine leichte Hand besitzt.«

Und als er den armseligen Reiserock des Normannen bemerkte, zog er einen Lederbeutel aus dem Gürtel, wühlte darin herum, nahm zwei Goldstücke, zeigte sie ihm und sagte: »Ich kaufe dir deine Zeichnung ab.«

»Nimm«, sagte Porbus zu Poussin, als er sah, wie dieser vor Scham erbebte und errötete, denn der junge Adept besaß den Hochmut des Armen; »nimm doch; der hat in seiner Geldkatze das Lösegeld für zwei Könige.«

Sie stiegen zu dritt aus dem Atelier hinunter und gingen unter Kunstgesprächen bis zu einem schönen Holzhaus, das in der Nähe des Pont Saint-Michel lag und dessen Ornamente, dessen Klopfer, Fensterumrahmungen und Arabesken Poussin in Staunen setzten. Der künftige Maler sah sich plötzlich in einem Raum des Erdgeschosses vor einem schönen Feuer sitzen, dicht bei einem Tisch, der mit appetitanregenden Gerichten beladen war, und obendrein vermöge eines unerhörten Glücks in Gesellschaft zweier großer, von Wohlwollen erfüllter Künstler.

»Junger Mann«, sagte Porbus zu Poussin, als er sah, wie jener mit offenem Munde vor einem Gemälde stand, »dies Bild betrachte dir nicht zu genau, du würdest sonst in Verzweiflung geraten.«

Es war der ›Adam‹, den Mabuse gemalt hatte, um aus dem Gefängnis herauszukommen, in dem ihn seine Gläubiger so lange festgehalten hatten. Wirklich zeigte die Gestalt eine solche Gewalt an Wirklichkeit, daß Nicolas Poussin in diesem Augenblick den wahren Sinn der wirren Worte zu erfassen begann, die der Greis gesprochen hatte. Dieser warf einen befriedigten Blick auf das Bild, doch ohne Begeisterung, so daß es war, als sage er: »Ich habe Besseres gemacht.«

»Es steckt Leben darin«, sagte er, »mein armer Meister hat damit sich selber übertroffen; aber es fehlt noch ein wenig Wahrheit im Bildhintergrund. Der Mensch ist lebendig, er steht auf und wird gleich zu uns treten; aber die Luft, der Himmel und der Wind, das, was wir atmen, sehen und fühlen, das fehlt. Überdies ist es bloß ein Mensch! Der erste Mensch aber, der unmittelbar aus Gottes Händen hervorging, muß etwas Göttliches gehabt haben, und das fehlt dem da. Mabuse selber hat es voll Ärger gesagt, wenn er nicht betrunken war.«

Poussin schaute mit unruhiger Neugier abwechselnd den Greis und Porbus an. Er näherte sich diesem, als wolle er ihn nach dem Namen ihres Gastgebers fragen; aber der Maler legte mit geheimnisvoller Miene den Finger auf die Lippen, und der Jüngling bewahrte trotz seinem lebhaften Interesse Schweigen. Er hoffte, daß ihm früher oder später irgendein Wort erlauben würde, den Namen seines Gastgebers zu erraten, dessen Reichtum und Talent hinlänglich durch die Ehrfurcht erwiesen waren, die Porbus ihm bezeigte, und erwiesen auch durch die Wunder, die in diesem Raum angehäuft waren.

Poussin erblickte auf der dunklen Eichentäfelung ein prachtvolles Frauenbildnis und rief aus: »Was für ein schöner Giorgione[13]!«

»Nein«, erwiderte der Greis, »es ist eine meiner ersten Sudeleien . . .«

»Tausend Wetter! Bin ich denn bei dem Gott der Malerei?« rief Poussin naiv aus.

Der Greis lächelte wie ein Mann, der seit langem mit solchem Lobe vertraut ist.

»Meister Frenhofer«, sagte Porbus, »könntet Ihr nicht für mich ein wenig von Eurem schönen Rheinwein kommen lassen?«

»Zwei Fässer«, erwiderte der Greis; »eins, um mich für das Vergnügen erkenntlich zu zeigen, das ich heute morgen hatte, als ich deine hübsche Fischerin sah, und das andere als ein Geschenk der Freundschaft.«

»Ach, wenn ich nicht immer leidend wäre«, sagte Porbus, »und wenn Ihr mir Eure ›Belle-Noiseuse‹ zeigen wolltet, so könnte ich auch vielleicht noch ein Bild zustande bringen, das hoch und breit und tief wäre und in dem die Gestalten ihre natürliche Größe hätten.«

»Mein Werk zeigen?« rief der Alte bewegt. »Nein, nein! Ich muß es noch vervollkommnen. Gestern gegen Abend glaubte ich, es sei fertig. Ihre Augen schienen mir feucht, ihr Fleisch war erregt. Die Haarsträhnen bewegten sich. Sie atmete! Obgleich ich das Mittel gefunden habe, auf einer flachen Leinwand das Relief und die Rundung der Natur zu verwirklichen, erkannte ich heute morgen im Tageslicht meinen Irrtum. Ach, ich habe, um dieses glorreiche Ziel zu erreichen, die großen Meister der Koloristik studiert; ich habe die Bilder Tizians, dieses Königs des Lichtes, Schicht für Schicht analysiert und abgehoben; ich habe meine Figur in einem klaren Ton mit einer weichen, fetten Farbschicht angelegt – denn der Schatten ist nur Nebensache, merke dir das, Kleiner. Dann habe ich mein Werk wieder vorgenommen, und mit Hilfe von Halbtönen und Lasuren, deren Transparenz ich allmählich verringerte, habe ich die kräftigsten Schatten und selbst das tiefste Schwarz erzielt; denn die Schatten der gewöhnlichen Maler sind von anderem Wesen als ihre hellen Töne; da ist Holz, Erz, was ihr wollt, nur kein Fleisch im Schatten. Man fühlt: Wenn ihre Figur die Stellung wechseln würde, so würden die Schattenteile nicht hell werden und kein Licht aufnehmen. Ich habe diesen Fehler vermieden, dem viele der Berühmtesten verfallen sind, und bei mir hebt sich das Weiß auch unter dem Düster des kräftigsten Schattens noch hervor! Ich habe nicht wie eine Menge Ignoranten, die sich einbilden, korrekt zu zeichnen, weil sie einen sorgfältig ausgefeilten Strich ziehen, trocken die Außenränder meiner Figur umrissen und jedes anatomische Detail unterstrichen, denn der menschliche Körper wird nie und nimmer von Linien umrahmt. Darin können die Bildhauer der Wahrheit näherkommen als wir. Die Natur besteht aus einer Reihenfolge von Rundungen, die ineinander übergehen. Streng gesprochen gibt es keine Zeichnung! Lacht nicht, junger Mann! So sonderbar Euch dieses Wort auch erscheinen mag, Ihr werdet eines Tages einsehen, daß es begründet ist. Die Linie ist nur das Mittel, durch das der Mensch sich über die Wirkung des Lichts auf die Dinge Rechenschaft ablegt; in der Natur jedoch gibt es keine Linien, da ist alles voll: Beim Modellieren zeichnet man, das heißt, man löst die Dinge aus dem, worin sie stecken; die Verteilung des Lichts allein gibt dem Körper Wahrscheinlichkeit! Daher habe ich auch keine festen Umrisse gegeben; ich habe über die Konturen eine Wolke von blonden und warmen Halbtönen gelegt, die bewirkt, daß man den Finger nie genau auf die Stelle legen könnte, wo die Konturen an den Hintergrund grenzen. Aus der Nähe scheint eine solche Arbeit flockig, und es sieht aus, als fehle die Präzision; aber in zwei Schritten Abstand wird alles fest, es wird greifbar und löst sich los; der Körper dreht sich, die Formen werden plastisch, man fühlt, wie die Luft um sie herumstreicht. Und doch bin ich noch nicht zufrieden, ich habe noch Zweifel. Vielleicht dürfte man überhaupt nicht einen einzelnen Strich zeichnen, und es wäre besser, eine Gestalt von der Mitte her in Angriff zu nehmen, indem man sich zunächst an die am stärksten beleuchteten, vorspringenden Stellen hält, um danach erst zu den dunkleren Teilen überzugehen. Geht nicht so die Sonne vor, die göttliche Malerin des Weltalls? O Natur, Natur, wer hat dich je auf deiner Flucht erhascht? Seht, zuviel Wissen gelangt ebenso wie Unwissenheit zur Negation. Ich zweifle an meinem Werk.«

Der Greis macht eine Pause. Dann fuhr er fort: »Jetzt arbeite ich zehn Jahre daran, junger Mann; aber was sind zehn kurze Jahre, wenn es sich darum handelt, mit der Natur zu kämpfen? Wir wissen nicht, wie lange der Meister Pygmalion brauchte, um die einzige Statue zu meißeln, die sich je vom Fleck bewegt hat!«

Er versank in tiefe Grübelei und blieb mit geschlossenen Augen sitzen, während er mechanisch mit seinem Messer spielte.

»Jetzt ist er im Gespräch mit seinem Geist!« sagte Porbus ganz leise.

Bei diesem Wort fühlte Nicolas Poussin den Drang einer unerklärlichen Künstlerneugier. Dieser aufmerksame und auch wieder stumpfsinnige Greis mit den weißen Augen, der für ihn mehr als ein Mensch geworden war, dünkte ihn ein phantastischer Genius, der in einer unbekannten Sphäre lebte. Er weckte in der Seele tausend wirre Gedanken. Das moralische Phänomen dieser Art von Zauber läßt sich so wenig definieren, wie man die Erregung erklären kann, die durch ein Lied ausgelöst wird, das dem Verbannten die Heimat ins Herz zurückruft. Die Verachtung, die dieser Greis für die schönsten Versuche der Kunst bekundete, sein Reichtum, sein Wesen, die Ehrfurcht, die Porbus ihm bezeigte, jenes so lange geheimgehaltene Werk, ein Werk der Geduld und zweifellos ein geniales Werk, wenn man nach dem Kopf der Jungfrau urteilen durfte, die der junge Poussin so unverhohlen bewundert hatte und die, selbst neben dem »Adam« des Mabuse noch immer schön, für das herrscherlich überlegene Schaffen eines Fürsten der Kunst zeugte: das alles ging bei diesem Greis über die Grenzen der menschlichen Natur hinaus. Was Nicolas Poussins reiche Phantasie an klaren und faßbaren Dingen zu erkennen vermochte, als er dieses übernatürliche Wesen vor sich sah, das war ein umfassendes Bild der Künstlernatur, jener närrischen Natur, der so viele Mächte anvertraut sind und die sie nur zu oft mißbraucht, indem sie die kühle Vernunft, die Bürger und sogar ein paar Liebhaber über viele steinige Straßen entführt, wo, für sie, nichts mehr vorhanden ist; während jenes in seinen Launen irrlichternde Mädchen mit den weißen Flügeln darin Epen, Schlösser und Kunstwerke entdeckt. Spöttische und gutmütige, fruchtbare und arme Natur! Auf diese Weise war der Greis für den Enthusiasten Poussin durch eine jähe Verwandlung der Kunst in sich, zur Kunst mit ihren Geheimnissen, ihren Rasereien und Träumen geworden.

»Ja, mein lieber Porbus«, fuhr Frenhofer fort, »es hat mir bis jetzt *eins* gefehlt, nämlich daß ich einer makellosen Frau begegnete, einem Körper, dessen Konturen von vollkommener Schönheit sind und dessen Inkarnat ... Aber wo wäre sie im Leben zu finden«, unterbrach er sich selber, »jene unauffindbare Venus der Alten, die so oft gesucht wurde und von der wir kaum ein paar verstreute Einzelschönheiten antreffen? Oh, ein einziges Mal auf einen Augenblick die göttliche, ungeteilte Natur, kurzum: das Ideal zu sehen, dafür würde ich mein ganzes Vermögen hingeben . . . Ich würde dich in deinem Limbus suchen, himmlische Schönheit! Wie Orpheus würde ich in die Hölle der Kunst hinabsteigen, um ihr Leben daraus zurückzuholen.«

»Wir können aufbrechen«, sagte Porbus zu Poussin, »er hört uns nicht mehr und sieht uns nicht mehr.«

»Laßt uns in sein Atelier gehen«, schlug der staunende junge Mann vor.

»Oh, der Alte hat den Eingang verriegelt. Seine Schätze werden zu gut bewacht, als daß wir zu ihnen gelangen könnten. Ich habe nicht erst Eure Meinung und Eure Laune abgewartet, um den Sturm auf das Geheimnis zu versuchen.«

»Es liegt also ein Geheimnis vor?«

»Ja«, sagte Porbus; »der alte Frenhofer ist der einzige Schüler, den Mabuse hat ausbilden wollen. Frenhofer wurde sein Freund, sein Retter, sein Vater und opferte den größeren Teil seiner Schätze, um den Leidenschaften des Meisters Mabuse genugzutun; dafür hat Mabuse ihm das Geheimnis des Reliefs überlassen, das Vermögen, den Figuren jenes außerordentliche Leben, jenes Blühen der Natur zu verleihen, das unsere ewige Verzweiflung ist; er aber besaß ihr Geheimnis bis zu einem Grade, daß er eines Tages, als er den geblümten Damast, mit dem er sich beim Einzuge Karls V. bekleiden sollte, verkauft und vertrunken hatte, seinen Herrn in einem Anzug aus Papier begleitete, das wie Damast bemalt war. Der besondere Glanz des Stoffes, den Mabuse trug, fiel dem Kaiser auf; und als er dem Gönner des alten Trunkenbolds ein Kompliment machen wollte, entdeckte er den Trug. Frenhofer ist ein Mensch, der leidenschaftlich in unserer Kunst aufgeht und der höher und weiter schaut als die anderen Maler. Er hat tief über die Farben und über die absolute Wahrheit der Linie nachgedacht; aber durch zuviel Suchen ist er dahin gelangt, jetzt selber an dem Ziel seiner Mühen zu zweifeln. In seinen Augenblicken der Verzweiflung behauptet er, die Zeichnung gebe es nicht, und man könne mit Strichen nur geometrische Figuren wiedergeben; das geht über die Wahrheit hinaus, denn mit Hilfe des Strichs und des Schwarz, das keine Farbe ist, kann man sehr wohl eine Gestalt hinstellen, was beweist, daß unsere Kunst wie die Natur aus unendlich vielen Elementen besteht: Die Zeichnung gibt ein Skelett, die Farbe ist das Leben; aber das Leben ohne das Skelett ist etwas noch Unvollkommeneres als das Skelett ohne das Leben. Kurz, es gibt etwas, das noch wahrer ist als all dies: daß nämlich Übung und Beobachtung für einen Maler alles sind; und wenn Vernunft und Poesie mit den Pinseln streiten, so gelangt man wie der gute Mann da, der ebensosehr ein Wahnsinniger wie ein Maler ist, zum Zweifel. Er ist ein wunderbarer Maler, aber er hatte das Unglück, reich geboren zu werden, denn das erlaubte ihm Abschweifungen; ahmt ihn nicht nach! Arbeitet! Maler dürfen nur mit dem Pinsel in der Hand nachdenken.«

»Wir kommen doch noch hinein!« rief Poussin, er hörte Porbus nicht mehr zu und zweifelte an nichts mehr.

Porbus lächelte dem Enthusiasmus des jungen Unbekannten zu und verließ ihn, indem er ihn zu weiteren Besuchen einlud.

Nicolas Poussin kehrte langsamen Schrittes in die Rue de la Harpe[14] zurück und ging, ohne es zu merken, an dem bescheidenen Mietshaus vorbei, in dem er wohnte. Als er mit unruhiger Hast in sein elendes Atelier hinaufstieg, gelangte er in ein Zimmer, das unter dem Ständerwerkdach gelegen war, jener naiven und leichten Bedeckung der Häuser des alten Paris. An dem einzigen dunklen Fenster dieses Raums saß ein junges Mädchen, das sich bei dem Knarren der Tür in einer Bewegung, wie die Liebe sie auslöst, jäh aufrichtete; sie hatte den Maler an der Art erkannt, wie er den Griff anfaßte.

»Was ist dir?« fragte sie.

»Ich ... ich ...«, rief er und rang vor Freude nach Atem, »ich habe mich als Maler gefühlt. Bisher hatte ich an mir gezweifelt, aber heute morgen habe ich an mich geglaubt! Aus mir kann ein großer Mann werden! Ach, Gillette, wir werden reich und glücklich! Es steckt Gold in diesen Pinseln ...«

Aber er verstummte plötzlich. Sein ernstes, kräftiges Gesicht verlor den freudigen Ausdruck, als er die Unermeßlichkeit seiner Hoffnungen mit der Geringfügigkeit seiner Hilfsmittel verglich. Die Wände waren mit einfachen Blättern bedeckt, auf denen Bleistiftskizzen zu sehen waren. Er besaß keine vier sauberen Leinwandstücke. Die Farben standen damals hoch im Preis, und der arme junge Mann sah seine Palette so gut wie leer. In all seinem Elend besaß er und fühlte er unglaublichen Herzensreichtum und die Überfülle eines verzehrenden Genies. Ein befreundeter Edelmann oder vielleicht sein eigenes Talent hatten ihn nach Paris geführt, und dort hatte er plötzlich eine Geliebte gefunden, eine jener edlen und großherzigen Seelen, die zu einem großen Manne kommen, um mit ihm zu leiden, die sich seine Schmerzen zu eigen machen und sich abmühen, seine Launen zu begreifen; stark im Elend und in der Liebe, wie andere beharrlich den Luxus ertragen und mit ihrer Empfindungslosigkeit zu prunken wagen. Das Lächeln, das über Gillettes Lippen huschte, vergoldete die Dachkammer und wetteiferte mit dem Glanz des Himmels. Die Sonne strahlte nicht immer; Gillette jedoch war stets da mit ihrer warmen Leidenschaftlichkeit, ihrem Glück hingegeben, ihrem Leiden, und ein Trost für das Genie, das, ehe es sich der Kunst bemächtigte, in der Liebe überschäumte.

»Hör, Gillette, komm.«

Das gehorsame, fröhliche Mädchen sprang dem Maler auf die Knie. Sie war ganz Anmut, ganz Schönheit, lieblich wie ein Frühling, geschmückt mit allen weiblichen Schätzen, und sie mit dem Glanz einer schönen Seele überhellend.

»O Gott«, rief er, »ich wage es ihr nie zu sagen ...«

»Ein Geheimnis?« fragte sie. »Ich will es wissen!«

Poussin blieb in Gedanken versunken.

»Rede doch!«

»Gillette ... armes, geliebtes Herz!«

»Oh, willst du etwas von mir?«

»Ja.«

»Wenn du willst, daß ich dir wieder wie neulich Modell stehe«, fuhr sie mit schmollender Miene fort, »dann willige ich keinesfalls ein, denn in solchen Augenblicken sagen mir deine Augen nichts mehr. Du denkst nicht mehr an mich, und dennoch siehst du mich an.«

»Wäre es dir lieber, wenn ich eine andere Frau malte?«

»Vielleicht«, sagte sie, »wenn sie recht häßlich wäre.«

»Ja«, sagte Poussin in ernsthaftem Ton, »wenn es nun für meinen künftigen Ruhm, wenn es, um mich zum großen Maler zu machen, nötig wäre, daß du einem anderen Modell ständest?«

»Du willst mich auf die Probe stellen«, erwiderte sie, »du weißt ganz genau, daß ich nicht hinginge.«

Wie ein Mensch, der einer Freude oder einem Schmerz erliegt, wie seine Seele sie nicht zu ertragen vermögen, neigte Poussin den Kopf auf die Brust.

»Höre«, sagte sie und zupfte ihn am Ärmel seines abgenutzten Wamses, »ich habe dir schon gesagt, Nick, ich würde mein Leben für dich geben; aber ich habe dir nie versprochen, daß ich, solange ich lebe, auf meine Liebe verzichten würde.«

»Verzichten?« rief Poussin aus.

»Wenn ich mich einem anderen so zeigte, würdest du mich nicht mehr lieben; und ich selber würde mir deiner unwürdig vorkommen. Deinen Launen zu gehorchen, ist das nicht etwas Natürliches und Einfaches? Wider Willen bin ich glücklich und sogar stolz darauf, deinen lieben Willen zu tun. Aber für einen anderen, pfui!«

»Vergib, Gillette!« sagte der Maler und warf sich ihr zu Füßen. »Ich will lieber geliebt werden, als Ruhm erwerben. Für mich bist du schöner als Reichtum und Ehren. Da – wirf meine Pinsel weg und verbrenne meine Skizzen. Ich habe mich geirrt. Mein Beruf ist, dich zu lieben. Ich bin kein Maler mehr, ich bin ein Liebender. Möge die Kunst mit all ihren Geheimnissen zugrunde gehen!«

Sie bewunderte ihn, glücklich und bezaubert! Sie herrschte, sie fühlte instinktiv, daß um ihretwillen die Kunst vergessen war, daß sie ihr wie ein Körnchen Weihrauch zu Füßen geworfen wurde.

»Und dabei ist es nur ein Greis«, begann Poussin von neuem. »Er kann in dir nur die Frau sehen. Du bist so vollkommen.«

»Man muß wohl lieben!« rief sie, bereit, ihre Liebesbedenken zu opfern und so ihren Liebhaber für all die Opfer zu belohnen, die er ihr gebracht hatte. »Aber«, fügte sie hinzu, »das hieße mich zugrunde richten. Ach, mich für dich zugrunde richten ... ja, das ist wohl schön! Aber du wirst mich vergessen. Oh, was für einen bösen Gedanken hast du da gehabt!«

»Ich habe ihn gehabt und liebe dich dennoch«, sagte er, nicht ohne Zerknirschung; »aber bin ich denn ehrlos?«

»Wollen wir Pater Hardouin fragen?« sagte sie.

»O nein, es muß ein Geheimnis zwischen uns beiden bleiben.«

»Ich will hingehen; aber sei du nicht dabei«, sagte sie. »Bleib an der Tür, mit deinem Dolch bewaffnet; wenn ich schreie, komm herein und erstich den Maler.«

Poussin hatte nur noch seine Kunst im Sinn; er zog Gillette an die Brust.

»Er liebt mich nicht mehr«, dachte Gillette, als sie allein war. Schon bereute sie ihren Entschluß. Aber bald fiel sie einem Grauen anheim, das grausamer war als ihre Reue; sie rang danach, einen furchtbaren Gedanken zu verjagen, der sich ihr im Herzen erhob. Sie glaubte den Maler schon weniger zu lieben, da sie argwöhnte, er sei weniger ehrenhaft als früher.

II

Drei Monate nach der Begegnung Poussins und Porbus' suchte der letztere den Meister Frenhofer auf. Der Greis war gerade in einer jener tiefen, spontanen Entmutigungen befangen, deren Ursache, wenn man den Mathematikern unter den Medizinern glauben will, in einer schlechten Verdauung, im Wind, der Wärme oder in einer Geschwulst des Unterleibes beruht, nach den Spiritualisten aber in der Unvollkommenheit unserer moralischen Natur beruht. Der wackere Mann hatte sich ganz einfach beim Vollenden seines geheimnisvollen Gemäldes überarbeitet. Er saß ermattet in einem ungeheuren Sessel aus geschnitztem Eichenholz, der mit schwarzem Leder bespannt war; und ohne seine melancholische Haltung aufzugeben, warf er den Blick eines Mannes, der sich in seinem Verdruß häuslich niedergelassen hat, auf Porbus.

»Nun, Meister«, fragte Porbus, »war das Ultramarin, das Ihr in Brügge suchtet, schlecht? Habt Ihr unser neues Weiß nicht verrühren können? War Euer Öl verdorben, oder waren die Pinsel störrisch?«

»Ach!« rief der Greis, »ich hatte für kurze Zeit geglaubt, mein Werk sei fertig; aber in ein paar Einzelheiten habe ich mich sicherlich getäuscht, und ich finde keine Ruhe, ehe ich meine Zweifel nicht geklärt habe. Ich will reisen, will in die Türkei, nach Griechenland und Asien, um dort ein Modell zu suchen und mein Bild mit allerlei Naturellen zu vergleichen . . . Vielleicht habe ich da oben«, fuhr er fort und ließ sich dabei ein Lächeln der Befriedigung entschlüpfen, »die Natur an sich. Bisweilen fürchte ich fast, ein Hauch könne mir diese Frau erwecken, so daß sie verschwände.«

Plötzlich sprang er auf, als wolle er schon aufbrechen.

»Oho!« erwiderte Porbus, »ich komme im rechten Augenblick, um Euch die Kosten und Anstrengungen der Reise zu ersparen.«

»Wieso?« fragte Frenhofer erstaunt.

»Der junge Poussin wird von einer Frau geliebt, deren unvergleichliche Schönheit ohne die leiseste Unvollkommenheit ist. Aber, lieber Meister, wenn er sich bereit erklärt, sie Euch zu leihen, so werdet Ihr uns wenigstens Euer Bild zeigen müssen.«

Der Greis blieb reglos stehen, versunken in einen Zustand vollkommenen Stumpfsinns.

»Wie!« rief er endlich schmerzlich aus, »mein Geschöpf, meine Gattin zeigen, den Schleier zerreißen, hinter dem ich mein Glück keusch geborgen hielt? Das wäre eine grauenhafte Prostitution! Jetzt lebe ich seit zehn Jahren mit dieser Frau; sie gehört mir, mir allein, sie liebt mich. Hat sie mir nicht bei jedem Pinselstrich zugelächelt, den ich an ihr tat? Sie hat eine Seele, eine Seele, mit der ich sie begabt habe. Sie würde erröten, wenn andere Augen als die meinen auf ihr ruhten. Sie zeigen! Wo ist der Gatte, der Liebhaber, der feil genug wäre, sein Weib zur Unehre zu führen? Wenn du ein Bild für den Hof malst, legst du nicht deine ganze Seele hinein, du verkaufst den Höflingen lediglich kolorierte Gliederpuppen. Mein Bild ist kein Bild; es ist eine Empfindung, eine Leidenschaft! Sie ist in meinem Atelier geboren und muß in ihm jungfräulich bleiben; sie kann es nur bekleidet verlassen. Die Poesie und die Frauen geben sich einzig ihren Liebhabern nackt! Besitzen wir das Modell Raffaels, die Angelica Ariosts, Dantes Beatrice? Nein! Wir sehen nur ihre Formen. Das Werk, das ich da oben hinter meinen Riegeln habe, ist eine Ausnahme in unserer Kunst; es ist kein Bild, es ist eine Frau! Eine Frau, mit der ich weine, lache, plaudere und denke. Soll ich plötzlich ein zehnjähriges Glück aufgeben, wie man einen Mantel abwirft; soll ich aufhören, Vater, Liebhaber, Gott zu sein? Diese Frau ist kein

Geschöpf, sie ist eine Schöpfung. Laß deinen jungen Mann kommen; ich will ihm meine Schätze schenken, Gemälde von Correggio, Michelangelo, Tizian; ich will im Staub die Spur seiner Füße küssen; aber ihn zu meinem Nebenbuhler machen? Schmach und Schande. Ha, ha, ich bin noch mehr Liebhaber als Maler. Ja, ich werde die Kraft aufbringen, meine ›Belle Noiseuse‹ bei meinem letzten Atemzug zu verbrennen; aber den Blick eines Mannes, eines jungen Mannes, eines Malers auf ihr ruhen lassen? Nein, nein, ich würde den, der sie mit einem Blick besudelt hätte, am folgenden Tage umbringen! Ich würde dich augenblicklich ermorden, dich, meinen Freund, wenn du sie nicht auf den Knien begrüßtest. Willst du tatsächlich, daß ich mein Idol den kalten Blicken und den bornierten Kritiken der Dummköpfe preisgebe? Ach, die Liebe ist ein Geheimnis, Leben gibt es nur in der Tiefe der Herzen; und alles ist verloren, wenn ein Mann sagt, und wäre es auch zu seinem Freund: Das ist die, die ich liebe.«

Der Greis schien wieder jung geworden zu sein; seine Augen hatten Glanz und Leben, seine blassen Wangen waren mit lebhaftem Rot getönt, und seine Hände bebten. Erstaunt ob der leidenschaftlichen Gewalt, mit der diese Worte gesprochen wurden, wußte Porbus nicht mehr, was er auf eine ebenso neue wie tiefe Empfindung erwidern solle. War Frenhofer bei klarem Verstand oder wahnsinnig? War er der Sklave einer Künstlerlaune, oder entsprangen die Gedanken, die er ausgesprochen hatte, jenem sonderbaren Fanatismus, der durch das lange Trächtiggehen mit einem großen Werk erzeugt wird? Konnte man jemals hoffen, mit dieser wunderlichen Leidenschaft zu einer Übereinkunft zu gelangen?

Im Bann von solcherlei Gedanken fragte Porbus den Greis:

»Aber hieße das nicht Frau gegen Frau geben? Liefert Poussin nicht Euren Blicken seine Geliebte aus?«

»Welche Geliebte?« erwiderte Frenhofer. »Sie wird ihn früher oder später verraten. Die meine bleibt mir ewig treu.«

»Nun«, versetzte Porbus, »reden wir nicht mehr davon. Aber ehe Ihr, und sei es in Asien, eine Frau findet, die so schön ist wie die, von der ich spreche, werdet Ihr vielleicht sterben, ohne Euer Bild vollendet zu haben.«

»Oh, es ist fertig«, sagte Frenhofer; »wer es sähe, würde meinen, eine Frau unter Gardinen auf einem Samtbett liegen zu sehen. Neben ihr haucht ein Dreifuß Düfte aus. Du kämest in Versuchung, die Quasten der Schnüre anzufassen, an denen die Vorhänge befestigt sind, und du würdest meinen, die Brüste der Catherine Lescault, einer schönen Kurtisane, genannt ›La Belle Noiseuse‹, gäben die Bewegung ihres Atmens wieder. Freilich möchte ich sichergehen ...«

»So reist doch nach Asien!« erwiderte Porbus, da er ein Zögern in Frenhofers Blick las.

Und er tat einige Schritte zur Tür hin.

In diesem Augenblick waren Gillette und Nicolas Poussin vor Frenhofers Haus angelangt. Als das junge Mädchen eben eintreten wollte, ließ sie den Arm des Malers los und wich zurück, als ergreife sie eine jähe Ahnung.

»Was soll ich hier?« fragte sie den Geliebten mit tiefer Stimme und sah ihn starr an.

»Gillette, ich habe dir die Wahl gelassen und will dir in allem gehorchen. Du bist mein Gewissen und mein Ruhm. Komm mit zurück, ich werde vielleicht glücklicher, wenn du ...«

»Gehöre ich mir, wenn du so redest? O nein, ich bin nur ein Kind ... Komm«, fügte sie, anscheinend mit großer Anstrengung, hinzu, »wenn unsere Liebe stirbt und ich eine lange Reue in mein Herz pflanze, wird dann nicht dein Ruhm der Preis für meinen Gehorsam gegenüber deinen Wünschen sein? Laß uns hineingehen; es heißt ein zweites Leben leben, wenn ich für immer als Erinnerung auf deiner Palette bleibe.«

Als die beiden Liebenden die Tür des Hauses geöffnet hatten, trafen sie auf Porbus, der Gillette, deren Augen voll Tränen standen, ganz überrascht ob ihrer Schönheit, zitternd, wie sie war, ergriff und vor den Greis führte, wobei er sagte: »Seht, wiegt sie nicht alle Meisterwerke der Welt auf?«

Frenhofer erbebte. Gillette stand in der naiven, schlichten Haltung einer unschuldigen, furchtsamen Georgierin da, die, von Räubern entführt, einem Sklavenhändler angeboten wird. Schamhafte Röte färbte ihr Gesicht, sie senkte die Augen, ihre Hände hingen an den Seiten nieder, die Kräfte schienen sie zu verlassen, und Tränen lehnten sich auf gegen die Gewalt, die ihrer Tugend angetan wurde. In diesem Augenblick verfluchte

Poussin in Verzweiflung darüber, diese schöne Kostbarkeit aus seiner Kammer hervorgeholt zu haben, sich selber. Er war jetzt mehr Liebhaber als Künstler, und tausend Bedenken marterten ihm das Herz, als er das verjüngte Auge des Greises sah, der in seiner Malergewohnheit das Mädchen gleichsam entkleidete, indem er ihre geheimsten Formen erriet. Er verfiel der wilden Eifersucht wahrer Liebe.

»Gillette, komm, wir gehen!« rief er.

Bei diesem Klang, diesem Schrei hob seine Geliebte freudig die Augen, schaute ihn an und lief ihm in die Arme.

»Ach, du liebst mich also?« fragte sie und brach in Tränen aus.

Nachdem sie die Kraft aufgebracht hatte, ihre Leiden zu verschweigen, mangelte es ihr an derjenigen, ihr Glück zu verbergen.

»Oh, laßt sie mir eine Weile«, sagte der alte Maler; »Ihr sollt sie mit meiner Catherine vergleichen. – Ja, ich bin dazu bereit.«

Immer noch lag Liebe in diesem Ausruf Frenhofers. Er schien für seine Scheinfrau Koketterie zu entfalten und im voraus den Triumph zu genießen, den die Schönheit seiner Schöpfung über die eines wirklichen Mädchens davontragen würde.

»Laßt ihn das nicht widerrufen!« rief Porbus und klopfte Poussin auf die Schulter. »Die Früchte der Liebe vergehen schnell, die der Kunst sind unsterblich.«

»Für ihn«, sagte Gillette und blickte Poussin und Porbus inständig an, »bin ich also keine Frau mehr?« Sie hob stolz den Kopf; aber nachdem sie einen funkelnden Blick auf Frenhofer geworfen hatte, gewahrte sie ihren Geliebten, der sich abermals das Bildnis ansah, das er jüngst für einen Giorgione gehalten hatte. – »Ach«, sagte sie, »laßt uns hinauf! Mich hat er so nie angesehen.«

»Greis«, sagte Poussin, als ihn Gillettes Stimme aus seiner Versunkenheit weckte, »sieh diesen Degen; beim ersten Wort der Klage, in die dieses Mädchen ausbricht, stoß ich ihn dir ins Herz; ich lege Feuer an dein Haus, und niemand wird es verlassen! Verstehst du?«

Nicolas Poussins Antlitz war finster, und was er sagte, klang furchtbar. Die Haltung und vor allem die Geste des jungen Malers beschwichtigten Gillette, die ihm beinahe verzieh, daß er sie der Malerei und seiner glorreichen Zukunft opferte. Porbus und Poussin standen an der Tür des Ateliers und sahen einander schweigend an. Wenn der Maler der »Ägyptischen Maria« sich zunächst ein paar Ausrufe erlaubte: »Ah, sie entkleidet sich, er sagt ihr, sie solle ins Licht treten! Er vergleicht sie!« so verstummte er bald vor Poussins Anblick, dessen Gesicht tief traurig war; und obwohl alte Maler jene vor der Kunst so kleinliche Bedenken nicht mehr kennen, so bewunderte er sie doch, da sie naiv und hübsch waren. Der junge Mann hielt die Hand auf dem Degenknauf und drückte das Ohr fast an die Tür. Beide glichen, wie sie da im Schatten standen, zwei Verschwörern, die des Augenblicks harrten, da ein Tyrann zu erstechen war.

»Kommt, kommt!« sagte plötzlich der Greis, vor Glück strahlend, zu ihnen. »Mein Werk ist vollkommen; jetzt kann ich es voll Stolz zeigen. Nie werden Maler, Pinsel, Farben, Leinwand und Licht Catherine Lescault, der schönen Kurtisane, eine Nebenbuhlerin schaffen!«

Voll lebhafter Neugier eilten Porbus und Poussin in ein weitläufiges, verstaubtes Atelier, wo alles in Unordnung war und in dem hier und dort an den Wänden Gemälde hingen. Sie blieben sofort vor einer halbnackten, lebensgroßen Frauenfigur stehen, da Bewunderung sie festbannte.

»Oh, kümmert euch nicht darum«, sagte Frenhofer, »das ist ein Bild, das ich hingepinselt habe, um eine Pose zu studieren; es taugt nichts. Hier hängen meine Irrtümer«, fuhr er fort und deutete auf herrliche Kompositionen, die ringsum an den Wänden hingen.

Porbus und Poussin suchten, verblüfft ob der Geringschätzung für solche Werke, nach dem gepriesenen Bild, ohne es zu finden.

»Da, da hängt es!« rief der Greis, dessen Haar ganz wirr war, während sein Gesicht in übernatürlicher Begeisterung flammte; seine Augen funkelten, er keuchte wie ein liebestrunkener Jüngling. »Ha, ha«, rief er, »so viel Vollkommenheit hattet ihr nicht erwartet! Ihr steht vor einer Frau, und ihr suchtet ein Bild. Dies Werk hat so viel Tiefe, die Luft ist so wahr, daß ihr sie von der Luft, die euch umgibt, nicht mehr unterscheiden könnt. Wo ist die Kunst? Verloren, verschwunden! Dies sind die Formen eines Mädchens an sich. Hab' ich die Farbe, das Leben der Linie, die den Körper zu umreißen scheint, nicht herrlich erfaßt? Bieten uns nicht die Dinge, die sich in der Atmosphäre befinden, dasselbe Phänomen dar wie die Fische im Wasser? Bewundert doch, wie sich die Konturen vom Hintergrund abheben! Ist es nicht, als könne man mit der Hand über diesen Rücken streichen? Sieben Jahre lang habe ich die Effekte der Paarung des Lichts und der Dinge studiert. Und flutet nicht Licht über dies Haar hin ...? Ich glaube, sie atmet ...! Diese Brust hier, seht ihr? Ach, wer möchte sie nicht auf den Knien anbeten? Das Fleisch zuckt. Gleich steht sie auf, wartet!«

»Seht Ihr etwas?« fragte Poussin Porbus.

»Nein, und Ihr?«

»Nichts.«

Die beiden Maler überließen den Greis seiner Ekstase und prüften, ob nicht das Licht, das senkrecht auf die Leinwand fiel, die er zeigte, sämtliche Effekte aufhob. Sie traten von rechts nach links und davor, bückten sich und standen wieder auf.

»Ja, ja«, sagte Frenhofer, da er sich über den Zweck dieser genauen Prüfung täuschte, »es ist tatsächlich ein Gemälde! Seht doch, da ist der Rahmen, die Staffelei, hier sind meine Farben, meine Pinsel.«

Und er ergriff einen Pinsel, den er ihnen mit naiver Bewegung zeigte.

»Der alte Bursche macht sich über uns lustig«, sagte Poussin und trat nochmals vor das angebliche Gemälde. – »Ich sehe nur wirr angehäufte Farben, umrissen von einer Fülle wunderlicher Linien, die eine Mauer von Malerei auftürmen.«

»Wir täuschen uns, seht doch ...!« erwiderte Porbus.

Und als sie sich näherten, entdeckten sie in einem Winkel des Bildes die Spitze eines nackten Fußes, die aus diesem Chaos von Farben, Tönen, unbestimmten Nuancen, diesem formlosen Nebel hervorlugte: es war ein wunderbarer, ein lebendiger Fuß! Sie standen vor Staunen versteinert vor diesem Fragment, das einer unglaublichen, langsamen, ständig fortschreitenden Vernichtung entgangen war. Der Fuß glich dem Torso irgendeiner Venus aus parischem Marmor, der sich inmitten der Trümmer einer eingeäscherten Stadt erhebt.

»Es steckt eine Frau darunter!« rief Porbus und wies Poussin auf die Farbschichten hin, die der alte Maler nacheinander darübergelegt hatte, im Glauben, sein Bild dadurch zu vervollkommnen.

Die beiden Künstler wandten sich spontan zu Frenhofer hin, da sie sich, wenn auch nur unklar, die Ekstase, in der er lebte, zu erklären begannen.

»Er ist guten Glaubens«, sagte Porbus.

»Ja, mein Freund«, erwiderte der Greis erwachend, »Glauben, Glauben braucht man in der Kunst; lange muß man mit seinem Werk leben, um eine solche Schöpfung hervorzubringen. Einige meiner Schatten haben mich viel Arbeit gekostet. Seht, da auf der Wange unter den Augen liegt ein leichter Halbschatten; wenn ihr den in der Natur bemerkt, dann ist es, als sei er nicht wiederzugeben. Nun, glaubt ihr, dieser Effekt habe mich nicht unerhörte Mühe gekostet? Aber, mein guter Porbus, sieh dir nur meine Arbeit aufmerksam an, dann wirst du verstehen, was ich dir über die Art, wie Modellierung und Konturen zu behandeln sind, sagte. Sieh das Glanzlicht auf der Brust, wie es mir da durch eine Reihe von Schichten und durch starke Aufhöhungen gelungen ist, das wirkliche Licht zu fangen und mit der leuchtenden Weiße der hellen Töne zu verbinden; und wie ich dagegen, indem ich die Plastik und das Korn des Farbauftrags verrieb, durch unablässiges Verweilen auf der Kontur meiner Figur, die im Halbton verschwimmt, sogar den Gedanken an Zeichnung und künstliche Mittel verbannen konnte, indem ich ihr Rundung und Anschein der Natur verlieh. Tretet näher heran, dann werdet ihr die Technik erkennen! Aus der Ferne verschwindet sie. Seht! Da ist sie ganz deutlich wahrzunehmen, glaube ich.«

Und er zeigte mit dem Pinselstiel auf einen hellen Farbenklecks.

Porbus schlug dem Greis auf die Schulter, wandte sich zu Poussin um und sagte: »Wißt Ihr, daß wir in ihm einen großen Maler erblicken müssen?«

»Er ist noch mehr Dichter als Maler«, erwiderte Poussin ernst.

»Dort«, fuhr Porbus fort und tupfte auf das Gemälde, »endet unsere Kunst auf Erden.«

»Und von dort aus wird sie sich in den Himmel verlieren«, sagte Poussin.

»Wieviel Genüsse auf diesem Stück Leinwand!« rief Porbus. Der gedankenverlorene Greis hörte sie nicht und lächelte der nur in seiner Phantasie bestehenden Frau zu.

»Aber früher oder später wird er merken, daß gar nichts auf seinem Bild ist!« rief Poussin.

»Nichts auf meinem Bild?« fragte Frenhofer und blickte abwechselnd die beiden Maler und sein angebliches Gemälde an.

»Was habt Ihr getan?« sagte Porbus leise zu Poussin. Der Greis griff kräftig nach dem Arm des jungen Mannes und sagte zu ihm: »Du siehst nichts, du Lümmel, du Kerl, du Lump, du Schandbube? Weshalb bist du dann heraufgekommen? – Mein guter Porbus«, fuhr er fort, indem er sich zu dem Maler umdrehte, »auch Ihr wollt Euch über mich lustig machen? Antwortet, ich bin Euer Freund, sagt, hab' ich mein Bild verpfuscht?«

Porbus wagte in seiner Unentschlossenheit nichts zu sagen, aber die Angst, die sich auf dem weißen Gesicht des Alten malte, war so grausam, daß er auf das Gemälde deutete und sagte: »Seht.«

Frenhofer betrachtete einen Augenblick sein Bild und schwankte.

»Nichts, nichts! Und zehn Jahre Arbeit!«

Er setzte sich und schluchzte.

»Ich bin also ein Narr, ein Wahnsinniger! Ich habe weder Talent noch Fähigkeiten! Ich bin nur noch ein reicher Mann, der, wenn er geht, nichts tut als zu gehen! Ich habe also nichts geschaffen!«

Er musterte sein Bild durch seine Tränen hindurch; plötzlich aber stand er stolz auf, warf einen funkelnden Blick auf die beiden Maler und rief:

»Beim Blut, beim Leichnam, beim Haupte Christi! Ihr seid nur eifersüchtig und wollt mich glauben machen, es sei verpfuscht, weil ihr es mir stehlen wollt! Ich aber sehe sie vor mir! Sie ist wunderschön!«

In diesem Augenblick hörte Poussin Gillettes Weinen; sie stand vergessen in einem Winkel.

»Was hast du, mein Engel?« fragte der Maler, der unvermittelt wieder zum Liebhaber geworden war.

»Töte mich!« sagte sie. »Ich wäre ehrlos, wenn ich dich noch liebte, denn ich verachte dich. Ich bewundere dich, und mir graut vor dir! Ich liebe dich, und ich glaube, ich hasse dich schon!«

Während Poussin auf Gillette hörte, deckte Frenhofer seine Catherine mit einem Stück grüner Serge zu, und zwar mit der ernsten Ruhe eines Juweliers, der seine Schubfächer schließt, weil er glaubt, es seien fingerfertige Diebe bei ihm. Er warf einen heimtückischen Blick voll Verachtung und Argwohn auf die beiden Maler, schob sie schweigend, aber mit krampfhafter Geschwindigkeit zur Tür des Ateliers hinaus und sagte zu ihnen auf der Schwelle seines Hauses: »Lebt wohl, ihr Freundchen!«

Dieses Lebewohl ließ die beiden Maler zu Eis erstarren. Am folgenden Tage wollte der beunruhigte Porbus Frenhofer aufsuchen und erfuhr, daß er in der Nacht gestorben war, nachdem er zuvor seine Bilder verbrannt hatte.

Anmerkungen

Das unbekannte Meisterwerk

1 Porbus, Frans (1570–1622), der Jüngere, flämischer Maler, Schöpfer eines schönen Bildnisses Heinrichs IV.

2 Gemeint ist Hans Holbein der Jüngere (1497–1543), einer der größten deutschen Maler, geboren in Augsburg als Sohn des Malers Hans Holbein des Älteren (1465–1524), lange in Basel tätig, ging dann nach London, wo er an der Pest starb.

3 Ticiano Vecellio (1477–1576), Hauptmeister der venezianischen Schule. Er starb als fast Hundertjähriger an der Pest.

4 Albrecht Dürer (1471–1528), großer deutscher Maler und Kupferstecher.

5 Paolo Veronese, eigentlich Paolo Caliari (1535–1588), venezianischer Maler der festlichen Lebensfreude.

6 Frz.: Helldunkel.

7 Raffaello Sanzio (1483–1520), noch zu Balzacs Zeiten als der größte aller Maler angesehen.

8 Lat.: Herrlicher Triumph.

9 Lat.: Schöner Mann (Mensch).

10 Jan Gossaert, genannt de Mabuse oder de Maubeuge (um 1478 – um 1536), malte großfigure Bilder, oft mit architektonischer Umrahmung, die die Nachwirkung seines römischen Aufenthalts im Jahre 1508 erkennen lassen. Mitbegründer des Romanismus in der flämischen Malerei. Lehrer des Jan Scorel.

11 Nicolas Poussin (1593–1665), neben Claude Lorrain der bedeutendste französische Maler des 17. Jahrhunderts. Beeinflußt von antiken Bildwerken, der venezianischen Malerei und Raffael. Er starb in Rom.

12 Lat.: O Söhne ... Beginn eines Osterhymnus.

13 Giorgio Barberelli, genannt Giorgione (1477–1511), bedeutender Maler der venezianischen Schule; nur wenige Bilder sind als verläßlich echt nachgewiesen.

14 Die Rue de la Harpe bildet heute einen Teil des Boulevard Saint-Michel.

Biographische Notizen über die Romangestalten

Das unbekannte Meisterwerk

Die Gestalten dieser Novelle treten in der ›Menschlichen Komödie‹ nicht wieder auf.

Gambara

Übertragung von Ernst Sander

Die Novelle ›Gambara‹, als deren Abschlußdatum Balzac den Juni 1837 angibt, wurde zum erstenmal in der ›Revue et Gazette musicale de Paris‹ abgedruckt, und zwar vom 23. Juli bis zum 20. August 1837. Herausgeber jener Wochenschrift war Maurice Schlésinger, der Gatte jener Elisa Schlésinger, geb. Foucault, die Flaubert lebenslang und hoffnungslos geliebt und in der Gestalt der Marie Arnoux in der ›Education sentimentale‹ verewigt hat. Die erste Buchausgabe erschien im März 1839 in einem Bande mit dem Roman ›Das Antiquitätenkabinett‹; die Novelle wurde dem Grafen Auguste-Benjamin de Belloy (s. u.) gewidmet; die Widmung ist datiert »Les Jardies, Februar 1839«.

1840 erschien die Novelle zusammen mit ›Massimilla Doni‹, ›Die Verbannten‹ und ›Seraphita‹ in einer ›Le Livre des douleurs‹ (›Das Buch der Schmerzen‹) betitelten Ausgabe, jetzt ohne die Widmung und datiert »April-Juni 1837«. Die dritte Buchausgabe von 1846 gliederte das kleine Werk in die ›Philosophischen Studien‹ der ›Menschlichen Komödie‹ ein.

›Gambara‹ ist zusammen mit ›Massimilla Doni‹ dasjenige Werk Balzacs, aus dem sich seine Gedanken über die Musik, über Komposition und Ausführung, am ehesten erkennen lassen. Balzac war, was die Musik betrifft, mehr Enthusiast als Kenner. »Eine Partitur ist mir von je vorgekommen wie das Zauberbuch eines Hexenmeisters«, schreibt er. »Ein Orchester ist für mich nie etwas anderes als eine versehentliche, bizarre Ansammlung von geschweiftem, mehr oder weniger mit gedrehten Därmen garniertem Holz gewesen, von mehr oder weniger jungen Köpfen, gepudert oder à la Titus, über die die Hälse der Bässe hinwegragten, oder die von Brillen verbarrikadiert wurden, oder kreisrunden Messingdingern angepreßt waren, oder an Tonnen sitzend, die ungeeigneterweise Große Trommel genannt werden, das Ganze untermischt mit Lichtern und Reflektoren, gespickt mit Notenheften, und das alles vollführte unerklärliche Bewegungen und schnaubte und hustete in mehr oder weniger regelmäßigen Zeitmaßen ...«

Balzac hat, um seinen Gedanken über die Musik Ausdruck und den Anschein profunder Kennerschaft zu geben, der Mitarbeiter bedurft, und zwar in einem Maße, daß angezweifelt worden ist, ob er der Autor von ›Gambara‹ sei. (Siehe M. Regard ›Balzac est-il l'auteur de ‚Gambara'?‹ in ›Revue d'histoire littéraire de la France‹, 1953.) Sicher ist, daß die weitschweifigen Analysen von Meyerbeers Oper ›Robert der Teufel‹ und der angeblich von Gambara komponierten Oper ›Mahomet‹ (auf jenen Seiten wird gewagt, eine nie komponierte Musik zu schildern, wie es gut ein Jahrhundert später Thomas Mann im ›Doktor Faustus‹ mit größerer Meisterschaft und tieferen musiktheoretischen Kenntnissen abermals unternahm) nicht von Balzac, sondern von dessen Freund, dem Komponisten Jacob Strunz (siehe die Einleitung zu ›Massimilla Doni‹), stammen. Balzac hat sie lediglich kopiert und dabei etwas bewegter gestaltet.

Ebenso ansehnlich ist der Anteil, den de Belloy, der Widmungsempfänger, an der Novelle hat. Die Widmungsepistel lautet:

»Am Kaminfeuer, an einer geheimnisvollen, herrlichen Zufluchtsstätte, die nicht mehr existiert, die aber in unserer Erinnerung fortleben wird und von der aus unsere Augen Paris überschauten, von den Hügeln von Bellevue bis zu denen von Belleville, vom Montmartre bis zum Triumphbogen, haben Sie an einem Vormittag, den Tee benetzte, inmitten der tausend Gedanken, die in unserer funkelnden Unterhaltung aufschießen und erlöschen wie Raketen, meine Feder zu jener Gestalt angeregt, die Hoffmanns würdig ist, der Gestalt jenes Trägers unbekannter Schätze, jenes an der Paradiespforte hockenden Pilgers, der Ohren hatte, um dem Gesang der Engel zu lauschen, aber nicht die Zunge, ihn zu wiederholen; der die Elfenbeintasten schlug mit Fingern, die unter den Krämpfen der göttlichen Inspiration zerbrochen waren, und dabei glaubte, er gebe vor verdutzten Zuhörern der Musik des Himmels Ausdruck. Sie haben ›Gambara‹ geschaffen; ich habe ihn lediglich bekleidet. Lassen Sie mich Caesar zurückerstatten, was Caesars ist, und dabei bedauern, daß Sie nicht in einem Zeitalter zur Feder greifen, da die Edelleute sich ihrer gleichermaßen bedienen sollten wie ihres Degens, um ihr Vaterland zu retten. Sie können nicht an sich denken; aber Sie schulden uns Ihre Talente.«

Auguste-Benjamin-Guillaume-Amour, Graf, später Marquis de Belloy (1812 bis 1871), Großneffe des Kardinals de Belloy, der unter dem Kaiserreich Erzbischof von Paris gewesen ist, war mit Balzac befreundet und, da verarmt, des Romanciers Sekretär und Mitarbeiter; er wurde der Chefredakteur von Balzacs kurzlebiger Zeitschrift ›La Chronique de Paris‹ und vollendete zusammen mit einem anderen Freund und Sekretär Balzacs, dem Grafen Ferdinand de Grammont, des Meisters Jugendroman ›L'Excommunié‹ für die 1837 erschienene Ausgabe der ›Œuvres complètes d'Orace de Saint-Aubin‹ (siehe Band I dieser Ausgabe, Seite 24). Über seine Zusammenarbeit mit den beiden jungen Adligen berichtet Balzac an Mme Hanska in seinem Brief vom 18. Dezember 1835. De Belloy hat zahlreiche Werke veröffentlicht, eine Versübertragung des Buches Ruth (1843) und eine liebenswürdige, einaktige Komödie ›Pythias et Damon‹, die am 27. Mai 1847 im Odéon uraufgeführt und am 28. Juni 1853 von der Comédie-Française wieder aufgenommen wurde. Überdies hat er ›Portraits et souvenirs‹ veröffentlicht. Er starb ohne Nachkommen und ohne Nachruhm.

Der erste Tag des Jahres eintausendachthundertundeinunddreißig leerte seine Bonbontüten[1], es schlug vier Uhr, im Palais-Royal[2] wogte eine ansehnliche Menschenmenge, und die Restaurants begannen sich zu füllen. In diesem Augenblick hielt ein Coupé[3] vor der Freitreppe; ihm entstieg ein junger Herr mit stolzer Miene, offenbar ein Ausländer; denn sonst hätte er schwerlich weder den Leibjäger mit dem aristokratischen Federhut bei sich gehabt noch das Wappen am Wagenschlag geführt, das die Juli-Helden[4] damals noch verfolgten. Der Fremde betrat das Palais-Royal und folgte der Menge unter die Galerien, ohne sich über die Langsamkeit zu wundern, zu der der Zustrom Neugieriger seinen Schritt verdammte; er schien an die noble Gangart gewöhnt zu sein, die man ironisch als Botschafterschreiten bezeichnet; aber seine Würde roch ein bißchen nach Theater; obwohl sein Gesicht schön und ernst war, saß sein Hut, unter dem ein Schwall gelockten schwarzen Haars hervorquoll, etwas zu schief auf dem rechten Ohr und strafte sein gravitätisches Gehaben durch einen Anflug von Schwerenötertum Lügen; seine abwesenden, halbgeschlossenen Augen streiften die Menge mit einem verächtlichen Blick.

»Das ist aber mal ein wunderschöner junger Mann«, sagte leise eine Grisette und trat beiseite, um ihm Platz zu machen.

»Und er weiß es nur allzu gut«, antwortete betont laut ihre Gefährtin; die war häßlich.

Nach einem Rundgang durch die Galerie blickte der junge Herr abwechselnd zum Himmel auf und auf seine Taschenuhr, tat eine ungeduldige Geste, trat in eine Tabakverkaufsstelle ein, steckte sich darin eine Zigarre an, trat vor einen Spiegel und warf einen Blick auf seinen Anzug, der etwas pompöser war, als die Regeln des guten Geschmacks es in Frankreich zulassen. Er zupfte sich den Kragen und die schwarze Samtweste zurecht, auf der sich mehrmals eine der dicken Goldketten kreuzte, die in Genua gefertigt werden; als er dann mit einem einzigen Ruck seinen mit Samt gefütterten Mantel über die linke Schulter geworfen und ihn in elegante Falten gelegt hatte, nahm er seine Promenade wieder auf, ohne sich durch das Äugeln der Bürgerfrauen, das ihm zuteil wurde, beirren zu lassen. Als die Läden sich zu erhellen begannen und das Dunkel dicht genug schien, lenkte er den Schritt nach der Place du Palais-Royal hin wie jemand, der sich scheute, erkannt zu werden; denn er ging längs des Platzes bis zum Springbrunnen, um im Schutz der haltenden Droschken an die Einmündung der Rue Froidmanteau[5] zu gelangen, einer schmutzigen, dunklen, kaum begangenen Straße; einer Art Kanalrohr, das die Polizei in der Nähe des gesünderen Palais-Royal duldete, gerade wie ein italienischer Haushofmeister einen nachlässigen Diener die Reinigungsgeräte der Wohnung in einen Treppenwinkel stellen lassen würde. Der junge Herr zögerte. Man hätte sagen können, wie eine Bourgeoise im Sonntagsstaat, die den Hals angesichts einer Gosse reckt, die durch einen Platzregen angeschwollen ist. Dabei war die Stunde zur Befriedigung einer schmählichen Liebeslaune gut gewählt. Je eher man überraschen konnte, desto später konnte einem zuvorgekommen werden. Sich von einem jener Blicke begehren zu lassen, die ermutigen, ohne geradezu herausfordernd zu sein; eine Stunde oder vielleicht gar einen ganzen Tag einer jungen, schönen Frau nachgegangen zu sein; sie in Gedanken vergöttert und ihrer Leichtfertigkeit tausend vorteilhafte Auslegungen gegeben zu haben; sich nochmals zu dem Glauben an jähe, unwiderstehliche Sympathien zu bekehren; sich unter dem Aufflammen einer vergänglichen Erregung ein Abenteuer ausgemalt zu haben, noch dazu in einem Jahrhundert, wo die Romane gerade deswegen geschrieben werden, weil sie nicht mehr vorkommen; sich Balkone, Guitarren, Liebeslisten, Schlösser und Riegel erträumt und sich in Almavivas[6] Mantel gehüllt zu haben; erst in der Phantasie ein Gedicht zu schreiben und dann an der Pforte eines verrufenen Hauses stehenzubleiben; und darauf als ganze Lösung des Knotens zu erleben, daß die Zurückhaltung unserer Rosine[7] nur der Vorsicht entspringt, zu der eine Polizeiverordnung sie gezwungen hat, ist das nicht eine Enttäuschung, durch die viele Männer hindurchgeschritten sind, ohne es je einzugestehen? Die natürlichsten Gefühle sind diejenigen, die man nur mit dem größten Widerwillen zugibt, und eins von diesen Gefühlen ist die Gekkenhaftigkeit. Hat die Lektion weiter keine Folgen, so zieht ein Pariser daraus seinen Nutzen oder vergißt sie, und der Schaden ist nicht eben groß; aber so konnte es nicht um einen Ausländer bestellt sein, der zu fürchten begann, er bezahle seine Pariser Lehrzeit ein wenig gar zu teuer.

Jener Spaziergänger war ein adliger, aus seinem Vaterland verbannter Mailänder; ein paar liberale Unüberlegtheiten hatten ihn dort der österreichischen Regierung verdächtig gemacht. Der Graf Andrea Marcosini hatte sich in Paris mit jener echt französischen Herzlichkeit empfangen gesehen, der dort stets ein liebenswürdiger Geist und ein klangvoller Name begegnen werden, zumal wenn beides zweihunderttausend Francs Einkünfte und ein bezauberndes Äußeres geleiten. Für einen solchen Mann mußte das Exil eine Vergnügungsreise sein; seine Güter waren lediglich beschlagnahmt worden, und seine Freunde hatten ihn benachrichtigt, nach einer Abwesenheit von höchstens zwei Jahren könne er ohne Gefahr wieder in seiner Heimat erscheinen. Nachdem der Graf Andrea in einem Dutzend Sonetten *crudeli affanni*[8] und *i miei tiranni*[9] gereimt und aus seiner Börse die unglücklichen italienischen Flüchtlinge unterstützt hatte, glaubte er, der zu seinem Unglück ein Dichter war, sich von seinen patriotischen Ideen befreit zu haben. So hatte er sich denn seit seiner Ankunft ohne Hintergedanken den mannigfachen Freuden hingegeben, die Paris gratis jedem anbietet, der reich genug ist, sie zu kaufen. Seine Talente und sein gutes Aussehen hatten ihm vielerlei Erfolge bei den Frauen eingetragen; er hatte sie im Kollektiv geliebt, wie es seinem Alter entsprach; aber vorerst hatte er keiner den Vorrang eingeräumt. Jene Neigung war nämlich bei ihm derjenigen für die Musik und die Dichtkunst untergeordnet, die er beide von Kindheit an gepflegt hatte; auf diesen Gebieten dünkten Erfolge ihn schwieriger und rühmlicher als in der Galanterie, da seine Anlage ihn mit den Schwierigkeiten verschonte, die die Männer so gern besiegen. Als ein komplizierter Mensch wie so viele ließ er sich leicht von den Annehmlichkeiten des Luxus verführen, ohne den er nicht hätte leben können, gerade wie er großen Wert auf gesellschaftliche Unterschiede legte, die seine Anschauungen eigentlich hätten verwerfen müssen. Auf diese Weise standen seine Theorien als Künstler, Denker und Dichter häufig im Widerspruch zu seinen Neigungen, seinen Gefühlen, seinen Gewohnheiten als millionenschwerer Edelmann;

aber er tröstete sich über diese Sinnwidrigkeit dadurch hinweg, daß er sie bei vielen Parisern wiederfand, die Liberale aus Eigennutz und Aristokraten von Natur waren. Er hatte sich also nicht ohne eine lebhafte Beunruhigung dabei ertappt, daß er sich am 31. Dezember 1830 zu Fuß, bei einem unserer typischen Tauwettereinbrüche, an die Schritte einer Frau geheftet hatte, deren Kleidung von einem tiefen, gründlichen, alten, eingewurzelten Elend ausgesagt hatte, einer Frau, die nicht schöner war als die vielen, die er jeden Abend bei den Bouffons[10], in der Oper[11], in der Gesellschaft sah, und sicherlich weniger jung als Madame de Manerville[12], bei der er für ebendiesen Tag ein Stelldichein durchgesetzt hatte und die vielleicht noch immer auf ihn wartete. Aber in dem zugleich zärtlichen und wilden, tiefen und hastigen Blick, mit dem die schwarzen Augen jener Frau ihn verstohlen durchbohrt hatten, war soviel Leid und soviel unterdrückte Wollust gewesen! Sie war so glühend errötet, als sie einen Laden verließ, in dem sie eine Viertelstunde lang geblieben war, und ihre Augen waren so willig denen des Mailänders begegnet, der sie ein paar Schritte abseits erwartet hatte ...! Kurzum, es gab so viele »Aber« und »Wenn«, daß der Graf, den eine der wütenden Versuchungen gepackt hatte, für die es in keiner Sprache, nicht einmal in der der Orgie, eine Bezeichnung gibt, sich an die Verfolgung jener Frau gemacht hatte, mithin auf die Grisetten-Jagd wie ein alter Pariser. Im Weitergehen, ob er nun jener Frau folgte oder sie überholte, suchte er sich mittels aller Einzelheiten ihrer Person oder ihrer Kleidung über sie klarzuwerden; er wollte sich des absurden, verrückten Verlangens entledigen, das sich in seinem Gehirn verschanzt hatte; bald fand er in dieser Musterung eine heißere Lust denn am Vortage, als er in den Fluten eines parfümierten Bades die makellosen Formen einer geliebten Frau genießerisch betrachtet hatte; bisweilen senkte die Unbekannte den Kopf und warf ihm den schrägen Blick einer dicht am Boden angepflockten Ziege zu, und da sie sich noch immer verfolgt sah, beschleunigte sie den Schritt, wie wenn sie hätte fliehen wollen. Dennoch, wenn eine Wagenstockung oder ein anderer Zwischenfall Andrea in ihre unmittelbare Nähe führte, sah der Edelmann sie seinem Blick ausweichen, ohne daß irgend etwas in ihren Zügen Unwillen verriet. Diese verläßlichen Zeichen einer bekämpften Erregung gaben den regellosen Träumen, die ihn forttrugen, den letzten Ansporn, und er galoppierte bis zur Rue Froidmanteau, in die die Unbekannte nach mancherlei Umwegen jäh einbog; sie glaubte wohl, den Fremden von ihrer Spur abgelenkt zu haben, den dies Verhalten höchlichst überrascht hatte. Es dunkelte. Zwei über die Maßen mit Rouge bemalte Frauen, die an der Theke eines Krämers Johannisbeerlikör tranken, sahen die junge Frau und riefen sie an. Die Unbekannte blieb an der Türschwelle stehen, beantwortete mit ein paar freundlichen Worten die an sie gerichtete herzliche Begrüßung, und ging dann weiter. Andrea, der hinter ihr herschritt, sah sie in einem der düstersten Gänge dieser Straße verschwinden, deren Namen er nicht kannte. Der abstoßende Anblick des Hauses, in das die Heldin seines Romans gerade hineingegangen war, verursachte ihm etwas wie Ekel. Er wich einen Schritt zurück, um sich die Örtlichkeit genauer anzusehen, gewahrte neben sich einen übel aussehenden Mann und bat ihn um Auskunft. Der Mann stützte seine rechte Hand auf einen Knotenstock, stemmte die linke in die Hüfte und antwortete nur mittels eines einzigen Wortes: »Hanswurst!« Doch als er den Italiener, auf den das Licht der Straßenlaterne fiel, eingehender musterte, nahm sein Gesicht einen liebedienerischen Ausdruck an.

»Ach, entschuldigen Sie, Monsieur«, fuhr er fort, und seine Stimme klang plötzlich ganz anders, »es gibt hier auch ein Restaurant, eine Art Mittagstisch mit sehr schlechter Küche; es wird hier nämlich Käse in die Suppe gestreut. Vielleicht ist der Herr auf der Suche nach dieser Bumskneipe, aus der Kleidung des Herrn ist leicht zu ersehen, daß der Herr Italiener ist; die Italiener haben eine Vorliebe für Plüsch und Käse. Wenn ich dem Herrn ein besseres Restaurant zeigen darf, so wohnt ein paar Schritte von hier meine Tante, und die mag Ausländer sehr gern.«

Andrea schob seinen Mantel bis zum Schnurrbart hinauf und stürzte aus der Straße heraus; ihn trieb der Ekel über diese unsaubere Persönlichkeit von dannen, deren Kleidung und Gesten dem häßlichen Haus entsprachen, in das die Unbekannte soeben hineingegangen war. Voller Entzücken befand er sich wieder in den tausend Erlesenheiten seiner Wohnung; er verbrachte den

Abend bei der Marquise d'Espard und versuchte, den Schmutz dieser Liebeslaune abzuwaschen, die ihn während eines Teils des Tages tyrannisch beherrscht hatte. Als er jedoch zu Bett gegangen war, fand er, nun das Dunkel ihn sich hatte sammeln lassen, sein Tagtraumbild wieder, aber leuchtender und beseelter als in der Wirklichkeit. Abermals ging die Unbekannte vor ihm her; dann und wann, wenn sie über die Rinnsteine hinwegtrat, entblößte sie abermals ihr rundes Bein; ihre nervösen Hüften bebten bei jedem ihrer Schritte; Andrea wollte sie wiederum ansprechen, und er, Marcosini, der adlige Mailänder, wagte es nicht. Dann sah er sie in jenen düsteren Gang eintreten, der sie seinen Blicken entzogen hatte, und machte sich Vorwürfe, daß er ihr nicht dort hinein gefolgt sei. – »Denn schließlich«, sagte er sich, »wenn sie mir ausgewichen ist und mich von ihrer Spur hat ablenken wollen, dann liebt sie mich. Bei Frauen dieser Art ist das Widerstreben ein Liebesbeweis. Hätte ich dieses Abenteuer weiter vorangetrieben, so hätte es vielleicht in Ekel und Abscheu geendet, und ich könnte ruhig schlafen.« Der Graf hatte die Gewohnheit, seine lebhaftesten Gefühlswallungen zu analysieren, wie es eben Menschen unwillkürlich tun, die ebensoviel Geist wie Herz besitzen, und es wunderte ihn, die Unbekannte aus der Rue Froidmanteau nicht in dem idealen Pomp der Visionen vor Augen zu haben, sondern in der Nacktheit ihrer jämmerlichen Wirklichkeit. Und dennoch, wenn seine Phantasie diese Frau des Gewandes des Elends beraubt hätte, so würde ebenjene Phantasie sie ihm verleidet haben; denn er wollte, er begehrte, er liebte sie mit ihren beschmutzten Strümpfen, ihren abgetretenen Schuhen und ihrem Reisstrohhut! Er wollte sie in ebenjenem Haus, in das er sie hatte hineingehen sehen! »Bin ich denn in das Laster verliebt?« fragte er sich erschrocken. »So weit ist es noch nicht mit mir gekommen, ich bin dreiundzwanzig Jahre alt, aber habe nichts von einem abgestumpften Greis an mir.« Gerade das Ungestüm der Laune, als deren Spielball er sich sah, war wenig zu seiner Beruhigung geeignet. Dieser seltsame Kampf, dieses Nachgrübeln und diese Liebe auf Zeit im Eiltempo dürften mit Recht einige die Pariser Gepflogenheiten Gewöhnte überraschen; aber sie sollten sich merken, daß der Graf Andrea Marcosini kein Franzose war.

Andrea war nach den Weisungen eines bigotten Vaters zwischen zwei Abbés aufgewachsen, die ihn nur selten aus den Augen gelassen hatten, und so hatte er weder mit elf Jahren eine Kusine geliebt, noch mit zwölf eine Zofe seiner Mutter verführt; er hatte keins der Collèges besucht, wo der vollkommenste Unterricht nicht der ist, den der Staat verkauft; kurzum, er wohnte erst seit ein paar Jahren in Paris; er war also noch für die jähen, tiefen Eindrücke empfänglich, gegen die die französische Erziehung und die französischen Sitten einen so mächtigen Schutzschild bilden. In südlichen Ländern entstehen große Leidenschaften oftmals im Handumdrehen. Ein Edelmann aus der Gascogne, der sehr viel Sinnlichkeit durch sehr viel Überlegung dämpfte, der sich tausend kleine Hilfsmittel gegen die plötzlichen Schlaganfälle seines Geistes und seines Herzens angeeignet hatte, hatte dem Grafen geraten, sich mindestens einmal im Monat einem Meisterstück von Orgie zu unterziehen, um diese Gewitterstürme der Seele zu beschwören, die ohne solcherlei Vorsichtsmaßnahmen häufig zur Unzeit ausbrechen. Dieser Rat fiel Andrea jetzt ein. – »Gut«, dachte er, »morgen, am 1. Januar, will ich damit anfangen.«

Das erklärt, warum der Graf Andrea Marcosini so zaghaft lavierte, ehe er in die Rue Froidmanteau hineinging. Der elegante Herr stand dem Verliebten im Wege, er zögerte lange; aber nach einem letzten Anrufen seines Muts ging der Verliebte leidlich festen Schrittes bis zu dem Hause; er erkannte es mühelos wieder. Dort blieb er abermals stehen. War jene Frau wirklich, wofür er sie hielt? War er nicht etwa drauf und dran, etwas Falsches zu tun? Da fiel ihm der italienische Mittagstisch ein, und er beeilte sich, ein Hilfsmittel beim Schopf zu fassen, das gleichzeitig seinem Verlangen und seinem Widerstreben diente. Er ging hinein, um zu Abend zu essen; er schlich sich in den Gang hinein, in dem er ganz hinten nach langem Tasten die feuchten, schmierigen Stufen einer Treppe fand; ein großer Herr aus Italien mußte sie eher für eine Stiege halten. Eine kleine, am Boden stehende Lampe und ein durchdringender Küchengeruch geleiteten ihn zum ersten Stock; er stieß eine angelehnte Tür auf und gewahrte eine von Fettdünsten und Rauch braune Gaststube, in der eine Léonarde[13] umhertrottete; sie war damit beschäftigt, an einen Tisch von etwa zwanzig Gedecken letzte Hand zu legen. Noch war keiner der Tischgäste da. Nach einem flüchtigen Blick auf diesen unzulänglich beleuchteten Raum, dessen Tapeten in Fetzen niederhingen, setzte der Adlige sich an einen Eisenofen, der in der Ecke qualmte und bullerte. Auf das Geräusch hin, das der Graf beim Eintreten und beim Ablegen seines Mantels vollführt hatte, erschien unvermittelt der Chef. Man stelle sich einen mageren, ausgedörrten, hochgewachsenen Mann mit einer über die Maßen dicken Nase vor, der dann und wann mit fieberhafter Lebhaftigkeit einen Blick um sich warf, der klug und vorsichtig wirken wollte. Beim Erblicken Andreas, dessen Kleidung von großem Wohlstand kündete, verbeugte *il signor*[14] Giardini sich respektvoll. Der Graf tat seinen Wunsch kund, seine Mahlzeiten fortan in Gesellschaft einiger Landsleute einzunehmen und eine gewisse Anzahl von Speisemarken im voraus zu bezahlen; er wußte der Unterhaltung eine Wendung ins Gemütliche zu geben, um rasch zum Ziel zu kommen. Kaum hatte er seine Unbekannte erwähnt, als *il signor* Giardini eine groteske Handbewegung machte und seinen Gast mit boshafter Miene ansah, wobei er über seine Lippen ein Lächeln hinirren ließ.

»*Basta*[15]!« rief er, »*capisco*[16]! Eure Herrlichkeit sind durch zwei Appetitsregungen hierhergeführt worden. Die *signora* Gambara hat schwerlich ihre Zeit vertan, wenn es ihr gelungen ist, einen so generösen Herrn zu interessieren, wie Sie es zu sein scheinen. Ich will Ihnen in knappen Worten alles darlegen, was wir hier über diese arme Frau wissen; sie ist wirklich des Mitleids würdig. Ihr Mann stammt, wie ich glaube, aus Cremona und kommt gerade aus Deutschland; er hat bei den *Tedeschi*[17] eine neue Musik und neue Instrumente in Umlauf bringen wollen! Ist das nicht zum Gotterbarmen?« fragte Giardini und zuckte die Achseln. »*Il signor* Gambara, der sich für einen großen Komponisten hält, scheint mir in allen übrigen Dingen nicht ganz auf der Höhe zu sein. Ansonsten ist er ein Ehrenmann, vernünftig und geistvoll, bisweilen sehr liebenswürdig, zumal wenn er ein paar Glas Wein getrunken hat, was selten vorkommt, in Anbetracht seines tiefen Elends; Tag und Nacht beschäftigt er sich damit, imaginäre Opern und Symphonien zu komponieren, anstatt zu versuchen, sich auf anständige Weise seinen Lebensunterhalt zu verdienen. Seine arme Frau ist darauf angewiesen, für alle möglichen Leute zu arbeiten, für das schäbigste Volk! Hilft eben nichts! Sie liebt ihren Mann wie einen Vater und sorgt für ihn, als wäre er ein Kind. Es haben bei mir viele junge Leute gespeist, um sich an Madame heranzumachen, aber es ist keinem geglückt«, sagte er und betonte dabei das letzte Wort. »*La signora* Marianna ist anständig, mein lieber Herr, viel zu anständig für ihre unglückliche Lage! Die Männer geben heutzutage nichts für nichts. Also wird die arme Frau vor Mühe und Sorgen zugrunde gehen. Glauben Sie, ihr Mann wüßte ihr Dank für ihre Aufopferung ...? Pah! Nicht mal ein Lächeln gewährt er ihr; kochen muß sie beim Bäcker, denn nicht nur, daß dieser Satan von Mann keinen Sou verdient, er vergeudet überdies alles, was die Arbeit seiner Frau einbringt, an die Instrumente, die er schnitzt, verlängert, verkürzt, auseinandernimmt und wieder zusammenfügt, bis sie nur noch Töne von sich geben, die die Katzen in die Flucht schlagen; dann ist er zufrieden. Und dabei werden Sie in ihm den sanftesten, den besten aller Männer erblicken, und alles andere als einen Faulpelz, er arbeitet in einem fort. Was soll ich Ihnen sagen? Er ist verrückt und ahnt nichts von seinem Zustand. Ich habe ihn gesehen, wie er an seinen Instrumenten feilte und herumbastelte und schwarzes Brot mit einem Appetit aß, daß ich selber welchen bekam, ich, Monsieur, der die beste Tafel von ganz Paris unterhält. Ja, Exzellenz, noch ehe eine Viertelstunde um ist, werden Sie wissen, was für ein Mann ich bin. Ich habe in die italienische Küche Verfeinerungen eingeführt, die Sie Mund und Nase aufsperren lassen werden. Exzellenz, ich bin Neapolitaner, das heißt der geborene Koch. Aber was nützt der Instinkt ohne die Wissenschaft? Die Kundigkeit! Ich habe ein Menschenalter gebraucht, um sie mir zu erwerben, und sehen Sie nur, wohin sie mich gebracht hat. Meine Geschichte ist die aller Menschen von Talent! Meine Versuche, meine Experimente haben drei Restaurants zugrunde gerichtet, die ich nacheinander in Neapel, in Parma und in Rom gegründet hatte. Heute, nun ich genötigt bin, aus meiner Kunst ein Handwerk zu machen, gebe ich oftmals der Leidenschaft nach, die mich beherrscht. Ich setze diesen armen Flüchtlingen einige meiner Lieblings-Ragouts vor. Auf diese Weise ruiniere ich mich! Sagen Sie etwa, das sei eine Dummheit? Ich weiß es; aber da ist nichts zu machen, das Talent reißt mich hin, und ich kann dem Drang nicht widerstehen, ein Gericht zu bereiten, das mir vorschwebt. Das merken sie natürlich immer, diese Brüder. Sie wissen ganz genau, ich schwör's Ihnen, ob meine Frau oder ich selber am Herd gestanden haben. Und was geschieht? Von den sechzig und mehr Gästen, die ich täglich an meinem Tisch sah zu der Zeit, da ich dies elende Restaurant gründete, kommen jetzt nur noch etwa zwanzig, und denen muß ich meistens Kredit geben. Die Piemontesen, die Savoyarden sind weggeblieben; aber die Kenner, die Leute von Geschmack, die echten Italiener sind mir geblieben. Daher gibt es kein Opfer, das ich ihnen nicht brächte! Ich gebe ihnen oft genug ein Abendessen für fünfundzwanzig Sous pro Kopf, das mich auf das Doppelte zu stehen kommt.«

Die Redeweise des Signor Giardini klang so sehr nach der naiven neapolitanischen Gaunerei, daß der entzückte Graf glaubte, er sei bei Gerolamo[18].

»Da dem so ist, lieber Herr Wirt«, sagte er zwanglos zu dem Koch, »da der Zufall und Ihr Vertrauen mich in das Geheimnis Ihrer täglichen Opfer eingeweiht haben, erlauben Sie mir bitte, die Summe zu verdoppeln.«

Nach diesen Worten ließ Andrea auf der Ofenplatte ein Vierzigfrancsstück tanzen, auf das der Signor Giardini ihm getreulich zwei Francs fünfzig Centimes herausgab, nicht ohne ein taktvolles Getue, das den Grafen höchlichst amüsierte.

»In ein paar Minuten«, fuhr Giardini fort, »werden Sie Ihre *donnina*[19] sehen. Ich will Sie neben den Ehemann setzen, und wenn Sie sein Wohlwollen erringen möchten, dann sprechen Sie mit ihm über Musik; ich habe sie alle beide eingeladen, die armen Leute! Es ist ja Neujahr, und so bewirte ich meine Gäste mit einem Gericht, bei dem ich mich, wie ich glaube, selber übertroffen habe ...«

Signor Giardinis Stimme wurde durch die geräuschvollen Glückwünsche der Gäste übertönt, die zu zweit oder einzeln kamen, ziemlich willkürlich, wie es in Kosthäusern üblich ist. Giardini blieb betont neben dem Grafen stehen und spielte den Cicerone; er wies ihn auf seine Stammgäste hin. Er versuchte, durch seine *lazzi* ein Lächeln auf den Lippen eines Mannes hervorzubringen, in dem sein Instinkt als Neapolitaner ihn einen reichen Gönner erblicken ließ, den es auszubeuten galt.

»Der da«, sagte er, »ist ein armer Komponist, der von der Romanze[20] zur Oper übergehen möchte und es nicht kann[21]. Er beschwert sich über die Theaterdirektoren, die Musikverleger, über alle Welt, nur nicht über sich selber, und sicherlich hat er keinen grimmigeren Feind. Sie sehen, wie blühend seine Hautfarbe, wie selbstzufrieden er ist, wie wenig angestrengt seine Züge wirken, wie gut sie für die Romanze passen; sein Begleiter, der wie ein Streichholzhändler aussieht, ist eine der größten musikalischen Berühmtheiten, Gigelmi[22]! Es ist der größte bekannte italienische Dirigent; aber er ist taub, und er lebt sein Leben auf unselige Weise zu Ende, da er alles dessen beraubt ist, was es ihm verschönte. Ja, und da kommt unser großer Ottoboni, der harmloseste Greis, den die Erde je getragen hat, aber er steht im Verdacht, der tollwütigste unter all denen zu sein, die die Wiederherstellung Italiens fordern. Ich frage mich, wie man einen so liebenswerten alten Mann hat verbannen können?«

Hier schaute Giardini den Grafen an, der, da er spürte, daß er in bezug auf seine politische Einstellung sondiert werden sollte, sich hinter einer echt italienischen Unbeweglichkeit verschanzte.

»Einer, der gezwungen ist, für alle Welt zu kochen, Exzellenz, muß es sich versagen, eine politische Meinung zu haben«, fuhr der Koch fort. »Aber beim Anblick dieses wackeren Mannes, der eher wie ein Hammel als wie ein Löwe aussieht, hätte ich, was ich denke, sogar vor dem österreichischen Botschafter ausgesprochen. Übrigens ist jetzt der Augenblick gekommen[23], da die Freiheit nicht länger verbannt ist und ihre Rundreise wieder aufnehmen wird! Wenigstens glauben das diese braven Leute hier«, sagte er und beugte sich dabei zum Ohr des Grafen nieder, »und warum sollte ich ihren Hoffnungen widersprechen? Denn *ich* hasse den Absolutismus nicht die Spur, Exzellenz! Jedes große Talent ist Absolutist! Na, meinetwegen. Ottoboni ist zwar ein Genie, aber er gibt sich unerhörte Mühe um das Unterrichtswesen in Italien, er schreibt kleine Bücher, um den Verstand der Kinder und der Leute aus dem Volk zu erhellen; er schafft sie sehr geschickt nach Italien hinüber; er bedient sich aller Mittel zur Neuerschaffung der Moral in unserem armen Vaterland, dem der Genuß lieber ist als die Freiheit, und vielleicht mit Recht!«

Der Graf bewahrte eine so unzugängliche Haltung, daß der Koch nicht imstande war, seine wahre politische Einstellung zu erkunden.

»Ottoboni«, fuhr er fort, »ist ein wahrer Heiliger, er ist sehr hilfreich, alle Flüchtlinge lieben ihn, denn, Exzellenz, auch ein Liberaler kann Tugenden besitzen! Oh, oh!« stieß Giardini hervor, »jetzt kommt ein Journalist.« Er deutete auf einen Mann, der die lächerliche Kleidung trug, die man ehedem den in Dachkammern hausenden Poeten zuschrieb; denn sein Frack war abgeschabt, seine Stiefel klafften, sein Hut war fettig und sein uralter Überrock in einem kläglichen Zustand. »Exzellenz, dieser arme Mann ist ein großes Talent, und ... unbestechlich! Er hat sich in seiner Zeit getäuscht, er hat jedermann die Wahrheit gesagt, keiner kann ihn leiden. Er schreibt Theaterkritiken für zwei obskure Blätter, obgleich er gebildet genug ist, um in den großen Zeitungen schreiben zu können. Der arme Kerl! Sie auf die übrigen hinzuweisen ist nicht der Mühe wert; Eure Exzellenz werden sich denken können, wer und was sie sind«, sagte er, als er wahrnahm, daß beim Erblicken der Frau des Komponisten der Graf ihm nicht länger zuhörte.

Als Signora Marianna Andrea sah, zuckte sie zusammen, und ihre Wangen überzog lebhafte Röte.

»Der da ist es«, sagte Giardini leise, drückte den Arm des Grafen und zeigte ihm einen hochgewachsenen Mann. »Sehen Sie nur, wie blaß und ernst er ist, der Ärmste! Sicherlich ist heute sein Steckenpferd nicht nach Wunsch getrabt.«

Andreas verliebte Voreingenommenheit wurde durch einen erschütterten Zauberbann gestört, der verkündete, daß Gambara der Aufmerksamkeit jeder wahren Künstlernatur würdig sei. Der Komponist hatte sein vierzigstes Lebensjahr erreicht; aber obwohl seine breite, kahle Stirn von ein paar parallelen, nicht eben tiefen Falten gefurcht war, und trotz seiner hohlen Schläfen, an denen einige Adern das durchsichtige Gewebe einer glatten Haut mit Blau tönten, trotz der Tiefe der Augenhöhlen, die schwarze Augen mit breiten Lidern und hellen Wimpern umrahmten, lieh ihm der untere Teil seines Gesichts allen Anschein von Jugendlichkeit, und zwar durch das Gleichmaß der Linien und die Weichheit der Konturen. Dem Beobachter sagte der erste Blick, daß bei diesem Mann alles Leidenschaftliche zugunsten der Intelligenz unterdrückt worden war; nur diese hatte ihn in einem großen Kampf gealtert. Andrea warf schnell einen Blick auf Marianna; sie hatte ihn im Auge behalten. Beim Anblick dieses schönen italienischen Kopfes, dessen genaue Proportionen und glänzende Gesichtsfarbe eins der Wesen offenbarten, bei denen alle menschlichen Kräfte harmonisch ausgewogen sind, ermaß er den Abgrund, der jene beiden durch den Zufall vereinten Wesen schied. Er war erfreut über die Verheißung, die er in der Unähnlichkeit der beiden Ehegatten erblickte, und ließ es sich nicht einfallen, sich gegen ein Gefühl zu wehren, das eine Schranke zwischen der schönen Marianna und ihm hätte errichten können. Er empfand bereits für den Mann, dessen einziges Gut sie war, ein gewisses achtungsvolles Mitgefühl, da er das würdig und heiter getragene Unglück erriet, das aus Gambaras weichem, schwermütigem Blick sprach. Er war darauf gefaßt gewesen, in diesem Mann einer der grotesken Persönlichkeiten zu begegnen, wie sie so oft von deutschen Erzählern und den Dichtern von *libretti*[24] vorgeführt werden; aber er hatte einen schlichten, zurückhaltenden Mann angetroffen, dessen Manieren und Haltung nichts Befremdliches aufwiesen, vielmehr der Noblesse nicht entbehrten. Ohne auch nur den geringsten Anschein von Luxus darzubieten, war seine Kleidung anständiger, als es seiner großen Notlage entsprochen hätte, und seine Wäsche zeugte von der zärtlichen Fürsorglichkeit, die über die winzigsten Einzelheiten seines Lebens wachte. Andrea blickte mit feuchten Augen zu Marianna hin; sie errötete nicht, sondern ließ sich ein halbes Lächeln entschlüpfen, das vielleicht der Stolz durchschimmerte, den diese stumme Huldigung ihr einflößte. Der Graf war allzu ernstlich verliebt, als daß er nicht Ausschau nach den leisesten Anzeichen des Entgegenkommens gehalten hätte; als er sich so gut verstanden sah, glaubte er sich geliebt. Fortan befaßte er sich mehr mit der Eroberung des Ehemanns als mit derjenigen der Frau; er richtete seine sämtlichen Geschütze gegen den armen Gambara, der nichts merkte und die *bocconi*[25] des Signor Giardini hinunterschlang, ohne sie zu schmecken. Der Graf begann die Unterhaltung mit einem alltäglichen Thema; aber schon bei den ersten Worten merkte er, daß die Intelligenz seines Gesprächspartners, die vielleicht in bezug auf einen Punkt für blind gelten konnte, in bezug auf alle übrigen äußerst hellsichtig war; er erkannte, daß es sich weniger darum zu handeln hatte, das Steckenpferd dieses durchtriebenen alten Knaben zu streicheln, als zu versuchen, seine Gedanken und Vorstellungen zu verstehen. Die Tischgäste, ausgehungerte Leute, deren Geisteskräfte beim Anblick einer guten oder schlechten Mahlzeit erwachten, ließen eine überaus feindliche Einstellung gegenüber dem armen Gambara durchblicken und warteten nur das Ende des ersten Ganges ab, um ihren Sticheleien freien Lauf zu lassen. Ein Flüchtling, dessen häufiges Äugeln von anmaßlichen Plänen auf Marianna kündeten und der glaubte, er könne im Herzen der Italienerin einen Platz weit vorn einnehmen, wenn er versuchte, ihren Mann ins Lächerliche zu ziehen, eröffnete das Feuer, um den Neuankömmling mit den Gepflogenheiten der Tafelrunde vertraut zu machen.

»Schon seit geraumer Zeit hören wir nichts mehr von der Oper ›Mahomet‹«, rief er lächelnd Marianna zu, »sollte es sein, daß Paolo Gambara so gänzlich von den häuslichen Pflichten und den Annehmlichkeiten des Pot-au-feu[26] beansprucht wird, daß er sein übermenschliches Talent vernachlässigte, sein Genie einfrieren und seine Phantasie verdorren ließe?«

Gambara kannte alle Tischgäste; er fühlte sich selber in einer so erhabenen Sphäre, daß er sich nicht mehr die Mühe machte, die Angriffe abzuwehren; er gab keine Antwort.

»Es ist nicht jedermann genügend Intelligenz gegeben«, fuhr der Journalist fort, »die musikalischen Nachtbemühungen des Herrn zu verstehen, und das ist sicherlich der Grund, der unseren göttlichen *Maestro*[27] hindert, sich vor den guten Parisern zu produzieren.«

»Dabei«, sagte der Romanzenkomponist, der bislang den Mund lediglich aufgetan hatte, um alles, was vor ihm stand, hineinzustopfen, »kenne ich Leute von Talent, die einen gewissen Wert auf das Urteil der Pariser legen. Ich genieße einen gewissen Ruf in der Musik«, fügte er mit bescheidener Miene hinzu, »ich danke ihn einzig und allein meinen kleinen Vaudeville-Arien und dem Erfolg, den meine Kontertänze in den Salons haben;

aber ich rechne demnächst mit der Aufführung einer Messe, die ich für Beethovens Todestag komponiert habe, und ich glaube, in Paris werde ich besser verstanden als irgendwo anders. Wird Monsieur mir die Ehre erweisen, an der Aufführung teilzunehmen?« wandte er sich an Andrea.

»Danke«, antwortete der Graf, »ich spüre, daß ich kein Organ besitze, wie es für die Würdigung französischer Gesänge erforderlich ist. Aber wenn Sie gestorben wären, Monsieur, und Beethoven hätte die Messe komponiert, dann würde ich sie mir ganz bestimmt anhören.«

Dieser Scherz machte dem Scharmützel derjenigen ein Ende, die Gambara auf seine Grillen bringen wollten, um den Neuankömmling zu erheitern. Andrea verspürte bereits einen gewissen Widerwillen, eine so noble und rührende Narrheit einer solchen Schar vulgärer Klugschwätzer zur Schau zu stellen. Er folgte ohne Hintergedanken einer zusammenhanglosen Unterhaltung, in deren Verlauf Signor Giardinis Nase häufig zwischen zwei Erwiderungen fuhr. Jedesmal, wenn Gambara ein maßvoller Witz oder eine paradoxe Bemerkung entschlüpften, streckte der Koch den Kopf vor, bedachte den Musiker mit einem mitleidigen, den Grafen mit einem verständnisinnigen Blick und flüsterte ihm zu: *»È matto!«*[28] Es kam ein Augenblick, da der Koch den Lauf seiner scharfsinnigen Bemerkungen unterbrach, um sich mit dem zweiten Gang zu beschäftigen, dem er größere Wichtigkeit beimaß. Während seiner Abwesenheit, die nicht von langer Dauer war, neigte Gambara sich zu Andrea hin.

»Dieser gute Giardini«, sagte er halblaut, »hat uns heute mit einem Gericht eigener Erfindung bedroht, vor dem auf der Hut zu sein ich Ihnen nahelege, obwohl seine Frau die Zubereitung überwacht hat. Der wackere Mann huldigt der Manie, in der Kochkunst Neuheiten einzuführen. Er hat sich durch seine Versuche ruiniert; der letzte hat ihn genötigt, Rom ohne Paß zu verlassen, über welchen Umstand er sich ausschweigt. Er hatte ein Restaurant von Rang und Ruf gekauft und wurde danach mit einem Festmahl beauftragt, das ein neuernannter Kardinal geben wollte; sein Haus war noch nicht eingerichtet. Giardini glaubte eine Gelegenheit gefunden zu haben, sich auszuzeichnen, und das gelang ihm auch; noch am selben Abend wurde er beschuldigt, das ganze Konklave vergiftet zu haben, er wurde gezwungen, Rom und Italien zu verlassen, ohne seine Koffer zu packen. Dies Unglück hat ihm den Rest gegeben, und jetzt . . .«

Gambara tupfte sich mit dem Finger mitten auf die Stirn und schüttelte den Kopf.

»Übrigens«, sprach er weiter, »ist er ein guter Kerl. Meine Frau versichert, wir hätten ihm viel zu danken.«

Giardini erschien und trug behutsam eine Schüssel, die er mitten auf den Tisch stellte; dann setzte er sich wieder bescheidentlich neben Andrea, der als erster bedient wurde. Als der Graf dieses Gericht gekostet hatte, hielt er es für unumgänglich, zwischen dem ersten und dem zweiten Bissen eine längere Pause eintreten zu lassen. Er war in große Verlegenheit geraten; er legte großen Wert darauf, den Koch nicht zu verstimmen, der ihn aufmerksam beobachtete. Der französische Restaurateur kümmert sich wenig darum, wenn ein Gericht mißachtet wird, von dem er sicher ist, daß es bezahlt wird; aber man darf nicht glauben, daß das gleiche bei einem italienischen Restaurateur der Fall sei; dem genügt zumeist nicht einmal ein Lobeswort. Um Zeit zu gewinnen, beglückwünschte Andrea Giardini aufs wärmste, neigte sich indessen gegen das Ohr des Kochs, steckte ihm unterm Tisch ein Goldstück zu und bat ihn, ein paar Flaschen Champagner zu kaufen, wobei er es ihm freistellte zu glauben, er danke sich selbst die Ehre dieser Freigiebigkeit.

Als der Koch wieder erschien, waren sämtliche Teller leer, und die Gaststube hallte wider von Lobeserhebungen über den Wirt. Bald erhitzte der Champagner die italienischen Köpfe, und die bis dahin durch die Anwesenheit eines Fremden eingedämmte Unterhaltung übersprudelte die Grenzen argwöhnischer Zurückhaltung und strömte hier und da auf die ausgedehnten Gefilde politischer und künstlerischer Theorien über. Andrea, der keine anderen Räusche als die der Liebe und der Poesie kannte, warf sich bald zum Herrn der allgemeinen Aufmerksamkeit auf und leitete die Diskussion geschickt auf das Gelände musikalischer Fragen.

»Möchten Sie mir nicht erklären, Monsieur«, sagte er zu dem Verfertiger von Kontertänzen, »wieso der Napoleon der kleinen Lieder sich dazu herabläßt, Palestrina[29], Pergolesi[30] und Mozart zu entthronen, arme Leute, die ihr Bündel schnüren müssen, nun jene schmetternde Totenmesse naht?«

»Monsieur«, sagte der Komponist, »ein Musiker ist stets um eine Antwort verlegen, wenn ebenjene Antwort die Mitwirkung von hundert kundigen Ausführenden verlangt. Mozart, Haydn und Beethoven ohne Orchester stellen wenig dar.«

»Wenig?« entgegnete der Graf. »Aber alle Welt weiß doch, daß der unsterbliche Autor des ›Don Juan‹ und des ›Requiem‹ Mozart heißt, und ich habe leider das Pech, den Namen des fruchtbaren Erfinders der Kontertänze nicht zu kennen, die in den Salons so sehr im Schwange sind.«

»Die Musik existiert auch unabhängig von der Aufführung«, sagte der Kapellmeister, der trotz seiner Taubheit ein paar Worte der Diskussion verstanden hatte. »Beim Aufschlagen von Beethovens c-Moll-Symphonie ist ein musikalischer Mensch nur zu bald auf den goldenen Fittichen des Themas in G-Dur, das die Hörner in E wiederholen, in die Welt der Phantasie entrückt. Er sieht eine ganze Schöpfung abwechselnd von blendenden Lichtgarben erhellt, vom Gewölk der Melancholie verdüstert und von göttlichen Gesängen aufgeheitert.«

»Beethoven ist von der neuen Schule überholt worden«, sagte der Romanzenkomponist verächtlich.

»Er ist ja noch nicht mal verstanden«, sagte der Graf, »wie könnte er da überholt sein[31]?«

Hier trank Gambara ein großes Glas Champagner und begleitete seine Trankopfer durch ein halbes Lächeln der Billigung.

»Beethoven«, fuhr der Graf fort, »hat die Grenzen der Instrumentalmusik erweitert, und niemand ist ihm nachgefolgt.«

Gambara erhob durch eine Kopfbewegung Einwand.

»Seine Werke zeichnen sich besonders durch die Einfachheit des Plans und durch die Art aus, wie dieser Plan durchgeführt wird«, fuhr der Graf fort. »Bei den meisten Komponisten verknüpfen sich die tollen, regellosen Einzelgruppen des Orchesters nur, um einen Augenblickseffekt zu erzielen; sie wirken nicht immer im Gesamt des Werks durch die Regelmäßigkeit ihres Weiterschreitens mit. Bei Beethoven sind die Effekte sozusagen schon im voraus verteilt. Ähnlich den verschiedenen Regimentern, die durch geregelte Bewegungen zum Gewinnen der Schlacht beitragen, folgen die Einzelgruppen des Orchesters der Symphonien Beethovens den im Interesse des Ganzen gegebenen Befehlen; sie sind bewundernswert konzipierten Planungen unterworfen. In dieser Hinsicht ist das gleiche bei einem Genie auf anderem Gebiet der Fall. In den herrlichen historischen Kompositionen Walter Scotts[32] wird die der Handlung am weitesten entrückte Gestalt im gegebenen Augenblick durch Fäden im Gewebe der Intrige sich der Lösung einfügen.«

»È vero!«[33] sagte Gambara, dessen gesunder Menschenverstand im umgekehrten Verhältnis zu seiner Nüchternheit wiederzukehren schien.

Andrea wollte die Probe noch weitertreiben und vergaß für eine Weile alle seine Sympathien; er ließ sich dazu herbei, in den europäischen Ruhm Rossinis eine Bresche zu schlagen, und er machte der italienischen Schule den Prozeß, den sie seit dreißig Jahren allabendlich auf mehr denn hundert Bühnen Europas gewinnt. Natürlich mußte er sich dabei gehörig ins Zeug legen. Bei den ersten Worten, die er aussprach, erhob sich rings um ihn ein dumpfes Gemurmel der Mißbilligung; aber weder die häufigen Unterbrechungen noch die Zwischenrufe, noch das Brauenrunzeln, noch die mitleidigen Blicke brachten den besessenen Bewunderer Beethovens zum Innehalten.

»Vergleichen Sie doch«, sagte er, »die erhabenen Werke des Autors, von dem ich gerade gesprochen habe, mit dem, was als italienische Musik zu bezeichnen man übereingekommen ist; welch eine Trägheit der Gedanken! Welch eine Feigheit des Stils! Diese einförmigen Wendungen, diese Banalität der Kadenzen, diese ewigen, zufällig eingefügten Koloraturen, unbekümmert um die Situation, dieses monotone *crescendo,* das Rossini in Mode gebracht hat und das heute ein integraler Bestandteil jeder Komposition ist; also kurz und gut, diese Nachtigallentriller bilden eine schwatzhafte, plappernde, parfümierte Musik, deren Verdienst nur in dem Mehr oder Minder an Leichtigkeit für den Sänger und der Unbelastetheit der Vokalisation beruht. Die italienische Schule hat die hohe Mission der Kunst aus den Augen verloren. Anstatt die Menge bis zu sich hinauf zu erheben, hat sie sich bis zur Menge herabgelassen; sie hat sich ihren Ruf nur dadurch erobert, daß sie die Wahlentscheidung aller klatschenden

Hände entgegengenommen und sich an die vulgären Intelligenzen gewandt hat, die nun mal die Mehrheit bilden. Diese Mode ist eine Gassen-Eskamotage. Mit einem Wort, die Kompositionen Rossinis, in denen diese Musik personifiziert ist, gerade wie die der Meister, die mehr oder weniger wie er verfahren, scheinen mir allerhöchstens würdig, das Volk auf der Straße um eine Drehorgel zu scharen und das Gehüpf Pulcinellas zu begleiten. Da ist mir die französische Musik noch lieber, und das will etwas heißen. Hoch lebe die deutsche Musik . . .! – Wenn sie zu singen weiß«, fügte er leise hinzu.

Dieser Abschluß faßte eine lange These zusammen, durch die sich Andrea länger als eine Viertelstunde in den höchsten Regionen der Metaphysik bewegt hatte, und zwar mit der Ungezwungenheit eines Schlafwandlers, der auf den Dächern lustwandelt. Gambara hatte an diesen Subtilitäten lebhaften Anteil genommen; kein Wort der ganzen Diskussion hatte er sich entgehen lassen; sobald Andrea geendet zu haben schien, ergriff er das Wort, und jetzt verschaffte er sich die wachsende Aufmerksamkeit aller Tischgäste, von denen mehrere sich schon zum Gehen angeschickt hatten.

»Sie greifen die italienische Schule recht heftig an«, entgegnete der vom Champagner sehr angeregte Gambara, »was mir übrigens gleichgültig ist. Gott sei Dank bin ich über diese mehr oder weniger melodischen Armseligkeiten hinaus! Aber ein Weltmann bezeigt nun mal wenig Dankbarkeit für die klassische Erde, aus der Deutschland und Frankreich ihre ersten Lehren gesogen haben. Während die Kompositionen der Carissimi, Cavalli, Scarlatti und Rossi[34] in ganz Italien aufgeführt wurden, hatten die Violinisten der Pariser Oper das eigentümliche Vorrecht, mit Handschuhen Violine zu spielen. Lully[35], der das Reich der Harmonie erweitert und als erster die Dissonanzen eingeteilt hat, fand bei seiner Ankunft in Frankreich nur einen Koch und einen Maurer vor, die Stimme und genügend Intelligenz hatten, seine Musik auszuführen; aus dem ersten hat er einen Tenor gemacht, und den zweiten hat er in einen Bassisten verwandelt. In jener Zeit hat Deutschland, ausgenommen Sebastian Bach, überhaupt noch nichts von Musik gewußt[36]. Aber Monsieur«, sagte Gambara in dem demütigen Tonfall eines Mannes, der fürchtet, es zu erleben, daß seine Worte mit Geringschätzung oder Übelwollen aufgenommen werden, »Sie sind zwar noch jung, aber Sie haben sich ausgiebig mit den hohen Fragen der Kunst befaßt, sonst würden Sie sie nicht mit solcher Klarheit darlegen können.«

Diese Äußerung ließ einen Teil der Zuhörerschaft lächeln; sie hatte nichts von den Unterscheidungen begriffen, die Andrea aufgestellt hatte; Giardini, der überzeugt war, der Graf habe nichts als zusammenhanglose Sätze vorgetragen, stieß ihn leicht an und lachte sich ins Fäustchen über eine Mystifikation, deren Komplice zu sein er nur zu gern glaubte.

»In allem, was Sie uns soeben gesagt haben, sind viele Dinge, die mir überaus vernünftig vorkommen«, fuhr Gambara fort. »Aber Obacht! Ihr Plädoyer, das den italienischen Sensualismus brandmarkte, scheint mir dem deutschen Idealismus zuzuneigen, und der ist eine nicht minder unheilvolle Ketzerei. Wenn Leute von Phantasie und Vernunft gleich Ihnen, nur das eine Feld räumen, um auf das andere überzutreten, wenn sie es nicht verstehen, zwischen zwei Übertriebenheiten neutral zu bleiben, werden wir ewig die Ironie der Sophisten zu erdulden haben, die den Fortschritt leugnen und das menschliche Genie mit diesem Tischtuch vergleichen, das zu kurz ist, um Signor Giardinis Tisch zu bedecken und nur ein Ende auf Kosten des anderen ziert.«

Giardini sprang auf seinem Stuhl hoch, als habe eine Pferdebremse ihn gestochen, doch ein plötzlicher Einfall gab ihm seine Würde als Gastgeber wieder; er blickte zum Himmel auf, stieß nochmals den Grafen an, und dieser begann zu glauben, sein Wirt sei verrückter als Gambara. Diese ernste, andächtige Weise, über Kunstdinge zu sprechen, interessierte den Mailänder im höchsten Maße. Der Graf saß zwischen zwei Narrheiten, von denen die eine so nobel und die andere so vulgär war und die einander zur nicht geringen Erheiterung der Menge verunglimpften; einen Augenblick lang schwankte er zwischen dem Erhabenen und der Parodie, diesen beiden Seiten jeder menschlichen Schöpfung, hin und her. Da zerbrach er die Kette der unglaubwürdigen Übergänge, die ihn in diese verräucherte Spelunke geführt hatte; er glaubte, der Spielball einer seltsamen Sinnestäuschung zu sein, und betrachtete Gambara und Giardini nur noch als zwei Abstraktionen.

Inzwischen hatten die Gäste sich nach einem letzten Witz des Kapellmeisters, der Gambara geantwortet hatte, unter schallendem Gelächter zurückgezogen. Giardini ging hinaus, um den Kaffee zuzubereiten, den er der Elite seiner Gäste anbieten wollte. Seine Frau deckte den Tisch ab. Der Graf saß nahe dem Ofen zwischen Marianna und Gambara; er war somit in genau der Lage, die der Irre als so wünschenswert gefunden hatte: Er hatte zu seiner Linken den Sensualismus, und zu seiner Rechten den Idealismus. Gambara war zum erstenmal jemandem begegnet, der ihm nicht ins Gesicht lachte; er ließ das Allgemeine hinter sich und sprach von sich selbst, von seinem Leben, seinen Arbeiten und der Erneuerung der Musik, für deren Messias er sich hielt.

»Sie, der Sie mich bislang nicht beleidigt haben, hören Sie mich an! Ich will Ihnen mein Leben erzählen, nicht, um mit einer Standhaftigkeit zu prunken, die nicht aus mir stammt, sondern zum größeren Ruhm dessen, der mir seine Kraft verliehen hat. Sie scheinen gütig und fromm zu sein; wenn Sie nicht an mich glauben, so werden Sie mich wenigstens bedauern; Mitleid ist des Menschen Teil, der Glaube kommt von Gott.«

Andrea errötete und zog unter seinem Stuhl einen Fuß zurück, der den der schönen Marianna gestreift hatte; er konzentrierte seine Aufmerksamkeit auf sie, während er Gambara lauschte.

»Ich bin in Cremona geboren worden, als Sohn eines Instrumentenmachers, der recht gut spielte, aber ein noch besserer Komponist war«, sprach der Musiker weiter. »Auf diese Weise habe ich schon frühzeitig die Regeln des musikalischen Aufbaus kennengelernt, und zwar in seiner doppelten Bedeutung, der stofflichen wie der geistigen, und schon als wißbegieriges Kind Beobachtungen gemacht, die sich später im Geist des erwachsenen Mannes wieder eingestellt haben. Die Franzosen haben meinen Vater und mich aus dem Hause getrieben. Wir sind durch den Krieg verarmt. Von meinem zehnten Lebensjahr an habe ich also das unstete Leben begonnen, zu dem fast alle verdammt worden sind, die in ihrem Kopf Neuerungen auf dem Gebiet der Kunst, der Wissenschaft oder der Politik wälzten. Das Schicksal oder die Beschaffenheit ihres Geistes, die nicht in die Enge passen, die die Bürgersleute sich als Rahmen erwählen, treiben sie, als sei es der Wille der Vorsehung, den Städten zu, wo ihnen ihre Belehrungen zuteil werden sollen. Angetrieben von meiner Liebe zur Musik, zog ich durch ganz Italien von Theater zu Theater; ich lebte von wenig, wie man dort eben lebt. Bald spielte ich im Orchester den Kontrabaß, bald stand ich unter den Choristen auf der Bühne, oder ich befand mich mit den Maschinisten unter der Bühne. So habe ich die Musik in allen ihren Effekten studiert; ich habe mich mit den Instrumenten und der menschlichen Stimme befaßt und überlegt, worin sie sich unterscheiden und worin sie übereinstimmen; ich hörte die Partituren an und wandte die Regeln an, die mein Vater mich gelehrt hatte. Oft wanderte ich und flickte unterwegs Instrumente aus. Es war ein brotloses Dasein in einem Land, wo stets die Sonne scheint, wo die Kunst überall ist, aber wo es nirgendwo Geld für den Künstler gibt, seit Rom nur noch dem Namen nach die Königin der christlichen Welt ist. Bald wurde ich willkommen geheißen, bald meiner bitteren Armut wegen weggejagt; aber nie ließ ich den Mut sinken; ich lauschte den inneren Stimmen, die mir Ruhm verhießen! Die Musik schien mir noch in den Kinderschuhen zu stecken. Diese Meinung habe ich beibehalten. Alles, was uns von der musikalischen Welt vor dem siebzehnten Jahrhundert erhalten geblieben ist, hat mir bewiesen, daß die alten Meister nur die Melodie gekannt haben; von der Harmonie und deren ungeheuren Mitteln und Möglichkeiten haben sie keine Ahnung gehabt. Die Musik ist gleichzeitig eine Wissenschaft und eine Kunst. Ihr Verwurzeltsein in der Physik und der Mathematik macht aus ihr eine Wissenschaft; sie wird zur Kunst durch die Inspiration, die sich ohne ihr Wissen der Theoreme der Wissenschaft bedient. Sie hängt von der Physik gerade durch das Wesen der Substanz ab, deren sie sich bedient, denn Ton ist modifizierte Luft; die Luft ist aus Grundstoffen zusammengesetzt, die sicherlich in uns ähnliche Grundstoffe finden, die ihnen entsprechen, ihnen seelenverwandt sind und sich durch die Macht des Gedankens vergrößern. Die Luft muß also so viele winzig kleine Teile von unterschiedlicher Elastizität enthalten und ebenso vieler Schwingungen von unterschiedlicher Dauer fähig sein, wie es Töne in den Klangkörpern gibt, und diese winzig kleinen Teile, die von unserem Gehör wahrgenommen und durch den Musiker in Tätigkeit versetzt werden, entsprechen, gemäß unseren Organismen, Ideen. Meiner Meinung nach ist das Wesen des Tons identisch mit dem des Lichts. Der Ton ist das Licht in anderer Form; beide entstehen durch Schwingungen, die im Menschen enden und die er in seinen Nervenzentren zu Gedanken umformt. Die Musik gebraucht gerade wie die Malerei Körper, die die Fähigkeit besitzen, diese oder jene Eigenschaft der Muttersubstanz freizumachen, um daraus Bilder zu komponieren. In der Musik übernehmen die Instrumente das Amt der Farben, deren der Maler sich bedient. Von dem Augenblick an, da das von ihm mittels eines Klangkörpers Hervorgebrachte stets von seiner Terz und seiner Quint begleitet wird, da er es zuwege bringt, daß auf ein gespanntes Pergament gestreute Staubkörner darauf Figuren von geometrischer Konstruktion, und immer dieselben, entstehen lassen, gemäß dem verschieden großen Volumen des Tons, regelmäßig bei einem Akkord, und ohne genaue Formen, wenn man Dissonanzen hervorbringt, sage ich, daß die Musik eine Webekunst aus dem tiefsten Innern der Natur ist. Die Musik gehorcht physikalischen und mathematischen Gesetzen. Die physikalischen Gesetze sind wenig bekannt, die mathematischen schon eher; und seit man begonnen hat, sich genau mit beider Beziehungen zu befassen, hat man die Harmonie geschaffen, der wir Haydn, Mozart, Beethoven und Rossini verdanken, schöne Genies, die sicherlich eine vollkommenere Musik geschaffen haben, als diejenige ihrer Vorgänger es war, Leute, deren hohe Begabung übrigens unbestreitbar ist. Die alten Meister sangen, anstatt über die Kunst und die Wissenschaft zu verfügen, was ein edles Bündnis ist, das ermöglicht, die schönen Melodien und die mächtige Harmonie zu einem Ganzen zu verschmelzen. Wenn nun aber bereits die Entdeckung der mathematischen Gesetze jene vier großen Musiker ergeben hat, wie weit könnten wir dann gelangen, wenn wir die physikalischen Gesetze fänden, um deretwillen wir (halten Sie daran gut fest!) in mehr oder minder großer Quantität, gemäß den noch zu erforschenden Proportionen, eine gewisse ätherische Substanz zusammenballen, die in der Luft verbreitet ist und die uns die Musik genauso gibt wie das Licht, die Phänomene der Vegetation genauso wie die der Zoologie! Verstehen Sie? Diese neuen Gesetze würden den Komponisten mit neuen Machtvollkommenheiten bewaffnen, indem sie ihm nämlich Instrumente darbieten, die den heutigen Instrumenten überlegen sind, und vielleicht eine Harmonie, die grandios wäre im Vergleich zu derjenigen, die heute die Musik beherrscht. Wenn jeder modifizierte Ton einer Macht entspricht, dann muß man sie kennen, um alle diese Kräfte gemäß ihren wahren Gesetzen zu vereinigen. Die Komponisten arbeiten mit Substanzen, die ihnen unbekannt sind. Warum ähneln ein Metallinstrument und ein Holzinstrument, das Fagott und das Horn, einander so wenig, obwohl sie doch dieselben Substanzen verwenden, nämlich die Gase, aus denen die Luft besteht? Ihre Unähnlichkeiten gehen aus irgendeiner Zersetzung jener Gase hervor, oder aus einer Erfassung der ihnen eigentümlichen Grundbestandteile, die sie verwandelt zurückschicken, aufgrund unbekannter Fähigkeiten. Wenn wir diese Fähigkeiten kennten, würden Wissenschaft und Kunst dadurch gewinnen. Wer die Wissenschaft erweitert, erweitert auch die Kunst. Also kurz und gut, diese Entdeckungen habe ich gewittert und dann gemacht. Ja«, sagte Gambara und wurde immer lebhafter, »bislang hat der Mensch immer mehr die Wirkungen als die Ursachen bemerkt! Könnte er in die Ursachen eindringen, so würde die Musik die größte aller Künste werden. Ist sie es nicht, die am tiefsten in die Seele eindringt? Man sieht nur, was die Malerei uns zeigt, man hört nur, was der Dichter einem sagt; darüber geht die Musik weit hinaus; formt sie nicht unser Denken, erweckt sie nicht eingeschlummerte Erinnerungen? Da sind Tausende von Seelen in einem Theaterraum, ein Motiv schwingt sich aus der Kehle der Pasta[37], dessen Ausführung gut den Gedanken entspricht, die in der Seele Rossinis aufglänzten, als er seine Arie schrieb; wenn dann Rossinis musikalische Phrase in jene Seelen übergeht, so entwickelt sie darin ebenso viele verschiedene dichterische Bilder; dem einen zeigt sich eine lange erträumte Frau; jenem ein Gestade, an dem er entlanggewandert ist und dessen Trauerweiden, dessen klare Fluten mitsamt den Hoffnungen, die unter den Laubgewölben tanzten, ihm erscheinen; jene Frau erinnert sich der zahllosen Gefühle, die sie während einer Stunde der Eifersucht marterten; die eine denkt an die nicht befriedigten Wünsche ihres Herzens und malt sich mit den üppigen Farben des Traums ein ideales Wesen und empfindet dabei die Entzückungen der

Frau, die ihr Wunschbild auf dem römischen Mosaik liebkost; die andere denkt, daß sie noch an diesem Abend einen Wunsch verwirklichen wird, und taucht schon im voraus in den Bergstrom der Wollüste, und verspürt dessen anspringende Welle auf ihrer glühenden Brust. Einzig die Musik besitzt die Macht, uns in uns selber eintreten zu lassen, während die anderen Künste uns nur begrenzte Freuden gewähren. Aber ich schweife ab. Das waren meine ersten, recht verschwommenen Gedanken, denn ein Erfinder gewahrt zunächst nur flüchtig eine Art Morgendämmer. So trug ich also diese glorreichen Ideen in meinem Felleisen; sie ließen mich frohgemut trockene Rinden essen; ich habe sie oft in Brunnenwasser getaucht. Ich habe gearbeitet, ich habe Arien komponiert, und nachdem ich sie auf irgendeinem Instrument gespielt hatte, nahm ich meine Wanderungen durch Italien wieder auf. Endlich, mit zweiundzwanzig Jahren, ließ ich mich in Venedig nieder, wo ich zum erstenmal Ruhe genoß und mich in einer erträglichen Lage befand. Ich machte die Bekanntschaft eines alten venezianischen Adligen, dem meine Ideen gefielen, der mich bei meinen Forschungen ermutigte und mir eine Stellung am Teatro Fenice verschaffte. Das Leben war billig, die Unterkunft kostete wenig. Ich hatte eine Wohnung in jenem Palazzo Capelli inne, aus dem eines Abends die berühmte Bianca[38] entwich, die dann Großherzogin von Toskana geworden ist. Ich malte mir aus, daß mein unbekannter Ruhm auch von dort ausgehen und sich ebenfalls eines Tages krönen lassen werde. Die Abende verbrachte ich im Theater, tagsüber arbeitete ich. Ich erlebte eine Katastrophe. Die Aufführung einer Oper, in deren Partitur ich meine Musik versucht hatte, fiel durch. Die Musik meiner ›Märtyrer‹ blieb unverstanden. Setzt man den Italienern Beethoven vor, dann können sie nichts mit ihm anfangen. Niemand brachte die Geduld auf, einen Effekt abzuwarten, der durch verschiedene Motive, die jedes Instrument gab, vorbereitet worden war und die sich dann in einem großen Ensemble vereinigen sollten. Ich hatte einige Hoffnungen auf die Oper ›Die Märtyrer‹ gesetzt, denn wir spekulieren stets auf den Erfolg, wir Liebhaber der blauen Göttin Hoffnung! Wenn man sich zum Erschaffen großer Dinge berufen fühlt, fällt es einem schwer, sie nicht anzudeuten; der Scheffel hat stets Spalten, durch die das Licht hindurchschimmert. In jenem Haus wohnte auch die Familie meiner Frau, und die Hoffnung auf die Hand Mariannas, die mir oft von ihrem Fenster aus zugelächelt, hatte viel zu meinen Bemühungen beigetragen. Ich fiel in schwarze Schwermut, als ich die Tiefe des Abgrunds ermaß, in den ich gestürzt war, denn nur zu deutlich sah ich ein Leben in Not und Elend vor mir, einen beständigen Kampf, in dem die Liebe umkommen mußte. Marianna machte es wie das Genie; sie sprang mit geschlossenen Füßen über alle Schwierigkeiten hinweg. Ich will Ihnen nichts von dem bißchen Glück erzählen, das den Beginn meines Unglücks vergoldete. Mein Sturz hatte mich erschreckt; ich meinte, das verständnislose, im Klingklang der Routine eingeschlafene Italien sei nicht geneigt, die Neuerungen hinzunehmen, über die ich nachgrübelte; also dachte ich an Deutschland. Als ich dieses Land durchzog, wohin ich über Ungarn gewandert war, vernahm ich die tausend Stimmen der Natur und bemühte mich, diese erhabenen Harmonien mittels der Instrumente wiederzugeben, die ich fertigte oder zu diesem Zweck veränderte. Diese Versuche brachten riesige Kosten mit sich; sie hätten bald unsere Ersparnisse aufgezehrt. Dabei war dies unsere schönste Zeit; ich wurde in Deutschland geschätzt. Ich kenne in meinem Leben nichts Größeres als diese Zeitspanne. Ich wußte nichts, was sich mit den ungestümen Empfindungen vergleichen ließe, die mich in Mariannas Nähe bestürmten, deren Schönheit damals einen Glanz und eine Macht angenommen hatte, die himmlisch waren. Darf ich es sagen? Ich war glücklich. Während dieser Stunden der Schwäche habe ich mehr als einmal meine Leidenschaft die Sprache der irdischen Harmonien sprechen lassen. Es widerfuhr mir, daß ich einige jener Melodien komponierte, die geometrischen Figuren ähneln und die in der Welt, in der Sie leben, hoch gepriesen werden. Doch sobald ich Erfolg hatte, stieß ich auf unbezwingbare Hindernisse, die meine Kollegen vervielfachten; sie waren sämtlich böswillig oder konnten nichts. Ich hatte von Frankreich als von einem Land reden hören, wo Neuerungen günstig aufgenommen würden; ich wollte hinreisen; meine Frau trieb einige Mittel auf, und so kamen wir nach Paris. Bis dahin war mir noch nicht ins Gesicht gelacht worden; aber in dieser grauenhaften Stadt mußte ich auch diese mir neue

Art von Marter ertragen, und ihr gesellte nur zu bald die Not ihre würgenden Ängste hinzu. Es blieb uns nichts übrig, als uns in dieser ekelhaften Stadtgegend einzuquartieren; seit mehreren Monaten leben wir gänzlich von Mariannas Arbeit; sie hat ihre Nähnadeln in den Dienst der unglückseligen Prostituierten gestellt, die aus dieser Straße ihren Wandelgang machen. Marianna behauptet, sie habe bei diesen armen Frauenwesen Rücksichtnahme und Großherzigkeit gefunden, was ich dem Einfluß einer so reinen Tugend zuschreibe, daß sogar das Laster genötigt ist, sie zu respektieren.«

»Hoffen Sie«, sagte Andrea zu ihm. »Vielleicht sind Sie am Ende Ihrer Heimsuchungen angelangt. Bis meine Bemühungen im Verein mit den Ihren Ihre Arbeiten ans Licht gebracht haben, erlauben Sie bitte einem Landsmann, daß er einem Künstler wie Ihnen einen Vorschuß auf den unfehlbaren Erfolg Ihrer Partitur anbietet.«

»Alles, was zu den Bedingnissen des materiellen Lebens gehört, ist das Ressort meiner Frau«, antwortete ihm Gambara, »sie muß entscheiden, was wir, ohne zu erröten, von einem Kavalier entgegennehmen können, wie Sie es zu sein scheinen. Was mich betrifft, der ich mich so geraume Zeit in so weitschweifigen Geständnissen habe gehenlassen, so bitte ich Sie um die Erlaubnis, mich zu verabschieden. Ich sehe eine Melodie, die mich einlädt; sie schwebt und tanzt an mir vorüber, nackt und zitternd wie ein schönes Mädchen, das seinen Liebhaber um die Kleidungsstücke bittet, die er versteckt hält. Adieu, ich muß gehen und meine Geliebte bekleiden; ich lasse Ihnen meine Frau hier.«

Er machte sich davon wie jemand, der sich vorwirft, kostbare Zeit verloren zu haben, und die verlegene Marianna wollte ihm folgen. Andrea wagte nicht, sie zum Bleiben zu bewegen; Giardini kam ihnen beiden zu Hilfe.

»Wie Sie gehört haben, Signorina«, sagte er, »hat Ihr Mann es Ihnen überlassen, mehr als nur ein Geschäft mit dem edlen Herrn Grafen zu regeln.«

Marianna setzte sich wieder, aber ohne den Blick zu Andrea zu erheben, der zögerte, sie anzureden.

»Trägt mir das Vertrauen des Signor Gambara«, sagte Andrea mit bewegter Stimme, »nicht das seiner Frau ein? Wird die schöne Marianna es ablehnen, mich ihre Lebensgeschichte kennenlernen zu lassen?«

»Mein Leben«, antwortete Marianna, »mein Leben ist das des Efeus. Wenn Sie die Geschichte meines Herzens kennenlernen wollen, müssen Sie mich für ebenso frei von Stolz wie der Bescheidenheit bar halten, wenn Sie mich nach dem, was Sie soeben gehört haben, bitten, daß ich sie Ihnen erzähle.«

»Und wen sonst könnte ich darum bitten?« rief der Graf, bei dem die Leidenschaft bereits alle Vernunft hatte erlöschen lassen.

»Sich selber«, entgegnete Marianna. »Entweder haben Sie mich schon verstanden, oder Sie werden mich nie verstehen. Versuchen Sie, sich zu befragen.«

»Darein willige ich, aber Sie müssen mir zuhören. Diese Hand, die ich ergriffen habe, werden Sie so lange in der meinen lassen, wie meine Erzählung getreu ist.«

»Sprechen Sie«, sagte Marianna.

»Das Leben einer Frau beginnt mit ihrer ersten Liebe«, sagte Andrea, »meine liebe Marianna hat erst an dem Tag zu leben begonnen, da sie zum erstenmal Paolo Gambara erblickt hat; sie bedurfte des Auskostens einer tiefen Leidenschaft, sie bedurfte vor allem eines sie anbetenden schwachen Menschen, den sie schützen, den sie stützen konnte. Die schöne, frauliche Eigenheit, mit der sie begabt ist, ruft vielleicht weniger nach Liebe denn nach Mitleid. Sie seufzen, Marianna? Dann habe ich an eine der brennenden Wunden Ihres Herzens gerührt. Sie, die Sie so jung sind, haben dadurch, daß sie die Beschützerin einer schönen, verirrten Intelligenz wurden, eine schöne Rolle übernommen. Sie haben sich gesagt: Paolo soll mein Genie, ich will seine Vernunft sein, zu zweit wollen wir jenes fast göttliche Wesen bilden, das man als einen Engel bezeichnet, jenes erhabene Geschöpf, das genießt und versteht, ohne daß die Weisheit die Liebe erstickte. Dann haben Sie im ersten Schwung der Jugend die tausend Stimmen der Natur vernommen, die der Dichter hatte wiedergeben wollen. Begeisterung überkam Sie, als Paolo vor Ihnen jene Schätze der Dichtung ausbreitete, indem er die Formel dafür in der sublimen, aber begrenzten Sprache der Musik suchte, und Sie haben ihn bewundert, während ein delirierender Überschwang ihn über Sie hinaustrug, denn Sie hätten nur zu gern geglaubt, daß alle diese abgeirrte Energie schließlich wieder der Liebe zugeführt würde. Sie haben nichts von der tyrannischen, eifersüchtigen Herrschaft gewußt, die das Denken über Gehirne ausübt, die in Liebe für das Denken entbrennen. Ehe er Sie kennenlernte, hatte Gambara sich der stolzen, rachsüchtigen Geliebten anbefohlen, der Sie ihn bis auf den heutigen Tag streitig gemacht haben. Nur einen einzigen Augenblick lang haben Sie flüchtig das Glück erblickt. Als Paolo aus den Höhen, in denen sein Geist unablässig geschwebt hatte, herabgestürzt war, staunte er, die Wirklichkeit so lieblich zu finden, und da haben Sie gemeint, sein Wahnwitz werde in den Armen der Liebe einschlummern. Aber nur zu bald hat die Musik ihre Beute aufs neue ergriffen. Das blendende Gaukelbild, das sie unversehens mitten hinein in die Entzückungen einer geteilten Liebe versetzt hatte, machte den einsamen Weg, den Sie eingeschlagen hatten, noch düsterer und steiler. In dem, was Ihr Mann uns vorhin erzählt hat, und auch in dem frappierenden Gegensatz Ihrer Züge und der seinen habe ich die geheimen Ängste Ihres Lebens wahrgenommen, die schmerzlichen Mysterien dieser Vereinigung zweier, die schlecht zusammenpassen, bei der Sie das Los der Leiden gezogen haben. Zwar ist Ihr Verhalten stets heroisch gewesen, zwar hat Ihre Kraft in der Ausübung Ihrer peinlichen Pflichten nie versagt; aber vielleicht hat in der Stille Ihrer einsamen Nächte dieses Herz, dessen Pochen in diesem Augenblick Ihre Brust leben läßt, mehr als einmal gemurrt! Ihre grausamste Marter war ja gerade die Größe Ihres Mannes; wäre er weniger edel, weniger rein gewesen, so hätten Sie ihn verlassen können; aber seine Tugenden stützten die Ihrigen; Sie haben sich gefragt, ob Ihr Heroismus oder seine Schwäche schließlich nachgeben werde. Sie haben der wahren Größe Ihrer Aufgabe nachgestrebt wie Paolo seiner Chimäre. Hätte lediglich die Liebe zur Pflichterfüllung Sie gestützt und geleitet, so wäre Ihnen der Triumph vielleicht weniger schwer erschienen; Sie hätten sich damit abgefunden, Ihr Herz zu töten und Ihr Leben in die Welt der Abstraktionen zu verlagern; den Rest hätte die Religion beansprucht, und Sie hätten in einer Idee gelebt wie die frommen Frauen, die am Fuß des Altars die Instinkte der Natur auslöschen. Aber der Zauber, der über die ganze Persönlichkeit Ihres Paolo gebreitet ist, der hohe Schwung seines Geistes, die seltenen, rührenden Bezeigungen seiner zärtlichen Liebe warfen Sie unablässig aus dieser idealen Welt hinaus, in der die Tugend Sie hatte festhalten wollen; sie fachten in Ihnen Kräfte an, die sich ohne Unterlaß im Kampf gegen das Phantom der Liebe erschöpften. Sie zweifelten noch nicht! Der geringste Hoffnungsschimmer riß Sie zur Verfolgung Ihres sanften Traumbildes hin. Schließlich haben die Enttäuschungen so vieler Jahre Sie die Geduld verlieren lassen; sogar ein Engel hätte sie seit langem eingebüßt. Heute ist jenes seit langem verfolgte Trugbild ein Schatten und nicht ein Körper. Ein Wahnwitz, der so nahe an das Genie heranreicht, muß in dieser Welt unheilbar sein. Diese Erwägung hat Sie betroffen gemacht, Sie haben an Ihre ganze Jugend gedacht, die, wenn nicht verloren, so doch wenigstens geopfert worden war; Sie haben voller Bitternis den Irrtum der Natur erkannt, die Ihnen einen Vater bescherte, als Sie nach einem Gatten riefen. Sie haben sich gefragt, ob Sie nicht über die Pflichten einer Gattin hinausgegangen wären, als Sie sich gänzlich für diesen Mann aufsparten, der sich selber der Wissenschaft vorbehielt. Marianna, lassen Sie mir Ihre Hand; alles, was ich gesagt habe, stimmt. Und Sie haben Ihre Blicke umherschweifen lassen; aber jetzt waren Sie in Paris und nicht in Italien, wo man so gut zu lieben weiß . . .«

»Oh, lassen Sie mich diese Erzählung zu Ende führen«, rief Marianna, »ich möchte lieber selber alle diese Dinge aussagen. Ich werde dabei offen und ehrlich sein; ich fühle jetzt, daß ich mit meinem besten Freunde spreche. Ja, ich war in Paris, als sich in mir all das vollzog, was Sie mir eben so klar dargelegt haben; doch als ich Sie sah, war ich gerettet, denn nirgendwo war mir die Liebe begegnet, die ich mir seit meiner Kindheit erträumt hatte. Meine Kleidung und meine Behausung haben mich den Blicken von Männern gleich Ihnen entzogen. Ein paar junge Leute, deren Stellung ihnen nicht erlaubte, mir mit beleidigenden Vorschlägen zu kommen, wurden mir noch verhaßter durch die Leichtfertigkeit, mit der sie mich behandelten; die einen verhöhnten meinen Mann wie einen lächerlichen Greis, die andern suchten auf niedrige Weise sein Wohlwollen zu erringen, um ihn zu betrügen; alle redeten mir zu, mich von ihm zu trennen, keiner verstand den Kult, den ich dieser Seele geweiht habe, die uns nur dadurch so weit entrückt ist, weil sie dem Himmel so nahe ist, diesem Freund, diesem Bruder, dem ich immer dienen will. Sie allein haben das Band erkannt, das mich an ihn knüpft, nicht wahr? Sagen Sie mir, daß Sie ehrlich Anteil an meinem Paolo nehmen, ohne Hintergedanken . . .«

»Ich nehme diese Lobesworte hin«, unterbrach Andrea sie, »aber gehen Sie damit nicht weiter, zwingen Sie mich nicht, Sie Lügen zu strafen. Ich liebe Sie, Marianna, wie man in dem schönen Lande liebt, wo wir beide geboren worden sind; ich liebe Sie von ganzer Seele und mit allen meinen Kräften; aber bevor ich Ihnen diese Liebe darbiete, will ich mich als der Ihren würdig erweisen. Ich will eine letzte Bemühung versuchen, Ihnen den Mann zurückzugeben, den Sie seit Ihrer Kindheit lieben, den Mann, den Sie immer lieben werden. Bis der Erfolg oder der Fehlschlag eingetreten sind, müssen Sie, ohne zu erröten, die Erleichterungen entgegennehmen, die ich Ihnen beiden zuteil werden lassen will; morgen wollen wir beide gemeinsam eine Wohnung für ihn suchen. Schätzen Sie mich zur Genüge, um mich an der Ausübung Ihrer Vormundschaft teilnehmen zu lassen?«

Die über diese Großzügigkeit verwunderte Marianna bot dem Grafen die Hand; er ging und bemühte sich dabei, den Höflichkeitsbezeigungen des Signor Giardini und seiner Frau auszuweichen.

Am folgenden Tag wurde der Graf durch Giardini in die Wohnung der Eheleute geführt. Obgleich die hohe Sinnesart ihres Liebhabers Marianna bekannt war, war sie eine zu gute Hausfrau, um nicht die Verlegenheit durchblicken zu lassen, die es ihr bereitete, einen so großen Herrn in einem so ärmlichen Gemach zu empfangen. Dabei war alles darin ungemein sauber. Sie hatte den ganzen Vormittag damit hingebracht, ihr seltsames Mobiliar abzustauben, das Werk des Signor Giardini, der es in seinen Mußestunden aus den Trümmern der Instrumente gefertigt hatte, die von Gambara verworfen worden waren. Nie zuvor hatte Andrea etwas so Extravagantes gesehen. Um auf schickliche Weise ernst zu bleiben, wandte er den Blick von einem grotesken Bett ab, das der boshafte Koch aus den Holzteilen eines alten Cembalos zusammengebastelt hatte, und richtete die

Augen auf Mariannas Bett, eine schmale Lagerstatt, deren einzige Matratze mit weißem Musselin bedeckt war, ein Anblick, der ihm zugleich traurige und süße Gedanken einflößte. Er wollte von seinen Plänen sprechen und von dem Gebrauch, dem der Vormittag dienen sollte, aber die Begeisterung Gambaras, der endlich seinen wohlwollenden Zuhörer gefunden zu haben glaubte, sprang auf den Grafen über und zwang ihn, die für Paris geschriebene Oper anzuhören.

»Und zunächst, Monsieur«, sagte Gambara, »gestatten Sie mir bitte, Sie durch ein paar Worte mit dem Thema bekannt zu machen. Hier in Paris entwickeln die Leute, die musikalische Impressionen empfangen, sie nicht aus sich selbst, wie die Religion uns lehrt, durch das Gebet die heiligen Texte weiterzuentwickeln; es ist somit schwierig, ihnen verständlich zu machen, daß in der Natur eine ewige Musik existiert, eine köstliche Melodie, eine vollkommene Harmonie, die nur durch die Umwälzungen gestört wird, die vom göttlichen Willen unabhängig sind wie die Leidenschaften vom menschlichen Willen. Ich mußte also einen riesigen Rahmen finden, der die Wirkungen und die Ursachen umspannte; denn meine Musik hat sich als Ziel gesetzt, ein Abbild des Lebens der Nationen darzubringen, und zwar unter den höchsten Gesichtspunkten. Meine Oper, deren *libretto* ich selber geschrieben habe, denn ein Dichter hätte ihren Gegenstand nie voll ausgeschöpft, behandelt das Leben Mohammeds, und der ist eine Persönlichkeit, in der magische Kräfte des antiken Sabaismus[39] und die orientalische Poesie der jüdischen Religion sich vereinigt haben, um eine der großen menschlichen Dichtungen hervorzubringen, die Herrschaft der Araber. Freilich hat Mohammed den Juden die Idee der absoluten Regierung entlehnt, und den Hirten der Sabäer-Religionen den Fortschrittsdrang, der das glänzende Reich der Kalifen geschaffen hat. Schon in seiner Geburt stand sein Schicksal geschrieben; er hatte einen Heiden als Vater und als Mutter eine Jüdin. Ach, um ein großer Musiker zu sein, mein lieber Graf, muß man auch sehr gelehrt sein. Ohne Bildung gibt es in der Musik kein Lokalkolorit und keine Einfälle. Der Komponist, der einzig um des Singens willen singt, ist ein Kunsthandwerker, aber kein Künstler. Diese herrliche Oper setzt das große Werk fort, das ich unternommen hatte. Meine erste Oper hieß ›Die Märtyrer‹, und ich müßte noch eine dritte schreiben, ›Das befreite Jerusalem‹. Sie dürften die Schönheit dieser dreiteiligen Komposition und ihre so unterschiedlichen Stoffe verstehen: die Märtyrer, Mohammed, Jerusalem! Der Gott des Westens, der des Ostens, und der Kampf ihrer Religionen um ein Grab. Aber reden wir nicht von meinem großen Vorhaben; es ist auf immer dahin! Folgendes ist kurz zusammengefaßt der Inhalt meiner Oper.«

»Der erste Akt«, sagte er nach einer Pause, »führt Mohammed im Dienst der reichen Witwe Chadidscha ein, bei der sein Oheim ihn untergebracht hat; er ist verliebt und ehrgeizig; er wird aus Mekka vertrieben, flieht nach Medina und datiert seine Zeitrechnung von seiner Flucht an (der Hedschra). Der zweite Akt zeigt Mohammed als Propheten und Gründer einer kriegerischen Religion. Der dritte stellt Mohammed dar, wie er aller Dinge überdrüssig ist, nachdem er das Leben erschöpft hat, und wie er das Geheimnis seines Todes verbirgt, um ein Gott zu werden, was das letzte Streben menschlicher Überheblichkeit ist. Sie werden meine Art und Weise beurteilen, durch Töne ein großes Geschehnis auszudrücken, das die Dichtung nur unvollkommen durch Worte wiederzugeben vermöchte.«

Gambara setzte sich mit gesammelter Miene an sein Piano, und seine Frau brachte ihm den dickleibigen Papierstoß seiner Partitur; aber er schlug sie nicht auf.

»Die ganze Oper«, sagte er, »ruht wie auf fruchtbarem Erdreich auf einer Baßstimme. Mohammed muß eine majestätische Baßstimme gehabt haben, und seine erste Frau notwendigerweise eine Altstimme. Chadidscha galt als alt, sie war schon zwanzig. Achtung, jetzt kommt die Ouvertüre! Sie beginnt (c-Moll) mit einem Andante (Dreivierteltakt). Hören Sie die Melancholie des Ehrgeizlings, dem die Liebe nicht genugtut? Durch seine Klagen, durch einen Übergang zu der entsprechenden Taktart (e-Moll, Allegro, Viervierteltakt) dringen die Schmerzensrufe des liebenden Epileptikers, seine Wutausbrüche und ein paar kriegerische Motive, denn der allmächtige Säbel der Kalifen beginnt vor seinen Augen zu schimmern. Die Schönheit der einzigartigen Frau flößt ihm das Gefühl für die Vielheit der Liebe ein, das uns in ›Don Juan‹ so tief betroffen macht. Erblicken Sie beim Anhören dieser Motive nicht Mohammeds Paradies? Aber jetzt (As-Dur, Sechsachteltakt) ein Cantabile, das imstande ist, auch die der Musik feindlichste Seele aufzuheitern: Chadidscha hat Mohammed verstanden! Chadidscha verkündigt dem Volk die Zusammenkünfte des Propheten mit dem Engel Gabriel (Maestoso sostenuto in f-Moll). Die Richter, die Priester, die Regierung und die Religion, die sich durch den Neuerer angegriffen fühlen, wie Sokrates und Christus die sterbenden oder überholten Regierungen und Religionen angriffen, verfolgen Mohammed und vertreiben ihn aus Mekka (Stretta in C-Dur). Jetzt kommt meine schöne Dominante (G, Viervierteltakt): Arabien lauscht seinem Propheten, die Reiter kommen (G-Dur, Es-Dur, B-Dur, g-Moll! Immer Viervierteltakt). Die Menschenlawine schwillt an! Der falsche Prophet hat auf eine Völkerschaft auszuüben begonnen, was er auf die ganze Welt ausüben wird (G, G). Er verheißt den Arabern die Weltherrschaft, man glaubt ihm, weil er ein Erleuchteter ist. Das Crescendo setzt ein (immer dieselbe Dominante). Jetzt ein paar Fanfaren (in C-Dur), der Harmonie überlagerte Blechinstrumente machen sich selbständig und treten hervor, um die ersten Triumphe auszudrücken. Medina ist für den Propheten erobert worden, und jetzt wird auf Mekka marschiert (großer Ausbruch in C-Dur). Die Mächte des Orchesters entwickeln sich wie eine Feuersbrunst, jedes Instrument erklingt, es sind Sturzbäche von Harmonie. Ganz plötzlich wird das Tutti durch ein graziöses Motiv (verminderte Terz) abgelöst. Hören Sie die letzte Kantilene opferwilliger Liebe. Die Frau, die den großen Mann gefördert hat, stirbt und verhehlt ihm ihre Verzweiflung, sie stirbt beim Triumph dessen, in dem die Liebe zu gewaltig geworden ist, um sich auf eine Frau zu beschränken; sie vergöttert ihn so sehr, daß sie sich der Größe opfert, durch die sie getötet wird! Welch lodernde Liebe! Das ist die Wüste, die die Welt überwältigt (das C-Dur wird wieder aufgenommen). Die volle Kraft des Orchesters wird nochmals eingesetzt und mündet in eine furchtbare Quintenfolge über dem Grundbaßthema aus, das erstirbt, Mohammed langweilt sich, er hat alles ausgekostet! Jetzt will er als Gott sterben! Arabien vergöttert ihn und betet, und wir fallen in mein erstes Melancholie-Thema zurück (durch c-

Moll), und der Vorhang geht auf. – Finden Sie nicht«, fragte Gambara, hörte zu spielen auf und wandte sich zum Grafen um, »in dieser lebhaften, widerstreitenden, bizarren, melancholischen und stets großen Musik das Leben eines vor Liebesdrang tollwütigen Epileptikers ausgedrückt, der weder lesen noch schreiben kann, der aus jedem seiner Fehler eine Stufe für den Auf stieg zur Größe macht und seine Irrtümer und seine Fehlschläge in Triumphe umwandelt? Ist Ihnen in dieser Ouvertüre, einer Kostprobe der Oper, die Verführungskraft nicht deutlich geworden, die auf ein gieriges, verliebtes Volk ausgeübt wird?«

Das Gesicht des Maestro war anfangs ruhig und streng gewesen; Andrea hatte versucht, darin die Ideen zu erraten, die er mit inspirierter Stimme ausdrückte und die ein unverdauliches Amalgam von Noten ihm nicht zu erblicken erlaubte; aber nach und nach hatte es sich belebt und schließlich einen leidenschaftlichen Ausdruck angenommen, der seine Wirkung auf Marianna und den Koch ausübte. Marianna war zu heftig beeindruckt durch die Passagen, in denen sie ihre eigene Liebe wiedererkannte; sie hatte Andrea den Ausdruck ihres Blickes nicht verbergen können. Gambara wischte sich die Stirn ab und lenkte seinen Blick mit solcher Gewalt gegen die Zimmerdecke, daß er sie zu durchbrechen und sich in die Himmelsweiten aufzuschwingen schien.

»Sie haben die Säulenvorhalle gesehen«, sagte er, »jetzt treten wir in den Palast ein. Die Oper beginnt. *Erster Akt.* Mohammed ist allein vorn auf der Bühne und beginnt mit einer Arie (F-Dur, Viervierteltakt), unterbrochen durch den Chor der Kameltreiber, die um einen Brunnen im Hintergrund der Bühne versammelt sind (sie kontrastieren im Rhythmus, Zwölfachteltakt). Welch majestätischer Schmerz. Er rührt die leichtsinnigsten Frauen, er dringt in ihr Körperliches, wenn sie kein Herz haben. Ist das nicht die Melodie des Genies in einer Zwangslage?«

Zu Andreas größter Verwunderung, denn Marianna war daran gewöhnt, zog Gambara seine Kehle so heftig zusammen, daß nur erstickte Töne daraus hervordrangen, ähnlich denen, die ein heiserer Wachhund ausstößt. Der leichte Schaum, der die Lippen des Komponisten weißte, ließ Andrea schauern.

»Seine Frau kommt (a-Moll). Welch herrliches Duett! In dieser Nummer drücke ich aus, wie Mohammed ganz Wille, wie seine Frau ganz Verstand ist. Chadidscha verkündet darin, sie wolle sich einem Werk widmen, das ihr die Liebe ihres jungen Gatten rauben werde. Mohammed will die Welt erobern, seine Frau hat es erraten, sie hat ihm dadurch geholfen, da sie das Volk von Mekka überzeugte, die epileptischen Anfälle ihres Mannes seien die Auswirkungen seines Umgangs mit den Engeln. Chor der ersten Jünger Mohammeds, die nahen und ihm ihre Mitwirkung versprechen (cis-Moll, sotto voce). Mohammed geht, um den Engel Gabriel aufzusuchen (Rezitativ in F-Dur). Seine Frau facht den Mut des Chors an (Arie, unterbrochen durch die Begleitung des Chors). Anschwellende, stoßweise Stimmen untermalen den breiten, majestätischen Gesang der Chadidscha (A-Dur). Abdullah, der Vater der Aïscha, die Mohammed als jungfräulich befunden hat, weswegen der Prophet den Namen des Vaters in Abu Bekr (Vater der Jungfrau) umgewandelt hat, tritt mit Aïscha vor und löst sich aus dem Chor (durch musikalische Phrasen, die die übrigen Stimmen übertönen und Chadidschas Arie verstärken, indem sie sich damit vereinen, und zwar im Kontrapunkt). Omar, der Vater der Hafsa, eines anderen Mädchens, das Mohammed besitzen soll, ahmt das Beispiel Abu Bekrs nach, stimmt mit einer Tochter ein, und es kommt zu einem Quintett. Die Jungfrau Aïscha singt den ersten, Hafsa den zweiten Sopran; Abu Bekr den ersten Baß, Omar ist Bariton. Mohammed tritt als ein Erleuchteter wieder auf. Er singt seine erste Bravourarie, die das Finale einleitet (E-Dur); er verspricht den ersten, die an ihn glauben, die Weltherrschaft. Der Prophet erblickt die beiden Mädchen, und durch einen weichen Übergang (von H-Dur nach G-Dur) richtet er an sie verliebte Worte. Ali, Mohammeds Vetter, und Khaled, sein größter Feldherr, zwei Tenöre, kommen und künden die Verfolgung an; die Richter, die Soldaten, die Herrschenden haben den Propheten verbannt (Rezitativ). Mohammed verkündet in einer Ansprache (in C), der Engel Gabriel sei mit ihm, und zeigt auf eine davonfliegende Taube. Der Chor der Gläubigen antwortet durch Bekundungen der Treue mittels einer Modulation (in H-Dur). Die Soldaten, die Richter, die Großen kommen *(Tempo di marcia;* Viervierteltakt, H-Dur). Kampf zwischen den beiden Chören

(Stretta in Es-Dur). Mohammed (mittels einer Folge absteigender verminderter Septakkorde) weicht dem Sturm und flieht. Die düstere, wilde Farbe dieses Finales wird durch die Motive der drei Frauen nuanciert, die Mohammed seinen Triumph prophezeien und deren Phrasen im dritten Akt weiterentwickelt werden, in der Szene, in der Mohammed die Wonnen seiner Größe genießt.«

In diesem Augenblick traten Gambara Tränen in die Augen; nach einer kurzen Weile der Rührung rief er aus: »*Zweiter Akt!* Jetzt ist die Religion gegründet. Die Araber bewachen das Zelt ihres Propheten, der Gott um Rat fragt (Chor in a-Moll). Mohammed erscheint (Gebet in F). Welch glänzende, majestätische Harmonie ist dem Gesang unterlegt, in dem ich vielleicht die Grenzen der Melodie erweitert habe! Mußte nicht einmal das Wundersame dieser großen Menschenbewegung ausgedrückt werden, die eine Musik, eine Architektur, eine Dichtkunst, eine Tracht und Sitten erschaffen hat? Wenn Sie sie hören, wandeln Sie unter den Arkaden des Generalife, unter den geschnitzten Gewölben der Alhambra! Die Koloraturen der Arie malen die köstliche maurische Architektur und die Dichtungen dieser ritterlichen, kriegerischen Religion, die sich der kriegerischen galanten Ritterschaft der Christen entgegenstellen sollte! Im Orchester erschallen einige Blechbläser und verkünden die ersten Triumphe (durch eine abgebrochene Kadenz). Die Araber beten den Propheten an (Es-Dur). Ankunft Khaleds, Amrus und Alis durch ein *Tempo di marcia.* Die Heerscharen der Gläubigen haben Städte genommen und die drei Arabien unterworfen! Welch ein pompöses Rezitativ! Mohammed belohnt seine Heerführer durch die Hand seiner Töchter. (Hier«, sagte er mit kläglicher Miene, »folgt dann eins der vulgären Ballette, die den Faden der schönsten musikalischen Tragödie zerschneiden!) Aber Mohammed (h-Moll) gibt der Oper durch seine große Prophezeiung neuen Auftrieb; sie beginnt wie bei dem armen Monsieur de Voltaire mit dem Vers:

Die Zeit Arabiens ist endlich angebrochen[40].

Sie wird durch den Chor der triumphierenden Araber unterbrochen (Zwölfachteltakt, beschleunigt). Die Trompeten, die Blechbläser setzen wieder ein, zusammen mit den Stämmen, die in Scharen herbeieilen. Allgemeines Fest, bei dem alle Stimmen mitwirken, eine nach der andern, und bei dem Mohammed seine Vielweiberei verkündet. Inmitten dieses Jubelfestes tritt die Frau, die Mohammed so sehr geholfen hat, mit einer herrlichen Arie (H-Dur) hervor. ›Und ich‹, fragt sie, ›ich werde also nicht mehr geliebt?‹ – ›Wir müssen scheiden; du bist ein Weib, und ich bin ein Prophet; ich kann Sklavinnen haben, aber nicht mehr meinesgleichen!‹ Hören Sie sich dies Duett an (gis-Moll). Was für herzzerreißende Klagen! Die Frau hat Verständnis für die Größe, die sie mit eigenen Händen angebahnt hat, sie liebt Mohammed zur Genüge, um sich seinem Ruhm zu opfern, sie betet ihn kritiklos und ohne Murren an wie einen Gott. Arme Frau, die erste Betrogene und das erste Opfer! Welch ein Thema für das Finale (H-Dur) ist dieser Schmerz, der in so braunen Farben auf den Untergrund der Beifallsrufe des Chors aufgestickt worden ist und sich mit den Klängen Mohammeds vereint, der seine Frau verläßt wie ein unnützes Werkzeug, aber durchblicken läßt, daß er sie niemals vergessen wird! Welch triumphierende Girandolen, welche Raketen von freudigen, perlenden Gesängen lassen die jungen Stimmen (erster und zweiter Sopran) der Aïscha und Hafsa verströmen, die durch Ali und seine Frauen, durch Omar und Abu Bekr verstärkt werden! Weinet und freuet euch! Triumph und Tränen! So ist das Leben!«

Marianna vermochte ein Aufschluchzen nicht zu unterdrücken. Andrea war so erschüttert, daß seine Augen sich leicht feuchteten. Der neapolitanische Koch, den die magnetische Übermittlung der durch die Stimmkrämpfe Gambaras ausgedrückten Ideen ins Wanken brachte, schloß sich dieser Richtung an. Der Musiker wandte sich um, sah die Gruppe und lächelte.

»So versteht ihr mich endlich!« rief er.

Nie hat ein Triumphator, der im Purpurglanz seines Ruhms unter den Beifallsrufen eines ganzen Volkes pomphaft zum Kapitol geführt wurde, einen solchen Ausdruck zur Schau getragen, wenn er die Krone sich auf sein Haupt senken fühlte. Das Gesicht des Musikers leuchtete wie das eines heiligen Märtyrers. Keiner zerstörte diesen Irrtum. Ein grausiges Lächeln kräuselte Mariannas Lippen. Der Graf war über die Naivität dieses Wahnsinns erschrocken.

»Dritter Akt«, sagte der glückliche Komponist und setzte sich wieder an das Piano. *»(Andantino solo.)* Der unglückliche Mohammed in seinem Serail, von Frauen umgeben. Quartett der Huris (in A-Dur). Welche Prächte! Welche Gesänge glücklicher Nachtigallen! Modulationen (f-Moll). Das Thema erscheint (auf der E-Dominante, um dann in A-Dur weitergeführt zu werden). Die Wollustgefühle werden zusammengeschart und zeichnen sich ab, damit ihr Gegensatz zu dem düsteren Finale des ersten Satzes hervortritt. Nach den Tänzen erhebt sich Mohammed und singt eine große Bravourarie (f-Moll), um der einzigen, opferfreudigen Liebe seiner ersten Frau nachzutrauern und zu gestehen, daß die Vielweiberei ihn zugrunde gerichtet habe. Nie hat ein Musiker einen solchen Stoff gehabt. Das Orchester und der Frauenchor geben den Freuden der Huris Ausdruck, während Mohammed wieder in die Melancholie versinkt, die die Oper eröffnete. – Wo ist Beethoven«, rief Gambara, »damit ich bei dieser wunderbaren Rückkehr der ganzen Oper zu sich selbst richtig verstanden werde? Wie alles sich auf die Baßstimme stützt! Beethoven hat seine c-Moll-Symphonie nicht anders aufgebaut. Aber seine heroische Bewegung ist rein instrumental, während meine heroische Bewegung hier sich auf ein Sextett der schönsten Menschenstimmen stützt und auf den Chor der Gläubigen, die an der Pforte des heiligen Hauses wachen. Ich habe alle Reichtümer der Melodie und der Harmonie, ein Orchester und Stimmen! Hören Sie den Ausdruck aller menschlichen Existenzen, ob reich oder arm! Kampf, Triumph und Lebensüberdruß! Ali kommt, der Koran triumphiert überall (Duett in d-Moll). Mohammed vertraut sich seinen beiden Schwiegervätern an; er hat alles satt, er will der Macht entsagen und unbekannt sterben, um seinem Werk Dauer zu leihen. Herrliches Sextett (b-Moll). Er nimmt Abschied (Solo in F-Dur). Seine beiden als Stellvertreter (Kalifen) eingesetzten Schwiegerväter rufen das Volk zusammen. Großer Triumphmarsch. Allgemeines Gebet der Araber, die vor dem heiligen Haus (Kaaba)[41], dem die Taube entflattert (gleiche Tonart), versammelt sind. Das von sechzig Stimmen gesungene und von den Frauen geführte Gebet (in b-Moll) krönt dieses gigantische Werk, in dem das Leben der Nationen und des Menschen ausgedrückt worden ist. Alle

menschlichen und göttlichen Gefühlswallungen haben Sie erlebt.«

Andrea betrachtete Gambara in törichtem Erstaunen. Wenn er zunächst nicht durch die grausige Ironie erschüttert worden wäre, die sich in diesem Mann verkörperte, der die Gefühle von Mohammeds Frau ausdrückte, ohne sie in Marianna wiederzuerkennen, so war jetzt der Wahnsinn des Ehemanns durch den des Komponisten in den Schatten gestellt worden. Es gab nicht die mindeste Andeutung einer poetischen oder musikalischen Idee in dieser schwindelerregenden Kakophonie, die einem das Trommelfell platzen ließ; die Prinzipien der Harmonie, die Grundregeln des Komponierens waren dieser formlosen Schöpfung völlig fremd. Anstatt der kundig in sich verknüpften Musik, von der Gambara sprach, hatten seine Finger eine Folge von Quinten, Septimen und Oktaven, von großen Terzen und Quartsext-Stufen im Baß vollführt, eine Vereinigung mißtönender Klänge, wie durch Zufall hingeworfen; alles schien kombiniert worden zu sein, um auch die am wenigsten empfindlichen Ohren zu zerreißen. Es ist schwierig, diese bizarre Darbietung in Worte zu fassen; es bedürfte ganz neuer Ausdrücke für diese unmögliche Musik. Andrea war durch den Wahnsinn dieses wakkeren Mannes peinlich berührt; er wurde rot und blickte verstohlen Marianna an, die bleich und niedergeschlagenen Blickes ihren Tränen nicht zu wehren vermochte. Inmitten seines wüsten Tongetöses hatte Gambara von Zeit zu Zeit Ausrufe getan, die das Entzücken seiner Seele verkündeten; er war vor Wohlbehagen vergangen, er hatte sein Piano angelächelt, es zornig angeblickt, ihm die Zunge ausgestreckt, wie es die Erleuchteten zu tun pflegen; kurzum, er schien berauscht von der Poesie zu sein, die seinen Kopf erfüllte und die in Töne umzusetzen er sich vergeblich bemüht hatte. Die befremdlichen Dissonanzen, die unter seinen Fingern geheult und gebrüllt, hatten für seine Ohren offenbar wie himmlische Harmonien geklungen. Freilich, bei dem inspirierten Blick seiner blauen, eine andere Welt erschauenden Augen, bei dem rosigen Schein, der seine Wangen färbte, und vor allem bei der göttlichen Heiterkeit, die die Verzückung über seine edlen, stolzen Züge breitete, hätte ein Tauber glauben müssen, er wohne der Improvisation eines großen Künstlers bei. Diese Illusion wäre um so natürlicher gewesen, als die Ausführung dieser unsinnigen Musik eine wunderbare Geschicklichkeit verlangte, um einen solchen Fingersatz zu bewältigen. Sicherlich hatte Gambara jahrelang geübt. Übrigens waren nicht nur seine Hände beschäftigt gewesen, die Verzücktheit der Pedaltechnik hatte seinem ganzen Körper ständig wilde Bewegungen auferlegt; daher war ihm der Schweiß über das Gesicht gerieselt, während er sich abmühte, durch die schwachen Mittel, die das undankbare Instrument ihm bot, ein Crescendo anschwellen zu lassen; er hatte mit den Füßen gestampft und geheult; seine Finger hatten, was die Schnelligkeit betrifft, derjenigen der gespaltenen Zunge einer Schlange geglichen; schließlich, beim letzten Aufbrüllen des Pianos, hatte er sich zurückgeworfen und den Kopf auf die Lehne seines Sessels fallen lassen.

»Beim Bacchus! Ich bin ganz betäubt«, rief der Graf beim Hinausgehen, »ein auf einem Klavier herumtanzendes Kind würde bessere Musik machen.«

»Ganz sicher könnte der Zufall nicht mit solcher Geschicklichkeit den Zusammenklang zweier Töne umgehen, wie dieser Teufelskerl es eine Stunde lang getan hat«, sagte Giardini.

»Wie kommt es nur, daß die wunderbare Regelmäßigkeit von Mariannas Zügen beim ständigen Anhören dieser fürchterlichen Dissonanzen sich nicht ändert?« fragte sich der Graf. »Marianna schwebt in Gefahr, häßlich zu werden.«

»Gnädiger Herr, dieser Gefahr muß sie entrissen werden«, rief Giardini.

»Ja«, sagte Andrea, »daran habe auch ich schon gedacht. Aber um mir darüber klarzuwerden, ob meine Pläne nicht etwa auf einer falschen Grundlage beruhen, muß ich meine Mutmaßungen durch ein Experiment erhärten. Ich will wiederkommen und mir die Instrumente ansehen, die er erfunden hat. Wir wollen also morgen abend nach dem Essen noch einen Mitternachtsschmaus veranstalten; ich selber schicke den Wein und die nötigen Leckerbissen her.«

Der Koch verneigte sich. Den folgenden Tag benutzte der Graf dazu, die Wohnung instand setzen zu lassen, die er dem armen Künstlerehepaar zugedacht hatte. Abends kam Andrea und fand, seinen Anordnungen entsprechend, seine Weine und seine Kuchen vor; Marianna und der Koch hatten alles aufs sorglichste hingestellt; Gambara zeigte ihm triumphierend die kleinen Trommeln, auf denen Pulverkörnchen lagen; mittels ihrer machte er seine Beobachtungen über die Klangfarbenunterschiede seiner Instrumente.

»Da sehen Sie«, sagte er zu ihm, »durch was für einfache Mittel ich dazu gelange, eine große Behauptung zu beweisen. So enthüllt mir die Akustik analoge Auswirkungen des Tons auf alle Dinge, die er berührt. Sämtliche Harmonien gehen von einem gemeinsamen Zentrum aus und bewahren untereinander enge Beziehungen; oder vielmehr die Harmonie, die eine Einheit wie das Licht ist, wird durch unsere Künste zerlegt wie der Lichtstrahl durch das Prisma.«

Dann zeigte er Instrumente vor, die nach seinen Regeln konstruiert worden waren, und erklärte die Veränderungen, die er in ihren Bau eingeführt hatte. Schließlich verkündete er, und zwar nicht ohne Emphase, er wolle diese erste Sitzung, die höchstens dazu getaugt habe, die Neugier der Augen zu befriedigen, dadurch krönen, daß er ein Instrument ertönen lasse, das ein ganzes Orchester ersetzen könne; er nenne es »Panharmonikon«.

»Wenn es das in dem Verschlag da stehende ist, das uns die Beschwerden der Nachbarschaft einträgt, wenn Sie es bearbeiten«, sagte Giardini, »dann werden Sie nicht lange darauf spielen; der Polizeikommissar wird nur zu bald kommen. Sind Sie sich darüber klar?«

»Wenn dieser arme Narr hierbleibt«, flüsterte Gambara dem Grafen zu, »kann ich unmöglich spielen.«

Der Graf hieß den Koch gehen und versprach ihm eine Belohnung, wenn er draußen Wache stehen und verhindern wolle, daß Polizeistreifen oder die Nachbarn sich einmischten. Der Koch, der sich selber nicht ausgenommen hatte, als er Gambara einschenkte, war es zufrieden. Der Komponist war nicht betrunken, aber in dem Zustand, bei dem alle intellektuellen Kräfte überreizt sind, bei dem die Zimmerwände leuchtend werden, bei dem die Mansarden keine Dächer mehr haben, bei dem die Seele sich in der Welt der Geister tummelt. Nicht ohne Mühe befreite Marianna ein Instrument von seinen Hüllen, das so groß war wie ein Flügel, aber eine zweite Tastatur oberhalb der ersten besaß. Das absonderliche Instrument bot außer jener Tastatur und der Tabulatur die Schalltrichter einiger Blasinstrumente und die spitzen Schnäbel einiger Orgelpfeifen dar.

»Spielen Sie mir doch bitte das Gebet vor, von dem Sie sagen, es sei so schön; den Schluß Ihrer Oper«, sagte der Graf.

Zum Erstaunen Mariannas und Andreas begann Gambara mit mehreren Akkorden, aus denen ein großer Meister sprach; ihrem Erstaunen folgte zunächst eine Bewunderung, in die sich Überraschung mischte, und dann eine gänzliche Hingerissenheit, in der sie die Stätte und den Mann vergaßen. Orchestereffekte wären nicht so grandios gewesen, wie es die Töne der Blasinstrumente waren, die an eine Orgel erinnerten und sich mit den reichen Harmonien der Saiteninstrumente vereinten; aber der unvollkommene Zustand, in dem sich diese seltsame Apparatur befand, hemmte die Entwicklungen des Komponisten, dessen Gedanken jetzt größer zu sein schienen. Oftmals hindert die Vollkommenheit der Kunstwerke die Seele, sie zu vergrößern. Ist das nicht der Prozeß, den die Skizze gegen das fertige Bild vor dem Tribunal derjenigen gewinnt, die das Werk durch ihr Denken vollenden, anstatt es fix und fertig hinzunehmen? Die reinste und süßeste Musik, die der Graf jemals vernommen hatte, stieg unter den Fingern Gambaras auf wie eine Weihrauchwolke über einem Altar. Die Stimme des Komponisten wurde wieder jung; und weit davon entfernt, dieser reichen Melodie zu schaden, erklärte, kräftigte und leitete sein Organ sie, gerade wie die klanglose, zitternde Stimme eines geschickten Vorlesers, wie Andrieux[42] einer war, der den Sinn einer erhabenen Szene Corneilles oder Racines dadurch vertiefte, daß er ihr eine intime Poesie hinzufügte. Diese der Engel würdige Musik zeugte von verborgenen Schätzen in dieser gewaltigen Oper, die niemals verstanden werden konnte, solange dieser Mann sich darauf versteifte, sich zu erschließen, wenn er bei klarem Verstand war. Der Graf und Marianna waren gleichermaßen aufgeteilt zwischen der Musik und der Überraschung, die ihnen dieses Instrument mit den hundert Stimmen bereitete, von dem ein Fremder hätte meinen können, daß sein Erbauer darin unsichtbare junge Mädchen versteckt habe, so ähnlich klangen die Töne bisweilen der Menschenstimme –, der Graf und Marianna wagten nicht, einander ihre Gedanken weder durch Blicke noch durch Worte mitzuteilen. Mariannas Gesicht wurde durch einen herrlichen Hoffnungsschimmer verklärt, der ihr wieder den Glanz der Jugend zuteil werden ließ. Dieses Wiedererstehen ihrer Schönheit, die sich mit der leuchtenden Erscheinung des Genies ihres Mannes vereinte, verschattete mit einer Wolke des Kummers die Entzückungen, die diese geheimnisvolle Stunde dem Grafen beschert hatte.

»Sie sind unser guter Geist«, sagte Marianna zu ihm. »Ich bin versucht, zu glauben, Sie inspirieren ihn; denn ich, die ich nie von seiner Seite weiche, habe so etwas noch nie gehört.«

»Und jetzt Chadidschas Abschied!« rief Gambara und sang die Cavatine, der er am Vortage das Beiwort »erhaben« gegeben hatte; sie ließ die beiden Liebenden in Tränen ausbrechen, so sehr drückte sie die höchste Hingabe der Liebe aus.

»Wer nur hat Ihnen solcherlei Weisen diktieren können?« fragte der Graf.

»Der Geist«, antwortete Gambara. »Wenn er erscheint, ist mir, als stehe alles in Flammen. Ich sehe die Melodien von Angesicht zu Angesicht, schön und jung, von der Farbe der Blumen; sie strahlen, sie klingen, und ich lausche, aber es bedarf unendlicher Zeit, um sie wiederzugeben.«

»Spiel weiter!« sagte Marianna.

Gambara, der keine Müdigkeit verspürte, spielte mühelos und ohne Gesichtsverrenkungen. Er trug seine Ouvertüre mit so hohem Talent vor und offenbarte so neue musikalische Schätze, daß der geblendete Graf schließlich an eine Bezauberung glaubte, ähnlich derjenigen, die Paganini und Liszt ausüben, durch ein Spiel, das sicherlich alle Gegebenheiten der Musik verändert, indem es daraus eine Poesie macht, die über musikalische Schöpfungen hinausreicht.

»Na, machen Eure Exzellenz ihn gesund?« fragte der Koch, als Andrea nach unten gegangen war.

»Das werde ich bald wissen«, antwortete der Graf. »Die Intelligenz dieses Mannes hat zwei Fenster, das eine ist nach der Welt zu geschlossen, das andere nach dem Himmel zu geöffnet; das erste ist die Musik, das zweite die Poesie; bis heute hat er sich darauf versteift, vor dem zugesperrten Fenster zu verweilen; er muß an das andere geführt werden. Sie, Giardini, haben mir als erster den richtigen Weg gewiesen, als Sie mir sagten, Ihr Gast denke klarer und richtiger, sobald er ein paar Glas Wein getrunken habe.«

»Ja«, rief der Koch, »und jetzt kann ich mir denken, was Eure Exzellenz vorhaben.«

»Wenn es noch Zeit ist, in seinen Ohren die Poesie erdonnern zu lassen, inmitten der Akkorde einer schönen Musik, so muß er in den Zustand versetzt werden, in dem er hören und urteilen kann. Nur der Rausch kann mir zu Hilfe kommen. Wollen Sie mir helfen, Gambara betrunken zu machen, mein Lieber? Wird Ihnen selbst das nicht schaden?«

»Was verstehen Eure Exzellenz darunter?«

Andrea ging davon, ohne zu antworten, aber er lachte über die Durchtriebenheit, die diesem Narren verblieben war. Am folgenden Tag holte er Marianna ab; sie hatte den Morgen dazu benutzt, sich ein schlichtes, aber hübsches Kleid zu schneidern; das hatte jedoch alle ihre Ersparnisse verschlungen. Sie sah jetzt ganz anders aus, und das hätte die Illusionen eines Übersättigten zunichte gemacht; aber bei dem Grafen war die verliebte Laune zur Leidenschaft geworden. Die ihres romantischen Elends entkleidete und zur schlichten Bürgersfrau gewordene Marianna ließ ihn an eine Eheschließung denken; er gab ihr die Hand, half ihr beim Einsteigen in eine Droschke und teilte ihr sein Vorhaben mit. Sie stimmte allem zu, glücklich, daß ihr Liebhaber noch größer, edelmütiger und uneigennütziger war, als sie es sich erhofft hatte. Sie kam in eine Wohnung, in der Andrea sich darin gefallen hatte, sich seine Freundin durch einige jener Erlesenheiten ins Gedächtnis zurückzurufen, die sogar die tugendhaftesten Frauen verführen.

»Erst in dem Augenblick, da Sie an Ihrem Paolo verzweifeln, werde ich Ihnen von meiner Liebe sprechen«, sagte der Graf zu Marianna, als sie in die Rue Froidmanteau zurückkamen. »Sie sollen Zeugin der Ehrlichkeit meiner Bemühungen sein; sind sie erfolgreich, vermag ich mich vielleicht nicht in meine Rolle als Freund zu fügen; aber dann werde ich Sie fliehen, Marianna. Zwar habe ich Mut genug, Ihr Glück in die Wege zu leiten; aber die Kraft, es mitanzusehen, werde ich schwerlich aufbringen.«

»Das dürfen Sie nicht sagen, auch Wohltaten haben ihre Gefahren«, antwortete sie und konnte ihre Tränen kaum zurückhalten. »Aber wie, Sie verlassen mich schon?«

»Ja«, sagte Andrea. »Seien Sie glücklich ohne Ablenkung.«

Wenn man dem Koch glauben durfte, wirkte die hygienische Änderung sich günstig auf die beiden Gatten aus. Mit jedem Abend, wenn er getrunken hatte, wirkte Gambara weniger in sich verstrickt und redete mehr und bedächtiger; schließlich sagte er sogar, er wolle die Zeitungen lesen. Andrea konnte nicht umhin, zu erzittern, als er die unverhoffte Schnelligkeit seines Erfolges gewahrte; aber obwohl seine Befürchtungen ihm die Stärke seiner Liebe enthüllten, machten sie ihn in seinem tugendhaften Entschluß nicht wankend. Eines Tages kam er, um sich vom Fortschreiten dieser seltsamen Heilung zu überzeugen. Der Zustand seines Kranken löste zunächst in ihm einige Freude aus, doch diese wurde beeinträchtigt durch die Schönheit Mariannas, der das behagliche Leben all ihren Glanz zurückgegeben hatte. Fortan kam er allabendlich und spann freundlich-ernste Unterhaltungen an, bei denen er Gambaras sonderbaren Theorien die Helligkeiten eines maßvollen Widerspruchs entgegensetzte. Er nahm die wunderbare Scharfsicht wahr, derer der Geist des letzteren sich in allen Bereichen erfreute, die seinem Wahnsinn nicht allzu eng benachbart waren, um ihn über die verschiedenen Zweige der Kunst Grundsätze aufstellen zu lassen, die später auch auf die Musik anwendbar waren. Alles ging gut, solange die Weindünste das Gehirn des Kranken erhitzten; aber sobald er seinen Verstand völlig wiedererlangt oder vielmehr völlig wieder verloren hatte, verfiel er abermals seinem Wahn. Dennoch ließ Paolo sich bereits leichter durch den Eindruck der Außendinge ablenken, und seine Intelligenz verteilte sich bereits auf eine größere Zahl von Punkten gleichzeitig. Andrea, der ein Künstlerinteresse an diesem halb ärztlichen Vollbringen nahm, glaubte schließlich, er könne einen großen Schlag wagen. Er beschloß, in seinem Stadtpalais ein Essen zu geben, zu dem Giardini ebenfalls hinzugezogen wurde, aus seinem launischen Einfall heraus, die Tragödie nicht von der Parodie zu trennen; das Essen fand am Tag der Uraufführung der Oper »Robert der Teufel«[43] statt, deren Generalprobe er beigewohnt hatte und die ihm geeignet schien, seinem Patienten die Augen zu öffnen.

Schon vom zweiten Gang an war Gambara betrunken und scherzte wohlgemut über sich selber, und Giardini gestand, seine kulinarischen Erfindungen seien nicht das Mindeste wert. Andrea hatte nichts außer acht gelassen, um dieses doppelte Wunder herbeizuführen. Der Orvieto-Wein, der Montefiascone, die mit den unendlichen Vorsichtsmaßnahmen herbeigeschafft worden waren, die ihr Transport erfordert, der Lacrimae-Christi, der Giro, alle die Würzweine der *cara patria*[44] ließen in den Gehirnen der Tischgäste einen zweifachen Rausch entstehen, den durch den Rebensaft und den durch die Erinnerungen. Beim Nachtisch schworen die Musiker und der Koch fröhlich ihren Irrtümern ab; der eine trällerte eine Cavatine von Rossini, der andere häufte auf seinem Teller Bissen an, die er mit Maraschino aus Zara befeuchtete, und das geschah zugunsten der französischen Küche. Der Graf nahm Gambaras glückliche Stimmung wahr; mit der Sanftmut eines Lammes ließ der Komponist sich in die Oper führen. Bei den ersten Tönen des Vorspiels schien Gambaras Rausch hinzuschwinden und jener fieberhaften Aufregung zu weichen, die bisweilen seine Urteilskraft und seine Phantasie in Einklang brachte; der für gewöhnlich obwaltende Mißklang zwischen beiden war sicherlich als die Ursache seines Wahnsinns anzusehen, und der beherrschende Gedanke dieses großen musikalischen Dramas erschien ihm in seiner glanzvollen Einfachheit wie ein Blitz, der die tiefe Nacht, darin er lebte, zerspaltete. Vor seinen aufgetanen Augen zeichnete jene Musik die ungeheuren Weiten einer Welt, in die hinein er sich zum erstenmal geworfen fand, wobei er darin Geschehnisse wahrnahm, die er schon im Traum erblickt hatte. Er glaubte sich in die Gefilde seiner Heimat versetzt, dorthin, wo das schöne Italien beginnt, die Gegend, die Napoleon so verständnisvoll das Glacis der Alpen genannt hat. Die Erinnerung trug ihn in die Zeiten zurück, da sein junger, lebendiger Verstand noch nicht durch die Ekstase seiner allzu üppigen Phantasie getrübt gewesen war; er lauschte in frommer Haltung, ohne ein einziges Wort sagen zu wollen. Daher nahm der Graf Rücksicht auf die Vorgänge, die sich in dieser Seele vollzogen. Bis nachts um halb eins verharrte Gambara in einer so tiefen Reglosigkeit, daß die Stammgäste der Oper ihn für das halten mußten, was er ja auch war, nämlich für einen Betrunkenen. Auf der Heimfahrt ließ Andrea es sich angelegen sein, Meyerbeers Werk herunterzumachen, um Gambara aufzuwekken, der in jenen Halbschlaf versunken war, der den Trunkenen wohlbekannt ist.

»Was ist denn in dieser zusammenhanglosen Partitur so Hypnotisches enthalten, daß sie Sie in den Zustand eines Nachtwandlers versetzt?« fragte Andrea, als sie in seinem Haus anlangten. »Der Gehalt von ›Robert der Teufel‹ ist sicherlich nicht gänzlich uninteressant, Holtei[45] hat ihn mit seltenem Glück zu einem sehr gut geschriebenen Drama mit einer Fülle von starken und packenden Situationen entwickelt; aber die französischen Bearbeiter haben Mittel und Wege gefunden, daraus die lächerlichste Fabel der Welt zu schöpfen. Die Ungereimtheit der Libretti von Vestri[46] und Schikaneder[47] reicht nicht an die der Dichtung ›Robert der Teufel‹ heran; sie ist ein wahrer Alpdruck, der auf den Zuschauern lastet, ohne starke Empfindungen entstehen zu lassen. Meyerbeer[48] hat für den Teufel einen allzu schönen Part geschrieben. Bertram und Alice stellen den Kampf des Guten und Bösen dar, das gute und das schlechte Prinzip. Dieser Antagonismus bot dem Komponisten den glücklichsten Gegensatz dar. Die Gegenüberstellung der schmelzendsten Melodien und herber, harter Gesänge wäre eine natürliche Folge der Form des Librettos gewesen; aber in der Partitur des deutschen Autors singen die bösen Geister schöner als die Engel. Die himmlischen Inspirationen strafen oftmals ihren Ursprung Lügen, und wenn der Komponist für eine kurze Weile die höllischen Formen vergißt, so beeilt er sich, zu ihnen zurückzukehren, da er nur zu bald der Anstrengung müde wird, die er unternimmt, sich davon abzuwenden. Die Melodie, dieser goldene Faden, der in einer so ausgedehnten Komposition niemals abreißen dürfte, verschwindet häufig in Meyerbeers Werk. Das Gefühl hat darin keine Stätte, das Herz spielt darin keine Rolle; deswegen begegnet man darin nie jenen glücklichen Motiven, jenen naiven Gesängen, die an alle Sympathien rühren und in der Seelentiefe einen wohltuenden Eindruck hinterlassen. Die Harmonie regiert herrscherlich, anstatt der Untergrund zu sein, von dem sich die Gruppen des musikalischen Gemäldes absondern sollen. Diese dissonierenden Akkorde sind weit davon entfernt, den Zuhörer zu erschüttern; sie erregen in seiner Seele lediglich ein Gefühl, das demjenigen ähnelt, das man beim Anblick eines Seiltänzers empfindet, der auf einem Drahtseil schwebt und zwischen Leben und Tod balanciert. Es kommen keine anmutigen Wesen vor, die diese ermüdenden Krampfzuckungen beschwichtigen könnten. Man könnte sagen, dem Komponisten habe kein anderes Ziel vorgeschwebt, als sich bizarr und phantastisch zu bezeigen; er nimmt eifrig die Gelegenheit wahr, einen barocken Effekt zu produzieren, ohne sich um die Wahrheit, die musikalische Einheit oder die Unfähigkeit der Stimmen zu kümmern, die von dieser instrumentalen Entfesselung zermalmt werden.«

»Schweigen Sie, lieber Freund«, sagte Gambara, »ich bin noch im Bann dieser wunderbaren Höllengesänge, die die Schalltrichter noch schrecklicher machen, was eine ganz neue Instrumentation ist! Die gebrochenen Kadenzen, die Roberts Melodie eine solche Energie verleihen, die Cavatine im vierten Akt, das Finale des ersten üben auf mich nach wie vor die Bezauberung durch eine übernatürliche Macht aus! Nein, nicht einmal die Deklamation Glucks[49] hat jemals einen so großartigen Effekt gemacht, und ich bin erstaunt über soviel technisches Kunstwissen.«

»Signor Maestro«, entgegnete Andrea lächelnd, »erlauben Sie mir, Ihnen zu widersprechen. Ehe Gluck schrieb, dachte er lange nach. Er berechnete alle Möglichkeiten und stellte einen Plan auf, der später durch seine Einzelinspirationen geändert werden konnte, der es ihm jedoch niemals freistellte, vom Weg abzuweichen. Daher seine energische Akzentuierung, die vor Wahrhaftigkeit zitternde Deklamation. Ich stimme mit Ihnen überein, daß das gelehrte technische Können in Meyerbeers Oper groß ist; aber ebendieses technische Können wird zu einem Mangel, wenn es sich von der Inspiration loslöst, und ich glaube, in dieser Oper die mühsame Arbeit eines klugen Geistes gewahrt zu haben, der seine Musik aus Tausenden von Motiven aus durchgefallenen oder vergessenen Opern zusammengesucht hat, um sie dadurch zu seinem geistigen Eigentum zu machen, daß er sie ausweitet, sie modifiziert oder konzentriert. Aber es ist ihm unterlaufen, was allen Verfertigern von Flickwerk passiert, nämlich der Mißbrauch guter Dinge. Dieser geschickte Notenwinzer verschwendet Dissonanzen, die, da allzu häufig eingesetzt, schließlich das Ohr verwunden und es an die großen Effekte gewöhnen, mit denen der Komponist sparsam umgehen sollte, um daraus mehr Nutzen zu ziehen, wenn die Situation es verlangt. Die enharmonischen[50] Überleitungen wiederholen sich bis zum Überdruß, und der Mißbrauch der Plagalkadenz[51] beraubt ihn eines großen Teils seiner religiösen Feierlichkeit. Ich weiß wohl, daß jeder Komponist seine besonderen Formen hat, zu denen er unwillkürlich zurückkehrt, aber es ist wesentlich, sich zu überwachen und diesen Fehler zu vermeiden. Ein Gemälde, dessen Kolorit uns lediglich Blau oder Rot darbieten würde, wäre weit von der Wirklichkeit entfernt und würde das Auge ermüden. So breitet der nahezu stets gleiche Rhythmus in der Partitur des ›Robert‹ Monotonie über das Gesamt des Werkes. Was nun den Effekt der Schalltrichter betrifft, von dem Sie sprechen, so ist er in Deutschland seit langem bekannt, und das, womit Meyerbeer uns als Neuheit aufwartet, ist bereits von Mozart angewandt worden, der auf diese Weise den Chor der Teufel im ›Don Juan‹ singen läßt.«

Andrea versuchte, wobei er Gambara immer wieder zum Trinken aufforderte, ihn durch sein Widersprechen zum echten musikalischen Gefühl zurückzuführen; er legte ihm dar, seine sogenannte Mission auf Erden bestehe nicht darin, eine Kunst aufzufrischen, die jenseits seiner Fähigkeiten liege, sondern Ausdruck für seine Gedanken in einer anderen Form zu suchen, und das sei keine andere als die Dichtkunst.

»Sie haben von diesem gewaltigen musikalischen Drama nichts verstanden, lieber Graf«, sagte Gambara lässig; er trat an Andreas Piano heran, ließ die Tasten ertönen, lauschte dem Klang, setzte sich dann und schien eine Weile nachzusinnen, wie wenn er seine eigenen Gedanken kurz zusammenfassen wolle.

»Und zunächst müssen Sie sich merken, daß ein verständnisvolles Ohr wie das meine die Arbeit des Edelsteinfassers, von der sie sprechen, vollauf erkannt hat. Ja, diese Musik ist liebevoll ausgewählt worden, aber aus den Reichtümern einer üppigen, fruchtbaren Phantasie, aus der das gelehrte technische Können die Ideen herausgepreßt hat, um deren musikalische Essenz zu gewinnen. Ich will Ihnen diese Arbeit erklären.«

Er stand auf und trug die Kerze ins Nebenzimmer, und ehe er

sich wieder setzte, trank er ein volles Glas Giro, einen aus Sardinien stammenden Wein, der das gleiche Feuer entfacht, wie die alten Tokayer-Weine es entzünden.

»Sehen Sie«, sagte Gambara, »diese Musik ist weder für die Glaubenslosen geschaffen worden noch für die, die nicht lieben. Wenn Sie nie im Leben die Eingriffe eines bösen Geistes empfunden haben, der Ihr Ziel verrückt, wenn Sie es ins Auge fassen, der den schönsten Hoffnungen ein trauriges Ende bereitet, mit einem Wort, wenn Sie in dieser Welt nie den zappeligen Teufelsschwanz erblickt haben, dann wird die Oper ›Robert‹ für Sie sein, was die Apokalypse für die ist, die da glauben, mit ihnen selbst nehme alles ein Ende. Wenn Sie, der Sie unglücklich und verfolgt sind, Verständnis für den Geist des Bösen haben, diesen tückischen Affen, der in einem fort das Werk Gottes zerstört, wenn Sie ihn sich vorstellen, wie er eine fast göttliche Frau nicht geliebt, sondern vergewaltigt und dabei von dieser Liebe die Freuden der Vaterschaft davongetragen hat, und zwar so sehr, daß er seinen Sohn lieber mit sich selbst ewig unglücklich sieht, als ihn ewig glücklich mit Gott zu wissen; wenn Sie sich endlich die Seele der Mutter vorstellen, die über dem Haupt des Sohnes schwebt, um ihn den grausigen Verlockungen von seiten des Vaters zu entreißen, dann haben Sie noch immer bloß eine schwache Vorstellung von dieser gewaltigen Tondichtung, der nur wenig fehlt, um mit Mozarts ›Don Juan‹ rivalisieren zu können. ›Don Juan‹ steht um seiner Vollkommenheit willen höher, das gebe ich zu: ›Robert der Teufel‹ stellt Ideen dar; ›Don Juan‹ erregt Gefühle. ›Don Juan‹ ist nach wie vor das einzige musikalische Werk, in dem die Harmonie und die Melodie sich im genauen Verhältnis halten; lediglich darin beruht das Geheimnis seiner Überlegenheit über ›Robert‹, denn ›Robert‹ ist reichhaltiger. Aber wozu soll dieser Vergleich dienen, wenn jedes dieser beiden Werke schön durch seine eigenen Schönheiten ist? Zu mir, der unter den oftmals wiederholten Schlägen des Bösen ächzt, hat ›Robert‹ nachdrücklicher gesprochen als zu Ihnen, und mir ist er gleichzeitig weitläufig und konzentriert vorgekommen. Wahrhaftig, dank Ihnen bin ich vorhin in dem schönen Land der Träume heimisch gewesen, in dem unsere Sinne sich erweitert dünken, in dem das All sich, im Vergleich zum Menschen, zu gigantischen Proportionen entfaltet.« (Es trat eine kurze Weile des Schweigens ein.) »Ich zittere noch«, sagte der unglückliche Künstler, »von den vier Paukenschlägen, die mich bis ins Innerste getroffen haben und die das kurze, schroffe Vorspiel eröffnen, in dem das Solo der Posaune, der Flöte, der Oboe und der Klarinette phantastische Farbtöne in die Seele werfen. Dieses Andante in c-Moll läßt das Thema der Anrufung der Seelen in der Abtei ahnen und vergrößert das Bühnengeschehen für uns durch die Ankündigung eines ganz und gar geistigen Kampfes. Gezittert habe ich!«

Gambara schlug mit sicherer Hand die Tasten an; meisterlich entfaltete er Meyerbeers Thema; es war eine seelische Entladung in der Art Liszts. Dies war kein Klavier mehr, es war ein ganzes Orchester, der Genius der Musik war beschworen worden.

»Das ist Mozarts Stil«, rief er. »Sehen Sie nur, wie dieser Deutsche die Akkorde handhabt, durch welche kundigen Modulationen er das Entsetzen vorübergehen läßt, um zur Dominante C zu gelangen. Ich höre die Hölle! Der Vorhang geht auf. Was sehe ich? Das einzige Schauspiel, das wir mit ›höllisch‹ bezeichnen dürfen, eine Orgie von Kavalieren auf Sizilien. Da werden in einem Chor in F durch ein bacchisches Allegro alle menschlichen Leidenschaften entfesselt. Alle Drähte, an denen der Teufel uns lenkt, sind in Bewegung! Das ist so recht die Art Freude, die die Menschen packt, wenn sie über einem Abgrund tanzen, sie steigern sich selber in Schwindelgefühle hinein. Welch ein Schwung in diesem Chor. Aus diesem Chor löst sich die Wirklichkeit des Lebens, des harmlosen, bürgerlichen Lebens, durch einen ganz schlichten Gesang in g-Moll, denjenigen Raimbauts. Er erquickt nur für kurze Zeit die Seele, dieser biedere Mann, der die grüne, fruchtbare Normandie verkörpert und sie Robert inmitten des Rauschs ins Gedächtnis zurückruft. Auf diese Weise nuanciert die Holdheit der geliebten Heimat diesen düsteren Anfang mit einem schimmernden Netzwerk. Dann kommt die wunderbare Ballade in C-Dur, die der Chor in c-Moll begleitet und die so gut das Thema kündet. – *›Ich bin Robert!‹* ertönt es sogleich. Die Wut des durch seinen Vasallen beleidigten Fürsten ist schon keine natürliche Wut mehr; aber sie muß sich beschwichtigen, denn Kindheitserinnerungen kommen mit Alice durch jenes Allegro in A-Dur voller Schwung und Anmut. Hören Sie die Aufschreie der Unschuld, die, als sie in dies höllische Drama eintritt, als Verfolgte eintritt! – ›Nein, nein!‹« sang Gambara; er verstand es, sein lungenkrankes Klavier zum Singen zu bringen. »Die Heimat und deren Rührendes sind auf den Plan getreten! Die Kindheit und deren Erinnerungen sind in Roberts Herz neu erblüht; aber jetzt erhebt sich der Schatten der Mutter, begleitet von weichen, frommen Gedanken! Die Religion beseelt diese schöne Romanze in E-Dur; es findet sich darin ein herrliches harmonisches und melodisches Fortschreiten auf die Worte:

›Denn so im Himmel wie auf Erden
Wird seine Mutter für ihn beten.‹

Es beginnt der Kampf zwischen den unbekannten Mächten und einem einzigen Mann, der in seinen Adern das Höllenfeuer hat, um Widerstand zu leisten. Und damit man es ganz genau weiß, kommt jetzt der Auftritt Bertrams, dem der große Musiker in Gestalt eines Ritornells eine Wiederholung der Ballade im Orchester unterlegt hat. Welch eine Kunst! Welch ein Zusammenhang aller Teile, welche Kraft des Aufbaus! Darunter steckt der Teufel, er verbirgt sich, er zappelt. Mit dem Erschrecken der Alice, die den Teufel vom Sankt-Michael-Bild ihres Dorfes wiedererkennt, wird der Kampf der beiden Prinzipien festgelegt. Das musikalische Thema muß sich entwickeln, und durch welche Phasen der Variation? Jetzt wird der für jede Oper notwendige Gegensatz und Zwiespalt kräftig betont durch ein schönes Rezitativ, wie Gluck es immer getan hat, zwischen Bertram und Robert.

›Nie wirst du um das Unmaß meiner Liebe wissen.‹

Dieses diabolische c-Moll, dieser schreckliche Baß Bertrams beginnen ihr untergrabendes Spiel, das alle Bemühungen dieses Mannes mit dem heftigen Temperament zunichte machen wird. Für mich ist hier alles mit Grausen erfüllt. Wird das Verbrechen seinen Verbrecher finden? Bekommt der Henker seine Beute? Wird das Unglück das Genie des Künstlers verschlingen? Wird die Krankheit den Kranken töten? Wird der Schutzengel den

Christen behüten? Jetzt kommt das Finale, die Spiel-Szene, in der Bertram seinen Sohn quält und ihn in die furchtbarste Erregung versetzt. Der ausgeplünderte Robert in seinem Zorn will alles zerbrechen, alles umbringen, alles in Feuer und Blut tauchen; er scheint ihm so recht sein Sohn zu sein, denn so ist er ihm ähnlich. Welch eine wüste Heiterkeit in Bertrams ›Ich lache deiner Hiebe!‹ Wie schön die venezianische Barcarole dieses Finale nuanciert! Durch welche kühnen Übergänge tritt diese schurkische Vaterschaft wieder auf, um Robert abermals zum Spiel zu veranlassen! Dieser Einsatz ist überwältigend für alle, die die Themen im Grund ihrer Herzen entwickeln und ihnen die Weihe verleihen, die zu übermitteln der Musiker ihnen aufgetragen hat. Nichts als die Liebe war dieser großen gesunden Symphonie entgegenzustellen, in der man weder Eintönigkeit noch die Anwendung des stets gleichen Kunstmittels wahrnimmt; sie ist einheitlich und mannigfaltig, und das ist das Charakteristikum alles Großen und Natürlichen. Ich atme auf, ich gelange in die gehobene Sphäre eines galanten Hofs; ich höre die hübschen, frischen und leicht melancholischen Phrasen der Isabelle und den zweigeteilten Kanonchor der Frauen, der ein wenig an die maurischen Farbtönungen Spaniens erinnert. An dieser Stelle wird die furchtbare Musik durch weiche Farbtöne gemildert; es ist wie ein sich legender Sturm; und sie gelangt zu dem blumigen, koketten, gut modulierten Duett, das in nichts der vorhergegangenen Musik ähnelt. Nach den Tumulten im Lager der auf Abenteuer erpichten Helden kommt die Schilderung der Liebe. Dank, lieber Dichter. Mein Herz hätte nicht länger standgehalten. Wenn ich jetzt hier nicht die Margueriten einer französischen komischen Oper pflückte, wenn ich nicht den lieblichen Scherz der Frau vernähme, die zu lieben und zu trösten weiß, würde ich nicht den schrecklichen tiefen Akkord ertragen, mit dem Bertram erscheint und seinem Sohn mit dem: ›Wenn ich es erlaube!‹ antwortet, als dieser seiner heiß geliebten Prinzessin gelobt, mit den Waffen zu siegen, die sie ihm gibt. Der Hoffnung des durch die Liebe gebesserten Spielers wird die Liebe der schönsten Frau zuteil, denn haben Sie diese hinreißende Sizilianerin gesehen, und ihre der Beute sicheren Falkenaugen? (Welche Darsteller hat der Musiker gefunden!) Der Hoffnung des Menschen setzt die Hölle die ihre durch den erhabenen Ruf entgegen: ›Dir, Robert von der Normandie!‹ Bewundern Sie nicht den düsteren, tiefen Schrecken, der sich in den langen, schönen Klängen ausdrückt, die für die Worte: ›Dort in dem nahen Walde‹ geschrieben worden sind? Es finden sich darin alle Bezauberungen des ›Befreiten Jerusalem‹, wie man dessen Rittertum in dem Chor mit dem spanischen Rhythmus und dem *Tempo di marcia* wiederfindet. Welche Originalität in diesem Allegro, den Modulationen der vier abgestimmten Pauken (C, D; C, G)! Wieviel Eleganz in dem Ruf zum Turnier! Der Schwung des heldischen Lebens jener Zeit ist ganz und gar darin enthalten, die Seele gesellt sich hinzu, ich lese einen Ritterroman und eine Dichtung. Die Exposition ist abgeschlossen; anscheinend sind die Hilfsmittel der Musik erschöpft; nie haben Sie Ähnliches gehört, und dabei ist alles homogen. Sie haben das menschliche Leben in seinem einen und einzigen Ausdruck vernommen: ›Werde ich glücklich sein oder unglücklich?‹ fragen die Philosophen. ›Werde ich verdammt oder erlöst?‹ fragen die Christen.«

Hier hielt Gambara mit dem letzten Akkord des Chors inne, ließ ihn melancholisch nachhallen und stand dann auf, um ein weiteres großes Glas Giro-Wein zu trinken. Dieses halb afrikanische Getränk entzündete wieder den Feuerschein eines Gesichts, den das leidenschaftliche, wunderbare Vorspielen von Meyerbeers Oper ein wenig hatte verblassen lassen.

»Damit es dieser Komposition an nichts mangelt«, fuhr er fort, »hat der große Künstler uns freigiebig das einzige Buffo-Duett beschert, das ein Dämon sich erlauben konnte, die Verführung eines armen Troubadours. Er hat den Scherz neben das Grauen gestellt, einen Scherz, in dem die einzige Wirklichkeit aufklafft, die in der erhabenen Phantasie seines Werks zutage tritt; die reine, ruhige Liebschaft Alices und Raimbauts, ihrer beider Leben wird durch eine vorweggenommene Rache zerstört; nur große Seelen können die Noblesse empfinden, die diese Buffo-Arie beseelt; Sie finden darin weder das allzu verschwenderische Flimmern unserer italienischen Musik noch die Plattheit der französischen Neuerer. Dies hat etwas von der Majestät des Olymps. Das bittere Lachen einer Gottheit wird der Überrumpelung eines Troubadours gegenübergestellt, der sich in einen

Don Juan verwandelt. Ohne die Größe würden wir zu schnell auf die allgemeine Farbe der Oper zurückgeführt werden, die sich in der furchtbaren Wut der verminderten Septakkorde ausprägt, in einen höllischen Walzer ausmündet und uns endlich von Angesicht zu Angesicht den Dämonen gegenüberstellt. Wie kraftvoll löst sich Bertrams Couplet in h-Moll vom Höllenchor ab und schildert uns Vatergefühle, in die sich satanische Gesänge mischen, durch eine grausige Verzweiflung! Welch ein entzückender Übergang durch den Auftritt Alices mit dem Ritornell in h-Moll! Ich habe noch diese Gesänge in ihrer engelhaften Kühle im Ohr; ist das nicht die Nachtigall nach dem Gewitter? So findet der große Gedanke des Gesamts sich in den Einzelheiten wieder, denn was könnte man dem Toben der in ihrem Loch wimmelnden bösen Geister anderes entgegenstellen als Alices wundervolle Arie:

›Als ich die Normandie verlassen . . .‹

Der Goldfaden der Melodie läuft stets an der mächtigen Harmonie entlang wie eine himmlische Hoffnung, er säumt sie, und mit welch einem profunden technischen Können! Niemals löst sich das Genie von dem gelehrten Können, das es leitet. Jetzt singt Alice in h-Moll und verknüpft sich mit dem Fis, der Dominante des Höllenchors. Hören Sie das Tremolo des Orchesters? Robert wird in den Kreis der Dämonen gebeten. Bertram tritt wieder auf, und an dieser Stelle findet sich der Kulminationspunkt des musikalisch Interessanten, ein Rezitativ, das nur dem Großartigsten vergleichbar ist, das die großen Meister je ersonnen haben, der heiße Kampf in e-Moll, in dem die beiden Ringer, Himmel und Hölle, ausbrechen, der eine mit: ›Ja, du kennst mich!‹ auf einer verminderten Septime, der andere mit seinem erhabenen F: ›Mit *mir* ist der Himmel!‹ Hölle und Kreuz stehen einander gegenüber. Jetzt kommen Bertrams Bedrohungen Alices, die am heftigsten pathetischen der Welt; der Geist des Bösen entfaltet sich wohlgefällig und stützt sich wie stets auf das persönliche Interesse. Das Kommen Roberts, das uns mit dem wunderbaren Terzett in As ohne Begleitung beschenkt, führt zu einem ersten Zusammentreffen zwischen den beiden nebenbuhlerischen Mächten und dem Menschen. Sehen Sie, wie klar es in Erscheinung tritt«, sagte Gambara und konzentrierte diese Szene durch ein leidenschaftliches Spiel, das Andrea erschütterte. »Die ganze Musiklawine ist von den vier Paukenschlägen an auf diesen Kampf dreier Stimmen zugerollt. Die Magie des Bösen triumphiert! Alice entflieht, und Sie hören das Duett in D zwischen Bertram und Robert; der Teufel schlägt ihm seine Klauen ins Herz, er zerfleischt es ihm, um es sich besser anzueignen; er benutzt alles: Ehre, Hoffnung, ewige, endlose Genüsse; alles läßt er vor seinen Augen erglänzen; er stellt ihn wie Jesus auf die Zinne des Tempels und zeigt ihm alle Kleinode der Erde, den Schmuckschrein des Bösen; er stachelt ihn zum Ausspielen des Muts an, und schöne menschliche Gefühle brechen in dem Schrei aus:

›Den Rittern meines Vaterlands
War stets die Ehre Schutz und Schirm!‹

Endlich kommt als Krönung des Werks das Thema, das die Oper so unheildrohend eröffnet hat, hier ist sie, diese Hauptmelodie, in der großartigen Anrufung der Seelen:

›Ihr Nonnen, die ihr ruht hier unterm kalten Stein,
Vernehmt ihr mich?‹

Die glorreich durchlaufene musikalische Bahn wird glorreich vollendet durch das Allegro vivace des Bacchanals in d-Moll. Das ist so recht der Triumph der Hölle! Rolle, Musik! Umhülle uns mit deinen verdoppelten Faltenwürfen, rolle und verführe! Die höllischen Mächte haben ihre Beute gepackt, sie halten sie fest, sie tanzen. Dies schöne Genie, das auserkoren war, zu herrschen, zu regieren, jetzt ist es verloren! Die Dämonen sind fröhlich, die Not wird das Genie ersticken, die Leidenschaft den Ritter verderben.«

Hier entwickelte Gambara das Bacchanal eigenmächtig; er improvisierte geniale Variationen und begleitete sich mit melancholischer Stimme, als wolle er die heimlichsten Leiden ausdrücken, die er selber empfunden hatte.

»Hören Sie die himmlischen Klagen der vernachlässigten Liebe?« fuhr er fort. »Isabelle ruft nach Robert inmitten des großen Chors der zum Turnier ziehenden Ritter, in dem die Motive des zweiten Akts wieder erscheinen, um verständlich zu machen, daß der dritte Akt sich in einer übernatürlichen Sphäre vollzogen hat. Das wirkliche Leben tritt wieder auf den Plan. Der Chor beruhigt sich beim Sichnähern der Zauberentzückungen der Hölle, die Robert mit dem Talisman herbeibringt; die Wunder des dritten Akts nehmen ihren Fortgang. Jetzt kommt das Vergewaltigungsduett, dessen Rhythmus von der Brutalität eines Mannes aussagt, der alles kann, und in dem die Prinzessin durch klägliches Stöhnen versucht, ihren Liebhaber wieder zur Vernunft zu bringen. Hier hat der Musiker sich in eine schwer zu bewältigende Lage begeben, und er ist ihrer durch die köstlichste Nummer der Oper Herr geworden. Welch göttliche Melodie hat die Kavatine: ›Gnade sei dir!‹ Die Frauen haben ihren Sinn gut verstanden, sie haben sich alle auf der Bühne umschlungen und gepackt gesehen. Allein schon diese Nummer würde das Glück der Oper machen, denn sämtliche Frauen glaubten hier, in den Fängen eines gewalttätigen Ritters zu sein. Nie zuvor hat es eine so leidenschaftliche und dramatische Musik gegeben. Die ganze Welt tobt jetzt gegen den Verworfenen los. Man kann diesem Finale seine Ähnlichkeit mit dem des ›Don Juan‹ zum Vorwurf machen, aber es besteht in der Situation der riesige Unterschied, daß dabei in Isabelle ein edler Glaube zum Durchbruch kommt, eine wahre Liebe, die Robert retten wird; denn er stößt verächtlich die ihm anvertraute höllische Macht von sich, während Don Juan in seinem Unglauben verharrt. Dieser Vorwurf trifft übrigens alle Komponisten, die seit Mozart Finales geschrieben haben. Das Finale des ›Don Juan‹ ist eine der klassischen Formen, die für alle Zeit gefunden worden sind. Endlich erhebt sich die Religion allmächtig mit ihrer Stimme, die die Welten beherrscht, die alles Unglück zu sich ruft, um es zu trösten, alle Reue, um sie zu versöhnen. Der ganze Zuschauerraum war erschüttert beim Ertönen des Chors:

›Unglückliche oder Schuldige,
Beeilt euch, eilt herbei!‹

In dem grausigen Tumult der entfesselten Leidenschaften wäre die heilige Stimme nicht vernommen worden; aber in diesem kritischen Augenblick kann sie dröhnend singen, die göttliche katholische Kirche, sie schwingt sich auf und erglänzt in Klarheit. An dieser Stelle war ich überrascht, nach so vielen harmonischen Schätzen auf eine neue Goldader zu stoßen, in der der Komponist das Hauptstück ›Ruhm sei der Vorsehung!‹ gefunden hat, das in Händels Art geschrieben worden ist. Jetzt tritt Robert auf, völlig außer sich, und zerreißt die Seele mit seinem: ›Wenn ich beten könnte.‹ Der vom Urteilsspruch der Höllengeister getriebene Bertram verfolgt seinen Sohn und versucht eine letzte Bemühung. Alice hat die Mutter erscheinen lassen; jetzt hören Sie das große Terzett, auf das die Oper zugestrebt hat: den Triumph der Seele über das Stoffliche, des Geistes des Guten über den Geist des Bösen. Die frommen Gesänge vertreiben die höllischen Gesänge, das Glück zeigt sich in vollem Glanze; aber an dieser Stelle ist die Musik schwächer geworden; ich habe eine Kathedrale gesehen, anstatt das Konzert glückseliger Engel zu vernehmen, ein göttliches Gebet der befreiten Seelen, die der Vereinigung Roberts und Isabelles Beifall zollen. Wir dürften nicht unter dem Schwergewicht der Bezauberungen der Hölle verbleiben, wir müßten mit einer Hoffnung im Herzen hinausgehen. Mir, der ich ein katholischer Musiker bin, hat hier ein anderes ›Gebet des Moses‹ gefehlt. Ich hätte gern gewußt, wie Deutschland gegen Italien gekämpft, was Meyerbeer getan haben würde, um mit Rossini in Wettstreit zu treten. Allein ungeachtet dieses kleinen Fehlers kann der Autor sagen, daß nach fünf Stunden einer so gehaltvollen Musik jeder Pariser ein Ausstattungsstück einem musikalischen Meisterwerk vorzieht! Sie haben den Beifall gehört, mit dem dieses Werk bedacht worden ist; es wird fünfhundert Aufführungen erleben! Wenn die Franzosen diese Musik verstanden haben ...«

»Dann geschah das, weil sie Gedanken darbietet«, sagte der Graf.

»Nein, es geschieht, weil sie mit Machtbefugnis das gleichnishafte Bild der Kämpfe darstellt, in denen so viele Menschen umkommen, und weil individuelle Existenzen durch die Erinnerung daran Halt finden können. Deshalb wäre es mir, einem Unglücklichen, eine Genugtuung gewesen, den Ruf der himmlischen Stimmen zu vernehmen, von dem ich so viele Male geträumt habe.«

Sogleich geriet Gambara in eine musikalische Ekstase und improvisierte die melodischste und harmonischste Kavatine, die Andrea jemals hören sollte, einen göttlichen und göttlich gesungenen Gesang, dessen Thema von einer Anmut war, die sich derjenigen des »O filii et filiae«[52] vergleichen ließ, erfüllt von Liebreizen, die einzig das größte musikalische Genie hätte finden können. Der Graf saß da, in inständigste Bewunderung vertieft: Wolken verteilten sich, Himmelsbläue tat sich auf, Engelsgestalten erschienen und hoben die Schleier, die das Heiligtum verhüllten, Himmelslicht ergoß sich in Strömen. Nur zu bald trat Stille ein. Der Graf wunderte sich, nichts mehr zu hören; er betrachtete Gambara, der mit starren Augen in der Haltung der Theriakis das Wort »Gott!« stammelte. Der Graf wartete, daß der Komponist aus den Zaubergefilden herabsteige, in die er sich auf den buntschillernden Fittichen der Inspiration hinaufgeschwungen hatte; er beschloß, ihn mittels der Erleuchtung aufzuklären, die er von dort mitbringen würde.

»Na also«, sagte er zu ihm, reichte ihm ein weiteres gefülltes Glas und stieß mit ihm an, »Sie sehen ja, daß dieser Deutsche, wie Sie sagen, eine erhabene Oper geschaffen hat, ohne sich um die Theorie zu kümmern, während die Musiker, die grammatikalisch korrekt schreiben wie die Literaturkritiker, jämmerliche Komponisten sein können.«

»Dann mögen Sie also meine Musik nicht?«

»Das will ich nicht sagen; aber wenn Sie, anstatt darauf versessen zu sein, Ideen auszudrücken, und wenn Sie, anstatt das musikalische Prinzip bis zum Äußersten zu treiben, was Sie übers Ziel hinausschießen läßt, sich einfach darauf beschränkten, in uns Gefühle zu erwecken, dann würden Sie besser verstanden werden, sofern Sie sich nicht überhaupt über Ihre Berufung getäuscht haben. Sie sind nämlich ein großer Dichter.«

»Was?« sagte Gambara. »Fünfundzwanzig Studienjahre sollten umsonst gewesen sein? Ich müßte die unvollkommene Sprache der Menschen erlernen, wo ich doch den Schlüssel zum Himmelswort in Händen halte? Ach, wenn Sie recht hätten, würde ich sterben . . .«

»Das würden Sie nicht tun. Sie sind groß und stark, Sie müßten Ihr Leben von vorn anfangen, und ich würde Sie unterstützen. Wir würden das noble, seltene Bündnis eines reichen Mannes und eines Künstlers darbieten, die einander verstehen.«

»Meinen Sie es ehrlich?« fragte Gambara, den eine plötzliche Betäubung überkam.

»Ich habe Ihnen bereits gesagt, daß Sie mehr Dichter als Musiker sind.«

»Dichter! Dichter! Das ist besser als überhaupt nichts. Sagen Sie mir die Wahrheit, wen schätzen Sie höher ein, Mozart oder Homer?«

»Ich bewundere sie beide gleichermaßen.«

»Auf Ehrenwort?«

»Auf Ehrenwort.«

»Hm. Noch eine Frage. Was halten Sie von Meyerbeer und Byron?«

»Indem Sie sie so nebeneinander stellen, haben Sie sie beurteilt.«

Der Wagen des Grafen stand bereit; der Komponist und sein adliger Arzt stiegen rasch die Treppenstufen hinab und langten binnen kurzer Zeit bei Marianna an. Beim Eintreten stürzte Gambara in die Arme seiner Frau; sie wich einen Schritt zurück und wandte den Kopf ab; auch der Ehemann trat einen Schritt zurück und stützte sich auf den Grafen.

»Ach, Monsieur«, sagte Gambara mit dumpfer Stimme, »Sie hätten mir wenigstens meinen Wahnsinn lassen sollen.« Dann senkte er den Kopf und fiel um.

»Was haben Sie getan? Er ist ja völlig betrunken!« rief Marianna und warf auf den Körper einen Blick, in dem Mitleid und Ekel miteinander kämpften.

Der Graf, dem sein Diener dabei half, richtete Gambara auf; er wurde auf sein Bett gelegt. Andrea ging, das Herz von grausiger Freude erfüllt.

Am andern Tag ließ der Graf seine gewöhnliche Besuchsstunde vorübergehen; er begann zu fürchten, von sich selbst betrogen worden zu sein und an dieses arme Ehepaar, dessen Frieden für immer gestört war, Wohlstand und Weisheit ein bißchen teuer verkauft zu haben.

Endlich erschien Giardini; er überbrachte ein paar Zeilen Mariannas.

»Kommen Sie«, schrieb sie, »das Übel ist nicht so groß, wie Sie es wohl gewollt haben, Sie Grausamer!«

»Exzellenz«, sagte der Koch, während Andrea sich ankleidete, »Sie haben uns gestern abend köstlich bewirtet, aber Sie müssen zugeben, daß, abgesehen von den Weinen, Ihr Haushofmeister uns kein Gericht aufgetragen hat, das würdig gewesen wäre, auf der Tafel eines wahren Feinschmeckers zu erscheinen. Ebensowenig werden Sie vermutlich leugnen, daß das Gericht, das Ihnen in meinem Haus an dem Tage vorgesetzt wurde, da Sie mir die Ehre erwiesen, an meinem Tisch Platz zu nehmen, nicht die Quintessenz aller derjenigen dargestellt hätte, die gestern Ihr kostbares Geschirr besudelten. Daher habe ich heute früh, als ich aufwachte, über das Versprechen nachgedacht, das Sie mir gaben, nämlich dasjenige einer Stellung als Chefkoch. Ich betrachte mich jetzt als Ihrem Haus zugehörig.«

»Mir ist vor ein paar Tagen derselbe Gedanke gekommen«, antwortete Andrea. »Ich habe mit dem Sekretär der österreichischen Botschaft über Sie gesprochen, und Sie können fortan die Alpen überschreiten, wann es Ihnen beliebt. Ich besitze ein Schloß in Kroatien, das ich selten aufsuche; da können Sie die Funktionen des Pförtners, des Kellermeisters und des Haushofmeisters übernehmen, mit zweihundert Talern Gehalt. Die gleiche Entlohnung erhält Ihre Frau; sie hat die übrigen Dienstleistungen zu übernehmen. Da können Sie sich in Experimenten *in anima vili*[53] ergehen, das heißt mit den Mägen meiner Vasallen. Hier ist ein Scheck auf meinen Bankier für Ihre Reisekosten.«

Dem neapolitanischen Brauch entsprechend, küßte Giardini dem Grafen die Hand.

»Exzellenz«, sagte er, »den Scheck nehme ich an, aber nicht die Stellung; es hieße mich entehren, wenn ich meiner Kunst den Rücken kehrte und auf das Urteil der raffiniertesten Feinschmecker verzichtete; denn die leben ganz entschieden in Paris.«

Als Andrea bei Gambara erschien, erhob sich dieser und ging ihm entgegen.

»Mein edelmütiger Freund«, sagte er mit denkbar offener Miene, »entweder haben Sie gestern die Schwäche meines Organismus mißbraucht, um Ihr Spiel mit mir zu treiben, oder Ihr

Gehirn hält genausowenig wie das meine der Erprobung der heimischen Dünste unserer guten Weine aus Latium stand. Ich will mich an die letztere Mutmaßung halten und lieber an Ihrem Magen als an Ihrem Herzen zweifeln. Wie dem auch sein möge, ich verzichte für alle Zeit auf das Trinken von Wein; dessen Mißbrauch hat mich gestern abend zu schmählichen Torheiten verleitet. Wenn ich bedenke, daß ich beinahe ... (er warf einen erschrockenen Blick auf Marianna). Was nun die erbärmliche Oper betrifft, die Sie mich haben anhören lassen, so habe ich mir die Sache gut überlegt: es ist wieder mal mit den gewöhnlichen Mitteln gemachte Musik, es sind wieder mal Berge angehäufter Noten, *verba et voces*[54]: Es ist die Hefe der Ambrosia, die ich in langen Zügen trinke, wenn ich die himmlische Musik niederschreibe, die ich höre! Es sind abgehackte Phrasen, über deren Ursprung ich mir klargeworden bin. Die Nummer: ›Ruhm sei der Vorsehung!‹ ähnelt ein wenig gar zu sehr einem Stück von Händel, der Chor der in den Kampf ziehenden Ritter ist ein Verwandter der schottischen Arie aus der ›Weißen Dame‹[55]; kurz und gut, wenn die Oper so sehr gefällt, dann nur, weil sie aus Allerweltsmusik besteht; deswegen muß sie volkstümlich werden. Ich muß Sie jetzt verlassen, lieber Freund; mir gehen seit heute morgen ein paar Gedanken im Kopf herum, die nach nichts verlangen, als auf den Flügeln der Musik sich wieder zu Gott hinaufzuschwingen; aber ich hatte Sie sehen und sprechen wollen. Adieu, ich will jetzt die Muse um Verzeihung bitten. Wir wollen heute zusammen zu Abend essen, aber bitte keinen Wein, wenigstens nicht für mich. Oh, ich bin dazu entschlossen ...«

»Das nimmt mir alle Hoffnung«, sagte Andrea errötend.

»Ach, Sie erstatten mir mein Gewissen zurück«, rief Marianna, »ich wagte schon nicht mehr, es zu befragen. Mein Freund, mein Freund, es ist nicht unsere Schuld, er will nicht gesunden.«

Sechs Jahre später, im Januar 1837, brachten die meisten Künstler, die das Pech gehabt hatten, ihre Blas- oder Streichinstrumente zu beschädigen, sie in ein verrufenes, abscheuliches Haus in der Rue Froidmanteau, wo im fünften Stockwerk ein alter Italiener namens Gambara hauste. Seit fünf Jahren war dieser Künstler sich selbst überlassen; die Frau war ihm durchgegangen; es war ihm ein gut Teil Unglück zugestoßen. Ein Instrument, mit dem sein Glück zu machen er vermeint und das er »Panharmonikon« genannt hatte, war auf der Place du Châtelet durch Gerichtsbeschluß versteigert worden, und ebenso ein Stapel liniertes, mit Noten beklextes Papier. Am Tag nach der Versteigerung waren in diese Partituren Butter, Fisch und Obst eingewickelt worden. Auf diese Weise waren drei große Opern, von denen jener arme Mann immer geredet hatte, aber von denen ein ehemaliger neapolitanischer Koch, der zum simplen Hökerer geworden war, gesagt hatte, sie seien ein Haufen närrisches Zeug, über ganz Paris ausgestreut und von den Warentischen der Straßenhändlerinnen verschlungen worden. Es schadete nichts, denn der Hausbesitzer hatte seine Miete und die Gerichtsvollzieher hatten ihre Kosten erhalten. Nach den Reden des alten Neapolitaner Hökerers, der an die Dirnen der Rue Froidmanteau die Überreste der üppigsten Mahlzeiten der Stadt verkaufte, war Signora Gambara einem großen Mailänder Herrn nach Italien gefolgt, und niemand konnte erfahren, was aus ihr geworden sei. Fünfzehn Jahre der bittersten Not hatten sie ermattet, und so richtete sie jetzt vielleicht durch ein Übermaß an Luxus jenen Grafen zugrunde; denn die beiden liebten einander so sehr, daß der Neapolitaner in seinem ganzen Leben kein Beispiel einer ähnlichen Leidenschaft gesehen hatte.

Gegen Ende ebenjenes Januar, als eines Abends der Hökerer Giardini mit einer Dirne, die sich gerade ihr Essen geholt hatte, über jene göttliche Marianna plauderte, die so rein und so schön, auf so noble Weise aufopferungsfähig gewesen war und die dennoch geendet hatte wie alle andern auch, erblickten die Dirne, der Hökerer und seine Frau auf der Straße eine magere Frau mit einem geschwärzten, bestaubten Gesicht, ein kräftiges, wandelndes Skelett, das die Hausnummern ansah und ein Haus wiederzuerkennen versuchte.

»Ecco la Marianna«[56], sagte der Hökerer auf italienisch.

Marianna erkannte in dem armen Wiederverkäufer den neapolitanischen Restaurateur Giardini, ohne sich erklären zu können, wie er dazu gekommen sei, einen so schäbigen Hökerladen zu führen. Sie trat ein und setzte sich; denn sie kam von Fontainebleau, sie hatte an diesem Tag vierzehn Meilen hinter sich gebracht und sich ihr Brot von Turin bis Paris erbettelt. Sie erschreckte dies schreckliche Trio! Von ihrer wunderbaren Schönheit waren ihr nur zwei schöne, aber kranke und erloschene Augen geblieben. Das einzige, was sie als treu befunden hatte, war das Unglück. Sie wurde von dem alten, geschickten Instrumentenflicker gut aufgenommen; er sah sie mit unbeschreiblicher Freude eintreten.

»Nun bist du also wieder da, meine arme Marianna!« sagte er gütig zu ihr. »Während du fort warst, hat man mein Instrument und meine Opern versteigert.«

Es wäre schwierig gewesen, zur Feier der Rückkehr der Samariterin ein fettes Kalb zu schlachten; aber Giardini stiftete einen Rest Lachs, die Dirne zahlte den Wein, Gambara gab sein Brot, Signora Giardini legte das Tischtuch auf, und alle diese unterschiedlichen Unglücksmenschen aßen in der Dachkammer des Komponisten zu Abend. Als Marianna nach ihren Abenteuern gefragt wurde, verweigerte sie die Antwort; sie hob lediglich ihre schönen Augen zum Himmel auf und sagte leise zu Giardini: »Verheiratet mit einer Tänzerin!«

»Wovon wollen Sie jetzt leben?« fragte die Dirne. »Der lange Weg hat Ihnen den Garaus gemacht, und ...«

»Und mich alt gemacht«, sagte Marianna. »Nein, es liegt nicht an der Erschöpfung noch an dem Elend, sondern an dem Kummer.«

»Ach so! Aber warum haben Sie Ihrem Mann nie was geschickt?« fragte die Dirne.

Marianna antwortete nur durch einen Blick, der die Dirne ins Herz traf.

»Donnerwetter, ist die aber mal stolz!« rief sie. »Aber was nützt ihr das?« fragte sie flüsternd Giardini.

In diesem Jahr gingen die Künstler überaus behutsam mit ihren Instrumenten um, die Reparaturen genügten nicht für den Lebensunterhalt dieses armen Ehepaars; die Frau verdiente auch nicht gerade viel mit ihrer Näherei, und die beiden Gatten mußten sich dazu bescheiden, ihre Talente in der niedrigsten aller Sphären auszuwerten. Beide gingen um die Abenddämmerung auf die Champs-Elysées und sangen dort Duette, die Gambara, der arme Mann, auf einer schäbigen Gitarre begleitete. Unterwegs führte die Frau, die sich bei diesen Gängen einen zerschlissenen Musselinschleier um den Kopf wand, ihren Mann zu einem Krämer im Faubourg Saint-Honoré, ließ ihn ein paar Gläser Schnaps hinunterkippen und machte ihn beschwipst, denn sonst hätte er schlechte Musik gemacht. Beide stellten sich vor die auf Stühlen sitzende schöne Welt, und eins der größten Genies dieser Zeit, der unbekannte Orpheus der modernen Musik, trug Bruchstücke seiner Partituren vor, und diese Stücke fielen so auf, daß sie der Pariser Indolenz ein paar Sous entlockten. Wenn ein Liebhaber der Bouffons, der zufällig dort saß, nicht wußte, welcher Oper jene Stücke entstammten, fragte er die als griechische Priesterin gekleidete Frau danach, die ihm einen alten, metallen schimmernden Weinflaschenuntersatz hinhielt, in dem sie die Almosen sammelte:

»Gute Frau, wo haben Sie diese Musik hergenommen?«

»Aus der Oper ›Mohammed‹«, antwortete dann Marianna.

Da Rossini einen ›Mohammed II.‹ komponiert hat, sagte dann der Liebhaber zu seiner ihn begleitenden Frau: »Wie schade, daß man im Théâtre-Italien nicht die Rossini-Opern geben will, die wir nicht kennen! Denn dies ist ganz bestimmt schöne Musik.«

Gambara lächelte.

Vor ein paar Tagen handelte es sich darum, die erbärmliche Summe von sechsunddreißig Francs für die Miete der Dachkammer zu bezahlen, in der das arme, resignierte Paar wohnt. Der Krämer hatte den Schnaps, mit dem die Frau ihren Mann betrunken machte, damit er gut spielte, nicht auf Kredit geben wollen. Also spielte Gambara so schauderhaft, daß die Ohren der reichen Bevölkerung undankbar wurden und der metallisch schimmernde Untersatz leer blieb. Es war neun Uhr abends; eine schöne Italienerin, die Principessa Massimilla di Varese, hatte Mitleid mit diesen armen Leuten, schenkte ihnen vierzig Francs und fragte sie aus; aus den Dankesworten der Frau erkannte sie, daß diese Venezianerin war; der Fürst Emilio bat die beiden um die Geschichte ihres Unglücks, und Marianna erzählte sie ohne jedwede Klage gegen den Himmel oder gegen die Menschen.

»Madame«, sagte Gambara, der nicht betrunken war, abschließend, »wir sind die Opfer unserer eigenen Überlegenheit.

Meine Musik ist schön, aber wenn die Musik vom Gefühl zur Idee übergeht, kann sie nur Menschen von Genie als Zuhörer haben; denn die allein besitzen die Fähigkeit, sie in sich weiterzuentwickeln. Mein Unglück rührt daher, daß ich den Konzerten der Engel gelauscht und geglaubt habe, die Menschen könnten sie verstehen. Genauso geht es den Frauen, wenn bei ihnen die Liebe göttliche Gestalt annimmt; dann verstehen die Männer sie nicht mehr.«

Diese Äußerung war die vierzig Francs wert, die Massimilla geschenkt hatte; deswegen entnahm sie ihrer Börse ein weiteres Goldstück und sagte zu Marianna, sie werde an Andrea Marcosini schreiben.

»Tun Sie das nicht, Madame«, sagte Marianna, »und möge Gott Sie stets schön bleiben lassen.«

»Sollen wir uns der beiden annehmen?« fragte die Fürstin ihren Gatten. »Denn dieser Mann ist dem Ideal treu geblieben, das wir getötet haben.«

Als der alte Gambara das Goldstück sah, brach er in Tränen aus; dann kam ihm eine Erinnerung an seine früheren wissenschaftlichen Arbeiten, und der arme Komponist wischte sich die Tränen ab und sagte einen Satz, den die Umstände zu etwas Rührendem machten: »Das Wasser ist eine gebrannte Substanz.«

Anmerkungen

Gambara

1 Früher schenkte man in Frankreich zu Neujahr Tüten mit Zuckerzeug; heute sind an deren Stelle üppigere Gaben getreten, und diese werden zumeist nicht mehr zu Neujahr, sondern zu Weihnachten verschenkt.

2 Das durch den Tod des Herzogs von Orléans unvollendet gebliebene Palais-Royal war während der Revolution, dem Kaiserreich und der Restauration die bevorzugte Versammlungsstätte der Pariser galanten Frauen, die zum guten Teil auch dort wohnten. Die alliierten Armeen, die Paris 1814 und 1815 besetzten, machten sich dort gute Tage und Nächte.

3 Eleganter, geschlossener Kutschwagen.

4 Die Helden der Balzac verhaßten Juli-Revolution.

5 Die Rue Froidmanteau oder Fromenteau, die ab 1839 Rue du Musée hieß, führte vom Quai du Louvre zur Place du Palais-Royal. Sie ist in den ersten Regierungsjahren Napoleons III. verschwunden, als der Nordflügel des Louvre vollendet und die Place du Carrousel freigelegt wurden.

6 Gestalt des verliebten Grafen in Rossinis Oper ›Der Barbier von Sevilla‹.

7 Weibliche Hauptgestalt in Rossinis ›Der Barbier von Sevilla‹.

8 Ital.: Grausame Kümmernisse.

9 Ital.: Meine Tyrannen.

10 Allgemein übliche Bezeichnung für das Théâtre-Italien.

11 Die Oper spielte damals nach dem Abbruch der alten in der Rue de Richelieu, in der der ermordete Thronfolger, der Herzog von Berry, gestorben war, im Hôtel de Choiseul, Rue Lepelletier, in einem improvisierten Theaterraum; dort verblieb sie, bis 1875 die heutige Große Oper, ein Werk Charles Garniers (der auch das Kasino von Monte-Carlo baute), eingeweiht worden war.

12 Siehe Balzacs Romane ›Der Ehekontrakt‹ und ›Die Lilie im Tal‹.

13 Die Räubermagd in Lesages Roman ›Gil Blas‹ (1715–1735).

14 Ital.: der Herr.

15 Ital.: Genug!

16 Ital.: Ich verstehe.

17 Ital.: Deutsche.

18 Ein Neapolitaner, der zu jener Zeit in Paris ein Marionetten-Theater unterhielt. Ein solches besteht noch heute im Jardin du Luxembourg.

19 Ital.: Kleine Frau.

20 Gefühlvolle kleine Lieder, Vorläufer unserer Schlager.

21 Vielleicht Anspielung auf den Komponisten Jacob Strunz (siehe Einleitung zu ›Massimilla Doni‹), von dem nur einige Hefte Romanzen gedruckt worden sind, die freilich den Durchschnitt überragen, während seine Opern stets Mißerfolg hatten.

22 Von Balzac erfundene Gestalt.

23 Die Szene spielt fünf Monate nach der Juli-Revolution.

24 Ital.: Operntextbücher.

25 Ital.: Bissen, Happen.

26 Französisches Nationalgericht: ein Bouillontopf mit Rindfleisch und Huhn.

27 Ital.: Meister. Gebräuchliche Bezeichnung für Komponisten und Dirigenten.

28 Ital.: Er ist verrückt, geistesgestört.

29 Giovanni Pierluigi da Palestrina (um 1525–1594), Kirchenkomponist. Sein Anteil an der Reform der Kirchenmusik ist umstritten. Er führte ein bedrängtes Leben mit mannigfachen Stellungen als Sänger und Kapellmeister. Seine Musik (A-cappella-Chöre) steht in der römischen Lokaltradition, ist von den niederländischen Meistern beeinflußt und bildet eine Synthese der Kunst seiner Zeit. Seine Melodik ist weit geschwungen und von edlem Maß.

30 Giovanni Battista Pergolesi (1710–1736), einer der genialsten Komponisten der neapolitanischen Schule, berühmt durch seine Buffo-Oper ›La serva padrona‹ (›Die Magd als Herrin‹, 1733).

31 Beethovens Symphonien wurden durch François-Antoine Habeneck (1781–1841) in dessen Konzerten mit dem Orchester des Conservatoire ab 1828 zum erstenmal dem Pariser Publikum bekanntgemacht und fanden enthusiastischen Beifall.

32 Sir Walter Scott (1771–1832), der Begründer des historischen Romans, den Balzac hoch verehrte und dessen Einfluß er sich in seiner Frühzeit völlig unterordnete.

33 Ital.: Ist wahr, stimmt.

34 Giacomo Carissimi (1605–1674), einer der ersten Meister der

Kantate und des Oratoriums, ausgezeichnet durch Adel der Melodieführung.

– Francesco Cavalli (1602–1676), Organist und später Kapellmeister an San Marco in Venedig; Geisteserbe Monteverdis, bedeutend vor allem durch seine 42 Opern, die sich durch sinnlichere Melodik und leichtere Anmut auszeichnen.

– Entweder ist Alessandro Scarlatti (1659–1725), bedeutender Komponist der neapolitanischen Schule (über hundert Opern), gemeint oder dessen nicht minder bedeutender Sohn Domenico Scarlatti (1685–1757), der ebenfalls mehrere Opern, aber vorwiegend Klavierwerke geschrieben hat.

– Es gibt zahlreiche Komponisten des Namens Rossi. Balzac meint entweder Francesco Rossi (1645 – um 1690), der mehrere Opern schrieb, oder, wahrscheinlicher, Luigi Rossi (1598–1653), einen Opernkomponisten, den Mazarin nach Paris berief.

35 Jean-Baptiste Lully (1632–1687), geboren in Florenz, Hofkomponist Ludwigs XIV. Schöpfer der französischen Nationaloper. Seine Werke hielten sich ein Jahrhundert auf den Bühnen und wurden erst durch Gluck verdrängt.

36 Irrtum oder Übertreibung Balzacs.

37 Giuditta Pasta (1798–1865), Sängerin, trat 1821 in Paris, 1824–27 abwechselnd in Paris und London auf, kehrte 1827 nach Italien zurück und nahm 1840 Abschied von der Bühne. Sie sang am Théâtre-Italien zusammen mit der Malibran und errang Triumphe zumal durch ihre Kunst der Charakterisierung. Sie glänzte vor allem in ›Othello‹, ›Trancredi‹, ›La Somnambula‹ und ›Norma‹.

38 Bianca Capello entstammte einer venezianischen Patrizierfamilie und ließ sich mit fünfzehn Jahren von einem armen Bankangestellten namens Pietro Bonaventuri entführen; das Liebespaar floh nach Florenz. Sie fanden bald die Gönnerschaft des Großherzogs Francesco di Medici; Bianca wurde dessen Geliebte, erst uneingestanden, dann offiziell. Um sich von dem Fürsten, der verheiratet war, heiraten zu lassen, schreckte Bianca vor keiner Heuchelei, keinem Verbrechen zurück, sei es Mord oder Kindesunterschiebung. Die Eheschließung gelang ihr 1578, zunächst heimlich, aber im folgenden Jahr bestieg sie den Thron. Acht Jahre später wurden der Großherzog und sie bei einem Fest ermordet.

39 Anbetung der Gestirne.

40 Voltaire, ›Le Fanatisme ou Mahomet le prophète‹, Tragödie (1742). Zweiter Akt, 5. Szene. Die Tragödie wurde von Goethe (1802) ins Deutsche übersetzt.

41 Balzac schreibt irrtümlich »Kasba«, was Festung bedeutet.

42 François Andrieux (1759–1833), Professor am Collège de France, Mitglied der Académie Française, Verfasser von Komödien und liebenswürdigen Erzählungen, einer der letzten Klassiker, hatte Balzacs Jugendtragödie ›Cromwell‹ schroff abgelehnt.

43 Die Uraufführung von Giacomo Meyerbeers Oper, Text von Scribe und Germain Delavigne, fand an der Pariser Oper am 21. November 1831 statt.

44 Ital.: Geliebtes Vaterland.

45 Karl von Holtei (1798–1880), führte ein unstetes Wanderleben als Schauspieler, Rezitator und Theaterdirektor, über das er in seinen lesenswerten autobiographischen Schriften berichtet, und schrieb Schauspiele, Gedichte und zahlreiche Romane.

46 Nicht nachweisbar.

47 Emanuel Schikaneder (1751–1812), Schauspieler und Bühnenautor, Verfasser zahlreicher Opernlibretti, darunter das zu Mozarts ›Zauberflöte‹.

48 Giacomo Meyerbeer (1791–1864), Komponist der s. Z. vielgespielten Opern ›Die Afrikanerin‹, ›Die Hugenotten‹, ›Der Prophet‹ und ›Robert der Teufel‹.

49 Christoph Willibald, Ritter von Gluck (1714–1787), Reformator der Oper und Schöpfer des musikalischen Dramas, das die italienische Oper jener Epoche eine Zeitlang zurückdrängte. Dabei hat Gluck selber in seiner Frühzeit Opern im italienischen Stil geschaffen, die sich großer Beliebtheit erfreuten, dann aber schnell in Vergessenheit gerieten.

50 Enharmonik: »Das Verhältnis von Tönen, welche nach den mathematischen Bestimmungen der Tonhöhe und teilweise auch in der Notenschrift verschieden sind, in der musikalischen Praxis unseres temperierten Systems aber identifiziert werden.« (Riemann)

51 Übergang von der Subdominante zur Tonika beim Schluß.

52 Lat.: O Söhne und Töchter. Anfang eines Osterhymnus.

53 Lat.: An geringwertigen Wesen, meist auf Tierversuche angewandt.

54 Lat.: Worte und Stimmen.

55 Oper von François-Adrien Boïeldieu (1775–1834), Uraufführung 1825.

56 Ital.: Da kommt Marianna.

Biographische Notizen über die Romangestalten

Gambara

Die Gestalten dieser Novelle treten in der ›Menschlichen Komödie‹ nicht wieder auf.

Der Stein der Weisen

Übertragung von Ernst Sander

Die Bezeichnung ›Stein der Weisen‹ zielt auf einen Grundbegriff der Alchimie (Alchymie, nach dem arabischen al kimia, die Chemie) ab, also der Geheimlehre von der Stoffumwandlung auf Grund antiker, ägyptischer, griechischer und arabischer naturphilosophischer Lehren von der Einheit und Wandlungsfähigkeit der Stoffe. Diese wurden sämtlich als in sich verschiedene Zusammensetzungen gewisser Elemente betrachtet, die im Grund ein und dasselbe seien. Jener Einheit, so wurde angenommen, könne der Adept sich nähern durch die Entdeckung eines Universalmittels, eines Urelements, das als der ›Stein der Weisen‹ bezeichnet wurde.

Balzacs Roman ›La Recherche de l'Absolu‹ ist unter verschiedenen Titeln mehrfach ins Deutsche übersetzt worden: er hieß bald ›Das Haus Claes‹, bald ›Der Alchimist‹, bald ›Gold und Diamanten‹, bald ›Die Suche nach dem Urelement‹.

Als Entstehungszeit seines Werks gibt Balzac Juni–September 1834 an. Die erste Buchausgabe erschien im Oktober 1834, die zweite unter dem Titel ›Balthazar Claës ou la Recherche de l'Absolu‹ 1839; sie trägt die Widmung an Madame Delannoy, datiert Les Jardies, Juni 1839. Mit der dritten Buchausgabe von 1845 wurde der Roman den ›Philosophischen Studien‹ der ›Menschlichen Komödie‹ eingegliedert.

Balzac hat den Schauplatz seines Werks, die Stadt Douai im Département Nord, an der Scarpe gelegen, niemals mit eigenen Augen gesehen; es ist anzunehmen, daß die mit ihm befreundete Lyrikerin Marceline Desbordes-Valmore und der Bildhauer Théophile Bra, beide in Douai gebürtig, ihn mit Schilderungen ihrer Vaterstadt versorgt haben. Aufklärungen über die in dem Roman aufgeworfenen chemischen Probleme dankt er, seinem eigenen Zeugnis nach, zwei Mitgliedern der Akademie der Wissenschaften; allem Anschein nach handelt es sich dabei um Gay-Lussac (1778–1850) und Chevreul (1786–1889); Balzac hat überdies an Mme Hanska geschrieben, er habe die Werke des schwedischen Chemikers Berzelius (1779–1848) lesen müssen.

Die Widmungsempfängerin Mme Joséphine Delannoy, Witwe eines reichen Heereslieferanten, war eine alte Freundin der Familie Balzac und hat Honoré häufig großzügig und uneigennützig unterstützt. Ihre Tochter Camille war mit Balzacs Schwester Laure Surville befreundet; ihrer Enkelin Marie de Montheau widmete der Romancier die Novelle ›Das Haus zum ballspielenden Kater‹.

In Douai, in der Rue de Paris, steht ein Haus, dessen Außenseite, Gliederung und Einrichtung des Innern mehr als jedes andere Wohnhaus den Charakter der alten flämischen Bauwerke bewahrt haben, die sich auf so naive Weise den patriarchalischen Sitten ihrer Stadt anpaßten; aber bevor es geschildert wird, sollte vielleicht im Interesse der Schriftsteller auf die Notwendigkeit jener belehrenden Vorbereitungen hingewiesen werden, gegen die gewisse ungebildete und sensationshungrige Leute Einspruch erheben; diese verlangt es nach Gefühlserregungen, ohne sich deren erzeugenden Prinzipien zu unterziehen, nach der Blume ohne das Samenkorn, nach dem Kind ohne die Schwangerschaft. Soll etwa die Kunst als stärker gelten denn die Natur?

Die Geschehnisse des menschlichen Lebens, des öffentlichen wie des privaten, sind so innig mit der Architektur verknüpft, daß die Mehrzahl der Kenner sich die Nationen oder die Individuen in der vollen Wirklichkeit ihrer Lebensgewohnheiten nach den Resten ihrer öffentlichen Bauten oder durch die Untersuchung ihrer häuslichen Überbleibsel rekonstruieren kann. Die Archäologie ist für das soziale Leben dasselbe, was die vergleichende Anatomie für das organische Leben ist. Ein Mosaik enthüllt eine ganze Gesellschaft, wie das Skelett eines Ichthyosaurus[1] einen ganzen Schöpfungsvorgang in sich begreift. Hier wie dort geht eins aus dem andern hervor, alles ist miteinander verzahnt. Die Ursache läßt eine Wirkung erraten, wie jede Wirkung es gestattet, auf eine Ursache zurückzugreifen. Auf diese Weise läßt der Gelehrte die alten Zeiten bis ins kleinste wieder auferstehen. Daher rührt sicherlich das ausgiebige Interesse, das eine Architekturbeschreibung auslöst, wenn die Phantasie des Schriftstellers die Einzelheiten nicht entstellt; kann sich nicht jedermann durch strenge Deduktionen mit der Vergangenheit in Verbindung setzen? Und für den Menschen gleicht die Vergangenheit auf seltsame Weise der Zukunft. Heißt, ihm von dem zu erzählen, was war, nicht nahezu stets, ihm zu sagen, was sein wird? Kurzum, es geschieht selten, daß die Schilderung von Stätten, an denen das Leben sich abspielt, nicht jedermann an seine betrogenen Wünsche oder an seine blühenden Hoffnungen gemahnte. Der Vergleich zwischen einer Gegenwart, die das geheime Wollen enttäuscht, und der Zukunft, die es verwirklichen kann, ist ein unerschöpflicher Quell der Schwermut oder der milden Genugtuung. Daher ist es fast unmöglich, bei der Ausmalung flämischen Lebens nicht von einer gewissen Rührung ergriffen zu werden, wenn dessen Beiwerk getreulich wiedergegeben wird. Warum? Vielleicht, weil unter den verschiedenen Daseinsformen gerade diese am besten den menschlichen Ungewißheiten ein Ende macht. Dieses Leben ist unvorstellbar ohne all die Feste, ohne all die Familienbande, ohne ein sattes Wohlbehagen, das die Kontinuität des Wohlstands bestätigt, ohne eine Geruhsamkeit, die der ewigen Seligkeit ähnelt; aber vor allem ist es Ausdruck der Ruhe und der Einförmigkeit eines naiv sinnlichen Glücks, bei dem der Genuß das Begehren erstickt, da er ihm stets zuvorkommt. Welchen Wert auch der Leidenschaftliche den Tumulten der Gefühle beimessen möge, nie erblickt er ohne Rührung die Abbilder dieses sozialen Organismus, in dem das Klopfen des Herzens so gut geregelt ist, daß Oberflächliche es der Kälte zeihen. Im allgemeinen gibt die Menge der übernormalen Kraft den Vorzug, die die gleichmäßige, ausdauernde Kraft über den Haufen rennt. Die Menge hat weder die Zeit noch die Geduld, die ungeheure Macht festzustellen, die unter einer augenscheinlichen Gleichförmigkeit verborgen liegt. Daher besitzt die Leidenschaft, um auf diese vom Strom des Lebens fortgerissene Menge Eindruck zu machen, gerade wie der große Künstler nur ein einziges Hilfsmittel, nämlich übers Ziel hinauszugehen, wie es Michelangelo, Bianca Capello[2], Mademoiselle de La Vallière [3], Beethoven und Paganini getan haben. Einzig die großen Rechner meinen, man dürfe nie das Ziel überschreiten; sie hegen keinerlei Achtung für das jeder vollkommenen Leistung innewohnende Wirkungsvermögen, das jedem Werk die tiefe Ruhe verleiht, deren Zauber die höhergearteten Menschen packt. Nun aber erfüllt die von diesem seinem Wesen nach sparsamen Volk übernommene Lebensweise sehr wohl die Vorbedingungen für ein glückliches Dasein, wie es sich die Massen vom Leben der staatstreuen Bürger erträumen.

In allen flämischen Gewohnheiten prägt sich der erlesenste Materialismus aus. Der englische Komfort bietet trockene Farbtöne, harte Klänge dar, während in Flandern die alte Einrichtung der Haushaltungen das Auge durch weiche Farben, durch eine echte Behaglichkeit erfreut; sie atmet Arbeit ohne Übermüdung; die Tabakspfeife kündet dort von einer glücklichen Anwendung des neapolitanischen *farniente*[4]; ferner kündet sie von einem friedliebenden Kunstgefühl, und dessen notwendigster Voraussetzung, der Geduld, sowie dem Grundelement, das deren Schöpfungen zu etwas Ausdauerndem macht, der Gewissenhaftigkeit. Der flämische Charakter ist in den beiden Wörtern Geduld und Gewissenhaftigkeit enthalten; dabei scheinen diese die reichen Nuancen der Poesie auszuschließen und die Sitten dieses Landes ebenso platt zu machen, wie es seine breiten Ebenen sind, und ebenso kalt, wie sein durstiger Himmel es ist. Und doch verhält es sich damit ganz anders. Die Kultur hat dort ihre ganze Macht entfaltet, und zwar dadurch, daß sie alles veränderte, sogar den Einfluß des Klimas. Wenn man aufmerksam die Erzeugnisse der verschiedenen Länder des Erdballs betrachtet, ist man zunächst überrascht, wenn man gewahrt, daß die grauen, falben Farben besonders den Produkten der gemäßigten Zone anhaften, während die leuchtenderen Farben alle diejenigen warmer Länder auszeichnen. Notwendigerweise müssen die Sitten sich diesem Naturgesetz fügen. Flandern, das ehedem im wesentlichen braun war und zu einheitlichen Farbtönen hinneigte, hat Mittel und Wege gefunden, Glanz in seine rußige Atmosphäre zu bringen; das geschah durch die politischen Wandlungen, durch die es nacheinander den Burgundern, den Spaniern und den Franzosen unterworfen wurde und durch die es sich mit den Deutschen und den Holländern hat verbrüdern lassen. Von Spanien hat es den Luxus der Scharlachfarben zurückbehalten, die glänzenden Seidenstoffe, die Gobelins mit ihren starken Wirkungen, den Federschmuck, die Mandolinen und die höfischen Formen. Von Venedig hat es im Austausch gegen seine Leinwand und seine Spitzen die phantastisch geformten Gläser erhalten, in denen der Wein funkelt und besser zu sein scheint. Von Österreich hat es die schwerfällige Diplomatie zurückbehalten, die, wie der Volksmund sagt, drei Schritte nach vorn und einen rückwärts macht. Der Handel mit Indien hat die grotesken Erfindungen Chinas und die Wunder Japans über das Land ausgeschüttet. Allein konnte Flandern trotz seiner Geduld, mit der es alles aufhäufte, nichts zurückgab und alles ertrug, kaum als etwas anderes betrachtet werden denn als der allgemeine Speicher Europas, bis zu dem Augenblick, da die Entdeckung des Tabaks durch den Rauch die einzelnen Züge seiner nationalen Physiognomie fest miteinander verband. Fortan existierte das flämische Volk, trotz der Zerstückelung seines Wohngebiets, durch die Tabakspfeife und das Bier.

Nachdem dieses Land, das ursprünglich so düster und aller Poesie bar war, durch beständige Sparsamkeit in der Lebenshaltung die Reichtümer und die Gedanken seiner Herren oder seiner Nachbarn sich angeeignet hatte, ohne je zu wirken, als sei es von knechtischer Gesinnung befleckt, hat es sich ein eigenes Leben und charakteristische Sitten geschaffen. Die Kunst hat dort allen Idealismus abgelegt, um einzig die Gestalt wiederzugeben. Daher darf man von diesem Land der plastischen Poesie weder den Schwung der Komödie, noch die Handlung des Dramas, noch den kühnen Wurf des Epos oder der Ode, noch das musikalische Genie verlangen; aber es ist fruchtbar an Entdekkungen, an gelehrten Diskussionen, die der Zeit und des Lampenlichts bedürfen. Dort ist alles in den Winkel zeitlichen Genusses zurückgedrängt. Der Mensch gewahrt dort ausschließlich das, was ist; sein Denken krümmt sich so gewissenhaft, um den Bedürfnissen des Lebens zu dienen, daß es sich in keinem Werk über die wirkliche Welt hinausgeschwungen hat. Der einzige von diesem Volk gefaßte Zukunftsgedanke war eine Art Ökonomie in der Politik; seine revolutionäre Kraft entstammt dem an das Haus gebundenen Wunsch, bei Tisch die Ellbogen frei und sein volles Behagen unter dem Wetterdach seiner *steedes*[5] zu haben. Das Gefühl des Wohlseins und der Sinn für Unabhängigkeit, die der Reichtum einflößt, haben hier weit früher als anderswo das Freiheitsverlangen erzeugt, das in späterer Zeit ganz Europa durchpflügt hat. Daher haben auch die Beständigkeit des Denkens und die Zähigkeit, die die Erziehung den Flamen zuteilwerden läßt, aus ihnen ehemals Männer gemacht, die furchtbar waren, wenn es die Verteidigung ihrer Rechte galt. Bei diesem Volk wird also nichts halb durchgeführt, weder die Häuser, noch die Möbel, noch der Deich, noch der Ackerbau, noch die Revolten. Ebenso bewahrt es sich das Monopol auf alles, was es unternimmt. Die Fertigung von Spitzen, das geduldige Ergebnis des Ackerbaus und eines noch geduldigeren Handwerks sowie die Leinenweberei sind erblich wie die väterlichen Vermögen. Müßte man die Beständigkeit, die Ausdauer in ihrer reinsten menschlichen Ausformung schildern, so träfe man das Richtige, wenn man dazu das Bild eines behäbigen Bürgermeisters aus den Niederlanden nähme, der imstande ist, auf bürgerliche Weise glanzlos für die Interessen seines Hauses zu sterben, wie es so viele getan haben. Aber die holde Poesie dieses patriarchalischen Lebens dürfte sich wohl ganz natürlich in der Schilderung eines der letzten Häuser finden, die zu der Zeit, da diese Geschichte beginnt, in Douai noch völlig deren Charakter bewahrt hatten.

Von allen Städten des Départements du Nord ist Douai leider diejenige, die sich am meisten modernisiert, wo der Sinn für Neuerungen die raschesten Eroberungen macht, wo der Hang zum sozialen Fortschritt am weitesten verbreitet ist. Dort verschwinden Tag für Tag die alten Bauten, und die alten Sitten verwischen sich. Der Ton, die Mode, die Art und Weise von Paris herrschen dort vor; und von dem alten flämischen Leben werden die Bewohner von Douai bald nichts mehr besitzen als die Herzlichkeit gastfreundlicher Fürsorge, die spanische Höflichkeit und den Reichtum und die Sauberkeit Hollands. Vornehme Häuser aus weißem Haustein werden bald an die Stelle der Backsteinhäuser getreten sein. Das Behäbige batavischer Formen wird der unbeständigen Eleganz der französischen Neuheiten weichen.

Das Haus, in dem die Geschehnisse dieser Geschichte sich abgespielt haben, liegt etwa in der Mitte der Rue de Paris und trägt seit länger als zweihundert Jahren in ganz Douai den Namen ›das Haus Claes‹. Die van Claes waren ehemals eine der berühmtesten Handwerkerfamilien, denen die Niederlande in verschiedenen Produktionszweigen eine kommerzielle Überlegenheit dankten, die sie sich bewahrt haben. Lange Zeit hindurch waren die Claes in der Stadt Gent vom Vater auf den Sohn die Häupter der mächtigen Zunft der Weber. Nach dem Aufstand jener großen Stadt gegen Karl V., der ihr ihre Privilegien hatte nehmen wollen, war der reichste der Claes so heftig darein verwickelt gewesen, daß er in der Voraussicht einer Katastrophe und gezwungen, das Los seiner Gefährten zu teilen, heimlich seine Frau, seine Kinder und seine Reichtümer dem Schutz Frankreichs unterstellte, ehe die Truppen des Kaisers die Stadt umzingelt hatten. Die vorausschauenden Maßnahmen des Syndikus der Weber waren berechtigt. Wie mehrere andere Bürger wurde er von der Kapitulation ausgeschlossen und als Rebell gehängt, und dabei war er doch im Grunde lediglich der Verteidiger der Genter Unabhängigkeit gewesen. Der Tod Claes' und seiner Genossen trug Früchte. Später kosteten diese überflüssigen Hinrichtungen den König beider Spanien den größten Teil seiner Besitzungen in den Niederlanden. Von allem der Erde anvertrautem Samen ergibt das von Märtyrern vergossene Blut die schnellste Ernte. Als Philipp II., der die Revolte bis in die zweite Generation bestrafte, sein ehernes Szepter über Douai reckte, hatten die Claes sich ihren reichen Besitz dadurch bewahrt, daß sie sich durch Heirat mit der hochadligen Familie de Molina verbunden hatten, deren ältester, damals verarmter Zweig dadurch reich genug geworden war, daß sie die Grafschaft Nourho zurückkaufen konnte, die sie nur titelsmäßig im Königreich Leon besessen hatte.

Zu Beginn des neunzehnten Jahrhunderts, nach Wechselfällen, deren Darlegung nichts Interessantes darbieten würde, wurde die Familie Claes in dem Zweig, der sich in Douai niedergelassen hatte, in der Person des Monsieur Balthazar Claes-Molina vertreten, Grafen von Nourho, der aber Wert darauf legte, sich lediglich Balthazar Claes zu nennen. Von dem riesigen Vermögen seiner Vorfahren, die an die tausend Webstühle in Betrieb gesetzt hatten, waren Balthazar etwa fünfzehntausend Francs Einkünfte aus Grundbesitz im Arrondissement Douai verblieben und ferner das Haus in der Rue de Paris, dessen Mobiliar übrigens ein Vermögen darstellte. Was die Besitzungen im Königreich Leon betraf, so waren sie Gegenstand eines Prozesses zwischen den flandrischen Molinas und dem in Spanien verbliebenen Zweig jener Familie gewesen. Die leonsischen Molinas gewannen die Ländereien und nahmen den Titel der Grafen von Nourho an, obwohl einzig die Claes' das Recht gehabt hätten, ihn zu tragen; aber der belgische Bürgerstolz war größer als der kastilische Dünkel gewesen. Als die Zivilstandsregister eingerichtet wurden, ließ daher Balthazar Claes die Lumpen seines spanischen Adels um seiner großen Stellung als Genter Hochmögender willen beiseite. Das patriotische Gefühl lebt in exilierten Familien so stark fort, daß die Claes' bis in die letzten Tage des achtzehnten Jahrhunderts hinein ihren Traditionen, ihren Sitten und ihren Bräuchen treu geblieben waren. Sie verbanden sich ehelich nur mit Familien vom reinsten Bürgertum; seitens der Braut mußte schon eine gewisse Anzahl von Schöffen oder Bürgermeistern nachgewiesen werden, ehe sie in ihre Familie aufgenommen wurde. Sie holten sich also ihre Frauen aus Brügge oder aus Gent, aus Lüttich oder aus Holland, um die Gebräuche ihres heimischen Herdes zu verzweigen. Gegen Ende des letzten Jahrhunderts wurde ihr Umgang fortgesetzt enger und beschränkte sich auf sieben oder acht Familien des Parlamentsadels[6], deren Sitten, deren faltige Talare, deren halb spanischer ritterlicher Ernst mit ihren eigenen Lebensgewohnheiten harmonierten. Die Einwohner der Stadt brachten dieser Familie eine Art frommer Scheu entgegen; sie war für sie etwas wie ein Wahrzeichen. Die verläßliche Rechtlichkeit, die makellose Gesinnung der Claes', ihre unwandelbare Wohlanständigkeit schufen ihnen ebenso eingebürgerten Aberglauben, wie ihn das Gayant[7]-Fest genießt; er kommt am besten zum Ausdruck in der Bezeichnung: ›Das Haus Claes‹. Der Geist Alt-Flanderns atmete wohl auf in dieser Behausung; sie bot den Liebhabern bürgerlicher Altertümer den Typus jener bescheidenen Wohnhäuser dar, wie das reiche Bürgertum sie im Mittelalter zu errichten pflegte.

Den Hauptschmuck der Fassade bildete eine zweiflüglige, mit wechselständig eingeschlagenen Nägeln verzierte Tür aus Eichenholz, in deren Mitte die Claes' aus Standesbewußtsein zwei Weberschiffchen hatten einschnitzen lassen. Die Umrahmung jener Tür bestand aus Sandstein; sie mündete in einen Spitzbogen aus, der eine kleine Laterne mit einem Kreuz darauf trug; darin war eine ihre Spindel drehende Statuette der heiligen Genoveva zu sehen. Obgleich die Zeit ihre Tönung über die delikate Meißelarbeit der Tür und der Laterne geworfen hatte, konnten dank der übergroßen Sorgfalt der Hausbewohner die Vorübergehenden alle Einzelheiten daran wahrnehmen. Daher hatte das Gesims, das aus kleinen, gekuppelten Säulen bestand, seinen dunkelgrauen Farbton bewahrt und glänzte, daß man hätte meinen können, es sei lackiert. Zu jeder Seite der Eingangstür, in der Höhe des Erdgeschosses, befanden sich zwei Fenster; sie glichen allen übrigen des Hauses. Ihre Einrahmung aus hellem Sandstein endete unter der Fensterbank in einem reichverzierten Muschelornament, und oben in zwei Bogen, die der obere Teil des Fensterkreuzes trennte; dieses teilte die Scheiben in vier ungleiche Teile; denn der Querbalken, der in der gewollten Höhe eingesetzt war, damit ein Kreuz gebildet wurde, gab den beiden unteren Teilen des Fensters die fast doppelte Dimension der oberen Teile, die durch ihre Bogen abgerundet wurden. Der Doppelbogen hatte als Verzierung drei Lagen von Backsteinen, die übereinander vorgekragt waren; jeder Stein trat abwechselnd etwa einen Zoll vor oder zurück, so daß sich ein Mäandermuster ergab. Die kleinen, rautenförmigen Scheiben waren durch ungemein dünne, rot angestrichene Eisenstäbe eingefaßt. Die aus mit weißem Mörtel zusammengefügten Backsteinen errichteten Mauern wurden in gewissen Abständen und an den Ecken durch senkrechte Reihen von Sandsteinblöcken gestützt. Der erste Stock wies fünf Fenster auf; der zweite hatte nur noch drei, und der Speicher erhielt sein Licht durch eine große, runde, in fünf Felder aufgeteilte Öffnung mit Sandsteinumrahmung; sie befand sich in der Mitte des dreieckigen Feldes, das der Giebel bildete, und sie wirkte wie die Fensterrose im Portal einer Kathedrale. Auf dem First erhob sich als Wetterfahne ein mit Flachs umwickelter Spinnrocken. Die beiden Seiten des großen Dreiecks, das die Giebelmauer bildete, waren bis zum Gesims des ersten Stockwerks winkelrecht durch eine Art Stufen eingekerbt worden, von denen zur Rechten und Linken des Hauses das Regenwasser durch das Maul phantastischer Tiere abfloß. Unten am Haus wirkte eine Sandsteinlage wie eine Stufe. Schließlich befand sich als letzte Spur alter Bräuche an jeder Seite der Tür zwischen den beiden Fenstern nach der Straße zu eine mit kräftigen Eisenbändern versehene hölzerne Klappe, durch die man in den Keller gelangte. Seit ihrer Errichtung wurde diese Fassade jährlich zweimal sorgfältig gereinigt. Wenn in einer Fuge ein wenig Mörtel fehlte, wurde das Loch sogleich gestopft. Das Fenster, die Brüstungen, die Steine, all das wurde besser von Schmutz gereinigt als in Paris die kostbarsten Marmordenkmäler. Somit ließ sich an der Vorderseite des Hauses nicht die Spur von Verfall feststellen. Trotz der vom hohen Alter der Backsteine herrührenden dunklen Verfärbung war dieses so gut erhalten, wie nur immer ein altes Bild oder ein altes Buch, die ein Liebhaber schätzt und die immer neu bleiben würden, wären sie nicht unter der Glasglocke unserer Atmosphäre dem Einfluß der verschiedenen Gase ausgesetzt, deren Schädlichkeit sogar uns selber bedroht. Der bewölkte Himmel, die feuchte Temperatur Flanderns und der Schatten, den die geringe Breite der Straße entstehen läßt, nahmen jenem Bauwerk oftmals den Schimmer, den seine raffinierte Sauberkeit ihm verlieh; sie gab ihm übrigens ein trauriges, kaltes Aussehen. Ein Dichter hätte gern ein bißchen Gras in den Öffnungen der Laterne gesehen oder Moosbildungen in den Ritzen des Sandsteins; er hätte gewünscht, daß die Backsteinschichten rissig geworden wären, daß unter den Fensterbögen eine Schwalbe ihr Nest in die dreifach gestufte, rote Backsteinornamentik gebaut hätte, die sie schmückten. So kam es, daß das Geleckte, das Saubere der durch das ständige Scheuern halb abgeschabten Fassade ihr ein Aussehen von trockener Anständigkeit und diskreter Ehrbarkeit hatte zuteilwerden lassen, die sicherlich einen Romantiker, hätte er gegenüber gewohnt, zum Ausziehen bewogen haben würden. Wenn ein Besucher den aus geflochtenem Eisendraht bestehenden Klingelzug gezogen hatte, der neben der Türumrahmung hing, und wenn die aus dem Hausinneren gekommene Magd ihm den Türflügel geöffnet hatte, in dessen Mitte ein kleines Gitter eingefügt war, entglitt jener Türflügel sogleich der Hand und fiel durch seine eigene Schwere zurück ins Schloß, wobei er unter den Wölbungen eines geräumigen, mit Fliesen belegten Ganges und in den Tiefen des Hauses einen ernsten, schweren Hall auslöste, wie wenn die Tür aus Bronze bestanden hätte. Jener marmorartig getünchte Gang war stets kühl und mit feinem Sand bestreut; er führte auf einen großen, quadratischen Binnenhof, der mit glasierten, grünlichen Fliesen gepflastert war. Links lagen die Wäschekammer, die Küche, das Dienerzimmer; rechts der Holzverschlag, der Steinkohlenschuppen und die Nebengebäude des Hauses, deren Türen, Fenster und Wände mit Verzierungen geschmückt waren, die stets überaus sauber gehalten wurden. Das Licht, das durch vier rote, von weißen Streifen durchzogene Mauern gesiebt wurde, brachte rosige Reflexe und Tönungen hervor, die den Figuren und den geringsten Einzelheiten eine mysteriöse Anmut und ein phantastisches Aussehen liehen.

Ein zweites, dem vorn an der Straße gelegenen Bauwerk völlig gleiches Haus, das in Flandern den Namen »Hinterhaus« trägt, erhob sich am Ende jenes Hofs und diente ausschließlich als Wohnstatt der Familie. Im Erdgeschoß war das erste Zimmer ein Wohnzimmer; es erhielt sein Licht durch zwei Fenster nach der Hofseite und zwei weitere, die auf einen Garten hinausgingen; seine Breite glich der des Hauses. Zwei einander gegenüberliegende Glastüren führten die eine in den Garten, die andere in den Hof; sie entsprachen der Eingangstür an der Straße, so daß ein Fremder gleich beim Eintreten das Gesamt dieser Behausung mit einem Blick erfassen konnte, bis hin zu dem Laubwerk, das den Garten hinten abschloß. Das den Empfängen dienende Vorderhaus, dessen zweites Stockwerk die den Gästen zugedachten Räume enthielt, barg sicherlich Kunstgegenstände und große, angehäufte Reichtümer; aber nichts kam in den Augen der Claes' noch nach Kennerurteil den Schätzen gleich, die das Zimmer schmückten, in dem sich seit zwei Jahrhunderten das Familienleben abgespielt hatte. Der für die Sache der Genter Freiheit gestorbene Claes, der Handwerker, von dem man sich eine zu geringe Vorstellung machen würde, wenn der Historiker zu sagen unterließe, daß er nahezu vierzigtausend Mark in Silber besessen habe, die er durch die Fabrikation des von der allmächtigen Flotte Venedigs benötigten Segelleinens verdient hatte, dieser Claes hatte als Freund den berühmten Holzbildhauer van Huysium[8] aus Brügge gehabt. Viele Male hatte der Künstler aus der Börse des Handwerkers geschöpft. Einige Zeit vor dem Genter Aufstand hatte der reich gewordene van Huysium heimlich für seinen Freund ein Schnitzwerk in massivem Ebenholz gefertigt, in dem die Hauptszenen aus dem Leben Arteveldes[9] dargestellt waren, jenes Brauers, der kurze Zeit König von Flandern gewesen war. Dieses aus sechzig Füllungen bestehende Getäfel umfaßte etwa vierzehnhundert Hauptgestalten und galt als das Hauptwerk van Huysiums. Der mit der Bewachung der Bürger, die Karl V. am Tag seines Einzugs in seine Geburtsstadt hängen zu lassen beschlossen hatte, betraute Hauptmann hatte, so hieß es, van Claes vorgeschlagen, ihn entweichen zu lassen, wenn er ihm van Huysiums Werk schenke; aber der Weber hatte es nach Frankreich geschickt. Jenes Wohnzimmer, das gänzlich mit jenen Füllungen getäfelt war, die aus Ehrfurcht vor den Manen des Märtyrers van Huysium selber in ultramarinblaues, mit Goldlinien durchzogenes Holz gerahmt hatte, ist also das am vollständigsten erhaltene Werk dieses Meisters, dessen geringste Stücke heute fast mit Gold aufgewogen werden. Über dem Kamin schien van Claes, von Tizian in seinem Kostüm als Vorsitzender des Tribunals der Parchons[10] gemalt, noch immer seiner Familie vorzustehen, die in ihm ihren großen Mann verehrte. Der Kamin hatte ursprünglich aus Sandstein bestanden und einen sehr hohen Mantel gehabt; er war im letzten Jahrhundert neu aus Marmor gefertigt worden; er trug eine alte Uhr und zwei fünfarmige, gewundene Leuchter von schlichtem Geschmack, aber aus massivem Silber. Die vier Fenster waren mit schweren Vorhängen aus rotem, schwarzgeblümtem, mit weißer Seide gefüttertem Damast drapiert, und die mit dem gleichen Stoff bezogenen Möbel waren unter Ludwig XIV. aufgefrischt worden. Das offenbar moderne Parkett bestand aus großen, weißen, mit Streifen aus Eichenholz umrahmten Holzplatten. Die aus mehreren Kassetten bestehende Decke, von deren Füllungen jede eine von van Huysium geschnitzte Groteske enthielt, war geschont worden und hatte die braunen Töne holländischen Eichenholzes bewahrt. In den vier Ecken dieses Wohnzimmers erhoben sich Säulenstümpfe; darauf standen Kandelaber gleich denen auf dem Kamin; in der Mitte stand ein runder Tisch. Längs der Wände waren symmetrisch Spieltische aufgestellt. Auf zwei vergoldeten Konsolen mit weißen Marmorplatten standen zu der Zeit, da diese Geschichte beginnt, zwei mit Wasser gefüllte, kugelige Glasgefäße, in denen über einer Schicht von Sand und Muscheln rote, goldene und silberne Fische schwammen. Dieses Zimmer war zugleich prunkvoll und düster. Wie es nicht anders sein konnte, sog die Decke die Helligkeit auf, ohne sie zurückzuwerfen. Wenn auch von der Gartenseite her das Licht voll hereinströmte und auf den Ebenholzschnitzereien gaukelte, so gaben die Hoffenster wenig Licht und ließen kaum die Goldlinien auf den gegenüberliegenden Wänden aufglänzen. Dieses an schönen Tagen so prächtig wirkende Wohnzimmer war also die meiste Zeit von sanften Farbtönen erfüllt, roten und melancholischen, wie sie die Sonne im Herbst über die Wipfel der Wälder breitet. Es erübrigt sich, die Schilderung des Hauses Claes weiterzuführen, in dessen übrigen Teilen sich notwendigerweise mehrere Szenen dieser Geschichte abspielen werden; für den Augenblick genügt es, wenn man es in seinen Hauptzügen kennt.

Im Jahre 1812 saß an einem der letzten Augusttage, und zwar war es ein Sonntag, nach der Vesper eine Frau an einem der Gartenfenster auf einer Bergère[11]. Die Sonnenstrahlen fielen jetzt schräg auf das Haus, sie trafen es von der Seite, durchquerten das Wohnzimmer, endeten in bizarren Reflexen auf den Holzschnitzereien, die die Wände an der Hofseite verkleideten, und hüllten ebenjene Frau in den purpurnen Lichtschein, den der vor dem Fenster geraffte Damastvorhang zurückwarf. Auch ein mittelmäßiger Maler, der in diesem Augenblick jene Frau porträtiert hätte, würde sicherlich aus diesem schmerzerfüllten Haupt ein hervorragendes Werk gestaltet haben. Die Haltung des Körpers und der vorgestreckten Füße zeugten von der Niedergeschlagenheit eines Wesens, das das Bewußtsein seines körperlichen Vorhandenseins in der Zusammenraffung aller seiner Kräfte verliert, die von einem einzigen Gedanken beansprucht werden; sie folgte dessen Ausstrahlungen in die Zukunft, so wie man bisweilen am Meeresufer einen Sonnenstrahl betrachtet, der die Wolken durchbricht und am Horizont ein leuchtendes Band abzeichnet. Die Hände jener Frau waren über die Armstützen der Bergère geworfen und hingen an den Außenseiten herab, und der Kopf ruhte an der Rückenlehne, als sei er zu schwer. Ein weißes, sehr schlichtes Perkalkleid hinderte daran, ihre Körperformen richtig wahrzunehmen, und den Oberkörper verhehlten die Falten einer über der Brust gekreuzten und nachlässig geknoteten Schärpe. Auch wenn das Licht ihr Gesicht weniger scharf hätte hervortreten lassen, das sie offenbar lieber zur Schau stellte als ihren übrigen Körper, wäre es unmöglich gewesen, sich nicht ausschließlich mit ihm zu befassen; sein gedrücktes Aussehen, das sogar das ahnungsloseste Kind betroffen gemacht hätte, war trotz einiger heißer Tränen von einer kalten, nicht weichenden Starrheit. Nichts ist schrecklicher anzusehen als solch ein äußerster Schmerz, der sich nur in seltenen Abständen Luft macht, und der auf diesem Antlitz verharrte wie erstarrte Lava um einen Vulkan. Man hätte meinen können, es handele sich um eine sterbende Mutter, die ihre Kinder in einem Abgrund von Not und Elend lassen muß, ohne ihnen irgendwelchen menschlichen Schutz vermachen zu können. Die Physiognomie dieser Dame, die etwa vierzig Jahre alt war, die aber jetzt weit weniger von der Schönheit entfernt zu sein schien, als sie es je in ihrer Jugend gewesen war, wies keins der für die flämischen Frauen bezeichnenden Merkmale auf. Dichtes schwarzes Haar fiel in Locken längs der Wangen bis auf die Schultern nieder. Ihre sehr gewölbte, an den Schläfen schmale Stirn war gelblich, aber unter dieser Stirn funkelten zwei schwarze Augen und sprühten Flammen. Ihr völlig spanisches Gesicht war bräunlich getönt, kaum gerötet und von den Blattern verheert; es lenkte den Blick durch die Vollkommenheit seiner ovalen Form auf sich, deren Konturen trotz der Veränderung der Linien die Vollendung einer majestätischen Eleganz gewahrt hatten; diese trat bisweilen voll hervor, wenn eine besondere Anspannung der Seele ihm seine ursprüngliche Reinheit zurückerstattete. Der Zug, der diesem männlichen Gesicht die größte Vornehmheit verlieh, war eine wie ein Adlerschnabel gekrümmte Nase; sie war in der Mitte allzu stark gebogen, schien aber innerlich schlecht durchgebildet zu sein; allein es wohnte ihr eine unbeschreibliche Feinheit inne; der Steg zwischen den Nasenlöchern war so dünn, daß seine Durchlässigkeit es dem Licht gestattete, ihn stark zu röten. Obgleich die sehr breiten und stark gekräuselten Lippen den Stolz kundtaten, den hohe Geburt einflößt, waren sie von natürlicher Güte geprägt und atmeten Höflichkeit. Die Schönheit dieses zugleich kraftvollen und weiblichen Gesichts ließ sich bestreiten, aber es beanspruchte Aufmerksamkeit. Diese kleine, bucklige, hinkende Frau war um so länger Mädchen geblieben, als man sich darauf versteift hatte, ihr jedweden Geist abzusprechen; dennoch war es geschehen, daß einige Männer von der leidenschaftlichen Glut, die ihr Kopf ausdrückte, von den Merkmalen einer unerschöpflichen Zärtlichkeit stark beeindruckt wurden und im Bann eines Reizes verblieben, der mit so vielen Mängeln nicht zu vereinbaren war. Sie hatte viel von ihrem Ahnherrn, dem Herzog von Casa-Real, einem spanischen Granden. In diesem Augenblick strahlte der Zauber, der einstmals alle in die Poesie verliebten Seelen so despotisch ergriffen hatte, kräftiger als zu irgendeiner Zeit ihres vergangenen Lebens von ihrem Haupte aus und wirkte sich sozusagen im Leeren aus, indem er zwar einen faszinierenden, allmächtigen Willen über die Menschen ausdrückte, aber ohne Kraft gegenüber den Schicksalen war. Als sich ihre Augen von dem Glasgefäß abwandten, – sie hatte zu den Fischen hingeblickt, ohne sie zu sehen –, richtete sie sie mit einer verzweifelten Bewegung nach oben, als wolle sie den Himmel anflehen. Ihr Leid schien so beschaffen zu sein, daß es einzig Gott anvertraut werden konnte. Die Stille wurde nur durch Grillen unterbrochen, durch ein paar Heuschrecken, die in dem kleinen Garten zirpten, dem eine Backofenhitze entströmte, und durch das gedämpfte Klirren von Tischsilber und Tellern, das Scharren von Stühlen, die in dem an das Wohnzimmer stoßenden Raum der mit dem Tischdecken beschäftigte Diener verschob. In diesem Augenblick horchte die bedrückte Dame auf und schien sich zu sammeln; sie nahm ihr Taschentuch, trocknete sich die Tränen ab, versuchte zu lächeln und verwischte den Ausdruck des Schmerzes, der sich in alle ihre Züge eingegraben hatte, so gut, daß man sie in jenem Zustand der Gleichgültigkeit hätte glauben können, in dem uns ein Leben läßt, das frei von allen Ängsten ist. Sei es, daß die Gewohnheit des Lebens in diesem Hause, auf das ihr gebrechlicher Körper sie beschränkte, es ihr gestattete, darin einige natürliche Vorgänge wahrzunehmen, die für andere unmerklich sind, denen jedoch Menschen mit überstark ausgeprägtem Gefühlsleben eifrig nachspüren, oder sei es, daß die Natur so viele körperliche Mängel dadurch ausgeglichen hätte, daß sie ihr zartere Empfindungen verlieh als Menschenwesen, die dem Anschein nach einen besser ausgebildeten Organismus besitzen, jedenfalls hatte diese Frau den Schritt eines Mannes vernommen, und zwar in einem Gange, der oberhalb der Küche und der für die Dienstboten des Hauses bestimmten Räume gebaut war, und der das Vorderhaus mit dem Hinterhaus verband. Das Geräusch der Schritte wurde immer deutlicher. Auch wenn er nicht die Macht besessen hätte, mit der ein leidenschaftliches Geschöpf, wie diese Frau es war, oftmals die Raumesweite zu überwinden weiß, um sich mit seinem andern Ich zu vereinen, würde sogar ein Fremder ohne weiteres den Schritt jenes Mannes auf der Treppe vernommen haben, auf der man von dem Gang aus ins Eßzimmer hinabstieg. Beim Hall jener Schritte wäre auch der achtloseste Mensch von Gedanken bestürmt worden; es war nämlich unmöglich, sie kaltblütig anzuhören. Ein überstürztes oder abgehacktes Gehen erschreckt. Wenn ein Mensch aufspringt und »Feuer!« schreit, sprechen seine Füße genauso laut wie seine Stimme. Ist dem so, so ruft ein Schritt entgegengesetzter Art nicht minder starke Erregungen hervor. Die ernste Langsamkeit, der schleppende Schritt jenes Mannes hätten gedankenlose Leute sicher ungeduldig gemacht; aber ein auf Beobachtung Erpichter oder ein Nervöser hätten ein Gefühl verspürt, das dem Entsetzen sehr nahekommt, hätte er den gemessenen Tritt dieser Füße vernommen, in denen keinerlei Leben zu sein schien, und die die Diele knarren ließen, als ob abwechselnd zwei Eisengewichte darauf niederfielen. Man hätte ohne weiteres den unentschlossenen, schweren Schritt eines sehr alten Mannes oder das majestätische Schreiten eines Denkers erkannt, der ganze Welten mit sich schleppt. Als dieser Mann die letzte Stufe hinabgestiegen war und seine Füße mit zögernder Bewegung auf die Fliesen gesetzt hatte, blieb er eine Weile auf dem großen Treppenabsatz stehen, auf den der Flur endete, der zum Dienstbotenzimmer führte, und von dem aus man gleichzeitig durch eine im Getäfel verborgene Tür ins Wohnzimmer gelangte, wie auch durch eine gegenüber angebrachte ins Eßzimmer. In diesem Augenblick durchzuckte ein leichtes Erschauern, der Empfindung vergleichbar, die ein elektrischer Funke verursacht, die in der Bergère sitzende Frau; aber auch das sanfteste Lächeln belebte ihre Lippen; und ihr von der Erwartung einer Freude durchzittertes Gesicht strahlte auf wie das einer schönen italienischen Madonna; sie brachte plötzlich die Kraft auf, ihre Ängste in die Tiefe ihrer Seele zurückzudrängen; dann wandte sie den Kopf den Füllungen der Tür zu, die sich in der

Ecke des Wohnzimmers öffnen mußte, und die tatsächlich so ungestüm aufgestoßen wurde, daß es war, als habe das arme Geschöpf etwas von dem Stoß abbekommen.

Balthazar Claes stand unvermittelt da, machte ein paar Schritte, sah jene Frau nicht an, oder, wenn er sie ansah, nahm sie nicht wahr, und blieb starr mitten im Eßzimmer stehen, wobei er den leicht geneigten Kopf in die rechte Hand stützte. Ein schrecklicher Schmerz, an den jene Frau sich nicht gewöhnen konnte, obwohl er jeden Tag mehrmals wiederkehrte, schnürte ihr das Herz zusammen, löschte ihr Lächeln aus, zog ihre braune Stirn zwischen den Brauen zu jener Linie zusammen, die der häufige Ausdruck stärkster Empfindungen dort höhlt; aufs neue füllten ihre Augen sich mit Tränen; aber sie trocknete sie rasch und blickte Balthazar an. Man konnte nicht umhin, vom Oberhaupt der Familie Claes tief beeindruckt zu werden. In seiner Jugend mußte er dem erhabenen Märtyrer geähnelt haben, der Karl V. gedroht hatte, ein zweiter Artevelde zu werden; gegenwärtig jedoch wirkte er, als sei er über sechzig, obwohl er nur etwa fünfzig Jahre zählte, und sein Altern vor der Zeit hatte jene noble Ähnlichkeit zerstört. Seine hohe Gestalt war leicht gekrümmt, entweder, weil seine Arbeiten ihn nötigten, sich vornüber zu beugen, oder weil seine Wirbelsäule durch das Gewicht des Kopfes durchgebogen worden war. Er hatte eine breite Brust, einen vierschrötigen Oberkörper; aber die unteren Teile seines Körpers waren schmächtig, wenngleich nicht kraftlos; und diese Unstimmigkeit in einem ehemals offenbar vollkommenen Organismus beunruhigte den Geist, der sich durch besonders eigenartige Daseinsbedingungen diese wunderliche Gestalt zu erklären versuchte. Sein üppiges, blondes, wenig gepflegtes Haar fiel ihm nach deutscher Art bis auf die Schultern nieder, in einer Unordnung freilich, die im Einklang mit der allgemeinen Absonderlichkeit seiner Person stand. Übrigens wies seine breite Stirn die Buckel auf, in die Gall[12] die Welten des Poetischen verlegt hat. Seine Augen waren von einem hellen, starken Blau; sie besaßen die jähe Lebhaftigkeit, wie sie bei den großen Erforschern des Okkulten festgestellt worden ist. Seine ehedem sicherlich vollkommene Nase hatte sich in die Länge gezogen, und die Nasenflügel schienen sich durch eine unwillkürliche Anspannung der Gesichtsmuskeln allmählich immer mehr zu weiten. Seine samtig behaarten Backenknochen sprangen weit vor; desto eingefallener wirkten seine schon gelben Wangen; sein gütiger Mund war zwischen der Nase und einem kurzen, scharf aufwärts gerichteten Kinn eingeklemmt. Dabei war die Form seines Gesichts mehr länglich als oval; daher hätte das wissenschaftliche System, das jedem Menschenantlitz eine Ähnlichkeit mit einem Tiergesicht zuschreibt, einen weiteren Beweis in dem des Balthazar Claes gefunden, das man mit einem Pferdekopf hätte vergleichen können. Seine Haut spannte sich dicht über die Knochen, als habe irgendein inneres Glühen sie immerfort ausgedörrt; in manchen Augenblicken, wenn er in die Weite schaute, als wolle er dort die Verwirklichung seiner Hoffnungen finden, konnte man meinen, er sprühe aus seinen Nasenlöchern die Flamme, die seine Seele verzehrte. Die tiefen Gefühle, die die großen Männer beseelen, atmeten aus diesem bleichen, stark von Falten durchzogenen Gesicht, aus dieser Stirn, die gefurcht war wie die eines alten, sorgenvollen Königs, aber vor allem aus den funkelnden Augen, deren Feuer gleichermaßen durch die Keuschheit, die die Tyrannei der Gedanken verleiht, und durch das innere Glühen einer ausgedehnten Intelligenz genährt zu werden schien. Die tief in die Höhlen gesunkenen Augen wirkten, als seien ihre dunklen Ringe einzig durch Nachtwachen und die furchtbaren Rückschläge stets enttäuschter und stets wieder aufgelebter Hoffnungen entstanden. Der eifersüchtige Fanatismus, den Kunst oder Wissenschaft auslösen, bekundete sich bei diesem Mann in besonderem Maß durch eine seltsame, ständige Zerstreutheit, von der seine Kleidung und seine Haltung zeugten; sie entsprach der großartigen Ungeheuerlichkeit seiner Gesichtszüge. Seine breiten, behaarten Hände waren schmutzig, seine langen Fingernägel hatten vorn tiefschwarze Ränder. Seine Schuhe waren nicht geputzt und hatten keine Schnürbänder. Im ganzen Haus konnte nur dessen Herr sich das befremdliche Vorrecht herausnehmen, so unsauber zu sein. Seine schwarze, fleckige Tuchhose, seine nicht zugeknöpfte Weste, seine schief sitzende Halsbinde und sein grünlicher, überall aus den Nähten platzender Frack vervollständigten ein wunderliches Gesamt großer und kleiner Dinge, die bei jedem andern auf eine Notlage hätten schließen lassen, wie die Laster sie erzeugen, die jedoch bei Balthazar Claes von der Nachlässigkeit des Genies herrührten. Nur zu oft bringen Laster und Genie die gleichen Wirkungen hervor, und gewöhnliche Sterbliche lassen sich dadurch täuschen. Ist Genie nicht eine dauernde, Zeit, Geld und Körper verzehrende Ausschweifung, die noch schneller ins Spital führt als die üblen Leidenschaften? Die Menschen scheinen sogar mehr Respekt vor den Lastern als vor dem Genie zu haben, denn dem letzteren verweigern sie den Kredit. Es scheint, daß Gewinne aus den geheimen Arbeiten des Gelehrten etwas so Fernliegendes sind, daß die Gesellschaft davor zurückscheut, noch zu seinen Lebzeiten mit ihm darüber abzurechnen; sie zieht es vor, mit ihm dadurch quitt zu werden, daß sie ihm seine Notlage oder sein Unglück nicht verzeiht. Wenn Balthazar Claes, trotz seines beständigen Vergessens der Gegenwart, von seinen mysteriösen Betrachtungen abließ, wenn eine gütige, gesellige Absicht dieses Denkerantlitz wieder belebte, wenn seine starren Augen ihren strengen Glanz verloren und ein Gefühl andeuteten, wenn er um sich blickte und in das wirkliche, alltägliche Leben zurückkehrte, dann war es schwierig, nicht unwillkürlich der verführerischen Schönheit dieses Antlitzes, dem sich darin spiegelnden anmutigen Geist zu huldigen. Daher bedauerte jeder, der ihn dann sah, daß er nicht mehr Welt und Gesellschaft angehörte; es hieß dann: »In seiner Jugend muß er sehr schön gewesen sein!« Ein Irrtum der Durchschnittsmenschen! Nie hatte Balthazar Claes poetischer gewirkt als gegenwärtig. Bestimmt würde Lavater[13] diesen Kopf mit seiner Geduld, seiner flämischen Aufrichtigkeit, seiner treuherzigen Moralität nur zu gern eingehend betrachtet haben; diesen Kopf, an dem alles weit und groß war, an dem die Leidenschaft ruhig zu sein schien, weil sie stark war. Die Sitten dieses Mannes mußten rein sein, sein Wort heilig, seine Freundschaft unverbrüchlich, seine Hingabe vollkommen; aber das Wollen, das sich dieser guten Eigenschaften zum Nutzen des Vaterlandes, der Umwelt oder der Familie bedient, hatte sich unseligerweise in eine andere Richtung gewandt. Dieser Bürger, der über das Glück eines Hausstands hätte wachen, ein Vermögen verwalten, seine Kinder einer schönen Zukunft entgegenführen müssen, lebte außerhalb seiner Pflichten und seiner Zuneigungen im Umgang mit irgendeinem Hausgeist. Ein Priester hätte von ihm gemeint, er sei von Gottes Wort erfüllt; ein Künstler hätte sich vor ihm als einem großen Meister verneigt, ein Enthusiast hätte ihn für einen Sohn der Kirche Swedenborgs[14] gehalten. In diesem Augenblick stand der schadhafte, verwahrloste, schäbige Anzug, den dieser Mann trug, in seltsamem Gegensatz zu der anmutigen Gepflegtheit der Frau, die ihn so schmerzvoll bewunderte. Verwachsene, die Geist oder eine schöne Seele haben, bezeigen in ihrer Kleidung stets einen erlesenen Geschmack. Entweder ziehen sie sich schlicht an, im Wissen, daß ihre Vorzüge ganz und gar geistig-seelisch sind, oder aber sie verstehen sich darauf, das Mißgestaltete ihres Körperbaus durch eine gewisse Eleganz in den Einzelheiten vergessen zu machen, da diese den Blick ablenkt und den Geist beschäftigt. Diese Frau besaß nicht nur seelischen Edelmut, sondern sie liebte Balthazar Claes aus jenem weiblichen Instinkt heraus, der einen Vorgeschmack von der Einsicht der Engel gibt. Sie war in einer der angesehensten Familien Belgiens aufgewachsen; dort würde sie sich Geschmack erworben haben, wenn sie ihn nicht schon gehabt hätte; aber da der Wunsch, dauernd dem Mann zu gefallen, den sie liebte, sie hellsichtig gemacht hatte, verstand sie sich darauf, sich bewundernswürdig zu kleiden, ohne daß ihre Eleganz in einem Mißverhältnis zu ihren beiden körperlichen Fehlern gestanden hätte. Ihr Oberkörper war übrigens nur durch die Schultern entstellt, deren eine sichtlich höher war als die andere. Sie blickte durch die Fenster in den Binnenhof, dann in den Garten, als wolle sie sich überzeugen, daß sie auch allein mit Balthazar sei, und fragte ihn dann mit sanfter Stimme, wobei sie ihm einen Blick voll jener Unterwürfigkeit zuwarf, die die Fläminnen auszeichnet, denn ihrer beider Liebe hatte seit langem den spanischen Grandenstolz vertrieben: »Balthazar, du hast wohl sehr viel zu tun ...? Heute ist der dreiunddreißigste Sonntag, an dem du weder zur Messe noch zur Vesper gegangen bist.«

Claes antwortete nicht; seine Frau senkte den Kopf, faltete die Hände und wartete; sie wußte ja, daß dies Schweigen weder Mißachtung noch Geringschätzung bedeutete, sondern eine tyrannische Befangenheit in Gedanken. Balthazar war eins der

Menschenwesen, die im Grunde ihres Herzens geraume Zeit ihr jugendliches Zartgefühl bewahren; er hätte es als ein Verbrechen betrachtet, einer durch das Bewußtsein ihrer körperlichen Mißgestalt bedrängten Frau gegenüber auch nur den leisesten verletzenden Gedanken zu äußern. Vielleicht wußte er als der einzige unter allen Männern, daß ein Wort, ein Blick ganze Jahre des Glücks auszulöschen vermögen und um so grausamer sind, je stärker sie von einer beständig bezeigten Sanftmut abstechen; denn unsere Natur bringt es mit sich, daß wir mehr Schmerz bei einem Mißklang im Glück als Freude über einen Genuß im Unglück empfinden. Eine kleine Weile danach schien Balthazar zu erwachen; er blickte lebhaft umher und sagte: »Die Vesper? Ach ja, die Kinder sind wohl in der Vesper.« Er tat ein paar Schritte, um einen Blick auf den Garten zu werfen, wo überall prächtige Tulpen gediehen; aber plötzlich hielt er inne, als sei er gegen eine Mauer gestoßen, und rief aus: »Warum sollten sie sich zur gegebenen Zeit nicht verbinden?«

»Wird er etwa irrsinnig?« fragte sich die Frau mit tiefem Erschrecken.

Um die Szene, zu der die Lage der Dinge geführt hatte, interessanter zu machen, ist es unerläßlich, einen Blick auf das frühere Leben des Balthazar Claes und der Enkelin des Herzogs von Casa-Real zu werfen.

Etwa um das Jahr 1783 konnte der damals zweiundzwanzigjährige Monsieur Balthazar Claes-Molina de Nourho für das gelten, was wir in Frankreich einen schönen Mann nennen. Er hatte seine Ausbildung in Paris vollendet, wo er sich in der Gesellschaft der Madame d'Egmont[15], des Grafen Horn[16], des Fürsten Aremberg[17], des spanischen Botschafters Helvetius[18], der aus Belgien stammenden Franzosen oder der aus jenem Land Gekommenen vortreffliche Umgangsformen angeeignet hatte; alle diese Leute gehörten durch ihre Geburt oder ihr Vermögen zu den großen Herrn, die zu jener Zeit tonangebend waren. Der junge Claes fand dort ein paar Verwandte und Freunde, die ihn zu dem Zeitpunkt in die große Welt einführten, da ebenjene große Welt zu Falle kam; aber wie die meisten jungen Menschen lockten ihn zunächst Ruhm und Wissenschaft mehr als die Eitelkeit. Deshalb verkehrte er viel mit Gelehrten, und insbesondere mit Lavoisier[19], der damals die öffentliche Aufmerksamkeit weit mehr durch sein ungeheures Vermögen als Generalsteuerpächter denn durch seine Entdeckungen auf dem Gebiet der Chemie auf sich zog, während später der große Chemiker den kleinen Generalsteuerpächter in Vergessenheit geraten ließ. Balthazar begeisterte sich leidenschaftlich für die Wissenschaft, der Lavoisier oblag, und wurde dessen eifrigster Schüler; aber er war jung und schön wie Helvetius es gewesen war, und die Pariser Frauen lehrten ihn bald, ausschließlich den Geist und die Liebe zu destillieren. Obgleich er das Studium voller Eifer begonnen, obgleich Lavoisier ihn mit einigen Lobesworten bedacht hatte, verließ er seinen Lehrer, um den Lehrerinnen des Geschmacks zu lauschen, bei denen die jungen Leute die letzten Lehrstunden in Lebensart nahmen und sich die Gepflogenheiten der hohen Gesellschaft aneigneten, die ja in ganz Europa eine Familie bildet. Der berauschende Traum vom Erfolg war von kurzer Dauer; nachdem Balthazar die Pariser Luft geatmet hatte, reiste er ab, weil er eines hohlen Lebens müde war, das weder seiner glühenden Seele noch seinem liebenden Herzen entsprach. Das freundliche, ruhige Leben, an das er allein schon beim Vernehmen des Namens »Flandern« zurückdenken mußte, schien ihm besser zu seinem Charakter und dem Streben seines Herzens zu passen. Die Vergoldungen keines Pariser Salons hatten die Melodien des braunen Wohnzimmers und des Gärtchens ausgelöscht, wo seine Kindheit so glücklich verflossen war. Um in Paris zu bleiben, darf man weder einen häuslichen Herd noch ein Vaterland haben. Paris ist die Stadt des Kosmopoliten oder der Männer, die sich mit der Welt vermählt haben und sie unaufhörlich mit dem Arm der Wissenschaft, der Kunst oder der Macht umschlingen. Der Sohn Flanderns kehrte heim nach Douai wie La Fontaines Taube in ihr Nest[20]; er weinte Freudentränen, als er just an dem Tage heimkam, da Gayant[21] seinen Umzug hielt. Gayant, dieses abergläubische Glück der ganzen Stadt, dieser Triumph flämischer Erinnerungen, war durch die Auswanderung seiner Familie nach Douai dort eingeführt worden. Der Tod seiner Eltern hatte das Haus Claes verödet; die beiden Todesfälle beschäftigten ihn dort eine Zeitlang. Als der erste Schmerz vorüber war, verspürte er die Notwendigkeit, zu heiraten, um das glückliche Dasein zu vervollständigen, dessen ganze Frömmigkeit ihn von neuem erfüllte; er wollte den alten Bräuchen seiner Familie folgen und, wie seine Vorfahren, sich eine Frau entweder in Gent, in Brügge oder Antwerpen suchen; aber keins der weiblichen Wesen, die er dort antraf, war ihm genehm. Er hatte wohl, was die Eheschließung betraf, seine besonderen Gedanken, denn von Jugend auf war ihm vorgeworfen worden, er wandere nicht auf der allgemeinen Straße. Eines Tages hörte er in Gent bei einem seiner Verwandten von einer jungen Brüsseler Dame sprechen, die zum Gegenstand lebhafter Meinungsverschiedenheiten geworden war. Die einen fanden, die Schönheit der Mademoiselle de Temninck werde durch ihre Mißgestalt ausgelöscht; die andern hielten sie trotz ihrer Mängel für vollkommen. Balthazar Claes' alter Vetter sagte zu seinen Gästen, daß sie, ob nun schön oder nicht, eine Seele habe, um deren willen er sie heiraten würde, wenn er noch zu haben wäre; und er erzählte, wie sie unlängst auf das Erbteil ihrer Eltern verzichtet habe, um für ihren jungen Bruder eine seines Namens würdige Eheschließung zu ermöglichen; auf diese Weise habe sie das Glück des Bruders dem eigenen vorgezogen und ihm ihr ganzes Leben geopfert. Man könne schwerlich glauben, daß Mademoiselle de Temninck alt und vermögenslos heiraten werde, da sich doch für sie als junge Erbin kein Bewerber eingestellt habe. Ein paar Tage danach suchte Balthazar Claes Mademoiselle de Temninck auf, die damals fünfundzwanzig Jahre alt war, und verliebte sich in sie. Joséphine de Temninck hielt sich für den Gegenstand einer Marotte und weigerte sich, Monsieur Claes zu erhören; aber die Leidenschaft ist etwas so Ansteckendes, und für ein armes, verwachsenes und hinkendes Mädchen besitzt eine Liebe, die es einem jungen, gut gewachsenen Mann eingeflößt hat, eine so große Verführungskraft, daß sie einwilligte, sich umwerben zu lassen.

Bedürfte es nicht eines ganzen Buches, um gut die Liebe eines jungen Mädchens zu schildern, das sich demütig der allgemeinen Meinung, es sei häßlich, unterwirft, während es in sich den unwiderstehlichen Zauber verspürt, den wahre Gefühle schaffen? Da gibt es wilde Eifersuchtsanfälle beim Anblick des Glücks, grausame Anwandlungen der Rache gegen die Rivalin, die einen

Blick stiehlt, kurzum, Gefühlswallungen und Schrecknisse, die den meisten Frauen unbekannt sind und die dann zum Verderben gereichen, wenn sie nur angedeutet werden. Der Zweifel, der in der Liebe etwas so Dramatisches ist, würde das Geheimnis dieser ihrem Wesen nach bis ins einzelne gehenden Analyse sein, bei der manche Seelen die verlorene, aber nicht vergessene Poesie ihrer ersten Wirrnisse wiederfinden würden, jene erhabenen Überschwänge im tiefsten Herzensgrund, die sich nie im Mienenspiel verraten, jene Furcht, nicht verstanden zu werden, und jene grenzenlose Freude, verstanden worden zu sein; jenes Zaudern der Seele, die sich auf sich selber zurückzieht, und jene magnetischen Projektionen, die den Augen unendliche Nuancen verleihen; jene Selbstmordpläne, die durch ein Wort ausgelöst und durch einen Klang in der Stimme wieder verflüchtigt werden, der die gleiche Reichweite hat wie das Gefühl, dessen verkannte Beharrlichkeit er verrät; jene bebenden Blicke, die schreckliche Kühnheiten verhüllen; jenen jähen Drang, zu sprechen und zu handeln, der durch seine eigene Heftigkeit unterdrückt wird; die innerliche Beredsamkeit, die sich in Sätzen ohne Sinn entlädt, die jedoch mit erregter Stimme ausgesprochen werden; die geheimnisvollen Auswirkungen ursprünglicher seelischer Scham und der göttlichen Zurückhaltung, die im Dunkel großherzig macht und einen dahin bringt, daß man einen erlesenen Geschmack an Hingebungen findet, von denen niemand weiß; kurzum, all das Schöne junger Liebe und die Schwächen ihrer Macht.

Mademoiselle Joséphine de Temninck war kokett aus Seelengröße. Das Bewußtsein ihrer offenbaren Mängel machte sie so schwierig, wie es das schönste Mädchen hätte sein können. Die Furcht, eines Tages zu mißfallen, erweckte ihren Stolz, zerstörte ihr Vertrauen und gab ihr den Mut, jene ersten Glückseligkeiten im Grunde ihres Herzens zu bewahren, die die andern Frauen nur zu gern durch ihr Gehaben der Öffentlichkeit preisgeben, und aus denen sie sich einen hoffärtigen Schmuck machen. Je mehr die Liebe sie nachdrücklich Balthazar entgegentrieb, je weniger wagte sie, ihm gegenüber ihren Gefühlen Ausdruck zu geben. Die Geste, der Blick, die Antwort oder die Frage, die bei einer hübschen Frau etwas Schmeichelhaftes für einen Mann sind, waren sie bei ihr nicht zu demütigenden Spekulationen geworden? Eine schöne Frau kann in aller Gemütsruhe sie selber sein, stets hält die Welt ihr eine Dummheit oder eine Linkischkeit zugute, während ein einziger Blick den herrlichsten Ausdruck auf den Lippen einer häßlichen Frau hemmt, ihre Augen einschüchtert, die Anmutlosigkeit ihrer Gesten steigert, ihre Haltung verlegen macht. Sie weiß ja doch, daß es ihr allein verboten ist, Fehler zu machen; jedermann spricht ihr die Fähigkeit ab, sie auszugleichen, und überdies gibt ihr niemand dazu Gelegenheit. Muß der Zwang, in jedem Augenblick vollkommen zu sein, nicht alle Fähigkeiten auslöschen und ihre Ausübung vereisen? Eine solche Frau kann nur in einer Atmosphäre engelhafter Nachsicht leben. Aber wo gibt es Herzen, denen die Nachsicht entströmt, ohne sich mit einem bitteren und verletzendem Mitleid zu färben? Diese Gedanken, an die die grausige Höflichkeit der Welt sie gewöhnt hatte, und diese Rücksichtnahmen, die noch grausamer als Beleidigungen sind und das Unglück verschärfen, indem sie es bestätigen, bedrängten Mademoiselle de Temninck und verursachten ihr ein beständiges Unbehagen, das die köstlichsten Eindrücke in den Hintergrund ihrer Seele zurückdrängte und ihre Haltung, ihre Worte und Blicke mit Kälte erfüllte. Sie war verstohlen verliebt; nur in der Einsamkeit wagte sie es, redegewandt oder schön zu sein. Am hellen Tag wirkte sie unglücklich; aber sie hätte entzückend gewirkt, wenn es ihr verstattet gewesen wäre, nur im Dunkel zu leben. Um jene Liebe auf die Probe zu stellen und auf die Gefahr hin, sie einzubüßen, verschmähte sie oftmals den Schmuck, der einen Teil ihrer Mängel hätte verbergen können. Ihre Spanierinnen-Augen bekamen einen bezaubernden Ausdruck, wenn sie merkte, daß Balthazar sie auch im Hauskleid schön fand. Nichtsdestoweniger verdarb ihr das Mißtrauen die seltenen Augenblicke, während derer sie sich dem Glück preizugeben wagte. Bald fragte sie sich, ob Claes nicht etwa darauf erpicht sei, sie zu heiraten, um in seinem Haus eine Sklavin zu haben, und ob er nicht etwa diese oder jene verhehlte Unvollkommenheit aufweise, die ihn zwänge, sich mit einem von der Natur benachteiligten Mädchen zu begnügen. Diese beständigen Ängste gaben gelegentlich den Stunden, da sie an Dauer glaubte, an die Aufrichtigkeit einer Liebe, die sie an der Welt rächen sollte, einen unerhörten Wert. Durch Übertreibung ihrer Häßlichkeit forderte sie heikle Gespräche heraus, um bis in die letzte Tiefe des Gewissens ihres Liebhabers vorzudringen; dabei entriß sie dann Balthazar wenig schmeichelhafte Wahrheiten; aber sie hatte eine Schwäche für die Verlegenheit, in die er geraten war, wenn sie ihn dahin gebracht hatte, zu sagen, daß man bei einer Frau vor allem eine schöne Seele liebe, und jenen Opferwillen, der die Lebenstage so unwandelbar glücklich macht; daß nach ein paar Ehejahren die liebreizendste Frau auf Erden für einen Ehemann genausoviel wert sei wie die häßlichste. Hatte Balthazar dann alles aufgehäuft, was es an Wahrem in den Paradoxen gab, die dazu neigen, den Wert der Schönheit herabzusetzen, wurde er sich plötzlich des Unfreundlichen seiner Bemerkungen bewußt, und dann enthüllte er die ganze Güte seines Herzens in der Zartheit der Übergänge, durch die er Mademoiselle de Temninck zu beweisen verstand, für ihn sei sie etwas Vollkommenes. Die Opferwilligkeit, die bei der Frau vielleicht der Gipfel der Liebe ist, fehlte diesem Mädchen durchaus nicht, denn sie hatte verzweifelt gemeint, sie werde nie geliebt werden; allein die Aussicht auf einen Kampf, bei dem das Gefühl den Sieg über die Schönheit davontragen sollte, verlockte sie; dann brachte sie die Größe auf, sich zu schenken, ohne an die Liebe zu glauben; und schließlich mußte ihr das Glück, von so kurzer Dauer es auch zu sein vermochte, zu teuer sein, als daß sie es sich versagt hätte, es auszukosten. Diese Ungewißheiten, diese Kämpfe flößten Balthazar dadurch, daß sie diesem überlegenen Geschöpf den Zauber und das Unvorhergesehene der Leidenschaft zuteilwerden ließen, eine beinahe ritterliche Liebe ein.

Die Hochzeit fand zu Beginn des Jahres 1795 statt. Die beiden Gatten kehrten nach Douai zurück und verbrachten die ersten Tage ihrer Gemeinschaft im patriarchalischen Haus der Claes', dessen Schätze durch Mademoiselle de Temninck vermehrt wurden; sie brachte ein paar schöne Bilder von Murillo und Velazquez mit, die Diamanten ihrer Mutter und die herrlichen Geschenke, die ihr Bruder ihr gesandt hatte; er war Herzog von Casa-Real geworden. Wenige Frauen waren glücklicher als Madame Claes. Ihr Glück dauerte ohne die leiseste Wolke fünfzehn Jahre; und wie ein helles Licht drang es bis in die winzigsten Einzelheiten des Daseins ein. Die meisten Männer haben charakterliche Unstimmigkeiten, die beständige Mißklänge hervorrufen; auf diese Weise berauben sie das Innere ihres Hauses der Harmonie, die das schöne Ideal des Hausstands ist; denn die meisten Männer sind durch Kleinlichkeit befleckt, und Kleinlichkeit erzeugt Verdrießlichkeiten. Der eine mag redlich und tätig sein, zugleich aber hart und rauh; der andere mag gütig, zugleich aber dickköpfig sein; dieser mag seine Frau lieben, aber er weiß nicht recht, was er will; jener steht im Bann des Ehrgeizes und entledigt sich seiner Gefühle wie einer Schuld; er gibt zwar den eitlen Trug des Vermögens, aber nimmt dem Alltag die Freude; kurzum, die Männer des sozialen Durchschnitts sind im wesentlichen unvollkommen, ohne daß sich ihnen etwas Besonderes vorwerfen ließe. Die Gescheiten sind veränderlich wie die Barometer; einzig das Genie ist im Grunde gut. Daher findet sich reines Glück an den beiden äußersten Enden der moralischen Stufenleiter. Der gutartige Dummkopf oder Mann von Genie sind allein, der eine aus Schwäche, der andere aus Kraft, zu jenem Gleichmaß der Laune, jener unwandelbaren Sanftmut befähigt, in denen die Härten des Lebens sich auflösen. Bei dem einen walten Gleichgültigkeit und Trägheit; bei dem andern Nachsicht und Beharrlichkeit des erhabenen Denkens, dessen Vermittler er ist, und das sich als Prinzip wie in der Anwendung gleichbleiben muß. Beide sind gleichermaßen schlicht und naiv; nur ist das bei dem einen Leere, bei dem andern Tiefe. Daher sind geschickte Frauen recht geneigt, einen Dummkopf als den besten Lückenbüßer für einen bedeutenden Mann zu nehmen. So betätigte also Balthazar seine Überlegenheit zunächst in den winzigsten Kleinigkeiten des Lebens. Er gefiel sich darin, in der ehelichen Liebe ein herrliches Kunstwerk zu erblicken, und da Menschen von hohen Gesichtspunkten nichts Unvollkommenes dulden, wollte er dessen Schönheiten voll zur Entfaltung bringen. Sein Geist schuf der Ruhe des Glücks ohne Unterlaß Abwechslung, sein nobler Charakter gab seinen Aufmerksamkeiten etwas Liebenswürdiges. So gab er, obwohl er ein Anhänger der philosophischen Grundsätze des achtzehnten Jahrhunderts war, trotz der Gefahren, die die Revolutionsgesetze ihn laufen ließen, bis zum Jahre 1801 einem katholischen Priester Unterkunft in seinem Haus, um nicht dem spanischen Fanatismus entgegen zu sein, den seine Frau für den römischen Katholizismus mit der Muttermilch eingesogen hatte; als dann der Kultus in Frankreich wiederhergestellt war, begleitete er seine Frau jeden Sonntag zur Messe. Niemals entbehrte seine Zuneigung die Formen der Leidenschaft. Niemals ließ er im Innern seines Hauses die schützende Kraft spürbar werden, die die Frauen gemeinhin so lieben, weil sie für die seinige allzusehr wie Mitleid angemutet hätte. Kurzum, er behandelte sie mit höchst kluger Schmeichelei, als sei sie seinesgleichen, und er ließ sich sogar zu jenem liebenswürdigen Schmollen hinreißen, das ein Mann sich gegenüber einer schönen Frau erlaubt, um deren Überlegenheit zu trotzen. Stets wurden seine Lippen durch das Lächeln des Glücks verschönt, und seine Redeweise war stets voller Güte. Er liebte seine Joséphine um ihret- und um seinetwillen, und zwar mit jener Glut, die ein beständiges Lob der Eigenschaften und der Schönheit einer Frau in sich beschließt. Die Treue, die oftmals die Auswirkung eines gesellschaftlichen Grundsatzes, einer Religion oder einer Berechnung seitens der Ehemänner ist, schien bei ihm etwas Selbstverständliches zu sein und entbehrte nicht der süßen Schmeicheleien des Liebesfrühlings. Die Pflicht war in diesem Ehebund die einzige Verbindlichkeit, die diesen beiden gleichermaßen Liebenden unbekannt blieb, denn Balthazar Claes hatte in Mademoiselle de Temninck eine beständige, vollkommene Verwirklichung seiner Hoffnungen gefunden. Ihr Herz wurde stets ohne Ermüdung befriedigt, und der Mann war stets glücklich. Nicht nur, daß das spanische Blut der Enkelin der Casa-Real nicht trog und ihr einen Instinkt für jenes Wissen verlieh, das die Lust bis ins Unendliche zu vermannigfachen weiß; sie besaß auch jene Fähigkeit zu grenzenloser Hingabe, die das Geniale ihres Geschlechts bildet, gerade wie die Anmut dessen ganze Schönheit ausmacht. Seine Liebe war ein blinder Fanatismus, der auf ein Kopfnicken hin ihn freudig hätte in den Tod gehen lassen. Balthazars Zartgefühl hatte bei ihr die großherzigsten weiblichen Empfindungen bis zur höchsten Höhe gesteigert und ihr ein gebieterisches Verlangen eingeflößt, mehr zu geben, als sie empfing. Dieser gegenseitige Austausch eines wechselseitig verschwendeten Glücks hatte sichtlich den Inhalt ihres Lebens nach außerhalb ihrer selbst verlegt und verströmte eine wachsende Liebe durch ihrer beider Worte, Blicke und Tun. Auf beiden Seiten befruchtete und vermannigfachte die Dankbarkeit das Leben des Herzens, gerade wie die Gewißheit, einander alles zu sein, jede Kleinlichkeit ausschloß, weil sie das geringste Zubehör des Daseins vergrößerte. Aber ist nicht auch eine mißgestaltete Frau, die ihrem Ehemann geradegewachsen dünkt, eine hinkende Frau, die ihr Mann so und nicht anders will, oder eine bejahrte Frau, die jung wirkt, – sind nicht alle diese Frauen die glücklichsten Geschöpfe innerhalb der weiblichen Welt . . .? Darüberhinaus vermag die menschliche Liebe nicht zu gehen. Besteht der Ruhm der Frau nicht gerade darin, das glühend lieben zu lassen, was bei ihr ein Mangel zu sein scheint? Zu vergessen, daß eine Hinkende nicht regelmäßig schreitet, ist die Bezauberung eines Augenblicks; aber sie zu lieben, gerade weil sie hinkt, das ist die Vergöttlichung ihres Gebrechens. Vielleicht müßte in das Evangelium der Frauen der Spruch eingetragen werden: »Selig sind die Unvollkommenen, denn ihrer ist das Reich der Liebe.« Gewiß, Schönheit muß für eine Frau ein Unglück sein, denn dieser vergänglichen Blüte kommt in dem Gefühl, das sie einflößt, eine viel zu große Bedeutung zu; liebt man sie nicht etwa, wie man eine reiche Erbin heiratet? Aber die Liebe, die eine Frau empfinden läßt oder bezeigt, die der gebrechlichen Vorzüge enterbt ist, der die Söhne Adams nachlaufen, ist die wahre Liebe, die wahrhaft geheimnisvolle Leidenschaft, eine glühende Umarmung der Seelen, ein Gefühl, für das der Tag der Ernüchterung nie anbricht. Eine solche Frau besitzt Gnadengaben, die der Welt, deren Kontrolle sie enthoben ist, unbekannt sind; sie ist zur rechten Stunde schön und empfängt zuviel Ruhm dadurch, daß sie ihre Unvollkommenheiten vergessen läßt, als daß ihr das nicht beständig gelänge. So kommt es, daß die berühmtesten Liebesleidenschaften der Weltgeschichte fast alle von Frauen eingeflößt worden sind, an denen gewöhnliche Sterbliche nichts als Unvollkommenheiten wahrgenommen hätten. Kleopatra, Johanna von Neapel[22], Diane de Poitiers[23], Mademoiselle de La Vallière[24], Madame de Pompadour, kurzum, den meisten Frauen, die die Liebe berühmt gemacht hat, hat es nicht an Unvollkommenheiten oder Körperfehlern gefehlt, während die meisten Frauen, deren Schönheit uns als vollkommen geschildert wird, ihre Liebschaften unglücklich haben enden sehen. Diese augenscheinliche Absonderlichkeit muß ihre Gründe haben. Vielleicht lebt der Mann mehr durch das Gefühl als durch die Lust? Vielleicht haben die lediglich physischen Reize einer schönen Frau ihre Grenzen, während die im wesentlichen seelischen Reize einer Frau von durchschnittlicher Schönheit unendlich sind? Ist das nicht etwa die Moral der Fabel, auf der »Tausendundeine Nacht« beruht? Als Frau Heinrichs VIII.[25] hätte eine Häßliche dem Henkerbeil getrotzt und die Treulosigkeiten ihres Herrn und Meisters in Kauf genommen. Durch eine bei einem Mädchen spanischen Ursprungs recht erklärliche Absonderlichkeit war Madame Claes ungebildet. Zwar konnte sie lesen und schreiben; aber bis zu ihrem zwanzigsten Lebensjahr, dem Zeitpunkt, da ihre Eltern sie aus dem Kloster herausnahmen, hatte sie einzig und allein asketische Werke gelesen. Bei ihrem Eintritt in Welt und Gesellschaft hatte sie zunächst nach weltlichen Freuden gedürstet und nur die nichtigen Künste der Toilette gelernt; aber sie fühlte sich um ihrer Unwissenheit willen so tief gedemütigt, daß sie sich in keine Unterhaltung zu mischen wagte; daher galt sie für ziemlich geistlos. Die mystische Erziehung hatte indessen das Ergebnis gehabt, in ihr das Gefühlsleben in all seiner Kraft fortbestehen zu lassen und ihren natürlichen Geist nicht zu verbilden. Für die Augen der Welt war sie eine dumme, häßliche Erbin; für ihren Mann wurde sie zu einer schönen und geistvollen. Balthazar versuchte zwar während seiner ersten Ehejahre, seiner Frau die Kenntnisse beizubringen, deren sie bedurfte, um in der Gesellschaft zu bestehen; aber es war dazu wohl zu spät; sie besaß nur das Gedächtnis des Herzens. Joséphine vergaß nichts von dem, was Claes ihr sagte, wenn es sich auf sie beide bezog; sie erinnerte sich der kleinsten Umstände ihres glücklichen Lebens, aber schon am nächsten Morgen wußte sie nicht mehr, was er sie am Abend zuvor gelehrt hatte. Diese Unbildung hätte zwischen andern Ehegatten zu ernsten Zerwürfnissen geführt; aber Madame Claes hatte eine so natürliche Auffassung von der Leidenschaft, sie liebte ihren Mann so fromm, so heiligmäßig, und das Verlangen, ihr Glück andauern zu lassen, machte sie so geschickt, daß sie es stets fertigbrachte, zu wirken, als habe sie ihn verstanden; selten ließ sie es dahin kommen, daß ihre Unwissenheit allzu offenbar wurde. Wenn übrigens zwei Menschen einander so lieben, daß jeder Tag für sie der erste ihrer Leidenschaft zu sein scheint, so gibt es in diesem fruchtbaren Glück Phänomene, die alle Bedingtheiten des Lebens verwandeln. Ist es dann nicht wie eine Kindheit, die sich nur um das kümmert, was nichts als Lachen, Freude und Daseinswonne ist? Wenn das Leben dann recht tätig ist, wenn seine Herdfeuer tüchtig flammen, dann läßt der Mann sie brennen, ohne darüber nachzudenken oder hin und her zu reden, ohne die Mittel noch das Ende zu erwägen. Übrigens hat noch nie eine Evastochter besser als Madame Claes ihre Aufgabe als Frau verstanden. Sie besaß jene flämische Demut, die den heimischen Herd so anziehend macht, und ihr spanischer Stolz verlieh ihm noch mehr Reize. Sie war ehrfurchtserheischend, sie wußte sich durch einen Blick Respekt zu verschaffen, aus dem das Bewußtsein ihres Wertes und ihres Adels funkelte; aber vor Claes zitterte sie; und im Lauf der Zeit hatte sie ihn so hoch und so dicht neben Gott gestellt, daß sie ihm alles Tun ihres Lebens und ihre leisesten Gedanken berichtete, daß ihre Liebe nicht mehr ohne einen Anhauch frommer Scheu auskam, der sie noch eindringlicher machte. Voller Stolz übernahm sie alle Gewohnheiten des flämischen Bürgertums und setzte ihr Selbstgefühl dafür ein, das häusliche Leben auf eine üppige Weise glücklich zu machen, die geringsten Kleinigkeiten des Hauses in ihrer typischen Sauberkeit zu erhalten, nur Dinge von absoluter Güte zu besitzen, auf ihren Tisch nur die köstlichsten Gerichte auftragen zu lassen und alles im Haus mit dem Leben des Herzens in Einklang zu bringen. Sie hatten zwei Söhne und zwei Töchter. Die älteste hieß Marguerite und war 1796 geboren worden. Das jüngste Kind war ein dreijähriger Junge und hieß Jean-Balthazar. Das Muttergefühl der Madame Claes kam fast der Liebe zu ihrem Mann gleich. Daher entspann sich in ihrer Seele, und zumal während ihrer letzten Lebenstage, ein grausiger Kampf zwischen diesen beiden gleich mächtigen Gefühlen, deren eines gewissermaßen zum Feind des andern geworden war. Die Tränen und das Entsetzen, die ihr Gesicht in dem Augenblick bezeigten, da diese Erzählung von dem häuslichen Drama beginnt, das in diesem friedlichen Haus heranreifte, waren durch die Furcht verursacht worden, ihre Kinder ihrem Mann aufgeopfert zu haben.

Im Jahre 1805 starb der Bruder der Madame Claes, ohne Kinder zu hinterlassen. Die spanische Gesetzgebung erlaubte nicht, daß die Schwester die Erbschaft des Grundbesitzes antrat, mit dem die Titel der Familie verbunden waren; aber der Herzog vermachte ihr durch seine testamentarischen Verfügungen etwa sechzigtausend Dukaten, und die Erben der Seitenlinie machten sie ihr nicht streitig. Obwohl das Gefühl, das Joséphine mit Balthazar Claes verknüpfte, so beschaffen war, daß ein Gedanke an Gelddinge es niemals hätte beflecken können, empfand sie eine gewisse Befriedigung, ein Vermögen zu besitzen, das dem ihres Gatten gleichkam, und war froh, ihm ihrerseits etwas bieten zu können, nachdem sie auf so noble Weise alles von ihm empfangen hatte. So hatte es also der Zufall zuwegegebracht, daß diese Ehe, in der kalte Rechner nichts als eine Torheit erblickt hatten, hinsichtlich des Geldes zu einer vortrefflichen Partie geworden war. Wie diese Summe verwendet werden sollte, war ziemlich schwer zu bestimmen. Die Familie Claes war so reich mit Möbeln, mit Gemälden, mit Kunst- und Wertgegenständen versehen, daß es schwierig schien, dem noch Dinge hinzuzufügen, die derjenigen würdig gewesen wären, die sich bereits vorfanden. Der Geschmack dieser Familie hatte wahre Schätze aufgehäuft. Die eine Generation hatte sich auf die Suche nach schönen Gemälden begeben; dann hatte die Notwendigkeit, die begonnene Sammlung zu vervollständigen, die Neigung zur Malerei erblich gemacht. Die hundert Bilder, die die Galerie schmückten, die das Hinterhaus mit den im ersten Stock des Vorderhauses gelegenen Empfangsräumen verband, sowie etwa fünfzig weitere, die in den Repräsentationsräumen untergebracht waren, hatten drei Jahrhunderte geduldigen Aufspürens erfordert. Es waren berühmte Stücke von Rubens, Ruysdael, van Dyck, Terborch, Gerard Dou, Teniers, van Mieris, Paulus Potter, Wouwerman, Rembrandt, Hobbema, Cranach und Holbein. Italienische und französische Bilder waren in der Minderheit, aber alle echt und Hauptwerke. Eine andere Generation wieder hatte eine Sucht für japanisches oder chinesisches Porzellan-Service besessen. Der eine Clan hatte sich für Möbelstücke begeistert, der andere für Silbergerät, kurzum, jeder hatte seine Manie, seine Leidenschaft, einen der am meisten hervorstechenden Züge im flämischen Charakter, gehabt. Balthazars Vater, das letzte Überbleibsel der berühmten holländischen Firma, hatte eine der reichsten unter den bekannten Tulpensammlungen hinterlassen. Außer diesen ererbten Reichtümern, die ein riesiges Kapital darstellten und dies alte Haus prächtig ausstatteten, das äußerlich schlicht wie eine Muschel, aber wie eine Muschel innen von Perlmutterglanz und den reichsten Farben erfüllt war, besaß Balthazar Claes noch ein Landhaus in der Ebene von Orchies. Da ihm nichts ferner lag, als wie die Franzosen seine Ausgaben nach seinen Einnahmen zu bemessen, war er dem alten holländischen Brauch gefolgt, nur ein Viertel zu verzehren; und jährlich zwölfhundert Dukaten Ausgaben stellten ihn auf die gleiche Stufe mit denjenigen, die die reichsten Leute der Stadt machten. Die Veröffentlichung des Code Civil[26] gab diesem weisen Verhalten recht. Da die gleichmäßige Teilung des Vermögens angeordnet worden war, hätte der Erbanspruch jedes Kind fast arm zurückgelassen und dazu führen müssen, daß die Schätze des alten Claes-Museums eines Tages in alle Winde zerstreut wurden. Im Einvernehmen mit seiner Frau legte Balthazar deren Vermögen so an, daß jedes Kind so gestellt wurde wie der Vater. Die Familie Claes beharrte also auf ihrer bescheidenen Lebensführung und kaufte Wälder, die durch die stattgehabten Kriege etwas heruntergewirtschaftet waren, die jedoch, wenn sie zehn Jahre lang gut gepflegt wurden, einen riesigen Wert darstellen mußten. Die gehobene Gesellschaft von Douai, in der Monsieur Claes verkehrte, wußte den schönen Charakter seiner Frau und deren gute Eigenschaften so zu schätzen, daß sie durch eine Art stillschweigender Übereinkunft von allen Verpflichtungen ausgenommen wurde, auf die die Provinzler so großen Wert legen. Während der Wintersaison, die sie in der Stadt verbrachte, ging sie nur selten unter die Leute, aber die Leute kamen zu ihr. Sie hatte jeden Mittwoch ihren Empfangstag und gab monatlich drei große Abendessen. Jedermann hatte das Gefühl gehabt, sie fühle sich behaglicher im eigenen Haus, wo sie überdies ihre Liebe zu ihrem Mann und die Sorge zurückhielten, die die Erziehung ihrer Kinder erforderte. So wurde bis zum Jahre 1809 dieser Hausstand geführt; er hatte mit den neu aufgekommenen Ideen nichts gemein. Das Leben dieser beiden Menschen, das insgeheim von Liebe und Freude erfüllt war, glich nach außen hin jedem anderen Leben. Die Leidenschaft Balthazars für seine Frau, die diese zu verewigen verstand, schien, wie er selber gelegentlich äußerte, ihre eingeborene Beständigkeit auf eine Pflege des Glücks zu verwenden, die wohl derjenigen der Tulpen gleichkam, zu der er sich von Kind an hingezogen gefühlt hatte; sie hatte es ihm erspart, einer besonderen Manie zu huldigen, wie jeder seiner Vorfahren die seine gehabt hatte.

Gegen Ende jenes Jahres machten Balthazars Geist und Verhalten unheilvolle Wandlungen durch; diese setzten so natürlich ein, daß Madame Claes es zunächst nicht für erforderlich hielt, ihn nach den Beweggründen dafür zu fragen. Eines Abends ging ihr Mann in einem Zustand der Gedankenverlorenheit zu Bett, den zu respektieren sie sich zur Pflicht machte. Ihr weibliches Zartgefühl und ihre Gewohnheit, sich unterzuordnen, hatten sie warten lassen, bis Balthazar sich ihr mitteilte; sein Vertrauen schien ihr durch eine so echte Zuneigung verbürgt, daß sich kein Anlaß für ihre Eifersucht bot. Obwohl sie überzeugt davon war, sie werde eine Antwort erhalten, wenn sie eine neugierige Frage wagte, hatte sie sich stets von den ersten Eindrücken ihres Lebens her die Furcht vor einer Ablehnung bewahrt. Überdies verlief die geistig-seelische Erkrankung ihres Mannes in Phasen und gelangte erst durch fortgesetzt stärker werdende Tönungen zu jener unerträglichen Heftigkeit, die das Glück seines Hausstands zerstörte. So sehr auch Balthazar innerlich beschäftigt sein mochte, er blieb nichtsdestoweniger mehrere Monate hindurch gesprächig und herzlich, und die Wandlung seines Charakters bekundete sich damals lediglich durch häufige Geistesabwesenheiten. Madame Claes hoffte lange, sie werde von ihrem Mann das Geheimnis seiner Arbeiten erfahren; vielleicht wollte er es ihr erst gestehen, wenn sie wertvolle Ergebnisse gezeitigt hätten; denn viele Männer hegen einen Stolz, der sie dazu treibt, ihre Kämpfe zu verhehlen und sich erst zu zeigen, wenn sie als

Sieger dastehen. Am Tag des Triumphs mußte das häusliche Glück also um so strahlender wieder erscheinen, als Balthazar sich dann der Lücke in seinem Liebesleben bewußt werden, die sein Herz sicherlich mißbilligen würde. Joséphine kannte ihren Mann zur Genüge, um zu wissen, daß er es sich nicht verzeihen würde, seine Pépita mehrere Monate lang weniger glücklich gemacht zu haben. So bewahrte sie denn Stillschweigen und eine gewisse Freude darüber, durch ihn und um seinetwillen zu leiden; denn ihre Liebe besaß einen Anhauch jener spanischen Frömmigkeit, die nie den Glauben von der Liebe trennt, und der ein Gefühl ohne Leiden etwas Unbegreifliches ist. So wartete sie denn auf die Wiederkehr der Zuneigung und sagte sich jeden Abend: »Morgen ist es so weit!« und betrachtete ihr Glück als etwas für einige Zeit Abwesendes. Inmitten dieser geheimen Wirrnisse empfing sie ihr letztes Kind. Grausige Wahrnehmung einer Zukunft voller Schmerzen! Unter diesen Umständen war die Liebe unter den Zerstreuungen ihres Mannes etwas wie eine Zerstreuung gewesen, die stärker war als die übrigen. Ihr zum erstenmal verletzter weiblicher Stolz ließ sie die Tiefe des Abgrunds ausloten, der sie jetzt für immer von dem Claes der ersten Tage trennte. Von diesem Zeitpunkt an verschlimmerte sich Claes' Zustand. Dieser Mann, der jüngst noch unablässig in den häuslichen Freuden aufgegangen war, der ganze Stunden lang mit seinen Kindern gespielt, mit ihnen auf dem Teppich des Wohnzimmers oder auf den Gartenwegen getobt hatte, der nur unter den schwarzen Augen seiner Pépita leben zu können schien, merkte überhaupt nichts von der Schwangerschaft seiner Frau, vergaß, innerhalb der Familie zu leben und fiel der Selbstvergessenheit anheim. Je länger seine Frau gezögert hatte, ihn zu fragen, womit er sich eigentlich beschäftigte, je weniger wagte sie es jetzt. Bei diesem Gedanken kochte ihr das Blut und versagte ihr die Stimme. Schließlich glaubte sie, sie gefalle ihrem Mann nicht mehr, und das schuf ihr ernstliche Beunruhigung. Diese Furcht beschäftigte sie, brachte sie zur Verzweiflung, regte sie auf, wurde zum Inhalt vieler schwermütiger Stunden und trauriger Grübeleien. Sie rechtfertigte Balthazar und maß sich selbst die Schuld bei, weil sie sich häßlich und gealtert vorkam; dann jedoch blitzte in ihr ein großherziger, aber für sie demütigender Gedanke auf, der nämlich, daß er sich durch seine Arbeit eine negative Treue geschaffen habe und ihr ihre Unabhängigkeit zurückerstatten wolle, indem er eine der geheimen Scheidungen sich anbahnen lasse, die die Bezeichnung für das Glück sind, dessen viele Ehen sich zu erfreuen scheinen. Dennoch, ehe sie dem ehelichen Leben Lebewohl sagte, versuchte sie, in den Tiefen jenes Herzens zu lesen; allein sie fand es verschlossen. Unmerklich sah sie Balthazar gegenüber allem, was er geliebt hatte, gleichgültig werden; er vernachlässigte seine Tulpen, und an seine Kinder dachte er überhaupt nicht mehr. Sicherlich hatte er sich irgendeiner Leidenschaft anbefohlen, die außerhalb der Zuneigungen des Herzens lag, die jedoch, wie die Frauen meinen, diese im Herzen nicht verdorren lassen. Die Liebe war eingeschlummert, aber nicht entflohen. Wenn das auch ein Trost war, so blieb das Unglück deswegen dennoch das gleiche. Das Fortdauern dieser Krise findet seine Erklärung durch ein einziges Wort, die Hoffnung, denn die ist das Geheimnis aller solcher ehelichen Zustände. In dem Augenblick, da die arme Frau zu einem Grad der Verzweiflung gelangt war, der ihr den Mut eingab, ihrem Mann Fragen zu stellen, genau dann kam es zu so freundlichen Augenblicken, in denen Balthazar ihr bewies, daß, wenn er sich auch mancherlei diabolischen Gedanken geweiht habe, diese ihm verstatteten, bisweilen wieder er selber zu werden. Während jener Augenblicke, in denen ihr Himmel sich aufklärte, ließ sie es sich allzusehr angelegen sein, ihr Glück auszukosten, als daß sie es durch unangebrachte Fragen getrübt hätte; doch wenn sie sich dann dennoch erkühnt hatte, Balthazar zu befragen, entschlüpfte er stets gerade dann, wenn sie hatte sprechen wollen; er verließ sie unvermittelt oder stürzte in den Schlund seiner Grübeleien, aus denen nichts ihn herauszuziehen vermochte. Bald begann die Reaktion des Geistigen auf das Körperliche ihre Verheerungen anzurichten; zunächst unmerklich, aber dennoch wahrnehmbar für das Auge einer liebenden Frau, die den geheimen Gedanken ihres Mannes in deren geringsten Bekundungen folgte. Oftmals kostete es sie Mühe, ihren Tränen zu wehren, wenn sie ihn nach dem Abendessen am Kamin tief in eine Bergère gesunken dasitzen sah, freudlos und versonnen, das Auge auf eine dunkle Wandfüllung gerichtet, ohne sich des Schweigens bewußt zu werden, das rings um ihn herrschte. Sie beobachtete voller Schrecken die unmerklichen Veränderungen dieses Gesichts, das die Liebe für sie zu etwas Erhabenem gemacht hatte; mit jedem Tag zog sich das Leben der Seele mehr daraus zurück, und das verbleibende Gerüst war jedweden Ausdrucks bar. Manchmal nahmen die Augen eine glasige Färbung an; es schien, als kehre das Sehvermögen sich um und wirke sich im Innern aus. Wenn die Kinder zu Bett gebracht worden waren und nach ein paar Stunden des Schweigens und der Einsamkeit, die von schrecklichen Gedanken erfüllt waren, die arme Pépita sich erkühnte zu fragen: »Lieber, leidest du?«, dann gab Balthazar mitunter keine Antwort; oder wenn er antwortete, dann kam er mit einem Zusammenzucken wieder zu sich wie jemand, der aus dem Schlaf aufschreckt, und sagte ein dürres, hohles »Nein«, das schwer auf das Herz seiner bebenden Frau fiel. Obwohl sie ihren Bekannten die absonderliche Lage verbergen wollte, in der sie sich befand, wurde sie gezwungen, darüber zu sprechen. Wie es in kleinen Städten üblich ist, hatten die meisten Salons Balthazars Geistesstörungen zum Gesprächsthema gemacht, und schon wußte man in gewissen Kreisen von mehreren Einzelheiten, die Madame Claes unbekannt geblieben waren. Daher bezeigten einige Freunde trotz der von der Höflichkeit gebotenen Verschwiegenheit so lebhafte Beunruhigung, daß Joséphine sich beeilte, die Absonderlichkeiten ihres Mannes zu rechtfertigen: er habe, so sagte sie, eine große Arbeit übernommen, die ihn völlig beanspruche, aber deren Erfolg seiner Familie und seinem Vaterland zum Ruhm gereichen werde. Diese geheimnisvolle Erklärung schmeichelte nur allzusehr dem Ehrgeiz einer Stadt, wo mehr als in jeder anderen die Liebe zur Heimat und das Verlangen herrschten, diese berühmt zu sehen, als daß sie nicht in den Köpfen eine für Monsieur Claes günstige Rückwirkung gezeitigt hätte. Die Mutmaßungen seiner Frau waren bis zu einem gewissen Punkt ziemlich begründet. Mehrere Handwerker unterschiedlicher Berufszweige hatten lange in den Speicherräumen des Vorderhauses gearbeitet, wohin Balthazar sich jeden Morgen begeben hatte. Nachdem Balthazars Verweilen dort, an das seine Frau und das Gesinde sich unmerklich gewöhnt hatten, sich immer mehr in die Länge gezogen hatte, war er dahin gelangt, ganze Tage da oben zu bleiben. Aber, und das war ein unerhörter Schmerz, Madame Claes erfuhr durch die demütigenden, vertraulichen Tuscheleien ihrer guten Freudinnen, die über ihre Ahnungslosigkeit erstaunt waren, daß ihr Mann in einem fort in Paris physikalische Instrumente, kostbare Materialien, Bücher, Apparate kaufe und sich, so wurde getratscht, zugrunde richte, weil er nach dem ›Stein der Weisen‹ suche. Sie müsse an ihre Kinder denken, fügten die Freundinnen hinzu, an die eigene Zukunft, und es wäre sündhaft, wenn sie nicht ihren Einfluß geltend mache, um ihren Mann von dem falschen Weg abzubringen, den er eingeschlagen habe. Zwar fand Madame Claes in ihre Unnahbarkeit als große Dame zurück und gebot diesen absurden Redereien Schweigen, aber sie war dennoch trotz ihrer zur Schau getragenen Sicherheit tief erschrocken und beschloß, die Rolle der Selbstverleugnung aufzugeben. Sie ließ eine der Situationen eintreten, in denen eine Frau mit ihrem Ehemann auf gleichem Fuße steht; jetzt zitterte sie nicht mehr; sie wagte es, Balthazar nach der Ursache seiner Veränderung und dem Beweggrund für seine beständige Zurückgezogenheit zu fragen. Der Flame runzelte die Brauen und antwortete ihr dann: »Meine Liebe, davon verstehst du nichts.«

Eines Tages bestand Joséphine darauf, in dieses Geheimnis eingeweiht zu werden; sie beklagte sich sanftmütig darüber, nicht an allen Gedanken desjenigen Anteil zu haben, dessen Leben sie teilte. – »Wenn es dich schon so interessiert«, antwortete Balthazar, der seine Frau auf dem Schoß sitzen hatte und ihr schwarzes Haar streichelte, »dann will ich dir sagen, daß ich mich wieder der Chemie zugewandt habe und der glücklichste Mensch der Welt bin.«

Zwei Jahre nach dem Winter, in dem Monsieur Claes zum Chemiker geworden war, hatte sein Haus sein Aussehen gewandelt. Sei es, daß die Gesellschaft die ständige Geistesabwesenheit des Gelehrten abstieß oder daß sie ihm lästig zu sein glaubte; sei es, daß ihre geheimen Ängste Madame Claes weniger angenehm gemacht hatten, sie sah nur ihren engsten Bekanntenkreis bei sich. Balthazar ging nirgendwo mehr hin, schloß sich den ganzen Tag über in seinem Laboratorium ein, blieb häufig auch über Nacht dort und erschien nur zum Abendessen im Schoß seiner Familie. Schon das zweite Jahr hatte er aufgehört, die schöne Jahreszeit auf seinem Landsitz zu verbringen, den seine Frau nicht allein bewohnen wollte. Manchmal verließ Balthazar das Haus, lief umher, kehrte erst am andern Tag zurück und überließ seine Frau eine ganze Nacht lang tödlichen Ängsten; nachdem sie ihn fruchtlos in einer Stadt hatte suchen lassen, deren Tore, gemäß dem Brauch befestigter Plätze, am Abend geschlossen wurden, konnte sie nicht draußen auf dem Lande nach ihm forschen lassen. Der unglücklichen Frau verblieb jetzt nicht einmal mehr die mit Bangnissen untermischte Hoffnung, die das Warten einflößt, und so litt sie bis zum folgenden Tag. Balthazar hatte die Stunde des Torschlusses vergessen; er kam am nächsten Morgen seelenruhig nach Hause und ahnte nichts von den Qualen, die seine Zerstreutheit seiner Familie hatte auferlegen müssen; und das Glück, ihn wiederzusehen, bedeutete für seine Frau eine ebenso gefährliche Krise, wie ihre Befürchtungen es hätten sein können; sie schwieg fortan, sie wagte nicht, ihn zu fragen; denn auf die erste Frage, die sie ihm gestellt, hatte er mit überraschter Miene geantwortet: »Nanu? Darf man denn nicht mal mehr spazierengehen?« Leidenschaften lassen sich nicht verbergen. Die Ängste der Madame Claes bestätigten also die Gerüchte, die abzuleugnen sie sich gefallen hatte. In ihrer Jugend hatte sie das höfliche Mitleid der Welt kennengelernt; um es nicht ein zweitesmal über sich ergehen lassen zu müssen, schloß sie sich noch enger in den Bereich ihres Hauses ein, das jedermann mied, sogar die letzten Freunde. Die Vernachlässigung der Kleidung, die für einen Mann von Rang und Stand etwas so Entwürdigendes ist, nahm bei Balthazar solche Ausmaße an, daß unter so vielen Ursachen zum Kummer diese keine der am wenigsten spürbaren für diese Frau wurde, die an die ungemeine Sauberkeit der Fläminnen gewöhnt war. Im Verein mit Lemulquinier, dem Diener ihres Mannes, suchte Joséphine der täglichen Verheerung der Kleidung Abhilfe zu schaffen; doch darauf mußte sie verzichten. Noch am gleichen Tag, da ohne Balthazars Wissen neue Kleidung der fleckigen, zerrissenen oder durchlöcherten unterschoben worden war, machte er daraus Lumpen. Die Frau, die fünfzehn Jahre hindurch glücklich und deren Eifersucht nie geweckt worden war, merkte plötzlich, daß sie in einem Herzen, das sie unlängst noch beherrscht hatte, dem Anschein nach keinerlei Geltung mehr besaß. Sie war spanischen Ursprungs, und so grollte in ihr das Gefühl der Spanierin, als sie in der Wissenschaft eine Nebenbuhlerin entdeckte, die ihr den Gatten geraubt hatte; die Qualen der Eifersucht verzehrten ihr das Herz und erneuerten ihre Liebe. Aber was konnte gegen die Wissenschaft unternommen werden? Wie ließ sich deren beständige, tyrannische und wachsende Macht bekämpfen? Wie konnte man eine unsichtbare Rivalin töten? Wie konnte eine Frau, deren Machtbereich durch die Natur begrenzt ist, mit einer Idee ringen, die unendliche Genüsse und stets neue Verlockungen bietet? Was ließ sich gegen die Koketterie der Ideen unternehmen, die sich verjüngen, die aus Schwierigkeiten schöner neu erstehen und einen Mann so weit aus der Welt des Wirklichen entführen, daß er sogar vergißt, was ihm das Liebste war? Eines Tages endlich wollte seine Frau trotz der strengen Befehle, die Balthazar gegeben hatte, ihn wenigstens nicht sich selbst überlassen, sondern sich mit ihm in den Speicherräumen einschließen, in die er sich zurückzuziehen pflegte, Brust an Brust mit ihrer Nebenbuhlerin kämpfen, und zwar dadurch, daß sie ihm in den langen Stunden beistand, die er an diese schreckliche Geliebte verschwendete. Heimlich wollte sie sich in diese geheimnisvolle Werkstatt der Verlockung schleichen und sich das Recht erwerben, immer dort zu bleiben. Also versuchte sie, mit Lemulquinier das Recht zum Betreten des Laboratoriums zu teilen; aber um ihn nicht zum Zeugen eines Streits zu machen, den sie befürchtete, wartete sie einen Tag ab, an dem ihr Mann den Diener fortgeschickt hatte. Seit einiger Zeit hatte sie dessen Kommen und Gehen mit gehässiger Ungeduld beobachtet; denn er wußte doch alles, was sie zu lernen begehrte, was ihr Mann ihr verbarg und wonach ihn zu fragen sie nicht wagte; sie fand, Lemulquinier stehe in höherer Gunst als sie, die Gattin!

Sie kam also zitternd und beinahe glücklich; da jedoch lernte sie zum erstenmal Balthazars Zorn kennen; kaum hatte sie die Tür spaltbreit aufgemacht, als er sich auf sie stürzte, sie packte und sie roh auf die Treppe stieß, die sie fast von oben bis unten heruntergerollt wäre. – »Gott sei gelobt, du lebst!« rief Balthazar, als er ihr aufhalf. Eine gläserne Maske war knallend über Madame Claes zerbrochen; sie sah, daß ihr Mann blaß, bleifahl und zutiefst erschrocken war. – »Liebste, ich hatte dir verboten, hierherzukommen«, sagte er und setzte sich niedergeschlagen auf eine Treppenstufe. »Die Heiligen haben dich vor dem Tode bewahrt. Welch ein Zufall hatte meine Augen auf die Tür gelenkt? Beinahe wären wir umgekommen.« – »Dann wäre ich nur zu froh gewesen«, sagte sie. – »Mein Experiment ist verpfuscht«, entgegnete Balthazar. »Nur dir kann ich den Schmerz verzeihen, den diese grausame Enttäuschung mir bereitet. Vielleicht hätte ich den Stickstoff zerlegen können. Geh, kehre zu deinen eigenen Angelegenheiten zurück.« Damit ging Balthazar wieder in sein Laboratorium.

»›Vielleicht hätte ich den Stickstoff zerlegen können!‹« sagte sich die arme Frau, als sie in ihr Schlafzimmer trat, wo sie in Tränen zerschmolz.

Dieser Satz war ihr unverständlich. Die Männer, die durch ihren Bildungsgang daran gewöhnt sind, alles zu begreifen, wissen nicht, wie schrecklich es für eine Frau ist, die Gedanken dessen, den sie liebt, nicht verstehen zu können. Diese göttlichen Geschöpfe sind nachsichtiger als wir; sie sagen uns nicht, wenn die Sprache ihrer Seele unverstanden bleibt; sie fürchten, sie ließen uns die Überlegenheit ihrer Gefühle spüren, und so halten sie ihre Schmerzen ebenso freudig geheim, wie sie ihre verkannten Freuden verschweigen; doch da sie in der Liebe ehrgeiziger als wir Männer sind, wollen sie mehr besitzen als nur das Herz des Mannes; sie wollen auch sein ganzes Denken. Bei Madame Claes erzeugte der Umstand, daß sie nichts von der Wissenschaft verstand, mit der ihr Mann sich beschäftigte, einen heftigeren Gram in der Seele, als die Schönheit einer Rivalin ihn erzeugt hätte. Ein Kampf von Frau zu Frau läßt der, die am meisten liebt, den Vorteil, besser zu lieben; aber jener Gram ließ auf Ohnmächtigkeit schließen und demütigte alle Gefühle, die uns Lebenskraft leihen. Joséphine war ohne Verständnis! Es hatte sich für sie eine Situation ergeben, in der ihre Unwissenheit sie von ihrem Mann trennte. Und als letzte und schmerzlichste Marter trat hinzu, daß er oft zwischen Leben und Tod schwebte, daß er sich in Gefahr befand, ihr fern und zugleich in ihrer Nähe, ohne daß sie die Gefahren teilte oder auch nur kannte. Es war, wie die Hölle, ein seelisches Gefängnis ohne Ausgang, ohne Hoffnung. Madame Claes wollte wenigstens das Verlockende dieser Wissenschaft kennenlernen und begann heimlich, Chemiebücher zu lesen. Die Familie lebte jetzt wie in Klausur.

So waren die aufeinander folgenden Übergänge beschaffen gewesen, die das Unglück die Familie Claes hatte durchlaufen lassen, ehe es sie zu der Art bürgerlichen Todes führte, dem sie in dem Augenblick anheimgefallen ist, da diese Geschichte beginnt.

Die schwierige Lage wurde noch komplizierter. Wie alle liebenden Frauen war Madame Claes von unerhörter Uneigennützigkeit. Die wahrhaft Liebenden wissen, wie belanglos Geld gegenüber den Gefühlen ist, und unter welchen Schwierigkeiten es sich ihnen beigesellen läßt. Dennoch erfuhr Joséphine nicht ohne heftige Gemütsbewegung, daß ihr Mann seine Besitzungen und Hypotheken in Höhe von dreihunderttausend Francs belastet hatte. Das tatsächliche Vorhandensein der Urkunden rechtfertigte die Unruhe, die Gerüchte, die Mutmaßungen, die in der Stadt umliefen. Die mit Recht alarmierte Madame Claes wurde gezwungen, sie, die Stolze, den Notar ihres Mannes zu befragen, ihn in das Geheimnis ihres Schmerzes einzuweihen oder es ihn erraten zu lassen, und schließlich die demütigende Frage zu vernehmen: »Wie kommt es nur, daß Ihnen Monsieur Claes nichts von alledem gesagt hat?« Zum Glück war Balthazars Notar beinahe ein Verwandter, und zwar auf folgende Weise. Monsieur Claes' Großvater hatte eine Pierquin aus Antwerpen geheiratet, aus derselben Familie, der die Pierquins aus Douai angehörten. Seit jener Eheschließung sahen diese, obwohl den Claes' fremd, sie als Vettern an. Monsieur Pierquin, ein junger Mann von sechsundzwanzig Jahren, der gerade im Amt die Nachfolge seines Vaters angetreten hatte, war der einzige Mensch, der Zutritt zum Haus Claes hatte. Madame Balthazar hatte seit mehreren Monaten in so völliger Zurückgezogenheit gelebt, daß der Notar genötigt war, ihr die Nachricht von den katastrophalen Geschehnissen zu bestätigen, die bereits in der ganzen Stadt bekannt waren. Er sagte ihr, aller Wahrscheinlichkeit nach schulde ihr Mann der Firma, die ihn mit chemischen Produkten beliefere, beträchtliche Summen. Nachdem jene Firma sich über das Vermögen und die Hochachtung unterrichtet hatte, deren Monsieur Claes sich erfreute, hatte sie alle seine Bestellungen angenommen und die Sendungen unbesorgt durchgeführt, trotz der Höhe des Kredits. Madame Claes beauftragte Pierquin, die Rechnungen über die ihrem Mann gemachten Lieferungen anzufordern. Zwei Monate später schickten die Herren Protez und Chiffreville, Fabrikanten chemischer Produkte, eine Aufstellung, die sich auf hunderttausend Francs belief. Madame Claes und Pierquin überprüften diese Rechnung mit wachsendem Erstaunen. Zwar blieben ihnen viele der Artikel der wissenschaftlichen oder kaufmännischen Ausdrucksweise wegen unverständlich, aber es erschreckte sie, daß große Mengen von Metallen sowie Diamanten aller Art, freilich in kleinen Mengen, mitangeführt waren. Die Höhe der Schuldsumme war leicht erklärlich durch die Vielfalt der Artikel, durch die Vorsichtsmaßnahmen, die der Transport gewisser Substanzen oder die Verschickung gewisser kostbarer Apparate erforderten, durch den exorbitanten Preis verschiedener Produkte, die nur schwer zu beschaffen waren oder deren Seltenheit sie teuer machte, und schließlich durch die Kosten der physikalischen und chemischen Instrumente, die nach Monsieur Claes' Weisungen angefertigt worden waren. Im Interesse seines Vetters hatte der Notar Auskünfte über die Firma Protez und Chiffreville eingeholt, und die Redlichkeit jener Geschäftsleute konnte über das Einwandfreie ihrer geschäftlichen Beziehungen zu Monsieur Claes beruhigen; überdies hatten sie ihm oftmals die Ergebnisse mitgeteilt, zu denen die Pariser Chemiker gelangt waren, damit ihm Ausgaben erspart blieben. Madame Claes bat den Notar, der Gesellschaft von Douai die Natur dieser Erwerbungen zu verschweigen, die als irrsinnig betrachtet worden wären; aber Pierquin antwortete ihr, er habe bereits, um die Hochachtung nicht zu mindern, deren Claes sich erfreue, die notariellen Schuldverschreibungen bis zum letzten Augenblick hinausgeschoben, die bei der Höhe der von seinem Klienten rein aus Vertrauen entliehenen Summen schließlich notwendig geworden waren. Er enthüllte die Größe der Wunde und sagte seiner Kusine, daß, wenn sie nicht Mittel und Wege finde, ihren Mann an solcherlei närrischer Vergeudung seines Vermögens zu hindern, binnen sechs Monaten sein ererbter Besitz so mit Hypotheken überlastet sein würde, daß diese den Wert überstiegen. Was ihn selber betreffe, fügte er hinzu, so hätten die Vorstellungen, die er seinem Vetter mit aller Schonung gemacht habe, die man einem mit Recht so angesehenen Mann schulde, nicht den mindesten Einfluß ausgeübt. Balthazar habe ihm rundheraus erklärt, er arbeite für den Ruhm und das Glück seiner Familie. Auf diese Weise gesellte sich zu allen Herzensqualen, die Madame Claes seit zwei Jahren erduldet hatte, und deren jede sich der andern angereiht und den gegenwärtigen Schmerz durch alle früheren Schmerzen vergrößert hatte, eine grausige, unaufhörliche Angst hinzu, die ihr die Zukunft als fürchterlich erscheinen ließ. Frauen verfügen über ein Ahnungsvermögen, dessen Richtigkeit ans Wunderbare grenzt. Warum zittern sie im allgemeinen mehr als sie hoffen, wenn es sich um Lebensinteressen handelt? Warum hegen sie nur Glauben an die großen religiösen Vorstellungen des Künftigen? Warum ahnen sie so geschickt Vermögenskatastrophen oder Schicksalskrisen? Vielleicht läßt sie das Gefühl, das sie mit dem Mann verbindet, den sie lieben, bewundernswert die Kräfte wägen, die Fähigkeiten abschätzen, die Geschmacksrichtungen, die Leidenschaften, die Laster und Tugenden erkennen; das unablässige Sichbeschäftigen mit diesen Ursachen, denen sie sich unaufhörlich gegenübergestellt sehen, verleiht ihnen sicherlich die fatale Macht, deren Auswirkungen in allen möglichen Lagen vorauszusehen. Was sie von der Gegenwart wahrnehmen, läßt sie die Zukunft mit einer Geschicklichkeit beurteilen, die sich ohne weiteres aus der Vollkommenheit ihres Nervensystems erklären läßt; diese gestattet es ihnen, Gedanken und Gefühle an ihren leichtesten Erkennungsmerkmalen zu erfassen. Alles in ihnen vibriert im Einklang mit den großen seelischen Wallungen. Entweder fühlen sie, oder sie sehen. Nun aber hatte Madame Claes, obwohl sie seit zwei Jahren von ihrem Mann getrennt lebte, dessen Vermögensverlust vorausgeahnt. Sie hatte den überlegten Eifer, die unwandelbare Beharrlichkeit Balthazars richtig eingeschätzt; wenn es tatsächlich stimmte, daß er Gold zu machen versuchte, dann mußte er völlig fühllos sein letztes Stück Brot in seine Schmelztiegel werfen; aber was suchte er denn? Bislang waren im Herzen dieser Frau das Muttergefühl und die eheliche Liebe so gut miteinander verschmolzen, daß ihre Kinder, die von ihr und ihrem Mann gleichermaßen geliebt worden waren, nie zwischen sie beide getreten waren. Aber plötzlich war sie bisweilen mehr Mutter als Gattin, obwohl sie früher häufig mehr Gattin als Mutter gewesen war. Und dennoch, so geneigt sie auch sein mochte, ihr Vermögen und sogar ihre Kinder dem Glück desjenigen aufzuopfern, der sie erkoren, geliebt und vergöttert hatte und für den sie nach wie vor die einzige Frau war, die es überhaupt auf Erden gab, stürzten die Gewissensbisse, die das Schwachwerden ihrer mütterlichen Liebe in ihr auslöste, sie in grausige Zwiespälte. So litt sie dann als Frau in ihrem Herzen; als Mutter litt sie in ihren Kindern; und als Christin litt sie für alle. Sie schwieg und barg diese grausamen Stürme in ihrer Seele. Ihr Mann als der einzige Schiedsrichter über das Los seiner Familie war der Herr und Meister, der deren Geschicke nach seinem Belieben regeln konnte; einzig Gott schuldete er Rechenschaft. Konnte sie ihm überdies die Verwendung seines Vermögens vorwerfen, nachdem er ihr in zehn Ehejahren seine Uneigennützigkeit immerfort bewiesen hatte? War sie die Richterin seiner Pläne? Aber ihr Gewissen sagte ihr in Übereinstimmung mit dem Gefühl und den Gesetzen, daß die Eltern die Verwalter des Vermögens seien und nicht das Recht hätten, das materielle Glück ihrer Kinder zu gefährden. Um diese großen Fragen nicht lösen zu brauchen, wollte sie lieber die Augen schließen, entsprechend der Gewohnheit der Menschen, die sich weigern, den Abgrund zu sehen, von dem sie wissen, daß sie hineinstürzen werden. Seit einem halben Jahr hatte ihr Mann ihr kein Geld für die Ausgaben des Haushalts gegeben. Heimlich ließ sie in Paris den kostbaren Diamantenschmuck verkaufen, den ihr Bruder ihr an ihrem Hochzeitstag geschenkt hatte, und führte in ihrem Haus strengste Sparsamkeit ein. Sie entließ die Erzieherin ihrer Kinder und sogar Jeans Amme. Der Luxus eigener Wagen war ehedem dem gleichzeitig in seinen Sitten so demütigen und in seinen Gefühlen so stolzen Bürgertum unbekannt gewesen; daher war im Haus Claes nichts für diese moderne Erfindung vorgesehen gewesen, Balthazar hatte seinen Pferdestall und seinen Wagenschuppen in einem dem seinen gegenübergelegenen Haus unterbringen müssen; seine Tätigkeit hatte ihm nicht mehr erlaubt, diesen Teil des Hausstands zu überwachen, der doch recht eigentlich nur die Männer etwas angeht; Madame Claes schaffte die gewichtigen Kosten für Equipage und Bedienung aus der Welt, die ihre Vereinsamung ja überflüssig gemacht hatte, und trotz der Güte ihrer Gründe versuchte sie nicht, ihre Reformen durch Vorwände zu beschönigen. Bis jetzt hatten die Tatsachen ihre Worte Lügen gestraft, und fortan war Schweigen das Gemäßeste. Der Wandel im Lebenszuschnitt der Claes brauchte in einem Land, wo, wie in Holland, derjenige, der seine vollen Einkünfte ausgab, als ein Irrer galt, nicht gerechtfertigt zu werden. Nun aber war die Sache die: da ihre älteste Tochter Marguerite demnächst sechzehn wurde, schien Joséphine sie gut verheiraten und ihr eine gesellschaftliche Stellung schaffen zu wollen, wie sie einem mit den Molinas, den van Ostrum-Temnincks und den Casa-Reals verwandten Mädchen gebührte. Einige Tage vor dem, an dem diese Geschichte beginnt, war das Geld für die Diamanten verbraucht gewesen. An ebenjenem Tage war Madame Claes, als sie um drei Uhr ihre Kinder zur Vesper führte, Pierquin begegnet, der sie hatte besuchen wollen, und er hatte sie bis Saint-Pierre begleitet und leise mit ihr über ihre Lage gesprochen.

»Liebe Kusine«, hatte er gesagt, »ich darf, ohne gegen die Freundschaft zu verstoßen, die mich an Ihre Familie bindet, Ihnen nicht die Gefahr verhehlen, in der Sie schweben, und ich muß Sie bitten, sich mit Ihrem Mann zu besprechen. Wer, wenn nicht Sie, könnte ihn am Rand des Abgrunds zurückhalten, dem Sie entgegengehen? Die Einkünfte der mit Hypotheken belasteten Güter reichen nicht zur Bezahlung der Zinsen für die geliehenen Summen aus: auf diese Weise stehen Sie heute ohne jedes Einkommen da. Wenn Sie die Wälder fällen ließen, die Sie besitzen, so würden Sie sich der einzigen Rettungsmöglichkeit berauben, die Ihnen für die Zukunft verbleibt. Mein Vetter Balthazar schuldet in diesem Augenblick der Firma Protez und Chiffreville in Paris eine Summe von dreißigtausend Francs; womit wollen Sie die begleichen, wovon wollen Sie leben? Und was soll aus Ihnen werden, wenn Claes auch weiterhin Reagenzien, Retorten, Volta'sche Säulen und anderes Brimborium bestellt? Ihr ganzes Vermögen bis auf das Haus und dessen Einrichtung ist in Gas und Steinkohlen draufgegangen. Als vorgestern die Rede davon war, das Haus hypothekarisch zu belasten, wissen Sie, was Claes da geantwortet hat? – ›Ei verflucht!‹ Das ist seit drei Jahren die erste Spur von Vernunft, die er bekundet hat.«

Madame Claes drückte schmerzlich Pierquins Arm, blickte gen Himmel und sagte: »Lassen Sie das unter uns bleiben.«

Ungeachtet ihrer Frömmigkeit konnte die arme, durch diese Worte von niederschmetternder Klarheit völlig vernichtete Frau nicht beten; sie blieb zwischen ihren Kindern auf ihrem Kirchenstuhl sitzen, schlug ihr Gebetbuch auf und blätterte keine Seite um; sie war in eine ebenso absorbierende Betrachtung versunken, wie es die Grübeleien ihres Mannes waren. Das spanische Ehrgefühl und die flämische Rechtschaffenheit dröhnten in ihrer Seele mit ebenso machtvoller Stimme wie die der Orgel wider. Der Ruin ihrer Kinder war hereingebrochen! Zwischen ihnen und der Ehre ihres Vaters gab es kein Schwanken mehr. Die Notwendigkeit eines nahen Kampfes zwischen ihr und ihrem Mann erschreckte sie; in ihren Augen war er so groß, so imposant, daß allein schon die Aussicht auf seinen Zorn sie erschütterte wie der Gedanke an die Majestät Gottes. Sie mußte also aus der beständigen Unterwürfigkeit heraustreten, in der sie fromm als Gattin verharrt hatte. Das Interesse ihrer Kinder würde sie zwingen, den Liebhabereien eines Mannes entgegenzutreten, den sie vergötterte. Würde sie ihn nicht oftmals auf reale Fragen stoßen müssen, wenn er in den hohen Regionen der Wissenschaft schwebte, ihn gewaltsam aus einer lachenden Zukunft zerren, um ihn in das hineinzutauchen, was das Materielle für Künstler und große Männer an denkbar Abscheulichem besitzt? Für sie war Balthazar Claes ein Riese der Wissenschaft, ein mit Ruhm beladener Mann; er konnte sie nur der reichsten Hoffnungen wegen vergessen haben; überdies war er so tief vernünftig, sie hatte ihn so begabt über Fragen aller Art sprechen hören, daß er ehrlich davon überzeugt sein mußte, wenn er sagte, er arbeite für den Ruhm und das Glück seiner Familie.

Die Liebe dieses Mannes zu seiner Frau und seinen Kindern war nicht nur riesengroß, sie war unendlich. Diese Gefühle hatten sich nicht abnutzen können; sicherlich waren sie gewachsen, als sie sich in einer anderen Erscheinungsform bekundeten. Sie, Joséphine, die so nobel, so großherzig und so furchtsam war, mußte vor den Ohren dieses großen Mannes unaufhörlich das Wort Geld und den Klang des Geldes ertönen lassen; sie mußte ihm die Wunden des Elends zeigen, ihn die Aufschreie der Herzensangst vernehmen lassen, wenn er der melodischen Stimme des Ruhms lauschte. Vielleicht würde die Liebe, die Balthazar für sie hegte, sich dadurch mindern? Wäre sie kinderlos gewesen, so würde sie tapfer und freudig das neue Schicksal auf sich genommen haben, das ihr Mann ihr bereitete. Im Wohlstand aufgewachsene Frauen empfinden sogleich die Leere, die die materiellen Genüsse zudecken; und wenn ihr mehr müdes als verwelktes Herz sie das Glück hat finden lassen, das ein beständiger Austausch echter Gefühle spendet, dann schrecken sie nicht vor einem ärmlichen Dasein zurück, sofern ein solches dem Menschenwesen genehm ist, von dem sie sich geliebt wissen. Ihre Gedanken, ihre Freuden sind den Willkürlichkeiten dieses Lebens unterworfen, das nicht das ihre ist; für sie besteht die einzige zu fürchtende Zukunft darin, es zu verlieren. Gegenwärtig also wurde Pépita durch ihre Kinder von ihrem eigentlichen Leben getrennt, gerade wie Balthazar Claes sich von ihr durch die Wissenschaft getrennt hatte; daher hatte sie, als sie von der Vesper heimgekehrt war und sich in ihre Bergère geworfen hatte, die Kinder hinausgeschickt und ihnen tiefstes Schweigen geboten; dann hatte sie ihren Mann bitten lassen, er möge zu ihr kommen; aber obwohl Lemulquinier, der alte Diener, beharrlich versucht hatte, ihn seinem Laboratorium zu entreißen, war Balthazar darin geblieben. Madame Claes hatte also Zeit zum Überlegen gehabt. Und deshalb hatte sie in Gedanken versunken dagesessen, ohne die Stunde, das Wetter oder das Tageslicht zu beachten. Die Vorstellung, dreißigtausend Francs zu schulden und sie nicht bezahlen zu können, erweckte die vergangenen Schmerzen und vereinte sie mit den gegenwärtigen und künftigen. Dieser Fülle widerstreitender Interessen, Gedanken und Gefühle gegenüber fühlte sie sich zu schwach, sie weinte. Als sie Balthazar hereinkommen sah, dessen Züge sie jetzt noch schrecklicher, noch mehr in sich verstrickt, noch abwesender dünkten als je zuvor; und als er ihr nicht antwortete, saß sie zunächst wie gebannt durch die Reglosigkeit dieses leblosen, leeren Blicks da; gebannt durch all die verzehrenden Gedanken, die diese kahle Stirn austräufelte. Unter der Wucht dieses Eindrucks wünschte sie zu sterben. Als sie diese unbekümmerte Stimme vernommen hatte, die in dem Augenblick, da ihr Herz zermalmt war, einen wissenschaftlichen Wunsch ausdrückte, war ihr Mut wiedergekehrt; sie beschloß, gegen diese furchtbare Macht anzukämpfen, die ihr einen Geliebten geraubt, die ihren Kindern einen Vater, der Familie ein Vermögen und ihnen allen das Glück genommen hatte. Dennoch vermochte sie nicht das ständige Beben zu unterdrücken, das sie durchrüttelte; denn nie zuvor hatten ihre Augen einen so feierlichen Auftritt wahrgenommen. Enthielt dieser furchtbare Augenblick denn nicht potentiell ihre ganze Zukunft, und faßte er nicht alles Vergangene in sich zusammen?

Jetzt können wohl schwache, schüchterne Menschen oder solche, denen die Lebhaftigkeit ihrer Empfindungen die geringsten Schwierigkeiten des Lebens größer erscheinen läßt, Menschen, die ein unwillkürliches Zittern angesichts der Entscheidungen ihres Schicksals überkommt, die Tausende von Gedanken begreifen, die diese Frau im Kopf wälzte, und die Gefühle, unter deren Gewicht ihr Herz zusammengedrückt wurde, als ihr Mann sich langsam auf die Gartentür zubewegte. Die meisten Frauen kennen die Ängste der inneren Beratschlagung, gegen die Madame Claes sich sträubte. So werden sogar diejenigen, deren Herz bislang nur heftig bedrückt war, wenn es galt, dem Ehemann eine Mehrausgabe oder Schulden bei der Modistin einzugestehen, verstehen, um wieviel heftiger das Herz schlägt, wenn es sich um ein ganzes Leben handelt. Eine schöne Frau ist der Gnade teilhaftig, sich ihrem Mann zu Füßen werfen zu können; sie findet Hilfsmittel in den Posen des Schmerzes, wogegen das Bewußtsein ihrer körperlichen Mängel die Befürchtungen der Madame Claes noch steigerte. Als sie daher Balthazar im Begriff sah, hinauszugehen, war ihre erste Regung wohl, ihm entgegenzustürzen; aber ein jäher Gedanke hemmte ihren Schwung, sie hätte ja vor ihn hintreten müssen! Mußte sie dann nicht einem Mann lächerlich vorkommen, der, nun er nicht mehr dem Zauberbann der Liebe unterworfen war, mit ungetrübtem Blick würde sehen können? Joséphine hätte liebend gern alles verloren, Vermögen und Kinder, statt einer Minderung ihrer weiblichen Macht. Sie wollte in einer so feierlichen Stunde jeden üblen Zufall ausschalten, und so rief sie laut: »Balthazar!« Er wandte sich mechanisch um und hustete; und ohne seine Frau zu beachten, spuckte er in einen der kleinen, viereckigen Holzkästen, die in Abständen längs der Wandtäfelung standen, wie in allen Wohnungen Hollands und Belgiens. Dieser Mann, der an niemanden dachte, vergaß die Spucknäpfe nie, so eingewurzelt war diese Gewohnheit bei ihm. Der armen Joséphine, für die diese Absonderlichkeit etwas Unerklärliches war, hatte die beständige Sorge ihres Mannes um das Mobiliar stets unerhörte Angstzustände bewirkt; allein in diesem Augenblick war ihre Angst so heftig, daß sie sie außer sich brachte und sie in einem Ton voller Ungeduld, in dem alle ihre verletzten Gefühle Ausdruck fanden, ausrufen ließ: »Aber Monsieur, ich spreche mit Ihnen!«

»Was soll das heißen?« antwortete Balthazar, der herumfuhr und seiner Frau einen Blick zuwarf, in dem wieder Leben war und der für sie wie ein Blitzstrahl war.

»Verzeih, mein Freund«, sagte sie erbleichend. Sie wollte aufstehen und ihm die Hand reichen, fiel aber kraftlos zurück. – »Ich sterbe!« sagte sie mit einer von Schluchzern unterbrochenen Stimme.

Bei diesem Anblick vollzog sich in Balthazar wie bei allen zerstreuten Menschen ein heftiger Gefühlsumschwung; er erriet sozusagen das Geheimnis dieser Krisis, nahm Joséphine sogleich auf den Arm, öffnete die auf den kleinen Flur hinausgehende Tür und stieg so rasch die alte Holztreppe hinauf, daß das Kleid seiner Frau am Maul eines der Fabelwesen hängen blieb, die das Geländer bildeten; ein ganzer Fetzen wurde geräuschvoll herausgerissen. Die Tür zum gemeinsamen Vorraum von ihrer beider Räumen stieß er mit einem Fußtritt auf, fand jedoch das Schlafzimmer seiner Frau verschlossen.

Behutsam legte er Joséphine auf einen Sessel und überlegte: »Mein Gott, wo ist der Schlüssel?«

»Danke, Lieber«, sagte Madame Claes und schlug die Augen auf, »dies ist seit langer Zeit das erstemal, daß ich mich deinem Herzen so nahe gefühlt habe.«

»Grundgütiger Gott!« rief Claes. »Den Schlüssel! Unsere Leute kommen.«

Joséphine bedeutete ihm durch ein Zeichen, er solle den Schlüssel nehmen; er hing an einem langen Band aus ihrer Tasche. Nachdem Balthazar die Tür geöffnet hatte, legte er seine Frau auf ein Sofa, ging hinaus, um die erschrockene Dienerschaft dadurch am Heraufkommen zu hindern, daß er ihr befahl, schleunigst das Abendessen aufzutragen, und kam dann hastig wieder zu seiner Frau.

»Was fehlt dir denn, mein geliebtes Leben?« fragte er, setzte sich zu ihr, nahm ihre Hand und küßte sie.

»Jetzt fehlt mir nichts mehr«, antwortete sie, »der Schmerz ist vorüber! Aber ich wollte, ich besäße Gottes Allmacht, um dir alles Gold der Erde zu Füßen legen zu können.«

»Warum denn Gold?« fragte er. Und er zog seine Frau zu sich hin, drückte sie an sich und gab ihr einen weiteren Kuß auf die Stirn. – »Schenkst du mir nicht die größten Reichtümer dadurch, daß du mich liebst, wie du mich liebst, du liebes, kostbares Geschöpf?« fuhr er fort.

»Ach Balthazar, warum willst du nicht die Ängste aus unser aller Leben vertreiben, wie du durch deine Stimme den Kummer meines Herzens verscheucht hast? Endlich merke ich, du bist noch immer du selber.«

»Von welchen Ängsten sprichst du, Liebste?«

»Aber wir sind doch ruiniert, mein Freund!«

»Ruiniert«, wiederholte er. Er fing an zu lächeln, streichelte die Hand seiner Frau, die er in den seinen hielt, und sagte mit freundlicher Stimme, wie sie seit langem nicht mehr vernommen worden war: »Aber morgen schon, mein Engel, ist unser Vermögen vielleicht grenzenlos. Gestern, als ich weit wichtigeren Geheimnissen nachforschte, glaubte ich das Mittel zur Kristallisation des Kohlenstoffs gefunden zu haben, und der ist die Grundsubstanz des Diamanten. O meine geliebte Frau ...! In ein paar Tagen wirst du mir meine Geistesabwesenheit verzeihen. Anscheinend bin ich bisweilen zerstreut. Habe ich dich nicht eben hart angefahren? Sei nachsichtig gegenüber einem Mann, der nie aufgehört hat, an dich zu denken, und dessen Arbeiten ganz von dir, von uns erfüllt sind.«

»Genug, genug«, sagte sie, »wir wollen über all das heute abend plaudern, mein Freund. Ich habe an einem Übermaß von Schmerz gelitten; jetzt leide ich an einem Übermaß der Freude.«

Sie war nicht darauf gefaßt gewesen, dieses Antlitz von einem Gefühl belebt zu sehen, das von der gleichen Zärtlichkeit für sie war wie ehedem; diese Stimme zu hören, die wieder genauso sanft klang wie einstmals, und alles wiederzufinden, was sie verloren zu haben geglaubt hatte.

»Heute abend«, entgegnete er, »ja, gern, da wollen wir plaudern. Wenn ich wieder einer Grübelei anheimfallen sollte, dann erinnere mich an dieses Versprechen. Heute abend will ich meine Berechnungen, meine Arbeiten im Stich lassen und mich in alle Freuden der Familie, in die Wollüste des Herzens versenken; denn das habe ich nötig, Pépita, ich dürste danach!«

»Du mußt mir sagen, wonach du forschst, Balthazar!«

»Aber davon würdest du ja nichts verstehen, du armes Kind.«

»Glaubst du . . .? Haha, mein Freund, seit etwa vier Monaten habe ich mich eingehend mit der Chemie befaßt, um mit dir darüber plaudern zu können. Ich habe Fourcroy[27] gelesen, Lavoisier[28], Chaptal[29], Nollet[30], Rouelle[31], Berthollet[32], Gay-Lussac[33], Spallanzani[34], Leeuwenhoeck[35], Galvani[36], Volta[37], kurzum, alle Bücher, die von der Wissenschaft handeln, die du anbetest. Glaub es nur, du kannst mir deine Geheimnisse getrost anvertrauen.«

»Oh! Du bist ein Engel«, rief Balthazar, fiel vor seiner Frau auf die Knie und vergoß Tränen der Rührung, die sie erbeben ließen, »wir werden uns in allem und jedem verstehen!«

»Ach!« sagte sie. »Um dieses Wort aus deinem Munde zu vernehmen und dich zu sehen, würde ich mich in das Höllenfeuer gestürzt haben, das in deinen Öfen brennt.« Sie vernahm den Schritt ihrer Tochter im Flur und stürzte ihr entgegen. – »Was willst du, Marguerite?« fragte sie ihre Älteste.

»Monsieur Pierquin ist gerade gekommen, liebe Mutter. Wenn er zum Abendessen bleibt, brauchen wir Tischwäsche, und du hast heute morgen vergessen, sie auszugeben.«

Madame Claes zog aus der Tasche ein Bund kleiner Schlüssel, händigte sie der Tochter ein, deutete auf die Schränke aus Antillen-Holz, die an den Wänden des Flurs standen, und sagte: »Nimm von dem Gerstenkorn-Tischzeug, Kind; es liegt rechts.«

»Da mein geliebter Balthazar heute zu mir zurückkehrt, gibst du ihn mir da ganz?« fragte sie, als sie wieder ins Zimmer kam, und lieh ihren Zügen dabei einen Ausdruck sanfter Schalkheit. »Lieber, geh in dein Zimmer, tu mir die Liebe und zieh dich ordentlich an, Pierquin ißt bei uns zu Abend. Nicht wahr, du legst diese zerfetzten Kleider ab? Sieh doch nur die Flecken. Stammen die gelben Ränder aller dieser Löcher nicht von Salzsäure oder Schwefelsäure? Geh, verjünge dich, wenn ich ein anderes Kleid angezogen habe, schicke ich dir Mulquinier.«

Balthazar wollte durch die Verbindungstür in sein Schlafzimmer gehen, aber er hatte vergessen, daß sie von innen abgeschlossen war. Also ging er durch den Flur.

»Marguerite, leg das Tischzeug auf einen Sessel und hilf mir beim Ankleiden; Martha will ich heute nicht«, sagte Madame Claes zu ihrer Tochter, die sie hereingerufen hatte.

Balthazar hatte Marguerite umfaßt, sie mit einer freudigen Bewegung zu sich hin gedreht und zu ihr gesagt: »Guten Tag, mein Kind, du siehst heute in dem Musselinkleid mit dem rosa Gürtel sehr hübsch aus.« Dann hatte er sie auf die Stirn geküßt und ihr die Hand gedrückt.

»Mama, Papa hat mich eben geküßt«, sagte Marguerite, als sie in das Zimmer der Mutter trat. »Er scheint recht froh und recht glücklich zu sein!«

»Mein Kind, euer Vater ist ein sehr großer Mann, seit bald drei Jahren arbeitet er für den Ruhm und das Glück seiner Familie, und er glaubt, er sei am Ziel seiner Forschungen angelangt. Dieser Tag muß für uns alle ein schöner Festtag sein . . .«

»Meine geliebte Mama«, antwortete Marguerite, »unser Gesinde war so traurig, als es ihn immer so verdrossen sah, und also freuen nicht nur wir uns. Ach, binde dir doch bitte einen anderen Gürtel um, dieser ist allzu verschossen.«

»Meinetwegen, aber wir müssen uns beeilen, ich will mit Pierquin sprechen; wo ist er?«

»Im Wohnzimmer, er spielt mit Jean.«

»Wo sind Gabriel und Félicie?«

»Die höre ich im Garten.«

»Na, schön; geh schnell hinunter, paß auf, daß sie keine Tulpen pflücken! Euer Vater hat sie dieses Jahr noch nicht gesehen, und gerade heute könnte er sie sich anschauen wollen, wenn er vom Tische aufsteht. Sag Lemulquinier, er solle deinem Vater alles nach oben bringen, was er für seine Toilette braucht.«

Als Marguerite gegangen war, warf Madame Claes durch die Fenster ihres Schlafzimmers, die auf den Garten hinausgingen, einen Blick auf ihre Kinder und sah sie damit beschäftigt, eins der Insekten mit grünen, leuchtenden, goldgetüpfelten Flügeln zu betrachten, die der Volksmund »Wasserjungfern«[38] nennt.

»Seid artig, ihr Lieblinge«, sagte sie, schob einen Teil der Verglasung in die Höhe, die als Schiebefenster konstruiert war, und klemmte sie fest, damit ihr Schlafzimmer gelüftet würde. Dann klopfte sie behutsam an die Verbindungstür, um sich zu vergewissern, daß ihr Mann nicht wieder in eine seiner Geistesabwesenheiten versunken sei. Er öffnete, und als sie ihn fertig angekleidet vor sich sah, sagte sie mit freudigem Stimmklang: – »Du läßt mich doch nicht lange mit Pierquin allein, nicht wahr? Du kommst doch bald wieder zu mir?«

Sie stieg so leichtfüßig hinab, daß ein Fremder, der sie gehört, nicht vermutet hätte, dies sei der Schritt einer Hinkenden.

»Als Monsieur Madame hinauftrug«, sagte der Diener, dem sie auf der Treppe begegnete, zu ihr, »hat er das Kleid zerrissen, aber das ist nur ein schäbiger Stoffetzen; jedoch hat er dabei den Kinnbacken der Fratze da abgebrochen, und ich weiß nicht, wer ihn wieder anfügen könnte. Nun ist unsere Treppe verschandelt, das Geländer war so schön!«

»Pah, mein guter Mulquinier, du brauchst es nicht wieder ausflicken zu lassen; das ist kein Unglück.«

»Was ist denn nur los?« fragte sich Mulquinier, »wenn das kein Unglück ist? Sollte mein Herr etwa den ›Stein der Weisen‹, das Grundelement, gefunden haben?«

»Guten Tag, Monsieur Pierquin«, sagte Madame Claes, als sie die Wohnzimmertür öffnete.

Der Notar beeilte sich, seiner Kusine den Arm zu reichen;

aber sie nahm immer nur denjenigen ihres Mannes; also dankte sie dem Vetter durch ein Lächeln und fragte ihn: »Sie kommen wohl der dreißigtausend Francs wegen?«

»Ja, Madame. Beim Herkommen habe ich eine Benachrichtigung der Firma Protez und Chiffreville erhalten; sie haben auf Monsieur Claes sechs Wechsel in Höhe von je fünftausend Francs gezogen.«

»Schon gut, aber sagen Sie Balthazar heute nichts davon«, sagte sie. »Essen Sie mit uns zu Abend. Sollte er Sie zufällig fragen, weshalb Sie gekommen seien, dann erfinden Sie einen einleuchtenden Vorwand, bitte tun Sie das. Geben Sie mir den Brief, ich will selber mit ihm über die Angelegenheit sprechen. Alles geht glatt«, fuhr sie fort, als sie das Erstaunen des Notars bemerkte. »In ein paar Monaten kann mein Mann wahrscheinlich die Summen zurückerstatten, die er geliehen hat.«

Als der Notar diesen leise gesprochenen Satz anhörte, sah er zu Mademoiselle Claes hin, die mit Gabriel und Félicie aus dem Garten kam, und sagte: »Nie zuvor habe ich Mademoiselle Marguerite so hübsch gesehen, wie sie es in diesem Augenblick ist.«

Madame Claes, die sich auf ihre Bergère gesetzt und den kleinen Jean auf den Schoß genommen hatte, hob den Kopf, musterte ihre Tochter und den Notar und tat dabei ganz gleichgültig.

Pierquin war mittelgroß, weder fett noch mager; er hatte ein Gesicht von durchschnittlicher Hübschheit, das den Ausdruck einer Traurigkeit trug, die eher grämlicher als melancholischer Natur war, einen grüblerischen Zug, der eher unentschlossen als nachdenklich wirkte; er galt als Menschenfeind, war aber viel zu sehr auf seinen Vorteil erpicht und ein viel zu großer Esser, als daß seine Scheidung von der Welt tatsächlich bestanden hätte. Sein gewöhnlich sich im Leeren verlierender Blick, sein gleichgültiges Gehaben, sein affektiertes Schweigen schienen von Tiefe zu zeugen, tarnten aber in Wirklichkeit die Hohlheit und Nichtigkeit eines Notars, der ausschließlich mit menschlichen Geldinteressen befaßt, aber noch jung genug war, um neidisch zu sein. Sich durch eine Eheschließung mit der Familie Claes zu verbinden, wäre für ihn ein Grund zu grenzenloser Dienstbeflissenheit gewesen, hätte er nicht auch noch eine verschwiegene Regung des Geizes besessen. Er spielte den Großherzigen, aber er wußte zu rechnen. Daher waren seine Aufmerksamkeiten, ohne daß er sich Rechenschaft über die Wandlung seines Verhaltens abgelegt hätte, schneidend, hart und barsch geworden, wie es im allgemeinen die der Sachwalter sind, als er meinte, Claes sei ruiniert; aber sie wurden herzlich, gewandt und beinahe servil, wenn er für die Arbeiten seines Vetters irgendeinen glücklichen Ausgang mutmaßte. Bald erblickte er in Marguerite Claes eine Art spanischer Prinzessin, der sich zu nähern für einen schlichten Provinznotar etwas Unmögliches war; bald betrachtete er sie als ein armes Mädchen, das nur zu glücklich sein konnte, wenn er sich dazu herabließ, sie zu seiner Frau zu machen. Er war ein Provinzler und obendrein ein Flame, ohne Tücke; es fehlte ihm nicht einmal an Hingabe und an Güte; allein er besaß einen naiven Egoismus, der seine guten Eigenschaften beeinträchtigte, und des weiteren lächerliche Züge, die ihm schadeten. Gerade jetzt mußte Madame Claes an den kurz angebundenen Ton denken, mit dem der Notar zu ihr unter dem Portal von Saint-Pierre gesprochen hatte, und die Umwandlung, die ihre Antwort in seinem Gehaben bewirkt hatte, war ihr nicht entgangen; sie erriet die Hintergründe seiner Gedanken, und mit scharfsichtigem Blick versuchte sie in der Seele der Tochter zu lesen, um herauszubekommen, wie diese über den Notar dachte; aber sie gewahrte an ihr nur die vollkommenste Gleichgültigkeit. Nach einer kurzen Weile, während derer die Unterhaltung den in der Stadt umlaufenden Gerüchten gegolten hatte, kam der Hausherr aus seinem Schlafzimmer herunter, wo seit ein paar Augenblicken seine Frau mit unaussprechlicher Freude Stiefel auf dem Parkett hatte knarren hören. Sein Schritt klang wie der eines jungen, behenden Mannes und kündete von einer vollständigen Metamorphose, und die Erwartung, die sein Erscheinen in Madame Claes verursachte, war so inständig, daß es sie Mühe kostete, ein Zittern zu unterdrücken, als er die Treppe hinabstieg. Bald zeigte sich Balthazar denn auch in der Gewandung, die damals Mode war. Er trug blank gewichste Stulpenstiefel, die den oberen Teil der weißseidenen Strümpfe sehen ließen, eine Kniehose aus blauem Halbtuch mit Goldknöpfen, eine weiße, geblümte Weste und einen blauen Frack. Er hatte sich so sorgfältig rasiert, gekämmt, seinen Kopf parfümiert, sich die Fingernägel geschnitten und die Hände gewaschen, daß er für die, die ihn vor kurzem noch gesehen hatten, beinahe unkenntlich schien. Statt eines nahezu geistesgestörten Greises erblickten seine Kinder, seine Frau und der Notar einen Vierzigjährigen, dessen liebenswürdiges, höfliches Antlitz etwas überaus Anziehendes besaß. Die Erschöpfung und die Leiden, von denen die Magerkeit der Konturen und das enge Haften der Haut an den Knochen kündeten, hatten sogar etwas Liebenswertes.

»Guten Tag, Pierquin«, sagte Balthazar Claes.

Nun der Chemiker wieder zum Gatten und Vater geworden war, nahm er sein letztes Kind vom Schoß seiner Frau, hob es in die Luft und ließ es schnell abwechselnd aufwärts und abwärts schwingen.

»Sehen Sie den Kleinen?« fragte er den Notar. »Macht Ihnen ein so hübsches Geschöpf nicht Lust zum Heiraten? Glauben Sie mir, mein Lieber, die Familienfreuden trösten einen über alles hinweg. – Brrr!« sagte er und hob Jean in die Höhe. »Pardauz!« rief er und stellte ihn auf die Erde. »Brrr! Pardauz!«

Das Kind jauchzte, als es sich abwechselnd hoch unter der Zimmerdecke und auf dem Parkett sah. Die Mutter wandte die Augen ab, um sich nicht die Rührung anmerken zu lassen, die ein dem Anschein nach so einfaches Spiel in ihr auslöste, das indessen für sie eine ganze häusliche Umwälzung bedeutete.

»Zeig mal, wie du laufen kannst«, sagte Balthazar, stellte seinen Sohn auf das Parkett und warf sich in eine Bergère. Das Kind lief zu dem Vater hin, verlockt durch den Glanz der Goldknöpfe, die die Kniehose oberhalb des Stiefelstulpen festhielten. – »Du bist ein Goldkind!« sagte der Vater und küßte ihn, »du bist ein richtiger Claes, du gehst gerade. – Na, Gabriel, wie geht's denn dem alten Morillon?« fragte er seinen ältesten Sohn, faßte ihn am Ohr und verdrehte es, »gehst du den Aufsätzen und Übersetzungen wacker zu Leibe? Verbeißt du dich in die Mathematik?«

Dann stand Balthazar auf, trat zu Pierquin hin und fragte ihn mit der für ihn bezeichnenden herzlichen Höflichkeit:

»Mein Lieber, haben Sie mich vielleicht was fragen wollen?« Er reichte ihm den Arm, zog ihn in den Garten und sagte noch: »Kommen Sie, wir wollen uns meine Tulpen anschauen ...!«

Madame Claes blickte ihrem Mann nach, als er hinausging, und konnte ihre Freude nicht verhehlen, als sie ihn wieder so jugendlich, so liebenswürdig, so ganz er selber geworden sah; sie stand auf, legte der Tochter den Arm um die Taille, küßte sie und sagte: »Liebe Marguerite, mein geliebtes Kind, heute habe ich dich noch mehr lieb als sonst.«

»Wie lange ist es her, daß ich meinen Vater so heiter gesehen habe«, antwortete sie.

Lemulquinier kam und meldete, es sei angerichtet. Um zu vermeiden, daß Pierquin ihr den Arm bot, nahm Madame Claes den Balthazars, und die ganze Familie ging ins Eßzimmer hinüber.

Dieser Raum, dessen Decke aus unverschalten, aber durch Malereien verzierten Balken bestand, die alle Jahre gesäubert und aufgefrischt wurden, enthielt hohe, eichene Anrichten, auf deren Platten die eigenartigsten Stücke des altererbten Tafelgeschirrs zu sehen waren. Die Wände hatten violette Ledertapeten, auf die in Gold Jagdszenen gedruckt waren. Über den Anrichten glänzten hier und dort, sorgsam verteilt, die Gefieder merkwürdiger Vögel und seltene Muscheln. Die Stühle waren seit dem Beginn des 16. Jahrhunderts nicht gewechselt worden und zeigten jene viereckige Form, die gewundenen Säulen und die kleine, mit gefranstem Stoff verzierte Rückenlehne, deren Mode so verbreitet gewesen war, daß Raffael sie in seinem Gemälde ›Madonna im Sessel‹[39] berühmt gemacht hat. Ihr Holz war schwarz geworden, aber die goldenen Nägel leuchteten, wie wenn sie neu wären, und die sorgfältig erneuerten Stoffe waren von wunderbarem Rot. Hier war ganz Flandern mit seinen spanischen Neuerungen lebendig. Die Karaffen und Fläschchen auf dem Tisch hatten das respektable Aussehen, das die bauchigen, altertümlichen Rundungen verleihen. Die Gläser waren jene hohen Stielgläser mit flachem Fuß, wie sie auf den Gemälden der holländischen oder flämischen Schule zu sehen sind. Das Steingutgeschirr mit buntem Figurenwerk nach der Art des Bernard Palissy[40] entstammte der englischen Manufaktur von Wedgwood[41]. Das

Tafelsilber war schwer, mit viereckigen Flächen und vollen Bukkeln, echtes Familiensilber, dessen Stücke sämtlich verschieden ziseliert waren; jedes entstammte einer anderen Mode und hatte eine andere Form; es zeugte vom Beginn des Wohlstands und dem Wachsen des Reichtums der Claes'. Die Servietten hatten Fransen, was eine durchaus spanische Mode war. Was nun die Tischwäsche betraf, so kann jedermann sich denken, daß die Claes' ihre Ehre darein setzten, sehr prächtige zu besitzen. Dieses Geschirr, dieses Tafelsilber diente dem täglichen Gebrauch der Familie. Das Vorderhaus, wo die Feste gegeben wurden, hatte seinen besonderen Luxus, dessen für die Galatage aufgesparten Wunder ihm jene Feierlichkeit aufprägten, die hinschwindet, wenn die Dinge gewissermaßen so gering geschätzt werden, daß man sie täglich benutzt. Im Hinterhaus trug alles das Gepräge patriarchalischer Naivität. Schließlich, eine köstliche Einzelheit, rankte noch draußen eine Rebe an den Fenstern entlang, die überall von deren Trieben umrahmt wurden.

»Sie bleiben der Tradition treu, Madame«, sagte Pierquin, als ihm ein Teller jener Thymiansuppe vorgesetzt wurde, der die flämischen oder holländischen Köchinnen Fleischklößchen mit Brocken gerösteten Brotes hinzufügen, »das ist die Sonntagssuppe, wie sie bei unsern Vätern üblich war! Ihr Haus und das meines Onkels Des Raquets sind die einzigen, in denen man noch diese in den Niederlanden historische Suppe antrifft. Oh, Verzeihung, auch der alte Monsieur Savaron de Savarus[42] läßt sie noch voller Stolz in seinem Haus zu Tournai auftragen, aber überall anderswo geht es mit dem alten Flandern zu Ende. Jetzt werden die Möbel im griechischen Stil angefertigt; überall sieht man Helme, Schilde, Lanzen und Liktorenbündel. Jeder baut sein Haus neu, verkauft seine alten Möbel, läßt sein Tischsilber umschmelzen oder tauscht es gegen Sèvres[43]-Porzellan ein, und das kommt weder dem Meißener[44] noch dem chinesischen Porzellan gleich. Oh, ich bin Flame von ganzer Seele. Deswegen blutet mir das Herz, wenn ich sehe, wie die Kupferschmiede gegen den Holz- oder Metallpreis unsere schönen, mit Messing oder Zinn inkrustierten Möbel aufkaufen. Ich glaube, die menschliche Gesellschaft will sich häuten. Sogar die alten Techniken in der Kunst sterben aus! Wenn alles schnell gehen soll, kann nichts mehr gewissenhaft gefertigt werden. Während meiner letzten Reise nach Paris bin ich in den Louvre geführt worden, um mir die dort ausgestellten Gemälde anzuschauen. Mein Ehrenwort, die reinsten Ofenschirme sind das, diese Bilder ohne Luft und ohne Tiefe, bei denen richtige Farbtöne zu verwenden die Maler sich scheuen. Und dabei wollen sie, wie es heißt, unsere alte Malerschule stürzen. Na, das ist denn doch ...!«

»Unsere alten Maler«, antwortete Balthazar, »untersuchten genau die Zusammensetzung und die Haltbarkeit der Farben, und zwar dadurch, daß sie sie der Einwirkung der Sonne und des Regens aussetzten. Aber Sie haben recht, heutzutage kümmert man sich um die stofflichen Hilfsmittel der Kunst weniger denn je.«

Madame Claes hörte der Unterhaltung nicht länger zu. Als sie den Notar hatte sagen hören, jetzt seien Porzellanservice große Mode, war ihr zugleich der glänzende Gedanke gekommen, ihr schweres, von ihrem Bruder geerbtes silbernes Tafelgerät zu verkaufen, in der Hoffnung, auf diese Weise die dreißigtausend Francs begleichen zu können, die ihr Mann schuldete.

»Haha!« sagte Balthazar gerade zum Notar, als Madame Claes sich wieder der Unterhaltung zuwandte, »man beschäftigt sich also in Douai mit meinen Arbeiten?«

»Ja«, antwortete Pierquin, »jedermann fragt sich, zu welchem Zweck Sie soviel Geld ausgeben. Gestern habe ich den Herrn Oberpräsidenten bedauern hören, daß ein Mann wie Sie den ›Stein der Weisen‹ suche. Ich habe mir gestattet, darauf zu erwidern, Sie seien zu gebildet, um nicht zu wissen, daß das heiße, sich mit dem Unmöglichen zu messen, und zu christlich, um zu glauben, Sie könnten über Gott obsiegen, und ferner, wie alle Claes', ein zu guter Rechner, um Ihr Geld gegen ein Zauberpulver einzutauschen. Dennoch muß ich Ihnen gestehen, daß ich das Bedauern geteilt habe, das Ihre Abkehr vom geselligen Leben ausgelöst hat. Es ist, als gehörten Sie gar nicht mehr zur Stadt. Wirklich, Madame, Sie wären entzückt gewesen, wenn Sie die Lobreden hätten vernehmen können, die alle Welt über Sie und Ihren Mann geäußert hat.«

»Sie haben als ein guter Verwandter gehandelt, als Sie Unterstellungen zurückwiesen, deren geringstes Übel gewesen wäre, mich lächerlich zu machen«, antwortete Balthazar. »Haha, die guten Douaisier glauben mich ruiniert! Na gut, mein lieber Pierquin, in zwei Monaten will ich zur Feier meines Hochzeitstags ein Fest geben, dessen Pracht mir die Achtung zurückerstatten wird, die unsere lieben Mitbürger den Talern zollen.«

Madame Claes wurde heftig rot. Seit zwei Jahren war der Hochzeitstag vergessen worden. Gleich den Geistesgestörten, die Momente haben, in denen ihre Fähigkeiten mit ungemeinem Glanz aufleuchten, war Balthazar nie zuvor so geistvoll in der Bezeigung seiner Liebe gewesen. Er bezeigte seinen Kindern eine Fülle von Freundlichkeiten, und was er sagte, war verführerisch ob seiner Anmut, seines Geistes und seiner Schlagfertigkeit. Diese Wiederkehr der väterlichen Gefühle, an denen es so lange gefehlt hatte, war sicherlich das schönste Fest, das er seiner Frau hätte geben können; für sie hatten seine Äußerungen und sein Blick die beständige Teilnahme des Ausdrucks wiedergewonnen, die von Herz zu Herz spürbar wird und eine köstliche Identität der Gefühle beweist.

Der alte Lemulquinier schien sich verjüngt zu haben; er ging und kam mit ungewohnter Frische, deren Ursache wohl die Verwirklichung seiner geheimen Hoffnungen war. Die jähe Wandlung, die sich im Gehaben seines Herrn vollzogen hatte, war für ihn noch bedeutungsvoller als für Madame Claes. Dort, wo die Familie das Glück sah, sah der Diener ein Vermögen. Dadurch, daß er Balthazar bei dessen Manipulationen geholfen, hatte er sich dessen Wahnwitz angeeignet. Sei es, daß er die Tragweite von Claes' Forschungen aus den Erklärungen begriffen hatte, die dem Chemiker entschlüpften, wenn das Ziel ihm unter den Händen entglitt, sei es, daß der dem Menschen angeborene Nachahmungstrieb Lemulquinier die Vorstellungen desjenigen hatte übernehmen lassen, in dessen Atmosphäre er lebte, auf alle Fälle hegte er für seinen Herrn eine abergläubische Neigung, die aus Angst, Bewunderung und Selbstsucht gemacht war. Für ihn war das Laboratorium, was für das Volk ein Lotteriebüro ist, nämlich die organisierte Hoffnung. Jeden Abend sagte er sich beim Schlafengehen: »Vielleicht schwimmen wir morgen im Golde!« Und am nächsten Morgen erwachte er mit einer Gläubigkeit, die genauso inständig war wie tags zuvor. Sein Name schien auf rein flämische Abkunft schließen zu lassen. Früher waren die dem Volk Angehörenden nur durch einen aus ihrem Beruf, ihrer Heimat, ihrer körperlichen Beschaffenheit oder ihren charakterlichen Eigentümlichkeiten abgeleiteten Spitznamen kenntlich. Aus diesem Spitznamen wurde dann der Name der bürgerlichen Familie, die sie nach ihrer Freilassung begründeten. In Flandern nannten die Garnhändler sich ›mulquiniers‹, und das war wohl der Beruf des Mannes gewesen, der unter den Vorfahren des alten Dieners vom Leibeigenen zum Bürger geworden war, bis unbekannte Unglücksfälle den späten Nachkommen der ›mulquiniers‹ wieder zum Leibeigenen, zum Knecht gemacht hatten, nur daß er jetzt dafür bezahlt wurde. So verkörperte sich also die Geschichte Flanderns mit seinem Garn und seinem Handel in diesem alten Diener, der oft um des besseren Klangs willen einfach Mulquinier genannt wurde. Sein Charakter und sein Äußeres ermangelten nicht der Originalität. Sein dreieckiges Gesicht war breit, hoch und von Blatternnarben bedeckt, und diese liehen ihm ein phantastisches Aussehen, weil sie darin eine Menge weißer, glänzender Linien und Flecke hatten entstehen lassen. Er war mager und hochgewachsen, und sein Gang war gravitätisch und geheimnisvoll. Seine kleinen Augen waren pomeranzenfarben wie die gelbe, glatte Perücke, die er auf dem Kopf trug, und warfen nur schiefe Blicke. Sein Äußeres entsprach also dem Gefühl der Neugierde, das er erregte. Seine Eigenschaft als in die Geheimnisse seines Herrn eingeweihter Gehilfe bei den Arbeiten, über die Claes sich ausschwieg, umkleidete ihn mit einem gewissen Nimbus. Die Anwohner der Rue de Paris sahen ihn mit einem Interesse vorübergehen, in das sich Furcht mischte, denn er gab immer nur sibyllinische Antworten, die stets Anspielungen auf Schätze enthielten. In seinem Stolz, seinem Herrn unentbehrlich zu sein, übte er auf seine Kameraden eine gewisse schikanöse Autorität aus, und daraus zog er für sich selber Nutzen, weil er auf diese Weise Zugeständnisse erlangte, die ihn halbwegs zum Herrn des Hauses machten. Im Gegensatz zu den flämischen Hausangestellten, die über die Maßen an der Familie hängen, empfand er lediglich für Balthazar Zuneigung. Wenn irgendein Kummer Madame Claes zu Herzen ging, oder wenn irgendein für die Familie vorteilhaftes Ereignis eintrat, aß er mit seinem gewohnten Phlegma sein Butterbrot oder trank sein Bier.

Nach Beendigung des Abendessens schlug Madame Claes vor, man solle doch den Kaffee im Garten trinken, vor dem Tulpenbeet[45], das dessen Mitte zierte. Die Blumentöpfe, in denen die Tulpen standen, deren Namen auf Schieferplättchen zu lesen waren, waren in die Erde eingegraben und so angeordnet worden, daß sie eine Pyramide bildeten, auf deren Spitze sich eine Drachenmaultulpe erhob, die Balthazar als einziger besaß. Diese *tulipa claësiana* genannte Blume vereinigte in sich die sieben Regenbogenfarben, und ihre gezackten Blütenblätter wirkten an den Rändern wie vergoldet. Balthazars Vater, der mehrmals zehntausend Gulden dafür ausgeschlagen, hatte so große Vorsichtsmaßnahmen angewandt, damit ihm auch nicht ein einziges Samenkorn gestohlen werden konnte, daß er sie im Wohnzimmer aufbewahrt und sie oft ganze Tage lang andächtig betrachtet hatte. Der Stengel war sehr dick, ganz gerade, fest und von einem wunderbaren Grün; die Größe der Pflanze stand im rechten Verhältnis zu dem Kelch, dessen Farben sich durch jene schimmernde Reinheit auszeichneten, durch die früher diese pomphaften Blumen so hohe Preise erzielten[46].

»Hier stehen für dreißig- oder vierzigtausend Francs Tulpen«, sagte der Notar und blickte abwechselnd seine Kusine und den Hügel mit den tausend Farben an. Madame Claes war viel zu begeistert über den Anblick dieser Blumen, die die Strahlen der sinkenden Sonne aussehen ließen wie Edelsteine, als daß sie den Sinn der notariellen Bemerkung richtig hätte erfassen können.

»Wozu ist all das nütze«, fuhr der Notar fort, jetzt sich Balthazar zuwendend, »Sie sollten sie verkaufen.«

»Pah! Als ob ich Geld brauchte!« antwortete Claes mit der Handbewegung eines Mannes, dem vierzigtausend Francs wenig bedeuten.

Es trat ein kurzes Schweigen ein, währenddessen die Kinder sich in mannigfachen Ausrufen ergingen.

»Sieh doch, Mama, die hier.«

»Oh! Ist die aber mal schön!«

»Und die hier, wie heißt die eigentlich?«

»Welch ein Abgrund für den menschlichen Verstand!« rief Balthazar, hob die Hände und rang sie in einer verzweifelten Geste. »Eine Verbindung von Wasserstoff und Sauerstoff bringt durch ihre unterschiedlichen Dosierungen in der gleichen Umgebung und nach demselben Prinzip diese Farben hervor, deren jede ein Ergebnis ganz für sich darstellt.«

Zwar vernahm seine Frau die Einzelausdrücke dieser Bemerkung, aber sie war zu hastig geäußert worden, als daß sie sie völlig hätte begreifen können; Balthazar mußte daran denken, daß sie sich ja mit seiner Lieblingswissenschaft befaßt habe, und so sagte er zu ihr und machte dabei ein geheimnisvolles Zeichen: »Du müßtest einsehen, daß du noch nicht alles zu begreifen vermagst, was ich sagen will!« Und dann schien er wieder in eine seiner üblichen Grübeleien zu versinken.

»Ich glaube es«, sagte Pierquin und nahm aus Marguerites Händen eine Tasse Kaffee entgegen. »Treibt nur das Natürliche aus, es kommt im Galopp zurück«, fügte er leise hinzu und wandte sich dabei an Madame Claes. »Sie müssen die Güte haben, selber mit ihm zu sprechen; nicht mal der Teufel würde ihn aus seiner Gedankenverlorenheit herausreißen. Jetzt steckt er sicherlich bis morgen drin.«

Er verabschiedete sich von Claes, der so tat, als höre er ihn nicht, küßte den kleinen Jean, den die Mutter auf dem Arm hielt, machte eine tiefe Verbeugung und zog sich zurück. Als die Haustür sich dröhnend geschlossen hatte, legte Balthazar seiner Frau den Arm um die Taille und verscheuchte die Angst, die ihr seine vorgetäuschte Gedankenversunkenheit mochte eingeflößt haben, und flüsterte ihr zu: »Ich wußte ja, wie ich es anfangen müsse, um ihn loszuwerden.«

Madame Claes wandte ihrem Mann den Kopf zu und schämte sich nicht, ihn die Tränen sehen zu lassen, die ihr in die Augen getreten waren; sie waren so süß! Dann lehnte sie die Stirn an Balthazars Schulter und ließ Jean zu Boden gleiten.

»Laß uns wieder ins Wohnzimmer gehen«, sagte sie nach einer Pause.

Während des ganzen Abends war Balthazar von einer fast tollen Heiterkeit; er erdachte tausend Spiele für seine Kinder und war selber so sehr am Spiel beteiligt, daß er das mehrfache Hinausgehen seiner Frau gar nicht bemerkte. Gegen halb zehn, als Jean zu Bett gebracht worden war, als Marguerite, die ihrer Schwester Félicie beim Auskleiden geholfen hatte, wieder ins Wohnzimmer kam, fand sie die Mutter in der großen Bergère sitzen; ihr Vater plauderte mit ihr und hielt dabei ihre Hand. Sie scheute sich, die Eltern zu stören und schien sich, ohne mit ihnen zu sprechen, zurückziehen zu wollen; aber Madame Claes hatte das bemerkt; sie sagte zu ihr: »Komm, Marguerite, komm, mein geliebtes Kind.« Dann zog sie sie an sich, küßte sie andächtig auf die Stirn und sagte noch: »Nimm dein Buch mit in dein Zimmer und geh beizeiten schlafen.«

»Gute Nacht, liebe Tochter«, sagte Balthazar.

Marguerite küßte ihren Vater auf die Wange und ging hinaus. Claes und seine Frau blieben eine Weile allein und betrachteten die letzten Farbtöne der Abenddämmerung, die im schon schwarz gewordenen Laubwerk des Gartens erstarben; seine Umrisse waren bei diesem Licht kaum zu erkennen. Als es fast gänzlich dunkel war, sagte Balthazar mit bewegter Stimme zu seiner Frau: »Laß uns hinaufgehen.«

Lange bevor die englischen Gepflogenheiten das Schlafzimmer einer Frau zu einem Heiligtum geweiht hatten, war das einer Flämin unbetretbar gewesen. Die guten Hausfrauen jenes Landes hatten daraus nicht viel Wesens um der Tugend willen gemacht, sondern es war für sie eine von Kindheit an übernommene Gewohnheit, etwas wie ein häuslicher Aberglaube, der aus einem Schlafzimmer ein köstliches Sanktuarium machte, wo man zärtliche Gefühle atmete, wo das Schlichteste sich allem vereinte, was das gemeinsame Leben an Holdestem und Heiligstem besitzt. In der besonderen materiellen Lage, in der Madame Claes sich befand, hätte jede Frau die elegantesten Dinge um sich versammelt; sie jedoch hatte es mit einem erlesenen Geschmack getan, da sie wußte, welchen Einfluß der Anblick dessen, was uns umgibt, auf unser Gefühlsleben ausübt. Bei einem beliebigen hübschen Geschöpf wäre das purer Luxus gewesen; bei ihr war es eine Notwendigkeit. Hatte sie die Tragweite des Ausspruchs: »Warum soll man sich nicht zu einer hübschen Frau machen?« begriffen, welche Lebensregel das gesamte Verhalten der ersten Frau Napoleons I. geleitet und sie oft unwahr gemacht hatte, während Madame Claes stets natürlich und wahrhaftig geblieben war? Obwohl

Balthazar das Schlafzimmer seiner Frau gut kannte, hatte er alle materiellen Dinge so völlig vergessen, daß er, als er es betrat, ein süßes Erschauern empfand, wie wenn er es zum erstenmal erblicke. Die prunkliebende Heiterkeit einer siegerischen Frau strahlte aus den prächtigen Farben der Tulpen, die aus den langen Hälsen geschickt verteilter, bauchiger chinesischer Porzellanvasen ragten, und aus der Verschwendung an Lichtern, deren Wirkungen sich nur mit denjenigen der freudigsten Fanfaren vergleichen ließen. Das Licht der Kerzen lieh den leingrauen Seidenstoffen einen harmonischen Schimmer; ihre Eintönigkeit wurde nuanciert durch die Reflexe des Goldes, das diskret über einige Gegenstände verbreitet war, und durch die mannigfachen Farbtöne der Blumen, die Garben von Edelsteinen ähnelten. Der geheime Hintergrund dieser Zurüstungen war er, immer nur er...! Joséphine hätte Balthazar nicht beredter sagen können, daß er nach wie vor der Urgrund ihrer Freuden und ihrer Schmerzen sei. Der Anblick dieses Schlafzimmers versetzte die Seele in einen wonnigen Zustand, verscheuchte jeden traurigen Gedanken und hinterließ nur das Gefühl eines gleichmäßigen, reinen Glücks. Der in China gekaufte Stoff der Wandbespannung strömte jenen angenehmen Duft aus, der den Körper durchdringt, ohne ihm lästig zu fallen. Die sorgsam zugezogenen Vorhänge schließlich verrieten ein Verlangen nach Einsamkeit, eine eifersüchtige Absicht, den geringsten Hall der Worte zu bewahren und die Blicke des wiedereroberten Gatten dort einzuschließen. Im Schmuck ihres schönen, schwarzen, völlig glatten Haars, das an beiden Seiten ihrer Stirn rabenflügelartig niederfiel, in einen Morgenrock gehüllt, der ihr bis zum Hals reichte und den ein langer Umhang schmückte, an dem Spitzen schäumten, zog Madame Claes die Portiere aus Gobelinstoff zu, die kein Geräusch von draußen hereindringen ließ. Von dort aus bedachte Joséphine ihren Mann, der sich an den Kamin gesetzt hatte, mit einem jener heiteren Lächelblicke, durch die eine kluge Frau, deren Seele bisweilen ihr Antlitz verschönt, unwiderstehliche Hoffnungen auszudrücken weiß. Der größte Zauber einer Frau besteht in einem beständigen Anrufen der Großherzigkeit des Mannes, in einer anmutvollen Erklärung der Schwäche; dadurch macht sie ihn stolz und erweckt in ihm die herrlichsten Gefühle. Schließt das

Eingeständnis der Schwäche nicht zauberische Verführung in sich ein? Als die Ringe der Portiere dumpf scharrend über die Holzstange geglitten waren, wandte sie sich nach ihrem Mann um, in diesem Augenblick schien sie ihre körperlichen Mängel vertuschen zu wollen; sie stützte sich mit der Hand auf einen Stuhl, um sich anmutig weiterzuschleppen. Das hieß, seinen Beistand erbitten. Balthazar, der einen Moment in die Betrachtung dieses olivenfarbenen Kopfes versunken gewesen war, der sich vor dem grauen Hintergrund abzeichnete und den Blick auf sich lenkte und befriedigte, erhob sich, nahm seine Frau und trug sie auf das Ruhebett. Eben das hatte sie gewollt.

»Du hast mir versprochen«, sagte sie, nahm seine Hand und behielt sie in ihren elektrisierenden Händen, »mich in das Geheimnis deiner Forschungen einzuweihen. Gib zu, meiner Lieber, daß ich würdig bin, es zu erfahren, da ich ja doch den Mut aufgebracht habe, mich mit einer Wissenschaft, die von der Kirche verdammt wird, zu befassen, um fähig zu sein, dich zu verstehen; aber ich bin neugierig, verheimliche mir nichts. Also erzähle mir, wie es zugegangen ist, daß du eines Morgens sorgenvoll aufstandest, nachdem ich dich am Abend zuvor so glücklich verlassen hatte?«

»Und um von Chemie reden zu hören, hast du dich so hübsch angezogen?«

»Lieber Freund, von dir eine Vertrauensbekundung zu erhalten, die mich noch tiefer in dein Herz hineingelangen läßt, ist das für mich nicht die größte aller Freuden, ist das nicht ein Einvernehmen der Seele, das alle Seligkeiten des Daseins versteht und erzeugt? Deine Liebe kommt rein und unbeeinträchtigt zu mir zurück; ich will wissen, welche Idee mächtig genug gewesen ist, um mich ihrer so lange zu berauben. Ja, ich bin eifersüchtiger auf einen Gedanken als auf die Gesamtheit aller Frauen. Die Liebe ist gewaltig, aber sie ist nicht unendlich, wogegen die Wissenschaft grenzenlose Tiefen hat, in die ich dich nicht allein hinabsteigen zu sehen vermag. Ich verabscheue alles, was zwischen uns treten könnte. Wenn du zu dem Ruhm gelangtest, dem du nachstrebst, würde ich unglücklich sein; würde er dir nicht ungemeine Genüsse spenden? Ich allein muß die Quelle Ihrer Freuden sein, Monsieur.«

»Nein, mein Engel, keine Idee hat mich auf diesen schönen Weg geleitet, sondern ein Mensch, ein Mann.«

»Ein Mann!« rief sie entsetzt.

»Pépita, erinnerst du dich des polnischen Offiziers, der 1809 bei uns einquartiert gewesen ist?«

»Und ob ich mich seiner erinnere!« sagte sie. »Oft bin ich ganz ungeduldig geworden, daß mein Gedächtnis mich so häufig seine beiden Augen wiedersehen sah, die wie zwei lodernde Flammen waren, die Gruben unter seinen Brauen, in denen die glühenden Kohlen der Hölle zu sehen waren, seinen breiten, kahlen Schädel, seinen nach oben gedrehten Schnurrbart, sein knochiges, verwüstetes Gesicht ...! Und welch erschreckende Ruhe war in seinem Gang ...! Wenn in den Gasthöfen Platz gewesen wäre, würde er schwerlich bei uns übernachtet haben.«

»Jener polnische Edelmann hieß Adam von Wierzchownia[47]«, fuhr Balthazar fort. »Als du uns abends im Wohnzimmer allein gelassen hattest, kamen wir zufällig auf die Chemie zu sprechen. Aus Geldnöten hatte er das Studium dieser Wissenschaft aufgeben müssen und war Soldat geworden. Ich glaube, es geschah gelegentlich eines Glases Zuckerwasser, daß wir uns gegenseitig als Adepten erkannten. Als ich Mulquinier gesagt hatte, er solle Stückezucker bringen, vollführte der Rittmeister eine überraschte Geste. – ›Haben Sie Chemie studiert?‹ fragte er mich. – ›Bei Lavoisier‹, habe ich ihm geantwortet. – ›Wie glücklich sind Sie, daß Sie unabhängig und reich sind!‹ rief er. Und seiner Brust entstieg einer der Männerseufzer, die eine Hölle von Schmerz enthüllen, die unter einer Schädeldecke verborgen oder in einem Herzen eingeschlossen ist; kurzum, es war etwas Glühendes und Zusammengeballtes, das sich in Worten nicht ausdrücken läßt. Er vollendete seine Gedanken durch einen Blick, der mich zu Eis erstarren ließ. Nach einer Pause erzählte er mir, er sei, als Polen gewissermaßen tot gewesen sei, nach Schweden geflüchtet. Im Studium der Chemie habe er Trost gesucht; von je habe er dafür einen unwiderstehlichen Hang verspürt. – ›Na ja‹, fügte er hinzu, ›ich sehe, Sie haben gleich mir erkannt, daß Gummiarabikum, Zucker und Stärke, wenn sie pulverisiert werden, einen absolut gleichen Stoff ergeben, und in der Analyse qualitativ das gleiche Resultat.‹ Abermals machte er eine Pause, und nachdem er mich mit forschendem Auge angeblickt hatte, sagte er mit gesenkter Stimme feierliche Worte, von denen mir heute nur noch der allgemeine Sinn im Gedächtnis ist; aber er begleitete sie mit einer Eindringlichkeit des Tons, mit warmen Modulationen der Stimme und einer Kraft in der Geste, was alles mein Inneres umwühlte und mein Auffassungsvermögen traf, wie ein Hammer das Eisen auf dem Amboß schlägt. Vernimm jetzt einen kurzen Abriß der Schlußfolgerungen, die für mich die Kohle waren, die Gott auf die Zunge des Jesaja legte[48], denn meine Studien bei Lavoisier erlaubten mir, deren ganze Reichweite zu ermessen. ›Monsieur‹, sagte er zu mir, ›die Gleichheit dieser drei dem Anschein nach so verschiedenen Substanzen hat mich zu der Annahme geführt, daß alle Produkte der Natur ein gleiches Grundprinzip haben müßten. Die Arbeiten auf dem Gebiet der modernen Chemie haben die Richtigkeit dieses Gesetzes in bezug auf den beträchtlichsten Teil der natürlichen Wirkungen bewiesen. Die Chemie teilt die Schöpfung in zwei deutlich unterscheidbare Gebiete ein: in die organische Natur und die anorganische Natur. Die organische Natur, die alle pflanzlichen oder tierischen Schöpfungen umfaßt, in denen sich mehr oder weniger vollkommene Organismen bekunden, oder, um genauer zu sein, ein größeres oder geringeres Bewegungsvermögen, das bei ihnen auf größere oder geringere Empfindung schließen läßt – die organische Natur ist gewißlich der wichtigste Teil unserer Erde. Nun aber hat die Analyse alle Produkte dieser Natur auf vier einfache Körper zurückgeführt, von denen drei Gase sind: Stickstoff, Wasserstoff und Sauerstoff; dazu kommt ein weiterer einfacher, nicht metallischer, fester Körper: der Kohlenstoff. Die anorganische Natur dagegen, die so wenig verschiedenartig ist, der Bewegung und des Gefühls beraubt, und der man die Fähigkeit des Wachstums absprechen muß, die Linné[49] ihr leichtfertigerweise zugesprochen hat, zählt dreiundfünfzig einfache Körper, durch deren verschiedene Zusammensetzungen alle ihre Produkte gebildet werden. Ist es nun aber möglich, daß die Mittel dort zahlreicher sind, wo es weniger Endergebnisse gibt . . .? Daher nimmt mein alter Lehrer an, daß diese dreiundfünfzig Körper einen gemeinsamen Grundstoff haben, der vor Zeiten durch die Wirkung einer Kraft modifiziert worden ist, die heute erloschen ist, aber die der menschliche Geist zu neuem Leben erwecken müsse. Jetzt nehmen Sie bitte mal einen Augenblick lang an, die Tätigkeit jener Kraft sei wiedererweckt, dann würden wir nämlich eine einheitliche Chemie haben. Die organische und die anorganische Natur würden wahrscheinlich auf vier Prinzipien beruhen, und wenn es uns gelänge, den Stickstoff zu zerlegen oder zu spalten, den wir als eine Negation betrachten müssen, dann würden wir nur noch drei haben. Jetzt sind wir schon der großen Dreistofflichkeit der Alten und der Alchimisten des Mittelalters nahe, über die wir uns zu Unrecht lustig machen. Weiter ist die moderne Chemie noch nicht gekommen. Das ist viel und ist wenig. Es ist viel, weil die Chemie sich daran gewöhnt hat, vor nichts zurückzuschrecken. Es ist wenig im Vergleich zu dem, was noch zu tun übrig bleibt. Der Zufall hat dieser schönen Wissenschaft einen guten Dienst erwiesen. Denn schien nicht die Träne der reinen, kristallisierten Kohlen oder des Kohlenstoffs, der Diamant, die letzte Substanz zu sein, die zu schaffen möglich war? Die alten Alchimisten, die das Gold für zerlegbar hielten, und folglich für herstellbar, schreckten vor dem Gedanken zurück, Diamanten herzustellen; wir jedoch haben die Natur und das Gesetz seiner Zusammensetzung entdeckt. Ich, sage ich, bin noch weiter gegangen! Ein Experiment hat mir gezeigt, daß die mysteriöse Dreiheit, mit der man sich seit undenkbaren Zeiten beschäftigt, in den heutigen Analysen nicht mehr vorkommt; denen mangelt nämlich die Ausrichtung auf einen festen Punkt. Aber jetzt erstmal etwas über mein Experiment. Säen Sie Kressesamen (um einen Stoff unter allen der organischen Natur zu nehmen) in Schwefelblüte (um ebenfalls einen einfachen Körper zu nehmen). Begießen Sie die Samenkörner mit destilliertem Wasser, um in die Produkte des Keimens kein Prinzip eindringen zu lassen, das nicht gewiß ist. Die Körner keimen, sie treiben in einem bekannten Milieu und nähren sich nur von durch die Analyse bekannten Prinzipien. Schneiden Sie mehrmals die Stengel der Pflanzen ab, damit Sie sich eine genügende Menge verschaffen, um durch Verbrennen einige Häufchen Asche zu bekommen und so mit einer gewissen Masse weiterarbeiten zu können; na schön, wenn Sie diese Asche analysieren, dann bekommen Sie Kieselsäure, Tonerde, Phosphat und Kalziumkarbonat, Magnesiumkarbonat, Sulfat, Kaliumkarbonat und Eisenoxyd, als sei die Kresse im Erdboden, am Wasser gewachsen. Nun aber sind diese Substanzen weder in dem Schwefel, der ein einfacher Körper ist und der der Pflanze als Boden diente, noch in dem zum Begießen benutzten Wasser vorhanden gewesen, dessen Zusammensetzung bekannt ist; aber da sie ebensowenig in dem Samenkorn enthalten sind, können wir uns ihr Vorhandensein in der Pflanze nur erklären, wenn wir ein Element annehmen, das den in der Kresse enthaltenen Körpern und denjenigen, die ihr als Milieu gedient haben, gemeinsam ist. Also würden die Luft, das destillierte Wasser, die Schwefelblüte und die Substanzen, die die Analyse der Kresse ergibt, das heißt Pottasche, Magnesia, Tonerde usw. ein gemeinsames Prinzip haben, das in der Atmosphäre umherirrt, wie die Sonne sie erschafft. Aus diesem unwiderleglichen Experiment‹, rief er aus, ›habe ich die Existenz des Absoluten, des Urstoffs oder Urelements abgeleitet! Eine allem Geschaffenen gemeinsame Substanz, modifiziert durch eine einzige Kraft, das ist klare, deutliche Formulierung des Problems, das der Urstoff darbietet; es schien mir lösbar zu sein. Darin begegnen Sie wieder der geheimnisvollen Dreiheit, vor der die Menschheit zu allen Zeiten niedergekniet ist: die ursprüngliche Materie, das Mittel, das Resultat. Sie werden die furchtbare Zahl Drei in allen menschlichen Dingen finden, sie beherrscht die Religionen, die Wissenschaften und die Gesetze. An dieser Stelle‹, hat er mir gesagt, ›haben Krieg und Geldnöte meine Arbeiten zum Stillstand gebracht. Sie sind ein Schüler Lavoisiers, Sie sind reich und Herr Ihrer Zeit, ich kann Ihnen also meine Mutmaßungen anvertrauen. Folgendes ist das Ziel, das meine persönlich durchgeführten Experimente mich flüchtig haben erblicken lassen. Die ›Materie eins‹ muß ein gemeinsames Prinzip der drei Gase und des Kohlenstoffs sein. Das ›Mittel‹ muß das gemeinsame Prinzip der negativen und positiven Elektrizität sein. Machen Sie sich an die Entdeckung der Beweise, die diese beiden Wahrheiten feststellen und festlegen, dann haben Sie den letzten Grund für alles von der Natur Hervorgebrachte. Ach, Monsieur, wenn man hier‹, sagte er und schlug sich an die Stirn, ›das letzte Wort der Schöpfung trägt, indem man das Absolute vorausahnt, heißt es dann noch ›leben‹, wenn man in die Bewegung von Menschenmassen einbezogen ist, die sich zu einer bestimmten Stunde aufeinanderstürzen, ohne zu wissen, was sie tun? Mein gegenwärtiges Leben ist die genaue Umkehrung eines Traums. Mein Körper kommt, geht, handelt, befindet sich mitten im Geschützfeuer, inmitten von Menschen, und durchquert Europa nach dem Belieben einer Macht, der ich gehorche und die ich gleichzeitig verachte. Meine Seele ist sich dieses Tuns nicht bewußt, sie bleibt starr, ist in eine Idee versenkt, ist durch diese Idee empfindungslos geworden, durch das Forschen nach dem Absoluten, nach diesem Prinzip, durch das einander völlig gleiche Samenkörner, die in den gleichen Nährboden gesät werden, das eine weiße, das andere gelbe Blütenkelche ergeben! Welches Phänomen auch auf die Seidenraupen anwendbar ist, die sich von denselben Blättern nähren und keine sichtbaren Unterschiede aufweisen, aber von denen die einen gelbe und die andern weiße Seide hervorbringen; schließlich ist es sogar auf den Menschen anwendbar, der oft auf legitime Weise zu Kindern kommt, die der Mutter und ihm völlig unähnlich sehen. Umfaßt nicht übrigens die logische Deduktion dieser Tatsache die Ursachen aller Wirkungen in der Natur? Ja, was ist denn unseren Vorstellungen von Gott gemäßer als der Glaube, er habe alles durch das einfachste Mittel erschaffen? Die pythagoräische Anbetung der Zahl Eins, aus der alle übrigen Zahlen hervorgehen und die die ›Materie eins‹ darstellt; die der Zahl Zwei, der ersten Aggregation und des Grundtyps aller andern; die der Zahl Drei, die zu allen Zeiten für Gott eingesetzt worden ist, mithin die Materie, die Kraft und das Ergebnis, resümieren diese drei nicht überlieferungsgemäß das verworrene Wissen um das Absolute, den Urstoff? Stahl[50], Becher[51], Paracelsus[52], Agrippa[53], alle die großen Sucher nach den okkulten Ursachen hatten als Losungswort den Trismegistos, was bedeutet ›die große Dreiheit‹. Die Ahnungslosen, die es gewohnt sind, die Alchimie, diese transzendente Chemie, zu verdammen, wissen sicherlich nicht, daß wir uns damit befassen, die passionierten Forschungen dieser großen Männer zu rechtfertigen! Hätte ich das ›Absolute‹ gefunden, so würde ich mich an die ›Bewegung‹ heranmachen. Ach, während ich mich vom Schießpulver nähre und den Menschen befehle, nutzlos zu sterben häuft mein alter Lehrer Entdeckungen auf Entdeckungen, er fliegt dem ›Absoluten‹ entgegen! Und ich? Ich werde wie ein Hund in der Ecke einer Batterie sterben.‹ Als dieser arme große Mann sich ein bißchen beruhigt hatte, sagte er mir mit einer gewissen rührenden Brüderlichkeit: ›Sollte mir der Gedanke zu einem zu unternehmenden Versuch kommen, so will ich ihn Ihnen vor meinem Tode vermachen.‹ Liebe Pépita«, sagte Balthazar und drückte seiner Frau die Hand, »über die hohlen Wangen jenes Mannes sind Tränen der Wut gerollt, während er in meine Seele den Feuerbrand dieser Erwägung warf, die schon Lavoisier schüchtern angestellt hatte, ohne daß er gewagt hätte, sich ihr gänzlich hinzugeben.«

»Wie?« rief Madame Claes, die nicht mehr an sich halten und ihrem Mann ins Wort fallen mußte, »dieser Mann, der eine Nacht unter unserm Dach verbracht hat, hat uns deine Liebe geraubt, hat durch einen einzigen Satz und durch ein einziges Wort das Glück einer Familie zerstört? O mein lieber Balthazar! Hat dieser Mann das Zeichen des Kreuzes gemacht? Hast du ihn gut beobachtet? Nur der Versucher kann so gelbe Augen haben, aus denen das Feuer des Prometheus lohte. Ja, nur der Böse hat dich mir entreißen können. Seit jenem Tag bist du nie mehr Vater, Gatte oder Familienoberhaupt gewesen.«

»Was?« fragte Balthazar, reckte sich im Zimmer auf und warf einen durchdringenden Blick auf seine Frau, »du tadelst deinen Mann, daß er sich über andere Menschen erhebt, um unter deine Füße den göttlichen Purpur des Ruhms werfen zu können, als winzige Gegengabe für die Schätze deines Herzens? Aber weißt du denn nicht, was ich seit drei Jahren getan habe? Riesenschritte, Pépita!« sagte er und wurde lebhafter. Seiner Frau schien jetzt sein Antlitz im Feuer des Genies noch strahlender, als es je in der Glut der Liebe gewesen war, und sie mußte weinen, als sie ihm lauschte. – »Ich habe Chlor und Stickstoff miteinander verbunden, ich habe mehrere Körper zerlegt, die bislang als einfach und unteilbar galten, ich habe neue Metalle gefunden. Ja«, sagte er, als er die Tränen seiner Frau gewahrte, »ich habe auch die Tränen zerlegt. Tränen enthalten etwas Kalziumphosphat, Kochsalz, Schleim und Wasser.« Er redete weiter, ohne das schreckliche Zucken zu beachten, das Joséphines Züge durchwühlte; er hatte sich auf die Wissenschaft geschwungen, und sie trug ihn auf ihrem Rücken mit ausgebreiteten Schwingen davon, weit hinaus über die stoffliche Welt. – »Diese Analyse, Liebste, ist einer der besten Beweise für das System des ›Absoluten‹. Alles Leben schließt eine Verbrennung in sich ein. Entsprechend der stärkeren oder geringeren Wirksamkeit des Feuers ist das Leben mehr oder minder beharrlich. Deswegen wird die Zerstörung des Minerals auf unbestimmte Zeit verzögert, weil dabei die Verbrennung virtuell, latent oder unwahrnehmbar ist. Daher leben die Pflanzen, die sich unaufhörlich durch die Verbindung erfrischen, deren Ergebnis die Feuchtigkeit ist, auf unbestimmte Zeit, und es gibt mehrere Pflanzen, die Zeitgenossen der letzten Erdumwälzung sind. Aber jedesmal, wenn die Natur eine Vollbringung vervollkommnet hat, der sie zu unbekanntem Zweck das Gefühl, den Instinkt oder die Intelligenz einfügte, drei Stufen, die im organischen System deutlich hervortreten, dann wollen diese drei Organismen eine Verbrennung, deren Betätigung im unmittelbaren Verhältnis zu dem erlangten Ergebnis steht. Der Mensch, der den höchsten Punkt der Intelligenz darstellt, und der uns die einzige Vollbringung darbietet, aus der eine halb schöpferische Macht, nämlich der Gedanke, hervorgeht, ist unter den zoologischen Geschöpfen dasjenige, in dem der Verbrennungsprozeß sich in seinem intensivsten Grad darstellt; seine mächtigen Wirkungen werden irgendwie enthüllt durch die Phosphate, die Sulfate und die Karbonate, die sein Körper uns in unserer Analyse geliefert hat. Sollten diese Substanzen nicht die Spuren sein, die in ihm die Wirkung des elektrischen Fluidums hinterläßt, das Grundprinzip aller Befruchtung? Sollte die Elektrizität sich in ihm nicht durch mannigfachere Verbindungen als in jedem anderen Tier bekunden? Sollte er nicht größere Fähigkeiten als jedes andere Geschöpf besitzen, um stärkere Mengen des absoluten Prinzips zu absorbieren, und sollte er sie sich nicht assimilieren, um daraus in einer noch vollkommeneren Apparatur seine Kraft und seine Ideen zusammenzufügen? Ich glaube es. Der Mensch ist eine Retorte. So wäre, meiner Auffassung nach, der Idiot einer, dessen Gehirn am wenigsten Phosphor oder jedes andere Produkt des Elektro-Magnetismus enthielte; der Irrsinnige wäre einer, dessen Gehirn zuviel davon enthielte; der gewöhnliche Mensch einer, der nur wenig davon hat; der geniale Mensch einer, dessen Gehirn bis zu einem gewissen Grad damit gesättigt ist. Der ständig verliebte Mensch, der Lastträger, der Tänzer, der große Esser sind diejenigen, die die aus ihrer elektrischen Apparatur resultierende Kraft falsch eingestellt und angewendet haben. Auf diese Weise sind unsere Gefühle . . .«

»Genug, Balthazar; du erschreckst mich, du begehst Gotteslästerungen. Wie? Meine Liebe wäre . . .«

»Eine ätherische Materie, die frei wird«, sagte Claes, »und die ganz sicher die Lösung des ›Absoluten‹ ist. Bedenk doch, wenn ich, ich als der erste, das herausfände, herausfände, herausfände!« Als er das mit drei verschiedenen Betonungen sagte, nahm sein Gesicht stufenweise den Ausdruck eines Verzückten an. »Ich mache Metalle, ich mache Diamanten, ich schaffe ein zweitesmal die Natur!« rief er.

»Und bist du dann glücklicher?« schrie sie verzweifelt auf. »Verfluchte Wissenschaft, verfluchter Dämon! Du vergißt, Claes, daß du die Sünde der Hoffart begehst, deren Satan sich schuldig gemacht hat. Du pfuschst Gott ins Handwerk.«

»Ach, ach! Gott!«

»Er verleugnet ihn!« rief sie und rang die Hände. »Claes, Gott verfügt über eine Macht, die du nie haben wirst.«

Bei diesem Argument, das seine geliebte Wissenschaft für null und nichtig zu erklären schien, blickte er seine Frau an und zitterte.

»Welche Kraft wäre das?« fragte er.

»Die einzige Kraft, die Bewegung. Das habe ich den Büchern entnommen, die zu lesen ich um deinetwillen genötigt worden bin. Analysiere du nur Blumen, Früchte, den Malaga-Wein; gewißlich wirst du ihre Grundstoffe entdecken, die, wie diejenigen deiner Kresse, aus einer Umwelt kommen, die ihnen fremd zu sein scheint; du kannst sie, streng genommen, auch in der Natur finden; aber wenn du sie zusammenfügst, schaffst du dann Blumen, Früchte, Malaga-Wein? Erzielst du die unbegreiflichen Wirkungen des Sonnenlichts, verfügst du über die Atmosphäre Spaniens? Zerlegen ist nicht Schaffen.«

»Finde ich die Koerzitivkraft, kann ich auch schaffen.«

»Nichts wird ihn je aufhalten«, rief Pépita mit verzweifelter

Stimme. »Oh! Meine Liebe ist getötet worden, ich habe sie verloren.« Sie zerschmolz in Tränen, und ihre vom Schmerz und von der Heiligkeit ihrer Gefühle, die sie größer machten, belebten Augen leuchteten schöner denn je durch ihre Tränen hindurch. »Ja«, fuhr sie schluchzend fort, »du bist für alles abgestorben. Ich sehe es, die Wissenschaft ist in dir mächtiger als du selber, und ihr Flug hat dich allzu hoch emporgetragen, als daß du je wieder herabstiegest, um der Lebensgefährte einer armen Frau zu sein. Welches Glück könnte ich dir noch darbringen? Ach, ich möchte glauben, und das ist ein trauriger Trost, Gott habe dich geschaffen, um seine Werke zu verkünden und sein Lob zu singen, und deshalb habe er dir eine unwiderstehliche Kraft einverleibt, die dich beherrscht. Doch nein, Gott ist gütig, er würde deinem Herzen ein paar Gedanken für deine Frau belassen haben, die dich anbetet, für deine Kinder, deren Schützer du sein solltest. Ja, einzig der Böse kann dir helfen, allein inmitten dieser ausweglosen Abgründe einherzuschreiten, in diesen Finsternissen, wo du nicht durch den Glauben von oben erleuchtet wirst, sondern nur durch einen grausigen Aberglauben an deine Fähigkeiten! Denn hättest du sonst nicht merken müssen, mein Freund, daß du innerhalb dreier Jahre neunhunderttausend Francs vergeudet hast? Oh, zolle mir Gerechtigkeit, du, der du auf dieser Erde mein Gott bist; ich mache dir keine Vorwürfe. Ständen wir allein da, dann würde ich dir auf den Knien all unser Hab und Gut darbringen und dir sagen: ›Nimm, wirf es in deinen Schmelztiegel, laß es in Rauch aufgehen‹, ich würde lachen, wenn ich ihn sich kräuseln sähe. Wärest du arm, so würde ich ohne Scham betteln gehen, um dir die nötige Kohle zum Unterhalt deines Schmelzofens zu verschaffen. Kurzum, wenn ich dadurch, daß ich mich hineinstürzte, dir dazu verhelfen würde, deinen abscheulichen Urstoff zu finden, Claes, so würde ich mich mit Freuden hineinstürzen, da du deinen Ruhm und deine Entzückungen in dieses noch unentdeckte Geheimnis verlagerst. Aber unsere Kinder, Claes, unsere Kinder! Was soll aus ihnen werden, wenn du nicht bald dieses höllische Geheimnis errätst? Weißt du, weswegen Pierquin gekommen ist? Er hat dreißigtausend Francs von dir fordern wollen, die du schuldest, ohne sie zu besitzen. Dein Grund und Boden gehört dir nicht mehr. Ich habe ihm gesagt, du habest jene dreißigtausend Francs, weil ich dir die Verlegenheit ersparen wollte, in die seine Fragen dich versetzt hätten; und um jene Summen aufzubringen, habe ich daran gedacht, unser altes Tafelsilber zu verkaufen.« Sie sah, daß die Augen ihres Mannes nahe daran waren, feucht zu werden, stürzte ihm verzweifelt zu Füßen und hob flehende Hände zu ihm auf. »Liebster«, rief sie, »höre für eine Weile mit deinen Forschungen auf, laß uns das notwendige Geld sparen, dessen du bedarfst, um sie später wieder aufzunehmen, wenn du nicht darauf verzichten kannst, dein Werk fortzusetzen. Oh, ich maße mir kein Urteil darüber an, ich blase deine Schmelzöfen an, wenn du es willst; aber überantworte unsere Kinder nicht der Not; du kannst sie nicht mehr liebhaben, die Wissenschaft hat dein Herz verzehrt, vermache ihnen nicht ein unglückseliges Leben anstelle des Glücks, das du ihnen schuldetest. Das Muttergefühl ist allzu oft in meinem Herzen das schwächste gewesen; ja, ich habe oftmals gewünscht, nicht Mutter zu sein, um mich noch inniger mit meiner Seele, die dein Leben ist, zu vereinen! Deswegen muß ich zur Beschwichtigung meiner Gewissensbisse dir gegenüber die Sache deiner Kinder vor der meinen vertreten.«

Ihr Haar hatte sich gelöst und flutete auf ihre Schultern nieder, ihre Augen schossen tausend Empfindungen wie ebensoviele Pfeile; sie triumphierte über ihre Rivalin. Balthazar hob sie auf, trug sie auf das Sofa und setzte sich ihr zu Füßen.

»Ich habe dir Kummer gemacht«, sagte er zu ihr mit dem Stimmklang eines Mannes, der aus einem qualvollen Traum erwacht.

»Armer Claes, du wirst uns noch mehr Kummer machen, ob du willst oder nicht«, sagte sie und fuhr ihm mit der Hand durchs Haar. »Komm, setz dich zu mir«, sagte sie und deutete auf seinen Platz auf dem Sofa. »Sieh, nun du wieder zu uns kommst, habe ich alles vergessen. Glaub mir, Liebster, wir bringen alles wieder ins rechte Gleis, aber du rückst nie wieder von deiner Frau ab, nicht wahr? Sag doch ja! Laß mich, mein großer, schöner Claes, auf dein edles Herz den weiblichen Einfluß ausüben, der für das Glück der unglücklichen Kinder, der leidenden großen Männer so unentbehrlich ist! Du kannst grob mit mir umspringen, du kannst mich zerbrechen, wenn du willst, aber du mußt mir erlauben, dir zu deinem Besten ein wenig entgegenzutreten. Die Macht, die du mir einräumst, werde ich niemals mißbrauchen. Sei berühmt, aber sei auch glücklich. Ziehe uns nicht die Chemie vor. Höre, wir wollen auch sehr entgegenkommend sein, wir wollen der Wissenschaft erlauben, mit uns gemeinsam dein Herz zu teilen; aber sei dabei gerecht, gib uns unsere Hälfte! Sag, ist meine Uneigennützigkeit nicht erhaben?«

Sie hatte Balthazar zum Lächeln gebracht. Mit jener wunderbaren Kunst, die den Frauen eigen ist, hatte sie die höchste Frage in den Bereich des Scherzes hinübergeleitet, in dem die Frauen die Herrinnen sind. Allein, obwohl sie zu lachen schien, hatte ihr Herz sich so heftig zusammengekrampft, daß es ihm schwer fiel, seine gleichmäßige, sanfte Bewegung wiederzufinden; doch als sie in Balthazars Augen aufs neue den Ausdruck erstehen sah, der sie entzückte, der ihr eigenster Ruhmestitel war und der ihr die volle Auswirkung ihrer alten Macht offenbarte, die sie schon verloren glaubte, sagte sie lächelnd zu ihm: »Glaub mir, Balthazar, die Natur hat uns dazu erschaffen, daß wir fühlen, und obwohl du willst, daß wir elektrische Maschinen seien, werden deine Gase und deine ätherischen Materien niemals die Gabe erklären, die wir besitzen, um einen flüchtigen Blick in die Zukunft zu werfen.«

»Doch«, entgegnete er, »durch die Affinitäten. Die Kraft der Vision, die den Dichter ausmacht, und die Kraft der Deduktion, die den Gelehrten ausmacht, gründen sich auf unsichtbare, unberührbare und unwägbare Affinitäten, die die Allgemeinheit in die Klasse der geistigen Phänomene einzugliedern pflegt, die indessen physische Effekte sind. Der Prophet sieht und deduziert. Unglücklicherweise sind dergleichen Affinitäten sehr selten und zu wenig wahrnehmbar, als daß sie der Analyse oder der Beobachtung unterzogen werden könnten.«

»Dies hier«, sagte sie und nahm ihm einen Kuß, um die Chemie zu vertreiben, die sie auf so unheilvolle Weise wieder erweckt hatte, »wäre also eine Affinität?«

»Nein, es ist eine Verbindung: zwei Substanzen mit dem gleichen ›Zeichen‹ bringen keine Affinität hervor . . .«

»Ach, schweig doch«, sagte sie, »sonst bringst du mich noch

um vor Schmerz. Ja, Liebster, ich könnte es nicht ertragen, daß meine Rivalin sogar in den Überschwängen deiner Liebe erscheint.«

»Aber liebstes Leben, ich denke doch nur an dich, meine Arbeiten sind der Ruhm meiner Familie, und du bist der Untergrund aller meiner Hoffnungen.«

»Wirklich? Dann sieh mich an!«

Diese Szene hatte sie schön wie eine junge Frau gemacht, und von ihrer ganzen Gestalt sah ihr Mann einzig ihren Kopf über einer Wolke von Musselin und Spitzen.

»Ja, ich habe sehr unrecht gehandelt, dich um der Wissenschaft willen zu vernachlässigen. Wenn ich jetzt wieder in meine Grübeleien zurückfallen sollte, ja, Pépita, dann mußt du mich herausreißen, ich will es.«

Sie schlug die Augen nieder und ließ ihn ihre Hand nehmen, die das Schönste an ihr war, eine zugleich kräftige und zarte Hand.

»Aber ich will noch mehr«, sagte sie.

»Du bist so bezaubernd schön, daß du alles durchsetzen kannst.«

»Ich will dein Laboratorium zerstören und deine Wissenschaft in Ketten legen«, sagte sie, und ihre Augen sprühten Funken.

»Gut denn, zum Teufel mit der Chemie.«

»Dieser Augenblick löscht alle meine Schmerzen aus«, entgegnete sie. »Jetzt laß mich leiden, wenn du willst.«

Als Balthazar diese Worte vernahm, übermannten ihn die Tränen.

»Du hast ja recht, ich sah euch nur durch einen Schleier und hörte euch nicht mehr.«

»Wenn es sich bloß um mich gehandelt hätte«, sagte sie, »dann würde ich auch weiterhin schweigend gelitten haben, ohne angesichts meines Beherrschers meine Stimme zu erheben; aber deine Söhne bedürfen der Rücksichtnahme, Claes. Ich versichere dir, wenn du fortgefahren hättest, auf diese Weise dein Vermögen zu vergeuden, so glorreich dein Ziel auch sein möge, die Welt würde es dir nicht verzeihen, und ihr Tadel würde auf die Deinen zurückfallen. Müßte es dir, einem Mann von so großem

Weitblick, nicht genügen, daß deine Frau dein Augenmerk auf eine Gefahr hingelenkt hat, die du nicht wahrgenommen hast? Aber laß uns nicht länger von alledem reden«, sagte sie und bedachte ihn mit einem Lächeln und einem Blick voller Koketterie. »Wir wollen heute abend nicht nur halb glücklich sein.«

Am Tag nach dem für das Leben dieses Ehepaares so gewichtigen Abend stieg Balthazar Claes, von dem Joséphine wohl irgendein Versprechen bezüglich der Einstellung seiner Arbeiten erhalten hatte, nicht in sein Laboratorium hinauf und blieb den ganzen Tag über bei ihr. Am folgenden Tag traf die Familie Vorbereitungen zur Übersiedelung in das Landhaus, wo sie etwa zwei Monate lang blieb, und von wo aus sie lediglich in die Stadt zurückkehrte, um sich mit dem Fest zu beschäftigen, durch das Claes wie ehedem seinen Hochzeitstag feiern wollte. Jetzt wurden Balthazar Tag für Tag die Beweise für die Unordnung zuteil, die seine Arbeiten und seine Sorglosigkeit in seine geschäftlichen Angelegenheiten gebracht hatte. Seine Frau war weit davon entfernt, die Wunde durch Vorhaltungen zu erweitern; sie fand stets Linderungsmittel für die eingetretenen Übel. Von den sieben Hausbediensteten, die Claes an dem Tage gehabt, da er zum letztenmal Gäste bei sich empfangen hatte, waren nur noch Lemulquinier, die Köchin Josette und eine alte Zofe namens Martha übriggeblieben, die ihre Herrin nicht verlassen hatte, seit diese aus dem Kloster gekommen war; es war also unmöglich, die Hochmögenden der Stadt mit einer so kleinen Schar von Dienern zu empfangen. Madame Claes hob alle diese Schwierigkeiten dadurch auf, daß sie vorschlug, man solle einen Koch aus Paris kommen lassen, den Sohn des Gärtners im Servieren unterweisen und Pierquins Diener ausleihen. Dann würde niemand etwas von ihrer bedrängten Lage merken. Während der zwanzig Tage, die diese Zurüstungen dauerten, verstand es Madame Claes geschickt, ihren Gatten über dessen Untätigkeit hinwegzutäuschen; bald beauftragte sie ihn damit, seltene Blumen auszusuchen, die die große Treppe, den Verbindungsgang und die Räume schmücken sollten; bald schickte sie ihn nach Dünkirchen, um sich dort ein paar der ungeheuerlichen Fische zu verschaffen, den Stolz der Tafeln im Département du Nord. Ein Fest wie das von Claes gegebene war eine große Angelegenheit, die eine Fülle von Mühen und eine eifrige Korrespondenz mit sich brachte, zumal in einem Land, wo die Gastlichkeit die Ehre der Familien so sehr aufs Spiel setzen kann, daß für den Herrn wie die Dienerschaft ein Abendessen wie ein Sieg ist, den es über die Gäste davonzutragen gilt. Die Austern kamen aus Ostende, die Birkhähne waren in Schottland bestellt worden, das Obst stammte aus Paris; kurzum, das unwichtigste Beiwerk mußte dem ererbten Luxus entsprechen. Übrigens genoß der Ballabend im Haus Claes eine gewisse Berühmtheit. Da Douai damals die Hauptstadt des Départements war, eröffnete jene Abendgesellschaft gewissermaßen die Wintersaison und bestimmte den Ton für alle in der Gegend veranstalteten. Daher war Balthazar fünfzehn Jahre lang bemüht gewesen, sich auszuzeichnen, und das war ihm so gut gelungen, daß jedesmal auf zwanzig Meilen in der Runde darüber gesprochen worden war, über die Toiletten, die Gäste, die geringsten Einzelheiten, die Neuheiten, die man gesehen hatte, oder die Geschehnisse, die sich dabei zugetragen hatten. Somit hinderten diese Vorbereitungen Claes daran, an die Forschungen nach dem Urelement, dem Stein der Weisen, zu denken. Nun der Gelehrte sich wieder dem Gedanken an seinen Haushalt und das gesellschaftliche Leben zugewandt, hatte er sein Selbstbewußtsein als Mann, als Flame und Hausherr wiedergewonnen; es machte ihm Freude, die ganze Gegend in Erstaunen zu versetzen. Er wollte dieser Abendgesellschaft durch etwas Neues und Erlesenes einen besonderen Charakter leihen, und unter allen Eingebungen des Luxus wählte er die hübscheste, die üppigste und vergänglichste; er gestaltete nämlich sein Haus zu einem Hain seltener Pflanzen um und bereitete Blumensträuße für die Damen vor. Die übrigen Einzelheiten des Festes entsprachen diesem unerhörten Luxus; nichts schien seine Wirkung verfehlen zu sollen. Aber das neunundzwanzigste Bulletin[54] und die Sondernachrichten über die Katastrophe, die die große Armee in Rußland und an der Beresina erlitten hatte, waren im Lauf des Nachmittags bekannt geworden. Eine tiefe, echte Trauer bemächtigte sich der Douaisier; aus einem patriotischen Gefühl heraus lehnten sie es einstimmig ab, zu tanzen. Unter den Briefen, die aus Polen nach Douai gelangten, war einer an Balthazar gerichtet. Monsieur de

Wierzchownia, der jetzt in Dresden war, wo er, wie er schrieb, an einer Wunde, die er in seinem letzten Gefecht erhalten hatte, auf den Tod lag, hatte seinem Gastgeber mehrere Ideen hinterlassen wollen, die ihm seit ihrer beider Begegnung über den Urstoff gekommen waren. Jener Brief tauchte Claes in tiefe Nachdenklichkeit, die seinem Patriotismus Ehre machte; aber seine Frau ließ sich dadurch nicht täuschen. Für sie brachte dieses Fest eine zweifache Trauer mit sich. Der Abend, an dem das Haus Claes seinen letzten Glanz ausstrahlte, hatte etwas Düsteres und Beklommenes ungeachtet all der Pracht, all der Seltenheiten, die sechs Generationen angehäuft hatten, deren jede ihre Manie gehabt hatte; die Douaisier hatten das alles zum letztenmal bewundert.

Die Königin dieses Tages war Marguerite; sie war damals sechzehn Jahre alt, und die Eltern führten sie in die Gesellschaft ein. Sie zog alle Blicke durch eine äußerste Schlichtheit auf sich, durch ihr aufrichtiges Wesen und ihre Züge, die mit der Wohnung im Einklang standen. Sie war so recht das junge flämische Mädchen, wie die Maler des Landes es dargestellt haben: ein völlig runder, vollwangiger Kopf; kastanienbraunes, über der Stirn glatt anliegendes, gescheiteltes Haar; graue, grün gesprenkelte Augen, schöne Arme, eine Üppigkeit, die ihrer Schönheit keinen Abbruch tat, eine schüchterne Miene, aber auf der hohen, flachen Stirn eine Festigkeit, die sich unter dem Anschein von Ruhe und Sanftmut verbarg. Ohne traurig oder schwermütig zu sein, schien sie über wenig Heiterkeit zu verfügen. Überlegung, Ordnung und Pflichtgefühl, die drei Hauptausdrucksformen des flämischen Charakters, belebten ihr auf den ersten Blick kaltes Gesicht, auf das jedoch das Auge gleich wieder durch eine gewisse Anmut der Konturen und einen ruhigen Stolz hingelenkt wurde, der ein häusliches Glück verbürgte. Durch eine Absonderlichkeit, die die Physiologen noch nicht erklärt haben, hatte sie keinen der Züge ihrer Mutter oder ihres Vaters, sondern stellte das lebendige Abbild ihrer Großmutter mütterlicherseits dar, einer Conyncks aus Brügge, deren als eine Kostbarkeit aufbewahrtes Bildnis diese Ähnlichkeit bestätigte.

Das Nachtessen brachte einiges Leben in das Fest. Zwar hatte die Katastrophe, die die Armee erlitten, die Lustbarkeit des

Tanzens verboten, aber jeder war der Meinung, daß sie die Tafelfreuden nicht aufheben dürfe. Die Patrioten zogen sich bald zurück. Die Gleichgültigen blieben da, zusammen mit ein paar Spielern und mehreren von Claes' Freunden; allein unmerklich glitt dieses so strahlend erhellte Haus, in dem sich alle Hochmögenden von Douai gedrängt hatten, ins Schweigen hinüber; und gegen ein Uhr morgens war der Verbindungsgang leer, und die Lichter verloschen von Zimmer zu Zimmer. Schließlich wurde der Binnenhof, der eine Weile so von Lärm und Glanz erfüllt gewesen war, wieder dunkel und düster; das war ein prophetisches Sinnbild der Zukunft, die der Familie wartete. Als die Claes' in ihre Wohnräume zurückgekehrt waren, ließ Balthazar seine Frau den Brief des Polen lesen; sie gab ihn ihm mit einer traurigen Geste zurück; sie ahnte das Künftige.

Tatsächlich tarnte Balthazar von jenem Tage an nur schlecht den Kummer und die Langeweile, die ihn bedrängten. Morgens, nach dem gemeinsamen Frühstück, spielte er ein Weilchen im Wohnzimmer mit seinem Sohn Jean und plauderte mit seinen beiden Töchtern, die sich mit Nähen, Sticken und Spitzenklöppeln beschäftigten; aber er wurde dieser Spiele, dieses Geplauders bald müde; er schien sich alledem zu unterziehen wie einer Pflicht. Wenn seine Frau sich angekleidet hatte und nach unten kam, fand sie ihn stets in der Bergère sitzen und Marguerite und Félicie zuschauen, ohne ob des Klapperns der Klöppel ungeduldig zu werden. Kam die Zeitung, so las er sie langsam, wie ein Kaufmann, der sich zur Ruhe gesetzt hat und nicht weiß, wie er die Zeit totschlagen soll. Dann stand er auf, schaute sich durch die Fensterscheiben den Himmel an, setzte sich wieder und stocherte geistesabwesend im Kaminfeuer herum, wie ein Mann, dem die Tyrannei der Gedanken das Bewußtsein seiner Bewegungen genommen hat. Madame Claes bedauerte inständig ihren Mangel an Bildung und Gedächtnis. Es fiel ihr schwer, längere Zeit hindurch ein interessantes Gespräch fortzuspinnen; übrigens ist das vielleicht schwierig zwischen zwei Menschenwesen, die einander alles gesagt haben und genötigt sind, Gegenstände der Zerstreuung außerhalb des Lebens ihrer Herzen oder des materiellen Lebens zu suchen. Das Leben des Herzens hat seine Augenblicke und will Entgegnungen; die Einzelheiten des materiellen Lebens vermögen überlegene Geister, die es gewohnt sind, sich schnell zu entscheiden, nicht lange zu beschäftigen; und die Gesellschaft ist für liebende Seelen unerträglich. Zwei einzelgängerische Menschen, die einander gänzlich kennen, müssen also ihre Zerstreuungen in den höchsten Regionen des Denkens suchen, weil es unmöglich ist, etwas Kleines dem entgegenzustellen, was riesengroß ist. Ferner ist ein Mann, der sich daran gewöhnt hat, mit großen Dingen umzugehen, schwer zu erheitern; er hat sich in der Tiefe seines Herzens nicht die Harmlosigkeit bewahrt, das Sichgehenlassen, das Leute von Genie auf so liebenswerte Weise kindlich macht; aber ist diese Kindlichkeit des Herzens nicht ein sehr seltenes menschliches Phänomen bei denen, deren Mission es ist, alles zu sehen, alles zu wissen, alles zu verstehen?

Während der ersten Monate zog Madame Claes sich aus dieser kritischen Situation durch unerhörte Bemühungen, die die Liebe oder die Notwendigkeit ihr eingab. Bald wollte sie Tricktrack lernen, das sie nie hatte spielen können, und durch ein ziemlich begreifliches Wunder lernte sie es schließlich. Bald ließ sie Balthazar an der Erziehung ihrer Töchter Anteil nehmen, indem sie ihn bat, deren Lektüre zu leiten. Solcherlei Hilfsmittel waren bald erschöpft. Es kam ein Augenblick, da Joséphine Balthazar gegenüberstand wie Madame de Maintenon Ludwig XIV.; nur standen ihr zur Ablenkung des schläfrigen Hausherren weder der Pomp der Macht noch die Ränke eines Hofs zur Verfügung, der Komödien zu spielen wußte wie die der Gesandtschaft des Königs von Siam oder des Schahs von Persien. Der Monarch hatte, nachdem er Frankreich verausgabt, zu den Kniffen der noch unter väterlicher Gewalt stehenden Söhne greifen müssen, um sich Geld zu verschaffen; er war nicht mehr jung und hatte keinen Erfolg mehr, und so verspürte er eine furchtbare Ohnmacht inmitten aller Größe; die königliche Kinderwärterin, die sich darauf verstanden hatte, die Kinder in den Schlaf zu wiegen, verstand es nicht immer, das gleiche mit dem Vater zu tun, der darunter litt, daß er mit den Dingen, den Menschen, dem Leben und Gott Mißbrauch getrieben hatte. Claes jedoch litt unter einem Zuviel an Macht. Er war besessen von einem Gedanken, der ihn würgte; er träumte von der Pracht der Wissenschaft, von Schätzen für die Menschheit und dem eigenen Ruhm. Er litt, wie ein Künstler leidet, wenn er in den Klauen der Not ist, wie der an die Tempelsäulen gefesselte Simson. Die Wirkung war bei diesen beiden Herrschern die nämliche, obwohl der Herrscher im Geist von seiner Stärke bedrängt wurde, und der andere von seiner Schwäche. Was konnte Pépita, die ganz allein dastand, gegen dieses Heimweh nach der Wissenschaft ausrichten? Nachdem sie die Mittel erschöpft hatte, die die Betätigungen innerhalb der Familie ihr darboten, rief sie Welt und Gesellschaft zu Hilfe und gab wöchentlich zwei »Kaffees«. In Douai ersetzen die »Kaffees« die »Tees«. Ein Kaffee ist eine Geselligkeit, bei der die Gäste während des ganzen Abends erlesene Weine und Liköre trinken, von denen die Keller dieses gesegneten Landes strotzen, Leckerbissen verspeisen und schwarzen Kaffee oder Sahneeiskaffee trinken; währenddessen singen die Frauen Romanzen, reden hin und her über ihre Kleider oder erzählen einander die großen Nichtigkeiten der Stadt. Es ist stets wie auf den Gemälden von Mieris oder Terborgh, bis auf die roten Federn an den grauen, spitzen Hüten, bis auf die Lauten und die schönen Gewänder des sechzehnten Jahrhunderts. Aber die Anstrengungen, die Balthazar unternahm, um seine Rolle als Hausherr gut zu spielen, seine erzwungene Liebenswürdigkeit, das Feuerwerk seines Geistes, all das zeugte von der Tiefe seines Leidens durch die Müdigkeit, der man ihn am Tag darauf anheimfallen sah.

Diese ständigen Festlichkeiten, schwache Linderungsmittel, bestätigten die Schwere der Krankheit. Die Zweige, auf die Balthazar stieß, als er in seinen Abgrund rollte, verzögerten zwar seinen Sturz, machten diesen aber nur desto wuchtiger. Zwar sprach er nie über seine früheren Betätigungen, zwar äußerte er kein Bedauern, wenn er die Unmöglichkeit spürte, mit seinen Experimenten von neuem zu beginnen, denn in diese Lage hatte er sich versetzt; aber seine Bewegungen waren trübselig, seine Stimme klang matt, er war niedergeschlagen wie ein Genesender. Sein heimlicher Kummer bekundete sich zuweilen sogar in der Art, wie er die Feuerzange ergriff, um gedankenlos im Kamin eine absonderliche Pyramide aus Steinkohlenstücken aufzubauen. Wenn er dann bis zum Abend durchgehalten hatte, empfand er sichtlich eine Befriedigung; der Schlaf befreite ihn wohl von einem lästigen Gedanken; doch dann stand er am andern Morgen bekümmert auf, weil er einem Tag entgegensah, den er hinter sich bringen mußte, und er schien die Zeit zu messen, die es hinzubringen galt, wie ein ermüdeter Wanderer eine Wüste betrachtet, die er zu durchqueren hat. Madame Claes wußte um die Ursache dieser Mattigkeit, aber sie zwang sich, darüber hinwegzusehen, wie groß die Verheerungen waren, die sie angerichtet hatte. Sie war tapfer gegenüber den Leiden des Geistes, aber schwach gegenüber den edlen Regungen des Herzens. Sie wagte nicht, Balthazar zu fragen, wenn er mit der Miene eines, den ein Hintergedanke beschäftigt, den Bemerkungen seiner beiden Töchter oder dem Lachen Jeans zuhörte; aber sie erbebte, wenn sie ihn dabei betrachtete, wie er seine Melancholie abschüttelte und aus einem großherzigen Gefühl heraus versuchte, heiter zu wirken, um niemanden traurig zu stimmen. Die Nekkereien des Vaters mit seinen beiden Töchtern oder seine Spiele mit Jean ließen Joséphines Augen feucht werden, und sie ging hinaus, um die Rührung zu verbergen, die ihr ein Heroismus verursachte, dessen Preis den Frauen wohlbekannt ist und der ihnen das Herz bricht; dann drängte es Madame Claes, zu sagen: »Bring mich um und tu, was du willst!« Unmerklich büßten Balthazars Augen ihren hellen Glanz ein und nahmen die glasgrüne Tönung an, die den Blick der Greise zu etwas so Traurigem macht. Seine Freundlichkeiten gegenüber seiner Frau, seine Redeweisen, alles erlitt eine gewisse Schwere. Diese Symptome, die gegen Ende April ernster geworden waren, erschreckten Madame Claes; dies alles wurde für sie zu einem unerträglichen Anblick; sie hatte sich bereits tausend Vorwürfe gemacht und dabei die flämische Treue bewundert, mit der ihr Mann sein Wort hielt. Eines Tages, als Balthazar sie bedrückter dünkte, als er es je zuvor gewesen war, zögerte sie nicht länger, alles zu opfern, nur um ihn dem Leben zurückzugeben.

»Liebster«, sagte sie zu ihm, »ich entbinde dich deiner Schwüre.«

Balthazar blickte sie verwundert an.

»Du denkst doch immerfort an deine Experimente, nicht wahr?« fuhr sie fort.

Er antwortete durch eine Geste von erschreckender Lebhaftigkeit. Madame Claes lag nichts ferner, als ihm Gegenvorstellungen zu machen; sie hatte in aller Muße den Abgrund ausloten können, in den sie beide hineinrollen würden; sie nahm seine Hand und drückte sie ihm lächelnd: »Danke, Lieber, ich bin meiner Macht sicher«, sagte sie, »du hast mir mehr als dein Leben geopfert. Jetzt ist das Opfern an mir! Zwar habe ich bereits einige meiner Diamanten verkauft, aber es sind noch genug davon übrig, zumal wenn ich die meines Bruders hinzufüge, um dir das für deine Arbeit erforderliche Geld zu verschaffen. Ich hatte diesen Schmuck unsern beiden Töchtern zugedacht, aber wird dein Ruhm ihnen nicht einen Schmuck verschaffen, der stärker funkelt? Und wirst du ihnen überdies nicht eines Tages schönere Diamanten zurückerstatten?«

Die Freude, die plötzlich das Gesicht ihres Mannes erhellte, trieb Joséphines Verzweiflung auf den Gipfel; voller Schmerz erkannte sie, daß die Leidenschaft dieses Mannes stärker sei als er selber. Claes besaß soviel Vertrauen zu seinem Werk, daß er ohne zu zittern einen Weg fortsetzte, der, wie seine Frau meinte, in den Abgrund führte. Er hatte den Glauben, sie den Zweifel, sie trug die schwerere Bürde; leidet die Frau nicht stets für zwei? In diesem Augenblick nun aber gefiel sie sich darin, an den Erfolg zu glauben, da sie sich sich selbst gegenüber für die wahrscheinliche Vergeudung von ihrer beider Vermögen rechtfertigen wollte.

»Die Liebe meines ganzen Lebens würde nicht ausreichen, dir deinen Opferwillen zu vergelten, Pépita«, sagte Claes gerührt.

Kaum hatte er zu Ende gesprochen, als Marguerite und Félicie hereinkamen, um den Eltern einen guten Morgen zu wünschen. Madame Claes schlug die Augen nieder und blieb eine kurze Weile wortlos vor ihren Kindern stehen, deren Vermögen soeben um einer Chimäre willen vertan worden war; ihr Mann jedoch nahm die beiden auf die Knie und plauderte heiter mit ihnen, glücklich, die Freude ausströmen zu können, die ihn bedrängte. Fortan lebte Madame Claes das glühende Leben ihres Mannes mit. Die Zukunft ihrer Kinder, die Rücksichtnahme auf deren Vater waren für sie zwei ebenso mächtige Triebkräfte wie für Claes der Ruhm und die Wissenschaft. So hatte denn diese unglückliche Frau keine ruhige Stunde mehr, als sämtliche Diamanten der Familie durch die Vermittlung ihres Beichtvaters, des Abbé de Solis, in Paris verkauft worden waren, und als die Fabrikanten chemischer Produkte mit ihren Sendungen wieder begonnen hatten. Unaufhörlich aufgepeitscht vom Dämon der Wissenschaft und von der Forschungswut, die ihren Mann verzehrte, lebte sie in ständiger Erwartung und blieb wie eine Tote tagelang in ihrer Bergère sitzen, wie festgenagelt von der Heftigkeit ihres Verlangens, das, da es nicht wie das Balthazars seine Nahrung in den Arbeiten im Laboratorium fand, ihre Seele quälte, da es sich auf ihre Zweifel und ihre Befürchtungen auswirkte. Manchmal machte sie sich Vorwürfe über ihre Nachgiebigkeit gegenüber einer Leidenschaft, deren Ziel unmöglich war und die Monsieur de Solis verdammte; dann stand sie auf, trat an das Fenster des Binnenhofs und schaute entsetzt zum Schornstein des Laboratoriums hinüber. Wenn ihm Rauch entstieg, betrachtete sie ihn verzweifelt, und die widersprüchlichsten Gedanken durchtobten ihr Herz und Hirn. Sie sah das Vermögen ihrer Kinder in Rauch aufgehen, aber dadurch wurde das Leben von deren Vater gerettet; war es nicht ihre erste Pflicht, ihn glücklich zu machen? Dieser letzte Gedanke beruhigte sie für eine Weile. Sie hatte es durchgesetzt, das Laboratorium betreten und darin verweilen zu dürfen; doch bald mußte sie auf diese traurige Genugtuung verzichten. Es schuf ihr dort zu heftige Schmerzen, zu sehen, wie Balthazar sich überhaupt nicht um sie kümmerte und oftmals sogar durch ihre Gegenwart gestört schien; sie erlitt dort eifersüchtige Anfälle von Ungeduld, sie verspürte grausame Lust, das Haus in die Luft zu sprengen; sie starb dort tausend Tode durch unerhörte Leiden. Lemulquinier war jetzt für sie zu einer Art Barometer geworden; hörte sie ihn vor sich hin pfeifen, wenn er kam und ging und das Mittagsmahl oder das Abendessen auftrug, dann erkannte sie daraus, daß die Experimente ihres Mannes glückten und daß er die Hoffnung auf baldiges Gelingen hegte; war Lemulquinier dagegen mürrisch und düster, so warf sie ihm einen schmerzlichen Blick zu. Dann nämlich war Balthazar unzufrieden. Herrin und Diener waren schließlich zu gegenseitigem Verstehen gelangt, trotz des Stolzes der einen und der unwirschen Unterwürfigkeit des andern. Diese Frau, die schwach und wehrlos gegenüber den schrecklichen Ermattungen des Denkens war, ging zugrunde durch den ständigen Wechsel zwischen Hoffnung und Verzweiflung, der für sie die Besorgnisse der liebenden Frau und die Ängste der um ihre Familie zitternden Mutter noch lastender machte. Das trostlose Schweigen, das ihr früher das Herz durchkältet hatte, das strömte sie jetzt selber aus, ohne die düstere Stimmung, die im Haus herrschte, und das Hinfließen ganzer Tage ohne ein Lächeln und oftmals ohne ein Wort in diesem Wohnzimmer wahrzunehmen. Mit trauriger mütterlicher Voraussicht gewöhnte sie ihre beiden Töchter an Arbeiten im Haushalt und versuchte, ihnen Fertigkeiten für irgendeinen weiblichen Beruf beizubringen, damit sie leben könnten, falls sie dem Elend verfielen. Die in diesem Hausinneren herrschende Ruhe überdeckte also furchtbare Aufregungen. Gegen Sommersende hatte Balthazar das Geld für die durch die Mittlerschaft des Abbés de Solis in Paris verkauften Diamanten vertan und sich mit etwa zwanzigtausend Francs Schulden bei Protez und Chiffreville belastet.

Im August 1813, ungefähr ein Jahr nach der Szene, mit der diese Geschichte beginnt, hatte Claes zwar ein paar schöne Versuche gemacht, die er unglücklicherweise nicht beachtete, aber seine Bemühungen um den Hauptgegenstand seiner Forschungen waren ergebnislos geblieben. An dem Tag, da er die Reihe seiner Arbeiten vollendet hatte, zermalmte ihn das Bewußtsein seiner Ohnmacht; die Gewißheit, beträchtliche Summen fruchtlos vergeudet zu haben, brachte ihn zur Verzweiflung. Es war eine grausige Katastrophe. Er verließ seinen Speicherraum, stieg langsamen Schrittes ins Wohnzimmer hinab, warf sich inmitten seiner Kinder in eine Bergère und blieb dort einige Zeit sitzen wie tot, ohne auf die Fragen zu antworten, mit denen seine Frau ihn bedrängte; Tränen überwältigten ihn, er lief in sein Zimmer, um keine Zeugen seines Schmerzes zu haben; Joséphine folgte ihm dorthinein und geleitete ihn in ihr Schlafzimmer; dort war Balthazar allein mit ihr und ließ seinen Tränen freien Lauf. Diesen Mannestränen, diesen Worten eines entmutigten Künstlers, diesen Reuebezeigungen des Familienvaters wohnte etwas Schreckliches, Zärtliches und Wahnwitziges inne, das Madame Claes weit mehr schmerzte als alle ihre früheren Leiden. Das Opfer tröstete den Henker. Als Balthazar in einem grausigen Ton des Überzeugtseins sagte: »Ich bin ein elender Geselle, ich verspiele das Leben meiner Kinder und das deinige, und damit ihr glücklich bleiben könnt, muß ich mich umbringen!«, da traf diese Äußerung sie ins Herz, und da ihre Kenntnis vom Charakter ihres Mannes sie fürchten ließ, daß er sogleich dieses Gelübde der Verzweiflung erfülle, empfand sie eine der Umwälzungen, die das Leben in seiner Quelle trüben; sie wirkte sich um so verhängnisvoller aus, als Pépita deren heftige Auswirkungen in sich beschloß und eine erlogene Ruhe zur Schau trug.

»Mein Freund«, antwortete sie, »ich habe nicht Pierquin um Rat gefragt; seine Freundschaft ist nicht so groß, als daß er nicht ein geheimes Vergnügen verspürte, uns zugrundegerichtet zu sehen, sondern einen alten Mann, und der hat sich mir gegenüber gütig bezeigt wie ein Vater. Der Abbé de Solis, mein Beichtvater, hat mir einen Rat gegeben, der uns vor dem Untergang bewahrt. Er hat sich deine Bilder angesehen. Der Erlös für die, die sich in dem Verbindungsgang befinden, kann dazu dienen, alle Hypotheken auf deinen Besitztümern auszuzahlen, und auch das, was du der Firma Protez und Chiffreville schuldest; denn bei denen hast du doch sicherlich noch eine Rechnung zu begleichen?«

Claes senkte bestätigend den Kopf; sein Haar war weiß geworden.

»Monsieur de Solis kennt die Inhaber des Bankhauses Happe und Duncker in Amsterdam; sie sind versessen auf Bilder und begierig wie Emporkömmlinge darauf bedacht, einen Prunk zu entfalten, wie er nur alten Familien gestattet ist; sie werden unsere Bilder dem vollen Wert entsprechend bezahlen. Auf diese Weise gelangen wir wieder zu unsern Einkünften, und du kannst von dem Erlös, der sich auf an die hunderttausend Dukaten belaufen wird, einen Teil nehmen, um deine Versuche fortzusetzen. Deine beiden Töchter und ich werden uns mit wenigem begnügen. Mit der Zeit und durch Sparsamkeit werden wir die leeren Rahmen durch andere Gemälde füllen, und du kannst im Glück leben!«

In einer mit Furcht gemischten Freude hob Balthazar den Kopf zu seiner Frau auf. Die Rollen waren vertauscht. Die Gattin war zur Schützerin des Gatten geworden. Dieser zärtliche Mann, dessen Herz so eng mit dem seiner Joséphine zusammenhing, hielt sie in den Armen und merkte nichts von dem furchtbaren Krampf, der sie schüttelte, der ihr Haar durchwogte und ihre Lippen nervös zittern ließ.

»Ich habe dir nicht zu sagen gewagt, daß zwischen mir und dem Urelement, dem Absoluten, kaum noch ein haarbreiter Abstand besteht. Zur Vergasung der Metalle muß ich nur noch Mittel und Wege finden, sie ungeheurer Hitze in einem Raum auszusetzen, in dem der Druck der Atmosphäre gleich Null ist, mithin in einem absolut luftleeren Raum.«

Madame Claes konnte den Egoismus dieser Antwort nicht ertragen. Sie hatte leidenschaftlichen Dank für ihre Opfer erwartet, und erhielt stattdessen ein Problem der Chemie. Jäh riß sie sich von ihrem Mann los, ging ins Wohnzimmer hinunter, sank dort zwischen ihren beiden erschrockenen Töchtern in ihre Bergère und zerschmolz in Tränen; Marguerite und Félicie nahmen jede eine ihrer Hände, knieten an beiden Seiten der Bergère nieder und weinten gleich ihr, ohne die Ursache ihres Kummers zu kennen, und fragten mehrmals: »Was ist dir denn, liebe Mutter?«

»Ihr armen Kinder! Ich muß sterben, ich fühle es.«

Diese Antwort ließ Marguerite erschauern; zum erstenmal hatte sie im Antlitz der Mutter die Spuren jener besonderen Blässe wahrgenommen, die Menschen von bräunlicher Gesichtsfarbe eigen ist.

»Martha, Martha!« rief Félicie, »kommen Sie her, Mama braucht Sie!«

Die alte Duenna kam aus der Küche herbeigelaufen, und als sie das grüne Weiß auf diesem leicht gebräunten und sonst so kräftig gefärbten Gesicht sah, rief sie auf Spanisch: »Bei Christi Leib, Madame liegt im Sterben!«

Sie hastete hinaus, sagte zu Josette, sie solle Wasser für ein Fußbad heiß machen, und kam dann wieder zu ihrer Herrin.

»Erschrecken Sie Monsieur nicht, sagen Sie ihm kein Wort, Martha«, rief Madame Claes. »Ihr armen, lieben Mädchen«, fügte sie hinzu und drückte mit einer verzweifelten Bewegung Marguerite und Félicie an ihr Herz, »ich möchte nur noch so lange leben, daß ich euch glücklich und verheiratet sähe. Martha«, fuhr sie fort, »sagen Sie zu Lemulquinier, er solle zu Monsieur de Solis gehen und ihn in meinem Namen bitten, hier vorzusprechen.«

Es konnte nicht anders sein, als daß dieser Donnerschlag sich bis in die Küche hinein auswirkte. Josette und Martha, die beide Madame Claes und deren Töchtern treu ergeben waren, wurden in der einzigen liebenden Zuneigung getroffen, die sie hegten. Die schrecklichen Worte: »Madame liegt im Sterben, sicher hat Monsieur sie umgebracht! Mach schnell ein Senffußbad!« hatten Josette mehrere Zwischenrufe entlockt, die an Lemulquinier gerichtet waren. Lemulquinier saß kalt und fühllos am Tisch und aß, und zwar an einem der Fenster, durch die das Licht vom Hof aus in die Küche fiel; dort war alles sauber wie im Boudoir einer Zierpuppe.

»So hat es ja kommen müssen«, sagte Josette und sah zu dem Diener hin, während sie auf einen Hocker stieg, um von einem Wandbrett einen Kessel herunterzunehmen, der wie Gold funkelte. »Keine Mutter kann kaltblütig mitansehen, wie ein Vater sich damit amüsiert, ein Vermögen wie das von Monsieur zu verplempern, bloß damit blauer Dunst draus wird.«

Josette, deren mit einer runden Rüschenhaube bedeckter Kopf dem eines deutschen Nußknackers ähnelte, warf Lemulquinier einen gehässigen Blick zu, den die grüne Färbung ihrer kleinen, rotumränderten Augen beinahe giftig machte. Der alte Kammerdiener zuckte mit einer Bewegung die Achseln, die eines ungeduldigen Mirabeau würdig gewesen wäre, dann stopfte er eine mit den Appetit anreizenden Kräutern bestreute Butterschnitte in seinen großen Mund.

»Anstatt Monsieur zu schuriegeln, hätte Madame ihm lieber Geld geben sollen, dann würden wir bald so reich sein, daß wir im Golde schwämmen! Es fehlt nur noch die Dicke eines Liard[55], dann haben wir . . .«

»Na, Sie haben doch zwanzigtausend Francs angelegtes Geld, warum bieten Sie die nicht Monsieur an? Er ist doch Ihr Herr! Und da Sie seines Tuns und Treibens so sicher sind . . .«

»Davon verstehen Sie nichts, Josette, machen Sie lieber Ihr Wasser warm«, fiel der Flame der Köchin ins Wort.

»Ich verstehe genug davon, um zu wissen, daß es hier mal für zehntausend Mark Silberzeug gegeben hat, und daß Sie und Ihr Herr es eingeschmolzen haben, und daß, wenn man euch so weitermachen ließe, ihr aus fünf Sous sechs Weißpfennige[56] machtet, so daß bald überhaupt nichts mehr da sein würde.«

»Und Monsieur«, sagte die hinzukommende Martha, »wird Madame umbringen, um eine Frau loszuwerden, die ihn im Zaum hält und ihn daran hindert, alles zu verschwenden. Er ist vom Bösen besessen, das sieht man doch! Das wenigste, was Sie aufs Spiel setzen, wenn Sie ihm helfen, Mulquinier, ist Ihre Seele, sofern Sie überhaupt eine haben, denn Sie sitzen da wie ein Eisblock, während hier alles außer sich vor Verzweiflung ist. Die jungen Damen weinen wie büßende Magdalenen. Machen Sie sich doch auf die Socken und holen Sie den Abbé de Solis.«

»Ich habe für Monsieur zu tun; ich muß das Laboratorium aufräumen«, sagte der Diener. »Das Stadtviertel Esquerchin liegt zu weit ab von hier. Gehen Sie doch selber hin.«

»Nun seh' sich einer diesen Unmenschen an!« sagte Martha. »Wer sollte dann Madame das Fußbad geben? Wollen Sie sie etwa sterben lassen? Sie hat im Kopf einen Blutandrang.«

»Mulquinier«, sagte Marguerite, die aus dem vor der Küche gelegenen Zimmer kam, »auf dem Rückweg von Monsieur de Solis sollen Sie Monsieur Pierquin, den Arzt, bitten, schleunigst herzukommen.«

»Na, jetzt werden Sie ja wohl gehen!« sagte Josette.

»Mademoiselle, Monsieur hat mir gesagt, ich solle sein Laboratorium aufräumen«, antwortete Lemulquinier und wandte sich wieder den beiden Frauen zu, die er mit despotischer Miene ansah.

»Vater«, sagte Marguerite zu Monsieur Claes, der in diesem Augenblick nach unten kam, »könntest du uns nicht Mulquinier überlassen, damit wir ihn in die Stadt schicken?«

Als Martha hörte, wie Monsieur Claes Lemulquinier seiner Tochter zur Verfügung stellte, sagte sie: »Jetzt mußt du dennoch losziehen, du widerlicher Kerl!«

Die geringe Anhänglichkeit des Dieners an die Familie war

der stete Streitgegenstand zwischen jenen beiden Frauen und Lemulquinier, dessen Kälte als Ergebnis gehabt hatte, daß die Zuneigung, die Josette und die Duenna bezeigten, nur desto wärmer wurde. Dieser dem Anschein nach belanglose Zank sollte großen Einfluß auf die Zukunft der Familie haben, als sie später der Hilfe wider das Unglück bedurfte. Balthazar war wieder so zerstreut geworden, daß er den Krankheitszustand, in dem Joséphine sich befand, gar nicht bemerkte. Er nahm Jean auf die Knie und ließ ihn mechanisch reiten; seine Gedanken weilten bei dem Problem, das zu lösen er fortan eine neue Möglichkeit hatte. Er sah zu, wie seiner Frau das Fußbad gebracht wurde; sie hatte nicht die Kraft gehabt, von der Bergère aufzustehen, in die sie gesunken war, und war also im Wohnzimmer geblieben. Er sah sogar zu, wie seine beiden Töchter um die Mutter beschäftigt waren, ohne nach der Ursache ihrer eifrigen Fürsorglichkeit zu forschen. Wenn Marguerite oder Jean etwas sagen wollten, gebot Madame Claes Schweigen und wies sie dabei auf Balthazar hin. Eine solche Szene war vollauf geeignet, Marguerite zu denken zu geben; sie stand zwischen dem Vater und der Mutter und war alt und vernünftig genug, um beider Verhalten würdigen zu können. Es kommt im häuslichen Leben der Familien ein Augenblick, da die Kinder willkürlich oder unwillkürlich zu Richtern ihrer Eltern werden. Madame Claes hatte das Gefährliche dieser Situation erkannt. Aus Liebe zu Balthazar bemühte sie sich, in den Augen Marguerites zu rechtfertigen, was dem Verstand eines sechzehnjährigen Mädchens als ein Unrecht ihres Vaters erscheinen konnte. Daher prägte der tiefe Respekt, den Madame Claes bei dieser Gelegenheit Balthazar gegenüber bezeigte, indem sie sich selber völlig beiseiteschob, um ihn bei seiner Grübelei nicht zu stören, den Kindern eine gewisse Furcht vor der väterlichen Majestät ein. Aber so ansteckend dieses Zurücktreten auch war, es steigerte noch die Bewunderung, die Marguerite für ihre Mutter empfand, mit der sie die Geschehnisse des Alltagslebens ohnehin auf eine ganz besondere Weise verbunden hatten. Dieses Gefühl beruhte auf einer Art Ahnung von Leiden, deren Ursache ein junges Mädchen natürlich beschäftigen mußte. Keine menschliche Macht hätte verhindern können, daß nicht manchmal ein Martha oder

Josette entschlüpftes Wort Marguerite den Ursprung der Lage enthüllt hätte, in der die Familie sich seit vier Jahren befand. Trotz der Verschwiegenheit der Madame Claes entdeckte die Tochter also unmerklich und langsam, Faden für Faden, das geheimnisvolle Gewebe dieser häuslichen Tragödie. Zur gegebenen Zeit mußte Marguerite die tätige Vertraute ihrer Mutter und bei der Enthüllung der furchtbarste aller Richter werden. Daher richteten sich alle Bemühungen der Madame Claes auf Marguerite, und sie versuchte, ihre eigene aufopfernde Anhänglichkeit an Balthazar auch ihr einzuflößen. Die Festigkeit und Vernünftigkeit, denen sie bei ihrer Tochter begegnete, ließen sie erzittern beim Gedanken der Möglichkeit eines Kampfes zwischen Marguerite und Balthazar, wenn die Tochter nach dem Tod der Mutter die Führung des Haushalts übernehmen würde. Die arme Frau war somit dahin gelangt, sich mehr vor den Folgen ihres Todes als vor dem Tod selbst zu fürchten. Ihre Fürsorge für Balthazar entlud sich in dem Entschluß, den sie gerade gefaßt hatte. Dadurch, daß sie die Güter ihres Mannes entschuldete, stellte sie ihm die Unabhängigkeit sicher und kam jeder Auseinandersetzung zuvor, weil sie seine Interessen von denen der Kinder getrennt hatte; sie hoffte, ihn bis zu dem Augenblick, da sie die Augen schließen würde, glücklich zu sehen; ferner rechnete sie damit, das Zartgefühl ihres Herzens auf Marguerite zu übertragen, die dann fortfahren würde, bei ihm die Rolle eines liebenden Engels zu spielen und über die Familie eine schützende und erhaltende Oberaufsicht auszuüben. Hieß das nicht, noch aus der Tiefe ihres Grabes über die, die ihr teuer waren, ihre Liebe leuchten zu lassen? Dennoch hatte sie den Vater in den Augen der Tochter nicht herabsetzen wollen, indem sie sie vor der Zeit in die Ängste einweihte, die Balthazars wissenschaftliche Leidenschaft in ihr entfachte; sie beschäftigte sich eingehend mit Marguerites Seele und Charakter, um sich darüber klar zu werden, ob dieses junge Mädchen von sich aus eine Mutter für ihre Brüder und ihre Schwester, und für ihren Vater eine sanfte, zärtliche Frau werden würde. So wurden die letzten Tage der Madame Claes vergiftet durch Überlegungen und Befürchtungen, die sie niemandem anzuvertrauen wagte. In dem Gefühl, daß diese letzte Szene sie zu Tode getroffen habe, richtete sie ihre

Blicke in die Zukunft, während Balthazar, der in allem, was Sparsamkeit, Vermögen und Sinn für das Hauswesen betraf, ungeschickt war, einzig darauf bedacht war, das Absolute, das Urelement zu finden. Die tiefe, im Wohnzimmer herrschende Stille wurde nur durch die monotone Bewegung unterbrochen, die Balthazar noch immer mit dem Fuß vollführte, ohne zu merken, daß Jean längst von seinem Knie gerutscht war. Marguerite saß neben der Mutter und betrachtete deren bleiches, verzerrtes Gesicht; dann und wann sah sie zu ihrem Vater hinüber und wunderte sich über dessen Fühllosigkeit. Bald hallte die Haustür, als sie ins Schloß fiel, und die Familie erblickte den Abbé de Solis, der sich auf seinen Neffen stützte; beide überquerten langsam den Hof.

»Ach, da kommt Monsieur Emmanuel«, sagte Félicie.

»Der gute Mensch!« sagte Madame Claes, als sie Emmanuel de Solis erblickte, »den wiederzusehen freut mich.«

Marguerite errötete beim Vernehmen dieser Lobesworte, die die Mutter geäußert hatte. Seit zwei Tagen hatte der Anblick dieses jungen Mannes in ihrem Herzen unbekannte Gefühle und in ihrem Gehirn Gedanken geweckt, die bis dahin geschlummert hatten. Während des Besuchs, den der Beichtvater seinem Beichtkind abstattete, hatten einige der unmerklichen Geschehnisse sich vollzogen, die soviel Raum im Leben beanspruchen, und deren Ergebnisse zu etwas so Bedeutsamem gedeihen, daß sie an dieser Stelle gebieterisch die Schilderung der beiden neuen Persönlichkeiten fordern, die jetzt in den Schoß der Familie eingeführt werden. Für Madame Claes war es ein Grundsatz gewesen, ihre Bezeigungen der Frömmigkeit im Geheimen zu verrichten. Ihr Beichtvater war in ihrem Haus so gut wie unbekannt; er erschien dort jetzt erst zum zweitenmal; aber dort wie überall anderswo auch mußte man beim Anblick des Onkels und des Neffen von einer gewissen Rührung und Bewunderung ergriffen werden. Der Abbé de Solis, ein achtzigjähriger, silberhaariger Greis, hatte ein verfallenes Gesicht; das Leben schien sich gänzlich in seine Augen zurückgezogen zu haben. Das Gehen fiel ihm schwer, denn das eine seiner schmächtigen Beine endete in einen schauerlichen Klumpfuß, der in einer Art Samtbeutel steckte und ihn zwang, sich einer Krücke zu bedienen, wenn ihm der Arm des Neffen nicht zur Verfügung stand. Sein gekrümmter Rücken, sein ausgedörrter Körper boten den Anblick einer leidenden, gebrechlichen Natur dar, die von einem eisernen Willen und einem keuschen, religiösen Geist beherrscht wurde, der ihn aufrecht erhalten hatte. Dieser spanische Priester, der sich durch ein ausgedehntes Wissen, wahre Frömmigkeit und einen sehr ausgedehnten Bekanntenkreis auszeichnete, war nacheinander Dominikaner, Großpönitentiar von Toledo und Generalvikar des Erzbistums Mecheln gewesen. Ohne die französische Revolution hätte die Protektion der Familie Casa-Real ihn zu den höchsten kirchlichen Würden gelangen lassen; aber der Kummer, den ihm der Tod des jungen Herzogs, seines Schülers, verursacht, hatte ihm Ekel vor dem tätigen Leben eingeflößt, und er hatte sich völlig der Erziehung seines schon sehr früh verwaisten Neffen gewidmet. Nach der Eroberung Belgiens[57] hatte er sich in der Nähe der Madame Claes niedergelassen. Von früher Jugend an hatte der Abbé de Solis für die heilige Therese[58] einen Enthusiasmus bekundet, der seinen Geist der mystischen Seite des Christentums geneigt machte. Da er in Flandern, wo Mademoiselle Bourignon[59] sowie die Illuminaten und Quietisten unter den Schriftstellern die meisten Proselyten gemacht hatten, eine Schar von Katholiken vorfand, die Anhänger seiner Glaubensart waren, war er um so lieber dort geblieben, als er von dieser eigenartigen Gemeinschaft, in der nach wie vor die Lehren der Mystiker befolgt werden, trotz aller Rügen, die Fénélon[60] und Madame Guyon[61] trafen, als ein Patriarch betrachtet wurde. Seine Sitten waren streng, sein Leben beispielhaft; es hieß von ihm, er habe Verzückungen. Trotz der Abkehrung von den Dingen dieser Welt, die ein Geistlicher von solcher Strenge ausüben muß, ließ ihn die Zuneigung, die er für seinen Neffen empfand, auf dessen materielle Interessen bedacht sein. Wenn es sich um ein Werk der Wohltätigkeit handelte, erhob der alte Herr zuerst Kontributionen unter den Gläubigen seiner Kirche, ehe er auf sein eigenes Vermögen zurückgriff, und seine patriarchische Autorität war so anerkannt, seine Absichten waren so rein, sein Scharfblick irrte so selten, daß jedermann seinen Forderungen willfahrte. Um eine Vorstellung von dem Gegensatz zu haben, der zwischen dem Onkel und dem Neffen obwaltete, müßte man den Greis mit einer der hohlen Weiden vergleichen, die kümmerlich an den Ufern der Gewässer gedeihen, und den Jüngling mit einem blütenüberladenen Wildrosenstrauch, dessen elegante, gerade Zweige aus der Höhlung des bemoosten Stammes herauswachsen, den er wieder aufzurichten scheint.

Emmanuel war von seinem Onkel streng erzogen worden; dieser hatte über ihn gewacht wie eine Matrone über eine Jungfrau, und er war erfüllt von jener empfindlichen Sensibilität, jener halb träumerischen Arglosigkeit, zwei Blüten, die in jeder Jugend vergänglich sind, aber von lebendiger Dauer bei durch religiöse Grundsätze ernährten Seelen. Der alte Priester hatte bei seinem Schüler die Auswirkung wollüstiger Gefühle dadurch unterdrückt, daß er ihn auf die Leiden des Lebens durch beständiges Arbeiten vorbereitete, durch eine fast klösterliche Disziplin. Diese Erziehung, die Emmanuel der Welt gänzlich unberührt übergeben und ihn glücklich machen mußte, wenn er es bei seinen ersten Liebesneigungen gut traf, hatte ihn mit einer engelhaften Reinheit umkleidet, und diese hatte ihm den Zauber geliehen, in den junge Mädchen gehüllt sind. Seine schüchternen, aber von einer starken, tapferen Seele zeugenden Augen strahlten ein Licht aus, das in der Seele nachzitterte, wie der Ton des Kristalls seine Schwingungen im Gehör verbreitet. Sein eindrucksvolles, obgleich regelmäßiges Gesicht nahm für ihn ein durch eine große Genauigkeit in den Konturen, durch die glückliche Anordnung der Einzelzüge und durch die tiefe Ruhe, die der Friede des Herzens verleiht. Alles darin war harmonisch. Sein schwarzes Haar, seine braunen Augen und Brauen hoben eine helle, lebhaft getönte Gesichtsfarbe noch stärker hervor. Seine Stimme entsprach dem, was man von einem so schönen Antlitz erwartet. Seine weiblichen Bewegungen standen im Einklang mit dem Melodischen seiner Stimme, mit der zarten Klarheit seines Blicks. Er schien nichts von der Anziehungskraft zu wissen, die die halb melancholische Zurückhaltung seines Gehabens, das Maßvolle seiner Ausdrucksweise und die respektvolle Fürsorglichkeit, die er an seinen Onkel verschwendete, ausübten. Wenn man sah, wie er das ungelenke Schreiten des alten Abbés genau beobachtete, um sich dessen schmerzenden Unregelmäßigkeiten so anzupassen, daß er ihn nicht hinderte, wobei er schon von weitem auf alles achtete, was den Füßen des alten Mannes wehtun könnte, und wobei er ihn stets auf den besten Weg führte, mußte man in Emmanuel unbedingt die edelmütigen Gefühle erkennen, die aus dem Menschen ein erhabenes Geschöpf machen. Er wirkte so groß, weil er seinen Onkel liebte, ohne ihn zu beurteilen, weil er dessen Weisungen so widerspruchslos folgte, daß jedermann in dem lieblichen Namen[62], den seine Patin ihm gegeben hatte, eine Vorbedeutung sehen wollte. Wenn der alte Mann, sei es bei sich daheim, sei es bei andern, seinen Dominikaner-Despotismus ausübte, hob Emmanuel bisweilen auf so noble Weise den Kopf, wie um die eigene Kraft im Handgemenge mit einem andern Mann zu beweisen, daß Leute von Herz dadurch gerührt wurden, wie es die Künstler beim Anblick eines großen Werks sind, denn die großen Gefühle klingen nicht minder stark in der Seele durch lebendige Eingebungen nach als durch die Verwirklichungen der Kunst.

Emmanuel hatte seinen Onkel, als dieser zu seinem Beichtkind gegangen war, begleitet, um sich die Bilder im Haus Claes anzuschauen. Als Marguerite von Martha hörte, der Abbé de Solis sei in dem Verbindungsgang, hatte sie, die diesen berühmten Mann zu sehen wünschte, sich irgendeinen lügnerischen Vorwand zum Aufsuchen ihrer Mutter ausgedacht, um ihre Neugier stillen zu können. Sie war ziemlich unbesonnen eingetreten und hatte den Leichtsinn vorgetäuscht, mit dem junge Mädchen so trefflich ihre Wünsche tarnen, und da hatte sie neben dem schwarzgekleideten, verkrümmten, verkrüppelten, leichenhaften Greis das frische, köstliche Gesicht Emmanuels wahrgenommen. Die gleichermaßen jungen, gleichermaßen naiven Blicke dieser beiden Menschenwesen hatten das gleiche Erstaunen ausgedrückt. Sicherlich hatten Emmanuel und Marguerite einander schon in ihren Träumen erblickt. Alle beide schlugen die Augen nieder und hoben sie alsdann wieder in der gleichen Gefühlsaufwallung, wobei sich beide das gleiche Geständnis entschlüpfen ließen. Marguerite nahm den Arm der Mutter, sagte ihr ganz leise das, was sie als Vorwand erwählt hatte, und begab sich damit sozusagen in den Schutz des mütterlichen Fittichs; sie streckte mit einer schwanenhaften Bewegung den Hals aus, um Emmanuel wiederzusehen, der seinerseits den Arm des Onkels ergriffen hatte.

Obgleich die Bilder so geschickt gehängt waren, daß jedes für sich zur Geltung kam, hatte das schwache Licht in dem Verbindungsgang das Tauschen flüchtiger Blicke begünstigt, die die Freude Schüchterner ausmachen. Schwerlich ging einer der beiden, nicht einmal in Gedanken, bis zu dem »Wenn«, mit dem die Liebesleidenschaften beginnen; aber beide spürten die tiefe Verwirrung, die das Herz aufwühlt, und die man in jungen Jahren vor sich selbst geheimhält, sei es aus Genüßlichkeit oder aus Scham. Dem ersten Eindruck, der den Durchbruch eines lange zurückgedämmten Empfindungsvermögens bestimmt, folgt bei allen jungen Menschen das halb törichte Erstaunen, das bei Kindern durch die ersten Musikklänge ausgelöst wird. Manche Kinder lachen und denken, andere lachen erst, nachdem sie gedacht haben; diejenigen indessen, deren Seele dazu berufen ist, in der Poesie oder in der Liebe zu leben, lauschen lange und bitten um eine Wiederholung der Melodie durch einen Blick, in dem bereits die Lust aufflammt, oder in dem die Begier nach dem Unendlichen durchbricht. Wenn wir unwiderstehlich die Stätten lieben, wo wir in unserer Kindheit in die Schönheiten der Harmonie eingeweiht worden sind, wenn wir uns mit Entzücken des Musikers und sogar des Instruments erinnern, wie soll man sich dann dagegen wehren, das Wesen zu lieben, das uns als erstes die Musik des Lebens offenbart? Ist nicht das erste Herz, an dem wir Liebe atmeten, wie ein Vaterland? Emmanuel und Marguerite wurden füreinander die musikalische Stimme, die einen Sinn erweckt, die Hand, die die Wolkenschleier hebt und die von den Mittagsstrahlen gebadeten Ufer zeigt. Als Madame Claes den alten Mann vor einem Bild des Guido Reni[63] stehenbleiben hieß, das einen Engel darstellte, streckte Marguerite den Kopf vor, um zu sehen, welches der Eindruck Emmanuels sein würde, und der junge Mann suchte Marguerite, um den stummen Gedanken des Bildes mit dem lebendigen Gedanken des Geschöpfs zu vergleichen. Diese ungewollte, liebreizende Schmeichelei wurde verstanden und genossen. Der alte Abbé lobte mit ernsten Worten die schöne Komposition, und Madame Claes antwortete ihm; aber die beiden Kinder verharrten in Schweigen. Das war ihrer beider erste Begegnung gewesen. Das geheimnisvolle Licht in dem Verbindungsgang, der Frieden des Hauses, die Gegenwart der Verwandten, all das trug dazu bei, die zarten Züge dieses wolkenzarten Gebildes den Herzen tiefer einzuprägen. Die tausenderlei wirren Gedanken, die auf Marguerite niedergeregnet waren, beschwichtigten sich, wurden in ihrer Seele zu einer klaren Weite und wurden durch einen Lichtstrahl getönt, als Emmanuel beim Abschiednehmen von Madame Claes ein paar Sätze stammelte. Diese Stimme, deren frischer, samtiger Klang im Herzen unerhörte Entzückungen verbreitete, vervollständigte die plötzliche Offenbarung, die Emmanuel verursacht hatte und die er jetzt zu seinem Nutzen fruchtbar machen mußte; denn der Mann, dessen das Schicksal sich bedient, um im Herzen eines jungen Mädchens die Liebe zu erwecken, weiß oftmals nicht um sein Werk und läßt es unvollendet. Marguerite verneigte sich völlig sprachlos und legte ihre Abschiedsworte in einen Blick, in dem sich das Bedauern abzuzeichnen schien, daß diese reine, reizende Vision jetzt hinschwinde. Wie das Kind wollte sie ihre Melodie nochmals vernehmen. Dieser Abschied hatte sich unten an der alten Treppe vor der Tür des Wohnzimmers vollzogen; und als sie hineingegangen war, hatte sie dem Onkel und dem Neffen nachgeschaut, bis das Straßentor sich geschlossen hatte. Madame Claes war zu sehr mit ernsten Dingen beschäftigt gewesen, die in der Unterredung mit ihrem Beichtvater zur Sprache gekommen waren, als daß sie die Züge ihrer Tochter hätte prüfen können. Und als Monsieur de Solis und sein Neffe zum zweitenmal erschienen, war sie noch zu sehr benommen, um die Röte wahrzunehmen, die Marguerites Antlitz färbte und von dem Gären der ersten Lustempfindung kündete, die einem jungfräulichen Herzen zuteilgeworden war. Als der alte Abbé gemeldet wurde, hatte Marguerite ihre Handarbeit wieder vorgenommen und schien ihr so große Aufmerksamkeit zu widmen, daß sie den Onkel und den Neffen begrüßte, ohne sie anzuschauen. Monsieur Claes erwiderte mechanisch den Gruß, den der Abbé de Solis ihm erwies, und verließ das Wohnzimmer wie jemand, den seine Beschäftigung völlig in Anspruch nimmt. Der fromme Dominikaner setzte sich zu seinem Beichtkind und bedachte es mit einem jener tiefen Blicke, durch die er die Seelen auslotete; es hatte ihm genügt, Monsieur Claes und seine Frau zu sehen, um eine Katastrophe zu ahnen.

»Kinder«, sagte die Mutter, »geht in den Garten. Marguerite, zeig Emmanuel deines Vaters Tulpen.«

Halb verschämt nahm Marguerite Félicies Arm, blickte den jungen Mann an, der rot wurde und beim Verlassen des Wohnzimmers aus Anstand Jean bei der Hand nahm. Als sie alle vier im Garten waren, gingen Félicie und Jean ihrer Wege und ließen Marguerite stehen, die, nun sie mit dem jungen de Solis so gut wie allein war, ihn vor das Tulpenbeet führte, das jedes Jahr von Lemulquinier unwandelbar auf dieselbe Weise hergerichtet wurde.

»Haben Sie Tulpen gern?« fragte Marguerite nach einer Weile tiefsten Schweigens, das Emmanuel dem Anschein nach nicht hatte brechen wollen.

»Es sind schöne Blumen, Mademoiselle, aber um sie gern zu haben, muß man wohl Sinn dafür haben und ihre Schönheit zu würdigen wissen. Diese Blumen blenden mich. Die Gewohnheit des Arbeitens in dem düstern kleinen Zimmer, in dem ich bei meinem Onkel wohne, läßt mich sicherlich das vorziehen, was auf das Auge lind wirkt.«

Als er diese letzten Worte sagte, schaute er Marguerite an, aber ohne daß dieser von verworrenem Begehren erfüllte Blick eine Anspielung auf das matte Weiß, die Ruhe und die zarten Farben enthalten hätte, die aus diesem Antlitz eine Blume machten.

»Dann arbeiten Sie also viel?« fuhr Marguerite fort und führte Emmanuel zu der grün gestrichenen Holzbank mit Rükkenlehne. »Von hier aus«, sprach sie weiter, »sehen Sie die Tulpen nicht so aus der Nähe, und werden sie Ihre Augen weniger ermüden. Sie haben recht, ihre Farben flimmern und tun einem weh.«

»Woran ich arbeite?« antwortete der junge Mann nach einem kurzen Schweigen; er hatte währenddessen mit dem Fuß den Sand des Gartenweges geglättet. »Ich arbeite alle möglichen Dinge. Mein Onkel hat aus mir einen Priester machen wollen . . .«

»Oh!« stieß Marguerite naiv hervor.

»Ich habe widerstrebt, ich hatte die Berufung dazu nicht in mir verspürt. Aber es hat mich viel Mut gekostet, mich den Wünschen meines Onkels zu widersetzen. Er ist so gütig, und er hat mich so lieb! Unlängst hat er einen Ersatzmann für mich gekauft, damit ich, der arme Waisenjunge, von der Einziehung zum Militärdienst verschont blieb.«

»Und was wollen Sie nun werden?« fragte Marguerite, die ihren Satz durch eine unwillkürliche Geste zurücknehmen zu wollen schien und ihm hinzufügte: »Verzeihen Sie, Sie müssen mich recht neugierig finden.«

»Oh, Mademoiselle«, sagte Emmanuel und blickte sie mit ebensoviel Zärtlichkeit wie Bewunderung an, »diese Frage hat mir niemand außer meinem Onkel gestellt. Ich habe studiert, um Lehrer zu werden. Aber es hilft nichts, ich bin nicht reich. Wenn ich Schulleiter in Flandern werden könnte, hätte ich genug, um bescheiden leben zu können, und dann möchte ich eine schlichte Frau heiraten, die ich sehr liebhaben will. So ist das Leben beschaffen, das ich mir ausmale. Deshalb ziehe ich ein Gänseblümchen in der Ebene von Orchies[64], über das alle hinweglaufen, diesen schönen Tulpen mit all ihrem Gold, Purpur, Saphirblau und Smaragdgrün vor, die das Sinnbild eines prunkvollen Lebens sind, gerade wie das Gänseblümchen ein sanftes, patriarchalisches Leben veranschaulicht, das Leben eines armen Lehrers, wie ich einer sein werde.«

»Ich hatte bis jetzt die Gänseblümchen immer Margueriten genannt«, sagte sie.

Emmanuel de Solis wurde über die Maßen rot, suchte nach einer Antwort und zerscharrte mit den Füßen den Sand. In der Qual der Wahl zwischen allen den Einfällen, die ihm kamen und die ihn dumm dünkten, und dann aus der Fassung gebracht durch das Verzögern seiner Antwort, sagte er: »Ich hatte nicht gewagt, Ihren Namen auszusprechen ...« Und weiter sagte er nichts.

»Lehrer also!« fuhr sie fort.

»Ach, Mademoiselle, ich will Lehrer werden, um einen Beruf zu haben, aber ich will Werke ausführen, durch die ich von größerem Nutzen sein könnte. Ich habe sehr viel Neigung zu historischen Arbeiten.«

»Ach nein!«

Dieses »Ach nein!«, das eine Fülle heimlicher Gedanken barg, machte den jungen Mann noch verlegener; er lachte albern auf und sagte: »Sie veranlassen mich, immerfort von mir zu sprechen, Mademoiselle, dabei hätte ich doch mit Ihnen einzig von Ihnen sprechen müssen.«

»Ich glaube, meine Mutter und Ihr Onkel sind fertig mit ihrer Unterredung«, sagte sie und blickte durch die Fenster ins Wohnzimmer.

»Mir ist Ihre Frau Mutter sehr verändert vorgekommen.«

»Sie leidet, aber sie will uns den Grund ihrer Leiden nicht sagen, und so können wir nichts tun, als ihre Schmerzen mitzuempfinden.«

Madame Claes hatte tatsächlich eine heikle Besprechung beendet; es hatte sich dabei um eine Gewissensfrage gehandelt, die einzig der Abbé de Solis entscheiden konnte. Da sie seinen völligen Ruin voraussah, hatte sie ohne Wissen Balthazars, der sich nur wenig um seine geschäftlichen Angelegenheiten kümmerte, eine beträchtliche Summe von dem erzielten Preis für die Gemälde zurückbehalten wollen, die Monsieur de Solis in Holland zu verkaufen auf sich genommen hatte; jene Summe hatte sie geheimhalten und für den Augenblick aufbewahren wollen, da die Not schwer auf der Familie lasten würde. Nach reiflicher Überlegung und nach Würdigung der Umstände, in denen sein Beichtkind sich befand, hatte der alte Dominikaner diesem Akt der Klugheit zugestimmt. Er ging, um sich mit diesem Verkauf zu befassen, der heimlich vollzogen werden sollte, damit Monsieur Claes' Ruf nicht geschädigt würde. Der alte Mann schickte seinen Neffen mit einem Empfehlungsbrief nach Amsterdam, wo es dem jungen Menschen, der entzückt war, etwas für die Familie Claes tun zu können, gelang, die Bilder aus dem Verbindungsgang an die berühmten Bankiers Happe und Duncker für die ansehnliche Summe von fünfundachtzigtausend holländischen Dukaten zu verkaufen, und überdies für den Betrag von weiteren fünfzehntausend, der insgeheim an Madame Claes ausgezahlt werden sollte. Die Gemälde waren so wohlbekannt, daß es zum Abschluß des Verkaufs nur der Antwort Balthazars auf den Brief bedurfte, den das Bankhaus Happe und Duncker ihm schrieb. Emmanuel de Solis wurde von Claes beauftragt, den Preis für die Bilder entgegenzunehmen, die er ihm unter der Hand zusandte, um der Stadt Douai die Kenntnis dieses Verkaufs vorzuenthalten. Gegen Ende September zahlte Balthazar die ihm geliehenen Summen zurück, machte seinen Besitz schuldenfrei und nahm seine Arbeiten wieder auf; aber das Haus Claes war seines schönsten Schmuckes ledig. Balthazar war verblendet durch seine Leidenschaft, und so bezeigte er kein Bedauern; er hielt es für so gewiß, diesen Verlust rasch wettmachen zu können, daß er den Verkauf auf Widerruf hatte durchführen lassen. Hundert bemalte Stücke Leinwand waren in Joséphines Augen nichts gegen das häusliche Glück und die Genugtuung ihres Mannes; überdies ließ sie den Verbindungsgang mit den Bildern ausstatten, die in den Empfangsräumen gehangen hatten, und um die Leere zu vertuschen, die sie im Vorderhaus hinterließen, wurde dessen Mobiliar umgestellt. Nach Bezahlung seiner Schulden hatte Balthazar etwa zweihunderttausend Francs zur Verfügung, mit denen er seine Versuche aufs neue beginnen konnte. Der Abbé de Solis und dessen Neffe waren die Verwalter der fünfzehntausend Dukaten, die Madame Claes zurückbehalten hatte. Um den Betrag zu erhöhen, verkaufte der Abbé jene Dukaten, die durch die kriegerischen Ereignisse auf dem Kontinent an Wert gestiegen waren. Im Keller des vom Abbé de Solis bewohnten Hauses wurden hundertsechsundsechzigtausend Taler vergraben. Madame Claes genoß das traurige Glück, ihren Mann acht Monate lang unablässig beschäftigt zu sehen. Aber der Schlag, den sie davongetragen, hatte sie allzu heftig getroffen, und so verfiel sie in eine sie langsam verzehrende Krankheit, die, wie es nicht anders sein konnte, sich immerfort verschlimmern mußte. Die Wissenschaft nahm Balthazar so völlig in Anspruch, daß weder die Rückschläge, von denen Frankreich heimgesucht wurde, noch der erste Sturz Napoleons, noch die Rückkehr der Bourbonen ihn seinen Beschäftigungen abspenstig zu machen vermochten; er war weder Gatte, noch Vater, noch Staatsbürger; er war völlig zum Chemiker geworden. Gegen Ende des Jahres 1814 hatte Madame Claes' Auszehrung einen solchen Grad erlangt, daß sie das Bett nicht mehr verlassen konnte. Sie wollte nicht in ihrem Schlafzimmer hinvegetieren, wo sie glücklich gelebt hatte, wo die Erinnerungen an ihr hingeschwundenes Glück ihr unwillkürlich Vergleiche mit der Gegenwart aufgedrängt haben würden, die ihr schwer zu schaffen gemacht hätten, und so blieb sie im Wohnzimmer liegen. Die Ärzte hatten dem Wunsch ihres Herzens zugestimmt, da sie meinten, dieses Zimmer sei besser durchlüftet, heiterer und ihrem Zustand angemessener als das Schlafzimmer. Das Bett, in dem die unglückliche Frau ihr Dasein vollendete, wurde zwischen dem Kamin und dem Fenster aufgeschlagen, das auf den Garten hinausging. Dort verbrachte sie fromm ihre letzten Tage und beschäftigte sich mit der Vervollkommnung der Seelen ihrer beiden Töchter, über die sie freudig die Gluten der eigenen strahlen ließ. Dadurch, daß die eheliche Liebe in ihren Bekundungen schwächer geworden war, hatte die Mutterliebe sich entfalten können. Das Mütterliche offenbarte sich jetzt um so wundervoller, als es so lange zurückgedrängt worden war. Wie alle Großherzigen empfand sie erhabene Regungen des Zartgefühls und hielt sie für Gewissenbisse. Im Glauben, sie habe ihre Kinder einiger ihnen schuldiger Zärtlichkeit beraubt, suchte sie ihr nur eingebildetes Unrecht gutzumachen; und sie bewies ihnen Aufmerksamkeiten und Fürsorglichkeiten, die sie ihnen immer liebenswerter erscheinen ließen; sie wollte sie gewissermaßen gänzlich aus ihrem Herzen leben lassen, sie mit ihren ermattenden Fittichen bedecken und sie innerhalb eines einzigen Tages für alle diejenigen lieben, an denen sie sie vernachlässigt hatte. Die Schmerzen liehen ihren Zärtlichkeiten und ihren Worten eine salbungsvolle Milde, die von ihrer Seele ausgehaucht wurde. Ihre Augen liebkosten die Kinder, bevor ihre Stimme sie durch ihren von gutem Willen erfüllten Tonfall gerührt hatte, und ihre Hand schien über sie in einem fort Segen ausgießen zu wollen.

Wenn das Haus Claes auch, nachdem es seine luxuriösen Gewohnheiten wieder aufgenommen hatte, bald niemanden mehr empfing, wenn seine Isolierung immer stärker wurde, wenn Balthazar an seinem Hochzeitstag kein Fest mehr gab, so zeigte die Stadt Douai sich darob nicht überrascht. Anfangs schien die Erkrankung der Madame Claes als ein zureichender Grund für diesen Wandel gedient zu haben; dann hatte die Bezahlung der Schulden die üble Nachrede abgestoppt, und schließlich hatten die politischen Schicksale, denen Flandern unterworfen wurde, der Krieg der Hundert Tage[65], die Besetzung durch ausländische Truppen den Chemiker völlig in Vergessenheit geraten lassen. Während der beiden letzten Jahre war die Stadt so häufig nahe daran gewesen, abwechselnd von den Franzosen und den Alliierten besetzt zu werden; es waren so viele Fremde hineingelangt, es hatten sich so viele Bauern hineingeflüchtet, es waren so viele Interessen aufgewirbelt, so viele Existenzen in Frage gestellt worden, soviel Bewegung und Unglück hereingebrochen, daß jeder nur an sich hatte denken können. Der Abbé de Solis und sein Neffe sowie die beiden Brüder Pierquin waren die einzigen, die Madame Claes noch besuchten; der Winter von 1814 auf 1815 wurde für sie zu einem schmerzvollen Todeskampf. Nur selten kam ihr Mann zu ihr; zwar blieb er nach dem Abendessen ein paar Stunden bei ihr, aber da sie nicht mehr über die Kraft verfügte, ein langes Gespräch zu führen, sagte er einen oder zwei Sätze, immer dieselben, setzte sich, schwieg und ließ im Wohnzimmer ein schauerliches Schweigen herrschen. Diese Eintönigkeit erhielt Abwechslung an den Tagen, da der Abbé de Solis und sein Neffe den Abend im Haus Claes verbrachten. Während der alte Abbé mit Claes Tricktrack spielte, plauderte Marguerite mit Emmanuel, und zwar am Bett der Mutter, die über ihre unschuldige Freude lächelte, ohne durchblicken zu lassen, wie schmerzlich und wohltuend zugleich für ihre gepeinigte Seele die frische Brise dieser jungfräulichen Liebe war, die wellenhaft in Worten und Erwiderungen überquoll. Der Tonfall der Stimme, der diese beiden Kinder entzückte, brach ihr das Herz, ein Blick des Einverständnisses zwischen ihnen, den sie erhaschte, stürzte sie, die gewissermaßen schon Tote, in Erinnerungen an ihre jungen, glücklichen Stunden, und ebenjene Erinnerungen verliehen der Gegenwart deren ganze Bitternis. Emmanuel und Marguerite bezeigten ein Zartgefühl, das sie die köstlichen Kindereien der Liebe hintanstellen ließ, um dadurch nicht einer schmerzgepeinigten Frau wehzutun, deren Wunden sie instinktiv ahnten. Es ist noch niemandem aufgefallen, daß die Gefühle ein eigenes Leben haben, ein Wesen, das aus den Umständen hervorgeht, unter denen sie entstanden sind; sie bewahren die Physiognomie der Stätten, an denen sie sich entfaltet haben, und das Gepräge der Gedanken, die Einfluß auf ihre Entwicklungen nahmen. Es gibt Liebesleidenschaften, die von Anbeginn an glühend waren und die glühend bleiben wie die der Madame Claes für ihren Mann; ferner gibt es Gefühle, denen alles gelächelt hat, die eine morgendliche Heiterkeit bewahren, deren Ernten an Freude sich nie ohne Lachen und Festlichkeiten vollziehen; aber es gibt auch Lieben, die vom Schicksal mit Melancholie umrahmt oder vom Unglück umringt werden, Lieben, deren Freuden schmerzlich sind, teuer zu stehen kommen, mit Ängsten befrachtet, durch Gewissensbisse vergiftet oder erfüllt von Hoffnungslosigkeit sind. Die Liebe, die in den Herzen Emmanuels und Marguerites vergraben lag, ohne daß vorerst weder der eine noch die andere wußten, daß eine wahre Liebe daraus entstehen werde, dieses unter der düsteren Wölbung des Verbindungsganges im Hause Claes angesichts eines gestrengen Abbés in einem Augenblick des Schweigens und der Stille erblühte Gefühl, diese ernste, verschwiegene, aber an milden Abtönungen, an geheimen Wollüsten, die schmackhaft waren wie an der Ecke eines Rebbergs gestohlene Trauben, furchtbare Liebe, litt unter der grauen Farbe, den grauen Tönungen, die sie in ihren ersten Stunden umgeben hatten. Da die beiden Kinder nicht wagten, an diesem Schmerzenslager sich in einer lebhaften Bekundung zu ergehen, steigerten sie ohne ihr Wissen ihre Freuden durch eine Konzentration, die sie den Urgründen ihrer Herzen fest einprägte. Sie vollzog sich in der Pflege, die sie der Kranken zuteilwerden ließen; Emmanuel nahm an ihr besonders gern teil, weil er froh darüber war, mit Marguerite gemeinsam wirken und sich auf diese Weise schon im voraus zum Sohn dieser Mutter machen zu können. Ein schwermütiger Dank diente auf den Lippen des jungen Mädchens als Ersatz für die honigsüße Sprache der Liebenden. Die Seufzer ihrer durch irgendeinen gewechselten Blick mit Freude erfüllten Herzen unterschieden sich kaum von den Seufzern, die der Anblick der mütterlichen Schmerzen ihnen entriß. Ihre guten kleinen Augenblicke der verhohlenen Geständnisse, der unvollendeten Versprechen, der gedrängten Herzensergießungen ließen sich den Allegorien vergleichen, die Raffael auf schwarzen Grund gemalt hat. Beide besaßen eine Gewißheit, die sie einander nicht eingestanden; sie wußten, daß die Sonne über ihnen stehe, aber sie wußten nicht, welcher Wind die dicken schwarzen Wolken verjagen würde, die sich über ihren Häuptern angehäuft hatten; sie zweifelten an der Zukunft und fürchteten, es würden allezeit Schmerzen ihr Geleit bilden; sie verharrten angstvoll in den Schatten dieser Dämmerung und wagten einander nicht zu sagen: »Ob wir wohl gemeinsam den Tag hinter uns bringen?« Dennoch verbarg die Liebe, die Madame Claes ihren Kindern bezeigte, edelmütig alles, was sie sich selbst verschwieg. Ihre Kinder verursachten ihr weder Erbeben noch Ängste; sie waren ihr Trost, allein sie bildeten nicht ihr Leben; sie lebte durch sie, aber sie starb für Balthazar. Wie schmerzlich ihr auch die Gegenwart ihres stundenlang in Nachdenken versunkenen Mannes sein mochte, der ihr von Zeit zu Zeit einen ausdruckslosen Blick zuwarf, sie vergaß ihre Schmerzen nur während dieser grausamen Augenblicke. Balthazars Gleichgültigkeit gegenüber dieser sterbenden Frau würde jedem Fremden, der deren Zeuge gewesen wäre, als verbrecherisch erschienen sein; Madame Claes und ihre Töchter hatten sich indessen daran gewöhnt; sie kannten dieses Mannes Herz und sprachen ihn frei. Wenn Madame Claes im Verlauf des Tages eine gefährliche Krise erlitten hatte, wenn sie sich schlechter befand, wenn sie dem Tode nahe zu sein schien, war Claes im Haus und in der Stadt der einzige, der nichts davon wußte; Lemulquinier, sein Diener, war im Bilde; aber weder seine Töchter, denen die Mutter Schweigen auferlegt hatte, noch seine Frau unterrichteten ihn über die Gefahren, die ein ehedem so glühend geliebtes Geschöpf lief. Wenn sein Schritt zu der Stunde, da er zum Abendessen kam, im Verbindungsgang widerhallte, war Madame Claes glücklich; sie würde ihn sehen, sie nahm alle ihre Kräfte zusammen, um diese Freude auszukosten. Bei seinem Eintreten bedeckte sich das Gesicht dieser bleichen, halbtoten Frau mit lebhaften Farben und nahm den Anschein der Gesundheit an; dann trat der Gelehrte an das Bett, nahm ihre Hand und erblickte sie unter einem falschen äußeren Schein; einzig für ihn ging es ihr gut. Wenn er sie fragte: »Liebste Frau, wie geht es dir heute?«, dann antwortete sie stets: »Besser, Lieber!«, und ließ jenen zerstreuten Mann glauben, am nächsten Tag würde sie genesen aufstehen. Balthazars inneres Abgelenktsein war so groß, daß er die Krankheit, an der seine Frau zugrundeging, für eine bloße Unpäßlichkeit hielt. Für jedermann war sie eine Sterbende, für ihn war sie völlig am Leben. Das Ergebnis dieses Jahrs war eine gänzliche Trennung der beiden Gatten gewesen. Claes schlief fern von seiner Frau; frühmorgens stand er auf und schloß sich in seinem Laboratorium oder seinem Arbeitszimmer ein; und da er sie nur noch im Dabeisein seiner Töchter oder einiger Freunde sah, die sie besuchten, entfremdete er sich ihr vollends. Diese beiden Menschenwesen, die es früher gewohnt gewesen waren, gemeinsam zu denken, hatten jetzt nur noch in weiten Abständen jene Augenblicke der Gemeinsamkeit, der Selbstvergessenheit und des Ineinanderströmens, daraus das Leben des Herzens besteht, und es kam der Tag, da auch diese kargen Bezeigungen der Liebe aufhörten. Die körperlichen Leiden kamen der armen Frau zu Hilfe und standen ihr beim Ertragen einer Leere, einer Trennung bei, die sie ins Grab gebracht hätten, wäre sie bei voller Lebenskraft gewesen. Sie erlitt so heftige Schmerzen, daß sie bisweilen froh war, denjenigen, den sie nach wie vor liebte, nicht zu deren Zeugen zu haben. Während eines Teils des Abends schaute sie zu Balthazar hin, und da sie ihn so glücklich sah, wie er es sein wollte, machte sie dieses Glück, das sie ihm verschafft hatte, zu ihrem eigenen. Diese spärliche Freude genügte ihr; sie fragte sich nicht mehr, ob sie geliebt werde, sie bemühte sich, es zu glauben, und so glitt sie auf dieser Eisdecke einher, ohne daß sie gewagt hätte, sich festzuhalten, aus Furcht, sie zu zerbrechen und ihr Herz in einem grausigen Nichts zu ertränken. Da kein Geschehnis diese Ruhe störte, und da die Krankheit, von der Madame Claes langsam aufgezehrt wurde, noch zu diesem häuslichen Frieden beitrug, da sie die eheliche Zuneigung in einem Zustand der Passivität erhielt, fiel es nicht schwer, bei dieser trübseligen Lage der Dinge die ersten Tage des Jahres 1816 zu erreichen.

Gegen Ende Februar führte der Notar Pierquin dann den Schlag, der eine engelhafte Frau, deren Seele, wie der Abbé de Solis gesagt hatte, fast ohne Sünde war, ins Grab stürzen sollte.

»Madame«, sagte er, der einen Augenblick wahrnahm, da ihre Töchter ihrer beider Unterhaltung nicht belauschen konnten, leise zu ihr, »Ihr Mann hat mich beauftragt, dreihunderttausend Francs auf seine Besitztümer zu leihen; treffen Sie Maßnahmen bezüglich des Vermögens Ihrer Kinder.«

Madame Claes faltete die Hände, hob die Augen zur Zimmerdecke auf und dankte dem Notar durch ein wohlwollendes Neigen des Hauptes und ein bekümmertes Lächeln, das ihm naheging. Jener Satz war ein Dolchstoß, der Pépita tötete. Sie hatte sich an diesem Tag traurigen Grübeleien hingegeben, die ihr das Herz hatten schwellen lassen; sie hatte sich in einer der Lagen befunden, in denen der Wanderer, der nicht mehr über sein Gleichgewicht verfügt, durch einen kleinen Kieselstein in die Tiefe des Abgrunds hinabrollt, an dem er so lange beherzt entlanggeschritten ist. Als der Notar gegangen war, ließ Madame Claes sich von Marguerite alles zum Schreiben Erforderliche bringen, raffte ihre Kräfte zusammen und beschäftigte sich eine Zeitlang mit der Niederschrift testamentarischer Verfügungen. Mehrmals hielt sie inne und blickte ihre Tochter an. Die Stunde der Geständnisse war angebrochen. Marguerite hatte seit der Erkrankung der Mutter die Führung des Haushalts übernommen und dabei so vortrefflich die Hoffnung der Sterbenden erfüllt, daß Madame Claes auf die Zukunft ihrer Familie einen Blick werfen konnte, der frei von Verzweiflung war; sie sah sich in diesem liebenden, starken Engel wieder lebendig geworden. Sicherlich ahnten die beiden Frauen, daß sie einander traurige Bekenntnisse abzulegen hätten; die Tochter blickte die Mutter im gleichen Augenblick an wie diese sie, und beiden traten Tränen in die Augen. Schon mehrmals hatte Marguerite in Augenblicken, da Madame Claes sich ausruhte, gefragt: »Mutter?«, gleich als wolle sie sprechen; aber dann hatte sie innegehalten, wie als ersticke sie, ohne daß die mit ihren letzten Gedanken beschäftigte Mutter sie je zum Begründen jener Frage aufgefordert hätte. Schließlich wollte Madame Claes ihren Brief versiegeln; Marguerite, die ihr eine Kerze hinhielt, zog sich taktvoll zurück, um nicht die Aufschrift zu sehen.

»Du kannst es lesen, mein Kind!« sagte die Mutter in herzzerreißendem Ton.

Marguerite sah die Mutter die Worte schreiben: »An meine Tochter Marguerite«.

»Wir wollen darüber sprechen, wenn ich mich ausgeruht

habe«, fügte sie hinzu und steckte den Brief unter ihr Kopfkissen.

Dann sank sie wie erschöpft ob der Anstrengung, die sie vollbracht hatte, auf ihr Kissen zurück und schlief mehrere Stunden lang. Als sie erwachte, knieten ihre beiden Töchter und ihre beiden Söhne an ihrem Bett und beteten inbrünstig. Es war ein Donnerstag. Gabriel und Jean waren gerade vom Collège gekommen; Emmanuel de Solis hatte sie hergeleitet; er war vor sechs Monaten zum Lehrer für Geschichte und Philosophie ernannt worden.

»Liebe Kinder, wir müssen einander Lebewohl sagen«, rief sie. »Ihr verlaßt mich nicht! Und derjenige, der ...«

Sie sprach den Satz nicht zu Ende.

»Monsieur Emmanuel«, sagte Marguerite, als sie sah, daß ihre Mutter immer blasser wurde, »sagen Sie meinem Vater, es gehe Mama schlechter.«

Der junge Solis stieg zum Laboratorium hinauf, und als er bei Lemulquinier durchgesetzt hatte, daß Balthazar sich herbeiließ, ihn anzuhören, antwortete dieser auf die dringliche Bitte des jungen Mannes:

»Ich komme gleich.«

»Lieber Freund«, sagte Madame Claes zu Emmanuel nach dessen Rückkehr, »nehmen Sie meine beiden Söhne mit und holen Sie Ihren Onkel. Ich glaube, es ist notwendig, daß er mir die letzte Wegzehrung verabreicht; ich möchte sie aus seiner Hand empfangen.«

Als sie mit ihren beiden Töchtern allein war, gab sie Marguerite ein Zeichen; diese verstand die Mutter und schickte Félicie hinaus.

»Auch ich habe mit dir zu sprechen, liebe Mama«, sagte Marguerite, die ihre Mutter nicht so krank glaubte, wie die durch Pierquin verursachte Vergrößerung ihrer Wunde sie gemacht hatte. »Seit zehn Tagen habe ich kein Geld für die Haushaltsausgaben mehr, und den Dienstboten schulde ich den Lohn für ein halbes Jahr. Schon zweimal habe ich meinen Vater um Geld bitten wollen; aber ich habe es nicht gewagt. Du weißt es noch nicht; die Bilder im Verbindungsgang und der Weinkeller sind verkauft worden.«

»Von alledem hat er mir kein Wort gesagt«, rief Madame Claes. »O mein Gott! Du rufst mich zur rechten Zeit zu dir. Meine armen Kinder, was soll aus euch werden?« Sie sprach ein inbrünstiges Gebet, das ihr die Augen mit Fluten der Reue färbte. »Marguerite«, fuhr sie fort und zog den Brief unter dem Kopfkissen hervor, »hier hast du ein Schriftstück, das du erst in dem Augenblick öffnen und lesen darfst, da du nach meinem Tod dich in äußerster Not befindest, das heißt, da es euch hier an Brot fehlen wird. Meine geliebte Marguerite, hab deinen Vater sehr lieb, aber trag Sorge um deine Schwester und deine Brüder. In ein paar Tagen, vielleicht schon in ein paar Stunden wirst du an der Spitze des Haushalts stehen. Sei sparsam. Wenn du in die Lage kommst, dich dem Willen deines Vaters widersetzen zu müssen, und dieser Fall könnte eintreten, da er bereits große Summen vergeudet hat, um nach einem Geheimnis zu forschen, dessen Entdeckung mit großem Ruhm und unermeßlichem Reichtum verbunden sein soll, wird er sicherlich Bedürfnis nach Geld haben und dich vielleicht darum bitten; entfalte dann alle Zärtlichkeit einer Tochter und suche die Interessen derjenigen, deren einzige Schützerin du sein wirst, mit dem zu vereinen, was du einem Vater schuldig bist, einem großen Mann, der sein Glück und sein Leben dem Ruhm seiner Familie opfert; er kann nur in der Form unrecht haben; seine Absichten werden immer edel sein; er ist ein so trefflicher Mensch, sein Herz ist voller Liebe; ihr werdet es erleben, daß er wieder gütig und liebevoll ist! Ich habe dir diese Worte am Rand des Grabes sagen müssen, Marguerite. Wenn du meine Todesschmerzen mildern willst, dann versprich mir, mein Kind, daß du mich bei deinem Vater ersetzen und ihm keinerlei Kummer bereiten willst; wirf ihm nichts vor, richte nicht über ihn! Kurzum, sei eine sanfte, liebenswürdige Mittlerin, bis er, wenn sein Werk vollendet ist, wieder zum Oberhaupt der Familie wird.«

»Ich verstehe dich, geliebte Mutter«, sagte Marguerite und küßte die geröteten Augen der Sterbenden, »und ich will alles nach deinem Willen tun.«

»Heirate erst, mein Engel«, fuhr Madame Claes fort, »wenn Gabriel dir in der Leitung der geschäftlichen Angelegenheiten und des Haushalts nachfolgen kann. Wenn du heiratest, würde dein Mann vielleicht anders denken als du, Unruhe in die Familie hineinbringen und deinen Vater quälen.«

Marguerite blickte die Mutter an und fragte: »Hast du mir über meine Heirat nichts sonst zu sagen?«

»Hättest du etwa Bedenken, geliebtes Kind?« fragte die Sterbende angstvoll.

»Nein«, antwortete sie, »ich verspreche dir, dir zu gehorchen.«

»Armes Kind, ich habe es nicht verstanden, mich für euch aufzuopfern«, fügte die Mutter hinzu und vergoß heiße Tränen, »und dabei bitte ich dich, dich für alle aufzuopfern. Das Glück macht selbstsüchtig. Ja, Marguerite, ich bin schwach gewesen, weil ich glücklich war. Sei stark, bewahre dir die Vernunft für die, die hienieden vielleicht keine haben werden. Handle so, daß deine Brüder, daß deine Schwester dir niemals Vorwürfe machen können. Hab deinen Vater lieb, aber widerstrebe ihm nicht ... gar zu sehr.«

Sie senkte das Haupt auf ihr Kopfkissen und fügte kein weiteres Wort hinzu; ihre Kräfte hatten versagt. Der innere Kampf zwischen der Frau und der Mutter war zu heftig gewesen. Ein paar Augenblicke danach kam die Geistlichkeit, der Abbé de Solis schritt ihr voran, und das Wohnzimmer füllte sich mit den Hausbediensteten. Als die feierliche Handlung begann, betrachtete Madame Claes, die ihr Beichtvater geweckt hatte, alle, die um sie waren; aber sie gewahrte nicht Balthazar.

»Und Monsieur?« fragte sie.

Diese Frage, in der ihr Leben und ihr Sterben zusammengefaßt waren, wurde so kläglichen Tons ausgesprochen, daß alle Anwesenden ein grausiger Schauer durchrann. Trotz ihres hohen Alters flog Martha pfeilschnell davon, hastete die Treppe hinauf und klopfte hart an die Laboratoriumstür.

»Monsieur, Madame liegt im Sterben, sie wird jetzt versehen, und es wird auf Sie gewartet«, rief sie mit der Heftigkeit des Unwillens.

»Ich komme«, antwortete Balthazar.

Unmittelbar danach erschien Lemulquinier und sagte, sein Herr folge ihm. Madame Claes blickte unablässig nach der Wohnzimmertür; doch ihr Mann erschien erst, als die feierliche

Handlung vollendet war. Der Abbé de Solis und die Kinder waren um das Lager der Sterbenden versammelt. Als Joséphine ihren Mann hereinkommen sah, errötete sie, und über ihre Wangen rannen ein paar Tränen.

»Sicherlich warst du dabei, den Stickstoff zu zerlegen«, sagte sie mit einer Engelssanftmut, die den Anwesenden durch und durch ging.

»Ich hab's geschafft«, rief er mit fröhlicher Miene. »Der Stickstoff enthält Sauerstoff und eine Substanz von imponderabler Natur, der wahrscheinlich das Grundelement der ...«[66]

Es erhob sich ein Gemurmel des Abscheus, das ihn unterbrach und ihm seine Geistesgegenwart wiedergab.

»Was ist mir da gesagt worden?« fuhr er fort. »Es geht dir also schlechter? Was ist denn los?«

»Nur das eine«, flüsterte der Abbé de Solis ihm unwillig zu, »daß Ihre Frau im Sterben liegt und daß Sie sie umgebracht haben.«

Ohne eine Antwort abzuwarten, nahm der Abbé Emmanuels Arm und ging mit den Kindern hinaus; sie geleiteten ihn bis auf den Hof. Balthazar blieb wie vom Donner gerührt stehen, starrte seine Frau an und ließ ein paar Tränen fallen.

»Du stirbst und ich soll dich umgebracht haben?« rief er. »Was redet er denn da?«

»Lieber«, entgegnete sie, »ich habe nur durch deine Liebe gelebt, und ohne daß du es wußtest, hast du mir das Leben genommen.«

»Laßt uns allein«, sagte Claes zu seinen Kindern, als sie wieder hereinkamen. »Habe ich denn auch nur einen Augenblick lang aufgehört, dich liebzuhaben?« fuhr er fort, setzte sich an das Lager seiner Frau, nahm ihre Hände und küßte sie.

»Lieber Freund, ich werfe dir nichts vor. Du hast mich glücklich gemacht, allzu glücklich; ich habe den Vergleich zwischen den ersten Tagen unserer Ehe, die erfüllt waren, und diesen letzten Tagen nicht ertragen können, an denen du nicht mehr du selber warst und die leer gewesen sind. Das Leben des Herzens hat wie das Leben des Körpers sein Wirken. Seit sechs Jahren bist du tot für die Liebe, für die Familie, für alles gewesen, was unser Glück ausmachte. Ich will nicht von den Beglückungen sprechen, die ein Erbteil der Jugend sind; sie müssen im Herbst des Lebens enden; aber sie hinterlassen Früchte, von denen die Seelen zehren, ein grenzenloses Vertrauen, süße Gewohnheiten; nun, diese Schätze unseres Alters hast du mir geraubt. Ich gehe zur rechten Zeit von dannen; wir hatten ja auf keinerlei Weise gemeinsam gelebt, du hast mir deine Gedanken und dein Tun verborgengehalten. Wie bist du dazu gelangt, Furcht vor mir zu haben? Habe ich dich je mit einem Wort, einem Blick, einer Geste bedacht, die der Tadel geprägt hätte? Gut, du hast deine letzten Bilder verkauft, sogar die Weine in deinem Keller hast du verkauft, und du hast dein Hab und Gut aufs neue mit Schulden belastet, ohne mir ein Wort davon gesagt zu haben. Ach, soll ich denn vom Leben angeekelt aus dem Leben scheiden? Wenn du Falsches getan hast, wenn du verblendet warst, als du dem Unmöglichen nachjagtest, habe ich dir da nicht gezeigt, daß in mir genug an Liebe sei, um die Sanftmut zum Teilen deiner Fehler aufzubringen, um stets an deiner Seite zu schreiten, und hättest du mich auf den Weg des Verbrechens geführt? Du hast mich zu sehr geliebt; das ist mein Ruhm und mein Schmerz. Meine Krankheit hat lange gewährt, Balthazar; sie hat an dem Tag begonnen, da du an dieser Stelle hier, wo ich sterben werde, bewiesen hast, daß du mehr der Wissenschaft als der Familie angehörtest. Jetzt ist deine Frau dem Tode nah, und dein Vermögen ist vertan. Dein Vermögen und deine Frau haben dir gehört; darüber konntest du verfügen; aber an dem Tag, da ich nicht mehr bin, gehört mein Vermögen meinen Kindern, und du kannst nichts davon nehmen. Was soll dann aus dir werden? Ich schulde dir jetzt die Wahrheit, Sterbende sind so weitsichtig! Wo wird fortan das Gegengewicht sein, das die verfluchte Leidenschaft ausgleicht, aus der du dein Leben gemacht hast? Wenn du mich geopfert hast, dann werden deine Kinder in deinen Augen leicht wiegen; denn diese Gerechtigkeit schulde ich dir, du hast mich allem vorgezogen. Zwei Millionen und sechs Jahre der Arbeit sind in diesen Schlund geworfen worden, und du hast nichts gefunden . . .«

Bei diesen Worten barg Claes sein greises Haupt in den Händen und verbarg sein Gesicht.

»Nichts wirst du finden als Schmach und Schande für dich

und Not und Elend für deine Kinder«, fuhr die Sterbende fort. »Schon jetzt wirst du höhnisch ›Claes, der Alchimist‹ genannt; später wird es heißen: ›Claes, der Narr‹! Ich selber glaube an dich. Ich weiß, daß du groß, gelehrt und genial bist; aber für die gemeine Masse ist Genie dasselbe wie Narrheit. Der Ruhm ist die Sonne der Toten; zu deinen Lebzeiten wirst du unglücklich sein wie jeder, der groß war, und du wirst deine Kinder zugrunderichten. Ich werde sterben, ohne an deinem Ruhm teilgenommen zu haben; er hätte mich für den Verlust des Glücks getröstet. Gut denn, mein lieber Balthazar, damit jener Tod weniger bitter sei, müßte ich die Gewißheit besitzen, daß unsere Kinder ein Stück Brot haben werden; aber nichts, nicht einmal du selber, vermöchte meine Besorgnisse zu beschwichtigen ...«

»Ich schwöre«, sagte Claes, »daß ich ...«

»Schwöre nicht, mein Freund, damit du deine Schwüre nicht zu brechen brauchst«, unterbrach sie ihn. »Du hättest uns deinen Schutz geschuldet; seit fast sieben Jahren hat er uns gefehlt. Dein Leben ist die Wissenschaft. Geht allein euren Weg ins Elend! Eure Tugenden sind nicht die der gewöhnlichen Menschen, ihr gehört der Welt an, ihr vermögt weder einer Frau noch einer Familie anzugehören. Ihr dörrt den Boden rings um euch her aus, wie es die großen Bäume tun! Ich arme Pflanze habe mich nicht hoch genug erheben können; ich sterbe zur Hälfte an deinem Leben. Ich habe diesen letzten Tag abgewartet, um dir diese schrecklichen Gedanken zu sagen, deren ich mir nur im Blitzschein des Schmerzes und der Verzweiflung gewahr geworden bin. Schone meine Kinder! Möge dies Wort in deinem Herzen widerhallen! Bis zu meinem letzten Seufzer werde ich es dir sagen. Die Frau ist erstorben, siehst du? Du hast sie langsam und stufenweise ihrer Gefühle, ihrer Liebesfreuden beraubt. Ach, hätte ich ohne diese grausame Fürsorglichkeit, die du mir angedeihen ließest, wohl so lange gelebt? Aber die armen Kinder haben mich nicht verlassen! Unter meinen Schmerzen sind sie herangewachsen; die Mutter hat überlebt. Schone, schone unsre Kinder.«

»Lemulquinier!« rief Balthazar mit Donnerstimme. Unvermittelt erschien der alte Diener.

»Geh und zerstöre da oben alles, Apparate, Instrumente; tu

es vorsichtig, aber zerbrich alles. – Ich verzichte auf die Wissenschaft!« sagte er zu seiner Frau.

»Es ist zu spät«, sprach sie weiter und blickte Lemulquinier an. »Marguerite!« rief sie, da sie den Tod nahen fühlte. Marguerite erschien auf der Türschwelle und stieß einen durchdringenden Schrei aus, als sie sah, wie die Augen der Mutter verblaßten. »Marguerite!« sagte die Sterbende nochmals.

Dieser letzte Ausruf barg eine so gewaltige Aufforderung an die Tochter, er bekleidete sie mit soviel Autorität, daß jener Schrei zu einem ganzen Testament wurde. Die erschrockene Familie eilte herbei und sah Madame Claes verscheiden; sie hatte die letzten Kräfte ihres Lebens in der Unterredung mit ihrem Mann erschöpft. Balthazar und Marguerite standen starr, sie am Kopfende, er am Fußende des Bettes; sie konnten nicht an den Tod dieser Frau glauben, deren Fülle der Tugenden und unerschöpfliche Liebe nur sie beide gekannt hatten. Vater und Tochter tauschten einen gedankenschweren Blick; die Tochter richtete den Vater, und der Vater zitterte bereits davor, in der Tochter das Werkzeug einer Rache zu finden. Obwohl die Liebeserinnerungen, mit denen seine Frau sein Leben erfüllt hatte, in Massen über sein Gedächtnis hereinbrachen und den letzten Worten der Toten eine heilige Gewalt verliehen, die Balthazar für immer deren Stimme lauschen lassen sollte, zweifelte er an seinem Herzen, das gegenüber seinem Genie zu schwach war; dann vernahm er ein furchtbares Grollen der Leidenschaft, die die Kraft seiner Reue abstritt und ihm Angst vor sich selbst machte. Nun diese Frau hingeschwunden war, erkannte jeder, daß das Haus Claes eine Seele gehabt habe, und daß diese Seele nicht mehr sei. So geschah es, daß der Schmerz in der Familie so groß war, daß das Wohnzimmer, in dem die edle Joséphine noch immer zu leben schien, fortan geschlossen blieb; niemand brachte den Mut auf, hineinzugehen.

Die Gesellschaft befleißigt sich keiner der Tugenden, die sie von den Menschen verlangt; stündlich begeht sie Verbrechen, aber sie begeht sie mit Worten; durch Scherze bereitet sie böse Taten vor, wie sie das Schöne erniedrigt, indem sie es lächerlich macht; sie spottet der Söhne, die ihre Väter allzusehr beweinen; aber sie tut diejenigen in Acht und Bann, die sie nicht zur Genüge beweinen; ferner, so ist sie nun mal, amüsiert sie sich damit, die Leichen zu wägen, noch ehe sie erkaltet sind. Am Abend des Todestages der Madame Claes warfen die Freunde jener Frau zwischen zwei Whist-Partien ein paar Blumen auf ihr Grab, huldigten ihren schönen Charaktereigenschaften und suchten nach Herz oder Pique. Und nach einigen tränenseligen Phrasen, die den Wortschatz des Kollektivschmerzes ausmachen und die in allen Städten Frankreichs zu jeder Stunde mit derselben Betonung geäußert werden, bezifferte jeder den Gesamtbetrag der Erbschaft. Pierquin als erster gab allen, die über das Geschehene einherredeten, zu bedenken, der Tod dieser vortrefflichen Frau sei für diese eine Wohltat, ihr Mann habe sie zu unglücklich gemacht; aber für ihre Kinder sei er eine noch größere Wohltat; sie würde es nicht fertiggebracht haben, ihrem vergötterten Mann ihr Vermögen zu verweigern, wogegen Claes jetzt nicht mehr darüber verfügen könne. Und so schätzte denn jeder den Nachlaß der armen Madame Claes ab, stellte Vermutungen über ihre Ersparnisse an (hatte sie überhaupt welche gemacht? Hatte sie keine gemacht?), stellte ein Verzeichnis ihrer Schmucksachen auf, breitete ihre Garderobe aus und wühlte in ihren Schubfächern, während die trostlose Familie am Sterbebett weinte und betete. Mit dem raschen Blick eines vereidigten Taxators hatte Pierquin berechnet, daß das bewegliche und unbewegliche Eigentum der Madame Claes, um seinen Ausdruck zu gebrauchen, sich noch wiederfinden und auf eine Höhe von ungefähr fünfzehnhunderttausend Francs belaufen müsse, entweder durch den Waldbesitz von Waignies, dessen Holzbestand innerhalb von zwölf Jahren einen riesigen Wert erlangt hatte, und er zählte den Hochwald auf, die Schonungen, die alten und die jüngst angelegten, oder die Besitzungen Balthazars, der nach wie vor verpflichtet war, seine Kinder auszuzahlen, sofern das Ergebnis der Liquidation zur Rückzahlung des ihnen Geschuldeten nicht ausreichte. Mademoiselle Claes war also, wiederum in seinem Kauderwelsch ausgedrückt, ein Mädchen von vierhunderttausend Francs. – »Aber wenn sie nicht schleunigst heiratet«, hatte er hinzugefügt, »was sie ja mündig machen und befähigen würde, die Waldungen von Waignies zu versteigern, den Anteil der minderjährigen Geschwister flüssig zu machen und ihn so anzulegen, daß der Vater nicht daran rühren kann, dann ist Monsieur Claes durchaus der Mann, seine Kinder zu ruinieren.« Jeder überlegte nun, welche jungen Herrn in der Provinz wohl befähigt seien, sich um die Hand der Mademoiselle Claes zu bewerben; aber kein einziger erwies dem Notar die Liebenswürdigkeit, zu vermuten, er befinde sich darunter. Der Notar dagegen fand stets Gründe, jede der vorgeschlagenen Partien als Marguerites unwürdig zu verwerfen. Die Gesprächspartner blickten einander an, lächelten und machten sich einen Spaß daraus, diese Provinzbosheit in die Länge zu ziehen. Pierquin hatte bereits im Tod der Madame Claes ein seinen ehrgeizigen Plänen günstiges Ereignis erblickt, und er sezierte die Leiche bereits zu seinem Nutzen.

»Diese wackere Frau«, sagte er sich, als er heimging, um sich schlafen zu legen, »war stolz wie ein Pfau und hätte mir ihre Tochter nie gegeben. Haha, warum soll ich jetzt die Sache nicht so drehn und deichseln, daß ich sie heiraten kann? Der alte Claes ist besoffen vom Kohlenstoff und kümmert sich nicht mehr um seine Kinder; wenn ich ihn um die Hand seiner Tochter bitte, nachdem ich zuvor Marguerite von der dringenden Notwendigkeit überzeugt habe, sie müsse heiraten, um das Vermögen ihrer Geschwister zu retten, wird er froh sein, eine Tochter loszuwerden, die ihm das Leben schwermachen könnte.«

Er schlief mit vorausschauenden Gedanken über die schönen Seiten des Ehekontrakts ein, indem er alle Vorteile erwog, die ihm dieser Handel und die Garantien darboten, die er glücklicherweise in derjenigen vorfand, zu deren Gatten er sich gemacht hatte. Es wäre schwierig gewesen, ein junges Mädchen ausfindig zu machen, das auf eine erlesenere Weise schön und besser erzogen gewesen wäre als Marguerite. Ihre Schlichtheit und ihre Anmut waren derjenigen der hübschen Blume vergleichbar, deren Namen Emmanuel in ihrem Dabeisein nicht zu nennen gewagt hatte, aus Scheu, auf diese Weise die geheimen Wünsche seines Herzens zu offenbaren. Ihre Gefühle waren stolz, ihre Grundsätze fromm; sie mußte eine züchtige Gattin sein; aber sie schmeichelte nicht nur der Eitelkeit, die jeder Mann mehr oder weniger bei der Wahl einer Frau bekundet; sie befriedigte überdies den Hochmut des Notars durch die gewaltige Achtung, deren ihre zweifach adlige Familie sich in Flandern erfreute und die ihr Mann teilen würde. Am nächsten Tag entnahm Pierquin seiner Kasse ein paar Tausendfrancsscheine und bot sie freundschaftlich Balthazar an, um ihm in dem Augenblick, da er schmerzversunken sei, pekuniären Schmerz zu ersparen. In seiner Rührung über diese zartsinnige Aufmerksamkeit würde Balthazar sicherlich der Tochter gegenüber ein Loblied auf das Herz und die Person des Notars singen. Das geschah indessen mitnichten. Monsieur Claes und seine Tochter fanden dies Verhalten allzu selbstverständlich, und ihr Leid hielt sie zu ausschließlich im Bann, als daß sie an Pierquin gedacht hätten. Wirklich, Balthazars Verzweiflung war so groß, daß alle, die geneigt waren, ihm sein Verhalten vorzuwerfen, es ihm verziehen, weniger im Namen der Wissenschaft, die ihn hätte entschuldigen können, als um seiner Reuetränen willen, die doch das Unheil nicht wiedergutmachen konnten. Die Welt begnügt sich mit Grimassen, sie macht sich mit dem bezahlt, was sie selber gibt, ohne es auf seinen Feingehalt zu prüfen; für sie ist wahrer Schmerz ein Schauspiel, eine Art Genuß, der sie geneigt macht, jedem Absolution zu erteilen, sogar einem Verbrecher; in ihrer Gier nach Aufregendem spricht sie unterschiedslos jeden frei, der sie lachen oder der sie weinen macht, ohne von ihm Rechenschaft über seine Mittel zu verlangen.

Marguerite hatte ihr neunzehntes Lebensjahr vollendet, als der Vater die Leitung des Hausstands in ihre Hände legte; ihre Oberherrschaft wurde getreulich von ihren Geschwistern anerkannt, denen Madame Claes in den letzten Augenblicken ihres Lebens empfohlen hatte, der älteren Schwester zu gehorchen. Die Trauerkleidung hob ihre hellhäutige Frische noch hervor, gerade wie das Trauern ihre Sanftmut und ihre Geduld steigerte. Von den ersten Tagen an gab sie ausgiebige Proben ihres weiblichen Muts und jener beständigen Fröhlichkeit, die die Engel haben müssen, die damit beauftragt sind, Frieden zu verbreiten, indem sie mit ihren grünen Palmwedeln leidende Herzen berühren. Aber wenn sie sich auch daran gewöhnt hatte, durch vorzeitigen Einblick in ihre Pflichten ihre Schmerzen zu verbergen, waren diese deswegen nicht minder heftig; ihr ruhiges Äußeres stand im Mißverhältnis zur Tiefe dessen, was sie empfand; und es war ihr bestimmt, beizeiten die schrecklichen Gefühlsausbrüche kennenzulernen, die das Herz nicht immer einzudämmen vermag; ihr Vater mußte sich unablässig zwischen einer Großherzigkeit, wie sie jungen Seelen etwas Selbstverständliches ist, und der Stimme einer gebieterischen Notwendigkeit in Zwang halten. Die Berechnungen, die sie gleich am Tag nach dem Tod der Mutter umstrickten, ließen sie in einem Augenblick mit den Erfordernissen des Lebens handgemein werden, da junge Mädchen nur dessen Freuden erfahren. Schauerliche Lehrzeit des Leids, die engelhaften Wesen nie erspart bleibt! Liebe, die sich auf Geld und Eitelkeit stützt, ist die hartnäckigste aller Leidenschaften; und so wollte Pierquin nicht länger zögern, die Erbin zu umgarnen. Ein paar Tage nach dem Anlegen der Trauerkleidung suchte er Gelegenheit zu einer Aussprache mit Marguerite, und er begann sein Vorgehen mit einer Geschicklichkeit, die sie hätte verführen können; allein die Liebe hatte ihrer Seele eine Hellsicht verliehen, die es verhinderte, daß sie sich durch Äußerlichkeiten einfangen ließ, die mit ihren sentimentalen Täuschungsmanövern um so vorteilhafter wirkten, als Pierquin bei dieser Gelegenheit die Güte entfaltete, die ihm eigen war, die Güte des Notars, der zu lieben vermeint, wenn er Talern nachläuft. Im Gefühl der Stärke ob seiner zweifelhaften Verwandtschaft, ob seiner althergebrachten Gewohnheit, die geschäftlichen Angelegenheiten der Familie zu regeln und ihre Geheimnisse zu teilen, der Achtung und der Freundschaft des Vaters sicher und gut unterstützt durch die Unbekümmertheit eines Gelehrten, der keinen festen Plan für die Unterbringung seiner Tochter hatte und nicht vermutete, Marguerite könne eine bestimmte Neigung hegen, überließ er ihr ein Vorgehen zur Beurteilung, das Leidenschaft nur in Verbindung mit Berechnungen vorspiegelte, die für junge Seelen die abscheulichsten sind und die er nicht zu verhüllen verstand. Er selber bezeigte sich als naiv; sie dagegen bediente sich der Verstellung, und das vollzog sich, gerade weil er glaubte, es mit einem wehrlosen Mädchen zu tun zu haben, und weil er die Vorrechte der Schwäche verkannte.

»Liebe Kusine«, sagte er zu Marguerite, mit der er auf den Wegen des kleinen Gartens auf und ab ging, »Sie kennen mein Herz und wissen, wie sehr ich dazu neige, die schmerzlichen Gefühle zu ehren, die Sie in diesem Augenblick bedrücken. Ich habe eine zu empfindliche Seele für einen Notar; ich lebe nur durch das Herz und bin dabei genötigt, mich immerfort gerade dann mit den Interessen anderer zu befassen, wenn ich mich den süßen Wallungen überlassen möchte, die das Leben glücklich machen. Daher leide ich sehr darunter, daß ich gezwungen bin, mit Ihnen über Pläne zu sprechen, die im Mißklang zu Ihrem Seelenzustand stehen; aber es muß nun mal sein. Ich habe seit ein paar Tagen viel an Sie gedacht. Unlängst ist mir nämlich klar geworden, daß durch eine verhängnisvolle Fügung das Vermögen Ihrer Geschwister und sogar ihr eigenes in Gefahr schweben. Wollen Sie Ihre Familie vor dem völligen Ruin bewahren?«

»Was müßte ich dazu tun?« fragte sie, halb erschreckt durch diese Worte.

»Heiraten«, antwortete Pierquin.

»Ich heirate nie«, rief sie aus.

»Sie werden ganz sicher heiraten«, entgegnete der Notar, »wenn Sie reiflich über die kritische Lage nachgedacht haben, in der Sie sich befinden ...«

»Wie könnte meine Heirat die Rettung ...«

»Darauf war ich gefaßt, liebe Kusine«, unterbrach er sie. »Die Eheschließung macht mündig!«

»Und zu welchem Behuf sollte ich mündig gesprochen werden?« fragte Marguerite.

»Um rechtsfähig zu werden, liebe kleine Kusine«, sagte der Notar mit triumphierender Miene. »Sie übernehmen dadurch Ihr Viertel vom Vermögen Ihrer Mutter. Damit es Ihnen übergeben werden kann, muß es flüssig gemacht werden; müßte nun aber, um es flüssig zu machen, nicht der Wald von Waignies versteigert werden? Dies vorausgesetzt, können alle Werte der Erbschaft kapitalisiert werden, und Ihr Vater muß als Vormund den Anteil ihrer Geschwister so anlegen, daß die Chemie ihn nicht länger antasten kann.«

»Und was geschähe im gegenteiligen Fall?« fragte sie.

»Ja«, sagte der Notar, »dann wird Ihr Vater Ihr Hab und Gut verwalten. Wenn er sich dann wieder aufs Goldmachen verlegte, würde er den Wald von Waignies verkaufen und euch Kinder nackt wie kleine Sankt-Johannes-Knaben herumlaufen lassen können. Der Wald von Waignies ist gegenwärtig etwa vierzehnhunderttausend Francs wert; aber wenn Ihr Vater ihn von heute auf morgen kahlschlägt, sind Ihre dreizehnhundert Morgen keine dreihunderttausend Francs wert. Wäre es nicht besser, man umginge diese nahezu gewisse Gefahr dadurch, daß man durch Ihre Mündigkeitserklärung die Teilung schon heute notwendig macht? Auf diese Weise würden Sie den Wald vor allen Holzschlägen retten, die Ihr Vater später zu Ihrem Nachteil anordnen könnte. Im gegenwärtigen Augenblick schläft die Chemie; da wird er notwendigerweise die sich aus der Liquidation ergebenden Werte in Staatspapieren anlegen. Die stehen jetzt auf neunundfünfzig; die lieben Kinder erhielten also etwa fünftausend Francs Zinsen auf fünfzigtausend Francs; und in anbetracht der Tatsache, daß man über Minderjährigen gehörende Kapitalien nicht verfügen darf, werden Ihre Geschwister bei ihrer Volljährigkeit ihr Vermögen verdoppelt sehen. Während andernfalls, du lieber Himmel . . . Na ja . . . Übrigens hat Ihr Vater das Vermögen Ihrer Mutter bereits angebrochen; das Defizit dürfte sich aus der Bestandsaufnahme ergeben. Wenn er tatsächlich Ihr Schuldner ist, können Sie eine Hypothek auf seinen Besitz eintragen lassen; dadurch können Sie schon etwas retten.«

»Pfui!« sagte Marguerite. »Das hieße meinem Vater Gewalt antun. Die letzten Worte meiner Mutter sind erst vor so kurzer Zeit gesprochen worden, daß ich mich ihrer deutlich erinnern kann. Mein Vater ist außerstande, seine Kinder auszuplündern«, sagte sie, und es entrannen ihr Schmerzenstränen. »Sie verkennen ihn, Monsieur Pierquin.«

»Aber wenn nun Ihr Vater, liebe Kusine, sich wieder an die Chemie heranmacht, dann . . .«

»Dann würden wir ruiniert sein, nicht wahr?«

»Ja, und zwar völlig ruiniert! Glauben Sie mir, Marguerite«, sagte er, nahm ihre Hand und legte sie sich aufs Herz, »ich würde gegen meine Pflichten verstoßen, wenn ich nicht energisch darauf hinwiese. Allein schon Ihr Interesse . . .«

»Monsieur«, sagte Marguerite mit kalter Miene und entzog ihm die Hand, »das Interesse meiner Familie, wenn es richtig verstanden wird, verlangt, daß ich mich nicht verheirate. So hat meine Mutter es beurteilt.«

»Kusine«, rief er mit der Überzeugung eines Geldmannes, der ein Vermögen zerrinnen sieht, »Sie begehen Selbstmord, Sie werfen das Erbe Ihrer Mutter ins Wasser. Nun, ich werde die Selbstlosigkeit äußerster Freundschaft bewahren, die ich Ihnen entgegenbringe! Sie wissen nicht, wie sehr ich Sie liebe; ich vergöttere Sie seit dem Tag, da ich Sie auf dem letzten Ball gesehen habe, den Ihr Vater gab! Sie waren entzückend! Sie können der Stimme des Herzens vertrauen, wenn sie von Gelddingen spricht, meine liebe Marguerite.« Er machte eine Pause. »Ja, wir wollen einen Familienrat einberufen und Sie mündig sprechen lassen, ohne Sie deswegen zu befragen.«

»Aber was bedeutet es denn, wenn man mündig gesprochen wird?«

»Man gelangt in den Genuß seiner Rechte.«

»Wenn ich mündig gesprochen werden kann, ohne zu heiraten, warum wollen Sie dann, daß ich heirate? Und wen?«

Pierquin versuchte, seine Kusine zärtlich anzublicken; aber dieser Ausdruck stand in so heftigem Gegensatz zu der Härte seiner Augen, aus denen gewohnheitsmäßig nichts als Geld sprach, daß Marguerite in dieser improvisierten Zärtlichkeitsbezeigung das Berechnende wahrzunehmen glaubte.

»Sie könnten jemanden heiraten, den Sie mögen ... einen aus der Stadt ...«, fuhr er fort. »Ein Mann ist Ihnen unentbehrlich, vor allem in Geschäftsdingen. Sie haben es doch mit Ihrem Vater zu tun. Wenn Sie allein sind, können Sie ihm dann Widerstand leisten?«

»Ja, ich werde es fertigbringen, meine Geschwister zur gegebenen Zeit zu verteidigen.«

»Donnerwetter, hat die ein Maulwerk!« sagte sich Pierquin.

»Nein, ihm Widerstand leisten, das können Sie nie und nimmer«, entgegnete er laut.

»Lassen Sie uns Schluß mit diesem Thema machen«, sagte sie.

»Adieu, Kusine, ich will versuchen, Ihnen auch wider Ihren Willen zu helfen; dadurch, daß ich Sie wider Ihren Willen vor einem Unglück schütze, das jedermann in der Stadt kommen sieht, will ich Ihnen beweisen, wie lieb Sie mir sind.«

»Ich danke Ihnen für die Anteilnahme, die Sie mir bezeigen; aber ich flehe Sie an: schlagen Sie nichts vor und unternehmen

Sie nichts, was meinem Vater auch nur den leisesten Kummer verursachen könnte.«

Nachdenklich blickte Marguerite dem sich entfernenden Pierquin nach; sie verglich seine metallische Stimme, seine Manieren, die nur die Geschmeidigkeit von Sprungfedern hatten, seine Blicke, aus denen mehr Servilismus als Sanftmut sprach, mit dem auf melodische Weise stummen Poetischen, das Emmanuels Gefühle umkleidete. Was man auch tun und sagen möge, es gibt einen wundersamen Magnetismus, dessen Auswirkungen nie täuschen. Der Klang der Stimme, der Blick, die leidenschaftlichen Gesten des liebenden Mannes lassen sich nachahmen; ein junges Mädchen kann durch einen geschickten Komödianten getäuscht werden; aber um Erfolg zu haben, müßte er da nicht der einzige sein? Wenn ebenjenes junge Mädchen in seiner Nähe eine Seele hat, die im Einklang mit ihren Gefühlen schwingt, hat sie dann nicht bald den Ausdruck wahrer Liebe erkannt? Emmanuel stand in diesem Augenblick wie auch Marguerite unter dem Einfluß der Wolken, die seit ihrer beider Begegnung unseligerweise über ihren Köpfen eine düstere Atmosphäre geschaffen und ihnen den Anblick des blauen Himmels der Liebe entzogen hatten. Er empfand für seine Erkorene jene abgöttische Verehrung, die der Mangel an Hoffnung so süß und so geheimnisvoll in ihren frommen Bekundungen macht. Durch sein geringes Vermögen stand er Mademoiselle Claes gesellschaftlich zu fern; er hatte ihr keinen schönen Namen anzubieten; und so sah er nicht die mindeste Möglichkeit, als ihr Gatte willkommen geheißen zu werden. Stets hatte er auf einige Ermutigungen gehofft; doch Marguerite hatte es sich versagt, sie ihm angesichts der brechenden Augen einer Sterbenden zu geben. Beide waren gleichermaßen rein, und so hatten sie einander noch kein einziges Liebeswort gesagt. Ihre Freuden waren die selbstsüchtigen Freuden gewesen, die die Unglücklichen für sich allein zu genießen gezwungen sind. Sie hatten jeder für sich gezittert, obwohl beide von einem Strahl bewegt worden waren, der derselben Hoffnung entsprungen war. Sie schienen voreinander Furcht zu haben, da sie bereits fühlten, daß sie einander gar zu sehr gehörten. Daher erbebte Emmanuel stets, wenn er die Hand der Herrscherin streifte, der er in seinem Herzen ein Heiligtum errichtet hatte. Die harmloseste

Berührung hätte in ihm allzu aufreizende Wollüste erregt; er wäre nicht länger Herr seiner entfesselten Sinne geblieben. Aber obgleich sie einander nicht einmal die zerbrechlichen und gewaltigen, die unschuldigen und ernst gemeinten Bezeigungen gegönnt hatten, die sich auch die schüchternsten Liebespaare erlauben, wohnte dennoch der eine so wohlig in des andern Herzen, daß beide sich bereit wußten, einander die größten Opfer zu bringen, und das waren die einzigen Liebesfreuden, die sie auskosten konnten. Seit dem Tod der Madame Claes erstickte ihrer beider heimliche Liebe unter Trauerflören. Die Farbtöne der Atmosphäre, in der sie lebten, waren aus braunen zu schwarzen geworden, und die Helligkeiten darin waren durch Tränen erloschen. Marguerites Zurückhaltung hatte sich fast in Kälte gewandelt, denn sie mußte ja doch den Eid halten, den ihre Mutter ihr abverlangt hatte; und nun sie mehr Freiheit genoß als zuvor, versteifte sie sich desto mehr. Emmanuel hatte sich die Trauer seiner Geliebten zu eigen gemacht; er sah ein, daß das leiseste Liebesgeständnis, die schlichteste Forderung ein Frevel gegen die Gesetze des Herzens gewesen wären. Diese große Liebe war also jetzt verborgener denn je zuvor. Die beiden zärtlichen Seelen erklangen stets im gleichen Ton; aber da der Schmerz sie trennte, wie sie bislang die Schüchternheit der Jugend und der den Leiden der jetzt Toten geschuldete Respekt getrennt hatten, hielten sie sich noch an die wundersame Sprache der Augen, an die stumme Beredsamkeit opferfreudiger Handlungen, an ein beständiges Miteinanderverwachsen, was alles die erhabenen Harmonien der Jugend bildet, die ersten Schritte der Liebe in deren Kindheit. Emmanuel kam jeden Morgen und erkundigte sich nach Claes und Marguerite; aber er drang nur dann ins Eßzimmer ein, wenn er einen Brief Gabriels zu überbringen hatte und wenn Balthazar ihn bat, doch näherzutreten. Sein erster, hastiger Blick auf das junge Mädchen sagte ihr tausend mitfühlende Gedanken; er litt unter der Zurückhaltung, die die Schicklichkeit ihm auferlegte; er hatte sich nicht von ihr abgewandt, er teilte ihre Trauer; mit einem Wort, er ergoß den Tau seiner Tränen in das Herz der Freundin durch einen Blick, den kein Hintergedanke trübte. Dieser gutgeartete junge Mensch lebte so sehr in der Gegenwart, er klammerte sich so fest an ein Glück, das er für flüchtig hielt, daß Marguerite sich bisweilen vorwarf, ihm nicht großherzig die Hand hinzustrecken und ihm zu sagen: »Wir wollen gute Freunde sein!«

Pierquin setzte seine Zudringlichkeiten mit der Hartnäckigkeit fort, die die gedankenlose Geduld der Dummheit ist. Er beurteilte Marguerite entsprechend den üblichen Regeln, die die Masse bei der Einschätzung von Frauen anwendet. Er glaubte, daß die Worte Heirat, Freiheit, Vermögen, die er ihren Ohren anvertraut hatte, in ihrer Seele aufkeimen und darin ein Verlangen erblühen lassen würden, aus dem er Nutzen ziehen könnte, und er bildete sich ein, daß ihre Kälte Verstellung sei. Aber obwohl er sie mit Fürsorglichkeiten und galanten Aufmerksamkeiten umgab, tarnte er nur schlecht das despotische Gehaben eines Mannes, der es gewohnt ist, die höchsten das Familienleben betreffenden Fragen einfach zu durchhauen. Um sie zu trösten, wartete er ihr mit Gemeinplätzen auf, wie sie bei Leuten seines Berufs üblich sind; sie gleiten wie Schnecken über den Schmerz hinweg und hinterlassen darauf eine Schleppspur dürrer Redensarten, die die Heiligkeit des Schmerzes entehren. Seine Zärtlichkeit war Fuchsschwänzelei. Er legte seine vorgespiegelte Melancholie an der Tür ab, wenn er sich die Überschuhe wieder anzog oder nach seinem Regenschirm langte. Er bediente sich des Tonfalls, den anzuwenden sein langer vertrauter Umgang mit der Familie ihn ermächtigte, wie eines Werkzeugs, um tiefer in das Herz der Familie einzudringen, um Marguerite zu einer Eheschließung zu bestimmen, die schon im voraus in der ganzen Stadt verkündet worden war. Wahre, ergebene, ehrfürchtige Liebe bildete also einen schlagenden Gegensatz zu einer selbstsüchtigen und auf Berechnung beruhenden Liebe. Alles bei diesen beiden Männern war verwandt. Der eine heuchelte eine Leidenschaft und wappnete sich mit den geringsten Vorteilen, um Marguerite heiraten zu können; der andere verbarg seine Liebe und zitterte davor, sich seine Ergebenheit anmerken zu lassen. Einige Zeit nach dem Tod ihrer Mutter konnte Marguerite, und zwar an ein und demselben Tag, die beiden einzigen Männer miteinander vergleichen, die zu beurteilen sie imstande war. Bis dahin hatte die Abgeschiedenheit, zu der sie verurteilt war, ihr nicht gestattet, Einblick in Welt und Gesellschaft zu nehmen, und die Lage, in der sie sich befand, hatte niemandem Zutritt erlaubt, der daran hätte denken können, um ihre Hand zu bitten. Eines Tages, an einem der ersten schönen Aprilmorgen, kam Emmanuel nach dem Mittagessen gerade in dem Augenblick, da Monsieur Claes ausgehen wollte. Balthazar war der Anblick seines Hauses so unerträglich, daß er einen Teil des Tages auf den Wällen spazierenging. Emmanuel wollte Balthazar folgen, zögerte, schien aus sich selbst Kraft zu schöpfen, schaute Marguerite an und blieb. Marguerite ahnte, daß der Lehrer mit ihr reden wolle und schlug ihm vor, mit in den Garten zu kommen. Sie schickte ihre Schwester Félicie zu Martha, die im ersten Stock im Flur zu tun hatte; dann setzte sie sich auf eine Bank, und zwar so, daß sie von ihrer Schwester und der alten Duenna gesehen werden konnte.

»Monsieur Claes wird durch den Kummer genauso in Anspruch genommen wie früher durch seine wissenschaftlichen Forschungen«, sagte der junge Mann, als er Balthazar langsam über den Hof gehen sah. »Die ganze Stadt bedauert ihn; er geht wie einer, der seine Gedanken nicht mehr beisammen hat; er bleibt ohne Grund stehen und schaut blicklos umher ...«

»Jeder Schmerz hat seinen eigenen Ausdruck«, sagte Marguerite und wehrte ihren Tränen. »Was hatten Sie mir sagen wollen?« fuhr sie nach einer Pause kalt und würdevoll fort.

»Mademoiselle«, anwortete Emmanuel mit bewegter Stimme, »habe ich das Recht, so zu Ihnen zu sprechen, wie ich es gern täte? Erblicken Sie darin nichts als meinen Wunsch, Ihnen nützlich zu sein, und lassen Sie mich glauben, ein Lehrer dürfe am Schicksal seiner Schüler so großen Anteil nehmen, daß er sich um ihre Zukunft sorgt. Ihr Bruder Gabriel ist jetzt über fünfzehn, er ist in der Sekunda, und es ist sicher notwendig, seine Arbeiten in der Schule in die Richtung der Laufbahn zu lenken, die er einmal einschlagen wird. Ihrem Herrn Vater läge es ob, diese Frage zu entscheiden; aber wenn er es sich nun nicht einfallen ließe, wäre das nicht ein Unglück für Gabriel? Wäre es nicht auch kränkend für Ihren Herrn Vater, wenn Sie ihm zu bedenken gäben, er kümmere sich nicht um seinen Sohn? Könnten Sie unter diesen Gegebenheiten nicht Ihren Bruder nach seinen Neigungen fragen, ihn selber sich einen Beruf aussuchen lassen, damit Gabriel, wenn sein Vater später aus ihm einen Richter, einen Verwaltungsbeamten, einen Offizier machen will, schon Spezialkenntnisse besitzt? Ich glaube nicht, daß Sie oder Monsieur Claes ihn ohne Beruf lassen wollen ...«

»O nein«, sagte Marguerite. »Ich danke Ihnen, Monsieur Emmanuel; Sie haben recht. Als unsere Mutter uns Spitzen klöppeln ließ, als sie uns so sorglich Zeichnen, Nähen, Sticken und Klavierspielen lehrte, da hat sie uns oftmals gesagt, man wisse nie, was einem im Leben zustoßen könne. Gabriel soll ein wertvoller Mensch werden und eine vollständige Ausbildung erhalten. Aber welches ist denn der am meisten angemessene Beruf, den ein Mann ergreifen könnte?«

»Mademoiselle«, sagte Emmanuel und zitterte vor Glück, »Gabriel ist in seiner Klasse derjenige, der die meiste Begabung für Mathematik zeigt; wenn er in die Ecole Polytechnique[67] einträte, würde er, wie ich glaube, dort Kenntnisse erwerben, die ihm in allen Berufen zugute kommen. Hat er sie absolviert, würde es ihm freistehen, denjenigen zu wählen, zu dem er die meiste Neigung hat. Ohne bis dahin seine Zukunft festzulegen, haben Sie Zeit gewonnen. Leute, die in Ehren aus dieser Schule hervorgehen, sind überall willkommen. Sie hat Verwaltungsbeamte hervorgebracht, Diplomaten, Gelehrte, Ingenieure, Generale, Seeleute, Richter, Fabrikanten und Bankiers. Es ist also nichts Ungewöhnliches, wenn ein junger Mann aus reichem oder gutem Hause darauf hinarbeitet, dort zugelassen zu werden. Wenn Gabriel sich dazu entschließt, dann möchte ich Sie bitten ... gewähren Sie es mir doch! Sagen Sie ja!«

»Was wollen Sie denn?«

»Sein Repetitor werden«, sagte er zitternd.

Marguerite blickte Monsieur de Solis an, ergriff seine Hand und sagte:

»Ja.« Dann legte sie eine Pause ein und fuhr mit bewegter Stimme fort: »Wie sehr schätze ich Ihr Zartgefühl, das Sie gerade das anbieten läßt, was ich von Ihnen annehmen kann. Aus dem, was Sie gerade eben gesagt haben, ersehe ich, daß Sie an uns gedacht haben. Ich danke Ihnen.«

Obgleich diese Worte schlicht hingesprochen worden waren, wandte Emmanuel den Kopf ab, um nicht die Tränen sehen zu lassen, die ihm die Freude, Marguerite angenehm zu sein, in die Augen getrieben hatte.

»Ich bringe sie Ihnen beide«, sagte er, als er sich ein wenig beruhigt hatte, »morgen beginnen die Ferien.«

Er stand auf und verabschiedete sich von Marguerite; sie folgte ihm, und als er im Hof war, sah er sie noch an der Eßzimmertür stehen, von wo aus sie ihn mit einem freundschaftlichen Wink bedachte. Nach dem Abendessen stattete der Notar Monsieur Claes einen Besuch ab; er setzte sich im Garten zwischen seinen Vetter und Marguerite, und zwar auf ebenjene Bank, auf der auch Emmanuel gesessen hatte.

»Mein lieber Vetter«, sagte er, »ich bin heute abend hergekommen, um mit Ihnen Geschäftliches zu besprechen. Es sind jetzt dreiundvierzig Tage seit dem Ableben Ihrer Frau verflossen.«

»Ich habe sie nicht gezählt«, sagte Balthazar und wischte sich eine Träne ab, die der Juristenausdruck »Ableben« ihm entlockt hatte.

»Aber Monsieur«, sagte Marguerite und blickte den Notar an, »Wie können Sie . . .«

»Tja, liebe Kusine, wir Notare sind gezwungen, uns an die vom Gesetz festgelegten Fristen zu halten. Es handelt sich nämlich gerade um Sie und Ihre Miterben. Monsieur Claes hat nur minderjährige Kinder; er ist gehalten, innerhalb der fünfundvierzig Tage, die auf das Ableben seiner Frau folgen, ein Inventar aufzusetzen, damit der Wert des gemeinschaftlichen Besitzes festgestellt werden kann. Man muß doch wissen, ob es damit gut oder schlecht bestellt ist, um die Erbschaft zu übernehmen, oder ob man sich schlecht und recht an die Rechte der Minderjährigen halten will.« Marguerite stand auf. – »Bleiben Sie hier, liebe Kusine«, sagte Pierquin, »diese geschäftlichen Dinge betreffen Sie und Ihren Vater. Sie wissen, welchen Anteil ich an Ihrem Kummer nehme; aber heute müssen Sie sich mit diesen Einzelheiten befassen, denn sonst könnten Sie, beide Teile, in eine recht unangenehme Lage geraten! Ich erfülle in diesem Augenblick meine Pflicht als der Notar der Familie.«

»Er hat recht«, sagte Claes.

»Die Frist läuft in zwei Tagen ab«, fuhr der Notar fort, »ich muß also morgen mit der Bestandsaufnahme anfangen, wenn es nicht aussehen soll, als wolle ich die Zahlung der Erbschaftssteuer hinausschieben, die der Fiskus von euch verlangen wird; der Fiskus hat kein Herz, er kümmert sich nicht um Gefühle, er packt mit seinen Krallen jederzeit zu. Also kommen täglich von zehn bis vier mein Schreiber und ich mit dem vereidigten Taxator Monsieur Rapalier her. Wenn wir mit dem in der Stadt Befindlichen fertig sind, begeben wir uns in das Landhaus. Über den Wald von Waignies werden wir noch reden. Das wäre das; jetzt muß noch was anderes zur Sprache kommen. Wir haben einen Familienrat einzuberufen, um einen Nebenvormund zu ernennen. Monsieur Conyncks in Brügge ist heute euer nächster Verwandter; aber der ist Belgier geworden! Sie müßten ihm also in dieser Angelegenheit schreiben, lieber Vetter; dann würden Sie herausbekommen, ob der gute Mann Lust hat, sich auf die Dauer in Frankreich niederzulassen, wo er schönen Grundbesitz hat, und vielleicht könnten Sie ihn dazu bestimmen, mit seiner Tochter herzukommen und in Französisch-Flandern zu wohnen. Sollte er das ablehnen, so werde ich den Familienrat entsprechend den Verwandtschaftsgraden zusammensetzen.«

»Wozu dient eigentlich eine Inventaraufstellung?« fragte Marguerite.

»Zur Feststellung der Ansprüche, der Werte, der Aktiva und Passiva. Wenn alles gut geregelt ist, faßt der Familienrat im Interesse der Minderjährigen die Entschlüsse, die er für richtig ...«

»Pierquin«, sagte Claes und stand von der Bank auf, »treffen Sie die Maßnahmen, die Sie zwecks Wahrung der Rechte meiner Kinder für notwendig halten; aber ersparen Sie uns den Kummer, mitanzusehen, wie verkauft wird, was meiner lieben ...« Er sprach nicht zu Ende; er hatte diese Äußerung mit einer so noblen Miene und in einem so ergriffenen Ton gesagt, daß Marguerite die Hand des Vaters nahm und sie küßte.

»Bis morgen also«, sagte Pierquin.

»Kommen Sie zum Mittagessen«, sagte Balthazar. Dann schien Claes seine Erinnerungen zusammenzuraffen, und er rief aus: »Aber in meinem Ehekontrakt, der nach dem Hennegauer Landrecht aufgestellt worden ist, hatte ich meine Frau von der

Inventaraufstellung entbunden, damit ihr Scherereien erspart blieben, und also bin ich ja wohl ebensowenig gehalten ...«

»Oh, welch ein Glück«, sagte Marguerite, »es hätte uns soviel Mühe gemacht.«

»Also gut, wir wollen uns morgen mal Ihren Ehekontrakt ansehen«, antwortete der Notar ein wenig betroffen.

»Kennen Sie ihn denn nicht?« fragte ihn Marguerite.

Diese Bemerkung machte der Unterhaltung ein Ende. Der Notar war durch die Frage seiner Kusine viel zu sehr in Verlegenheit geraten, um sie fortzusetzen.

»Jetzt mischt der Teufel sich hinein!« sagte er sich auf dem Hof. »Dieser sonst so geistesabwesende Mensch findet gerade in dem Augenblick sein Gedächtnis wieder, da er es braucht, um zu verhindern, daß Maßnahmen gegen ihn ergriffen werden. Jetzt werden seine Kinder ausgeplündert! Das ist so sicher, wie zweimal zwei vier sind. Da rede einer mit neunzehnjährigen Mädchen, die in Gefühl machen, über geschäftliche Dinge. Ich habe mir den Kopf zerbrochen, wie man diesen Kindern ihr Vermögen retten könnte, bin nach dem Gesetz vorgegangen und habe mich mit dem Biedermann Conyncks ins Einvernehmen gesetzt. Und nun? Ich richte mich in Marguerites Augen zugrunde; denn die wird natürlich ihren Vater fragen, warum ich ein Inventarverzeichnis aufstellen lassen will, das sie für unnötig hält. Und dann wird Monsieur Claes ihr sagen, die Notare hätten nun mal die Manie, Aktenstücke aufzusetzen, und wir seien nun mal zunächst Notare und dann erst Verwandte, Vettern oder Freunde, und was dergleichen Eseleien mehr sind ...«

Geräuschvoll schlug er die Tür zu und verfluchte die Klienten, die sich aus lauter Feinfühligkeit zugrunderichteten. Balthazar hatte recht. Die Inventaraufnahme fand nicht statt. Es wurde also nichts über die Stellung festgelegt, in der der Vater sich seinen Kindern gegenüber befand. Mehrere Monate verrannen, ohne daß die Lage im Hause Claes sich änderte. Unter Monsieur Solis', der sein Hauslehrer geworden war, geschickter Leitung arbeitete Gabriel fleißig, lernte fremde Sprachen und bereitete sich auf die Prüfung vor, die für den Eintritt in die Ecole Polytechnique abgelegt werden mußte. Félicie und Marguerite hatten völlig zurückgezogen gelebt, waren aber dennoch, aus Gründen der Sparsamkeit, während der schönen Jahreszeit in das Landhaus ihres Vaters übergesiedelt. Monsieur Claes beschäftigte sich mit seinen geschäftlichen Angelegenheiten; er bezahlte seine Schulden durch Aufnahme einer beträchtlichen Summe auf seinen Besitz und besuchte den Wald von Waignies. Um die Mitte des Jahres 1817 ließ ihn sein langsam beschwichtigter Kummer allein und wehrlos gegenüber der Eintönigkeit des Lebens, das er führte und das auf ihm lastete. Zunächst kämpfte er wacker gegen die unmerklich wieder auflebende Wissenschaft an und verbot sich, an die Chemie zu denken. Dann aber dachte er daran. Aber er wollte sich nicht praktisch damit beschäftigen; nur theoretisch gab er sich damit ab. Dieses andauernde Sichbefassen ließ seine Leidenschaft aufschießen; sie forderte ihr Recht. Er haderte mit sich, ob er sich tatsächlich verpflichtet habe, seine Forschungen nicht fortzusetzen, und es fiel ihm ein, daß seine Frau von seinem Schwur nichts habe wissen wollen. Obgleich er sich selbst gelobt hatte, der Lösung seines Problems nicht länger nachzujagen, konnte er da seinen Entschluß nicht in dem Augenblick ändern, da er andeutungsweise einen Erfolg gewahrte? Er war bereits neunundfünfzig Jahre alt. In diesem Alter nahm die ihn beherrschende Idee die bittere Starrheit an, mit der die Monomanien einsetzen. Die Umstände verschworen sich überdies noch gegen seine schwankende Redlichkeit. Der Friede, den Europa genoß, hatte die Verbreitung der während des Krieges gemachten Entdeckungen und aufgestellten wissenschaftlichen Theorien der Gelehrten in den verschiedenen Ländern ermöglicht, zwischen denen seit nahezu zwanzig Jahren keine Beziehungen bestanden hatten. Die Wissenschaft war also weitergekommen. Claes fand, daß die Fortschritte der Chemie sich ohne Wissen der Chemiker auf den Gegenstand seiner Forschungen zubewegt hatten. Die der hohen Wissenschaft ergebenen Männer dachten gleich ihm, daß Licht, Wärme, Elektrizität, Galvanismus und Magnetismus die unterschiedlichen Auswirkungen einer und derselben Ursache seien; daß der Unterschied, der zwischen bis dahin als einfach geltenden Körpern bestand, von der verschiedenartigen Verteilung eines unbekannten Urstoffes herrühren müsse. Die Furcht, es zu erleben, daß ein anderer die Umwandlung der Metalle und das

Grundprinzip der Elektrizität entdeckte, zwei Entdeckungen, die zur Lösung des chemischen Urstoffs führten, steigerte noch das, was die Einwohner von Douai einen Wahnsinn nannten und fachte seine Wünsche zu einem Paroxysmus an, den alle begreifen werden, die sich für wissenschaftliche Forschungen ereifern, oder die die Tyrannei von Ideen kennengelernt haben. Daher wurde Balthazar nur zu bald von einer Leidenschaft fortgerissen, die um so heftiger war, je länger sie geschlummert hatte. Marguerite, die die Seelenzustände beobachtete, durch die ihr Vater hindurchglitt, öffnete das Wohnzimmer. Wenn sie darin verweilte, belebte sie aufs neue die schmerzlichen Erinnerungen, die der Tod ihrer Mutter verursachen mußte, und tatsächlich gelang es ihr dadurch, daß sie die Reuegefühle ihres Vaters wieder erweckte, seinen Sturz in den Schlund hinauszuschieben, in den er aber dennoch hineinstürzen mußte. Sie wollte geselligen Umgang und zwang Balthazar, Ablenkungen in Welt und Gesellschaft zu suchen. Es boten sich ihr mehrere beachtliche Heiratsmöglichkeiten und beschäftigten Claes, obwohl Marguerite erklärt hatte, sie wolle sich nicht vor Erreichung ihres fünfundzwanzigsten Lebensjahres verheiraten. Trotz der Bemühungen seiner Tochter, trotz heftiger Kämpfe nahm Balthazar zu Beginn des Winters in aller Heimlichkeit seine Arbeiten wieder auf. Dergleichen Betätigungen neugierigen Frauen zu verbergen, war schwierig. So sagte denn also Martha eines Tages zu Marguerite, als sie ihr beim Ankleiden half: »Mademoiselle, wir sind verloren! Dieser Unmensch Lemulquinier, dieser verkleidete Teufel, weil ich ihn nie das Kreuzeszeichen habe machen sehen, ist wieder auf den Speicher hinaufgestiegen. Jetzt ist Ihr Herr Vater auf dem Weg zur Hölle. Gebe der Himmel, daß er nicht auch Sie umbringt, wie er die arme, liebe Madame umgebracht hat.«

»Das ist doch nicht möglich«, sagte Marguerite.

»Kommen Sie und schauen Sie sich den Beweis für das Treiben der beiden an . . .«

Mademoiselle Claes eilte ans Fenster und gewahrte tatsächlich leichten Rauch, der dem Schornstein des Laboratoriums entstieg.

»In ein paar Monaten bin ich einundzwanzig«, dachte sie,

»dann stemme ich mich der Vergeudung unseres Vermögens entgegen.«

Nun Balthazar sich seiner Leidenschaft hingab, mußte er notwendigerweise noch weniger Rücksicht auf die Interessen seiner Kinder nehmen, als er denjenigen seiner Frau bezeigt hatte. Die Schranken waren niedriger, sein Gewissen war weiter, seine Leidenschaft war noch stärker geworden. Daher schritt er auf seiner Laufbahn des Ruhms, der Arbeit, der Hoffnung und des Elends mit dem Ungestüm eines fest überzeugten Mannes einher. Er war des Ergebnisses sicher, und so begann er Tag und Nacht mit einer Besessenheit, die seine Töchter erschreckte; sie wußten ja nicht, wie wenig einem Mann eine Arbeit schadet, die er mag. Sowie ihr Vater seine Versuche wieder aufgenommen hatte, schränkte Marguerite den Überfluß bei Tisch ein; sie wurde von einer eines Geizhalses würdigen Knausrigkeit, und Josette und Martha unterstützten sie dabei auf bewundernswerte Weise. Claes nahm nichts von dieser Abänderung wahr, obgleich dadurch das Leben auf das Allernotwendigste zurückgeschraubt wurde. Zunächst aß er nicht mehr zu Mittag, alsdann kam er erst im genauen Augenblick des Abendessens aus seinem Laboratorium herunter, dann schlief er ein paar Stunden, nachdem er im Wohnzimmer bei seinen Töchtern gesessen hatte, ohne ein Wort mit ihnen zu sprechen. Wenn er sich zurückzog, wünschten sie ihm gute Nacht, und er ließ sich mechanisch von ihnen auf beide Wangen küssen. Ein solches Verhalten hätte das größte Unglück herbeiführen können, wenn Marguerite nicht darauf vorbereitet gewesen wäre, die Autorität einer Mutter auszuüben, und wenn nicht eine geheime Liebe sie gegen die Gefahren einer so großen Freiheit gefeit hätte. Pierquin hatte die Besuche bei seinen Kusinen eingestellt; er meinte, ihr völliger Ruin sei unvermeidlich. Balthazars Landbesitz, der sechzehntausend Francs einbrachte und einen Wert von etwa zweihunderttausend Talern besaß, war bereits mit Hypotheken in Höhe von dreihunderttausend Francs belastet. Ehe Claes sich wieder an die Chemie herangemacht, hatte er ein beträchtliches Darlehen aufgenommen. Das Einkommen genügte mit genauer Not zur Bezahlung der Zinsen; aber da er mit der selbstverständlichen Kurzsichtigkeit von Menschen, die von einer Idee besessen sind, seine Pachtgelder Marguerite zur Bestreitung der Haushaltsausgaben überließ, hatte der Notar sich ausgerechnet, daß drei Jahre hinreichen würden, um alles auffliegen zu lassen, und daß dann die Gerichtsbeamten verschlingen würden, was Balthazar nicht aufgegessen hatte. Marguerites Kälte hatte Pierquin in einen Zustand von beinahe feindseliger Gleichgültigkeit geraten lassen. Um sich das Recht beizumessen, auf die Hand seiner Kusine zu verzichten, wenn sie zu arm geworden sein sollte, pflegte er mit mitleidiger Miene von den Claes' zu sagen: »Die armen Leute sind ruiniert; ich habe getan, was ich konnte, um sie zu retten; aber es war nichts zu machen, weil Mademoiselle Claes sich gegen alle gesetzlichen Hilfsmittel gesträubt hat, die sie vor dem Elend hätten bewahren können.«

Emmanuel, der durch seine ungewöhnlichen Leistungen sich als dieser Stellung würdig erwiesen hatte, war durch die Protektion seines Onkels zum Leiter des Gymnasiums von Douai ernannt worden; er besuchte allabendlich die beiden jungen Mädchen, die dann immer die Duenna zu sich riefen, wenn ihr Vater zu Bett gegangen war. Der behutsame Türklopferschlag des jungen de Solis verzögerte sich nie. Er war innerhalb von drei Monaten wieder er selber geworden; die anmutige, stumme Dankbarkeit, mit der Marguerite seine Fürsorglichkeit entgegengenommen, hatte ihm Mut eingeflößt. Die Ausstrahlungen seiner Seele, die rein war wie ein Diamant, schimmerten ungetrübt, und Marguerite konnte deren Kraft und Dauerhaftigkeit richtig bewerten, als sie erkannte, wie unerschöpflich die Quelle war. Sie bewunderte die Blüten, die sich eine nach der andern entfalteten, nachdem sie schon im voraus ihren Duft geatmet hatte. Mit jedem Tage verwirklichte Emmanuel eine der Hoffnungen Marguerites und ließ in den verzauberten Regionen der Liebe neue Lichter aufstrahlen, die die Wolken verjagten, ihrer beider Himmel wieder heiter machten und den fruchtbaren Reichtümern Farbe liehen, die bislang im Dunkel begraben gelegen hatten. Nun Emmanuel sich ungehemmter fühlte, konnte er die bislang taktvoll verborgen gehaltenen Verführungskräfte seines Herzens entfalten; die um sich greifende Fröhlichkeit der Jugend, die Schlichtheit, die ein von wissenschaftlicher Arbeit erfülltes Leben verleiht, und die Schätze eines erlesenen Geistes, den die

Welt noch nicht verdorben hatte, all die unschuldigen Schalkhaftigkeiten, die liebender Jugend so gut stehen. Seine Seele und die Marguerites verstanden einander jetzt besser; sie drangen beide bis in die tiefsten Gründe ihrer Herzen vor und fanden dort die gleichen Gedanken; Perlen vom gleichen Schimmer, süße, frische Harmonien wie in der Meerestiefe erklingende, von denen es heißt, daß sie die Taucher bezaubern! Sie lernten einander kennen durch den Austausch von Bemerkungen, durch die wechselseitige Wißbegier, die bei beiden die köstlichsten Formen des Gefühls annahm. Das alles vollzog sich ohne falsche Scham, aber nicht ohne Koketterie auf beiden Seiten. Die zwei Stunden, die Emmanuel allabendlich mit den beiden jungen Mädchen und Martha verbrachte, ließen Marguerite das Leben der Besorgnisse und der Resignation in Kauf nehmen, das jetzt für sie begonnen hatte. Diese auf naive Weise sich entwickelnde Liebe wurde ihr Halt. Emmanuel trug in seine Bezeigungen der Zuneigung die natürliche Anmut hinein, die so verlockend wirkt, und den zarten, feinen Geist, der die Einförmigkeit des Gefühls nuanciert, wie der Schliff die Monotonie eines Edelsteins dadurch aufhebt, daß er dessen sämtliche Feuer spielen läßt; das sind wundervolle Arten des Gehabens, deren Geheimnis liebenden Herzen eigen ist, und die die Frauen sich getreulich der Künstlerhand anbefehlen lassen, unter der immerfort neue Formen entstehen, und der Stimme, die nie einen Satz wiederholt, ohne ihn durch neue Klangabstufungen aufzufrischen. Die Liebe ist nicht nur ein Gefühl, sie ist auch eine Kunst. Irgendein schlichtes Wort, eine Rücksichtnahme, ein Nichts enthüllen einer Frau den großen, erhabenen Künstler, der ihr Herz anrühren kann, ohne es zu brandmarken. Je weiter Emmanuel ging, desto bezaubernder wurden die Ausdrücke seiner Liebe.

»Ich bin Pierquin zuvorgekommen«, sagte er eines Abends zu ihr, »er will uns eine schlechte Nachricht übermitteln, da ziehe ich es vor, sie Ihnen selber mitzuteilen. Ihr Vater hat Ihren Wald an Spekulanten verkauft, und die haben ihn in Parzellen weiterverkauft; die Bäume sind bereits gefällt, alles Bauholz ist weggeschafft worden. Monsieur Claes hat dreihunderttausend Francs in bar in Empfang genommen und damit seine Schulden in Paris bezahlt; und um sie gänzlich zu tilgen, ist er sogar gezwungen worden, einen Schuldschein in Höhe von hunderttausend Francs auf die hunderttausend Taler auszustellen, die die Käufer noch zahlen müssen.«

Pierquin trat ein.

»Tja, liebe Kusine«, sagte er, »jetzt sind Sie ruiniert, ich hatte es Ihnen ja vorausgesagt; aber Sie hatten nicht auf mich hören wollen. Ihr Vater hatte guten Appetit. Beim ersten Zubeißen hat er Ihre Waldungen verschlungen. Ihr Nebenvormund, Monsieur Conyncks, ist in Amsterdam, wo er die Liquidation seines Vermögens zu Ende führt, und ebendiesen Augenblick hat Claes zur Durchführung seines Streichs wahrgenommen. Das ist recht übel. Ich habe gerade dem Biedermann Conyncks geschrieben; aber bis er hier ist, ist sicherlich alles verpulvert. Sie werden gegen Ihren Vater gerichtlich vorgehen müssen; der Prozeß wird nicht lange dauern, aber es wird ein entehrender Prozeß, Monsieur Conyncks muß ihn wohl oder übel anstrengen, das verlangt das Gesetz. Das ist nun bei Ihrer Halsstarrigkeit herausgekommen. Merken Sie jetzt, wie vorsichtig ich gewesen bin, und wie ich mich Ihren Interessen gewidmet habe?«

»Ich bringe Ihnen eine gute Nachricht, Mademoiselle«, sagte der junge de Solis mit seiner sanften Stimme, »Gabriel ist in die Ecole Polytechnique aufgenommen worden. Die Schwierigkeiten, die sich seiner Zulassung entgegenstellten, haben sich beseitigen lassen.«

Marguerite dankte ihrem Freund durch ein Lächeln und sagte: »Also haben meine Sparmaßnahmen eine Bestimmung! Martha, gleich morgen wollen wir uns um Gabriels Ausstattung kümmern. Arme, liebe Félicie, wir werden wacker arbeiten müssen«, sagte sie und küßte die Schwester auf die Stirn.

»Ab morgen werden Sie ihn für zehn Tage hier haben; am 15. November muß er in Paris sein.«

»Mein Vetter Gabriel hat das rechte Teil erwählt«, sagte der Notar und musterte den Schulleiter, »er wird es nötig haben, sich ein Vermögen zu schaffen. Aber, liebe Kusine, es handelt sich darum, die Ehre der Familie zu retten; wollen Sie diesmal auf mich hören?«

»Nein«, sagte sie, »falls es sich abermals ums Heiraten handelt.«

»Aber was wollen Sie denn unternehmen?«

»Ich, Vetter? Nicht das mindeste.«

»Dabei sind Sie doch volljährig.«

»In ein paar Tagen. Haben Sie«, sagte Marguerite, »mir irgend etwas vorzuschlagen, das unsere Interessen und das, was wir unserm Vater und der Ehre der Familie schuldig sind, versöhnen könnte?«

»Kusine, ohne Ihren Onkel können wir nichts tun. Dies vorausgesetzt, werde ich wiederkommen, wenn er zurück ist.«

»Adieu«, sagte Marguerite.

»Je ärmer sie wird, desto mehr spielt sie die Spröde«, dachte der Notar. »Adieu, Mademoiselle«, erwiderte Pierquin laut. »Herr Schulleiter, meinen ergebenen Gruß.« Und damit ging er, ohne Félicie und Martha eines Blickes zu würdigen.

»Seit zwei Tagen durchstöbere ich das Gesetzbuch, und ich habe auch einen alten Advokaten um Rat gefragt, einen Freund meines Onkels«, sagte Emmanuel mit zitternder Stimme; »wenn Sie mich dazu ermächtigen, reise ich morgen nach Amsterdam. Hören Sie, liebe Marguerite . . .«

Das hatte er zum erstenmal gesagt; sie dankte ihm durch einen feuchten Blick, durch ein Lächeln und ein Neigen des Kopfes. Er hielt inne und deutete auf Félicie und Martha.

»Sprechen Sie getrost im Dabeisein meiner Schwester«, sagte Marguerite. »Sie bedarf nicht dieser Unterredung, um sich in unser Leben der Entbehrungen und der Arbeit zu schicken; sie ist so lieb und so tapfer! Aber sie muß wissen, welchen Mutes wir bedürfen.«

Die beiden Schwestern nahmen einander bei der Hand und küßten sich, um sich ein neues Unterpfand ihrer Einigkeit angesichts des Unglücks zu geben.

»Lassen Sie uns allein, Martha.«

»Liebe Marguerite«, fuhr Emmanuel fort und ließ im Tonfall seiner Stimme das Glück durchdringen, das er durch die Eroberung der winzigen Rechte der Zuneigung empfand, »ich habe mir die Namen und die Adressen der Käufer verschafft, die die restlichen zweihunderttausend Francs auf den Preis für das geschlagene Holz schulden. Wenn Sie damit einverstanden sind, wird morgen ein im Namen von Monsieur Conyncks, der schwerlich dagegen sein wird, handelnder Anwalt Ihnen einen gerichtlichen Einspruch aushändigen. In sechs Tagen dürfte Ihr Großonkel zurück sein; er beruft dann einen Familienrat ein und läßt Gabriel, der jetzt achtzehn ist, mündig sprechen. Da dann Sie und Ihr Bruder zur Ausübung Ihrer Rechte bevollmächtigt sind, müssen Sie Ihren Anteil am Preis des Holzes verlangen; Monsieur Claes kann Ihnen die zweihunderttausend Francs nicht vorenthalten, die durch den gerichtlichen Einspruch beschlagnahmt worden sind; was die andern Ihnen geschuldeten hunderttausend betrifft, so erhalten Sie eine hypothekarische Schuldverschreibung auf das Haus, in dem Sie wohnen. Monsieur Conyncks wird Sicherheiten für die dreihunderttausend Francs fordern, die Mademoiselle Félicie und Jean zustehen. Bei dieser Lage der Dinge wird Ihr Vater genötigt sein, seine Besitzungen in der Ebene von Orchies hypothekarisch zu beleihen, auf denen bereits hunderttausend Taler lasten. Das Gesetz räumt Eintragungen, die im Interesse Minderjähriger vorgenommen werden, rückwirkende Priorität ein; auf diese Weise wird alles gerettet. Monsieur Claes sind fortan die Hände gebunden, Ihr Landbesitz ist unveräußerlich; auf den seinen kann er keine Darlehen mehr aufnehmen, weil sie mit Summen belastet sind, die ihren Wert übersteigen; alle diese geschäftlichen Angelegenheiten werden innerhalb der Familie abgewickelt, ohne Skandal, ohne Prozeß. Ihr Vater wird genötigt sein, bei seinen Forschungen vorsichtiger zu Werke zu gehen, sofern er nicht gänzlich damit aufhört.«

»Ja«, sagte Marguerite, »aber worin bestehen unsere Einkünfte? Die hunderttausend Francs an Hypotheken auf dies Haus bringen nichts ein, da ja wir selber darin wohnen. Die Erträge der Güter, die mein Vater in der Ebene von Orchies besitzt, dienen zur Zahlung der Zinsen für die dreihunderttausend Francs, die wir fremden Leuten schulden; wovon sollen wir leben?«

»Zunächst«, sagte Emmanuel, »müssen die fünfzigtausend Francs, die Gabriel von seinem Anteil verbleiben, in Staatspapieren angelegt werden; dadurch bekommen Sie bei dem gegenwärtigen Kurs viertausend Francs Zinsen, und die genügen für seine Pension und seinen Lebensunterhalt in Paris. Gabriel kann weder über die auf das Haus seines Vaters eingetragene Summe noch über das Kapital verfügen, dessen Zinsen er erhält; auf diese Weise brauchen Sie nicht zu befürchten, daß er davon auch nur einen Heller vergeudet, und außerdem haben Sie eine Last weniger. Und ferner, verbleiben Ihnen nicht hundertfünfzigtausend Francs, die Ihr Eigentum sind?«

»Die wird mein Vater von mir verlangen«, sagte sie angstvoll, »und ich werde es nicht übers Herz bringen, sie ihm zu verweigern.«

»Na ja, liebe Marguerite, auch die können Sie retten, wenn Sie sich ihrer berauben. Lassen Sie sie auf den Namen Ihres Bruders ins Staatsschuldbuch eintragen. Jene Summe bringt Ihnen zwölf- oder dreizehntausend Francs Zinsen ein, und davon können Sie leben. Da die mündig gesprochenen Minderjährigen ohne Zustimmung eines Familienrats nichts veräußern dürfen, gewinnen Sie auf diese Weise drei Jahre Ruhe. Zu diesem Zeitpunkt dürfte Ihr Vater sein Problem gelöst oder, was wahrscheinlicher ist, darauf verzichtet haben; Gabriel ist dann mündig geworden und gibt Ihnen die Papiere zurück, und die Abrechnung zwischen euch vieren kann durchgeführt werden.«

Marguerite ließ sich noch einmal die gesetzlichen Bestimmungen erklären; sie hatte sie nicht auf Anhieb verstanden. Es war sicher etwas völlig Neues, daß zwei Liebende sich mit dem Gesetzbuch befaßten, das Emmanuel mitgebracht hatte, damit er seine Geliebte über die Gesetze unterrichten könne, die den Besitz Minderjähriger regeln; dank dem den Frauen angeborenen Scharfblick, den die Liebe noch steigerte, hatte sie den Sinn jener Verfügungen bald begriffen.

Am folgenden Tage kehrte Gabriel heim ins Vaterhaus. Als Monsieur de Solis ihn Balthazar zuführte und dabei die Aufnahme in die Ecole Polytechnique verkündete, dankte der Vater dem Schulleiter durch eine Handbewegung und sagte: »Das freut mich aber; Gabriel wird also ein Gelehrter.«

»Ach, lieber Bruder«, sagte Marguerite, als sie Balthazar wieder in sein Laboratorium hinaufsteigen sah, »arbeite fleißig und verschwende kein Geld! Tue alles, was getan werden muß; aber sei sparsam. An den Tagen, wo du in Paris Ausgang hast, geh zu unseren Freunden, unsern Verwandten, damit du dir keine der Neigungen angewöhnst, die die jungen Leute zugrunde richten. Deine Pension kostet an die tausend Taler; es bleiben dir an Taschengeld tausend Francs, damit mußt du auskommen.«

»Ich bürge für ihn«, sagte Emmanuel de Solis und schlug seinem Schüler auf die Schulter.

Einen Monat danach hatte Monsieur de Conyncks im Einvernehmen mit Marguerite von Claes alle wünschenswerten Sicherheiten erhalten. Die von Emmanuel de Solis so vernünftig erdachten Pläne wurden insgesamt gebilligt und durchgeführt. Angesichts des Gesetzes und vor seinem Vetter, dessen besessene Redlichkeit in Fragen der Ehre einem Vergleich unzugänglich war, unterwarf sich Balthazar voller Scham über den Verkauf, dem er zu einem Zeitpunkt zugestimmt hatte, da seine Gläubiger ihn hart anpackten, allem, was von ihm verlangt wurde. Er empfand es als eine Genugtuung, daß er den Schaden wiedergutmachen konnte, den er beinahe unwillentlich seinen Kindern zugefügt hatte; er unterzeichnete die Aktenstücke mit der Befangenheit eines Gelehrten. Er besaß so wenig Voraussicht wie die Neger, die am Morgen für ein bißchen Schnaps ihre Frau verkaufen und ihr am Abend nachweinen. Nicht mal auf die allernächste Zukunft warf er einen Blick; er machte sich keine Gedanken, wovon er leben sollte, wenn sein letzter Taler eingeschmolzen war; er ging seinen Arbeiten nach, fuhr mit seinen Ankäufen fort, ohne zu wissen, daß er nur noch dem Namen nach der Eigentümer seines Hauses und seiner Besitzungen sei und daß es ihm dank der Strenge der Gesetze unmöglich sein würde, sich auch nur einen Sou auf die Güter zu verschaffen, von denen er irgendwie der gesetzliche Verwalter war. Das Jahr 1818 ging ohne jedweden unglücklichen Zwischenfall zu Ende. Die beiden jungen Mädchen trugen die Kosten, die Jeans Schulzeit erforderte, und bestritten alle Ausgaben des Haushalts mit den achtzehntausend Francs Zinsen aus den auf Gabriels Namen gekauften Staatspapieren; der Bruder schickte ihnen das Geld alle Halbjahre pünktlich. Im Dezember jenes Jahres verlor Monsieur de Solis seinen Onkel. Eines Morgens erfuhr Marguerite durch Martha, ihr Vater habe seine Tulpensammlung, das Mobiliar des Vorderhauses und das gesamte Tafelsilber verkauft. Sie war gezwungen, die für den täglichen Bedarf benötigten Bestecke zurückzukaufen; sie ließ sie mit ihrem Monogramm zeichnen. Bis zu diesem Tag hatte sie über Balthazars Plünderungen geschwiegen; am Abend jedoch, nach dem Essen, bat sie Félicie, sie mit dem Vater allein zu lassen, und als er sich, seiner Gewohnheit gemäß, im Wohnzimmer an den Kamin gesetzt hatte, sagte Marguerite zu ihm: »Lieber Vater, es steht dir frei, alles hier zu verkaufen, sogar deine Kinder. Wir werden dir hier ohne Murren gehorchen; aber ich muß dich leider darauf hinweisen, daß wir ohne Geldmittel sind, daß wir in diesem Jahr kaum genug zum Leben haben, und daß Félicie und ich Tag und Nacht an dem Spitzenkleid arbeiten müssen, das anzufertigen wir übernommen haben, damit wir die Pension für Jean bezahlen können. Ich beschwöre dich, guter Vater, mach Schluß mit deinen Arbeiten!«

»Du hast recht, mein Kind, in sechs Wochen höre ich damit auf! Dann nämlich habe ich den Urstoff, den Stein der Weisen, gefunden, oder aber der Urstoff ist unauffindbar. Dann seid ihr alle millionenreich . . .«

»Laß uns für den Augenblick lieber ein Stück Brot«, antwortete Marguerite.

»Ist denn kein Brot im Haus?« fragte Claes mit erschrockener Miene. »Kein Brot im Haus eines Claes? Und alle unsere Güten!«

»Du hast den Wald von Waignies kahlschlagen lassen. Der Boden ist noch nicht urbar gemacht worden und kann nichts hervorbringen. Und was deine Pachthöfe in Orchies betrifft, so genügen deren Erträge nicht mal zur Bezahlung der Zinsen für die Summen, die du geliehen hast.«

»Wovon leben wir dann eigentlich?« fragte er.

Marguerite zeigte ihm ihre Nadel und fuhr fort: »Gabriels Zinsen helfen uns zwar, aber sie reichen nicht aus. Ich würde schon durch das Jahr hindurchkommen, wenn du mich nicht mit Rechnungen überschüttetest, auf die ich nicht gefaßt bin; du sagst mir ja nichts von deinen Käufen in der Stadt. Wenn ich glaube, ich hätte genug für mein Vierteljahr und wenn meine kleinen Vorkehrungen getroffen sind, dann kommt mir eine Rechnung über Soda, Pottasche, Zink, Schwefel und was weiß ich.«

»Liebes Kind, hab noch sechs Wochen lang Geduld; danach will ich mich dann vernünftig verhalten. Und dann sollst du Wunder erleben, liebe kleine Marguerite.«

»Es ist an der Zeit, daß du an deine geschäftlichen Angelegenheiten denkst. Alles hast du verkauft, Bilder, Tulpen, das Tafelsilber; nichts bleibt uns mehr; mach wenigstens keine neuen Schulden.«

»Ich will keine mehr machen«, sagte der alte Mann.

»Mehr?« rief sie aus. »Dann hast du also noch welche?«

»Ach, bloß Läppereien«, antwortete er, schlug die Augen nieder und wurde rot.

Zum erstenmal fühlte Marguerite sich durch die Selbsterniedrigung des Vaters gedemütigt; sie litt so sehr darunter, daß sie es nicht wagte, in ihn zu dringen. Einen Monat nach dieser Szene kam ein in der Stadt ansässiger Bankier, um einen Wechsel auf zehntausend Francs einzulösen, den Claes unterzeichnet hatte. Marguerite bat den Bankier, sich einen Tag zu gedulden; sie gab ihrem Bedauern Ausdruck, über diese Zahlung in Unkenntnis belassen worden zu sein; daraufhin unterrichtete der Bankier sie, die Firma Protez und Chiffreville habe noch neun weitere Wechsel über den gleichen Betrag; sie würden von Monat zu Monat fällig.

»Damit ist das letzte Wort gesprochen!« rief Marguerite. »Die Stunde hat geschlagen.«

Sie ließ ihren Vater zu sich bitten und ging aufgeregt mit großen Schritten im Wohnzimmer auf und ab, wobei sie im Selbstgespräch sagte: »Hunderttausend Francs aufbringen, oder unsern Vater im Gefängnis sehen! Was tun?«

Balthazar kam nicht herunter. Des Wartens müde, stieg Marguerite zum Laboratorium hinauf. Beim Eintreten erblickte sie den Vater inmitten eines weitläufigen, stark erhellten, mit verstaubten Apparaten und Glasgefäßen ausgestatteten Raums; hier und dort lagen Bücher umher, standen Tische mit etikettierten und numerierten Materialien. Überall verstieß die Unordnung, die die Zerstreutheit des Gelehrten mit sich gebracht hatte, wider die flämischen Gepflogenheiten. Dies Durcheinander von Retorten, Kolben, Metallen, phantastisch gefärben Kristallisationen, an den Wänden aufgehängten oder auf die Schmelzöfen geworfenen Proben wurde von der Gestalt Balthazar Claes' beherrscht, der ohne Rock, die Arme nackt wie die eines Arbeiters, seine Brust zeigte; sie war mit gebleichten Haaren bedeckt wie sein Kopf. Seine schrecklich starren Augen wichen nicht von einer Luftpumpe. Auf der Glocke dieses Apparats war eine aus zwei konvexen Gläsern gebildete Linse angebracht, deren Zwischenraum mit Alkohol angefüllt war; sie sammelte die Sonnenstrahlen, die jetzt durch eine der Scheiben der Rose des Speicherfensters hereinfielen. Die Glocke, deren Aufsatzplatte isoliert war, stand durch Drähte in Verbindung mit einer riesengroßen Volta'schen Säule. Lemulquinier war damit beschäftigt, die auf eine drehbare Achse montierte Aufsatzplatte zu bewegen, um die Linse stets in senkrechter Richtung zu den Sonnenstrahlen zu halten; er stand auf, sein Gesicht war von Staub geschwärzt, und sagte: »He, Mademoiselle! Nicht näher herankommen!«

Der Anblick des Vaters, der vor seiner Apparatur beinahe kniete, den die Sonne senkrecht beschien und dessen wirres Haar Silberfäden glich, sein gebuckelter Schädel, sein in grausiger Erwartung verkrampftes Gesicht, die Seltsamkeit der Dinge rings um ihn her, die Dunkelheit, in der diejenigen Teile des riesigen Speicherraums lagen, wo bizarre Apparate standen, das alles trug dazu bei, Marguerite tief betroffen zu machen; entsetzt sagte sie sich: »Mein Vater ist irrsinnig!« Sie trat zu ihm hin und flüsterte ihm zu: »Schick Lemulquinier hinaus.«

»Nein, nein, mein Kind, den brauche ich; ich warte auf das Ergebnis eines schönen Experiments, auf das die andern nicht gekommen sind. Seit drei Tagen warten wir jetzt auf einen Sonnenstrahl. Ich verfüge über die Mittel, die Metalle in einem absolut luftleeren Raum der konzentrierten Sonnenwärme und elektrischen Strömen auszusetzen. Siehst du, im nächsten Augenblick muß die stärkste Energie, über die ein Chemiker verfügen kann, voll einsetzen, und ich allein ...«

»Ach, Vater, anstatt die Metalle zu verdampfen, solltest du sie lieber aufbewahren und deine Wechsel einlösen ...«

»Warte, warte noch!«

»Monsieur Mersktus ist bei mir gewesen, Vater, er muß bis vier Uhr zehntausend Francs haben.«

»Ja, ja, gleich. Stimmt, ich hatte diese Papierchen für diesen

Monat unterschrieben. Ich glaubte, bis dahin hätte ich das Urelement gefunden. Mein Gott, wenn ich Julisonne hätte, wäre mein Experiment geglückt!«

Er fuhr sich durchs Haar, setzte sich in einen schäbigen Rohrsessel, und seinen Augen entrollten ein paar Tränen.

»Monsieur hat recht. Alles liegt an dieser Hure von Sonne, sie ist zu schwach, dies jämmerliche, faule Stück!«

Herr und Diener beachteten Marguerite nicht länger.

»Gehen Sie hinaus, Mulquinier«, sagte sie.

»Oh! Ich will doch jetzt einen neuen Versuch machen!« rief Claes.

»Vater, denk jetzt nicht an deine Versuche«, sagte die Tochter zu ihm, als sie allein waren. »Du hast hunderttausend Francs zu bezahlen, und wir besitzen keinen roten Heller. Komm aus deinem Laboratorium heraus, es geht heute um deine Ehre. Was soll aus dir werden, wenn du im Gefängnis bist; willst du etwa dein weißes Haar und den Namen Claes durch die Schande eines Bankrotts besudeln? Dem stemme ich mich entgegen. Ich bringe die Kraft auf, gegen deinen Irrsinn anzukämpfen, es wäre fürchterlich, zu erleben, wenn du in deinen letzten Tagen kein Brot hättest. Sei dir doch klar über unsere Lage, komm doch endlich zur Vernunft!«

»Irrsinn!« schrie Balthazar, sprang auf, heftete seine hell leuchtenden Augen auf die Tochter, kreuzte die Arme über der Brust und wiederholte das Wort »Irrsinn« so majestätisch, daß Marguerite zusammenzuckte. »Ach, deine Mutter würde dieses Wort nicht zu mir gesagt haben!« fuhr er fort. »Sie wußte ganz genau um die Bedeutsamkeit meiner Forschungen, sie hatte sich in die Wissenschaft versenkt, um mich zu verstehen; sie wußte, daß ich für die Menschheit arbeitete, daß in mir nichts Persönliches und Schmutziges ist. Das Gefühl der liebenden Frau steht, wie ich merke, hoch über der Kindesliebe. Ja, die Liebe ist das schönste aller Gefühle! Vernunft bezeigen?« sprach er weiter und schlug sich an die Brust. »Lasse ich es daran etwa ermangeln? Bin ich nicht ich selber? Wir sind arm, mein Kind? Meinetwegen, ich will es so. Ich bin dein Vater, also gehorch mir. Ich werde dich reich machen, wann es mir beliebt. Dein Vermögen ist eine Bagatelle. Wenn ich ein Mittel zur Auflösung des Kohlenstoffs gefunden habe, fülle ich dir dein Wohnzimmer mit Diamanten an, und das ist dann eine Albernheit im Vergleich zu dem, wonach ich forsche. Du könntest sehr wohl ein bißchen warten, wenn ich mich in gigantischen Bemühungen aufreibe.«

»Vater, ich habe nicht das Recht, von dir eine Abrechnung über die vier Millionen zu verlangen, die du hier auf diesem Speicher verschlungen hast, und zwar ohne Ergebnis. Von meiner Mutter, die du umgebracht hast, will ich nicht reden. Hätte ich einen Mann, so würde ich ihn sicherlich lieben, wie meine Mutter dich geliebt hat, und ich würde bereit sein, ihm alles zu opfern, wie sie dir alles geopfert hat. Ich habe ihre Weisungen befolgt, als ich mich dir gänzlich widmete; das habe ich dir dadurch bewiesen, daß ich nicht heiratete; ich habe dich von dem Zwang befreien wollen, mir eine vormundschaftliche Abrechnung vorzulegen. Aber lassen wir das Vergangene, denken wir an die Gegenwart. Ich komme hierher, um dir die Notlage darzustellen, die du selber geschaffen hast. Wir brauchen Geld für deine Wechsel, bist du dir darüber klar? Hier im Haus ist nichts Pfändbares mehr außer dem Porträt deines Ahnherrn van Claes. Ich komme also im Namen meiner Mutter, die leider zu schwach gewesen ist, um ihre Kinder gegen den Vater zu verteidigen und die mir befohlen hat, dir Widerstand zu leisten, ich komme im Namen meiner Brüder und meiner Schwester, ich komme, Vater, im Namen aller Claes und befehle dir, mit deinen Experimenten aufzuhören, dir ein Vermögen zu schaffen, ehe du damit fortfährst. Wenn du dich mit deiner väterlichen Autorität wappnest, die sich nur dahingehend auswirkt, daß sie uns umbringt, habe ich auf meiner Seite deine Vorfahren und die Ehre, und die sprechen vernehmlicher als die Chemie. Die Familie hat den Vorrang vor der Wissenschaft. Ich bin viel zu sehr deine Tochter gewesen!«

»Und jetzt willst du also mein Henker sein«, sagte er mit matterer Stimme.

Marguerite lief davon, um nicht die gerade übernommene Rolle aufzugeben; sie glaubte die Stimme ihrer Mutter vernommen zu haben, als sie zu ihr gesagt hatte: »Wende dich nicht allzu hart gegen deinen Vater, hab ihn sehr lieb!«

»Mademoiselle hat da oben was Schönes angerichtet!« sagte

Lemulquinier, als er zum Mittagessen in die Küche hinunterkam. »Wir waren drauf und dran, die Hand auf das Geheimnis zu legen, wir hatten nur noch einen ganz kleinen Julisonnenstrahl nötig, denn Monsieur – ach, ist das ein Mann –, der hat doch gewissermaßen die Hosen vom lieben Gott an! Nichts als das hätten wir gebraucht«, sagte er zu Josette und schnalzte mit dem rechten Daumennagel unter dem Zahn hervor, den das Volk ›die Palette‹ nennt, »und wir hätten das Grundprinzip von allem gekannt. Pardauz! Da kommt sie dazwischen und erhebt ein Geschrei wegen ein paar blöder Wechsel.«

»Na, dann bezahlen Sie sie doch von Ihrem Lohn«, sagte Martha, »diese Wechsel!«

»Ist denn keine Butter da, damit ich sie mir aufs Brot streichen könnte?« fragte Lemulquinier Josette.

»Und mit was für Geld sollte sie gekauft werden?« antwortete die Köchin voller Bitterkeit. »Wenn ihr in einer Satansküche schon Gold macht, du altes Ekel, warum macht ihr dann nicht lieber ein bißchen Butter? Das dürfte doch nicht so schwierig sein, und ihr könntet sie auf dem Markt verkaufen, damit wieder was in die Kochtöpfe käme. Wir hier in der Küche essen trokken Brot. Die beiden Fräulein begnügen sich mit Brot und Nüssen; wollen Sie vielleicht besser gefüttert werden als die Herrschaft? Mademoiselle will für den ganzen Haushalt monatlich bloß hundert Francs ausgeben. Es wird nur einmal warm gegessen, und zwar zu abend. Wenn Sie Leckereien haben wollen, dann habt ihr ja da oben einen Schmelzofen, und darin macht ihr Ragouts aus Perlen; auf dem Markt wird von nichts anderem geredet. Bratet euch doch Hühner drin.«

Lemulquinier nahm sein Brot und ging hinaus.

»Jetzt wird er sich was für sein eigenes Geld kaufen«, sagte Martha. »Um so besser, das sparen wir dann eben. Ist der geizig, dieser ekelhafte Kerl!«

»Dem muß der Brotkorb höher gehängt werden«, sagte Josette. »Seit acht Tagen hat er nirgendwo aufgewischt; seine Arbeit, die mache *ich*; er ist in einemfort da oben; dafür könnte er sich sehr wohl erkenntlich zeigen und uns ein paar Heringe schenken; wenn er welche mitbringt, dann nehme ich sie ihm vor der Nase weg!«

»Ach!« sagte Martha, »ich höre Mademoiselle Marguerite schluchzen. Ihr alter Hexenmeister von Vater wird noch das ganze Haus verschlucken und dabei kein christliches Wort sagen, der Hexenmeister. In meiner Heimat hätten sie ihn bei lebendigem Leibe verbrannt; aber hier herrscht ja genausowenig Religion wie bei den Mauren in Afrika.«

Mademoiselle Claes vermochte ihr Schluchzen kaum zu unterdrücken, als sie durch den Verbindungsgang schritt. Sie gelangte in ihr Schlafzimmer, suchte den Brief ihrer Mutter hervor und las das Nachstehende:

»Mein Kind, wenn Gott es zuläßt, wird mein Geist in Deinem Herzen sein, wenn Du diese Zeilen liesest, die letzten, die ich niederschreibe! Sie sind erfüllt von Liebe für meine lieben Kleinen, die der Gewalt eines Dämons überlassen bleiben, dem ich nicht habe widerstreben können. Jetzt hat er wohl euer Brot verschlungen, wie er mein Leben und sogar meine Liebe verschlungen hat. Du weißt, Liebes, ob ich Deinen Vater geliebt habe! Nun ich sterbe, liebe ich ihn weniger, da ich Vorsichtsmaßregeln gegen ihn ergreife, die ich zu meinen Lebzeiten nicht gebilligt haben würde. Ja, ich habe in der Tiefe meines Sargs ein letztes Hilfsmittel für den Tag aufbewahrt, da euer Unglück den höchsten Grad erreicht hat. Hat er euch der allergrößten Not überantwortet, oder gilt es, eure Ehre zu retten, mein Kind, so kannst Du bei Monsieur de Solis, wenn er noch am Leben ist, oder sonst bei seinem Neffen, unserm guten Emmanuel, etwa hundertsechzigtausend Francs vorfinden, die euch helfen werden, am Leben zu bleiben. Wenn also nichts seine Leidenschaft zähmen kann, wenn seine Kinder für ihn keine stärkere Schranke sind als es mein Glück gewesen ist, und ihn nicht auf seinem verbrecherischen Weg aufhalten, dann verlaßt euren Vater, dann bleibt wenigstens ihr am Leben! Ich habe ihn nicht verlassen können, ich war mich ihm schuldig. Rette Du die Familie, Marguerite! Ich spreche Dich von allem frei, was Du unternehmen wirst, um Gabriel, Jean und Félicie zu verteidigen. Fasse Mut, sei der Schutzengel der Claes'. Sei fest; zu sagen, sei mitleidlos, das wage ich nicht; aber um das bereits angerichtete Unheil wiedergutmachen zu können, muß einiges Vermögen bewahrt bleiben, und Du mußt Dich betrachten, als ständest Du am Vor-

abend des Elends, denn nichts wird dem Wüten der Leidenschaft Einhalt gebieten, die mir alles geraubt hat. So also, liebe Tochter, wirst Du ganz Herz sein, wenn Du Dein Herz vergissest; wenn es nötig sein sollte, Deinen Vater zu belügen, würde Deine Verstellung Dir zum Ruhm gereichen; so tadelnswert Dein Tun dem Anschein nach auch sein könnte, es wäre heroisch, wenn es das Ziel verfolgte, die Familie zu schützen. Das hat mir der tugendhafte Monsieur de Solis gesagt, und kein Gewissen war je reiner oder sah klarer als das seine. Sonst würde ich nicht mehr die Kraft aufgebracht haben, Dir diese Worte zu sagen, nicht einmal im Sterben. Allein sei stets voller Ehrfurcht und Güte bei diesem grausigen Kampf! Widerstrebe und bete dabei an, lehne ab voller Sanftmut. So werde ich denn Tränen geweint haben, um die niemand weiß, so werde ich denn Schmerzen gehabt haben, die erst nach meinem Tod ausbrechen werden. Küß in meinem Namen meine geliebten Kinder in dem Augenblick, da Du ihre Schützerin wirst. Mögen Gott und seine Heiligen mit Dir sein.
Joséphine.«

Diesem Brief war eine Empfangsbestätigung von Onkel und Neffen de Solis beigefügt, die sich verpflichteten, die durch Madame Claes hinterlegte Summe demjenigen ihrer Kinder auszuhändigen, das ihnen dieses Schriftstück vorweisen würde.

»Martha!« rief Marguerite, und die alte Duenna erschien auf der Stelle, »gehn Sie zu Monsieur Emmanuel und bitten Sie ihn, bei mir vorzusprechen. Der edle, taktvolle Mensch! Nie hat er mir gegenüber ein Wort davon verlauten lassen«, dachte sie, »mir, deren Nöte und Kümmernisse die seinen geworden sind.«

Emmanuel kam, noch ehe Martha zurückgekehrt war.

»Sie haben Geheimnisse vor mir gehabt?« fragte sie und zeigte ihm den Brief.

Emmanuel blickte zu Boden.

»Marguerite, dann sind Sie also sehr unglücklich?« entgegnete er, und seinen Augen entrollten ein paar Tränen.

»Ach ja! Seien Sie mein Halt, Sie, den meine Mutter hierin ›unsern guten Emmanuel‹ genannt hat«, sagte sie, zeigte ihm den Brief und konnte eine freudige Aufwallung nicht unterdrücken bei der Erkenntnis, daß die Mutter ihre Wahl gebilligt habe.

»Mein Blut und mein Leben gehören Ihnen seit dem Tage,

da ich Sie im Verbindungsgang erblickte«, antwortete er und schluchzte vor Freude und Schmerz. »Aber ich wußte nicht, ich wagte nicht zu hoffen, daß Sie eines Tages mein Blut entgegennehmen würden. Wenn Sie mich gut kennen, dann müssen Sie wissen, daß mein Wort heilig ist. Verzeihen Sie mir diesen unbedingten Gehorsam gegenüber dem Willen Ihrer Mutter; es kam mir nicht zu, ihre Absichten zu beurteilen.«

»Sie haben uns gerettet«, fiel sie ihm ins Wort, nahm seinen Arm und ging mit ihm ins Wohnzimmer hinüber.

Als Marguerite die Herkunft der von Emmanuel aufbewahrten Summe erfahren hatte, vertraute sie ihm die traurige Notlage an, die die Familie wie ein gezückter Dolch bedrohte.

»Die Wechsel müssen eingelöst werden«, sagte Emmanuel. »Wenn sie sämtlich bei Mersktus sind, sparen Sie die Zinsen. Ich will Ihnen die Ihnen verbleibenden hundertsiebzigtausend Francs aushändigen. Mein guter Onkel hat mir eine gleich hohe Summe in Dukaten hinterlassen; es wird nicht schwierig sein, sie heimlich herzuschaffen.«

»Ja«, sagte sie, »bringen Sie sie bei Nacht her; sobald mein Vater schläft, können wir beide sie verstecken. Wenn er wüßte, ich hätte Geld, könnte er vielleicht mir gegenüber Gewalt anwenden. Ach, Emmanuel, dem eigenen Vater mißtrauen zu müssen!« sagte sie schluchzend und lehnte die Stirn an das Herz des jungen Mannes.

Diese anmutige, traurige Bewegung, mit der Marguerite Schutz suchte, war der erste Ausdruck dieser stets von Melancholie umhüllten, stets in eine Sphäre des Schmerzes zurückgedämmten Liebe; aber dieses allzu volle Herz hatte ja einmal überquellen müssen, und das war unter dem Druck einer Notlage geschehen!

»Was soll ich tun? Was soll aus uns werden? Er merkt nichts, er kümmert sich weder um uns noch um sich selber; ich weiß ja nicht mal, wie er auf diesem Speicher mit der glühend heißen Luft überhaupt leben kann.«

»Was können Sie von einem Mann erwarten, der jeden Augenblick wie Richard III. ausruft: ›Mein Königreich für ein Pferd!‹« sagte Emmanuel. »Er wird immer erbarmungslos sein, und Sie müssen es im gleichen Maße sein wie er. Lösen Sie seine Wechsel ein; geben Sie ihm, wenn Sie wollen, Ihr Vermögen; aber dasjenige Ihrer Geschwister gehört weder Ihnen noch ihm.«

»Ihm mein Vermögen geben?« fragte sie, drückte Emmanuel die Hand und warf ihm einen glühenden Blick zu. »Das raten Sie mir? Während Pierquin mir mit tausend Lügen aufgewartet hat, um es mir zu erhalten.«

»Ach, vielleicht bin ich auf *meine* Art egoistisch!« sagte er. »Bald möchte ich, daß Sie vermögenslos wären, weil mir dann ist, als wären Sie mir näher; bald möchte ich, Sie wären reich und glücklich, und halte die Meinung für kleinlich, die armselige Größe des Vermögens könne etwas Trennendes sein.«

»Lieber! Wir wollen nicht von uns sprechen . . .«

»Von uns!« wiederholte er trunken. Dann sprach er nach einer Pause weiter: »Das Übel ist groß, aber es ist nicht unheilbar.«

»Nur wir allein können es heilen; die Familie Claes hat kein Oberhaupt mehr. Daß er dahin gelangen konnte, weder Vater noch Mann mehr zu sein, kein Gefühl mehr für Recht und Unrecht zu haben! Denn er, der so groß, so edelmütig, so redlich ist, hat doch im Widerspruch zum Gesetz das Hab und Gut seiner Kinder vergeudet, deren Schützer er doch hätte sein müssen! In welchen Abgrund ist er gestürzt? Mein Gott, wonach mag er nur forschen?«

»Unglücklicherweise, liebe Marguerite, hat er zwar als Familienoberhaupt unrecht, aber als Wissenschaftler hat er recht, und an die zwanzig Männer in Europa dürften ihn um dessen willen bewundern, was alle übrigen als Irrsinn betrachten; dennoch können Sie ihm ohne Gewissensbisse das Vermögen seiner Kinder verweigern. Stets ist eine Entdeckung ein glücklicher Zufall gewesen. Wenn Ihr Vater dazu erkoren ist, die Lösung seines Problems zu finden, dann wird es ihm ohne derartige Unkosten gelingen, und vielleicht gar in dem Augenblick, da er daran verzweifelt!«

»Meine arme Mutter ist gut dran«, sagte Marguerite, »sie würde, ehe sie starb, tausendmal den Tod erlitten haben; schon der erste Zusammenstoß mit der Wissenschaft hat sie ja das Leben gekostet. Und dieser Kampf hat kein Ende.«

»Er hat dennoch ein Ende«, entgegnete Emmanuel. »Wenn Sie

einmal nichts mehr besitzen, dann findet Monsieur Claes keinen Kredit mehr, und dann muß er aufhören.«

»Dann muß er also heute schon aufhören«, rief Marguerite aus, »wir stehen ja mittellos da.«

Monsieur de Solis ging, löste die Wechsel ein, kam wieder und händigte sie Marguerite aus. Gegen seine Gewohnheit kam Balthazar ein paar Minuten vor dem Abendessen herunter. Zum erstenmal seit zwei Jahren gewahrte die Tochter in seinen Zügen Anzeichen einer Kümmernis, die schrecklich anzusehen war; er war wieder zum Vater geworden; die Vernunft hatte die Wissenschaft verjagt; er blickte in den Hof hinab, in den Garten, und als er sich gewiß war, mit der Tochter allein zu sein, trat er mit einer Aufwallung von Schwermut und Güte zu ihr hin.

»Mein Kind«, sagte er, nahm ihre Hand und drückte sie mit salbungsvoller Zärtlichkeit, »verzeih deinem alten Vater. Ja, Marguerite, ich habe unrecht gehabt. Du allein hast recht. Solange ich nichts *gefunden* habe, bin ich ein erbärmlicher Mensch! Ich will weg von hier. Ich will nicht mitansehen, wie van Claes verkauft wird«, sagte er und deutete auf das Bildnis des Märtyrers. »Er ist für die Freiheit gestorben, ich will für die Wissenschaft sterben; er als ein Verehrter, ich als ein Gehaßter.«

»Als ein Gehaßter, Vater? Nein«, sagte sie und warf sich an seine Brust, »wir alle beten dich doch an. Nicht wahr, Félicie?« fragte sie die Schwester, die gerade hereingekommen war.

»Was hast du denn, lieber Vater?« fragte das junge Mädchen und nahm seine Hand.

»Ich habe euch zugrunde gerichtet.«

»Ach was!« sagte Félicie. »Unsere Brüder werden uns schon ein Vermögen schaffen. Jean ist in der Schule stets der Klassenerste.«

»Komm mal her, lieber Vater«, fuhr Marguerite fort, führte Balthazar mit einer Geste voller Anmut und Schalkhaftigkeit an den Kamin und zog ein paar Papiere hervor, die unter der Stutzuhr lagen. »Hier hast du deine Wechsel; aber unterschreib künftig keine mehr; wir würden nichts mehr zu ihrer Einlösung haben . . .«

»Dann hast du also Geld?« fragte Balthazar Marguerite flüsternd, als er sich von seiner Verdutztheit erholt hatte.

Diese Äußerung nahm dem heroischen Mädchen den Atem, soviel Wahnwitz, Freude und Hoffnung hatten sich im Antlitz des Vaters gezeigt; er blickte um sich, gleich als wolle er Gold wahrnehmen.

»Vater«, sagte sie mit schmerzlichem Stimmklang, »ich habe doch mein Vermögen.«

»Gib es mir«, sagte er mit einer gierigen Geste, »ich erstatte es dir hundertfach zurück.«

»Ja, ich schenke es dir«, antwortete Marguerite und betrachtete Balthazar, der den Sinn nicht verstand, den die Tochter diesem Ausspruch unterlegte.

»Ach, liebes Kind«, sagte er, »du rettest mir das Leben! Ich habe mir ein letztes Experiment ausgedacht; danach ist dann nichts mehr möglich. Wenn ich das Urelement einmal nicht finde, muß ich auf die Suche danach verzichten. Reich mir den Arm, komm, mein geliebtes Kind, ich möchte dich zur glücklichsten Frau auf Erden machen, du gibst mich dem Glück, dem Ruhm zurück; du verschaffst mir die Macht, dich mit Schätzen zu überhäufen, ich will dich mit Kleinodien, mit Reichtümern überschütten.«

Er küßte die Tochter auf die Stirn, ergriff ihre Hände, drückte sie, bezeigte ihr seine Freude durch Schelmereien, die Marguerite fast allzu unterwürfig vorkamen; während des Abendessens hatte Balthazar einzig für sie Augen; er sah sie mit der Hingerissenheit, der Aufmerksamkeit, der Inständigkeit an, die ein Liebender für seine Geliebte entfaltet; hatte sie eine Bewegung gemacht? Er suchte ihre Gedanken, ihre Wünsche zu erraten; er stand auf, um ihr etwas zu reichen; er machte sie ganz beschämt, er ließ seinen Bemühungen eine Art Jugendlichkeit zuteilwerden, die von seinem vorzeitigen Alter abstach. Doch all diesen Schmeicheleien stellte Marguerite das Bild der gegenwärtigen Notlage entgegen, sei es durch ein Wort des Zweifels, sei es durch einen Blick, den sie auf die leeren Fächer der Anrichten dieses Eßzimmers warf.

»Laß nur«, sagte er zu ihr, »in sechs Monaten füllen wir das alles mit Gold und Wunderdingen. Wie eine Königin sollst du es haben. Pah! die ganze Natur wird uns gehören, wir werden hoch über allen stehen ... und zwar durch dich ... liebe Marguerite. Margarita[68]«, fuhr er lächelnd fort, »dein Name ist eine Prophezeiung. ›Margarita‹ bedeutet ›Perle‹. Sterne[69] hat das irgendwo gesagt. Hast du Sterne gelesen? Willst du einen Sterne? Der wird dir Spaß machen.«

»Die Perle, so heißt es, ist das Ergebnis einer Krankheit«, entgegnete sie, »und wir haben bereits arg gelitten!«

»Sei nicht traurig, du sollst das Glück derer machen, die du liebhast; du wirst sehr mächtig und sehr reich sein.«

»Mademoiselle hat ein so gutes Herz«, sagte Lemulquinier, und sein Schaumlöffelgesicht verzog sich mühsam zu einem Lächeln.

Während des Rests des Abends ließ Balthazar seine beiden Töchter alle liebenswerten Seiten seines Charakters sehen und entfaltete allen Zauber seiner Unterhaltungsgabe. Er wirkte verführerisch wie die Paradiesschlangen; seine Worte, seine Blicke strömten ein magnetisches Fluidum aus, und er verschwendete jene geniale Macht, jenen geschmeidigen Geist, der Joséphine bezaubert hatte; er schloß sozusagen seine Töchter in sein Herz ein. Als Emmanuel de Solis kam, fand er zum erstenmal seit langer Zeit den Vater und die Kinder beisammen. Der junge Lehrer unterlag trotz seiner Zurückhaltung dem Zauber dieser Szene; denn Balthazars Gesprächsführung und Gehaben besaßen eine unwiderstehliche Anziehungskraft. Obwohl die Männer der Wissenschaft stets in den Abgründen des Denkens weilen und unaufhörlich mit der Beobachtung der geistigen Welt beschäftigt sind, nehmen sie nichtsdestoweniger die winzigsten Einzelheiten innerhalb der Sphäre wahr, darin sie leben. Sie sind weniger unzeitgemäß als zerstreut; sie befinden sich nie im Einklang mit dem, was um sie ist; sie wissen und vergessen alles; sie mutmaßen die Zukunft, sie prophezeien für sich selber, sind über jedes Ereignis im Bilde, noch ehe es eingetreten ist, aber sie haben kein Wort darüber verlauten lassen. Wenn sie im Schweigen der Grübelei Gebrauch von ihrer Macht, zu erkennen, was um sie her vorgeht, gemacht haben, genügt es ihnen, es erahnt zu haben; die Arbeit reißt sie mit sich fort, und nahezu stets wenden sie die Kenntnisse, die sie von den Dingen des Lebens erworben haben, falsch an. Bisweilen, wenn sie aus ihrer sozialen Apathie erwachen, oder wenn sie aus der geistigen Welt in die wirkliche geraten, kehren sie mit reichen Erinnerungen daraus zurück, und nichts ist ihnen fremd. Auf diese Weise wußte Balthazar, der die Scharfsicht des Herzens mit der Scharfsicht des Hirns vereinte, alles, was die Vergangenheit seiner Tochter betraf; er kannte die geringsten Ereignisse der geheimnisvollen Liebe, die sie mit Emmanuel verknüpfte, oder er hatte sie erraten; er deutete ihnen das auf feine Weise an; er hieß ihrer beider Neigung dadurch gut, daß er sie teilte. Das war die zarteste Schmeichelei, die ein Vater erweisen konnte, und die beiden Liebenden brachten es nicht fertig, ihr zu widerstreben. Jener Abend wurde köstlich durch den Gegensatz, in dem er zu all den Kümmernissen stand, die über das Leben dieser armen Kinder hereingebrochen waren. Nachdem Balthazar sie gewissermaßen mit seinem Licht erfüllt und mit Zärtlichkeit überflutet hatte, zog er sich zurück; Emmanuel de Solis, der bis jetzt eine recht befangene Haltung bezeigt hatte, entledigte sich der dreitausend Golddukaten, die er in seinen Taschen gehabt und von denen er gefürchtet hatte, sie könnten bemerkt werden. Er legte sie auf Marguerites Nähtisch, bedeckte sie mit der Wäsche, die sie ausgebessert hatte, und ging heim, um den Rest der Summe zu holen. Es schlug elf. Martha, die wach geblieben war, um ihrer Herrin beim Auskleiden zu helfen, war in Félicies Zimmer beschäftigt.

»Wo sollen wir dies alles nun verstecken?« fragte Marguerite; sie hatte der Lust nicht widerstehen können, mit einigen der Dukaten zu spielen, und diese Kinderei geriet ihr zum Verderben.

»Ich hebe die Marmorsäule da hoch; ihr Sockel ist hohl«, sagte Emmanuel. »Sie lassen die Rollen hineingleiten, und nicht mal der Teufel wird sie dort suchen.«

Gerade als Marguerite ihren vorletzten Gang vom Nähtisch zur Säule vollführte, stieß sie einen gellenden Schrei aus und ließ die Rollen fallen; die Goldstücke zerrissen das Papier und rollten über das Parkett. Ihr Vater stand in der Wohnzimmertür, mit vorgestrecktem Kopf, und dessen habgieriger Ausdruck hatte sie erschreckt.

»Was treibt ihr denn da?« fragte er und blickte abwechselnd auf seine Tochter, die vor Entsetzen wie angewurzelt dastand, und auf den jungen Mann, der sich jäh aufgerichtet hatte, dessen Haltung bei der Säule aber bezeichnend genug war. Das Klingen des Goldes auf dem Parkettboden war schauerlich gewesen, und daß es nach allen Seiten weggerollt war, wirkte wie eine Prophezeiung. – »Ich habe mich also nicht getäuscht«, sagte Balthazar und setzte sich, »ich hatte Gold klingen hören.«

Er war nicht minder erregt als die beiden jungen Menschen, deren Herzen so sehr im gleichen Takt schlugen, daß ihr Pochen sich in der tiefen Stille, die plötzlich im Wohnzimmer eingetreten war, wie die Pendelschwünge einer Stutzuhr anhörten.

»Ich danke Ihnen, Monsieur de Solis«, sagte Marguerite zu Emmanuel und warf ihm einen Blick zu, der bedeutete: »Helfen Sie mir; diese Summe müssen wir retten.«

»Was ist mit diesem Geld ...«, fuhr Balthazar fort und schleuderte Blicke von furchtbarer Leuchtkraft auf seine Tochter und Emmanuel.

»Dies Geld gehört Monsieur de Solis; er hat die Güte, es mir zu leihen, damit wir unsern Verbindlichkeiten nachkommen können«, antwortete sie.

Monsieur de Solis errötete und wollte weggehen.

»Monsieur«, sagte Balthazar und hielt ihn am Arm zurück, »entziehen Sie sich nicht meinen Dankesbezeigungen.«

»Sie schulden mir nichts. Dies Geld gehört Mademoiselle Marguerite; sie hat es mir auf ihr Vermögen geliehen«, antwortete er und schaute seine Geliebte an, die ihm durch ein unmerkliches Blinzeln dankte.

»Das dulde ich nicht«, sagte Claes; er nahm eine Feder und ein Blatt Papier von dem Tisch, an dem Félicie geschrieben hatte; dann wandte er sich den beiden verdutzten jungen Menschen zu: »Wieviel ist es?« Die Leidenschaft hatte Balthazar durchtriebener gemacht, als der geschickteste unter allen betrügerischen Gutsverwaltern gewesen wäre; diese Summe mußte er an sich bringen. Marguerite und Monsieur de Solis zögerten. – »Wir können ja nachzählen«, sagte er.

»Sechstausend Dukaten sind es«, antwortete Emmanuel.

»Also siebzigtausend Francs«, entgegnete Claes.

Der Blick, den Marguerite ihrem Liebhaber zuwarf, machte diesem Mut.

»Monsieur«, sagte er bebend, »Ihre Quittung ist wertlos; verzeihen Sie mir diesen rein technischen Ausdruck; ich habe Mademoiselle heute morgen hunderttausend Francs zur Einlösung der Wechsel geliehen, die zu bezahlen Sie außerstande waren; Sie können mir also keinerlei Garantie geben. Diese siebzigtausend Francs gehören Ihrem Fräulein Tochter; sie kann darüber nach ihrem Gutdünken verfügen, aber ich leihe sie ihr nur auf ihr mir gegebenes Versprechen hin, einen Vertrag zu unterschreiben, durch den ich Sicherheiten auf ihren Anteil an dem kahlgeschlagenen Gelände von Waignies erhalte.«

Marguerite wandte den Kopf ab, damit niemand die Tränen sehe, die ihr in die Augen getreten waren; sie kannte ja Emmanuels Herzensreinheit. Er war durch seinen Onkel in der strengsten Befolgung der religiösen Tugenden erzogen worden, und so empfand der junge Mann zumal vor der Lüge Abscheu; sein Leben und sein Herz hatte er Marguerite bereits dargeboten; jetzt hatte er ihr auch noch das Opfer seines Gewissens dargebracht.

»Adieu, Monsieur«, sagte Balthazar zu ihm; »ich hatte gemeint, Sie besäßen mehr Vertrauen zu einem Mann, der Sie mit Vateraugen angesehen hat.«

Nachdem Emmanuel mit Marguerite einen kläglichen Blick gewechselt hatte, wurde er von Martha hinausgeleitet; sie schloß die nach der Straße führende Tür ab. Als Vater und Tochter allein waren, sagte Claes zu Marguerite: »Du hast mich doch lieb, nicht wahr?«

»Mach keine Umschweife, Vater. Du willst jene Summe haben; aber du bekommst sie nicht.«

Sie machte sich daran, die Dukaten aufzusammeln; schweigend half ihr Vater ihr beim Auflesen und beim Überprüfen der Summe, die sie so ausgestreut hatte, und Marguerite ließ es geschehen, ohne ihm das leiseste Mißtrauen zu bezeigen. Als die zweitausend Dukaten wieder in Säulen dastanden, sagte Balthazar mit verzweifelter Miene: »Marguerite, ich brauche dieses Geld!«

»Es wäre Diebstahl, wenn du es nähmst«, antwortete sie kalt. »Hör, Vater, es wäre besser, du brächtest uns auf einen Schlag um, als uns täglich tausend Tode erleiden zu lassen. Überleg dir, wer erliegen soll, du oder wir.«

»Dann habt ihr euern Vater ermordet«, entgegnete er.

»Dann haben wir unsere Mutter gerächt«, sagte sie und zeigte auf die Stelle, wo Madame Claes gestorben war.

»Kind, wenn du wüßtest, um was es sich handelt, dann würdest du nicht solcherlei Worte zu mir sagen. Hör zu, ich will dir das Problem erklären ... Aber du wirst mich ja nicht verstehen!« rief er voller Verzweiflung. »Also kurz und gut, gib es her! Glaub ein einziges Mal an deinen Vater. Ja, ich weiß, daß ich deiner Mutter Kummer bereitet, daß ich, um die Ausdrucksweise der Ahnungslosen anzuwenden, mein Vermögen vergeudet und das eurige verschleudert habe; daß ihr alle euch abrackert für das, was du Irrsinn nennst; aber, mein Engel, mein Liebling, meine sehr geliebte Marguerite, hör mich doch an! Wenn es mir nicht gelingt, befehle ich mich dir an, ich will dir gehorchen, wie du mir gehorchen müßtest; ich werde nach deinem Willen tun, dir die Verwaltung meines Vermögens übertragen; ich will dann nicht länger der Vormund meiner Kinder sein, ich will mich jeder Autorität entäußern. Ich schwöre es dir bei deiner Mutter«, sagte er und vergoß Tränen. Marguerite wandte sich ab, um nicht dies weinende Antlitz zu sehen, und Claes warf sich vor der Tochter auf die Knie, im Glauben, sie werde sich erweichen lassen. – »Marguerite, Marguerite! Gib, gib! Was sind sechzigtausend Francs, wenn man sich ewige Gewissensbisse erspart? Sieh doch ein, ich muß sonst sterben, dies bringt mich um. Hör doch, ich gebe dir mein heiliges Ehrenwort. Wenn ich scheitere, verzichte ich auf meine Arbeiten, ich verlasse Flandern, sogar Frankreich, wenn du es verlangst, ich arbeite wie ein Tagelöhner, um Sou für Sou mein Vermögen wiederzugewinnen und meinen Kindern zurückzuerstatten, was die Wissenschaft ihnen genommen hat.« Marguerite wollte ihrem Vater aufhelfen, aber er versteifte sich, auch weiterhin zu knien, und sprach schluchzend weiter: »Sei ein letztesmal liebevoll und nachgiebig! Wenn es mir mißlingt, werde ich von mir aus zugeben, daß du mit deiner Härte recht hattest. Dann darfst du mich einen alten Narren heißen! Einen schlechten Vater darfst du mich nennen! Mit einem Wort, du darfst sagen, ich sei ein Ignorant! Und wenn ich dann solcherlei Worte vernehme, will ich dir die Hände küssen. Du kannst mich prügeln, wenn du willst; und wenn du auf mich einschlägst, will ich dich als die beste aller Töchter segnen und daran denken, daß du mir dein Blut gegeben hast!«

»Handelte es sich bloß um mein Blut, so würde ich es dir gestatten«, rief sie aus; »aber kann ich durch die Wissenschaft meine Geschwister erwürgen lassen? Nein! Hör auf damit, hör auf«, sagte sie, wischte sich die Tränen ab und stieß die liebkosenden Hände des Vaters zurück.

»Sechzigtausend Francs und zwei Monate«, sagte er und stand voller Wut auf, »weiter brauche ich nichts; aber meine Tochter stellt sich zwischen den Ruhm, zwischen den Reichtum und mich. Sei verflucht!« fügte er hinzu. »Du bist weder Tochter noch Frau; du hast kein Herz; weder Mutter noch Gattin wirst du werden!« sprach er weiter. »Laß es mich doch nehmen, tu es, meine liebe Kleine, mein geliebtes Kind; ich will dich auch vergöttern«, sagte er noch und streckte mit einer Bewegung von wüster Energie die Hand nach dem Golde aus.

»Der Gewalt gegenüber bin ich wehrlos; aber Gott und der große Claes sehen uns!« sagte Marguerite und zeigte auf das Bildnis.

»Gut! Dann versuch, mit dem Blut deines Vaters bedeckt weiterzuleben«, schrie Balthazar und schleuderte ihr einen Blick des Abscheus entgegen. Er stand auf, hielt Umschau im Wohnzimmer und ging langsam hinaus. An der Tür drehte er sich um, wie es ein Bettler getan hätte und befragte seine Tochter mittels einer Geste, auf die hin sie ablehnend den Kopf schüttelte.

»Lebewohl, Kind«, sagte er milde, »versuch, glücklich zu leben.«

Als er verschwunden war, blieb Marguerite in einer Betäubung zurück, die bewirkte, daß sie sich der Erde entrückt fühlte; sie war nicht mehr im Wohnzimmer, sie spürte ihren Körper nicht mehr, sie hatte Flügel, sie schwebte durch die Raumesweiten der geistigen Welt, in der alles ungeheuer groß ist, in der das Denken Entfernungen und Zeitspannen einander annähert, und in der eine göttliche Hand das Laken lüftet, das über die Zukunft gebreitet ist. Ihr war, als rännen bei jedem der Schritte, die ihr Vater beim Ersteigen der Treppe vollführte, ganze Tage hin; dann aber, als sie ihn sein Schlafzimmer betreten hörte, überlief sie ein Schauder des Grauens. Eine Vorahnung, die in ihrer Seele die grelle Helle eines Blitzstrahls verbreitete, führte sie; ohne Licht, geräuschlos und pfeilgeschwind flog sie die Treppe hinauf und erblickte den Vater, wie er sich mit einer Pistole auf die Stirn zielte.

»Nimm alles!« rief sie ihm zu und stürzte zu ihm hin.

Sie sank in einen Sessel. Als Balthazar sah, wie bleich sie war, fing er an zu weinen, wie Greise weinen; er wurde wieder zum Kinde, er küßte sie auf die Stirn, sagte ihr zusammenhanglose Worte, war nahe daran, Freudensprünge zu tun und schien mit ihr spielen zu wollen wie ein Liebhaber mit einer Geliebten spielt, nachdem sie ihn glücklich gemacht hat.

»Genug, genug, Vater«, sagte sie, »denk an dein Versprechen! Wenn es dir fehlschlägt, mußt du mir gehorchen!«

»Ja.«

»O liebe Mutter«, sagte sie mit einem Blick auf das Schlafzimmer der Madame Claes, »auch du hättest doch alles hingegeben, nicht wahr?«

»Schlaf in Frieden«, sagte Balthazar. »Du bist ein gutes Kind.«

»Schlafen!« sagte sie. »Meine Nächte sind nicht mehr wie die meiner Jugend; du machst mich alt, Vater, wie du das Herz meiner Mutter langsam hast welken lassen.«

»Du armes Kind, ich wollte, ich könnte dich durch die Erklärung der Auswirkungen des herrlichen Experiments beruhigen, das ich mir unlängst ausgedacht habe; dann würde dir klar werden ...«

»Klar ist mir nur unsere Verarmung«, sagte sie im Fortgehen.

Am andern Morgen, es war ein schulfreier Tag, brachte Emmanuel de Solis Jean mit.

»Nun?« fragte er bekümmert, als er zu Marguerite trat.

»Ich habe nachgegeben«, antwortete sie.

»Mein geliebtes Leben«, sagte er in einer Aufwallung melancholischer Freude, »hätten Sie widerstrebt, würde ich Sie bewundert haben; aber nun Sie schwach waren, bete ich sie an.«

»Armer, armer Emmanuel, was bleibt uns jetzt noch?«

»Lassen Sie mich nur machen«, rief der junge Mensch mit strahlender Miene, »wir haben einander lieb, alles wird gut gehen.«

Ein paar Monate vergingen in vollkommener Ruhe. Monsieur

de Solis hatte Marguerite zu verstehen gegeben, daß ihre kärglichen Ersparnisse niemals ein Vermögen ergeben würden; er hatte ihr geraten, getrost dahinzuleben und zur Aufrechterhaltung des äußeren Ansehens der Familie das Geld zu verwenden, das von der Summe, die er verwahrt habe, noch übrig sei. Marguerite war während dieser Zeit all den Ängsten preisgegeben, die ehedem ihre Mutter unter ganz ähnlichen Umständen heimgesucht hatten. So ungläubig sie auch gewesen sein mochte, jetzt war sie dahin gelangt, Hoffnungen auf das Genie des Vaters zu bauen. Vermöge eines unerklärlichen Phänomens haben viele Menschen die Hoffnung, aber nicht den Glauben. Die Hoffnung ist die Blüte des Wunsches, der Glaube die Frucht der Gewißheit. Marguerite sagte sich: »Wenn es meinem Vater gelingt, sind wir glücklich!« Einzig Claes und Lemulquinier sagten sich: »Es wird uns gelingen!« Leider aber wurde das Gesicht dieses Mannes von Tag zu Tag bekümmerter. Wenn er zum Abendessen kam, wagte er manchmal gar nicht, die Tochter anzuschauen; doch manchmal warf er ihr auch triumphierende Blicke zu. Marguerite benutzte die Abendstunden, um sich von dem jungen de Solis mehrere juristische Schwierigkeiten erklären zu lassen. Sie überhäufte den Vater mit Fragen über die verwandtschaftlichen Beziehungen der Familie. Kurzum, sie vollendete ihre Lehrzeit in Mannesdingen und bereitete sich offenbar auf die Durchführung eines Plans vor, den sie sich für den Fall ausgedacht hatte, daß ihr Vater abermals in seinem Zweikampf mit dem »Unbekannten« (X) unterliegen sollte.

Zu Julibeginn verbrachte Balthazar einen ganzen Tag auf der Bank in seinem Garten; in traurige Grübelei versunken saß er da. Mehrmals blickte er auf den der Tulpen beraubten Erdhügel und auf die Fenster des Schlafzimmers seiner Frau; es durchschauerte ihn wohl, wenn er an all das dachte, was sein Kampf ihn gekostet hatte; die Bewegungen, die er vollführte, zeugten von Gedanken, die außerhalb der Wissenschaft lagen. Marguerite setzte sich kurz vor dem Abendessen mit einer Handarbeit zu ihm.

»Es ist dir also nicht gelungen, Vater?«

»Nein, mein Kind.«

»Ach«, sagte Marguerite mit sanfter Stimme, »ich mache dir

nicht den leisesten Vorwurf; wir haben beide gleichermaßen Schuld. Ich verlange lediglich, daß du dein Versprechen hältst, es muß heilig sein, du bist ein Claes. Deine Kinder werden dich mit Liebe und Ehrfurcht umgeben; aber ab heute gehörst du mir und schuldest mir Gehorsam. Sei unbesorgt, meine Herrschaft wird milde sein, und ich will sogar darauf bedacht sein, daß sie rasch endet. Ich nehme Martha mit mir und lasse dich für etwa einen Monat allein, und zwar, um mich mit dir zu befassen; denn«, sagte sie und küßte ihn auf die Stirn, »du bist mein Kind. Morgen wird also Félicie den Haushalt leiten. Das arme Kind ist erst siebzehn, sie würde es nicht fertigbringen, dir Widerstand zu leisten; sei edelmütig, verlange keinen Sou von ihr, sie bekommt nämlich nur das, was zur Bestreitung der Haushaltsausgaben unbedingt notwendig ist. Sei tapfer, verzichte für zwei oder drei Jahre auf deine Arbeit und deine Gedanken. Mittlerweile wird das Problem reifen; bis dahin werde ich das zu seiner Lösung erforderliche Geld zusammengebracht haben, und dann wirst du es lösen. Sag, ist deine Herrscherin nicht milde?«

»Dann ist also noch nicht alles verloren«, sagte der alte Mann.

»Nein, sofern du deinem Wort treu bleibst.«

»Ich will dir gehorchen, mein Kind«, antwortete Claes tief bewegt.

Am folgenden Tag kam Monsieur Conyncks aus Cambrai und holte seine Großnichte ab. Er kam im Reisewagen und wollte nur so lange bei seinem Vetter verweilen, wie notwendig war, damit Marguerite und Martha ihre Zurüstungen treffen konnten. Monsieur Claes empfing den Vetter überaus freundlich, aber er war sichtlich traurig und niedergedrückt. Der alte Conyncks erriet Balthazars Gedanken; beim Mittagessen sagte er mit großer Offenheit zu ihm: »Ich habe ein paar von Ihren Bildern, Vetter; ich mag nun mal schöne Gemälde; das ist eine kostspielige Leidenschaft; aber wir haben ja alle unser Steckenpferd . . .«

»Aber Onkel!« sagte Marguerite.

»Sie gelten als ruiniert, Vetter; aber ein Claes hat immer noch Schätze hier«, sagte er und schlug sich an die Stirn. »Und da, nicht wahr?« fügte er hinzu und deutete auf sein Herz. »Daher habe ich Zutrauen zu Ihnen! Ich habe in meiner Geldkatze ein paar Taler gefunden; die stelle ich Ihnen zur Verfügung.«

»Ach!« rief Balthazar aus, »ich erstatte Ihnen Schätze zurück . . .«

»Die einzigen Schätze, Vetter, die wir hier in Flandern besitzen, sind Geduld und Arbeit«, antwortete Conyncks mit strenger Miene. »Diese beiden Worte stehen unsern Vorfahren auf der Stirn geschrieben«, sagte er und deutete auf das Bildnis des Präsidenten van Claes.

Marguerite küßte den Vater, verabschiedete sich von ihm, gab Josette und Félicie Weisungen und reiste mit dem Postwagen nach Paris. Der Witwer gewordene Großonkel hatte nur eine zwölfjährige Tochter und besaß ein riesiges Vermögen; es war also nicht unmöglich, daß er sich wieder verehelichen wollte; daher glaubten die Einwohner von Douai, Mademoiselle Claes werde ihren Großonkel heiraten. Das Gerücht von dieser reichen Heirat führte den Notar Pierquin wieder in das Haus Claes. In den Gedankengängen dieses vortrefflichen Rechners hatten sich große Wandlungen vollzogen. Seit zwei Jahren hatte die Gesellschaft der Stadt sich in zwei feindliche Lager geteilt. Der Adel bildete den ersten Kreis, die Bürgerlichen den zweiten, und dieser war natürlich dem ersten gegenüber sehr gehässig eingestellt. Diese jähe Trennung, die sich in ganz Frankreich vollzogen und es in zwei einander widerstrebende Nationen gespalten hatte, deren eifersüchtige Gereiztheit sich fortgesetzt steigerte, bildete eine der Hauptursachen dafür, daß die Juli-Revolution von 1830 in der Provinz gutgeheißen wurde. Zwischen jenen beiden Gesellschaftsschichten, von denen die eine ultramonarchistisch und die andere ultraliberal war, standen die Beamten, die, je nach ihrem Rang, in dem einen oder dem anderen Kreis verkehrten; im Augenblick des Sturzes der legitimen Macht verhielten sie sich neutral. Zu Beginn des Kampfes zwischen Adel und Bürgertum entfalteten die royalistischen Cafés einen unerhörten Aufwand und rivalisierten so glänzend mit den liberalen Cafés, daß diese Art gastronomischer Feste mehrere Leute, so hieß es, das Leben kosteten; sie waren, wie schlecht gegossene Mörser, solcherlei Anstrengungen nicht gewachsen gewesen. Wie es nicht anders sein konnte, wurden die beiden Gesellschaftskreise exklusiv, und es fanden Säuberungsaktionen statt. Obwohl Pierquin für einen Provinzler sehr reich war, wurde er aus den aristokratischen Zirkeln ausgeschlossen und in die bürgerlichen zurückgedrängt. Unter diesen fortgesetzten Fehlschlägen, die er erlitt, als er sich unmerklich von Leuten gemieden sah, mit denen er ehedem verkehrt, hatte sein Selbstgefühl arg zu leiden. Er war jetzt nahe den Vierzig, und das ist der letzte Zeitpunkt im Leben, wo zur Ehe entschlossene Männer noch junge Mädchen heiraten können. Die Partien, auf die er Anspruch erheben konnte, gehörten dem Bürgerstand an, aber sein Ehrgeiz trieb ihn an, in der höheren Gesellschaftsschicht zu verbleiben; durch eine gute Heirat mußte er hineingelangen. Durch die Vereinsamung, in der die Familie Claes lebte, war sie dieser sozialen Bewegung fern geblieben. Obwohl Claes der alten Aristokratie der Provinz angehörte, konnte es als wahrscheinlich gelten, daß seine Betätigungen ihn daran gehindert hätten, sich den durch diese neue Einteilung der Menschen geschaffenen Antipathien unterzuordnen. So arm eine Demoiselle Claes auch sein mochte, sie hätte ihrem Mann dennoch das Vermögen der Eitelkeit eingebracht, nach dem es alle Emporkömmlinge verlangt. So kehrte Pierquin denn also zu den Claes in der heimlichen Absicht zurück, die nötigen Opfer für eine Eheschließung zu bringen, die fortan all seine ehrgeizigen Regungen zu verwirklichen vermochte. Er leistete während Marguerites Fernsein Balthazar und Félicie Gesellschaft, aber er erkannte nach und nach in Emmanuel de Solis einen zu fürchtenden Mitbewerber. Die Erbschaft des verstorbenen Abbés galt als ansehnlich; und in den Augen eines Mannes, der naiv alle Dinge des Lebens in Ziffern umsetzte, schien der junge Erbe mächtiger durch sein Geld als durch die Verführungskraft des Herzens; über diese hatte Pierquin sich nie sorgenvolle Gedanken gemacht. Jenes Vermögen erstattete dem Namen de Solis seinen vollen Wert zurück. Geld und Adel waren wie zwei Kronleuchter, die einander gegenseitig erhellten und den Glanz verdoppelten. Die aufrichtige Zuneigung, die der junge Schulleiter Félicie bezeigte, die er wie eine Schwester behandelte, stachelte den Nacheiferungstrieb des Notars an. Er versuchte, Emmanuel dadurch zu überblenden, daß er dem träumerischen Gehaben und den bekümmerten Elegien, die seinen Zügen so gut standen, modische Redensarten und die Bewegungen einer oberflächlichen Galanterie beimischte. Indem er vorgab, von der ganzen Welt enttäuscht zu sein, wandte er die Blicke Félicie auf eine Weise zu, die sie glauben machen konnte, sie allein könne ihn wieder mit dem Leben aussöhnen. Félicie, der zum erstenmal ein Mann Komplimente machte, lauschte diesen Reden, die immer lieblich klingen, auch wenn sie eitel Lüge sind; sie hielt die Leere für Tiefe, und aus dem sie bedrängenden Verlangen heraus, die unklaren Gefühle, von denen ihr Herz überquoll, an jemanden zu richten, begann sie, sich mit ihrem Vetter zu beschäftigen. Sie war, vielleicht unbewußt, eifersüchtig auf die verliebten Aufmerksamkeiten, die Emmanuel an ihre Schwester verschwendet hatte; sie wollte wohl auch, wie jene, der Zielpunkt der Blicke, der Gedanken und der Bemühungen eines Mannes sein. Pierquin gewahrte leichtiglich die Bevorzugung, die Félicie ihm gegenüber Emmanuel einräumte, und das war für ihn ein Grund, auf seinem Vorhaben zu beharren, so daß er sich mehr verstrickte, als er es gewollt hatte. Emmanuel überwachte die Anfänge dieser bei dem Notar vielleicht geheuchelten, bei Félicie, deren Zukunft auf dem Spiel stand, jedoch naiven Leidenschaft. Es ergaben sich daraus zwischen Kusine und Vetter ein paar jener holden Plaudereien, ein paar hinter Emmanuels Rücken geflüsterte Worte, kurzum, jene kleinen Heimlichkeiten, die einem Blick oder einem Wort einen Ausdruck leihen, dessen tückische Süße unschuldige Irrtümer verursachen kann. Mittels des Umgangs, den Pierquin mit Félicie pflog, versuchte er, das Geheimnis von Marguerites Reise zu durchdringen und herauszubekommen, ob es sich tatsächlich um eine Heirat handele und er auf seine Hoffnungen verzichten müsse; aber trotz seiner plumpen Kniffe und Pfiffe konnten weder Balthazar noch Félicie ihn aufklären, und zwar aus dem einfachen Grunde, weil sie nichts von Marguerites Plänen wußten; als diese die Macht übernommen hatte, war sie deren Grundsätzen gefolgt und hatte sich über ihre Absichten ausgeschwiegen. Bei Balthazars trübseliger Niedergeschlagenheit und Abspannung war das Überstehen der Abende nicht leicht. Zwar war es Emmanuel gelungen, den Chemiker zum Tricktrackspielen zu bewegen; aber Balthazar bezeigte sich dabei zerstreut; die meiste Zeit wirkte dieser durch seine Intelligenz so große Mann wie verblödet. Er war seiner Hoffnungen ledig; er fühlte sich beschämt, drei Vermögen verschlungen zu haben; er war ein Spieler ohne Geld, und so knickte er unter der Last seiner Trümmer, unter der Bürde seiner Hoffnungen zusammen, die weniger zerstört als getäuscht worden waren. Dieser geniale, von der Notwendigkeit geknebelte, sich selber verdammende Mann bot einen wahrhaft tragischen Anblick dar, der auch den Fühllosesten erschüttert hätte. Sogar Pierquin betrachtete nicht ohne ein Gefühl der Achtung diesen Löwen im Käfig, dessen von zurückgestauter Macht erfüllte Augen durch die Traurigkeit ruhig, durch Erkenntnis stumpf geworden waren; dessen Blicke um ein Almosen baten, das der Mund nicht zu fordern wagte. Manchmal zuckte ein Blitz über dieses ausgedörrte Gesicht; es belebte sich, wenn ihm ein neues Experiment einfiel; doch wenn dann beim Umherblicken im Wohnzimmer Balthazars Augen sich auf die Stelle hefteten, wo seine Frau gestorben war, kollerten leichte Tränen wie glühende Sandkörner über die Wüsten seiner Augäpfel, die das Denken ungeheuer geweitet hatte, und dann sank ihm der Kopf wieder auf die Brust. Er hatte die Welt hochgestemmt wie ein Titan, und die Welt, aber desto lastender, war auf seine Brust zurückgesunken. Dieser gigantische, so männlich zurückgedämmte Schmerz übertrug sich auf Pierquin und Emmanuel; sie fühlten sich bisweilen so erschüttert, daß sie ihm die für die Durchführung einer Folge von Experimenten erforderliche Summe anbieten wollten; so ansteckend sind die Überzeugungen des Genies! Alle beide begriffen jetzt, wie Madame Claes und Marguerite Millionen in diesen Schlund hatten werfen können; allein die Vernunft hemmte schnell die Überschwänge des Herzens, und ihre Rührung setzte sich in Trostesworte um, die die Qualen des zu Boden geschmetterten Titanen nur desto bitterer machten. Claes sprach nie von seiner ältesten Tochter und ängstete sich weder um ihr Fernsein noch um das Schweigen, das sie bewahrte; denn sie schrieb weder ihm noch Félicie. Wenn Solis oder Pierquin ihn nach ihr fragten, schien er unangenehm berührt. Ahnte er, daß Marguerite etwas gegen ihn unternahm? Fühlte er sich gedemütigt, daß er auf die majestätischen Rechte der Vaterschaft seinem Kind gegenüber verzichtet hatte? War er dahin gelangt, sie weniger lieb zu haben, weil sie die Rolle des Vaters innehatte und er die des Kindes? Vielleicht gab es viele dieser Gründe und viele dieser unausgedrückten Gefühle, die wie Wolken über die Seele gleiten, in der stummen Ungnade, die er auf Marguerite lasten ließ. Wie groß auch die bekannten oder unbekannten großen Männer, ob glücklich in ihren Versuchen oder unglücklich, auch sein mögen, sie alle besitzen kleinliche Schwächen, und eben diese verknüpfen sie mit der Menschheit. Durch eine zweifache Unglücksfügung leiden sie an ihren guten Eigenschaften nicht minder als an ihren schlechten; und vielleicht mußte Balthazar sich erst mit den Schmerzen seiner verletzten Eitelkeit vertraut machen. Das Leben, das er führte, und die Abende, an denen diese vier Menschen während Marguerites Fernseins zusammenkamen, waren somit ein Leben und Abende, die das Gepräge der Trauer trugen und von vagen Befürchtungen erfüllt waren. Es waren Tage von der Unfruchtbarkeit dürrer Heideflächen, auf denen sie dennoch ein paar Blumen pflückten, spärliche Tröstungen. Die Atmosphäre während der Abwesenheit der ältesten Tochter, die die Seele, die Hoffnung und die Kraft dieser Familie geworden, war erfüllt von Nebeldunst. So verrannen zwei Monate, in denen Balthazar geduldig auf seine Tochter wartete. Marguerite wurde von ihrem Onkel wieder nach Douai zurückgebracht; anstatt nach Cambrai zurückzukehren, blieb er im Hause wohnen, sicherlich, um durch seine Autorität einen Staatsstreich zu unterstützen, den seine Nichte sich ausgedacht hatte. Marguerites Rückkehr gedieh zu einem kleinen Familienfest. Der Notar und Monsieur de Solis waren von Félicie und Balthazar zum Abendessen eingeladen worden. Als der Reisewagen vor der Haustür hielt, empfingen die vier die Reisenden mit großen Freudebekundungen. Marguerite schien glücklich, den heimischen Herd wiederzusehen; als sie den Hof durchschritt, um ins Wohnzimmer zu gelangen, füllten ihre Augen sich mit Tränen. Als sie den Vater küßte, waren ihre jungmädchenhaften Liebkosungen dennoch nicht frei von Hintergedanken; sie errötete wie eine Ehefrau, die sich etwas hat zuschulden kommen lassen und sich nicht zu verstellen versteht; doch ihre Blicke gewannen ihre Reinheit wieder, als sie Monsieur de Solis gewahrte; aus ihm schien sie die Kraft für die Vollendung des heimlich ersonnenen Unternehmens zu schöpfen. Trotz der Heiterkeit, die die Gesichter und Worte belebte, musterten während des Essens Vater und Tochter einander mit Mißtrauen und Neugierde. Balthazar stellte Marguerite keine einzige Frage über ihren Aufenthalt in Paris, wahrscheinlich um der Bewahrung seiner väterlichen Würde willen. Emmanuel de Solis ahmte diese Zurückhaltung nach. Doch Pierquin, der daran gewöhnt war, sämtliche Familiengeheimnisse zu erkunden, tarnte seine Neugier mit falscher Gutmütigkeit und sagte zu Marguerite: »Na, liebe Kusine, nun haben Sie Paris gesehen, die Theater ...«

»Nichts habe ich in Paris gesehen«, antwortete sie, »ich bin nicht hingereist, um mich zu amüsieren. Die Tage sind dort für mich recht trübselig hingegangen; ich war zu ungeduldig, Douai wiederzusehen.«

»Wäre ich nicht böse geworden, so wäre sie nicht mal mit in die Oper gekommen; da hat sie sich übrigens gelangweilt!« sagte Monsieur Conyncks.

Es war ein peinlicher Abend; jeder fühlte sich gehemmt, lächelte gezwungen oder bemühte sich, die gekünstelte Heiterkeit zu bezeigen, unter der sich tatsächlich bestehende Ängste verbergen. Balthazar stand im Bann dumpfer, grausamer Befürchtungen, und diese wirkten sich auf die Herzen aus. Je weiter der Abend fortschritt, desto mehr ließ die Haltung von Vater und Tochter nach. Manchmal versuchte Marguerite zu lächeln; aber ihre Gesten, ihre Blicke, ihr Stimmklang kündeten von lebhafter Unruhe. Monsieur Conyncks und Monsieur de Solis schienen die Ursache der geheimen Erregungen zu kennen, die das edle Mädchen bewegten, und sie schienen sie durch ausdrucksvolle Blicke zu ermutigen. Balthazar fühlte sich verletzt, daß er von einem Entschluß und von Schritten, die um seinetwillen unternommen worden waren, nichts wußte, und so schied er sich unmerklich von seinen Kindern und seinen Freunden ab, indem er Schweigen vortäuschte. Marguerite würde ihm sicherlich enthüllen, was sie über ihn beschlossen habe. Für einen großen Mann, für einen Vater war eine solche Situation unerträglich. Er war in ein Alter gelangt, in dem man seinen Kindern nichts mehr verhehlt, in dem die Reichweite der Gefühle den Gedanken Kraft leiht, und so wurde er immer ernster, nachdenklicher und bekümmerter, nun er den Augenblick seines bürgerlichen Todes herannahen sah. Dieser Abend barg eine der Krisen des häuslichen Lebens, die sich nur durch Bilder schildern lassen. Gewittergewölk ballte sich am Himmel zusammen, draußen auf dem Lande wurde gelacht; jedem war heiß, jeder spürte das Unwetter, hob den Kopf und setzte seinen Weg fort. Monsieur Conyncks ging als erster zur Ruhe und wurde von Balthazar in sein Schlafzimmer geführt. Während seiner Abwesenheit empfahlen sich Pierquin und Monsieur de Solis. Marguerite verabschiedete sich von dem Notar; zu Emmanuel sagte sie nichts, aber sie drückte ihm die Hand und warf ihm einen feuchten Blick zu. Dann schickte sie Félicie zu Bett, und als Claes wieder ins Wohnzimmer kam, fand er seine Tochter allein vor.

»Guter Vater«, sagte sie mit zitternder Stimme, »es hatten die ernsten Umstände eintreten müssen, in denen wir uns befinden, um mich zum Verlassen des Hauses zu bewegen; aber nach vielerlei Ängsten und der Überwindung unerhörter Schwierigkeiten kehre ich mit einigen Aussichten auf Rettung für uns alle zurück. Dank deinem Namen, dem Einfluß unseres Onkels und der Protektion durch Monsieur de Solis haben wir für dich eine Stellung als Steuereinnehmer in der Bretagne erhalten; sie bringt, wie es heißt, jährlich achtzehn- bis zwanzigtausend Francs ein. Unser Onkel hat die Kaution gestellt. – Hier ist die schriftliche Bestätigung dieser Ernennung«, sagte sie und zog einen Brief aus der Tasche. »Während unserer Jahre der Entbehrungen und der Opfer würde es für dich unerträglich sein, dich hier aufzuhalten. Unser Vater muß in einer Lebenshaltung verbleiben, die zumindest derjenigen gleicht, in der er immer gelebt hat. Ich werde nichts von deinen Einkünften verlangen; du kannst nach Gutdünken darüber verfügen. Ich bitte dich nur inständig, zu bedenken, daß wir keinen Sou Zinsen haben und alle von dem leben, was Gabriel[70] uns von seinen Einkünften abgeben kann. Die Stadt darf von diesem klösterlichen Leben nichts erfahren. Bliebest du bei uns, so würdest du ein Hemmnis für die Mittel sein, deren meine Schwester und ich uns bedienen müssen bei unserem Versuch, wieder zu Wohlstand zu gelangen. Heißt es die Machtbefugnis mißbrauchen, die du mir eingeräumt hast, wenn ich dich in eine Lage versetze, in der du selber dir dein Vermögen neu schaffen kannst? Wenn du willst, kannst du in ein paar Jahren Generalsteuereinnehmer sein.«

»Auf diese Weise, Marguerite«, sagte Balthazar langsam, »jagst du mich aus meinem Hause.«

»Einen so harten Vorwurf verdiene ich nicht«, antwortete das Mädchen und unterdrückte die stürmischen Regungen ihres Herzens. »Du kehrst zu uns zurück, wenn du in unserer Heimatstadt so leben kannst, wie du dort auftreten mußt. Überdies, Vater, habe ich nicht dein Wort?« fügte sie kühl hinzu. »Du mußt mir gehorchen. Mein Onkel ist hiergeblieben, um dich nach der Bretagne zu bringen, damit du die Reise nicht allein zu machen brauchst.«

»Ich gehe nicht!« rief Balthazar und stand auf. »Ich brauche niemandes Hilfe, um wieder zu Vermögen zu gelangen und das zu zahlen, was ich meinen Kindern schulde.«

»Es wäre besser«, entgegnete Marguerite ohne aufzubegehren. »Ich möchte dich bitten, über unsere beiderseitige Lage nachzudenken; ich will sie dir in knappen Worten erklären. Wenn du in diesem Hause bleibst, werden deine Kinder ihm den Rücken kehren, damit du darin der Herr und Meister bist.«

»Marguerite!« schrie Balthazar auf.

»Ferner«, fuhr sie fort und tat, als bemerke sie die Gereiztheit des Vaters nicht, »muß der Minister von deiner Weigerung unterrichtet werden, sofern du eine einträgliche, ehrenvolle Stellung ausschlägst, die wir trotz unsern Schritten und Protektionen schwerlich erlangt haben würden, wenn mein Onkel nicht geschickt ein paar Tausendfrancsscheine in den Handschuh einer Dame gesteckt hätte . . .«

»Mich verlassen!«

»Entweder du verläßt uns, oder wir fliehen vor dir«, sagte sie. »Wäre ich dein einziges Kind, so würde ich, ohne über das Los zu murren, das du mir bereitest, handeln wie meine Mutter. Aber meine Schwester und meine beiden Brüder sollen nicht in deinem Dabeisein vor Hunger oder Verzweiflung sterben; das habe ich derjenigen versprochen, die dort gestorben ist«, sagte sie und zeigte auf die Stelle, wo das Bett der Mutter gestanden hatte. »Wir haben dir unsere Schmerzen verborgen, wir haben schweigend gelitten; heute sind unsere Kräfte verbraucht. Wir stehen nicht am Rand eines Abgrunds, wir sind in dessen Tiefe, Vater! Um herauszugelangen, bedarf es nicht nur des Mutes; es ist auch erforderlich, daß unsere Anstrengungen nicht immerfort durch die Willkür einer Leidenschaft zuschanden gemacht werden ...«

»Meine geliebten Kinder!« rief Balthazar und ergriff Marguerites Hand, »ich will euch helfen, ich will arbeiten, ich ...«

»Hier hast du die Mittel dazu«, antwortete sie und hielt ihm das ministerielle Schreiben hin.

»Aber, mein Engel, das Mittel, das du mir zur Wiederherstellung meines Vermögens darbietest, wirkt zu langsam! Du läßt mich die Frucht zehnjähriger Arbeit verlieren, und die enormen Summen, die mein Laboratorium darstellt. Da oben«, sagte er und zeigte nach dem Speicher hinauf, »sind alle unsere Hilfsmittel.«

Marguerite ging auf die Tür zu und sagte: »Vater, du hast die Wahl!«

»Du bist sehr hart, Tochter!« antwortete er, warf sich in einen Sessel und ließ sie hinausgehen.

Am andern Morgen erfuhr Marguerite durch Lemulquinier, Monsieur Claes habe das Haus verlassen. Diese schlichte Mitteilung ließ sie erblassen, und ihre Haltung war so überaus bezeichnend, daß der alte Diener zu ihr sagte: »Keine Sorge, Mademoiselle; Monsieur hat gesagt, er sei um elf zum Mittagessen wieder hier. Er hat sich nicht schlafen gelegt. Noch morgens um zwei hat er am Wohnzimmerfenster gestanden und nach den Dächern des Laboratoriums hinaufgeschaut. Ich hatte in der Küche gewartet; ich habe ihn gesehen, er hat geweint, er hat Kummer. Jetzt haben wir doch den berühmten Juli, jetzt ist die Sonne imstande, uns alle reich zu machen, und wenn Sie wollten ...«

»Genug!« sagte Marguerite; sie erriet alle Gedanken, die ihren Vater bestürmt haben mußten.

Tatsächlich hatte sich bei Balthazar das Phänomen vollzogen, das bei allen Menschen von sitzender Lebensweise eintritt; sein Leben hing gewissermaßen von den Stätten ab, mit denen er sich identifiziert hatte; sein mit seinem Laboratorium und seinem Haus untrennbar verknüpftes Denken machte ihm beides unentbehrlich, gerade wie es die Börse für den Spekulanten ist: für ihn sind Feiertage verlorene Tage. Hier lagen seine Hoffnungen, hier senkte sich vom Himmel die einzige Atmosphäre herab, in der seine Lungen lebenspendende Luft zu atmen vermochten. Dieses Verbundensein zwischen den Stätten und Dingen und den Menschen, das bei schwachen Naturen so mächtig ist, wird bei Männern der Wissenschaft und des Studiums beinahe tyrannisch. Sein Haus verlassen, das hieß sterben. Bis zur Stunde des Mittagessens stand Marguerite im Bann äußerster Erregung. Der Auftritt, als Balthazar sich hatte entleiben wollen, war ihr wieder eingefallen, und sie fürchtete, sie werde eine tragische Lösung der verzweifelten Lage erleben, in der sich ihr Vater befand. Sie ging im Wohnzimmer auf und ab und zuckte jedesmal zusammen, wenn die Türglocke schellte. Endlich kam Balthazar heim. Als er den Hof durchschritt, erblickte Marguerite, die beunruhigt seine Züge musterte, darin nur den Ausdruck gewittrigen Schmerzes. Als er ins Wohnzimmer trat, ging sie ihm entgegen, um ihm guten Tag zu sagen; er legte ihr liebevoll den Arm um die Taille, zog sie an sein Herz und flüsterte ihr zu: »Ich habe mir bloß meinen Paß geholt.« Der Stimmklang, der resignierte Blick, das Gehaben des Vaters, all das zermalmte dem armen Mädchen das Herz; sie wandte den Kopf ab, um ihre Tränen nicht sehen zu lassen; aber sie konnte ihrer nicht Herr werden, und so ging sie in den Garten und kam erst wieder ins Haus, als sie sich nach Herzenslust ausgeweint hatte. Während des Mittagessens war Balthazar aufgeräumt wie jemand, der seinen Entschluß gefaßt hat.

»Dann fahren wir also nach der Bretagne, Onkel«, sagte er zu Monsieur Conyncks. »Ich habe von je Lust gehabt, mir die Gegend da mal anzusehen.«

»Man lebt dort billig«, antwortete der alte Onkel.

»Der Vater verläßt uns?« rief Félicie.

Monsieur de Solis trat ein; er brachte Jean mit.

»Heute müssen Sie ihn uns hierlassen«, sagte Balthazar und ließ den Sohn neben sich Platz nehmen, »ich verreise morgen und will ihm Lebewohl sagen.«

Emmanuel blickte Marguerite an; sie senkte den Kopf. Es wurde ein trübseliger Tag; alle waren traurig und wehrten Gedanken oder Tränen. Dies war kein Fernsein, sondern ein Exil. Überdies empfanden alle instinktiv, wie demütigend es für einen Vater sei, dadurch, daß er in seinem Alter eine Stellung annahm und sich von seiner Familie trennte, öffentlich seine Mißerfolge einzugestehen. Allein er bezeigte sich so groß wie Marguerite fest war; er schien sich auf noble Weise in die Buße für die Fehler zu schicken, die das Ungestüm des Genies ihn hatte begehen lassen. Als das abendliche Beisammensein vorüber war und Vater und Tochter allein beieinander saßen, ergriff Balthazar, der sich den ganzen Tag über zärtlich und liebevoll wie in den schönen Tagen seines patriarchalischen Lebens bezeigt hatte, Marguerites Hand und sagte zu ihr mit einer gewissen Zärtlichkeit, in die sich Verzweiflung mischte: »Bist du mit deinem Vater zufrieden?«

»Du bist dessen da würdig«, antwortete Marguerite und deutete auf van Claes' Bildnis.

Am andern Morgen stieg Balthazar, dem Lemulquinier folgte, in sein Laboratorium hinauf, als wolle er von den Hoffnungen Abschied nehmen, die er gehegt hatte und die seine begonnenen Versuche ihm wieder lebhaft vor Augen führten. Herr und Diener warfen einander einen schwermutvollen Blick zu, als sie den Speicherraum betraten, den vielleicht für immer zu verlassen sie drauf und dran waren. Balthazar betrachtete die Apparaturen, die sein Denken so lange umschwebt hatten, und deren jede mit der Erinnerung an eine Forschung oder ein Experiment verbunden war. Mit trauriger Miene befahl er Lemulquinier, gefährliche Gase oder Säuren verdunsten zu lassen und Substanzen weit voneinander zu rücken, die Explosionen verursachen könnten. Während er diese Maßnahmen ergriff, stieß er bittere Klagen aus, etwa wie ein zum Tode Verurteilter auf dem Weg zum Schafott.

»Und dabei«, sagte er und blieb vor einer Kapsel stehen, in die die beiden Drähte einer Volta'schen Säule einliefen, »ist dies ein Versuch, dessen Ergebnis hätte abgewartet werden müssen. Wenn er gelänge, fürchterlicher Gedanke!, dann würden meine Kinder keinen Vater aus dem Hause jagen, der ihnen Diamanten vor die Füße würfe. Es handelt sich um eine Verbindung von Schwefel und Kohlenstoff«, fuhr er im Selbstgespräch fort, »in der der Kohlenstoff die Rolle des positiv elektrisch geladenen Körpers spielt; die Kristallisation muß am negativen Pol beginnen; und im Fall der Zerlegung müßte der Kohlenstoff sich dort kristallisieren . . .«

»Aha, so geht das also vor sich«, sagte Lemulquinier und blickte seinen Herrn bewundernd an.

»Nun aber«, fuhr Balthazar nach einer Pause fort, »steht die Verbindung unter dem Einfluß dieser Säule, und die könnte bewirken . . .«

»Wenn Monsieur will, kann ich ihre Wirkung verstärken . . .«

»Nein, nein, sie muß so gelassen werden, wie sie ist. Ruhe und Zeit sind wesentliche Vorbedingungen für die Kristallisation . . .«

»Wahrhaftig, sie soll sich nur Zeit nehmen, diese Kristallisation«, rief der Diener.

»Wenn die Temperatur sinkt, wird der Schwefelkohlenstoff sich kristallisieren«, sagte Balthazar und fuhr damit fort, bruchstückhaft undeutlichen Gedanken Ausdruck zu geben, die in seinem Begriffsvermögen bereits eine vollständige Überlegung bildeten, »aber wenn die Einwirkung der Säule sich unter gewissen Bedingungen vollzieht, die ich noch nicht kenne . . . Das müßte man beobachten . . . Es ist immerhin möglich . . . Aber woran denke ich? Es handelt sich nicht länger um Chemie, mein Freund, wir müssen in der Bretagne ein Steuerbüro betreuen.«

Hastig ging Claes hinaus und nach unten, zum letzten Mittagessen im Kreis der Seinen; Pierquin und Monsieur de Solis nahmen daran teil. Balthazar hatte es eilig, mit seinem wissenschaftlichen Todeskampf zu Ende zu kommen; er verabschiedete sich von seinen Kindern und stieg mit dem Onkel in den Wagen; die ganze Familie hatte ihn bis zur Haustür begleitet. Von dort aus überschritt Marguerite, die den Vater mit einer verzweifelten Umarmung auf die Wangen geküßt hatte, was er dadurch erwiderte, daß er ihr zuflüsterte: »Du bist ein gutes Mädchen, und ich werde dir niemals grollen!« den Hof, eilte ins Wohnzimmer, kniete an der Stelle nieder, wo ihre Mutter gestorben war, und betete inbrünstig zu Gott, um ihn um die Kraft zur Vollbringung der schweren Arbeit ihres neuen Lebens zu bitten. Sie fühlte sich bereits durch eine innere Stimme gekräftigt, die ihr den Beifall der Engel und den Dank der Mutter ins Herz gesenkt hatte; da kamen ihre Schwester, ihr Bruder, Emmanuel und Pierquin herein; sie hatten der Kalesche nachgeschaut, bis sie sie nicht mehr hatten sehen können.

»Was wollen Sie jetzt tun, Mademoiselle?« fragte Pierquin.

»Das Haus retten«, antwortete sie schlicht. »Uns gehören an die dreizehnhundert Morgen bei Waignies. Ich beabsichtige, sie urbar machen zu lassen, sie in drei Pachthöfe aufzuteilen, die zu ihrer Bestellung notwendigen Gebäude errichten zu lassen und sie dann zu verpachten; und ich glaube, daß in ein paar Jahren bei sehr viel Sparsamkeit und Geduld jeder von uns«, und dabei zeigte sie auf ihre Schwester und ihren Bruder, »einen Pachthof von vierhundert und einigen Morgen sein eigen nennen kann, der dann eines Tages ungefähr fünfzehnhundert Francs Einkünfte abwirft. Mein Bruder Gabriel[71] behält als seinen Anteil dies Haus hier und was er an Staatspapieren besitzt. Dann erstatten wir eines Tages unserm Vater seinen Besitz frei von allen Schulden zurück; die tilgen wir durch Aufopferung unserer Einnahmen.«

»Aber liebe Kusine«, sagte der Notar, verblüfft über Marguerites Geschäftskenntnis und kalten Verstand, »für die Urbarmachung Ihrer Ländereien, die Errichtung der Pachthofgebäude und den Ankauf von Vieh brauchen Sie doch mehr als zweihunderttausend Francs. Wo wollen Sie diese Summe hernehmen?«

»Da beginnen meine Schwierigkeiten«, sagte sie und blickte abwechselnd den Notar und Monsieur de Solis an. »Meinen Onkel wage ich nicht darum zu bitten; er hat ja schon die Kaution für meinen Vater gestellt!«

»Sie haben Freunde!« rief Pierquin; ihm war plötzlich klar geworden, daß die Claes-Töchter noch immer »Mädchen von mehr als fünfhunderttausend Francs« sein würden.

Emmanuel de Solis blickte Marguerite gerührt an, doch zu seinem Unglück blieb Pierquin auch in seinem Begeisterungstaumel Notar und fuhr folgendermaßen fort: »Ich biete sie Ihnen an, die zweihunderttausend Francs!«

Emmanuel und Marguerite befragten einander durch einen Blick, durch den Pierquin plötzlich ein Licht aufging. Félicie wurde über die Maßen rot, so froh war sie, den Vetter so edelmütig zu sehen, wie sie es gewünscht hatte. Sie schaute die Schwester an, der unvermittelt klar wurde, daß während ihrer Abwesenheit das arme Mädchen sich durch ein paar banale Galanterien Pierquins hatte umgarnen lassen.

»Sie brauchen mir nur fünf Prozent Zinsen zu zahlen«, sagte er. »Rückzahlen können Sie, wann immer Sie wollen, und Sie geben mir eine Hypothek auf Ihren Landbesitz. Aber getrost, dafür sparen Sie die Ausgaben für all Ihre Verträge, ich mache für Sie gute Pächter ausfindig, und führe Ihre Angelegenheiten als guter Verwandter kostenlos.«

Emmanuel gab Marguerite ein Zeichen, sie solle ablehnen; aber sie war allzusehr damit beschäftigt, die Wandlungen zu beobachten, die sich in den Zügen der Schwester vollzogen, als daß sie jenen Wink bemerkt hätte. Nach einer Pause musterte sie mit ironischer Miene den Notar und sagte von sich aus zu Monsieur de Solis' größter Freude: »Sie sind ein sehr guter Verwandter, anderes hätte ich von Ihnen nicht erwartet; aber fünf Prozent Zinsen würden unsere Befreiung zu lange hinauszögern; ich warte die Volljährigkeit meines Bruders ab; dann verkaufen wir seine Staatspapiere.«

Pierquin biß sich auf die Lippen; Emmanuel lächelte leise.

»Félicie, liebes Kind, bring Jean wieder zurück zur Schule. Martha soll mit dir gehen«, sagte Marguerite und zeigte auf den Bruder. – »Jean, mein Engel, sei schön artig, zerreiß dir deine Anzüge nicht entzwei; wir sind nicht mehr reich genug, um dir so oft neue zu kaufen wie bisher! Also geh, mein Junge, arbeite fleißig.«

Félicie ging mit dem Bruder hinaus.

»Lieber Vetter«, sagte Marguerite zu Pierquin, »und Sie, Monsieur«, sagte sie zu Monsieur de Solis, »Sie haben während meines Fernseins sicherlich meinen Vater oft besucht; für diese Beweise der Freundschaft danke ich Ihnen. Sicher werden Sie nichts Geringeres für zwei arme Mädchen tun, die wohl des Rats bedürfen. Sind wir uns einig, was das betrifft . . .? Wenn ich in der Stadt bin, werde ich Sie stets mit der größten Freude willkommen heißen; wenn jedoch Félicie mit Josette und Martha allein hier ist, brauche ich Ihnen schwerlich zu sagen, daß dann niemand sie besuchen darf, und sei es ein alter Freund und der geflissentlichste unserer Verwandten. In der Lage, in der wir uns befinden, muß unser Benehmen von untadelhafter Sittenstrenge sein. So haben wir uns denn für geraume Zeit der Arbeit und der Einsamkeit angelobt.«

Für eine Weile herrschte Stille. Emmanuel war in die Betrachtung von Marguerites Kopf versunken und schien stumm zu sein; Pierquin wußte nicht, was er sagen sollte. Der Notar verabschiedete sich von seiner Kusine und empfand in diesem Augenblick Wut gegen sich selber; plötzlich war ihm klar geworden, daß Marguerite Emmanuel liebe und daß er sich wie ein rechter Dummkopf verhalten habe.

»Da hast du's, Pierquin, alter Freund«, sagte er auf der Straße im Selbstgespräch, »wenn dir jetzt einer sagte, du seiest ein ausgemachtes Rindvieh, dann hätte er vollauf recht. Bin ich tatsächlich so dumm? Ich habe zwölftausend Francs Zinsen, außer meinem Amt, und ungerechnet die Erbschaft meines Onkels Des Racquets, dessen einziger Erbe ich bin, wodurch mein Vermögen heute oder morgen sich verdoppeln wird (übrigens wünsche ich gar nicht, daß er stirbt; er ist sparsam!) ... und dabei habe ich die Gemeinheit besessen, von Mademoiselle Claes Zinsen zu verlangen! Ich bin überzeugt, daß die beiden sich jetzt über mich ins Fäustchen lachen. Ich darf nicht länger an Marguerite denken! Nein. Schließlich ist Félicie ein sanftes, gutes Geschöpfchen; sie behagt mir mehr. Marguerite hat einen eisernen Charakter, sie würde mich beherrschen wollen, und das würde sie auch tun! Also wollen wir uns edelmütig bezeigen, nicht so sehr den Notar herauskehren, kann ich denn dieses Zaumzeug nie abschütteln? Hol's dieser und jener, jetzt verliebe ich mich in Félicie, und dabei soll es bleiben! Herrgott nochmal, sie bekommt einen Pachthof von vierhundertdreißig Morgen, und der wirft zur gegebenen Zeit zwischen fünfzehn- und zwanzigtausend Francs Einkünfte ab, denn bei Waignies ist guter Boden. Daß doch mein Onkel Des Racquets stürbe, der gute alte Knabe! Dann verkaufe ich meine Praxis und bin ein Mann von fünfzig-tau-send Francs Zinsen. Meine Frau ist eine geborene Claes, ich bin mit hochangesehenen Familien verwandt. Zum Henker, wir werden ja sehen, ob die Courtevilles, die Magalhens' und die Savaron de Savarus' sich weigern werden, das Haus eines Pierquin-Claes-Molina-Nourho zu betreten. Ich werde Bürgermeister von Douai, ich bekomme die Ehrenlegion, ich kann Abgeordneter werden, mir stehen alle Möglichkeiten offen. Also Obacht, Pierquin, mein Junge, nimm dich zusammen, mach keine Dummheiten mehr, und zwar desto weniger, als, Ehrenwort, Félicie . . . Mademoiselle Félicie van Claes dich liebt.«

Als die beiden Liebenden allein waren, streckte Emmanuel Marguerite eine Hand hin, und sie konnte nicht umhin, die Rechte hineinzulegen. Aus einer gemeinsamen Regung heraus standen sie auf und wollten zu ihrer Bank im Garten gehen, aber noch im Wohnzimmer konnte der Liebende seine Freude nicht unterdrücken, und mit vor Rührung zitternder Stimme sagte er zu Marguerite: »Ich habe dreihunderttausend Francs für Sie . . .!«

»Wie?« rief sie. »Sollte meine arme Mutter Ihnen noch mehr anvertraut haben . . .? Nein. Aber wieso denn sonst?«

»Oh, liebe Marguerite, gehört, was mein ist, nicht auch Ihnen? Waren Sie es nicht, die als die erste ›wir‹ gesagt hat?«

»Lieber Emmanuel«, sagte sie und drückte die Hand, die sie nach wie vor hielt; und anstatt in den Garten zu gehen, warf sie sich in die Bergère.

»Ist es nicht an mir, Ihnen zu danken«, fragte er mit liebeerfüllter Stimme, »da Sie sie doch annehmen?«

»Dieser Augenblick, mein Heißgeliebter«, sagte sie, »löscht viele Schmerzen aus und rückt eine glückliche Zukunft näher! Ja, ich nehme dein Geld an«, fuhr sie fort und ließ über ihre Lippen ein engelhaftes Lächeln gleiten, »ich kenne das Mittel, es zu dem meinen zu machen.« Sie blickte das Bildnis des van Claes an, wie um einen Zeugen zu haben. Der junge Mann war Marguerites Augen gefolgt; so sah er nicht, daß sie einen Jungmädchenring vom Finger zog, und gewahrte diese Geste erst, als er folgende Worte vernahm: »Inmitten meiner tiefen Nöte steigt ein Glück empor. Aus Unbedachtsamkeit überläßt mein Vater mir die freie Verfügung über mich selber«, sagte sie und hielt ihm den Ring hin, »nimmst du ihn, Emmanuel? Meine Mutter hat dich liebgehabt, sie würde dich gewählt haben.«

In Emmanuels Augen stiegen die Tränen, er erblaßte, fiel auf die Knie, gab Marguerite den Ring, den er immer zu tragen pflegte, und sagte: »Dies ist der Ehering meiner Mutter! . . .

Liebe Marguerite«, fuhr er fort und küßte ihren Ring, »soll ich denn kein anderes Pfand haben als dieses?«

Sie neigte sich und bot ihre Stirn Emmanuels Lippen dar.

»Ach, mein armer Geliebter, tun wir jetzt auch nichts Unrechtes?« fragte sie tief bewegt, »denn wir werden lange warten müssen.«

»Mein Onkel hat, wenn er von Christen sprach, die Gott lieben, gesagt, die Anbetung sei das tägliche Brot der Geduld. Auf diese Weise kann ich dich lieben; ich habe dich seit langem mit dem Herrn aller Dinge verquickt; ich bin dein, wie ich sein bin.«

Sie verblieben eine kurze Weile im Bann des süßesten Überschwangs. Es war das lautere, stille Ausströmen eines Gefühls, das wie eine übervolle Quelle in kleinen, unaufhörlichen Wellen überquoll. Die Ereignisse, die die beiden Liebenden trennten, waren von schwermütiger Beschaffenheit, und das machte ihr Glück inständiger, weil es ihm etwas beimischte, das bitter war wie der Schmerz; allzu früh für die beiden kam Félicie wieder herein. Emmanuel wurde durch den köstlichen Takt erleuchtet, der in der Liebe alles erraten läßt; er ließ die beiden Schwestern allein, nachdem er mit Marguerite einen Blick ausgetauscht hatte, aus dem sie zu ersehen vermochte, was diese Diskretion ihn kostete, denn er hatte ausgedrückt, wie begierig er auf dieses so lange begehrte Glück war, das soeben durch die Verlobung ihrer Herzen geweiht worden war.

»Komm her, Schwesterlein«, sagte Marguerite und nahm Félicie beim Arm. Dann führte sie sie zurück in den Garten; sie setzten sich auf die Bank, der jede Generation ihre Liebesworte, ihre Schmerzensseufzer, ihre Grübeleien und ihre Pläne anvertraut hatte. Trotz des fröhlichen Stimmklangs und der liebenswürdigen Zartheit des Lächelns der Schwester verspürte Félicie eine Regung, die aufwallender Furcht ähnelte; Marguerite langte nach ihrer Hand und fühlte, daß sie zitterte.

»Mademoiselle Félicie«, sagte die Ältere und näherte sich dem Ohr der Schwester, »ich lese in Ihrer Seele. Pierquin ist während meines Fernseins häufig hier gewesen; alle Abende ist er gekommen, hat Ihnen süße Worte gesagt, und Sie haben sie sich angehört.« Félicie errötete. – »Verteidige dich deswegen nicht, mein Engel«, fuhr Marguerite fort, »es ist etwas so Natürliches, daß man liebt! Vielleicht wird deine liebe Seele das Wesen des Vetters ein bißchen wandeln; er ist selbstsüchtig und auf seinen Vorteil bedacht, aber ein anständiger Mensch; und ganz sicher werden seine Fehler deinem Glück zugute kommen. Er wird dich wie das hübscheste unter seinen Besitztümern lieben, du wirst einen Teil seiner Geschäfte bilden. Verzeihst du mir diese Äußerung, Liebes? Du wirst ihm die üble Eigenschaft abgewöhnen, die er sich zugelegt hat, in allen Dingen nur materielle Vorteile zu sehen, und du wirst ihn lehren, daß es auch Herzensangelegenheiten gibt.« Félicie konnte nicht anders, sie mußte die Schwester küssen. – »Überdies«, fuhr Marguerite fort, »hat er Vermögen. Seine Familie gehört dem besten und ältesten Bürgertum an. Aber würde ich mich deinem Glück entgegenstellen, auch wenn du es in weniger günstigen Verhältnissen suchen wolltest?«

Félicie konnte nichts hervorbringen als: »Geliebte Schwester!«

»O ja, du kannst dich mir anvertrauen«, rief Marguerite. »Es ist doch selbstverständlich, daß wir einander unsere Geheimnisse sagen.«

Dieser seelenvolle Ausspruch eröffnete eine der köstlichen Plaudereien, in denen junge Mädchen einander alles sagen. Als Marguerite, die die Liebe sachverständig gemacht hatte, den Herzenszustand der Schwester erkannt hatte, sagte sie abschließend: »Also gut, liebes Kind, jetzt wollen wir uns vergewissern, ob der Vetter dich wirklich liebt; und ... dann ...«

»Laß mich nur machen«, antwortete Félicie lachend, »ich habe meine Musterbeispiele.«

»Du Närrchen!« sagte Marguerite und küßte sie auf die Stirn.

Obgleich Pierquin zu der Menschenklasse gehörte, für die die Ehe nur aus Verpflichtungen, der Durchführung sozialer Spielregeln und einer Methode zur Übertragung von Vermögen besteht, obgleich es ihm gleichgültig war, ob er Félicie oder Marguerite heiratete, wenn beide denselben Familiennamen trugen und dieselbe Mitgift bekamen, wurde er sich dennoch bewußt, daß beide, einem seiner Ausdrücke entsprechend, »so romantische und sentimentale Mädchen« seien, und das sind zwei Adjektiva, deren herzlose Menschen sich bedienen, wenn sie sich über Gaben lustig machen, die die Natur nur mit sparsamer Hand in die Furchen der Menschheit sät. Der Notar sagte sich wohl, man müsse mit den Wölfen heulen; und so suchte er denn am andern Tag Marguerite auf, führte sie mit geheimnisvoller Miene in den kleinen Garten und begann gefühlvoll zu reden, da das eine der Klauseln des ersten Kontrakts ist, der, gemäß den Gesetzen von Welt und Gesellschaft, dem notariellen Ehekontrakt vorausgehen muß.

»Liebe Kusine«, sagte er, »wir sind nicht immer derselben Ansicht über die Wege gewesen, die es einzuschlagen gilt, wenn wir zu einer glücklichen Lösung Ihrer geschäftlichen Angelegenheiten gelangen wollten; aber heute müssen Sie anerkennen, daß ich mich stets von einem großen Verlangen habe leiten lassen, Ihnen nützlich zu sein. Gut denn, gestern habe ich meine Anerbietungen durch eine fatale Angewohnheit verpfuscht, die uns der ›Notarsgeist‹ verleiht, verstehen Sie ...? Mein Herz war nicht mitschuldig an meiner Dummheit. Ich habe Sie sehr liebgehabt; aber wir Notare besitzen nun mal einen gewissen Scharfsinn, und ich habe wahrgenommen, daß ich Ihnen nicht behagte. Das liegt an mir; ein anderer wäre geschickter vorgegangen als ich. Also kurz und gut, ich komme, um Ihnen bündig einzugestehen, daß ich eine aufrichtige Liebe für Ihre Schwester Félicie empfinde. Ob Sie mich jetzt als einen Bruder behandeln? Schöpfen Sie aus meiner Börse, nehmen Sie, was Ihnen beliebt! Nur zu, je mehr Sie nehmen, desto mehr Freundschaft bezeigen Sie mir. Ich bin ganz der Ihre, ohne Zinsen und Eigennutz, verstehen Sie? Weder zu zwölf noch zu einem Viertelprozent. Werde ich als Félicies würdig empfunden, bin ich zufrieden. Verzeihen Sie mir meine schlechten Eigenschaften, sie hängen lediglich mit der geschäftlichen Praxis zusammen, mein Herz ist gut, und ich würde mich lieber in die Scarpe[72] stürzen, als meine Frau nicht glücklich zu machen.«

»So ist es gut, Vetter!« sagte Marguerite, »aber meine Schwester ist von sich selbst und von unserm Vater abhängig ...«

»Das weiß ich, liebe Kusine«, sagte der Notar, »aber Sie sind die Mutter der ganzen Familie, und ich habe nichts auf dem Herzen, als Sie zur Richterin des meinen zu machen.«

Diese Ausdrucksweise kennzeichnet recht gut das Wesen des

ehrenwerten Notars. Später ist Pierquin durch seine Antwort an den Kommandanten des Lagers von Saint-Omer[73] berühmt geworden, der ihn gebeten hatte, an einer militärischen Festlichkeit teilzunehmen; jene Antwort lautete folgendermaßen: »Monsieur Pierquin-Claes de Molina-Nourho, Bürgermeister der Stadt Douai, Ritter der Ehrenlegion, wird diejenige haben, sich ... usw.«

Marguerite nahm den Beistand des Notars an, aber lediglich in allem, was dessen Berufspflichten entsprach, um weder ihrer weiblichen Würde noch der Zukunft der Schwester noch den Entschlüssen des Vaters etwas zu vergeben. Noch am gleichen Tage vertraute sie die Schwester der Obhut Josettes und Marthas an, die sich mit Leib und Seele ihrer jungen Herrin geweiht hatten und deren Sparmaßnahmen unterstützten. Marguerite fuhr sogleich nach Waignies und begann mit der Durchführung ihrer Vorhaben, die von Pierquin klüglich geleitet wurden. Die Dienstbeflissenheit hatte sich im Geist des Notars in Ziffern umgesetzt und als eine ausgezeichnete Spekulation erwiesen; seine Sorgen und Mühen gediehen also irgendwie zu einer Kapitalsanlage, bei der er nichts sparen wollte. Zunächst versuchte er, Marguerite der Mühe zu entheben, den für die Pachthöfe bestimmten Grund und Boden selber urbar zu machen und zu bestellen. Er machte drei junge Söhne reicher Pächter ausfindig, die sich auf eigene Füße stellen wollten, köderte sie mit den Aussichten, die ihnen die gute Beschaffenheit des Bodens jener Gegend bot, und so gelang es ihm, sie die drei Höfe, die gebaut werden sollten, in Pacht nehmen zu lassen. Unter der Bedingung, daß ihnen der Pachtzins für drei Jahre erlassen wurde, verpflichteten die Pächter sich, vom vierten Jahre an je zehntausend Francs Pacht zu zahlen, vom sechsten Jahre an zwölftausend, und fünfzehntausend, solange der Pachtvertrag lief; ferner Gräben zu ziehen, Anpflanzungen vorzunehmen und Vieh zu kaufen. Während der Bauzeit der Höfe sollten die Pächter ihre Ländereien urbar machen. Vier Jahre nach Balthazars Abreise hatte Marguerite schon beinahe das ganze Vermögen des Bruders und der Schwester wiederhergestellt. Zweihunderttausend Francs reichten zur Bezahlung aller Bauten hin. Es mangelte dem beherzten Mädchen, dessen Handlungsweise die Bewunderung der ganzen Stadt erregte, weder an Hilfe noch an Ratschlägen. Marguerite überwachte ihre Bauvorhaben und die Durchführung ihrer Käufe und Abmachungen mit dem gesunden Menschenverstand, der Tatkraft und Ausdauer, die die Frauen zu entfalten wissen, wenn sie von einem großen Gefühl angefeuert werden. Vom fünften Jahr an konnte sie dreißigtausend Francs von den Einkünften, die die Pachthöfe abwarfen, die Zinsen ihres Bruders und die Erträgnisse der väterlichen Besitzungen zur Auszahlung der Hypotheken und zur Ausbesserung der Schäden verwenden, die Balthazars Leidenschaft im Hause angerichtet hatte. Die Schuldentilgung mußte also durch die Minderung der Zinsen rasch vonstatten gehen. Außerdem bot Emmanuel de Solis Marguerite die hunderttausend Francs an, die ihm von der Erbschaft seines Onkels übriggeblieben waren und die sie nicht gebraucht hatte, und er fügte ihnen noch etwa zwanzigtausend Francs aus seinen Ersparnissen hinzu, so daß sie vom dritten Jahr ihrer Vermögensverwaltung an sich einer ziemlich großen Schuldenlast entledigen konnte. Dieses Leben der Tapferkeit, der Entbehrungen und der Aufopferung währte fünf Jahre lang; aber unter Marguerites Leitung und Einfluß gedieh alles zu Erfolg und Gelingen.

Gabriel war inzwischen Ingenieur beim Amt für Brücken- und Wegebau geworden; sein Großonkel half ihm; er kam durch den Bau eines Kanals, den er durchführte, rasch zu Vermögen und verstand es, die Neigung seiner Kusine Mademoiselle Conyncks zu erringen, die ihr Vater vergötterte und die eine der reichsten Erbinnen beider Flandern war. Im Jahre 1824 waren Claes' Besitzungen schuldenfrei, und das Haus in der Rue de Paris hatte seine Verluste ausgeglichen. Pierquin bat Balthazar endgültig um Félicies Hand, gerade wie Monsieur de Solis um die Marguerites anhielt.

Zu Beginn des Januars 1825 reisten Marguerite und Monsieur Conyncks ab, um den verbannten Vater heimzuholen, dessen Rückkehr alle inständig wünschten; er bat um seine Entlassung, um im Kreis seiner Familie leben zu können, deren Glück seine Weihe erhalten sollte. Marguerite hatte häufig ihr Bedauern ausgedrückt, die leeren Rahmen des Verbindungsgangs und der Empfangsräume nicht für den Tag, da der Vater sein Haus wieder übernähme, füllen zu können; während ihrer Abwesenheit verschworen Pierquin und Monsieur de Solis sich mit Félicie, für Marguerite eine Überraschung in die Wege zu leiten, durch die die jüngere Schwester irgendwie einen Anteil an der Wiederherstellung des Hauses Claes gewann. Beide hatten für Félicie mehrere schöne Gemälde gekauft, die sie ihr zur Ausschmückung des Verbindungsgangs anboten. Monsieur Conyncks hatte den gleichen Gedanken gehabt. Er hatte Marguerite die Genugtuung bezeigen wollen, die ihr nobles Verhalten und ihre Hingabe bei der Erfüllung des Vermächtnisses ihrer Mutter in ihm ausgelöst hatte, und so hatte er verfügt, daß an die fünfzig seiner schönsten Bilder und einige von denen, die Balthazar seinerzeit verkauft hatte, herbeigeschafft würden, so daß Claes' Galerie gänzlich wieder gefüllt war. Marguerite hatte bereits mehrmals zusammen mit ihrer Schwester oder mit Jean den Vater besucht; jedesmal hatte sie ihn fortgesetzt stärker verändert gefunden; allein seit ihrem letzten Besuch hatte sich bei Balthazar das Alter durch erschreckende Symptome bekundet; zu ihrer Schwere hatte sicherlich die Sparsamkeit beigetragen, in der er lebte, um den größten Teil seines Gehalts für Experimente verwenden zu können, die seine Hoffnungen stets getäuscht hatten. Obgleich er erst fünfundsechzig Jahre alt war, wirkte er wie ein Achtzigjähriger. Seine Augen waren tief in die Höhlen gesunken, seine Brauen waren gebleicht, er hatte kaum noch ein paar Haare am Nacken; den Bart hatte er sich wachsen lassen, und er schnitt ihn mit der Schere ab, wenn er ihn behinderte; er ging gekrümmt wie ein alter Winzer; ferner hatte die Vernachlässigung seiner Kleidung einen Charakter der Verwahrlosung angenommen, den seine Hinfälligkeit zu etwas schlechthin Widerwärtigem machte. Obwohl ein mächtiger Gedanke dies große Antlitz belebte, dessen Züge ob der Falten kaum noch zu erkennen waren, hatten die Starrheit des Blicks, eine verzweifelte Miene, eine beständige Unruhe ihm die Merkmale des geistigen Verfalls aufgeprägt, oder vielmehr diejenigen aller Formen geistiger Erkrankung. Bald zeigte sich darin eine Hoffnung, die Balthazar den Ausdruck eines Monomanen lieh; bald die Ungeduld, ein Geheimnis nicht enträtseln zu können, das vor ihm gaukelte wie ein Irrlicht und ihn die Kennzeichen der Wut bezeigen ließ; dann plötzlich kündete ein schallendes Auflachen von seinem Wahnsinn; und schließlich faßte die meiste Zeit über völlige Ermattung alle Abschattungen seiner Leidenschaft durch die kalte Schwermut eines Schwachsinnigen zusammen. So flüchtig und unwahrnehmbar diese Äußerungen für Fremde auch sein mochten, so waren sie unglücklicherweise für diejenigen nur allzu spürbar, die einen in seiner Güte erhabenen, großherzigen Claes mit schönem Antlitz gekannt hatten; von diesem bestanden jetzt nur noch spärliche Spuren. Lemulquinier war durch ständige Arbeit gealtert und müde geworden wie sein Herr; doch hatte er nicht wie dieser sich den Anstrengungen des Denkens unterziehen müssen, und daher zeigten seine Züge ein seltsames Gemisch von Ängstlichkeit und Bewunderung seines Herrn, das leicht mißzuverstehen war; obgleich er dessen geringste Worte voller Ehrfurcht anhörte, obgleich er dessen leisesten Bewegungen mit einer gewissen Zärtlichkeit folgte, sorgte er für den Gelehrten wie eine Mutter für ihr Kind; oft konnte es den Anschein haben, als begönnere er ihn, denn er bewahrte ihn ja auch tatsächlich vor den gemeinen Notwendigkeiten des Lebens, an die Balthazar niemals dachte. Die beiden von einer Idee umstrickten alten Männer vertrauten der Wirklichkeit ihrer Hoffnung, wurden von demselben Wehen angefacht; und so stellten sie der eine die Hülle und der andere die Seele ihrer gemeinsamen Existenz dar; sie bildeten einen zugleich schrecklichen und rührenden Anblick. Bei ihrer Ankunft fanden Marguerite und Monsieur Conyncks Claes in einem Gasthaus untergebracht; sein Nachfolger hatte nicht auf sich warten lassen und bereits von der Stellung Besitz ergriffen.

Durch alle Voreingenommenheiten der Wissenschaft hindurch hatte Balthazar ein Wunsch zu schaffen gemacht, seine Heimat, sein Haus und seine Familie wiederzusehen; der Brief seiner Tochter hatte ihm glückliche Geschehnisse verkündet; er überlegte, wie er seine Laufbahn durch eine Folge von Experimenten krönen könne, die ihn endlich zur Lösung seines Problems führen mußten; deshalb hatte er mit äußerster Ungeduld auf Marguerite gewartet. Marguerite warf sich dem Vater mit Freudentränen in die Arme. Diesmal wollte sie die Entschädigung für ein schmerzvolles Leben einheimsen, und die Verzeihung für ihren Triumph in der Führung der häuslichen Angelegenheiten.

Sie fühlte sich schuldig nach Art der großen Männer, die die Freiheiten vergewaltigen, um das Vaterland zu retten. Doch als sie den Vater musterte, erbebte sie beim Erschauen der Veränderungen, die sich seit ihrem letzten Besuch in ihm vollzogen hatten. Conyncks teilte das geheime Entsetzen der Nichte und bestand darauf, den Vetter so rasch wie möglich nach Douai zurückzubringen, wo der Einfluß der Heimat ihn wieder zur Vernunft bringen, ihn gesunden lassen und ihm aufs neue das glückliche Leben am heimischen Herd bescheren konnte. Nach den ersten Herzensergießungen, die auf seiten Balthazars heftiger waren als Marguerite es geglaubt hätte, bezeigte er ihr ganz besondere Aufmerksamkeiten; er gab seinem Bedauern Ausdruck, sie in einem schäbigen Gasthofzimmer zu empfangen, unterrichtete sich über ihre geschmacklichen Neigungen und fragte sie mit dem geflissentlichen Eifer eines Liebhabers, was sie speisen wolle; kurzum, er gehabte sich wie ein Schuldiger, der seinen Richter für sich einzunehmen trachtet. Marguerite kannte ihren Vater so gut, daß sie den Grund dieser Zärtlichkeit ahnte; sie nahm an, er habe in der Stadt noch ein paar Schulden, deren er sich vor seiner Abreise entledigen wolle. Eine Zeitlang beobachtete sie ihren Vater, und da erblickte sie dann das Menschenherz in seiner Nacktheit. Balthazar hatte sich kleiner gemacht. Das Gefühl seiner Herabgekommenheit, die Vereinsamung, in die die Wissenschaft ihn versetzte, hatten ihn in allen seinen Lieblingsbetätigungen fremden Fragen gegenüber schüchtern und kindlich gemacht; seine älteste Tochter imponierte ihm, das Rückdenken an ihre Aufopferung, an die Kraft, die sie entfaltet hatte, das Bewußtsein der Macht, die er sie hatte übernehmen lassen, das Vermögen, über das sie verfügte, und die undefinierbaren Gefühle, die sich seiner ihr gegenüber von dem Tage an bemächtigt hatten, da er seiner bereits gefährdeten väterlichen Oberherrschaft entsagte, hatten sie sicherlich von Tag zu Tag größer werden lassen. Conyncks schien in Balthazars Augen bedeutungslos zu sein; er sah nur seine Tochter, dachte nur an sie und schien sie zu fürchten, wie gewisse schwache Ehemänner die überlegene Frau fürchten, die sie unterjocht hat; wenn er die Augen zu ihr aufhob, gewahrte Marguerite zu ihrem Schmerz darin einen Ausdruck der Furcht wie die eines Kindes, das sich schuldig fühlt. Das edle

Mädchen wußte nicht, wie sie die majestätische, furchtbare Wirkung dieses von der Wissenschaft und dem steten Arbeiten verwüsteten Schädels mit dem kindlichen Lächeln, mit der unterwürfigen Naivität in Einklang bringen sollte, die sich auf Balthazars Lippen und Zügen abzeichnete. Der Gegensatz, den diese Größe und diese Kleinheit darboten, verletzte sie, und sie gelobte sich, ihren Einfluß einzusetzen, um den Vater an dem feierlichen Tag, da er wieder im Schoß seiner Familie erscheinen sollte, all seine Würde zurückgewinnen zu lassen. Zunächst nahm sie einen Augenblick des Alleinseins mit ihm wahr und fragte ihn leise: »Hast du hier noch irgendwelche Schulden?«

Balthazar errötete und antwortete mit verlegener Miene: »Ich weiß nicht; Lemulquinier kann es dir sagen. Der wackere Bursche ist über meine Angelegenheiten besser auf dem laufenden als ich selber.«

Marguerite schellte nach dem Diener, und als er kam, betrachtete sie fast unwillkürlich mit prüfenden Blicken die Gesichter der beiden alten Männer.

»Wünscht Monsieur etwas?« fragte Lemulquinier.

Marguerite, die ganz Stolz und Vornehmheit war, zog sich das Herz zusammen, als sie aus Tonfall und Haltung des Dieners erkannte, daß sich zwischen ihrem Vater und dessen Arbeitsgenossen etwas wie eine unangebrachte Vertraulichkeit herausgebildet hatte.

»Ohne Sie kann mein Vater also nicht eine Aufstellung alles dessen machen, was er hier schuldet?« fragte Marguerite.

»Monsieur«, entgegnete Lemulquinier, »schuldet ...«

Bei diesen Worten machte Balthazar seinem Diener ein Zeichen des Einvernehmens, das Marguerite nicht entging und das sie demütigte.

»Sagen Sie mir alles, was mein Vater schuldet«, rief sie.

»Monsieur schuldet hier einem Apotheker an die tausend Taler, der Chemikalien en gros führt und uns Ätzkali, Blei, Zink und Reagenzien geliefert hat.«

»Ist das alles?« fragte Marguerite.

Balthazar vollführte nochmals eine bestätigende Geste zu Lemulquinier hin, der völlig im Banne seines Herrn antwortete: »Ja, Mademoiselle.«

»Na, gut«, entgegnete sie, »Sie sollen sie haben.«

Hocherfreut küßte Balthazar die Tochter und sagte: »Der reinste Engel bist du für mich, Kind.«

Und er atmete leichter und schaute sie mit weniger bekümmerten Blicken an, aber ungeachtet dieser Freude fiel es Marguerite nicht schwer, in seinem Antlitz die Merkmale einer tiefen Unruhe wahrzunehmen, und sie meinte, jene tausend Taler stellten nur die Läpperschulden des Laboratoriums dar.

»Sei offen, Vater«, sagte sie und ließ sich von ihm auf seine Knie ziehen, »hast du sonst noch Schulden? Gesteh mir alles, komm nicht mit einem Rest von Furcht inmitten der allgemeinen Freude in dein Haus zurück.«

»Meine liebe Marguerite«, sagte er, nahm ihre Hände und küßte diese mit einer anmutigen Gewandtheit, die eine Erinnerung an seine Jugend zu sein schien, »sicher wirst du schelten . . .«

»Nein«, sagte sie.

»Wirklich«, antwortete er und ließ sich eine Geste kindlicher Freude entschlüpfen, »ich kann dir alles sagen, du wirst es schon bezahlen . . .«

»Ja«, sagte sie und unterdrückte die Tränen, die ihr in die Augen gestiegen waren.

»Also ich schulde . . . Ach, ich wage nicht . . .«

»Sprich es doch aus, Vater!«

»Es ist sehr viel,« fuhr er fort.

Sie rang in einer Regung der Verzweiflung die Hände.

»Ich schulde der Firma Protez und Chiffreville dreißigtausend Francs.«

»Dreißigtausend Francs«, sagte sie, »das sind gerade meine Ersparnisse; aber ich biete sie dir mit Freuden an«, fügte sie hinzu und küßte ihn respektvoll auf die Stirn.

Er sprang auf, schloß seine Tochter in die Arme und drehte sich mit ihr im Zimmer herum, wobei er sie wie ein Kind hüpfen ließ; dann setzte er sie wieder auf den Sessel, den sie zuvor innegehabt hatte, und rief: »Liebes Kind, du bist ein wahrer Schatz an Liebe! Ich war ja kaum noch am Leben. Die Chiffreville haben mir drei Drohbriefe geschrieben und wollten gegen mich, durch den sie ein Vermögen verdient haben, gerichtlich vorgehen.«

»Vater«, sagte Marguerite, und ihre Stimme klang verzweifelt, »forschst du denn nach wie vor?«

»Nach wie vor«, sagte er mit dem Lächeln eines Irren. »Ich werde es finden, warte nur ab . . .! Wenn du wüßtest, wie weit wir schon sind!«

»Wer denn, wir . . .«

»Ich meine Mulquinier, er hat mich endlich verstanden und ist mir eine gute Hilfe. Der arme Kerl, er hängt so an mir!«

Conyncks unterbrach durch sein Eintreten die Unterhaltung; Marguerite bedeutete dem Vater, zu schweigen, weil sie fürchtete, er werde in den Augen des Onkels an Achtung einbüßen. Sie bekam es mit der Angst vor den Verheerungen, die das Ausschließliche seiner Betätigung in dieser großen Intelligenz angerichtet hatte, die vom Forschen nach der Lösung eines vielleicht unlösbaren Problems völlig beansprucht worden war. Balthazar, der sicherlich jenseits seiner Schmelzöfen nichts mehr wahrnahm, ahnte nicht einmal, daß sein Vermögen jetzt schuldenfrei war. Am andern Tag reisten sie nach Flandern ab. Die Reise währte lange genug, so daß Marguerite sich eine freilich nicht ganz ungetrübte Klarheit über das Verhältnis ihres Vaters und Lemulquiniers verschaffen konnte. Besaß der Diener auf seinen Herren jenen Einfluß, den sich ungebildete Leute auf die größten Geister zu verschaffen wissen, weil sie merken, daß sie unentbehrlich sind, und die von Zugeständnis zu Zugeständnis bis zur völligen Beherrschung mit der Beharrlichkeit fortschreiten, die eine fixe Idee verleiht? Oder hatte der Herr für seinen Diener jene gewisse Zuneigung gefaßt, die der Gewohnheit entwächst, und die derjenigen entspricht, die der Arbeiter für ein Werkzeug empfindet, mit dem er schafft, oder der Araber für sein Pferd, das ihn in die Freiheit trägt? Marguerite spähte nach ein paar Tatsachen aus, um sich entscheiden zu können; sie nahm sich vor, Balthazar einem demütigenden Joch zu entziehen, falls er dieses tatsächlich trug. Bei der Durchfahrt durch Paris verweilte sie einige Tage dort, um die Schulden des Vaters abzuzahlen und die Fabrikanten chemischer Produkte zu bitten, nichts mehr nach Douai zu schicken, ohne sie zuvor von den Bestellungen zu unterrichten, die Claes etwa bei ihnen machen würde. Sie setzte bei ihrem Vater durch, daß er sich anders anzog und wieder die

Toilettegewohnheiten annahm, die sich für einen Mann seines Ranges geziemten. Diese Erneuerung seines Äußeren ließ Balthazar aufs neue eine physische Würde zuteilwerden, die ein gutes Vorzeichen für einen Umschwung seiner Ideen zu sein schien. Bald brach dann die Tochter nach Douai auf, schon im voraus beglückt über all die Überraschungen, die den Vater in seinem eigenen Haus erwarteten.

Drei Meilen vor jener Stadt traf Balthazar seine Tochter Félicie zu Pferde an; ihre beiden Brüder, Emmanuel, Pierquin und die engsten Freunde der drei Familien gaben ihr das Ehrengeleit. Wie es nicht anders sein konnte, hatte die Reise den Chemiker von seinen gewohnten Gedankengängen abgelenkt; der Anblick Flanderns hatte auf sein Herz eingewirkt; daher empfand er, als er den fröhlichen Geleitzug erblickte, den seine Familie und seine Freunde für ihn gebildet hatten, eine so inständige Rührung, daß ihm die Augen feucht wurden; seine Stimme zitterte, seine Lider röteten sich, und er küßte seine Kinder so leidenschaftlich, ohne sich wieder von ihnen losmachen zu können, daß die dieser Szene Beiwohnenden bis zu Tränen erschüttert wurden. Als er sein Haus wiedersah, erbleichte er, sprang mit der Behendigkeit eines jungen Menschen aus dem Reisewagen, atmete voller Entzücken die Luft im Hofe, und begann die geringsten Einzelheiten mit einer Freude zu mustern, die in seine Gesten überschwang; er reckte sich auf, seine Züge wurden wieder jung. Beim Betreten des Wohnzimmers füllten seine Augen sich mit Tränen, als er an den genauen Nachbildungen, die die Tochter für seine alten, verkauften Silberleuchter angeschafft hatte, erkannte, daß alles Unheil völlig wiedergutgemacht sei. Ein glänzendes Mittagessen war im Eßzimmer angerichtet worden; die Anrichten waren mit Kuriositäten und Silberzeug gefüllt, dessen Wert zumindest demjenigen der Stücke gleichkam, die ehedem darin gestanden hatten. Obgleich dieses Familienmahl recht lange dauerte, reichte es kaum für die Berichte aus, die Balthazar von jedem seiner Kinder verlangte. Der Stoß, den sein inneres Wesen durch die Heimkehr empfangen hatte, ließ ihn sich das Glück seiner Familie zu eigen machen, und er bezeigte sich vollauf als deren Vater. Sein Gehaben nahm wieder die alte Vornehmheit an. Im ersten Augenblick lebte er gänzlich im Genuß des Besitzes, ohne sich über die Mittel und Wege Rechenschaft zu geben, durch die er alles, was er verloren hatte, wiederum besaß. So war denn seine Freude vollkommen und uneingeschränkt. Nach dem Mittagessen gingen die vier Kinder, der Vater und der Notar Pierquin ins Wohnzimmer hinüber, wo Balthazar nicht ohne Unruhe Stempelpapiere erblickte; ein Schreiber hatte sie auf einen Tisch gelegt, und er stand in einer Haltung davor, als wolle er seinem Herrn assistieren. Die Kinder setzten sich, und der verwunderte Balthazar blieb am Kamin stehen.

»Dies«, sagte Pierquin, »ist die vormundschaftliche Abrechnung, die Monsieur Claes seinen Kindern erstattet. Die Sache ist zwar nicht gerade amüsant«, fügte er lachend hinzu, in dem Tonfall, den die Notare stets annehmen, wenn sie von den ernstesten Dingen reden, »aber es ist dennoch unbedingt erforderlich, daß Sie genau zuhören.«

Obwohl die Umstände diesen Satz rechtfertigten, faßte Claes, den sein Gewissen an sein früheres Leben erinnerte, ihn als einen Vorwurf auf und runzelte die Brauen. Der Schreiber begann mit der Verlesung. Balthazars Erstaunen wuchs in dem Maße, wie die Lesung des Aktenstücks ihren Fortgang nahm. Zunächst wurde festgestellt, daß das Vermögen seiner Frau bei deren Ableben etwa sechzehnhunderttausend Francs betragen habe, der Schluß dieser Rechnungserstattung besagte klar und deutlich, daß jedes der Kinder seinen vollen Anteil erhielt; ein guter, fürsorglicher Familienvater hätte das Vermögen nicht besser verwalten können. Es ergab sich, daß das Haus von jeder hypothekarischen Belastung frei, daß Balthazar Herr im eigenen Hause war und daß auf seinen ländlichen Besitzungen gleichfalls keine Schulden mehr lasteten. Als die verschiedenen Aktenstücke unterzeichnet worden waren, legte Pierquin die Quittungen über die früher geliehenen Summen vor, sowie die Aufhebungsurkunden der Schuldverschreibungen, die auf den Besitztümern gelastet hatten. In diesem Augenblick, da Balthazar gleichzeitig die Mannesehre, das Leben des Vaters und das bürgerliche Ansehen wiedergewann, sank er in einen Sessel; er hielt nach Marguerite Ausschau, die aus erhabenem weiblichen Zartgefühl heraus der Verlesung nicht beigewohnt hatte, um sich zu überzeugen, ob auch allen ihren Weisungen für das Fest richtig nachgekommen sei.

Jedes der Familienmitglieder begriff, was der alte Mann dachte, nun seine leicht gefeuchteten Augen nach der Tochter verlangten, die in diesem Augenblick alle mit den Augen der Seele sahen, als einen Engel der Stärke und des Lichts. Jean[74] ging Marguerite holen. Als Balthazar den Schritt der Tochter vernahm, eilte er ihr entgegen, um sie in die Arme zu schließen.

»Vater«, sagte sie am Fuß der Treppe, wo der Alte sie zu fassen bekam und sie umarmen wollte, »ich flehe dich an, mindere deine heilige Autorität durch nichts. Danke mir angesichts der ganzen Familie, daß ich deine Absichten gut durchgeführt hätte, so daß du als der alleinige Urheber des Guten dastehst, das hier hat geschehen können.«

Balthazar hob die Augen zum Himmel auf, blickte die Tochter an, kreuzte die Arme, und nach einer Pause, während derer sein Antlitz wieder einen Ausdruck annahm, wie ihn seine Kinder seit zehn Jahren nicht wahrgenommen hatten, sagte er: »Warum, Pépita, bist du nicht hier, um unser Kind zu bewundern?« Heftig drückte er Marguerite an sich, ohne ein Wort hervorbringen zu können, und ging wieder hinein. – »Kinder«, sagte er mit dem vornehmen Gehaben, das aus ihm früher einen der imposantesten Männer gemacht hatte, »wir alle schulden meiner Tochter Marguerite Dank und Anerkennung um der Weisheit und des Mutes willen, mit dem sie meine Absichten verwirklicht und meine Pläne durchgeführt hat, als ich, den seine Arbeiten allzusehr beanspruchten, ihr die Zügel unseres Hauswesens übergeben hatte.«

»Aha! Jetzt wollen wir die Ehekontrakte verlesen«, sagte Pierquin und sah nach der Uhr. »Aber diese Dokumente gehen mich nichts an, in anbetracht der Tatsache, daß das Gesetz mir verbietet, für meine Verwandten und mich selber zu protokollieren. Mein Onkel, Monsieur Raparlier, wird gleich kommen.«

Jetzt trafen die Freunde der Familie, die zu dem Abendessen geladen worden waren, das zur Feier der Heimkehr Monsieur Claes' und der Unterzeichnung der Ehekontrakte veranstaltet wurde, nacheinander ein, und die Dienerschaft brachte die Hochzeitsgeschenke herbei. Die Gästeschar wurde rasch immer größer und durch den Rang der Geladenen ebenso eindrucksvoll, wie sie durch den Reichtum der Toiletten schön war. Die drei durch das Glück ihrer Kinder vereinten Familien hatten an Glanz miteinander wetteifern wollen. Im Handumdrehen strotzte das Wohnzimmer von den entzückenden Geschenken, wie Verlobte sie einander machen. Das Gold glitzerte und funkelte. Die ausgebreiteten Stoffe, die Kaschmirschals, die Halsketten und Schmuckstücke lösten bei denen, die sie schenkten, und bei denen, die sie empfingen, eine so echte Freude aus, jene halb kindliche Freude, die sich so gut auf allen Gesichtern abzeichnete, daß der Wert dieser prächtigen Geschenke von den Unbeteiligten, die sich oftmals damit befassen, ihn aus Neugier zu berechnen, völlig vergessen wurde. Bald begann das in der Familie Claes bei feierlichen Gelegenheiten übliche Zeremoniell. Einzig die Eltern durften sitzen, und die Anwesenden blieben in einigem Abstand von ihnen stehen. Links im Wohnzimmer, nach der Gartenseite zu, nahmen Gabriel Claes und Mademoiselle Conyncks Aufstellung, dicht bei ihnen Monsieur de Solis und Marguerite, deren Schwester und Pierquin. Einige Schritte von diesen drei Paaren entfernt nahmen Balthazar und Conyncks als die einzigen, die sitzen durften, jeder in einem Sessel Platz, dicht bei dem Notar, der an Pierquins Stelle getreten war. Jean stand hinter seinem Vater. An die zwanzig elegant gekleidete Damen und ein paar Herren, die sämtlich unter den nächsten Verwandten der Pierquins, der Conyncks' und der Claes' ausgewählt worden waren, der Bürgermeister von Douai, der die Trauung vornehmen sollte, die zwölf unter den treuesten Freunden der drei Familien ausgesuchten Trauzeugen, zu denen der Erste Präsident des königlichen Gerichts gehörte, alle, sogar der Pfarrer von Saint-Pierre, blieben stehen und bildeten an der Hofseite eine imposante Gruppe. Diese von allen Anwesenden der väterlichen Würde, die in diesem Augenblick in fürstlicher Majestät erstrahlte, erwiesene Huldigung lieh jener Szene ein altertümliches Gepräge. Es war der einzige Moment, da Balthazar seit sechzehn Jahren das Forschen nach dem Urelement vergaß. Monsieur Raparlier, der Notar, fragte Marguerite, ob alle zur Unterzeichnung und zu dem dieser folgenden Abendessen Geladenen eingetroffen seien; und auf ihre bestätigende Antwort hin trat er zurück und nahm den Ehekontrakt Marguerites und Monsieur de Solis' zur Hand, der als erster verlesen werden sollte, als plötzlich die Wohnzimmertür aufging und Lemulquinier mit vor Freude flammendem Gesicht erschien.

»Monsieur, Monsieur!«

Balthazar warf Marguerite einen verzweifelten Blick zu, gab ihr einen Wink und führte sie in den Garten. Der Versammlung bemächtigte sich sogleich Unruhe.

»Ich habe es dir nicht zu sagen gewagt, mein Kind«, sagte der Vater zu seiner Tochter, »aber da du soviel für mich getan hast, wirst du mich auch aus dieser letzten Notlage erretten. Lemulquinier hat mir für ein letztes Experiment, das mißlungen ist, zwanzigtausend Francs geliehen, die Frucht seiner Ersparnisse. Sicherlich kommt der Unglücksmensch jetzt, nun er gehört hat, daß ich wieder reich geworden bin, und verlangt sie von mir zurück, gib sie ihm auf der Stelle! Ach, mein Engel, du schuldest ihm deinen Vater, denn er war der einzige, der mich in meinen Nöten getröstet hat, der einzige, der noch immer an mich glaubt. Ohne ihn wäre ich bestimmt tot . . .«

»Monsieur, Monsieur!« rief Lemulquinier.

»Na, was denn?« fragte Balthazar und drehte sich um.

»Ein Diamant!«

Claes stürzte ins Wohnzimmer und erblickte einen Diamanten in der Hand seines Dieners; dieser sagte leise zu ihm: »Ich bin ins Laboratorium gegangen.«

Der Chemiker, der alles vergessen hatte, warf einen Blick auf den alten Flamen, und dieser Blick hätte in die Worte übertragen werden können: »Du bist als erster ins Laboratorium gegangen!«

»Und«, fuhr der Diener fort, »da habe ich diesen Diamanten in der Kapsel gefunden, die in Verbindung mit der Volta'schen Säule stand; die hatten wir doch ruhig weiterarbeiten lassen, und das hat sie getan, Monsieur!« fügte er hinzu und zeigte einen weißen Diamanten von oktoedrischer Form, dessen Glanz die erstaunten Blicke aller Anwesenden auf sich zog.

»Ihr Kinder, ihr Freunde«, sagte Balthazar, »verzeiht meinem alten Diener, verzeiht mir. Hierüber verliere ich noch den Verstand. Ein sieben Jahre währender Zufall hat ohne mich eine Entdeckung zuwegegebracht, nach der ich seit sechzehn Jahren forsche. Auf welche Weise? Das weiß ich nicht. Ja, ich hatte Schwefelkohlenstoff unter der Einwirkung einer Volta'schen Säule stehenlassen, deren Tätigkeit jeden Tag hätte kontrolliert werden müssen. Ja, während meines Fernseins hat sich Gottes Allmacht in meinem Laboratorium offenbart, ohne daß ich ihre Wirkung, ihre fortschreitende Wirkung, wohlverstanden, habe feststellen können! Ist das nicht fürchterlich? Verfluchtes Exil, verfluchter Zufall! Ach, hätte ich doch diese lange, diese langsame, diese jähe, ich weiß nicht, wie ich mich ausdrücken soll, diese Kristallisation, diese Umwandlung, kurzum, dieses Wunder beobachten können, ja, dann wären meine Kinder noch viel reicher. Zwar ist dies nicht die Lösung des Problems, nach dem ich suche, aber es wären doch wenigstens die ersten Strahlen meines Ruhms auf meine Vaterstadt gefallen, und dieser Augenblick, den unser gestilltes Liebesverlangen so vor Glück erglühen läßt, wäre durch die Sonne der Wissenschaft noch mehr erhitzt worden.«

Alle verharrten gegenüber diesem Mann in Stummheit. Die zusammenhanglosen Worte, die der Schmerz ihm entrissen hatte, waren allzu wahr, um nicht erhaben zu sein.

Plötzlich drängte Balthazar seine Verzweiflung in die Tiefe seiner selbst zurück, warf auf die Anwesenden einen majestätischen Blick, der in den Seelen auffunkelte, nahm den Diamanten, bot ihn Marguerite dar und rief aus: »Dir gehört er, mein Engel.« Dann wies er Lemulquinier durch eine Handbewegung hinaus und sagte zu dem Notar: »Weiter.«

Dieses Wort rief bei den Anwesenden das gleiche Erstaunen hervor, wie es Talma[75] in gewissen Rollen bei den aufmerksamen Massen auslöste. Balthazar hatte wieder Platz genommen und leise vor sich hingesagt: »Heute darf ich nichts als Vater sein.« Das hatte Marguerite gehört; sie ergriff des Vaters Hand und küßte sie ehrfürchtig.

»Nie zuvor ist ein Mann so groß gewesen«, sagte Emmanuel, als seine Braut wieder zu ihm trat, »nie war ein Mann so seiner selbst mächtig; jeder andere hätte den Verstand verloren.«

Als die drei Ehekontrakte verlesen und unterzeichnet worden waren, beeilte sich jedermann, Balthazar mit Fragen über die Methode zu bedrängen, mittels derer der Diamant sich gebildet habe, aber er konnte über einen so seltsamen Vorgang nichts aussagen. Er schaute zu seinem Speicher hinauf und wies mit einer Wutgebärde auf ihn hin.

»Ja, die schauerliche, der Bewegung der entflammten Materie entstammende Macht, die sicherlich die Metalle, die Diamanten erschafft«, sagte er, »hat sich dort während eines Augenblicks durch Zufall bekundet.«

»Dieser Zufall ist wohl etwas ganz Natürliches«, sagte einer der Leute, die immer alles erklären wollen, »der gute Mann dürfte einen echten Diamanten haben liegenlassen. Den hat er wenigstens von allen, die er verbrannt hat, gerettet.«

»Wir wollen darüber hinweggehen«, sagte Balthazar zu seinen Freunden, »bitte sprecht heute mit mir nicht mehr darüber.«

Marguerite nahm den Arm des Vaters, um sich in die Gemächer des Vorderhauses zu begeben, wo ein prunkvolles Fest seiner wartete.

Als er nach allen seinen Gästen den Verbindungsgang betrat, sah er ihn mit Gemälden ausgestattet und mit seltenen Blumen geschmückt.

»Bilder«, rief er, »Bilder! Und sogar ein paar von unsern früheren!«

Er blieb stehen, abermals umdüsterte sich seine Stirn; es überkam ihn ein Anfall von Traurigkeit, und er spürte jetzt die Schwere seiner Verschuldungen und das Ausmaß seiner geheimen Demütigung.

»All dies gehört dir, Vater«, sagte Marguerite; sie erriet die Gefühle, die Balthazars Seele durchtobten.

»Du Engel, dem die himmlischen Geister Beifall spenden müßten«, rief er, »wieviele Male hast du deinem Vater das Leben gespendet?«

»Bewahre auf deiner Stirn jetzt keine Wolke mehr, noch den leisesten traurigen Gedanken in deinem Herzen«, antwortete sie, »dann hast du mich über meine Hoffnungen hinaus belohnt. Gerade eben fällt mir Lemulquinier ein, geliebter Vater; die wenigen Worte, die du mir über ihn gesagt hast, lassen mich ihn achten, und dabei hatte ich, wie ich gestehe, schlecht über ihn geurteilt; mach dir keine Gedanken mehr über das, was du ihm schuldest; er soll als ein demütiger Freund bei dir bleiben. Emmanuel besitzt etwa sechzigtausend Francs Ersparnisse; die wollen wir Lemulquinier geben. Nachdem er dir so treu gedient hat, soll dieser Mann für den Rest seiner Lebenstage glücklich sein. Mach dir um uns keine Sorgen! Monsieur de Solis und ich wollen ein stilles, sanftes Leben führen, ein Leben ohne Aufwand; also können wir jene Summe entbehren, bis du sie uns zurückzahlst.«

»O liebe Tochter, verlasse mich nie! Sei stets die Vorsehung deines Vaters.«

Als Balthazar in die Empfangsgemächer eintrat, sah er, daß sie neu hergerichtet und genauso prächtig ausgestattet waren wie ehedem. Bald begaben die Gäste sich über die große Treppe, auf deren Stufen blühende Bäumchen standen, in das große, im Erdgeschoß gelegene Eßzimmer. Herrlich geschmiedetes Tischsilber, ein Geschenk Gabriels an den Vater, verlockte die Blicke ebenso wie der Luxus des Tafelschmucks, der sogar die ersten Bürger einer Stadt, in der solch ein Luxus eine selbstverständliche Überlieferung ist, unerhört dünkte. Die Dienerschaft Monsieur Conyncks', Claes' und Pierquins war da, um bei diesem üppigen Mahl aufzuwarten. Als Balthazar, hinter dem Lemulquinier stand, sich mitten an dieser Tafel sitzen sah, die Verwandte, Freunde und Gesichter umkränzten, auf denen herzliche, ehrliche Freude strahlte, wurde er von einer so heftigen Erschütterung durchdrungen, daß alle verstummten, wie man angesichts großer Freude oder großen Schmerzes verstummt.

»Liebe Kinder«, rief er, »ihr habt das fette Kalb für die Rückkehr des verlorenen Vaters geschlachtet.«

Dieser Ausspruch, durch den der Gelehrte sich selbst das Urteil sprach, und der vielleicht verhinderte, daß man ein strengeres über ihn fällte, wurde auf so noble Weise getan, daß jeder sich gerührt die Tränen trocknete; aber er war der letzte Ausdruck der Kümmernis; unmerklich nahm die Freude den geräuschvollen, angeregten Charakter an, der Familienfeste kennzeichnet. Nach dem Essen kamen die Honoratioren der Stadt zum Ball, der jetzt begann und dem sprichwörtlichen Glanz des neu erstandenen Hauses Claes entsprach. Die drei Hochzeiten wurden bald danach gefeiert und gaben Anlaß zu Festen, Bällen und Gastereien, die den alten Claes für mehrere Monate in den Wirbel von Welt und Gesellschaft hineinrissen. Sein ältester

Sohn übernahm das Gut, das Conyncks, der sich unter keinen Umständen von seiner Tochter trennen wollte, in der Nähe von Cambrai besaß. Madame Pierquin mußte ebenfalls das väterliche Haus verlassen, um die Dame des Hauses in dem Stadtpalais zu spielen, das Pierquin hatte erbauen lassen, und in dem er auf aristokratische Weise leben wollte; er hatte seine Praxis verkauft, und sein Onkel Des Racquets war kurz zuvor gestorben und hatte ihm langsam zusammengesparte Schätze hinterlassen. Jean reiste nach Paris, wo er seine Ausbildung zu Ende führen sollte.

So blieben denn die Solis' allein bei ihrem Vater; er überließ ihnen das Hinterhaus und richtete sich im zweiten Stock des Vorderhauses ein. Marguerite wachte auch weiterhin über Balthazars leibliches Wohl, und Emmanuel half ihr bei dieser liebreichen Aufgabe. Das edle Mädchen empfing aus den Händen der Liebe den meistbegehrten Kranz, denjenigen nämlich, den das Glück flicht und dessen Glanz von der Beharrlichkeit aufrechterhalten wird. Wirklich, nie hatte ein Ehepaar ein besseres Abbild jener vollkommenen, offen eingestandenen, ungetrübten Glückseligkeit dargeboten, die alle Frauen in ihren Träumen ersehnen. Die Eintracht dieser beiden Menschenwesen, die in den Heimsuchungen des Lebens so tapfer gewesen waren und einander so fromm geliebt hatten, erregte in der Stadt achtungsvolle Bewunderung. Monsieur de Solis war seit langem zum Generalinspektor der Universität ernannt worden; er legte sein Amt nieder, um sein Glück besser genießen und in Douai bleiben zu können, wo jedermann seinen Talenten und seinem Charakter soviel Ehre erwies, daß sein Name schon im voraus für die Liste der Wahlkollegien vorgesehen war, für die Zeit, da er alt genug sein würde, um zum Abgeordneten gewählt zu werden. Marguerite, die sich im Unglück als so stark bezeigt hatte, wurde im Glück wieder zu einer sanften, guten Frau. Claes hing während dieses Jahres wohl ernsten Gedanken nach; aber wenn er auch ein paar Experimente durchführte, die wenig Kosten mit sich brachten und für die seine Einkünfte ausreichten, schien er sein Laboratorium zu vernachlässigen. Marguerite hatte die alten Gepflogenheiten des Hauses Claes wieder eingeführt; allmonatlich gab sie ihrem Vater ein Familienfest, dem die Pierquins und die Conyncks' beiwohnten; die hohe Gesellschaft der Stadt empfing sie an einem Wochentag; dann gab sie einen »Kaffee«, der zu einem der berühmtesten wurde. Obwohl Claes häufig geistesabwesend war, nahm er an all diesen gesellschaftlichen Veranstaltungen teil und wurde seiner ältesten Tochter zu Gefallen ein so liebenswürdiger Weltmann, daß seine Kinder glauben konnten, er habe auf die Suche nach der Lösung seines Problems verzichtet. So vergingen drei Jahre.

Im Jahre 1828 rief ein für Emmanuel günstiges Geschehnis ihn nach Spanien. Obwohl zwischen den Besitztümern der Familie de Solis und ihm drei an Angehörigen reiche Linien standen, wirkten das gelbe Fieber, das Alter, die Unfruchtbarkeit, sämtliche Launen des Glücks zusammen, um Emmanuel, den letzten Überlebenden, zum Erben der Titel und der reichen Erbmasse seiner Familie werden zu lassen. Durch einen der Zufälle, die nur in Büchern als unwahrscheinlich anmuten, hatte die Familie de Solis die Grafschaft Nourho erworben. Marguerite wollte sich nicht von ihrem Mann trennen, der so lange in Spanien bleiben mußte, wie die geschäftlichen Angelegenheiten es erforderten; überdies war sie begierig, das Schloß Casa-Real zu sehen, auf dem ihre Mutter ihre Kindheit verlebt hatte, sowie die Stadt Granada, die Wiege des väterlichen Zweigs der Familie de Solis. Also reiste sie mit und vertraute die Leitung des Hauswesens der Treue Marthas, Josettes und Lemulquiniers an, der es gewohnt war, es zu führen. Balthazar, dem Marguerite ebenfalls die Reise nach Spanien vorgeschlagen, hatte sein hohes Alter vorgeschützt und sich geweigert, mitzukommen; der wahre Grund seiner Ablehnung jedoch waren mehrere seit langem ausgedachte Arbeiten, die seine Hoffnungen verwirklichen sollten.

Graf und Gräfin de Soly y Nourho blieben länger in Spanien, als sie gewollt hatten; Marguerite bekam dort ein Kind. Um die Mitte des Jahres 1830 befanden sie sich in Cadiz; von dort aus gedachten sie sich einzuschiffen, um über Italien nach Frankreich zurückzukehren; aber sie erhielten dort einen Brief, in dem Félicie der Schwester Trauriges mitteilte. Innerhalb von achtzehn Monaten habe sich ihr Vater völlig ruiniert. Gabriel und Pierquin hätten Lemulquinier monatlich eine Summe zur Bestreitung der Haushaltskosten zahlen müssen. Ein weiteres Mal habe der alte Diener seinem Herrn sein Vermögen geopfert. Balthazar habe niemanden empfangen und nicht einmal seine Kinder zu sich lassen wollen. Josette und Martha seien gestorben. Der Kutscher, der Koch und die anderen Bediensteten seien nach und nach entlassen, die Pferde und Kutschwagen verkauft worden. Obwohl Lemulquinier über das Tun und Lassen seines Herrn tiefstes Geheimnis wahrte, lasse sich annehmen, daß die monatlich von Gabriel Claes und Pierquin gezahlten tausend Francs für Experimente draufgegangen seien. Die wenigen Nahrungsmittel, die der Diener auf dem Markt einkaufe, legten die Vermutung nahe, daß die beiden alten Männer sich mit dem Allernotwendigsten begnügten. Kurzum, damit das väterliche Haus nicht verkauft zu werden brauche, hätten Gabriel und Pierquin die Zinsen der Summe bezahlt, die der Greis ohne ihr Wissen auf das Grundstück geliehen habe. Keins der Kinder habe Einfluß auf den alten Mann, der mit seinen siebzig Jahren eine ungemeine Energie entfalte, um durchzusetzen, daß alles nach seinem Willen geschehe, möge dieser auch noch so absurd sein. Einzig Marguerite könne vielleicht die Macht wiedergewinnen, die sie ehedem über Balthazar ausgeübt habe, und Félicie flehte die Schwester an, sie möge schleunigst zurückkommen; sie fürchte, der Vater habe einige Wechsel unterzeichnet. Gabriel, Conyncks und Pierquin in ihrem Entsetzen über die Fortdauer eines Wahnsinns, der bereits ergebnislos an die sieben Millionen verschlungen habe, seien entschlossen, Monsieur Claes' Schulden nicht zu bezahlen. Dieser Brief änderte Marguerites Reisepläne; um nach Douai zu gelangen, wählte sie den kürzesten Weg. Ihre Ersparnisse und ihr neu gewonnenes Vermögen erlaubten ihr zwar, die Schulden ihres Vaters abermals zu tilgen; aber sie wollte mehr, sie wollte ihrer Mutter gehorchen und Balthazar nicht entehrt ins Grab steigen lassen. Freilich, sie allein konnte genügend Einfluß auf den alten Mann ausüben, um ihn daran zu hindern, mit seinem Vernichtungswerk in einem Alter fortzufahren, da sich von seinen geschwächten Fähigkeiten keine fruchtbare Arbeit mehr erwarten ließ. Aber sie wünschte, ihn zu leiten, ohne ihm wehzutun, um nicht zu handeln wie die Kinder des Sophokles, falls der Vater sich dem wissenschaftlichen Ziel dennoch nähern sollte, dem er soviel geopfert hatte.

Das Ehepaar de Solis betrat den Boden Flanderns in den letzten Septembertagen des Jahres 1831; und sie langten im Lauf des Vormittags in Douai an. Marguerite ließ vor dem Haus in der Rue de Paris halten und fand es verschlossen. Die Schelle wurde heftig gezogen, aber es antwortete niemand. Ein Kaufmann verließ die Schwelle seiner Ladentür, wohin ihn der Lärm der Wagen Monsieur de Solis' und seines Gefolges gelockt hatte. Viele Leute waren an die Fenster getreten, um das Schauspiel zu genießen, das ihnen die Rückkehr des in der ganzen Stadt beliebten Ehepaars darbot; es hatte sie wohl auch die unbestimmte Neugier getrieben, die sich an Ereignisse knüpfte, wie die Ankunft Marguerites sie für das Haus Claes vermuten ließen. Der Kaufmann sagte dem Diener des Grafen de Solis, der alte Claes habe vor etwa einer Stunde das Haus verlassen. Sicherlich führe Monsieur Lemulquinier seinen Herrn auf den Wällen spazieren. Marguerite ließ einen Schlosser holen, um die Tür öffnen zu lassen und so den Auftritt zu vermeiden, den der Widerstand ihres Vaters ihr bereitet hätte, sofern er, wie Félicie es ihr geschrieben hatte, sich geweigert haben sollte, sie bei sich einzulassen. Während dieser Zeit machte sich Emmanuel auf die Suche nach dem alten Mann, um ihm die Ankunft seiner Tochter anzukündigen; sein Diener eilte davon, um Monsieur und Madame Pierquin zu benachrichtigen. Die Tür war im Handumdrehen geöffnet. Marguerite ging ins Wohnzimmer, wo ihr Gepäck abgestellt werden sollte, und es durchzuckte sie Entsetzen, als sie die Wände so kahl sah, als wäre Feuer daran gelegt worden. Die wundervollen Holzschnitzereien van Huysiums und das Bildnis des Präsidenten seien, so hieß es, an Lord Spencer verkauft worden. Das Eßzimmer war leer; es befanden sich darin lediglich zwei Strohstühle und ein gewöhnlicher Tisch, auf dem Marguerite zu ihrem Schrecken zwei Teller, zwei Schalen, zwei silberne Bestecke und auf einem Teller die Reste eines geräucherten Herings gewahrte, den Claes und sein Diener sich wohl geteilt hatten. Im Nu durcheilte sie das Haus; jedes Zimmer bot ihr den gleichen trostlosen Anblick der Kahlheit wie das Wohnzimmer und das Eßzimmer. Die Idee des Urelements hatte überall gehaust wie eine Feuersbrunst. Das Schlafzimmer ihres Vaters hatte als Mobiliar lediglich ein Bett, einen Stuhl und einen Tisch, auf dem ein schäbiger Messingleuchter stand; darin war am Vorabend ein Stümpfchen Kerze von der billigsten Sorte zu Ende gebrannt. Die Entblößung war so vollkommen, daß nicht einmal mehr Vorhänge an den Fenstern vorhanden waren. Die geringsten Dinge, die im Hause etwa einen Wert dargestellt hatten, waren verkauft worden, sogar das Küchengerät. Von der Neugier gepackt, die auch im Unglück nicht von uns weicht, betrat Marguerite Lemulquiniers Kammer; sie war genauso kahl wie das Schlafzimmer seines Herrn. Im halb offenstehenden Schubkasten des Tisches erblickte sie eine Empfangsbescheinigung des Leihhauses, aus der hervorging, daß der Diener ein paar Tage zuvor seine Taschenuhr versetzt hatte. Sie eilte ins Laboratorium und sah, daß dieser Raum wie ehedem mit wissenschaftlichen Apparaturen angefüllt war. Dann ließ sie sich ihr Zimmer öffnen; dort hatte ihr Vater alles unangetastet gelassen.

Beim ersten Blick, den sie hineinwarf, zerschmolz Marguerite in Tränen und verzieh ihrem Vater alles. Inmitten seiner Zerstörungswut war er also durch ein väterliches Gefühl und durch die Dankbarkeit, die er der Tochter schuldete, zum Innehalten gebracht worden! Dieser Beweis zärtlicher Zuneigung, der Marguerite in einem Augenblick zuteil wurde, da ihre Verzweiflung den Höhepunkt erreicht hatte, löste eine der seelischen Reaktionen aus, denen gegenüber auch die kältesten Herzen machtlos sind. Sie ging ins Wohnzimmer hinunter und erwartete dort die Rückkunft des Vaters, und zwar in einer Angst, die der Zweifel grausig steigerte. Wie würde sie ihn wiedersehen? Zerstört, heruntergekommen, leidend, geschwächt durch das Fasten, das er sich aus Stolz auferlegt hatte? Und war er noch bei Verstand? Ihren Augen entrollten Tränen, ohne daß sie sich dessen bewußt wurde, nun sie sich wieder in diesem verwüsteten Heiligtum befand. Die Bilder ihres ganzen Lebens, ihre unnützen Mühen und Vorsichtsmaßnahmen, ihre Kindheit, ihre glückliche und unglückliche Mutter, alles, sogar der Anblick ihres kleinen Joseph, der bei diesem Schauspiel der Verheerung lächelte, gedieh ihr zu einer Dichtung von herzzerreißender Melancholie. Aber obgleich sie ein Unglück vorhergesehen hatte, war sie sich nicht einer solchen Lösung gewärtig gewesen, die das Leben ihres Vaters krönen sollte, dieses zugleich so grandiose und so elende Leben. Der Zustand, in dem Monsieur Claes sich befand, war für niemanden ein Geheimnis. Zur Schande der Menschenwelt fanden sich in Douai keine zwei großmütigen Herzen, die seiner Beharrlichkeit als Mann von Genie Ehre erwiesen hätten. Für die gesamte Gesellschaft war Balthazar ein Mann, der hätte entmündigt werden müssen, ein schlechter Vater, der sechs Vermögen durchgebracht hatte, Millionen, und der nach dem Stein der Weisen forschte, und das im neunzehnten Jahrhundert, dem aufgeklärten, ungläubigen Jahrhundert, dem Jahrhundert, usw., usw. Er wurde verleumdet und mit dem Spitznamen »Alchimist« gebrandmarkt; es wurde ihm nachgerufen: »Der will Gold machen!« Was ist nicht alles zum Lob dieses Jahrhunderts gesagt worden, in dem, wie in allen andern, das Talent unter einer Gleichgültigkeit zugrunde geht, die genauso brutal ist wie die der Zeiten, da Dante, Cervantes, Tasso *e tutti quanti*[76] starben. Die Völker begreifen die Schöpfungen des Genies noch viel langsamer als die Könige es tun.

Diese Anschauungen waren in Douai unmerklich aus der oberen Gesellschaft in die bürgerliche eingesickert, und von dort aus in das niedere Volk. Der siebzigjährige Chemiker erregte also bei wohlerzogenen Leuten ein tiefes Gefühl des Mitleids, und beim Volk eine spöttische Neugier, und das sind zwei plumpe Ausdrücke der Mißachtung und jenes *vae victis*[77], womit die großen Männer durch die Masse stets dann überhäuft werden, wenn sie sie im Elend sieht. Viele Leute blieben vor dem Haus Claes stehen und zeigten einander die Fensterrose des Speichers, wo soviel Gold und Kohle vergeudet worden waren. Wenn Balthazar vorüberging, wurde mit den Fingern auf ihn gezeigt; oft entschlüpfte den Lippen eines Mannes aus dem Volke oder eines Jungen ein Wort des Spottes oder des Mitleids; aber Lemulquinier trug Sorge, es ihm als ein Lobeswort zu übersetzen, und er vermochte ihn ungestraft zu täuschen. Zwar hatten Balthazars Augen die erhabene Hellsicht beibehalten, die die Gewohnheit großer Gedanken ihnen zu verleihen pflegt; aber sein Gehör war schwächer geworden. Für zahlreiche Bauern, grobschlächtige, abergläubische Leute, galt der alte Mann als ein Hexenmeister. Das noble, große Haus Claes wurde in den Vorstädten und draußen auf dem Lande als »das Teufelshaus« bezeichnet. Es kam sogar dahin, daß Lemulquiniers Gestalt den lächerlichen Aberglauben noch verstärkte, der über seinen Herrn im Schwange war. Wenn also der arme alte Helot[78] zum Markte ging, um die zum Lebensunterhalt nötigen Waren zu kaufen, und dabei unter allen die billigsten aussuchte, so erhielt er nichts ohne ein paar beleidigende Äußerungen als Zugabe; und er konnte sogar froh sein, wenn nicht, wie es oftmals geschah, ein paar abergläubische Hökerweiber sich weigerten, ihm seine karge Kost zu verkaufen, weil sie Angst hatten, durch die Berührung mit einem Sendboten der Hölle der Verdammnis anheimzufallen. Die Einstellung der ganzen Stadt gegenüber dem großen alten Mann und seinem Gefährten war also im allgemeinen feindlich. Die unordentliche Kleidung beider leistete dem noch Vorschub; sie gingen nämlich in einem Aufzug wie verschämte Arme einher, die ein dezentes Äußeres zur Schau tragen und zögern, um Almosen zu bitten. Früher oder später mußte es dahin kommen, daß die beiden alten Leute beleidigt wurden. Pierquin, der sich bewußt war, wie entehrend eine öffentliche Kränkung für die Familie sei, schickte stets, wenn sein Schwiegervater einen Spaziergang machte, zwei oder drei seiner Diener aus, die ihn dann in einiger Entfernung umgaben und den Auftrag hatten, ihn zu schützen, denn die Juli-Revolution hatte nicht eben dazu beigetragen, das Volk respektvoller zu machen.

Durch eine der Schicksalsfügungen, die unerklärlich sind, hatten Claes und Lemulquinier, die in der Morgenfrühe das Haus verlassen hatten, die heimliche Überwachung des Ehepaars Pierquin getäuscht und waren allein in der Stadt. Auf dem Rückweg von ihrem Spaziergang wollten sie sich auf der Place Saint-Jacques auf einer Bank in die Sonne setzen, als ein paar Jungen vorbeikamen, die zur Schule oder zum Gymnasium gingen. Als sie von weitem die beiden wehrlosen alten Männer wahrnahmen, deren Gesichter im Sonnenschein aufgeblüht waren, fingen sie an, sich über sie zu unterhalten. Für gewöhnlich schwenkt kindliches Gerede bald in Gelächter über, und vom Gelächter kommt es dann zu Foppereien, von deren Grausamkeit sie nichts ahnen. Sieben oder acht der zuerst Angekommenen blieben in einigem Abstand stehen, begannen die beiden alten Gesichter zu mustern und unterdrückten Lachanfälle, die Lemulquiniers Aufmerksamkeit erregten.

»Da, sieh mal, der da mit dem kahlen Kopf!«

»Ja?«

»Na, der ist der geborene Gelehrte.«

»Papa sagt, er sei Goldmacher«, sagte ein anderer.

»Womit denn? Hiermit etwa?« fügte ein dritter hinzu und zeigte mit schalkhafter Geste auf den Körperteil, den Schuljungen einander so oft als Zeichen der Verachtung zukehren.

Der kleinste der Bande, der in seinem Frühstückskorb mancherlei Eßbares hatte und gerade an einem Butterbrot herumleckte, trat dreist an die Bank heran und fragte Lemulquinier: »Stimmt es tatsächlich, Monsieur, daß Sie Perlen und Diamanten machen?«

»Ja, mein Kerlchen«, antwortete Lemulquinier lächelnd und klopfte ihm auf die Backe, »wir schenken dir welche, wenn du hübsch gescheit geworden bist.«

»Ach, Monsieur, schenken Sie mir auch welche«, schrien sie alle durcheinander.

Alle Kinder eilten herzu wie ein Vogelschwarm und stellten sich um die beiden Chemiker herum. Balthazar war in eine Grübelei versunken gewesen, aus der ihn das Geschrei herausriß; er vollführte eine Gebärde der Verdutztheit, die ein allgemeines Gelächter hervorrief.

»Aber, aber, ihr Lümmel, habt Respekt vor einem großen Mann!« sagte Lemulquinier.

»Vor dieser Bettscheißervisage?« riefen die Kinder. »Hexenmeister seid ihr. – Ja, Hexenmeister, alte Hexenmeister, Hexenmeister und weiter gar nichts!«

Lemulquinier sprang auf und bedrohte mit seinem Spazierstock die Jungen; sie liefen davon und sammelten dabei Dreck und Steine auf. Ein Arbeiter, der ein paar Schritte abseits sein Frühstück aß, hatte gesehen, daß Lemulquinier seinen Stock hochgehoben hatte, um die Kinder wegzujagen; er glaubte, er habe sie geschlagen und feuerte sie mit den furchtbaren Worten »Nieder mit den Hexenmeistern!« an.

Nun die Kinder sich unterstützt fühlten, schleuderten sie ihre Wurfgeschosse, und diese trafen die beiden alten Männer gerade in dem Augenblick, da am Ende des Platzes der Graf de Solis in Begleitung von Pierquins Dienern erschien. Sie kamen nicht schnell genug heran, um die Jungen daran zu hindern, den großen alten Mann und seinen Diener mit Schmutz zu bedecken. So war der Schlag denn geführt worden. Balthazar, dessen geistige Fähigkeiten durch die natürliche Enthaltsamkeit bewahrt geblieben waren, die den Gelehrten eignet, bei denen das ausschließliche Sichbeschäftigen mit einer Forschung die Leidenschaften auslöscht, erriet durch das Phänomen einer inneren Erleuchtung den Sinn dieses Auftritts; sein hinfälliger Körper ertrug nicht die grausige Reaktion, die er in der hohen Region der Gefühle empfand, und er fiel, vom Schlag getroffen, in die Arme Lemulquiniers, der ihn auf einer Bahre heimbrachte, umgeben von seinen beiden Schwiegersöhnen und deren Leuten. Keine Macht der Welt hätte den Pöbel von Douai hindern können, dem Greis bis an die Tür seines Hauses das Geleit zu geben, wo sich Félicie und ihre Kinder, Jean, Marguerite und Gabriel befanden; den letzteren hatte seine Schwester benachrichtigt, und so war er mit seiner Frau aus Cambrai herübergekommen. Der Einzug dieses alten Mannes, der weniger gegen den Tod anrang als gegen den Schrecken, es zu erleben, daß seine Kinder in sein geheimgehaltenes Elend eingeweiht wurden, stellte ein schauerliches Schauspiel dar. Sogleich wurde mitten im Wohnzimmer ein Bett aufgeschlagen, es wurde an Balthazar jede erdenkliche Hilfe verschwendet; gegen Ende des Tages erlaubte sein Befinden, einige Hoffnung zu fassen, daß er am Leben bleibe. Obwohl die Lähmung geschickt behandelt wurde, versetzte sie ihn dennoch ziemlich lange in einen Zustand, der dem der Kindheit benachbart war. Die Lähmungserscheinungen schwanden nach und nach hin, verharrten aber auf der Zunge, die ganz besonders davon getroffen worden war, vielleicht, weil der Zorn alle Kräfte des alten Mannes, als er die Jungen hatte anfahren wollen, hineinverlagert hatte.

Jener Auftritt hatte in der Stadt allgemeine Entrüstung entfacht. Durch ein bislang noch unerforschtes Gesetz, das die Neigungen der Masse leitet, führte dieses Geschehnis alle Herzen aufs neue Monsieur Claes zu. Im Handumdrehen wurde er ein großer Mann, erregte Bewunderung, und es wurde ihm alle Sympathie zuteil, die ihm tags zuvor verweigert worden war. Jedermann rühmte seine Geduld, seine Willenskraft, seine Tapferkeit und sein Genie. Die Behörden wollten gegen diejenigen vorgehen, die an dem Attentat teilgenommen hatten; aber das Unglück war nun mal geschehen. Die Familie Claes bat sofort, daß die Angelegenheit vertuscht werden möge. Marguerite hatte Weisung gegeben, das Wohnzimmer mit Möbeln auszustatten; seine Wände wurden bald mit Seide bespannt. Als ein paar Tage nach diesem Geschehnis der alte Vater wieder voll bei Besinnung war, und als er sich wieder in einer eleganten Sphäre befand, umgeben von allem, was zu einem glücklichen Leben erforderlich ist, gab er zu verstehen, seine Tochter Marguerite müsse wohl zurückgekehrt sein; das geschah gerade in dem Augenblick, da sie das Wohnzimmer betrat; als Balthazar sie erblickte, wurde er rot und seine Augen feuchteten sich, aber ohne daß ihnen Tränen entrannen. Er konnte mit seinen kalten Fingern die Hand der Tochter drücken, und er legte in diesen Druck alle Gefühle und alle Gedanken, die er nicht mehr aussprechen konnte. Das war etwas Heiliges und Feierliches, der Abschied des Gehirns, das noch am Leben war, und der Abschied des Herzens, das die Dankbarkeit neu belebt hatte. Der Riese war erschöpft durch seine fruchtlosen Versuche, ermüdet durch sein Ringen mit einem gigantischen Problem und vielleicht verzweifelt über das Ungekanntsein, das seinem Andenken beschieden war; er mußte bald zu leben aufhören; alle seine Kinder umgaben ihn mit respektvoller Liebe, so daß seine Augen sich an Bildern des Überflusses und des Reichtums erquicken konnten sowie an dem rührenden Gemälde, das seine schöne Familie darstellte. Seine Blicke, durch die er noch bekunden konnte, was er empfand, waren unwandelbar liebevoll; seine Augen faßten häufig eine so große Mannigfaltigkeit des Ausdrucks in sich zusammen, daß ihnen etwas wie eine leicht verständliche Lichtsprache zuteil wurde. Marguerite bezahlte die Schulden ihres Vaters und gab innerhalb weniger Tage dem Haus Claes einen modernen Glanz, der jeden Gedanken an Niedergang zunichte machen mußte. Sie wich nicht mehr vom Lager Balthazars, dessen sämtliche Gedanken zu erraten und dessen kleinste Wünsche zu erfüllen sie sich bemühte. So gingen ein paar Monate im steten Wechsel zwischen Übelbefinden und Besserbefinden hin, die bei alten Leuten auf den Kampf zwischen Leben und Tod schließen lassen; jeden Morgen begaben seine Kinder sich zu ihm, blieben den Tag über im Wohnzimmer, aßen an seinem Bett zu Abend und verließen ihn erst wieder, wenn er eingeschlafen war. Die Ablenkung, die ihm unter allen, die man ihm zu verschaffen suchte, am meisten gefiel, war das Vorlesen der Zeitungen, die durch die politischen Ereignisse damals überaus interessant geworden waren. Monsieur Claes lauschte aufmerksam der Lesung, die Monsieur de Solis neben ihm mit lauter Stimme durchführte.

Gegen Ende des Jahres 1832 verbrachte Balthazar eine äußerst kritische Nacht; in ihrem Verlauf mußte von der beunruhigten Nachtwache, die ob einer jäh sich bei dem Kranken vollziehenden Veränderung erschrak, Monsieur Pierquin, der Arzt, geholt werden; tatsächlich wollte der Arzt die Nacht über bei ihm bleiben; er befürchtete, daß Balthazar unter den Anstrengungen einer inneren Krise, deren Auswirkungen dann den Charakter einer Agonie hätten, sterben werde.

Der alte Mann erging sich in Bewegungen von unglaublicher Kraft, um die Fesseln der Lähmung abzuschütteln; es verlangte ihn, zu sprechen, und er bewegte die Zunge, ohne einen Ton hervorbringen zu können; seine lodernden Augen schleuderten Gedanken hervor; seine verzerrten Züge kündeten von unerhörten Schmerzen; seine Finger bewegten sich verzweifelt, er schwitzte dicke Tropfen. Am Morgen kamen die Kinder und küßten den Vater mit jener Liebe, die die Furcht vor seinem nahen Tode sie mit jedem Tage glühender und heftiger ausströmen ließ; aber er bezeigte ihnen nicht die Befriedigung, die diese Zeichen der Zärtlichkeit sonst immer in ihm ausgelöst hatten. Emmanuel, dem Pierquin einen Wink gegeben hatte, beeilte sich, die Zeitung aus dem Streifband zu nehmen, um zu sehen, ob das Vorlesen vielleicht die inneren Krisen ablenken könne, die Balthazar zu schaffen machten. Er entfaltete das Blatt, er sah die Zeile »Entdeckung des Urelements«, die ihn tief betroffen machte, und er las Marguerite einen Artikel vor, in dem von einem Prozeß im Zusammenhang mit dem Verkauf des Urelements die Rede war, den ein berühmter polnischer Mathematiker angestrengt hatte. Obwohl Emmanuel Marguerite, die ihn bat, den Artikel auszulassen, die Ankündigung der Tatsache ganz leise vorgelesen hatte, war sie von Balthazar verstanden worden.

Plötzlich richtete der Sterbende sich auf seinen beiden Fäusten auf, warf auf seine erschrockenen Kinder einen Blick, der sie alle wie ein Blitzstrahl traf, die Haare an seinem Nacken sträubten sich, seine Runzeln zuckten, seine Züge wurden durch ein Aufflammen des Geistes belebt, ein Hauch glitt über sein Antlitz und machte es erhaben, er reckte eine wutverkrampfte Hand empor und rief mit schallender Stimme das berühmte Wort des Archimedes aus: »Heureka!« (»Ich hab's gefunden!«) Dann fiel er mit dem dumpfen Hall eines leblosen Körpers auf sein Bett zurück; im Sterben stieß er ein schauerliches Wimmern aus, und seine verdrehten Augen drückten bis zu dem Augenblick, da der Arzt sie ihm schloß, das Bedauern aus, daß er der Wissenschaft nicht die Lösung eines Rätsels hatte hinterlassen können, dessen Schleier durch die entfleischten Hände des Todes zu spät zerrissen worden war.

Anmerkungen

Der Stein der Weisen

1 Fischsaurier, Fischechse, ausgestorbene Reptiliengattung, eidechsenähnliche Meeresbewohner von 2–9 m Länge; die versteinerten Skelette fanden sich in Trias, Jura und Kreide.

2 Bianca Capello (1542–1587) entstammte einer venezianischen Patrizierfamilie, ließ sich als Fünfzehnjährige von einem armen Bankangestellten nach Florenz entführen, wo der Großherzog Francesco de Medici Bianca zunächst heimlich, dann offiziell zu seiner Mätresse machte. Um von dem Fürsten geheiratet zu werden, schreckte Bianca vor keiner Heuchelei und keinem Verbrechen zurück, sei es Mord oder Kindesunterschiebung. 1578 heiratete der Großherzog sie heimlich; 1579 bestieg sie den Thron von Toskana. Acht Jahre danach wurden sie und ihr Gatte bei einem Festmahl vergiftet.

3 Louise de La Baume Le Blanc, Herzogin von La Vallière (1644–1710), Geliebte Ludwigs XIV., beschloß ihr Leben im Kloster.

4 Ital.: Nichtstun, meist in der Form *dolce farniente*, süßes Nichtstun, gebräuchlich.

5 Holl.: Städte.

6 Geadelte Angehörige der Parlamentsgerichte, also nicht Uradel.

7 Legendäre Gestalt, Retter der Stadt Douai. Sein Fest wird alljährlich noch heute gefeiert. Dabei wird eine acht Meter große Riesengestalt durch die Straßen gefahren.

8 Von Balzac erfundener Künstler, nicht zu verwechseln mit dem Landschafts- und späteren Blumenmaler Jan van Huysum (1682–1749), der aus Amsterdam stammte und 50 Jahre später als Claes gelebt hat. Ein Holzbildhauer van Huysium ist in der Kunstgeschichte nicht nachweisbar.

9 Jakob von Artevelde, flandrischer Patriot, vertrieb an der Spitze der Volkspartei den samt dem Adel zu Frankreich hinneigenden Grafen Ludwig I. von Flandern, schloß ein Bündnis mit Eduard III. von England und wurde am 24. Juni 1345 bei einem Volksaufstand ermordet. Sein Sohn Philipp (den Balzac wahrscheinlich meint) war 1381 Führer der Genter bei ihrem Aufstand gegen den Grafen Ludwig II. von Flandern, wurde als Regent von Flandern anerkannt und am 27. November 1382 vom Grafen Ludwig mit Hilfe der Franzosen bei Roosbeke geschlagen; er fiel in dieser Schlacht.

10 Nicht nachweisbar.

11 Breiter, tiefer Lehnstuhl mit Sitzkissen.

12 Der badische Arzt Franz Joseph Gall (1758–1828) hatte erst 1798 die erste Idee zu seinem System, das sich folgendermaßen resümieren läßt: »Die Form des Kopfes und des Schädels, die in der Mehrzahl der Fälle die Form des Gehirns wiederholt, gibt Mittel in die Hand, die fundamentalen Eigenschaften und Fähigkeiten eines Individuums zu entdecken.« Zehn Jahre lang versuchte Gall, seine Lehre in Deutschland zu predigen; er wurde jedoch ausgelacht. Ende 1807 kam er nach Paris, und dort hatte er endlich Erfolg; freilich dankte er ihn zunächst dem Snobismus der Salons. Die ›Schädellehre‹ wurde zu einer Art Gesellschaftsspiel, das dasjenige der ›Physiognomik‹ ablöste.

13 Johann Caspar Lavater (1741–1801), Schweizer Pastor, Theologe und Philosoph. Er glaubte, die Vorsehung lasse ihm besondere Enthüllungen zuteil werden. In seinen ›Physiognomischen Fragmenten zur Beförderung der Menschenkenntnis und Menschenliebe‹ (1775–1778) greift er die Studien von Vorgängern über das Verhältnis von Gesicht und Charakter auf, treibt es bis zum Extrem vor und rühmt vor allem die Nase als das Hauptmerkmal der Persönlichkeit. Die ›Physiognomik‹ wurde zu einem Gesellschaftsspiel, bis sie durch Galls ›Schädellehre‹ abgelöst wurde.

14 Emanuel Swedenborg, eigentlich Svedborg (1688–1772), schwedischer Mystiker und Theosoph, Sohn eines Choräle dichtenden Hofpredigers und späteren Bischofs, anfangs Wissenschaftler und Literat, wurde 1719 geadelt, erlebte 1745 in London eine ›religiöse Krise‹ und schied danach aus dem Staatsdienst aus. Er hatte Visionen und veröffentlichte in lateinischer Sprache eine Fülle theosophischer Traktate, die zunächst unbeachtet blieben, dann aber, als sie ins Englische, Französische und Deutsche übersetzt wurden, Aufsehen erregten. Die medizinische Wissenschaft (Lange-Eichbaum) betrachtet ihn als geisteskrank, als schizophren auf erotomaner Grundlage.

15 Sophie-Elisabeth-Armande Septimanie de Vignerot du Plessis-Richelieu (1740–1773), Gattin des Grafen Casimir d'Egmont, unterhielt in Paris um 1765 einen literarischen Salon. Balthazar Claes hat ihr also im Jahre 1783 nicht begegnen können, da sie bereits seit zehn Jahren tot war.

16 Frédéric Graf Horn (1763–1823) war der Sohn eines schwedischen Generals, der während des Siebenjährigen Krieges unter Marschall

d’Estrées in französischen Diensten gestanden hatte. Er hatte in der besten französischen Gesellschaft verkehrt, war ein Anhänger fortschrittlicher Ideen und glänzte am Hof Gustavs III. von Schweden. Verärgert durch die Ungnade, deren Opfer sein Vater wurde, konspirierte er gegen das Leben des Königs, wurde zum Tode verurteilt, dann begnadigt und verbannt; er zog sich zunächst nach Dänemark, dann nach Deutschland zurück.

17 Auguste-Marie-Raymond, Fürst von Aremberg, Graf de la Marck (1753–1833), Oberst und Inhaber des Regiments de la Marck im Dienst des Königs von Frankreich, Abgeordneter des Adels in den Generalstaaten, wurde der Mittelsmann zwischen dem Hof und Mirabeau sowie dessen Testamentsvollstrecker. 1793 gab er die französische Staatsbürgerschaft auf. Nach dem Sturz Napoleons wurde er Generalleutnant des Königs der Niederlande.

18 Claude-Adrien Helvetius (1715–1771), Generalsteuerpächter und Philosoph, Verfechter des absoluten Sensualismus. Auch ihm hat also Balthazar 1783 nicht mehr begegnen können.

19 Antoine-Laurent Lavoisier (1743–1794), einer der Schöpfer der modernen Chemie. Seine großen wissenschaftlichen Leistungen bewahrten ihn nicht davor, als Generalsteuerpächter auf der Guillotine zu enden.

20 La Fontaine, Fables II, 12.

21 Siehe Anmerkung 7.

22 Johanna I. (1327–1382), Gräfin der Provence, Tochter Karls von Sizilien, des Herzogs von Kalabrien, folgte 1343 Robert dem Guten auf dem Thron von Neapel nach. Sie war schön, geistvoll und hochgebildet, eine Schülerin Petrarcas, aber leidenschaftlich und von einer Sinnlichkeit, über deren Stillung die absonderlichsten Dinge überliefert worden sind. 1345 ließ sie ihren Vetter Andreas von Ungarn, den sie geheiratet hatte, ermorden, um sich mit Ludwig von Tarent zu vermählen, dem mutmaßlichen Haupt der Mörder. Die Rache von Andreas’ Bruder Ludwig von Ungarn zwang sie zur Flucht nach Avignon, das sie an den Papst verkaufte, als dieser ihr die Mittel zur Wiedererwerbung ihres Throns zur Verfügung gestellt hatte. 1362 wurde sie Witwe und heiratete den König Jakob von Mallorca; doch dieser, der das Schicksal Andreas’ von Ungarn fürchtete, floh nach Spanien. Als sie zum drittenmal Witwe geworden war, heiratete sie Otto von Braunschweig, was zu einem Zerwürfnis mit dem Papst und mit ihren Untertanen führte. Sogar ihr Adoptivsohn Karl von Durazzo wandte sich von ihr ab. Vom Papst unterstützt, sammelte Karl ein Heer, zog 1382

gegen Neapel und eroberte die Stadt. Johanna übergab die Zitadelle in dem Augenblick, da eine Flotte ihrer provenzalischen Untertanen anlangte, um ihr zu helfen. Jetzt weigerte sie sich, diesen zu befehlen, daß sie Karl von Durazzo als Grafen der Provence anerkannten; dieser ließ sie erdrosseln.

23 Diane de Poitiers (1499–1566), Tochter des Grafen de Saint-Vallier, Geliebte Heinrichs II., der für sie das Schloß Anet bauen ließ und ihr das Herzogtum Valentinois schenkte.

24 Siehe Anmerkung 3.

25 Heinrich VIII. von England (1491–1547) nahm nacheinander sechs Frauen, von denen er zwei, Anna Boleyn und Catherine Howard, hinrichten ließ.

26 Das berühmte, von Napoleon geschaffene Bürgerliche Gesetzbuch Frankreichs.

27 Antoine-François Fourcroy (1755–1809), Chemiker, beteiligte sich während der Revolution und des Kaiserreichs an der Organisation des Unterrichtswesens.

28 Siehe Anmerkung 19.

29 Jean-Antoine Chaptal (1756–1832), Chemiker, dem Verfahren zur Fabrikation von Alaun, Salpeter und Zement zu verdanken sind, ferner ein Verfahren für das Bleichen durch Wasserdampf sowie für das Färben von Baumwolle. Unter Napoleon I. war er Minister.

30 Jean-Antoine Nollet (1700–1770), Abbé, Physiker, Entdecker der Endosmose und zahlreicher elektrischer Phänomene.

31 Guillaume-François Rouelle (1703–1770), Chemiker.

32 Claude-Louis Graf Berthollet (1748–1822), berühmter Chemiker, entdeckte die entfärbenden Eigenschaften des Chlors und deren Anwendung beim Bleichen von Leinen, den Kohlenfilter zum Reinigen von Wasser usw. Er begleitete Bonaparte nach Ägypten.

33 Joseph-Louis Gay-Lussac (1778–1850), Physiker und Chemiker, Pair von Frankreich, entdeckte das nach ihm benannte Gesetz der Ausdehnung der Gase usw.

34 Lazzaro Spallanzani (1729–1799), Abbé, Naturwissenschaftler, schrieb bedeutende Arbeiten über den Blutkreislauf, die Verdauung, die Zeugung und über mikroskopische Tiere, hat also mit Balthazar Claes' Forschungsgebiet nichts zu tun.

35 Anton Leeuwenhoeck (1632–1723), einer der Erfinder des Mikroskops.

36 Luigi Aloisio Galvani (1737–1798), Mediziner (Anatom), entdeckte 1789 durch Zufall den Galvanismus.

37 Alessandro Graf Volta (1745–1827), bahnbrechender Forscher auf dem Gebiet der Elektrophysik, Erfinder des Elektrophors, des Elektroskops, des Kondensators, der Volta'schen Säule usw.

38 Offenbar handelt es sich dabei um eine Libelle, die, zumal in Norddeutschland, ›Wasserjungfer‹ genannt wird. Balzac bezeichnet sie als ›couturière‹, Schneiderin.

39 Die sog. ›Madonna della Sedia‹, ein Rundbild, entstanden um 1516, im Palazzo Pitti zu Florenz. Balzac hat das Bild nicht genau in Erinnerung gehabt; denn der ›gefranste Stoff‹ gehört nicht zur Rückenlehne des Sessels, sondern zum Schultertuch der Maria.

40 Bernard Palissy (um 1510 bis um 1590), Keramiker, Schriftsteller und Gelehrter, berühmt durch seine mit künstlerisch geformtem, vielfarbigem Figurenwerk verzierten Gefäße und Schüsseln. Bei seinen Versuchen verbrannte er die Möbel und das Holzwerk seines Hauses, bis sie ihm gelangen. Seine Gestalt hat Balzac in vielen Zügen als Modell für Balthazar Claes gedient. Er bedenkt ihn überdies mit der Adelspartikel. 1589 wurde Palissy als Hugenotte verhaftet und kam in die Bastille, wo er starb. Es sind ihm auch Entdeckungen auf den Gebieten der Mineralogie und der Chemie zu verdanken.

41 Josiah Wedgwood (1730–1795) ist der Begründer der neueren englischen Tonwarenindustrie und der Erfinder eines Pyrometers. Balzac schreibt den Namen ›Weegvood‹.

42 Siehe Balzacs Novelle ›Savarus‹.

43 Stadt im Arrondissement Versailles, an der Seine; berühmt durch seine im Park von Saint-Cloud untergebrachte Porzellan-Fabrik.

44 Das weiße Meißener Porzellan wurde 1709 durch Johann Friedrich Böttcher erfunden. Chinesisches Porzellan gibt es seit etwa 200 v. Chr.

45 Die Szene spielt im August, und dennoch läßt Balzac Tulpen blühen!

46 Die Hochblüte der holländischen Tulpen-Liebhaberei und -Spekulation fiel in die Jahre 1634–1640; damals wurden für eine Zwiebel bis zu 13 000 Gulden gezahlt. Schwerlich sind zu Balthazar Claes' Zeiten Tulpen noch so hoch bewertet worden, wie Balzac angibt.

47 Wierzchownia hieß das ukrainische Gut des Grafen Hanski; Balzac hat als Huldigung für Mme Hanska (siehe den ersten Band dieser Ausgabe) jenen polnischen Offizier so benannt.

48 Jesaja VI, 6, 7.

49 Carl von Linné (1707–1778), schwedischer Naturforscher, Professor in Uppsala, von höchster Wichtigkeit vor allem auf dem Gebiet der Botanik.

50 Georg Ernst Stahl (1660–1734) war der größte Arzt seiner Zeit, aber erfüllt von mystischen Ideen; er verschmähte die Beobachtung und leugnete die Beziehung von Anatomie und Naturwissenschaften mit der Medizin. Er besaß jedoch Intuition und eine große Fähigkeit zur Einfühlung. Seine medizinische Theorie war der Animismus (die Seele, sagte er, wacht über die Erhaltung des Körpers); daher sein Widerwille gegen medizinisches Eingreifen. Er hat zahlreiche Traktate verfaßt.

51 Hans-Joachim Becher (1635–1682), Alchimist, unterschied drei Elemente: die verglasbare Erde oder das erdige Element, die quecksilbrige Erde oder das metallische Element, und die entzündbare Erde oder das verbrennbare Element. Sein System bereitete die physikalischen Entdeckungen Stahls vor.

52 Philippus Aureolus Theophrastus von Hohenheim, genannt Bombastus Paracelsus (1493–1541), Schweizer Arzt, Chemiker, Naturforscher und Philosoph, heftiger Polemiker, erstrebte, die traditionelle Medizin umzustürzen und der Medizin und der Chirurgie neue Wege zu eröffnen. Er führte die Chemie in die Apotheke ein und veranlaßte die Ärzte, zur Beobachtung und Erfahrung zurückzukehren. Leider verquickte er seine experimentale Wissenschaft mit astrologischen Anschauungen, was seinen Schülern erlaubte, seine Werke zu interpolieren und zahlreiche Albernheiten und Absonderlichkeiten hineinzumischen. Als Theoretiker verfocht er, ähnlich wie Stahl, ein Lebensprinzip, die ›Weltseele‹ oder ›Urkraft‹, die seiner Meinung nach die organischen Funktionen des Körpers befahl und leitete, hinsichtlich der Bewahrung des Lebens.

53 Heinrich Cornelius Agrippa von Nettesheim (1486–1535), Alchimist und kabbalistischer Philosoph, hatte abenteuernd verschiedene Ämter unter Kaiser Maximilian I. und Franz I. von Frankreich inne. Er war auch Ratgeber Karls V. und der Louise von Savoyen. 1527 schrieb er eine Satire auf den damaligen Stand der Wissenschaften, 1531 und 1533 polemisierte er gegen den Hexenwahn.

54 Das berühmte neunundzwanzigste Bulletin über den Rußlandfeldzug, das die Katastrophe der Großen Armee unverblümt bekanntgab, ist datiert ›Molodetschno, den 3. Dezember 1812‹ und endet mit dem Satz: »Die Gesundheit Seiner Majestät des Kaisers ist nie besser gewesen.«

55 Früher die kleinste französische Kupfermünze, ¼ Sou.

56 Der Weißpfennig ist eine alte Scheidemünze. Fünf Sous galten nicht sechs, sondern zwölf Weißpfennige. Die Bedeutung ist also: eine schlechte Spekulation machen.

57 Durch die Franzosen nach der Schlacht bei Jemappes am 7. November 1792. Aber erst nach der Schlacht bei Fleurus (26. Juni 1794) wurde Belgien Frankreich einverleibt.

58 Die heilige Therese von Avila (1515–1582), von der Kirche die ›Seraphische Jungfrau‹ genannt, berühmt durch ihre Visionen und ihren Mystizismus. Ihre Schriften zählen zu den Meisterwerken der kastilianischen Sprache.

59 Antoinette Bourignon (1616–1680), flämische Visionärin und Mystikerin, war von zügellosem Temperament, das ihre Visionen nicht zähmten, vielmehr in Zerrüttung und Verfolgungswahn stürzten. Ihr Leben war eine lange Folge von absurden Abenteuern, Prozessen, Leiden und apokalyptischen Ekstasen, deren Offenbarungen sie in Versen niederschrieb. Sie war eine gespaltene Natur; ihrer Wohltätigkeit gesellten sich heftige Anfälle von Geiz in geschäftlichen Angelegenheiten hinzu, ihrem mystischen Bekehrungseifer die Schmerzen physischer Geburtswehen. Ihre Bücher sind ebenso zahlreich wie ihre Visionen; sie wurden 1679–1684 in einundzwanzig Bänden in Amsterdam veröffentlicht.

60 François de Salignac de La Mothe-Fénelon (1651–1715), Lehrer des Herzogs von Burgund, dessen ungestümen Charakter er milderte und in den er große Hoffnungen setzte; für ihn schrieb er den berühmten Erziehungsroman ›Télémaque‹ (1699), durch den er die Gnade Ludwigs XIV. verlor. Er bekannte sich zu den quietistischen Lehren von Mme Guyon, wurde in eine heftige Polemik mit Bossuet verwickelt, von der römischen Kurie verurteilt und unterwarf sich. Er hat zahlreiche Werke geschrieben, in denen er sich als ein gewandter, verführerischer Schriftsteller von geschmeidigem, blumenreichem Stil erweist.

61 Jeanne-Marie Bourier de La Mothe-Guyon (1648–1717), mystische Schwärmerin, 1705 wegen Verbreitung der Lehre des Quietismus in der Bastille. Sie verfaßte viele Schriften, auch eine Autobiographie, die 1720 erschien.

62 Hebr.: Gott mit uns.

63 Guido Reni (1575–1642), Maler der Bologneser Schule, Schüler Lodovico Carraccis.

64 Im Département Nord, in der Nähe von Douai gelegene Kleinstadt mit Fayence-Fabriken.

65 Nach Napoleons Rückkehr von Elba 1815.

66 Schwerlich braucht darauf hingewiesen zu werden, daß das Gas Stickstoff ein chemisches Element ist, also nicht zerlegt werden kann.

67 Höhere Bildungsanstalt für künftige Artillerie-Offiziere und Ingenieure.

68 So schreibt Balzac. Vermutlich wollte er die italienische Form des Namens benutzen; diese jedoch lautet ›Margherita‹ und bedeutet, klein geschrieben, sowohl ›Perle‹ wie ›Gänseblümchen‹.

69 Laurence Sterne (1713–1768), der von Balzac hochgeschätzte Autor des humoristischen Romans ›Tristram Shandy‹.

70 An dieser Stelle hat Balzac den ältesten Claes-Sohn versehentlich ›Gustave‹ genannt.

71 Balzac nennt ihn nochmals ›Gustave‹.

72 Ein im Département Pas-de-Calais entspringender Fluß, an dem Arras und Douai gelegen sind und der sich in die Schelde ergießt.

73 Im Département Pas-de-Calais. Was es mit dem ›Lager‹ auf sich hat, konnte nicht festgestellt werden.

74 Balzac nennt Balthazars jüngeren Sohn hier versehentlich ›Lucien‹.

75 François-Joseph Talma (1763–1826), der Lieblingsschauspieler Napoleons I. Er führte in den Kostümen und der Inszenierung die historische Wahrheit ein und ließ den natürlichen Tonfall an die Stelle der tragischen Emphase treten.

76 Ital.: Alle, soviele auch immer; alle ohne Ausnahme.

77 Lat.: Wehe den Besiegten.

78 Als Heloten wurden die Staatssklaven der Spartaner bezeichnet, und zwar nach der Stadt Helos, die bei der Einwanderung der Dorer der letzte Zufluchts- und Widerstandsort der unterjochten Achäer war.

Biographische Notizen über die Romangestalten

Der Stein der Weisen

Die Gestalten dieses Romans treten in der ›Menschlichen Komödie‹ nicht wieder auf.

Das verstossene Kind

Übertragung von Ernst Sander

Balzac gibt für die Arbeit an der Novelle ›L'Enfant maudit‹ die Jahre 1831 bis 1836 an. Richtiger ist es, für den Beginn der Arbeit das Spätjahr 1830 anzusetzen; denn bereits im Januar 1831 erschien der erste Teil des Werks in der ›Revue des deux mondes‹, um im Herbst desselben Jahrs in die Serie ›Romans et contes philosophiques‹ aufgenommen zu werden. Der zweite Teil wurde unter dem Titel ›La Perle brisée‹ (›Die zerbrochene Perle‹) am 9. Oktober 1836 in der ›Chronique de Paris‹ veröffentlicht, zu einem Zeitpunkt also, da Balzac bereits aus der Redaktion dieser Zeitschrift ausgeschieden war.

1837 erschien die erste vollständige Buchausgabe in zwei Teilen, betitelt ›Comment vécut la mère‹ (›Wie die Mutter lebte‹) und ›La Perle brisée‹ als XV. und XVI. Band der Reihe ›Etudes philosophiques‹. 1846 wurde die Novelle in die ›Philosophischen Studien‹ der ›Menschlichen Komödie‹ eingegliedert und mit der Widmung versehen. 1847 diente das Werk dazu, die dreibändige Ausgabe von ›Madame de La Chanterie‹ zu vervollständigen. Die Novelle wurde der Baronin James Rothschild gewidmet, in deren Salon Balzac verkehrte.

Zusammen mit ›Katharina von Medici‹ ist ›Das verstoßene Kind‹ eine Eifersuchtstragödie aus dem 16. Jahrhundert, eins der ausgearbeiteten Stücke eines von Balzac längere Zeit hindurch geplanten Zyklus, der, in der Nachfolge Walter Scotts, aus Romanen aus der französischen Geschichte bestehen sollte; zumal die Epoche der Religionskriege fesselte ihn. Als Balzac den ersten Teil der Novelle niederschrieb, hatte der Plan der ›Sittenstudien aus dem 19. Jahrhundert‹, aus dem später die ›Menschliche Komödie‹ erwuchs, noch nicht Gestalt gewonnen.

Wie die Mutter lebte

In einer Winternacht, gegen zwei Uhr morgens, verspürte die Gräfin Jeanne von Hérouville so heftige Schmerzen, daß sie trotz ihrer Unerfahrenheit das Nahen ihrer Niederkunft ahnte; und der Instinkt, der uns eine Erleichterung aus einem Verändern der Körperhaltung erhoffen läßt, riet ihr, sich aufzurichten und hinzusetzen, sei es, um sich über die Natur ihr völlig neuer Schmerzen klar zu werden, sei es, um über ihre Lage nachzusinnen. Sie war im Bann grausamer Bangnisse, und diese rührten weniger von den Gefahren einer ersten Geburt her, die die meisten Frauen fürchten, als von den Gefahren, die des Kindes warteten. Um ihren neben ihr liegenden Mann nicht zu wecken, ergriff die arme Frau Vorsichtsmaßnahmen, die eine tiefe Angst so peinlich genau machte, wie es wohl die eines Gefangenen sind, der entweichen will. Obwohl die Schmerzen immer bohrender wurden, empfand sie sie nicht länger, weil sie ihre Kräfte auf das mühselige Unterfangen konzentrierte, sich mit ihren beiden feuchten Händen auf das Kopfkissen zu stützen, um ihren gepeinigten Körper aus der Lage zu lösen, in der sie aller Energie bar war. Beim leisesten Rascheln der großen, grünen, bestickten Moirédecke, unter der sie seit ihrer Heirat nur sehr wenig Schlaf gefunden hatte, hielt sie inne, als habe sie eine Glocke zum Erklingen gebracht. Da sie den Grafen beobachten mußte, teilte sie ihre Aufmerksamkeit zwischen den knirschenden Falten des Stoffes und einem breiten, sonnenverbrannten Gesicht, dessen Schnurrbart ihre Schulter berührte. Wenn ein allzu geräuschvoller Atemzug den Lippen ihres Mannes entströmte, empfand sie jähe Furchtanfälle, die den Zinnoberglanz ihrer Wangen durch ihre zweifache Angst noch vertieften. Ein nächtlicherweile bis an die Tür seines Gefängnisses gelangter Verbrecher, der versucht, in einem unbarmherzigen Schloß geräuschlos den Schlüssel umzudrehen, den er gefunden hat, ist auf keine zaghaftere Weise kühn. Als es der Gräfin gelungen war, sich aufzurichten, ohne ihren Wächter geweckt zu haben, ließ sie sich eine Geste kindlicher Freude entschlüpfen, in der sich die rührende Harmlosigkeit ihres Charakters kundtat; aber das Lächeln, das sich schon halb auf ihren entzündeten Lippen gebildet hatte, wurde sogleich unterdrückt; ein Gedanke hatte ihre reine Stirn verdunkelt, und ihre länglich geschnittenen blauen Augen nahmen wieder einen bekümmerten Ausdruck an. Sie stieß einen Seufzer aus und stützte die Hände von neuem, nicht ohne kluge Behutsamkeit, auf das unselige eheliche Kopfkissen. Dann aber, als sei sie zum erstenmal seit ihrer Eheschließung frei in ihrem Tun und Denken, betrachtete sie die Dinge ringsum und reckte den Hals mit kleinen Bewegungen, die wie die eines Vogels im Käfig waren. Wer sie so gesehen hätte, der hätte sie leichtiglich vorstellen können, daß sie vor kurzem noch eitel Freude und Mutwille gewesen sei; daß aber dann das Schicksal ihre ersten Hoffnungen dahingerafft und ihre unschuldige Fröhlichkeit in Melancholie gewandelt habe.

Das Schlafgemach war eins derjenigen, von denen manche achtzigjährige Pförtner den Reisenden, die alte Schlösser besichtigen, zu vermelden pflegen: »Das ist das Paradeschlafzimmer, in dem Ludwig XIII. übernachtet hat.« Schöne Gobelins, sämtlich bräunlichen Tons, waren von großen Nußbaumbordüren eingerahmt, deren köstliches Schnitzwerk der Zeitenlauf geschwärzt hatte. An der Decke bildete das Gebälk Kassetten mit Arabeskenschmuck im Stil des vergangenen Jahrhunderts; sie hatten die Farbe des Kastanienholzes bewahrt. Dieses streng getönte Schmuckwerk warf das Licht in so geringem Maße zurück, daß seine Muster kaum zu erkennen waren, sogar wenn die Sonne voll in dieses hochgelegene, breite, lange Schlafgemach fiel. Daher wurde es durch die silberne Lampe, die auf dem Mantel eines großen Kamins stand, jetzt so schwach erhellt, daß deren zitterndes Licht mit den Nebelsternen verglichen werden konnte, die für Augenblicke den grauen Schleier einer Herbstnacht durchdringen. Die in den Marmor des Kamins, der sich dem Bett der Gräfin gegenüber befand, gemeißelten Fratzengestalten boten so grotesk häßliche Gesichter dar, daß sie nicht wagte, den Blick darauf verweilen zu lassen; sie fürchtete, sie könnten sich bewegen oder ein schallendes Gelächter aus ihren klaffenden, verzerrten Mäulern vernehmen lassen. In diesem

Augenblick durchgrollte ein furchtbarer Sturm den Kamin, der dessen geringste Stöße wiederholte und ihnen einen düsteren Sinn lieh, und die Breite seines Schornsteins verband ihn so unmittelbar mit dem Himmel, daß die zahlreichen Scheite auf der Feuerstelle etwas wie Atemzüge vollführten; wie der Wind es wollte, leuchteten sie abwechselnd auf und verloschen. Das in weißen Marmor gemeißelte Wappen der Familie Hérouville mit all seinen Helmdecken und den Gestalten der Schildhalter lieh diesem wie ein Gebäude sich ausnehmenden Kamin das Aussehen eines Grabmonuments; er bildete das Gegenstück des Bettes, eines weiteren, zu Ehren des Gottes Hymen errichteten Monuments. Ein moderner Architekt wäre in beträchtliche Verlegenheit geraten, wenn er hätte entscheiden müssen, ob das Zimmer für das Bett gebaut worden sei, oder das Bett für das Zimmer. Zwei Amoretten, die auf einem mit Girlanden geschmückten Betthimmel aus Nußbaumholz spielten, hätten als Engel gelten können, und die Säulen aus demselben Holz, die diese Kuppel stützten, boten mythologische Allegorien dar, deren Erklärung sich gleichermaßen in der Bibel oder in Ovids ›Metamorphosen‹ fand. Denkt man sich das Bett weg, so hätte jener Himmel sehr wohl in einer Kirche die Kanzel oder den Stuhl für die Kirchenbeamten krönen können. Auf drei Stufen stiegen die Gatten zu diesem Prunklager empor; es war von einer Estrade umgeben und mit zwei Bettvorhängen aus grünem Moiré versehen; darauf befanden sich große, glänzende Zeichnungen, die ›ramages‹[1] genannt werden, vielleicht, weil von den Vögeln, die darauf dargestellt worden sind, gemeint werden soll, sie zwitscherten. Die Falten dieser riesigen Vorhänge waren so steif, daß man nachts die Seide für ein Metallgespinst hätte halten können. Auf den grünen, mit goldenem Netzwerk verzierten Samt, der den Hintergrund dieser feudalen Bettstatt bildete, hatte die Gläubigkeit der Grafen von Hérouville ein großes Kruzifix gehängt, an das ihr Hauskaplan frischen, geweihten Buchsbaum steckte, wenn er am Palmsonntag neues Weihwasser in das Becken goß, das in den Fuß des Kreuzes eingelassen war.

An der einen Seite des Kamins stand ein herrlich gearbeiteter Schrank aus kostbarem Holz, den die Jungvermählten noch in der Provinz an ihrem Hochzeitstag erhalten hatten. Diese heutzutage von den Antiquitätenhändlern so gesuchten alten Schränke stellten die Rüstkammer dar, der die Frauen ihre Schätze an ebenso reichem wie elegantem Putz entnahmen. Sie bargen die Spitzen, die Untergewänder, die hohen Kragen, die kostbaren Kleider, die Almosentaschen, die Masken, die Handschuhe, die Schleier, sämtliche Erfindungen der Koketterie des sechzehnten Jahrhunderts. Auf der anderen Seite stand der Symmetrie wegen ein ähnliches Möbelstück; dahinein legte die Gräfin ihre Bücher, ihre Papiere und ihr Geschmeide. Altertümliche, mit Damast bespannte Lehnsessel, ein großer, grünlicher, in Venedig angefertigter, reich gerahmter Spiegel in einer Art mit Rollen versehenem Toilettetisch vollendeten das Mobiliar dieses Schlafzimmers. Den Fußboden bedeckte ein Perserteppich, dessen Schmuckwerk von der Galanterie des Grafen zeugte. Auf der letzten Stufe des Bettes befand sich ein Tischchen, auf das die Zofe allabendlich in einem silbernen oder goldenen Becher ein aus Gewürzen bereitetes Getränk stellte.

Wenn wir im Leben einige Schritte zurückgelegt haben, kennen wir den geheimen Einfluß, den das Milieu auf die Seelenstimmungen ausübt. Wer hätte nicht schlimme Augenblicke erlebt, in denen man in den Dingen, die uns umgeben, nicht irgendwelche Unterpfänder der Hoffnung erblickt hätte? Ob der Mensch nun im Glück oder im Elend sein möge, stets leiht er auch den geringsten Dingen, mit denen er zusammenlebt, ein Antlitz; er lauscht ihnen und befragt sie; so abergläubisch ist er von Natur. In diesem Augenblick ließ die Gräfin ihre Blicke über sämtliche Möbelstücke schweifen, wie wenn sie lebendige Wesen gewesen wären; sie schien sie um Hilfe oder Schutz zu bitten; allein dieser düstere Luxus dünkte sie unerbittlich.

Plötzlich nahm der Sturm an Stärke zu. Die junge Frau wagte sich nichts Günstiges mehr zu versprechen, als sie die Drohungen des Himmels vernahm, dessen Veränderungen in jenem Zeitalter der Leichtgläubigkeit je nach den Gedanken oder Gewohnheiten jedes einzelnen ausgelegt wurden. Unvermittelt richtete sie die Augen auf zwei Spitzbogenfenster hinten im Zimmer; aber die Kleinheit der Scheiben und die Vielfalt der Bleifassungen erlaubten ihr nicht, den Zustand des Firmaments wahrzunehmen und zu erkennen, ob der Weltuntergang nahe, wie es einige auf Spenden erpichte Mönche behaupteten. Sie hätte ohne weiteres an solcherlei Prophezeiungen glauben können, denn das Geräusch des erzürnten Meers, dessen Wellen gegen die Mauern des Schlosses anstürmten, vereinte sich mit der lauten Stimme des Sturms, und die Felsen schienen zu wanken. Obwohl die Schmerzen einander immer heftiger und grausamer folgten, erkühnte die Gräfin sich nicht, ihren Mann aufzuwecken; aber sie musterte seine Züge, als riete die Verzweiflung ihr an, darin einen Trost wider so viele unheilvolle Vorzeichen zu suchen.

Wenn die Dinge rings um die junge Frau bedrückend waren, so wirkte jenes Gesicht trotz der Schlafesruhe noch bedrückender. Im Flackern durch die Windstöße erhellte das Licht der am Bettrand zuendebrennenden Lampe den Kopf des Grafen nur dann und wann, so daß das Schwanken der Helle auf diesem ruhenden Gesicht den Anschein der Kämpfe stürmisch bewegten Denkens lieh. Die Gräfin beruhigte sich nur unzulänglich, als sie die Ursache dieses Phänomens erkannte. Jedesmal, wenn ein Windstoß das Licht auf dieses große Gesicht fallen ließ und die zahllosen harten Schwielen, die es charakterisierten, schattierte, war ihr, ihr Mann werde auf sie zwei Augen von unauslotbarer Strenge richten. Unversöhnlich wie der Krieg, den damals Kirche und Calvinismus gegeneinander führten, war die Stirn des Grafen während des Schlummers noch drohender; zahlreiche Falten, die die Aufregungen eines Kriegerlebens hervorgerufen hatten, prägten ihm eine vage Ähnlichkeit mit den gewundenen Steinverzierungen auf, die die Bauwerke jener Zeit schmücken; wie weißliches Flechtengewucher auf alten Eichen umgab es anmutlos graues Haar, und die religiöse Unduldsamkeit bekundete darin ihre leidenschaftlichen Brutalitäten. Die Form einer gebogenen, einem Raubvogelschnabel ähnelnden Nase, die schwarzen, faltigen Konturen gelber Augen, die hervorspringenden Backenknochen eines hohlwangigen Gesichts, die Starrheit der tiefen Falten, die von Verachtung zeugende Unterlippe, all das ließ auf einen Ehrgeiz, einen Despotismus und eine Kraft schließen, die um so mehr zu fürchten waren, als die Enge des Schädels von einem völligen Mangel an Geist und von einem Mut ohne Großmut kündete. Jenes Gesicht wurde gräßlich entstellt durch eine breite, quer verlaufende Narbe, deren Einschnitt in der rechten Wange einen zweiten Mund bildete. Im Alter von dreiunddreißig Jahren war der Graf in seinem eifersüchtigen Verlangen, sich in dem unglückseligen Religionskrieg auszuzeichnen, zu dem das Signal durch die Bartholomäusnacht gegeben worden war, bei der Belagerung von La Rochelle schwer verwundet worden. Das Mißgeschick seiner Verwundung, um sich der Ausdrucksweise jener Zeit zu bedienen, hatte seinen Haß gegen die Verletzungen der Religion noch gesteigert; aber durch einen recht begreiflichen Hang schloß er auch Menschen mit schönen Gesichtern in seine Abneigung ein. Schon vor jener Katastrophe war er so häßlich gewesen, daß keine Dame seine Huldigungen hatte entgegennehmen wollen. Die einzige Leidenschaft seiner Jugend war eine ›die schöne Römerin‹[2] genannte, berühmte Frau gewesen. Das Selbstmißtrauen, das seine abermalige Verhäßlichung ihm einflößte, hatte ihn zu dem Glauben gebracht, er könne keine wahre Liebe mehr einflößen; und sein Charakter war so wüst und ungesellig geworden, daß, wenn er in Liebesdingen Erfolg hatte, er meinte, er schulde sie dem Entsetzen über seine Grausamkeiten. Die linke Hand, die dieser furchtbare Katholik unter der Bettdecke hervorstreckte, vollendete sein Charakterbild. Diese riesige Hand war ausgestreckt, um die Gräfin zu bewachen, wie ein Geiziger seinen Schatz bewacht; sie war mit solch einem Gewucher von Haaren bedeckt, sie bot ein solches Netzgeflecht von Adern und hervortretenden Muskeln dar, daß sie einem Buchenzweig ähnelte, den vergilbter Efeu umrankt. Hätte ein Kind das Gesicht des Grafen betrachtet, so hätte es in ihm einen der Menschenfresser wiedererkannt, von denen die Ammen fürchterliche Märchen zu erzählen wissen. Es genügte, sich von der Breite und Länge des Platzes zu überzeugen, den der Graf im Bett einnahm, um auf seine gigantischen Körpermaße zu schließen. Seine dichten, ergrauenden Brauen verbargen die Lider auf eine Weise, daß die Helle seiner Augen gesteigert wurde; es strahlte aus ihnen die leuchtende Blutgier der Augen eines im Dickicht lauernden Wolfes. Unter seiner Löwennase erlaubten zwei ungepflegte Schnurrbartenden (er verachtete eigenartigerweise alle Toilettenkünste) nicht, seine Oberlippe wahrzunehmen. Zum Glück für die Gräfin war der breite

Mund ihres Gatten gegenwärtig stumm, denn auch die sanftesten Klänge dieser rauhen Stimme ließen sie erschauern. Obgleich der Graf von Hérouville kaum fünfzig Jahre alt war, hätte man ihn auf den ersten Blick für sechzig halten können, so sehr hatten die Anstrengungen des Krieges, ohne einer robusten Konstitution etwas anzuhaben, seine Züge verheert; aber er sorgte sich sehr wenig darum, als ein Schönling zu gelten.

Die Gräfin, die ins achtzehnte Lebensjahr ging, bildete zu dieser ungeheuerlichen Gestalt einen Gegensatz, den zu erblicken schmerzte. Sie war weiß und schlank. Ihr kastanienbraunes Haar, in das sich goldene Farbtöne mischten, lag tändelnd über ihrem Hals wie braunes Gewölk und hob eins der zarten Gesichter hervor, wie Carlo Dolci[3] sie für seine Madonnen mit der elfenbeinernen Gesichtsfarbe ersonnen hat, die wirken, als seien sie unter den Anfällen körperlicher Schmerzen dem Verscheiden nahe. Man hätte meinen können, sie sei die Erscheinung eines Engels, der den Auftrag habe, das harte Wollen des Grafen von Hérouville zu mildern.

»Nein, er wird uns nicht umbringen«, rief es in ihrem Innern, als sie ihren Gatten lange betrachtet hatte. »Ist er nicht freimütig, edel, tapfer und seinem Wort getreu . . .? Seinem Wort getreu?« Als sie diesen Satz in Gedanken wiederholte, erzitterte sie heftig und blieb starr vor Schrecken sitzen.

Zum Verständnis des Schrecklichen der Lage, in der die Gräfin sich befand, ist es nötig zu erwähnen, daß diese nächtliche Szene im Jahre 1591 stattfand, einer Zeit, da in Frankreich der Bürgerkrieg herrschte und die Gesetze machtlos waren. Die Ausschreitungen der Liga, die sich der Thronbesteigung Heinrichs IV. widersetzte, übertrafen alle Drangsale der Religionskriege. Die Zuchtlosigkeit war sogar so groß geworden, daß niemand überrascht gewesen wäre, mitanzusehen, wie ein großer Herr seinen Feind öffentlich, am hellen, lichten Tag, umbringen ließ. Wenn ein militärisches Unternehmen, das um privater Interessen willen in die Wege geleitet worden war, im Namen der Liga oder des Königs geführt wurde, erntete es von beiden Seiten das höchste Lob. So geschah es, daß Balagay[4], ein Soldat, fast vor den Toren Frankreichs regierender Fürst geworden wäre. Was nun die im Familienkreis begangenen Morde betrifft, wenn man sich so ausdrücken darf, so kümmerte man sich, wie ein Zeitgenosse sagt, darum nicht mehr als um einen Strohwisch, sofern sie nicht unter allzu grausamen Begleitumständen geschahen. Einige Zeit vor dem Tod des Königs ermordete eine Hofdame einen Edelmann, der über sie unschickliche Reden geführt hatte. Einer der ›Mignons‹ Heinrichs III. sagte zu diesem: »Beim lebendigen Gott, Sire, sie hat ihn auf eine ganz reizende Weise erdolcht!«

Durch die Strenge seiner Maßnahmen hielt der Graf von Hérouville, einer der hitzigsten Royalisten der Normandie, den ganzen an die Bretagne grenzenden Teil dieser Provinz unter der Botmäßigkeit Heinrichs IV. Er war das Oberhaupt einer der reichsten Familien Frankreichs und hatte die Einkünfte aus seinen zahlreichen Liegenschaften dadurch beträchtlich erhöht, daß er sieben Monate vor der Nacht, in der diese Geschichte beginnt, Jeanne de Saint-Savin heiratete, eine junge Dame, die durch einen für jene Zeit, da die Menschen wie die Fliegen starben, nicht eben ungewöhnlichen Zufall urplötzlich die Güter beider Zweige des Hauses Saint-Savin geerbt hatte. Notwendigkeit und Schrecken waren die einzigen Zeugen dieser Eheschließung. Bei einem Festmahl, das zwei Monate danach die Stadt Bayeux dem Grafen und der Gräfin von Hérouville gelegentlich ihrer Heirat gab, erhob sich ein Streitgespräch, das in diesem Zeitalter der Unwissenheit als höchst abgeschmackt erachtet wurde; es handelte sich dabei um die vorgebliche Legitimität von Kindern, die zehn Monate nach dem Tod des Ehegatten oder sieben Monate nach der Hochzeitsnacht zur Welt kommen. »Madame«, hatte der Graf brutal zu seiner Frau gesagt, »wenn Sie mir zehn Monate nach meinem Tod ein Kind schenken, so kann ich nichts dagegen tun. Aber machen Sie nicht damit den Anfang, daß Sie nach sieben Monaten niederkommen.« – »Was würdest du dann tun, alter Bär?« fragte der junge Marquis de Verneuil, der Meinung, der Graf wolle scherzen. – »Ich würde schleunigst Mutter und Kind den Hals umdrehen.« Eine so unumwundene Antwort diente diesem unklugerweise von einem niedernormannischen Edelmann angesponnenen Gespräch als Abschluß. Die Tischgäste betrachteten mit einer Art Entsetzen die hübsche Gräfin, überzeugt davon, daß im Falle des Falles dieser wüste Herr seine Drohung wahrmachen würde.

Die Äußerung des Grafen hallte im Inneren der jungen, damals schon schwangeren Frau nach; im gleichen Augenblick sagte ihr eine der Ahnungen, die die Seele wie ein Aufblitzen der Zukunft durchzucken, daß sie nach sieben Monaten niederkommen werde. Ein innerliches Glühen erfüllte die junge Frau vom Scheitel bis zur Sohle und drängte ihr Leben mit der gleichen Heftigkeit im Herzen zusammen, wie ihr äußerlich war, als sei sie in einem Eisbach. Fortan verging kein Tag, ohne daß diese geheime Schreckensregung die unschuldigsten Aufschwünge ihrer Seele hemmte. Das Rückdenken an den Blick und den Stimmklang, mit denen der Graf seinen Urteilsspruch begleitet hatte, ließ das Blut der Gräfin noch immer zu Eis erstarren und brachte ihre Schmerzen zum Verstummen, wenn sie sich über jenen schlafenden Kopf beugte, um darin während des Schlummers ein Anzeichen von Mitleid zu gewahren, das sie während des Wachens vergeblich darin suchte. Wenn das schon vor der Geburt vom Tod bedrohte Kind sie durch eine kräftige Bewegung bat, zur Welt zu kommen, rief sie mit einer Stimme, die wie ein Seufzer war: »Armes Kleines!« Weiter sagte sie nichts; es gibt Gedanken, die eine Mutter nicht erträgt. Gegenwärtig war die Gräfin außerstande, nachzudenken; sie wurde von einem ihr unbekannten Angstgefühl erstickt. Zwei Tränen entglitten ihren Augen, rollten langsam ihre Wangen hinab, hinterließen dort zwei schimmernde Linien und blieben unten an ihrem weißen Antlitz haften wie zwei Tautropfen an einer Lilie. Welcher Gelehrte würde die Behauptung auf sich zu nehmen wagen, das Kind verbleibe auf einem neutralen Gelände, in das die Gemütszustände der Mutter nicht eindrängen während der Stunden, da die Seele den Körper umarmt und ihm ihre Eindrücke mitteilt, da der Gedanke dem Blut heilsamen Balsam oder ein giftiges Fluidum einfiltert? Stört der Schrecken, der den Baum durchrüttelt, die Furcht? War das Wort: »Armes Kleines!« ein von einer Zukunftsvision diktierter Urteilsspruch? Die Mutter zitterte sehr heftig, und ihr Blick sah sehr weit!

Die blutige Antwort des Grafen war ein Ring, der auf mysteriöse Weise die Vergangenheit seiner Frau mit dieser vorzeitigen Niederkunft verband. Der öffentlich ausgesprochene häßliche Verdacht hatte den Erinnerungen der Gräfin das Entsetzen zuteil werden lassen, das bis in die Zukunft hineindröhnte. Seit jenem verhängnisvollen Festmahl verjagte sie mit der gleichen Angst, wie eine andere Frau lustvolle Freude empfunden hätte, sie zu erwecken, tausend wirre Bilder, die ihre lebhafte Phantasie ihr oftmals trotz ihres Widerstrebens vorgaukelte. Sie versagte sich die rührende Versenkung in die glücklichen Tage, da es ihrem Herzen freigestanden hatte, zu lieben. Gleich den Melodien der Heimat, die die Verbannten zum Weinen bringen, schufen jene Erinnerungen ihr so köstliche Empfindungen, daß ihr junges Gewissen sie sich vorwarf, als seien sie ebensoviele Verbrechen; es bediente sich ihrer, um das Gelöbnis des Grafen noch furchtbarer zu machen. Darauf beruhte das Geheimnis des Grausens, das die Gräfin bedrängte.

Schlafende Gesichter besitzen eine Art Milde, die der vollkommenen Ruhe des Körpers und des Geistes entstammt; aber obwohl jene Gelassenheit den harten Ausdruck der Züge des Grafen nur wenig geändert hatte, spiegelt die Selbsttäuschung Unglücklichen so verlockende Bilder vor, daß die junge Frau schließlich aus jener Ruhe eine Hoffnung schöpfte. Der Sturm hatte jetzt Regenfluten entfesselt; er war nur noch als ein schwermütiges Brausen vernehmlich, die Ängste und die Schmerzen der Gräfin gewährten ihr beide einen kurzen Aufschub. Während sie den Mann betrachtete, an den ihr Leben gefesselt war, erging sie sich in einer Träumerei, deren Süße so berauschend war, daß sie nicht die Kraft aufbrachte, diesen Zauberbann zu brechen. Innerhalb einer Sekunde ließ sie durch eine der Visionen, die an der göttlichen Macht teilhaben, vor sich die schnellen Bilder eines ohne Wiederkehr verlorenen Glückes vorübergleiten.

Jeanne gewahrte zunächst schwach und wie im entrückten Licht der Morgenröte das bescheidene Schloß, in dem ihre sorglose Kindheit verflossen war; ja, es waren der grüne Rasen, der kühle Bach, das Kämmerlein, die Schauplätze ihrer ersten Spiele. Sie sah sich Blumen pflücken und sie pflanzen und begriff nicht, warum sie alle welkten, ohne zu wachsen, obwohl sie sie doch ständig begoß. Bald erschienen, noch immer verworren, die riesige Stadt und das große, von der Zeit geschwärzte Haus, in das die Mutter sie als Siebenjährige geführt hatte. Ihr spöttisches

Gedächtnis zeigte ihr die alten Häupter der Lehrer, die sie gequält hatten. Durch einen Strom spanischer oder italienischer Wörter hindurch, während sie in der Seele zu den Klängen einer lieblichen dreisaitigen Geige Weisen wiederertönen ließ, gedachte sie der Gestalt ihres Vaters. Auf seinem Rückweg vom Justizpalast ging sie dem Präsidenten entgegen; sie sah ihm zu, wie er von seinem Maultier absaß, nahm seine Hand, um zusammen mit ihm die Treppe hinaufzusteigen, und verjagte durch ihr kindliches Geplapper die juristischen Sorgen, die er nicht immer zugleich mit der schwarzen oder roten Robe ablegte, deren weißen, mit Schwarz gemischten Pelzkragen sie einmal aus Mutwillen mit der Schere abgetrennt hatte. Nur mit einem Blick bedachte sie den Beichtvater ihrer Tante, der Oberin der Clarissen, einen strengen, fanatischen Mann, der sie in die Mysterien der Religion einweihen sollte. Der alte Priester war durch die Strenge, die das Ketzertum notwendig machte, verhärtet; er rasselte bei jeder Gelegenheit mit den Höllenketten, sprach nur von der Rache des Himmels und machte sie furchtsam, weil er ihr einredete, sie befinde sich stets in der Gegenwart Gottes. Sie war schüchtern geworden, wagte nicht aufzublicken und empfand für ihre Mutter, mit der zusammen sie bislang ihre Mutwilligkeiten getrieben hatte, nur noch Respekt. Von jener Zeit an bemächtigte sich ihres jungen Herzens eine fromme Angst, wenn sie sah, daß diese über alles geliebte Mutter ihre blauen Augen mit einem Anschein des Zorns auf sie richtete.

Ganz plötzlich fand sie sich in ihre zweite Kindheit zurückversetzt, die Zeit, da sie noch nichts von den Dingen des Lebens verstanden hatte. Sie begrüßte mit einem fast spöttischen Bedauern jene Tage, da ihr ganzes Glück darin bestanden hatte, zusammen mit der Mutter in einem kleinen Zimmer Gobelinstickerei zu betreiben, in einer großen Kirche zu beten, ein Lied zu singen und sich dazu auf der dreisaitigen Geige zu begleiten, heimlich einen Ritterroman zu lesen, aus Neugier eine Blume zu zerzupfen, herauszubekommen, welche Geschenke ihr Vater ihr am Namenstag des glückseligen heiligen Johannes machen würde, und nach dem Sinn von Sätzen zu trachten, die in ihrem Dabeisein nicht zu Ende gesprochen wurden. Sogleich löschte sie durch einen Gedanken, wie man ein in ein Album gekritzeltes

Wort auslöscht, die kindlichen Freuden aus, die in dieser Minute, da sie keine Schmerzen verspürte, ihre Phantasie sie unter all den Bildern hatte auswählen lassen, die ihre sechzehn ersten Lebensjahre ihr darzubringen vermochten. Das Anmutsvolle dieses durchsichtigen Ozeans wurde bald in Schatten gestellt durch den Glanz einer frischeren, wenngleich stürmischen Erinnerung. Der frohgemute Friede ihrer Kindheit bescherte ihr weniger Süße als eine einzige der Verwirrungen, die über die beiden letzten Jahre ihres Lebens ausgestreut worden waren, Jahre reich an Schätzen, die nun auf ewig in ihrem Herzen begraben lagen. Unvermittelt war die Gräfin bei jenem entzückenden Vormittag angelangt, da sie hinten in dem großen, mit geschnitztem Eichenholz getäfelten Raum, der als Eßzimmer diente, zum erstenmal ihren schönen Vetter erblickt hatte. Die Aufstände in Paris hatten die Familie ihrer Mutter erschreckt, und so hatte sie diesen jungen Höfling nach Rouen geschickt, in der Hoffnung, er werde sich dort bei seinem Großonkel, dessen hohes Amt eines Tages ihm übertragen werden würde, in den Pflichten des Richterstandes ausbilden. Die Gräfin mußte unwillkürlich lächeln, als sie der Schnelligkeit gedachte, mit der sie sich zurückgezogen, als sie diesen erwarteten Verwandten erkannt hatte, den sie nicht kannte. Trotz ihrer Raschheit beim Öffnen und Schließen der Tür hatte sein flüchtiger Blick in ihrer Seele einen so tiefen Eindruck von dieser Szene hinterlassen, daß ihr in diesem Augenblick noch immer war, als sehe sie ihn vor sich, wie er gewesen war, als er sich umwandte. Damals hatte sie nur verstohlen den Geschmack und den Luxus angestaunt, davon die in Paris gefertigten Kleider aussagten; aber heute, nun sie Erinnerungen nachhing, war sie kühner, und ihr Blick schweifte ungehindert über den violetten, goldbestickten, mit Seide gefütterten Samtmantel, über die Sporen, die die Stiefel zierten, und die hübschen aufgesetzten Rauten an Wams und Kniehose, über den reichen, umgelegten Kragen, der einen jungen Hals sehen ließ, der ebenso weiß war wie die Spitze. Leise berührte sie mit der Hand ein Gesicht, das durch einen kleinen, an den Enden hochgezwirbelten Schnurrbart und ein winziges Spitzbärtchen seinen Charakter erhielt, ein Spitzbärtchen, das aussah wie die Hermelinschwänze auf der Amtsrobe ihres Vaters. Inmitten der

Stille und des Dunkels, die Augen auf die Moirévorhänge gerichtet, die sie nicht sah, wagte die Gräfin, die das Gewitter und ihren Mann vergessen hatte, daran zu denken, wie nach vielen Tagen, die ihr so lang erschienen waren wie Jahre, so erfüllt waren sie gewesen, der von alten schwarzen Mauern umgebene Garten und das schwarze Stadtpalais ihres Vaters sie golden und leuchtend gedünkt hatten. Sie liebte, sie wurde geliebt! Wie war sie aus Angst vor den strengen Blicken der Mutter eines Morgens in das Arbeitszimmer des Vaters geschlüpft, um ihm ihre jungen Geständnisse zu machen; aber vorher hatte sie sich auf sein Knie gesetzt und sich Schelmereien erlaubt, die ein Lächeln auf die Lippen des beredten Richters gezaubert hatten, ein Lächeln, auf das sie gewartet hatte, ehe sie ihn fragte: »Bist du mir böse, wenn ich dir etwas sage?« Noch immer glaubte sie nach einem Verhör, bei dem sie zum erstenmal von ihrer Liebe gesprochen hatte, den Vater zu ihr sagen zu hören: »Nun, mein Kind, wir wollen sehen. Wenn er tüchtig studiert, wenn er mein Nachfolger werden will, wenn er dir auch weiterhin gefällt, dann nehme ich an deiner Verschwörung teil!« Sie hatte nichts mehr gehört, sondern den Vater geküßt, den Aktenstapel umgestoßen und war nach der großen Linde gelaufen, wo sie sich allmorgendlich, ehe ihre Furcht einflößende Mutter aufstand, mit dem schmucken Georges de Chaverny traf. Der Höfling gelobte, die Gesetze und Bräuche in sich hineinzuschlingen, er entsagte der reichen Kleidung des Schwertadels und legte die strenge Tracht der Richter an. »Ich mag dich viel lieber, wenn du schwarzgekleidet gehst«, hatte sie zu ihm gesagt. Sie hatte gelogen, aber diese Lüge hatte es ihrem Geliebten leichter gemacht, den Dolch weggeworfen zu haben. Die Erinnerung an die Listen, die angewandt worden waren, um ihre Mutter hinters Licht zu führen, deren Strenge groß zu sein schien, erstattete ihr die fruchtbaren Freuden einer unschuldigen, erlaubten und geteilten Liebe zurück. Es war zu einigen Zusammenkünften unter der Linde gekommen, wo man, da ohne Zeugen, ungehemmter sprechen konnte; zu flüchtigen Umarmungen und erhaschten Küssen, kurzum, zu all den naiven Gutschriften der Leidenschaft, die die Grenzen der Züchtigkeit nicht überschreitet. Nochmals, wie im Traum, durchlebte sie jene köstlichen Tage, da sie sich angeklagt hatte, gar zu glücklich zu sein; sie wagte, in die Leere hinein das junge Gesicht mit den lodernden Blicken zu küssen, und jenen roten Mund, der ihr so schön von Liebe gesprochen hatte. Sie hatte Chaverny geliebt, als sie dem Anschein nach arm gewesen war; aber wieviel Schätze hatte sie ihm in ihrer ebenso sanften wie starken Seele dargeboten! Plötzlich stirbt der Präsident, Chaverny wird nicht sein Nachfolger, flammend bricht der Bürgerkrieg aus. Durch die Bemühungen des Vetters finden sie und ihre Mutter ein geheimes Obdach in einer Kleinstadt der Nieder-Normandie. Bald machen die rasch aufeinanderfolgenden Todesfälle einiger Verwandter sie zu einer der reichsten Erbinnen Frankreichs. Aber mit der Geringheit des Vermögens flieht das Glück. Das wüste, furchtbare Gesicht des Grafen von Hérouville, der ihre Hand verlangt, erscheint ihr wie eine blitzesschwangere Wolke, die ihren Trauerflor über die Reichtümer der bislang von der Sonne vergoldeten Erde breitet. Die arme Gräfin bemüht sich, die Erinnerungen an die Szenen der Verzweiflung und der Tränen zu verjagen, zu denen ihr langes Widerstreben geführt hat. Verworren sieht sie die Niederbrennung der kleinen Stadt vor sich, dann den als Hugenotten ins Gefängnis geworfenen, vom Tode bedrohten, einer grauenvollen Hinrichtung entgegensehenden Chaverny. Dann kommt jener fürchterliche Abend, an dem ihre bleiche, dem Tode nahe Mutter sich vor ihr auf die Knie wirft; Jeanne kann ihren Vetter retten, sie gibt nach. Es ist Nacht; der blutend aus dem Kampf zurückgekehrte Graf erklärt sich bereit; er schafft einen Priester herbei, Hochzeitsfackeln, eine Kirche tut sich auf! Nun gehört Jeanne dem Unglück an. Kaum kann sie ihrem schönen, befreiten Vetter Lebewohl sagen. »Chaverny, wenn du mich liebst, dann sieh mich nie wieder!« Sie hört den fernen Hall der Schritte ihres edlen Freundes, den sie nie mehr wiedergesehen hat; aber im Herzensgrunde bewahrt sie seinen letzten Blick; oftmals erscheint er ihr in ihren Träumen und macht sie hell. Wie eine in den Käfig eines Löwen gesperrte Katze fürchtet die junge Frau zu jeder Stunde die Pranken des Herrn und Gebieters, die ohne Unterlaß ihr entgegengestreckt werden. Die Gräfin rechnet es sich als eine Schuld an, daß sie an manchen, durch eine unerwartete Freude geweihten Tagen das Kleid anzieht, das das junge Mädchen getragen hatte, als sie den Geliebten erblickte. Um heute glücklich zu sein, muß sie das Vergangene vergessen und nicht mehr an die Zukunft denken.

»Ich halte mich nicht für schuldig«, sagt sie sich. »Aber wenn ich es in den Augen des Grafen zu sein scheine, ist es dann nicht, als sei ich es? Vielleicht bin ich es gar! Hat die heilige Jungfrau nicht empfangen, ohne zu . . .« Sie hielt inne.

In diesen Minuten, da ihr Denken umwölbt war, da ihre Seele in der Welt der Phantasien schweifte, schrieb ihre kindliche Unerfahrenheit dem letzten Blick, mit dem ihr Liebhaber ihr ganzes Leben durchbohrt hatte wie mit einem Wurfspieß, die Macht zu, die bei der Heimsuchung der Engel auf die Mutter des Erlösers ausgeübt hat. Diese Vermutung war der Zeit der Unschuld würdig, in die ihr träumerisches Sinnen sie zurückversetzt hatte; sie schwand hin beim Erinnern an eine eheliche Szene, die widerwärtiger gewesen war als der Tod. Die arme Gräfin konnte keinen Zweifel mehr an der Legitimität des Kindes hegen, das sich in ihrem Schoß regte. Die Hochzeitsnacht erschien ihr mit allen Schrecknissen ihrer Qualen, und sie schleppte eine Folge anderer Nächte nach sich, und eine Folge noch traurigerer Tage!

»Ach, armer Chaverny!« rief sie weinend aus, »du, der so unterwürfig, so liebevoll war, du bist für mich immer eine Wohltat gewesen!«

Sie wandte die Augen auf ihren Mann, als wolle sie sich nochmals überzeugen, daß dieses Antlitz ihr eine so teuer erkaufte Liebe verheiße. Der Graf war erwacht. Seine beiden gelben Augen, die hell wie die eines Tigers waren, funkelten unter dem Dickicht der Brauen, und nie war sein Blick schneidender gewesen als in diesem Augenblick. Die Gräfin packte Furcht ob der Begegnung mit diesem Blick; sie glitt unter ihre Bettdecke und lag regungslos da.

»Warum weinst du?« fragte der Graf und zog hastig die Decke weg, unter der seine Frau sich verborgen hatte.

Diese Stimme, die sie von je erschreckt hatte, war jetzt von erkünstelter Milde gewesen, und das dünkte sie ein gutes Vorzeichen.

»Ich leide große Schmerzen«, antwortete sie.

»Aber mein Liebling, ist es denn ein Verbrechen, wenn man Schmerzen hat? Warum erbebst du, wenn ich dich anschaue? Ach, was muß ich denn tun, um geliebt zu werden?« Alle Falten seiner Stirn häuften sich zwischen seinen Brauen. »Immer erschrickst du vor mir, ich sehe es wohl«, fügte er seufzend hinzu.

Der Instinkt schwacher Charaktere beriet die Gräfin; sie unterbrach den Grafen durch einige Ächzlaute und rief: »Ich glaube, ich erleide eine Fehlgeburt! Ich bin den ganzen Abend über die Felsen gelaufen und habe mich sicherlich überanstrengt.«

Als der Graf von Hérouville diese Worte vernahm, warf er seiner Frau einen so argwöhnischen Blick zu, daß sie erschauerte und rot wurde. Er hielt die Furcht, die er diesem naiven Geschöpf einflößte, für die Auswirkung eines Gewissensbisses.

»Vielleicht setzt eine echte Geburt ein?« fragte er.

»Ja, und dann?« sagte sie.

»Nun, dann muß auf jeden Fall ein anstelliger Mann her, und ich werde ihn holen.«

Die düstere Miene, die diese Worte begleitete, ließ die Gräfin zu Eis erstarren; sie sank auf das Bett zurück und stieß einen Seufzer aus, den ihr eher das Bewußtsein ihres Schicksals als die Furcht vor den bevorstehenden Schmerzen entriß. Dieses Stöhnen bewies dem Grafen vollends die Wahrscheinlichkeit der Verdächte, die in seinem Inneren erwachten. Er heuchelte eine Ruhe, die der Klang seiner Stimme, seine Gesten und Blicke Lügen straften; hastig stand er auf, hüllte sich in einen Hausrock, den er auf einem Sessel fand, und schloß zunächst eine neben dem Kamin angebrachte Tür, durch die man aus dem Paradeschlafzimmer in die Empfangsgemächer gelangte; diese standen in Verbindung mit der Ehrentreppe. Als die Gräfin sah, daß ihr Mann den Schlüssel bei sich behielt, stieg in ihr die Ahnung eines Unglücks auf; sie hörte ihn die Tür öffnen, die der von ihm soeben geschlossenen gegenüberlag, und sich in ein anderes Zimmer begeben, wo die Grafen von Hérouville zu schlafen pflegten, wenn sie ihre Frauen nicht mit ihrer edlen Gegenwart beehrten. Die Gräfin kannte die Bestimmung jenes Zimmers nur vom Hörensagen; die Eifersucht ließ ihren Gatten immer bei ihr bleiben. Wenn militärische Unternehmungen den Grafen zwangen, das Prunkbett zu meiden, hinterließ er im Schloß Wächter, deren unablässige Späherdienste von seinem beleidigenden Mißtrauen zeugten. Trotz der Aufmerksamkeit, mit der die Gräfin das leiseste Geräusch zu hören trachtete, vernahm sie nichts mehr. Der Graf war auf einen langen Gang gelangt, der an sein Schlafzimmer stieß und den Westflügel des Schlosses einnahm. Der Kardinal von Hérouville, sein Großonkel, ein leidenschaftlicher Liebhaber der Werke der Buchdruckerkunst, hatte dort eine Bibliothek zusammengetragen, die ebenso merkwürdig durch die Zahl wie durch die Schönheit der Bände war, und vorsichtige Klugheit hatte ihn in den Wänden eine der Erfindungen anbringen lassen, zu der die Einsamkeit oder die mönchische Furcht raten. Eine silberne Kette brachte mittels unsichtbarer Drähte ein Glöckchen zum Schwingen, das am Lager eines treuen Dieners angebracht worden war. An jener Kette zog der Graf, und sogleich ließ ein Reitknecht das Geräusch seiner Stiefel und Sporen auf den hallenden Fliesen einer Wendeltreppe laut werden, die einem hohen Turm an der Westecke des Schlosses eingefügt war, nach der Meerseite hin. Als der Graf seinen Diener heraufkommen hörte, schob er die verrosteten Eisenfedern und Riegel auf, die die Geheimtür zusperrten, durch die der Gang mit dem Turm verbunden war, und ließ in dieses Sanktuarium der Gelehrsamkeit einen Bewaffneten eintreten, dessen Äußeres von einem seines Herrn würdigen Diener zeugte. Der Reitknecht war noch nicht richtig wach; er schien sich instinktmäßig auf den Weg gemacht zu haben; die Hornlaterne, die er in der Hand hielt, erhellte den langen Gang so schwach, daß sein Gebieter und er sich in der Dunkelheit abzeichneten wie Geister.

»Sattele auf der Stelle mein Schlachtroß; du sollst mich begleiten.« Dieser Befehl wurde mit tief klingender Stimme erteilt; sie weckte die Verstandeskräfte des Dieners; er schaute zu seinem Herrn auf und begegnete einem so durchdringenden Blick, daß es ihn durchfuhr wie ein elektrischer Schlag. »Bertrand«, fügte der Graf hinzu und legte die rechte Hand auf den Arm des Reitknechts, »du legst deinen Küraß ab und ziehst die Gewandung eines Hauptmanns der Streifschützen an.«

»Beim lebendigen Gott, Monseigneur, ich soll mich in einen Ligisten[5] verkleiden? Verzeiht mir, ich werde Euch gehorchen, aber ebensogern würde ich gehängt werden.«

Dieser Fanatismus schmeichelte dem Grafen; er lächelte, aber um dieses Zeichen der Erheiterung auszulöschen, das im Widerspruch zu seinem Gesichtsausdruck stand, antwortete er barsch: »Such dir im Stall ein Pferd aus, das kräftig genug ist, so daß du mir folgen kannst. Wir werden so schnell reiten, wie Kugeln aus der Arkebuse[6] kommen. Sei bereit, wenn ich es bin. Ich werde nochmals schellen.«

Bertrand verneigte sich schweigend und ging; doch als er ein paar Stufen hinabgestiegen war, sagte er sich, als er den Orkan pfeifen hörte: »Draußen sind sämtliche Teufel los, zum Henker! Hätte mich gewundert, wenn der da sich still verhalten hätte. Bei einem solchen Sturm haben wir Saint-Lô[7] überrumpelt.«

In seinem Schlafzimmer fand der Graf die Kleidung vor, deren er sich oft bei seinen Überlistungen bedient hatte. Er zog seinen schäbigen Waffenrock an, der aussah, als gehöre er einem der armen deutschen Reiter, deren Sold von Heinrich IV. so selten ausgezahlt wurde, und ging dann wieder in das Schlafzimmer, in dem seine Frau ächzte und stöhnte.

»Versuch, in Geduld zu leiden«, sagte er. »Ich reite, wenn es sein muß, mein Pferd zuschanden, um schneller wiederzukommen und deine Schmerzen zu lindern.«

Diese Worte kündeten von nichts Unheilvollem, und die kühner gewordene Gräfin schickte sich zu einer Frage an, als der Graf sie unversehens fragte: »Möchtest du mir nicht sagen, wo deine Masken liegen?«

»Meine Masken?« antwortete sie. »Großer Gott, was willst du damit tun?«

»Wo sind deine Masken?« wiederholte er mit seiner gewohnten Heftigkeit.

»Im Schrank«, sagte sie.

Die Gräfin konnte einem Erbeben nicht wehren, als sie sah, daß ihr Mann unter ihren Masken eine Halbmaske auswählte, deren Gebrauch für die Damen jenes Zeitalters etwas ebenso Selbstverständliches war wie heute für die Frauen das Tragen von Handschuhen. Der Graf wurde vollends unkenntlich, als er einen verschlissenen grauen Filzhut aufsetzte, den eine zerknitterte Hahnenfeder zierte. Er schnallte sich einen breiten Ledergurt um und steckte in dessen Scheide einen Dolch, den er für gewöhnlich nicht zu tragen pflegte. Seine elende Kleidung lieh ihm ein so erschreckendes Aussehen, und er trat mit einer so befremdlichen Bewegung an das Bett heran, daß die Gräfin ihr letztes Stündlein gekommen glaubte.

»Oh, töte uns nicht«, rief sie, »laß mir mein Kind, und ich will dich sehr liebhaben.«

»Dann kommst du dir wohl sehr schuldig vor, wenn du mir als Sühne deiner Sünden die Liebe anbietest, die du mir schuldig bist?«

Die Stimme des Grafen hatte unter der Samtmaske einen unheilverkündenden Klang; seine bitteren Worte wurden von einem Blick begleitet, der bleischwer war und die Gräfin auslöschte, als er auf sie fiel.

»Mein Gott«, rief sie schmerzlich, »sollte die Unschuld ein Verhängnis sein?«

»Es handelt sich nicht um deinen Tod«, antwortete ihr Herr und Gebieter und löste sich aus der Grübelei, in die er versunken gewesen war, »sondern darum, daß du genau und zwar mir zu Liebe tust, was ich jetzt von dir verlange.« Er warf eine der beiden Masken, die er in der Hand hielt, auf das Bett und lächelte mitleidig, als er das unwillkürliche, erschrockene Zusammenzucken gewahrte, das seine Frau bei dem leisen Aufprall des schwarzen Samts durchfuhr. »Du wirst mir nur ein weibliches Kind schenken!« rief er. »Trag diese Maske auf dem Gesicht, bis ich zurück bin«, fügte er hinzu. »Ich will nicht, daß ein Lumpenkerl von aufsässigem Bauern sich rühmen könnte, die Gräfin von Hérouville gesehen zu haben!«

»Warum nimmst du einen Mann zu diesem Behufe?« fragte sie leise.

»Hoho, mein Liebchen, bin ich hier nicht Herr und Gebieter?« antwortete der Graf.

»Es kommt auf ein Geheimnis mehr oder weniger nicht an!« sagte die Gräfin verzweifelt.

Ihr Herr war verschwunden, dieser Ausruf barg keine Gefahr für sie, denn oftmals dehnt der Unterdrücker seine Maßnahmen so weit aus, wie die Furcht der Unterdrückten reicht. In einem der kurzen Momente der Ruhe, die die tobenden Stöße des Sturms voneinander schieden, vernahm die Gräfin das Hufgeklapper der beiden Pferde, die mitten durch die gefährlichen Dünen und die Felsen, auf denen das alte Schloß ruhte, einherzufliegen schienen. Dies Geräusch wurde rasch durch die Stimme der Wogen erstickt. Bald fand sie sich in diesem düsteren Raum gefangen, allein inmitten eines Dunkels, das abwechselnd stumm und drohend war, und ohne Mittel zur Beschwörung eines Unheils, das sie mit großen Schritten nahen sah. Die Gräfin trachtete nach irgendeiner List zur Rettung dieses unter Tränen empfangenen Kindes, das bereits ihr ganzer Trost geworden war, der Grundgehalt ihrer Gedanken, die Zukunft all ihrer Liebe, ihre einzige schwache Hoffnung. Ein mütterlicher Mut kam ihr zu Hilfe, sie ergriff das kleine Horn, dessen sich ihr Mann bediente, um seine Leute kommen zu lassen, öffnete das Fenster und entlockte dem Messing dünne Töne, die sich in der riesigen Flutenweite verloren wie von einem Kind in die Lüfte geschickte Seifenblasen. Sie sah die Nutzlosigkeit dieser von den Menschen ungehörten Klagerufe ein und begann, durch die Gemächer zu wandern, in der Hoffnung, daß nicht sämtliche Ausgänge zugesperrt seien.

Als sie in die Bibliothek gelangt war, forschte sie, wenngleich vergebens, nach, ob es nicht einen geheimen Durchgang gebe; sie durchschritt die lange Büchergalerie und kam an das dem Ehrenhof des Schlosses nächstgelegene Fenster, blies abermals in das Horn, ließ das Echo erschallen und kämpfte erfolglos gegen die Stimme des Orkans an. In ihrer Verzagtheit gedachte sie, sich einer ihrer Frauen anzuvertrauen, obwohl diese sämtlich Kreaturen ihres Mannes waren; doch da merkte sie, als sie in ihr Betgemach ging, daß der Graf die Tür verschlossen hatte, die zu den Gemächern der Frauen führte. Das war eine grausige Entdeckung. Diese Vielzahl der zu ihrer Isolierung ergriffenen Maßnahmen zeugte von dem Verlangen, ohne Zeugen eine Schrekkenstat zu vollbringen. Je mehr die Gräfin alle Hoffnung verlor, desto heftiger und glühender überfielen sie die Schmerzen. Die Vorahnung der Möglichkeit einer Mordtat im Verein mit der Erschöpfung nach all ihrer Mühsal nahm ihr den Rest ihrer Kräfte. Sie war wie ein Schiffbrüchiger, der untersinkt, weggerissen von einer letzten Woge, die weniger grimmig ist als alle, deren er Herr geworden ist. Die schmerzliche Trunkenheit des

Gebärens gestattete ihr nicht mehr, die Stunden zu zählen. Als sie gerade glaubte, jetzt komme sie nieder, allein, ohne Beistand, und als ihrem Entsetzen sich die Furcht vor unglücklichen Zwischenfällen zugesellte, denen ihre Unerfahrenheit sie aussetzte, trat plötzlich der Graf ein, ohne daß sie ihn hatte kommen hören. Er stand da wie ein Teufel, der bei Ablauf eines Paktes die Seele verlangt, die ihm verkauft worden ist; er stieß ein dumpfes Grollen aus, weil das Gesicht seiner Frau keine Maske trug; aber dann legte er ihr diese ziemlich geschickt an, hob Jeanne hoch und trug sie auf das Bett seines Schlafzimmers.

Der Schrecken ob dieser Erscheinung und dieser Entführung ließen die Schmerzen der Gräfin für eine Weile verstummen; sie konnte einen flüchtigen Blick auf die an dieser Szene Beteiligten werfen, erkannte indessen Bertrand nicht, der sich ebenso sorgfältig maskiert hatte wie sein Herr. Der Diener steckte in aller Hast ein paar Kerzen an, deren Schein sich mit den ersten, die Fensterscheiben rötenden Sonnenstrahlen vermischte; dann lehnte er sich in den Winkel einer Türnische. Dort stand er, das Gesicht der Mauer zugewandt, deren Dicke er zu ermessen schien, und verharrte in so vollkommener Reglosigkeit, daß man ihn für eine Statue hätte halten können. Mitten im Zimmer gewahrte die Gräfin ein dickes Männlein, das völlig verdutzt war; die Augen waren ihm verbunden, und seine Züge waren vor Schreck so durcheinander geraten, daß es unmöglich war, ihren gewohnten Ausdruck zu erraten.

»Bei Gottes Tod, du merkwürdiger Kauz«, sagte der Graf und gab ihm durch eine brüske Bewegung, die die Binde, die der Unbekannte um die Augen gehabt hatte, auf seinen Hals niederrutschen ließ, das Sehvermögen wieder, »laß dir nicht einfallen, etwas anderes anzuschauen als das Stückchen Elend, an dem du deine Kunst ausüben sollst; andernfalls werfe ich dich in den Fluß, der unter diesen Fenstern vorbeiströmt, aber vorher lege ich dir ein Diamantenhalsband im Gewicht von hundert Pfund um!« Und er zog seinem verblüfften Zuhörer die Halsbinde, die ihm als Augenbinde gedient hatte, leicht auf die Brust nieder. »Untersuche zunächst, ob es nur eine Fehlgeburt ist; in diesem Falle haftet dein Leben mir für das der Frau; wenn jedoch das Kind lebt, bringst du es mir.«

Nach dieser kurzen Aussprache packte der Graf den armen Mann um die Körpermitte, hob ihn auf wie eine Feder und setzte ihn vor der Gräfin nieder. Der Edelmann stellte sich in die Fensternische und trommelte mit den Fingern an der Scheibe; abwechselnd richtete er den Blick auf seinen Diener, auf das Bett und auf den Ozean, als wolle er dem erwarteten Kind das Meer als Wiege verheißen.

Der Mann, den der Graf und Bertrand durch eine unerhörte Gewalttat aus dem süßesten Schlummer gerissen hatten, der jemals menschliche Lider schloß, um ihn auf der Kruppe eines Pferdes festzubinden, von dem er hätte glauben können, die Hölle sei hinter ihm her, war eine Persönlichkeit, deren Züge dazu dienen können, die jener Epoche zu kennzeichnen; eine Persönlichkeit, deren Einfluß sich überdies im Hause Hérouville auswirkte.

Zu keiner Zeit ist der Adel ungebildeter gewesen, was die Naturwissenschaften betrifft, und niemals hat die Astrologie höher in Ehren gestanden, denn niemals hat man inständiger gewünscht, die Zukunft kennenzulernen. Diese allgemeine Ahnungslosigkeit und Neugierde hatten die größte Verwirrung im menschlichen Wissen herbeigeführt; alles darin war persönliche Praxis, denn es fehlte noch an der Nomenklatur der Theorie; der Buchdruck erforderte hohe Kosten, der wissenschaftliche Austausch vollzog sich langsam; die Kirche verfolgte noch alle frei forschenden Wissenschaften, die auf der Analyse der Naturphänomene basierten. Die Verfolgung erzeugte das Geheimnis. Somit waren für das Volk wie für die Großen Physiker und Alchimist, Mathematiker und Astronom, Astrologe und Nekromant sechs Bezeichnungen, die in der Gestalt des Arztes miteinander verschmolzen. In jener Zeit stand der überlegene Arzt in dem Verdacht, der Magie obzuliegen; beim Heilen seiner Patienten mußte er gleichzeitig Horoskope stellen. Übrigens protegierten die Fürsten jene Geister, denen sich die Zukunft enthüllte; sie boten ihnen Unterkunft und Lebensunterhalt. Cornelius Agrippa[8], der nach Frankreich gekommen war, um der Arzt Heinrichs II. zu werden, lehnte es ab, die Zukunft vorauszusagen, wie Nostradamus[9] es tat, und wurde von Katharina von Medici entlassen; sie ersetzte ihn durch Cosimo Ruggieri[10]. Die ihrer Zeit überlegenen, wissenschaftlich arbeitenden Männer jener Epoche erfreuten sich somit der Schätzung nur unter Schwierigkeiten; alle flößten den Schrecken ein, den man vor den okkulten Wissenschaften und deren Ergebnissen empfand.

Ohne im eigentlichen Sinne einer jener berühmten Mathematiker zu sein, genoß der von dem Grafen entführte Mann in der Normandie den Ruf eines Arztes, der sich mit lichtscheuen Dingen abgab. Er war eine Art Hexenmeister, wie ihn die Bauern in einigen Gegenden Frankreichs nach wie vor als »Gliederrenker« bezeichnen. Dieser Name gebührte einigen grobschlächtigen Begabungen, die, anscheinend ohne Studium, aber auf Grund von ererbten, überkommenen Kenntnissen und oftmals durch die Auswirkung einer langen praktischen Tätigkeit, deren Beobachtungsergebnisse sich in einer Familie angehäuft hatten, »einrenkten«, das heißt, gebrochene Arme und Beine schienten, Tiere und Menschen von gewissen Krankheiten heilten und Geheimnisse, die vorgeblich dem Reich der Wunder angehörten, für die Behandlung schwerer Krankheitsfälle besaßen. Meister Antoine Beauvouloir, dies war der Name des Gliederrenkers, hatte nicht nur als Ahnherrn und Vater zwei berühmte Praktiker gehabt, denen er wichtige Überlieferungen verdankte, sondern er besaß überdies medizinische Kenntnisse und beschäftigte sich mit den Naturwissenschaften. Die Landleute bekamen sein Arbeitszimmer zu sehen; es enthielt Bücher und allerlei Seltsamkeiten, die seinen Erfolgen einen Anhauch von Magie liehen. Ohne geradezu als Hexenmeister zu gelten, erlegte Antoine Beauvouloir über dreißig Meilen in der Runde den Leuten aus dem Volk einen Respekt auf, der an Angst und Schrecken grenzte; und, was für ihn noch gefährlicher war, er hatte Geheimnisse über Leben und Tod zur Verfügung, die die Adelsfamilien der Gegend betrafen. Wie sein Großvater und sein Vater war er berühmt um seiner Geschicklichkeit bei Geburten, Abtreibungen und Fehlgeburten willen. Nun aber waren in jenen Zeiten der gestörten Ordnung Fehltritte ziemlich häufig und die Liebesleidenschaften von schlechter Art, so daß der hohe Adel sich genötigt sah, Meister Antoine Beauvouloir häufig in schändliche oder schreckliche Geheimnisse einzuweihen. Seine Verschwiegenheit, als seiner Sicherheit unentbehrlich, war unverbrüchlich; daher bezahlten seine

Kunden ihn großzügig, so daß sein ererbtes Vermögen sich beträchtlich vergrößert hatte. Immerfort war er unterwegs, bald überrumpelt, wie gerade jetzt durch den Grafen, bald gezwungen, mehrere Tage lang bei irgendeiner großen Dame zu verweilen, und so war er noch immer unverehelicht; überdies hatte sein Ruf mehrere Mädchen daran gehindert, ihn zu heiraten. Der arme Gliederrenker brachte es nicht fertig, Tröstungen in den zufälligen, aus seinem Beruf sich ergebenden Gelegenheiten zu suchen, seinem Beruf, der ihm so große Macht über die weiblichen Schwächen einräumte; dabei fühlte er sich für die Freuden des Familienlebens geschaffen, konnte sie sich indessen nicht zuteilwerden lassen. Der wackere Mann verbarg ein vortreffliches Herz unter dem täuschenden Anschein eines frohgemuten Charakters, wie er seinem pausbäckigen Gesicht, seinen rundlichen Formen, der Behendigkeit seines kleinen, fetten Körpers und der Freimut seiner Redeweise entsprach. Er wünschte also zu heiraten, um eine Tochter zu bekommen, die sein Hab und Gut einem armen Edelmann übertragen konnte; er wollte seine Familie aus der Lage befreien, in die die Vorurteile der Zeit sie versetzt hatten. Übrigens hatte sein Charakter sich recht gut an die Freudenfeste und die Mahlzeiten gewöhnt, die seine wichtigsten ärztlichen Eingriffe zu krönen pflegten. Die Gewohnheit, überall der notwendigste Mann zu sein, hatte seiner angeborenen Fröhlichkeit eine Dosis gravitätischer Eitelkeit hinzugefügt. In kritischen Augenblicken, bei denen er sich darin gefiel, mit einer gewissen schulmeisterlichen Langsamkeit zu Werke zu gehen, wurden seine Impertinenzen fast immer gut aufgenommen. Zudem war er neugierig wie eine Nachtigall, leckermäulig wie ein Windhund und geschwätzig nach Art der Diplomaten, die immerfort reden, ohne je eins ihrer Geheimnisse zu verraten. Abgesehen von diesen Fehlern, die in ihm durch die mannigfachen, mit seinem Beruf verbundenen Abenteuer entwickelt worden waren, galt Antoine Beauvouloir als der am wenigsten schlechte Mensch der ganzen Normandie. Obgleich er zu der kleinen Schar ihrer Zeit überlegener Geister gehörte, hatte ein gesunder, bäuerischer normannischer Menschenverstand ihm geraten, seine erworbenen Gedanken und die von ihm entdeckten Wahrheiten geheimzuhalten.

Nun der Graf den Gliederrenker vor eine Frau in Kindesnöten hingestellt hatte, fand der letztere seine ganze Geistesgegenwart wieder. Er begann damit, daß er der maskierten Dame den Puls fühlte, ohne dabei irgendwie an sie zu denken; aber vermöge dieses ärztlichen Verhaltens konnte er nachdenken und dachte er über seine eigene Lage nach. Bei keinem der schmählichen und verbrecherischen Ränke, bei denen die Gewalt ihn gezwungen hatte, als blindes Werkzeug zu handeln, waren die Schutzmaßnahmen mit einer solchen Klugheit und Vorsicht getroffen gewesen wie bei dieser Gelegenheit. Obwohl sein Tod oft in Erwägung gezogen worden war, nämlich als Mittel der Sicherstellung des Erfolgs von Unternehmungen, an denen er wider Willen teilgenommen hatte, war sein Leben nie zuvor so gefährdet gewesen wie jetzt. Vor allem beschloß er, herauszubekommen, wer die Leute seien, die ihn hier beschäftigten, und sich über die Größe seiner Gefahr klar zu werden, um die liebe eigene Person retten zu können.

»Um was handelt es sich?« fragte der Gliederrenker leise und machte die Gräfin geneigt, seine Hilfeleistung entgegenzunehmen.

»Gebt ihm das Kind nicht.«

»Sprecht laut!« rief der Graf mit Donnerstimme, was Meister Beauvouloir daran hinderte, das letzte von seinem Opfer gesprochene Wort zu verstehen. »Sonst«, fügte der Edelmann hinzu und bemühte sich, seine Stimme zu tarnen, »sag dein *In manus.*[11]«

»Sagt laut, was Euch beschwert«, sagte der Gliederrenker zu der Dame. »Schreit doch, zum Donnerwetter! Dieser Mann hat Edelsteine, die Euch nicht besser stehen würden als mir! Nur Mut, kleine Dame!«

»Geh mit leichter Hand zu Werke«, rief der Graf von neuem.

»Monsieur ist eifersüchtig«, antwortete der Wundarzt mit kleiner, schriller Stimme, die zum Glück von den Schreien der Gräfin überdeckt wurde.

Um der Sicherheit Meister Beauvouloirs willen bezeigte die Natur sich milde. Es war eher eine Abtreibung als eine Geburt, so klein und schmächtig war das Kind, das da kam; daher verursachte es seiner Mutter nur wenig Schmerzen.

»Beim Bauch der heiligen Jungfrau«, rief der neugierige Gliederrenker, »dies ist keine Fehlgeburt!«

Der Graf ließ die Bodendielen erzittern, so stampfte er vor Wut auf, und die Gräfin kniff Meister Beauvouloir.

»Aha, jetzt hab ich's«, sagte er sich. »Es hatte also eine Fehlgeburt sein sollen?« fragte er ganz leise die Gräfin; sie antwortete durch ein Nicken, als sei diese Geste die einzige Sprache, die ihre Gedanken ausdrücken konnte. »Dies alles ist noch nicht ganz klar«, dachte der Gliederrenker.

Wie alle in seiner Kunst geschickten Leute hatte der Geburtshelfer leichtiglich eine Frau erkannt, die, wie er zu sagen pflegte, zum erstenmal im Unglück war. Obwohl die züchtige Unerfahrenheit gewisser Gesten ihm die Jungfräulichkeit der Gräfin enthüllt hatte, rief der boshafte Gliederrenker: »Madame kommt nieder, als hätte sie nie im Leben was anderes getan!«

Da sagte der Graf mit einer Ruhe, die noch erschreckender wirkte als sein Zorn: »Her mit dem Kind!«

»Im Namen Gottes, gebt es ihm nicht!« rief die Mutter, deren fast wilder Aufschrei im Herzen des kleinen Mannes eine tapfere Güte erweckte, die ihn viel mehr, als er selber es glaubte, an dies edle Kind fesselte, das sein Vater verleugnete.

»Das Kind ist noch nicht gekommen. Sie beide streiten um des Kaisers Bart«, antwortete er kalt dem Grafen und verbarg die unzeitige Frucht.

Der Gliederrenker wunderte sich, daß er kein Geschrei hörte; er sah das Kind an und glaubte, es sei schon tot; da merkte der Graf den Betrug und sprang mit einem einzigen Satz auf ihn zu.

»Beim Haupte Gottes und allen Reliquien, wirst du es mir wohl geben?« brüllte der Edelmann und entriß ihm das unschuldige Opfer, das schwache Schreie ausstieß.

»Seid behutsam, es ist mißgestaltet und fast ohne Festigkeit«, sagte Meister Beauvouloir und klammerte sich an den Arm des Grafen. »Ganz sicher ist es ein Siebenmonatskind!« Dann gebot er mit überlegener Kraft, die ihm eine überstarke Gefühlswallung eingab, den Fingern des Vaters Einhalt und flüsterte ihm stoßhaft zu: »Erspart Euch ein Verbrechen, es bleibt nicht am Leben.«

»Schurke!« entgegnete heftig der Graf, dessen Händen der Gliederrenker das Kind entrissen hatte, »wer sagt dir, ich wolle den Tod meines Sohnes? Siehst du nicht, daß ich ihn liebkose?«

»Dann wartet lieber, bis er achtzehn ist, wenn ihr ihn auf diese Weise liebkosen wollt«, antwortete Beauvouloir, der sich seiner Bedeutsamkeit wieder bewußt geworden war. »Aber«, fügte er in Gedanken an seine eigene Sicherheit hinzu, da er gerade den Schloßherrn von Hérouville erkannt hatte, der in seinem Wutausbruch vergessen hatte, seine Stimme zu tarnen, »laßt ihn schleunigst taufen und sagt von meinem Urteil der Mutter nichts; denn sonst würdet Ihr sie umbringen.«

Die geheime Freude, die der Graf durch die Geste verraten hatte, die ihm entschlüpfte, als ihm das Sterben der unzeitigen Frucht verkündet worden war, hatte dem Gliederrenker diesen Satz eingegeben, der das Kind gerettet hatte; Beauvouloir beeilte sich, es wieder zu der noch ohnmächtigen Mutter zu legen; er wies mit einer ironischen Geste auf sie hin, um dem Grafen mit dem Zustand Angst einzujagen, in den ihrer beider Streit sie versetzt hatte. Die Gräfin hatte alles mit angehört; denn es geschieht nicht selten, daß in den großen Krisen des Lebens die menschlichen Organe eine unerhörte Empfindlichkeit bezeigen; allein das Geschrei ihres auf das Bett gelegten Kindes gab sie wie durch Magie dem Leben zurück; sie glaubte die Stimme zweier Engel zu vernehmen, als der Gliederrenker, begünstigt durch das Geplärr des Neugeborenen, sich zu ihrem Ohr niederbeugte und leise zu ihr sagte: »Sorgt gut für ihn, dann wird er hundert Jahre alt. Beauvouloir kennt sich in so was aus.«

Ein himmlisches Aufatmen, ein geheimnisvoller Händedruck waren der Lohn des Gliederrenkers, der sich Gewißheit verschaffen wollte, ehe er das gebrechliche Geschöpf, dessen Haut noch die Druckstellen der Finger des Grafen aufwies, ob die väterliche Zärtlichkeit seinem armseligen Organismus nicht geschadet habe, den Küssen der ungeduldigen Mutter preisgab. Die wahnwitzige Bewegung, mit der die Mutter ihren Sohn bei sich verhüllte, und der drohende Blick, den sie durch die beiden Löcher ihrer Maske dem Grafen zuwarf, jagten Beauvouloir ein Frösteln ein.

»Sie würde sterben, wenn sie allzu schnell ihren Sohn verlöre«, sagte er zu dem Grafen.

Während dieses letzten Teils der Szene schien der Schloßherr Hérouville nichts gehört und nichts gesehen zu haben. Reglos und wie in tiefes Nachsinnen versunken hatte er von neuem begonnen, mit den Fingern an den Fensterscheiben zu trommeln; aber nach dem letzten Satz, den der Gliederrenker zu ihm gesagt hatte, drehte er sich mit einer Bewegung von frenetischer Heftigkeit um und zog seinen Dolch.

»Elender Bauernlümmel!« rief er und gab ihm den Spottnamen, mit dem die Royalisten die Ligisten beleidigten. »Schamloser Schurke! Die Wissenschaft, der du die Ehre dankst, der Komplize von Edelleuten zu sein, die davon bedrängt sind, Erben zu haben oder nicht, hält mich kaum davon zurück, die Normandie für alle Zeit ihres Hexenmeisters zu berauben.« Zur innigsten Genugtuung Beauvouloirs stieß der Graf seinen Dolch mit einem Ruck wieder in die Scheide. »Könntest du dich nicht«, fuhr der Schloßherr von Hérouville fort, »einmal in deinem Leben in der ehrenvollen Gesellschaft eines Edelherrn und seiner Dame befinden, ohne sie der schäbigen Berechnungen zu verdächtigen, die du den Pöbel begehen läßt, ohne zu bedenken, daß er dazu nicht, wie die Edelleute, durch triftige Gründe ermächtigt ist? Könnte ich nicht bei dieser Gelegenheit um der Staatsraison willen handeln müssen, wie du vermutest? Meinen Sohn morden! Ihn seiner Mutter wegnehmen! Wie kommst du nur auf solche Hirngespinste? Bin ich verrückt? Warum jagst du uns über die Lebensdauer dieses kräftigen Kindes einen Schrecken ein? Du Bettler, begreif doch, daß ich deiner armseligen Eitelkeit mißtraut habe. Hättest du den Namen der Dame gewußt, die du entbunden hast, dann hättest du dich vielleicht gerühmt, sie gesehen zu haben! Bei Gottes Auferstehung! Du würdest vielleicht durch übergroße Vorsicht die Mutter oder das Kind getötet haben. Aber vergiß nicht, daß dein elendes Leben mir für deine Verschwiegenheit und ihrer beider gute Gesundheit bürgt!«

Der Gliederrenker war verdutzt über den jähen Wandel, der sich in den Absichten des Grafen vollzogen hatte. Dieser Zärtlichkeitsanfall für das zu früh geborene Kind erschreckte ihn noch mehr als die ungeduldige Grausamkeit und die düstere Gleichgültigkeit, die der Schloßherr anfangs bekundet hatte. Der Nachdruck, den der Graf seinem letzten Satz geliehen hatte, enthüllte eine klügere Berechnung, um zur Durchführung dieses unwandelbaren Plans zu gelangen. Meister Beauvouloir erklärte sich diese unvorhergesehene Lösung durch die doppelte Verheißung, die er dem Vater und der Mutter gemacht hatte. »Ich hab's!« sagte er sich. »Dieser gute Edelmann will sich seiner Frau nicht verhaßt machen und wird sich des Apothekers als Vorsehung bedienen. Also muß ich versuchen, die Dame zu warnen, daß sie über ihren edlen Sprößling wacht.«

Als er sich gerade auf das Bett zubewegte, gebot ihm der Graf, der sich einem Schrank genähert hatte, durch einen gebieterischen Zwischenruf Einhalt. Auf die Geste hin, die der Edelmann vollführte, als er ihm eine Börse hinhielt, ließ Beauvouloir es sich angelegen sein, nicht ohne eine besorgte Freude das Geld entgegenzunehmen, das durch ein Netzwerk von roter Seide schimmerte und das ihm verächtlich zugeworfen wurde.

»Zwar hast du mich Überlegungen anstellen lassen wie einer von niederer Abkunft, aber dadurch halte ich mich nicht für befreit davon, dich als Edelmann zu bezahlen. Ich fordere von dir keine Verschwiegenheit! Der Mann, der dort steht«, sagte der Graf und zeigte auf Bertrand, »hat dir klar werden lassen müssen, daß überall, wo Eichen und Flüsse sind, meine Diamanten und Halsbänder die Bauernlümmel zu finden wissen, die über mich reden.«

Beim Vollenden dieser milden Worte trat der Riese langsam auf den sprachlosen Gliederrenker zu, schob ihm geräuschvoll einen Sessel hin und schien ihn aufzufordern, sich gleich ihm an das Lager der Wöchnerin zu setzen.

»Na also, mein Liebling, jetzt haben wir endlich einen Sohn«, fuhr er fort. »Das ist eine große Freude für uns. Hast du arge Schmerzen?«

»Nein«, flüsterte die Gräfin.

Das Erstaunen der Mutter und deren Beklommenheit, die zögernden Bezeigungen erkünstelter Freude bei dem Vater überzeugten Meister Beauvouloir, daß ein gewichtiger Umstand seinem gewohnten Scharfsinn entgangen sei; er beharrte bei seinen Mutmaßungen und legte seine Hand auf die der jungen Frau, weniger um sich über ihren Zustand zu vergewissern, als um ihr einige Winke zu geben.

»Die Haut ist gut«, sagte er. »Kein ärgerlicher Zwischenfall für Madame zu befürchten. Sicherlich wird das Milchfieber sich einstellen, aber das ist harmlos.«

An dieser Stelle hielt der Schlaukopf von Gliederrenker inne und drückte der Gräfin die Hand, um sie aufmerksam zu machen.

»Wenn Ihr frei von Besorgnissen über Euer Kind sein wollt, Madame«, fuhr er fort, »dann müßt Ihr es immer bei Euch behalten. Laßt es lange die Milch trinken, die seine kleinen Lippen bereits suchen; nährt es selber, und hütet Euch vor den Drogen des Apothekers. Die Brust ist das Heilmittel für alle Kinderkrankheiten. Ich habe häufig Siebenmonatsgeburten geleitet, aber selten ist eine Befreiung mit so wenig Schmerzen verbunden gewesen wie die Eurige. Das ist nicht verwunderlich, das Kind ist ja so klein! Man könnte es in einen Holzschuh legen! Ich bin sicher, es wiegt keine fünfzehn Unzen[12]. Milch! Milch! Wenn es immer an Eurer Brust bleibt, erhaltet Ihr es am Leben.«

Diese letzten Worte wurden abermals von Fingerbewegungen begleitet. Trotz der beiden Flammenstöße, die der Graf wurfspießhaft durch die Löcher seiner Maske schleuderte, trug Beauvouloir seine Sätze mit dem unerschütterlichen Ernst eines Mannes vor, der sein Geld verdienen möchte.

»Hoho, Gliederrenker, du vergißt deinen alten schwarzen Filzhut!« sagte Bertrand, als der Geburtshelfer mit ihm das Zimmer verließ.

Die Beweggründe der Milde des Grafen gegenüber seinem Sohn waren einem *et cetera* entsprungen, wie Notare es zu äußern pflegen. In dem Augenblick, da Beauvouloir seinen Händen wehrte, hatten Habgier und Brauchtum der Normandie sich vor ihm aufgereckt. Mittels eines Winks lähmten diese beiden Mächte ihm die Finger und geboten seinen gehässigen Leidenschaften Schweigen. Die eine rief ihm zu: »Das Vermögen deiner Frau kann der Familie Hérouville nur dann gehören, wenn ein männliches Kind es auf sie überträgt!« Das andere zeigte ihm die Gräfin sterbend; dann nämlich würde ihr Hab und Gut von der Seitenlinie der Saint-Savins beansprucht werden. Beide Mächte rieten ihm, der Natur die Sorge um die Beseitigung des zu früh Geborenen zu überlassen und die Geburt eines zweiten Sohnes abzuwarten, der gesund und kräftig sein würde; dann konnte ihm das Leben seiner Frau und seines Erstgeborenen gleichgültig sein. Er sah kein Kind mehr vor sich, sondern Geld und Gut, und so wurde seine Zärtlichkeit mit einemmal ebenso stark wie sein Ehrgeiz. In seinem Verlangen, dem Brauchtum genugzutun, wünschte er, dieser sozusagen totgeborene Sohn möchte alle Anzeichen einer robusten Konstitution aufweisen. Die Mutter, die den Charakter des Grafen gut kannte, war noch überraschter als der Gliederrenker; es verblieben in ihr instinktive Befürchtungen, die sie bisweilen kühn bekundete; denn der Mut der Mütter hatte im Nu ihre Kräfte verdoppelt.

Ein paar Tage lang blieb der Graf bei seiner Frau und verschwendete eine Fürsorglichkeit an sie, der die Selbstsucht eine gewisse Zärtlichkeit aufprägte. Die Gräfin erriet sogleich, daß einzig sie selber der Gegenstand all dieser Aufmerksamkeiten sei. Der Haß des Vaters wider den Sohn bezeigte sich in den geringsten Einzelheiten; stets nahm der Graf davon Abstand, ihn anzusehen oder zu berühren; er stand unvermittelt auf und ging hinaus, um Befehle zu erteilen, wenn das Kind zu schreien begann; kurzum, er schien ihm lediglich zu verzeihen, daß es lebte, weil er hoffte, es sterben zu sehen. Sogar diese Verstellung fiel dem Grafen schwer. An dem Tage, da er wahrnahm, daß das verstehende Auge der Mutter die Gefahr, die ihren Sohn bedrohte, ahnte, ohne sie zu begreifen, kündete er an, er werde am Tag nach dem ersten Kirchgang der Wöchnerin das Schloß verlassen; sein Vorwand war, daß er alle seine Streitkräfte dem König zuführen wolle.

So waren die Umstände beschaffen, die die Geburt Etiennes von Hérouville begleiteten oder ihr vorhergingen. Um den Grafen unablässig den Tod dieses nicht anerkannten Sohnes wünschen zu lassen, hätte er nicht des mächtigen Antriebs bedurft, jenen Tod bereits gewollt zu haben; er hätte vielleicht gar die traurige Neigung zum Schweigen gebracht, die der Mensch in sich verspürt, das Wesen zu verfolgen, dem er schon einmal Schaden zugefügt hat; auch wenn er sich nicht in der für ihn grausamen Verpflichtung befunden hätte, Liebe für einen häßlichen zu früh Geborenen zu heucheln, den er für den Sohn Chavernys hielt, würde dem armen Etienne nichtsdestoweniger seine Abneigung gegolten haben. Das Unglück einer rachitischen, kränklichen Konstitution, das der Graf durch seine ›Liebkosung‹ vielleicht noch verschlimmert hatte, war in seinen Augen eine stete, offenkundige Beleidigung seiner väterlichen Eigenliebe. Wenn er heftigen Widerwillen vor schönen Männern empfand, so verabscheute er nicht minder gebrechliche, bei denen Verstandeskräfte an die Stelle von Körperkräften getreten waren. Um ihm zu gefallen, mußte man häßlich von Angesicht, groß, robust und ungebildet sein. Etienne, den seine Schwächlichkeit irgendwie den stubenhockerischen Betätigungen des Wissenschaftlers weihte, mußte also in seinem Vater ein Feind ohne jedwede Großmut erstehen. Sein Kampf mit diesem Koloß begann von der Wiege an; und als einzige Hilfe wider einen so gefährlichen Gegenspieler hatte er lediglich das Herz seiner Mutter, deren Liebe durch ein rührendes Naturgesetz bei allen Gefahren, die ihn bedrohten, desto größer wurde.

Durch den jähen Aufbruch des Grafen war Jeanne de Saint-Savin plötzlich in tiefe Einsamkeit versetzt worden; sie verdankte ihrem Kinde die einzigen glücksähnlichen Stunden, die Trost in ihr Leben zu bringen vermochten. Diesen Sohn, dessen Geburt ihr um Chavernys willen zum Vorwurf gemacht wurde, liebte die Gräfin, wie Frauen ein einer sträflichen Liebe entsprossenes Kind lieben; sie mußte es nähren und empfand darob keinerlei Erschöpfung. Sie duldete nicht, daß ihre Frauen ihr, wie auch immer, halfen; sie zog ihr Kind an und aus und empfand bei jeder kleinen Fürsorglichkeit, die es erheischte, neue Freuden. Diese unaufhörlichen Betätigungen, diese stündliche Aufmerksamkeit, die Pünktlichkeit, mit der sie nachts aufwachen mußte, um ihr Kind zu nähren, all das gedieh zu grenzenlosen Beglückungen. Ihr Gesicht strahlte vor Seligkeit, wenn sie etwas für dieses kleine Wesen tat. Da Etienne vor der Zeit geboren worden war, fehlte es an manchen Kleidungsstücken; sie wollte sie selber anfertigen und tat es auch, und mit welcher Vollendung! Ihr kennt sie, ihr beargwöhnten Mütter, die ihr in Dunkel und Stille für vergötterte Kinder gearbeitet habt! Mit jedem Nadelstich wurden eine Erinnerung, ein Verlangen und Wünsche, tausenderlei Dinge auf den Stoff gestickt, zugleich mit den hübschen Mustern, die sie darauf entstehen ließ. Alle diese törichten Dinge wurden dem Grafen von Hérouville berichtet; sie steigerten das Gewitter, das sich bereits gebildet hatte. Die Tage hatten nicht Stunden genug für die mannigfaltigen Betätigungen und die peinlich genauen Vorsichtsmaßnahmen der Nährenden; sie flohen dahin, die Tage, und waren beladen mit geheimen Genugtuungen.

Stets hatte die Gräfin die Ratschläge des Gliederrenkers vor Augen; daher war sie in steter Angst um ihr Kind und scheute die Dienstleistungen ihrer Frauen und die Hand ihrer männlichen Diener; am liebsten hätte sie den Schlaf gemieden, um sicher zu sein, daß niemand sich Etienne während ihres Schlummers näherte. Kurzum, sie ließ das Mißtrauen an dieser Wiege wachen. Während des Fernseins des Grafen wagte sie es, den Wundarzt kommen zu lassen, dessen Namen sie sich gemerkt hatte. Für sie war Beauvouloir ein Menschenwesen, dem sie eine ungeheure Dankesschuld zu zahlen hatte; vor allem aber hätte sie ihn gern über tausend Dinge ausgefragt, die ihren Sohn betrafen. Wenn Etienne vergiftet werden sollte, wie konnte sie dann solcherlei Versuche vereiteln? Wie seine zarte Gesundheit stärken? Mußte er lange genährt werden? Wenn sie sterben sollte, würde Beauvouloir es dann auf sich nehmen, über die Gesundheit des armen Kindes zu wachen?

Auf die Fragen der Gräfin antwortete ihr der gerührte Beauvouloir, er fürchte gleichermaßen wie sie Gift für Etienne; aber was das betreffe, so brauche die Gräfin keine Angst zu haben, solange sie ihn mit ihrer Milch nähre; für die Zukunft empfahl er ihr, stets von Etiennes Nahrung zu kosten.

»Wenn die Frau Gräfin«, fügte der Gliederrenker hinzu, »irgend etwas Befremdliches auf der Zunge verspürt, einen stechenden, bitteren, starken, salzigen Geschmack, irgend etwas, mit einem Wort, das die Zunge verwundert, dann schüttet das betreffende Nahrungsmittel weg. Die Kleidung des Kindes muß in Eurem Dabeisein gewaschen werden, und Ihr müßt stets den Schlüssel des Schrankes bei Euch behalten, in dem sie aufbewahrt wird. Kurz und gut, wenn dem Kinde irgend etwas zustößt, dann laßt mich rufen; ich werde kommen.«

Die Belehrungen des Gliederrenkers gruben sich tief in Jeannes Herz ein; sie bat ihn, sie als jemanden zu betrachten, über den er stets verfügen könne; und da sagte ihr Beauvouloir, sie halte sein ganzes Glück in Händen.

Er erzählte der Gräfin in gedrängter Kürze, wie der edle Herr von Hérouville in seiner Jugend mangels schöner, adliger Freundinnen, die bei Hofe ihr Augenmerk auf ihn gerichtet hätten, eine Kurtisane mit dem Beinamen ›die schöne Römerin‹ geliebt habe; sie habe zuvor dem Kardinal von Lothringen angehört. Er habe jedoch der schönen Römerin bald den Laufpaß gegeben, und sie sei nach Rouen gekommen, um aus größerer Nähe beim Grafen etwas für eine Tochter zu erbitten, von der er nie etwas hören wolle, weil er behauptete, ihre Schönheit sei ein Grund, sie nicht anerkennen zu können. Nach dem Tode jener Frau, die im Elend zugrundeging, sei das arme Kind, das Gertrude heiße und noch schöner als seine Mutter sei, von den Damen im Kloster der Clarissen aufgenommen worden; die Oberin jenes Klosters sei Mademoiselle de Saint-Savin, eine Tante der Gräfin. Er sei gerufen worden, um Gertrude zu behandeln, und habe sich bis zur Kopflosigkeit in sie verliebt. Wenn die Frau Gräfin, sagte Beauvouloir, sich mit dieser Angelegenheit befassen wolle, so würde sie sich nicht nur dessen entledigen, was sie ihm zu schulden glaube, sondern er werde meinen, er stehe in ihrer Schuld. Dann würde sein Kommen aufs Schloß, das unter den Augen des Grafen sehr gefährlich sei, seine Rechtfertigung erhalten; früher oder später würde der Graf sich für ein so schönes Kind interessieren, und er könne ihm vielleicht eines Tages indirekt seine Gönnerschaft angedeihen lassen, indem er ihn zu seinem Arzt mache.

Die Gräfin, die so mitfühlend war, wenn es um wahre Liebe ging, versprach, sich für diejenige des armen Arztes zu verwenden. Sie betrieb diese Angelegenheit so eifrig, daß sie bei ihrer zweiten Niederkunft als das Geschenk, das in jenen Zeitläuften eine Frau, wenn sie geboren hatte, von ihrem Mann erbitten durfte, eine Mitgift für Gertrude, die schöne Bastardin, erhielt, die um jene Zeit, anstatt Nonne zu werden, Beauvouloir heiratete. Jene Mitgift und die Ersparnisse des Gliederrenkers setzten ihn in den Stand, Forcalier zu kaufen, ein hübsches Gut in der Nähe von Schloß Hérouville, das irgendwelche Erben gerade damals feilboten.

Nun der gute Gliederrenker sie beschwichtigt hatte, spürte die Gräfin, daß ihr Leben für alle Zeit von Freunden ausgefüllt sei, die anderen Müttern unbekannt bleiben. Freilich sind alle Frauen schön, wenn sie ihre Kinder an die Brust legen und darauf bedacht sind, ihr Schreien und ihre ersten Schmerzäußerungen zu besänftigen; aber es wäre schwierig, sogar auf italienischen Gemälden, eine rührendere Szene zu gewahren als die, die die Gräfin darbot, wenn sie fühlte, wie Etienne ihre Milch in sich sog und wie auf diese Weise ihr Blut zum Leben des armen, gefährdeten Geschöpfs wurde. Ihr Gesicht strahlte vor Liebe, sie betrachtete das liebe kleine Wesen und fürchtete noch immer, an ihm einen Zug von Chaverny wahrzunehmen, an den sie viel zu sehr gedacht hatte. Diese Gedanken, die sich auf ihrer Stirn in den Ausdruck ihrer Freude mischten; der Blick, mit dem sie ihren Sohn umfing; ihr Verlangen, ihm die Kraft zu übermitteln, die sie im eigenen Herzen verspürte; ihre glanzvollen Hoffnungen; das Anmutige ihrer Gesten, all das bot ein Bild dar, das die Frauen, die um sie waren, in Bann schlug; die Gräfin hatte die Bespitzelei besiegt.

Bald wurden diese beiden schwachen Menschenwesen durch den nämlichen Gedanken vereint; sie verstanden einander, noch ehe die Sprache ihnen als Verständigungsmittel zu dienen vermochte. Immer, wenn Etienne mit der stumpfsinnigen Gier, wie sie Kindern eigen ist, seine Augen übte, trafen seine Blicke die düsteren Holzverkleidungen des Parade-Schlafzimmers. Wenn sein junges Ohr sich bemühte, Klänge wahrzunehmen und ihre Unterschiede zu erkennen, vernahm es das eintönige Rauschen der Wasser des Meers, das mit einer genauso regelmäßigen Bewegung wie ein Uhrpendel gegen die Felsen brandete. Auf diese Weise bereiten die Stätten, die Töne, die Dinge, alles, was an die Sinne rührt, das Verstehen vor und formen den Charakter; und alles machte ihn der Melancholie geneigt. War es seiner Mutter nicht bestimmt, inmitten der Wolken der Melancholie zu leben und zu sterben? Von Geburt an konnte er glauben, die Gräfin sei das einzige Geschöpf, das auf Erden existiere, konnte er die Welt als eine Wüste ansehen und sich an das Gefühl der Rückkehr zu uns selbst gewöhnen, das uns dazu treibt, einsam zu leben, in uns selbst das Glück zu suchen, indem wir die ungeheuren Hilfsquellen des Denkens weiterentwickeln. War die Gräfin nicht dazu verdammt, im Leben einsam zu bleiben und alles in ihrem Sohn zu finden, der verfolgt wurde, wie ihre Liebe es gewesen war? Wie alle Kinder, die dem Leiden preisgegeben sind, bewahrte Etienne nahezu stets eine passive Haltung, die, liebliche Ähnlichkeit, auch die seiner Mutter war. Seine Organe waren so zart und empfindlich, daß ein allzu jähes Geräusch oder die Gesellschaft eines lärmigen Menschen ihm eine Art Fieber eintrugen. Man hätte von ihm sagen können, er sei eines jener kleinen Insekten, für die Gott die Heftigkeit des Windes und die Sonnenglut zu mäßigen scheint; gleich ihnen war er außerstande, gegen das geringste Hindernis anzukämpfen; gleich ihnen wich er widerstandslos und klaglos allem aus, das angreiferisch wirkte. Diese engelhafte Geduld flößte der Gräfin ein tiefes Gefühl ein, und dieses ersparte ihr jede Erschöpfung bei der peinlich genauen Fürsorge, die eine so schwankende Gesundheit verlangte.

Sie dankte Gott, der Etienne, wie eine Fülle anderer Geschöpfe, in einer Sphäre des Friedens und der Stille untergebracht hatte, der einzigen, in der er glücklich gedeihen konnte. Oftmals trugen die mütterlichen Hände, die, wenn es sich um ihn handelte, gleichzeitig so weich und so zart waren, ihn nach oben, in den Bereich der Spitzbogenfenster. Von dort aus schienen seine Augen, die blau waren wie die seiner Mutter, die Herrlichkeiten des Ozeans zu erforschen. Alle beide blieben stundenlang dort und betrachteten jene weite Fläche, die abwechselnd düster und glänzend, stumm und klangreich war. Solcherlei lange Gedankenversunkenheiten waren für Etienne eine geheime Lehrzeit des Herzens. Fast immer wurden dann die Augen seiner Mutter tränenfeucht, und während dieser schmerzerfüllten Träume der Seele ähnelten die jungen Züge Etiennes einem leichten Netz, das durch ein zu schweres Gewicht niedergezogen wird. Bald enthüllte sein frühreifes Verständnis für das Unglück die Macht, die seine Spiele auf die Gräfin ausübten; er versuchte, sie durch die gleichen Zärtlichkeiten abzulenken, deren sie sich bediente, um seine Schmerzen einzuschläfern. Niemals verfehlten seine kleinen, mutwilligen Hände, seine kleinen Stammelworte und sein kluges Auflachen, die Grübeleien seiner Mutter zu zerstreuen.

Wenn er müde und erschöpft war, hinderte sein instinktives Zartgefühl ihn daran, zu klagen und zu jammern.

»Arme Mimose«, rief die Gräfin, als sie sah, daß er nach einer Schäkerei, die eine ihrer schmerzlichsten Erinnerungen vondannengetrieben hatte, vor Müdigkeit eingeschlafen war, »wo wirst du leben können? Wer wird dich je verstehen, dich, dessen zarte Seele schon ein allzu strenger Blick verwunden muß? Dich, der, wie deine traurige Mutter, ein sanftes Lächeln für etwas Kostbareres halten wird als alle Güter der Erde? Geliebter Engel deiner Mutter, wer in dieser Welt wird dich lieben? Wer wird die Schätze ahnen, die unter deiner gebrechlichen Hülle verborgen liegen? Niemand. Gleich mir wirst du auf Erden einsam sein. Möge Gott dich davor bewahren, daß du einer Liebe verfällst, die Gott begünstigt, aber die die Menschen durchqueren!«

Sie seufzte, sie weinte. Die anmutige Haltung ihres auf ihren Knien schlafenden Sohnes ließ sie schwermütig lächeln; lange blickte sie ihn an und genoß eine der Lustempfindungen, die ein Geheimnis zwischen den Müttern und Gott sind. Als sie wahrgenommen hatte, wie sehr ihre Stimme im Verein mit den Klängen der Mandoline ihrem Sohn gefiel, sang sie ihm die graziösen Romanzen jenes Zeitalters vor und glaubte auf seinen kleinen, mit ihrer Milch beschmutzten Lippen das Lächeln zu erblicken, mit dem Georges de Chaverny ihr ehedem gedankt, wenn sie die dreisaitige Geige abgesetzt hatte. Sie machte sich diese Rückblicke auf das Vergangene zum Vorwurf, aber sie blickte immerfort zurück. Das Kind, der Mitschuldige an diesen Traumgedanken, lächelte gerade bei den Weisen, die Chaverny geliebt hatte.

Als Etienne achtzehn Monate alt war, hatte seine Schwäche der Gräfin noch immer nicht erlaubt, ihn ins Freie zu bringen; aber die leichten Farben, die das matte Weiß seiner Haut tönten, als sei das blasseste der Blütenblätter einer wilden Rose vom Wind dorthin getragen worden, zeugten bereits von Leben und Gesundheit. Gerade als sie begann, an die Vorhersagen des Gliederrenkers zu glauben, und sich dazu beglückwünschte, daß sie, während der Graf fern war, den Sohn mit den strengsten Vorsichtsmaßnahmen hatte umgeben können, um ihn vor jeder Gefahr zu bewahren, kündeten ihr die vom Sekretär geschriebenen Briefe ihres Mannes dessen Rückkehr an. Als die Gräfin eines Morgens in der tollen Freude, die sich aller Mütter bemächtigt, wenn sie ihr erstes Kind die ersten Schritte tun sehen, mit Etienne jene Spiele spielte, die genauso unbeschreibbar sind wie etwa der Zauber der Erinnerungen, hörte sie plötzlich die Fußbodendielen unter schweren Schritten knarren. Kaum hatte sie sich mit einer Bewegung unwillkürlicher Überraschung erhoben, als sie sich vor dem Grafen stehen sah. Sie stieß einen Schrei aus, versuchte jedoch, dieses ungewollte Unrecht dadurch auszugleichen, daß sie auf den Grafen zutrat und ihm unterwürfig die Stirn darbot, um einen Kuß darauf zu empfangen.

»Warum hast du mich nicht von deinem Kommen benachrichtigt?« fragte sie.

»Der Empfang«, unterbrach sie der Graf mit seiner Antwort, »wäre dann herzlicher gewesen, aber weniger ehrlich.«

Er musterte das Kind; der Gesundheitszustand, in dem er es wiedersah, entriß ihm zunächst eine Geste der Überraschung, darein sich Wut mischte; aber jäh unterdrückte er seinen Zorn und begann zu lächeln.

»Ich bringe dir gute Neuigkeiten«, fuhr er fort. »Die Regierung der Champagne ist mir anvertraut worden, und der König hat mir versprochen, daß ich Herzog und Pair werde. Überdies haben wir einen Verwandten beerbt; dieser verfluchte Hugenotte Chaverny ist tot.«

Die Gräfin erbleichte und sank in einen Sessel. Sie erriet das Geheimnis der unheimlichen Freude, die sich über das Gesicht ihres Gatten breitete, und die der Anblick Etiennes gesteigert zu haben schien.

»Herr«, sagte sie mit bewegter Stimme, »Ihr wißt doch, daß ich meinen Vetter Chaverny lange geliebt habe. Ihr seid Gott für den Schmerz verantwortlich, den Ihr mir zugefügt habt.«

Bei diesen Worten funkelte der Blick des Grafen auf; seine Lippen zitterten, ohne daß er ein Wort hervorbringen konnte, so sehr durchtobte ihn die Wut; er warf seinen Dolch mit solcher Heftigkeit auf den Tisch, daß das Eisen erdröhnte wie ein Donnerschlag.

»Hör zu«, schrie er mit seiner überlauten Stimme, »und gedenke meiner Worte. Ich will das kleine Scheusal, das du da in den Armen hältst, nie wieder hören oder sehen, denn es ist dein

Kind und nicht das meine. Hat es auch nur einen einzigen meiner Züge? Bei Gottes Haupt und allen Reliquien! Verbirg es gut, denn sonst . . .«

»Gerechter Himmel!« rief die Gräfin, »beschütze uns!«

»Schweig!« antwortete der Koloß. »Wenn du nicht willst, daß ich ihm etwas antue, dann sorg dafür, daß er mir nie in die Quere kommt.«

»Aber dann«, entgegnete die Gräfin, die in sich den Mut verspürte, gegen ihren Tyrannen anzukämpfen, »dann mußt du mir schwören, wenn du ihm nicht mehr begegnest, ihm auch nicht mehr nach dem Leben zu trachten. Kann ich mich auf dein Edelmannswort verlassen?«

»Was soll das heißen?« erwiderte der Graf.

»Dann bring uns lieber heute alle beide um!« rief sie aus, warf sich auf die Knie und schloß ihr Kind in die Arme.

»Stehet auf, Madame! Ich verpflichte mich bei meiner Edelmannsehre, nichts gegen das Leben dieses verfluchten Embryos zu unternehmen, vorausgesetzt, daß er auf den Felsen bleibt, die das Meer unterhalb des Schlosses säumen; ich schenke ihm das Fischerhaus als Wohnstatt und den Strand als Herrschaftsbereich; aber wehe ihm, wenn ich ihn je außerhalb dieser Grenze antreffe!«

Die Gräfin begann bitterlich zu weinen.

»Sieh ihn doch an«, sagte sie, »er ist dein Sohn.«

»Madame!«

Auf diesen Ausruf hin trug die Mutter ihr Kind hinaus, dessen Herz pochte wie das einer von einem Hirten in ihrem Nest überraschten Grasmücke. Sei es, daß der Unschuld ein Zauber innewohnt, dem sich auch die verhärtetsten Männer nicht zu entziehen vermögen, sei es, daß der Graf sich seine Heftigkeit vorwarf und befürchtete, ein Geschöpf in allzu große Verzweiflung zu tauchen, dessen er zu seinen Lüsten wie für seine Pläne bedurfte, seine Stimme klang miteins so sanft, wie sie nur konnte, als seine Frau wieder hereinkam.

»Jeanne, mein Liebling«, sagte er, »trag mir nichts nach, und gib mir die Hand. Nie weiß man, wie man mit euch Frauen verfahren soll. Ich bringe dir neue Ehren, neue Reichtümer! Beim Haupte Gottes, du empfängst mich wie einen Gendarmen, der in eine Schar von Bauern gerät! Mein Posten als Gouverneur wird mich zu langen Abwesenheiten zwingen, bis ich ihn gegen denjenigen der Normandie ausgetauscht habe; mein Liebling, zeig mir wenigstens ein freundliches Gesicht, solange ich hier bin.«

Die Gräfin erkannte den Sinn dieser Worte, deren vorgespiegelte Milde sie nicht mehr täuschen konnte.

»Ich kenne meine Pflichten«, sagte sie mit schwermütigem Stimmklang, den ihr Mann für Zärtlichkeit hielt.

Dieses furchtsame Geschöpf war zu rein und besaß zuviel Seelengröße, um zu versuchen, wie manche geschickte Frauen, den Grafen dadurch zu beherrschen, daß sie ihrem Verhalten Berechnung zugrundelegte, was eine Form der Prostitution ist, durch die schöne Seelen sich besudelt fühlen. Schweigend entfernte sie sich; sie wollte ihre innere Not dadurch beschwichtigen, daß sie Etienne umhertrug.

»Beim Haupte Gottes und allen Reliquien, werde ich denn niemals geliebt werden?« rief der Graf, der in den Augen seiner Frau, als sie hinausging, eine Träne wahrgenommen hatte.

Da das Muttergefühl der Gräfin immerfort bedroht wurde, gedieh es bei ihr zu einer Leidenschaft, die die Heftigkeit annahm, wie die Frauen sie ihren schuldhaften Neigungen zuteilwerden lassen. Durch eine Art Zauberkraft, deren Geheimnis im Herzen aller Mütter ruht und die zwischen der Gräfin und ihrem Sohn noch mehr an Kraft besaß, gelang es ihr, ihm die Gefahr verständlich zu machen, die ihn unausgesetzt bedrohte; sie lehrte ihn, das Nahen seines Vaters zu fürchten. Die schreckliche Szene, deren Zeuge Etienne gewesen war, hatte sich seinem Gedächtnis eingegraben und hatte in seinem Innern etwas wie eine Krankheit hervorgerufen. Schließlich spürte er die Nähe des Grafen mit einer solchen Gewißheit, daß, wenn ein Lächeln, dessen kaum wahrnehmbare Anzeichen für die Augen einer Mutter aufleuchten, sein Gesicht in dem Augenblick beseelte, da seine unvollkommenen Organe, die bereits durch die Furcht ausgebildet waren, ihm den fernen Schritt seines Vaters verkündeten, seine Züge sich verkrampften; und das Ohr seiner Mutter war genauso wachsam wie der Instinkt des Sohnes. Als er älter wurde, entwickelte sich diese von der Angst erzeugte Fähigkeit so trefflich, daß Etienne wie die Indianer Amerikas den Schritt seines Vaters herauszuhören vermochte, daß er es verstand, dessen Stimme über große Entfernungen hinweg zu erlauschen und sein Kommen vorherzusagen. Es zu erleben, daß das Angstgefühl, das ihr Gatte ihr einflößte, so früh bereits von ihrem Kinde geteilt wurde, machte der Gräfin dieses noch kostbarer; und ihrer beider Bund festigte sich so sehr, daß sie sich, wie zwei Blüten am selben Zweig, unter dem gleichen Windzug beugten und durch die gleiche Hoffnung wieder aufrichteten. Es war ein und dasselbe Leben.

Beim Aufbruch des Grafen setzte bei Jeanne eine zweite Schwangerschaft ein. Diesmal kam sie nach der Frist nieder, die die vorgefaßten Meinungen gewollt haben, und brachte, nicht ohne unerhörte Schmerzen, einen dicken Jungen zur Welt, der einige Monate später eine so vollkommene Ähnlichkeit mit seinem Vater darbot, daß der Haß des Grafen gegen seinen ältesten Sohn darob noch mehr anschwoll. Um ihr geliebtes Kind zu retten, willigte die Gräfin in alle Pläne ein, die ihr Mann für das Glück und das Vermögen seines zweiten Sohnes faßte. Etienne, der künftige Kardinal, sollte Priester werden und Maximilien die Güter und Titel des Hauses Hérouville überlassen. Um diesen Preis sicherte die Mutter die Ruhe des verfluchten Kindes.

Nie sind zwei Brüder einander unähnlicher gewesen als Etienne und Maximilien. Von Geburt an besaß der jüngere einen Hang zum Lärm, zu ungestümen Körperübungen und zum Krieg; daher liebte der Graf ihn im gleichen Maße wie seine Frau Etienne liebte. Vermöge einer Art naturgegebenen und stillschweigenden Paktes nahm jeder der beiden Gatten sich seines Lieblingskindes an. Der Herzog, denn um jene Zeit hatte Heinrich IV. die hervorragenden Dienste des Schloßherrn von Hérouville belohnt, der Herzog also wollte nicht, wie er sagte, seine Frau überanstrengen und gab Maximilien eine gute dicke Frau aus Bayeux als Amme, die Beauvouloir ausgewählt hatte. Zu Jeanne de Saint-Savins großer Freude mißtraute er dem Geist der Mutter ebensosehr wie ihrer Milch und faßte den Entschluß, seinen Sohn nach eigenem Ermessen heranzubilden. Er erzog Maximilien in einem wahren Abscheu vor Büchern und Literatur; er impfte ihm die mechanischen Kenntnisse der Kriegskunst ein, er ließ ihn beizeiten zu Pferde steigen, mit der Arkebuse schießen und mit dem Dolch umgehen. Als sein Sohn heranwuchs, nahm er ihn mit auf die Jagd, damit er sich die ungeschlachte Redeweise, die Rauhheit der Manieren, die Körperkraft, die Männlichkeit in Blick und Stimme erwerbe, die in seinen Augen einen Mann vollkommen machten. Der kleine Edelmann war mit zwölf Jahren ein sehr schlecht geleckter Löwenjunges, für alle und jeden zumindest ebenso furchterregend wie sein Vater, weil er die Erlaubnis erhalten hatte, alles ringsumher zu tyrannisieren, und er tyrannisierte weidlich.

Etienne wohnte in dem Haus am Gestade des Ozeans, das sein Vater ihm geschenkt und das die Herzogin so hatte herrichten lassen, daß er darin einige der Annehmlichkeiten vorfand, auf die er ein Anrecht hatte. Die Herzogin verbrachte dort den größten Teil des Tages. Mutter und Kind durchschweiften gemeinsam Fels und Strand; sie wies Etienne auf die Grenzen seines kleinen Gebiets hin, das aus Sand, Muscheln, Moos und Kieselsteinen bestand; die tiefe Angst, die sie überkam, wenn sie ihn die ihm zugestandene Grenze überschreiten sah, machte ihm verständlich, daß ihn jenseits ihrer der Tod erwarte. Etienne zitterte um seiner Mutter willen mehr als um seinetwillen; bald kam es dahin, daß der bloße Name des Herzogs von Hérouville in ihm eine Verstörung auslöste, die ihn seiner Energie beraubte und ihn dem Aussetzen der Spannkraft unterwarf, das ein junges Mädchen beim Erblicken eines Tigers in die Knie sinken läßt. Erblickte er von weitem diesen unheilumwitterten Riesen, oder hörte er dessen Stimme, so vereiste der schmerzliche Eindruck, den er ehemals in dem Augenblick verspürt hatte, da er verflucht wurde, ihm das Herz. So schuf er sich wie der Lappe, der stirbt, wenn er nicht seine Schneegefilde um sich hat, eine köstliche Heimat aus seiner Hütte und seinen Felsen; wenn er deren Grenzlinie überschritt, empfand er ein unbeschreibliches Unbehagen. In der Voraussicht, daß ihr armes Kind nur in einer schlichten, stillen Sphäre einiges Glück finden werde, empfand die Herzogin von Anfang an weniger Bedauern ob des ihm auferlegten Schicksals; sie berief sich auf die erzwungene Berufung, um ihm dadurch ein schönes Leben zu bereiten, daß sie seine Einsamkeit durch noble Betätigung in der Wissenschaft erfüllte; sie ließ

Pierre de Sebonde[13] aufs Schloß kommen, der dem künftigen Kardinal von Hérouville als Lehrer dienen sollte. Obwohl der Sohn Jeanne de Saint-Savins für die Tonsur bestimmt war, wollte sie nicht, daß diese Erziehung nach Priestertum roch; durch ihr Eingreifen verweltlichte sie sie. Beauvouloir wurde beauftragt, Etienne in die Geheimnisse der Naturwissenschaften einzuführen. Die Herzogin, die persönlich die Lehrstunden überwachte, damit sie entsprechend den Kräften ihres Kindes bemessen wurden, schuf ihm dadurch Erholung, daß sie ihn das Italienische lehrte und ihm unmerklich die poetischen Reichtümer dieser Sprache enthüllte. Während der Herzog seinen Maximilien vor Keiler führte, auf die Gefahr hin, daß er Verletzungen davontrug, begab Jeanne sich zusammen mit Etienne auf die Milchstraße der Sonette des Petrarca oder in das gigantische Labyrinth der Göttlichen Komödie. Um Etienne für seine körperlichen Unzulänglichkeiten zu entschädigen, hatte die Natur ihn mit einer so melodischen Stimme begabt, daß es schwierig war, der Lust, sie zu vernehmen, zu widerstehen; seine Mutter gab ihm Musikunterricht. Zärtliche, schwermütige Lieder, begleitet von den Klängen einer Mandoline, waren eine Lieblingserholung; die Mutter pflegte sie als Belohnung für eine Arbeit zu versprechen, die der Abbé de Sebonde verlangt hatte. Etienne lauschte seiner Mutter mit einer so leidenschaftlichen Bewunderung, wie sie sie nur in den Augen Chavernys wahrgenommen hatte. Als die arme Frau zum erstenmal ihre Jungmädchenerinnerungen in dem langen Blick ihres Kindes wiederfand, bedeckte sie es mit wahnsinnigen Küssen. Sie errötete, als Etienne sie fragte, warum er ihr in gerade diesem Augenblick besonders lieb zu sein scheine; dann aber antwortete sie ihm, daß sie ihn mit jeder Stunde mehr liebe. Bald fand sie in der Sorgfalt, die die Erziehung der Seele und die Kultur des Geistes beanspruchten, die gleichen lustvollen Freuden wieder, die sie empfunden hatte, als sie ihr Kind nährte und seinen Körper hochhob. Obwohl Mütter nicht immer mit ihren Söhnen wachsen, war die Herzogin eine der Mütter, die dem Muttergefühl die demütigen Anbetungen der Liebe zugesellen; sie wußte zu liebkosen und zu urteilen; sie setzte ihr Selbstgefühl ein, um Etienne ihr in allen Dingen überlegen zu machen und ihn nicht zu gängeln; vielleicht wußte sie sich durch ihre unerschöpfliche Liebe so groß, daß sie keinerlei Minderung befürchtete. Nur Herzen ohne Zärtlichkeit lieben das Beherrschen, aber wahre Gefühle schätzen die Selbstverleugnung, diese Tugend der Kraft. Wenn Etienne anfangs eine Darlegung, einen Text oder ein Theorem nicht verstand, schien die arme Mutter, die den Unterrichtsstunden beiwohnte, ihm die Kenntnis der Dinge einflößen zu wollen, wie sie früher auf das leiseste Geschrei hin Ströme von Milch für ihn ergossen hatte. Aber welch ein Freudenglanz hüllte den Blick der Herzogin in Purpur, wenn Etienne den Sinn der Dinge erfaßte und sich aneignete! Sie bewies, wie Pierre de Sebonde sagte, daß die Mutter ein Doppelwesen ist, dessen Gefühle stets zwei Existenzen umfassen.

Auf diese Weise steigerte die Herzogin das natürliche Gefühl, das einen Sohn an seine Mutter bindet, durch die Zärtlichkeiten einer auferstandenen Liebe. Etiennes Zartheit ließ sie mehrere Jahre hindurch mit der Betreuung fortfahren, die sie seiner Kindheit hatte zuteilwerden lassen; sie kleidete ihn an, sie brachte ihn zu Bett; einzig sie kämmte, glättete, lockte und parfümierte das Haar ihres Sohnes. Diese Toilettenverrichtungen waren eine ständige Liebesbezeigung; sie gab diesem geliebten Kopf so viele Küsse, wie sie mit leichter Hand mit dem Kamm darüber fuhr. Gerade wie die Frauen sich nur zu gern für ihre Liebhaber als Mütter gehaben, indem sie ihnen kleine, häusliche Fürsorglichkeiten erweisen, machte diese Mutter sich aus ihrem Sohn etwas wie einen Liebhaber; sie hatte an ihm eine vage Ähnlichkeit mit dem übers Grab hinaus geliebten Vetter wahrgenommen. Etienne war wie der Geist Georges', flüchtig erblickt in der Tiefe eines Zauberspiegels; sie sagte sich, er sei mehr Edelmann als Geistlicher.

»Wenn eine Frau, die ihn liebt wie ich, ihm das Leben der Liebe einflößen würde, könnte er sehr glücklich sein«, dachte sie oft.

Aber dann fielen ihr wieder die schrecklichen Interessen ein, die auf Etiennes Haupt die Tonsur verlangten, und sie küßte das Haar, das die Schere der Kirche abschneiden sollte, und hinterließ darin Tränen. Trotz der ungerechten Übereinkunft mit dem Herzog sah sie durch Lücken, die ihr Mutterauge in die dichten Finsternisse der Zukunft bahnte, Etienne weder als Priester noch als Kardinal. Der Vater hatte ihn völlig vergessen; das erlaubte ihr, ihr armes Kind nicht die Weihen nehmen zu lassen.

»Dazu ist immer noch Zeit«, sagte sie sich.

Daraufhin bildete sie, ohne sich einen in ihrem Herzen begrabenen Gedanken einzugestehen, Etienne in den gepflegten Umgangsformen der Höflinge aus; sie wollte, er solle so fein und und schmuck werden, wie Georges de Chaverny es gewesen war. Der Ehrgeiz des Herzogs, der die Güter und das Vermögen seines Hauses selber verwaltete und alle Einkünfte für die Erweiterung seines Besitzes oder seine Lebensführung verwandte, hatte sie auf geringe Ersparnisse beschränkt; sie trug denkbar schlichte Kleider und gab nichts aus, damit sie ihrem Sohn Samtmäntel, Stiefel mit spitzenbesetzten Schafträndern und geschlitzte Wämse aus feinen Stoffen schenken konnte. Ihre persönlichen Entbehrungen ließen sie die gleichen Freuden empfinden, wie Aufopferungen sie auslösen, die man geliebten Menschen nur zu gern verbirgt. Dadurch, daß sie beim Sticken eines Kragens an den Tag dachte, da der Hals des Sohnes damit geschmückt sein würde, bereitete sie sich geheime Feste. Sie allein sorgte für Etiennes Kleidung, Wäsche, Parfüms und Toilette; einzig für ihn schmückte sie sich, denn sie mochte es, daß er sie schön fand. Eine solche liebevolle Sorgfalt, die von einem Gefühl begleitet wurde, das in den Körper des Sohnes eindrang und ihn belebte, fand ihren Lohn. Eines Tages erklärte Beauvouloir, dieser wunderbare Mann, der durch seine Lehrstunden dem verfluchten Kind lieb geworden war und um dessen Hilfeleistungen Etienne zudem ganz genau wußte; dieser Arzt, dessen besorgter Blick die Herzogin jedesmal hatte erbeben lassen, wenn er dieses zerbrechliche Idol untersuchte, Beauvouloir also erklärte, Etienne könne lange am Leben bleiben, wenn kein heftiges Gefühl plötzlich diesen zarten Körper erschüttere. Etienne war damals sechzehn Jahre alt.

In diesem Alter war er fünf Fuß[14] groß, welches Maß er nicht mehr überschreiten sollte; aber auch Georges de Chaverny war nur von mittlerem Wuchs gewesen. Seine Haut war durchsichtig und seidig wie die eines kleinen Mädchens und ließ das dünne Netzwerk seiner blauen Adern sehen. Seine Gesichtsfarbe war porzellanweiß. Seine hellblauen Augen mit ihrer unversieglichen Sanftmut erflehten den Schutz von Männern und Frauen; aus seinem Blick sprachen die einnehmenden Holdheiten des Gebets und verlockten, noch ehe seine melodische Stimme den Zauber vollendete. In allen seinen Zügen bekundete sich die echteste Bescheidenheit. Langes, glattes, feines, kastanienbraunes Haar scheitelte sich über seiner Stirn und bildete an den Enden Lokken. Seine blassen, hohlen Wangen, seine reine Stirn, über die sich einige Falten hinzogen, zeugten von einem angeborenen Leiden, das zu sehen wehtat. Sein anmutsvoller, mit sehr weißen Zähnen geschmückter Mund behielt jenes besondere Lächeln bei, das auf den Lippen Sterbender verharrt. Seine Hände waren weiß wie die einer Frau und auffällig schön geformt. Seine langen Grübeleien hatten ihn daran gewöhnt, den Kopf hängen zu lassen wie eine hinsiechende Pflanze, und diese Gewohnheit paßte gut zu seiner Person: sie war wie der letzte Zug von Anmut, den ein großer Künstler einem Bildnis zuteilwerden läßt, um dessen Grundgedanken voll zum Ausdruck zu bringen. Man hätte meinen können, man sehe den Kopf eines kranken jungen Mädchens auf einem gebrechlichen, mißgestalteten Männerkörper.

Die geflissentliche Poesie, deren reiche Betrachtungen uns die weiten Gefilde des Denkens wie ein Botaniker durchschweifen läßt, das fruchtbare Vergleichen menschlicher Ideen, die Begeisterung, in die uns das vollkommene Verstehen der Werke des Genies versetzt, waren zu den unerschöpflichen, ruhigen Beglükkungen seines träumerischen, einzelgängerischen Lebens geworden. Den Blumen, entzückenden Werken der Schöpfung, deren Schicksal soviel Ähnlichkeit mit dem seinen besaß, galt seine ganze Liebe. In ihrem Glück, bei ihrem Sohn unschuldige Leidenschaften zu gewahren, die ihn der rauhen Berührung mit dem gesellschaftlichen Leben fernhielten, dem er so wenig standgehalten hätte wie der niedlichste Goldfisch des Ozeans auf dem Strand einen Blick der Sonne ertragen haben würde, war die Gräfin[15] den Neigungen Etiennes entgegengekommen, indem sie ihm spanische *Romanceros*[16] und italienische Motetten, Bücher, Sonette, Werke der Dichtkunst brachte. Die Bibliothek des Kardinals von Hérouville war Etiennes Erbteil; das Lesen sollte sein Leben ausfüllen. Jeden Morgen fand das Kind seine Einsamkeit von hübschen Pflanzen mit reichen Farben und süßen Düften bevölkert. Auf diese Weise wurden seine Lesestunden, denen sich lange hinzugeben seine schwächliche Gesundheit ihm nicht verstattete, und seine Betätigungen inmitten der Felsen durch naive Grübeleien unterbrochen, die ihn stundenlang vor lachenden Blumen sitzen ließen, seinen sanften Gefährtinnen, oder in einer Felshöhlung vor einer Alge, einer Flechte, einem Seegras kauern und deren Geheimnisse ergründen. Er suchte einen Reim inmitten der duftenden Blütenkronen, wie die Biene daraus ihren Honig gesogen hätte. Oft bewunderte er ohne Zweck und Ziel und ohne sich seine Freude erklären zu wollen die delikaten Netzwerke, die dunkelfarbenen Blütenblättern aufgeprägt sind, die Zartheit der reichen goldenen oder azurenen, grünen oder blaßvioletten Tuniken, die verschwenderisch schönen Einschnitte der Kelche oder Blätter, ihre glanzlosen oder samtigen Gewebe, die zerrissen, wie seine Seele bei der geringsten Anstrengung zerreißen mußte. Später sollte er gleichermaßen als Denker wie als Dichter den Grund der unzähligen Unterschiede in ein und derselben Natur dadurch erfassen, daß er darin das Anzeichen kostbarer Fähigkeiten entdeckte; denn von Tag zu Tag machte er Fortschritte in der Auslegung des Gotteswortes, das auf allen Dingen dieser Welt geschrieben steht. Diese hartnäckigen, heimlichen Forschungen, die in der okkulten Welt unternommen wurden, gaben seinem Leben die augenscheinliche Schläfrigkeit nachsinnender Genies. Ganze Tage lang blieb Etienne im Sande liegen, glücklich und ohne sein Wissen ein Dichter. Das plötzliche Innehalten eines goldenen Insekts, der Widerschein der Sonne auf dem Ozean, das Zittern des gedehnten, durchsichtigen Wasserspiegels, eine Muschel, eine Seespinne, alles wurde Ereignis und lustvolle Freude für die unbefangene Seele. Seine Mutter nahen zu sehen, von ferne das Rascheln ihres Kleides zu hören, auf sie zu warten, sie zu küssen, mit ihr zu sprechen, ihr zu lauschen, das alles löste so lebhafte Empfindungen in ihm aus, daß häufig eine Verspätung oder die leiseste Angst ihm ein verzehrendes Fieber verursachten. In ihm war nichts als Seele, und damit der schwache und stets gebrechliche Körper nicht durch die heftigen Wallungen jener Seele zerstört würde, bedurfte Etienne der Stille, der Liebesbezeigungen, des Friedens in der Landschaft, und der Liebe einer Frau. Gegenwärtig verschwendete seine Mutter Liebe und Liebesbezeigungen an ihn; die Felsen waren schweigsam; die Blumen, die Bücher verzauberten seine Einsamkeit; kurzum, sein kleines Reich aus Sand und Muscheln, aus Algen und Pflanzengrün dünkte ihn eine immer junge und neue Welt.

Etienne genoß alle Wohltaten dieses so tief unschuldigen physischen und dieses geistig-seelischen Lebens, das auf so poetische Weise ausgedehnt war. Als Kind der Gestalt, als Mann dem Geiste nach war er unter beiden Gesichtspunkten gleichermaßen engelhaft. Durch den Willen seiner Mutter hatten seine Studien sein Gefühlsleben in die Bereiche der Ideen transponiert. Seine Lebenstätigkeit vollzog sich somit in der Welt des Geistig-Seelischen, fern der sozialen Welt, die ihn töten oder leiden lassen konnte. Er lebte durch die Seele und durch die Kräfte des Verstandes. Nachdem er durch Lesen die menschlichen Gedanken in sich aufgenommen hatte, schwang er sich zu den Gedanken empor, die die Materie bewegen; er witterte Gedanken in den Lüften, er las in den Himmel geschriebene Gedanken. Kurzum, er erklomm beizeiten den ätherischen Gipfel, auf dem sich die seiner Seele gemäße köstliche Nahrung fand, eine berauschende Nahrung, die ihn indessen an dem Tag für das Unglück auserkor, da diese angehäuften Schätze sich mit den Reichtümern vereinen würden, die eine Leidenschaft plötzlich dem Herzen einverleibt. Zwar fürchtete Jeanne de Saint-Savin bisweilen einen solchen Sturm, aber sie tröstete sich bald durch einen Gedanken, den das traurige Los ihres Sohnes ihr eingab; denn diese arme Mutter fand kein anderes Heilmittel für ein Unglück als ein geringeres Unglück; daher war jeder ihrer Genüsse von Bitterkeit erfüllt.

»Er wird Kardinal«, sagte sie sich, »er wird durch das Gefühl für die Künste leben, zu deren Schirmherrn er sich aufwerfen wird. Statt einer Frau wird er die Kunst lieben, und die Kunst trügt nie.«

Die Freuden dieser verliebten Mutterschaft wurden also unaufhörlich durch düstere Gedanken getrübt, die der absonderlichen Lage entsprangen, in der sich Etienne inmitten seiner Familie befand. Die beiden Brüder hatten bereits beide das

Jünglingsalter hinter sich gebracht, ohne einander zu kennen, ohne sich gesehen, ohne ihrer beider nebenbuhlerisches Dasein zu ahnen. Die Herzogin hatte lange gehofft, sie könne während eines Fernseins ihres Gatten die beiden Brüder durch eine feierliche Szene, bei der sie sie mit ihrer Seele zu umhüllen gedachte, vereinigen. Sie machte sich Hoffnung, in Maximilien für Etienne Anteilnahme zu erwecken, wenn sie dem Jüngeren sagte, wieviel Schutz und Liebe er seinem kränklichen älteren Bruder schulde als Gegenleistung für den Verzicht, den dieser auf sich genommen habe und an den er sich halten würde, wenngleich gezwungenermaßen. Diese lange gehegte Hoffnung hatte sich verflüchtigt. Jetzt lag es ihr fern, ein Kennenlernen der beiden Brüder herbeizuführen; sie fürchtete eine Begegnung zwischen Etienne und Maximilien mehr noch als eine solche zwischen Etienne und seinem Vater. Maximilien, der nur an das Böse glaubte, hätte sicherlich gefürchtet, daß Etienne eines Tages seine ihm aberkannten Rechte zurückforderte, und er hätte ihn mit einem Stein um den Hals ins Meer geworfen. Nie hatte ein Sohn für seine Mutter weniger Respekt empfunden. Sobald er hatte denken können, war ihm klar geworden, wie wenig Achtung der Herzog für seine Frau empfand. Wenn der alte Gouverneur in seinem Verhalten der Herzogin gegenüber eine Form bewahrte, so verursachte Maximilien, den der Herzog nur wenig im Zaum hielt, seiner Mutter tausenderlei Kümmernisse. Daher wachte Bertrand beständig darüber, daß Maximilien Etienne nie erblickte, dessen Geburt ihm überdies sorglich verhehlt worden war. Die gesamte Dienerschaft des Schlosses haßte den Marquis de Saint-Savin, welchen Namen Maximilien trug, von Herzen, und die vom Dasein des älteren wußten, betrachteten diesen als einen Rächer, den Gott sich aufgespart hatte. Etiennes Zukunft war also zweifelhaft; vielleicht würde er von seinem Bruder verfolgt werden. Die arme Herzogin besaß keinerlei Verwandte, denen sie Leben und Interessen ihres geliebten Kindes hätte anvertrauen können; würde Etienne nicht seiner Mutter Vorwürfe machen, wenn er im römischen Purpur das Verlangen empfand, Vater zu werden, wie sie Mutter gewesen war? Solcherlei Gedanken und ihr kummervolles, von geheimen Schmerzen erfülltes Leben waren wie eine lange, durch eine sanfte Diät gemilderte Krankheit. Ihr Herz bedurfte der vorsichtigsten Behandlung, und alle, die sie umgaben, waren grausam unerfahren in schonender Güte. Welches Mutterherz wäre nicht ohne Unterlaß gemordet worden beim Anblick des ältesten Sohnes, eines Mannes von Kopf und Herz, in dem sich eine schöne Begabung bekundete, und der seiner Rechte beraubt war, während der jüngere, ein Galgenstrick und Taugenichts, ohne jedes Talent, sogar ohne jedes soldatische, ausersehen war, die Herzogskrone zu tragen und die Familie fortzupflanzen. Das Haus Hérouville verleugnete seinen Ruhm. Die sanfte Jeanne de Saint-Savin konnte nicht fluchen; sie konnte nur segnen und weinen; aber sie hob oft die Augen zum Himmel auf, um ihn um Rechenschaft über diesen absonderlichen Urteilsspruch zu bitten. Ihre Augen füllten sich mit Tränen, wenn sie bedachte, daß ihr Sohn nach ihrem Tode völlig verwaist und den Brutalitäten eines Bruders ohne Treu und Glauben preisgegeben sein würde. Eine solche Fülle unterdrückter Gefühle, eine erste, unvergessene Liebe, so viele unverstandene Schmerzen, denn sie verschwieg ihrem geliebten Kinde ihre heftigsten Leiden, ihre stets vergällten Freuden, ihre unablässigen Kümmernisse hatten die Grundfesten ihres Lebens geschwächt und in ihr eine Entkräftungskrankheit entstehen lassen, die, weit davon entfernt, sich zu mildern, mit jedem Tag neue Stärke gewann. Schließlich beschleunigte ein letzter Schlag die Auszehrung der Herzogin; sie hatte versucht, den Herzog über Maximiliens Unerzogenheit aufzuklären und war abschlägig beschieden worden; sie konnte dem grundschlechten Samen, der in der Seele dieses Kindes keimte, nichts entgegensetzen. Sie ging in eine Zeit so auffälligen Siechtums ein, daß die Krankheit die Berufung Beauvouloirs auf den Posten eines Arztes des Hauses Hérouville und der Regierung der Normandie erforderlich machte. Der ehemalige Gliederrenker wohnte also fortan im Schloß. In jenen Zeiten wurden diese Stätten Gelehrten zur Verfügung gestellt, die dort die notwendige Muße zur Vollendung ihrer Arbeiten und die für ihr dem Studium geweihtes Leben unentbehrlichen Honorare fanden. Beauvouloir hatte sich seit einiger Zeit diese Stellung gewünscht; denn sein Wissen und sein Vermögen hatten ihm zahlreiche, erbitterte Feinde eingetragen. Trotz der

Protektion durch eine große Familie, der er in einer vielberedeten Angelegenheit geholfen hatte, war er unlängst in einen Kriminalprozeß verstrickt worden, und lediglich durch das Eingreifen des Gouverneurs der Normandie, den die Herzogin darum gebeten hatte, war das Verfahren eingestellt worden. Der Herzog brauchte den auffälligen Schutz, den er dem ehemaligen Gliederrenker gewährte, nicht zu bereuen: Beauvouloir heilte den Marquis de Saint-Savin von einer so gefährlichen Krankheit, daß jedem anderen Arzt diese Kur fehlgeschlagen wäre. Aber die Verwundung der Herzogin lag zu lange zurück, als daß sie noch hätte geheilt werden können, zumal da sie im Hause unablässig angefacht wurde. Wenn das Leiden ein nahes Ende dieses Engels voraussehen ließ, den so viele Schmerzen auf ein besseres künftiges Los vorbereitet hatten, so wurde der Tod noch gefördert durch die düsteren Zukunftsahnungen.

»Was soll ohne mich aus meinem armen Kinde werden?« Das war ein Gedanke, den jede Stunde mit sich brachte wie eine bittere Woge.

Kurzum, als die Herzogin im Bett verbleiben mußte, glitt sie rasch dem Grab entgegen; denn jetzt war sie ihres Sohnes beraubt, dem es durch den Pakt, dessen Innehaltung er sein Leben verdankte, verboten war, ihrem Lager zu nahen. Der Schmerz des Kindes glich dem der Mutter. Befeuert vom besonderen, konzentrierten Gefühlen innewohnenden Genie erschuf Etienne sich die mystischste aller Sprachen, um sich mit seiner Mutter unterhalten zu können. Er erprobte seine Stimmittel, wie es die geschickteste Sängerin getan haben würde, und sang schwermütige Weisen unter den Fenstern seiner Mutter, wenn Beauvouloir ihn durch ein Zeichen hatte wissen lassen, daß sie allein sei. Früher, im Wickelband, hatte er seine Mutter durch verstehende Lächelblicke getröstet; nun er zum Dichter geworden war, liebkoste er sie durch die süßesten Melodien.

»Diese Lieder erhalten mich am Leben!« sagte die Herzogin zu Beauvouloir und amtete die von der Stimme Etiennes beseelte Luft.

Schließlich kam die Zeit, da eine lange Trauer für das verfluchte Kind beginnen mußte. Schon mehrmals hatte Etienne geheimnisvolle Entsprechungen zwischen seinen Gefühlen und den

Regungen des Ozeans wahrgenommen. Das Erahnen der Gedanken der Materie, das ihm seine okkulte Wissenschaft beschert hatte, machte jenes Phänomen für ihn beredter als für jeden anderen. Während des schicksalsschweren Abends, da er seine Mutter zum letztenmal sehen sollte, war der Ozean durch Bewegungen aufgewühlt, die ihn ungewöhnlich dünkten. Die Wasser waren in einer Unruhe, die zeigte, daß das Meer innerlich arbeitete; in schweren Wogen schwoll es auf, sie zerbarsten in unheilverkündenden Geräuschen, die dem Geheul von Hunden in höchster Not glichen. Etienne ertappte sich dabei, daß er vor sich hin sagte: »Was will das Meer nur von mir? Es zittert und jammert wie ein Lebewesen! Meine Mutter hat mir oft erzählt, in der Nacht meiner Geburt habe der Ozean sich in grausigen Krämpfen gewunden. Was wird mir widerfahren?«

Dieser Gedanke ließ ihn am Fenster seiner Strohhütte verweilen und den Blick bald auf das Schlafzimmerfenster seiner Mutter richten, wo ein Licht leise zitterte, bald auf den Ozean, der zu ächzen und zu stöhnen fortfuhr. Plötzlich klopfte Beauvouloir vorsichtig, öffnete, und bot auf seinem verdüsterten Gesicht den Widerschein eines Unglücks dar.

»Monseigneur«, sagte er, »die Frau Herzogin ist in einem so traurigen Zustand, daß sie Euch zu sehen wünscht. Es sind alle Vorsichtsmaßnahmen getroffen worden, damit Euch im Schloß kein Übel zustößt; aber wir müssen uns sehr in Acht nehmen, wir müssen nämlich durch das Zimmer des Herzogs gehen, das, in dem Ihr geboren worden seid.«

Diese Worte ließen Etienne Tränen in die Augen treten; er rief aus: »Der Ozean hat es mir erzählt!«

Mechanisch ließ er sich zu der Tür des Turmes führen, dessen Treppe Bertrand während der Geburtsnacht des verfluchten Kindes hinaufgestiegen war. Der Reitknecht stand dort, in der Hand eine Laterne. Etienne gelangte in die Bibliothek des Kardinals von Hérouville, wo er mit Beauvouloir warten mußte, während Bertrand die Türen öffnete und erkundete, ob das verfluchte Kind ungefährdet hindurchgehen könne. Der Herzog war nicht erwacht. Im leichtfüßigen Weitergehen vernahmen Etienne und Beauvouloir in dem riesengroßen Schloß nur das schwache Stöhnen der Sterbenden. So wiederholten sich die Umstände, die bei Etiennes Geburt obgewaltet hatten, beim Tode seiner Mutter. Derselbe Sturm, dieselben Bangnisse, dieselbe Furcht, den mitleidlosen Riesen zu wecken, der diesmal tief schlief. Um jedes Unglück zu vermeiden, trug der Reitknecht Etienne auf dem Arm in das Schlafgemach seines furchtbaren Herrn, entschlossen, ihm mit irgendeinem Vorwand im Zusammenhang mit dem Zustand der Herzogin aufzuwarten, falls er überrascht würde. Etiennes Herz krampfte sich ob der Furcht zusammen, die diese beiden treuen Diener erfüllte; aber diese Empfindung bereitete ihn gewissermaßen auf den Anblick vor, der sich seinen Blicken in jenem feudalen Schlafzimmer bot, das er zum erstenmal seit dem Tage betrat, da der väterliche Fluch ihn daraus verbannt hatte. Auf dem großen Bett, dem nie das Glück genaht war, suchte er seine geliebte Mutter, und es kostete ihn Mühe, sie zu finden, so mager war sie geworden. Bleich war sie wie ihre Spitzen, nur noch einen langen Atemzug hatte sie auszuhauchen, aber dennoch raffte sie ihre Kräfte zusammen, um Etiennes Hände zu ergreifen; sie wollte ihm ihre ganze Seele in einem langen Blick schenken, wie ehemals Chaverny ihr in einem Abschiedsgruß sein ganzes Leben vermacht hatte. Beauvouloir und Bertrand, das Kind und die Mutter sowie der schlafende Herzog waren noch einmal vereint. Dieselbe Stätte, derselbe Schauplatz, dieselben Darsteller; aber jetzt waltete düsterer Schmerz anstatt der Freuden der Mutterschaft, es war die Nacht des Todes anstatt der Helle des Lebens. In diesem Augenblick brach der Orkan, der sich seit Sonnenuntergang durch das schaurige Geheul des Meeres angekündigt hatte, plötzlich los.

»Liebe Blüte meines Lebens«, sagte Jeanne de Saint-Savin und küßte den Sohn auf die Stirn, »du wurdest mitten in einem Sturm aus meinem Schoß gelöst, und in einem Sturm löse ich mich von dir. Zwischen diesen beiden Ungewittern war alles für mich Ungewitter, bis auf die Stunden, da ich dich gesehen habe. Dies ist nun meine letzte Freude; sie mischt sich in meinen letzten Schmerz. Leb wohl, meine allereinzige Liebe, leb wohl, schönes Abbild zweier bald vereinter Seelen, leb wohl, meine einzige Freude, reine Freude, leb wohl, du mein Ganzgeliebter.«

»Laß mich dir folgen«, sagte Etienne, der sich auf das Bett der Mutter gelegt hatte.

»Das wäre ein besseres Los!« sagte sie und ließ zwei Tränen über ihre fahlen Wangen rinnen; denn wie ehedem schien ihr Blick in der Zukunft zu lesen. »Hat ihn niemand gesehen?« fragte sie ihre beiden Diener. In diesem Augenblick regte sich der Herzog in seinem Bett, und alle fuhren zusammen. »Sogar meine letzte Freude erfährt eine Trübung!« sagte die Herzogin. »Bringt ihn fort! Bringt ihn fort!«

»Mutter, lieber will ich dich ein Weilchen länger sehen und sterben!« sagte das arme Kind und wurde auf dem Bett ohnmächtig.

Auf einen Wink der Herzogin nahm Bertrand Etienne auf den Arm und ließ ihn ein letztes Mal seine Mutter sehen; sie küßte ihn mit einem letzten Blick; Bertrand schickte sich an, Etienne hinauszutragen; er erwartete noch einen Befehl der Sterbenden.

»Habt ihn sehr lieb«, sagte sie zu dem Reitknecht und dem Gliederrenker; »ich sehe keine anderen Schützer für ihn als euch und den Himmel.«

Durch einen Instinkt, der die Mütter niemals trügt, hatte sie das tiefe Mitleid gewahrt, das der älteste Sprößling des mächtigen Hauses, dem er eine Verehrung entgegenbrachte, die derjenigen der Juden für die Heilige Stadt vergleichbar ist, dem Reitknecht einflößte. Was Beauvouloir betraf, so war der Pakt zwischen der Herzogin und ihm seit langem unterzeichnet. Es erschütterte die beiden Diener, zu erleben, daß ihre Herrin genötigt war, ihnen dieses edle Kind zu vermachen; sie gelobten durch eine heilige Geste, die Vorsehung ihres jungen Herrn zu werden, und die Mutter vertraute dieser Geste.

Die Herzogin starb am Morgen, einige Stunden danach; auch von den geringsten unter den Dienern wurde sie beweint; sie machten keine großen Worte; sie sagten am Grabe lediglich, sie sei »eine edle, aus dem Paradies herabgefallene Frau« gewesen.

Etienne fiel dem tiefsten, dem längsten Schmerz anheim, einem zudem stummen Schmerz. Er lief nicht mehr durch das Felsgewirr, er verspürte nicht mehr die Kraft zu lesen oder zu singen. Ganze Tage lang blieb er in einer Felshöhlung kauern, gleichgültig gegen die Unbill des Wetters; reglos klammerte er sich an einen Granitblock, wie eine der Flechten, die darauf wuchsen; aber er weinte nur selten; er war versunken in einen einzigen, ungeheuren Gedanken, der unendlich war wie der Ozean; und wie der Ozean nahm jener Gedanke tausend Formen an und wurde furchterregend, stürmisch und dann wieder ruhig. Es war mehr als ein bloßer Schmerz, es wurde daraus ein neues Leben, ein unwiderrufliches Schicksal für dies schöne Geschöpf, das nie wieder lächeln sollte. Es gibt ein Leid, das wie Blut ist, das, wird es in fließendes Wasser gegossen, die Flut für eine Weile rot färbt; aber ein neuer Schwall stellt die Reinheit seines Spiegels wieder her; bei Etienne jedoch wurde die Quelle selber vergällt, und jede Woge der Zeit trug ihm die gleiche Menge an Galle zu.

Obwohl Bertrand alt war, hatte er die Oberleitung der Pferdeställe beibehalten; er wollte sein Ansehen im Hause nicht einbüßen. Seine Wohnung war in der Nähe des Hauses gelegen, in das Etienne sich zurückgezogen hatte, und so war er befähigt, über ihn mit der beharrlichen Zuneigung und der abgefeimten Schlichtheit zu wachen, die für alle Soldaten bezeichnend ist. Er legte all seine Rauhheit ab, wenn er mit dem armen Kinde sprach; behutsam holte er ihn bei Regenwetter ab und entriß ihn seiner Grübelei, um ihn zurück ins Haus zu bringen. Er setzte seinen Ehrgeiz darein, an die Stelle der Herzogin zu treten, so daß der Sohn, wenn auch nicht die gleiche Liebe so doch die gleiche Fürsorglichkeit fand. Dies Mitleid ähnelte der Zärtlichkeit. Etienne ertrug ohne Klage und Widerstreben die Betreuung durch den Diener; aber es waren zuviele Bande zwischen dem verfluchten Kind und den andern Geschöpfen zerrissen, als daß in seinem Herzen eine lebendige Zuneigung hätte entstehen können. Mechanisch ließ er sich beschützen; er war nämlich zu einem Mittelding zwischen Mensch und Pflanze geworden, oder vielleicht zwischen Mensch und Gott. Womit soll man ein Wesen vergleichen, dem die sozialen Gesetze, die falschen Gefühle der Welt unbekannt waren und das sich eine bezaubernde Unschuld bewahrt hatte, weil es einzig dem Instinkt seines Herzens folgte? Dennoch, trotz seiner düsteren Schwermut, verspürte er bald das Verlangen, zu lieben, eine andere Mutter zu haben, eine andere Seele, die ihm gehörte; aber da er von der zivilisierten Menschenwelt durch eine eherne Schranke geschieden war, war es schwierig, daß er einem Wesen begegnete, das sich, gleich ihm, in eine Blume verwandelt hätte. Auf der Suche nach einem anderen Ich, dem er seine Gedanken anvertrauen und dessen Leben das seine hätte werden können, freundete er sich schließlich mit dem Ozean an. Das Meer wurde für ihn zu einem geliebten, denkenden Wesen. In der steten Gegenwart dieser ungeheuren Schöpfung, deren verborgene Wunder sich so großartig von denjenigen der Erde unterscheiden, entdeckte er darin die Ursache mehrerer Geheimnisse. Da er von der Wiege an mit der Unermeßlichkeit dieser feuchten Gefilde vertraut war, erzählten Meer und Himmel ihm wundersame Dichtungen. Für ihn war in diesem großen, dem Anschein nach so eintönigen Gemälde alles Mannigfaltigkeit. Wie alle Menschen, bei denen der Körper der Seele untertan ist, besaß er einen durchdringenden Blick und konnte auf riesige Entfernungen mit wunderbarer Leichtigkeit mühelos die flüchtigsten Nuancen des Lichtes, das vergänglichste Erzittern des Wassers wahrnehmen. Auch wenn das Meer vollkommen ruhig war, fand er noch vielfältige Tönungen; denn das Meer hatte jetzt wie das Antlitz einer Frau einen bestimmten Ausdruck, Lächelblicke, Gedanken, Launen: dort war es grün und düster, hier lachend in seinem Azur; bald vereinigte es seine schimmernden Linien mit dem unentschiedenen Leuchten der Weite, bald wiegte es sich nach einer lieblichen Weise unter orangenen Wolken. Es kam für ihn zu herrlichen, pompös begangenen Festen bei Sonnenuntergängen, wenn das Gestirn seine roten Farben wie einen Purpurmantel über die Fluten breitete. Für ihn war das Meer in der Tagesmitte heiter, lebendig und geistvoll, wenn es erzitterte und durch seine tausend blendenden Facetten den Glanz des Lichtes wiederholte; es enthüllte ihm verwunderliche Melancholien, es ließ ihn weinen, wenn es resigniert, ruhig und traurig einen grauen, wolkenbeladenen Himmel zurückwarf. Auf diese Weise hatte er die stumme Sprache dieser gewaltigen Schöpfung begriffen. Hin- und Zurückfluten waren für ihn eine melodische Atmung, deren jeder Seufzer ihm ein Gefühl schilderte; er verstand dessen geheimen Sinn. Kein Seemann, kein Gelehrter hätte besser als er die geringste Zornesregung des Ozeans voraussagen können, die leichteste Veränderung seines Antlitzes. Aus der Art, wie die Wogen am Gestade erstarben, erriet er das Hohlgehen der See, die Stürme, die Böen, die Stärke von Ebbe und Flut. Wenn die Nacht ihre Schleier dem Himmel entgegenbreitete, sah er noch immer das Meer im Dämmerungsleuchten und unterhielt sich mit ihm; er nahm Teil an des Meeres fruchtbarem Leben, er empfand in seiner Seele einen echten Sturm, wenn das Meer wütete; er atmete den Zorn des Meeres in dessen scharfem Zischen, er lief mit den riesigen Wogen um die Wette, die an den Felsen zu tausend flüssigen Fransen zerbarsten; er war furchtlos und fürchterlich wie das Meer, und er bäumte sich wie das Meer in gewaltiger Brandung, bewahrte wie das Meer trübsinniges Schweigen, ahmte seine plötzliche Milde nach. Kurzum, er hatte sich dem Meer vermählt, es war seine Vertraute und seine Freundin. Morgens, wenn er über den feinen, glänzenden Sand des Strandes gelaufen war und auf seine Felsen gelangte, erkannte er durch nichts als einen Blick den Geist des Ozeans; er gewahrte plötzlich dessen Landschaften; er schwebte über dem großen Antlitz der Wasser wie ein vom Himmel gekommener Engel. Wenn fröhliche, mutwillige weiße Dünste ihm ein feines Gespinst überwarfen, das wie ein Schleier über der Stirn einer Braut war, folgte er dessen Wellenbewegungen und Launen mit der Freude eines Liebenden, genauso entzückt, es am Morgen kokett wie eine Frau zu finden, die noch im Bann des Schlafes befangen ist, wenn sie sich erhebt, wie es ein Ehemann beim Wiedersehen mit seiner jungen Gattin in der Schönheit ist, die ihr die Lust angetan hat. Sein diesen großen göttlichen Gedanken angetrautes Denken tröstete ihn in seiner Einsamkeit, und die tausend Strahlen seiner Seele hatten seine enge Einöde mit erhabenen Phantasien bevölkert. Mit einem Wort, er hatte schließlich in allen Bewegungen des Meeres seine eigene intime Liebesverbindung mit dem himmlischen Räderwerk erahnt, und er gewahrte die Natur in ihrem harmonischen Gesamt vom Grashalm bis zu den schweifenden Sternen, die gleich vom Wind fortgetragenen Samenkörnern danach trachten, im Äther Wurzel zu schlagen. Er war rein wie ein Engel, unberührt von Gedanken, durch die die Menschen erniedrigt werden, naiv wie ein Kind, und so lebte er wie eine Möwe, wie eine Blume, Verschwender einzig von Schätzen einer poetischen Phantasie, eines göttlichen Wissens, von dem er einzig der fruchtbaren Weite nachsann. Unglaubliches Gemisch zweier Schöpfungen! Bald schwang er sich durch das Gebet bis zu Gott auf, bald sank er wieder demütig und schicksalsergeben bis zum friedevollen Glück der unvernünftigen Tiere hinab. Für ihn waren die Sterne die Blüten der Nacht; der Sonnenglanz war sein Vater; die Vögel waren seine Freunde. Allem verleibte er die Seele seiner Mutter ein; oft erblickte er sie in den Wolken, er sprach mit ihr, und sie standen tatsächlich durch himmlische Visionen miteinander in Verbindung; an gewissen Tagen vernahm er ihre Stimme, bewunderte er ihr Lächeln, kurzum, es gab Tage, an denen er sie nicht verloren hatte! Gott schien ihm die Kraft der alten Einsiedler verliehen und ihn mit vervollkommneten inneren Sinnen begabt zu haben, die in den Geist der Dinge einzudringen vermochten. Unerhörte geistig-seelische Kräfte erlaubten ihm, weiter als andere Menschen in die Geheimnisse der unsterblichen Werke vorzudringen. Seine Sehnsüchte und sein Schmerz waren wie Bande, die ihn mit der Welt der Geister vereinten; er schritt hinein, gewappnet mit seiner Liebe, um darin seine Mutter zu suchen, und so verwirklichte er durch die erhabenen Zusammenklänge der Ekstase das symbolische Unterfangen des Orpheus. Er schwang sich in die Zukunft oder in den Himmel auf, gerade wie er von seinen Felsen aus von einer Linie des Horizonts zur andern über den Ozean flog. Oftmals auch, wenn er ganz hinten in einem tiefen Loch hockte, das in launischer Rundung in einen Granitblock gehöhlt war und dessen Eingang eng war wie der eines Tierschlupfes; wenn jene Höhle sanft durch die warmen Sonnenstrahlen erhellt wurde, die durch die Steinrisse drangen und ihm die hübschen Meeresflechten zeigten, mit denen diese Zufluchtsstätte geschmückt war, das wahre Nest eines Seevogels, dann überwältigte ihn unwillkürlich der Schlummer. Nur die Sonne, seine Herrscherin, sagte ihm, daß er geschlafen habe, wenn sie ihm die Zeit bemaß, während der für ihn seine Wasserlandschaften, seine übergoldeten Sandflächen und seine Muschelbänke verschwunden gewesen waren. Durch schimmerndes Leuchten wie das der Himmelsweiten staunte er die ungeheuren Städte an, von denen ihm seine Bücher berichtet hatten; verwundert, aber ohne Verlangen betrachtete er die Höfe, die Könige, die Schlachten, die Menschen, die Baudenkmäler. Dieser Traum am lichten Tag machte ihm stets seine süßen Blumen, seine Wolken, seine Sonne, seine schönen Granitfelsen noch teurer. Um ihn noch fester an sein einsiedlerisches Leben zu fesseln, schien ein Engel ihm die Abgründe der geistig-seelischen Welt und die Schrecknisse der Kulturen zu enthüllen. Er spürte, daß seine Seele, sobald sie durch diese Ozeane von Menschen hindurchgeschleift wurde, untergehen müsse wie eine zerbrochene Perle, die beim königlichen Einzug einer Fürstin aus dem Kopfputz in den Straßenschmutz fällt.

Wie der Sohn starb

Im Jahre 1617, zwanzig und einige Jahre nach der Schreckensnacht, in der Etienne der Welt überantwortet wurde, saß der Herzog von Hérouville, der jetzt sechsundsiebzig Jahre alt, innerlich zerbrochen und dem Tode nahe war, bei Sonnenuntergang in einem riesigen Lehnsessel am Spitzbogenfenster seines Schlafgemachs, an der Stelle, von der aus ehemals die Gräfin so vergebens durch die Rufe ihres Horns, die sich in den Lüften verloren, die Hilfe der Menschen und des Himmels erbeten hatte. Man hätte ihn wahrhaftig für ein Überbleibsel des Grabes halten können. Sein energisches Gesicht, das durch Leiden und Alter seines düsteren Aussehens entblößt worden war, hatte eine bleifahle Färbung angenommen; sie entsprach den langen Strähnen weißen Haars, das rings um seinen kahlen Kopf herabfiel; die gelbe Schädeldecke wirkte schwächlich. Noch immer glänzten Kriegslust und Fanatismus aus seinen gelben Augen, wenngleich gemäßigt durch ein religiöses Gefühl. Die Frömmigkeit hatte über dieses Antlitz, das ehedem so hart gewesen war, eine mönchische Tönung gebreitet, und jene Tönung hatte seinen Ausdruck gemildert. Der Widerschein des Sonnenuntergangs lieh durch ein weiches, rotes Leuchten diesem noch immer kraftvollen Kopf Farbe. Der geschwächte Körper war in braune Gewänder gehüllt und machte durch seine schwerfällige Haltung, durch den Verzicht auf jede Bewegung das monotone Dasein, die schreckliche Ruhe dieses Mannes vollends deutlich, der ehedem so unternehmend, so haßsüchtig und voller Tatendrang gewesen war.

»Genug«, sagte er zu seinem Kaplan.

Dieser ehrwürdige Greis hatte aus dem Evangelium vorgelesen und dabei in ehrerbietiger Haltung vor seinem Herrn und Gebieter gestanden. Der Herzog glich den alten Löwen einer Menagerie in ihrer Altersschwäche, die noch immer voller Majestät sind; er wandte sich nach einem anderen Weißhaarigen um und hielt ihm den mageren, mit spärlichen Haaren bedeckten Arm hin, der noch nervig, aber kraftlos war.

»Jetzt ist die Reihe an Euch, Gliederrenker«, rief er. »Seht nach, wie es heute um mich bestellt ist.«

»Alles steht gut, Monseigneur, und das Fieber ist vorüber. Sie werden noch lange Jahre leben.«

»Ich wollte, Maximilien wäre hier«, fuhr der Herzog fort und ließ sich ein Lächeln des Wohlbehagens entschlüpfen. »Der wackere Junge! Er kommandiert jetzt eine Kompanie Arquebusiers beim König. Der Marschall d'Ancre[17] hat sich meines Buben angenommen, und unsere gnädige Königin Maria gedenkt sich mit ihm zu verschwägern, nun er zum Herzog von Nivron ernannt worden ist. Also wird mein Name würdig fortgepflanzt. Der Junge hat beim Sturmangriff Wunder an Tapferkeit vollbracht ...«

Da trat Bertrand mit einem Brief in der Hand ein.

»Was soll das?« fragte der alte Edelherr lebhaft.

»Ein Eilbrief, den der König Euch durch einen Kurier geschickt hat«, antwortete der Reitknecht.

»Der König und nicht die Königin-Mutter?« rief der Herzog. »Was geht denn vor? Sollten die Hugenotten etwa wieder zu den Waffen greifen, beim Haupte Gottes und allen Reliquien?« fuhr der Herzog fort, sprang auf und warf einen funkelnden Blick auf die drei Greise. »Dann würde ich abermals meine Soldaten bewaffnen, und, mit Maximilien an meiner Seite, wird die Normandie ...«

»Setzt Euch, guter Herr«, sagte der Gliederrenker, als er sah, daß der Herzog sich in einem Trotzanfall erging, der für einen Genesenden gefährlich war.

»Lest Ihr, Meister Corbineau«, sagte der alte Mann und hielt den Eilbrief seinem Beichtvater hin.

Jene vier Persönlichkeiten stellten ein Bild dar, das reich an Auskünften über das menschliche Leben war. Der Reitknecht, der Priester und der Arzt, deren Haar die Jahre gebleicht hatten, standen alle drei vor ihrem in dem Lehnstuhl sitzenden Gebieter; sie warfen einander nur matte Blicke zu, sie verkörperten jeder einen der Gedanken, die sich schließlich des Menschen am Rande des Grabes bemächtigen. Die schweigenden Männer wurden von einem letzten Strahl der untergehenden Sonne stark beleuchtet; sie stellten ein erhabenes Bild voller Melancholie dar, das fruchtbar durch seine Kontraste war. Das düstere, feierliche Schlafgemach, in dem seit fünfundzwanzig Jahren nichts geändert worden war, umrahmte gut diese poetische Szene voll erloschener Leidenschaften, die traurig gemacht wurde durch den Tod, und die durch die Religion ihre Fülle erhielt.

»Der Marschall d'Ancre ist auf der Louvre-Brücke auf Befehl des Königs getötet worden, und dann ... O mein Gott ...«

»Weiter«, rief der Edelherr.

»Monseigneur der Herzog von Nivron ...«

»Na, und?«

»Ist tot!«

Der Herzog neigte den Kopf auf die Brust, stieß einen tiefen Seufzer aus und blieb stumm. Bei diesem Wort, bei diesem Seufzer blickten die drei Greise einander an. Ihnen war, als verschwinde das erlauchte, schwerreiche Haus Hérouville vor ihren Augen wie ein untergehendes Schiff.

»Der Herr dort droben«, fuhr der Herzog fort und warf einen schrecklichen Blick gen Himmel, »bezeigt sich höchst undankbar gegen mich. Er erinnert sich nicht der großen Taten, die ich für seine heilige Sache vollbracht habe.«

»Gott nimmt Rache«, sagte der Priester mit ernster Stimme.

»Werft diesen Mann in den Kerker«, rief der Edelherr.

»Mich könnt Ihr leichter zum Schweigen bringen als Euer Gewissen beschwichtigen.«

Der Herzog von Hérouville versank wieder in Nachdenken.

»Mein Haus geht unter! Mein Name erlischt! Ich will heiraten, ich will einen Sohn haben«, sagte er nach einer langen Pause.

So furchtbar auch der Ausdruck der Verzweiflung war, der sich auf dem Antlitz des Herzogs von Hérouville abzeichnete: Der Gliederrenker konnte sich ein Lächeln nicht verkneifen. In diesem Augenblick überhallte ein Singen, das frisch war wie die Abendluft, rein wie der Himmel und schlicht wie die Farbe des

Ozeans, das Murmeln des Meeres und schwang sich auf, um die Natur zu verzaubern. Die Melancholie dieser Stimme und das Melodische der Worte verbreiteten in der Seele etwas wie einen Dufthauch. Die Harmonie stieg in Wolken auf, erfüllte die Lüfte, goß Balsam auf alle Schmerzen oder vielmehr tröstete sie, indem sie ihnen Ausdruck gab. Die Stimme vereinte sich dem Rauschen der Wogen mit einer so seltenen Vollkommenheit, daß sie dem Schoß der Fluten zu entsteigen schien. Dieser Gesang war für jene Greise süßer, als es das zärtlichste Liebeswort für ein junges Mädchen gewesen wäre; er trug so viele fromme Hoffnungen in sich, daß er im Herzen widerhallte wie eine vom Himmel kommende Stimme.

»Was ist das?« fragte der Herzog.

»Die kleine Nachtigall singt«, sagte Bertrand; »noch ist nicht alles verloren, weder für ihn noch für uns.«

»Wen nennt Ihr eine Nachtigall?«

»Diesen Namen haben wir dem ältesten Sohn Eurer Herrlichkeit gegeben«, antwortete Bertrand.

»Meinem Sohn?« rief der alte Mann. »Ich habe also einen Sohn, der meinen Namen trägt und der ihn verewigen kann?«

Er sprang auf die Füße und begann, abwechselnd langsam und hastig in seinem Schlafgemach auf und ab zu gehen; dann vollführte er eine befehlende Geste und schickte seine Leute hinaus, ausgenommen den Priester.

Am nächsten Morgen schritt der Herzog, auf seinen alten Reitknecht gestützt, den Strand entlang, zwischen den Felsen hindurch und suchte den Sohn, den er ehedem verflucht hatte; er gewahrte ihn von weitem, wie er in einem Granitspalt lag, lässig ausgestreckt im Sonnenschein, den Kopf auf einem Büschel feinen Grases, die Füße auf anmutige Weise unter den Körper gezogen. Etienne sah aus wie eine sich ausruhende Schwalbe. Sowie der hochgewachsene Greis sich am Meeressaum zeigte und das durch den Sand gedämpfte Geräusch seiner Schritte schwach erscholl und sich mit der Stimme der Fluten mischte, wandte Etienne den Kopf, stieß den Schrei eines überraschten Vogels aus und verschwand in den Granit hinein wie eine Maus, die so behend in ihr Loch schlüpft, daß man schließlich bezweifelt, ob man sie überhaupt gesehen habe.

»Ha, beim Haupte Gottes und allen Reliquien, wo hat er sich denn verkrochen?« rief der Edelmann, als er an dem Felsen angelangt war, auf dem sein Sohn gekauert hatte.

»Da steckt er«, sagte Bertrand und zeigte auf einen schmalen Felsspalt, dessen Ränder vom oft wiederholten Ansturm der Hochflut geglättet und abgeschabt waren.

»Etienne, mein vielgeliebter Sohn!« rief der Greis.

Das verfluchte Kind antwortete nicht. Einen Teil des Vormittags bat, drohte, schimpfte und flehte der alte Herzog abwechselnd, ohne eine Antwort erhalten zu können. Manchmal schwieg er und legte das Ohr an den Felsspalt, aber alles, was sein geschwächtes Hörvermögen ihm zu vernehmen gestattete, war das dumpfe Pochen von Etiennes Herzen, dessen beschleunigtes Pulsen unter der widerhallenden Wölbung erscholl.

»Dieser wenigstens ist am Leben«, sagte der Greis mit herzzerreißendem Stimmklang.

Um die Tagesmitte nahm der verzweifelte Vater seine Zuflucht zum Gebet.

»Etienne«, sagte er, »mein lieber Etienne, Gott hat mich dafür gestraft, daß ich dich verkannt habe. Er hat mich deines Bruders beraubt! Heute bist du mein einziges Kind. Ich liebe dich mehr, als ich mich selber liebe. Ich habe meinen Irrtum erkannt, ich weiß, daß in deinen Adern wahrhaft mein Blut oder das deiner Mutter strömt, deiner Mutter, deren Unglück mein Werk gewesen ist. Komm, ich will versuchen, dich mein Unrecht vergessen zu lassen, ich will dich lieben und werthalten um alles dessen willen, was ich verloren habe. Etienne, du bist bereits Herzog von Nivron, und nach mir wirst du Herzog von Hérouville sein, Pair von Frankreich, Ritter des Ordens vom Goldenen Vlies, Hauptmann hundert bewaffneter Männer, Großkomtur von Bessin, Gouverneur der Normandie für den König, Herr von siebenundzwanzig Gütern, zu denen neunundsechzig Kirchtürme gehören, und Marquis de Saint-Sever. Zur Frau bekommst du die Tochter eines Fürsten. Du wirst das Oberhaupt des Hauses Hérouville. Willst du mich denn vor Kummer sterben lassen? Komm, komm! Oder ich bleibe hier vor deiner Zufluchtsstätte auf den Knien liegen, bis ich dich gesehen habe. Dein alter Vater demütigt sich vor Dir, als seist Du Gott in Person.«

Das verfluchte Kind verstand nicht diese von gesellschaftlichen Gedanken und Eitelkeiten, die ihm fremd waren, strotzende Rede; es gewahrte in seiner Seele abermals die Eindrücke unbezwinglichen Entsetzens. Etienne blieb stumm, grausigen Ängsten preisgegeben. Gegen Abend wurde der alte Edelmann, als er alle Formeln der Sprache, alle Hilfsmittel des Gebets und alle Ausdrücke der Reue erschöpft hatte, von einer Art religiöser Zerknirschung gepackt. Er kniete im Sande nieder und tat folgendes Gelübde:

»Ich schwöre, dem heiligen Johannes und dem heiligen Stephanus, den Schutzheiligen meiner Frau und meines Sohnes, eine Kapelle zu errichten und darin hundert Messen zu Ehren der heiligen Jungfrau zu stiften, wenn Gott und die Heiligen mir die Liebe des Herrn Herzogs von Nivron erstatten, meines hier gegenwärtigen Sohnes!«

Er verharrte in tiefer Demut; er kniete mit gefalteten Händen und betete. Aber da er sein Kind, die Hoffnung seines Namens, nicht erscheinen sah, kamen dicke Tränen aus seinen so lange trocken gewesenen Augen und rollten seine welken Wangen hinab. In diesem Augenblick schlich sich Etienne, der nichts mehr gehört hatte, über den Rand seiner Grotte wie eine nach Sonne hungernde junge Ringelnatter; er sah die Tränen des niedergeschlagenen Greises, erkannte die Sprache des Schmerzes, ergriff die Hand seines Vaters, küßte sie und sagte mit Engelstimme: »O liebe Mutter, verzeih mir!«

In seinem Glücksfieber trug der Gouverneur der Normandie seinen schmächtigen Erben, der wie ein entführtes Mädchen zitterte, auf den Armen davon; und als er ihn beben fühlte, gab er sich alle Mühe, ihn zu beruhigen; er küßte ihn so behutsam, als berühre er eine Blume; er fand für ihn liebevolle Worte, die auszusprechen er niemals verstanden hatte.

»Beim wahrhaftigen Gott, du ähnelst meiner armen Jeanne, liebes Kind!« sagte er. »Laß mich alles wissen, was dir gefällt; ich gebe dir alles, was du dir wünschen könntest. Sei nur stark! Sei nur gesund! Ich will dich lehren, auf einer Stute zu reiten, die sanft und liebenswürdig ist wie du. Nichts soll dich verdrießen. Beim Haupte Gottes und allen Reliquien! Rings um dich her soll sich alles beugen wie Schilfrohr im Winde. Grenzenlose

Macht will ich dir hier geben. Ich selber will dir gehorchen als dem Gott der Familie.«

Bald betrat der Vater mit seinem Sohn das feudale Schlafzimmer, in dem das traurige Leben der Mutter verronnen war. So konnte Etienne sich plötzlich an das Fenster setzten, wo er zu leben begonnen hatte, von dem aus seine Mutter ihm Zeichen gegeben hatte, um ihm zu verkünden, daß ihrer beider Verfolger aufgebrochen sei, ihrer beider Verfolger, der jetzt, ohne daß Etienne vorerst wußte, warum, zu seinem Sklaven geworden war und einem der gigantischen Geschöpfe ähnelte, die die Macht einer Fee dem Befehl eines jungen Prinzen unterstellt hat. Jene Fee war die Feudalherrschaft. Als Etienne das schwermütige Schlafzimmer wiedersah, von dem aus seine Augen sich an die sinnende Betrachtung des Ozeans gewöhnt hatten, traten ihm Tränen in die Augen; das Rückdenken an sein langes Unglück, darein sich die melodischen Erinnerungen an die Freuden mischten, die er in der einzigen ihm verstatteten Liebe ausgekostet hatte, der mütterlichen Liebe, all das schmolz zugleich in seinem Herzen zusammen und ließ darin ein Gedicht entstehen, das gleichermaßen köstlich und furchtbar war. Die Gemütswallungen dieses Kindes, das gewohnt gewesen war, in den Vergeistigungen der Ekstase zu leben, wie andere sich dem Trubel von Welt und Gesellschaft preisgeben, glichen keiner der bei den Menschen üblichen Empfindungen.

»Ob er am Leben bleibt?« fragte der Greis, verwundert ob der Schwächlichkeit seines Erben, die ihn, wie er spürte, zum Anhalten des Atems zwang.

»Nur hier werde ich leben können«, antwortete Etienne, der es gehört hatte, schlicht.

»Gut, mein Kind, dieses Schlafgemach soll das deine sein.«

»Was soll jetzt geschehen?« fragte der junge Hérouville, als er hörte, daß die Vasallen und Beamten des Schlosses in den Saal der Wachen kamen, wohin der Herzog sie alle berufen hatte, um ihnen seinen Sohn vorzustellen; an dem Erfolg zweifelte er nicht.

»Komm mit«, antwortete ihm der Vater, nahm ihn bei der Hand und führte ihn in den großen Saal.

In jenem Zeitalter führte in Frankreich ein Herzog und Pair, der begütert war wie der Herzog von Hérouville und seine Ämter und Gouverneursposten hatte, das Leben eines Fürsten; die jüngeren Söhne großer Häuser scheuten sich nicht, ihm zu dienen; er hatte einen Hofstaat und Offiziere; der oberste Leutnant der seinem Befehl unterstehenden Truppe war bei ihm das, was heute bei einem Marschall die Adjutanten sind. Einige Jahre später hatte der Kardinal von Richelieu eine Leibwache. Mehrere mit dem Königshaus verwandte Fürsten, die Guises, die Condés und die Vendômes, hatten Pagen, die unter den Söhnen der besten Häuser ausgewählt wurden; das war der letzte Brauch der hingeschwundenen Ritterzeit. Dem Herzog von Hérouville hatten sein Vermögen und das hohe Alter seiner normannischen Abkunft, auf das bereits sein Name hinweist (*herus villa*, Haus des Oberhaupts) erlaubt, die Prachtentfaltung von Leuten nachzuahmen, die ihm unterlegen waren, wie etwa die d'Epernons, die Luynes', die Balagnys, die d'Os und die Zamets; sie wurden zu jener Zeit als Emporkömmlinge betrachtet und lebten desungeachtet wie Fürsten. Für den armen Etienne war es also ein höchst eindrucksvolles Schauspiel, die Leute, die im Dienst seines Vaters standen, versammelt zu sehen. Der Herzog stieg zu einem Stuhl empor, der unter einem *solium* oder Thronhimmel aus geschnitztem Holzwerk auf einer einige Stufen hohen Estrade stand; von dort aus sprachen in einigen Provinzen gewisse Edelherren nach wie vor Urteile innerhalb ihres Burgbannes aus; diese seltenen Spuren der Feudalzeit verschwanden unter der Regierung Richelieus. Solcherlei Throne, der Gestalt nach den Kirchenstühlen für die Kirchenbeamten vergleichbar, sind zu Kuriositäten geworden. Als Etienne dort neben seinem alten Vater stand, erbebte er, weil er sich im Blickpunkt aller Augen sah.

»Du brauchst nicht zu zittern«, sagte der Herzog und senkte sein kahles Haupt bis zum Ohr des Sohnes nieder, »das alles sind unsere Leute.«

Durch die halb durchlichtete Dunkelheit, wie der Sonnenuntergang sie schuf, dessen Strahlen die Fenster dieses Saals röteten, gewahrte Etienne den Landeshauptmann, die Hauptleute und Leutnants in Waffen, begleitet von einigen Soldaten, die Junker, den Kaplan, die Sekretäre, den Arzt, den Haushofmeister, die Türhüter, den Verwalter, die Piqueure, die Jagdhüter, die gesamte livrierte Dienerschaft und die Knechte. Obwohl alle diese Leute in respektvoller Haltung dastanden, wie sie ihnen der Schrecken befahl, den der Greis auch den höchstgestellten Leuten einflößte, die unter seiner Befehlsgewalt und in seiner Provinz lebten, war ein dumpfes Geräusch vernehmlich; es wurde durch eine neugierige Erwartung erzeugt. Dieses Geräusch krampfte Etienne das Herz zusammen; er empfand zum erstenmal den Einfluß der drückenden Atmosphäre eines Saals, in dem eine große Menschenmenge atmete; seine an die reine, gesunde Seeluft gewöhnten Sinne wurden mit einer Schnelligkeit betroffen, die von der Vollkommenheit seiner Organe zeugte. Ein schreckliches Herzklopfen, das wohl auf einem Herzfehler beruhte, beunruhigte ihn durch sein überhastetes Pochen, als sein Vater, der sich als ein alter, majestätischer Löwe bezeigen mußte, mit feierlicher Stimme folgende kleine Ansprache hielt: »Ihr Freunde, dies ist mein Sohn Etienne, mein Erstgeborener, mein Präsumptiverbe, der Herzog von Nivron, dem der König sicherlich die Ämter seines verstorbenen Bruders anvertrauen wird; ich stelle ihn euch vor, damit ihr ihn kennenlernt und ihm gehorcht wie mir selbst. Ich sage euch von vornherein, daß, wenn einer von euch oder jemand in der Provinz, deren Gouverneur ich bin, dem jungen Herzog mißfallen oder ihn auf irgendeine Weise verletzen sollte, es besser wäre, sofern das der Fall ist und ich es erfahre, wenn der Betreffende nie den Leib seiner Mutter verlassen hätte. Habt ihr mich verstanden? Jetzt macht euch wieder an eure Befugnisse, und Gott sei mit euch. Das Leichenbegängnis Maximiliens von Hérouville findet hier statt, sobald seine Leiche nach hier überführt worden ist. Dann legt acht Tage lang Trauerkleidung an. Später feiern wir dann die Ankunft meines Sohnes Etienne.«

»Es lebe Monseigneur! Es lebe das Haus Hérouville!« wurde so laut gerufen, daß das Schloß erdröhnte.

Die Diener trugen Fackeln herbei, um den Saal zu erhellen. Das Gebrüll, das Licht und die Empfindungen, die die Rede seines Vaters in Etienne erregt hatten, im Verein mit denjenigen, die er bereits empfunden hatte, machten ihn gänzlich ohnmächtig; er fiel in den Sessel und ließ seine Frauenhand in der breiten

Hand des Vaters. Als der Herzog, der den Leutnant seiner Kompanie herangewinkt hatte, zu diesem sagte: »Baron d'Artagnon, ich bin glücklich, daß ich meinen Verlust ausgleichen kann; kommt und schaut Euch meinen Sohn an!«, fühlte er eine kalte Hand in der seinen, blickte auf den neuen Herzog von Nivron nieder, hielt ihn für tot und stieß einen Schreckensschrei aus, der die Versammlung entsetzte.

Beauvouloir trat auf die Estrade, hob den Jüngling hoch, trug ihn hinaus und sagte dabei zu seinem Herrn: »Ihr habt ihn fast getötet, weil Ihr ihn auf diese Zeremonie nicht vorbereitet habt.«

»Dann kann er also keine Kinder haben, wenn dem so ist?« rief der Herzog, der Beauvouloir in das herrschaftliche Schlafzimmer gefolgt war, wo der Arzt den jungen Erben gebettet hatte.

»Nun, Meister?« fragte der Vater angstvoll.

»Es ist ohne Bedeutung«, sagte der alte Diener und zeigte seinem Herrn Etienne, der durch ein Herzstärkungsmittel wieder belebt worden war; der Arzt hatte ihm ein paar Tropfen davon auf einem Stück Zucker gegeben; es war eine neue, kostbare Substanz, die die Apotheker sich mit Gold aufwiegen ließen.

»Nimm, alter Schuft«, sagte der alte Edelmann und hielt Beauvouloir seine Börse hin, »und pfleg ihn wie einen Königssohn. Sollte er durch deine Schuld sterben, verbrenne ich dich eigenhändig auf dem Rost.«

»Wenn Ihr fortfahrt, Euch gewalttätig zu benehmen, wird der Herzog von Nivron durch Euer Verhalten sterben«, sagte der Arzt grob zu seinem Herrn, »überlaßt ihn jetzt sich selbst, er ist am Einschlafen.«

»Gute Nacht, mein Liebling«, sagte der alte Mann und küßte den Sohn auf die Stirn.

»Gute Nacht, lieber Vater«, erwiderte der Jüngling, dessen Stimme den Herzog erzittern ließ, weil er sich zum erstenmal von Etienne hatte ›Vater‹ nennen hören.

Der Herzog packte Beauvouloir beim Arm, zog ihn in den anstoßenden Raum, stieß ihn in eine Fensternische und sagte: »Ha, alter Schuft, jetzt mal ein Wörtlein unter uns.«

Diese Äußerung war die Lieblingsgunsterweisung des Herzogs; sie brachte den Arzt, der seit langem sein Gliederrenkergewerbe aufgegeben hatte, zum Lächeln.

»Du weißt«, fuhr der Herzog fort, »daß ich dir nicht übel will. Du hast zweimal meine arme Jeanne entbunden, du hast meinen Sohn Maximilien von einer Krankheit geheilt, kurzum, du gehörst meinem Hause an. Der arme Junge! Aber ich werde ihn rächen, den, der ihn mir getötet hat, den nehme ich auf mich! Die ganze Zukunft des Hauses Hérouville liegt also in deinen Händen. Ich will den Jungen da schleunigst verheiraten. Du allein kannst wissen, ob die Möglichkeit besteht, daß sich in diesem Schwächling ein Stoff findet, Hérouvilles zu machen ... Du verstehst mich. Was glaubst du?«

»Sein Leben am Meeresstrand ist so keusch und so rein gewesen, daß seine Natur vollsaftiger ist als sie es gewesen wäre, wenn er in Eurer Welt gelebt hätte. Aber ein so zarter Körper ist der sehr demütige Diener der Seele. Monseigneur Etienne muß sich seine Frau selber erwählen, denn bei ihm wird alles das Werk der Natur sein, und nicht das Werk Eures Wollens. Er wird einmal naiv lieben und aus dem Verlangen des Herzens heraus tun, was Ihr wünscht, daß er es um Eures Namens willen tue. Wenn Ihr Euerm Sohn eine große Dame gebt, die wie ein Schlachtroß ist, dann wird er sich in seinen Felsen verstecken; und mehr noch: Wenn ein heftiger Schreck ihn ganz sicher töten würde, glaube ich, daß ein allzu jähes Glück ihn gleichfalls hinwegraffen würde. Um dieses Unglück zu vermeiden, rate ich, Etienne sich ganz von sich aus, nach seinem Gefallen, auf die Wege der Liebesbindungen begeben zu lassen. Ihr müßt wissen, Monseigneur, daß Ihr zwar ein großer, mächtiger Fürst seid, aber daß Ihr von dergleichen Dingen keine Ahnung habt. Gewährt mir Euer Vertrauen ganz und ohne Einschränkung, dann werdet Ihr einen Enkel bekommen.«

»Wenn ich einen Enkel bekomme, gleichgültig, durch welche Zauberei, sorge ich dafür, daß du geadelt wirst. Ja, obgleich das nicht gerade einfach ist, sollst du aus einem alten Schurken ein Ehrenmann, sollst du, Beauvouloir, Baron de Forcalier werden. Wende jedes Mittel an, die Weiße und die Schwarze Magie, die neuntägigen Andachten der Kirche und den Hexensabbat, alles soll mir recht sein, vorausgesetzt, daß ich männliche Nachkommen habe.«

»Ich kenne«, sagte Beauvouloir, »einen Bund von Hexenmeistern, der imstande ist, alles zu verderben; und dieser Hexensabbat seid lediglich Ihr selber, Monseigneur. Ich kenne Euch. Heute wünscht Ihr Nachkommenschaft um jeden Preis; morgen dagegen werdet Ihr die Bedingungen festlegen, unter denen es zu dieser Nachkommenschaft kommen darf, und Euern Sohn quälen.«

»Davor behüte mich der Himmel.«

»Also gut, geht an den Hof, wo der Tod des Marschalls und das selbständige Handeln des Königs sicherlich alles haben drüber und drunter gehen lassen; dort habt Ihr etwas zu tun, und sei es nur, Euch den Marschallstab geben zu lassen, der Euch verheißen worden ist. Laßt mich Monseigneur Etienne leiten. Aber verpflichtet Euch mir gegenüber mit Eurem Wort als Edelmann, alles gutzuheißen, was ich auch tun möge.«

Der Herzog schlug in die Hand des alten Mannes ein, zum Zeichen völliger Zustimmung, und zog sich in sein Gemach zurück.

Sind die Tage eines hohen, mächtigen Herrn gezählt, so ist der Arzt im Haus eine wichtige Persönlichkeit. Daher darf es nicht wundern, daß ein ehemaliger Gliederrenker jetzt auf so vertrautem Fuß mit dem Herzog von Hérouville stand. Abgesehen von den illegitimen Banden, durch die seine Eheschließung ihn mit diesem großen Hause verknüpft hatte, und die zu seinen Gunsten sprachen, hatte der Herzog so häufig die hohe Klugheit des Gelehrten erprobt, daß er aus ihm einen seiner bevorzugten Berater gemacht hatte. Beauvouloir war der Coyctier[18] dieses Ludwigs XI. Aber so wertvoll seine Wissenschaft auch war, der Arzt übte auf den Gouverneur der Normandie, in dem noch immer die rohe Blutgier der Religionskriege lebendig war, nicht so viel Einfluß aus wie der Feudalismus. Daher hatte der Diener erraten, daß die Vorurteile des Adligen den Wünschen des Vaters schaden würden. Als der große Arzt, der Beauvouloir war, verstand er, daß bei einem so zart organisierten Wesen wie Etienne die Heirat eine langsame, sanfte Inspiration sein müsse, die ihm neue Kräfte vermittelte, indem sie in ihm die Gluten der

Liebe entfachte. Wie er es gesagt hatte: Etienne eine Frau aufdrängen hieß, ihn töten. Vor allem mußte vermieden werden, daß dieser junge Eigenbrötler vor der Ehe, von der er nichts wußte, zurückschreckte, und daß er über das Ziel unterrichtet wurde, das seinen Vater ausschließlich beschäftigte. Dieser heimliche, unbekannte Dichter ließ nur die edle, schöne Liebe Petrarcas zu Laura, Dantes zu Beatrice zu. Wie seine Mutter war er ganz und gar reine Liebe, ganz und gar Seele; es mußte ihm Gelegenheit zum Lieben gegeben werden, das Geschehnis mußte abgewartet und nicht angeordnet werden; ein Befehl hätte in ihm die Quellen des Lebens versiegen lassen.

Meister Antoine Beauvouloir war Vater; er hatte eine Tochter, die unter Bedingungen aufgewachsen war, die sie zur geeigneten Frau für Etienne machten. Es war so schwierig gewesen, die Ereignisse vorauszusehen, die aus einem von seinem Vater für die Kardinalswürde ausersehenen Kind den Präsumptiverben des Hauses Hérouville machen sollten, daß Beauvouloir niemals die Ähnlichkeit der Geschicke Etiennes und Gabrielles aufgefallen war. Es war ein plötzlicher Einfall, der mehr seiner opferwilligen Hingebung für diese beiden Wesen als seinem Ehrgeiz entsprang. Trotz seiner Geschicklichkeit war seine Frau im Kindbett gestorben, als sie ihm eine Tochter schenkte, deren Gesundheit so schwach war, daß er meinte, die Mutter habe ihrer Frucht Todeskeime vermacht. Beauvouloir liebte seine Gabrielle, wie alle alten Männer ihr einziges Kind lieben. Seine ärztliche Wissenschaft und seine beständige Fürsorge hatten diesem gebrechlichen Geschöpf, das er pflegte wie ein Blumenliebhaber eine fremdländische Pflanze, ein künstliches Leben geliehen. Auf seinem Gut Forcalier hatte er sie allen Blicken entzogen; dort wurde sie gegen die Unbill der Zeiten durch das allgemeine Wohlwollen geschützt, das sich an einen Mann geknüpft hatte, dem jeder eine Kerze schuldete, und dessen ärztliches Können eine Art achtungsvoller Scheu einflößte. Seine Verbindung mit dem Hause Hérouville hatte die Unantastbarkeit gesteigert, deren er in der Provinz genoß, und die Verfolgungen seiner Feinde durch seine furchterregende Stellung beim Gouverneur zuschanden gemacht; aber er hatte sich bei seiner Übersiedlung auf das Schloß wohlweislich gehütet, dorthin die Blume mitzunehmen, die er in Forcalier verborgenhielt, ein Gut, das wichtiger durch die von ihm abhängigen Ländereien als durch das Herrenhaus war, und auf Grund dessen er damit rechnete, für seine Tochter eine seinen Ansichten gemäße Versorgung zu finden. Als er dem alten Herzog Nachkommenschaft verheißen und ihn um sein Wort gebeten hatte, sein Verhalten zu billigen, da hatte er plötzlich an Gabrielle denken müssen, an dieses sanfte Kind, dessen Mutter vom Herzog übergangen worden war, wie er seinen Sohn Etienne übergangen hatte. Er wartete den Aufbruch seines Herrn ab, ehe er seinen Plan durchführte, weil er voraussah, daß, wenn der Herzog davon Kenntnis erhielt, die riesigen Schwierigkeiten, die um die Erzielung eines günstigen Ergebnisses willen aufgehoben werden könnten, zunächst unübersteigbar sein würden.

Meister Beauvouloirs Haus lag nach Süden auf dem Hang eines jener sanften Hügel, die die Täler der Normandie säumen; an der Nordseite hüllte es ein dichter Wald ein; hohe Mauern und normannische Hecken mit tiefen Gräben bildeten dort eine undurchdringliche Einfriedigung. Der Garten senkte sich in sanfter Schräge bis zu dem Bach nieder, der die Weidewiesen des Tals bewässerte; daran bildete die hohe Böschung einer Doppelhecke an dieser Stelle einen natürlichen Uferdamm. Zwischen jenen Hecken wand sich ein geheimnisvoller Weg hin, der den Krümmungen des Wasserlaufs folgte, und den die Weiden, Buchen und Eichen mit ihrem dichten Laubwerk fast zu einem Waldpfad machten. Vom Haus bis zu diesem Schutzwall erstreckten sich die Massen diesem reichen Land eigentümlichen Rasengrüns; es war eine schöne Fläche, die von einer Zeile seltener Bäume beschattet wurde; ihre unterschiedlichen Farbnuancen bildeten ein höchst glücklich koloriertes Teppichgewebe: Hier hoben sich die silbrigen Töne einer Kiefer vom dunkelgrünen Hintergrund einiger Erlen ab; dort erhob vor einer Gruppe alter Eichen eine schlanke Pappel ihren immerfort in Bewegung befindlichen Wipfel; etwas weiter entfernt ließen Trauerweiden ihr bleiches Laubwerk zwischen dicken Nußbäumen mit runden Häuptern niederhängen. Diese Baumgrenze erlaubte, daß man zu jeder Stunde vom Haus aus zur Hecke hinabsteigen konnte, ohne die Sonnenstrahlen fürchten zu müssen. Die Fassade, vor der sich das gelbe Band einer mit Sand bestreuten Terrasse hinzog, wurde durch einen hölzernen Laubengang beschattet; daran rankten sich Kletterpflanzen entlang, die im Mai ihre Blüten bis zu den Fenstern des ersten Stockwerks hinauftrieben. Ohne daß dieser Garten an sich weitläufig gewesen wäre, wirkte er riesengroß durch die Art und Weise seiner Gliederung, und seine geschickt auf den Erhebungen des Geländes errichteten Aussichtspunkte entsprachen denen des Tals, über das der Blick frei hinschweifte. Wie ihre instinktiven Einfälle es mit sich brachten, konnte Gabrielle entweder sich in die Einsamkeit eines ewigen Zwischenraums zurückziehen, ohne etwas anderes als einen dichten Rasen und die Himmelsbläue zwischen den Baumwipfeln wahrzunehmen; oder den Blick über die üppigsten Weiten schweifen lassen und den Nuancen grüner Linien folgen, vom schimmernden Vordergrund bis zu den hellen Hintergründen des Horizonts, wo sie sich bald in dem blauen Ozean der Luft verloren, bald in den schwimmenden Wolkengebirgen.

Gabrielle Beauvouloir wurde von ihrer Großmutter betreut und von ihrer Amme bedient; sie verließ das bescheidene Haus nur, um sich zur Pfarrkirche zu begeben, deren Turm vom Gipfel des Hügels aus sichtbar war; stets wurde sie dorthin von ihrer Ahnin, ihrer Amme und dem Diener ihres Vaters begleitet. So war sie denn siebzehn Jahre alt geworden und von einer anmutigen Unwissenheit, die die Seltenheit von Büchern einem Mädchen zu bewahren erlaubte, ohne daß sie in einer Zeit, da gebildete Frauen seltene Phänomene waren, als etwas Ungewöhnliches aufgefallen wäre. Das Haus war wie ein Kloster gewesen, die Freiheit hinzugerechnet und das befohlene Beten abgezogen; dort hatte sie unter den Augen einer frommen alten Frau gelebt, und unter dem Schutz ihres Vaters, des einzigen Mannes, den sie je gesehen hatte. Diese tiefe Einsamkeit, die von ihrer Geburt an ein Erfordernis der offenbaren Schwäche ihrer Konstitution war, hatte Beauvouloir sorglich aufrechterhalten. Je mehr Gabrielle herangewachsen war, desto mehr hatte ihr in reichem Maß zuteilgewordene Pflege und der Einfluß reiner Luft ihre schwächliche Jugend gestärkt. Dennoch konnte der gelehrte Arzt sich nicht täuschen, wenn er sah, wie die perlmutternen Farbtöne, die die Augen seiner Tochter umgaben, je nach ihren Gemütsstimmungen weicher wurden, oder brauner, oder sich entzündeten; die Hinfälligkeit ihres Körpers und die Kraft der Seele bekundeten sich dort durch Merkmale, die er aufgrund seiner langen Praxis erkennen konnte; ferner hatte Gabrielles himmlische Schönheit ihn Angriffe befürchten lassen, wie sie in einer Zeit der Gewalttätigkeit und des Aufruhrs gang und gäbe waren. Somit hatten tausend Gründe diesem guten Vater angeraten, rings um seine Tochter, deren übergroße Sensiblität ihn erschreckte, und die eine Liebe, eine Entführung, ein Angriff irgendwelcher Art tödlich verletzt haben würde, das Dunkel dichter zu machen und die Einsamkeit zu vergrößern. Obwohl die Tochter nur selten mit Vorwürfen bedacht wurde, schmetterte ein Wort der Rüge sie nieder; sie bewahrte es in ihrem Herzensgrunde, in den es eindrang und eine nachdenkliche Melancholie erzeugte; sie mußte weinen, und sie weinte lange. Bei Gabrielle hatte die geistig-seelische Erziehung also nicht weniger Sorgfalt erfordert als die körperliche Erziehung. Der alte Arzt hatte darauf verzichten müssen, der Tochter die Geschichten zu erzählen, die die Kinder bezaubern; sie hätte davon allzu lebhafte Eindrücke empfangen. Daher hatte dieser Mann, den eine lange Praxis so wissend gemacht hatte, es sich angelegen sein lassen, den Körper seiner Tochter zu entwickeln, um die Schläge abzuschwächen, die ihm eine so kraftvolle Seele versetzen konnte. Da Gabrielle sein ganzes Leben, seine Liebe und seine einzige Erbin war, hatte er nie gezögert, sich die Dinge zu verschaffen, deren Mitwirkung zu dem erwünschten Ergebnis führen mußte. Sorglich hatte er Bücher, Bilder, Musik, sämtliche Schöpfungen der Künste ferngehalten, die das Denken hätten erwecken können. Von seiner Mutter dabei unterstützt, hatte er Gabrielle an Handarbeit interessiert. Gobelinstickerei, Nähen, Spitzenklöppeln, Blumenpflege, Besorgung des Haushalts, das Ernten von Obst, mithin die materiellsten Betätigungen des Lebens wurden dem Geist dieses bezaubernden Kindes als Nahrung gegeben; Beauvouloir brachte ihr schöne Spinnräder mit, schön geschnitzte Truhen, prunkvolle Teppiche, Töpferware von Bernard de Palissy[19], Tische, Betstühle, geschnitzte, mit kostbaren Stoffen überzogene Sessel, geblümtes Tischzeug, Schmuckstücke. Mit dem Instinkt, den die Vaterliebe verleiht, wählte der alte Mann seine Geschenke stets unter den Stücken aus, deren Schmuckwerk der wunderlichen Gattung der Arabesken angehörte, die also weder zu den Sinnen noch zur Seele sprachen, sondern sich, als Schöpfungen reiner Phantasie, einzig an den Geist wandten. Wie seltsam! Auf diese Weise war das Leben, das der Haß eines Vaters Etienne von Hérouville befohlen hatte, durch Beauvouloirs väterliche Liebe auch Gabrielle auferlegt worden. Bei diesen beiden Kindern sollte die Seele den Körper töten; und ohne eine tiefe Einsamkeit, die bei dem einen der Zufall verordnet hatte, die bei der andern von der Wissenschaft gewollt war, konnten beide erliegen, dieser durch einen heftigen Schreck, jene durch den Druck einer allzu heftigen Liebesregung. Aber leider lebte Gabrielle anstatt in einem Lande der Heideflächen und des Heidekrauts, einer trockenen Natur mit festen, harten Formen, wie alle großen Maler sie ihren Madonnen als Hintergrund gegeben haben, inmitten eines üppigen, fruchtbaren Tals. Beauvouloir hatte die harmonische Gliederung der naturgewachsenen Boskette, die anmutige Anordnung der Blumenbeete, die kühle Weichheit des Grünteppichs, die Liebe, die in den Verschlingungen der Kletterpflanzen zum Ausdruck kam, nicht zerstören können. Diese lebendigen Dichtwerke hatten ihre Sprache, und diese wurde von Gabrielle mehr vernommen als verstanden, wenn sie sich in verworrenen Träumereien unter den Schatten erging; durch die wolkenhaften Gedanken hindurch, die ihr bewunderndes Staunen über einen schönen Himmel einflößten, und durch ihr langes Beobachten dieser Landschaft in allen Aspekten, die ihr die Jahreszeiten und die Wandlungen einer Küstenatmosphäre aufprägten, in der die Nebel Englands ersterben und in der die Helligkeiten Frankreichs beginnen, erstand in ihrem Geist ein fernes Leuchten, eine Morgenröte, die die Finsternisse durchbrach, in denen ihr Vater sie hatte verbleiben lassen.

Beauvouloir hatte Gabrielle nicht den Einflüssen der Gottesliebe entzogen; sie vereinigte mit der Bewunderung der Natur die Anbetung des Schöpfers; sie hatte sich stürmisch auf den ersten Weg begeben, der sich den weiblichen Empfindungen auftut: Sie liebte Gott, sie liebte Jesus, die Jungfrau und die Heiligen, sie liebte die Kirche und deren Prunk; sie war katholisch nach Art der heiligen Therese, die in Jesus einen untrüglichen Gatten, eine dauernde Ehe erblickte. Aber Gabrielle lieferte sich dieser Leidenschaft der starken Seelen mit einer so rührenden Schlichtheit aus, daß sie die brutalste Verführung durch die kindliche Naivität ihrer Redeweise entwaffnet haben würde.

Wohin führte Gabrielle dieses Leben in Unschuld? Wie eine Intelligenz unterrichten, die so rein war wie das Wasser eines stillen Sees, das bislang nur den Azur der Himmelsweiten gespiegelt hatte? Welche Bilder auf diese weiße Leinwand zeichnen? Um welchen Baum die schneeigen Glöckchen ranken, die an dieser Windenpflanze erblüht waren? Nie hatte der Vater sich diese Fragen gestellt, ohne ein innerliches Erschauern zu verspüren. Zur gegenwärtigen Stunde ritt der gute alte Gelehrte langsam auf seinem Maultier einher, als wolle er die Straße bis in alle Ewigkeit ausdehnen, die von Schloß Hérouville nach Ourscamp führte; so hieß das Dorf, in dessen Nähe sein Gut Forcalier lag. Die unendliche Liebe zu seiner Tochter hatte ihn einen so kühnen Plan fassen lassen! Nur ein einziges Wesen auf Erden konnte sie glücklich machen, und das war Etienne. Freilich, der engelhafte Sohn der Jeanne de Saint-Savin und die Tochter ohne Falsch der Gertrude Maraña waren zwei Zwillingsgeschöpfe. Jede andere Frau als Gabrielle mußte den Erben des Hauses Hérouville erschrecken und töten; gerade wie es Beauvouloir schien, daß Gabrielle durch das Verhalten jedes Mannes umkommen müsse, dessen Gefühle und äußere Gestalt nicht die jungfräuliche Zartheit derjenigen Etiennes besessen hätten. Schwerlich hätte der arme Arzt je daran gedacht; der Zufall hatte diese Annäherung in die Wege geleitet und befohlen. Aber es unter der Regierung Ludwigs XIII. zu wagen, den Herzog von Hérouville dazu zu bringen, daß er seinen einzigen Sohn mit der Tochter eines normannischen Gliederrenkers vermählte! Und dabei konnte einzig diese Eheschließung die Nachkommenschaft erzielen, die der alte Herzog gebieterisch forderte. Die Natur hatte diese beiden schönen Menschenwesen für einander bestimmt, und Gott hatte sie durch einen unglaubhaften Vollzug der Ereignisse einander nahegebracht, während die Gedanken der Menschen und die Gesetze zwischen ihnen unüberschreitbare Abgründe aufklaffen ließen. Obwohl der alte Mann in alledem den Finger Gottes zu erblicken glaubte, und trotz des Ehrenworts, das er dem Herzog abgenötigt hatte, wurde er von so heftigen Befürchtungen übermannt, wenn er an die Gewalttätigkeit dieses ungezähmten Charakters dachte, daß er, gerade als er auf der Höhe des dem von Ourscamp gegenüberliegenden Hügels angelangt war, kehrtmachte und den Rauch gewahrte, der von seinem Hausdach zwischen den Bäumen der Einfriedigung aufstieg. Zum Entschluß kam er durch seine illegitime Verwandtschaft; das war eine Erwägung, die den Geist seines Herrn beeinflussen konnte. Nun Beauvouloir sich entschlossen hatte, setzte er Vertrauen in die Zufälle des Lebens; es konnte ja sein, daß der Herzog vor der Eheschließung starb; und überdies konnte er mit Beispielen aufwarten: Eine Bäuerin aus der Dauphiné, Françoise Mignot[20], hatte unlängst den Marschall de l'Hôpital geheiratet; der Sohn des Kronfeldherrn Anne de Montmorency hatte Diane geheiratet, die Tochter Heinrichs II. und einer piemontesischen Dame namens Philippe Duc.

Während dieser Überlegung, bei der die Vaterliebe alle Möglichkeiten abschätzte, die guten und die schlechten Aussichten durchdachte und versuchte, Einblick in die Zukunft durch das Abwägen ihrer Voraussetzungen zu erhalten, erging Gabrielle sich im Garten, wo sie Blumen aussuchte, mit denen sie die Vasen des berühmten Töpfers[21] schmücken wollte, der mit dem Schmelzfluß das machte, was Benvenuto Cellini[22] mit den Metallen gemacht hatte. Gabrielle hatte die mit Tierreliefs verzierte Vase auf einen Tisch mitten im Zimmer gestellt und füllte sie mit Blumen, um der Großmutter eine Freude zu bereiten, vielleicht aber auch, um den eigenen Gedanken Gestalt zu geben. Die große Vase aus Limoger Fayence stand jetzt fertig gefüllt auf der prunkvollen Tischdecke, und Gabrielle hatte gerade zur Großmutter gesagt: »Sieh doch nur!«, als Beauvouloir eintrat. Das Mädchen eilte in die Arme des Vaters. Nach den ersten überschwenglichen Zärtlichkeiten wollte Gabrielle, daß der alte Mann den Strauß bewundere; doch als er ihn angeschaut hatte, tauchte Beauvouloir einen so tiefen Blick in die Tochter, daß sie errötete.

»Es ist Zeit«, sagte er sich; er hatte die Sprache dieser Blumen verstanden, deren jede wohl genau nach Form und Farbe betrachtet worden war, so gut war jede an ihren Platz gestellt worden, an dem sie in dem Strauß von zauberhafter Wirkung war.

Gabrielle stand da und dachte nicht an die Blume, die sie auf ihrem Stickrahmen angefangen hatte. Beim Anblick der Tochter entrollte Beauvouloirs Augen eine Träne, rieselte über seine Wangen, denen es noch immer schwerfiel, einen ernsten Ausdruck zu bewahren, und fiel auf sein Hemd, das, der Mode der Zeit entsprechend, sein über dem Bauch offenes Wams oberhalb der Hose sehen ließ. Er warf seinen mit einer alten roten Feder geschmückten Filzhut ab, um sich mit der Hand über den kahlen Schädel fahren zu können. Als der arme Vater abermals seine Tochter anschaute, die unter dem braunen Gebälk dieses mit Ledertapeten versehenen Raums, der mit Ebenholzmöbeln und Portieren aus dickem Seidenstoff ausgestattet und mit einem hohen Kamin geschmückt war, und den ein sanftes Licht erhellte, vorerst noch ihm gehörte, fühlte er, wie ihm Tränen in die Augen stiegen, und er trocknete sie. Ein Vater, der sein Kind liebhat, möchte, daß es immer klein bleibe; was jedoch den betrifft, der ohne tiefen Schmerz mitansehen kann, wie seine Tochter unter die Herrschaft eines Mannes gerät, so steigt er nie in die höheren Welten auf; er sinkt zurück in die untersten Räume.

»Was ist dir, mein Sohn?« fragte die alte Mutter, nahm die Brille ab und forschte in den für gewöhnlich fröhlichen Zügen des biederen Mannes nach der Ursache dieses Schweigens, das sie überraschte.

Der alte Arzt wies die Ahnfrau mit dem Finger auf seine Tochter hin; die Alte nickte als Zeichen der Zufriedenheit, wie wenn sie hätte sagen wollen: »Sie ist sehr niedlich!«

Wer hätte nicht Beauvouloirs Rührung empfunden, wenn er das junge Mädchen erblickt hätte, wie es sich in der Tracht der Zeit in der frischen Luft der Normandie darstellte? Gabrielle trug das vorn spitz zulaufende und hinten rechteckige Mieder, das fast alle italienischen Maler ihren weiblichen Heiligen und Madonnen gegeben haben. Dieses elegante Schnürleibchen aus himmelblauem Samt, so hübsch wie das einer Seejungfer, umhüllte die Büste wie ein Brusttuch so eng, daß es auf köstliche Weise die Formen modellierte, die es abzuflachen schien; es formte die Schultern, den Rücken und die Taille mit der Reinlichkeit einer vom geschicktesten Künstler gefertigten Zeichnung, und endete um den Hals mit einem länglichen Ausschnitt, der mit einer leichten, hellbraunen Seidenstickerei verziert war und soviel von der Haut erblicken ließ, wie notwendig war, von weiblicher Schönheit zu zeugen, aber nicht genug, um Begehren zu erwecken. Ein hellbraunes Kleid, das den Linienzug des Samtmieders fortführte, fiel bis auf die Füße nieder und bildete dünne, wie abgeflacht aussehende Falten. Die Taille war so schlank, daß Gabrielle groß wirkte. Ihr zierlicher Arm hing mit der Trägheit nieder, die ein tiefer Gedanke der Haltung mitteilt. Wie sie so dastand, bot sie ein lebendiges Beispiel der naiven Meisterwerke der Bildhauerkunst dar, deren Stil damals noch fortlebte, und die sich der Bewunderung durch die Lieblichkeit ihrer Linien empfiehlt, die gerade sind, ohne steif zu sein, und durch die Festigkeit einer Zeichnung, die das Lebendige nicht ausschließt. Niemals hat das Profil einer Schwalbe, wenn sie abends an einem Fenster vorüberflitzt, eleganter geschnittene Formen dargeboten. Gabrielles Gesicht war dünn, ohne flach zu sein; auf ihrem Hals und ihrer Stirn liefen bläuliche Linien hin und zeichneten darauf Nuancen ab, wie der Achat sie aufweist; sie zeugten von der Zartheit einer Gesichtsfarbe, die so durchsichtig war, daß man hätte meinen können, man sehe das Blut durch die Adern strömen. Dieses ungemeine Weiß wurde schwach durch das Rosa der Wangen getönt. Unter einer blauen, mit Perlen bestickten Samthaube floß ihr gleichmäßig blondes Haar wie zwei goldene Rinnsale längs der Schläfen hinab und ringelte sich spielerisch auf den Schultern, ohne sie zu bedecken. Die warme Farbe dieses seidigen Haars belebte das schimmernde Weiß des Halses und reinigte noch durch seine Reflexe die Konturen des ohnehin schon so reinen Gesichts. Die langen, und unter den etwas dicken Lidern wie zusammengepreßt wirkenden Augen entsprachen der Feinheit des Körpers und des Kopfes; ihr Perlgrau hatte Glanz, wenngleich keinen heftigen, und die Reinheit überdeckte darin die Leidenschaft. Die Linie der Nase hätte kalt wie eine Stahlklinge angemutet ohne die beiden samtigen rosa Nasenflügel, deren Beweglichkeit einen Mißklang mit der Keuschheit einer träumerischen, oft erstaunten, manchmal lachenden Stirn zu bilden schien, die jedoch stets von einer erhabenen Heiterkeit war. Schließlich lenkte noch ein kleines, wachsames Ohr den Blick auf sich und zeigte unter der Haube, zwischen zwei Haartuffen, einen birnenförmigen Rubin, dessen Farbe sich kräftig von dem milchweißen Hals abhob. Es war weder die normannische Schönheit, die flüchtig ist wie ihre Äußerungen, noch die melancholische nordische Schönheit; es war vielmehr die seraphische, tiefe Schönheit der katholischen Kirche, die zugleich geschmeidig und starr, streng und zart ist.

»Wo ließe sich eine hübschere Herzogin finden?« fragte sich Beauvouloir und betrachtete wohlgefällig Gabrielle, die, leicht vorgebeugt, den Hals reckte, um draußen dem Flug eines Vogels zu folgen; sie ließ sich nur mit einer Gazelle vergleichen, die stehengeblieben ist, um dem Murmeln des Wassers zu lauschen, in dem sie ihren Durst stillen will.

»Komm, setz dich hierher«, sagte Beauvouloir, schlug sich auf den Schenkel und gab Gabrielle einen Wink, der eine vertrauliche Mitteilung ankündigte.

Gabrielle verstand und kam. Mit Gazellenleichtigkeit setzte sie sich auf des Vaters Knie und legte den Arm um den Hals Beauvouloirs, dessen Kragen bös zerknittert wurde.

»Woran hast du eigentlich gedacht, als du die Blumen da pflücktest? Nie zuvor hast du sie so geschmackvoll angeordnet.«

»An vielerlei Dinge«, sagte sie. »Wenn ich die Blumen bewundernd anstaunte, die für uns geschaffen worden zu sein scheinen, habe ich mich gefragt, für wen denn *wir* geschaffen worden seien, und welches die Wesen seien, die *uns* anschauen? Du bist mein Vater, dir kann ich alles sagen, was in mir vorgeht; du bist gewandt, dir wird alles klar werden. Ich verspüre in mir etwas wie eine Kraft, die sich auswirken will; ich kämpfe gegen etwas an. Wenn der Himmel grau ist, bin ich halbwegs zufrieden; ich bin zwar traurig, aber ruhig. Wenn schönes Wetter ist, wenn die Blumen duften, wenn ich dort unten auf meiner Bank sitze, unter Geißblatt und Jasmin, dann erhebt sich in mir etwas wie Wellen und zerbirst an meiner Unbeweglichkeit. Es gleiten mir Gedanken durch den Kopf, die mich streifen und davoneilen wie abends die Vögel vor unsern Fenstern; ich kann sie nicht festhalten. Ja, und wenn ich einen Strauß gebunden habe, dessen Farben abgetönt sind wie auf einem Gobelin, wo das Rot auf das Weiß eingeht, wo Grün und Braun sich vermischen, wenn alles darin im Überfluß vorhanden ist, wenn die Luft darin spielt, wenn die Blumen einander berühren, wenn ein Gemisch von Düften aufsteigt und Kelche sich bedrängen, dann bin ich fast glücklich im Erkennen dessen, was in mir vorgeht. Wenn in der Kirche die Orgel spielt und der Geistliche responsiert, wenn zwei deutlich unterscheidbare Gesänge miteinander sprechen, die Menschenstimmen und die Musik, ja, dann bin ich froh, eine solche Harmonie hallt mir in der Brust wider, ich lebe mit einer Lust, die mir das Blut durchdringt . . .«

Während Beauvouloir seiner Tochter zuhörte, musterte er sie mit den Augen des Scharfsinns; sein Blick hätte gerade um der Kraft der strahlenden Gedanken willen starr wirken können, gerade wie die Wasser einer Kaskade reglos anmuten. Er hatte die Hülle der Haut angehoben, die ihm das geheime Spiel verbarg, durch das die Seele auf den Körper einwirkt; er beschäftigte sich eingehend mit den mannigfachen Symptomen, die seine lange Erfahrung bei allen Menschen festgestellt hatte, die seiner Betreuung anvertraut worden waren, und er verglich sie mit den Symptomen, die dieser gebrechliche Körper barg, dessen Knochen ihn um ihrer Zartheit willen erschreckten, dessen milchweiße Gesichtsfarbe ihm um ihrer geringen Konsistenz wegen Furcht einflößte; und er versuchte, die Auskünfte seiner Wissenschaft mit der Zukunft dieses engelhaften Kindes zu verbinden, und dabei empfand er ein Schwindelgefühl, wie wenn er an einem Abgrund gestanden hätte; die allzusehr vibrierende Stimme Gabrielles, ihre allzu niedliche Brust beunruhigten ihn, und nachdem er *sie* ausgefragt hatte, stellte er sich selbst Fragen.

»Du leidest hier!« rief er endlich, angetrieben von einem letzten Gedanken, der alles, was er überlegt hatte, in sich beschloß. Sie neigte kraftlos den Kopf. »In Gottes Namen!« sagte der alte Mann und stieß einen Seufzer aus. »Ich nehme dich mit nach Schloß Hérouville, da kannst du Seebäder nehmen, und die werden dich kräftigen.«

»Ist das auch wahr, Vater? Spotte deiner Gabrielle nicht. Ich habe mir so sehr gewünscht, einmal das Schloß zu sehen, die Waffenträger, die Hauptleute und Monseigneur.«

»Ja, Tochter. Deine Amme und Jean sollen dich begleiten.«

»Schon bald?«

»Morgen«, sagte der alte Mann und hastete in den Garten, damit sein innerer Aufruhr seiner Mutter und seiner Tochter verborgen blieb.

»Gott ist mein Zeuge«, rief er aus, »daß kein ehrgeiziger Gedanke mich so handeln läßt. Meine Tochter zu retten und den armen kleinen Etienne glücklich zu machen, das sind meine beiden einzigen Beweggründe!«

Wenn er auf solcherlei Weise ein Selbstverhör anstellte, so geschah es, weil er in der Tiefe seines Bewußtseins eine unauslöschliche Genugtuung darüber empfand, daß, wenn sein Plan gelang, Gabrielle eines Tages Herzogin von Hérouville sein würde. In einem Vater steckt stets ein Mann. Lange ging er auf und ab, kehrte zum Abendessen ins Haus zurück und gefiel sich während des ganzen Abends darin, seine Tochter inmitten der sanften, dämmerbraunen Poesie zu betrachten, an die er sie gewöhnt hatte.

Als vor dem Schlafengehen die Großmutter, die Amme, der Arzt und Gabrielle niederknieten, um gemeinsam ihr Gebet zu sprechen, sagte er zu ihnen: »Wir wollen alle flehen, daß Gott mein Vorhaben segne.«

Die Großmutter, die die Pläne ihres Sohnes kannte, bekam durch das, was ihr an Tränen verblieben war, feuchte Augen. Das Gesicht der neugierigen Gabrielle war rot vor Glück. Der Vater zitterte, so groß war seine Angst vor einer Katastrophe.

»Alles in allem«, sagte ihm seine Mutter, »brauchst du keine Angst zu haben, Antoine! Der Herzog wird seine Enkelin schon nicht umbringen.«

»Nein«, antwortete er, »aber er könnte sie zwingen, irgendeinen alten Haudegen von Baron zu heiraten, der sie uns ermorden würde.«

Am anderen Tage machten sich Gabrielle, die auf einem Esel ritt, ihre Amme, die zu Fuß folgte, ihr Vater auf seinem Maultier und der Diener, der zwei mit Gepäck beladene Pferde führte, auf den Weg nach Schloß Hérouville, wo die Karawane erst bei sinkendem Tag anlangte. Damit diese Reise geheim blieb, war Beauvouloir am frühen Morgen aufgebrochen und hatte Umwege eingeschlagen; er hatte auch Verpflegung mitnehmen lassen, damit unterwegs gegessen werden konnte, ohne daß Gasthäuser berührt zu werden brauchten. So betrat er denn bei Nacht und ohne von den Schloßleuten bemerkt worden zu sein die Wohnstatt, die das verfluchte Kind so lange inngehabt hatte, und wo Bertrand ihn erwartete, der einzige Mensch, den er ins Vertrauen gezogen hatte. Der alte Reitknecht half dem Arzt, der Amme und dem Diener beim Abladen der Pferde, beim Wegtragen des Gepäcks und bei der Unterbringung von Beauvouloirs Tochter in der Wohnung Etiennes. Als Bertrand Gabrielle erblickte, stand er da wie aus den Wolken gefallen.

»Mir ist, als sähe ich Madame!« rief er. »Sie ist zierlich und schmächtig wie sie; sie hat ihre blasse Farbe und ihr blondes Haar; der alte Herzog wird sie liebgewinnen.«

»Das gebe Gott!« sagte Beauvouloir. »Aber ob er sein Blut durch das meine hindurch erkennen wird?«

»Er kann es schwerlich verleugnen«, sagte Bertrand. »Ich habe ihn oft an der Tür der Schönen Römerin abgeholt; sie wohnte damals in der Rue Culture-Sainte-Catherine[23]; der Kardinal von Lothringen hat sie gezwungenermaßen Monseigneur überlassen müssen, aus Scham, mißhandelt worden zu sein, als er ihr Haus verließ. Monseigneur, den damals das heiße Blut seiner zwanzig Jahre durchtobte, dürfte sich jenes Hinterhalts erinnern; er war damals bereits sehr kühn, heute kann ich darüber sprechen; er war der Anführer der Frechlinge!«

»Sicherlich denkt er nicht mehr an all das«, sagte Beauvouloir. »Zwar weiß er, daß meine Frau tot ist, aber er weiß kaum, daß ich eine Tochter habe!«

»Zwei alte Kämpen wie wir beide werden das Schifflein schon wohlbehalten in den Hafen bringen«, sagte Bertrand. »Und wenn der Herzog sich erbosen und sich an unseren alten Gerippen schadlos halten sollte, so haben sie ihre Zeit abgedient.«

Vor seinem Aufbruch hatte der Herzog von Hérouville allen Schloßleuten bei schwerster Strafe verboten, sich an den Strand zu begeben, wo Etienne bislang sein Leben hingebracht hatte, sofern nicht der Herzog von Nivron einen von ihnen mit sich nach dort nehme. Dieser von Beauvouloir, der auf die Notwendigkeit hingewiesen hatte, Etienne die Beibehaltung seiner Lebensgewohnheiten zu überlassen, angeregte Befehl verbürgte

Gabrielle und ihrer Amme die Unverletzlichkeit des Gebiets, das ohne seine Erlaubnis nie zu verlassen er ihnen gebot.

Etienne war zwei Tage lang in dem herrschaftlichen Schlafgemach verblieben; der Bann seiner schmerzlichen Erinnerungen hatte ihn dort zurückgehalten. Dieses Bett war das seiner Mutter gewesen; dicht daneben hatte sie die schreckliche Szene der Niederkunft erlitten, bei der Beauvouloir zwei Menschenleben gerettet hatte; diesen Möbelstücken hatte sie ihre Gedanken anvertraut, sie hatte sich ihrer bedient, ihre Blicke waren oftmals über diese Täfelung hinweggeirrt; wieviele Male war sie an jenes Fenster getreten, um durch einen leisen Schrei, durch ein Zeichen ihr armes, verstoßenes Kind herbeizurufen, das jetzt der Herr und Gebieter des Schlosses war. Nun er allein in diesem Gemach war, in das er das letztemal nur verstohlenerweise gekommen war, von Beauvouloir geleitet, um der sterbenden Mutter einen letzten Kuß zu geben, ließ er sie dort wieder lebendig werden, er sprach mit ihr, er lauschte ihr; er trank sich satt an jener Quelle, die nie versiegt, und der soviele Gesänge entströmen wie *Super flumina Babylonis*[24]. Am Tag nach seiner Rückkehr suchte Beauvouloir seinen Herrn auf und schalt ihn sanft, daß er, ohne hinauszugehen, in seinem Schlafzimmer geblieben sei; er gab ihm zu bedenken, daß er an die Stelle seines Lebens in frischer Luft nicht das Leben eines Gefangenen treten lassen dürfe.

»Dies hier ist sehr weiträumig«, antwortete Etienne, »die Seele meiner Mutter ist darin.«

Durch den freundlichen Einfluß der Zuneigung erreichte der Arzt indessen, daß Etienne alle Tage spazierenging, sei es am Seegestade, sei es draußen in den ihm noch unbekannten Feldern. Dennoch blieb Etienne am folgenden Tag im Bann seiner Erinnerungen bis zum Abend an seinem Fenster und blickte auf das Meer hinaus; es bot ihm so mannigfache Anblicke dar, daß er meinte, es nie so schön gesehen zu haben. Seinen sinnenden Betrachtungen gesellte er die Lektüre Petrarcas hinzu; das war einer seiner Lieblingsautoren, derjenige, dessen Poesie ihm um der Beständigkeit und Einheitlichkeit seiner Liebe willen am meisten zu Herzen ging. Etienne hatte nicht das Vermögen zu mehreren Leidenschaften in sich; er konnte nur auf eine einzige

Art lieben, und nur ein einziges Mal. Wenn jene Liebe tief sein sollte, wie alles, was eines und einheitlich ist, mußte sie in ihren Ausdruckformen ruhig, lieblich und rein sein wie die Sonette des italienischen Dichters. Bei Sonnenuntergang begann das Kind der Einsamkeit mit der wundersamen Stimme zu singen, die wie eine Hoffnung in den der Musik gegenüber taubesten Ohren, denjenigen seines Vaters, erklungen war. Er gab seiner Schwermut dadurch Ausdruck, daß er die nämliche Weise variierte und sie wie die Nachtigall mehrmals sang. Diese Weise, die dem verstorbenen König Heinrich IV. zugeschrieben wurde, war nicht das Lied ›Gabrielle‹[25], sondern ein als Kunstgebilde, als Melodie, als Ausdruck der Zärtlichkeit weit höherstehendes Lied, was die Bewunderer alter Zeiten an den Worten erkennen dürften, die gleichfalls von dem großen König herrührten; die Melodie entstammte sicherlich den Volksliedern, die seine Kindheit in den Bergen des Béarn eingewiegt hatten.

Morgenröte,
Komm, ich bete,
Wenn ich dich seh, bin ich froh.
Die Schäferin,
Die ich trag im Sinn,
Glüht wie du in lichtgoldener Loh'.

Rose betaut
Im tropfenden Kraut
Hat weniger Jugendgleiß;
Ein Hermelin klein
Ist nicht so fein,
Die Lilie minder weiß.

Nachdem Etienne auf naive Weise sich den Gedanken seines Herzens durch seinen Gesang vorgegaukelt hatte, blickte er auf das Meer hinaus und sagte sich: »Das ist meine Braut und meine einzige Liebe!« Dann sang er eine andere Strophe des Liedchens:

Blond ist sie von Haar,
Wie keine je war!

Er sang sie nochmals und gab der fürbittenden Liebe Ausdruck, die bei einem schüchternen jungen Menschen überquillt, einem

Schüchternen, der kühn wird, wenn er für sich allein ist. Es waren Traumgedanken in diesem auf und ab wogenden Gesang, der angestimmt, unterbrochen, aufs neue begonnen wurde, und der dann in einer letzten Variation verklang, deren Abschattungen immer schwächer wurden wie das Verhallen eines Glokkentons. Aber da wiederholte eine Stimme, die einer dem Meer entstiegenen Sirene zuzuschreiben er versucht war, eine Frauenstimme, die Melodie, die er gesungen hatte, aber mit allen zögernden Verhaltenheiten, die ein weibliches Wesen dareinlegen mußte, dem sich zum erstenmal die Musik offenbart; er erkannte das zagende Stammeln eines Herzens, das der Poesie der Akkorde entgegenblühte. Einzig Etienne, den das lange Erproben der eigenen Stimme die Sprache der Töne gelehrt hatte, darin die Seele ebensoviele Hilfsmittel wie im Wort zum Ausdrücken ihrer Gedanken findet, konnte alles erraten, was diese Versuche an scheuer Überraschung bargen. Mit welch frommer, feinsinniger Bewunderung war er da belauscht worden? Die ruhige Luft verstattete ihm, alles zu vernehmen, und es durchschauerte ihn beim Rascheln der wehenden Falten eines Kleides; er, den die von einem Erschrecken herrührenden Gemütswallungen stets auf zwei Finger dem Tode nahebrachten, wunderte sich, in sich das balsamische Gefühl zu verspüren, das ehedem das Kommen der Mutter in ihm ausgelöst hatte.

»Komm, Gabrielle, mein Kind«, sagte Beauvouloir, »ich hatte dir doch verboten, nach Sonnenuntergang an diesem Strand zu verweilen. Geh hinein, Kind.«

»Gabrielle!« dachte Etienne. »Welch hübscher Name!«

Bald erschien Beauvouloir und enthüllte seinem Herrn eine der stillen Betrachtungen, die wie Träume sind. Es war Nacht, der Mond ging auf.

»Monseigneur«, sagte der Arzt, »Ihr seid heute noch nicht im Freien gewesen; das ist nicht wohlgetan.«

»Darf *ich* denn«, anwortete Etienne, »nach Sonnenuntergang an den Strand gehen?«

Der Untersinn dieser Äußerung, aus der die sanfte Bosheit eines ersten Verlangens sprach, ließ den alten Mann lächeln.

»Du hast eine Tochter, Beauvouloir?«

»Ja, Monseigneur, das Kind meines Alters, meine geliebte

Tochter. Seine Herrlichkeit der Herzog, Euer erlauchter Vater, hat mir so nachdrücklich empfohlen, über Euer kostbares Leben zu wachen, daß ich sie, da ich nicht mehr zu Besuchen nach Forcalier gehen konnte, wo sie war, zu meinem großen Leidwesen von dort weggeholt habe, und um sie allen Blicken zu entziehen, habe ich sie in dem Haus untergebracht, wo Monseigneur früher gewohnt haben. Sie ist so zart, ich befürchte alles für sie, sogar ein zu heftiges Gefühl; daher habe ich sie nichts lernen lassen; sie wäre darob gestorben.«

»Sie weiß also nichts!« sagte Etienne überrascht.

»Sie hat alle Begabung zu einer guten Hausfrau; aber sie hat gelebt wie eine Pflanze. Die Unwissenheit, Monseigneur, ist etwas ebenso Heiliges wie das Wissen; Wissen und Unwissenheit sind für die Geschöpfe zwei Seinsarten; beide bewahren die Seele wie unter einem Totenschleier; das Wissen hat Sie am Leben erhalten, die Unwissenheit wird meine Tochter retten. Gut verborgene Perlen entgehen dem Taucher und leben glücklich. Ich darf meine Gabrielle einer Perle vergleichen, ihre Gesichtsfarbe ist von schönem, perlenhaftem Schimmer, ihre Seele hat die Sanftheit einer Perle, und bislang hat mein Gut Forcalier ihr als Muschelschale gedient.«

»Komm mit mir«, sagte Etienne, »ich will mich am Meeresstrand ergehen, die Luft ist milde.«

Beauvouloir und sein Gebieter schritten schweigend einher, bis ein Lichtschein, der zwischen den Laden des Fischerhauses hervordrang, das Meer mit einem Goldgeriesel rillte.

»Ich kann die Gefühle nicht ausdrücken«, rief der schüchterne Erbe dem Arzt zu, »die mir der Anblick eines auf das Meer fallenden Lichtscheines verursacht. Wie oft habe ich zum Fenster jenes Schlafzimmers hinaufgeschaut, bis sein Licht erlosch!« fügte er hinzu und deutete auf das Schlafgemach seiner Mutter.

»Wie zart Gabrielle auch sein möge«, antwortete Beauvouloir frohgemut, »sie kann kommen und mit uns spazierengehen; die Nacht ist warm, und die Luft enthält keine Dünste; ich will sie holen; aber seien Sie zurückhaltend, Monseigneur.«

Etienne war viel zu schüchtern, um Beauvouloir vorzuschlagen, ihn zu dem Fischerhaus zu begleiten; überdies befand er sich in dem Zustand der Empfindungslosigkeit, in den uns das

Andrängen von Gedanken und Empfindungen versetzt, wie die Morgenröte der Liebe sie erzeugt. Wenn er allein war, fühlte er sich freier, und als er das vom Mond beschienene Meer erblickte, rief er: »So ist denn der Ozean in meine Seele übergegangen!«

Der Anblick der hübschen lebendigen Statuette, die auf ihn zukam und die der Mond dadurch, daß er sie in sein Licht hüllte, versilberte, verdoppelte Etiennes Herzklopfen, aber ohne daß es ihm wehtat.

»Mein Kind«, sagte Beauvouloir, »dies ist Monseigneur.«

In diesem Augenblick wünschte sich Etienne die kolossale Gestalt seines Vaters; er wäre am liebsten kraftvoll und nicht schmächtig gewesen. Alle Eitelkeiten der Liebe und der Männlichkeit drangen gleichzeitig in sein Herz ein wie ebensoviele Pfeile, und er verharrte in trübsinnigem Schweigen und ermaß zum erstenmal die Größe seiner Unvollkommenheiten. Die Begrüßung durch das junge Mädchen hatte ihn verlegen gemacht, er hatte sie linkisch erwidert und war an Beauvouloirs Seite verblieben, mit dem er plauderte, während sie am Meer entlangschritten; aber Gabrielles schüchternes und achtungsvolles Verhalten machte ihn kühner; er wagte, das Wort an sie zu richten. Das Geschehnis mit dem Singen hatte auf Zufall beruht; der Arzt hatte nichts in die Wege leiten wollen; er hatte gemeint, daß zwischen zwei Seelen, denen die Einsamkeit ein reines Herz gelassen, die Liebe in all ihrer Unbefangenheit sich anbahnen würde. Daß Gabrielle das Lied wiederholt habe, wurde also zu einem naheliegenden Gesprächsstoff. Während dieses Spaziergangs verspürte Etienne in sich die körperliche Leichtigkeit, die alle Männer in dem Augenblick empfinden, da die erste Liebe die Grundursache ihres Lebens in ein anderes Geschöpf verlagert. Er erbot sich, Gabrielle Singen zu lehren. Der arme Junge war so glücklich, sich in den Augen dieses jungen Mädchens als mit irgendeiner Überlegenheit begabt zu sehen, daß er vor Freude erbebte, als sie einwilligte. Gerade in diesem Augenblick fiel das Licht voll auf Gabrielle, und so konnte Etienne die Züge unbestimmter Ähnlichkeit mit der verstorbenen Herzogin wahrnehmen, die sie besaß. Wie Jeanne de Saint-Savin war Beauvouloirs Tochter schmal und zart; bei ihr wie bei der Herzogin hatten Leid und Schwermut eine geheimnisvolle Anmut erzeugt. Sie besaß den eigentümlichen Adel von Seelen, bei denen die Gepflogenheiten von Welt und Gesellschaft nichts verändert haben, in denen alles schön, weil natürlich ist. Zudem aber war Gabrielle des Blutes der schönen Römerin teilhaftig, das nach zwei Generationen aufs neue strömte und das diesem Kinde das Herz einer ungestümen Kurtisane in einer reinen Seele geschaffen hatte; daher rührte eine Überschwenglichkeit, die ihr die Wangen rötete, die ihr die Stirn heiligte, und die ihren Bewegungen das Flackern einer Flamme lieh. Beauvouloir durchschauerte es, als er das Phänomen wahrnahm, das man heutzutage als die Phosphoreszenz des Gedankens bezeichnen könnte, und das der Arzt damals als eine Todesverheißung erachtete. Etienne überraschte es, daß das junge Mädchen mit der Bewegung eines scheuen Vogels, der von seinem Nest aus Umschau hält, den Hals reckte. Gabrielle war von ihrem Vater verborgengehalten worden; jetzt wollte sie Etienne nach ihrem Belieben sehen, und ihr Blick drückte ebensoviel Neugier wie Lust aus, ebensoviel Wohlwollen wie naive Kühnheit. Für sie war Etienne nicht schwächlich, sondern zart; sie fand ihn sich selbst so ähnlich, daß nichts an diesem großen Herrn sie erschreckte. Etiennes kränkliche Gesichtsfarbe, seine schönen Hände, sein krankes Lächeln, sein gescheiteltes Haar, das in Locken auf seinen Spitzenkragen niederfiel, die edle, von jungen Falten durchzogene Stirn, die Gegensätze von Luxus und Elend, von Macht und Geringheit gefielen ihr; kamen sie nicht dem Verlangen nach mütterlichem Beschützen entgegen, das in der Liebe keimt? Regten sie nicht jetzt schon das in jeder Frau regsame Bedürfnis an, Auszeichnendes bei ihm zu finden, den sie lieben will? In allen beiden erstanden die neuen Gedanken und Empfindungen mit einer Gewalt, mit einer Überschwenglichkeit, die ihnen die Seele weit machte; beide verharrten in Staunen und Schweigen, denn der Ausdruck der Gefühle ist desto weniger offenkundig, je tiefer sie sind. Jede Liebe, die von Dauer ist, beginnt mit träumerischem Sinnen. Es entsprach vielleicht diesen beiden Menschenwesen, daß sie einander zum erstenmal im linden Licht des Mondes erblickten und nicht jäh vom Strahlenglanz der Liebe geblendet wurden; sie mußten einander am Gestade des Meeres begegnen, das ihnen ein Abbild der Unermeßlichkeit ihrer Gefühle darbot.

Als sie schieden, war eines vom andern erfüllt, und beide fürchteten, sie möchten nicht gefallen haben.

Von seinem Fenster aus blickte Etienne nach dem Licht des Hauses hinüber, in dem Gabrielle war. Während dieser Stunde mit Furcht gemischter Hoffnung fand der junge Dichter neuen Sinn in den Sonetten Petrarcas. Er hatte Laura erblickt, eine feine, köstliche Gestalt, rein und golden wie ein Sonnenstrahl, klug wie ein Engel und schwach wie die Frau. Seine zwanzig Jahre des Lernens hatten eine Bindung, er verstand die mystische Ehe zwischen allem, was schön ist; er erkannte, wieviel vom Weiblichen in den Dichtungen enthalten war, die er so sehr liebte; er liebte mithin ohne sein Wissen seit so langer Zeit, daß seine ganze Vergangenheit mit den Wallungen dieser schönen Nacht verschmolz. Die Ähnlichkeit Gabrielles mit seiner Mutter dünkte ihn eine gottgegebene Tatsache. Er beging, wenn er liebte, an seinem Schmerz keinen Verrat, für ihn bildete die Liebe eine Fortsetzung der mütterlichen Liebe. Er dachte bei Nacht an das in jener Hütte schlafende Kind mit den nämlichen Gefühlen, die seine Mutter empfunden hatte, als er selber dort gewesen war. Auch diese weitere Ähnlichkeit verknüpfte für ihn das Gegenwärtige mit dem Vergangenen. Auf den Wolken seiner Erinnerungen erschien ihm das schmerzliche Gesicht der Jeanne de Saint-Savin; er sah sie wieder mit ihrem schwachen Lächeln, er hörte ihre liebliche Stimme, sie neigte das Haupt und weinte. Das Licht in jenem Haus erlosch. Etienne sang das hübsche Liedchen Heinrichs IV. mit neuem Ausdruck. Von fern antworteten ihm Gabrielles Versuche. Auch das junge Mädchen unternahm seine erste Reise in die verzauberten Gefilde verliebter Verzükkung; dadurch, daß das Blut ihre Adern durchströmte, verbreitete es darin eine Kraft, die sie nie zuvor gespürt; die Liebe hatte sie stark gemacht. Nur schwache Wesen können die Wollust dieser neuen Schöpfung inmitten des Lebens erkennen. Die Armen, die Leidenden, die Mißhandelten genießen unaussprechliche Freuden; schon ein Geringes ist für sie das Weltall. Etienne hing mit tausenden von Banden an der Bevölkerung der Stadt der Schmerzen[26]. Seine unlängst erlangte hohe Würde verursachte ihm Schrecken, die Liebe überschüttete ihn mit dem schöpferischen Balsam der Kraft: Er liebte die Liebe.

Am andern Morgen stand Etienne beizeiten auf und lief zu seinem ehemaligen Hause hinüber, wo Gabrielle, angetrieben von Neugier, gedrängt von uneingestandener Ungeduld schon am frühen Morgen ihr Haar gelockt und ihr reizendes Kostüm angelegt hatte. Sie waren beide von dem Verlangen erfüllt, einander wiederzusehen, und beide fürchteten sie die Folgen dieser Zusammenkunft. Was ihn betrifft, so kann man sich denken, daß er seine feinsten Spitzen ausgewählt hatte, seinen am schönsten verzierten Mantel, seine Hose aus violettem Samt; mithin hatte er die schöne Kleidung angelegt, die das bleiche Gesicht Ludwigs XIII. denkwürdig macht, ein inmitten aller Größe und allen Prunks bedrücktes Gesicht, bedrückt, wie Etienne es bis jetzt gewesen war. Jene Kleidung war nicht die einzige Ähnlichkeit, die zwischen dem Herrscher und dem Untertan bestand. Tausenderlei sensible Einzelzüge fanden sich bei Etienne wie bei Ludwig XIII.: Keuschheit, Schwermut, unbestimmte, aber wirklich vorhandene Schmerzen, ritterliche Schüchternheit; die Furcht, ein Gefühl nicht in seiner Reinheit ausdrücken zu können, die Angst, zu schnell zu einem Glück geführt zu werden, das große Seelen aufzuschieben lieben, die Lasten der Macht, der Hang zum Gehorsam, wie er sich bei Charakteren findet, die gleichgültig gegenüber materiellen Interessen sind, aber erfüllt von der Liebe zu dem, was ein schöner religiöser Genius als ›das Astrale‹ bezeichnet hat.

Obgleich Gabrielle in gesellschaftlichen Dingen sehr unerfahren war, hatte sie gemeint, zwischen der Tochter eines Gliederrenkers, der schlichten Bewohnerin von Forcalier walte ein zu großer Abstand zu Monseigneur Etienne ob, dem Herzog von Nivron, dem Erben des Hauses Hérouville, als daß sie beide auf gleicher Ebene ständen; sie vermochte noch nicht zu erraten, daß Liebe adelt. Das naive Geschöpf hatte keine Voraussetzung zum Erstreben eines Platzes erblickt, auf den sich zu setzen jedes andere Mädchen eifersüchtig bedacht gewesen wäre; sie hatte nichts als Hindernisse gesehen. Da sie bereits liebte, ohne zu wissen, was lieben heißt, vermeinte sie, weit von den Freuden der Liebe entfernt zu sein, und wollte sich ihnen nähern, wie ein Kind nach der goldenen Traube verlangt, dem Ziel seiner Begehrlichkeit, die zu hoch hängt. Für ein Mädchen, das der Anblick einer

Blume erschütterte, das in den liturgischen Gesängen Liebe wahrnahm, wie süß und stark waren für ein solches Mädchen nicht die Gefühle gewesen, die es am Abend zuvor empfunden hatte, beim Anblick dieser herrschaftlichen Schwächlichkeit, die ihre eigene Schwächlichkeit beschwichtigt hatte; aber Etienne war während dieser Nacht innerlich gewachsen, und sie hatte in ihm eine Hoffnung, eine Kraft geschaffen; sie hatte ihn so hoch gestellt, daß sie verzweifelte, je bis zu ihm hinaufzugelangen.

»Erlaubt Ihr mir, daß ich bisweilen zu Euch, in Euren Bereich komme?« fragte der Herzog und schlug die Augen nieder.

Als Gabrielle Etienne so schüchtern, so demütig sah, denn auch er hatte Beauvouloirs Tochter zur Gottheit erhoben, wurde Gabrielle beklommen um des Zepters willen zumute, das er ihr gereicht hatte; aber sie wurde durch diese Unterwürfigkeit tief gerührt und geschmeichelt. Einzig die Frauen wissen, welch eine Verführungskraft der Achtung innewohnt, die ein Hochstehender ihnen entgegenbringt. Dennoch fürchtete sie, sie täusche sich, und da sie ebenso neugierig war wie die erste Frau, verlangte es sie nach Wissen.

»Hattet Ihr mir gestern nicht versprochen, mich in der Musik zu unterweisen?« antwortete sie ihm in der Hoffnung, die Musik möge ein Vorwand sein, mit ihm beisammen zu sein.

Hätte das arme Kind das Leben Etiennes gekannt, so würde sie sich sorglich gehütet haben, einen Zweifel lautwerden zu lassen. Für ihn war die Sprache ein Widerhall der Seele, und jener Satz schmerzte ihn tief. Er war mit vollem Herzen hergekommen und hatte eine Verdunkelung seiner Helle befürchtet, und jetzt begegnete er einem Zweifel. Seine Freude erlosch; er sank zurück in seine Öde und fand darin keine der Blumen mehr, mit denen er sie verschönt hatte. Gabrielle war durch die Ahnung der Schmerzen aufgeklärt worden, die den Engel auszeichnet, dessen Auftrag es ist, sie zu lindern, und die sicherlich das Mitleid des Himmels ist; sie erriet den Schmerz, den sie soeben verursacht hatte. Ihr Fehler machte sie so heftig betroffen, daß sie sich die Allmacht Gottes wünschte, um Etienne ihr Herz zu enthüllen; denn sie hatte die grausame Gemütsbewegung gespürt, die ein Vorwurf, ein strenger Blick erzeugen; sie zeigte ihm naiv die Welten, die sich in ihrer Seele erhoben hatten und die wie die

Goldgewinde im Frührot ihrer Liebe waren. Eine Träne Gabrielles wandelte Etiennes Schmerz in Wonne, und jetzt wollte er sich der Tyrannei zeihen. Es war ein Glück, daß sie auf diese Weise gleich zu Beginn den Umfang ihrer Herzen kennenlernten; dadurch blieben ihnen tausend Erschütterungen erspart, die sie gemartert hätten. Unvermittelt führte Etienne, der begierig war, sich hinter einer Betätigung zu verschanzen, Gabrielle an einen Tisch vor dem kleinen Fenster, wo er gelitten und wo er früher eine Blume betrachtet hatte, die schöner als alle war, der seine Betrachtungen galten. Dann schlug er ein Buch auf, über das ihre Köpfe sich neigten; ihrer beider Haar glitt dabei ineinander.

Diese beiden Menschenwesen, die so stark durch ihr Herz, so schwächlich an Körper, aber verschönt durch die Anmut waren, die das Leid verleiht, bildeten ein rührendes Bild. Gabrielle wußte nichts von Koketterie; ein Blick wurde ebenso schnell gewährt wie erbeten, und das sanfte Strahlen von ihrer beider Augen hörte nur aus Schamhaftigkeit auf, zu verschmelzen; es freute sie, Etienne zu sagen, wie gern sie seine Stimme höre; sie vergaß die Bedeutung der Wörter, wenn er ihr die Stellung der Noten oder deren Dauer erklärte; sie lauschte, sie vernachlässigte die Melodie um des Instrumentes, den Gedanken um der Form willen; das war eine findige Schmeichelei, die erste, die bei wahrer Liebe statthat. Gabrielle fand Etienne schön; sie wollte den Samt des Mantels betasten, die Spitze des Halskragens berühren. Was Etienne betraf, so verwandelte er sich unter dem schöpferischen Blick jener klugen Augen; sie flößten ihm einen befruchtenden Saft ein, der in seinen Augen funkelte, auf seiner Stirn leuchtete, der ihn innerlich stählte, und dieses neue Spiel seiner Fähigkeiten schmerzte ihn durchaus nicht; im Gegenteil, sie wurden kräftiger. Das Glück war etwas wie die nährende Milch seines neuen Lebens.

Da nichts sie von sich abzulenken vermochte, blieben sie nicht nur an diesem Tage beisammen, sondern auch an allen übrigen; denn vom ersten Tage an gehörten sie einander, da eines dem andern das Zepter reichte, und da sie miteinander spielten wie ein Kind mit seinem Leben spielt. Wenn sie beieinander und glücklich im goldenen Sand saßen, erzählte jeder dem andern seine Vergangenheit, die bei ihm schmerzvoll, jedoch erfüllt von träumerischem Sinnen, bei ihr verträumt, aber erfüllt von leidenden Wonnen war.

»Ich habe keine Mutter gehabt«, sagte Gabrielle, »aber mein Vater war zu mir gütig wie Gott.«

»Ich habe keinen Vater gehabt«, antwortete das verfluchte Kind, »aber meine Mutter war mir ein ganzer Himmel.«

Etienne erzählte von seiner Jugend, von seiner Liebe zu seiner Mutter, von seiner Neigung zu Blumen. Bei dieser Äußerung tat Gabrielle einen leisen Ausruf. Als er sie darob fragte, wurde sie rot und sträubte sich, zu antworten; doch als dann ein Schatten über Etiennes Stirn glitt, die der Fittich des Todes gestreift zu haben schien, und über jene sichtbare Seele, auf der die leisesten Gefühlsregungen wahrnehmbar waren, antwortete sie: »Weil auch ich die Blumen sehr liebe.«

War das nicht eine Liebeserklärung, auf die Jungfrauen sich verstehen, wenn man sich bis in die Vergangenheit hinein durch die Gemeinsamkeit der Neigungen verbunden glaubt? Liebe strebt stets danach, sich älter zu machen; das ist die Koketterie der Kinder.

Am andern Tag brachte Etienne Blumen mit; er hatte befohlen, daß ihm recht seltene ausgesucht würden, wie seine Mutter ehedem es für ihn hatte tun lassen. Kennt man die Tiefe, zu der bei einem einsamen Menschenwesen die Wurzeln eines Gefühls hinabreichen, das die Überlieferungen der Mutterliebe aufgriff und an eine Frau die liebevollen Fürsorglichkeiten verschwendete, durch die die Mutter ihm das Leben verzaubert hatte? Welche Größe lag für ihn in solcherlei Nichtigkeiten, in denen seine beiden einzigen Zuneigungen zusammenklangen! Blumen und Musik wurden zur Sprache ihrer Liebe. Gabrielle beantwortete Etiennes Blumengaben durch Sträuße, durch jene Sträuße, von denen ein einziger den alten Gliederrenker hatte ahnen lassen, daß seine unwissende Tochter bereits zuviel wußte. Die körperliche Unwissenheit der beiden Liebenden bildete etwas wie einen dunklen Untergrund, auf dem die geringsten Züge ihres rein spirituellen vertraulichen Umgangs sich mit erlesener Armut abzeichneten, wie die roten, reinen Profile etruskischer Gesichter. Ihre geringsten Worte brachten Fluten von Gedanken mit sich, denn sie waren das Ergebnis von ihrer beider sinnenden Betrachtungen. Da sie außerstande waren, sich die Kühnheit auszudenken, dünkte sie aller Beginn ein Ende. Obgleich sie immer frei und ungehindert waren, waren sie die Gefangenen einer Naivität, die etwas Trostloses gewesen wäre, wenn einer von ihnen seinen verworrenen Wünschen einen Sinn hätte geben können. Sie waren gleichzeitig Dichter und Dichtwerk. Die Musik, die sinnlichste der Künste für verliebte Seelen, wurde zum Vermittler ihrer Gedanken, und sie empfanden lustvolle Freude dabei, dasselbe Thema zu wiederholen und Leidenschaft in die schönen Tonfluten zu ergießen, in denen ihre Seelen widerstandslos schwangen.

Viele Liebschaften vollziehen sich durch Gegensätze; dann geht es um Streitigkeiten und Versöhnungen, um den vulgären Kampf zwischen Geist und Materie. Aber der erste Fittichschlag der wahren Liebe entrückt sie bereits weit jenen Kämpfen; sie nimmt dort, wo alles dieselbe Wesenheit ist, nicht länger zwei Naturen wahr; gleich dem Genie im höchsten Sinne versteht sie sich darauf, im hellsten Licht zu verbleiben, sie facht es an, sie wird darin größer, und sie bedarf nicht des Schattens, um besser hervorzutreten. Gabrielle, weil sie ein weibliches Wesen war, und Etienne, weil er viel gelitten und viel nachgedacht hatte, durcheilten rasch die Raumesweite, deren sich gewöhnliche Leidenschaften bemächtigen, und gelangten bald darüber hinaus. Wie alle schwachen Naturen, wurden sie schneller vom Glauben durchdrungen, von dem Himmelspurpur, der die Kraft verdoppelt, indem er die Seele verdoppelt. Für sie stand die Sonne stets auf ihrer Mittagshöhe. Bald hatten sie die göttliche Gläubigkeit an sich selber, die weder Eifersucht noch Qualen leidet; in ihnen war die Selbstverleugnung stets bereit, die Bewunderung beständig. Unter diesen Bedingungen war die Liebe ohne Schmerz. Sie waren einander gleich durch ihre Schwäche, stark durch ihr Einssein; wenn der Adlige einige Überlegenheit durch sein Wissen oder durch eine gewisse Größe der Konvention besaß, so löschte die Tochter des Arztes das alles durch ihre Schönheit aus, durch die Erhabenheit des Gefühls, durch die kluge Zartheit, die sie den Genüssen aufprägte. So flogen plötzlich diese beiden Tauben mit gemeinsamem Flügelschlag unter einem reinen Himmel einher: Etienne liebt und wird geliebt, die Gegenwart ist heiter, die

Zukunft wolkenlos, er ist Herr und Gebieter, das Schloß gehört ihm, das Meer gehört ihnen beiden, keine Sorge, keine Unruhe trübt den harmonischen Einklang ihres Zwiegesangs; die Jungfräulichkeit der Sinne und des Geistes lassen ihnen die Welt größer erscheinen, ihre Gedanken ergeben sich mühelos; das Begehren, dessen Stillung so viele Dinge entstellt, das Begehren, dieser Fehlgriff der irdischen Liebe, hat sie noch nicht überkommen. Wie zwei Zephire[27], die auf demselben Weidenzweig sitzen, sind sie glücklich, ihr Abbild im Spiegel eines klaren Teichs zu betrachten; ihnen genügt die ländliche Weite, sie staunen den Ozean an, ohne sich einfallen zu lassen, auf der weiß besegelten Barke mit dem Blumentauwerk, die die Hoffnung steuert, darüber hinwegzugleiten.

Es gibt in der Liebe einen Augenblick, da sie sich selbst genügt, da sie über ihr Sein glücklich ist. Im Frühling, wenn alles in Knospe steht, verbirgt der Liebende sich oftmals vor der geliebten Frau, um sie tiefer zu genießen, um sie inniger zu sehen; Etienne und Gabrielle jedoch tauchten gemeinsam in die Seligkeiten dieser kindlichen Stunde ein; bald waren sie zwei Schwestern um der vertraulichen Geständnisse, bald zwei Brüder um der Kühnheit des Erkenntnisverlangens willen. Für gewöhnlich will die Liebe einen Sklaven und einen Gott; sie beide indessen verwirklichten den köstlichen Traum Platons; für sie gab es in der Liebe nur ein einziges vergöttlichtes Wesen. Sie schützten einander abwechselnd. Die Liebesbezeigungen kamen, langsam, eine nach der anderen, aber keusch wie die mutwilligen, heiteren, koketten Spiele junger Tiere, die es mit dem Leben versuchen. Das Gefühl, das sie dahinbrachte, ihre Seele in leidenschaftlichen Gesang überzuleiten, führte sie durch die tausenderlei Verwandlungen einunddesselben Glücks zur Liebe. Ihre Freuden verursachten ihnen weder Wahnsinn noch Schlaflosigkeit. Die Kindheit der Lust wuchs, ohne die schönen roten Blüten zu kennen, die ihren Stengel krönen. Sie gaben einander preis, ohne an Gefahr zu denken; sie gaben sich in einem Wort wie in einem Blick hin, in einem Kuß wie in dem langen Druck ihrer verschlungenen Hände. Unschuldig rühmten sie einander, was an ihnen schön sei, und sie verschwendeten in dieser heimlichen Idylle die Schätze der Sprache und ahnten dabei die süßesten Übertreibungen, die heftigsten Verkleinerungen, die die antike Muse des Tibull gefunden und die die italienische Poesie nachgesprochen hat. Es war auf ihren Lippen und in ihren Herzen die ständige Wiederkehr der flüssigen Fransen des Meeres auf den feinen Sand des Strandes, alle einander gleich, alle untereinander verschieden. Fröhliche, ewige Treue!

Hätte es gegolten, die Tage zu zählen, so umfaßte jene Zeitspanne fünf Monate; hätte es gegolten, die unzähligen Empfindungen zu zählen, die Gedanken, die Träume, die Blicke, die erschlossenen Blumen, die verwirklichten Hoffnungen, die nie endenden Freuden, das gelöste und sorgsam zerzauste, dann wieder aufgesteckte und mit Blumen geschmückte Haar, die unterbrochenen, wieder angeknüpften, im Stich gelassenen Gespräche, das scherzende Lachen, die ins Meer getauchten Füße, das kindliche Suchen nach zwischen den Felsen verborgenen Muscheln, die Küsse, die Überraschungen, die Umarmungen, so hätte das alles ein ganzes Leben ausgemacht, und der Tod wird es auf sich nehmen, diese Bekundung zu rechtfertigen. Es gibt Menschenleben, die immer düster sind und sich unter grauen Himmeln vollziehen; allein man denke sich einen schönen Tag, an dem die Sonne blaue Lüfte durchlodert, denn so war der Lenz von ihrer beider Liebe; denn Etienne hatte während dieser Zeit alle seine vergangenen Schmerzen dem Herzen Gabrielles überantwortet, und das junge Mädchen hatte seine kräftige Freude dem Herzen ihres Gebieters verhaftet. Nur einen Schmerz hatte Etienne in seinem Leben durchlitten, den Tod seiner Mutter; es sollte ihm in seinem Leben nur eine einzige Liebe zuteilwerden, die zu Gabrielle.

Die plumpe Nebenbuhlerschaft eines Ehrgeizlings beschleunigte den Ablauf dieses wonnigen Lebens. Der Herzog von Hérouville, ein alter, in Listen erfahrener Krieger, ein rauher, aber geschickter Politiker, hat in seinem Innern die Stimme des Mißtrauens sich erheben hören, nachdem er, wie sein Arzt es verlangt, sein Wort gegeben hatte. Der Baron d'Artagnon, der Leutnant seiner Wachkompanie, genoß, was die Staatskunst betraf, sein volles Vertrauen. Der Baron war ein Mann nach dem Herzen des Herzogs von Hérouville, eine Art Metzger, kräftig gebaut, groß, mit einem männlichen, harten, kalten Gesicht, tapfer im Dienst des Throns, ungehobelt in seinen Umgangsformen, von ehernem Willen, wenn es etwas durchzuführen galt, geschmeidig, wenn er gelenkt wurde; im übrigen nobel, ehrgeizig mit der Redlichkeit des Soldaten und der Tücke des Politikers. Seine Hand war so, wie sein Gesicht es vermuten ließ, die breite, behaarte Hand eines Condottiere. Sein Gehaben war barsch, seine Ausdrucksweise kurz angebunden und knapp. Nun aber hatte der Gouverneur seinen Leutnant beauftragt, über das Verhalten des Arztes gegenüber dem neuen Präsumptiverben zu wachen. Trotz des Geheimnisses, das Gabrielle umgab, war es schwierig, den Leutnant einer Wachkompanie zu täuschen: Er hörte den Gesang der beiden Stimmen, er sah abends das Licht in dem Haus am Gestade; er erriet, daß alle Aufmerksamkeiten Etiennes, daß die bestellten Blumen und seine unterschiedlichen Befehle mit einer Frau zusammenhingen; überdies ertappte er Gabrielles Amme auf ihren Gängen nach Forcalier, von wo sie ein paar Kleidungsstücke holte, wohin sie Wäsche trug und einen Stickrahmen oder Jungmädchenhabe mitbrachte. Der Haudegen wollte die Tochter des Gliederrenkers sehen und sah sie auch; er verliebte sich in sie. Beauvouloir war reich. Der Herzog mußte über die Kühnheit des guten Mannes erbost sein. Auf diesen Gegebenheiten errichtete der Baron d'Artagnon das Gebäude seines Glücks und Vermögens. Wenn der Herzog erfuhr, sein Sohn sei verliebt, würde er ihm sicherlich eine Frau aus großem Hause, die Erbin einiger Güter, geben wollen; und um Etienne von seiner Liebe zu lösen, würde es genügen, Gabrielle dadurch ungetreu zu machen, daß sie mit einem Adligen verheiratet wurde, dessen Landbesitz an einen Lombarden[28] verpfändet wäre. Der Baron hatte keinen Landbesitz. Diese Tatsachen wären bei Charakteren, wie sie sich gemeinhin in Welt und Leben finden, vortrefflich gewesen, aber bei Etienne und Gabrielle mußten sie zuschanden werden. Allein der Zufall war bereits dem Baron d'Artagnon zu Hilfe gekommen.

Während seines Pariser Aufenthalts hatte der Herzog den Tod Maximiliens gerächt, er hatte den Gegner seines Sohnes getötet, und ferner hatte er für Etienne eine unverhoffte Eheschließung mit der Erbin einiger Güter eines Zweiges der Familie de Grandlieu ins Auge gefaßt, einer hochgewachsenen, schönen, hochmütigen Dame, die sich indessen durch die Hoffnung geschmeichelt fühlte, eines Tages den Titel einer Herzogin von Hérouville zu tragen. Der Herzog hoffte, seinen Sohn dahinzubringen, daß er Mademoiselle de Grandlieu heirate. Als er erfuhr, Etienne liebe die Tochter eines schäbigen Arztes, wollte er erst recht, was er gehofft hatte. Für ihn war solch ein Wechsel nicht der Rede wert. Man weiß ja, auf welche brutale Weise dieser brutale Politiker die Liebe auffaßte! Er hatte Etiennes Mutter an seiner Seite sterben lassen, ohne auch nur einen einzigen ihrer Seufzer verstanden zu haben. Vielleicht war er nie in seinem Leben in heftigeren Zorn geraten, wie als er durch die letzte Eilnachricht des Barons erfahren hatte, mit welcher Schnelligkeit die Pläne Beauvouloirs sich entwickelten, Beauvouloirs, dem der Kompanieführer den tollkühnsten Ehrgeiz unterschob. Der Herzog ließ seine Equipage anspannen, fuhr von Paris nach Rouen und nahm die Gräfin de Grandlieu, seine Schwester, die Marquise de Noirmoutier und Mademoiselle de Grandlieu mit auf sein Schloß, unter dem Vorwand, er wolle ihnen die Provinz Normandie zeigen. Ohne daß man wußte, wie, hatte sich ein paar Tage vor seiner Ankunft ein Gerücht in der ganzen Gegend verbreitet; sobald Hérouville in Rouen war, war von nichts die Rede als von der leidenschaftlichen Liebe des Herzogs von Nivron zu Gabrielle Beauvouloir, der Tochter des berühmten Gliederrenkers. Die Leute in Rouen erzählten dem alten Herzog ausgerechnet während des Festes davon, das für ihn gegeben wurde; denn die Geladenen waren hocherfreut, dem Despoten der Normandie mit Sticheleien aufwarten zu können. Dieser Umstand erhitzte den Zorn des Gouverneurs bis zum Siedepunkt. Er ließ dem Baron schreiben, sein Kommen nach Hérouville streng geheimzuhalten und gab ihm Befehle, um dem entgegenzuwirken, was er als ein Unglück betrachtete.

So waren die Umstände beschaffen, unter denen Etienne und Gabrielle den ganzen Faden ihres Knäuels im ungeheuren Labyrinth der Liebe hatten abrollen lassen; alle beide waren wenig erpicht darauf, je wieder daraus hervorzugehen; sie wollten darin leben. Eines Tages waren sie an dem Fenster geblieben, an dem so vielerlei sich vollzogen hatte. Die Stunden, die anfangs mit holden Plaudereien angefüllt gewesen waren, hatten mit einigen nachdenklichen Schweigepausen geendet. Sie begannen in sich das unbestimmte Verlangen nach völligem Besitz zu verspüren; sie waren drauf und dran, einander ihre verworrenen Gedanken anzuvertrauen, die Spiegelungen eines schönen Bildes in zwei reinen Seelen. Während dieser noch ungetrübten Stunden füllten Etiennes Augen sich bisweilen mit Tränen, wenn er Gabrielles Hand innig an seine Lippen preßte. Wie seine Mutter, doch in diesen Minuten in seiner Liebe glücklicher, als sie es je gewesen, blickte das verfluchte Kind aufs Meer hinaus, das jetzt am Strande golden, am Horizont jedoch schwarz und hier und dort von den Silberklingen durchschnitten war, die einen Sturm ankündigen. Gabrielle paßte sich dem Verhalten ihres Freundes an, betrachtete dieses Schauspiel und schwieg. Ein einziger Blick, einer von denen, mittels derer die Seelen sich aufeinander stützen, genügte ihnen zur Mitteilung ihrer Gedanken. Die letzte Hingabe war für Gabrielle kein Opfer und für Etienne keine Forderung. Jedes von ihnen liebte mit der Liebe, die auf so göttliche Weise in allen Augenblicken ihrer Ewigkeit sich selbst gleicht, daß sie nichts von Aufopferung weiß, daß sie weder Enttäuschungen noch Verzögerungen scheut. Nun aber befanden sich Etienne und Gabrielle in völliger Unkenntnis der Freuden, deren Verlangen ihre Seele anstachelte. Als die schwachen Farbtöne der Dämmerung einen Schleier über das Meer gebreitet hatten, als die Stille nur durch das Atmen des Vor- und Zurückflutens auf den Strand unterbrochen wurde, stand Etienne auf, und Gabrielle tat aus einer vagen Angst wie er, denn er hatte ihre Hand losgelassen. Etienne nahm Gabrielle in einen seiner Arme und drückte sie mit zarter Anziehungskraft an sich; daher ließ sie ihn, die sein Begehren erkannte, das Gewicht ihres Körpers hinlänglich spüren, um ihm die Gewißheit zu geben, daß sie sein sei, aber nicht genug, um ihn zu erschöpfen. Der Liebende legte seinen zu schweren Kopf auf die Schulter der Freundin, sein Mund ruhte auf ihrer durchstürmten Brust, sein Haar fiel über den weißen Rücken und liebkoste Gabrielles Hals. Das unbefangen liebeatmende Mädchen neigte den Kopf, damit Etienne mehr Platz habe, und schlang den Arm um seinen Hals, um einen Halt zu haben. So verharrten sie, ohne einander ein Wort zu sagen, bis die Dunkelheit hereingebrochen war. Jetzt zirpten die Grillen in ihren Erdlöchern, und die beiden Liebenden lauschten dieser Musik, als wollten sie alle ihre Sinne in einem einzigen betätigen. Sicherlich konnten sie jetzt nur mit einem Engel verglichen werden, dessen Füße auf der Erde ruhten und der der Stunde wartete, da er sich wieder zum Himmel aufschwingen konnte. Sie hatten den schönen Traum von Platons mystischem Genius vollzogen, den Traum aller, die im menschlichen Sein einen Sinn suchen; sie bildeten nur eine einzige Seele, sie waren wohl die geheimnisvolle Perle, der es bestimmt ist, die Stirn einer unbekannten Sternenschönheit zu schmücken.

»Begleitest du mich heim?« fragte Gabrielle; sie entglitt als erste dieser köstlichen Ruhe.

»Warum wollen wir uns trennen?« antwortete Etienne.

»Wir müßten immer beisammen sein«, sagte sie.

»So bleib doch.«

»Ja.«

Der schwere Schritt des alten Beauvouloir wurde im anstoßenden Raum vernehmlich. Der Arzt traf die beiden Kinder getrennt an, und dabei hatte er sie am Fenster umschlungen gesehen. Auch die reinste Liebe liebt stets das Geheimnis.

»Dies ist nicht wohlgetan, mein Kind«, sagte er zu Gabrielle. »Du darfst nicht zu so später Stunde ohne Licht hier verweilen.«

»Warum?« fragte sie. »Du weißt doch, daß wir uns lieben und daß er der Schloßherr ist.«

»Ihr Kinder«, entgegnete Beauvouloir, »wenn ihr einander liebt, dann erfordert euer Glück, daß ihr heiratet, um euer Leben gemeinsam hinzubringen; aber eure Heirat hängt vom Willen Monseigneurs des Herzogs ab ...«

»Mein Vater hat mir versprochen, allen meinen Wünschen zu willfahren«, fiel Etienne Beauvouloir lebhaft ins Wort.

»Dann schreibt ihm doch, Monseigneur«, antwortete der Arzt, »tragt ihm Euern Wunsch vor und gebt mir Euren Brief, damit ich ihn dem hinzufüge, den ich vorhin geschrieben habe. Bertrand wird auf der Stelle aufbrechen und die Eilnachrichten Monseigneur selbst übergeben. Ich habe gehört, daß der Herzog in Rouen ist; er bringt die Erbin des Hauses Grandlieu mit, und ich glaube nicht, daß das um seinetwillen geschieht ... Wenn ich auf meine dumpfen Ahnungen hörte, würde ich Gabrielle noch diese Nacht von hier wegbringen ...«

»Uns trennen?« rief Etienne, dem vor Schmerz eine Ohnmacht drohte und der sich auf die Freundin stützte.

»Vater!«

»Gabrielle«, sagte der Vater und reichte ihr ein Riechfläschchen, das er von einem Tisch genommen hatte und an dem sie Etienne atmen ließ, »Gabrielle, meine ärztliche Kunst hat mir gesagt, daß die Natur euch füreinander bestimmt hatte . . . Aber ich hatte Monseigneur den Herzog auf eine Eheschließung vorbereiten wollen, die wider alle seine Gedanken verstößt, und nun hat der Teufel ihn gegen uns eingenommen. – Er ist der Herzog von Nivron«, sagte der Vater zu Gabrielle, »und du, du bist die Tochter eines armseligen Arztes.«

»Mein Vater hat mir geschworen, sich mir in nichts zu widersetzen«, sagte Etienne unbeirrt.

»Auch mir hat er geschworen, allem zuzustimmen, was ich unternehmen würde, um Euch eine Frau zu suchen«, antwortete der Arzt. »Aber wenn er nun sein Versprechen nicht hält?«

Etienne setzte sich wie vom Blitz gefällt.

»Das Meer war heute abend düster«, sagte er nach einer Weile des Schweigens.

»Könntet Ihr reiten, Monseigneur«, sagte der Arzt, »so würde ich Euch raten, noch heute nacht mit Gabrielle zu entfliehen; ich kenne euch beide, und ich weiß, daß jede andere Ehe für euch verhängnisvoll werden wird. Sicherlich würde der Herzog mich in den Kerker werfen und für den Rest meiner Tage darin bleiben lassen, wenn er von dieser Flucht erführe; aber ich würde freudig sterben, wenn mein Tod euer Glück verbürgte. Aber leider hieße, zu Pferde steigen, Euer Leben und das Gabrielles aufs Spiel setzen. Es gilt, dem Zorn des Gouverneurs hier die Stirn zu bieten.«

»Hier«, wiederholte der arme Etienne.

»Wir sind durch irgend jemanden im Schloß verraten worden, der Ihren Vater zu heftigem Zorn aufgepeitscht hat«, fuhr Beauvouloir fort.

»Komm, wir wollen uns gemeinsam ins Meer stürzen«, flüsterte Etienne Gabrielle zu und beugte sich dabei zum Ohr des jungen Mädchens nieder, das neben ihrem Geliebten auf die Knie gesunken war.

Sie neigte lächelnd das Haupt. Beauvouloir erriet alles.

»Monseigneur«, sprach er weiter, »Euer Wissen und Euer Geist haben Euch beredt gemacht, Eure Liebe muß Euch Unwiderstehlichkeit leihen. Erklärt Monseigneur dem Herzog Eure Liebe; dadurch bestätigt Ihr meinen Brief, der bündig ist. Noch ist nicht alles verloren, glaube ich. Ich liebe meine Tochter, wie Ihr sie liebt, und ich will sie verteidigen.«

Etienne schüttelte den Kopf.

»Das Meer war heute abend sehr düster«, sagte er.

»Es lag zu unsern Füßen wie eine goldene Klinge«, antwortete Gabrielle mit melodischer Stimme.

Etienne ließ Licht kommen und setzte sich an seinen Tisch, um seinem Vater zu schreiben. An der einen Seite seines Stuhls kniete stumm Gabrielle und blickte auf die Schriftzüge, ohne sie zu lesen; sie las alles von Etiennes Stirn ab. An der anderen Seite stand der alte Beauvouloir, dessen joviales Gesicht tief traurig war, traurig wie dies Schlafgemach, in dem Etiennes Mutter gestorben war. Eine heimliche Stimme rief dem Arzt zu: »Er wird das Schicksal seiner Mutter erleiden!«

Als der Brief beendet war, reichte Etienne ihn dem alten Mann, der ihn eilends Bertrand übergab. Das Pferd des bejahrten Reitknechts war schon gesattelt, der Mann zum Aufbruch bereit; er ritt vondannen und traf den Herzog vier Meilen vor Hérouville.

»Begleite mich zur Turmpforte«, sagte Gabrielle zu ihrem Freunde, als sie allein waren.

Beide durchschritten die Bibliothek des Kardinals und stiegen die Treppe des Turms hinab bis zu der Pforte, deren Schlüssel Etienne Gabrielle eingehändigt hatte. Der arme Junge war durch die Vorahnung des Unglücks wie betäubt; er ließ die Fackel, die ihm dazu gedient hatte, seiner Geliebten zu leuchten, im Turm und geleitete sie dem Hause zu. Einige Schritte vor dem Gärtchen, das dieser schlichten Behausung mit Blumen aufwartete, hielten die beiden Liebenden inne. Kühngemacht durch die vage Angst, die in ihnen wogte, gaben sie einander in Dunkel und Stille jenen ersten Kuß, in dem Sinne und Seele sich vereinten, um ein erhebendes Lustgefühl zu zeitigen. Etienne erkannte die Liebe in ihrer zwiefachen Ausdrucksform, und Gabrielle enteilte aus Furcht, von der Wollust fortgerissen zu werden; aber wohin und wozu ...? Davon wußte sie nichts.

Gerade als der Herzog von Nivron die Turmpforte geschlossen hatte und die Treppenstufen hinanstieg, drang ein von Gabrielle ausgestoßener Schreckensschrei mit der Grelle eines Blitzstrahls, der einem die Augen verbrennt, an sein Ohr. Etienne durchschritt die Gemächer des Schlosses, stieg die große Treppe hinab, gelangte an den Strand und lief auf Gabrielles Haus zu, wo er Licht sah. Als Gabrielle das Gärtchen betreten hatte, da hatte sie im Schein der Kerze, die das Spinnrad ihrer Amme beleuchtete, auf dem Stuhl statt jener guten Frau einen Mann erblickt. Beim Geräusch ihrer Schritte war jener Mann ihr entgegengetreten und hatte sie erschreckt. Das Aussehen des Barons d'Artagnon rechtfertigte wohl die Angst, die er Gabrielle einjagte.

»Ihr seid die Tochter Beauvouloirs, des Arztes Seiner Herrlichkeit«, sagte der Leutnant der Wachkompanie, als Gabrielle sich von ihrem Schreck erholt hatte.

»Ja, gnädiger Herr.«

»Ich habe Euch Dinge von höchster Wichtigkeit anzuvertrauen. Ich bin der Baron d'Artagnon, der Leutnant der Wachkompanie, die Seine Herrlichkeit der Herzog von Hérouville befehligt.«

Unter den Umständen, in denen die beiden Liebenden sich befanden, machten Gabrielle diese Worte und der freimütige Ton, mit dem der Soldat sie aussprach, betroffen.

»Eine Amme ist hier, sie könnte uns belauschen; kommt«, sagte der Baron.

Er ging hinaus, Gabrielle folgte ihm. Beide gingen an den Strand hinter dem Hause.

»Fürchtet nichts«, sagte der Baron.

Diese Äußerung hätte ein weibliches Wesen erschreckt, das nicht ahnungslos gewesen wäre; aber ein schlichtes junges Mädchen, das liebt, glaubt sich nie in Gefahr.

»Liebes Kind«, sagte der Baron zu ihr und bemühte sich, seiner Stimme einen gleisnerischen Klang zu geben, »Ihr und Euer Vater stehen am Rand eines Abgrunds, in den Ihr morgen hineinstürzen werdet; das habe ich nicht mitansehen können, ohne Euch zu warnen. Monseigneur ist wütend auf Euern Vater und auf Euch; er verdächtigt Euch, seinen Sohn verführt zu haben, und er will ihn lieber tot denn als Euern Gatten wissen; soviel über seinen Sohn. Was nun Euren Vater betrifft, so hat Monseigneur folgenden Entschluß gefaßt. Vor neun Jahren war Euer Vater in einen Kriminalfall verwickelt; es handelte sich um die Beseitigung eines adligen Kindes unmittelbar nach der Niederkunft der Mutter, zu der er sich hergegeben haben soll. Monseigneur hat im Wissen um die Unschuld Eures Vaters ihn damals vor der Verfolgung durch das Parlamentsgericht bewahrt; aber jetzt will er ihn verhaften, der Justiz ausliefern und verlangen, daß ihm der Prozeß gemacht werde. Euer Vater muß gerädert werden, aber um der Dienste willen, die er seinem Herrn geleistet hat, kann dieser vielleicht durchsetzen, daß er nur gehängt wird. Was Monseigneur über Euch beschlossen hat, weiß ich nicht; aber ich weiß, daß Ihr Seine Herrlichkeit den Herzog von Nivron vor dem Zorn seines Vaters, Beauvouloir vor der schrecklichen Hinrichtung, die seiner wartet, und Euch selber retten könnt.«

»Was muß getan werden?« fragte Gabrielle.

»Werft Euch Monseigneur zu Füßen, gesteht ihm, sein Sohn liebe Euch wider Euern Willen, und sagt ihm, Ihr liebtet ihn nicht. Zum Beweis dessen erbietet Euch, den Mann zu heiraten, den er Euch nach seinem Gefallen als Gatten bezeichnen wird. Er ist großherzig; er wird Euch eine reiche Aussteuer schenken.«

»Alles kann ich tun; aber meine Liebe verleugnen, das kann ich nicht.«

»Aber wenn es sein muß, um Euren Vater, Euch selbst und den Herzog von Nivron zu retten?«

»Etienne«, sagte sie, »wird daran sterben, und ich ebenfalls.«

»Seine Herrlichkeit, der Herzog von Nivron, wird traurig sein, Euch zu verlieren, aber um der Ehre seines Hauses willen wird er am Leben bleiben; Ihr werdet Euch bescheiden, nur die Frau eines Barons statt Herzogin zu werden, und Euer Vater bleibt ungeschoren«, antwortete der Mann unumwunden.

In diesem Augenblick betrat Etienne das Haus, erblickte Gabrielle nicht und stieß einen durchdringenden Schrei aus.

»Er ist gekommen«, rief das junge Mädchen, »laßt mich zu ihm gehen und ihn beruhigen.«

»Morgen früh hole ich mir Eure Antwort«, sagte der Baron.

»Ich will mich mit meinem Vater besprechen«, antwortete sie.

»Den bekommt Ihr nicht mehr zu sehen; ich habe soeben den Befehl erhalten, ihn zu verhaften und nach Rouen zu schicken, mit einer Eskorte und in Ketten«, sagte er und ließ die von Entsetzen gepackte Gabrielle stehen.

Das junge Mädchen eilte ins Haus und fand dort Etienne vor; er war voller Bangnis ob des Schweigens, mit dem die Amme seine erste Frage: »Wo ist sie?« beantwortet hatte.

»Hier bin ich«, rief das junge Mädchen; ihre Stimme war vereist, ihre Gesichtsfarbe war hingeschwunden, ihr Schritt war schwerfällig.

»Woher kommst du?« fragte er. »Du hast aufgeschrien.«

»Ja, ich hatte mich gestoßen, an . . .«

»Nein, mein Geliebtes«, unterbrach Etienne sie, »ich habe Männerschritte gehört.«

»Etienne, offenbar haben wir Gott gekränkt, laß uns niederknien und beten. Danach sage ich dir dann alles.«

Etienne und Gabrielle knieten vor dem Betpult nieder; die Amme betete ihren Rosenkranz.

»Lieber Gott«, sagte das junge Mädchen mit einer Inbrunst, die sie die Erdenräume überschreiten ließ, »wenn wir nicht gegen deine heiligen Gebote gesündigt, wenn wir weder wider die Kirche noch wider den König verstoßen haben, wir, die wir nichts als eine einzige und gleiche Person bilden, die du einer Perle des Meeres einverleibt hast, erweise uns die Gnade, uns weder in dieser Welt noch in der anderen zu trennen!«

»Geliebte Mutter«, fügte Etienne hinzu, »die du im Himmel bist, erlange von der heiligen Jungfrau, daß, wenn Gabrielle und ich nicht glücklich werden können, wir wenigstens gemeinsam sterben, ohne zu leiden. Ruf uns, dann kommen wir zu dir!«

Dann sprachen sie ihre Abendgebete, und Gabrielle erzählte ihre Unterhaltung mit dem Baron d'Artagnon.

»Gabrielle«, sagte der Jüngling und schöpfte Mut aus seiner Liebesverzweiflung, »ich werde meinem Vater standhalten können.«

Er küßte sie auf die Stirn und nicht mehr auf die Lippen; danach kehrte er ins Schloß zurück und war entschlossen, dem furchtbaren Manne entgegenzutreten, der so schwer auf seinem Leben lastete. Er wußte nicht, daß Gabrielles Haus, sowie er es verlassen hatte, von Soldaten umstellt worden war.

Am anderen Morgen übermannte Etienne der Schmerz, als er Gabrielle aufsuchen wollte und sie als Gefangene vorfand; doch Gabrielle schickte ihre Amme, um sagen zu lassen, daß sie eher sterben würde als ihn zu verraten; daß sie überdies ein Mittel gefunden habe, die Wachsamkeit der Wachen zu täuschen, und daß sie sich in die Bibliothek des Kardinals flüchten würde, wo niemand sie vermuten könne; aber wann sie ihren Plan werde durchführen können, das wisse sie nicht. Fortan hielt sich Etienne in seinem Schlafgemach auf, wo die Kräfte seines Herzens sich in qualvollem Warten abnutzten.

Um drei Uhr fuhren die Equipagen des Herzogs und sein Gefolge ins Schloß ein, wo er mit seiner Begleitung zu Abend zu essen beabsichtigte. Tatsächlich stiegen gegen Tagesende die Gräfin de Grandlieu, der ihre Tochter den Arm gereicht hatte, sowie der Herzog und die Marquise de Noirmoutier unter tiefer Stille die große Treppe hinauf, denn die strenge Stirn ihres Gebieters hatte die Dienerschaft verängstigt. Obwohl der Baron d'Artagnon von Gabrielles Entweichen vernommen, hatte er versichert, sie werde bewacht; aber er erzitterte, das Gelingen seines persönlichen Plans gefährdet zu haben, falls der Herzog erkennen würde, daß seine eigenen Absichten durch diese Flucht durchkreuzt worden seien. Jene beiden schrecklichen Gesichter trugen einen wilden Ausdruck, der durch die angenehme Miene, die ihnen die Galanterie aufzwang, nur schlecht getarnt wurde. Der Herzog hatte seinem Sohn befohlen, sich im Salon einzufinden. Als die Gesellschaft ihn betrat, erkannte der Baron d'Artagnon an Etiennes niedergeschlagenen Zügen, daß Gabrielles Entweichen ihm noch unbekannt sei.

»Dies ist mein Herr Sohn«, sagte der alte Herzog, nahm Etienne bei der Hand und stellte ihn den Damen vor.

Etienne verneigte sich stumm. Die Gräfin und Mademoiselle de Grandlieu tauschten einen Blick, der dem alten Herrn nicht entging.

»Ihre Tochter wird schlecht bedacht werden«, sagte er leise, »haben Sie das nicht gerade eben gedacht?«

»Ich denke das genaue Gegenteil, lieber Herzog«, antwortete die Mutter lächelnd.

Die Marquise de Noirmoutier, die ihre Schwester begleitet hatte, begann leise und hinterhältig zu lachen. Dieses Lachen durchbohrte Etiennes Herz; allein schon der Anblick der hochgewachsenen jungen Dame hatte ihn entsetzt.

»Nun, Herr Herzog«, sagte sein Vater leise und mit aufgeheiterter Miene zu ihm, »habe ich da nicht ein wahres Musterbild für dich ausfindig gemacht? Was sagst du zu diesem Prachtmädchen, mein Cherubin?«

Der alte Herzog setzte keinerlei Zweifel in den Gehorsam seines Sohnes; Etienne war für ihn das Kind seiner Mutter, der gleiche, dem Finger fügsame Teig.

»Er soll einen Sohn haben und dann meinetwegen verrecken!« dachte der alte Mann, »das macht mir nichts aus.«

»Vater«, sagte der Sohn mit weicher Stimme, »ich verstehe dich nicht.«

»Komm mit mir in dein Zimmer, ich habe dir etwas zu sagen«, sagte der Herzog und ging in das Ehrenschlafgemach.

Etienne folgte dem Vater. Die beiden Damen, in denen eine Regung der Neugier aufwogte, die der Baron d'Artagnon teilte, gingen in dem großen Raum auf und ab und scharten sich schließlich vor der Tür des Ehrenschlafgemachs, die der Herzog nur angelehnt hatte, zu einer Gruppe zusammen.

»Lieber Benjamin«, sagte der alte Herr und ließ seine Stimme zunächst milde klingen, »ich habe dir diese große, schöne junge Dame als Frau ausgewählt; sie ist die Erbin der Güter eines jüngeren Zweigs des Hauses Grandlieu, und das ist guter alter Adel aus dem Herzogtum Bretagne. Also sei ein netter Tischgenosse und erinnere dich der hübschen Dinge, die du in deinen Büchern gelesen hast, um ihr Galanterien zu sagen, bevor du ihr welche erweist.«

»Lieber Vater, ist es nicht die erste Pflicht eines Edelmannes, sein Wort zu halten?«

»Ja!«

»Nun, als ich dir den Tod meiner Mutter verziehen hatte, meiner Mutter, die hier gestorben ist, nur weil sie mit dir vermählt war, hast du mir da nicht versprochen, dich nie meinen

Wünschen zu widersetzen, ›Ich selber will dir gehorchen als dem Gott der Familie‹, hast du gesagt. Ich übe keinen Zwang auf dich aus, ich bitte lediglich um meine freie Entscheidung in einer Sache, bei der es sich um mein Leben handelt und die einzig mich allein etwas angeht; und das ist meine Heirat.«

»Ich hatte darunter verstanden«, sagte der alte Herr und spürte, wie all sein Blut ihm ins Antlitz schoß, »daß du dich nicht der Fortpflanzung unserer edlen Rasse entgegensetzen würdest.«

»Du hast mir keinerlei Bedingung gestellt«, sagte Etienne. »Ich weiß nicht, welche Gemeinsamkeit zwischen der Liebe und einer Rasse besteht; aber ich weiß nur zu gut, daß ich die Tochter deines alten Freundes Beauvouloir liebe, die Enkelin deiner Freundin, der ›schönen Römerin‹.«

»Aber die ist doch tot«, antwortete der alte Koloß mit einer zugleich düsteren und spöttischen Miene, aus der seine Absicht sprach, sie verschwinden zu lassen.

Es folgte eine kurze Weile tiefen Schweigens.

Der alte Herr gewahrte die drei Damen und den Baron d'Artagnon. In diesem Augenblick höchster Spannung vernahm Etienne, dessen Gehör so empfindlich war, von der Bibliothek her die arme Geliebte, die ihren Freund wissen lassen wollte, daß sie sich dort eingeschlossen habe, die Worte singen:

»Ein Hermelin klein
Ist nicht so fein,
Die Lilie minder weiß.«

Das verfluchte Kind, das der grauenvolle Satz seines Vaters in den Abgrund des Todes hatte versinken lassen, kam auf den Flügeln dieses Gedichts wieder an die Oberfläche des Lebens. Obwohl jene so schnell ausgelöschte Schreckensregung ihm bereits das Herz gebrochen hatte, raffte er seine Kräfte zusammen, hob den Kopf, sah seinem Vater zum erstenmal im Leben voll ins Antlitz, tauschte Verachtung gegen Verachtung und sagte, wobei seine Stimme haßerfüllt klang: »Ein Edelmann darf nicht lügen!« Mit einem Satz sprang er zu derjenigen des Salons gegenüberliegenden Tür und rief: »Gabrielle!«

Plötzlich erschien das süße Geschöpf im Dunkel wie eine Lilie im Blattwerk und erbebte angesichts der Gruppe spottsüchtiger, höhnischer Damen, die um Etiennes Liebe wußten. Gleich den Wolken, die von Blitzen schwanger sind, hob der Herzog, dessen Wut einen Grad erreicht hatte, der sich nicht schildern läßt, sich von der glänzenden Front ab, die die prunkenden Gewänder der drei Damen vom Hofe bildeten. Jeder andere Mann hätte zwischen der Fortpflanzung seiner Rasse und einer Mißheirat geschwankt; in diesem alten, ungezähmten Mann jedoch waltete die Unbändigkeit, die bislang alle menschlichen Schwierigkeiten entschieden hatte; er hatte bei jeder Gelegenheit den Degen gezogen; der war das einzige ihm bekannte Mittel gegen die gordischen Knoten des Lebens. Bei dieser Gelegenheit nun aber war der Umsturz seiner Pläne zum Übermaß gediehen, und also mußte sein Naturell triumphieren. Zweimal war er von einem verabscheuten Wesen auf frischer Tat bei einer Lüge ertappt worden, von seinem tausendmal verfluchten Kinde, dem mehr denn je in dem Augenblick verfluchten, da dessen verachtete Schwäche, für ihn die verächtlichste, über eine bislang untrügliche Allmacht triumphierte; es war in ihm nichts Väterliches und nichts Männliches mehr; der Tiger brach aus der Höhle hervor, in der er sich versteckt gehalten hatte. Der alte Mann, den der Rachedurst verjüngte, warf auf das entzückendste Engelspaar, das je sich bereit gefunden hatte, den Fuß auf die Erde zu setzen, einen haßgeladenen Blick, der bereits ein Mörderblick war.

»Verreckt alle beide! Du, dreckige Mißgeburt, Beweis meiner Schmach. Und du«, sagte er zu Gabrielle, »erbärmliche Hure mit der Vipernzunge, die du mein Haus vergiftet hast!«

Diese Worte trugen in das Herz der Kinder all den Schrecken, mit dem sie geladen waren. Als Etienne die breite Hand des Vaters mit dem Stahl bewaffnet und sich gegen Gabrielle erheben sah, starb er, und Gabrielle, die ihn hatte halten wollen, fiel tot nieder.

Wütend schloß der alte Mann die Tür und sagte zu Mademoiselle de Grandlieu: »Jetzt heirate *ich* Sie!«

»Und Ihr seid rüstig[29] genug, um eine schöne Nachkommenschaft zu erzeugen«, flüsterte die Gräfin dem Greise zu, der unter sieben Königen Frankreichs gedient hatte.[30]

Anmerkungen

Das verstossene Kind

1 Das französische Wort »ramages« bedeutet gleichzeitig »Rankenwerk« und »Vogelgezwitscher«; es handelt sich hier um sogenannte »Verdüren«, in grünen Tönen gehaltene Gobelins mit rein pflanzlicher Ornamentik und dazwischen gelegentlich Darstellungen von Tieren, zumal Vögeln.

2 Von Balzac erfundene Gestalt, unter der Regierung Heinrichs II. die Geliebte des Kardinals von Lothringen. Der Graf von Hérouville hatte von ihr eine Tochter Gertrude, die er niemals anerkennen wollte; er behauptete, sie sei zu hübsch, um von ihm zu sein. Das Kind wurde nach seiner Geburt den Klarissen-Nonnen zu Rouen übergeben. Die Mutter starb im Elend.

3 Carlo Dolci (1616–1686), berühmter Florentiner Maler religiöser Halbfiguren; er arbeitete hauptsächlich am Kaiserhof.

4 Jean de Montluc, Seigneur de Balagay (um 1545–1603), kämpfte erst für die Liga, dann für Heinrich IV., und zwar für beide erfolglos.

5 Anhänger der Liga.

6 Alte, schwerkalibrige Feuerwaffe, die ihres Gewichtes wegen beim Schießen auf eine lange Gabel gestützt werden mußte und auf der Schulter getragen wurde.

7 Im Département Manche, an der Vire.

8 Heinrich Cornelius Agrippa von Nettesheim (1486–1535), Alchimist und kabbalistischer Philosoph, bekleidete am deutschen Kaiserhof und in Frankreich verschiedene Hofämter und starb als Arzt der Luise von Savoyen. Er schrieb eine Satire gegen den damaligen Stand der Wissenschaften und wandte sich energisch gegen den Hexenwahn.

9 Michel de Notre-Dame, genannt Nostradamus (1503–1566), Astrologe, Leibarzt Karls IX. von Frankreich, hielt sich für befähigt, in die Zukunft zu schauen, und veröffentlichte in Vierzeilern seine über Jahrhunderte sich erstreckenden Prophezeiungen, die großen Widerhall fanden und sich lange der Beachtung erfreuten.

10 Cosimo Ruggieri (?–1615), jüngster Sohn eines Leibarztes Lorenzos II. von Medici, begleitete Katharina von Medici als Astrologe an den französischen Hof. Er war der Lehrer des Italienischen des Herzogs von Alençon, wurde in die Verschwörung der »Mißzufrie-

denen« verwickelt, die La Molle und Coconas angestiftet hatten, und 1574 zur Galeerenstrafe verurteilt. 1589 geriet er in den Verdacht, durch Zauberkunst die Ermordung Heinrichs III. bewirkt zu haben.

11 Lat.: In deine Hände (Ev. des Lukas XXIII, 46).

12 Altes Gewichtsmaß. Eine Unze ist etwa gleich dreißig Gramm.

13 Von Balzac erfundene Gestalt, sicherlich nach dem spanischen Arzt und Philosophen Raimondo Sebonde oder Sabunde benannt, der 1436 in Toulouse starb. Von ihm handelt einer der wichtigsten Essays Montaignes.

14 Altes Längenmaß; ein Fuß = 32,5 cm.

15 Balzac bezeichnet, vielleicht aus Versehen, die Herzogin hier noch mit ihrem früheren Titel.

16 Ein *romancero* ist eine Sammlung von Romanzen.

17 Concini, Marschall d'Ancre, italienischer Abenteurer, Günstling und Premierminister der Maria von Medici, auch unter Ludwig XIII. Minister, unfähig und habgierig, was Anlaß zu mehreren Aufständen gab. Er wurde 1617 durch den Hauptmann der Leibwache Vitry ermordet; an seine Stelle trat Luynes. Im gleichen Jahr wurde seine Frau Leonora Dori, genannt Galigaï, als Hexe lebendig verbrannt.

18 Jacques Coythier, Leibarzt Ludwigs XI., gestorben um 1505. Balzac schreibt den Namen: »Coyctier«.

19 Bernard Palissy, nicht »de« Palissy, wie Balzac schreibt (um 1510 bis 1589 oder 1590), Töpfer, Emailleur, Schriftsteller und Gelehrter, einer der Schöpfer der künstlerischen Keramik in Frankreich, berühmt durch seine Fayencen mit plastischem Schmuck, zumeist naturalistischen Reptilien und Amphibien, verbrannte bei seinen Versuchen das gesamte Holzwerk seines Hauses, sogar die Fußböden. 1589 wurde er als Hugenotte verhaftet und in die Bastille gebracht, wo er bald danach gestorben sein muß. Es sind ihm auch Entdeckungen auf dem Gebiet der Mineralogie und Chemie zu verdanken. Seine keramischen Werke finden sich in allen größeren Museen.

20 Françoise-Claudine Mignot (um 1620–1711), Bäuerin aus Le Rachet bei Grenoble, berühmt um ihrer Schönheit willen, heiratete M. d'Amblérieux, den Schatzmeister der Provinz Dauphiné, und in zweiter Ehe 1653 den Marschall de l'Hospital. Als sie zum zweitenmal Witwe geworden war, heiratete sie morganatisch den polnischen Exkönig Johann Kasimir.

21 Anspielung auf Palissy.

22 Benvenuto Cellini (1500–1571), Erzgießer, Plastiker und Goldschmied. Seine Selbstbiographie wurde von Goethe übersetzt.

23 Heute Rue de Sévigné.

24 Lat.: An den Wassern Babylons ... (Beginn des Psalms CXXXVI).

25 Gemeint ist Gabrielle d'Estrées (um 1571–1599), Geliebte Heinrichs IV., dem sie zwei Söhne gebar, César und Alexandre de Vendôme.

26 »Per me si va nella città dolente«, »Durch mich geht man hinein zur Stadt der Schmerzen« (Inschrift des Höllentors, Göttliche Komödie, Hölle III).

27 Griechische Gottheit des Westwinds.

28 Die ersten Bankiers, die sich im Mittelalter in Frankreich niederließen, waren Norditaliener gewesen; ihr Herkunftsname wurde schließlich gleichbedeutend mit »Wucherer« und war eine verächtliche Bezeichnung.

29 Frz.: »vert-galant«, deutsch etwa »alter Schürzenjäger«, der Beiname Heinrichs IV.

30 Nach Balzacs nicht ganz korrekter Chronologie muß der Herzog von Hérouville um 1541 geboren worden sein. Die sieben Könige Frankreichs wären also Franz I. (1515–1547); Heinrich II. (1547 bis 1559); Franz II. (1559–1560); Karl IX. (1560–1574); Heinrich III. (1574–1589); Heinrich IV. (1589–1610) und Ludwig XIII. (1610–1643).

Biographische Notizen über die Romangestalten

Das verstossene Kind

Die Gestalten dieser Novelle treten in der ›Menschlichen Komödie‹ nicht wieder auf. Wohl aber werden die Nachkommen des alten Herzogs von Hérouville in einzelnen Werken erwähnt oder treten gar auf, wie zumal jener Herzog von Hérouville, der sich vergeblich um die Hand der Modeste Mignon (im Roman dieses Titels) bewirbt.

Lebwohl

Übertragung von Felix Paul Greve. Bearbeitet von Ernst Sander

Die Novelle ›Adieu‹ wurde zum erstenmal am 15. Mai und 5. Juni 1830 unter dem Titel ›Souvenirs soldatesques, Adieu‹ in der Zeitschrift ›La Mode‹ veröffentlicht, und zwar in drei Kapitel eingeteilt: ›Les Bons-Hommes‹, ›Le Passage de la Bérésina‹ und ›La Guérison‹. Der Neudruck erfolgte 1832 unter dem Titel ›Le Devoir d'une Femme‹. 1834 erschien die Novelle, jetzt unter dem Titel ›Adieu‹, im vierten Band der ›Philosophischen Studien‹ mit dem Entstehungsdatum ›Paris, März 1830‹. 1846 schließlich wurde sie im zweiten Band der ›Philosophischen Studien‹ in die ›Menschliche Komödie‹ aufgenommen. – Die Novelle ist dem Prinzen Friedrich Schwarzenberg (1800–1870) gewidmet, dem ältesten Sohn des militärischen Gegners Napoleons I. Der Prinz hatte Balzac am 31. Mai 1835 über das Schlachtfeld von Wagram geführt. Er hat ein abenteuerliches Landsknechtsdasein durchlebt und ist auch als Schriftsteller hervorgetreten.

Los, Abgeordneter der Mitte, vorwärts! Wir müssen im Eilschritt marschieren, wenn wir zugleich mit den anderen zu Tisch kommen wollen. Auf die Beine! Springen, Marquis! So, großartig! Sie laufen über die Furchen wie ein Hirsch!«

Diese Worte sprach ein Jäger, der friedlich am Rande des Waldes von L'Isle-Adam saß und seine Havanna zu Ende rauchte; er wartete auf seinen Gefährten, der wohl schon seit geraumer Zeit im Dickicht des Waldes umhergeirrt war. Neben ihm blickten vier japsende Hunde gleich ihm dem Mann entgegen, an den er seine Worte richtete. Um zu verstehen, wie spöttisch seine Anrede, die er von Zeit zu Zeit wiederholte, gemeint war, muß erwähnt werden, daß der hervorstehende Bauch des sich nahenden Jägers, eines dicken, untersetzten Mannes, eine wahrhaft beamtenhafte Wohlbeleibtheit zeigte. Es machte ihm denn auch weidlich Mühe, die Furchen eines großen, frischgemähten Feldes zu durchqueren, dessen Stoppeln sein Vorwärtskommen beträchtlich erschwerten; um das Ganze noch unbehaglicher zu machen, sammelten die schrägen Sonnenstrahlen auf seiner Stirn dicke Schweißtropfen. Da er vor allem darauf bedacht sein mußte, sein Gleichgewicht zu bewahren, schwankte er bald nach vorn und bald nach hinten, so daß seine Bewegungen den Sprüngen eines stark hin und her gerüttelten Wagens glichen.

Es war einer jener Septembertage, an denen unter äquatorialen Gluten die Trauben reifen. Die Atmosphäre kündete ein Gewitter an. Obgleich am Horizont noch ein paar große blaue Flächen die schweren, schwarzen Wolken trennten, zogen bereits mit erschreckender Geschwindigkeit gelbliche Gewitterwolken heran und spannten von Osten nach Westen einen leichten, grautönten Vorhang. Da der Wind sich nur in den oberen Regionen der Luft bewegte, drückte die Atmosphäre unten die glühenden Ausdünstungen der Erde zusammen. Das Tal, durch das der Jäger kam, war von Hochwald umgeben, der es der Luft beraubte, und so herrschte darin die Temperatur eines Schmelzofens. Der Wald, der glühend und schweigsam dastand, schien zu dürsten. Die Vögel und Insekten waren verstummt, und die Wipfel der Bäume rührten sich kaum. Jeder also, der sich noch an den Sommer des Jahres 1819 erinnert, muß Mitleid haben mit dem Leiden des armen Beamten, der Blut und Wasser schwitzte, um zu seinem spöttischen Gefährten hinzugelangen. Während dieser seine Zigarre rauchte, hatte er nach dem Stand der Sonne berechnet, daß es etwa fünf Uhr nachmittags sein müsse.

»Wo, zum Teufel, sind wir eigentlich?« fragte der dicke Jäger, wischte sich die Stirn ab und stützte sich seinem Gefährten gegenüber an einen Baumstamm, weil er nicht mehr die Kraft verspürte, den breiten Graben zu überspringen, der die beiden noch trennte.

»Und danach fragst du mich?« antwortete lachend der andere, der an der Böschung im hohen, gelben Gras lag. Er warf den Rest seiner Zigarre in den Graben und rief: »Ich schwöre bei Sankt Hubertus, daß ich mich nicht wieder dabei ertappen lasse, wie ich mich mit einem Beamten in unbekannte Gegenden wage, und wäre er auch wie du, mein lieber d'Albon, ein alter Schulkamerad!«

»Aber Philippe, verstehen Sie denn kein Französisch mehr? Sie haben Ihr bißchen Gehirn wohl in Sibirien gelassen?« erwiderte der Dicke und warf einen schmerzlich-komischen Blick auf den einsamen Wegweiser, der hundert Schritte weiterab stand.

»Ich verstehe«, erwiderte Philippe, ergriff seine Flinte, sprang auf, war mit einem Satz im Feld und lief auf den Wegweiser zu.

»Hierher, d'Albon, hierher! Halblinks!«, rief er seinem Gefährten zu und zeigte ihm mit einer Handbewegung einen breiten, gepflasterten Weg. »Die Straße von Baillet nach L'Isle-Adam«, fuhr Philippe fort, »in dieser Richtung also müssen wir die nach Cassan finden, denn sie zweigt von der nach L'Isle-Adam ab.«

»Ganz recht, Herr Oberst«, sagte Monsieur d'Albon und setzte sich die Mütze auf, mit der er sich Luft gefächelt hatte.

»Also ohne Tritt marsch, ehrenwerter Herr Rat«, erwiderte Oberst Philippe und pfiff den Hunden, die ihm schon besser zu gehorchen schienen als dem Beamten, dem sie gehörten.

»Wissen Sie eigentlich, Herr Marquis«, sagte der boshafte Offizier, »daß wir noch über zwei Stunden vor uns haben? Das Dorf, das wir da unten sehen, muß Baillet sein.«

»Du großer Gott!« rief der Marquis d'Albon aus, »gehen Sie getrost nach Cassan, wenn Ihnen das Spaß macht, aber dann müssen Sie allein gehen; ich ziehe es vor, trotz des Gewitters hier auf das Pferd zu warten, das Sie mir vom Schloß aus herschicken werden. Sie haben mich hinters Licht geführt, Sucy. Wir hätten einen hübschen, kleinen Jagdausflug unternehmen und ohne uns von Cassan zu entfernen, die Felder durchstöbern sollen, die ich kenne. Ja, und statt daß wir unsern Spaß haben, haben Sie mich seit vier Uhr morgens wie einen Windhund umhergehetzt. Und zum Frühstück haben wir nichts gehabt als zwei Tassen Milch! Ach, wenn Sie je einen Prozeß bei unserem Gerichtshof führen sollten, werde ich dafür sorgen, daß Sie ihn verlieren, und wären Sie hundertmal im Recht.«

Mutlos setzte sich der Jäger auf einen der Grenzsteine am

Fuß des Wegweisers, warf seine Flinte und seine leere Jagdtasche zu Boden und seufzte tief.

»Frankreich, das sind deine Volksvertreter!« rief lachend Oberst de Sucy. »Ach, mein armer d'Albon, hätten Sie wie ich sechs Jahre im tiefsten Sibirien gesteckt ...« Er beendete seinen Satz nicht und hob die Augen gen Himmel, als seien seine Leiden ein Geheimnis zwischen Gott und ihm. »Los, weiter!« fuhr er fort; »wenn Sie sitzen bleiben, sind Sie verloren.«

»Nichts zu machen, Philippe! Alte Beamtengewohnheit! Ehrenwort, ich bin am Ende meiner Kräfte! Wenn ich wenigstens noch einen Hasen geschossen hätte!«

Die beiden Jäger stellten einen seltenen Gegensatz dar. Der Beamte war zweiundvierzig Jahre alt und sah aus, als sei er noch nicht dreißig, während der Oberst, der dreißig war, mindestens vierzig zu sein schien. Beide trugen die rote Rosette, das Abzeichen der Offiziere der Ehrenlegion. Unter der Mütze des Obersten stahlen sich ein paar Haarsträhnen hervor, weiß und schwarz, wie am Flügel einer Elster; die Schläfen des Justizbeamten zierten schöne blonde Locken. Der eine war hochgewachsen, dürr, schlank, nervig, und die Falten seines weißen Gesichts ließen auf verheerende Leidenschaften oder furchtbares Unglück schließen; das Gesicht des andern strahlte von Gesundheit, war jovial und eines Epikureers würdig. Beide waren stark von der Sonne verbrannt, und ihre langen Gamaschen aus gelblichem Leder trugen die Spuren aller Gräben und aller Moräste, die sie durchquert hatten.

»Los«, rief Monsieur de Sucy, »weiter! Nach einer knappen Marschstunde sitzen wir in Cassan an einer guten Tafel.«

»Sie können schwerlich je geliebt haben«, erwiderte der Rat mit einer jämmerlich komischen Miene, »Sie sind unerbittlich wie der Paragraph 304 des Strafgesetzbuchs.«[1]

Philippe de Sucy durchschauerte es heftig; seine Stirn zog sich in Falten, sein Gesicht wurde so finster, wie es der Himmel in diesem Augenblick war. Obwohl eine Erinnerung von grausiger Bitterkeit seine Züge verkrampfte, brach er nicht in Tränen aus. Wie alle kraftvollen Männer konnte er seine Empfindungen in der Tiefe des Herzens verschließen; und vielleicht hinderte ihn auch, wie es vielen, reinen Charakteren geschieht, die Scham, seine innere Not zu entschleiern, da kein menschliches Wort ihre Tiefe wiederzugeben vermag und man zugleich den Spott der andern fürchtet, die sie nicht verstehen wollen. Monsieur d'Albon war eine der feinfühligen Seelen, die fremde Leiden erahnen und lebhaft die Erschütterung nachempfinden, die sie wider Willen durch eine Ungeschicklichkeit hervorgerufen haben. Er achtete das Schweigen des Freundes, stand auf, vergaß seine Müdigkeit und folgte ihm schweigend, recht bekümmert, daß er an eine Wunde gerührt hatte, die wahrscheinlich noch nicht vernarbt war.

»Eines Tages, mein Freund«, sagte Philippe, drückte ihm die Hand und dankte ihm durch einen herzzerreißenden Blick für seine stumme Reue, »eines Tages werde ich dir aus meinem Leben erzählen. Heute könnte ich es nicht.«

Schweigend schritten sie weiter. Als der Schmerz des Obersten sich gelegt zu haben schien, spürte der Rat seine Müdigkeit von neuem, und mit dem Instinkt oder vielmehr dem Willen eines Erschöpften durchforschte sein Auge alle Tiefen des Waldes; er musterte die Baumwipfel, warf prüfende Blicke in die Wege und hoffte dabei stets, irgendeine Stätte zu finden, wo er um Gastfreundschaft bitten könnte. Als sie an einen Kreuzweg gelangten, glaubte er leichten Rauch wahrzunehmen, der sich zwischen den Bäumen erhob. Er blieb stehen, schaute aufmerksam hin und erkannte mitten in einer riesigen Baumgruppe die grünen, düsteren Zweige einiger Fichten.

»Ein Haus! Ein Haus!« rief er ebenso erfreut, wie ein Seemann ›Land! Land!‹ gerufen hätte. Dann eilte er rasch durch ziemlich dichtes Unterholz, und der Oberst, der in tiefes Sinnen versunken war, folgte ihm mechanisch.

»Ich will lieber hier mit einer Omelette, hausgebackenem Brot und einem Stuhl fürlieb nehmen, als nach Cassan gehen, um dort Sofas, Trüffeln und Bordeauxwein vorzufinden!« Das war der Begeisterungsruf, der dem Rat beim Anblick einer Mauer entfuhr, deren weißliche Farbe sich in der Ferne von der braunen Masse der knorrigen Stämme der Waldbäume abhob.

»Aha! Das sieht mir ganz nach einer ehemaligen Abtei aus!« rief der Marquis d'Albon noch, als er an ein altes, schwarzes Gitter kam, durch das er mitten in einem ziemlich weitläufigen

Park einen Bau in dem Stil erblickte, der einstmals für Klosterbauten typisch gewesen war.

»Wie diese Halunken von Mönchen sich darauf verstanden haben, die richtige Stelle auszuwählen!«

Dieser neue Ausruf zeugte von der Überraschung des Beamten, als sich seinen Blicken eine poetische Einsiedelei darbot. Das Haus lag auf halber Höhe am Hang des Berges, dessen Gipfel das Dorf Nerville einnimmt. Die großen hundertjährigen Eichen des Waldes, der rings um diesen Bau einen riesigen Kreis beschrieb, machten ihn zu einer wahren Klausnerei. Das Hauptgebäude, das einst die Mönche beherbergt hatte, lag nach Süden zu. Der Park schien etwa vierzig Morgen groß zu sein. Um das Haus erstreckte sich eine grüne Wiese, die von mehreren klaren Bächen und scheinbar ohne künstliche Nachhilfe anmutig angelegten Wasserflächen auf geglückte Weise durchschnitten wurde. Hie und da erhoben sich grüne Bäume von gefälligen Formen und mannigfaltigem Laubwerk; und überdies verliehen geschickt eingefügte Grotten, mächtige Terrassen mit verfallenen Treppen und verrosteten Geländern dieser wilden Thebaïs ein besonderes Gepräge. Die Kunst hatte ihre Bauten zierlich mit den malerischsten Gebilden der Natur geeint. Es war, als müßten die menschlichen Leidenschaften am Fuß dieser großen Bäume ersterben, die dem Lärm der Welt den Eingang zu diesem Zufluchtsort wehrten, wie sie auch die Gluten der Sonne milderten.

»Was für eine Verwahrlosung!« sagte sich Monsieur d'Albon, als er genießerisch den düstern Ausdruck in sich aufgenommen hatte, den die Ruinen dieser scheinbar von einem Fluch getroffenen Landschaft bekundeten. Das Ganze glich einem Unheilsort, den die Menschen mieden. Überall hatte der Efeu seine vielfach gewundenen Ranken und üppigen Blättermäntel aufgehängt. Braunes, grünliches, gelbes und rotes Moos ergoß seine romantischen Tönungen über die Bäume, die Bänke, die Dächer und Steine. Die wurmstichigen Fenster waren vom Regen angenagt, vom Wetter zerschunden; die Balkone waren niedergebrochen, die Terrassen verwüstet. Einige Fensterladen hingen nur noch in einer Angel. Die ausgerenkten Türen schienen keinem Angreifer mehr standhalten zu können. Die mit den leuchtenden Büschen der Mistel behangenen Äste der vernachlässigten Obstbäume reckten sich weithin, ohne eine Ernte zu geben. Hohes Gras wuchs auf den Wegen. Diese Trümmer brachten Wirkungen von hinreißender Poesie in das Bild und erfüllten die Seele des Beschauers mit träumerischen Gedanken. Ein Dichter wäre dort sitzengeblieben, versunken in eine lange Melancholie, und hätte diese harmonische Unordnung, diese Zerstörung, die nicht ohne Anmut war, bewundert. In diesem Augenblick brachen ein paar Sonnenstrahlen durch die Lücken der Wolken und beleuchteten die fast wilde Szenerie mit Lichtgarben in tausend Farben. Die braunen Ziegel glänzten auf, das Moos leuchtete, phantastische Schatten glitten über das Gras und unter den Bäumen hin; tote Farben erwachten, reizvolle Gegensätze stritten wider einander, und das Laubwerk hob sich scharf in der Helle ab. Plötzlich verschwand das Licht. Die Landschaft, die gesprochen zu haben schien, verstummte und wurde wieder düster oder vielmehr sanft wie die sanfteste Tönung einer herbstlichen Dämmerung.

»Dies ist Dornröschens Schloß«, sagte sich der Rat; er betrachtete das Gebäude bereits nur noch mit den Augen des Eigentümers. »Wem mag das nur gehören? Er muß recht dumm sein, daß er einen so schönen Besitz nicht bewohnt.«

Da stürzte eine Frau hinter einem Nußbaum hervor, der rechts von dem Gitter wuchs, und ohne das geringste Geräusch huschte sie schnell wie der Schatten einer Wolke an dem Rat vorüber; die Erscheinung ließ ihn vor Verdutztheit verstummen.

»Na, d'Albon, was haben Sie?« fragte der Oberst.

»Ich reibe mir die Augen, um herauszubekommen, ob ich schlafe oder wache«, erwiderte der Beamte und trat dicht an das Gitter heran; er wollte sehen, ob er das Phantom noch einmal zu Gesicht bekäme.

»Wahrscheinlich ist sie unter dem Feigenbaum da«, sagte er und zeigte Philippe das Blattwerk eines Baums, der links vom Tor über die Mauer emporragte.

»Wer denn, sie?«

»Ja, kann ich das etwa wissen?« erwiderte d'Albon. »Eben hat sich dort drüben«, fügte er leise hinzu, »eine seltsame Frau erhoben; sie schien mir eher den Schatten anzugehören als der Welt der Lebenden. Sie wirkt so schlank, leicht und luftig, daß sie durchsichtig sein muß. Ihr Gesicht ist weiß wie Milch. Ihre Kleider, ihre Augen und ihr Haar sind schwarz. Sie hat mich angeschaut, als sie vorübereilte, und obwohl ich nicht furchtsam bin, ist mir vor ihrem starren, kalten Blick das Blut in den Adern erstarrt.«

»Ist sie hübsch?« fragte Philippe.

»Das weiß ich nicht; ich habe in ihrem Gesicht nur die Augen gesehen.«

»Zum Teufel mit dem Abendessen in Cassan!« rief der Oberst; »wir bleiben hier. Mich verlangt wie ein Kind danach, in diese sonderbare Besitzung hineinzugelangen. Siehst du die rotgestrichenen Fensterrahmen und die roten Streifen auf den Tür- und Fensterleisten? Ist es nicht, als sei dies das Haus des Teufels? Vielleicht hat er die Erbschaft der Mönche angetreten. Los, hinter der schwarz-weißen Dame her! Komm!« rief Philippe in erkünstelter Lustigkeit.

In diesem Augenblick hörten die beiden Jäger einen Schrei, nicht unähnlich dem, den eine in der Falle gefangene Maus ausstößt. Sie horchten. Das Laub einiger Büsche, die jemand streifte, raschelte durch die Stille wie das Murmeln einer bewegten Welle; aber obgleich sie lauschten, um noch ein paar weitere Laute zu erhaschen, blieb die Erde schweigsam und bewahrte das Geheimnis der Schritte jener Unbekannten, wenn sie überhaupt geschritten war.

»Das ist doch sonderbar!« rief Philippe und folgte dem Verlauf der Parkmauer. Die beiden Freunde kamen bald an einen Waldweg, der nach dem Dorfe Chauvry führte. Als sie auf diesem Wege in der Richtung auf die Landstraße nach Paris zurückgegangen waren, standen sie vor einem großen Gittertor und erblickten nun die Hauptfassade des geheimnisvollen Wohnsitzes. Auf dieser Seite erreichte die Zerstörung ihren Gipfel. Ungeheure Risse durchkerbten die Mauern dreier Gebäude, die rechtwinklig zueinander erbaut worden waren. Trümmer von Ziegeln und Schiefer lagen zerbröckelt am Boden, und verwahrloste Dächer deuteten auf völlige Vernachlässigung. Früchte waren unter die Bäume gefallen und verfaulten, anstatt aufgesammelt zu werden. Auf den Grasplätzen weidete eine Kuh und trat die Blumenbeete nieder; eine Ziege naschte an den unreifen Trauben und Ranken an einer Reblaube.

»Hier entspricht eins dem andern, und die Unordnung ist gewissermaßen organisiert«, sagte der Oberst und zog an der Kette einer Schelle. Aber die Glocke war ohne Klöppel. Die beiden Jäger hörten nur den merkwürdig scharfen Klang einer verrosteten Feder. Obwohl die kleine Tür in der Mauer neben dem Gittertor ganz verwittert war, widerstand sie jedem Druck.

»Oho! All das kommt mir recht merkwürdig vor«, sagte Philippe zu seinem Gefährten.

»Wenn ich nicht Justizbeamter wäre«, erwiderte d'Albon, »würde ich die schwarze Frau für eine Hexe halten.«

Kaum hatte er das gesagt, als die Kuh an das Gitter kam und ihnen das warme Maul hinhielt, als triebe sie das Verlangen, menschliche Wesen zu sehen. Jetzt aber zog eine Frau, wenn man dem unbestimmbaren Wesen, das unter einer Strauchgruppe hervorkroch, diesen Namen geben kann, die Kuh an einem Strick zurück. Die Frau trug um den Kopf ein rotes Tuch gewickelt, unter dem ein paar blonde Haarsträhnen hervorlugten; sie waren dem Hanf auf einer Spindel ziemlich ähnlich. Ein Halstuch trug sie nicht. Ein grober, schwarz und grau gestreifter Wollunterrock, der um einige Zoll zu kurz war, ließ ihre Beine sehen. Man hätte meinen können, sie gehöre einem Stamm der Rothäute an, die Cooper[2] berühmt gemacht hat; denn ihre nackten Beine, ihr Hals und ihre Arme schienen ziegelrot angemalt zu sein. Kein Strahl von Intelligenz belebte ihr flaches Gesicht. Ihre bläulichen Augen waren ohne Wärme und trüb. Ein paar spärliche weiße Haare vertraten die Stelle der Augenbrauen. Und schließlich war ihr Mund so geschnitten, daß die schlechtstehenden Zähne, die jedoch weiß waren wie die eines Hundes, daraus hervortraten.

»Heda, Frau!« rief Monsieur de Sucy. Sie kam langsam ans Tor und sah die beiden Jäger mit stumpfsinniger Miene an; bei ihrem Anblick entschlüpfte ihr ein mühsames, gezwungenes Lächeln. »Wo sind wir? Was für ein Haus ist das da drüben? Wem gehört es? Wer sind Sie? Sind Sie von hier?« Auf diese Fragen und noch eine Menge anderer, die die beiden Freunde einer nach dem anderen an sie richteten, antwortete sie nur durch ein paar Kehllaute, die mehr von einem Tier als von einem menschlichen Wesen herzurühren schienen.

»Merken Sie denn nicht, daß sie taubstumm ist?« fragte der Beamte.

»Bons-Hommes[3]!« rief die Bäuerin.

»Ach ja, sie hat recht; es könnte sehr wohl das ehemalige Kloster der Bons-Hommes[4] sein«, sagte d'Albon.

Von neuem setzten die Fragen ein. Aber die Bäuerin wurde rot wie ein eigensinniges Kind, spielte mit ihrem Holzschuh, drehte den Strick der Kuh, die wieder zu weiden begann, sah sich die beiden Jäger an und musterte deren Kleidung bis in alle Einzelheiten; sie kläffte, grunzte, gluckste, aber brachte kein Wort mehr hervor.

»Wie heißt du?« fragte Philippe und starrte sie an, als wolle er sie hypnotisieren.

»Geneviève«, erwiderte sie mit einem blöden Auflachen.

»Bislang ist die Kuh das einzige vernünftige Wesen, dem wir begegnet sind«, rief der Beamte. »Ich will einen Schuß abfeuern, damit jemand kommt.«

In dem Augenblick, als d'Albon nach seiner Waffe griff, hielt der Oberst ihn durch eine Geste zurück und deutete ihm mit dem Finger auf die Unbekannte, die ihre Neugier so sehr gereizt hatte. Die Frau schien in tiefes Sinnen versunken zu sein, und sie kam langsamen Schrittes auf einem ziemlich entfernten Weg einher, so daß die beiden Freunde Zeit hatten, sie eingehend zu betrachten. Sie trug ein Kleid aus verschlissenem schwarzem Satin. Ihr langes Haar fiel ihr in zahlreichen Wellen über die Stirn und um die Schultern; es reichte bis zur Taille hinab und diente ihr als Schal. Da sie offenbar an solche Ungepflegtheit gewöhnt war, strich sie sich das Haar nur sehr selten auf beiden Seiten von den Schläfen zurück; dann aber bewegte sie den Kopf mit einem einzigen jähen Ruck, um ihre Stirn oder ihre Augen von dem dichten Schleier zu befreien. Ihre Geste hatte übrigens wie die eines Tieres jene herrliche mechanische Sicherheit, deren Schnelle bei einer Frau als ein Wunder erscheinen konnte. Die beiden Jäger sahen sie zu ihrem Staunen auf den Ast eines Apfelbaumes springen und sich dort mit der Leichtigkeit eines Vogels festhalten. Sie langte nach den Früchten und aß sie. Dann ließ sie sich mit der anmutigen Geschmeidigkeit, die man bei den Eichhörnchen bestaunt, zu Boden fallen. Ihre Glieder waren so gelenkig, daß selbst ihre geringsten Bewegungen weder angestrengt noch mühsam wirkten. Sie spielte auf dem Rasen und wälzte sich, wie es ein Kind hätte tun können. Dann streckte sie plötzlich Füße und Hände von sich und blieb ausgestreckt im Gras liegen, mit der Schmiegsamkeit, der Anmut und der Natürlichkeit einer jungen Katze, die in der Sonne eingeschlafen ist. Der Donner hatte in der Ferne gegrollt; da warf sie sich jäh herum und erhob sich mit der wunderbaren Behendigkeit eines Hundes, der einen Fremden kommen hört, auf alle viere. In dieser absonderlichen Haltung teilte sich ihr schwarzes Haar plötzlich in zwei breite Strähnen, die zu beiden Seiten ihres Kopfes herabfielen und beiden Zuschauern dieser Szene erlaubten, ihre Schultern zu bewundern, deren weiße Haut leuchtete wie Gänseblümchen auf der Wiese, und einen Hals, dessen Vollkommenheit Schlüsse auf die übrigen Proportionen ihres Körpers gestattete.

Sie ließ einen schmerzlichen Schrei ertönen und stellte sich auf die Füße. Ihre Bewegungen gingen so anmutig ineinander über, sie wurden so behend ausgeführt, daß sie kein Menschenwesen, sondern eine der Töchter der Luft zu sein schien, wie Ossians Dichtung sie feiern. Sie ging auf eine Wasserfläche zu, schüttelte leicht das eine Bein, um den Schuh abzuwerfen, und schien Freude daran zu haben, daß sie den alabasterweißen Fuß mit dem Wasser benetzte; sicherlich gefielen ihr die Wellen, die sie erzeugte und die edlen Steinen glichen. Dann kniete sie am Rande des Beckens nieder und vergnügte sich wie ein Kind damit, ihre langen Locken hineinzutauchen und sie schnell wieder zurückzuziehen, als wolle sie das Wasser, das sie aufgesogen hatten und das, von den Lichtstrahlen durchleuchtet, zwei Rosenkränzen aus Perlen glich, Tropfen für Tropfen niederrinnen sehen.

»Die Frau ist geisteskrank!« rief der Rat.

Ein heiserer Schrei erscholl; Geneviève hatte ihn ausgestoßen; er hallte wider und schien an die Unbekannte gerichtet zu sein, die sich rasch aufrichtete und sich das Haar aus dem Gesicht strich. In diesem Augenblick konnten der Oberst und d'Albon deutlich die Züge der Frau wahrnehmen; sie kam, als sie die beiden Freunde bemerkte, mit der Leichtigkeit eines Rehs in ein paar Sprüngen ans Gitter gelaufen.

»Leb wohl!« sagte sie mit sanfter, wohllautender Stimme, aber ohne daß dieses Klingen, auf das die Jäger ungeduldig geharrt hatten, die geringste Empfindung oder den geringsten Gedanken andeutete.

Monsieur d'Albon bewunderte ihre langen Wimpern, ihre dichten schwarzen Brauen, ihre Haut, die blendend weiß und ohne die leiseste Rötung war. Nur dünne blaue Adern durchzogen ihren weißen Teint. Als der Rat sich zu seinem Freund umwandte, um ihm zu sagen, wie ihn der Anblick dieser sonderbaren Frau erstaune, sah er ihn wie tot im Gras liegen. Monsieur d'Albon feuerte seine Flinte ab, um Leute herbeizurufen, und rief: »Zu Hilfe!«, wobei er den Obersten aufzurichten versuchte. Bei dem Knall des Schusses lief die Unbekannte, die starr stehen geblieben war, pfeilgeschwind davon; wie ein verwundetes Tier stieß sie Schreckensschreie aus und drehte sich mit allen Anzeichen tiefsten Entsetzens auf der Wiese im Kreise herum. Monsieur d'Albon hörte auf der Straße nach L'Isle-Adam eine Kalesche heranrollen, und rief die Vorüberfahrenden um Beistand an, indem er mit dem Taschentuch winkte. Der Wagen bog sogleich nach ›Les Bons-Hommes‹ ein, und Monsieur d' Albon erkannte in den Darinsitzenden Monsieur und Madame de Granville, seine Nachbarn; sie beeilten sich, ihr Gefährt zu verlassen und es dem Beamten anzubieten. Madame de Granville hatte zufällig ein Riechsalzfläschchen bei sich; es wurde Monsieur de Sucy an die Nase gehalten. Als der Oberst die Augen aufschlug, richtete er sie auf die Wiese, wo die Unbekannte noch immer schreiend umherlief. Er tat einen unverständlichen Ausruf, der eine Empfindung des Grauens verriet; dann schloß er die Augen wieder und machte eine Bewegung, als bitte er den Freund, ihm diesen Anblick zu ersparen. Monsieur und Madame de Granville stellten dem Rat frei, über ihren Wagen zu verfügen; liebenswürdig sagten sie ihm, sie wollten ihren kleinen Ausflug nunmehr zu Fuß fortsetzen.

»Wer ist denn die Dame?« fragte der Beamte und deutete auf die Unbekannte.

»Es wird vermutet, daß sie aus Moulins kommt«, erwiderte Monsieur de Granville. »Sie heißt Gräfin de Vandières, und sie soll wahnsinnig sein, aber da sie erst seit zwei Monaten hier ist, könnte ich mich nicht für die Wahrheit dieses Geredes verbürgen.«

Monsieur d'Albon dankte Monsieur und Madame de Granville und fuhr nach Cassan davon.

»Sie ist es!« rief Philippe, als er wieder zu Bewußtsein gekommen war.

»Wer denn?« fragte d'Albon.

»Stéphanie ... Ach, tot und am Leben, am Leben und wahnsinnig! ... Ich glaubte, ich müsse sterben.«

Der vorsichtige Beamte war sich über den Ernst der Krisis klar, der sein Freund verfallen war, und hütete sich, ihn zu fragen oder zu erregen. Ungeduldig verlangte ihn danach, zum Schloß zu gelangen, denn die Veränderung, die sich in den Zügen und in der ganzen Persönlichkeit des Obersten vollzog, ließ ihn befürchten, die Gräfin habe Philippe mit ihrer furchtbaren Krankheit angesteckt. Sobald der Wagen an dem nach L'Isle-Adam führenden Weg angekommen war, schickte d' Albon den Lakaien zum Arzt des Marktfleckens, so daß der Doktor in dem Augenblick, da der Oberst zu Bett gebracht worden war, auch schon an seinem Lager saß.

»Wenn der Herr Oberst nicht so gut wie nüchtern gewesen wäre«, sagte der Chirurg, »so wäre er jetzt tot. Seine Erschöpfung hat ihn gerettet.«

Nachdem er die ersten Vorsichtsmaßregeln, die zu treffen waren, angeordnet hatte, ging er hinaus, um mit eigener Hand einen beruhigenden Trank zu bereiten. Am folgenden Morgen ging es Monsieur de Sucy besser; der Arzt hatte selber bei ihm wachen wollen.

»Ich muß Ihnen gestehen, Herr Marquis«, sagte der Doktor, »daß ich eine Verletzung des Gehirns befürchtet hatte. Monsieur de Sucy hat eine heftige Erschütterung durchgemacht; er ist ein leidenschaftlicher Mensch; bei ihm entscheidet der erste Schlag über alles. Morgen ist er vielleicht schon außer Gefahr.«

Der Arzt täuschte sich nicht, und am folgenden Tage erlaubte er dem Beamten, seinen Freund wiederzusehen.

»Mein lieber d'Albon«, sagte Philippe und drückte ihm die Hand, »ich bitte dich um eine Gefälligkeit! Eile schleunigst nach ›Les Bons-Hommes‹; erkundige dich nach allem, was die Dame angeht, die wir dort gesehen haben, und komm schnell wieder; ich zähle die Minuten.«

Monsieur d'Albon sprang auf ein Pferd und galoppierte bis zu der ehemaligen Abtei. Als er anlangte, gewahrte er vor dem Gittertor einen hochgewachsenen, hageren Mann mit einnehmenden Gesichtszügen, der des Beamten Frage, ob er dies verfallene Haus bewohne, bejahte. Monsieur d'Albon erzählte ihm, weshalb er komme.

»Wie?« rief der Unbekannte, »Sie hätten also diesen verhängnisvollen Schuß abgefeuert? Beinahe hätten Sie meine arme Kranke dadurch umgebracht!

»Aber ich habe doch in die Luft geschossen.«

»Sie hätten der Frau Gräfin weniger Leid angetan, wenn Sie sie getroffen hätten.«

»Nun, wir haben einander nichts vorzuwerfen; der Anblick Ihrer Gräfin hat meinen Freund, Monsieur de Sucy fast getötet.«

»Etwa den Baron Philippe de Sucy?« rief der Arzt und faltete die Hände. »Ist er in Rußland gewesen, beim Übergang über die Beresina?«

»Ja«, erwiderte d'Albon; »er wurde von den Kosaken gefangengenommen und nach Sibirien verschleppt; vor etwa elf Monaten ist er heimgekehrt.«

»Treten Sie näher«, sagte der Unbekannte und führte den Beamten in einen Salon im Erdgeschoß des Gebäudes; dort trug alles die Spuren willkürlicher Zerstörung. Kostbare Porzellanvasen lagen zerbrochen neben einer Uhr, deren Gehäuse verschont geblieben war. Die seidenen Vorhänge an den Fenstern waren zerfetzt, aber der doppelte Musselinvorhang war heil geblieben.

»Sie sehen hier die Verwüstungen, die das reizende Geschöpf anrichtet, dem ich mich gewidmet habe«, sagte er beim Eintreten zu Monsieur d'Albon. »Sie ist meine Nichte. Trotz der

Ohnmacht meiner Kunst hoffe ich, ihr eines Tages die Vernunft zurückzugeben, wenn ich eine Methode anwenden kann, die leider nur reichen Leuten erlaubt ist.«

Dann erzählte er wie alle einsam Lebenden, die von einem wiederauflebenden Schmerz gequält werden, dem Beamten ausführlich das folgende Abenteuer; die Schilderung ist hier geordnet und von den zahlreichen Abschweifungen befreit worden, die Erzähler wie Hörer sich gestatteten.

Als Marschall Victor[5] sich gegen neun Uhr abends von den Höhen bei Studzianka zurückzog, die er am 28. November 1812 den ganzen Tag hindurch verteidigt hatte, ließ er dort etwa tausend Mann zurück, die Befehl hatten, diejenige der beiden Brücken über die Beresina, die noch standhielt, bis zum letzten Augenblick zu decken. Jene Nachhut hatte sich bei dem Versuch geopfert, eine erschreckend große Schar von Nachzüglern zu retten, die von der Kälte erstarrt waren und sich hartnäckig weigerten, den Troß des Heeres zu verlassen. Der Heroismus der großherzigen Truppe sollte vergebens sein. Die Soldaten, die in Massen am Ufer der Beresina zusammenströmten, fanden dort unglücklicherweise ungeheure Mengen von Wagen, Kisten und Geräten jeder Art vor, die das Heer hatte im Stich lassen müssen, als es während des 27. und 28. Novembers den Übergang vollzog. Als Erben unverhoffter Reichtümer bezogen diese vom Frost abgestumpften Unglücklichen die leeren Biwaks. Sie zerschlugen das Heeresmaterial, um sich Hütten zu bauen; sie machten mit allem, was ihnen in die Hände fiel, Feuer; sie zerlegten die Pferde, um sich satt zu essen, rissen Leinen und Planen von den Wagen, um sich zuzudecken, und schliefen dann, statt ihren Marsch fortzusetzen und während der Nacht in aller Ruhe die Beresina zu überschreiten, die eine unglaubliche Fügung der Armee schon so sehr hatte zum Verhängnis werden lassen. Die Abstumpfung der armen Soldaten kann nur verstehen, wer sich erinnert, wie er selbst durch diese ungeheuren Schneewüsten gezogen ist, ohne einen andern Trunk als den Schnee, ohne ein anderes Bett als den Schnee, ohne eine andere Aussicht als auf einen Horizont von Schnee und ohne andere Nahrung als den Schnee oder ein paar erfrorene Rüben, ein paar Handvoll Mehl und ein bißchen Pferdefleisch. Halbtot vor Hunger und Durst, Übermüdung und Schlafsucht, kamen diese Unglücklichen zu einem Ufer, an dem sie Holz, Feuer, Lebensmittel, unzählige aufgegebene Wagen, Zelte, kurz, eine ganze improvisierte Stadt vorfanden. Das Dorf Studzianka war völlig auseinander genommen, zerteilt und von den Höhen in die Ebene geschafft worden. So dolente[6] und gefährdet diese Lagerstadt auch war, ihr Elend und ihre Gefahren zeigten doch diesen Leuten noch ein freundliches Lächeln, denn sie sahen nichts als die furchtbaren Wüsten Rußlands vor sich. Es war, mit einem Wort, ein ungeheures Spital, das nicht mehr als zwanzig Stunden Dauer vor sich hatte. Lebensmüdigkeit oder ein Gefühl unerwarteten Wohlseins machte die Scharen jedem andern Gedanken als dem der Ruhe unzugänglich. Obwohl die Artillerie des linken russischen Flügels unablässig in diese Masse hineinschoß, die sich wie ein großer, bald dunkel zusammengedrängter, bald flackernder Fleck auf dem Schnee abhob, schienen der erstarrten Menge die unermüdlichen Kugeln nicht mehr zu bedeuten als eine weitere Unbequemlichkeit. Sie wirkten wie ein Gewitter, dessen Blitze von allen verachtet wurden, weil sie nur hier und da Sterbende, Kranke oder vielleicht schon Tote treffen konnte. Unaufhörlich langten Gruppen von Nachzüglern an. Diese wandelnden Leichen verteilten sich sofort und gingen von Feuer zu Feuer, um einen Platz zu erbetteln, und da sie meistens abgewiesen wurden, fanden sie sich schließlich wieder zusammen, um die ihnen versagte Gastfreundschaft mit Gewalt zu erzwingen. Taub gegen die Stimmen der wenigen Offiziere, die ihnen für den folgenden Tag den Tod voraussagten, verschwendeten sie den Vorrat an Mut, der nötig gewesen wäre, um den Fluß zu überschreiten, daran, sich für eine einzige Nacht ein Asyl zu bauen und sich eine oftmals verhängnisvolle Mahlzeit zu bereiten. Der Tod, der ihrer harrte, schien ihnen kein Unglück mehr zu sein, wenn er ihnen nur eine Schlummerstunde ließ. Ein Unheil waren für sie nur noch der Hunger, der Durst und die Kälte. Als kein Holz, kein Feuer, keine Wagenplanken, kein Dach mehr zu finden waren, entspannen sich zwischen denen, die von allem entblößt neu eintrafen, und den Reichen, die einen Unterschlupf besaßen, grauenhafte Kämpfe. Die Schwächeren unterlagen.

Schließlich kam der Augenblick, da ein paar von den Russen Gehetzte nur noch den Schnee als Lager fanden; sie legten sich nieder, um nicht wieder aufzustehen. Unmerklich wurde die Masse fast ausgelöschter Menschen so kompakt, so taub, so stumpf, oder vielleicht so glücklich, daß Marschall Victor, ihr heroischer Verteidiger, der unter Wittgenstein zwanzigtausend Russen aufgehalten hatte, gezwungen war, sich mit blanker Waffe durch diesen Menschenwald Bahn zu schaffen, damit die fünftausend Helden, die er dem Kaiser zuführte, die Beresina überschreiten konnten. Die Unglücklichen ließen sich eher tottreten, als daß sie sich rührten; und schweigend kamen sie um, ihren erloschenen Feuern zulächelnd, ohne an Frankreich zu denken . . .

Erst um zehn Uhr abends befand sich der Herzog von Belluno auf der anderen Seite des Flusses. Ehe er die Brücken betrat, die nach Zembin führten, vertraute er Eblé[7], dem Retter all derer, die das Unheil an der Beresina überlebten, das Schicksal der Nachhut von Studzianka an. Etwa gegen Mitternacht verließ dieser große General, begleitet von einem tapferen Offizier, die kleine Hütte in der Nähe der Brücke, die er innehatte, und begann das Schauspiel zu betrachten, das jenes Lager zwischen der Beresina und der Straße von Borizow nach Studzianka bot. Die russischen Geschütze hatten ihr Feuer eingestellt; zahllose Biwakfeuer, die mitten in diesen Schneemengen erblaßten und kein Licht zu werfen schienen, beleuchteten hier und da Gestalten, die nichts Menschliches mehr an sich hatten. Da lagen etwa dreißigtausend Unglückliche aus sämtlichen Nationen, die Napoleon nach Rußland geworfen hatte, und verspielten mit brutaler Gleichgültigkeit ihr Leben.

»Wir wollen all das retten«, sagte der General zu dem Offizier, »morgen früh stehen die Russen in Studzianka. In dem Augenblick, da sie kommen, müssen wir die Brücke niederbrennen; also Mut, mein Freund! Schlag dich durch bis zur Höhe; sag dem General Fournier, er werde kaum Zeit haben, seine Stellung zu räumen und diese Menschenanhäufung zu durchbrechen, um über die Brücke zu kommen. Wenn du siehst, daß er sich auf den Weg gemacht hat, dann schließ dich ihm an. Laß dir von ein paar kräftigen Leuten helfen und verbrenne du dann erbarmungslos die Zelte, die Wagen, die Kisten, die Fuhrwerke, alles! Jage die ganze Bande auf die Brücke! Zwinge, was noch zwei Beine hat, sich aufs andere Ufer zu flüchten. Das Niederbrennen ist jetzt unser letztes Hilfsmittel. Hätte Berthier mir gleich erlaubt, diesen verdammten Troß zu verbrennen, so hätte der Fluß niemanden verschlungen als meine armen Brückenpioniere, die fünfzig Helden, die die Armee gerettet haben und die in Vergessenheit geraten werden!«

Der General legte die Hand an die Stirn und verstummte; er fühlte, daß Polen sein Grab werden und daß sich keine Stimme zugunsten dieser heldenhaften Leute erheben würde, die im Wasser gestanden hatten, im Wasser der Beresina, um die Brükkenpfosten einzurammen. Ein einziger von ihnen lebt noch, oder genauer, er duldet unbekannt in einem Dorf.[8] Der Adjutant trat ab. Kaum hatte der großherzige Offizier hundert Schritte in Richtung auf Studzianka zurückgelegt, als der General Eblé mehrere seiner leidenden Brückenpioniere weckte und sein Werk der Barmherzigkeit begann, indem er die bei der Brücke errichteten Zelte verbrannte und die darin liegenden Schläfer auf diese Weise zwang, die Beresina zu überschreiten. Der junge Adjutant war inzwischen nach mancherlei Mühsal bei dem einzigen Holzhaus angelangt, das in Studzianka noch stand.

»Die Baracke da ist wohl recht voll, Kamerad?« fragte er einen Menschen, den er draußen davor sah.

»Wenn Sie 'reinkommen, sind Sie ein wackerer alter Krieger«, erwiderte der Offizier, ohne sich umzudrehen und ohne aufzuhören, das Holz des Hauses mit dem Säbel zu bearbeiten.

»Sind Sie es, Philippe?« fragte der Adjutant, da er am Klang der Stimme einen seiner Freunde erkannt hatte.

»Ja... Ach so! Du, alter Junge«, erwiderte Monsieur de Sucy und blickte den Adjutanten an, der wie er selber erst dreiundzwanzig Jahre alt war. »Ich glaubte, du seiest auf der anderen Seite dieses verdammten Flusses. Bringst du uns Kuchen und Süßigkeiten zum Dessert? Du wirst gut aufgenommen werden«, fügte er hinzu und machte die Rinde des Holzes vollends los, die er seinem Pferd als Futter gab.

»Ich suche euren Kommandeur, um ihm den Befehl des Generals Eblé zu überbringen, daß er auf Zembin abrücken soll. Ihr habt kaum noch Zeit, durch diese Kadavermasse hindurchzukommen; ich werde sie gleich ausräuchern, um ihnen Beine zu machen . . .«

»Du machst einem ja beinah warm. Ich gerate bei deiner Nachricht in Schweiß. Ich muß zwei Freunde retten! Ach, ohne diese beiden Murmeltiere, alter Junge, wäre ich längst tot! Um ihretwillen sorge ich für mein Pferd; sonst hätte ich selber es verspeist. Sag mal, bitte, hast du nicht ein Stück Brot? Ich habe schon seit dreißig Stunden nichts mehr in den Magen bekommen, und ich habe wie ein Rasender gekämpft, um mir das bißchen Wärme und Mut zu bewahren, das mir geblieben ist.«

»Armer Philippe, nichts! Nichts! . . . Aber ist euer General da drinnen?«

»Versuche nicht, hineinzukommen. In dieser Scheune liegen unsere Verwundeten. Steig noch höher hinauf: Da siehst du dann rechts eine Art Schweinekoben; in dem liegt der General! Leb wohl, guter Kerl. Wenn wir je wieder auf einem Pariser Parkett Trénis[9] tanzen . . .«

Er vollendete seinen Satz nicht; der Nordwind pfiff in diesem Augenblick so hundsgemein, daß der Adjutant weiterschritt, um nicht zu erfrieren, und daß dem Major Philippe die Lippen erstarrten. Bald herrschte wieder Stille. Sie wurde nur von dem Stöhnen, das aus dem Hause drang, und von dem dumpfen Geräusch unterbrochen, das Monsieur de Sucys Pferd machte, als es vor Hunger und Wut die gefrorene Rinde der Bäume fraß, aus denen das Haus gebaut worden war. Der Major stieß den Degen wieder in die Scheide, langte hastig nach dem Zügel des kostbaren Tieres, das er hatte retten können, und riß es trotz seinem Widerstand von dem elenden Fraß weg, auf den es gierig zu sein schien.

»Los, Bichette, los! Nur du, du schöne, kannst Stéphanie retten. Komm, später dürfen wir uns dann ausruhen und wahrscheinlich sterben.«

In einen Pelz gehüllt, dem er seine Erhaltung und seine Energie verdankte, begann Philippe zu laufen, wobei er mit den Füßen auf den hart gefrorenen Schnee stampfte, um warm zu bleiben. Kaum aber hatte der Major fünfhundert Schritte hinter sich gebracht, als er dort, wo er am Morgen unter der Obhut eines alten Soldaten seinen Wagen zurückgelassen hatte, ein großes Feuer wahrnahm. Eine grauenhafte Unruhe überfiel ihn. Wie alle, die während dieser Flucht von einem machtvollen Gefühl beherrscht wurden, brachte er, um seinen Freunden Hilfe zu bringen, Kräfte auf, die er für die eigene Rettung nicht zusammengerafft hätte. Bald war er nur noch wenige Schritte von einer Geländefalte entfernt, in der er eine junge Frau, seine Kindheitsgefährtin und seinen teuersten Besitz, untergebracht hatte, damit sie in Deckung vor den Kugeln war.

Wenige Schritte vor dem Wagen hatten sich etwa dreißig Nachzügler um ein ungeheures Feuer geschart, das sie unterhielten, indem sie Bretter, Kistendeckel, Räder und Wagenwände hineinwarfen. Jene Soldaten waren sicherlich die Letzten all der Ankömmlinge, die von der breiten Geländefurche unterhalb von Studzianka an bis zu dem verhängnisvollen Fluß gleichsam ein Meer von Köpfen, Feuern und Baracken bildeten, ein lebendiges Meer, das in fast unmerklichen Wogenbewegungen schwoll und aus dem ein dumpfes Brausen heraufklang, das bisweilen von schrecklichem Krachen durchbrochen wurde. Von Hunger und Verzweiflung getrieben, hatten die Unglücklichen den Wagen wahrscheinlich gewaltsam durchsucht. Der alte General und die junge Frau, die sie darin auf Lumpen liegend gefunden hatten, eingehüllt in Mäntel und Pelze, hockten in diesem Augenblick vor dem Feuer. Die eine Wagentür war zerbrochen. Sowie die Leute, die um das Feuer lagen, die Schritte des Pferdes und des Majors hörten, erhob sich unter ihnen ein Wutschrei, den der Hunger ihnen entriß.

»Ein Pferd! Ein Pferd!« Die Stimmen verschmolzen zu einer einzigen Stimme.

»Zurück! Obacht!«, riefen ein paar Soldaten und zielten auf das Pferd. Philippe sprang vor seine Stute und rief: »Halunken! Ich werfe euch in euer Feuer. Da oben liegen tote Pferde, holt euch die!«

»Ist das ein Witzbold, dieser Offizier! Eins, zwei, gehst du weg?« fragte ein riesiger Grenadier. »Nein? Na, schön, wie du willst.«

Ein Frauenschrei übertönte den Knall. Philippe wurde zum

Glück nicht getroffen; aber Bichette, die gestürzt war, rang mit dem Tode. Drei Mann sprangen hinzu und machten ihr vollends mit den Bajonetten den Garaus.

»Kannibalen! Laßt mir wenigstens die Decke und meine Pistolen«, rief Philippe außer sich.

»Die Pistolen ... gut«, erwiderte der Grenadier. »Die Decke ... da liegt ein Infanterist, der seit zwei Tagen nichts mehr gegessen hat und der in seiner elenden Jacke zittert: unser General ...«

Philippe schwieg, als er einen Mann erblickte, dessen Schuhwerk durchgetreten, dessen Hose an zehn Stellen durchlöchert war und der auf dem Kopf nur eine elende, reifbedeckte Polizeimütze trug. Er nahm schleunigst seine Pistolen an sich. Fünf Leute zogen die Stute zum Feuer und begannen sie so geschickt zu zerlegen, wie Pariser Schlächterburschen es nur je hätten tun können. Die Stücke wurden mit an ein Wunder grenzender Schnelligkeit herausgeschnitten und auf die Kohlen geworfen. Der Major trat zu der Frau, die den Schreckensschrei ausgestoßen, als sie ihn erkannt hatte. Sie saß reglos auf einem Wagenkissen und wärmte sich. Sie sah ihn schweigend an, ohne ihm zuzulächeln. Da gewahrte Philippe neben sich den Soldaten, dem er den Schutz des Wagens anvertraut hatte; der arme Kerl war verwundet. Von der Überzahl überwältigt, hatte er den Nachzüglern weichen müssen, als sie ihn angriffen; aber wie der Hund, der die Mahlzeit seines Herrn bis zum letzten Augenblick verteidigt hat, hatte er seinen Anteil an der Beute genommen: Er hatte sich ein weißes Tuch als Mantel umgeschlungen. Gegenwärtig war er damit beschäftigt, ein Stück Fleisch von der Stute hin und her zu drehen, und der Major sah es seinem Gesicht an, mit welcher Freude er sein Festmahl rüstete. Der Graf de Vandières, der seit drei Tagen gleichsam in die Kindheit zurückgefallen war, ruhte neben seiner Frau auf einem Kissen und starrte mit unbewegten Augen in die Flammen, deren Wärme seine Erstarrung zu überwinden begann. Ihn hatten die Gefahr und die Ankunft Philippes sowenig erregt wie der Kampf, nach welchem sein Wagen geplündert worden war.

Sucy langte zunächst nach der Hand der jungen Gräfin, als wolle er ihr ein Liebeszeichen geben oder ihr sagen, wie nahe es ihm gehe, sie so im äußersten Elend zu sehen; aber er verharrte neben ihr in Schweigen. Er saß auf einem Schneehaufen, der im Schmelzen zerrann; und auch er gab sich dem Glück hin, sich wärmen zu können; er vergaß die Gefahr, er vergaß alles. Sein Gesicht nahm unwillkürlich den Ausdruck einer fast stumpfsinnigen Freude an, und er wartete ungeduldig darauf, daß der Fetzen Pferdefleisch, der seinem Soldaten gegeben worden war, gar sei. Der Geruch des verkohlten Fleisches reizte seinen Hunger noch, und der Hunger brachte Herz, Mut und Liebe zum Schweigen.

Ohne Zorn musterte er die Ergebnisse der Plünderung seines Wagens. All die Leute, die rings um das Feuer lagen, hatten sich in die Decken, die Kissen, die Pelze, die Röcke, die Männer- und Frauenkleider geteilt, die dem Grafen, der Gräfin und dem Major gehörten. Philippe drehte sich um; er wollte sehen, ob er noch etwas aus dem Wagenkasten retten könne. Beim Licht der Flammen sah er das Gold, die Diamanten, das Tafelsilber; es lag umher, ohne daß jemand daran dachte, sich auch nur das geringste davon anzueignen. All diese vom Zufall um das Feuer gescharten Einzelwesen bewahrten ein Schweigen, das etwas Grauenhaftes hatte; sie taten nichts, als was sie zu ihrem Wohlsein für nötig hielten. Dies Elend wirkte grotesk. Die von der Kälte verzerrten Gesichter waren mit einer Schmutzschicht überzogen, in die die Tränen von den Augen an bis zum unteren Rande der Backen eine Furche geschnitten hatten, die von der Dicke dieser Maske zeugte. Die langen, schmutzigen Bärte machten die Soldaten noch abstoßender. Die einen waren in Frauenschals gehüllt, die andern trugen Pferdeschabracken, kotige Dekken, Lumpen voll schmelzenden Reifs. Einige hatten den einen Fuß in einem Stiefel, den andern in einem Schuh; kurzum, es fand sich kein einziger, dessen Kostüm nicht eine lächerliche Besonderheit aufgewiesen hätte. Trotz solcher die Heiterkeit anregenden Dinge blieben diese Menschen ernst und finster. Das Schweigen wurde nur durch das Knacken und Knallen des Holzes unterbrochen, durch das Zischen der Flamme, das ferne Summen des Lagers und die Säbelhiebe, die die Hungrigsten gegen Bichette führten, um die besten Stücke von ihr abzureißen. Ein paar Unglückliche, die noch erschöpfter waren als die andern, schliefen; und wenn einer von ihnen ins Feuer rollte, so holte ihn niemand heraus. Die strengen Logiker dachten, eben wenn er nicht tot sei, so würden ihn die Brandwunden schon veranlassen, sich an eine geeignete Stelle zu legen. Erwachte der Unglückliche im Feuer und kam er darin um, so hatte keiner mit ihm Mitleid. Ein paar Soldaten sahen einander an, als wollten sie ihre eigene Ungerührtheit durch die Gleichgültigkeit der andern rechtfertigen. Die junge Gräfin hatte zweimal einen solchen Anblick und blieb stumm. Als die verschiedenen, auf die Kohlen gelegten Stücke gar waren, stillten alle ihren Hunger mit jener Gier, die uns bei den Tieren so ekelhaft erscheint.

»Dies ist das erstemal, daß dreißig Infanteristen auf ein Pferd kommen!« rief der Grenadier, der die Stute niedergestreckt hatte. Es war der einzige Scherz, der auf französischen Witz schließen ließ.

Bald rollten sich die meisten der armen Soldaten in ihre Kleider, legten sich auf Bretter, auf alles, was sie vor der Berührung mit dem Schnee bewahren konnte, und schliefen ein, ohne sich um ein Morgen zu kümmern. Als der Major sich gewärmt und seinen Hunger gestillt hatte, machte ihm ein unwiderstehliches Schlafverlangen die Lider schwer. Während der kurzen Zeit, die er noch gegen den Schlummer ankämpfte, betrachtete er die junge Frau, die sich mit dem Gesicht zum Feuer gewandt hatte, um zu schlafen, und die ihre geschlossenen Augen und einen Teil ihrer Stirn sehen ließ. Sie war in einen gefütterten Pelz und einen dicken Dragonermantel gehüllt; ihr Kopf ruhte auf einem blutbefleckten Kopfkissen; ihre Astrachanmütze, die durch ein unter dem Kinn geknotetes Taschentuch festgehalten wurde, schützte ihr Gesicht, soweit das möglich war, vor der Kälte; die Füße hatte sie in den Mantel hineingezogen. So in sich zusammengerollt, glich sie tatsächlich einem Nichts. War sie die Letzte der Marketenderinnen? War sie die reizende Frau, der Ruhm eines Geliebten, die Königin der Pariser Bälle? Ach, sogar das Auge ihres treuesten Freundes gewahrte nichts Weibliches mehr in diesem Haufen von Wäsche und Lumpen. In einem Frauenherzen war die Liebe der Kälte erlegen. Durch die dichten Schleier, die die unwiderstehlichste Schlaftrunkenheit vor den Augen des Majors ausspannte, sah er den Mann und die Frau nur noch wie zwei Punkte. Die Flammen des Feuers, die hingestreckten Gestalten, die furchtbare Kälte, die kaum drei Schritte hinter einer flüchtigen Hitze ihr heulendes Sausen vernehmen ließ, das alles war ein Traum. Ein Gedanke drängte sich Philippe auf und erschreckte ihn.

»Wir müssen alle sterben, wenn ich einschlafe! Ich will nicht einschlafen!« sagte er sich. Aber er schlief dennoch ein. Als er eine Stunde geschlummert hatte, wurde Monsieur de Sucy von einem furchtbaren Lärm und einer Explosion geweckt. Das Bewußtsein seiner Pflicht, die Gefahr seiner Freundin fielen ihm aufs Herz. Er stieß einen Schrei aus, der einem Gebrüll glich. Nur er und sein Soldat waren aufgestanden. Sie sahen ein Feuermeer vor sich, aus dem sich im Dunkel der Nacht ein Menschengewirr abhob und das die Hütten und Zelte verzehrte; sie hörten Verzweiflungsschreie und Geheul; sie sahen Tausende entsetzter Gestalten mit wütenden Gesichtern. Mitten durch diese Hölle bahnte sich eine Soldatenkolonne zwischen zwei Leichenwällen einen Weg zur Brücke hinunter.

»Unsere Nachhut geht zurück«, rief der Major, »jetzt ist keine Hoffnung mehr!«

»Ich habe Ihren Wagen verschont, Philippe«, sagte eine Freundesstimme. Sucy wandte sich um und erkannte beim Licht der Flammen den jungen Adjutanten.

»Ach, alles ist aus«, erwiderte der Major, »sie haben mein Pferd aufgegessen ... Wie sollte ich übrigens diesen stumpfsinnigen General und seine Frau auf die Beine bringen?«

»Nehmen Sie ein glühendes Scheit, Philippe, und drohen Sie ihnen!«

»Der Gräfin drohen?«

»Leben Sie wohl!« rief der Adjutant, »ich habe nur noch Zeit, über diesen Schicksalsfluß wegzukommen; ich muß es: Ich habe in Frankreich eine Mutter! Was für eine Nacht! Die Menschenmasse da will lieber auf dem Schnee bleiben, und die meisten der armen Kerle lassen sich eher verbrennen, als daß sie aufstehen. Es ist vier Uhr, Philippe! In zwei Stunden fangen die Russen an sich zu regen. Ich versichere Ihnen, Sie werden die Beresina bald voller Leichen sehen. Philippe, denken Sie an sich! Sie haben keine Pferde, Sie können die Gräfin nicht tragen; also los, kommen Sie mit!« sagte er und nahm ihn beim Arm.

»Aber lieber Freund, Stéphanie im Stich zu lassen?« Der Major packte die Gräfin, stellte sie auf die Füße, rüttelte sie mit der Rauheit eines Verzweifelten und zwang sie, aufzuwachen. Sie sah ihn mit starren, toten Augen an.

»Wir müssen weiter, Stéphanie, oder wir kommen hier um!«

Statt einer Antwort versuchte die Gräfin, sich niedergleiten zu lassen, um weiterzuschlafen. Der Adjutant ergriff ein glühendes Scheit und schwang es vor Stéphanies Gesicht.

»Auch gegen ihren Willen müssen wir sie retten!« rief Philippe, hob die Gräfin auf und trug sie in den Wagen. Als er zurückkehrte, bat er den Freund, ihm zu helfen. Sie nahmen gemeinsam den alten General, ohne zu wissen, ob er lebendig oder tot sei, und legten ihn neben seine Frau. Der Major wälzte mit dem Fuß ein paar der Soldaten herum, die am Boden lagen, nahm ihnen, was sie geraubt hatten, warf all die Lumpen über die beiden Gatten und legte ein paar gebratene Fleischfetzen seiner Stute in eine Ecke des Wagens.

»Was haben Sie eigentlich vor?« fragte ihn der Adjutant.

»Sie ziehen!« erwiderte der Major.

»Sie sind ja wahnsinnig!«

»Allerdings!« rief Philippe und schlug die Arme über der Brust zusammen. Er schien jäh von einem verzweifelten Gedanken gepackt worden zu sein. »Du«, sagte er und faßte seinen Soldaten an dem unverletzten Arm, »ich vertraue sie dir auf eine Stunde an! Bedenke, daß du eher sterben mußt, als irgend jemanden an den Wagen heranzulassen.«

Der Major klaubte die Diamanten der Gräfin zusammen, nahm sie in die eine Hand, zog mit der andern den Säbel und begann wütend auf diejenigen Schläfer einzuschlagen, die er für die unerschrockensten hielt. Es gelang ihm, den riesigen Grenadier und noch zwei Leute zu wecken, deren Rangabzeichen zu erkennen unmöglich war.

»Wir sind erledigt!« sagte er zu ihnen.

»Ich weiß«, erwiderte der Grenadier, »aber das ist mir schnuppe.«

»Na, wenn man schon verrecken muß, ist es da nicht besser, sein Leben für eine hübsche Frau zu verkaufen, auf die Möglichkeit hin, daß man Frankreich noch einmal wiedersieht?«

»Ich will lieber schlafen«, sagte einer der Leute und wälzte sich im Schnee auf die andere Seite, »wenn du mich noch einmal störst, Major, dann pflanze ich dir mein Bajonett in den Wanst.«

»Um was handelt es sich, Herr Major?« fragte der Grenadier. »Der Kerl da ist besoffen! Der ist ein Pariser; die wollen es nun mal behaglich haben.«

»Dies hier soll dir gehören, mein wackerer Grenadier«, rief der Major und hielt ihm ein Diamantenhalsband hin, »wenn du mir folgen und wie ein Rasender kämpfen willst. Die Russen stehen zehn Minuten von hier, sie haben Bespannung; wir wollen auf ihre erste Batterie losgehen und uns zwei Pferde holen.«

»Aber die Vorposten, Herr Major?«

»Einer von uns dreien ...«, sagte er zu dem Soldaten, dann unterbrach er sich und sah den Adjutanten an: »Sie kommen mit, Hippolyte, nicht wahr?«

Hippolyte bejahte durch ein Nicken.

»Einer von uns«, fuhr der Major fort, »nimmt den Posten auf sich. Übrigens schlafen sie vielleicht ebenfalls, diese verdammten Russen.«

»Komm, Major, du bist ein großartiger Kerl! Aber du nimmst mich mit in deine Kutsche?« fragte der Grenadier.

»Ja, wenn du da oben nicht deine Haut läßt. Sollte ich fallen, Hippolyte und du, Grenadier«, sagte der Major zu seinen beiden Gefährten, »versprecht ihr mir dann, daß ihr euch für die Rettung der Gräfin aufopfern wollt?«

»Abgemacht«, sagte der Grenadier.

Sie gingen auf die russischen Linien zu, auf die Batterien, die die Masse der Unglücklichen am Flußufer so grausam zerschmettert hatten. Ein paar Augenblicke nach ihrem Aufbruch hallte der Galopp zweier Pferde auf dem Schnee wider, und die erwachte Batterie feuerte Salven ab, die den Schläfern über die Köpfe hinweggingen; der Galopp der Pferde war so hastig, daß man das Geräusch für das von Schmieden hätte halten können, die ein Eisen hämmern. Der großherzige Adjutant war gefallen. Der athletische Grenadier war heil und gesund. Philippe hatte, als er seinen Freund verteidigte, einen Bajonettstich in die Schulter bekommen; nichtsdestoweniger klammerte er sich an die Mähne des Pferdes und nahm es so kräftig zwischen die Schenkel, daß das Tier wie in einen Schraubstock eingeklemmt war.

»Gott sei gelobt!« rief der Major, als er seinen Soldaten dastehen und den Wagen noch an derselben Stelle sah.

»Wenn Sie gerecht sind, Herr Major, so müssen Sie mir das Kreuz verschaffen. Wir haben doch ganz hübsch Schießgewehr und Säbel gespielt, was?«

»Noch gar nichts haben wir geleistet! Spannen Sie die Pferde an; hier, nehmen Sie die Stricke.«

»Die reichen nicht.«

»Dann, Grenadier, machen Sie sich an die Schläfer da heran und nehmen Sie ihnen die Schals, die Wäsche weg ...«

»Sieh mal einer an, der ist ja tot, der Witzbold!« rief der Grenadier, als er den ersten ausplünderte, der ihm in die Hände kam. »Nein, ist das komisch, die sind ja alle tot!«

»Alle?«

»Ja, alle! Anscheinend ist Pferdefleisch unverdaulich, wenn man es mit Schnee ißt.«

Bei diesen Worten durchschauerte es Philippe. Die Kälte war noch stärker geworden. »Mein Gott, eine Frau verlieren, die ich schon zwanzigmal gerettet habe!« Der Major rüttelte die Gräfin und rief: »Stéphanie! Stéphanie!« Die junge Frau schlug die Augen auf.

»Madame, wir sind gerettet!«

»Gerettet!« wiederholte sie und sank zurück.

Die Pferde wurden, so gut es eben ging, angespannt; der Major nahm den Säbel in die gesunde Hand, behielt die Zügel in der andern und stieg, mit den Pistolen bewaffnet, auf das eine Pferd, der Grenadier auf das andere. Den alten Soldaten, dem die Füße erfroren waren, hatte man quer in den Wagen geworfen, über den General und die Gräfin. Die Pferde wurden mit Säbelhieben angetrieben und rissen den Wagen mit einer Art Wut in die Ebene hinunter, wo den Major unzählige Schwierigkeiten erwarteten. Bald wurde es unmöglich, weiterzukommen, ohne daß schlafende Männer, Frauen, ja sogar Kinder überfahren wurden, die sich samt und sonders weigerten aufzustehen, als der Grenadier sie zu wecken versuchte. Vergebens suchte Monsieur de Sucy den Weg, den sich vor kurzem die Nachhut durch diese Menschenmasse gebahnt hatte; er war verschwunden, wie die Kielspur eines Schiffs im Meer verschwindet; der Wagen kam nur im Schritt weiter; unablässig wurde er von Soldaten angehalten, die die Pferde zu töten drohten.

»Wollen Sie durch?« fragte der Grenadier.

»Um den Preis meines Blutes! Ja, um den Preis der ganzen Welt!« erwiderte der Major.

»Los! Keine Omelette ohne zerschlagene Eier.«

Und der Gardegrenadier jagte die Pferde auf die Menschen los, so daß die Räder blutig wurden; warf Zelte um und zog eine doppelte Leichenfurche quer über dieses Kopffeld. Aber wir wollen gerecht sein und erwähnen, daß er nie unterließ, mit Donnerstimme zu rufen: »Obacht, ihr Aaszeug!«

»Die armen Menschen!« rief der Major.

»Bah, so oder durch die Kälte, so oder durch die Kanonen!« sagte Grenadier, trieb die Pferde an und spornte sie mit der Bajonettspitze.

Eine Katastrophe, die ihnen schon eher hätte zustoßen müssen und vor der sie bisher ein wunderbarer Zufall bewahrt hatte, unterbrach plötzlich ihre Fahrt: Der Wagen schlug um.

»Das hatte ich mir gedacht!« rief der unerschütterliche Grenadier.

»Oho! Der Kamerad ist tot.«

»Der arme Laurent!« sagte der Major.

»Laurent? Stand der nicht bei den fünften Jägern?« – »Ja.« – »Dann ist er mein Vetter ... Bah, lohnt sich nicht, dem Hundeleben, das man in diesen Zeiten führt, nachzutrauern.«

Der Wagen ließ sich nicht wieder aufrichten, die Pferde ließen sich nicht ausspannen, ohne daß sie unendlich viel unwiederbringliche Zeit verloren hätten. Der Stoß war so heftig gewesen, daß die junge Gräfin, die die Erschütterung geweckt und ihrer Betäubung entrissen hatte, sich aus den Kleidungsstücken löste und aufstand.

»Philippe, wo sind wir?« rief sie mit leiser Stimme und hielt Umschau.

»Fünfhundert Schritte vor der Brücke. Wir wollen die Beresina überschreiten. Auf der andern Seite des Flusses, Stéphanie, quäle ich Sie nicht mehr; dann lasse ich Sie schlafen. Da sind wir in Sicherheit; wir kommen in aller Ruhe nach Wilna. Gebe Gott, daß Sie nie erfahren, was Ihr Leben gekostet hat!«

»Bist du verwundet?«

»Ganz unbedeutend.«

Die Stunde der Katastrophe war angebrochen; die Kanonen der Russen verkündeten den Tag. Nachdem sie sich Studziankas bemächtigt hatten, beschossen sie die Ebene; und beim ersten Licht des Morgens sah der Major, wie sich auf den Höhen ihre Kolonnen bewegten und formierten. Ein Schreckensschrei brach in der Menge aus; sie war im Augenblick auf den Beinen. Instinktiv erkannten alle die Gefahr und drängten in Wellenbewegungen zur Brücke hin. Die Russen kamen rasch wie Steppenbrand heran. Männer, Frauen, Kinder, Pferde, alles drängte zur Brücke. Zum Glück waren der Major und die Gräfin noch ziemlich weit vom Fluß entfernt. General Eblé hatte eben an die Holzpfosten am andern Ufer Feuer gelegt. Trotz der all jenen erteilten Warnungen, die diese Rettungsplanke betraten, wollte niemand zurückweichen. Nicht nur, daß die Brücke unter dieser Menschenlast zusammenbrach, sondern überdies war der Druck der Menschenflut, die auf die verhängnisvolle Böschung zugedrängt wurde, so groß, daß eine Masse menschlicher Körper wie eine Lawine ins Wasser gestürzt wurde. Kein Schrei war zu vernehmen, nur etwas wie der dumpfe Lärm eines ungeheuren Steins, der ins Wasser fällt; dann war die Beresina mit Leichen bedeckt. Die Rückwärtsbewegung derer, die wieder nach der Ebene hin wichen, um diesem Tod zu entgehen, war so heftig, und der Zusammenprall mit denen, die noch vorwärts drängten, so furchtbar, daß zahlreiche Menschen erdrückt wurden.

Der Graf und die Gräfin de Vandières verdankten ihr Leben dem Wagen. Die Pferde, die eine Unzahl von Sterbenden zermalmt und zerstampft hatten, wurden nun ihrerseits zerstampft und zertreten unter den Füßen eines Wirbelwindes von Menschen, der über das Ufer hinbrauste. Der Major und der Grenadier fanden ihr Heil in ihrer Kraft: Sie töteten, um nicht getötet zu werden. Dieser Orkan von menschlichen Gesichtern, diese Fluten von Leibern, die die gleiche Bewegung hin und her schob, hatten zur Folge, daß das Ufer der Beresina einige Augenblicke lang leer blieb. Die Menge hatte sich zurück in die Ebene geworfen. Wenn sich noch einige Menschen oben von der Böschung in den Fluß warfen, so geschah es weniger in der Hoffnung, das andere Ufer zu erreichen, das für sie Frankreich bedeutete, als vielmehr, um den sibirischen Eiswüsten zu entrinnen. Die Verzweiflung wurde für einzelne beherzte Leute zum Rettungsmittel. Ein Offizier sprang von Eisscholle zu Eisscholle bis zum andern Ufer; ein Soldat konnte wunderbarerweise über einen Haufen aus Leichen und Eisschollen kriechen. Die ungeheure Menschenmasse begriff schließlich, daß die Russen nicht zwanzigtausend erstarrte, verstumpfte, waffenlose Menschen umbringen würden, die sich nicht einmal verteidigten; und nun warteten alle in furchtbarer Resignation ihr Schicksal ab.

Der Major und sein Grenadier, der alte General und seine Frau verharrten wenige Schritte von der Stelle entfernt, wo die Brücke gewesen war. Alle vier standen sie schweigend da, mit trocknen Augen, umringt von einer Leichenmasse. Ein paar noch ungeschwächte Soldaten, einige Offiziere, denen die Umstände ihre ganze Energie zurückgaben, scharten sich um sie. Die Gruppe umfaßte etwa fünfzig Menschen. In einer Entfernung von zweihundert Schritten gewahrte der Major die Trümmer der für die Fahrzeuge erbauten Brücke, die am vorigen Tage zusammengebrochen war.

»Wir wollen ein Floß bauen!« rief er.

Kaum war dies Wort gefallen, als auch schon die ganze Gruppe auf die Trümmer zueilte. Eine Menschenschar begann eiserne Klammern zusammenzuraffen, nach Brettern zu suchen, nach Stricken, kurz, nach allen für den Bau eines Floßes erforderlichen Materialien. Ungefähr zwanzig Soldaten und bewaffnete Offiziere bildeten eine Schutzwehr, die der Major befehligte und die die Arbeitenden verteidigen sollte gegen verzweifelte Angriffe, die etwa die Masse unternehmen konnte, wenn sie die Absicht erriet. Das Gefühl der Freiheit, das die Gefangenen belebt und sie Wunder verrichten läßt, ist nicht mit dem Gefühl zu vergleichen, das in diesem Augenblick die unglücklichen Franzosen zum Handeln trieb.

»Die Russen kommen! Die Russen kommen!« riefen die Verteidiger den Arbeitenden zu.

Und das Holz gab schrille Laute von sich, die Schwimmfläche wuchs in Breite, Höhe, Tiefe. Generale, Oberste, Soldaten, alle bogen sich unter der Last der Räder, der Eisen, Stricke, der Bretter; es war wahrhaftig ein Bild vom Bau der Arche Noah. Die junge Gräfin, die neben ihrem Gatten saß, sah dem Schauspiel zu und bedauerte, daß sie in keiner Weise bei der Arbeit helfen konnte; und dennoch half sie, Knoten zu schlingen, um die Vertauung fester zu machen. Endlich war das Floß fertig. Vierzig Mann ließen es ins Wasser gleiten, während etwa zehn Soldaten die Stricke faßten, die dazu dienen sollten, es an der Böschung festzuhalten. Kaum sahen die Erbauer ihr Wasserfahrzeug auf der Beresina schwimmen, so stürzten sie in entsetzlicher Selbstsucht vom Ufer her darauf. Der Major, der die Wut dieses ersten Ansturms fürchtete, hielt Stéphanie und den General an der Hand; aber er zitterte, als er das Floß schwarz von Menschen sah, die sich darauf drängten wie die Zuschauer im Parterre eines Theaters.

»Ihr Barbaren!« rief er. »Ich habe euch den Gedanken an das Floß eingegeben, ich bin euer Retter, und ihr verweigert mir einen Platz?«

Ein wirres Murren war die Antwort. Die Leute, die am Rande des Floßes standen und mit Stangen versehen waren, mit denen sie vom Ufer abstießen, schoben das Floß hinaus, um es durch die Eisschollen und Leichen hinüber zum andern Ufer zu staken.

»Hölle und Teufel! Ich jage euch ins Wasser, wenn ihr den Major und seine beiden Gefährten nicht mitnehmt«, rief der Grenadier, zog den Säbel und verhinderte die Abfahrt, indem er trotz furchtbarer Schreie die Reihen zusammendrängte.

»Ich falle! ... Ich falle!« riefen seine Genossen. »Los! Weiter!«

Der Major blickte mit trockenem Auge auf seine Geliebte, die in einer Regung nobler Schicksalsergebenheit die Blicke gen Himmel hob.

»Mit dir gemeinsam sterben!« sagte sie.

Im Verhalten der Leute auf dem Floß lag etwas Komisches.

Obgleich sie ein fürchterliches Gebrüll ausstießen, wagte niemand, sich dem Grenadier zu widersetzen, denn sie standen so zusammengepfercht, daß es genügt hätte, einem einzigen einen Stoß zu versetzen, um alle umzuwerfen. In dieser Gefahr versuchte ein Hauptmann, sich des Soldaten zu entledigen; der aber bemerkte die feindliche Bewegung des Offiziers, packte ihn und stürzte ihn ins Wasser, wobei er rief: »Aha, du Ente! Saufen willst du? Weg mit dir! Jetzt haben wir zwei Plätze! Kommen Sie! Herr Major, werfen Sie uns Ihre kleine Frau hinüber, und kommen Sie! Lassen Sie den alten Knasterbart liegen, der verreckt ja morgen doch!«

»Rasch, rasch!« rief eine Stimme, die aus hundert Kehlen kam.

»Los, Herr Major! Sie schimpfen die andern, und sie haben recht!«

Der Graf de Vandières entledigte sich seiner Lumpen und stand in seiner Generalsuniform da.

»Wir müssen den Grafen retten!« sagte Philippe.

Stéphanie drückte dem Freund die Hand, warf sich ihm an die Brust und umschlang ihn in einer grauenerweckenden Umarmung. »Leb wohl!« sagte sie.

Sie hatten einander verstanden. Der Graf de Vandières fand seine Kräfte und seine Geistesgegenwart wieder, als es galt, auf das Floß zu springen; Stéphanie folgte ihm nach einem letzten Blick auf Philippe.

»Herr Major, wollen Sie meinen Platz? Ich mache mir nichts aus dem Leben«, rief der Grenadier; »ich habe weder Frau noch Kind noch Mutter ...«

»Ich vertraue sie dir an«, rief der Major und deutete auf den Grafen und seine Frau.

»Keine Sorge, ich will sie behüten, wie meinen Augapfel.«

Das Floß wurde mit solcher Gewalt auf das gegenüberliegende Ufer zugestoßen, daß bei der Erschütterung, mit der es ans Land stieß, alles wankte. Der Graf, der ganz am Rande stand, stürzte ins Wasser. In dem Augenblick, da er hineinfiel, schnitt ihm eine Eisscholle den Kopf ab und schleuderte ihn weg wie eine Kanonenkugel. »He, Herr Major!« schrie der Grenadier dem zurückgebliebenen Philippe zu. »Leb wohl!« rief eine Frauenstimme.

Philippe de Sucy brach zusammen, erstarrt vor Grauen, überwältigt von der Kälte, dem Schmerz und der Ermattung.

»Meine arme Nichte war irrsinnig geworden«, fügte der Arzt nach einer Weile des Schweigens hinzu. »Ach!« fuhr er fort und ergriff Monsieur d'Albons Hand. »Wie grauenhaft ist das Leben für die kleine Frau geworden, die so jung war und so zart! Nachdem sie, und das war ein unerhörtes Unglück, von jenem Gardegrenadier, einem gewissen Fleuriot, getrennt worden war, wurde sie zwei Jahre lang hinter der Armee hergeschleppt, als ein Spielzeug für einen Haufen von Schurken. Sie ging, wie mir gesagt worden ist, barfuß und schlecht gekleidet, und ganze Monate lang blieb sie ohne Pflege und ordentliche Ernährung; bald wurde sie in Krankenhäusern aufgenommen, bald wie ein Hund davongejagt. Gott allein kennt all das Unglück, das die Unselige dennoch überlebt hat. Sie lebte, mit andern Irren zusammen eingesperrt, in einer kleinen Stadt Deutschlands, während ihre Verwandten, die sie tot glaubten, sich hier ihre Erbschaft teilten. 1816 erkannte der Grenadier Fleuriot sie in einer Herberge in Straßburg; sie war in diese Stadt gelangt, nachdem sie aus ihrem Gefängnis entwichen war. Ein paar Bauern erzählten dem Grenadier, die Gräfin habe einen vollen Monat hindurch in einem Walde zugebracht; sie hatten eine Treibjagd veranstaltet, um sich ihrer zu bemächtigen, ohne daß es ihnen zunächst gelungen wäre. Ich weilte damals wenige Meilen von Straßburg entfernt. Als ich von einem wilden Mädchen erzählen hörte, kam mich das Verlangen an, mich mit diesem ungewöhnlichen Tatbestand zu befassen, der soviel Anlaß zu lächerlichen Märchen gab. Wie war mir, als ich die Gräfin erkannte! Fleuriot erzählte mir, was er von dieser jämmerlichen Geschichte wußte. Ich nahm den armen Kerl und meine Nichte mit in die Auvergne, wo er leider gestorben ist. Er hatte ein wenig Gewalt über Madame de Vandières. Er allein konnte es bei ihr durchsetzen, daß sie sich anzog. ›Leb wohl!‹ – das ist das einzige, was sie spricht; früher sagte sie es selten. Fleuriot hat versucht, ein paar Gedanken in ihr zu erwecken; aber es ist ihm fehlgeschlagen und er hat nichts erreicht, als daß sie dieses traurige Wort etwas häufiger aussprach. Der Grenadier verstand es, sie abzulenken und zu beschäftigen, indem er mit ihr spielte, und durch ihn hoffte ich . . . aber . . .«

Stéphanies Onkel verstummte eine Weile. »Hier«, fuhr er fort, »hat sie ein zweites Wesen gefunden, mit dem sie sich zu verstehen scheint. Es ist eine schwachsinnige Bäuerin, die trotz ihrer Häßlichkeit und Beschränktheit einen Maurer geliebt hat. Dieser Maurer wollte sie heiraten, weil sie ein paar Äcker besitzt. Die arme Geneviève war ein Jahr hindurch das glücklichste Geschöpf der Welt, sie putzte sich und ging sonntags mit Dallot zum Tanz; sie verstand sich auf die Liebe; es gab in ihrem Herzen und in ihrem Geist noch Raum für eine Empfindung. Aber Dallot hat sich die Sache anders überlegt; er hat ein junges Mädchen gefunden, das bei vollem Verstande ist und zwei Äcker mehr besitzt als Geneviève. Dallot ließ sie also sitzen. Das arme Geschöpf verlor das bißchen Verstand, das die Liebe in ihr entwickelt hatte, und sie kann jetzt nur noch Kühe hüten und Gras mähen. Meine Nichte und dies arme Mädchen sind gewissermaßen verbunden durch die unsichtbare Kette ihres gemeinsamen Schicksals und durch das Gefühl, das die Ursache ihres Wahnsinns ist. Da, sehen Sie!« sagte Stéphanies Onkel und ließ den Marquis d'Albon ans Fenster treten.

Wirklich sah der Beamte die hübsche Gräfin zwischen Genevièves Knien sitzen. Die Bäuerin, die einen übergroßen, beinernen Kamm in der Hand hielt, verwandte ihre ganze Aufmerksamkeit darauf, Stéphanie, die alles geschehen ließ und erstickte Schreie ausstieß, die auf ein instinktiv empfundenes Lustgefühl deuteten, das lange, schwarze Haar zu entwirren. Es durchschauerte Monsieur d'Albon, als er die Hingegebenheit des Körpers und das tierische Sichgehenlassen der Gräfin gewahrte; es sprach daraus ein völliges Fehlen des Geistes.

»Philippe! Philippe!« rief er aus. »Das vergangene Unglück ist noch nicht das schlimmste. – Bleibt denn keinerlei Hoffnung?« fragte er.

Der bejahrte Arzt hob die Augen gen Himmel.

»Leben Sie wohl«, sagte d'Albon und drückte dem alten Mann die Hand. »Mein Freund wartet auf mich; er wird Sie bald aufsuchen.«

»Sie ist es also tatsächlich?« rief Sucy, als er die ersten Worte des Marquis vernommen hatte. »Ach, ich hatte noch daran gezweifelt!« fügte er hinzu, während seinen schwarzen Augen, deren Ausdruck für gewöhnlich streng war, ein paar Tränen entrollten.

»Ja, es ist die Gräfin de Vandières«, erwiderte der Beamte. Der Oberst sprang auf und begann sich in aller Hast anzuziehen.

»Aber Philippe«, fragte sein Freund erstaunt, »wirst du etwa wahnsinnig?«

»Mir fehlt nichts mehr«, erwiderte der Oberst schlicht. »Diese Nachricht hat all meine Schmerzen beschwichtigt; und wie könnte von Leiden noch die Rede sein, wenn ich an Stéphanie denke? Ich will nach Bons-Hommes, will sie sehen, mit ihr sprechen, sie heilen. Sie ist frei: Jetzt soll uns das Glück noch einmal lächeln, oder es gäbe keine Vorsehung. Glaubst du denn, daß diese arme Frau meine Stimme hören könnte, ohne den Verstand zurückzugewinnen?«

»Sie hat dich doch schon gesehen, ohne dich zu erkennen«, erwiderte der Beamte ruhig; da er die überspannte Hoffnung seines Freundes wahrnahm, suchte er ihm heilsame Zweifel einzuflößen. Der Oberst fuhr zusammen, aber er lächelte und machte eine ungläubige Geste. Niemand wagte, sich dem Vorhaben des Obersten zu widersetzen. Wenige Stunden danach war er bei dem Arzt und der Gräfin de Vandières in der alten Abtei.

»Wo ist sie?« rief er bei seiner Ankunft.

»Leise!« erwiderte Stéphanies Onkel. »Sie schläft. Sehen Sie, dort ist sie.«

Philippe sah die arme Geisteskranke in der Sonne auf einer Bank kauern. Ihr Kopf war gegen die glühende Luft geschützt durch den wirren Haarschwall über ihrem Gesicht; ihre Arme hingen anmutig bis zur Erde hinab; ihr Körper lag in reizvoller Haltung da, ähnlich der eines Rehs; die Beine hatte sie unverkrampft unter sich zusammengezogen; ihre Brust hob sich in gleichen Intervallen; ihre Gesichtshaut wies jene Porzellanweiße auf, die wir im durchscheinenden Teint der Kinder so sehr bewundern. Geneviève saß reglos neben ihr und hielt in der Hand einen Zweig, den Stéphanie wohl im höchsten Wipfel einer Pappel abgebrochen hatte; die Schwachsinnige bewegte das Blattwerk leise über ihrer schlafenden Gefährtin hin und her, um die Fliegen zu verjagen und die Luft aufzufrischen. Die Bäuerin sah Monsieur Fanjat und den Oberst an. Dann wandte sie wie ein Tier, das seinen Herrn erkannt hat, den Kopf langsam wieder der Gräfin zu und überwachte sie, ohne das geringste Zeichen des Staunens oder des Verständnisses zu bekunden. Die Luft war brennend heiß; die Steinbank schien zu funkeln, und die Wiese sandte einen ungewissen, wie Goldstaub über dem Gras tanzenden, wabernden Dunst zum Himmel empor. Aber Geneviève schien diese verzehrende Hitze nicht zu spüren. Der Oberst drückte die Hände des Arztes heftig in den seinen. Dem Offizier liefen die Tränen, die seinen Augen entrannen, die männlichen Wangen herab und fielen zu Stéphanies Füßen ins Gras.

»Seit zwei Jahren«, sagte der Onkel, »bricht mir tagtäglich das Herz. Bald wird es Ihnen gehen wie mir. Wenn Sie dann auch nicht mehr weinen, so werden Sie Ihren Schmerz dennoch spüren.«

»Sie haben sich ihrer angenommen!« sagte der Oberst, dessen Augen ebensoviel Dankbarkeit wie Eifersucht ausdrückten.

Die beiden Männer verstanden einander; und indem sie sich nochmals kräftig die Hände drückten, blieben sie stehen, versunken in die Betrachtung der wundervollen Ruhe, die der Schlummer über jenes reizende Geschöpf ausgoß. Von Zeit zu Zeit ließ Stéphanie einen Seufzer vernehmen; und bei diesen Seufzern, die alle Anzeichen sinnlichen Gefühls trugen, durchschauerte den unglücklichen Obersten ein Wohlgefühl.

»Ach«, sagte Monsieur Fanjat leise, »täuschen Sie sich nicht, Herr Oberst, Sie sehen sie in diesem Augenblick in dem, was bei ihr volle Vernunft ist.«

Alle jene, die ganze Stunden lang voller Entzücken dagestanden und ein zärtlich geliebtes Wesen, dessen Augen ihnen beim Erwachen zulächeln mußten, im Schlaf betrachtet haben, werden ohne Zweifel die süße, furchtbare Empfindung verstehen, die den Oberst bewegte. Für ihn war dieser Schlummer eine Illusion; das Erwachen mußte ein Tod sein, und zwar der grauenhafteste Tod. Plötzlich lief eine junge Ziege in ein paar Sätzen auf die Bank zu und beschnupperte Stéphanie, die von dem Geräusch erwachte. Sie sprang leicht auf die Füße, ohne das launische Tier durch diese Bewegung zu erschrecken. Doch als sie Philippe sah, floh sie mit ihrer vierfüßigen Gefährtin bis zu einer Holunderhecke, dann stieß sie jenen leisen Schrei eines erschreckten Vogels aus, den der Oberst schon vom Gitter aus vernommen hatte, wo die Gräfin zum erstenmal vor Monsieur d'Albon erschienen war. Schließlich kletterte sie auf einen Bohnenbaum, setzte sich in die grüne Krone und begann den »Fremden« mit der Aufmerksamkeit der neugierigsten aller Nachtigallen des Waldes zu betrachten.

»Leb wohl, leb wohl, leb wohl!« sagte sie, ohne daß die Seele diesem Wort den geringsten Gefühlston geliehen hätte. Es war die Unbeteiligtheit eines Vogels, der seine Weise flötete.

»Sie erkennt mich nicht!« rief der Oberst verzweifelt. »Stéphanie, ich bin Philippe, dein Philippe! ... Philippe!« Und der arme Offizier ging auf den Bohnenbaum zu; doch als er sich ihm bis auf drei Schritte genähert hatte, blickte die Gräfin ihn an, als wolle sie ihn herausfordern, wiewohl ihr Auge flüchtig einen Ausdruck von Furchtsamkeit zeigte; dann sprang sie mit einem einzigen Satz aus dem Bohnenbaum in eine Akazie, und von dort in eine nordische Fichte, in der sie sich mit unerhörter Leichtigkeit von Ast zu Ast schwang.

»Klettern Sie ihr nicht nach«, sagte Monsieur Fanjat zu dem Oberst. »Sie würden dadurch eine Abneigung zwischen sich und ihr hervorrufen, die vielleicht unüberwindlich wäre. Ich will Ihnen helfen, sich ihr bekannt zu machen und sie zu zähmen. Setzen Sie sich mit mir auf die Bank dort. Wenn Sie die arme Irre nicht mehr beachten, werden Sie bald sehen, daß sie sich unmerklich nähert, um Sie zu mustern.«

»Sie! Und mich nicht erkennen! Und mich fliehen!« wiederholte der Oberst und lehnte den Rücken gegen einen Baum, dessen Laub eine Gartenbank beschattete. Der Kopf sank ihm auf die Brust. Der Doktor bewahrte Schweigen. Bald danach stieg die Gräfin leise aus ihrer Fichte herab, sie flatterte dabei wie ein Irrlicht und paßte sich bisweilen den Wellenbewegungen an, die der Wind den Bäumen mitteilte. Auf jedem Ast machte sie Halt, um nach dem Fremden hinzuspähen; aber als sie sah, daß er sich nicht bewegte, sprang sie schließlich ins Gras hinab, richtete sich auf und ging langsam über die Wiese auf ihn zu. Als sie sich an einen Baum lehnte, der etwa zehn Fuß von der Bank entfernt stand, sagte Monsieur Fanjat leise zum Oberst: »Nehmen Sie behutsam ein paar Stücke Zucker aus meiner Tasche und zeigen Sie sie ihr, dann wird sie kommen; ich verzichte gern zu Ihren Gunsten auf die Freude, ihr etwas zum Naschen zu geben. Durch den Zucker, den sie leidenschaftlich liebt, werden Sie sie daran gewöhnen, sich Ihnen zu nahen und Sie dann zu erkennen.«

»Seit sie erwachsen war«, erwiderte Philippe traurig, »machte sie sich nichts mehr aus Süßigkeiten.«

Als der Oberst das Stück Zucker, das er zwischen Daumen und Zeigefinger der rechten Hand hielt, Stéphanie entgegenstreckte, stieß sie von neuem ihren wilden Schrei aus und eilte auf Philippe zu; dann blieb sie stehen, im Bann der instinktiven Furcht, die er ihr einflößte. Bald sah sie den Zucker an, bald wandte sie den Kopf wieder ab, wie jene unglückseligen Hunde, denen ihre Herren verbieten, etwas Eßbares zu berühren, bevor man die letzten Buchstaben des Alphabets, das man langsam aufgesagt, ausgesprochen hat. Schließlich triumphierte die animalische Leidenschaft über die Furcht: Stéphanie stürzte auf Philippe zu, streckte ängstlich die schöne, braune Hand aus, um ihre Beute zu fassen, berührte die Finger des Geliebten, ergriff den Zucker und verschwand im Unterholz des Waldes. Diese schauerliche Szene nahm dem Obersten vollends den Mut, so daß er in Tränen ausbrach und ins Wohnzimmer hastete.

»Brächte die Liebe weniger Kraft auf als die Freundschaft?« fragte Monsieur Fanjat. »Ich habe Hoffnung, Herr Baron. Meine Nichte war schon in einem weit jämmerlicheren Zustand, als der, in dem Sie sie jetzt sehen.«

»Kann das sein?« rief Philippe.

»Sie lief immer nackt herum«, erwiderte der Arzt. Der Oberst machte eine Gebärde des Grauens und erbleichte. Der Doktor glaubte in diesem Erbleichen ein paar ernsthafte Symptome wahrzunehmen; er fühlte ihm den Puls und erkannte, daß Philippe von einem heftigen Fieber befallen war. Es gelang ihm durch ernstliche Bitten, ihn ins Bett zu bringen; und er verabreichte ihm eine leichte Dosis Opium, um ihm einen ruhigen Schlaf zu verschaffen.

Etwa acht Tage verstrichen; der Baron de Sucy hatte währenddessen oft mit Todesängsten ringen müssen; bald hatten denn auch seine Augen keine Tränen mehr. Sein oft hart mitgenommenes Innere konnte sich nicht an den Anblick gewöhnen, den der Irrsinn der Gräfin ihm darbot; aber er schloß sozusagen mit dieser grausamen Situation einen Vergleich und fand in seinem Schmerz Trost. Sein Heroismus kannte keine Grenzen. Er brachte den Mut auf, Stéphanie zu zähmen, indem er ihr Leckereien aussuchte; er reichte ihr diese Nahrung so behutsam, er lernte die bescheidenen Eroberungen, die er im Instinkt seiner Geliebten, diesem letzten Fetzen ihres Intellekts, machen wollte, so gut abzustufen, daß es ihm gelang, sie zutraulicher zu machen, als sie es je gewesen war. Jeden Morgen ging der Oberst in den Park hinunter; und wenn er die Gräfin lange gesucht hatte und nicht herausbekommen konnte, auf welchem Baum sie sich wiegte, noch in welchem Winkel sie sich hingekauert hatte, um mit einem Vogel zu spielen, oder auf welchem Dach sie hockte, dann pfiff er die bekannte Melodie »Portant pour la Syrie«, an die sich die Erinnerung einer Szene ihrer Liebe knüpfte; auf der Stelle kam sie dann behend wie ein junges Reh herbeigelaufen. Sie hatte sich so sehr daran gewöhnt, den Oberst bei sich zu sehen, daß sie nicht mehr vor ihm erschrak; bald pflegte sie sich ihm aufs Knie zu setzen und ihren mageren, flinken Arm um ihn zu schlingen. In dieser allen Liebenden so teuren Haltung gab Philippe der leckermäuligen Gräfin langsam ein paar Süßigkeiten. Wenn sie sie alle verzehrt hatte, so geschah es oft, daß sie die Taschen ihres Freundes durchsuchte, und zwar mit Gesten, die die mechanische Geschwindigkeit der Bewegungen eines Affen hatten. Sobald sie ganz sicher war, daß er nichts mehr hatte, sah sie Philippe gedankenleer und ohne ihn zu erkennen, mit klaren Augen an; alsdann spielte sie mit ihm, sie versuchte, ihm die Stiefel auszuziehen, weil sie seinen Fuß sehen wollte, sie zerriß seine Handschuhe und setzte sich seinen Hut auf. Aber sie duldete es, daß er ihr mit der Hand durchs Haar strich, sie erlaubte ihm, sie in die Arme zu nehmen, und seine glühenden Küsse ließ sie ohne Lustempfindung über sich ergehen; schließlich sah sie ihn schweigend an, wenn er Tränen vergoß; zwar verstand sie die gepfiffene Melodie »Portant pour la Syrie«; aber es gelang ihm nicht, sie dahin zu bringen, daß sie ihren eigenen Namen Stéphanie aussprach. Philippe wurde in seinem grauenvollen Unterfangen aufrechterhalten durch eine Hoffnung, die ihn nie verließ. Wenn er die Gräfin an einem schönen Herbstmorgen friedlich unter einer vergilbten Pappel auf einer Bank sitzen sah, legte der arme Liebende sich ihr zu Füßen nieder und blickte ihr so lange in die Augen, wie sie es dulden wollte; denn immer hoffte er, das ihnen entschlüpfende Aufleuchten werde wieder von Verstehen zeugen. Bisweilen gab er sich Illusionen hin: Er glaubte bemerkt zu haben, daß in den harten, starren Blicken etwas Neues vibrierte, daß sie weich und lebendig würden, und er rief: »Stéphanie, Stéphanie! Du hörst mich, du siehst mich!« Aber sie lauschte auf den Klang dieser Stimme wie auf ein Geräusch, wie auf das Sausen des Windes, der die Bäume bewegte, wie auf das Brüllen der Kuh, auf die sie kletterte; und der Oberst rang die Hände in Verzweiflung, in immer neuer Verzweiflung. Die Zeit und seine vergeblichen Versuche steigerten seinen Schmerz nur noch. Eines Abends, unter ruhigem Himmel, mitten im Schweigen und Frieden dieses ländlichen Zufluchtsortes sah der Arzt von weitem den Baron damit beschäftigt, eine Pistole zu laden. Der alte Mediziner durchschaute, daß Philippe keine Hoffnung mehr habe; er fühlte, wie ihm alles Blut zum Herzen strömte, und wenn er dem Schwindel widerstand, der sich seiner bemächtigen wollte, so nur, weil er seine Nichte lieber als Irre am Leben sehen wollte denn tot. Er eilte hin.

»Was machen Sie da?« fragte er.

»Die da ist für mich!« erwiderte der Oberst und deutete auf eine auf der Bank liegende geladene Pistole, »und die hier für sie!« fügte er hinzu, indem er den Ladestock in die Waffe hineinstieß, die er in der Hand hielt.

Die Gräfin lag am Boden und spielte mit den Kugeln.

»Dann wissen Sie also nicht«, erwiderte der Arzt mit einer Kälte, hinter der er sein Entsetzen verbarg, »daß sie heute nacht im Schlaf ›Philippe‹ gesagt hat?«

»Sie hat meinen Namen gesagt!« rief der Baron und ließ die Pistole fallen, die Stéphanie sofort an sich raffte; er aber riß sie ihr aus der Hand, ergriff auch die, die auf der Bank lag, und lief davon.

»Arme Kleine!« rief der Arzt, glücklich über den Erfolg, den sein Trug gehabt hatte. Er zog die Irre an seine Brust und sagte: »Er hätte dich umgebracht, der Egoist! Er will dir das Leben nehmen, weil er leidet. Er versteht es nicht, dich um deiner selbst willen zu lieben, mein Kind! Wir wollen ihm verzeihen, nicht wahr? Er ist von Sinnen, und du bist nur irrsinnig. Komm, Gott allein soll dich zu sich rufen. Wir halten dich für unglücklich, weil du an unserem Elend keinen Anteil mehr nimmst, wir Toren! Aber«, sagte er und zog sie auf seine Knie, »Du bist glücklich, nichts quält dich; du lebst wie der Vogel, wie das Wild...«

Sie stürzte sich auf eine junge Amsel, die umherhüpfte, stieß einen Freudenschrei aus, als sie sie fing, erwürgte sie, sah die kleine Leiche an und warf sie unter einen Baum; sie hatte sie schon vergessen.

Am folgenden Tage kam der Oberst, sobald es dämmerte, in den Garten und suchte Stéphanie; er glaubte an sein Glück; da er sie nicht fand, pfiff er. Als seine Geliebte gekommen war, nahm er sie beim Arm; zum erstenmal gingen sie nebeneinander her und traten unter eine Gruppe gilbender Bäume, deren Blätter im Morgenwind herabsanken. Der Oberst setzte sich, und sie setzte sich ihm ohne sein Zutun auf den Schoß. Philippe zitterte vor Freude. »Mein Geliebtes«, sagte er und küßte der Gräfin glühend die Hände, »ich bin doch Philippe!« Neugierig sah sie ihn an. »Komm«, sprach er weiter und drückte sie an sich, »fühlst du mein Herz pochen? Es hat immer nur für dich geschlagen. Ich liebe dich nach wie vor. Philippe ist nicht tot, er ist hier, du sitzt auf seinem Knie. Du bist meine Stéphanie, ich bin dein Philippe!«

»Leb wohl«, sagte sie, »leb wohl.«

Den Obersten durchschauerte es. Er glaubte zu spüren, daß seine Glut sich der Geliebten mitteilte; sein durchdringender Schrei, den die Hoffnung ihm entpreßte, die letzte Anstrengung einer unvergänglichen Liebe, einer wahnwitzigen Leidenschaft, mußte die Vernunft der Freundin wecken.

»Ah, Stéphanie, wir werden noch einmal glücklich!«

Ihrem Munde entschlüpfte ein Laut der Befriedigung, und in ihren Augen blitzte es wie vages Verständnis auf.

»Sie erkennt mich! Stéphanie!« Der Oberst fühlte sein Herz

schwellen, seine Wimpern feucht werden. Aber da sah er, wie die Gräfin ihm ein Stückchen Zucker zeigte, das sie gefunden hatte, als sie seine Taschen durchsuchte, während er sprach. Er hatte also jene Stufe der Vernunft, wie sie die Bosheit der Affen als Voraussetzung hat, für einen menschlichen Gedanken gehalten. Philippe verlor das Bewußtsein. Monsieur Fanjat fand die Gräfin auf dem Körper des Obersts sitzen. Sie knabberte an ihrem Stück Zucker herum und gab ihre Freude durch kleine Ziererereien zu erkennen, die man bewundert hätte, wenn sie bei voller Vernunft im Scherz ihren Papageien oder ihr Kätzchen hätte nachahmen wollen.

»Ach, lieber Freund«, sagte Philippe, als er wieder zu sich kam, »ich sterbe tagtäglich, in jedem Augenblick! Ich liebe allzu sehr! Ich würde alles ertragen, wenn sie in ihrem Irrsinn ein wenig Weiblichkeit bewahrt hätte. Aber sie immer zu sehen wie eine Wilde und sogar der Scham bar; sie zu sehen . . .«

»Sie brauchten also einen Opernwahnsinn«, sagte der Doktor bitter. »Die Aufopferung Ihrer Liebe ist also Vorurteilen unterworfen? Nun, Herr Oberst, ich habe um Ihretwillen dem traurigen Glück entsagt, meine Nichte zu füttern; ich habe Ihnen die Freude abgetreten, mit ihr zu spielen; mir habe ich nur die lästigsten Aufgaben vorbehalten. Während Sie schlafen, wache ich bei ihr; ich . . . Gehen Sie, Herr Oberst, überlassen Sie sie sich selber. Verlassen Sie diese traurige Einsiedelei. Ich verstehe mich darauf, mit diesem lieben kleinen Geschöpf zu leben; ich verstehe ihren Wahnsinn, ich verfolge ihre Gesten, ich bin eingeweiht in ihre Geheimnisse. Eines Tages werden Sie mir dafür danken.«

Der Oberst verließ Les Bons-Hommes, um nur noch einmal dorthin zurückzukehren. Der Doktor war entsetzt über die Wirkung, die er bei seinem Gast hervorgerufen hatte; er begann ihn ebenso gern zu haben wie seine Nichte. Wenn von den beiden Liebenden einer zu bemitleiden war, so war es sicherlich Philippe: Trug nicht er ganz allein die Bürde eines furchtbaren Leids? Der Arzt ließ Erkundigungen über den Oberst einziehen und erfuhr, daß der Unglückliche sich auf ein ihm gehöriges Landgut bei Saint-Germain zurückgezogen habe. Der Baron hatte aufgrund eines Traums einen Plan entworfen, wie er der Gräfin die

Vernunft zurückgeben wollte. Ohne Wissen des Doktors verwandte er den Rest des Herbstes auf die Vorbereitungen zu diesem ungeheuerlichen Unternehmen. Durch seinen Park floß ein kleiner Bach und überschwemmte im Winter ein Sumpfgelände, das dem am rechten Ufer der Beresina glich. Das auf einem Hügel gelegene Dorf Chatou rahmte diese Schreckensszenerie etwa ein, wie Studzianka die Ebene der Beresina abgeschlossen hatte. Der Oberst stellte Arbeiter an und ließ einen Kanal ausheben, der den räuberischen Fluß darstellen sollte, an dem das Kostbarste untergegangen war, was Frankreich besaß, Napoleon und seine Armee. Es gelang Philippe, dem seine Erinnerungen zu Hilfe kamen, in seinem Park ein Abbild des Ufers zu schaffen, an dem General Eblé seine Brücken erbaut hatte. Er errichtete Gerüste und brannte sie ab, so daß sie den geschwärzten, halb verkohlten Planken glichen, die auf beiden Seiten des Flusses den Nachzüglern Kunde davon gegeben hatten, daß ihnen der Weg nach Frankreich versperrt sei. Der Oberst ließ Trümmer herbeischaffen, ähnlich denen, deren sich seine Unglücksgenossen beim Bau des Floßes bedient hatten. Um die Täuschung, auf die er seine letzte Hoffnung setzte, vollkommen zu machen, verwüstete er seinen Park. Er bestellte zerfetzte Uniformen und Kostüme, um ein paar hundert Bauern damit zu bekleiden. Er errichtete Hütten, Zelte und Batteriestellungen und steckte alles in Brand. Kurzum, er vergaß nichts von alledem, was die grauenhafteste aller Szenerien wiedererstehen lassen konnte; und er erreichte sein Ziel. In den ersten Dezembertagen, als der Schnee die Erde mit einem dicken weißen Mantel bedeckt hatte, glaubte er die Beresina vor sich zu sehen. Dieses falsche Rußland war von so erschreckender Echtheit, daß mehrere seiner Waffengefährten den Schauplatz ihres einstigen Elends wiedererkannten. Monsieur de Sucy hütete das Geheimnis dieser tragischen Bühne, von der um diese Zeit in der Pariser Gesellschaft vielfach als von einer Narrheit gesprochen wurde.

Anfang Januar 1820 stieg der Oberst in einen Wagen, ähnlich dem, der Monsieur und Madame de Vandières von Moskau nach Studzianka gebracht hatte, und schlug die Richtung nach dem Walde von L'Isle-Adam ein. Die Pferde, die ihn zogen, glichen ebenfalls nahezu denen, die er unter Einsatz seines Lebens aus der russischen Kampflinie geholt hatte. Er selber trug dieselben schmutzigen und wunderlichen Kleider, die Waffen, die Kopfbedeckung wie am 29. November 1812. Er hatte sich sogar Bart und Haar wachsen lassen und sein Gesicht vernachlässigt, damit nichts an der schauerlichen Wirklichkeitstreue fehle.

»Ich habe mir gedacht, was Sie vorhaben«, rief Monsieur Fanjat, als er den Obersten aus dem Wagen steigen sah. »Wenn Sie wollen, daß Ihr Plan gelingt, dann zeigen Sie sich nicht in diesem Aufzug. Heute abend gebe ich meiner Nichte ein wenig Opium; während sie schläft, wollen wir sie anziehen, wie sie bei Studzianka gekleidet war, und dann legen wir sie in den Wagen. Ich folge Ihnen in einer Berline.«

Gegen zwei Uhr morgens wurde die junge Gräfin in den Wagen getragen, auf Kissen gelegt und in eine grobe Decke gehüllt. Ein paar Bauern leuchteten bei dieser sonderbaren Entführung. Plötzlich hallte ein gellender Schrei durch die Nachtstille. Philippe und der Arzt wandten sich um und erblickten Geneviève, die halbnackt aus dem niedern Zimmer herausgekommen war, in dem sie schlief.

»Leb wohl, leb wohl, es ist aus! Leb wohl!« rief sie unter heißen Tränen.

»Na, Geneviève, was hast du?« fragte Monsieur Fanjat.
Geneviève schüttelte mit einer Geste der Verzweiflung den Kopf, reckte den Arm zum Himmel empor, sah den Wagen an, stieß einen langen Grollaut aus, gab sichtliche Zeichen tiefen Schrekkens zu erkennen und kehrte wortlos ins Haus zurück.

»Ein gutes Vorzeichen«, rief der Oberst. »Dies Mädchen bedauert, daß es keine Gefährtin mehr hat. Sie sieht vielleicht visionär, daß Stéphanie die Vernunft wiedererlangen wird.«

»Gott gebe es!« erwiderte Monsieur Fanjat, dem dieser Zwischenfall Eindruck zu machen schien. Seit er sich mit dem Wahnsinn beschäftigt hatte, war er mehreren Beispielen des prophetischen Geistes und der Gabe des zweiten Gesichts begegnet, von denen gerade Geisteskranke einige Beweise geliefert haben und die sich nach den Berichten mehrerer Forschungsreisender bei wilden Stämmen finden.

Wie der Oberst es berechnet hatte, überquerte Stéphanie gegen neun Uhr morgens die nachgeahmte Beresina-Ebene; geweckt wurde sie durch einen Böllerschuß, der etwa hundert Schritt vor der Stelle, wo die Szene sich abspielte, gelöst wurde. Es war ein Signal. Tausend Bauern stießen ein furchtbares Geschrei aus, ähnlich dem Hurrah der Verzweiflung, das die Russen schrekken sollte, als sich zwanzigtausend Nachzügler durch eigene Schuld dem Tode oder der Sklaverei ausgeliefert sahen. Bei diesem Schuß und diesem Schrei sprang die Gräfin aus dem Wagen und lief in rasender Angst über die Schneefläche, auf der sie die verbrannten Zelte sah, und unten das unglückselige Floß, das in eine gefrorene Beresina hinabgelassen wurde. Dort stand der Major Philippe und schwang den Degen gegen die Menge. Madame de Vandières stieß einen Schrei aus, der alle Herzen erstarren ließ, und stellte sich vor den erzitternden Oberst hin. Sie sammelte sich und blickte dieses seltsame Bild zunächst vage an. Während eines blitzschnellen Augenblicks huschte jene des Verstandes bare Helle durch ihre Augen, die wir im glänzenden Auge der Vögel bewundern. Dann strich sie sich mit der lebhaften Geste eines, der nachdenkt, mit der Hand über die Stirn, betrachtete diese lebendige Erinnerung, dieses vergangene Leben, das ihr vorgeführt wurde, wandte den Kopf ruckhaft Philippe zu – und erkannte ihn! Ein grauenhaftes Schweigen herrschte in der Menge. Der Oberst keuchte und wagte nicht zu reden; der Doktor weinte. Stéphanies schönes Gesicht gewann ein wenig Farbe; von Tönung zu Tönung nahm sie schließlich wieder den Glanz eines in seiner Frische strahlenden jungen Mädchens an. Ein schönes Purpurrot überzog ihr Gesicht. Leben und Glück rückten, belebt von einer noch flackernden Intelligenz, wie ein Steppenbrand immer näher. Ein krampfhaftes Zittern durchrann sie von den Füßen bis zum Herzen. Dann fanden diese Erscheinungen, die in einem Augenblick hervorbrachen, ein gemeinsames Band: Stéphanies Augen sprühten einen himmlischen Strahl, eine lebendige Flamme aus. Sie lebte, sie dachte! Sie erschauderte – vielleicht vor Angst! Gott selber löste diese tote Zunge zum zweitenmal und goß von neuem sein Feuer in diese erloschene Seele. Der menschliche Wille kam mit seinen elektrischen Strömen und belebte den Körper, den er so lange verlassen hatte.

»Stéphanie!« rief der Oberst.

»Oh, das ist Philippe!« sagte die arme Gräfin.

Sie stürzte sich in die bebenden Arme, die ihr der Oberst entgegenbreitete, und die Umschlingung der beiden Liebenden hatte für die Zuschauer etwas Erschreckendes. Stéphanie brach in Tränen aus. Plötzlich versiegten die Tropfen, sie lag in Todeszukkungen, als habe der Blitz sie getroffen, und sagte mit schwacher Stimme: »Leb wohl, Philippe! Ich liebe dich, leb wohl!«

»Oh! Sie ist tot!« rief der Oberst und öffnete die Arme. Der alte Arzt fing den leblosen Körper seiner Nichte auf, nahm ihn wie ein junger Mann in die Arme, trug ihn davon und setzte sich mit ihm auf einen Holzstapel. Er sah die Gräfin an und legte ihr eine kraftlose, krampfhaft zitternde Hand aufs Herz. Das Herz schlug nicht mehr.

»Es ist also wahr?« fragte er, indem er abwechselnd den starr dastehenden Obersten und Stéphanies Gesicht ansah, das der Tod mit jener strahlenden Schönheit übergoß, der flüchtigen Aureole, dem Unterpfand vielleicht einer leuchtenden Zukunft.

»Ja, sie ist tot.«

»Ach, dies Lächeln!« rief Philippe. »Sehen Sie doch dies Lächeln! Kann es denn sein?«

»Sie ist schon kalt«, antwortete Monsieur Fanjat.

Monsieur de Sucy tat ein paar Schritte, um sich von diesem Anblick loszureißen; aber er hielt inne, pfiff die Melodie, auf die die Irre gehört hatte, und ging, als er seine Geliebte nicht herbeieilen sah, wie ein Trunkener mit schwankendem Schritt davon; er pfiff noch immer, aber er sah sich nicht mehr um.

Der General Philippe de Sucy galt in der Gesellschaft als ein sehr liebenswürdiger und vor allem sehr frohgemuter Mann. Vor ein paar Tagen machte ihm eine Dame ein Kompliment über seine gute Laune und die Ausgeglichenheit seines Wesens.

»Ach, Madame«, sagte er, »ich bezahle meine Späße teuer genug, wenn ich abends allein bin.«

»Sind Sie denn jemals allein?«

»Nein«, erwiderte er lächelnd.

Wenn ein kundiger Beobachter der menschlichen Natur in

diesem Augenblick Sucys Gesicht hätte sehen können, so hätte ihn zweifellos ein Schauder überronnen.

»Weshalb heiraten Sie eigentlich nicht?« fuhr jene Dame fort, die mehrere Töchter in einem Pensionat hatte. »Sie sind reich, Offizier von hohem Rang, aus altem Adel; Sie haben Talente, eine Zukunft, und alles lächelt Ihnen.«

»Ja«, erwiderte er, »aber es ist ein Lächeln, das mich tötet.«

Am folgenden Tage erfuhr die Dame zu ihrem Erstaunen, daß Monsieur de Sucy sich in der Nacht eine Kugel in den Kopf geschossen habe. Die große Welt unterhielt sich auf unterschiedliche Weise über dieses außerordentliche Ereignis, und jedermann suchte nach den Gründen. Je nach dem Geschmack des einzelnen Schwätzers wurden das Spiel, die Liebe, der Ehrgeiz und geheime Ausschweifungen als Erklärung für diese Katastrophe angeführt, die nur die Schlußszene eines 1812 begonnenen Dramas war. Einzig zwei Menschen, ein Justizbeamter und ein alter Arzt, wußten, daß der Graf de Sucy einer jener starken Menschen war, denen Gott die selige Kraft verleiht, jeden Tag als Sieger aus einem furchtbaren Kampf hervorzugehen, den sie einem unbekannten Ungeheuer liefern. Wenn Gott einen Augenblick die Hand von ihnen abzieht, so unterliegen sie.

Anmerkungen

Lebwohl

1 Jener Paragraph verurteilt den Mörder zum Tode.

2 James Fenimore Cooper (1789–1851), bedeutender amerikanischer Romanschriftsteller, Autor des ›Lederstrumpf‹-Zyklus.

3 Frz. etwa: »Ihr guten Leute!«

4 Orden der Minimen, dessen Stifter François de Paul von Ludwig XI. für gewöhnlich »Bonhomme« genannt wurde; daher wurden die dem Orden angehörenden Mönche im Volk als »Bons-Hommes« bezeichnet.

5 Claude-Victor Perrin, genannt Victor, Herzog von Belluno, Marschall von Frankreich (1766–1841), einer der Feldherrn Napoleons.

6 Anspielung auf den ersten Vers des dritten Gesangs von Dantes ›Göttlicher Komödie‹: »*Per me si va nella città dolente.* – Durch mich geht's ein zur Stadt der Traurigkeiten.«

7 Jean-Baptiste Eblé (1758–1812), der General, der am 27.–29. November 1812 den Übergang der französischen Großen Armee über die Beresina leitete und dabei den Tod fand.

8 Balzac hat nicht gewußt, daß es zwei Überlebende gab. (Vgl. die Anmerkung 31 zu Balzacs Roman ›Der Landarzt‹.)

9 Ein von dem Tänzer Trénis unter dem Kaiserreich erfundener Kontertanz, den er nach sich benannte. Er war aus der vierten Figur der alten Quadrille gebildet worden.

Biographische Notizen über die Romangestalten

Lebwohl

Die Hauptgestalten dieser Novelle treten in der ›Menschlichen Komödie‹ nicht wieder auf, wohl aber die Nebengestalten des Grafen und der Gräfin de Granville, die in verschiedenen Romanen und Novellen des Gesamtwerks eine mehr oder minder bedeutende Rolle spielen; so in ›Eine doppelte Familie‹, ›Eine dunkle Begebenheit‹, ›César Birotteau‹, ›Die Beamten‹, ›Honorine‹, ›Der Ehekontrakt‹, ›Glanz und Elend der Kurtisanen‹, ›Eine Evastochter‹ und ›Das Bankhaus Nucingen‹.

Die Marañas

Übertragung von Ernst Sander

Die Novelle ›Die Marañas‹ entstand, nach Balzacs Angabe, im November 1832 in Paris. Der Erstabdruck erfolgte in der ›Revue de Paris‹ am 23. Dezember 1832 und am 13. Januar 1833. Der erste Teil war in zwei Kapitel unterteilt: ›Exposition‹ und ›Action‹, ›Einleitung‹ und ›Handlung‹; der zweite Teil war betitelt: ›Histoire de Madame Diard‹, ›Geschichte der Madame Diard‹. Er trug als Motto ein Zitat aus ›Louis Lambert‹: »Er war eine lebende, sublime Elegie, stets schweigsam und in sich gekehrt; stets litt er, ohne sagen zu können: ›Ich leide!‹«

Die erste Buchausgabe erschien 1834 als zweiter Band der Erstausgabe der ›Szenen aus dem Pariser Leben‹. Ohne die Einteilung in Kapitel wurde die Novelle 1846 in die ›Philosophischen Studien‹ der ›Menschlichen Komödie‹ aufgenommen; diese Ausgabe enthielt erstmals die Widmung an die Gräfin Merlin, geborene Maria de Las Mercedes, die, betreut von einer schwarzen Sklavin, ihre Jugend in Havanna verbracht hatte, nach Spanien zurückkehrte und dort 1811 einen Husarenoberst, einen Freund des Königs Joseph, heiratete. Seit 1830 unterhielt sie einen der glänzendsten Pariser Salons, in dem Balzac häufig verkehrte; im Februar 1845 verlor er dort einen ›Landsknecht‹ – zehn Louis. Die Gräfin wohnte 1842 der verunglückten Aufführung von Balzacs Schauspiel ›Querida‹ bei. Sie hat zwei Bände Lebenserinnerungen hinterlassen. Ihre kreolische Schönheit hat Balzac in der Gestalt der Madame Schontz im Roman ›Béatrix‹ gefeiert.

Trotz der Zucht, die der Marschall Suchet[1] in seinem Armeekorps eingeführt hatte, war er außerstande, bei der Eroberung von Tarragona[2] einen ersten Augenblick des Tumults und der Unordnung zu verhindern. Wie einige glaubwürdige Offiziere berichten, glich diese Siegestrunkenheit auf eigenartige Weise einer Plünderung, die der Marschall übrigens rasch zu unterdrücken verstand. Als die Ordnung wiederhergestellt, jedes Regiment in seinem Quartier untergebracht und der Ortskommandant ernannt worden war, kamen die militärischen Verwaltungsbeamten. Jetzt nahm die Stadt ein bastardhaftes Aussehen an. Zwar wurde alles nach französischem Muster organisiert; aber man ließ den Spaniern die Freiheit, heimlich auf ihren nationalen Neigungen zu beharren. Jener erste Moment der Plünderung, der eine recht schwierig zu bestimmende Zeitspanne dauerte, hatte, wie alle unter dem Mond sich vollziehenden Ereignisse, eine leicht zu enthüllende Ursache. Es befand sich in der Armee des Marschalls ein fast gänzlich aus Italienern bestehendes Regiment, das von einem gewissen Oberst Eugène kommandiert wurde, einem Mann von außergewöhnlicher Tapferkeit, einem zweiten Murat[3], dem, da er zu spät in den Krieg gezogen war, kein Großherzogtum Berg[4], kein Königreich Neapel und auch nicht die Kugeln von Pizzo[5] zuteil wurde. Er erhielt keine Kronen, wurde indessen so gestellt, daß ihn Kugeln treffen konnten, und es wäre nicht verwunderlich gewesen, wenn er welchen begegnet wäre. Jenes Regiment hatte als Grundbestandteil die Überbleibsel der Italienischen Legion. Diese Legion war für Italien, was für Frankreich die Kolonial-Bataillone sind. Ihr Sammellager auf der Insel Elba hatte dazu gedient, auf ehrenhafte Weise die Söhne aus guten Familien, die Befürchtungen für ihre Zukunft erweckten, zu deportieren, und ebenso die gescheiterten großen Männer, denen die Gesellschaft von vornherein das Brandmal aufprägt, indem sie sie als »üble Subjekte« bezeichnet. Alles Leute, die von der Mehrzahl nicht verstanden wurden, deren Existenz entweder durch das Lächeln einer Frau, die sie aus ihrem glänzenden Schlendrian emporhebt, schön werden kann, oder furchtbar am Schluß einer Orgie durch irgendeine boshafte Bemerkung, die ihren trunkenen Genossen entschlüpft ist. Napoleon hatte also diese kraftbesessenen Männer dem 6. Linienregiment eingereiht, in der Hoffnung, sie fast alle in Generale zu verwandeln, bis auf die Ausfälle durch die Kugeln; aber die Berechnungen des Kaisers waren nur dort vollkommen richtig, wo es sich um die Verheerungen durch den Tod handelte. Dieses oftmals dezimierte Regiment blieb sich immer gleich; es erwarb sich auf der militärischen Schaubühne seiner Tapferkeit wegen großen Ruf, aber den denkbar abscheulichsten im Privatleben. Bei der Belagerung von Tarragona verloren die Italiener ihren berühmten Hauptmann Bianchi, den gleichen, der während des Feldzuges gewettet hatte, er werde das Herz einer spanischen Schildwache verzehren, und der es auch verzehrte. Diese Biwakslustbarkeit ist anderswo erzählt worden (Szenen aus dem Pariser Leben[6]), und im 6. Linienregiment sind gewisse Einzelheiten im Umlauf, die alles bestätigen, was hier darüber gesagt worden ist. Obgleich Bianchi der Fürst der fleischgewordenen Teufel war, dem das Regiment seinen doppelten Ruf verdankte, besaß er dennoch jene gewisse chevalereske Ehre, die in der Armee den größten Ausschreitungen zur Entschuldigung dient. Um alles in einem Wort zu sagen: In einem andern Jahrhundert wäre er ein bewundernswerter Freibeuter[7] gewesen. Ein paar Tage zuvor hatte er sich durch eine glänzende Tat ausgezeichnet, die der Marschall hatte anerkennen wollen. Bianchi hatte Beförderung, Pension und neue Ordensauszeichnung abgelehnt und als einzige Belohnung die Gunst erbeten, beim Sturm auf Tarragona der erste zu sein. Der Marschall gewährte die Bitte und vergaß sein Versprechen; aber Bianchi verstand sich darauf, Bianchi in Erinnerung zu bringen. Der tollwütige Hauptmann pflanzte als erster die französische Fahne auf die Mauer und wurde dabei von einem Mönch getötet.

Diese historische Abschweifung war nötig, um zu erklären, wieso das 6. Linienregiment als das erste in Tarragona eindrang und warum die Unordnung, die bei einer mit Gewalt eingenommenen Stadt etwas recht Natürliches ist, so rasch in eine leichte Plünderung ausartete.

Es standen in jenem Regiment zwei Offiziere, die unter jenen eisernen Männern wenig auffielen, die aber dennoch in dieser Geschichte durch das Zusammenwirken von Umständen eine ziemlich wichtige Rolle spielen werden.

Der erste, ein Kammer-Hauptmann[8], halb Offizier, halb Zivilist, galt, um im soldatesken Stil zu sprechen, als einer, der »sein Schäfchen aufs Trockene zu bringen wußte«. Er behauptete, tapfer zu sein, rühmte sich in der Gesellschaft, dem 6. Linienregiment anzugehören, und verstand seinen Schnurrbart hochzuzwirbeln, als sei er imstande, alles kurz und klein zu schlagen;

aber bei seinen Kameraden erfreute er sich nur geringer Achtung. Sein Glück hatte ihn klug und vorsichtig gemacht. Daher hatte man ihn aus zwei Gründen den »Raben-Hauptmann« genannt. Erstens roch er das Pulver schon auf eine Meile und entfloh den Gewehrschüssen mit schnellen Flügelschlägen; zweitens barg dieser Spitzname ein harmloses militärisches Wortspiel[9], das er übrigens verdiente, und das ein anderer sich zur Ehre angerechnet hätte. Hauptmann Montefiore entstammte der berühmten Mailänder Familie Montefiore, aber durch die Gesetze des Königreichs Italien[10] war ihm die Führung seines Titels untersagt worden; und er war einer der hübschesten Kerle der Armee. Jene Schönheit konnte eine der dunklen Ursachen seines klugen Verhaltens an Kampftagen sein. Eine Verwundung, die ihm die Nase verunstaltet, die Stirn zerspalten oder die Wangen zernarbt hätte, würde eines der schönsten italienischen Gesichter zerstört haben, dessen zarte Umrisse je eine Frau träumerisch nachgezeichnet hatte. Sein Antlitz glich ziemlich dem Typ, den Girodet[11] als den jungen, sterbenden Türken auf seinem Gemälde »Der Aufstand in Kairo«[12] gemalt hat; es war eines jener melancholischen Gesichter, denen fast sämtliche Frauen auf den Leim gehen. Der Marquis de Montefiore besaß substituierte Güter; er hatte alle seine Einkünfte auf eine bestimmte Anzahl von Jahren verpfändet, um Eskapaden in Italien zu bezahlen, die er in Paris schwerlich hätte begehen können. In Mailand hatte er sich dadurch ruiniert, daß er ein Theater unterstützte, und zwar lediglich, um dem Publikum eine schlechte Sängerin aufzuzwingen, die, wie er sagte, ihn bis zum Wahnwitz liebte.

Der Hauptmann Montefiore hatte also die schönsten Zukunftsaussichten, und er war keineswegs darauf erpicht, diese gegen ein elendes Stückchen roten Bandes[13] aufs Spiel zu setzen. Wenn er schon kein Held war, so war er doch wenigstens ein Philosoph, und es gab für ihn Präzedenzfälle, so es erlaubt ist, sich hier unserer parlamentarischen Sprache zu bedienen. Hat Philipp II.[14] nicht in der Schlacht von Saint-Quentin[15] geschworen, er wolle nie wieder etwas mit dem Feuer zu tun haben, ausgenommen dem der Scheiterhaufen der Inquisition; und hat der Herzog von Alba[16] nicht zugestanden, er meine, der schlechteste Handel der Welt sei der unfreiwillige Tausch einer

Krone gegen eine Bleikugel? So war denn Montefiore Philippist in seiner Eigenschaft als Marquis; Philippist in seiner Eigenschaft als hübscher Kerl; und im übrigen ein genauso gründlicher Politiker wie Philipp II. Er tröstete sich über seinen Spitznamen und die Mißachtung des Regiments dadurch, daß er seine Kameraden für Schnapphähne hielt, deren Meinung sehr wohl eines Tages ohne Belang sein könne, wenn sie zufällig diesen Ausrottungskrieg überleben sollten. Ferner war sein Gesicht ein Diplom von Wert; er sah sich gezwungenermaßen zum Oberst befördert, sei es durch irgendein Phänomen weiblicher Gunst, sei es durch eine geschickte Metamorphose vom Kammer-Hauptmann zum Ordonnanz-Offizier, und vom Ordonnanz-Offizier zum Adjutanten irgendeines wohlgeneigten Marschalls. Für ihn war der Ruhm eine schlichte Frage der Uniform. Also würde eines Tages, ich weiß nicht welche Zeitung, wenn sie ihn erörterte, vom »tapferen Oberst Montefiori« schreiben. Dann würde er hunderttausend Skudi Pension haben, ein Mädchen von hohem Stand heiraten, und niemand würde wagen, seine Tapferkeit zu bestreiten noch seine Verwundungen nachzuprüfen. Und endlich hatte der Hauptmann Montefiore einen Freund in der Person des Quartiermeisters, einen in der Umgebung von Nice geborenen Provenzalen namens Diard.

Sei es im Zuchthaus, sei es in einer Künstlerdachstube, ein Freund tröstet über vielerlei Unglück hinweg. Nun aber waren Montefiore und Diard zwei Philosophen, die sich durch die Einmütigkeit im Laster über das Leben hinwegtrösteten, wie zwei Künstler das Schmerzliche ihres Lebens durch Hoffnungen auf Ruhm einschläfern. Alle beide werteten den Krieg nach dem, was dabei herauskam, nicht aber nach den dabei geschehenen Taten, und die Gefallenen nannten sie ganz einfach Tröpfe. Der Zufall hatte sie zu Soldaten gemacht, während sie eigentlich an dem grünen Tisch eines Kongresses hätten sitzen müssen. Die Natur hatte Montefiore in die Gußform der Leute vom Schlage des Rizzio[17] geworfen und Diard in den Schmelztiegel für Diplomaten. Alle beide waren von der fieberhaften, beweglichen, halb femininen Konstitution, die gleichermaßen für das Gute wie für das Böse begabt ist, aus der indessen, der Laune dieser eigenartigen Temperamente folgend, ebensogut ein Verbrechen wie eine edelmütige Handlung, ein Akt der Seelengröße oder eine Feigheit entspringen. In jedem Augenblick hängt ihr Schicksal von dem mehr oder minder starken Druck ab, der auf ihr Nervensystem durch heftige oder flüchtige Leidenschaften ausgeübt wird. Diard war ein recht guter Rechnungsführer, aber kein Soldat hatte ihm seine Börse oder sein Testament anvertraut, vielleicht infolge der Antipathie, die Militärpersonen gegen Bürokraten empfinden. Dem Quartiermeister mangelte es weder an Tapferkeit noch an einer gewissen jugendlichen Großspurigkeit, Gefühlen, die sich bei manchen Leuten verlieren, wenn sie altern, sich Urteile bilden oder Berechnungen anstellen. Diard war anspruchsvoll, wie es die Schönheit einer blonden Frau sein kann; überdies war er ein Prahler, ein Schwätzer; er redete über alles und jedes. Er sagte von sich, er sei Künstler, und in Nacheiferung zweier berühmter Generale raffte er Kunstwerke an sich, und zwar nur, wie er versicherte, um ihrer die Nachwelt nicht zu berauben. Seine Kameraden wären arg verlegen gewesen, wenn sie ein richtiges Urteil über ihn hätten fällen sollen. Viele von ihnen, die es gewohnt waren, Zuflucht zu seiner Börse zu nehmen, wenn es zufällig nötig war, hielten ihn für reich; aber er war Spieler, und Spieler nennen nichts ihr Eigentum. Er war genauso Spieler wie Montefiore, und sämtliche Offiziere spielten mit ihnen: weil, zur Schande der Männer, es nicht selten geschieht, daß um einen grünen Tisch Leute sitzen, die, ist die Partie zu Ende, einander weder grüßen noch achten. Montefiore war bei der Wette um das spanische Herz Bianchis Gegner gewesen.

Beim Sturmangriff hatten Montefiore und Diard sich in den letzten Reihen befunden, aber sobald die Stadt genommen war, gehörten sie zu den ersten, die ins Zentrum vordrangen. Solcherlei Zufälle kommen im Handgemenge vor. Die Sache war aber die, daß es bei den beiden Freunden stets so zu sein pflegte. Sie waren einander behilflich, sie begaben sich beherzt durch ein Labyrinth enger, düsterer Gassen, und beide verfolten ihre Angelegenheiten, der eine suchte gemalte Madonnen, der andere lebendige Madonnen. An irgendeiner Stelle Tarragonas erkannte Diard an der Architektur des Vorhofs ein Kloster, dessen Tür gewaltsam geöffnet worden war, und sprang in den Kreuzgang, um der Wut der Soldaten Einhalt zu gebieten. Er kam gerade zur rechten Zeit, denn er hinderte zwei Pariser daran, eine heilige Jungfrau des Albani[18] zu erschießen; er kaufte sie ihnen ab, trotz des Schnurrbarts, mit dem die beiden Voltigeurs sie aus militärischem Fanatismus geschmückt hatten. Der allein gebliebene Montefiore gewahrte dem Kloster gegenüber das Haus eines Tuchhändlers, aus dem ein auf ihn gezielter Schuß abgefeuert wurde, und zwar in dem Augenblick, da er, das Haus von oben bis unten musternd, durch ein blitzendes Äugeln zum Innehalten gebracht wurde, das er heftig mit einem neugierigen jungen Mädchen wechselte, dessen Kopf sich an der Ecke einer Jalousie hindurchgeschoben hatte. Tarragona im Sturm genommen, Tarragonna in Wut, Tarragona aus den Fenstern feuernd, Tarragona vergewaltigt, das Haar zerzaust, halb nackt, und seine Straßen lodernd, überschwemmt von französischen getöteten oder tötenden Soldaten, war schon eines Blickes, des Blickes einer unerschrockenen Spanierin wert. War dies nicht ein überdimensionierter Stierkampf? Montefiore vergaß das Plündern, und für die Dauer eines Augenblicks vernahm er weder die Schreie, noch das Musketenfeuer noch das Donnergrollen der Artillerie. Das Profil jener Spanierin gehörte zum göttlich Köstlichsten, das er je gesehen hatte, er, der italienische Wüstling, er, der der Italienerinnen, der Frauen überhaupt, satt war, und der eben deswegen, weil er der Frauen satt war, von einer Frau träumte, die es schwerlich gab. Er konnte noch erbeben, er, der Lasterhafte, der sein Vermögen zur Verwirklichung der tausend Tollheiten, der tausend Liebschaften eines abgestumpften jungen Mannes vergeudet hatte, das erbärmlichste Scheusal, das unsere Gesellschaft zu erzeugen vermag. Es glitt ihm ein guter Gedanke durch den Kopf; der Gewehrschuß des patriotischen Ladeninhabers hatte ihn ihm wohl eingegeben; er wollte nämlich das Haus in Brand stecken. Doch er war allein, ohne Mittel zur Ausführung; der Mittelpunkt des Kampfes war der große Platz, auf dem einige Hartnäckige sich nach wie vor wehrten. Zudem kam ihm eine noch bessere Idee. Diard kam gerade aus dem Kloster heraus; Montefiore sagte ihm nichts von seiner Entdeckung, sondern machte sich davon, um mit ihm einige Gänge durch die Stadt zu unternehmen. Am andern Tag jedoch wurde der italienische Hauptmann mit gültigen militärischen Orden im Haus des Tuchhändlers einquartiert. War das nicht die naturgegebene Unterkunft für einen Kammer-Hauptmann?

Das Haus dieses guten Spaniers enthielt ein Erdgeschoß mit einem geräumigen, düsteren Laden, der nach außen hin durch dicke Eisenstäbe verbarrikadiert war, wie in Paris die alten Läden in der Rue des Lombards. Dieser Laden stand mit einem Wohnzimmer in Verbindung, das sein Licht von einem Innenhof her bekam; es war ein großer Raum, in dem alles den Geist des Mittelalters atmete: alte verräucherte Bilder, alte Gobelins, ein antiker Brasero[19], ein an einem Nagel hängender Federhut, das Gewehr der Guerillas und der Mantel des Bartolot[20]. Die Küche grenzte an diesen Gemeinschaftsraum, an dieses einzige Zimmer, wo man aß, wo man sich an der dumpfen Glut des Kohlenbeckens wärmte, Zigarren rauchte und hin und her redete, um in den Herzen den Haß gegen die Franzosen zu schüren. Silberkrüge und kostbares Geschirr schmückten die altmodische Anrichte. Aber das sparsam verteilte Tageslicht ließ die glänzenden Dinge nur schwach aufschimmern; und wie auf einem niederländischen Gemälde war alles dort braun, sogar die Gesichter. Zwischen dem Laden und dem Wohnzimmer, das so schön in seinen Farbklängen und seinem patriarchalischen Leben war, befand sich eine ziemlich düstere Treppe, die zu einem Lagerraum führte, wo geschickt angebrachte Fensteröffnungen die Musterung der Stoffe erlaubten. Darüber war dann die Wohnung des Kaufmanns und seiner Frau gelegen. Schließlich waren die Unterkünfte des Lehrlings und einer Dienstmagd in einer Mansarde unter dem vorspringenden Dach eingerichtet, das durch Schwibbögen gestützt wurde, die dem Haus ein bizarres Aussehen liehen; aber deren Schlafkammer übernahmen der Kaufmann und seine Frau, die dem Offizier ihre eigenen Räumlichkeiten überließen, sicherlich, um allen Streitigkeiten aus dem Weg zu gehen.

Montefiore gab sich für einen ehemaligen, spanischen Untertan aus, der von Napoleon verfolgt werde und ihm nur widerwillig diene; diese halben Lügen fanden den Erfolg, den er sich davon erwartet hatte. Er wurde eingeladen, die Familienmahlzeit zu teilen, wie es seinem Namen, seiner Abkunft und seinem Titel zukam. Montefiore hatte seine Gründe dafür, daß er sich um das Wohlwollen des Kaufmanns bemühte; er witterte seine Madonna, wie der Menschenfresser das frische Fleisch des kleinen Däumlings und dessen Brüdern gewittert hatte. Trotz des Vertrauens, das er dem Tuchhändler einzuflößen verstand, bewahrte dieser tiefste Geheimhaltung über jene Madonna; und nicht nur gewahrte der Hauptmann keine Spur von dem jungen Mädchen während des ersten Tages, den er unter dem Dach des ehrenwerten Spaniers verbrachte, sondern er vermochte auch kein Geräusch zu hören noch irgendeinen Hinweis zu entdecken, der ihm ihre Anwesenheit in diesem alten Haus hätte enthüllen können. Dabei hallte alles so gut zwischen den Planken dieses fast ganz aus Holz errichteten Bauwerks wider, daß Montefiore hoffte, er werde während der Stille der ersten Nachtstunden herausbekommen, wo die junge Unbekannte verborgen sei. Da er sich vorstellte, sie sei die einzige Tochter dieser alten Leute, glaubte er, sie sei von diesen in den Mansardenräumen eingesperrt, wo sie während der ganzen Zeit der Besatzung ihr Domizil aufgeschlagen hatten. Doch keinerlei Offenbarung verriet das Versteck dieses kostbaren Schatzes. Der Offizier mochte, soviel er wollte, das Gesicht an die kleinen, rautenförmigen, durch Bleifassungen zusammengehaltenen Scheiben der Fenster pressen, die auf den von schwarzen Mauern umgebenen Binnenhof hinausgingen; aber er gewahrte doch kein Licht bis auf das, was aus den Fenstern der Schlafkammer drang, in der das alte Ehepaar sich befand, hustend, auf und ab gehend, redend. Von dem jungen Mädchen nicht einmal der Schatten. Montefiore war viel zu gewitzt, um die Zukunft seiner Leidenschaft dadurch aufs Spiel zu setzen, daß er sich erkühnte, nächtlicherweile das Haus zu sondieren oder leise an die Türen zu pochen. Hätte dieser glühende Patriot, der argwöhnisch war, wie es ein spanischer Vater und Tuchhändler sein muß, ihn entdeckt, so wäre es unfehlbar um ihn geschehen gewesen. Also beschloß der Hauptmann, geduldig abzuwarten, wobei er sich alles von der Zeit und der Unvollkommenheit der Menschen erhoffte, die schließlich immer, sogar die Schurken und aus noch gewichtigeren Gründen dann die ehrbaren Leute, eine Vorsichtsmaßregel vergessen.

Am folgenden Tag bekam er heraus, wo die Dienstmagd schlief, als er in der Küche eine Art Hängematte entdeckte. Was den Lehrling betraf, so übernachtete er auf dem Ladentisch. An diesem zweiten Tage gelang es Montefiore beim Abendessen dadurch, daß er auf Napoleon fluchte und schimpfte, die sorgenvolle Stirn seines Gastgebers zu glätten, eines ernsten Spaniers mit dunklem Gesicht, ähnlich den jungen, die man ehedem an das obere Ende des Griffbretts der dreisaitigen Geige schnitzte; und seine Frau zeigte gar in den Falten ihres alten Gesichts wieder ein vor Haß fröhliches Lächeln. Die Lampe und der Widerschein des Brasero erhellten phantastisch diesen weiten, noblen Saal. Die Quartierwirtin hatte ihrem halben Landsmann gerade einen Zigarillo angeboten. In diesem Augenblick hörte Montefiore hinter einem Gobelin das Rascheln eines Kleides und das Umfallen eines Stuhles.

»Ach«, sagte die Frau und erbleichte, »mögen alle Heiligen uns beistehen! Hoffentlich ist kein Unglück geschehen.«

»Sie haben also dort jemanden?« fragte der Italiener, ohne sich irgendeine Erregung anmerken zu lassen.

Der Tuchhändler ließ sich ein Schimpfwort gegen die Mädchen entschlüpfen. Seine beunruhigte Frau öffnete eine Geheimtür und zog die halbtote Madonna des Italieners herein; der entzückte Verliebte schien ihr keine Aufmerksamkeit zu schenken. Um aber jedweder Verstellung auszuweichen, blickte er das junge Mädchen lediglich an, wandte sich wieder an seinen Quartierwirt und fragte ihn in seiner Muttersprache: »Ist es Ihre Tochter, Signore?«

Peréz de Laguña, das war der Name des Händlers, hatte große Handelsbeziehungen nach Genua, Florenz und Livorno unterhalten; er konnte Italienisch und antwortete in derselben Sprache: »Nein. Wäre es meine Tochter, so hätte ich weniger Vorsichtsmaßregeln ergriffen. Dies Mädchen ist uns anvertraut worden, und ich würde lieber umkommen, als zu erleben, daß ihr das leiseste Unglück zustieße. Aber machen Sie ein achtzehnjähriges Mädchen vernünftig!«

»Sie ist sehr schön«, sagte Montefiore kühl; er sah das junge Mädchen nicht länger an.

»Die Schönheit der Mutter ist recht berühmt«, antwortete der Kaufmann.

Und sie fuhren fort zu rauchen und beobachteten dabei einander. Obgleich Montefiore sich das harte Gesetz auferlegt hatte, nicht den mindesten Blick zu werfen, der seine zur Schau getragene Kälte hätte bloßstellen können, erlaubte er sich dennoch, als Peréz den Kopf einmal zur Seite wandte, um auszuspucken, einen verhohlenen Blick auf jenes Mädchen, und er begegnete funkelnden Augen. Dann aber erriet er vermöge des kundigen Sehvermögens, das dem Wollüstling wie dem Bildhauer die falsche Macht leiht, eine Frau gewissermaßen zu entkleiden mittels rascher, scharfsinniger Folgerungen deren Formen, und er gewahrte eines der Meisterwerke, von denen die Schöpfung alle Glückseligkeiten der Liebe verlangt. Es war ein weißes Gesicht, dem der Himmel Spaniens ein paar leichte, bräunliche Töne aufgelegt hatte; sie fügten dem Ausdruck einer seraphischen Ruhe einen glühenden Stolz, einen unter dem durchsichtigen Teint eingefügten Schimmer hinzu, was vielleicht von maurischem Blut herrührte, das ihn belebte und färbte. Ihr Haar war auf den Scheitel hinaufgekämmt, fiel wieder nieder und umgab mit seinen dunklen Reflexen junge, durchsichtige Ohren, wobei es die Konturen eines schwach bläulich getönten Halses sich abheben ließ. Dieses üppige Gelock hob zwei brennende Augen und die roten Lippen eines schön geschwungenen Mundes hervor. Der landesübliche Reifrock brachte die Biegung einer Taille gut zur Geltung, die schmiegsam war wie eine Weidenrute. Es war nicht die italienische Madonna, sondern die spanische, die des Murillo[21], des einzigen Künstlers, der es gewagt hatte, sie trunken vor Glück über die Empfängnis Christi gemalt zu haben, schwärmerische Eingebung des kühnsten und glühendsten der Maler. Es fanden sich in diesem Mädchen drei Dinge vereint, von denen eines genügt hätte, eine Frau zu vergöttlichen: Die Reinheit der in der Meerestiefe ruhenden Perle, die erhabene Verzückung der spanischen heiligen Therese[22], und die Wollust, die noch unbewußt ist. Ihre Gegenwart besaß alle Tugenden eines Talismans. Montefiore sah um sich her nichts Altes mehr: Das junge Mädchen hatte alles verjüngt. Ihr Erscheinen war köstlich, aber es war nur von kurzer Dauer. Die Unbekannte wurde in die geheimnisvolle Kammer zurückgeführt, wohinein fortan die Dienstmagd ganz offen Licht und ihr Essen brachte.

»Sie tun gut daran, sie zu verstecken«, sagte Montefiore auf Italienisch: »Ich werde Ihr Geheimnis wahren. Den Teufel auch! Wir haben Generale, die imstande wären, sie einfach zu requirieren.«

Montefiores Berauschtheit ging so weit, daß sie ihm den Gedanken eingab, die Unbekannte zu heiraten. Deshalb bat er seinen Quartierwirt um einige Auskünfte. Peréz erzählte ihm ohne alle Umstände das Abenteuer, dem er sein Pflegekind verdankte, und der vorsichtige Spanier wurde zu dieser Vertrauensbekundung teils durch den gesellschaftlichen Rang Montefiores veranlaßt, von dem er in Italien hatte reden hören, teils um die starken Schranken aufzuzeigen, die das junge Mädchen vor einer Verführung schützten. Obwohl der wackere Mann über eine gewisse Patriarchen-Beredsamkeit verfügte, die mit seinen schlichten Umgangsformen harmonierte und dem auf Montefiore abgefeuerten Büchsenschuß entsprach, dürften seine Ausführungen gewinnen, wenn sie in gedrängter Kürze wiedergegeben werden.

Zu der Zeit, da die Französische Revolution die Sitten der Länder umwandelte, die ihr als Schauplatz ihrer Kriege dienten, kam nach Tarragona ein Freudenmädchen, das durch den Fall Venedigs[23] aus Venedig verjagt worden war. Das Leben dieses Geschöpfes war ein Gespinst aus romanhaften Abenteuern und seltsamen Wechselfällen. Häufiger als jeder anderen Frau dieser außerhalb der Gesellschaft stehenden Klasse war es ihr widerfahren, dank der Liebeslaune eines von ihrer außergewöhnlichen Schönheit betroffenen Edelmannes sich eine Zeitlang mit Gold und Kleinodien überschüttet und von den tausenderlei Entzückungen des Reichtums umgeben zu sehen. Es gab Blumen, Karossen, Pagen, Kammerfrauen, Paläste, Gemälde, Übermütigkeit, Reisen, wie Katharina II. sie machte; kurzum, sie führte das Leben einer in ihren Launen unumschränkten Königin, der oft über ihre phantastischen Einfälle hinaus gehorcht wurde. Danach geriet sie dann, ohne daß weder sie noch sonst jemand, kein Gelehrter, Physiker, Chemiker oder irgendwer anderer, hätten herausfinden können, durch welchen Vorgang sich ihr Gold verflüchtigt hatte, wieder aufs Straßenpflaster, arm, von allem entblößt; einzig ihre allmächtige Schönheit hatte sie sich bewahrt, und überdies lebte sie, ohne sich um die Vergangenheit, die Gegenwart oder die Zukunft zu sorgen. Irgendein armer Offizier und Spieler, dessen Schnurrbart sie anbetete, hatte sie ins Elend gestürzt und ließ sie darin verbleiben; sie heftete sich an ihn wie ein Hund an seinen Herrn; sie teilte mit ihm nur die üblen Seiten des Soldatenlebens, dessen Trost sie bildete; zudem war sie zu allem geschaffen, sie schlief ebenso heiter unter dem Dach des Speichers wie unter der Seide des üppigsten Bettvorhangs. Da sie zugleich Italienerin und Spanierin war, erfüllte sie sehr genau die religiösen Pflichten, und mehr als einmal hatte sie dem Liebesgott gesagt: »Du kannst morgen wiederkommen; heute gehöre ich Gott.« Aber dieser von Gold und Duftstoffen durchknetete Schlamm, diese Sorglosigkeit über alle Dinge, diese wütenden Leidenschaften, die fromme Gläubigkeit, die in dies Herz geworfen worden war wie ein Diamant in den Schmutz, dieses im Spital begonnene und im Spital endende Leben, diese in die Seele und das ganze Dasein übertragenen Spielerglücksmöglichkeiten; kurzum, diese hohe Alchemie, bei der das Laster das Feuer des Tiegels schürte, in dem die schönsten Vermögen zerschmolzen, die Taler der Vorfahren und die Ehre großer Namen sich verflüchtigten und verschwanden; dies alles war einem besonderen Genie entsprungen und seit dem Mittelalter getreulich von der Mutter auf die Tochter übertragen worden. Diese Frau wurde »La Maraña« genannt. In dieser seit dem dreizehnten Jahrhundert rein weiblichen Familie waren die Vorstellung, die Person, der Name, die Macht eines Vaters völlig unbekannt. Das Wort »Maraña« war für sie, was die Würde »Stuart[24]« für das berühmte schottische Königsgeschlecht war, ein Ehrenname, der durch die beständige Vererbung eben der Bestimmung, mit der die Familie belehnt worden war, an die Stelle des Vaternamens getreten war.

Ehedem, vom vierzehnten bis zum fünfzehnten Jahrhundert, als Frankreich, Spanien und Italien gemeinsame Interessen hatten, die sie durch einen beständigen Krieg vereinten oder veruneinten, diente das Wort »Maraña« in allen drei Ländern dazu, im weitesten Sinn der Bedeutung ein Freudenmädchen zu bezeichnen. Zu jener Zeit hatten dergleichen Frauen in der Gesellschaft einen gewissen Rang inne, von dem heute nichts eine Vorstellung zu geben vermag. Ninon de Lenclos[25] und Marion Delorme[26] haben als einzige in Frankreich die Rolle von Frauen wie Imperia[27], wie Catalina[28], wie die Marañas gespielt, die in den vorhergegangenen Jahrhunderten in ihren Häusern die Soutane, die Robe und den Degen empfingen. Eine Imperia hat in Rom in einem Anfall von Reue irgendeine Kirche gebaut, wie Rhodope[29] einstmals in Ägypten eine Pyramide hatte errichten lassen. Der Name, der der absonderlichen Familie, von der hier die Rede ist, zunächst wie ein Brandmal aufgeprägt worden war, war später tatsächlich zu ihrem Namen geworden und hatte ihr Laster durch die unbestreitbare Altehrwürdigkeit des Lasters geadelt. Nun aber geschah es, daß die Maraña des neunzehnten Jahrhunderts, ob an einem Tag der Üppigkeit oder des Elends, das weiß man nicht, dieses Problem war ein Geheimnis zwischen ihr und Gott, aber sicherlich war es in einer Stunde der Frömmigkeit und der Schwermut – geschah es, daß diese Frau sich bewußt wurde, sie stecke mit den Füßen im Pfuhl und mit dem Kopf im Himmel. Da verfluchte sie das Blut in ihren Adern, sie verfluchte sich selber, sie zitterte davor, eine Tochter zu haben, und sie schwor, wie solcherlei Frauen schwören, mit der Redlichkeit und der Willenskraft des Zuchthauses, der stärksten Willenskraft und der pünktlichsten Rechtschaffenheit, die es unter dem Himmel gibt; sie schwor also vor einem Altar, wobei sie an den Altar glaubte, sie wolle aus ihrer Tochter ein tugendhaftes Geschöpf machen, eine Heilige, um dieser langen Folge von Verbrechen aus Liebe und ins Verderben geratenen Frauen für sie alle einen Engel im Himmel zu schaffen. Als das Gelübde getan worden war, regte sich das Blut der Marañas, die Kurtisane stürzte sich wieder in ihr abenteuerliches Leben, doch trug sie jetzt einen Gedanken mehr im Herzen. Kurzum, sie gelangte dazu, mit der ungestümen Liebe der Prostituierten zu lieben, wie Henriette Wilson[30] Lord Ponsomby[31], wie Mademoiselle Dupuis[32] Bolingbroke[33], wie die Marchesa von Pescara[34] ihren Mann geliebt hatte; nun, sie liebte nicht, sie vergötterte einen jener blondhaarigen, halb weibischen Männer, dem sie alle

Tugenden beimaß, die er nicht hatte, da sie sich selber alles vorbehalten wollte, was Laster war. Von diesem schwachen Mann, aus dieser unsinnigen, niemals weder von Gott noch von den Menschen gesegneten Ehe, die das Glück hätte rechtfertigen müssen, die aber niemals vom Glück gutgeheißen worden ist, und über die eines Tages die Leute, die keine Dreistigkeit besitzen, erröten, bekam sie eine Tochter, die zu retten es galt, eine Tochter, der sie ein schönes Leben wünschte, und vor allem die Züchtigkeit, die ihr selbst fehlte. Ob sie nun glücklich oder erbärmlich lebte, in üppigem Wohlstand oder arm, sie hatte im Herzen ein reines Gefühl, das schönste unter allen menschlichen Gefühlen, weil es das uneigennützigste ist. Der Liebe wohnt immer noch Selbstsucht inne, die Mutterliebe ist davon frei. Die Maraña wurde zu einer Mutter, wie keine andere je Mutter gewesen ist; denn bei ihrem ewigen Schiffbruch konnte die Mutterschaft ihr eine Rettungsplanke sein. Wenn sie fromm einen Teil ihrer irdischen Aufgabe dadurch vollbrachte, daß sie einen Engel mehr ins Paradies schickte, war das nicht besser denn eine späte Reue? War es nicht das einzige reine Gebet, das bis zu Gott emporzusenden ihr gestattet war? Als daher jenes Mädchen, als ihre Maria-Juana-Pepita (am liebsten hätte sie ihr alle Heiligen der Legende als Schutzpatroninnen gegeben) als also jenes kleine Geschöpf ihr gewährt worden war, hatte sie eine so hohe Vorstellung von der Majestät einer Mutter, daß sie die Gottheit des Lasters anflehte, ihr einen Waffenstillstand zu bewilligen. Sie wurde tugendhaft und lebte zurückgezogen. Keine Feste, keine Nächte, keine Liebschaften mehr. All ihr Glück, all ihre Freuden bestanden in der gebrechlichen Wiege ihrer Tochter. Das Lallen dieser kindlichen Stimme schuf ihr eine Oase in der glühenden Sandwüste ihres Lebens. Dieses Gefühl enthielt nichts, was sich mit irgendeinem anderen hätte messen können. Beschloß es in sich nicht alle menschlichen Gefühle und alle himmlischen Hoffnungen? Die Maraña wollte ihre Tochter mit keinem anderen Schmutz beflecken als dem der Erbsünde ihrer Geburt, den sie durch alle gesellschaftlichen Tugenden reinzuwaschen versuchte; daher verlangte sie von dem jungen Vater ein väterliches Vermögen und den Vaternamen. So war denn jenes Mädchen keine Juana Maraña mehr, sondern Juana de Mancini. Als die arme Maraña sich dann nach sieben Jahren der Küsse, der Trunkenheit und des Glücks dieses Idols berauben mußte, damit es nicht die Stirn unter der Erbschande zu beugen brauchte, brachte diese Mutter den Mut auf, um ihres Kindes willen auf ihr Kind zu verzichten, und sie suchte ihm, nicht ohne grausige Schmerzen, eine andere Mutter, eine Familie, gute Sitten, die es annehmen, fromme Beispiele, denen es nacheifern konnte. Der Verzicht einer Mutter ist entsetzlich oder erhaben; war dieser hier nicht erhaben?

So ließ sie denn ein glücklicher Zufall in Tarragona den Laguñas begegnen, und zwar bei einer Gelegenheit, bei der sie die Redlichkeit des Spaniers und die hohe Tugend seiner Frau würdigen konnte. Sie kam zu den beiden wie ein rettender Engel. Vermögen und Ehre des Kaufmanns, die vorübergehend gefährdet waren, bedurften einer schnellen, heimlichen Hilfe; die Marana händigte ihm die Summe aus, aus der Juanas Mitgift bestand, und beanspruchte dafür weder Dankbarkeit noch Zinsen. Ihrer Rechtsauffassung nach war ein Vertrag eine Sache des Herzens, ein Dolch die Justiz des Schwachen und Gott das höchste Tribunal. Nachdem sie Doña Laguña ihre unglückliche Lage eingestanden hatte, vertraute sie Tochter und Vermögen der alten spanischen Ehre an, die rein und makellos in diesem altertümlichen Haus waltete. Doña Laguña hatte kein Kind; sie war überglücklich, eine Adoptivtochter großziehen zu können. Die Kurtisane trennte sich von ihrer geliebten Juana; sie war sich gewiß, deren Zukunft sichergestellt und für sie eine Mutter gefunden zu haben, eine Mutter, die aus ihr eine Mancini und keine Marana machen würde. Als das arme Freudenmädchen das schlichte, bescheidene Haus verließ, in dem die bürgerlichen Familientugenden lebten, in dem die Religion, in dem die Heiligkeit der Gefühle und die Ehre die Luft erfüllten, vermochte die ihres Kindes enterbte Mutter ihr Weh nur zu ertragen, als sie sich Juana als Jungfrau, Gattin und Mutter, als glückliche Mutter für ein ganzes, langes Leben vorstellte. Die Kurtisane hinterließ auf der Schwelle jenes Hauses eine der Tränen, die die Engel aufsammeln. Seit jenem Tag der Trauer und der Hoffnung war die Marana, die unbesiegliche Vorahnungen herführten, dreimal gekommen, um ihre Tochter wiederzusehen. Beim erstenmal befand sich Juana in den Klauen einer gefährlichen

Krankheit. »Ich habe es gewußt«, sagte sie zu Peréz, als sie dessen Haus betrat. In ihrem Schlafzimmer, in der Ferne, hatte sie Juana als Sterbende erblickt. Sie pflegte sie, sie wachte bei ihr; dann küßte sie eines Morgens, als ihre genesende Tochter schlief, diese auf die Stirn und ging davon, ohne sich verraten zu haben. Die Mutter hatte die Kurtisane vertrieben. Ein zweitesmal kam die Maraña in die Kirche, in der Juana de Mancini kommunizierte. Schlicht gekleidet, unkenntlich stand die in Acht und Bann geratene Mutter hinter einem Pfeiler und erkannte sich in der Tochter wieder, wie sie selber einstmals gewesen war, eine himmlische Engelsgestalt, rein wie der Schnee, der an eben jenem Morgen auf eine Alm gefallen ist. Auch in der Mütterlichkeit war die Maraña Kurtisane; sie verspürte im Innersten ihrer Seele eine Eifersucht, die stärker war als alle ihre Lieben zusammen; und sie verließ die Kirche, weil sie unfähig war, dem Wunsch zu widerstehen, Doña Laguña zu töten, als sie sie nur zu sehr und mit strahlendem Gesicht die Mutter sein sah. Schließlich fand eine letzte Begegnung zwischen Mutter und Tochter in Mailand statt, wohin der Kaufmann und seine Frau gereist waren. Die Maraña fuhr in der Aufmachung einer Fürstin über den Korso; schnell wie ein Blitz erschien sie ihrer Tochter und wurde von ihr nicht erkannt. Schreckliche Qual! Dieser mit Küssen überschütteten Maraña fehlte ein Kuß, ein einziger, um dessentwillen sie alle übrigen verkauft haben würde, der frische, freudige Kuß einer Tochter für ihre Mutter, ihre geehrte Mutter, die alle häuslichen Tugenden ausstrahlte. Die lebende Juana war für sie tot! Ein Gedanke belebte die Kurtisane, die der Herzog von Lina gerade gefragt hatte: »Was ist Ihnen, Geliebte?« Es war ein köstlicher Gedanke! Juana war für alle Zukunft gerettet. Vielleicht würde sie die demütigste aller Frauen sein, nicht jedoch eine verworfene Kurtisane, die alle Männer fragen konnten: »Was ist Ihnen, Geliebte?« Kurzum, der Kaufmann und seine Frau hatten ihre Pflichten mit rigoroser Rechtschaffenheit erfüllt. Juanas Vermögen, das das ihrige geworden war, sollte verzehnfacht werden. Peréz de Laguña, der reichste Handelsmann der Provinz, brachte dem jungen Mädchen eine fast abergläubische Liebe entgegen. Die Anwesenheit dieses himmlischen Geschöpfs hatte seine alte Firma vor einem entehrenden Ruin bewahrt;

hatte sie sie jetzt nicht zu unerhörtem Wohlstand geführt? Seine Frau, eine goldene Seele und voller Takt und Zartgefühl, hatte aus Juana ein frommes, ebenso reines wie schönes Kind gemacht. Juana konnte ebensogut die Gattin eines Edelmannes wie eines reichen Kaufmanns werden; es würde ihr an keiner der Tugenden mangeln, die ihrer glänzenden Zukunft notwendig waren; ohne die jüngsten Geschehnisse hätte Peréz, der davon geträumt hatte, nach Madrid überzusiedeln, sie mit irgendeinem spanischen Granden verheiratet.

»Wo heute die Maraña ist, weiß ich nicht«, sagte Peréz abschließend. »Aber an welchem Ort der Welt sie sich auch befinden möge, wenn sie von der Besetzung unserer Provinz durch eure Armeen und von der Belagerung von Tarragona erfährt, wird sie herkommen, um über ihre Tochter zu wachen.«

Dieser Bericht änderte die Entschlüsse des italienischen Hauptmanns; er wollte nicht länger aus Juana de Mancini die Marchesa de Montefiore machen. Er hatte das Blut der Marañas in dem Blickwechsel erkannt, den das junge Mädchen durch die Jalousie hindurch mit ihm getauscht hatte, in der List, deren sie sich kurz zuvor bedient hatte, um ihre Neugier zu stillen, in dem letzten Blick, den sie ihm zugeworfen. Dieser Lüstling wollte als Gattin eine tugendhafte Frau. Dieses Abenteuer war voller Gefahren, eben jener Gefahren, vor denen auch der am wenigsten Beherzte nie zurückschreckt, denn sie fachen die Liebe und deren Lustgefühle an. Der Lehrling schlief auf seinem Ladentisch, die Dienstmagd provisorisch in der Küche, Peréz und seine Frau lagen sicherlich nur im Schlummer alter Leute, das Haus war hellhörig, tagsüber herrschte die Wachsamkeit eines Drachens; alles bedeutete Hindernis; alles machte aus dieser Liebe eine unmögliche Liebe. Aber gegen so viele Unmöglichkeiten hatte Montefiore das Blut der Marañas für sich, das im Herzen dieser neugierigen Italienerin brodelte; sie war Spanierin ihrer Erziehung nach, noch Jungfrau, und verging vor Ungeduld nach Liebe. Die Leidenschaft, das Mädchen und Montefiore konnten alle drei dem ganzen Universum Trotz bieten.

Montefiore wurde ebensosehr vom Instinkt der Männer angetrieben, die Glück bei den Frauen haben, wie von den unbestimmten Hoffnungen, die man sich nicht klarmacht und denen wir die Bezeichnung »Vorahnung« geben, welches Wort von erstaunlicher Wahrheit ist; Montefiore also verbrachte die ersten Stunden dieser Nacht an seinem Fenster und war damit beschäftigt, unter sich Ausschau nach der vermutlichen Lage des Verstecks zu halten, in dem die beiden Ehegatten die Liebe und die Freude ihres Alters untergebracht hatten. Der Lagerraum im Zwischengeschoß, um mich eines Ausdrucks zu bedienen, der die Lokalität besser verständlich macht, trennte die beiden jungen Leute. Der Hauptmann konnte also nicht seine Zuflucht zu den bedeutungsvollen Klopfgeräuschen nehmen, die man einander durch den Fußboden hindurch macht, was eine künstliche Sprache ist, die Liebende sich bei solch einer Gelegenheit zu erschaffen wissen. Aber der Zufall kam ihm zu Hilfe – oder vielleicht auch das junge Mädchen! Gerade als er an sein Fenster getreten war, sah er auf der schwarzen Hofmauer einen Lichtfleck, in dessen Mitte sich Juanas Schatten abzeichnete; die wiederholten Bewegungen der Arme, die Haltung, alles ließ erraten, daß sie sich das Haar für die Nacht zurechtmachte.

»Ist sie wohl allein?« fragte sich Montefiore. »Kann ich ihr ohne Gefahr an einem Faden einen mit ein paar Geldstücken beschwerten Brief hinunterlassen und damit an die Scheibe ihres ovalen Dachfensters klopfen, durch das ihre Zelle sicherlich ihr Licht erhält?«

Sogleich schrieb er einen kurzen Brief, einen echten Offiziersbrief, den Brief eines Soldaten, den seine Familie nach der Insel Elba abgeschoben hat, den Brief eines abgesunkenen Marchese, der ehedem nach Moschus geduftet hatte und jetzt Kammer-Hauptmann war. Dann knüpfte er aus allem, was dazu dienlich sein konnte, ein Seil, befestigte daran den mit einigen Talerstücken beschwerten Brief und ließ ihn in tiefster Stille los, in die Mitte jenes Luftkreises hinab.

»Die Schatten, die sich abheben, werden mir zeigen, ob ihre Mutter oder ihre Dienstmagd bei ihr sind, und wenn sie nicht allein ist«, dachte Montefiore, »ziehe ich mein Seil rasch wieder hinauf.«

Doch als nach tausenderlei leicht begreiflichen Mühen das Geld an die Fensterscheibe klopfte, bewegte sich auf der Mauer nur eine einzige Gestalt, nämlich der schlanke Oberkörper Juanas. Das junge Mädchen öffnete behutsam das Fenster, sah den Brief, nahm ihn, blieb stehen und las ihn. Montefiore hatte seinen Namen genannt und um ein Stelldichein gebeten; im Stil alter Romane hatte er Juana de Mancini sein Herz und seine Hand angetragen. Eine infame, vulgäre List, deren Erfolg indessen stets gewiß sein wird! Steigert in Juanas Alter der Seelenadel nicht die Gefahren dieses Alters? Ein Dichter jener Zeit hat galant gesagt: »Die Frau unterliegt nur in ihrer Kraft.« Der Liebhaber tut, als zweifle er an der Liebe, die er einflößt, in dem Augenblick, da er am meisten geliebt wird; ein vertrauendes, stolzes, junges Mädchen möchte sich Opfer ausdenken, die es bringen könnte, und kennt weder die Welt noch die Männer zur Genüge, um inmitten seiner aufgewühlten Leidenschaften ruhig zu bleiben und einen Mann mit seiner Verachtung zu strafen, der ein Leben hinzunehmen vermag, das als Sühne für einen trügerischen Vorwurf dargeboten wurde.

Seit der erhabenen Errichtung der Gesellschaft befindet das junge Mädchen sich in furchtbaren Herzensnöten, die ihr entweder die Berechnungen einer vorsichtigen Tugend oder die unglücklichen Begleitumstände eines Fehltritts verursachen. Oft büßt sie eine Liebe, und sei es dem Anschein nach die köstlichste, die erste ein, wenn sie widerstrebt; sie geht einer Heirat verlustig, wenn sie unklug ist. Wirft man einen Blick auf die Wechselfälle des sozialen Lebens in Paris, ist es unmöglich, an der Notwendigkeit einer Religion zu zweifeln, im Wissen, daß jeden Abend nur allzuviele junge Mädchen verführt werden. Aber Paris liegt auf dem achtundvierzigsten Breitengrad, und Tarragona auf dem einundvierzigsten. Die alte Frage des Klimas ist für die Erzähler noch immer von Nutzen, wenn sie die jähen Lösungen, die Unklugheiten oder die Widerstände der Liebe rechtfertigen wollen.

Montefiore hatte die Augen auf das zierliche, schwarze Profil gerichtet, das sich inmitten des Lichtkreises abzeichnete. Weder er noch Juana konnten einander sehen; ein unseliger, ärgerlicherweise angebrachter Fries nahm ihnen das Wohltätige der stummen Zwiesprache, die sich zwischen zwei Liebenden anspinnen kann, wenn sie sich aus ihren Fenstern neigen. Deswegen waren Herz und Augenmerk des Hauptmanns auf den Lichtkreis konzentriert, wo, vielleicht ohne daß sie es wußte, das junge Mädchen in aller Unschuld seine Gedanken durch die Gesten ausdrücken lassen konnte, die ihr entschlüpften. Doch nein. Die seltsamen Bewegungen Juanas gestatteten es Montefiore nicht, die leiseste Hoffnung zu fassen. Juana amüsierte sich damit, das Briefchen zu zerschnitzeln. Die Tugend, die Moral ahmen in ihrem Mißtrauen häufig die Vermutungen nach, die die Eifersucht den Bartolos der Komödie eingibt. Juana, die weder Tinte, noch Federn noch Papier besaß, antwortete mit Scherenschnitten. Bald hatte sie das Briefchen wieder befestigt, der Offizier zog es hoch, hielt es an das Licht seiner Lampe und las in ausgeschnittenen Lettern: »Kommen Sie!«

»Kommen!« sagte er sich. »Und das Gift, der Schießprügel, der Dolch des Peréz? Und der kaum auf seinem Ladentisch eingeschlafene Lehrling? Und die Dienstmagd in ihrer Hängematte? Und dies Haus, das dröhnt wie ein Opernbaß, und in dem ich von hier aus das Schnarchen des alten Peréz höre? Kommen? Hat sie denn nichts zu verlieren?«

Diese Erwägung gab ihm einen Stich. Nur Lüstlinge verstehen sich darauf, so logisch zu sein und können eine Frau für deren Hingabe strafen. Der Mann hat Satan[35] und Lovelace[36] erfunden; aber die Jungfrau ist ein Engel, dem er nichts als seine Laster zu bieten vermag; sie ist etwas so Großes und Schönes, daß er sie weder größer noch schöner machen kann: Ihm ist lediglich die verhängnisvolle Macht gegeben worden, sie dadurch zum Welken zu bringen, daß er sie in sein schmutziges Leben hinabzieht. Montefiore wartete die den tiefsten Schlaf spendende Stunde der Nacht ab; dann stieg er trotz all seinen Bedenken hinab, barfuß, mit seinen Pistolen versehen, Schritt für Schritt, blieb stehen, um in die Stille zu lauschen, streckte die Hände vor, ertastete die Stufen, vermochte fast in der Dunkelheit zu sehen, immer bereit, in sein Zimmer zurückzukehren, falls ihm der leichteste Zwischenfall widerführe. Der Italiener hatte seine schönste Uniform angelegt, er hatte sein schwarzes Haar parfümiert, er hatte sich den besonderen Glanz zugelegt, den Toilettenkünste und Gepflegtheit der naturgegebenen Schönheit leihen; bei solcherlei Gelegenheiten werden die meisten Männer ebensosehr zu Frauen wie die Frauen selber. Montefiore konnte ohne Hindernis bis zu der Geheimtür des Kabinetts gelangen, in dem das junge Mädchen untergebracht worden war, es war ein in einem Winkel des Hauses hergestelltes Versteck; das Haus war an dieser Stelle durch einen der willkürlichen Vorsprünge verbreitert worden, die sich recht häufig dort finden, wo die Menschen durch die hohen Bodenpreise genötigt sind, ihre Häuser eng aneinander zu rücken. Diese Zelle gehörte ausschließlich Juana; dort hielt sie sich tagsüber auf, allen Blicken entrückt. Bislang hatte sie bei ihrer Adoptivmutter geschlafen; aber die kärgliche Enge der Mansarden, in die das Ehepaar sich geflüchtet, hatte ihm nicht erlaubt, das Pflegekind mit sich zu nehmen. Also hatte Doña Laguña das junge Mädchen dem Schutz und dem Schlüssel der Geheimtür überlassen, dem Schutz der wirksamsten religiösen Vorstellungen, da diese zum Aberglauben gediehen waren, und unter der Obhut eines angeborenen Stolzes, einer Scham der Sensitiven, die die junge Mancini zu einer Ausnahme innerhalb ihres Geschlechts machten: dem dankte sie gleichermaßen die rührendsten Tugenden und die leidenschaftlichsten Eingebungen; daher hatte es der Schlichtheit und Frömmigkeit dieses eintönigen Lebens zur Beschwichtigung des feurigen Bluts der Marañas bedurft, das in ihrem Herzen brodelte und das ihre Adoptivmutter die Versuchungen des Bösen zu nennen pflegte. Ein dünner Lichtstreif, der sich durch den Spalt der Tür auf dem Fußboden abzeichnete, erlaubte Montefiore, zu erkennen, wo diese sich befand; er kratzte behutsam daran; Juana öffnete. Unter Herzklopfen trat Montefiore ein; er nahm auf dem Antlitz der Klausnerin einen Ausdruck naiver Neugier, völlige Unkenntnis ihrer Gefahr und eine gewisse treuherzige Bewunderung wahr. Einen Augenblick lang blieb er betroffen ob der Heiligkeit des Bildes stehen, das sich seinen Blicken darbot.

An den Wänden eine Bespannung mit violetten Blumen auf grauem Grund; eine kleine Truhe aus Ebenholz, ein altertümlicher Spiegel, ein riesiger alter Sessel, gleichfalls aus Ebenholz mit Gobelinstoff bespannt; ferner ein Tisch mit gewundenen Beinen; auf dem Fußboden ein hübscher Teppich; neben dem Tisch ein Stuhl: das war alles. Und auf dem Tisch Blumen und eine

Stickarbeit; und im Hintergrund ein schmales, winziges Bett, auf dem Juana zu träumen pflegte; über dem Bett drei Gemälde; am Kopfende ein Kruzifix mit Weihwasserbecken, ein in Goldlettern geschriebenes, eingerahmtes Gebet. Die Blumen atmeten schwache Düfte aus, die Kerzen verbreiteten ein mildes Licht; alles war still, rein und weihevoll. Juanas träumende Gedanken, aber vor allem Juana selbst hatte ihren Zauber den Dingen mitgeteilt, und ihre Seele schien daraus widerzustrahlen: Sie war die Perle in ihrer Muschelschale. Juana war weiß gekleidet und schön allein durch die Schönheit; sie hatte ihren Rosenkranz beiseite gelegt, um die Liebe herbeizurufen; sogar Montefiore hätte sie Respekt eingeflößt, wenn die Stille, wenn die Nacht, wenn Juana nicht so von Liebe erfüllt gewesen wären, wenn das kleine, weiße Bett nicht halb aufgedeckte Laken hätte sehen lassen und das Kopfkissen, dem tausend verworrene Wünsche anvertraut worden waren. Lange blieb Montefiore so stehen, trunken von einem ungekannten Glück, vielleicht von demjenigen Satans, der durch einen Riß der Wolken, die dessen Schutzwall bilden, den Himmel gewahrt.

»Sowie ich Sie sah«, sagte er in reinem Toskanisch und mit auf italienische Weise melodische Stimme, »habe ich Sie geliebt. In Ihnen sind meine Seele und mein Leben gewesen, in Ihnen werden sie für immer sein, wenn Sie wollen.«

Juana lauschte und sog den Klang dieser Worte in sich ein, die die Sprache der Liebe zu etwas Herrlichem machte.

»Arme Kleine, wie haben Sie so lange Zeit in diesem dunklen Haus atmen können, ohne darin umzukommen? Sie, die Sie geschaffen sind, in der Gesellschaft eine herrschende Rolle zu spielen und den Palast eines Fürsten zu bewohnen, von Fest zu Fest zu leben, die Freuden nachzuempfinden, die Sie entstehen lassen, alles zu Ihren Füßen zu sehen, die schönsten Reichtümer durch diejenigen Ihrer Schönheit auszulöschen, die nie Nebenbuhlerinnen finden wird, Sie haben hier gelebt, einsam, zusammen mit zwei Kaufleuten!«

Hinter dieser Frage steckte etwas. Er wollte wissen, ob Juana noch nie einen Liebhaber gehabt habe.

»Ja«, antwortete sie. »Aber wer hat Ihnen denn meine geheimsten Gedanken gesagt? Seit ein paar Monaten bin ich sterbenstraurig. Ja, lieber möchte ich tot sein, als noch länger in diesem Hause zu bleiben. Sehen Sie sich diese Stickerei an; daran ist kein einziger Stich, der nicht mit tausend schauerlichen Gedanken gemacht worden wäre. Wie oft habe ich davonlaufen und mich ins Meer stürzen wollen! Warum? Das weiß ich schon nicht mehr ... Kleine Kinderkümmernisse, aber trotz ihrer Nichtigkeit sehr heftige ... Oft habe ich abends meine Mutter geküßt, wie man seine Mutter zum letztenmal küßt, und habe mir innerlich dabei gesagt: ›Morgen bringe ich mich um.‹ Aber dann ging ich dennoch nicht in den Tod. Selbstmörder kommen in die Hölle, und ich hatte so große Angst vor der Hölle, daß ich mich dazu beschied, weiterzuleben, stets zur selben Stunde aufzustehen, zu Bett zu gehen, zu arbeiten und dieselben Dinge zu tun. Gelangweilt habe ich mich nicht, aber gelitten ... Und dabei vergöttern mich meine Eltern. Ach, ich bin schlecht, ich habe es auch meinem Beichtvater gesagt.«

»Dann sind Sie also immer hier geblieben, ohne Zertreuungen, ohne Vergnügungen!«

»Oh, ich bin nicht immer so gewesen. Bis ich fünfzehn Jahre alt war, haben mir die Gesänge, die Musik, die kirchlichen Feste durch ihren Anblick Freude gemacht. Ich war glücklich, mich wie die Engel zu fühlen, ohne Sünde, und alle acht Tage kommunizieren zu dürfen; mit einem Wort, ich liebte Gott. Aber seit drei Jahren ist alles in mir anders geworden, von Tag zu Tag. Anfangs habe ich hier Blumen haben wollen, und ich habe auch immer recht schöne gehabt; dann habe ich gewollt, daß ... Aber jetzt will ich nichts mehr«, fügte sie nach einer Pause hinzu und lächelte Montefiore an. »Haben Sie mir vorhin nicht geschrieben, Sie würden mich immer lieben?«

»Ja, geliebte Juana«, rief Montefiore mit weicher Stimme aus, umfaßte die Taille des anbetungswürdigen Mädchens und zog sie kraftvoll an sein Herz, »ja. Aber laß mich zu dir sprechen, wie du zu Gott sprichst. Bist du nicht schöner als die Himmelskönigin Maria? Ich schwöre dir«, fuhr er fort und küßte sie aufs Haar, »ich schwöre dir, und dabei nehme ich deine Stirn als den schönsten der Altäre, aus dir mein Idol zu machen und alle Reichtümer der Welt an dich zu verschwenden. Dir sollen meine Karossen gehören, dir mein Palazzo in Mailand, dir die Kleinodien, die Diamanten meiner altehrwürdigen Familie; jeden Tag neues Geschmeide für dich, tausend Genüsse, alle Freuden der Welt.«

»Ja«, sagte sie, »das alles liebe ich sehr; doch ich spüre in meiner Seele, daß das, was ich auf Erden am meisten lieben werde, mein geliebter Gatte ist. *Mio caro sposo!«*[37] sagte sie; denn es ist unmöglich, den drei französischen Worten die wundervolle Zärtlichkeit, die verliebte Eleganz der Klänge zuteilwerden zu lassen, darein die italienische Zunge und Aussprache diese drei köstlichen Worte hüllen. Das Italienische war ja auch Juanas Muttersprache.

»In ihm«, sprach sie weiter und warf Montefiore einen Blick zu, in dem die Reinheit der Cherubine schimmerte, »werde ich meine geliebte Religion wiederfinden. Er und Gott, Gott und er. – Sie also werden es sein?« fragte sie. – »Ja, gewiß, Sie«, rief sie nach einer Pause. »Ach ja, kommen Sie und schauen Sie sich das Bild an, das mein Vater mir aus Italien mitgebracht hat.«

Sie nahm eine Kerze, gab Montefiore einen Wink und zeigte ihm am Fußende des Bettes einen heiligen Michael, der den Bösen niederschmettert.

»Sehen Sie nur, hat er nicht Ihre Augen. Deswegen ist mir ja auch, als ich Sie auf der Straße erblickte, diese Begegnung als eine Botschaft des Himmels erschienen. Ehe meine Mutter mich zum Gebet rief, hatte ich in meinen morgendlichen Träumereien dies Gemälde, diesen Engel so oft angeschaut, daß ich ihn schließlich zu meinem Gatten gemacht hatte. Mein Gott! Ich spreche zu Ihnen, wie ich zu mir selbst spreche. Ich muß Ihnen vorkommen, als sei ich ganz von Sinnen; aber wenn Sie wüßten, wie sehr es eine arme Klausnerin nötig hat, die Gedanken auszusprechen, die sie ersticken! Wenn ich allein war, habe ich zu diesen Blumen gesprochen, zu diesen gestickten Sträußen: Ich glaube, sie haben mich besser verstanden als meine Eltern; die sind immer so ernst.«

»Juana«, sprach Montefiore weiter, nahm ihre Hände und küßte diese mit einer Leidenschaft, die aus seinen Augen, seinen Gesten und dem Klang seiner Stimme hervorbrach, »sprich zu mir wie zu deinem Gatten, wie zu dir selbst. Ich habe alles durchlitten, was du durchlitten hast. Zwischen dir und mir müssen wenige Worte genügen, damit wir verstehen, was hinter uns liegt; aber es wird deren niemals genug geben, um unsere künftige Glückseligkeit auszudrücken. Leg deine Hand auf mein Herz. Fühlst du, wie es pocht? Vor Gott, der uns sieht und hört, wollen wir einander versprechen, uns unser ganzes Leben lang treu zu sein. Da, nimm diesen Ring . . . Gib mir den deinen!«

»Meinen Ring weggeben?« rief sie erschrocken aus.

»Warum denn nicht?« fragte Montefiore, den soviel Naivität stutzig machte.

»Aber er stammt doch von unserm heiligen Vater, dem Papst; er ist mir in meiner Kindheit von einer schönen Dame an den Finger gesteckt worden, die mich aufgezogen, die mich in dieses Haus gebracht und mir gesagt hat, ich solle ihn alle Zeit behalten.«

»Juana, dann willst du mich also nicht lieben?«

»Ach«, sagte sie, »da haben Sie ihn. Ist er bei Ihnen nicht besser aufgehoben als bei mir?«

Zitternd hielt sie den Ring, umklammerte ihn und blickte Montefiore mit fragender, durchdringender Klarheit an. Dieser Ring war ganz und gar sie selber; sie gab ihn ihm.

»Oh, geliebte Juana«, sagte Montefiore und schloß sie in die Arme, »um dich zu täuschen, müßte man ein Scheusal sein . . . Ich will dich immer lieben . . .«

Juana war nachdenklich geworden. Montefiore dachte, daß er bei dieser ersten Zusammenkunft nichts riskieren dürfe, was ein junges, so reines Mädchen erschrecken könnte, das mehr aus Tugend denn aus Begehren unvorsichtig war; er verließ sich auf die Zukunft, auf sein gutes Aussehen, dessen Macht er kannte, auf die unschuldige Vermählung durch den Ring, die herrlichste aller Eheschließungen, die leichteste und am stärksten bindende aller Zeremonien, die Hochzeit des Herzens. Während des Restes der Nacht und während des folgenden Tages sollte Juanas Phantasie eine Spießgesellin seiner Leidenschaft sein. Also bemühte er sich, ebenso respektvoll wie zärtlich zu sein. Aus diesem Gedanken heraus, und dabei half ihm seine Leidenschaft und mehr noch die Begierde, die Juana ihm einflößte, waren seine Worte schmeichlerisch und salbungsvoll. Er weihte das unschuldige Mädchen in alle Pläne eines neuen Lebens ein, er malte ihr die Welt in den leuchtendsten Farben, er unterhielt sie über diejenigen Einzelheiten des Ehelebens, die den jungen Mädchen so sehr gefallen, er führte mit ihr eins der strittigen Gespräche, die der Liebe Rechte und Wirklichkeit verleihen. Als dann die künftige Stunde ihrer nächtlichen Zusammenkünfte verabredet worden war, ließ er Juana glücklich, aber verwandelt zurück; die reine, fromme Juana gab es nicht mehr; in dem letzten Blick, den sie ihm zuwarf, in der hübschen Bewegung, die sie vollführte, um ihre Stirn den Lippen ihres Liebhabers darzubringen, war bereits mehr Leidenschaft, als zu bezeigen einem jungen Mädchen gestattet ist. Die Einsamkeit, die Langweiligkeit von Arbeiten, die dem Naturell dieses Mädchens widersprachen, hatten all das bewirkt; um sie wieder züchtig und tugendhaft zu machen, hätte sie vielleicht allmählich an Welt und Gesellschaft gewöhnt, oder beides hätte ihr für ewig vorbehalten werden müssen.

»Der morgige Tag wird mir sehr lang vorkommen«, sagte sie, als sie einen noch keuschen Kuß auf die Stirn empfing. »Aber bleiben Sie im Wohnzimmer, und sprechen Sie ein wenig laut, damit ich Ihre Stimme hören kann; sie erfüllt mir das Herz.«

Montefiore durchschaute Juanas ganzes Leben und war nur desto zufriedener, daß er seine Begierde zurückzuhalten gewußt hatte, um deren Stillung desto gewisser zu machen. Ohne weiteres Hindernis stieg er wieder in sein Zimmer hinauf. Zehn Tage verrannen, ohne daß irgendein Geschehnis den Frieden und die Einsamkeit dieses Hauses störte. Montefiore hatte all seine italienischen Schmeichelkünste gegenüber dem alten Peréz, Doña Laguña, dem Lehrling und sogar der Dienstmagd entfaltet, und alle hatten ihn gern; aber trotz des Vertrauens, das er ihnen einzuflößen verstand, wollte er dieses nie zu der Bitte ausnützen, Juana zu sehen oder sich die Tür der köstlichen Zelle öffnen zu lassen. Zwar hatte die junge Italienerin, die danach lechzte, ihren Liebhaber zu sehen, ihn oftmals darum gebeten, allein er hatte es ihr stets aus Klugheit verweigert. Überdies hatte er all sein Ansehen und all seine Erfahrung eingesetzt, um den Argwohn der beiden alten Ehegatten einzuschläfern; er hatte sie daran gewöhnt, daß er, obwohl Offizier, immer erst gegen Mittag aufstand. Der Hauptmann hatte sich krank schreiben lassen. Die beiden Liebenden lebten also nur noch in der Nacht, von dem Augenblick an, da alles im Haus schlief. Wäre Montefiore nicht einer der Lüstlinge gewesen, denen die Gewohnheit der Liebeslust es gestattet, bei jeder Gelegenheit ihre Kaltblütigkeit zu bewahren, so wäre es während jener zehn Tage zehnmal um sie geschehen gewesen. Ein junger Liebhaber hätte sich in der Arglosigkeit der ersten Liebe zu entzückenden Unvorsichtigkeiten hinreißen lassen, denen zu widerstehen so schwierig ist. Aber der Italiener blieb sogar der schmollenden Juana gegenüber fest, der liebestollen Juana, der Juana, die aus ihrem langen Haar eine Kette machte, die sie ihm um den Hals legte, um ihn bei sich zu behalten. Indessen wäre auch der Scharfsinnigste in arge Verlegenheit geraten, hätte er die Geheimnisse ihrer nächtlichen Zusammenkünfte erraten sollen. Man könnte glauben, der des Erfolges sichere Italiener habe sich die unaussprechliche Lust einer schrittweisen Verführung geleistet, einer Feuersbrunst, die allmählich um sich greift und die schließlich alles in Brand setzt. Am elften Tag, beim Abendessen, erachtete er es als notwendig, dem alten Peréz unter dem Siegel der Verschwiegenheit anzuvertrauen, die Ursache der Mißgunst seiner Familie sei eine Mesalliance. Dieses falsche Eingeständnis war etwas Schreckliches in dem nächtlichen Drama, das sich in diesem Haus abspielte. Montefiore als erfahrener Spieler bereitete eine Lösung vor, die er schon im voraus genoß wie ein Künstler, der seine Kunst liebt. Er rechnete damit, daß er bald ohne Bedauern das Haus und seine Liebe verlassen werde. Wenn dann Juana, die vielleicht durch eine Frage ihr Leben aufs Spiel setzte, Peréz fragen würde, wo denn sein Quartiergast sei, nachdem sie lange auf ihn gewartet hatte, dann würde Pérez ohne die Bedeutungsschwere seiner Antwort zu kennen, ihr sagen: »Der Marchese de Montefiore hat sich mit seiner Familie ausgesöhnt; sie willigt ein, seine Frau zu empfangen, und er ist fort, um sie vorzustellen.«

Arme Juana . . .! Der Italiener hatte sich nie Gedanken gemacht, was aus Juana werden würde; aber er wußte um ihre Noblesse, ihre Arglosigkeit, um ihre sämtlichen Tugenden, und er war Juanas Schweigen sicher.

Er bekam von irgendeinem General einen Auftrag. Drei Tage danach, während der Nacht, der seinem Aufbruch vorhergehenden Nacht, wollte Montefiore, wohl wie ein Tiger, nichts von seiner Beute übriglassen; anstatt sich in sein Zimmer hinaufzubegeben, trat er bald nach dem Abendessen bei Juana ein, um sich eine längere Abschiedsnacht zu gönnen. Da Juana als echte Spanierin und echte Italienerin doppelte Leidenschaftlichkeit besaß, war sie nur zu glücklich über diese Kühnheit; für sie sprach daraus soviel Glut! In der reinen Liebe der Ehe die grausamen Glückseligkeiten einer unerlaubten Verbindung zu finden, den Gatten hinter den Bettvorhängen zu verbergen; halbwegs die Adoptiveltern zu betrügen und ihnen im Fall des Ertapptwerdens sagen zu können: »Ich bin die Marchesa de Montefiore!« Wäre das nicht ein Fest für ein romantisches Mädchen, das seit drei Jahren immer nur von der Liebe geträumt hatte, nicht aber von deren sämtlichen Gefahren? Die Gobelintür fiel über sie, über ihre Tollheiten, über ihr Glück nieder wie ein Schleier, den aufzuheben sich erübrigt. Es war jetzt etwa neun Uhr; der Kaufmann und seine Frau lasen ihre Abendgebete; plötzlich erscholl in der kleinen Straße das Geräusch eines mit mehreren Pferden bespannten Wagens; hastige Schläge durchdröhnten den Laden; die Dienstmagd lief hin und öffnete die Tür. Sogleich drang mit zwei Sprüngen in den altertümlichen Wohnraum eine Frau, die, obwohl sie, einer Reisekutsche entstiegen, der Schmutz von tausend Wegen abscheulich überkrustete, prächtig gekleidet war. Ihr Wagen hatte Italien, Frankreich und Spanien durchquert. Es war die Marana! Die Marana, die trotz ihrer sechsunddreißig Jahre, trotz ihres Freudenlebens im vollen Glanz einer beltà folgorante[38] stand, um dieses prachtvolle Wort nicht in Vergessenheit geraten zu lassen, das in Mailand von ihren begeisterten Verehrern auf sie geprägt worden war; die Marana, anerkannte Mätresse eines Königs, die Neapel, die neapolitanischen Feste, den Himmel Neapels, den Höhepunkt ihres Lebens mit Gold und Madrigalen, mit Duftstoffen und Seide hinter sich gelassen hatte, als sie durch ihren königlichen Liebhaber von den Ereignissen in Spanien und der Belagerung von Tarragonna hörte.

»Nach Tarragona, bevor Tarragona genommen wird«, hatte sie aufgeschrien. »In zehn Tagen will ich in Tarragona sein . . .«

Und ohne sich um einen Hof noch um eine Krone zu kümmern, war sie in Tarragona angelangt, versehen mit einem quasi kaiserlichen Geleitsbrief[39], versehen mit Gold, das es ihr ermöglichte, das französische Kaiserreich mit der Schnelligkeit und dem Leuchten einer Feuerwerksrakete zu durchqueren. Für Mütter gibt es keine Entfernungen, eine wahre Mutter ahnt alles und erblickt ihr Kind von einem Pol zum andern.

»Meine Tochter! Meine Tochter!« rief die Maraña.

Bei dieser Stimme, bei diesem jähen Eindringen, beim Erblikken dieser Königin im kleinen, fiel Peréz und seiner Frau das Gebetbuch aus den Händen; diese Stimme dröhnte wie der Donner, und die Augen der Maraña schleuderten dazu die Blitze.

»Da drinnen ist sie«, antwortete der Kaufmann ruhigen Tons nach einer Pause, während welcher er sich von der Erregung erholt hatte, in die er durch die plötzliche Ankunft, den Blick und die Stimme der Maraña versetzt worden war. – »Da drinnen ist sie«, sagte er nochmals und deutete auf die kleine Zelle.

»Ja, aber ist sie nicht etwa krank gewesen, ist sie nach wie vor ...«

»Völlig wohlauf«, sagte Doña Laguña.

»Mein Gott! Jetzt stürze mich bis in alle Ewigkeit in die Hölle, wenn du willst«, rief die Maraña aus und sank ganz erschöpft und halbtot in einen Sessel.

Die falsche Röte, die ihren Ängsten zuzuschreiben war, wich unvermittelt, sie erbleichte. Sie hatte die Kraft aufgebracht, Leiden zu ertragen; für ihre Freude hatte sie keine mehr. Die Freude war heftiger als ihr Schmerz, denn sie enthielt allen Widerhall des Schmerzes und alle Bangnisse der Freude.

»Aber wie ist es Ihnen ergangen?« fragte sie. »Tarragona ist doch im Sturm genommen worden?«

»Ja«, entgegnete Peréz. »Doch da Sie mich am Leben sehen, wie konnten Sie mich da fragen? Hätte man mich nicht umbringen müssen, um an Juana heranzukommen?«

Auf diese Antwort hin ergriff die Kurtisane Peréz' schwielige Hand und küßte sie; es fielen die Tränen darauf, die ihr in die Augen getreten waren.

»Guter Peréz«, sagte sie endlich. »Aber es müssen doch Offiziere bei Ihnen einquartiert worden sein?«

»Nur ein einziger«, antwortete der Spanier. »Zum Glück haben wir den anständigsten aller Menschen bekommen, einen ehemaligen Spanier, einen Italiener, der Bonaparte haßt, einen verheirateten, nüchternen Mann ... Er steht spät auf und geht beizeiten schlafen. Augenblicklich ist er sogar krank.«

»Einen Italiener? Wie heißt er denn?«

»Hauptmann Montefiore ...«

»Es ist doch nicht der Marchese de Montefiore ...?«

»Doch, Señora, ebenjener.«

»Hat er Juana gesehen?«

»Nein«, sagte Doña Laguña.

»Da irrst du dich, Frau«, entgegnete Perèz. »Der Marchese hat Juana einen ganz kurzen Augenblick gesehen, es ging nicht anders; ich meine, er dürfte einen Blick auf sie geworfen haben an dem Tag, da sie beim Nachtessen hereingekommen ist.«

»Oh! Ich will meine Tochter sehen.«

»Nichts ist leichter«, sagte Peréz. »Sie schläft. Wenn sie den Schlüssel im Schloß hat stecken lassen, müßte sie freilich geweckt werden.«

Als der Kaufmann aufstand, um den zweiten Schlüssel der Tür zu holen, fielen seine Blicke zufällig auf das hohe Fenster. Da gewahrte er in dem Lichtkreis, der durch das ovale Fenster der Zelle auf die schwarze Mauer des Binnenhofs geworfen wurde, den Schattenriß einer Gruppe, die bis auf den galanten Canova[40] kein anderer Bildhauer hätte ersinnen können. Der Spanier wandte sich um.

»Ich weiß nicht«, sagte er zu der Maraña, »wo wir den Schlüssel hingelegt haben.«

»Sie sind ganz blaß«, sagte sie zu ihm.

»Ich will Ihnen sagen, warum«, antwortete er, sprang auf seinen Dolch zu, ergriff ihn, klopfte damit heftig an Juanas Tür und rief: »Juana, aufmachen, aufmachen!«

Sein Tonfall drückte eine furchtbare Verzweiflung aus, die die beiden Frauen zu Eis erstarren ließ.

Aber Juana machte nicht auf, weil sie einige Zeit brauchte, um Montefiore zu verstecken. Sie ahnte nicht, was im Wohnraum vor sich ging. Der doppelte Wandbehang vor der Tür hatte die Worte erstickt.

»Madame, ich belüge Sie, wenn ich sage, ich wüßte nicht, wo der Schlüssel sei. Hier ist er«, fuhr er fort und zog ihn aus der Anrichte. »Aber er nützt nichts. Der Juanas steckt im Schloß, und ihre Tür ist zugesperrt. Wir sind hinters Licht geführt worden, Frau!« sagte er zu dieser gewendet. »Es ist ein Mann bei Juana«.

»Bei meinem Seelenheil, das ist unmöglich«, antwortete die Frau.

»Schwöre nicht, Weib. Unsere Ehre ist tot, und diese Frau...« er deutete auf die Maraña, die sich erhoben hatte und starr dastand, wie vom Blitz getroffen durch diese Worte, »diese Frau hat das Recht, uns zu verachten. Sie hat uns Leben, Vermögen und Ehre gerettet, und wir haben es nur verstanden, ihre Taler zu hüten.«

»Juana, aufmachen«, schrie er, »oder ich schlage die Tür ein.« Und seine Stimme, die an Heftigkeit wuchs, mußte bis hinauf zu den Speicherräumen des Hauses hallen. Dabei war er kalt und ruhig. Er hielt das Leben Montefiores in den Händen, und er wollte seine Gewissensbisse mit dem Blut des Italieners abwaschen.

»Heraus, heraus, heraus, heraus mit euch allen«, rief die Maraña und sprang mit der Geschmeidigkeit einer Tigerin auf den Dolch zu, den sie den Händen des verblüfften Peréz entriß. »Gehen Sie, Peréz«, fuhr sie voller Ruhe fort, »gehen Sie, Sie, Ihre Frau, Ihre Dienstmagd und Ihr Lehrling. Hier wird ein Mord stattfinden. Sie könnten alle von den Franzosen erschossen werden. Sie haben hier nichts zu suchen; das geht einzig *mich* an. Zwischen meiner Tochter und mir darf nur Gott stehen. Was den Mann betrifft, so gehört er mir. Die ganze Erde würde ihn nicht meinen Händen entreißen. Gehen Sie, gehen Sie doch, ich verzeihe Ihnen. Ich sehe es, diese Tochter ist eine Maraña. Sie, Ihre Frömmigkeit, Ihre Ehre waren zu schwach, um gegen mein Blut anzukämpfen.«

Sie stieß einen schauerlichen Seufzer aus und ließ die andern sehen, daß ihre Augen trocken waren. Sie hatte alles verloren und wußte zu leiden, sie war eine Kurtisane. Die Tür ging auf. Die Maraña vergaß alles, und Peréz, der seiner Frau einen Wink gab, konnte auf seinem Posten bleiben. Als alter, in bezug auf die Ehre unumgänglicher Spanier wollte er der verratenen Mutter bei der Rache helfen. Juana, weich beleuchtet, blendend weiß gekleidet, stand ruhig mitten in ihrer Kammer.

»Was wollt ihr eigentlich von mir?« fragte sie.

Die Maraña konnte ein leichtes Erschauern nicht unterdrükken.

»Peréz«, fragte sie, »hat dies Kabinett noch einen zweiten Ausgang?«

Peréz tat eine verneinende Geste; und im Vertrauen auf eben jene Geste schritt die Kurtisane in das Zimmer hinein. »Juana, ich bin deine Mutter, deine Richterin, und du hast dich in die einzige Lage versetzt, in der ich mich dir enthüllen könnte. Ich habe dich geboren, dich, die ich dem Himmel bestimmt hatte. Ach, du bist sehr tief gefallen. Du hast einen Liebhaber bei dir.«

»Madame, es darf und kann sich nur mein Gatte bei mir befinden«, antwortete sie. »Ich bin die Marchesa de Montefiore.«

»Dann gibt es also zwei?« sagte der alte Peréz mit seiner ernsten Stimme. »Er hat mir gesagt, er sei verheiratet.«

»Montefiore, mein Geliebter!« rief das junge Mädchen, zerriß die Vorhänge und ließ den Offizier sehen, »komm, diese Leute verleumden dich.«

Der Italiener war blaß und bleifahl; er sah einen Dolch in den Händen der Marana, und die Marana kannte er.

Daher sprang er mit einem Satz aus der Kammer und schrie mit Donnerstimme: »Hilfe! Hilfe! Hier wird ein Franzose ermordet. Soldaten des 6. Linienregiments, holt schleunigst den Hauptmann Diard! Hilfe!«

Peréz hatte den Marchese gepackt und wollte aus seiner breiten Hand einen natürlichen Mundknebel für ihn machen, als die Kurtisane ihm Einhalt gebot und sagte: »Halten Sie ihn gut fest, aber lassen Sie ihn schreien. Macht die Türen auf, laßt sie offen, und geht alle hinaus, ich sage es euch nochmals. – Du aber«, fuhr sie fort und wandte sich dabei an Montefiore, »du schrei nur, ruf um Hilfe ... Wenn die Schritte deiner Soldaten vernehmlich werden, hast du diese Klinge im Herzen. – Bist zu verheiratet? Antworte.«

Montefiore war an der Türschwelle niedergesunken, zwei

Schritte von Juana entfernt; er hörte nichts mehr, er sah nichts mehr, bis auf die Dolchklinge, deren blinkende Strahlen ihn blendeten.

»Er hätte mich also getäuscht?« fragte Juana langsam. »Er hat gesagt, er sei ledig.«

»Mir hat er gesagt, er sei verheiratet«, entgegnete Peréz wiederum sehr ernst.

»Heilige Jungfrau!« rief Doña Laguña.

»Wirst du jetzt antworten, du Dreckseele«, fragte die Maraña leise; sie beugte sich dabei zum Ohr des Marchese nieder.

»Ihre Tochter«, sagte Montefiore.

»Die Tochter, die ich hatte, ist tot oder wird sterben«, erwiderte die Maraña. »Ich habe keine Tochter mehr. Sprich dieses Wort nicht aus. Antworte, bist du verheiratet?«

»Nein, Madame«, sagte Montefiore endlich, er wollte Zeit gewinnen. »Ich will Ihre Tochter heiraten.«

»Mein edler Montefiore«, sagte Juana aufatmend.

»Warum dann weglaufen und um Hilfe rufen?« fragte der Spanier.

Entsetzliches Aufdämmern!

Juana sagte nichts, aber rang die Hände und mußte sich in einen Sessel setzen. In diesem Augenblick erhob sich draußen ein Tumult, der bei der tiefen Stille, die im Wohnzimmer herrschte, leicht wahrzunehmen war. Ein Soldat vom 6. Linienregiment, der zufällig durch die Straße gekommen war, als Montefiore um Hilfe gerufen hatte, hatte Diard benachrichtigt. Der Quartiermeister, der glücklicherweise gerade auf dem Heimweg war, kam, von seinen Freunden begleitet.

»Warum weglaufen?« fuhr Montefiore fort, als er die Stimme seines Freundes hörte. »Weil ich euch die Wahrheit gesagt habe. Diard! Diard!« schrie er mit gellender Stimme.

Aber auf einen Zuruf seines Herrn hin, der wollte, daß alles in seinem Haus bei dem Mord zugegen sei, hatte der Lehrling die Tür verschlossen, und die Soldaten mußten sie einschlagen. Bevor sie eindrangen, konnte die Maraña also dem Schuldigen einen Dolchstich versetzen; aber ihr geballter Zorn hinderte sie daran, gut zu zielen, und die Klinge glitt an der Epaulette[41] Montefiores ab. Dennoch hatte sie so kräftig zugestoßen, daß der Italiener zu Juanas Füßen niederfiel; diese hatte nichts von alledem gemerkt. Die Maraña sprang auf ihn zu; und um ihn diesmal nicht zu verfehlen, packte sie ihn an der Gurgel, hielt ihn mit eisernem Griff fest und zielte auf sein Herz.

»Ich bin frei und ich heirate! Ich schwör es bei Gott, bei meiner Mutter und bei allem, was es an Heiligstem auf Erden gibt; ich bin Junggeselle, ich heirate, mein Ehrenwort!«

Und er biß der Kurtisane in den Arm.

»Vorwärts, Mutter, töte ihn«, sagte Juana. »Er ist zu feige, ich will ihn nicht zum Gatten, und wäre er zehnmal schöner.«

»Ha, jetzt erkenne ich meine Tochter wieder«, rief die Mutter.

»Was geht denn hier vor?« fragte der unvermutet hinzutretende Quartiermeister.

»Nichts«, rief Montefiore, »als daß man mich um dieser Hure willen ermordet; sie behauptet, ich sei ihr Liebhaber, sie hat mich in eine Falle gelockt, und ich soll sie gegen meinen Willen heiraten ...«

»Und du willst sie nicht?« rief Diard, betroffen von der erhabenen Schönheit, die Unwille, Verachtung und Haß der ohnehin schon so schönen Juana liehen. »Du bist recht schwierig! Wenn sie einen Ehemann braucht, hier stehe ich. Steckt eure Dolche wieder in die Scheide.«

Die Maraña packte den Italiener, stellte ihn auf die Füße, zog ihn an das Bett ihrer Tochter und flüsterte ihm zu: »Wenn ich dich verschone, dann danke es deinem letzten Wort. Aber vergiß dies eine nicht! Wenn deine Zunge jemals meine Tochter beschmutzt, dann sehen wir einander wieder. – Wie hoch beläuft sich etwa ihre Mitgift?« fragte sie Peréz.

»Sie hat zweihunderttausend Goldpiaster ...«

»Das wird nicht alles sein, Monsieur«, sagte die Kurtisane zu Diard. »Wer sind Sie? – Sie können verschwinden«, sagte sie und wandte sich dabei zu Montefiore um.

Als der Marchese von zweihunderttausend Goldpiastern reden hörte, trat er vor und sagte: »Ich bin tatsächlich frei ...«

Ein Blick Juanas beraubte ihn der Sprache. »Es steht Ihnen tatsächlich frei, zu verschwinden«, sagte sie zu ihm.

Und der Italiener verschwand.

»Ach Monsieur«, fuhr das junge Mädchen fort, sie sprach jetzt zu Diard, »ich danke Ihnen voller Bewunderung. Mein Gatte ist im Himmel, Jesus Christus soll es sein. Morgen gehe ich in das Kloster von . . .«

»Juana, liebste Juana, schweig doch!« rief die Mutter und schloß sie in die Arme. Dann flüsterte sie ihr zu: »Du brauchst einen andern Gatten.«

Juana erbleichte.

»Wer sind Sie, Monsieur?« wiederholte sie und blickte Diard an.

»Vorerst«, antwortete er, »bin ich lediglich Quartiermeister im 6. Linienregiment. Aber um einer solchen Frau willen fühlt man sich beherzt genug, Marschall von Frankreich zu werden. Ich heiße Pierre-François Diard. Mein Vater war Vorsteher der Kaufmannschaft; ich bin also ein . . .«

»Ja, ein Ehrenmann sind Sie, nicht wahr?« rief die Maraña. »Wenn Sie der Señorita de Mancini recht sind, können Sie beide glücklich werden.«

»Juana«, fuhr sie ernsten Tones fort, »wenn du die Frau dieses wackeren, würdigen Mannes wirst, dann bedenke, daß du auch Mutter werden wirst. Ich habe geschworen, du würdest deine Kinder auf die Stirn küssen können, ohne zu erröten . . . (hier schwankte ihre Stimme ein wenig). Ich habe geschworen, du würdest eine tugendhafte Frau sein. Sei dir also in deinem Leben vieler Nöte und Sorgen gewärtig; aber was auch geschehen möge, bleib rein und sei in allem deinem Ehemann getreu; opfere ihm alles, er wird der Vater deiner Kinder sein . . . Ein Vater für deine Kinder . . .! Glaub es nur, zwischen einem Geliebten und dir wirst du immer deine Mutter antreffen; nur bei Gefahren werde ich deine Mutter sein . . . Siehst du den Dolch des Peréz? Er gehört zu deiner Mitgift«, sagte sie, ergriff die Waffe und warf sie auf Juanas Bett, »ich lasse ihn hier als Unterpfand deiner Ehre, solange ich die Augen offen und die Arme frei habe. – Leb wohl«, sagte sie und wehrte ihren Tränen, »gebe der Himmel, daß wir einander nie wiederzusehen brauchen.«

Bei diesem Gedanken strömten ihr die Tränen im Übermaß.

»Armes Kind, du bist in dieser Zelle sehr glücklich gewesen, mehr als du es glaubst! – Sorgen sie dafür, daß sie sich nie nach ihr zurücksehnt«, sagte sie und blickte ihren künftigen Schwiegersohn an.

Dieser lediglich als Einführung gedachte Bericht ist keineswegs das Hauptthema dieser Studie, zu deren Verständnis es vor allem notwendig war, darzulegen, wie es geschah, daß der Hauptmann Diard Juana de Mancini heiratete, wie Montefiore und Diard einander kennenlernten, und verständlich zu machen, welches Herz, welches Blut und welche Leidenschaften in Madame Diard pulsten.

Bis der Quartiermeister die umständlichen, langsamen Formalitäten erfüllt hatte, ohne die es einem französischen Offizier nicht gestattet ist, zu heiraten, hatte er sich leidenschaftlich in Juana de Mancini verliebt. Juana de Mancini hatte Zeit gehabt, über ihr Schicksal nachzudenken. Es war ein furchtbares Schicksal! Juana, die für Diard weder Achtung noch Liebe empfand, war dennoch an ihn durch ein sicherlich unbedachtes, aber notwendiges Wort gebunden. Der Provenzale war weder schön noch gut gewachsen. Seinen aller Vornehmheit baren Manieren waren gleicherweise der üble Kommißton, Provinzgepflogenheiten und eine unvollkommene Erziehung anzumerken. Konnte also dieses junge Mädchen, das ganz Anmut und Eleganz, das mit einem unüberwindlichen Instinkt für Luxus und guten Geschmack begabt war und das zudem sein Naturell zu den hohen Gesellschaftsschichten hinzog, Diard lieben? Was nun aber die Achtung betraf, so verweigerte sie Diard sogar dieses Gefühl, und zwar gerade, weil Diard sie geheiratet hatte. Dieser Widerwille war vollauf natürlich. Die Frau ist ein heiliges, schönes Wesen, aber fast immer unverstanden; und sie wird fast immer falsch beurteilt, weil sie unverstanden ist. Hätte Juana Diard geliebt, so würde sie ihn geachtet haben. Die Liebe erschafft in der Frau eine neue Frau: Die vom Vortage existiert am nächsten Tag nicht mehr. Legt sie das Hochzeitsgewand einer Leidenschaft an, darin es um das ganze Leben geht, so ist es rein und weiß. Sie wird tugendhaft und keusch neu geboren, es gibt für sie keine Vergangenheit mehr; sie ist ganz Zukunft und darf alles vergessen, um alles neu zu lernen. In diesem Sinne ist der zur Genüge berühmte Vers, den ein moderner

Dichter[42] Marion Delorme[43] in den Mund gelegt hat, in der Wahrheit gehärtet worden; es ist übrigens ein völlig corneillescher Vers.

»Allein die Liebe schuf mir neue Jungfernschaft.«

Wirkt dieser Vers nicht wie ein Nachklang aus einer Tragödie des Corneille[44], weil darin die ihrem Wesen nach energische Sprachkunst des Vaters unseres Theaters wiederbelebt worden ist? Und dabei ist der Dichter gezwungen worden, ihn dem im Grunde vaudevillistischen Geschmack des Parketts zu opfern.

Die von der Liebe freie Juana blieb also die getäuschte, gedemütigte, entwürdigte Juana. Juana konnte den Mann nicht ehren, der sie auf diese Weise genommen hatte. Mit all der Gewissensreinheit der Jugend empfand sie diesen Unterschied, der dem Anschein nach spitzfindig, indessen von heiliger Wahrheit und legal durch das Herz ist, und den die Frauen instinktiv in allen ihren Gefühlen anwenden, sogar in den am wenigsten überlegten. Juana wurde tief traurig, als sie erkannte, wie weitläufig das Leben sei. Oftmals wandte sie ihre Augen, die voll stolz unterdrückter Tränen waren, Peréz und Doña Laguña zu, die beide die bitteren Gedanken verstanden, die diese Tränen bargen; allein sie schwiegen. Zu was wären Vorwürfe nütze gewesen? Wozu Trostesworte? Je eindringlicher sie sind, desto mehr vergrößern sie das Unglück.

Eines Abends hörte die vor Schmerz abgestumpfte Juana durch den Vorhang der Tür ihrer Zelle, die die beiden Alten geschlossen glaubten, wie sich ihrer Adoptivmutter ein Stoßseufzer entrang.

»Das arme Kind wird noch vor Kummer sterben.«

»Ja«, erwiderte Peréz mit bewegter Stimme. »Aber was können wir tun? Kann ich jetzt noch die keusche Schönheit meines Pflegekinds dem Grafen d'Arcos rühmen, mit dem sie zu verheiraten ich gehofft hatte?«

»Ein Fehltritt ist kein Laster«, sagte die alte Frau; sie war so nachsichtig, wie es nur ein Engel sein könnte.

»Ihre Mutter hat sie versprochen«, entgegnete Peréz.

»Im Handumdrehen, und ohne sie zu fragen«, rief Doña Laguña.

»Sie hat wohl gewußt, was sie tat.«

»In welche Hände gerät unsre Perle!«

»Kein Wort mehr, oder ich breche mit diesem . . . diesem Diard einen Streit vom Zaun. Und das wäre ein weiteres Unglück.«

Als Juana diese schrecklichen Worte vernahm, wurde sie sich über das Glück klar, dessen Nahen durch ihren Fehltritt verhindert worden war. Die reinen, harmlosen Stunden ihrer milden Zurückgezogenheit wären also durch das schimmernde, glanzvolle Dasein belohnt worden, von dessen Köstlichkeiten sie so oft geträumt hatte, und eben jene Träume hatten ihr Elend verursacht. Aus der Höhe des Grandentums bis zu »Monsieur« Diard hinabzustürzen! Juana weinte, Juana wurde beinahe wahnsinnig. Eine Weile schwankte sie zwischen dem Laster und der Religion. Das Laster war eine rasche Lösung; die Religion ein ganzes Leben der Leiden. Ihre Grübelei war stürmisch und feierlich. Der nächste Tag war ein Schicksalstag, nämlich der Hochzeitstag. Juana konnte noch Juana bleiben. War sie frei, dann wußte sie, wie weit ihr Unglück gehen würde; war sie verheiratet, dann wußte sie nicht, bis wohin es sich erstrecken konnte. Die Religion trug den Sieg davon. Doña Laguña setzte sich zu ihrer Tochter und betete und wachte so fromm, wie sie bei einer Sterbenden gebetet und gewacht haben würde.

»Gott will es«, sagte sie zu Juana.

Die Natur verleiht der Frau wechselweise eine besondere Kraft, die ihr beim Leiden hilft, oder eine Schwäche, die ihr zum Sichfügen rät. Juana entsagte ohne Hintergedanken. Sie wollte dem Gelöbnis ihrer Mutter gehorchen und die Wüste des Lebens durchqueren, um in den Himmel zu gelangen, obwohl sie nur zu gut wußte, daß sie auf ihrer peinvollen Wanderung keine Blumen finden würde. Sie heiratete Diard. Was den Quartiermeister betraf, so fand er zwar keine Gnade vor Juana; aber wer hätte ihn nicht freigesprochen? Er liebte rauschhaft. Die Marana, die von Natur dazu begabt war, Liebe zu wittern, hatte in ihm die Sprache der Leidenschaft erkannt und den ungestümen Charakter sowie die großherzigen Regungen erraten, die eine Eigentümlichkeit des Südländers sind. Im Überschwang ihres rasenden Zorns hatte sie lediglich die guten Eigenschaften Diards wahrgenommen und deren genug zu erblicken vermeint, um das Glück ihrer Tochter für alle Zeit als gesichert anzusehen.

Die ersten Tage dieser Ehe schienen glücklich zu sein; oder, um eine jener latenten Tatsachen auszudrücken, deren ganzes Elend von den Frauen in der Tiefe ihrer Herzen begraben wird, Juana wollte die Freude ihres Ehemanns nicht entthronen. Das war eine grauenhaft schwer zu spielende Doppelrolle, eine, die früher oder später alle schlecht verheirateten Frauen spielen. Von einem solchen Leben kann ein Mann nur das Tatsächliche erzählen; einzig weibliche Herzen können erraten, wie es bei einem solchen Leben um die Gefühle bestellt ist. Ist dies nicht eine Geschichte, deren voller Wahrheitsgehalt sich unmöglich nachzeichnen läßt? Juana, die zu jeder Stunde gegen ihr zugleich spanisches und italienisches Naturell ankämpfte, die die Quelle ihrer heimlich zu weinenden Tränen verstopft hatte, war eins der typischen Schöpfungsgebilde, denen es bestimmt ist, das weibliche Unglück im weitesten Sinn zu verkörpern: unablässig bohrender Schmerz, dessen Schilderung so peinlich genauer Beobachtungen bedürfte, daß er für auf dramatische Erregungen erpichte Leute langweilig würde. Könnte eine solche Analyse, in der jede Ehefrau einige ihrer eigenen Leiden wiederfinden dürfte, nicht ein ganzes Buch füllen? Ein im Grunde undankbares Buch, dessen Verdienst in feinen Farbtönen bestehen würde, in zarten Abschattungen, die die Kritiker dann flau und umständlich finden würden. Wer übrigens könnte, ohne ein zweites Herz in seinem Herzen zu tragen, sich an die rührenden, tiefen Elegien heranmachen, die manche Frauen mit sich ins Grab nehmen: Schwermutsanfälle, die nicht einmal von denen verstanden werden, die sie auslösen; nicht erhörte Seufzer, Aufopferungen ohne Lohn, wenigstens ohne irdischen; verschmähte Rache; beständigen und vergeblichen Edelmut; erhoffte und getäuschte Liebesfreuden; geheimnisvoll geübte Engelsbarmherzigkeit; kurzum, all ihre frommen Pflichten und ihre unauslöschliche Liebe? Solch ein Leben lernte Juana kennen, und das Schicksal ersparte ihr nichts. Sie wurde ganz und gar Frau, aber die unglückliche, leidende Frau; die ohne Unterlaß gekränkte und immer wieder verzeihend, die rein ist wie Diamant, dessen Schönheit und Glanz besitzt, und in dieser Schönheit, in diesem Glanz eine stets bereite Rache. Sie war keinesfalls das Mädchen, das den seiner Mitgift hinzugefügten Dolch fürchtete.

Diard jedoch, der von einer echten Liebe angefeuert wurde, von einer jener Leidenschaften, die urplötzlich die verächtlichsten Charaktere wandeln und alles zutage bringen, was eine Seele an Schönem enthält, Diard verstand es zunächst, sich wie ein Ehrenmann zu verhalten. Er zwang Montefiore, aus dem Regiment und sogar aus dem Armeekorps auszuscheiden, damit seine Frau während der kurzen Zeitspanne, die er noch in Spanien zu bleiben rechnete, unter keinen Umständen mit ihm zusammentraf. Dann bat der Quartiermeister um seine Versetzung, und es glückte ihm, in die Kaiserliche Garde überzuwechseln. Er wollte um jeden Preis einen Titel, Ehren und Achtung gewinnen, die im rechten Verhältnis zu seinem großen Vermögen standen. Aus diesem Gedanken heraus bezeigte er sich bei einem unserer blutigsten Kämpfe in Deutschland tapfer; allein er wurde allzu schwer verwundet, um im Dienst verbleiben zu können. Es bestand für ihn die Gefahr, ein Bein zu verlieren, und so wurde er verabschiedet, ohne den Baronstitel, ohne die Belohnungen, die er hatte gewinnen wollen, und die er vielleicht erlangt haben würde, wäre er nicht Diard gewesen. Dieses Geschehnis, seine Verwundung und seine getäuschten Hoffnungen trugen dazu bei, seinen Charakter zu verändern. Seine provenzalische Energie, die für einen Augenblick aufgelodert war, sank jäh in sich zusammen. Nichtsdestoweniger wurde er zunächst von seiner Frau gestützt; seine Bemühungen, sein Mut und sein Ehrgeiz hatten ihr einigen Glauben an ihren Mann eingeflößt; sie mußte mehr als jede andere zeigen, wie tröstlich und zärtlich Frauen in den Nöten des Lebens zu sein vermögen. Ein paar Worte Juanas hatten den Schwadronschef im Ruhestand belebt; er ging nach Paris und beschloß, in der Laufbahn eines Verwaltungsbeamten eine hohe Stellung zu erringen, die Respekt einflößte, den Quartiermeister des 6. Linienregiments in Vergessenheit geraten ließ und Madame Diard irgendeinen schönen Titel eintrug. Seine Leidenschaft für dieses verführerische Geschöpf half ihm, dessen geheime Wünsche zu erraten. Juana schwieg zwar; aber er verstand sie; er wurde von ihr nicht so geliebt, wie geliebt zu werden ein Liebender sich erträumt; er wußte es, und er wollte geachtet, geliebt, zärtlich geliebt werden. Er ahnte das Glück, dieser Unglücksmensch, da er seine Frau bei jeder Gelegenheit sanft und geduldig fand; aber diese Sanftmut, diese Geduld zeugten von der Schicksalsergebenheit, der er Juana verdankte. Schicksalsergebenheit, Frömmigkeit, war das Liebe? Oft hätte sich Diard dort, wo er keuschem Gehorsam begegnete, Widerstreben gewünscht; oft hätte er sein ewiges Leben darangesetzt, wenn Juana geruht hätte, an seiner Brust zu weinen und nicht ihre Gedanken mit einem lachenden Gesicht zu tarnen, das auf noble Weise log. Viele junge Menschen, denn von einem gewissen Alter an kämpfen wir nicht mehr, wollen über ein schlimmes Schicksal triumphieren, dessen Gewölk von Zeit zu Zeit am Horizont ihres Lebens grollt; und in dem Augenblick, da sie in die Abgründe des Unglücks kollern, müßten ihnen solcherlei unbekannt gebliebene Kämpfe zugute gehalten werden.

Wie viele Leute versuchte Diard alles, doch alles war ihm feindlich. Sein Vermögen gestattete es ihm, seine Frau mit den Genüssen des Pariser Luxus zu umgeben; sie hatte ein großes Stadtpalais, große Räumlichkeiten, und sie führte eins der großen Häuser, in denen sowohl die Künstler, die nur wenig Selbsturteil besitzen, und ein paar Ränkeschmiede, deren es zu viele gibt, sowie Leute herumwimmelten, die darauf erpicht sind, sich überall zu amüsieren, und ferner gewisse in Mode befindliche Herren; und alle waren sie in Juana verliebt. Wer in Paris von sich reden macht, muß entweder Paris zähmen oder Paris erliegen. Diards Charakter war nicht stark, in sich geschlossen und beharrlich genug, um die Gesellschaft jener Zeit zu befehligen, weil in jener Zeit jedermann emporkommen wollte. Eine festgefügte soziale Klassenordnung ist vielleicht ein großes Gut, sogar für das Volk. Napoleon hat uns die Mühe eingestanden, die er sich gegeben hat, um seinem Hofstaat, in dem die Mehrzahl seiner Untertanen seinesgleichen gewesen war, Respekt aufzuzwingen. Aber Napoleon war Korse, und Diard war Provenzale. Bei gleicher Begabung wird ein Inselbewohner stets in sich gefestigter sein als ein dem Festland Entstammender, und obwohl Korsika und die Provence unter demselben Breitengrad gelegen sind, ist der Meeresarm, der sie trennt, allem menschlichen Wissen zum Trotz, ein ganzer Ozean, der aus ihnen zwei Herkunftsgebiete macht.

Aus seiner schiefen Stellung, die er selber sich noch schiefer machte, ergab sich für Diard großes Unheil. Vielleicht gibt es wichtige Hinweise in der unmerklichen Verknüpfung der Geschehnisse, die die Lösung dieser Geschichte zeitigten. Anfangs sahen die Pariser Spötter nicht ohne ein boshaftes Lächeln die Gemälde, mit denen der ehemalige Quartiermeister sein Stadtpalais ausgestattet hatte. Die erst vor kurzem gekauften Meisterwerke wurden in den stummen Vorwurf einbezogen, mit denen jedermann die bedachte, die in Spanien »mitgenommen« worden waren, und dieser Vorwurf war die Rache der Eigenliebe, die durch Diards Vermögen gekränkt wurde. Juana verstand einige der doppelsinnigen Äußerungen, in denen der Franzose Meister ist. Da schickte ihr Mann auf ihren Rat hin die Bilder nach Tarragona zurück. Aber die Öffentlichkeit war nun einmal entschlossen, den Dingen eine üble Deutung zu leihen; sie sagte: »Dieser Diard ist ein Schlaukopf, er hat seine Bilder verkauft.« Biedere Leute fuhren fort, zu glauben, die in den Räumen verbliebenen Bilder seien ebenfalls nicht rechtmäßig erworben worden. Ein paar eifersüchtige Frauen fragten, wieso »ein Diard« ein so reiches und schönes junges Mädchen habe heiraten können. Daraus ergaben sich endlose Kommentare und Spöttereien, wie man sie in Paris zu machen weiß. Dabei begegnete Juana überall dem Respekt, zu dem ihr reines, frommes Leben nötigte; es siegte über alles, sogar über die Pariser Verleumdungen; aber jener Respekt machte bei ihr halt und wurde ihrem Gatten nicht erwiesen. Ihr weiblicher Scharfsinn und ihr glänzender Blick trugen ihr beim Durchschweifen ihrer Wohnräume nur Schmerzliches ein.

Jene Mißachtung war noch etwas Begreifliches. Die Offiziere verziehen trotz der Tugenden, die die Phantasie ihnen zugesteht, dem ehemaligen Quartiermeister des 6. Linienregiments nicht, daß er reich war und in Paris etwas gelten wollte. Nun aber ist es in Paris folgendermaßen: Alles, was sich vom letzten Haus des Faubourg Saint-Germain bis zum letzten Hotel der Rue Saint-Lazare, zwischen der Butte du Luxembourg und der Butte de Montmartre putzt und schwatzt, sich putzt, um auszugehen, und ausgeht, um zu schwatzen, diese ganze Welt des kleinlichen und großspurigen Gehabens, diese in Impertinenz gekleidete Welt, eine Impertinenz, die mit demütigen Wünschen, mit Neid und Speichelleckerei gefüttert ist; alles, was vergoldet oder dessen Vergoldung schon verblaßt ist; jung und alt, gestern geadelt oder von dem vierten Jahrhundert entstammenden Adel; alles, was sich über einen Emporkömmling lustig macht; alles, was Angst hat, sich zu kompromittieren; alles, was eine Macht untergraben möchte, aber sie anbetet, wenn sie widersteht; alle diese hörenden Ohren, alle diese redenden Zungen und alle diese Intelligenzen wissen im Verlauf eines einzigen Abends, wo der Neuankömmling, den es in dieser Welt nach Ehren verlangt, geboren worden, wo er aufgewachsen ist, was er tut und läßt. Zwar gibt es für die hohe Gesellschaft kein Schwurgericht, aber sie steht dem hartherzigsten aller Generalstaatsanwälte gegenüber, einem unangreifbaren moralischen Wesen, das zugleich Richter und Henker ist: es klagt an und brandmarkt. Man hoffe nicht, ihm etwas zu verbergen; man tut besser, ihm alles von sich aus zu sagen; es will alles wissen und weiß alles. Man frage nicht, wo sich der unbekannte Telegraf befindet, der ihm zur gleichen Stunde, innerhalb der Dauer eines Augenzwinkerns, überallhin eine Geschichte, einen Skandal, eine Neuigkeit übermittelt; man frage nicht, wer ihn in Tätigkeit setzt. Dieser Telegraf ist ein gesellschaftliches Mysterium; ein Beobachter kann nur seine Auswirkungen konstatieren. Es gibt dafür unglaubliche Beispiele. Die Ermordung des vor der Oper erdolchten Herzogs von Berry[45] wurde bereits zehn Minuten nach dem Verbrechen hinten auf der Ile Saint-Louis[46] erzählt. Die Meinung, die man im 6. Linienregiment über Diard gehegt hatte, war in die Gesellschaft schon am selben Abend eingesickert, da er seinen ersten Ball gab.

In der Gesellschaft konnte Diard also nichts ausrichten. Fortan besaß lediglich seine Frau die Macht, etwas für ihn zu tun. Wunder dieser seltsamen Zivilisation! Wenn in Paris jemand nichts aus sich selbst zu machen weiß, bietet ihm seine Frau, sofern sie jung und geistvoll ist, noch immer Möglichkeiten zum Aufstieg. Es hat unter den Frauen kranke, dem Anschein nach schwache gegeben, die, ohne sich von ihrem Ruhelager zu erheben, ohne ihr Schlafgemach zu verlassen, die Gesellschaft beherrscht, tausend Triebfedern in Bewegung gesetzt und ihre Männer dort untergebracht haben, wo sie sie aus Eitelkeit hatten unterbringen wollen. Aber Juana, deren Jugend harmlos in ihrer Zelle zu Tarragona hingegangen war, kannte keins der Laster, keine der Hinterhältigkeiten und keins der Hilfsmittel der Pariser Gesellschaft; sie betrachtete sie als ein neugieriges junges Mädchen; sie erfuhr davon nur, was ihr Schmerz und ihr verletzter Stolz ihr enthüllten. Überdies besaß Juana den Takt eines jungfräulichen Herzens, das die Eindrücke im voraus empfing, wie es bei allen Feinfühligen der Fall ist. Die junge Einsiedlerin, die so rasch zur Frau geworden war, sah ein, daß, wenn sie versucht hätte, die Gesellschaft zu zwingen, ihren Mann zu ehren, das heißen würde, auf spanische Art, mit der Stutzbüchse in der Hand, zu betteln. Mußten ferner die Häufigkeit und Vielfalt der Vorsichtsmaßnahmen, die sie zu ergreifen hätte, nicht samt und sonders von der Notwendigkeit zeugen? Zwischen dem Sich-nicht-respektieren-lassen und dem Sich-allzusehr-respektieren-lassen klaffte für Diard ein ganzer Abgrund. Plötzlich erriet sie die Gesellschaft, wie sie vor kurzem das Leben erraten hatte, und sie gewahrte für sich überall nichts als die unendliche Weite eines nicht auszugleichenden Unglücks. Ferner widerfuhr ihr noch der Kummer, sich zu spät über die besondere Unfähigkeit ihres Mannes klarzuwerden; er war am wenigsten zu dem geeignet, was Folgerichtigkeit im Denken verlangte. Er verstand nichts von der Rolle, die er in der Gesellschaft spielen mußte; er begriff weder deren Gesamtheit noch deren Nuancen, und die Nuancen waren dort alles. Befand er sich nicht in einer der Lagen, in denen Schläue leicht an die Stelle der Kraft treten kann? Und die Verschmitztheit, die stets Erfolg hat, ist vielleicht die stärkste aller Kräfte.

Nun aber war Diard weit davon entfernt, den Makel seiner Vergangenheit zu vertuschen; er gab sich vielmehr tausendfache Mühe, ihn zu vergrößern. Da er die Entwicklungsstufe des Kaiserreichs, während derer er nach Paris gekommen war, nicht richtig einzuschätzen verstand, wollte er, obwohl er nur Schwadronschef war, zum Präfekten ernannt werden. Damals glaubte fast jedermann an das Genie Napoleons; seine Gunst hatte alles groß gemacht. Die Präfekturen, die Kaiserreiche kleinen Maßstabs, konnten nur noch mit Trägern großer Namen besetzt werden, durch Kammerherren Seiner Majestät des Kaisers und Königs. Die Präfekten waren bereits zu Wesiren[47] geworden. Also machten die Kreaturen des großen Mannes sich über den offen eingestandenen Ehrgeiz des Schwadronschefs lustig, und Diard begann, für sich eine Unterpräfektur zu erbitten. Es bestand ein lächerlicher Mißklang zwischen der Bescheidenheit seiner Ansprüche und der Größe seines Vermögens. Räumlichkeiten von königlicher Pracht aufzutun, einen schamlosen Luxus zur Schau zu tragen und dann dem Millionärsleben den Rücken zu kehren, um nach Issondun[48] oder nach Savenay[49] zu gehen, hätte das nicht bedeutet, unterhalb seiner materiellen Lage Fuß zu fassen? Juana hatte zu spät von unseren Gesetzen, unseren Sitten und dem bei uns im Verwaltungsdienst Üblichen Kenntnis erhalten; sie klärte ihren Mann zu spät auf. Diard in seiner Verzweiflung richtete seine Gesuche an alle Machthaber in den Ministerien; aber er wurde überall abschlägig beschieden; er konnte nichts werden, und da schätzte ihn die Gesellschaft so ein, wie die Regierung ihn und wie er selber sich eingeschätzt hatte. Diard war auf einem Schlachtfeld schwer verwundet worden und hatte keine Ordensauszeichnung erhalten. Der reiche, aber bedeutungslose Quartiermeister hatte keine Anstellung im Staatsdienst erhalten; also verwehrte ihm logischerweise die Gesellschaft die Stellung, nach der er innerhalb der Gesellschaft strebte. Zudem spürte der Unglücksmensch daheim bei jeder Gelegenheit die Überlegenheit seiner Frau. Obgleich sie sich eines Takts befleißigte, den man besser als Samtweichheit bezeichnen müßte, wäre der Ausdruck nicht gar zu kühn, um ihrem Mann jene Oberhoheit zu verhehlen, die sie selber erstaunte und beschämte, fühlte Diard sich schließlich dadurch gereizt. Notwendigerweise werden die Männer bei einem solchen Spiel mutlos, größer oder schlecht. Unter den wiederholten Schlägen, die seine Fehler seiner Eigenliebe eintrugen, mußten sich also der Mut oder die Leidenschaft dieses Mannes mindern; und dabei beging er einen Fehler nach dem andern. Anfangs hatte er gegen alles anzukämpfen gehabt, sogar gegen seine Gewohnheiten und seinen Charakter. Als leidenschaftlicher Provenzale, der in seinen Lastern ebenso offen und ehrlich war wie in seinen Tugenden, war dieser Mann, dessen Fibern Harfensaiten ähnelten, für seine alten Freunde ganz Herz. Er half Dreckskerlen gleichermaßen wie Bedürftigen hohen Ranges; kurzum, er erkannte jedermann an und gab in seinem vergoldeten Salon armen Teufeln die Hand. Wenn ein General des Kaiserreichs, eine Abart der Gattung Mensch, von der bald kein Vertreter mehr existieren dürfte, das sah, gab er Diard nicht mehr den Begrüßungskuß auf die Wangen, sondern sagte herablassend zu ihm »Mein Bester«, wenn er ihn anredete. Aber dort, wo die Generale ihre Überheblichkeit mit ihrer soldatischen Gutmütigkeit tarnten, bezeigten die wenigen Leute aus der guten Gesellschaft, mit denen Diard verkehrte, ihm die elegante, lackierte Verachtung, gegen die ein Neuling nahezu stets wehrlos ist. Kurzum, Diards Benehmen, seine halbitalienische Gestikulation, seine Redeweise, die Art, wie er sich kleidete, alles an ihm verstieß gegen den Respekt, den die genaue Beobachtung des vom guten Ton Gewollten Leute niederer Abkunft erwerben läßt, und dessen Joch nur durch die Großmächtigen abgeschüttelt werden kann. So geht es nun mal in der Gesellschaft zu.

Diese Einzelzüge schildern nur schwach die tausend Martern, denen Juana anheimfiel; sie kamen eine nach der andern; jede gesellschaftliche Sonderart versetzte ihr einen Nadelstich; und gibt es für eine Seele, die Dolchstichen den Vorrang einräumt, schlimmere Leiden in diesem Kampf, bei dem Diard Kränkungen hinnahm, ohne sie zu spüren, und die Juana spürte, ohne sie zu empfangen? Dann kam ein Augenblick, ein entsetzlicher Augenblick, da sie von der Gesellschaft einen hellsichtigen Begriff erhielt und gleichzeitig alle Schmerzen empfand, die sich dort schon im voraus gegen sie zusammengeballt hatten. Sie sah ein, daß ihr Mann völlig unfähig zum Ersteigen der hohen Stufen der sozialen Leiter war, und sie erriet, bis in welche Tiefen sie an dem Tag hinabsteigen mußte, da ihr Herz das erforderte. Da überkam Juana Mitleid mit Diard. Die Zukunft war recht düster für diese junge Frau. Stets lebte sie in der dumpfen Ahnung eines Unglücks, ohne zu wissen, von wo jenes Unglück würde kommen können. Diese Ahnung war in ihrer Seele dasselbe, was eine Ansteckung in der Luft ist; allein sie wußte die Kraft aufzubringen, ihre Befürchtungen unter lächelnden Blicken zu verhüllen. Sie war dahingelangt, nicht mehr daran zu denken. Juana bediente sich ihres Einflusses, Diard auf alle seine ehrgeizigen Pläne verzichten zu lassen und ihm, wie eine Zuflucht, das sanfte, wohltuende Leben am häuslichen Herd aufzuzeigen. Alles Übel kam von der Gesellschaft, von den Menschen; mußte man sich da die Menschen nicht fernhalten? Daheim würde Diard Frieden und Achtung finden; dort würde er herrschen. Sie fühlte sich stark genug, sich der harten Aufgabe zu unterziehen, ihn glücklich zu machen, ihn, der mit sich selbst unzufrieden war. Ihre Energie wuchs mit den Schwierigkeiten des Lebens; sie brachte all den geheimen Heroismus auf, der für ihre Lage erforderlich war, und wurde durch die frommen Wünsche angetrieben, die den Engel unterstützen, der mit dem Schutz einer christlichen Seele beauftragt worden ist: abergläubische Poesie, allegorische Bilder unserer Doppelnatur.

Diard verzichtete auf seine Pläne, schloß sein Haus und lebte in seinen vier Wänden, wenn es gestattet ist, einen so familiären Ausdruck zu gebrauchen. Aber gerade das wurde zur Klippe. Der arme Offizier besaß eine der völlig exzentrischen Seelen, denen beständige Bewegung etwas Lebensnotwendiges ist. Diard war einer der Menschen, die instinktiv gezwungen sind, sogleich nach der Ankunft wieder aufzubrechen, und deren Lebenszweck es zu sein scheint, unablässig zu kommen und zu gehen, wie die Räder, von denen die Heilige Schrift spricht. Übrigens trachtete er vielleicht danach, sich selbst zu entfliehen. Ohne Juanas überdrüssig zu werden, ohne Juana etwas vorwerfen zu können, brachte seine leidenschaftliche Liebe zu ihr, die durch den Besitz ruhiger geworden war, seinen eigentlichen Charakter wieder zutage. Fortan wurden seine Augenblicke der Niedergeschlagenheit häufiger, und oftmals erging er sich in seinen südländischen Heftigkeiten. Je tugendhafter und freier von Fehl eine Frau ist, desto mehr gefällt sich der Mann darin, bei ihr ein schuldhaftes Verhalten festzustellen, und sei es nur, um seine legale Überlegenheit bestätigen zu können; aber wenn sie ihm zufällig die höchste Achtung einflößt, empfindet er das Verlangen, ihr ein Unrecht anzudichten. Dann schwellen unter Ehegatten Nichtigkeiten an und werden zu Gebirgen. Juana jedoch, die geduldig und frei von Hochmut, die sanft und ohne jede Bitterkeit war, wie die Frauen sie ihrer Unterwürfigkeit beizugesellen wissen, lieh der berechneten Bosheit, der übelsten unter allen Bosheiten, keine Handhabe. Zudem war sie eins der noblen Geschöpfe, denen es unmöglich ist, etwas Unrechtes zu tun; ihr Blick, aus dem fromm und rein ihr Leben strahlte, ihr Märtyrerinnenblick, besaß eine bannende Schwere. Diard, der anfangs geniert, dann gekränkt war, erblickte schließlich in dieser hohen Tugend ein Joch für sich selber. Die kluge Zurückhaltung seiner Frau verschaffte ihm keine heftigen Erregungen, aber es verlangte ihn nach Erregungen. Es gibt Tausende von Auftritten, die sich in der Tiefe der Seelen abspielen, unter den kalten Deduktionen einer dem Anschein nach schlichten und vulgären Existenz. Von all diesen kleinen Dramen, die von so kurzer Dauer sind, die aber im Leben so weit vordringen und fast immer Vorankündigungen großen Unheils in den meisten Ehen sind, läßt sich schwer ein Beispiel auswählen. Indessen gibt es einen Auftritt, der ganz besonders dazu dienlich ist, den Augenblick zu verdeutlichen, da in diesem Leben zu zweit die Mißhelligkeit einsetzte. Vielleicht ist er geeignet, den Ausgang dieser Geschichte verständlich zu machen.

Juana hatte zwei Kinder, zu ihrem Glück zwei Jungen. Der erste war sieben Monate nach ihrer Eheschließung gekommen. Er hieß Juan und ähnelte seiner Mutter. Zwei Jahre nach ihrer Ankunft in Paris bekam sie den zweiten. Dieser sah gleichermaßen Diard und Juana ähnlich, aber weit mehr Diard, dessen Vornamen er auch trug. Seit fünf Jahren war Francisque für Juana der Gegenstand ihrer zärtlichsten Fürsorglichkeit. Beständig beschäftigte die Mutter sich mit diesem Kinde: ihm galten die lieblichen Zärtlichkeitsbezeigungen; nur für ihn war das Spielzeug da; und ihm galten zumal die forschenden Blicke der Mutter. Von der Wiege an hatte Juana ihn mit spähenden Blikken angeschaut; sie hatte sein Schreien, seine Bewegungen beobachtet; sie hatte seinen Charakter ergründen wollen, um dessen Erziehung zu leiten. Als der Provenzale merkte, daß Juan nahezu vernachlässigt wurde, nahm er ihn unter seine Obhut; und ohne sich darüber klarzuwerden, ob jener Kleine das Kind der flüchtigen Liebschaft sei, der er Juana verdankte, machte dieser Ehemann in einer Art wunderlicher Schmeichelei aus ihm seinen Benjamin. Von allen Gefühlen, die bei Madame Diard dem Blut ihrer Mutter entstammten und die sie verzehrten, ließ sie nur die Mutterliebe gelten. Aber sie liebte ihre Kinder sowohl mit der erhabenen Leidenschaftlichkeit, von der diejenige Maraña ein Beispiel gegeben hat, die in der Einleitung dieser Geschichte eine Rolle spielt, als auch mit der anmutigen Scham, mit dem zarten Zusammenklang gesellschaftlicher Tugend, deren Ausübung die Krönung ihres Lebens und insgeheim ihren Lohn bildete. Der heimliche Gedanke und die gewissenhafte Mutterliebe, die dem Leben der Maraña ein Siegel herber Poesie aufgeprägt hatten, waren für Juana ein bejahtes Leben und ein Trost zu allen Stunden. Ihre Mutter war tugendhaft gewesen, wie andere Frauen verbrecherisch sind, nämlich im geheimen; sie hatte ihr stummes Glück gestohlen, aber es nicht genossen. Doch Juana, die durch die Tugend ebenso unglücklich war wie ihre Mutter durch das Laster, fand jederzeit die unaussprechlichsten Wonnen, nach denen es ihre Mutter so sehr verlangt hatte und die ihr versagt geblieben waren. Für sie wie für die Maraña schloß die Mutterschaft somit alle irdischen Gefühle in sich ein. Beide besaßen sie aus den entgegengesetzten Ursachen keinen andern Trost in ihrem Unglück. Vielleicht liebte Juana mehr, weil sie, der Liebe entwöhnt, alle Genüsse, die ihr ermangelten, durch diejenigen ihrer Kinder ausgeglichen hatte, und weil es um edle Leidenschaften genauso bestellt ist wie um Laster: je mehr sie befriedigt werden, desto größer werden sie. Mütter und Spieler sind unersättlich. Als Juana die großherzige Verzeihung wahrnahm, die Diard aus väterlicher Zuneigung jeden Tag auf Juans Haupt häufte, war sie gerührt; und von dem Tag an, da die beiden Gatten die Rollen tauschten, nahm die Spanierin an Diard jenen tiefen, echten Anteil, von dem sie bislang nur aus Pflichtgefühl so viele Beweise gegeben hatte. Wenn dieser Mann in seinem Leben konsequenter gewesen wäre, wenn er nicht durch Zerfahrenheit, durch die Unbeständigkeit und Beweglichkeit seines Charakters das Aufblitzen einer wahren, wenngleich nervösen Sensibilität zerstört hätte, würde Juana ihn sicherlich geliebt haben. Unseligerweise war er der Typus jener intelligenten, aber in ihren Äußerungen der Folgerichtigkeit entbehrenden Südländer, die heute großer Dinge fähig und morgen Nullen sind, oftmals Opfer ihrer Tugenden und oftmals glücklich durch ihre unsinnigen Leidenschaften; ansonsten aber wunderbare Menschen, wenn ihre guten Eigenschaften eine ausdauernde

Energie als Bindemittel haben. Diard war seit zwei Jahren durch die mildeste aller Ketten an sein Haus gefesselt. Er lebte fast wider Willen unter dem Einfluß einer Frau, die sich um seinetwillen heiter und amüsant stellte, die die Hilfsmittel weiblichen Genies benutzte, um ihn im Namen der Tugend zu verführen, deren Geschicklichkeit aber nicht so weit ging, daß sie ihm Liebe geheuchelt hätte.

Zu jener Zeit beschäftigte sich ganz Paris mit dem Fall eines Hauptmanns der alten Armee, der im Paroxysmus der Ausschweifung eine Frau ermordet hatte. Als Diard zum Abendessen heimkehrte, erzählte er Juana vom Tod jenes Offiziers. Er hatte Selbstmord begangen, um der Entehrung durch seinen Prozeß und den schimpflichen Tod auf dem Schafott zu entgehen. Anfangs verstand Juana die Logik dieses Verhaltens nicht, und ihr Mann war genötigt, ihr die schöne Rechtsauffassung der französischen Gesetze zu erklären, die die Strafverfolgung von Toten nicht gestattet.

»Aber Papa, hast du uns nicht neulich gesagt, der König könne begnadigen?« fragte Francisque.

»Der König kann nur das Leben schenken«, antwortete Juan ihm beinahe wütend.

Diard und Juana, die Zuschauer dieser Szene, wurden davon recht unterschiedlich berührt. Der vor Freude feuchte Blick, den seine Frau auf den Ältesten warf, enthüllte dem Ehemann unseligerweise die Geheimnisse dieses bislang undurchdringlichen Herzens. Der Älteste war ganz Juana; den Ältesten kannte Juana; sie war seines Herzens, seiner Zukunft sicher; sie vergötterte ihn, und ihre glühende Liebe zu ihm war ein Geheimnis für sie, für ihr Kind und für Gott geblieben. Juan genoß instinktiv Schroffheiten von seiten seiner Mutter, die ihn bis zum Ersticken an sich drückte, wenn sie beide allein waren, und die mit ihm im Dabeisein des Bruders und des Vaters zu schmollen schien. Francisque war Diard, und Juanas Bemühungen zeugten von dem Wunsch, in diesem Kind die schlechten Eigenschaften des Vaters zu bekämpfen und seine guten zu ermuntern. Juana, die nicht wußte, daß ihr Blick allzu deutlich gesprochen hatte, zog Francisque an sich und erteilte ihm mit sanfter Stimme, aber noch immer bewegt von der Freude, die sie über Juans Antwort empfunden hatte, eine seinem Verständnis angepaßte Belehrung.

»Sein Charakter verlangt große Sorgfalt«, sagte der Vater zu Juana.

»Ja«, antwortete sie schlicht.

»Juan dagegen!«

Madame Diard erschrak über den Tonfall, in dem diese beiden Worte ausgesprochen worden waren, und blickte ihren Mann an.

»Juan war schon bei seiner Geburt vollkommen«, fuhr er fort. Als er das gesagt hatte, setzte er sich mit düsterer Miene; und als er merkte, daß seine Frau schwieg, sprach er weiter: »Eins deiner Kinder hast du lieber als das andere.«

»Das weißt du ja«, sagte sie.

»Nein!« entgegnete Diard. »Bislang hatte ich nicht gewußt, welches du bevorzugst.«

»Aber bis jetzt hat noch keins von ihnen mir Kummer bereitet«, antwortete sie lebhaft.

»Ja, aber welches hat dir mehr Freuden bereitet?« fragte er noch lebhafter.

»Ich habe sie nicht gezählt.«

»Die Frauen sind falsch«, rief Diard. »Wagst du zu behaupten, Juan sei nicht das Kind deines Herzens?«

»Wenn dem so ist«, antwortete sie voller Adel, »glaubst du dann, daß es ein Unglück sei?«

»Du hast mich nie geliebt. Wenn du es gewollt hättest, dann hätte ich für dich Königreiche erobern können. Du weißt um alles, was ich versucht habe, und daß mich dabei einzig der Wunsch unterstützt hat, dir zu gefallen. Ach, wenn du mich geliebt hättest ...«

»Eine Frau, die liebt«, sagte Juana, »lebt einsam und fern von Welt und Gesellschaft. Tun wir das nicht?«

»Ich weiß, Juana, daß du niemals unrecht hast.«

Diese Äußerung war von tiefer Bitterkeit durchtränkt und ließ für den Rest ihres Lebens in ihnen Kälte entstehen.

Am Tage nach diesem verhängnisvollen Zwischenfall ging Diard zu einem seiner alten Kameraden und geriet dort wieder an die Zerstreuungen des Spiels. Unglücklicherweise gewann er viel

Geld und begann nun von neuem zu spielen. Dann geriet er unmerklich auf die schiefe Ebene und sank abermals in das Lasterleben, das er ehedem geführt hatte. Bald aß er nicht mehr daheim zu Abend. Als er ein paar Monate lang das erste Glück der Unabhängigkeit genossen hatte, wollte er sich seine Freiheit erhalten und trennte sich von seiner Frau; er überließ ihr die großen Räumlichkeiten und quartierte sich in einem Zwischenstock ein. Nach Verlauf eines Jahres sahen Diard und Juana einander nur noch vormittags, zur Stunde des Mittagessens. Schließlich wechselte er, wie alle Spieler, zwischen Verlust und Gewinn. Da er sein Kapital nicht angreifen wollte, wünschte er, die Einkünfte der Kontrolle seiner Frau zu entziehen; eines Tages sperrte er ihr also den Anteil, den sie für die Führung des Haushalts innehatte. Grenzenlosem Vertrauen folgten jetzt die Vorsichtsmaßnahmen des Mißtrauens. Danach griff er in den Geldangelegenheiten, die bislang von ihnen gemeinsam geregelt worden waren, für die Bedürfnisse seiner Frau zu der Methode eines Monatsgelds; seine Höhe wurde von ihnen beiden festgesetzt; das Gespräch, das sie darüber führten, war die letzte ihrer Unterhaltungen zu zweit, die doch einen so verlockenden Reiz des Ehelebens ausmachen. Das Schweigen zwischen zwei Herzen, der Tag, da nicht mehr »wir« gesagt wird, ist bereits eine vollzogene Scheidung. Juana erkannte, daß sie von jenem Tag an nur noch Mutter sein konnte, und sie war darüber froh, ohne nach der Ursache dieses Unglücks zu forschen. Das war ein großes Unrecht. Kinder machen die Gatten lebenslang solidarisch, und das Geheimleben ihres Mannes hätte für Juana nicht nur ein Anlaß für Schwermutsgefühle und Ängste sein dürfen. Der selbständig gewordene Diard gewöhnte sich schnell daran, riesige Summen zu verlieren oder zu gewinnen. Er war ein gut aussehender und großer Spieler; er wurde berühmt durch die Art und Weise seines Spiels. Die Geltung, die er sich unter dem Kaiserreich nicht hatte erwerben können, wurde ihm unter der Restauration durch sein kapitalisiertes Vermögen gewährt, das über die Spieltische rollte, und durch seine Begabung für sämtliche Spiele, die ebenfalls berühmt wurde. Die Botschafter, die reichsten Bankiers, die Leute mit großem Vermögen und alle Männer, die, da sie das Leben zu sehr ausgepreßt hatten, dahingekommen waren, dem

Spiel dessen übersteigerte Genüsse abzufordern, bewunderten Diard in ihren Klubs, jedoch selten in ihren Häusern; aber sie spielten alle mit ihm. Diard kam in Mode. Aus Hochmut gab er ein- oder zweimal im Winter ein Fest, um die ihm zuteil gewordenen Höflichkeiten zu erwidern. Dann sah Juana in diesen kurzen Augenblicken der Festlichkeiten, der Bälle, des Luxus, des Lichterglanzes Welt und Gesellschaft wieder; aber das war für sie etwas wie eine Steuer auf das Glück ihrer Einsamkeit. Sie, die Königin dieser festlich-feierlichen Veranstaltungen, wirkte wie ein Geschöpf, das aus einer unbekannten Welt dort hineingeraten war. Ihre Unbefangenheit, die durch nichts verdorben worden war; die schöne Jungfräulichkeit ihrer Seele, die die neuen Gewohnheiten ihres neuen Lebens ihr zurückerstattet hatten; ihre ungespielte Bescheidenheit trugen ihr ehrliche Huldigungen ein. Doch da sie in ihren Räumlichkeiten wenig Damen gewahrte, sah sie ein, daß, wenn auch ihr Mann, ohne es ihr mitzuteilen, einem neuen Plan der Lebensführung folgte, er in der Gesellschaft noch nichts an Hochachtung gewonnen hatte.

Diard hatte nicht immer Glück; innerhalb dreier Jahre verspielte er drei Viertel seines Vermögens; aber seine Leidenschaft lieh ihm die erforderliche Energie zu ihrer Stillung. Er besaß Beziehungen zu vielen Leuten, und zumal zu den Gaunern der Börsenspekulation, zu den Männern, die seit der Revolution den Grundsatz aufgestellt haben, ein Diebstahl im Großen sei lediglich ein abgefeimter Streich, und die auf solcherlei Weise die dreisten Maximen, die das achtzehnte Jahrhundert sich in der Liebe zu eigen gemacht hatte, auf die Geldschränke übertrugen. Diard wurde geschäftlicher Vertrauensmann; er ließ sich auf Geschäfte ein, die in der Ausdrucksweise des Justizpalastes als »wurmstichig« bezeichnet werden. Er verstand sich darauf, armen Teufeln, die sich in Geschäftsdingen nicht auskannten, langfristige Forderungen abzukaufen, die er dann innerhalb eines Abends eintrieb und deren Gewinnüberschuß er mit den Abrechnenden teilte. Später, wenn es ihm an einzutreibenden Schulden fehlte, suchte er schwebende und grub in den europäischen, den nordafrikanischen und amerikanischen Staaten verfallene Ansprüche aus, die er zu neuem Leben erweckte. Als die Restauration die Schulden der Fürsten, der Republik und des Kaiserreichs gelöscht hatte, ließ er sich Aufträge für Anleihen, für Kanäle, für alle möglichen Unternehmungen bewilligen. Kurzum, er frönte dem dezenten Diebstahl, dem sich so viele geschickt maskierte oder in den Kulissen des politischen Theaterspiels versteckte Menschen geweiht haben; einem Raub, der, wenn er auf der Straße, im Licht einer Laterne begangen worden wäre, den betreffenden Unglücksraben ins Zuchthaus gebracht haben würde, den jedoch das Gold der Gipsverzierungen und der Kandelaber sanktioniert. Diard kaufte Zucker auf und verkaufte ihn weiter, er verkaufte Stellungen, und er hatte den Ruhm, für einträgliche Ämter den »Strohmann« erfunden zu haben, den er eine gewisse Zeit behalten mußte, bis er andere hatte. Dann sann er über Prämien nach, befaßte sich eifrig mit den Lücken in den Gesetzen und zog einen legalen Schmuggel auf. Um mit einer einzigen Formel diesen schwunghaften Handel zu kennzeichnen: Er verlangte »soundsoviel Prozent« für den Kauf von fünfzehn Stimmen in der Abgeordnetenkammer, die dann im Verlauf einer Nacht von den Bänken der Linken zu denjenigen der Rechten überwechselten. Dergleichen Handlungen sind weder Verbrechen noch Diebstähle; so etwas heißt: Regierungen bilden, die Industrie zu kommanditieren, ein Kopf mit finanziellen Fähigkeiten sein. Von der öffentlichen Meinung wurde Diard auf die Bank der Niederträchtigen gesetzt, auf der bereits mehr als ein geschickter Mensch thronte. Dort befindet sich die Aristokratie des Bösen. Sie ist das Oberhaus der Schurken mit guter Erziehung. Diard war also keineswegs ein gewöhnlicher Spieler, wie ihn die Bühne als niedrig und als Bettler endend darstellt. Solch ein Spieler existiert nicht mehr in der Gesellschaftsschicht von gewisser topographischer Höhe. Heute sterben dergleichen kühne Schurken als glänzender Vorspann des Lasters und im Zaumzeug des Reichtums. Sie schießen sich im Wagen eine Kugel durch den Kopf und nehmen alles mit, was man ihnen anvertraut hat. Diard besaß wenigstens das Talent, seine Gewissensbisse nicht mit Rabatt zu kaufen; er warf sich zu einem jener privilegierten Männer auf. Da er sich in allen Ressorts der Regierung auskannte, in allen Geheimnissen und Leidenschaften der Leute in hohen Stellungen, wußte er seinen Rang in dem glühenden Schmelzofen, in den er sich gestürzt hatte, aufrechtzuerhalten. Madame Diard wußte nichts von dem höllischen Leben, das ihr Mann führte. Sie war mit der Einsamkeit zufrieden, in der er sie beließ; anfangs wunderte sie sich nicht darüber, weil alle ihre Stunden gut ausgefüllt waren. Sie hatte ihr Geld der Erziehung ihrer Kinder geweiht; der Bezahlung eines sehr tüchtigen Hauslehrers und aller sonstigen Lehrer, deren es zu einer vollkommenen Ausbildung bedurfte; sie wollte aus ihren Söhnen Männer machen, ihnen eine gradlinige Vernunft zuteil werden lassen, ohne ihre Phantasie zu schwächen; da sie nur durch sie von außen wirkende Eindrücke erhielt, litt sie nicht mehr unter ihrem farblosen Leben; sie waren für sie, was Kinder lange Zeit hindurch für viele Mütter sind, nämlich eine Art Verlängerung ihres eigenen Daseins. Diard war nur noch ein nebensächliches Zubehör, und seit Diard aufgehört hatte, der Vater, das Familienoberhaupt zu sein, maß Juana ihm nur noch durch die Bande gesellschaftlicher Schaustellung, die den Gatten auferlegt sind, Wert bei. Dennoch erzog sie ihre Kinder in höchster Achtung vor der väterlichen Gewalt, so imaginär diese auch für sie war; und sie wurde dabei aufs glücklichste durch das beständige Fernsein ihres Gatten unterstützt. Wäre Diard daheimgeblieben, so hätte er Juanas Bemühungen zunichte gemacht. Seine Söhne besaßen bereits zuviel Takt und Klugheit, als daß sie ihren Vater nicht verurteilt hätten. Seinen Vater zu verurteilen, das ist ein moralischer Vatermord. Indessen schwand im Lauf der Zeit Juanas Gleichgültigkeit gegenüber ihrem Mann hin. Dieses anfangs vorhanden gewesene Gefühl wandelte sich sogar in Schrecken. Eines Tages erkannte sie, daß das Verhalten eines Vaters lange auf der Zukunft der Kinder lasten kann, und ihre mütterliche Liebe vermittelte ihr bisweilen unvollständige Enthüllungen über die Wahrheit. Von Tag zu Tag wurde die ahnungsvolle Furcht vor dem unbekannten, aber unvermeidlichen Unglück, in der sie ständig gelebt hatte, stärker und glühender. Deswegen warf Juana in den seltenen Augenblicken, da sie Diard zu Gesicht bekam, auf sein ausgehöhltes, von durchwachten Nächten fahles, von Aufregungen faltiges Antlitz einen durchdringenden Blick, und dessen Klarheit brachte Diard fast zum Erzittern. Dann erschreckte sie die erzwungene Heiterkeit, die ihr Mann zur Schau trug, noch mehr als der düstere Ausdruck seiner Unruhe, wenn er zufällig einmal vergaß, seine heitere Rolle zu spielen. Er fürchtete seine Frau, wie der Verbrecher den Henker. Juana erblickte in ihm die Schande ihrer Kinder; und Diard fürchtete in ihr die stumme Rache, eine Art Gerechtigkeit mit heiterer Stirn, aber mit stets erhobenem, stets bewaffnetem Arm.

Nach fünfzehn Ehejahren sah sich Diard eines Tages mittellos. Er schuldete hunderttausend Taler und besaß kaum hunderttausend Francs. Sein Stadtpalais, sein einziger in die Augen fallender Besitz, war mit einer Hypothekensumme belastet, die seinen Wert überstieg. Noch ein paar Tage, und das Ansehen, mit dem der Reichtum ihn bekleidet hatte, mußte hinschwinden. Nach dieser Gnadenfrist würde ihm keine Hand mehr gereicht werden, würde sich ihm kein Geldbeutel auftun. Sofern ihm nicht irgendein günstiges Ereignis half, mußte er in den Pfuhl der Verachtung stürzen, und vielleicht gar tiefer als es hätte sein müssen, gerade weil er sich solange auf einer unverdienten Höhe gehalten hatte. Zum Glück erfuhr er, daß sich während der Kurzeit in den Pyrenäen-Bädern mehrere Ausländer von Rang und Stand einfinden würden, Diplomaten, die sämtlich verteufelte Spieler seien und sicherlich über große Summen verfügten. Sogleich beschloß er, in die Pyrenäen zu reisen. Aber er wollte seine Frau nicht in Paris lassen; ein paar Gläubiger konnten ihr das schreckliche Geheimnis seiner Existenz enthüllen; und also nahm er sie und seine beiden Kinder mit, aber er verweigerte ihnen sogar den Hauslehrer. Nur von einem Diener ließ er sich begleiten; Juana gestand er kaum eine Zofe zu. Seine Redeweise war kurz und befehlshaberisch geworden; es schien, als habe er einige Energie wiedergewonnen. Dieser plötzliche Aufbruch, dessen Grund Juana nicht wußte, ließ sie in heimlichem Erschrecken erstarren. Ihr Mann legte die Reise frohgelaunt zurück; und nun sie in ihrer Berline[50] gezwungenermaßen vereint waren, bezeigte der Vater sich mit jedem Tag aufmerksamer gegenüber seinen Kindern und liebenswürdiger gegenüber der Mutter. Dennoch ließ jeder Tag in Juana düstere Vorahnungen entstehen, die Vorahnungen der Mütter, die dem Anschein nach ohne Grund erbeben, aber sich dabei nur selten irren. Für sie scheint der Schleier der Zukunft aus dünnerem Stoff zu bestehen.

In Bordeaux mietete Diard in einer stillen Straße ein kleines, stilles, säuberlich möbliertes Haus und brachte darin seine Frau unter. Zufällig lag es an einer der Ecken der Straße und hatte einen großen Garten. Da es also nur mit einer seiner Seiten an ein Nachbarhaus stieß, war es von drei Seiten zu überschauen und zugänglich. Diard bezahlte die Miete und ließ Juana nur das für drei Monate unbedingt notwendige Geld; er gab ihr kaum fünfzig Louis. Madame Diard erlaubte sich keine Bemerkung über diese ungewohnte Kleinlichkeit. Als ihr Mann ihr gesagt hatte, er wolle ins Bad reisen und sie müsse in Bordeaux bleiben, faßte Juana den Plan, ihre Kinder gründlicher das Spanische und das Italienische zu lehren und sie die bedeutendsten Meisterwerke dieser beiden Sprachen lesen zu lassen. Sie wollte also ein zurückgezogenes, schlichtes und selbstverständlich sparsames Leben führen. Um sich das Lästige der Haushaltsausgaben zu ersparen, schloß sie am Tag nach Diards Abreise ein Abkommen mit einem Stadtkoch über ihre Beköstigung. Zu ihrer Bedienung genügte die Zofe, und wenngleich ohne Bargeld, war sie doch bis zur Rückkehr ihres Mannes mit allem versehen. Ihre Freuden sollten darin bestehen, daß sie ein paar Spaziergänge mit ihren Kindern unternahm. Sie war damals dreiunddreißig Jahre alt. Ihre üppig entwickelte Schönheit strahlte in vollem Glanz. Als sie sich in der Öffentlichkeit zeigte, war daher in Bordeaux nur noch die Rede von der schönen Spanierin. Auf den ersten Liebesbrief hin, den Juana erhielt, ging sie nicht mehr in ihrem Garten spazieren. In dem Kurort hatte Diard zunächst Glück; innerhalb zweier Monate gewann er dreihunderttausend Francs; aber er kam gar nicht auf den Gedanken, seiner Frau Geld zu schicken; er wollte möglichst viel behalten, um noch höher spielen zu können. Gegen Ende des letzten Monats kam der Marchese de Montefiore in den Kurort; der Ruf seines Vermögens, seines guten Aussehens und seiner glücklichen Ehe mit einer vornehmen Engländerin und mehr noch sein Hang zum Spiel waren ihm vorausgeeilt. Diard, sein alter Kamerad, wollte ihn dort erwarten; er beabsichtigte, das, was er ihm abnehmen würde, dem hinzuzufügen, was er bereits all den andern abgewonnen hatte. Ein mit etwa vierhunderttausend Francs ausgerüsteter Spieler befindet sich stets in einer Lage, aus der heraus er das Leben beherrscht, und Diard, der auf seine Glückssträhne vertraute, erneuerte seine Bekanntschaft mit Montefiore; dieser empfing ihn frostig, aber sie spielten, und Diard verlor alles, was er besaß.

»Mein lieber Montefiore«, sagte der ehemalige Quartiermeister, der, nachdem er vollends ruiniert war, von Spieltisch zu Spieltisch gegangen war, »ich schulde dir hunderttausend Francs, aber mein Geld liegt in Bordeaux; dort habe ich auch meine Frau gelassen.«

Diard hatte zwar die hundert Banknoten in der Tasche; aber mit dem Selbstvertrauen und dem raschen Blick eines Mannes, der es gewohnt ist, sich aus allem und jedem Hilfsmittel zu erschaffen, hoffte er nach wie vor auf die unenträtselbaren Launen des Spiels. Montefiore hatte die Absicht bekundet, sich Bordeaux anzuschauen. Wenn Diard seine Schuld beglichen hätte, dann hätte er kein Geld mehr gehabt und keine Revanche nehmen können. Bisweilen gleicht eine Revanche alle vorhergegangenen Verluste wieder aus. Freilich hingen alle diese glühenden Hoffnungen von der Antwort des Marchese ab.

»Paß mal auf, mein Lieber«, sagte Montefiore, »wir können ja gemeinsam nach Bordeaux fahren. Ganz unter uns, ich bin heute so reich, daß ich einem alten Kameraden kein Geld abnehmen möchte.«

Drei Tage danach waren Diard und der Italiener in Bordeaux. Nun aber, eines Abends, als Diard gerade angefangen hatte, seine hunderttausend Francs abzuzahlen, verlor er weitere zweihunderttausend auf Ehrenwort. Der Provenzale war frohgemut wie jemand, der es gewohnt ist, im Gold zu schwimmen. Es hatte gerade elf Uhr geschlagen, der Himmel war herrlich, Montefiore mußte im gleichen Maß wie Diard Lust verspüren, frische Luft zu schnappen und einen Spaziergang zu machen, um sich von den Aufregungen zu erholen; also schlug Diard vor, Montefiore solle sich bei ihm sein Geld abholen und eine Tasse Tee trinken.

»Aber deine Frau?« fragte Montefiore.

»Pah!« machte der Provenzale.

Sie stiegen die Treppe hinab, aber ehe Diard seinen Hut nahm, ging er in das Eßzimmer des Hauses, in dem er sich befand, und bat um ein Glas Wasser; während es ihm eingegossen wurde, ging er auf und ab und konnte, ohne daß es bemerkt wurde, eins der sehr kleinen, spitzigen Stahlmesser mit Perlmuttergriff an sich nehmen, die beim Dessert zum Obstzerteilen dienen und die noch nicht abgeräumt worden waren.

»Wo wohnst du eigentlich?« fragte Montefiore im Hof. »Ich muß doch meinen Wagen an deine Haustür schicken.«

Diard beschrieb ihm ganz genau, wo sein Haus liege.

»Du verstehst«, sagte Montefiore leise und hakte ihn unter, »solange ich mit dir zusammen bin, habe ich nichts zu befürchten; aber wenn ich allein heimginge und ein Taugenichts mir nachschliche, wäre ich mit Leichtigkeit umzubringen.«

»Wieviel hast du denn bei dir?«

»Ach, so gut wie nichts«, antwortete der mißtrauische Italiener. »Nur meinen Spielgewinn. Aber er würde für einen Habenichts immer noch ein hübsches Vermögen darstellen, und der hätte dann für den Rest seiner Tage einen guten Bestallungsbrief als ehrlicher Mensch.«

Diard führte den Italiener durch eine menschenleere Straße, wo er ein Haus bemerkt hatte, dessen Eingangstür sich am Ende einer Art baumbestandenen, von hohen, sehr düsteren Mauern gesäumten Allee befand. Als er dort angelangt war, faßte er sich ein Herz und bat Montefiore gewissermaßen dienstlich, doch voranzugehen. Montefiore verstand Diard und wollte neben ihm bleiben. Kaum hatten sie beide die Allee betreten, als Diard mit der Gewandtheit eines Tigers den Marchese durch einen Stoß in die Kniekehlen zu Fall brachte, ihm energisch den Fuß auf die Gurgel setzte und ihm mehrmals das Messer ins Herz stieß, wobei die Klinge abbrach. Dann durchsuchte er Montefiore und nahm ihm Brieftasche, Geld, alles ab. Obwohl Diard dabei mit hellsichtiger Wut vorging, einer wahren Spitzbubenbehendigkeit, obwohl er den Italiener äußerst geschickt überrumpelt hatte, war Montefiore Zeit geblieben, »Mörder! Mörder!« zu schreien, und zwar mit so schriller, durchdringender Stimme, daß es sogar Schläfern ins Innere dringen mußte. Diard hatte nicht gewußt, daß in dem Augenblick, da sie in die Allee eingebogen waren, sich in der Höhe der Straße ein Gewoge von Leuten befand, die nach Beendigung der Vorstellung aus den Theatern geströmt waren und das Röcheln des Sterbenden gehört hatten, trotz der Versuche des Provenzalen, Montefiores Stimme dadurch zu ersticken, daß er ihm den Fuß kräftig auf die Gurgel drückte und die Schreie allmählich verstummen ließ. Jene Leute machten sich also daran, auf die Allee zuzulaufen, deren hohe Mauern die Schreie hatten zurückprallen lassen, wodurch ihnen die genaue Stelle gewiesen worden war, wo das Verbrechen begangen wurde. Ihre Schritte hallten in Diards Gehirn wider. Aber vorerst verlor der Mörder noch nicht den Kopf; er verließ die Allee, trat auf die Straße hinaus und ging sehr langsam, wie ein Schaulustiger, der sich inzwischen von der Nutzlosigkeit aller Hilfeleistung überzeugt hatte. Er wandte sich sogar um, um die Entfernung zu schätzen, die ihn von den Herankommenden trennte; er sah sie in die Allee hineinstürzen, bis auf einen, der sich aus nur zu verständlicher Umsicht daran gemacht hatte, Diard zu beobachten.

»Der ist es! Der ist es!« riefen die in die Allee gelaufenen Leute, als sie Montefiore am Boden ausgestreckt, die Tür jenes Hauses geschlossen gesehen und alles durchstöbert hatten, ohne den Mörder zu finden.

Sobald diese Rufe erschollen waren, fand Diard, der sich im Vorteil fühlte, die Kraft des Löwen und die Sprunggewandtheit des Hirschs, und er begann zu laufen, oder besser, zu fliehen. Er sah am anderen Ende der Straße einen Haufen Menschen oder glaubte ihn zu sehen, und da hastete er in eine Querstraße. Aber schon hatten sämtliche Fenster sich aufgetan, und aus jedem Fenster reckten sich plötzlich Gesichter; aus jeder Tür drangen Rufe und Lichtschein. Und Diard rannte, um sich zu retten, einfach weiter, er lief inmitten von Lichtern und Tumult; aber seine Beine waren so behend und tätig, daß er dem Tumult vorauseilte, ohne sich jedoch den Blicken entziehen zu können, die noch schneller den Abstand überbrückten, als er ihn durch sein Laufen schuf. Einwohner, Soldaten, Gendarmen – alles im Stadtviertel war im Handumdrehen auf den Beinen. Beamte weckten die Kommissare, andere bewachten die Leiche. Der Lärm brandete auf und flog auf den Fliehenden zu, der ihn nach sich zog wie eine lohende Flamme, und er flog auch nach der Stadtmitte, wo die Behörden waren. Diard war zumute wie in einem Traum, als er auf diese Weise eine ganze Stadt aufheulen, laufen und erschauern hörte. Dabei bewahrte er noch immer seine Denkfähigkeit und seine Geistesgegenwart; er wischte sich an den Hauswänden die Hände ab. Endlich gelangte er an die Gartenmauer seines Hauses. Im Glauben, er habe die Verfolger auf eine falsche Fährte gelockt, befand er sich an einer vollkommen stillen Örtlichkeit, von wo aus er indessen noch immer das Rumoren der Stadt vernahm wie das Branden des Meeres. Er schöpfte Wasser aus einem Rinnsal und trank es. Er erblickte einen Haufen von Ausschuß-Pflastersteinen; darin versteckte er seinen Schatz, wobei er einem der vagen Gedanken gehorchte, wie sie den Verbrechern in dem Augenblick kommen, da sie, außerstande, die Gesamtheit ihres Tuns beurteilen zu können, sich beeilen, ihre Unschuld mit dem Mangel an Beweisen zu untermauern. Als er das getan hatte, versuchte er, eine ruhige Haltung einzunehmen, bemühte sich, zu lächeln und klopfte leise an seine Haustür, in der Hoffnung, von niemandem gesehen worden zu sein. Er blickte auf und gewahrte durch die Jalousien hindurch Kerzenlicht, das das Schlafzimmer seiner Frau erhellte. Da traten inmitten seiner Verwirrung die Bildvorstellungen von Juanas schönem, stillem Leben, wie sie zwischen ihren Söhnen saß, ihm in den Schädel, wie wenn er einen Hammerschlag erhalten hätte. Die Zofe öffnete die Haustür, die Diard durch einen Fußtritt heftig wieder ins Schloß warf. Er atmete auf; aber jetzt wurde er sich bewußt, daß er schweißgebadet war; er blieb im Dunkel stehen und schickte die Zofe zu Juana hinauf. Mit dem Taschentuch wischte er sich das Gesicht ab; er brachte seine Kleidung in Ordnung wie ein Geck, der sich den Frack glättet, ehe er bei einer hübschen Frau eintritt; dann trat er ins Mondlicht, um seine Hände zu mustern und sich das Gesicht abzutasten; Freude durchzuckte ihn, als er merkte, daß keine Blutflekken an ihm waren; der Blutstrom hatte sich sicherlich in den Körper des Opfers hinein ergossen. Aber diese Toilette eines Verbrechers hatte Zeit beansprucht. Er stieg zu Juana hinauf, in ruhiger, gemessener Haltung, wie etwa jemand, der im Theater gewesen ist und nun zu Bett gehen will. Beim Ersteigen der Treppenstufen konnte er über seine Lage nachdenken, und er faßte sie in wenigen Worten zusammen: das Haus verlassen, den Hafen erreichen. Diese Gedanken dachte er nicht, er fand sie mit feurigen Lettern ins Dunkel geschrieben. War er am Hafen, so mußte er sich tagsüber verstecken und bei Nacht wiederkommen, um sich seinen Schatz zu holen; dann mußte er sich wie eine Ratte im Kielraum eines Schiffs verkriechen und in See gehen, ohne daß jemand ahnte, er sei an Bord. Dazu gehörte vor allen Dingen Gold. Und er hatte nichts! Die Zofe kam und leuchtete ihm.

»Félicie«, sagte er, »hören Sie nicht den Lärm und das Geschrei auf der Straße? Schauen Sie doch mal nach und sagen Sie mir dann, was da los ist . . .«

Seine Frau saß in ihrem weißen Nachtgewand am Tisch und ließ Francisque und Juan in einem spanischen Cervantes lesen; beide folgtem dem Text, während sie ihn ihnen laut vorlas. Alle drei hielten inne und blickten Diard an, der, die Hände in den Taschen, stehengeblieben war, vielleicht erstaunt darüber, sich in der Ruhe dieser Szene zu befinden, die so mild beleuchtet, so schön durch die Gesichter dieser Frau und dieser beiden Kinder war. Es war ein lebendes Bild der Madonna zwischen ihrem Sohn und dem heiligen Johannes.

»Juana, ich habe dir etwas zu sagen.«

»Was gibt es denn?« fragte sie und erriet unter der gelblichen Blässe ihres Mannes das Unglück, das sie Tag für Tag erwartet hatte.

»Nichts, aber ich möchte mit dir sprechen . . . mir dir . . . allein.«

Und er starrte auf seine beiden Söhne.

»Ihr lieben Kleinen, geht in euer Schlafzimmer und legt euch zu Bett«, sagte Juana. »Sprecht eure Gebete ohne mich.«

In dem neugierlosen Gehorsam wohlerzogener Kinder gingen die beiden Knaben schweigend hinaus.

»Liebe Juana«, fuhr Diard mit schmeichlerischer Stimme fort, »ich habe dir recht wenig Geld hiergelassen, und das tut mir jetzt sehr leid. Hör mal, seit ich dir die Sorge um den Haushalt abgenommen und dir eine Rente gezahlt habe, solltest du da nicht, wie alle Frauen, ein paar Ersparnisse gemacht haben?«

»Nein«, antwortete Juana, »ich habe nichts. Du hast die Kosten der Erziehung deiner Kinder nicht eingerechnet. Ich mache dir keine Vorwürfe, lieber Freund; ich erinnere dich lediglich an diese Unterlassung, um dir meinen Geldmangel zu erklären. Alles, was du mir gabst, hat dazu gedient, die Lehrer zu bezahlen, und ...«

»Genug«, rief Diard barsch. »Heiliges Donnerwetter! Die Zeit ist kostbar. Hast du keinen Schmuck?«

»Du weißt genau, daß ich nie welchen getragen habe.«

»Dann ist also kein roter Heller im Haus?« schrie Diard wie rasend.

»Warum schreist du so?« fragte sie.

»Juana«, entgegnete er, »ich habe eben einen Menschen umgebracht.«

Juana eilte in das Schlafzimmer ihrer Kinder und kam erst wieder heraus, als sie sämtliche Türen geschlossen hatte.

»Damit deine Söhne nichts hören«, sagte sie. »Aber mit wem hast du dich duellieren können?«

»Mit Montefiore«, antwortete er.

»Ach!« sagte sie, und es entrang sich ihr ein Seufzer, »der ist der einzige Mensch, den zu töten du das Recht gehabt hättest ...«

»Viele Gründe wollten es, daß er von meiner Hand starb. Aber laß uns keine Zeit verlieren. Geld, Geld, Geld um Gottes willen! Ich könnte verfolgt werden. Wir haben uns nicht duelliert; ich habe ihn ... ermordet.«

»Ermordet!« schrie sie auf. »Und wie denn ...«

»Nun, wie man eben mordet; er hatte mich am Spieltisch um mein ganzes Geld gebracht, und da habe ich es ihm wieder abgenommen. Juana, du mußt, während alles ruhig ist, da wir doch kein Geld haben, das meine unter dem Steinhaufen hervorholen, du weißt ja, dem Haufen am Ende der Straße.«

»Schon gut«, sagte sie. »Du hast es gestohlen.«

»Was geht dich das an? Muß ich nicht auf und davon? Hast du Geld? Sie sind mir auf den Fersen!«

»Wer?«

»Die vom Gericht!«

Juana ging und kam sehr schnell wieder.

»Da«, sagte sie und hielt ihm aus der Entfernung ein Schmuckstück hin, »das Kreuz der Doña Laguña. Schnell, lauf, lauf ... so lauf doch!«

»Félicie kommt nicht wieder«, sagte er betroffen. »Sollte sie etwa festgenommen worden sein?«

Juana ließ das Kreuz auf dem Tisch liegen und stürzte an die Fenster, die auf die Straße hinausgingen. Von dort aus sah sie im Mondschein Soldaten, die sich in tiefster Stille längs der Mauer aufreihten. Sie trat zurück, als sei sie ganz ruhig und sagte zu ihrem Mann: »Du hast keine Minute zu verlieren; durch den Garten mußt du fliehen. Hier hast du den Schlüssel der kleinen Pforte.«

Aus einem Rest von vorsichtiger Klugheit heraus warf sie jedoch noch einen Blick auf den Garten. Im Dunkel, unter den Bäumen, gewahrte sie dort ein Aufblitzen, das von den Silberlitzen an den Hüten der Gendarmen herrührte. Sie hörte sogar das dumpfe Rumoren der Menge, die die Neugier hergelockt hatte, die jedoch durch Posten an den Enden der Straße zurückgehalten wurde, durch die sie herangeflutet war. Diard war nämlich von den Leuten gesehen worden, die sich aus den Fenstern gebeugt hatten. Bald hatten auf deren Hinweise und diejenigen der Zofe hin, der man Angst gemacht hatte und die dann verhaftet worden war, die Truppen und das Volk die beiden Straßen gesperrt, an deren Ecke das Haus gelegen war. Ein Dutzend vom Theater zurückgekehrter Gendarmen hatte es umzingelt; andere waren über die Mauer des Gartens geklettert und durchstöberten ihn, wozu sie die Offenkundigkeit des Verbrechens ermächtigte.

»Mann«, sagte Juana, »du kannst nicht mehr hinaus. Die ganze Stadt ist da.«

Diard hetzte mit der tollen Geschäftigkeit eines eingesperrten Vogels, der auf alles zuflattert, was hell ist, zu den Fenstern. Er lief von einem Ausgang zum andern. Juana stand da und dachte nach.

»Wo kann ich mich verstecken?« fragte er.

Er musterte den Kamin, und Juana betrachtete die beiden leeren Sessel. Seit ein paar Sekunden war ihr, als seien die Kinder da. In diesem Augenblick ging die Haustür auf, und im Hof erscholl das Getrappel vieler Füße.

»Juana, liebste Juana, gib mir doch, ich flehe dich an, einen guten Rat.«

»Ich will dir einen geben«, sagte sie, »und dich retten.«

»Oh, dann bist du mein guter Engel.«

Juana kam wieder, reichte Diard eine seiner Pistolen und wandte den Kopf ab. Diard nahm die Pistole nicht. Juana hörte Geräusche vom Hof her; dort war die Leiche des Marchese niedergelegt worden, um mit dem Mörder konfrontiert zu werden; Juana blickte wieder zu Diard hin und sah, daß er bleich und fahl war. Der Mann fühlte eine Ohnmacht nahen und wollte sich setzen.

»Deine Kinder bitten dich flehentlich darum«, sagte sie und legte ihm die Waffe auf die Hände.

»Aber gute Juana, liebe kleine Juana, glaubst du denn, daß ... Juana, eilt es denn so sehr ... Ich möchte dich küssen.«

Die Gendarmen stiegen die Treppenstufen hinauf. Da nahm Juana die Pistole wieder an sich, zielte auf Diard, den sie trotz seines Geschreis dadurch festhielt, daß sie ihn an der Gurgel packte, schoß ihn durch den Kopf und warf die Waffe zu Boden.

In diesem Augenblick wurde die Tür aufgestoßen. Der Staatsanwalt, ein Richter, ein Arzt, ein Schreiber, die Gendarmen, kurzum, die gesamte menschliche Gerechtigkeit erschien.

»Was wollen Sie?« fragte sie.

»Ist das da Monsieur Diard?« entgegnete der Staatsanwalt und zeigte auf die zusammengekrümmte Leiche.

»Ja.«

»Ihr Kleid ist voller Blut, Madame.«

»Verstehen Sie nicht, warum?« fragte Juana.

Sie setzte sich an den kleinen Tisch, nahm sich den Band Cervantes vor und blieb bleich in einer nervösen, ganz innerlichen Erregung sitzen, die sie niederzuzwingen trachtete.

»Abtreten!« befahl der Beamte den Gendarmen.

Dem Untersuchungsrichter und dem Arzt gab er einen Wink, daß sie bleiben sollten.

»Madame, uns bleibt unter diesen Umständen nichts, als Sie zum Tod Ihres Gatten zu beglückwünschen. Wenn er auch durch die Leidenschaft auf Abwege geraten ist, so ist er doch wenigstens als Offizier gestorben; dadurch macht er das Eingreifen der Justiz unnötig. Aber so sehr Sie auch wünschen mögen, in einem solchen Augenblick ungestört zu bleiben, verpflichtet uns das Gesetz, jeden gewaltsamen Tod zu untersuchen. Gestatten Sie also, daß wir unsre Pflicht tun.«

»Könnte ich ein anderes Kleid anziehen?« fragte sie und legte den Band nieder.

»Ja, Madame; aber bringen Sie das Kleid wieder mit hierher. Der Arzt wird es sicherlich nötig haben.«

»Es würde für Madame zu schmerzlich sein, wenn sie mich hier operieren sähe und hörte«, sagte der Arzt, der den Argwohn des Beamten durchschaute. »Gestatten Sie ihr, meine Herren, im anstoßenden Zimmer zu bleiben.«

Die beiden Justizbeamten stimmten dem mildherzigen Arzt zu, und jetzt half Félicie ihrer Herrin. Der Richter und der Staatsanwalt begannen, miteinander zu flüstern. Justizbeamte sind übel dran, da sie verpflichtet sind, alles zu mutmaßen und alles zu verstehen. Da sie böse Absichten vermuten und sie sämtlich erfassen müssen, um zu Wahrheiten zu gelangen, die hinter den widersprüchlichsten Handlungen verborgen liegen, kann es nicht ausbleiben, daß die Ausübung ihres furchtbaren, heiligen Amtes bei ihnen auf die Dauer den Quell großherziger Regungen austrocknet, die in Zweifel zu ziehen sie genötigt sind. Wenn die Sinne des Chirurgen, der die Geheimnisse des Körpers durchforschen muß, schließlich abstumpfen, was wird dann erst aus den Sinnen des Richters, der genötigt ist, unablässig in den Falten der Seele zu stöbern? Die Richter sind die ersten Märtyrer ihres Amtes und schreiten stets in Trauer um ihre verlorenen Illusionen einher, und das Verbrechen lastet auf ihnen in keinem geringeren Maß als auf den Verbrechern. Ein in einem Tribunal sitzender Greis ist erhaben; aber läßt einen ein junger Richter nicht erschauern? Dieser Untersuchungsrichter nun aber war jung, und so mußte er den Staatsanwalt fragen: »Glauben Sie, daß die Frau die Mitschuldige des Mannes ist? Muß gegen sie eingeschritten werden? Meinen Sie, daß sie verhört werden müßte?«

Die Antwort des Staatsanwalts bestand in einem sehr unbekümmerten Achselzucken.

»Montefiore und Diard«, sagte er noch, »waren zwei wohlbekannte, übel beleumdete Subjekte. Die Zofe hat nichts von dem Verbrechen gewußt. Wir wollen es dabei bewenden lassen.«

Der Arzt operierte und untersuchte Diard. Dann diktierte er dem Schreiber sein Protokoll. Unvermittelt ging er in Juanas Zimmer.

»Madame ...«

Juana hatte ihr blutbespritztes Kleid schon gewechselt und trat dem Arzt entgegen.

»Sie«, sagte er und beugte sich dabei zum Ohr der Spanierin hin, »haben Ihren Gatten erschossen.«

»Ja.«

» ... Und aus dieser Gesamtheit der Tatsachen ...«, fuhr der Arzt mit seinem Diktat fort, »ergibt sich für uns, daß besagter Diard sich aus eigenem Entschluß und mit eigener Hand den Tod gegeben hat.«

»Fertig?« fragte er nach einer Pause den Schreiber.

»Ja«, antwortete der Federfuchser.

Der Arzt unterzeichnete; Juana warf ihm einen Blick zu und unterdrückte mühsam die Tränen, die vorübergehend ihre Augen verschleierten.

»Meine Herren«, sagte sie zu dem Staatsanwalt, »ich bin Ausländerin, Spanierin. Ich kenne die Gesetze nicht, ich kenne niemanden in Bordeaux, ich bitte Sie um eine große Gefälligkeit. Lassen Sie mir einen Paß nach Spanien ausstellen.«

»Einen Augenblick!« rief der Untersuchungsrichter. »Madame, was ist aus der dem Marchese de Montefiore gestohlenen Summe geworden?«

»Mein Mann«, antwortete sie, »hat zu mir obenhin etwas von einem Steinhaufen geäußert, unter dem er sie versteckt haben wollte.«

»Wo?«

»Hier in der Straße.«

Die beiden Justizbeamten blickten einander an. Juana vollführte eine erhabene Geste und rief den Arzt zu sich.

»Monsieur«, fragte sie ihn leise, »sollte ich hier etwa irgendeiner Infamie verdächtigt werden? Der Steinhaufen muß hinten in meinem Garten liegen. Gehen Sie selber hin. Sehen Sie nach, untersuchen Sie alles, finden Sie das Geld.«

Der Arzt ging und nahm den Untersuchungsrichter mit sich, und sie fanden tatsächlich Montefiores Brieftasche.

Am nächsten Tag verkaufte Juana ihr goldenes Kreuz, um sich die Reisekosten zu verschaffen. Als sie mit ihren beiden Kindern die Postkutsche bestieg, die sie bis an die Grenzen Spaniens befördern sollte, hörte sie sich von der Straße her angerufen; ihre sterbende Mutter wurde ins Spital gebracht, und durch den Vorhangspalt der Sänfte, in der sie getragen wurde, hatte sie ihre Tochter erspäht. Juana ließ die Sänfte in einen Torweg tragen. Dort vollzog sich die letzte Begegnung zwischen Mutter und Tochter. Obwohl die beiden sich mit sehr leiser Stimme unterhielten, hörte Juan folgende Abschiedsworte:

»Stirb in Frieden, Mutter, ich habe für euch alle gelitten!«

Anmerkungen

Die Marañas

1 Louis-Gabriel Suchet (1772–1826), Herzog von Albufera, Marschall von Frankreich, 1797 Brigadegeneral, kommandierte in Italien und in der Schweiz 1801 unter Masséna das Zentrum der Italien-Armee, kämpfte 1805 unter Lannes bei Austerlitz, seit 1808 ruhmreich in Spanien, erstürmte 1811 Tarragona, 1812 Valencia, wandte sich nach Napoleons Sturz den Bourbonen zu, schloß sich aber 1815 nach des Kaisers Rückkehr aus Elba diesem wieder an. 1819 Pair von Frankreich. Er hinterließ Memoiren.

2 Die Eroberung von Tarragona fand am 28. Juni 1811 statt.

3 Joachim Murat (1767–1815), Marschall von Frankreich, Schwager Napoleons als Gatte von dessen Schwester Caroline, Großherzog von Berg, 1808–1815 König von Neapel, das er 1815 mit einigen Getreuen wiederzuerobern versuchte.

4 Berg war ein ehemaliges deutsches Herzogtum (Ducatus Montensis), umfaßte Teile der Regierungsbezirke Arnsberg, Köln und Düsseldorf und wurde seit dem Beginn des 12. Jahrhunderts von den Grafen von Teisterband regiert. Nach mannigfachem Herrscherwechsel kam es 1806 an Frankreich, wurde unter Napoleon I. durch Kleve und andere Gebietsteile vergrößert und als Großherzogtum Berg mit der Hauptstadt Düsseldorf an Murat verliehen. Als dieser 1809 den Thron von Neapel bestieg, wurde das Großherzogtum Berg dem ältesten Sohn des Königs Louis von Holland gegeben, dem früh gestorbenen Bruder des späteren Napoleon III. 1813 wurde das Land von den Verbündeten besetzt und kam 1815 an Preußen.

5 In Pizzo, einem kleinen kalabrischen Hafenort, wurde Murat nach seiner Landung zur Wiedereroberung seines Königreichs Neapel gefangengenommen und am 13. Oktober 1815 standrechtlich erschossen. Der Gastwirtssohn aus der Gascogne starb stolz wie ein Stuart.

6 Irrtum Balzacs. Die Geschichte des Hauptmanns Bianchi findet sich nicht in den ›Szenen aus dem Pariser Leben‹. Sie wurde zum erstenmal in dem von Balzac, Rabou und Chasles bestrittenen Sammelband ›Contes bruns‹ veröffentlicht, und später nochmals in den ›Echantillons de Causeries françaises‹. Es ist anzunehmen, daß Balzac jene kleine Erzählung in die ›Szenen aus dem Pariser Leben‹ hat aufnehmen wollen, was indessen nicht geschehen ist.

7 Freibeuter oder Flibustier waren mit französischen und englischen Kaperbriefen ausgestattete Seefahrer des 17. und 18. Jahrhunderts, die während des Krieges spanische Schiffe kaperten, 1625 die Insel St. Christoph besetzten, sich 1630 im Norden der damals spanischen Insel San Domingo niederließen und eine Art Seeräuber-Republik bildeten. Sie zeichneten sich durch tollkühnen Mut aus und wurden den Spaniern furchtbar. Sie sind nicht mit den gewöhnlichen Seeräubern, den »Piraten«, zu verwechseln.

8 Heute etwa ein militärischer Intendantur-Beamter im Offiziersrang. Im preußischen Heer gab es früher den Dienstgrad eines »Kammerleutnants«, dem die »Kammer«, das Bekleidungs- und Ausrüstungsmagazin, unterstand. Es war die einzige Offiziersstelle, die mit Leuten aus dem Mannschaftsrang besetzt werden konnte.

9 Das Wortspiel besteht aus dem Gleichklang von »corbeau«, Rabe, und »corps beau«, schöngestaltet.

10 1805 wandelte Napoleon die aus der Cisalpinischen entstandene Italienische Republik in das Königreich Italien um; es umfaßte auch Istrien und Dalmatien. Regiert wurde es durch Napoleons Stiefsohn Eugène Beauharnais. Am 9. Juni 1815 wurde es durch den Wiener Kongreß aufgehoben.

11 Anne-Louis Girodet de Roussy, genannt Girodet-Trioson (1767–1824), bedeutender, von Balzac hochgeschätzter und häufig erwähnter Maler.

12 Das Gemälde wurde im Salon von 1810 erstmals ausgestellt.

13 Abzeichen der Ritter der Ehrenlegion.

14 Philipp II., Sohn Karls V. und der Isabella von Portugal, König von Spanien und der Niederlande.

15 Die Stadt Saint-Quentin (Département Aisne) wurde 1557 nach denkwürdiger Belagerung durch den Herzog Philibert-Emanuel von Savoyen im Sturm genommen.

16 Ferdinand Alvarez von Toledo, Herzog von Alba (1508–1582), Befehlshaber der Armeen Karls V. und Philipps II., bekannt durch seine grausame Herrschaft in den aufständischen Niederlanden.

17 Davide Rizzio, Italiener, Günstling der Maria Stuart, die er durch seine Wohlgestalt und seine harmonische Stimme verführt hatte. Er wurde vor den Augen der Königin auf Befehl von deren Gemahl und Vetter, Henri Stuart Darnley, der auf Rizzios Einfluß eifersüchtig war, 1566 ermordet.

18 Francesco Albani oder Albano (1578–1660), Maler der Bologneser Schule.

19 Span.: Kohlenbecken, Wärmpfanne. Balzac schreibt das Wort fälschlich mit »z«.

20 Gestalt aus Beaumarchais' ›Barbier von Sevilla‹, alter Doktor, Vormund Rosines.

21 Bartolommeo-Esteban Murillo (1618–1682), Schöpfer historischer und religiöser Bilder, aber auch humoristischer Szenen aus dem Volksleben und Porträts.

22 Therese von Avila (1515–1582), Karmeliterin, Heilige. Ihre mystischen Schriften sind von glühender Phantasie und hinreißender Beredsamkeit; sie erschienen 1587.

23 Am 16. Mai 1797 wurde Venedig nach Abdankung des letzten Dogen Luigi Manin und des Großen Rats von den Franzosen besetzt und durch den Frieden von Campo Formio (17. Oktober 1797) an Österreich gegeben.

24 Die Könige Schottlands stammten von den Fitzalans ab, die ursprünglich den Titel Erb-Majordomus (steward, stuart) von Schottland trugen.

25 Ninon de Lenclos (1620–1705), um ihrer Schönheit und ihres Geistes willen berühmte Kurtisane, in deren Salon die bedeutendsten Persönlichkeiten ihrer Zeit verkehrten.

26 Marion Delorme (1611–1650) war ihrer Schönheit und ihrer galanten Abenteuer wegen berühmt.

27 Imperia war eine berühmte römische Kurtisane im ersten Viertel des 16. Jahrhunderts, unter den Pontifikaten Julius' II. und Leos X. Sie wurde mit großem Pomp in der Kirche San Gregorio bestattet.

28 Nicht nachweisbar.

29 Rhodope oder Rhodopis war eine griechische Hetäre des 4. Jahrhunderts v. Chr. Sie wird bei Herodot erwähnt.

30 Es handelt sich wahrscheinlich um Mrs. Wilson, die um 1786 Schauspielerin war.

31 Georges Ponsomby (1755–1815), im Unterhaus Mitglied der Whig-Partei für Irland, protestierte gegen die Vereinigung Irlands und Englands und gehörte dem Whig-Ministerium von 1805 an.

32 Nicht nachweisbar.

33 Henry Saint-John, Viscount Lord Bolingbroke (1678–1751), englischer Staatsmann und Philosoph, mehrmals Minister, suchte, als seine politischen Gegner ihn verfolgten, in Frankreich Zuflucht und zog sich schließlich auf sein Schloß Battersea zurück, wo er meh-

rere historische und moralphilosophische Werke schrieb. Er war notorischer Atheist.

34 Vittoria Colonna (1490–1547), Dichterin, Freundin Michelangelos, vermählt mit dem Marchese de Pescara, einem der besten Feldherrn Karls V., Besieger Franz' I. bei Pavia (24. Februar 1525), wo er schwer verwundet wurde und als Sechsunddreißigjähriger starb.

35 Sicherlich Anspielung auf die Satans-Gestalt in Miltons ›Verlorenem Paradies‹.

36 Robert Lovelace, Gestalt des Verführers in Richardsons Roman ›Clarissa Harlowe‹ (1747), von Balzac häufig zitiert.

37 Ital.: Mein geliebter Gatte.

38 Ital.: Niederschmetternde Schönheit.

39 König von Neapel war damals Napoleons Schwager Murat.

40 Antonio Canova (1757–1822), bedeutender klassizistischer Bildhauer von erstaunlicher Fruchtbarkeit. Balzac denkt sicherlich an seine Gruppe ›Amor und Psyche‹ in der Villa Carlotta bei Cadenabbia am Comer See.

41 Heute werden die Epauletten Schulterstücke genannt.

42 Victor Hugos Drama ›Marion Delorme‹ erschien 1831.

43 Siehe Anmerkung 26. Hugos Drama hat darlegen wollen, daß eine Gefallene durch eine reine Leidenschaft wieder zu Ehren gelangen kann.

44 Pierre Corneille (1606–1684), der »Vater der französischen Tragödie«.

45 Am Sonntag, dem 13. Februar 1820, gegen elf Uhr abends, wurde der Herzog von Berry vor dem Eingang der damals in der Rue de Richelieu, gegenüber der Bibliothek, gelegenen Oper erdolcht. Der Herzog war der zweite Sohn des damaligen Grafen von Artois, des späteren Karls X., und galt als Thronfolger, weil die Ehe seines älteren Bruders, des Herzogs von Angoulême, mit der Tochter Ludwigs XVI. kinderlos geblieben war. Der Täter war der Sattler Louvel. – Der Mord entfesselte eine heftige Reaktion, die zunächst das tüchtige Ministerium Decazes hinwegfegte; es wurde seines Liberalismus wegen für mitschuldig an der Ermordung des Herzogs gehalten.

46 Die kleinere der beiden Seine-Inseln im Zentrum von Paris.

47 Orientalischer Minister.

48 Hauptort eines Arrondissements an der Indre, eines Nebenflusses der Loire.

49 Bezirkshauptort im Département Loire-Inférieure; dort siegten 1793 Kléber und Westermann über die Vendéer.

50 Großer, vierrädriger Kutschwagen mit zurückschlagbarem Verdeck, erstmals in Berlin gebaut.

Biographische Notizen über die Romangestalten

Die Marañas

Die Gestalten dieser Novelle treten in der ›Menschlichen Komödie‹ nicht wieder auf.

Der Aufgebotene[1]

Übertragung von Ernst Sander

Die nach Balzacs Angabe im Februar 1831 in Paris (und dem Anschein nach sehr schnell) niedergeschriebene Novelle ›Le Réquisitionnaire‹ erschien erstmals am 27. Februar 1831 in der ›Revue de Paris‹. Sie trat dort an die Stelle der Novelle ›La belle Impéria‹, des wahrscheinlich ältesten Stücks der ›Contes drolatiques‹, deren Abdruck der Chefredakteur der Zeitschrift aus religiösen Gründen abgelehnt hatte. Die erste Buchausgabe stellt der im September 1831 erschienene III. Band der ›Romans et contes philosophiques‹ dar. 1835, datiert Februar 1831, erfolgte eine weitere Buchausgabe im V. Band der ›Etudes philosophiques‹. 1846 wurde das kleine Werk, mit der Widmung an Albert Marchant de la Ribellerie, den ›Etudes philosophiques‹ der ›Comédie humaine‹ beigefügt.

Der Widmungsempfänger, Sohn des Generalintendanten der Großen Armee, war Balzacs Mitschüler im Collège zu Vendôme. Seinem Vater verkaufte Balzacs Vater sein Haus in Tours, als er die Stadt verließ. Albert Marchant de la Ribellerie (1800–1840) blieb in Tours als Militär-Unterintendant; bei ihm stieg Balzac ab, wenn er seine Vaterstadt besuchte. Er starb, noch nicht vierzigjährig, im Lazarett zu Algier.

> Bald sahen sie ihn durch ein Phänomen der Vision oder der Ortsveränderung den Raum in seinen beiden Wesenheiten von Zeit und Entfernung aufheben, deren eine geistig und deren andere physisch ist.
>
> ›Histoire intellectuelle de Louis Lambert[2]‹

An einem Novemberabend des Jahres 1793 befanden sich die wichtigsten Persönlichkeiten von Carentan[3] im Salon der Madame de Dey, bei der man sich täglich zusammenzufinden pflegte. Einige Umstände, die in einer großen Stadt schwerlich die Aufmerksamkeit auf sich gelenkt hätten, die aber eine kleine höchlichst beschäftigen mußten, liehen dieser gewohnten Zusammenkunft ein ungemeines Interesse. Zwei Tage zuvor hatte Madame de Dey ihre Tür für alle, mit denen sie Umgang pflegte, verschlossen gehalten, und auch am Vortage hatte sie sich versagt, sie zu empfangen, und zwar unter dem Vorwand, sie befinde sich nicht wohl. In normalen Zeiten hätten jene Geschehnisse die nämliche Wirkung gezeitigt, wie sie in Paris die Schließung sämtlicher Theater hervorruft. An solcherlei Tagen ist das Dasein gewissermaßen unvollkommen. Im Jahre 1793 jedoch konnte das Verhalten der Madame de Dey die übelsten Folgen haben. Der geringste gewagte Schritt bedeutete damals für die Adligen fast immer eine Frage, bei der es um Leben oder Tod ging. Um die inständige Neugier und die engstirnigen Verdächtigungen richtig zu verstehen, die während jenes Abends die normannischen Züge aller jener Persönlichkeiten belebten, aber vor allem, um die heimlichen Unschlüssigkeiten der Madame de Dey zu begreifen, ist es erforderlich, die Rolle darzulegen, die sie in Carentan spielte. Da die kritische Lage, in der sie sich in jenem Augenblick befand, sicherlich während der Revolution diejenige vieler Leute gewesen ist, werden die Sympathien mehr als eines Lesers diese Erzählung vollends farbig gestalten.

Madame de Dey, die Witwe eines Generalleutnants und Ritters mehrerer Orden, hatte den Hof zu Beginn der Emigration verlassen. Da sie beträchtlichen Gutsbesitz in der Umgebung von Carentan hatte, war sie dorthin geflüchtet, in der Hoffnung, die Auswirkungen der Schreckensherrschaft würden dort weniger spürbar sein. Diese Berechnung, die sich auf eine genaue Kenntnis der Gegend gründete, erwies sich als richtig. Die Revolution richtete in der Basse-Normandie nur wenig Verheerungen an. Obgleich Madame de Dey ehedem nur die adligen Familien bei sich gesehen hatte, wenn sie nach dort gereist war, um ihr Eigentum zu besichtigen, hatte sie jetzt aus politischen Gründen ihr Haus auch den angesehensten Bürgern der Stadt und den neuen Machthabern geöffnet und sich bemüht, diese stolz darauf zu machen, daß sie sie erobert hätten, ohne in ihnen Haß oder Eifersucht zu erwecken. Sie war anmutsvoll und gütig und mit der unaussprechlichen Sanftmut begabt, die zu gefallen weiß, ohne ihre Zuflucht zur Erniedrigung oder zu Bitten zu nehmen, und so war es ihr gelungen, sich allgemeine Wertschätzung durch den erlesenen Takt zu erwerben, dessen kluge Bekundungen es ihr erlaubten, sich auf der haardünnen Linie zu halten, auf der sie den Ansprüchen dieser gemischten Gesellschaft genügen konnte, ohne die widerspenstige Eigenliebe der Emporkömmlinge zu demütigen oder diejenige ihrer alten Freunde zu verletzen.

Sie war ungefähr achtunddreißig Jahre alt und bewahrte noch immer wenn auch nicht die frische, kräftige Schönheit der Mädchen aus der Basse-Normandie, so doch eine schlanke, sozusagen aristokratische Schönheit. Ihre Züge waren fein und zart; ihre Taille war geschmeidig und schmal. Wenn sie sprach, so schien ihr blasses Gesicht sich zu erhellen und an Lebendigkeit zu gewinnen. Ihre großen, dunklen Augen waren von Freundlichkeit erfüllt, deren ruhiger, frommer Ausdruck anzudeuten schien, daß ihr Lebensprinzip nicht mehr in ihr selbst beruhe. Sie war in der Blüte ihrer Jahre mit einem alten, eifersüchtigen Offizier verheiratet worden; daß sie inmitten eines galanten Hofs fehl am Platze gewesen war, hatte sicherlich viel dazu beigetragen, einen Schleier ernster Melancholie über ein Antlitz zu breiten, auf dem der Zauber und die Lebhaftigkeit der Liebe ehedem gestrahlt haben mußten. Da sie ihre harmlosen Regungen, ihre weiblichen Aufwallungen zu einer Zeit beständig hatte unterdrücken müssen, da die Frau noch fühlt, anstatt zu denken, war die Liebesleidenschaft in der Tiefe ihres Herzens jungfräulich geblieben. So war es gekommen, daß ihr Hauptreiz von jener innerlichen Jugend herrührte, die ihr Antlitz in manchen Augenblicken bekundete und die ihren Gedanken einen unschuldigen Ausdruck des Begehrens lieh. Ihr Anblick gebot Zurückhaltung; aber in ihrer Haltung, ihrer Stimme waren stets Aufschwünge einer unbekannten Zukunft entgegen spürbar, wie bei einem jungen Mädchen; bald war auch der fühlloseste Mann in sie verliebt und bewahrte dennoch eine gewisse respektvolle Scheu, die ihre höflichen Umgangsformen ihm auferlegten. Ihre von Natur große, aber durch schwere Kämpfe noch gekräftigte Seele schien allem Gemeinen allzusehr entrückt zu sein, und dessen waren die Männer sich bewußt. Diese Seele bedurfte unbedingt einer hohen Leidenschaft. Daher hatten die Neigungen der Madame de Dey sich in einem einzigen Gefühl konzentriert, in der Mütterlichkeit. Das Glück und die Liebesfreuden, deren ihr Frauenleben beraubt gewesen war, fand sie in dem Übermaß der Liebe wieder, die sie ihrem Sohn entgegenbrachte. Sie liebte ihn nicht nur mit der reinen, tiefen Hingabe einer Mutter, sondern auch mit der Koketterie einer Geliebten und der Eifersucht einer Gattin. Fern von ihm war sie unglücklich, jedoch besorgt, wenn er anwesend war; sie konnte sich nicht an ihm sattsehen; sie lebte nur durch ihn und für ihn. Um den Leuten die Stärke dieses Gefühls verständlich zu machen, genügt der Hinweis, daß dieser Sohn nicht nur das einzige Kind der Madame de Dey war, sondern zugleich ihr letzter Verwandter, der einzige, mit dem sie die Ängste, die Hoffnungen und Freuden ihres Lebens verknüpfen konnte. Der verstorbene Graf de Dey war der letzte Sproß seiner Familie gewesen wie sie die letzte Erbin der ihrigen. Berechnungen und menschliche Interessen hatten sich also mit den edelsten Bedürfnissen der Seele vereint, um im Herzen der Gräfin ein Gefühl maßlos zu steigern, das bei den Frauen ohnehin schon so stark ist. Sie hatte ihren Sohn nur mit unendlicher Mühewaltung großgezogen, und diese hatte ihn ihr noch teurer gemacht; zwanzigmal hatten die Ärzte ihr gesagt, sie werde ihn verlieren; sie jedoch hatte ihren Ahnungen und Hoffnungen vertraut und die unaussprechliche Freude erlebt, ihn glücklich die Gefahren der Kindheit überstehen zu sehen und das Sichfestigen seiner Konstitution zu bewundern, trotz aller Urteile, die die medizinische Fakultät gefällt hatte.

Dank beständig sorgender Pflege war jener Sohn herangewachsen und hatte sich auf eine so vorteilhafte Weise entwickelt, daß er mit zwanzig Jahren in Versailles als einer der vollkommensten Kavaliere galt. Überdies wurde ihr ein Glück zuteil, wie es keineswegs alle mütterlichen Mühen krönt: Sie wurde von ihrem Sohn vergöttert; ihrer beider Seelen verstanden einander durch geschwisterliche Sympathien. Wären sie nicht bereits durch den Willen der Natur verbunden gewesen, so hätten sie instinktiv jene Freundschaft von Mensch zu Mensch empfunden, die im Leben so selten anzutreffen ist. Der junge Graf war mit achtzehn Jahren zum Leutnant bei den Dragonern befördert worden; er hatte dem gehorcht, was die Zeiten seiner Ehre geboten, und war den Fürsten in die Emigration gefolgt.

Auf diese Weise verhehlte Madame de Dey, die reich, adlig und die Mutter eines Emigranten war, sich nicht die Gefahren ihrer heiklen Lage. Sie hatte sich gelobt, ihrem Sohn ein großes Vermögen zu bewahren, und deswegen hatte sie auf das Glück verzichtet, ihn zu begleiten; doch als sie die strengen Gesetze las, aufgrund deren die Republik täglich in Carentan die Güter der Emigranten konfiszierte, beglückwünschte sie sich zu ihrem mutigen Verhalten. Schützte sie nicht unter Lebensgefahr die Schätze ihres Sohnes? Als sie dann von den schrecklichen Hinrichtungen erfuhr, die der Konvent befohlen hatte, schlief sie glücklich mit dem Gedanken ein, ihren einzigen wahren Reichtum in Sicherheit zu wissen, fern der Gefahren, fern der Schafotte. Sie gefiel sich in dem Glauben, sie habe den besten Entschluß gefaßt, um gleichzeitig alles zu retten, was sie besaß. Indem sie diesem heimlichen Gedanken die Konzessionen machte, die die unseligen Zeiten verlangten, ohne dabei weder ihre weibliche Würde noch ihre aristokratische Grundeinstellung zu verleugnen, hüllte sie ihr Leid in ein kühles Geheimnis. Sie war sich der Schwierigkeiten bewußt, die ihrer in Carentan warteten. Dort den ersten Platz innehaben, hieß das nicht, jeden Tag das Schafott herausfordern? Aber ihr mütterlicher Mut hatte ihr geholfen, die Zuneigung der Armen dadurch zu gewinnen, daß sie unterschiedslos alle Nöte linderte, und den Reichen hatte sie sich dadurch unentbehrlich gemacht, daß sie an deren Freuden teilnahm. Sie empfing den Bevollmächtigten der Gemeinde, den Bürgermeiser, den Präsidenten des Distrikts, den Öffentlichen Ankläger und sogar die Richter des Revolutionstribunals. Da die vier erstgenannten Persönlichkeiten unverheiratet waren, machten sie ihr in der Hoffnung, sie zu heiraten, den Hof, sei es, daß sie ihr durch das Böse, das sie ihr antun konnten, Angst einjagten, oder sei es, daß sie ihr ihre Gönnerschaft anboten. Der Öffentliche Ankläger, ehemals Anwalt in Caen und damals bereits mit den Interessen der Gräfin betraut, versuchte, ihr durch ein Verhalten voller Ergebenheit und Großherzigkeit Liebe einzuflößen; das war ein gefährlicher Kniff! Er war der am meisten zu fürchtende unter den Bewerbern. Er allein war genau im Bilde über die Höhe des ansehnlichen Vermögens seiner ehemaligen Klientin. Seine Leidenschaft mußte durch alle Begehrlichkeiten einer

Habsucht noch größer werden, die sich auf eine ungeheure Macht stützte, auf das Recht über Leben und Tod eines ganzen Distrikts. Dieser noch junge Mann bezeigte bei seinem Tun und Lassen eine solche Noblesse, daß Madame de Dey sich noch nicht über ihn hatte klarwerden können. Aber da sie die Gefahr mißachtete, die darin bestand, an Geschicklichkeit mit einem Normannen zu wetteifern, setzte sie die Erfindungsgabe und den Witz ein, mit denen die Natur die Frauen belehnt hat, um all diese Nebenbuhlerschaften gegeneinander auszuspielen. Falls sie Zeit gewann, hoffte sie, heil und gesund an das Ende der Wirren zu gelangen. In jenen Tagen erhofften sich die Royalisten jeden Tag, am nächsten werde die Revolution zu Ende sein; und diese Überzeugung hat vielen von ihnen den Untergang bereitet.

Trotz dieser Hindernisse hatte die Gräfin sich recht geschickt ihre Unabhängigkeit bis zu dem Tage bewahrt, da sie es sich durch eine unerklärliche Unvorsichtigkeit hatte einfallen lassen, ihre Tür zu schließen. Sie flößte ein so tiefes und echtes Interesse ein, daß die Leute, die an jenem Abend zu ihr kamen, lebhaft beunruhigt wurden, als sie vernahmen, es sei ihr unmöglich, sie zu empfangen; dann jedoch erkundigten sie sich mit der offenherzigen Neugier, die die provinziellen Gepflogenheiten kennzeichnet, nach dem Unglück, dem Kummer, der Krankheit, die Madame de Dey heimgesucht haben mußten. Auf solcherlei Fragen antwortete eine alte Haushälterin namens Brigitte, ihre Herrin habe sich eingeschlossen und wolle niemanden sehen, nicht einmal ihre Hausangestellten. Das sozusagen klösterliche Leben, das die Bewohner einer kleinen Stadt führen, läßt in ihnen eine Gewohnheit entstehen, das Tun und Lassen anderer Leute zu analysieren und zu erklären, die ihrer Natur nach so unbesieglich ist, daß jedermann, nachdem er Madame de Dey bedauert hatte, ohne zu wissen, ob sie glücklich sei oder Kummer habe, den Ursachen dieser plötzlichen Zurückgezogenheit nachzuforschen begann.

»Wenn sie krank wäre«, sagte der erste Wißbegierige, »dann würde sie zum Arzt geschickt haben; aber der Doktor ist den ganzen Tag bei mir gewesen und hat Schach gespielt. Er hat mir lachend gesagt, in den gegenwärtigen Zeitläuften gebe es nur eine Krankheit . . . und die sei leider unheilbar.«

Dieser Scherz war ein vorsichtiges Wagnis. Frauen, Männer, alte Leute und junge Mädchen begannen nunmehr, das weite Gefilde der Mutmaßungen zu durchschweifen. Jeder glaubte, ein Geheimnis zu wittern, und ebenjenes Geheimnis beschäftigte die Phantasie aller. Am nächsten Tag wurden die Verdächtigungen gehässiger. Da das Leben in einer kleinen Stadt offen zutage liegt, erfuhren die Frauen als die ersten, Brigitte habe auf dem Markt sehr viel mehr Lebensmittel als für gewöhnlich eingekauft. Diese Tatsache konnte nicht bestritten werden. Brigitte war am frühen Morgen auf dem Marktplatz gesehen worden, und, welch ein Ereignis, sie hatte den einzigen Hasen gekauft, der dort feilgeboten wurde. Die ganze Stadt wußte, daß Madame de Dey kein Wildbret mochte. Der Hase wurde zum Ausgangspunkt unendlicher Vermutungen. Als die alten Herren ihren üblichen Rundgang machten, fiel ihnen im Haus der Gräfin eine Art emsiger Tätigkeit auf, wie sie gerade durch die Vorsichtsmaßnahmen auffällig wird, deren die Leute sich bedienen, um sie zu vertuschen. Der Diener klopfte im Garten einen Teppich; tags zuvor hätte niemand darauf geachtet; jetzt jedoch wurde jener Teppich zu einem wichtigen Teilstück der Romane, die alle Welt zusammenphantasierte. Jeder hatte den seinen. Als am zweiten Tag bekannt wurde, Madame de Dey lasse verlauten, sie sei unpäßlich, kamen die wichtigsten Persönlichkeiten von Carentan abends beim Bruder des Bürgermeisters zusammen, einem alten, verheirateten Kaufmann, einem redlichen, allgemein geachteten Mann, dem die Gräfin große Achtung zollte. Dort hatten alle Bewerber um die Hand der reichen Witwe eine mehr oder weniger wahrscheinliche Fabel zu erzählen, und jeder gedachte, den geheimen Umstand, der sie zwang, sich so bloßzustellen, zu seinen Gunsten zu wenden. Der Öffentliche Ankläger ersann ein ganzes Drama, um nächtlicherweile den Sohn der Madame de Dey zu ihr ins Haus zu führen. Der Bürgermeister glaubte an einen unvereidigten Priester, der aus der Vendée gekommen sei und bei ihr um Zuflucht gebeten habe; allein der Kauf des Hasen an einem Freitag brachte ihn in Verlegenheit. Der Präsident des Distrikts pochte nachdrücklich auf einen Führer der Chouans oder der Vendéer, der gerade heftig verfolgt wurde. Andere wollten, daß es ein aus den Pariser Gefängnissen entkommener

Adliger sei. Kurzum, alle verdächtigten die Gräfin einer der Großherzigkeiten, die die Gesetze damals als Verbrechen bezeichneten und die zum Schafott führen konnten. Übrigens sagte der Öffentliche Ankläger mit leiser Stimme, man müsse schweigen und versuchen, die Unglückliche vor dem Abgrund zu bewahren, auf den sie mit großen Schritten zugehe.

»Wenn Sie über diese Angelegenheit etwas verlauten lassen«, fügte er hinzu, »dann wäre ich zum Einschreiten genötigt; ich müßte bei ihr Nachforschungen durchführen lassen, und dann . . .!« Er sprach nicht zu Ende, aber jedermann verstand dieses absichtliche Verschweigen.

Die ehrlichen Freunde der Gräfin beunruhigten sich ihretwegen so sehr, daß am Morgen des dritten Tags der Syndikus der Gemeinde ihr durch seine Frau ein paar Zeilen schreiben ließ, um sie zu veranlassen, am Abend wie gewöhnlich zu empfangen. Der alte Kaufmann war beherzter; er fand sich im Lauf des Vormittags bei Madame de Dey ein. Der Dienst, den er ihr leisten wollte, bestärkte ihn; er verlangte, zu ihr geführt zu werden und blieb verdutzt stehen, als er sie im Garten entdeckte, wo sie damit beschäftigt war, die letzten Blumen auf ihren Beeten zu schneiden, um damit ihre Vasen zu schmücken.

»Sicherlich hat sie ihrem Liebhaber Zuflucht gewährt«, sagte sich der alte Herr, und es überkam ihn Mitleid mit dieser bezaubernden Frau. Der eigenartige Gesichtsausdruck der Gräfin bestärkte ihn in seinen Mutmaßungen. Der Kaufmann war tief bewegt über diese bei den Frauen so natürliche Opferwilligkeit, die uns stets nahegeht, weil alle Männer sich durch die Opfer geschmeichelt fühlen, die eine Frau einem Manne darbringt; er unterrichtete also die Gräfin über die Gerüchte, die in der Stadt über sie im Umlauf waren, und über die Gefahr, in der sie sich befand. – »Denn«, sagte er abschließend, »wenn schon unter unsern Funktionären einige geneigt sein könnten, Ihnen einen Heroismus nachzusehen, der etwa einen Priester zum Gegenstand hätte, so würde niemand eine Klage gegen Sie einreichen, wenn entdeckt würde, Sie opferten sich einer Herzensangelegenheit auf.«

Bei diesen Worten blickte Madame de Dey ihn mit einer so

verwirrten und gewissermaßen geistesgestörten Miene an, daß es ihn durchschauerte.

»Kommen Sie«, sagte sie und nahm ihn bei der Hand, um ihn in ihr Schlafzimmer zu führen, wo sie, als sie sich versichert hatte, daß sie allein seien, aus ihrem Busenausschnitt einen schmutzigen zerknitterten Brief zog: »Lesen Sie«, rief sie, und es kostete sie große Mühe, diese Worte hervorzustoßen.

Wie ausgelöscht sank sie in ihren Sessel. Während der alte Kaufmann seine Brille hervorsuchte und abwischte, hob sie die Augen zu ihm auf und musterte ihn zum erstenmal begierig; dann sagte sie leise und mit veränderter Stimme zu ihm: »Ich vertraue mich Ihnen an.«

»Bin ich nicht hergekommen, um Ihre strafbare Handlung mit Ihnen zu teilen?« antwortete der wackere Mann schlicht.

Sie zitterte. Zum erstenmal sympathisierte in dieser kleinen Stadt ihre Seele mit derjenigen eines andern Menschen. Plötzlich verstand der alte Kaufmann die Niedergeschlagenheit und die Freude der Gräfin. Ihr Sohn hatte an dem Unternehmen gegen Granville[4] teilgenommen; er hatte seiner Mutter aus dem Gefängnis geschrieben und ihr eine traurige und süße Hoffnung eingeflößt. Er zweifelte nicht an seiner Möglichkeit zum Entweichen, und so hatte er ihr drei Tage angegeben, an denen er sich verkleidet bei ihr einfinden werde. Der schicksalsschwere Brief enthielt herzzerreißende Abschiedsworte für den Fall, daß er am Abend des dritten Tages nicht in Carentan sein werde, und er bat seine Mutter, dem Geheimboten, der es auf sich genommen habe, ihr unter tausend Gefahren diese Nachricht zu überbringen, eine ziemlich hohe Summe auszuhändigen. Das Papierblatt zitterte in den Händen des alten Herrn.

»Und heute ist der dritte Tag«, rief Madame de Dey, sprang auf, nahm den Brief wieder an sich und ging auf und ab.

»Sie sind unvorsichtig gewesen«, sagte der Kaufmann zu ihr. »Warum haben Sie Lebensmittel einkaufen lassen?«

»Aber er kann doch halb verhungert und völlig erschöpft vor Überanstrengung ankommen, und . . .«

»Auf meinen Bruder kann ich mich verlassen«, entgegnete der alte Mann. »Ich will zu ihm gehen und ihn für Sie gewinnen.«

Der Kaufmann hatte bei dieser Gelegenheit die Gewitztheit wiedergefunden, die er früher im Geschäftsleben bezeigt hatte, und er gab ihr kleine, scharfsinnige Ratschläge. Nachdem sie sich über alles verständigt hatten, was sie beide sagen und tun mußten, ging der alte Herr unter geschickt ausgesonnenen Vorwänden in die wichtigsten Häuser von Carentan, wo er verkündete, daß Madame de Dey, die er gerade aufgesucht habe, am heutigen Abend trotz ihrer Unpäßlichkeit empfangen werde. Spitzfindig kämpfte er gegen die normannischen Verstandeskräfte bei diesem Verhör an, das jede Familie ihm über die Krankheit der Gräfin aufzwang; es gelang ihm, bei fast allen Leuten, die sich mit der geheimnisvollen Angelegenheit beschäftigt hatten, einen Gesinnungswandel herbeizuführen. Sein erster Besuch hatte Wunder gewirkt. Er hatte einer gichtkranken alten Dame erzählt, Madame de Dey sei beinahe einem Gichtanfall erlegen, der sich auf den Magen geschlagen habe; der berühmte Tronchin[5] habe ihr früher einmal empfohlen, sich bei einer solchen Gelegenheit das Fell eines frisch abgezogenen Hasen auf die Brust zu legen und ohne die leiseste Bewegung im Bett zu bleiben; und so sei die Gräfin, die vor zwei Tagen noch in Lebensgefahr geschwebt habe, nach pünktlicher Befolgung dieses Rezeptes Tronchins zur Genüge wiederhergestellt, um alle, die im Lauf des Abends zu ihr kommen würden, empfangen zu können. Dieses Märchen hatte einen ungeheuren Erfolg, und der Arzt von Carentan, ein heimlicher Royalist, steigerte seine Wirkung durch die Wichtigkeit, mit der er dieses Spezialmittel erörterte. Dennoch hatten die Verdächtigungen im Geist einiger Starrköpfe oder Philosophen allzu tief Wurzel geschlagen, um gänzlich ausgerottet werden zu können, so daß am Abend diejenigen, die im Haus der Madame de Dey verkehren durften, voller Begierde und zu früher Stunde zu ihr kamen, die einen, um das Verhalten der Gräfin genau zu beobachten, die andern aus bloßer Freundschaft, die meisten indessen gepackt vom Wunder dieser Heilung. Sie fanden die Gräfin am großen Kamin ihres Salons sitzend vor, ihres Salons, der fast so bescheiden wie die in Carentan üblichen war; denn um nicht gegen die enge Denkweise ihrer Gäste zu verstoßen, hatte sie sich die Genüsse des Luxus versagt, an die sie ehedem gewöhnt gewesen war; sie hatte also in ihrem Haus nichts verändert. Nicht einmal die Fliesen im Vorraum waren blankgerieben worden. An den Wänden hatte sie die alten, düstern Gobelins belassen und hatte die landesüblichen Möbel beibehalten; sie brannte Kerzen; sie folgte den Moden der Stadt, paßte sich dem Provinzleben an und schreckte weder vor den härtesten Kleinigkeiten noch vor den unangenehmsten Entbehrungen zurück. Aber im Wissen, daß die Gäste ihr jeden Aufwand verzeihen würden, der ja deren Wohlbehagen zum Ziel hatte, ließ sie nichts außer acht, was ihnen persönliche Genüsse eintragen konnte. Daher gab sie ihnen ausgezeichnete Abendessen. Sie ging sogar so weit, daß sie Geiz heuchelte, um diesen rechnenden Hirnen zu gefallen; und nachdem sie den Kunstgriff auf sich genommen hatte, sich gewisse Konzessionen an den Luxus entreißen zu lassen, verstand sie es, sich voller Anmut zu fügen. So befand sich denn also gegen sieben Uhr abends die bessere schlechte Gesellschaft von Carentan bei ihr und bildete um den Kamin einen großen Halbkreis. Die Hausherrin wurde in ihrer unglücklichen Lage durch die mitleidigen Blicke unterstützt, die der alte Kaufmann ihr zuwarf; sie unterzog sich mit unerhörtem Mut den bis in die winzigsten Einzelheiten gehenden Fragen und den nichtigen, albernen Schlußfolgerungen ihrer Gäste. Und bei jedem Anschlagen des Türklopfers oder jedesmal, wenn auf der Straße Schritte hallten, verbarg sie ihre Erregung dadurch, daß sie interessante Fragen über das Gedeihen des Landes aufwarf. Sie entfesselte geräuschvolle Diskussionen über die Qualität des Ziders[6] und wurde von ihrem Vertrauensmann so trefflich unterstützt, daß die Versammelten fast vergaßen, sie auszuspionieren, da ihnen ihre Haltung und ihre unerschütterliche Festigkeit völlig natürlich vorkamen. Der Öffentliche Ankläger und einer der Richter des Revolutionstribunals verharrten in Schweigen, beobachteten aufmerksam die geringsten Regungen ihrer Züge und horchten trotz des Lärms im Haus umher; mehrmals stellten sie ihr verfängliche Fragen, die die Gräfin indessen mit bewunderungswürdiger Geistesgegenwart beantwortete. Als dann Madame de Dey die Partien arrangiert und alle an den Boston-, Reversis- oder Whist-Tischen untergebracht hatte, blieb sie noch stehen und plauderte mit ein paar jungen Damen mit einem Übermaß an Ungezwungenheit; sie spielte ihre Rolle wie eine vollkommene Schauspielerin. Sie ließ sich um ein Lotto-Spiel bitten, behauptete, nur sie allein wisse, wo es sei, und verschwand.

»Ich ersticke, gute Brigitte«, rief sie und wischte sich die Tränen ab, die heftig ihren vor Fieber, Schmerz und Ungeduld glänzenden Augen entquollen. »Er kommt nicht«, fuhr sie fort und blickte sich in dem Schlafzimmer um, in das sie hinaufgestiegen war. »Hier kann ich atmen und sehen. Noch ein paar Augenblicke, dann ist er trotz alledem da! Denn er lebt noch, dessen bin ich gewiß. Mein Herz sagt es mir. Hören Sie nichts, Brigitte? Oh, ich würde den Rest meines Lebens preisgeben, nur um zu wissen, ob er im Gefängnis ist oder ob er über die Felder wandert! Am liebsten möchte ich überhaupt nicht denken!«

Von neuem überprüfte sie, ob alles im Zimmer in Ordnung sei. Im Kamin flackerte ein gutes Feuer; die Laden waren sorgfältig geschlossen; die Möbel glänzten vor Sauberkeit; die Art, wie das Bett gemacht worden war, bewies, daß die Gräfin sich mit Brigitte um die geringsten Einzelheiten gekümmert hatte; und ihre Hoffnungen bekundeten sich in der zarten Fürsorglichkeit, die in diesem Zimmer gewaltet zu haben schien, in dem die anmutsvolle Süße der Liebe und deren keuscheste Bezeigungen in den Düften spürbar wurden, die die Blumen aushauchten. Einzig eine Mutter konnte die Wünsche eines Soldaten vorausgesehen und ihnen eine so vollkommene Erfüllung bereitet haben. Eine köstliche Mahlzeit, erlesene Weine, Schuhzeug, Wäsche, alles, was einem ermüdeten Wanderer notwendig oder angenehm sein konnte, fand sich beisammen, damit nichts ihm ermangele, damit die Wonnen des Daheimseins ihm die Liebe einer Mutter enthüllten.

»Brigitte?« fragte die Gräfin, und ihre Stimme klang herzzerreißend, als sie einen Sessel an den Tisch schob, wie als wolle sie ihren Wünschen Wirklichkeit leihen, sie um die Stärke ihrer Illusionen zu erhöhen.

»Oh, Madame, er wird kommen. Er ist nicht weit. – Ich weiß es genau, daß er lebt und daß er unterwegs ist«, fuhr Brigitte fort. »Ich habe einen Schlüssel in die Bibel gesteckt und meinen Finger darauf gehalten, während Cottin aus dem Johannes-

Evangelium vorlas ... und, Madame, der Schlüssel hat sich nicht bewegt.«

»Ist das ein sicheres Zeichen?« fragte die Gräfin.

»Oh, Madame, das weiß man doch. Ich würde mein Seelenheil dafür verpfänden, daß er noch am Leben ist. Gott kann sich nicht irren.«

»Trotz der Gefahr, die seiner hier wartet, möchte ich ihn hier wissen.«

»Der arme Monsieur Auguste«, rief Brigitte aus, »sicherlich ist er zu Fuß auf der Landstraße.«

»Und jetzt schlägt es vom Kirchturm schon acht Uhr«, rief die Gräfin erschrocken aus.

Sie hatte Angst, länger als sie hätte dürfen in diesem Zimmer verblieben zu sein, in dem sie an das Leben ihres Sohnes glaubte, da sie dort alles vor Augen hatte, was ihr bezeugte, daß er lebe, und sie stieg hinab; aber bevor sie den Salon betrat, blieb sie eine Weile unter den Säulen der Treppe stehen und lauschte, ob nicht irgendein Geräusch den schweigenden Widerhall in der Stadt erwecke. Sie lächelte Brigittes Mann zu, der Wache stand und dessen Augen ganz stumpf wirkten, soviel Aufmerksamkeit hatte er dem Gemurmel auf dem Platz und im Dunkel gezollt. Sie sah ihren Sohn in allem und überall. Bald danach ging sie wieder hinein, täuschte eine heitere Miene vor und begann mit den kleinen Mädchen Lotto zu spielen; doch von Zeit zu Zeit klagte sie über Schmerzen und nahm auf ihrem Lehnstuhl am Kamin Platz.

So war die Lage der Dinge, war die Stimmung im Haus der Madame de Dey beschaffen, während auf der Landstraße von Paris nach Cherbourg ein junger, in eine braune Carmagnole[7], die unerläßliche Tracht jener Zeit, gekleideter Mensch sich auf Carentan zubewegte. Zu Beginn der Aushebungen herrschte wenig oder überhaupt keine Disziplin. Die augenblickliche Notlage erlaubte der Republik kaum je, die Soldaten sofort auszurüsten, und nicht selten sah man die Landstraßen von Aufgebotenen bedeckt, die nach wie vor ihre Zivilkleidung trugen. Diese jungen Leute wanderten ihren Bataillonen voraus den Etappenorten zu oder blieben hinter ihnen zurück; denn ihr Marsch hing von der

Art und Weise ab, wie sie die Anstrengungen eines langen Wegs ertrugen.

Der Wanderer, von dem hier die Rede ist, war der Aufgebotenen-Kolonne weit voraus, die nach Cherbourg marschierte und die der Bürgermeister von Carentan von Stunde zu Stunde erwartete, um die Quartierzettel an sie zu verteilen. Der junge Mensch marschierte schweren, aber noch immer festen Schrittes, und aus seiner Gangart schien hervorzugehen, daß er seit langem mit den Härten des Soldatenlebens vertraut war. Obwohl der Mond die Weidewiesen rings um Carentan beschien, hatte er dicke weiße Wolken wahrgenommen, die nahe daran waren, Schnee auf die Felder zu schütten; und die Furcht, von einem Orkan überrascht zu werden, hatte wohl seinen Schritt beschleunigt, der jetzt hastiger war, als es seiner Müdigkeit entsprochen hätte. Auf dem Rücken trug er einen fast leeren Sack und in der Hand einen Buchsbaumstock, den er sich in einer der hohen, breiten Hecken geschnitten hatte, wie sie die meisten Erb-Güter in der Basse-Normandie umziehen. Der einsame Wanderer schritt nach Carentan hinein, dessen Türme, die der Mond mit phantastischem Schimmer säumte, vor kurzem vor ihm aufgetaucht waren. Sein Marschschritt weckte den Widerhall in den schweigenden Straßen, in denen er niemandem begegnete; er mußte einen Weber, der noch bei der Arbeit saß, nach dem Haus des Bürgermeisters fragen. Es war nicht weit bis zu diesem Beamten, und der Aufgebotene gelangte bald in den Schutz des Haustors des Bürgermeisters, wo er sich auf eine Steinbank setzte und auf den Quartierzettel wartete, den er gefordert hatte. Und als jener Beamte nach ihm rufen ließ, erschien er vor ihm und wurde zum Gegenstand einer sorgfältigen Prüfung. Der Infanterist war ein junger Mensch von gutem Aussehen und schien einer vornehmen Familie anzugehören. Seine Haltung zeugte von Adel. Aus seinem Gesicht sprach die durch eine gute Erziehung entwickelte Intelligenz.

»Wie heißt du?« fragte ihn der Bürgermeister und bedachte ihn mit einem durchdringenden Blick.

»Julien Jussieu«, antwortete der Aufgebotene.

»Und du kommst woher?« fragte der Beamte und ließ sich ein ungläubiges Lächeln entschlüpfen.

»Aus Paris.«

»Deine Kameraden dürften weit weg sein«, fuhr der Normanne spöttisch fort.

»Ich bin dem Bataillon um drei Meilen voraus.«

»Dich zieht doch wohl irgendein Gefühl nach Carentan, Bürger Aufgebotener?« fragte der Bürgermeister hinterlistig. »Na, schön«, fuhr er fort und gebot dem jungen Mann, der etwas hatte sagen wollen, durch eine Handbewegung Schweigen. »Wir wissen, wohin wir dich schicken. Da«, fügte er hinzu und übergab ihm seinen Quartierzettel, »geh, Bürger Jussieu!«

Ein Hauch von Ironie war in der Betonung spürbar, mit der der Beamte die beiden letzten Worte ausgesprochen hatte, wobei er ihm einen Zettel hinhielt, auf dem die Wohnung der Madame de Dey angegeben stand. Mit neugieriger Miene las der junge Mensch die Adresse.

»Er weiß ganz genau, daß er nicht weit zu gehen hat. Und wenn er draußen ist, hat er den Platz bald überquert!« rief der Bürgermeister aus, indem er zu sich selbst sprach, während der junge Mensch davonging. »Möge Gott ihn geleiten! Er hat auf alles eine Antwort. Ja, aber wenn jemand anders als ich seine Papiere zu sehen verlangt hätte, wäre er verloren gewesen!«

Die Uhren von Carentan hatten gerade halb zehn geschlagen; im Flur der Madame de Dey wurden die Stocklaternen angezündet; die Diener halfen ihren Herrinnen und Herren beim Anziehen der Holzschuhe, der weiten Überröcke oder der kurzen Mäntel; die Spieler hatten miteinander abgerechnet, und alle wollten sich gemeinsam zurückziehen, wie es ein in allen kleinen Städten feststehender Brauch ist.

»Anscheinend will der Ankläger noch bleiben«, sagte eine Dame, als sie merkte, daß diese wichtige Persönlichkeit fehlte, als alle auf dem Marktplatz auseinandergingen, um sich heim zu begeben, nachdem sämtliche Abschiedsformeln gesprochen worden waren.

Tatsächlich war dieser zu fürchtende Justizbeamte allein mit der Gräfin beisammen, die zitternd wartete, daß es ihm gefallen möge, zu gehen.

»Bürgerin«, sagte er endlich nach einem langen Schweigen, das etwas Erschreckendes hatte, »ich bin hier, damit die Gesetze der Republik befolgt werden . . .«

Madame de Dey zuckte zusammen.

»Hast du mir nichts zu enthüllen?«

»Nichts«, antwortete sie erstaunt.

»Ach, Madame«, rief der Ankläger, setzte sich zu ihr und schlug eine andere Tonart an, »in diesem Augenblick können eines unausgesprochenen Wortes wegen Sie und ich unsern Kopf zum Schafott tragen. Ich habe Ihren Charakter, Ihre Seele, Ihr Gehaben zu gut beobachtet, als daß ich den Irrtum teilen könnte, in den Ihre heutige Abendgesellschaft zu versetzen Sie verstanden haben. Sie erwarten Ihren Sohn; daran besteht für mich kein Zweifel.«

Die Gräfin tat eine ableugnende Geste; aber sie war erbleicht, ihre Gesichtsmuskeln hatten sich ob der Notwendigkeit, eine falsche Sicherheit vorzutäuschen, zusammengezogen, und dem unversöhnlichen Auge des öffentlichen Anklägers war keine ihrer Regungen entgangen.

»Gut, nehmen Sie ihn auf«, fuhr der Revolutionsbeamte fort, »aber er darf nicht länger als bis morgen früh um sieben Uhr unter Ihrem Dach weilen. Morgen bei Tagesanbruch komme ich mit einer Denunziation, die ich mir verschaffen werde, zu Ihnen . . .«

Sie schaute ihn mit einer dümmlichen Miene an, die einen Tiger mitleidig gestimmt hätte.

»Ich werde«, fuhr er mit weicher Stimme fort, »durch genaue Nachforschungen die Unrichtigkeit jener Denunziation nachweisen, und auf Grund meines Berichts werden Sie vor allen weiteren Verdächtigungen geschützt sein. Ich werde von Ihren patriotischen Spenden sprechen, von Ihrem Bürgersinn, und dann sind wir alle gerettet.«

Madame de Dey fürchtete eine Falle, sie saß reglos da, aber ihr Gesicht glühte, und ihre Zunge war eisig. Ein Schlag des Türklopfers durchdröhnte das Haus.

»Oh!« schrie die erschrockene Mutter auf und fiel auf die Knie. »Ihn retten, ihn retten!«

»Ja, lassen Sie mich ihn retten!« fuhr der Öffentliche Ankläger fort und warf ihr einen leidenschaftlichen Blick zu, »und sollte es uns das Leben kosten.«

»Ich bin verloren«, rief sie, als der Ankläger ihr höflich aufhalf.

»Nun, Madame«, antwortete er mit einer schönen Rednergeste, »nur Ihnen selbst will ich Sie verdanken.«

»Madame, er ist ...«, rief Brigitte, die ihre Herrin allein glaubte.

Beim Erblicken des Öffentlichen Anklägers wurde die alte Magd, so rot und freudig erregt sie auch gewesen war, plötzlich starr und fahl.

»Wer ist denn gekommen, Brigitte?« fragte der Beamte mit freundlicher, verständnisvoller Miene.

»Ein Aufgebotener; der Bürgermeister schickt ihn zu uns ins Quartier«, antwortete die Magd und zeigte den Quartierzettel vor.

»Stimmt«, sagte der Ankläger, als er den Zettel gelesen hatte. »Heute abend kommt ein Bataillon her!«

Und damit ging er.

Die Gräfin bedurfte in dieser Minute allzusehr des Glaubens an die Aufrichtigkeit ihres ehemaligen Sachwalters, als daß sie den leisesten Zweifel hätte hegen können; rasch stieg sie die Treppe hinauf, wobei sie kaum die Kraft besaß sich aufrecht zu halten; dann machte sie die Tür ihres Schlafzimmers auf, sah ihren Sohn, stürzte ihm in die Arme, fast eine Sterbende: »O mein Kind, mein Kind!« rief sie schluchzend und bedeckte ihn mit Küssen, denen etwas wie Irrsinn anhaftete.

»Aber Madame ...«, sagte der Unbekannte.

»Oh, er ist es nicht!« rief sie, wich entsetzt zurück, blieb vor dem Aufgebotenen stehen und musterte ihn mit verstörter Miene.

»Grundgütiger Herrgott, welch eine Ähnlichkeit!« sagte Brigitte.

»Ach, Monsieur«, sagte sie und stützte sich auf Brigittes Mann; sie spürte erst jetzt in all seiner Größe einen Schmerz, dessen erster Ansturm sie fast getötet hätte. »Monsieur, ich bin außerstande, sie länger zu sehen; erlauben Sie, daß meine Leute an meine Stelle treten und sich um Sie bemühen.«

Sie begab sich wieder nach unten, halb getragen von Brigitte und ihrem alten Diener.

»Wie, Madame?« rief die Haushälterin, als sie ihre Herrin niedersetzte, »soll dieser Mensch wirklich in Monsieur Augustes Bett schlafen, Monsieur Augustes Pantoffel anziehen, die Pastete essen, die ich für Monsieur Auguste bereitet habe? Und wenn ich guillotiniert werden müßte, ich . . .«

»Brigitte!« rief Madame de Dey.

Brigitte stand stumm da.

»Schweig doch, du Schwatzmaul«, flüsterte ihr Mann ihr zu, »willst du Madame umbringen?«

In diesem Augenblick machte der Aufgebotene, als er sich zu Tisch setzte, oben in seinem Zimmer ein Geräusch.

»Ich kann hier nicht bleiben«, rief Madame de Dey, »ich gehe ins Treibhaus, von dort aus kann ich besser hören, was während der Nacht draußen geschieht.«

Sie schwankte noch zwischen der Furcht, ihren Sohn verloren zu haben, und der Hoffnung, ihn wiedererscheinen zu sehen. Das Dunkel war von grausiger Stille. Es ergab sich für die Gräfin ein furchtbarer Augenblick, als das Bataillon der Aufgebotenen in die Stadt einmarschierte und jeder Mann sein Quartier suchte. Jeder Schritt, jeder Laut barg getäuschte Hoffnungen; aber bald gewann die Außenwelt wieder eine erschreckende Stille. Gegen Morgen mußte die Gräfin wieder in ihr Haus zurück. Brigitte, die das Tun ihrer Herrin überwachte, sah sie nicht wieder herauskommen, ging in das Schlafzimmer und fand die Gräfin tot.

»Wahrscheinlich hat sie gehört, wie der Aufgebotene sich anzog, in Monsieur Augustes Zimmer auf und ab ging und dabei diese verdammte ›Marseillaise‹ sang, als ob er in einem Pferdestall sei«, rief Brigitte aus. »Das hat ihr den Tod gegeben.«

Die Todesursache der Gräfin war eine schlimmere Empfindung gewesen, die sicherlich auf einer gräßlichen Vision beruhte. Zu der nämlichen Stunde, da Madame de Dey in Carentan starb, war ihr Sohn im Morbihan[8] erschossen worden. Wir können diese tragische Begebenheit allen Beobachtungen über die geheimen Wechselbeziehungen der Seelen zugesellen, die die Gesetze des Raums mißachten; es sind Dokumente, die ein paar einsam lebende Menschen mit gelehrter Neugier sammeln und die eines Tages dazu dienen werden, die Grundsteine einer neuen Wissenschaft zu legen, der es bis heute an einem geniebegabten Mann gefehlt hat.

Anmerkungen

Der Aufgebotene

1 »Aufgebotene« (Réquisitionnaires) waren junge Leute von achtzehn bis fünfundzwanzig Jahren, die durch das Dekret des Konvents vom 23. August 1793 zum Militärdienst »aufgeboten« worden waren.

2 Siehe den Vortext zu dem Roman ›Louis Lambert‹.

3 Kreisstadt im Arrondissement Saint-Lô, Département Manche.

4 Kleine Hafenstadt am Ärmelkanal im Arrondissement Avranches, die 1793 der Vendéer Henri de La Rochejacquelein (1772–1794) hatte überrumpeln wollen, was mißlang, so daß er sich unter großen Verlusten zurückziehen mußte.

5 Théodore Tronchin (1709–1785), Schweizer Arzt, Schüler Boerhaves, praktizierte erst in Amsterdam, dann in Genf, wo er der Arzt Voltaires und Rousseaus war. Den ersteren nannte er einen alten Narren, den zweiten einen Scharlatan. Der Herzog von Orléans berief ihn nach Frankreich, wo er Modearzt wurde. Er bediente sich seiner bei den Frauen sehr großen Erfolge, um ihnen zu empfehlen, ihre Kinder selber zu nähren, und trat für die Schutzimpfung gegen die Blattern ein.

6 Bierähnliches, aus Äpfeln hergestelltes alkoholisches Getränk, landesüblich in der Bretagne und der Normandie.

7 Eine Art Rock mit sehr kurzen Schößen und großem Kragen.

8 Département, das einen Teil der Bretagne umfaßt; Hauptstadt Vannes.

Biographische Notizen über die Romangestalten

Der Aufgebotene

Die Gestalten dieser Novelle treten in der ›Menschlichen Komödie‹ nicht wieder auf.

El Verdugo

Übersetzt von Felix Paul Greve
Bearbeitet von Ernst Sander

Die Novelle ›El Verdugo‹ erschien zum erstenmal am 28. Juni 1830 in der Zeitschrift ›La Mode‹ unter dem Titel ›Souvenirs soldatesques, El Verdugo, Guerre d'Espagne (1809)‹. Sie wurde 1831 in die ›Philosophischen Romane und Erzählungen‹ aufgenommen, darauf 1835 in die vierte Ausgabe der ›Philosophischen Studien‹, und schließlich 1846 in die ›Menschliche Komödie‹. Die in den frühen Ausgaben angeführte Entstehungszeit ›Paris, Oktober 1820‹ beruht wahrscheinlich auf einem Druckfehler und muß ›1829‹ heißen.

Die Novelle wurde dem spanischen Politiker und Literaten Francisco Martinez de la Rosa (1789–1862) gewidmet, einem glühenden Verteidiger der Unabhängigkeit Spaniens gegen Napoleon. Bei Ausbruch des Interventionskriegs von 1823 emigrierte er und lebte hauptsächlich in Paris. Die Regentin Maria-Christina berief ihn 1834 zum Premierminister; er gab Spanien eine neue Verfassung, die sich indessen nicht durchsetzen konnte. Er ging darauf freiwillig ins Exil, kehrte 1843 zurück, wurde nochmals Minister, dann Botschafter in Paris und Rom und schließlich Präsident der Cortes. Er war ein eleganter Redner, ständiger Sekretär der Spanischen Akademie und hat Tragödien sowie Romane klassischen Stils geschrieben, ferner historische Werke. Am 19. März 1842 wohnte er der Uraufführung von Balzacs ›Quinola‹ bei.

Vom Kirchturm der kleinen Stadt Menda hatte es eben Mitternacht geschlagen. In diesem Augenblick lehnte ein junger französischer Offizier an der Brüstung einer langen Terrasse, die sich an den Gärten der Burg von Menda hinzog; er schien in tieferes Sinnen versunken zu sein, als es sonst mit der Sorglosigkeit des militärischen Lebens vereinbar ist; aber es muß auch gesagt werden, daß nie eine Stunde, eine Landschaft und eine Nacht mehr für die Nachdenklichkeit geschaffen war. Der schöne Himmel Spaniens breitete über seinem Kopfe eine azurene Kuppel. Das Funkeln der Sterne und das milde Licht des Mondes erhellten ein entzückendes Tal, das sich verlockend zu seinen Füßen entbreitete. Der Bataillonskommandeur, der sich gegen einen blühenden Orangenbaum stützte, erblickte hundert Fuß unter sich die Stadt Menda; sie schien sich vor den Nordwinden hinter den Felsen geflüchtet zu haben, auf dem die Burg erbaut war. Wenn er den Kopf wandte, sah er das Meer, dessen blinkendes Wasser die Landschaft mit einer breiten Silberleiste einrahmte. Die Burg war erleuchtet. Der fröhliche Tumult eines Balls, die Klänge des Orchesters, das Lachen einiger Offiziere und ihrer Tänzerinnen, all das scholl zu ihm hin, vermischt mit dem fernen Murmeln der Fluten. Die Kühle der Nacht verlieh seinem von der Hitze des Tages erschlafften Körper eine gewisse Kraft. Zudem waren die Gärten mit so duftenden Bäumen und so lieblichen Blumen bepflanzt, daß der junge Mann gleichsam in ein Bad von Düften getaucht dastand.

Die Burg von Menda gehörte einem spanischen Granden; augenblicklich bewohnte er sie mit den Seinen. Während des ganzen Abends hatte die älteste der Töchter den Offizier interessiert und so voller Trauer angesehen, daß die Empfindung des Mitgefühls, der die Spanierin Ausdruck gab, gar wohl die grübelnde Versunkenheit des Franzosen zu erklären vermochte. Clara war schön; und obwohl sie drei Brüder und eine Schwester hatte, schien der Besitz des Marqués de Legañes doch beträchtlich genug zu sein, um in Victor Marchand den Glauben zu erwecken, das junge Mädchen werde eine reiche Mitgift erhalten. Aber wie konnte angenommen werden, daß der alte Herr, der mehr in seine Grandenwürde vernarrt war als irgendein Spanier, seine Tochter dem Sohn eines Pariser Krämers geben würde! Überdies waren die Franzosen verhaßt. Der Marqués stand bei dem General G..t..r[1], der die Provinz verwaltete, im Verdacht, daß er zugunsten Ferdinands VII.[2] einen Aufstand vorbereite; deshalb war das von Victor Marchand befehligte Bataillon in der kleinen Stadt Menda einquartiert worden, damit die benachbarten Gebiete, die dem Marqués gehorchten, in Schach gehalten werden. Eine vor wenigen Tagen eingetroffene Depesche des Marschalls Ney ließ befürchten, daß die Engländer demnächst an der Küste landen würden; die Botschaft bezeichnete den Marqués als den Mann, der die Beziehungen zum Londoner Kabinett aufrechterhalte. Der junge Offizier war also ungeachtet des guten Empfangs, den dieser Spanier ihm und seinen Soldaten bereitet hatte, beständig auf der Hut. Als er auf eine Terrasse getreten war, von der aus er den Zustand der Stadt und der seiner Überwachung anvertrauten Gegend überprüft hatte, fragte er sich, wie er die Freundschaft zu deuten habe, die der Marqués ihm unablässig bezeigte, und wie die Ruhe des Landes mit den Besorgnissen seines Generals in Einklang zu bringen sei; aber seit einigen Minuten waren diese Gedanken durch ein Gefühl der Vorsicht und durch eine nur zu berechtigte Neugier aus dem Geist des jungen Majors verdrängt worden. Er hatte in der Stadt eine ziemlich große Menge von Lichtern wahrgenommen. Obwohl man das Fest des heiligen Jakob feierte, hatte er noch am Morgen befohlen, daß alle Feuer zu der durch seine Verordnung bestimmten Stunde gelöscht würden. Nur die Burg war von dieser Vorschrift ausgenommen. Wohl sah er hier und da auf den üblichen Posten die Bajonette seiner Soldaten blitzen; aber es herrschte feierliche Stille, und nichts ließ darauf schließen, daß die Spanier sich dem Rausch eines Festes hingegeben hätten. Nachdem er versucht hatte, sich die Übertretung, deren die Einwohner sich schuldig machten, zu erklären, dünkte ihn dieses Vergehen um so geheimnisvoller und unverständlicher, als er Offiziere in der Stadt gelassen hatte, die mit dem nächtlichen Polizeidienst und den Patrouillengängen beauftragt waren. Mit dem Ungestüm der Jugend eilte er zu einer Bresche, um schnell durch die Felsen hinabzuklettern und auf diese Weise rascher als auf dem gewöhnlichen Wege zu einem kleinen Posten zu gelangen, der nach der Burg zu am Eingang der Stadt stand. Ein leichtes Geräusch hielt ihn im Lauf zurück; er glaubte den Sand der Gartenwege unter dem leichten Schritt einer Frau knirschen zu hören. Er wandte den Kopf und sah nichts; doch seine Augen wurden abgelenkt von dem ungewöhnlichen Glanz des Ozeans. Plötzlich sah er dort ein so unheimliches Schauspiel, daß er vor Überraschung starr stehenblieb, denn er traute seinen Sinnen nicht. Die bleichenden Strahlen des Mondes ermöglichten es ihm, in ziemlich weiter Ferne Segel zu erkennen. Er fuhr zusammen und versuchte sich zu überreden, diese Vision beruhe auf einer optischen Täuschung, hervorgerufen durch die Willkür der Wellen und des Mondlichts. In diesem Augenblick sprach eine heisere Stimme den Namen des Offiziers aus, der nach der Bresche hinschaute und dort langsam den Kopf des Soldaten aufsteigen sah, von dem er sich hatte zur Burg hinaufbegleiten lassen.

»Sind Sie es, Herr Major?«

»Ja. Was gibt's?« fragte der junge Mann leise; etwas wie eine Ahnung trieb ihn zu vorsichtigem Handeln.

»Die Halunken regen sich wie die Würmer, und ich möchte Ihnen schleunigst, wenn Sie erlauben, meine kleinen Beobachtungen melden.«

»Rede!« erwiderte Victor Marchand.

»Ich bin eben einem Mann aus der Burg nachgegangen, der mit einer Laterne in der Hand hierher schlich. Eine Laterne ist verdammt verdächtig! Ich glaube nicht, daß dieser Christenmensch das Verlangen hat, zu dieser Stunde geweihte Kerzen anzustecken ... ›Die wollen uns fressen!‹ hab ich mir gesagt, und ich bin ihm auf den Fersen geblieben. Da hab ich denn auch drei Schritte von hier, Herr Major, auf einer Felsplatte einen Reisighaufen entdeckt ...«

Ein furchtbarer Schrei, der plötzlich von der Stadt heraufhallte, unterbrach den Soldaten. Jähe Helle beleuchtete den Major. Der arme Grenadier bekam eine Kugel in den Kopf und fiel. Ein Feuer aus Stroh und trocknem Holz loderte zehn Schritte vor dem jungen Mann empor wie eine Feuersbrunst. Im Ballsaal verstummten Musik und Lachen. Eine Totenstille, die nur von einem Stöhnen unterbrochen wurde, war plötzlich an Stelle des Festlärms und der Musik getreten. Auf der weißen Fläche des Ozeans hallte ein Kanonenschuß. Kalter Schweiß trat dem jungen Offizier auf die Stirn. Er war ohne Degen. Er begriff, daß seine Soldaten umgekommen waren und daß die Engländer landen würden. Er sah sich entehrt, wenn er am Leben blieb; er sah sich schon vor einem Kriegsgericht; dann maß er mit einem Blick die Tiefe des Tals und wollte sich hinunterstürzen, als Claras Hand die seine ergriff.

»Fliehen Sie!« sagte sie; »meine Brüder folgen mir, sie wollen Sie umbringen. Unten am Felsen finden Sie Juanitos Pferd. Gehen Sie!«

Sie drängte ihn vorwärts. Der junge Mann sah sie einen Augenblick bestürzt an, gleich darauf aber gehorchte er dem Selbsterhaltungstrieb, der den Menschen, selbst den stärksten, nie verläßt, und stürzte in der angegebenen Richtung durch den Park davon; er hastete durch Felsen dahin, die bisher nur die Ziegen aufgesucht hatten. Er hörte, wie Clara ihren Brüdern zurief, ihm zu folgen; er hörte die Schritte seiner Mörder; er hörte die Kugeln mehrerer Salven an seinen Ohren vorüberpfeifen, aber er erreichte das Tal, fand das Pferd, saß auf und verschwand mit der Geschwindigkeit des Blitzes.

Innerhalb weniger Stunden erreichte der junge Offizier das Quartier des Generals G..t..r, den er mit seinem Stab bei der Tafel traf. »Ich bringe Ihnen meinen Kopf!« rief der Bataillonskommandeur, als er bleich und aufgelöst hereinkam. Er setzte sich und erzählte das grauenhafte Abenteuer. Furchtbares Schweigen folgte seinem Bericht.

»Ich finde, Sie haben mehr Unglück gehabt als Schuld«, erwiderte endlich der furchtbare General. »Sie sind nicht verantwortlich für den Frevel der Spanier; und wenn nicht der Marschall eine andere Entscheidung fällt, spreche ich Sie frei.«

Diese Worte gaben dem unglücklichen Offizier nur wenig Trost. »Wenn der Kaiser das erfährt!« rief er aus.

»Dann wird er Sie erschießen lassen wollen«, sagte der General. »Nun, wir werden darüber nur noch reden«, fügte er in strengem Ton hinzu, »um eine Rache zu nehmen, die diesem Lande, wo man wie bei den Wilden Krieg führt, heilsamen Schrecken einjagen soll.«

Eine Stunde darauf waren ein ganzes Regiment, eine Kavallerieabteilung und eine Batterie Artillerie auf dem Marsch. Der General und Victor marschierten an der Spitze dieser Kolonne. Die Soldaten, denen der Meuchelmord an ihren Kameraden bekanntgegeben worden war, waren von beispielloser Wut erfüllt. Die Strecke zwischen der Stadt Menda und dem Stabsquartier wurde mit an ein Wunder grenzender Schnelligkeit zurückgelegt. Unterwegs fand der General sämtliche Dörfer unter Waffen; all die elenden Flecken wurden umringt und ihre Bewohner dezimiert.

Durch eine unerklärliche Schicksalsfügung waren die englischen Schiffe untätig draußen liegen geblieben, ohne weiter vorzurücken; erst später kam heraus, daß sie nur Artillerie an Bord hatten und schneller gesegelt waren als der Rest der Transportflotte. Daher konnte die Stadt Menda, die von den erwarteten Befreiern, wie das Auftauchen der englischen Segel sie zu versprechen schien, im Stich gelassen worden war, fast ohne einen Schwertstreich von den französischen Truppen eingeschlossen werden. Die angsterfüllten Einwohner erboten sich, auf Gnade und Ungnade zu kapitulieren. Aber aufopfernde Regungen sind nicht selten auf der Halbinsel; und da die Mörder der Franzosen voraussahen, daß Menda bei der bekannten Grausamkeit des Generals wahrscheinlich eingeäschert und die ganze Bevölkerung hingemetzelt werden würde, schlugen sie vor, sich dem General zu stellen. Er nahm das Angebot an, stellte jedoch die Bedingung, daß ihm die Bewohner des Schlosses vom letzten Diener bis zum Marqués ausgeliefert werden müßten. Bei Annahme dieser Kapitulation versprach der General, die übrige Einwohnerschaft zu begnadigen und seinen Soldaten die Plünderung und Einäscherung der Stadt zu verbieten. Dem Ort wurde eine riesige Kriegskontribution auferlegt, und die reichen Einwohner stellten sich als Geiseln, um die Zahlung zu verbürgen, die innerhalb von vierundzwanzig Stunden geleistet werden sollte.

Der General ergriff alle Maßnahmen, die zur Sicherung seiner Truppen nötig waren, gab Befehle für die Verteidigung des umliegenden Landes und lehnte es ab, seine Soldaten in den Häusern einzuquartieren. Nachdem er sie ein Biwak hatte beziehen lassen, rückte er zur Burg hinauf und nahm sie mit Waffengewalt ein. Die Mitglieder der Familie de Legañes und die Bedienten wurden sorgfältig bewacht und gefesselt in dem Saal untergebracht, in dem der Ball stattgefunden hatte. Von den Fenstern dieses Raums aus konnte die Terrasse, die die Stadt beherrschte, leicht überblickt werden. Der Stab versammelte sich in einer anstoßenden Galerie, wo der General zunächst Kriegsrat über die Maßnahmen abhielt, die zu treffen waren, um eine Landung zu verhindern. Nachdem ein Adjutant an Marschall Ney abgeschickt und der Befehl erteilt worden war, die Batterien sollten an der Küste in Stellung gehen, beschäftigten der General und sein Stab sich mit den Gefangenen. Zweihundert Spanier, die die Einwohner ausgeliefert hatten, wurden sofort auf der Terrasse erschossen. Nach dieser militärischen Exekution befahl der General, so viele Galgen auf der Terrasse zu errichten, wie im Saal des Schlosses Leute vorhanden seien, und den Henker der Stadt heraufkommen zu lassen. Victor Marchand benutzte die Zeit, die bis zum Abendessen verstreichen mußte, um die Gefangenen aufzusuchen. Kurz danach trat er wieder vor den General.

»Ich komme«, sagte er mit bewegter Stimme, »um einen Gnadenbeweis zu erbitten!«

»Ausgerechnet Sie!« sagte der General mit bitterer Ironie.

»Ach!« erwiderte Victor, »ich bitte Sie um einen recht traurigen Gnadenbeweis. Als der Marqués sah, wie die Galgen errichtet wurden, hat er gehofft, Sie würden für seine Familie von dieser Art der Hinrichtung absehen; er bittet Sie, die Adligen köpfen zu lassen.«

»Bewilligt«, sagte der General.

»Sie erbitten ferner religiösen Beistand, und daß ihnen die Fesseln abgenommen werden; sie versprechen, keinen Fluchtversuch zu unternehmen.«

»Einverstanden«, sagte der General; »aber Sie bürgen mir für sie.«

»Der alte Herr bietet Ihnen ferner sein ganzes Vermögen, wenn Sie seinen jungen Sohn begnadigen.«

»Sieh mal einer an!« erwiderte der Befehlshaber. »Sein Besitz gehört ohnehin schon dem König Joseph.« Er hielt inne. Seine Stirn zog sich unter einem verächtlichen Gedanken zusammen; dann sagte er: »Ich will seinen Wunsch noch übertreffen. Ich errate die Bedeutung seiner letzten Bitte. Gut, er möge sich das Fortdauern seines Namens erkaufen; aber ewig soll Spanien seines Verrats und seiner Hinrichtung gedenken. Ich lasse demjenigen seiner Söhne Leben und Vermögen, der das Amt des Henkers übernimmt. Jetzt gehen Sie und reden Sie mir nicht mehr davon.«

Das Abendessen war serviert. Die Offiziere stillten an der Tafel einen Hunger, den die Anstrengung noch vermehrt hatte. Ein einziger von ihnen fehlte bei dem Festmahl: Victor Marchand. Nach langem Zögern trat er in den Saal, in dem die stolze Familie de Legañes in tiefer Niedergeschlagenheit weilte, und er warf einen traurigen Blick auf das Bild, das der gleiche Raum jetzt bot, in dem er vor zwei Tagen die Köpfe der beiden jungen Mädchen und der drei jungen Herren im Tanz hatte kreisen sehen; es durchschauerte ihn bei dem Gedanken, daß sie binnen kurzem herabrollen sollten, abgeschlagen vom Schwert des Henkers. An die vergoldeten Sessel gefesselt, saßen Vater und Mutter, die drei Söhne und die beiden Töchter völlig reglos da. Acht Diener standen, die Hände auf dem Rücken gefesselt. Diese fünfzehn Menschen schauten einander ernst an; ihre Augen verrieten kaum, welche Empfindungen sie bewegten. Tiefe Schicksalsergebenheit und Bedauern über das Mißlingen ihres Unternehmens waren auf einigen Stirnen zu lesen. Starr dastehende Soldaten sahen zu ihnen hin und respektierten den Schmerz dieser grausamen Feinde. Eine Welle von Neugier lief über die Gesichter, als Victor erschien. Er gab Befehl, die Verurteilten von ihren Fesseln zu befreien, und löste eigenhändig die Stricke, die Clara an ihren Sessel banden. Sie lächelte traurig. Der Offizier konnte es sich nicht versagen, die Arme des Mädchens zu streifen, wobei er ihr schwarzes Haar und ihren geschmeidigen Wuchs bewunderte. Sie war eine echte Spanierin! Sie hatte den spanischen Teint, die spanischen Augen, lange, gewölbte Wimpern und eine Pupille, die schwärzer war als ein Rabenflügel.

»Ist es Ihnen gelungen?« fragte sie und blickte ihn mit jenem Todeslächeln an, dem noch etwas Jungmädchenhaftes innewohnt.

Victor konnte ein Aufstöhnen nicht unterdrücken. Nacheinander sah er die drei Brüder und Clara an. Der eine, der älteste, war dreißig Jahre alt. Er war klein, ziemlich schlecht gewachsen, trug eine stolze, verächtliche Miene zur Schau und ermangelte dennoch in seiner Haltung nicht eines gewissen Adels; es schien, als sei ihm die Feinheit des Empfindens nicht ganz fremd, die einst die spanische Galanterie so berühmt gemacht hatte. Er hieß Juanito. Der zweite, Felipe, war etwa zwanzig; er ähnelte Clara. Der jüngste war acht Jahre alt. Ein Maler hätte in Manuels Zügen etwas von der römischen Standhaftigkeit wahrgenommen, die David[3] den Kindern in seinen republikanischen Zeichnungen verliehen hat. Der alte Marqués hatte ein von weißem Haar bedecktes Haupt, das aus einem Gemälde des Murillo herausgetreten zu sein schien. Bei diesem Anblick schüttelte der junge Offizier den Kopf; er zweifelte daran, daß einer dieser Menschen das Angebot des Generals annehmen werde; trotzdem gewann er es über sich, es Clara anzuvertrauen. Die Spanierin erschauerte zunächst; doch unvermittelt wurde ihr Gesicht wieder ruhig, und sie kniete vor ihrem Vater nieder.

»Oh!« sagte sie zu ihm, »lassen Sie Juanito schwören, daß er den Weisungen, die Sie ihm geben, treulich gehorcht; dann können wir zufrieden sein.«

Die Marquesa zitterte vor Hoffnung; aber als sie sich zu ihrem Gatten hinübergeneigt und Claras grausige Mitteilung vernommen hatte, sank diese Mutter in Ohnmacht. Juanito durchschaute alles; er sprang auf wie ein Löwe im Käfig. Victor nahm es auf sich, die Soldaten fortzuschicken, nachdem er von dem Marqués das Versprechen vollkommener Unterwerfung erhalten hatte. Die Bedienten wurden hinausgeführt und dem Henker übergeben, der sie aufhing. Als die Familie nur noch Victor zum Wächter hatte, stand der alte Vater auf. »Juanito!« sagte er.

Juanito antwortete nur durch eine Kopfbewegung, die einem Nein gleichkam. Er fiel in seinen Sessel zurück und sah seine Eltern mit trockenem, furchtbarem Auge an. Clara setzte sich ihm auf die Knie, legte ihm den Arm um den Hals, küßte ihn auf die Lider und sagte mit heiterer Miene: »Liebster Juanito, wenn du wüßtest, wie süß mir durch deine Hand der Tod sein wird! Ich brauche mich dann nicht der verhaßten Berührung durch die Hände eines Henkers zu fügen. Du wirst mich heilen von den Leiden, die meiner warteten, und ... mein guter Juanito, du wolltest es nicht erleben, daß ich irgend jemandem angehörte, und also ...«

Ihre samtigen Augen warfen einen lodernden Blick auf Victor, als wolle sie in Juanitos Herzen dessen Abscheu gegen die Franzosen anstacheln.

»Fasse Mut!« sagte sein Bruder Felipe, »sonst erlischt unser beinahe königliches Geschlecht.«

Da stand Clara auf; die Gruppe, die sich um Juanito gebildet hatte, wich auseinander, und der mit gutem Recht rebellische Sohn sah den alten Vater vor sich stehen, der in feierlichem Tone rief: »Juanito, ich befehle es dir!«

Als der junge Graf reglos sitzen blieb, warf sein Vater sich ihm zu Füßen. Unwillkürlich folgten Clara, Manuel und Felipe seinem Beispiel. Alle streckten die Hände entgegen dem, der die Familie vor dem Vergessen bewahren sollte; es war, als sprächen sie die Worte des Vaters mit: »Mein Sohn, sollte es dir an der spanischen Kraft und am echten Gefühl gebrechen? Willst du mich noch lange auf den Knien liegen lassen, und darfst du an dein Leben und deine Leiden denken? – Ist er mein Sohn, Señora?« fragte der alte Mann die Marquesa.

»Er willigt ein!« rief die Mutter außer sich, als sie Juanito mit den Augenbrauen eine Bewegung machen sah, deren Sinn nur ihr bekannt war.

Mariquita, die zweite Tochter, kniete und hielt mit ihren schwachen Armen die Mutter umschlungen; und da sie heiße Tränen weinte, trat ihr kleiner Bruder Manuel zu ihr hin und schalt sie. In diesem Augenblick kam der Schloßkaplan; er wurde sofort von der ganzen Familie umringt und zu Juanito geführt. Victor, der die Szene nicht mehr mitansehen konnte, gab Clara einen Wink und hastete davon, um bei dem General einen letzten Versuch zu unternehmen. Er fand ihn in bester Laune mitten beim Abendessen; er trank mit seinen Offizieren, die lustige Reden zu halten begannen.

Eine Stunde später kamen hundert der vornehmsten Einwohner Mendas auf die Terrasse, um nach den Befehlen des Generals Zeugen der Hinrichtung der Familie Legañes zu sein. Es wurde ein Zug Soldaten aufgestellt, um die Spanier, die unter die Galgen treten mußten, an denen die Bedienten des Marqués hingen, in Schach zu halten. Die Köpfe jener Bürger berührten fast die Füße der Märtyrer. Zwanzig Schritte vor ihnen erhob sich ein Block und glänzte ein Krummsäbel. Der Henker stand bereit für den Fall, daß Juanito sich weigern sollte. Bald hörten die Spanier mitten in der tiefsten Stille die Schritte mehrerer Personen, den Marschtritt eines Soldatenpiketts und das leichte Klirren ihrer Gewehre. Diese unterschiedlichen Geräusche mischten sich unter die fröhlichen Klänge vom Festmahl der

Offiziere, wie unlängst noch die Tänze eines Balls die Rüstungen zu blutigem Verrat gedeckt hatten. Alle Augen wandten sich der Burg zu und erblickten die adlige Familie, die mit unglaublicher Ruhe herankam. Aller Stirnen waren ruhig und heiter. Nur einer stützte sich bleich und verstört auf den Priester, der diesem Manne, dem einzigen, der am Leben bleiben sollte, alle Tröstungen der Religion spendete. Der Henker begriff wie jedermann, daß Juanito auf einen Tag sein Amt übernommen hatte. Der alte Marqués und seine Gattin, Clara, Mariquita und ihre beiden Brüder knieten ein paar Schritte vor der Todesstätte nieder. Juanito wurde von dem Priester geführt. Als er bei dem Block ankam, faßte der Henker ihn beim Ärmel, nahm ihn beiseite und gab ihm vermutlich ein paar Anweisungen. Der Beichtvater stellte die Opfer so auf, daß sie die Hinrichtung nicht sehen konnten. Aber sie waren echte Spanier, die ohne Schwäche aufrecht stehen blieben.

Clara trat als erste zu ihrem Bruder. »Juanito«, sagte sie, »habe Mitleid mit meinem geringen Mut! Beginne mit mir.«

In diesem Augenblick erschollen eilige Männerschritte; Victor erschien auf dem Schauplatz. Clara kniete schon; ihr entblößter Hals rief nach dem Schwert. Der Offizier erbleichte, brachte aber die Kraft auf, herbeizueilen. »Der General schenkt dir das Leben, wenn du mich zum Manne nehmen willst«, sagte er leise. Die Spanierin warf einen Blick der Verachtung und des Stolzes auf den Offizier.

»Komm, Juanito!« sagte sie mit tief klingender Stimme.

Ihr Haupt rollte Victor vor die Füße. Die Marquesa de Leganos zuckte krampfhaft zusammen, als sie das Geräusch vernahm; das war das einzige Zeichen ihres Schmerzes.

»Knie ich so gut, Juanito?« fragte der kleine Manuel den Bruder.

»Ach, du weinst, Mariquita!« sagte Juanito zu seiner Schwester.

»Ja!« erwiderte das junge Mädchen. »Ich muß an *dich* denken, mein armer Juanito; du wirst ohne uns recht unglücklich sein!«

Gleich darauf erschien die hohe Gestalt des Marqués. Er warf einen Blick auf das Blut seiner Kinder, wandte sich zu den stummen, reglosen Zuschauern um, streckte die Hände nach Juanito aus und sagte mit kräftiger Stimme: »Spanier, ich gebe meinem Sohn meinen väterlichen Segen! Jetzt, Marqués, schlag furchtlos zu, du bist ohne Tadel!«

Als aber Juanito seine Mutter, die der Beichtvater stützte, vortreten sah, rief er aus: »Sie hat mich genährt!«

Seine Stimme entriß den Versammelten einen Schrei des Grauens. Der Lärm des Festes und das lustige Lachen der Offiziere verstummten bei diesem furchtbaren Ruf. Die Marquesa erkannte, daß Juanitos Mut erschöpft sei; mit einem einzigen Satz sprang sie über die Balustrade und zerschellte sich den Kopf an den Felsen. Ein Schrei der Bewunderung scholl auf. Juanito war ohnmächtig zusammengebrochen.

»Herr General«, sagte ein halb betrunkener Offizier, »Marchand hat mir eben einiges von dieser Hinrichtung erzählt; ich wette, Sie haben sie nicht befohlen ...«

»Vergessen Sie, meine Herren«, rief General G..t..r, »daß in einem Monat fünfhundert französische Familien in Tränen schwimmen werden und daß wir in Spanien sind? Wollen Sie, daß wir unsere Knochen hier lassen?«

Nach dieser Ansprache fand sich keiner mehr, nicht einmal ein Unterleutnant, der sein Glas zu leeren gewagt hätte.

Trotz der Achtung, von der er umgeben ist, trotz des Titels El Verdugo (der Henker), den der König von Spanien dem Marqués de Legañes als Adelstitel verliehen hat, wird er vom Kummer verzehrt; er lebt einsam und zeigt sich selten. Von der Last seines bewunderungswürdigen Frevels niedergebeugt, scheint er voll Ungeduld darauf zu warten, daß ihm die Geburt eines zweiten Sohnes das Recht gibt, sich den Schatten zuzugesellen, die ihn unablässig begleiten.

Anmerkungen

El Verdugo

1 Gautier oder Gauthier. Vielleicht der Brigadegeneral Gauthier, den Napoleon im April 1809 aus Spanien zurückberief und dem Generalstab zuteilte.

2 Ferdinand VII. hatte Anfang 1808 nach der erzwungenen Abdankung seines Vaters, des Königs Karl IV., den spanischen Thron bestiegen, mußte aber am 6. Mai des gleichen Jahres abdanken, wurde in Bayonne durch Napoleon gefangengenommen, in Valençay interniert und bestieg, nach der Abdankung Joseph Bonapartes, erst am 11. Dezember 1813 wieder den Thron, nach einem Vertrag mit dem Kaiser.

3 Louis David (1748–1825), Maler, Mitglied des Konvents; während der Revolution wurde ihm die Diktatur über die Künste anvertraut; während des Kaiserreichs war er der Maler Napoleons. Er brach mit der liebenswürdigen Kunst des 18. Jahrhunderts und erstrebte eine antike Schlichtheit. Nach der zweiten Restauration wurde er als Königsmörder verbannt; er starb in Brüssel.

Biographische Notizen über die Romangestalten

El Verdugo

Die Gestalten dieser Novelle treten in der ›Menschlichen Komödie‹ nicht wieder auf.

Ein Drama am Meeresufer

Übertragung von Ernst Sander

Seiner Angabe nach hat Balzac die Novelle ›Un Drame au bord de la mer‹ in Paris am 20. November 1834 abgeschlossen; sie wurde nicht vorabgedruckt, sondern erschien 1835 erstmals im V. Band der vierten Ausgabe der ›Philosophischen Studien‹. 1843 erfolgte unter dem Titel ›La Justice paternelle‹ (›Väterliche Rechtsprechung‹) ein Nachdruck in einem aus Arbeiten mehrerer Autoren bestehenden Sammelwerk ›Les Mystères de province‹ (›Geheimnisse der Provinz‹); unter dem gleichen Titel und im selben Jahr wurde die Novelle zusammen mit mehreren andern Werken Balzacs abermals in einer Buchausgabe veröffentlicht. 1846 wurde sie unter ihrem ursprünglichen Titel in die ›Philosophischen Studien‹ der ›Menschlichen Komödie‹ aufgenommen; diese Ausgabe trägt eine Widmung an die Prinzessin Caroline Galitzin, geborene Gräfin Walewska, die in Genthod in der Schweiz wohnte und deren böse Zunge Balzac fürchtete. – Die Novelle bildete zunächst ein Kapitel des Romans ›Louis Lambert‹ und wurde zu einer Zeit niedergeschrieben, da Balzac seinen Text für die dritte Ausgabe jenes Werks umarbeitete. Daher die gewählte Form des Briefs an einen Onkel. – Die Handlung spielt auf der bretonischen Halbinsel Croisic, die Balzac 1830 mit Mme de Berny aufgesucht hatte.

Junge Menschen haben fast alle einen Zirkel, mit dem die Zukunft auszumessen sie sich gefallen; vereint ihr Wille sich mit der Kühnheit des Winkels, den sie öffnen, so gehört die Welt ihnen. Aber dieses Phänomen des geistig-seelischen Lebens ereignet sich nur in einem gewissen Lebensalter. Dieser Zeitabschnitt, der für alle Männer die Spanne zwischen zweiundzwanzig und achtundzwanzig Jahren umfaßt, ist derjenige der großen Gedanken, das Alter der ersten intuitiven Eingebungen, weil er das Alter der weit ausgreifenden Wünsche ist, das Alter, in dem man an nichts zweifelt: wer Zweifel sagt, sagt Unfähigkeit. Nach diesem Alter, das so schnell vergeht wie eine Saatzeit, kommt dasjenige der Ausführung. Es gibt gewissermaßen zwei

Jugendzeiten, die Jugend, in der man glaubt, und die Jugend, in der man tätig ist; oft vereinigen sie sich bei Menschen, die die Natur begünstigt hat und die dann, wie Cäsar, Newton und Bonaparte, die größten unter den großen Männern sind.

Ich erwog, welcher Zeit ein Gedanke zu seiner Entwicklung bedarf; meinen Zirkel in der Hand stand ich auf einem Felsen, an die hundert Klafter über dem Meer, dessen Wogen zwischen den unter Wasser liegenden Klippen spielten, und maß meine Zukunft, indem ich sie mit Werken ausstattete wie ein Ingenieur, der auf kahlem Gelände Festungen und Schloßbauten absteckt. Das Meer war schön, ich hatte geschwommen und mich gerade wieder angekleidet; ich wartete auf Pauline, meinen Schutzengel, die in einem mit feinem Sand angefüllten Granitbecken badete, der hübschesten Badewanne, die die Natur für ihre Meernixen hätte entwerfen können. Wir befanden uns auf der äußersten Spitze von Le Croisic, einer reizenden Halbinsel der Bretagne; wir waren weit vom Hafen entfernt, an einer Stelle, die der Fiskus für so unzugänglich gehalten hat, daß der Zollwächter dort so gut wie niemals vorbeikommt. In den Lüften zu schwimmen, nachdem man im Meer geschwommen hat! Ach, wer hätte nicht in der Zukunft schwimmen mögen? Warum dachte ich überhaupt? Warum bricht ein Unglück herein? Wer weiß es? Die Gedanken fallen einem ins Herz oder ins Hirn, ohne uns vorher zu fragen. Keine Kurtisane war je wunderlicher oder gebieterischer, als es die intuitive Eingebung gegenüber den Künstlern ist; wenn sie naht, muß man sie bei den Haaren packen wie Fortuna. Ich hatte mich auf meinen Gedanken geschwungen wie Astolfo[1] auf seinen Hippogryphen; so ritt ich durch die Welt und schaltete und waltete darin nach meinem Belieben. Als ich rings um mich her nach einem Vorzeichen für die kühnen Bauwerke suchte, die meine tolle Phantasie in Angriff zu nehmen mir riet, übertönte ein wohllautender Ruf, der Ruf einer Frau, die in der Stille der Einöde nach einem verlangt, der Ruf einer gerade dem Bad entstiegenen, neubelebten, fröhlichen Frau, das Rauschen der unablässig bewegten Wasserzungen, die das Hinundherfluten auf den Buchten der Küste abzeichnete. Beim Vernehmen dieses der Seele vergnügten Klanges vermeinte ich, zwischen den Felsen den Fuß eines Engels gesehen zu haben, der seine Fittiche entfaltete und mir zurief: »Es wird dir gelingen!« Strahlend und leichtfüßig stieg ich hinab; ich stieg hinab und hüpfte dabei wie ein Stein, der auf einen Steilhang geworfen wird. Als sie mich erblickte, fragte sie mich: »Was hast du?« Ich gab keine Antwort; meine Augen wurden feucht. Tags zuvor hatte Pauline meine Leiden verstanden, wie sie jetzt meine Freuden mit der magischen Sensibilität einer Harfe verstand, die dem Wehen der Luft gehorcht. Welch schöne Augenblicke hat doch das menschliche Leben! Schweigend schritten wir den Strand entlang. Der Himmel war wolkenlos, das Meer ohne Falten; andere hätten darin lediglich zwei blaue Steppen übereinander gesehen; aber wir, die wir lauschten, ohne des Worts zu bedürfen, wir, die wir zwischen diesen beiden Flächen des Unendlichen die Illusionen spielen lassen konnten, von denen man sich in der Jugend nährt, wir drückten einander die Hand bei der geringsten Wandlung, die sich vollzog, sei es auf der Wasserfläche, sei es auf den Flächen der Luft; denn wir nahmen diese leichten Phänomene für die Übertragung von unser beider Gedanken ins Stoffliche. Wer hat nicht in den Freuden der Liebe den Augenblick unbegrenzter Lust genossen, da die Seele sich der Bande des Körpers entledigt zu haben und der Welt zurückerstattet worden zu sein scheint, der sie entstammt? Die Lust ist nicht unser einziger Führer in jene Bereiche. Gibt es nicht Stunden, da die Gefühle sich von sich aus ineinander verstricken und davonstürmen, wie oftmals zwei Kinder einander bei der Hand fassen und zu laufen beginnen, ohne zu wissen, warum? So schritten wir einher. Als die Dächer der Stadt am Horizont erschienen und dort eine graue Zeile zeichneten, begegneten wir einem armen Fischer, der nach Le Croisic zurückkehrte; er war barfüßig; seine Leinenhose war unten zerfetzt, durchlöchert, schlecht geflickt; außerdem trug er ein Hemd aus Segelleinen, schäbige Hosenträger aus Tuchstreifen und einen Lumpen als Rock. Dies Elend schmerzte uns, als sei es eine Dissonanz inmitten unserer Harmonie. Wir blickten einander an, um uns gegenseitig zu bedauern, daß wir in diesem Augenblick nicht die Macht besaßen, aus den Schätzen Abdul-Kassims[2] zu schöpfen. Wir gewahrten einen prächtigen Hummer und eine Seespinne[3]; sie waren an einer Schnur befestigt, die der Fischer in der rechten Hand schwenkte, während er in der andern seine Fanggeräte hielt. Wir traten auf ihn zu, in der Absicht, ihm seinen Fang abzukaufen; der Gedanke dazu war uns beiden gekommen und hatte in einem Lächeln seinen Ausdruck gefunden, das ich durch einen leichten Druck des Arms beantwortete, den ich hielt und an mein Herz zog. Das ist eine der Nichtigkeiten, aus denen später die Erinnerung Dichtungen erschafft, wenn wir am Kaminfeuer an die Stunde zurückdenken, da dieses Nichts uns gerührt hat, an die Stätte, wo es geschah, und an die Spiegelung, deren Wirkungen noch nicht festgestellt worden sind, die sich aber oft auf die Dinge erstreckt, die in den Minuten um uns sind, da das Leben leicht ist, da unsere Herzen voll sind. Die schönsten Stätten sind nichts als das, wozu wir sie machen. Welcher Mensch, in dem ein wenig von einem Dichter steckt, hat in seinen Erinnerungen nicht eine Felsgruppe, die mehr Raum einnimmt als die berühmten Bilder von Landschaften, die man unter hohen Kosten aufgesucht hat! Bei diesen Felsen erheben sich stürmische Gedanken; dort findet sich ein ganzes, tätiges Leben; dort sind zunichte gewordene Ängste; dort sind die Strahlen der Hoffnung in die Seele hinabgeglitten. In diesem Augenblick hat die Sonne im Einklang mit jenen Liebes- oder Zukunftsgedanken auf die fahlroten Flanken jenes Felsens ein glühendes Leuchten geworfen; ein paar Gebirgsblumen lenkten den Blick auf sich; die Ruhe, die Stille machten die in Wirklichkeit düsteren Schründe noch großartiger; nur durch den Träumer wurden sie farbig; jetzt waren sie schön mit ihrem dürftigen Pflanzenwuchs, ihren überlohten Kamillen, ihrem Venushaar[4] mit den samtweichen Blättern. Verlängertes Fest, herrliches Schmuckwerk, glückliche Steigerung menschlicher Kräfte! Schon einmal hatte der Bieler See, von der Peters-Insel[5] aus gesehen, so zu mir gesprochen; vielleicht wird der Felsen von Le Croisic die letzte dieser Freuden sein! Aber was soll dann aus Pauline werden?

»Sie haben also heute morgen einen schönen Fang gemacht, wackerer Mann?« fragte ich den Fischer.

»Ja«, antwortete er, blieb stehen und wandte uns das dunkelbraune Gesicht der Leute zu, die stundenlang den Rückstrahlungen der Sonne auf dem Wasser ausgesetzt sind.

Dies Gesicht zeugte von lauter Resignation, von der Geduld des Fischers und seinen sanften Sitten. Jener Mann hatte eine Stimme ohne Rauhheit, gute Lippen, keinen Ehrgeiz, wohl aber irgendetwas Schwächliches und Dürftiges. Jede andere Physiognomie hätte uns mißfallen.

»Wo wollen Sie das verkaufen?«

»In der Stadt.«

»Wieviel werden Sie für den Hummer bekommen?«

»Fünfzehn Sous.«

»Und für die Seespinne?«

»Zwanzig Sous.«

»Weshalb solch ein Preisunterschied zwischen dem Hummer und der Seespinne?«

»Monsieur, die Seespinne (er sagte ›Seepinne‹) ist sehr viel feiner! Außerdem ist sie boshaft wie ein Affe; sie läßt sich nur ganz selten fangen.«

»Wollen Sie uns beides für hundert Sous lassen?« fragte Pauline.

Der Mann stand da wie versteinert.

»Du sollst sie nicht haben!« sagte ich lachend. »Ich gebe dafür zehn Francs. Man muß für Gemütswallungen zu zahlen wissen, was sie wert sind.«

»Gut!« antwortete sie, »ich bekomme sie dennoch! Ich gebe zehn Francs und zwei Sous.«

»Zehn Sous.«

»Zwölf Francs.«

»Fünfzehn Francs.«

»Fünfzehn Francs fünfzig Centimes«, sagte sie.

»Hundert Francs.«

»Hundertfünfzig.«

Ich verbeugte mich. Wir waren damals nicht reich genug, um bei dieser Versteigerung das Gebot noch höher zu treiben. Unser armer Fischer wußte nicht, ob er sich über eine Mystifikation ärgern oder sich der Freude überlassen sollte; wir enthoben ihn der Mühe, indem wir ihm den Namen unserer Wirtin nannten und ihm auftrugen, den Hummer und die Seespinne zu ihr zu bringen.

»Verdienen Sie, was Sie zum Leben brauchen?« fragte ich ihn, weil ich wissen wollte, welcher Ursache seine Bedürftigkeit zuzuschreiben sei.

»Mit Not und Mühe, und unter Erleiden von mancherlei Elend«, sagte er. »Der Fang vom Meeresufer aus ist, wenn man weder Boot noch Netze hat und nur auf Fallen oder die Angel angewiesen ist, ein unsicheres Gewerbe. Sehen Sie, man muß warten, bis die Fische oder das Muschelzeug von selber kommen, während die großen Fischer sie auf offener See herausholen. Es ist so schwierig, sich auf diese Weise seinen Lebensunterhalt zu verdienen, daß ich der einzige bin, der von der Küste aus fischt. Manchmal gehen ganze Tage hin, ohne daß ich etwas heimbringe. Damit ich was ergattere, muß schon eine Seespinne die Zeit verschlafen haben wie diese hier, oder ein Hummer muß so leichtsinnig gewesen sein, zwischen den Felsen liegen zu bleiben. Manchmal kommen nach der Flut Barben her; dann fasse ich sie.«

»Na, wenn so eins zum andern kommt, wieviel verdienen Sie dann täglich?«

»Elf bis zwölf Sous. Wäre ich allein, dann könnte ich damit schon auskommen; aber ich muß meinen Vater ernähren, und der gute Alte kann mir nicht helfen; er ist blind.«

Bei diesem schlicht hingesprochenen Satz schauten Pauline und ich einander an, ohne ein Wort zu sagen.

»Haben Sie eine Frau oder irgendeine kleine Freundin?«

Er warf uns einen der kläglichsten Blicke zu, die ich je gesehen habe, als er antwortete: »Wenn ich eine Frau hätte, müßte ich doch meinen Vater im Stich lassen; ihn und außerdem noch eine Frau und Kinder könnte ich nicht ernähren.«

»Naja, Sie armer Kerl, warum versuchen Sie nicht, dadurch mehr zu verdienen, daß Sie Salz zum Hafen tragen oder in den Salzteichen arbeiten?«

»Ach, Monsieur, solch ein Gewerbe würde ich kein Vierteljahr lang ausüben. Dazu bin ich nicht kräftig genug, und wenn ich stürbe, müßte mein Vater betteln gehen. Ich brauche einen Beruf, der nichts verlangt, als ein bißchen Geschicklichkeit und sehr viel Geduld.«

»Und wie können zwei Menschen von zwölf Sous den Tag leben?«

»Ach, wir essen Buchweizenfladen und Entenmuscheln; die löse ich von den Felsen ab.«

»Wie alt sind Sie eigentlich?«

»Siebenunddreißig.«

»Sind Sie je hier herausgekommen?«

»Einmal bin ich in Guérande gewesen, zur Auslosung fürs Militär, und dann bin ich nach Savenay gegangen, um mich von ein paar Herren mustern zu lassen; die haben mich gemessen. Wenn ich einen Zoll größer gewesen wäre, dann hätte ich Soldat werden müssen. Dann wäre ich bei der ersten Anstrengung krepiert, und mein armer Vater würde heute betteln.«

Ich habe viele Dramen ausgesonnen; Pauline war bei einem Leidenden, wie ich es bin, an große Gemütsbewegungen gewöhnt; aber wir hatten beide nie zuvor erschütterndere Worte als die jenes Fischers vernommen. Schweigend taten wir ein paar Schritte, wobei wir beide die stumme Tiefe dieses unbekannten Lebens ermaßen und den Adel dieser Aufopferung bewunderten, die von sich nichts wußte; die Kraft dieser Schwäche ließ uns staunen; diese sorglose Großherzigkeit machte uns klein. Ich sah dieses arme Menschenwesen ganz instinktiv an diesen Felsen geschmiedet wie einen Galeerensklaven an seine Kugel, von dort aus seit zwanzig Jahren nach Muscheln ausspähen, um seinen Lebensunterhalt zu gewinnen, und bei seinem geduldigen Tun durch ein einziges Gefühl unterstützt werden. Wieviele Stunden wurden auf diese Weise an einem Fleckchen Strand hingebracht! Wieviele Hoffnungen wurden durch einen Regenguß, durch einen Witterungswechsel zunichte! Er hing am Rand einer Granittafel, den Arm ausgestreckt wie ein indischer Fakir, während sein Vater auf einem Schemel hockte und in Stille und Dunkelheit auf die gemeinsten aller Muscheln und auf Brot wartete, wenn das Meer es wollte.

»Trinken Sie manchmal Wein?« fragte ich ihn.

»Drei- oder viermal im Jahr.«

»Nun, dann sollen Sie und Ihr Vater heute welchen trinken, und wir wollen Ihnen auch ein Weißbrot schicken.«

»Sie sind sehr gütig, Monsieur.«

»Wir spendieren Ihnen ein Abendeseen, wenn Sie uns am Strand entlang bis Batz führen; da wollen wir uns den Turm[6] ansehen, der das Hafenbecken und die Küste zwischen Batz und Le Croisic beherrscht.«

»Mit Vergnügen«, sagte er. »Gehen Sie geradeaus weiter und folgen Sie dem Weg, auf dem wir sind; ich hole Sie ein, wenn ich mein Gerät und meinen Fang los bin.«

Wir machten beide das gleiche Zeichen des Einverständnisses, und er ging freudig in Richtung auf die Stadt davon. Diese Begegnung hatte uns zwar in dem Seelenzustand belassen, in dem wir uns befunden hatten, aber sie hatte unsere Heiterkeit gedämpft.

»Der arme Mann!« sagte Pauline in dem Tonfall, der der Anteilnahme einer Frau das Verletzende nimmt, das dem Mitleid innewohnen kann, »schämt man sich nicht, solches Elend zu sehen und dennoch glücklich zu sein?«

»Nichts ist grausamer, als ohnmächtige Wünsche zu hegen«, antwortete ich. »Diese beiden armen Wesen, der Vater und der Sohn, werden genauso wenig davon erfahren, wie stark unser Mitgefühl war, wie die Welt ahnt, wie schön das Leben dieser beiden ist, da sie doch Schätze im Himmel sammeln.«

»Dies arme Land!« sagte sie und zeigte mir ein von einer Trockenmauer[7] umgebenes Feld; entlang der Mauer waren symmetrisch Kuhfladen hingelegt worden. »Ich habe mich erkundigt, was das denn sei. Eine Bäuerin, die sie gerade aufschichtete, hat mir geantwortet, sie mache Brennholz. Stell dir vor, Lieber, daß die armen Leute diese Fladen, wenn sie trocken sind, sammeln, sie aufstapeln und damit heizen. Im Winter werden sie verkauft wie Lohkäse[8]. Ja, was meinst du, wieviel die bestbezahlte Näherin verdient? Den Tag fünf Sous«, sagte sie nach einer Pause. »Aber sie bekommt Essen.«

»Sieh nur«, sagte ich zu ihr, »die Seewinde dörren alles aus oder werfen alles um; es gibt keine Bäume; die Reste ausgedienter Schiffe werden an die Reichen verkauft, denn die Transportkosten sind wohl zu hoch, als daß einer das Holz, daran die Bretagne so überreich ist, zu Heizzwecken verwenden könnte. Dieses Land ist nur für große Seelen schön, Leute ohne Herz würden hier nicht leben; es kann nur von Dichtern oder von Entenmuscheln bewohnt werden. Hat sich nicht das Salz auf diesem Felsen ablagern müssen, damit er besiedelt wurde? Auf der einen Seite das Meer; hier Sandflächen; darüber die Himmelsweite.«

Wir hatten die Stadt bereits hinter uns gelassen und befanden uns in der Art Wüste, die Le Croisic von dem Flecken Batz trennt. Stell Dir, lieber Onkel, eine öde, mit dem schimmernden Sand bedeckte Fläche vor, wie er sich am Saum des Meeres findet. Hier und dort erheben ein paar Felsen ihre Häupter, und man könnte meinen, es handele sich um gigantische, in den Dünen lagernde Tiere. Entlang dem Meer tauchten ein paar Riffe auf, die vom Wasser umspielt wurden; sie wirkten wie große, weiße Rosen, die auf der flüssigen Fläche schwammen und sich am Gestade festgesetzt hatten. Beim Anblick dieser Savanne, die zur Rechten vom Ozean begrenzt, zur Linken von dem großen See gesäumt wurde, den der Einbruch des Meeres zwischen Le Croisic und den sandigen Höhen von Guérande bildet, an deren Fuß sich die von allem Pflanzenwuchs entblößten Salzteiche finden, sah ich Pauline an und fragte sie, ob sie den Mut und die Kraft verspüre, trotz der Sonnenhitze durch den Sand zu wandern.

»Nur zu, ich habe Schnürstiefel an«, sagte sie und zeigte auf den Turm von Batz; er versperrte die Sicht durch seine riesige Baumasse, die dort wie eine Pyramide lag, aber eine spindelförmige, ausgezackte Pyramide, eine so poetisch geschmückte, daß sie der Phantasie erlaubte, in ihr die erste der Ruinen einer großen asiatischen Stadt zu erblicken. Wir taten ein paar Schritte und setzten uns dann auf einen Felsbrocken, der noch im Schatten lag; aber es war elf Uhr vormittags, und jener zu unseren Füßen endende Schatten schwand sehr rasch hin.

»Wie schön diese Stille ist«, sagte sie zu mir, »und wie ihre Tiefe sich weitet durch die gleichmäßige Wiederkehr des Meeresrauschens an diesem Strand!«

»Wenn du dein Augenmerk auf die drei unermeßlichen Weiten richten willst, die um uns sind, das Wasser, die Luft und die Sandflächen, und dabei ausschließlich dem sich wiederholenden Klang des Vor- und Zurückflutens lauschen«, antwortete ich, »dann wirst du seine Sprache nicht ertragen; du wirst glauben, du gewahrtest darin einen Gedanken, der dich überwältigen müßte. Gestern, bei Sonnenuntergang, habe ich diese Empfindung gehabt; sie hat mich zerbrochen.«

»Ach ja, laß uns sprechen«, sagte sie nach einer langen Pause. »Kein Redner flößt größere Furcht ein. Ich glaube die Ursache der Harmonien zu entdecken, die um uns sind«, fuhr sie fort. »Diese Landschaft, die nur drei scharf abgesetzte Farben hat, das schimmernde Gelb der Sandflächen, den Azur des Himmels und das einheitliche Grau des Meeres, ist groß, ohne ungebärdig zu sein; sie ist riesig, aber nicht leer; sie ist eintönig, ohne ermüdend zu wirken; sie hat nur drei Grundelemente und ist dennoch abwechslungsreich.«

»Einzig die Frauen verstehen sich darauf, auf solcherlei Weise ihre Eindrücke wiederzugeben«, antwortete ich. »Du würdest einen Dichter zur Verzweiflung treiben, geliebte Seele, die ich so gut erraten habe!«

»Die übermäßige Mittagshitze leiht diesen drei Ausdrucksformen des Unendlichen eine verzehrende Farbe«, entgegnete Pauline lachend. »Hier begreife ich die Dichtungen und die Leidenschaften des Orients.«

»Und ich begreife deren Verzweiflung.«

»Ja«, sagte sie. »Diese Düne ist ein erhabenes Kloster.«

Wir vernahmen den eiligen Schritt unseres Führers; er hatte seine Sonntagskleider angezogen. Wir richteten ein paar bedeutungslose Worte an ihn; er glaubte wahrzunehmen, daß unsere Seelenstimmung sich geändert habe; und mit der Zurückhaltung, die die Armut verleiht, bewahrte er Schweigen. Obgleich wir einander dann und wann die Hand drückten, um uns der Gegenseitigkeit unserer Gedanken und Eindrücke zu versichern, schritten wir eine halbe Stunde schweigend weiter, sei es, daß die Hitze uns überwältigte, die sich inmitten der Sandflächen in flirrenden Wogen erhob, sei es, daß das schwierige Gehen unsere Aufmerksamkeit beanspruchte. Im Weiterwandern hielten wir einander an der Hand wie zwei Kinder; hätten wir einander untergehakt, so würden wir keine zwölf Schritte haben zurücklegen können. Der zu dem Marktflecken Batz führende Weg war nicht bezeichnet; ein Windstoß genügte zum Auslöschen der Spuren, die die Huftritte der Pferde oder die Felgen der Karrenräder hinterlassen hatten; doch das geübte Auge unseres Führers erkannte an ein paar Restchen Kuhkot, an ein paar Brocken Pferdemist ebenjenen Weg, der sich bald zum Meer hinabsenkte, bald zu den Äckern hinaufführte, dem Gelände entsprechend, oder die Felsen umging. Um Mittag hatten wir erst den halben Weg hinter uns gebracht.

»Dort unten wollen wir uns ausruhen«, sagte ich und wies auf ein Vorgebirge; es bestand aus Felsen, die hoch genug waren, um vermuten zu lassen, daß wir dort eine Grotte finden würden.

Der Fischer, der der Richtung meines Fingers gefolgt war, schüttelte den Kopf, als er mich das äußern hörte, und sagte: »Alle, die von Batz nach Le Croisic gehen oder von Le Croisic nach Batz, machen einen Umweg, damit sie da nicht vorbeizulaufen brauchen.«

Die Worte dieses Mannes waren mit gesenkter Stimme gesprochen worden und ließen ein Geheimnis mutmaßen.

»Haust denn da ein Dieb, ein Mörder?«

Unser Führer antwortete uns nur durch einen tiefen Atemzug, der unsere Neugier verdoppelte.

»Ja, wenn wir dort vorbeigingen, würde uns dann etwas zustoßen?«

»O nein.«

»Gehen Sie mit uns da entlang?«

»Nein.«

»Wir wollen trotzdem hin, wenn Sie uns versichern, es sei für uns ungefährlich.«

»Das möchte ich nicht behaupten«, antwortete der Fischer lebhaft. »Ich sage lediglich, daß der, der sich dort befindet, Ihnen nichts sagen und Ihnen nichts Böses antun wird. Ach, mein Gott, er wird sich nicht einmal vom Fleck rühren.«

»Wer ist es denn?«

»Ein Mann!«

Niemals sind zwei Silben auf eine so tragische Weise ausgesprochen worden. Wir waren jetzt etwa zwanzig Schritte von jenem Riff entfernt, das vom Meer umspielt wurde; unser Führer schlug den Weg ein, der den Felsen umrundete; wir gingen geradeaus weiter; aber Pauline hatte meinen Arm genommen. Unser Führer schritt hastiger aus, damit er gleichzeitig mit uns an der Stelle anlange, wo die beiden Wege wieder ineinander mündeten. Er vermutete wohl, daß wir, wenn wir den Mann gesehen hätten, gleichfalls schneller gehen würden. Dieser Umstand fachte unsere Neugier an; sie wurde so heftig, daß unsere Herzen pochten, wie wenn wir ein bängliches Gefühl verspürt hätten. Trotz des heißen Tages und der Ermüdung durch das Gehen im Sand waren unsere Seelen noch in der unsäglichen Weichheit eines harmonischen Überschwangs befangen; sie waren erfüllt von jener reinen Lust, die sich schildern läßt, wenn man sie mit derjenigen vergleicht, die man empfindet, wenn man einer köstlichen Musik lauscht, etwa Mozarts »Andiamo mio ben[9]«. Sind zwei reine Gefühle, die miteinander verschmelzen, nicht wie zwei schöne, singende Stimmen? Um die Bewegung richtig würdigen zu können, die uns überkommen hatte, müßte man den halb wollüstigen Zustand teilen, in den uns die Geschehnisse dieses Vormittags versetzt hatten. Man bewundere eine Zeitlang eine hübsch gefärbte Turteltaube, die sich nahe einer Quelle auf einen dünnen Zweig gesetzt hat, und man wird einen Schmerzensschrei ausstoßen, wenn man sieht, wie ein Turmfalke sich auf sie stürzt, ihr die stählernen Fänge bis ins Herz schlägt und sie mit der mörderischen Schnelligkeit von dannen trägt, die das Schießpulver der Kugel verleiht. Als wir einen Schritt auf die Fläche getan hatten, die sich vor der Grotte erstreckte, eine Art Esplanade hundert Fuß über dem Ozean, und gegen dessen Wüten verteidigt durch eine Kaskade steil abfallender Felsen, empfanden wir ein elektrisches Zucken, das dem Zusammenfahren recht ähnlich war, das durch ein plötzliches Geräusch mitten in der Nachtstille verursacht wird. Wir hatten einen Mann erblickt, der auf einem Granitblock saß und uns anstarrte. Sein Blick war wie das Mündungsfeuer einer Kanone; er kam aus zwei blutunterlaufenen Augen, und seine stoische Unbeweglichkeit ließ sich nur mit der unerschütterlichen Starrheit der Granitpfeiler vergleichen, die ihn umstanden. Seine Augen bewegten sich mit großer Langsamkeit, sein Körper verharrte in einer Reglosigkeit, als sei er versteinert; dann aber, als er uns jenen Blick zugeworfen, der uns so tief betroffen gemacht hatte, richtete er die Augen wieder auf die Weite des Ozeans und betrachtete ihn trotz der Lichtfülle, die er zurückstrahlte, und zwar so, wie es heißt, daß Adler in die Sonne blicken, ohne die Lider zu senken, und er schaute nicht wieder auf. Versuche, lieber

Onkel, Dich einer jener alten Eichen zu erinnern, deren knotiger, am Vortage entästeter Stamm sich phantastisch an einem wenig begangenen Weg erhebt; dann hast du ein wahres Bild jenes Mannes. Es waren zerstörte herkulische Formen, das Antlitz des olympischen Jupiter, aber zerrüttet vom Alter, von den rauhen Einwirkungen des Meers, von Seelenleid, von grober Nahrung, und wie geschwärzt von einem Blitzschlag. Als ich seine behaarten, harten Hände sah, gewahrte ich Sehnen, die Eisenadern glichen. Übrigens ließ alles an ihm auf eine kräftige Konstitution schließen. In einem Winkel der Grotte nahm ich eine ziemliche Menge Moos wahr, und auf einer plumpen Platte, die der Zufall im Granit gebildet hatte, ein rundes, angebrochenes Brot, das hinter einem Steingutkrug lag. Nie zuvor hatte meine Phantasie, wenn sie mich den Wüsteneien entgegentrug, wo die ersten Eremiten der Christenheit gelebt hatten, vor mir ein Antlitz von großartigerer Religiosität oder grausigerer Bußfertigkeit erstehen lassen, als es dasjenige dieses Mannes war. Du, der Du oftmals im Beichtstuhl gesessen hast, lieber Onkel, Du hast vielleicht niemals eine so schöne Gewissensnot gesehen; doch diese Gewissenquelle war ertrunken in den Wogen des Gebets, des beständigen Gebets einer stummen Verzweiflung. Dieser Fischer, dieser Seemann, dieser ungeschlachte Bretone wurde durch ein unbekanntes Gefühl zu etwas Erhabenem. Aber hatten diese Augen wohl geweint? Hatte diese Hand den Entwurf zu einer Statue zugeschlagen? Stand diese rauhe, von einer ungestümen Redlichkeit geprägte Stirn in Harmonie mit einem großen Herzen? Warum hauste dieser Mann im Granit? Warum war das Innere dieses Mannes von Granit? Wo war der Mensch, wo der Granit? Eine ganze Welt von Gedanken brach über uns herein. Wie unser Führer vermutet hatte, gingen wir schweigend und rasch weiter, und so sah er uns, die wir vom Entsetzen gepackt oder vom Staunen überwältigt waren, wieder; aber er machte die Richtigkeit seiner Voraussagen nicht gegen uns geltend.

»Haben Sie ihn gesehen?« fragte er.

»Wer ist dieser Mann?« fragte ich.

»Er wird ›der Gelübde-Mann‹ genannt.«

Du kannst Dir wohl die jähe Bewegung vorstellen, mit der

unsere beiden Köpfe sich unserem Fischer zuwandten! Er war ein schlichter Mensch; er verstand unsere stumme Frage, und dann erzählte er uns in seiner Redeweise, deren volkstümliche Ausdrücke ich zu bewahren suche, das Folgende.

»Madame, die Leute in Le Croisic und die in Batz glauben, dieser Mann habe sich etwas zuschulden kommen lassen, und er tue eine Buße, die ein berühmter Pfarrer ihm auferlegt habe. Zudem ist er zur Beichte gegangen, weit über Nantes hinaus. Andere glauben, Cambremer, so heißt er, sei mit einer bösen Krankheit behaftet, mit der er jeden anstecke, der durch seinen Dunstkreis geht. Daher überzeugen sich mehrere, ehe sie um seinen Felsen herumgehen, woher der Wind kommt! Wenn Nordwest weht«, sagte er und deutete nach Westen, »würden sie ihren Weg nicht fortsetzen, auch wenn es darum ginge, einen Splitter des heiligen Kreuzes zu holen; sie machen kehrt, sie haben Angst. Andere, die reichen Leute aus Le Croisic, sagen, Cambremer habe ein Gelübde getan, daher sein Name ›Gelübde-Mann‹. Er sitzt dort bei Tag und bei Nacht und geht nie weg. Dies Gerede hat einen Anschein von Berechtigung. Sehen Sie«, sagte er, wandte sich um und zeigte uns etwas, das uns nicht aufgefallen war, »er hat da links ein Holzkreuz errichtet, um anzukündigen, er habe sich dem Schutz Gottes, der heiligen Jungfrau und der Heiligen unterstellt. Er würde es nicht nötig gehabt haben, sich so zu heiligen, denn allein schon der Schrecken, den er jedermann einflößt, bringt es mit sich, daß er da in Sicherheit ist, als ob er von Soldaten bewacht würde. Seit er sich unter freiem Himmel eingeschlossen hat, hat er kein Wort mehr gesprochen; er nährt sich von Brot und Wasser; das bringt ihm jeden Morgen die Tochter seines Bruders, ein zwölfjähriges Kind, dem er sein Hab und Gut überlassen hat, ein reizendes Geschöpf, sanft wie ein Lamm, ein niedliches, ganz drolliges Mädelchen. Sie hat«, sagte er und zeigte seinen Daumen, »so große blaue Augen und darüber einen Haarschopf wie ein Cherubin. Wenn man sie fragt: ›Sag mal, Pérotte . . .‹ (das heißt bei uns soviel wie Pierrette« unterbrach er sich, »ihr Schutzheiliger ist Sankt Petrus, Cambremer heißt Pierre, er ist ihr Pate gewesen). ›Sag mal Pérotte‹«, fuhr er fort, »›was sagt dir denn dein Onkel?‹ – ›Überhaupt nichts sagt er‹, antwortet sie dann, ›nichts, gar nichts.‹ – ›Na ja, und was macht er mit dir?‹ – ›Sonntags küßt er mich auf die Stirn.‹ – ›Hast du denn keine Angst?‹ – ›Ach, Quatsch‹, hat sie gesagt, ›er ist doch mein Pate.‹ Er hat nicht gewollt, daß wer anders ihm sein Essen bringt. Pérotte behauptet, er lächele, wenn sie komme; aber das heißt soviel, wie daß ein Sonnenstrahl durch den Nebeldunst dringt, denn es wird gesagt, er sei düster und umwölkt wie von Nebel.«

»Aber«, sagte ich zu ihm, »Sie reizen unsere Neugier, ohne sie zu stillen. Wissen Sie, was ihn dorthin geführt hat? Etwa Kummer, oder Reue, oder eine Marotte, ein Verbrechen, oder...«

»Ach, Monsieur, nur noch mein Vater und ich wissen, was in Wahrheit dahintersteckt. Meine verstorbene Mutter stand im Dienst bei einem Herren vom Gericht, dem Cambremer alles gesagt hat, und zwar auf Geheiß eines Priesters, der ihm nur unter dieser Bedingung die Absolution gab; so sagen wenigstens die Leute am Hafen. Meine gute Mutter hat Cambremer belauscht, ohne es zu wollen, weil die Küche des Richters neben dem Wohnzimmer lag; da hat sie zugehört! Sie ist tot; der Richter, der ihn verhört hat, ist ebenfalls gestorben. Meine Mutter hat meinen Vater und mich versprechen lassen, nichts davon unter die Leute hier in der Gegend zu bringen; aber Ihnen kann ich ja sagen, daß an dem Abend, da meine Mutter es uns erzählte, sich mir das Haar auf dem Kopf gesträubt hat.«

»Nun erzählen Sie es uns getrost, mein Bester, wir werden mit niemandem darüber sprechen.«

Der Fischer musterte uns und fuhr dann fort: »Pierre Cambremer, den Sie da unten gesehen haben, ist der älteste der Cambremers; die sind, vom Vater auf den Sohn, immer Seeleute gewesen; das sagt schon ihr Name: Das Meer hat sich ihnen stets gebeugt. Der, den Sie gesehen haben, ist Bootsfischer geworden. Er hatte also Boote; er ging auf Sardinenfang, er hat aber auch Hochseefischerei betrieben, für die Händler. Er würde ein Schiff ausgerüstet und Kabeljau gefischt haben, wenn er seine Frau nicht so lieb gehabt hätte; sie war eine schöne Frau, eine Brouin aus Guérande, ein Prachtmädchen, und gutherzig war sie obendrein. Sie hat Cambremer so geliebt, daß sie nie wollte, daß ihr Mann länger von ihr wegblieb, als zum Sardinenfang nötig war. Da unten haben sie gewohnt, sehen Sie!« sagte der Fischer und stieg auf eine Erhöhung, um uns eine kleine Insel in dem Miniatur-Mittelmeer zu zeigen, das sich zwischen den Dünen, auf denen wir einherschritten, und den Salzteichen von Guérande befand. »Sehen Sie das Haus da? Das hat ihm gehört. Jacquette Brouin und Cambremer haben nur ein Kind gehabt, einen Jungen, und den haben sie liebgehabt ... wie ... na ja! ... wie man eben ein einziges Kind liebhat; reinweg vernarrt waren sie in ihn. Ihr kleiner Jacques hätte, mit Verlaub, was in den Kochtopf machen können, und sie hätten gemeint, es sei Zucker. Wie oft haben wir die beiden auf dem Jahrmarkt gesehen, wo sie ihm dann immer das schönste Spielzeug kauften! Das war pure Unvernunft, jedermann hat es ihnen gesagt. Als der kleine Cambremer merkte, daß ihm alles erlaubt war, da ist er boshaft und tückisch geworden. Wenn zu Vater Cambremer gesagt wurde: ›Beinah hätte Ihr Sohn den kleinen Soundso umgebracht!‹, dann lachte und antwortete er: ›Pah, der wird mal ein kühner Seemann! Der kommandiert nochmal die Flotten des Königs!‹ Ein anderer: ›Pierre Cambremer, wissen Sie, daß Ihr Junge der kleinen Pougaud ein Auge eingeschlagen hat?‹ – ›Er wird mal viel für die Mädchen übrig haben‹, sagte dann Pierre. Alles fand er gut und in Ordnung. Na, als der kleine Lümmel dann zehn Jahre alt war, verprügelte er, was ihm in den Weg kam, amüsierte sich damit, den Hühnern die Hälse abzuschneiden, den Schweinen den Bauch aufzuschlitzen, kurzum, er wälzte sich im Blut herum wie ein Steinmarder. – ›Der wird mal ein großartiger Soldat!‹ sagte Cambremer, ›er hat Gefallen an Blut.‹ Sehen Sie, ich habe das alles nicht vergessen«, sagte der Fischer. »Und Cambremer ebenfalls nicht«, fügte er nach einer Pause hinzu. »Mit fünfzehn oder sechzehn war Jacques Cambremer ... was? Ein Hai. Er ging nach Guérande und amüsierte sich da, oder nach Savenay, wo er den Geck spielte. Der war mir der Rechte! Dann fing er an, seine Mutter zu beklauen; ihrem Mann was davon zu sagen, wagte sie nicht. Cambremer war ein rechtschaffener Mensch; er hätte es fertiggebracht, zwanzig Meilen weit zu laufen, bloß um jemandem zwei Sous zurückzugeben, die ihm auf eine Rechnung zuviel gezahlt worden waren. Kurz und gut, eines Tages wurde die Mutter vollständig ausgeplündert. Während sein Vater auf Fang war, schaffte der Sohn die Anrichte weg, das Geschirr, die Bettlaken, die Wäsche; nichts als die vier Wände hat er dagelassen, alles hatte er verschachert, um sich in Nantes gute Tage zu machen. Die arme Frau hat deswegen Tage und Nächte geweint. Sie mußte es dem Vater sagen, wenn er heimkam, und vor dem Vater hatte sie Angst, und zwar beileibe nicht um ihretwillen! Als Pierre Cambremer dann kam, als er sein Haus mit Möbeln ausgestattet vorfand, die seiner Frau geliehen worden waren, da hat er gefragt: ›Was soll das bedeuten?‹ Die arme Frau war mehr tot als lebendig; sie hat geantwortet: ›Wir sind bestohlen worden.‹ – ›Wo ist denn Jacques?‹ – ›Jacques, der treibt sich rum. Keiner hat gewußt, wo der Schlingel steckt.‹ – ›Er amüsiert sich zuviel!‹ sagte Pierre. Ein halbes Jahr danach erfuhr der arme Vater, daß in Nantes die Justiz hinter seinem Sohn her sei. Er geht zu Fuß hin, schneller als auf dem Wasserweg, bekommt seinen Sohn zu fassen und bringt ihn hierher. Er fragt ihn nicht: ›Was hast du ausgefressen?‹ Er sagt zu ihm: ›Wenn du dich nicht zwei Jahre lang bei deiner Mutter und mir anständig benimmst, auf Fang fährst und dich verhältst wie ein rechtschaffener Mensch, dann bekommst du es mit mir zu tun.‹ Der verrückte Bursche verläßt sich auf die Dummheit seiner Eltern und schneidet ihm 'ne Grimasse. Daraufhin hat Pierre dem Jacques eine Ohrfeige versetzt, daß er sechs Monate lang zu Bett hat liegen müssen. Die arme Mutter ist vor Kummer fast gestorben. Eines Nachts, als sie friedlich neben ihrem Mann schläft, hört sie ein Geräusch, steht auf und bekommt einen Messerstich in den Arm. Sie schreit auf, es wird nach Licht gesucht, Pierre Cambremer sieht, daß seine Frau verwundet ist; er glaubt, es sei ein Dieb gewesen, als ob es hier zu Lande Diebe gäbe, wo man furchtlos zehntausend Francs in Gold von Le Croisic nach Saint-Nazaire bringen könnte, ohne daß man je gefragt würde, was man da unterm Arm trage. Pierre sucht nach Jacques, aber er findet den Sohn nicht. Am Morgen hat das Scheusal die Stirn, wiederzukommen und zu behaupten, er sei in Batz gewesen. Muß ich Ihnen noch sagen, daß seine Mutter nicht wußte, wo sie ihr Geld verstecken sollte? Cambremer brachte seins immer zu Monsieur Dupotet nach Le Croisic. Die tollen Streiche ihres Sohnes hatten Hunderte von Talern, Hunderte von Francs, von Goldlouis verschlungen, sie waren gewissermaßen verarmt, und das war hart für Leute, die so an die zwölftausend Francs gehabt hatten, ihre kleine Insel inbegriffen. Kein Mensch weiß, was Cambremer in Nantes hat zahlen müssen, um seinen Sohn freizubekommen. Die Familie wurde vom Unglück heimgesucht. Cambremers Bruder hatte Pech gehabt und brauchte Hilfe. Um ihn zu trösten, sagte Pierre zu ihm, Jacques und Pérotte (die Tochter des jüngeren Cambremer) sollten heiraten. Um ihm seinen Lebensunterhalt zu verschaffen, beschäftigte er ihn beim Fang; denn Joseph Cambremer war jetzt darauf angewiesen, von seiner Hände Arbeit zu leben. Seine Frau war am Kindbettfieber gestorben; die Monate, da Pérotte eine Amme brauchte, mußten bezahlt werden. Pierre Cambremers Frau schuldete wegen der Kleinen verschiedenen Leuten hundert Francs für Wäsche und Sonstiges, und zwei oder drei Monatsgelder der langen Frelu, die ein Kind von Simon Gaudry und Pérotte mit genährt hatte. Die Cambremer hatte in die Wolle ihrer Matratze ein spanisches Goldstück eingenäht und einen Zettel ›Für Pérotte‹ beigelegt. Sie war sehr gebildet, sie konnte schreiben wie ein Gerichtsschreiber, und sie hatte ihrem Sohn das Lesen beigebracht, und eben das hat ihn dann zugrunde gerichtet. Niemand hat je erfahren, wie es geschehen ist, aber dieser Lump von Jacques hatte das Gold gewittert, es gestohlen und war zum Zechen nach Le Croisic gegangen. Der wackere Cambremer kehrte durch einen besonderen Umstand mit seinem Boot heim. Als er gelandet ist, sieht er einen Fetzen Papier wehen, hebt ihn auf und bringt ihn seiner Frau; sie fällt auf den Rücken, als sie ihre eigenen Schriftzüge wiedererkennt. Cambremer sagt nichts, geht nach Le Croisic und erfährt dort, daß sein Sohn beim Billardspielen ist; da läßt er die gute Frau, die das Café führt, herausbitten und sagt zu ihr: ›Ich hatte Jacques gesagt, er solle nicht ein gewisses Goldstück nehmen, wenn er Sie bezahle; geben Sie es mir wieder, ich warte hier an der Tür, Sie bekommen dafür blankes Silbergeld.‹ Die gute Frau hat ihm das Goldstück gebracht. Cambremer nimmt es, sagt: ›Gut!‹ und geht wieder heim. Die ganze Stadt hat es erfahren. Aber was nun kommt, das weiß nur ich allein, und die andern haben bloß eine verschwommene Ahnung davon gehabt. Er sagt zu seiner Frau, sie solle ihrer beider Zimmer herrichten;

das liegt unten; er macht Feuer im Kamin, steckt zwei Kerzen an, stellt zwei Stühle an die eine Seite der Feuerstelle und an die andere Seite einen Schemel. Dann sagt er zu seiner Frau, sie solle ihm seinen Hochzeitsanzug zurechtlegen und ihr Hochzeitskleid in Ordnung bringen. Er zieht sich um. Als er damit fertig ist, holt er seinen Bruder und sagt ihm, er solle vor dem Haus aufpassen und ihm Bescheid sagen, wenn er auf den beiden Strandstücken was höre, dem hier und dem drüben nach den Salzteichen von Guérande zu. Er geht wieder ins Haus, als er meint, seine Frau habe sich umgezogen, ladet sein Gewehr und versteckt es im Kaminwinkel. Jetzt kommt Jacques heim; er kommt spät; bis zehn Uhr hatte er getrunken und gespielt; er hatte sich zu der Landspitze von Carnouf übersetzen lassen. Sein Onkel hört ihn rufen, holt ihn am Salzteichstrand ab und setzt ihn über, ohne ein Wort zu sagen. Als Jacques ins Haus tritt, sagt sein Vater zu ihm: ›Setz dich da hin‹, und zeigt auf den Schemel. ›Du bist‹, sagte er, ›hier vor deinen Eltern, gegen die du dich versündigt hast und die über dich richten müssen.‹ Jacques fing an zu brüllen, weil Cambremers Gesicht auf eigentümliche Weise verzerrt war. Die Mutter saß steif wie eine Ruderstange da. ›Wenn du schreist, wenn du dich rührst, wenn du nicht starr wie ein Mastbaum auf deinem Schemel sitzen bleibst‹, sagte Pierre und zielte mit seinem Gewehr auf ihn, ›dann knalle ich dich ab wie einen Köter.‹ Der Sohn wurde stumm wie ein Fisch; die Mutter hat nichts gesagt. ›Da‹, sagte Pierre zu seinem Sohn, ›in dieses Stück Papier war das spanische Goldstück eingewickelt; das Goldstück war im Bett deiner Mutter; einzig und allein deine Mutter hat die Stelle gewußt, wo sie es eingenäht hatte; das Papier habe ich am Wasser gefunden, als ich hier an Land ging; du hast heute abend dies spanische Goldstück der alten Fleurant gegeben, und deine Mutter hat ihr Goldstück nicht mehr in ihrem Bett vorgefunden. Sag, wie das kommt.‹ Jacques hat gesagt, er habe das Goldstück seiner Mutter nicht weggenommen, jenes Stück habe er von Nantes her übrigbehalten. – ›Desto besser‹, sagt Pierre. ›Wie kannst du uns das beweisen?‹ – ›Ich habe es nun mal gehabt.‹ – ›Du hast es deiner Mutter also nicht weggenommen?‹ – ›Nein.‹ – ›Kannst du das bei deinem ewigen Leben beschwören?‹ Er wollte es beschwören; da hob seine Mutter die Augen zu ihm auf und sagte: ›Jacques, mein Kind, sei auf der Hut, schwöre nicht, wenn es nicht wahr ist; du kannst dich bessern, kannst bereuen; es ist noch Zeit.‹ Und dann hat sie geschluchzt. – ›Das sieht dir mal wieder ähnlich‹, sagt er zu ihr, ›du hast mich schon immer 'reinlegen wollen.‹ Cambremer ist erbleicht und hat gesagt: ›Was du da eben zu deiner Mutter gesagt hast, macht dein Schuldkonto noch größer. Aber zur Sache. Schwörst du?‹ – ›Ja.‹ – ›Sieh her‹, sagt er, ›war auf deinem Goldstück dies Kreuz, das der Sardinenhändler, von dem ich es habe, auf unserem eingeritzt hat?‹ Jacques ist plötzlich nüchtern geworden und hat geweint. – ›Schluß jetzt mit dem Geschwätz‹, hat Pierre gesagt. ›Ich will von alledem absehen, was du vorher getan hast; aber ich will nicht, daß ein Cambremer auf dem Marktplatz von Le Croisic zu Tode gebracht wird. Sprich deine Gebete und zwar ein bißchen hoppla! Es kommt ein Priester, um dir die Beichte abzunehmen.‹ Die Mutter war hinausgegangen; sie hatte die Verurteilung ihre Sohnes nicht mit anhören wollen. Als sie draußen war, kam der Onkel Cambremer mit dem Pfarrer von Piriac; aber dem wollte Jaques nichts sagen. Er hatte es faustdick hinter den Ohren; er kannte seinen Vater gut genug, um zu wissen, daß er ihn nicht ohne Beichte umbringen werde. ›Danke, entschuldigen Sie uns, Monsieur‹, sagte Cambremer zu dem Priester, als er merkte, daß Jacques dickköpfig blieb. ›Ich hatte meinem Sohn eine Lehre erteilen wollen; bitte schweigen Sie darüber. – Du‹, sagte er zu Jacques, ›wenn du dich nicht besserst, dann friß nur noch einmal was aus, und ich mache ohne Beichte ein Ende mit dir.‹ Er schickte ihn zu Bett. Der Junge glaubte ihm das und bildete sich ein, er könne sich mit seinem Vater wieder aussöhnen. Er schlief ein. Der Vater wachte. Als er merkte, daß der Sohn im tiefsten Schlaf lag, bedeckte er ihm den Mund mit Hanf, band ihn ihm mit einem Fetzen Segelleinen fest zu, und dann fesselte er ihm Hände und Füße. Er habe getobt, er habe blutige Tränen geweint, hat Cambremer dem Richter gesagt. Nichts zu machen! Die Mutter hat sich dem Vater zu Füßen geworfen. – ›Er ist gerichtet‹, hat der gesagt, ›du hilfst mir jetzt, ihn ins Boot zu tragen.‹ Sie hat sich geweigert. Da hat Cambremer ihn ganz allein hinausgetragen, ihn auf den Bootsboden geworfen, ihm einen Stein um den Hals gebunden, ist aus der Bucht herausgerudert, ins offene Meer, bis zur Höhe des Felsens, wo er jetzt ist. Da hat denn die arme Mutter, die sich von ihrem Schwager hatte hinbringen lassen, gut um Gnade jammern können! Das hat soviel ausgemacht wie ein Steinwurf auf einen Wolf. Der Mond schien, sie hat gesehen, wie der Vater seinen Sohn ins Meer warf, diesen Sohn, den sie noch immer im Bauch trug, und da es windstill war, hat sie das Aufklatschen gehört, dann nichts mehr, keine Spur, keinen Strudel; die See ist eine gute Wächterin, das können Sie mir glauben! Als Cambremer hier an Land ging, um seine wimmernde Frau zum Schweigen zu bringen, fand er sie fast tot vor; es war den beiden Brüdern unmöglich, sie zu tragen; sie hat in das Boot gebracht werden müssen, in dem kurz zuvor der Sohn gelegen hatte, und sie haben sie nach Hause gerudert, durch die Durchfahrt bei Le Croisic. Na ja, die schöne Brouin, wie die Leute sie nannten, hat keine acht Tage mehr gelebt; im Sterben hat sie ihren Mann gebeten, das verdammte Boot zu verbrennen. Oh, das hat er getan. Er ist dann ganz durcheinander geraten; er hat nicht mehr gewußt, was er wollte; er hat beim Gehen geschlingert wie einer, der keinen Wein vertragen kann. Dann ist er zehn Tage lang weggereist, und als er wiederkam, da hat er sich da festgesetzt, wo Sie ihn gesehen haben; und seit er da ist, hat er kein einziges Wort mehr gesprochen.«

Der Fischer hat nur kurze Zeit gebraucht, um uns diese Geschichte zu erzählen, und er hat sie uns noch schlichter erzählt, als ich sie hier niedergeschrieben habe. Die Leute aus dem Volk machen wenig Umstände, wenn sie etwas berichten; sie heben die Tatsache hervor, die auf sie gewirkt hat, und setzten sie so ins Wort um, wie sie sie empfinden. Seine Erzählung wirkte so bitter und schneidend wie ein Axthieb.

»Ich will nicht nach Batz«, sagte Pauline, als wir am oberen Rand des Sees angelangt waren. Wir kehrten durch die Salzteiche nach Le Croisic zurück, durch das Labyrinth, durch das der Fischer uns geleitete; er war schweigsam wie wir geworden. Unser Seelenzustand hatte sich gewandelt. Wir waren beide in unselige Gedankengänge eingetaucht und trüb gestimmt durch dieses Drama, das die Erklärung für die jähe Vorahnung bildete, die wir beim Erblicken Cambremers empfunden hatten. Wir besaßen beide genug Welt- und Menschenkenntnis, um von diesem Leben zu dritt alles zu erraten, was unser Führer uns davon verschwiegen hatte. Das Unglück dieser drei Menschenwesen erschien uns nochmals vor Augen, als hätten wir es in den Bilderfolgen eines Dramas erlebt, das dieser Vater durch die Sühne seiner notwendigen Untat gekrönt hatte. Wir wagten nicht, zu dem Felsen hinüberzublicken, auf dem dieser vom Schicksal gezeichnete Mensch hauste, der einer ganzen Gegend Angst machte. Ein paar Wolken verhüllten den Himmel; am Horizont stiegen Dünste auf; wir wanderten inmitten der bitterlich düstersten Natur, die ich jemals angetroffen habe. Wir durchschritten eine Landschaft, die leidend und kränklich wirkte, an den Salzteichen vorbei, die man mit gutem Recht als die Skrofeln der Erde bezeichnen könnte. Der Boden ist dort in Vierecke von ungleichmäßiger Größe eingeteilt; alle werden durch mächtige Aufschüttungen aus grauem Erdboden eingezwängt; alle sind mit brackigem Wasser angefüllt, an dessen Oberfläche das Salz gelangt. Diese von Menschenhand geschaffenen Vertiefungen sind innen durch schmale Streifen unterteilt, auf denen Arbeiter entlanggehen; sie sind mit langen Harken ausgerüstet, mit denen sie die Salzlake abschäumen und das Salz, wenn es trocken genug zum Aufschichten ist, auf erhöhte runde Plattformen schaufeln, die in gewissen Abständen angebracht worden sind. Zwei Stunden lang schritten wir an diesem trübseligen Schachbrett entlang, auf dem das Salz durch seine Überfülle den Pflanzenwuchs erstickt, und auf dem wir hier und dort einige »Paludiers« wahrnahmen; so werden die genannt, die das Salz ernten. Diese Menschen oder vielmehr dieser Bretonenstamm trägt eine besondere Tracht, eine kurze weiße Jacke, ähnlich derjenigen der Bierbrauer. Sie heiraten untereinander. Es gibt kein Beispiel dafür, daß ein Mädchen aus diesem Stamm einen andern Mann als einen Paludier geheiratet hätte. Der abstoßende Anblick dieses Sumpflands, dessen Schlamm gleichmäßig abgeschabt wurde, und dieses grauen Erdbodens, der den Schrecken der bretonischen Flora bildet, harmonierte mit der Trauer unserer Seelen. Als wir an der Stelle anlangten, wo man über den Meeresarm setzt, der durch den Einbruch der Fluten in diese Vertiefung gebildet worden ist und der sicherlich dazu dient, die Salzteiche zu speisen, gewahrten wir voller Freude die spärliche Vegetation, die die Sandstreifen des Strandes ziert. Bei der Überfahrt sahen wir mitten im See die Insel liegen, auf der die Cambremers wohnen; wir wandten den Kopf ab.

Bei der Ankunft in unserm Hotel fiel uns in einem niedrigen Raum ein Billard-Tisch auf, und als wir erfuhren, es sei der einzige öffentliche Billard-Tisch in Le Croisic, trafen wir während der Nacht unsere Vorbereitungen zur Abreise; am folgenden Tag waren wir in Guérande. Pauline war noch immer traurig, und ich verspürte bereits das Näherkommen der Flamme, die mir das Gehirn verbrennt. Ich wurde so grausam durch meine Bildvorstellungen von jenen drei Menschen gemartert, daß sie zu mir sagte: »Louis, schreib das nieder, dann wandelst du die Natur deines Fiebers.«

Also habe ich Dir dieses Abenteuer aufgeschrieben, lieber Onkel; aber es hat mich bereits die Beruhigung einbüßen lassen, die ich meinen Bädern und unserm hiesigen Aufenthalt verdankte.

Anmerkungen

Ein Drama am Meeresufer

1 Kleiner Gedächtnisfehler Balzacs. In Ariosts ›Rasendem Roland‹ besteigt nicht Astolfo, sondern Ruggiero den Hippogryphen (Flügelroß), um Angelica zu befreien. Übrigens ist Astolphe der Vorname des Marquis de Custine, dem Balzac seine Novelle ›Die rote Herberge‹ widmete.

2 Gestalt aus ›Tausendundeine Nacht‹. Diese orientalische Märchensammlung wurde 1704–17 durch Galland erstmals vollständig ins Französische übersetzt und gewann großen Einfluß auf die zeitgenössische Literatur.

3 Hyas araneus, zu den Dreieckskrabben gehörender, rotgelber Zehnfußkrebs mit wohlschmeckendem Fleisch.

4 Aliantum Capillus Veneris.

5 Eine sich von Südwesten her in den Bieler See erstreckende Halbinsel, auf der im Herbst 1765 Jean-Jacques Rousseau einige Wochen gewohnt hat. Er gedenkt dieses Aufenthalts in den ›Confessions‹ und den ›Rêveries d'un Promeneur solitaire‹.

6 Gemeint ist der um seiner Fernsicht willen berühmte, 60 m hohe Turm der Kirche St. Guénolé in Batz. Die Kirche wurde im 15. und 16. Jahrhundert erbaut.

7 Ohne Mörtel aufgeschichtete Steinmauer.

8 Lohe besteht aus grobgemahlenen, gerbstoffhaltigen Baumrinden, die in der Gerberei zur Behandlung der Tierhäute dienen. Der gepreßte Rückstand wird als »Lohkäse« bezeichnet und bildet ein brikettähnliches Heizmaterial.

9 Ital.: Laß uns gehen, mein Geliebter.

Biographische Notizen über die Romangestalten

Ein Drama am Meeresufer

LAMBERT, Louis, geboren 1797 in Montoire bei Vendôme, wurde im Collège zu Vendôme erzogen, wo er zugleich ein schlechter Schüler und ein Wunderkind war. Mit fünfzehn Jahren schrieb er einen ›Traktat über den Willen‹ und ließ bereits die großartige

Tiefe seines philosophischen Genius durchblicken. Von 1817 bis 1820 gehörte er in Paris dem »Kreis« in der Rue des Quatre-Vents an, zusammen mit d'Arthez, Meyraux, Bianchon usw. Sehr kurze Zeit danach begegnete er auf einer Reise durch die Touraine Mlle. Pauline Salomon de Villenoix, die er liebte, was sie ihm durch ihre Liebe vergalt, und mit der er sich verlobte. Jetzt zeigten sich bei ihm Gehirnstörungen, der Triumph der philosophischen Phantasie über die Materie, und kehrten immer häufiger wieder. Louis Lambert starb am 25. September 1824, am Vorabend des für seine Hochzeit festgesetzten Tages. (›Louis Lambert‹ und ›Verlorene Illusionen‹, I. Teil.)

VILLENOIX, Pauline Salomon de, geboren um 1800, natürliche Tochter des Salomon, genannt de Villenoix, pflegte Louis Lambert während seiner Anfälle von mystischem Wahnsinn mit der klügsten und bewundernswertesten Hingabe. Sie sammelte fromm die letzten Gedanken ihres Verlobten, die von grandioser Zusammenhanglosigkeit waren (›Louis Lambert‹). Zwei Jahre nach Louis' Tod zog sie sich alternd aus der Welt zurück, lebte in der Nähe von Tours und begönnerte den Abbé François Birotteau, das Opfer seines Rivalen, des Abbés Troubert (›Der Pfarrer von Tours‹).

Meister Cornelius

Übertragung von Ernst Sander

Die Novelle ›Maître Cornélius‹, nach Balzacs Angabe im November und Dezember 1831 auf Schloß Saché niedergeschrieben, erschien erstmals am 18. und 25. Dezember 1831 in der ›Revue de Paris‹, gegliedert in drei Kapitel. 1832 wurde sie, mit abgeänderter Kapiteleinteilung, in die ›Neuen philosophischen Studien‹ eingefügt. In der gleichen Einteilung erschien sie 1836 in den ›Philosophischen Studien‹; ohne die Kapiteleinteilung wurde sie 1846 in die ›Philosophischen Studien‹ der ›Menschlichen Komödie‹ aufgenommen und mit der Widmung an den Grafen Mniszech versehen. Der Graf war im Oktober 1846 der Schwiegersohn der Mme Hanska geworden (siehe den ersten Band: Balzac, Sein Leben und Werk). Als ein leidenschaftlicher Käfersammler genoß er in den Kreisen der Naturwissenschaftler Achtung. Er starb kinderlos 1881.

Am Allerheiligentag des Jahres 1479 ging um die Stunde, da diese Geschichte begann, in der Kathedrale von Tours der Nachmittagsgottesdienst zu Ende. Der Erzbischof Hélie de Bourdeilles[1] erhob sich von seinem Sitz, um selber den Gläubigen den Segen zu erteilen. Die Predigt hatte lange gedauert; während der heiligen Handlung war die Dämmerung hereingebrochen, und es herrschte tiefstes Dunkel in manchen Teilen dieser schönen Kirche, deren beide Türme damals noch nicht vollendet waren[2]. Dabei brannte eine ansehnliche Zahl von Kerzen zu Ehren der Heiligen auf den dreieckigen Leuchtergestellen, die dazu bestimmt waren, fromme Opfergaben entgegenzunehmen, deren Verdienst und Bedeutung noch nie zureichend erklärt worden sind. Die Leuchter auf jedem Altar und die Kandelaber im Chor waren angezündet. Diese Lichtmassen, die ungleichmäßig über den Wald der Pfeiler und Arkaden ausgesät waren, der die drei Schiffe der Kathedrale stützt, erhellten kaum das riesige Kircheninnere; denn dadurch, daß sie die kräftigen Schatten der Säulen durch die Gänge des Bauwerks warfen, erzeugten sie dort tausenderlei phantastische Gebilde, die das Dunkel noch steigerten, in das die Bogen, die Wölbungen und die auch schon bei Tage so düstern Seitenkapellen gehüllt waren. Die Menge bot nicht minder malerische Wirkungen dar. Manche Gesichter zeichneten sich so verschwommen im Helldunkel ab, daß man sie fast für Geistererscheinungen hätte halten können, wogegen mehrere andere, auf die der mannigfach sich verteilende Lichtschein traf, die Blicke auf sich lenkten wie die wichtigsten Köpfe eines Gemäldes. Die Statuen wirkten, als seien sie belebt, aber die Menschen schienen zu Stein erstarrt zu sein. Hier und dort glänzten Steine in den Nischen der Pfeiler auf; der Stein warf Blicke, die Marmorbilder sprachen, die Gewölbe wiederholten Seufzer, das ganze Bauwerk hatte Leben erhalten. Im Dasein der Volksmenge gibt es weder feierlichere Szenen noch majestätischere Augenblicke. Der Mensch in der Masse bedarf stets der Bewegung, um zu einem poetischen Gebilde zu werden; und in solcherlei Stunden frommer Gedanken, da menschlicher Reichtum sich mit himmlischer Großartigkeit vereint, zeigt sich im Schweigen eine unglaubliche Erhabenheit; es liegt Angst in den gebeugten Knien und Hoffnung in den gefalteten Händen. Der Zusammenklang der Empfindungen, durch den alle Seelen sich zum Himmel aufschwingen, erzeugt dann ein unerklärliches Phänomen der Vergeistigung. Der mystische Überschwang der versammelten Gläubigen wirkt sich auf jeden einzelnen unter ihnen aus; sicherlich wird auch der schwächste von den Wogen dieses Ozeans an Liebe und Glauben getragen. Das Gebet, eine ganz elektrische Kraft, reißt auf diese Weise unser eigentliches Wesen aus sich selbst heraus. Diese unfreiwillige Vereinigung der Willenskräfte, die gleichermaßen auf dem Erdboden knien und sich zum Himmel erheben, birgt sicherlich das Geheimnis der magischen Einflüsse, die der Gesang der Priester und die Weisen der Orgel, die Düfte und Prächte des Altars, die Stimme der Menge und deren stumme, andächtige Gedanken besitzen. Daher darf man sich nicht wundern, wenn man sieht, wie im Mittelalter nach langen Ekstasen sich Liebschaften in der Kirche anspannen, Liebschaften, die oftmals eine wenig heiligmäßige Entwicklung nahmen, aber aus denen die Frauen, wie stets, als Büßerinnen hervorgingen. Damals stand wohl das religiöse Gefühl in einer gewissen Verwandtschaft mit der Liebe; es war deren Grundgefühl oder Ende. Die Liebe war noch eine Religion; sie besaß noch ihren schönen Fanatismus, ihren naiven Aberglauben, ihre erhabene Aufopferung, die mit denen des Christentums gleichgestimmt waren. Die Sitten und Bräuche jener Zeit erklären übrigens trefflich das Bündnis zwischen der Religion und der Liebe. Vor allem fand sich die Gesellschaft kaum anderswo als vor dem Altar zusammen. Edelleute und Vasallen, Männer und Frauen standen nur dort als gleich und gleich gegenüber. Einzig dort konnten die Liebenden einander sehen und in Verbindung treten. Kurzum, die kirchlichen Feiertage bildeten das Theater jener Zeit; die Seele einer Frau wurde damals in den Kathedralen heftiger angerührt als heute beim Ball oder in der Oper. Geleiten starke Empfindungen nicht alle Frauen zurück zur Liebe? Dadurch, daß die Religion sich ins Leben mischte und es in seinem gesamten Tun ergriff, hatte sie sich also gleichermaßen zur Komplizin der Tugend wie der Laster aufgeworfen. Die Religion war in die Wissenschaft, in die Politik, in die Redekunst, in die Verbrechen eingedrungen; sie wirkte sich auf Thronen und unter der Haut der Kranken und der Armen aus; sie war alles. Vielleicht vermögen diese halb gelehrten Bemerkungen die Echtheit dieser Studie zu beweisen, in der manche Einzelheiten die perfektionierte und, wie jeder weiß, ein wenig zu altväterische Moral unseres Jahrhunderts abschrecken könnten.

Gerade als der Gesang der Priester endete, als die letzten Klänge der Orgel sich in die letzten Schwingungen des »Amen« mischten, das aus der kräftigen Brust der Singenden drang, während noch unter den fernen Gewölben ein leises Gemurmel nachhallte; gerade als die in sich gekehrte Gemeinde auf das Segenswort des Prälaten wartete, zog sich ein Bürgersmann, der es eilig hatte, hinauszukommen, oder der in dem Durcheinander beim Hinausgehen für seine Börse fürchtete, behutsam zurück, auf die Gefahr hin, in den Ruf eines schlechten Katholiken zu geraten. Ein Edelmann, der an einem der riesigen Pfeiler gelehnt hatte, die den Chor umgeben, und der dort wie im Dunkel verloren verblieben war, beeilte sich, den von dem vorsichtigen Tourangeau[3] verlassenen Platz einzunehmen. Als er dort angelangt war, verbarg er rasch das Gesicht in den Federn, die seine hohe, graue Kappe schmückten, und kniete auf dem Betstuhl mit einer so zerknirschten Miene nieder, daß sie ihm sogar ein Inquisitor hätte glauben können. Nachdem die Nachbarn diesen jungen Menschen ziemlich aufmerksam gemustert hatten, schienen sie ihn zu erkennen, fuhren fort zu beten und ließen sich dabei eine gewisse Geste entschlüpfen, durch die sie sämtlich denselben Gedanken ausdrückten, einen bissigen, spottsüchtigen Gedanken, eine stumme Bosheit. Zwei alte Frauen schüttelten mißbilligend den Kopf und warfen einander einen Blick zu, der die Zukunft durchforschte. Der Betstuhl, dessen der junge Herr sich bemächtigt hatte, stand neben einer zwischen zwei Pfeilern eingebauten und durch ein Eisengitter abgeschlossenen Kapelle. Das Kapitel vergab damals gegen einen ziemlich hohen Mietzins an gewisse Adelsfamilien oder sogar an reiche Bürger das Recht, zusammen mit ihren Leuten dem Gottesdienst abgesondert in den Seitenkapellen beizuwohnen, die entlang der beiden kleinen, die Kathedrale umziehenden Schiffe gelegen waren. Dieser unheilige Handel wird auch heute noch ausgeübt. Eine Frau hatte ihre Kapelle in der Kirche, wie sie heute eine Loge in der italienischen Oper mietet. Die Inhaber dieser bevorzugten Plätze hatten sich überdies verpflichtet, den Altar zu betreuen, der ihnen überlassen worden war. Also setzte jeder seinen Geltungsdrang daran, den seinen prunkvoll zu schmücken, was eine Eitelkeit war, die der Kirche durchaus behagte. In jener Kapelle und nahe dem Gitter kniete eine junge Dame auf einem schönen roten Samtkissen mit goldenen Quasten, und zwar unmittelbar neben dem Platz, den zuvor der Bürgersmann innegehabt hatte. Eine vor dem prächtig geschmückten Altar aus der Wölbung der Kapelle niederhängende vergoldete Silberlampe warf ihr mattes Licht auf das Stundenbuch, das die Dame hielt. Jenes Buch zitterte heftig in ihren Händen, als der junge Herr dicht neben ihr erschien.

»Amen!«

Dieser Antwort, die mit lieblicher, aber sehr bewegter Stimme gesungen wurde, einer Stimme, die glücklicherweise mit dem allgemeinen Getön verschmolz, fügte sie hastig und leise hinzu: »Ihr stürzt mich ins Verderben.«

Diese Äußerung wurde mit einer unschuldigen Betonung getan, der ein taktvoller Mann hätte gehorchen müssen; sie ging zu Herzen und durchbohrte es; aber der Unbekannte war sicherlich von einem Paroxysmus der Leidenschaft hingerissen, der das Gewissen erstickte; er verblieb auf seinem Betstuhl und hob leicht den Kopf, um einen Blick in die Kapelle zu werfen.

»Er schläft«, antwortete er mit einer so gedämpften Stimme, daß diese Antwort von der jungen Frau wie der Nachhall eines Echos gehört werden mußte.

Die Dame erbleichte; ihr flüchtiger Blick verließ für einen Augenblick das Pergament des Buches und richtete sich auf einen alten Mann, zu dem der junge Herr hingeschaut hatte. Welch schreckliche Mitschuld mochte dieser Blickwechsel wohl enthalten? Als die junge Frau den Greis gemustert hatte, atmete sie tief auf und hob ihre schöne, mit einem kostbaren Stein gezierte Stirn zu einem die Madonna darstellenden Bild auf; diese schlichte Bewegung, diese Haltung, dieser feuchte Blick sagten mit einer unvorsichtigen Naivität über ihr ganzes Leben aus; wäre sie verderbt gewesen, so würde sie geheuchelt haben. Die Persönlichkeit, die den beiden Liebenden so große Angst machte, war ein kleiner, buckliger, fast kahlköpfiger Greis mit wilden Zügen und einem breiten, schmutzig weißen, fächerförmig gestutzten Bart; das Sankt-Michaels-Kreuz schimmerte auf seiner Brust; seine groben, kräftigen, mit grauen Haaren übersäten Hände, die er anfangs sicherlich gefaltet hatte, waren während des Schlafs, dem er sich so unbedacht anbefohlen hatte, ein wenig auseinandergeglitten. Seine rechte Hand schien bereit, auf seinen Degen niederzufallen, dessen Stichblatt eine Art plumper, aus Eisen geschmiedeter Muschel bildete; durch die Art und Weise, wie er seine Waffe hingelegt hatte, befand der Knauf sich unter seiner Hand; wenn das Unglück es wollte, daß sie das Eisen berührte, bestand kein Zweifel, daß er sofort erwachte und einen Blick auf seine Frau warf. Seine sardonischen Lippen, sein spitzes, eigensinnig nach oben gerichtetes Kinn boten die charakteristischen Merkmale eines boshaften Geistes, einer Scharfsicht von kalter Grausamkeit dar, die es ihm ermöglichen mußte, alles zu durchschauen, weil er alles zu mutmaßen wußte. Seine gelbe Stirn war faltig wie die von Menschen, die es gewohnt sind, an nichts zu glauben, aber alles zu erwägen, und die gleich den Geizigen, die ihre Goldstücke auf der Goldwaage wiegen lassen, auf den genauen Sinn und Wert menschlicher Handlungen erpicht sind. Er war von knochigem, stabilem Körperbau; er wirkte nervös und demgemäß reizbar; kurzum, man hätte sagen können, er sei ein Menschenfresser, der seinen Beruf verfehlt habe. So wartete also der jungen Dame beim Erwachen dieses furchtbaren Ehemanns eine unvermeidliche Gefahr. Dieser eifersüchtige Gatte würde nicht verfehlen, den Unterschied wahrzunehmen, der zwischen dem alten Bürgersmann, gegen den er keinerlei Argwohn gehegt hatte, und dem neuen Ankömmling bestand, einem jungen, schlanken, eleganten Höfling.

»*Libera nos a malo*[4]«, sagte sie und versuchte dadurch, dem grausamen jungen Herrn ihre Ängste verständlich zu machen.

Dieser wandte den Kopf zu ihr hin und blickte sie an. Er hatte Tränen in den Augen, Tränen der Liebe und der Verzweiflung. Bei diesem Anblick durchschauerte es die Dame; sie gab sich verloren. Beide hatten sicherlich seit langem einer Liebe Widerstand geleistet und konnten ihr vielleicht nicht länger widerstreben, einer Liebe, die von Tag zu Tag durch unbesiegliche Hindernisse gewachsen, durch Furcht im Verborgenen gereift, durch die Jugend gekräftigt worden war. Die Frau war nur mäßig schön; doch ihre blasse Gesichtsfarbe zeugte von geheimen Leiden, und diese machten sie anziehend. Übrigens war sie von vornehmem Wuchs und hatte das schönste Haar der Welt. Sie wurde von einem Tiger bewacht, und so setzte sie vielleicht ihr Leben aufs Spiel, wenn sie ein Wort sagte, wenn sie sich die Hand drücken ließ, wenn sie einen Blick entgegennahm. War jemals eine Liebe tiefer in zwei Herzen eingesargt gewesen und köstlicher genossen worden, dann dürfte auch niemals eine Leidenschaft gefährlicher gewesen sein. Leicht ließ sich erraten, daß für diese beiden Menschenwesen die Luft, die Klänge, das Geräusch der Schritte auf den Fliesen, die andern Menschen gleichgültig waren, Dinge von spürbarem Wert bildeten, besondere Eigenheiten, die sie erahnten. Vielleicht ließ die Liebe sie sogar getreue Vermittler in den kalten Händen des alten Priesters finden, dem sie ihre Sünden beichten mußten, oder aus denen sie die Hostie entgegennahmen, wenn sie an den Tisch des Herrn herantraten. Es war eine tiefe Liebe, eine Liebe, die in die Seele eingekerbt war wie in den Körper eine Narbe, die man lebenslang behalten muß. Als die beiden jungen Leute einander anblickten, schien die Frau zu ihrem Liebhaber zu sagen: »Laß uns untergehen, aber laß uns einander lieben.« Und der Kavalier schien ihr zu antworten: »Wir wollen einander lieben, aber nicht untergehen.« Da wies sie ihn durch eine Kopfbewegung voller Schwermut auf eine alte Anstandsdame und zwei Pagen hin. Die Anstandsdame schlief. Die beiden Pagen waren jung und schienen recht unbekümmert um alles zu sein, was ihrem Herrn an Gutem oder Bösem zustoßen konnte.

»Erschreckt nicht beim Hinausgehen und laßt alles geschehen.«

Kaum hatte der Edelmann diese Worte mit leiser Stimme gesprochen, als die Hand des alten Adligen auf den Knauf seines Degens niederglitt. Beim Verspüren der Kälte des Eisens wachte der Greis jäh auf; seine gelben Augen richteten sich sogleich auf seine Frau. Durch ein Privileg, das sogar Männern von Genie nur recht selten gewährt wird, fand er seine Geistesgegenwart und sein klares Denken so schnell wieder, als ob er gar nicht geschlummert hätte. Er war die Eifersüchtigkeit in Person. Zwar hielt der junge Kavalier ein Auge auf seine Geliebte gerichtet, aber mit dem andern hatte er zu dem Ehemann hingespäht; er war hurtig aufgestanden und gerade, als die Hand des Greises sich hatte regen wollen, hinter den Pfeiler getreten; dann verschwand er schwerelos wie ein Vogel. Die Dame hatte rasch den Blick gesenkt; sie tat, als lese sie, und sie versuchte, ruhig zu wirken; aber sie konnte weder ihr Gesicht daran hindern, rot zu werden, noch ihr Herz, mit ungemeiner Heftigkeit zu pochen. Der alte Edelmann vernahm das Geräusch der dumpfen Pulsschläge, die in der Kapelle widerhallten, und nahm auch die außergewöhnliche Röte wahr, die sich über Wangen, Stirn und Schultern seiner Frau breitete; vorsichtig hielt er Umschau; aber da er niemanden sah, dem er hätte mißtrauen müssen, fragte er sie: »Woran denkt Ihr, mein Liebchen?«

»Der Weihrauchduft macht mich beklommen«, antwortete sie.

»Dann ist er also heute schlecht«, antwortete der Edelherr.

Trotz dieser Bemerkung schien der durchtriebene Alte an diese

Ausflucht zu glauben; aber er argwöhnte irgendeinen geheimen Verrat und beschloß, noch aufmerksamer über seinen Schatz zu wachen. Der Segen war gespendet worden. Ohne das Ende des *saecula saeculorum*[5] abzuwarten, stürzte die Menge wie ein Bergstrom den Pforten der Kirche zu. Seiner Gewohnheit gemäß wartete der Edelmann vorsorglich, bis das allgemeine Gedränge sich beschwichtigt hatte; dann ging er hinaus, wobei er die Anstandsdame und den jüngsten Pagen, der eine Stocklaterne trug, vorangehen ließ; er bot seiner Frau den Arm und hieß den anderen Pagen ihm folgen. Gerade als der alte Edelmann die südliche, in den Ostteil des Kreuzgangs führende Tür erreicht hatte, durch die er für gewöhnlich hinausging, löste sich eine Menschenwoge aus der Menge, die das Hauptportal verstopfte, flutete in das Seitenschiff zurück, wo der Graf sich mit seinen Leuten befand, und eben jene kompakte Masse hinderte ihn daran, kehrt zu machen. So wurden denn der Edelmann und seine Frau durch den mächtigen Druck jener Menge nach draußen gestoßen. Der Ehemann versuchte, als erster ins Freie zu kommen und zog die Dame heftig am Arm; allein in diesem Augenblick wurde er nachdrücklich auf die Straße hinausgezerrt, und seine Frau wurde ihm von einem Fremden entrissen. Der schreckliche Bucklige erkannte plötzlich, daß er in einen von langer Hand vorbereiteten Hinterhalt geraten war. Er bereute, so lange geschlafen zu haben und nahm all seine Kraft zusammen; mit der einen Hand packte er seine Frau wieder am Ärmel ihres Kleides, und mit der anderen versuchte er, sich an die Tür anzuklammern. Aber die Glut der Liebe trug den Sieg über die Wut der Eifersucht davon. Der junge Edelmann faßte seine Geliebte um die Taille und trug sie so rasch und mit einer solchen Kraft der Verzweiflung davon, daß der golddurchwirkte Seidenstoff, der Brokat und die Fischbeinstäbe geräuschvoll zerrissen und zerknackten. Einzig der Ärmel verblieb dem Ehemann. Sogleich übertönte ein Löwengebrüll die von der Menge ausgestoßenen Schreie, und alsbald hörte man eine furchtbare Stimme die Worte heulen: »Her zu mir, Poitiers! Zum Portal, die Leute des Grafen de Saint-Vallier[6]! Zu Hilfe! Zu Hilfe!«

Und der Graf Aymar de Poitiers, Sire de Saint-Vallier, versuchte, seinen Degen zu ziehen und sich Platz zu schaffen; aber er sah sich umringt, bedrängt von dreißig oder vierzig Edelleuten, die zu verwunden gefährlich war. Mehrere davon waren von höchstem Rang und antworteten ihm durch Kalauer, während sie ihn in den Kreuzgang zogen. Mit Blitzesschnelle hatte der Entführer die Gräfin in eine offene Kapelle gebracht, wo er sie hinter einem Beichtstuhl auf eine Holzbank niedersetzte. Beim Schein der Kerzen, die vor dem Bild des Heiligen brannten, dem jene Kapelle geweiht war, blickten sie einander eine Weile schweigend an und drückten sich die Hände, beide erstaunt ob ihrer Kühnheit. Die Gräfin brachte nicht den grausamen Mut auf, dem jungen Herrn die Verwegenheit zum Vorwurf zu machen, der sie beide diesen gefahrvollen, diesen ersten Augenblick des Glücks verdankten.

»Wollt Ihr mit mir in die Nachbarstaaten fliehen?« fragte der Edelmann sie hastig. »Ich habe hier in der Nähe zwei Pferde aus England stehen, die imstande sind, dreißig Meilen in einem einzigen Ritt zurückzulegen.«

»Ach!« rief sie leise aus, »an welchem Ort der Welt vermöchtet Ihr eine Zufluchtsstätte für eine Tochter König Ludwigs des Elften zu finden?«

»Da habt Ihr recht«, antwortete der junge Herr, verdutzt, diese Schwierigkeit nicht bedacht zu haben.

»Weshalb also habt Ihr mich meinem Gemahl entrissen?« fragte sie mit einem gewissen Entsetzen.

»Ach«, entgegnete der Kavalier, »ich habe nicht mit der Verwirrung gerechnet, in der ich mich befinde, wenn ich bei Euch bin und wenn ich Euch zu mir sprechen höre. Ich habe ein paar Pläne geschmiedet; aber nun, da ich Euch vor mir sehe, dünkt mich alles schon vollbracht.«

»Aber ich bin verloren«, sagte die Gräfin.

»Wir sind gerettet«, antwortete der Edelmann mit der blinden Begeisterung der Liebe. »Hört mir gut zu.«

»Dies wird mich das Leben kosten«, entgegnete sie und ließ die Tränen fließen, die ihr in die Augen gestiegen waren. »Vielleicht wird mein Mann mich heute abend umbringen! Aber geht zum König, erzählt ihm von den Qualen, die seine Tochter seit fünf Jahren erdulden muß. Er hat mich sehr lieb gehabt, als ich noch klein war; lachend hat er mich ›Maria-voll-der-Gnaden‹

genannt, weil ich häßlich war. Ach, wenn er wüßte, welchem Mann er mich gegeben hat, dann würde er in furchtbaren Zorn geraten. Aus Mitleid mit meinem Mann habe ich nicht gewagt, mich zu beklagen. Wie übrigens sollte meine Stimme bis zum König dringen? Sogar mein Beichtvater ist ein Spitzel meines Mannes. Deshalb habe ich mich zu dieser schuldhaften Entführung bereitgefunden; ich hatte gehofft, einen Verteidiger zu finden. Aber kann ich jemandem vertrauen, der ... Oh!« unterbrach sie sich erbleichend, »da kommt der Page.«

Die arme Gräfin machte aus ihren Händen gewissermaßen einen Schleier, um ihr Gesicht zu verbergen.

»Fürchtet nichts«, entgegnete der junge Edelmann, »er ist bestochen! Ihr könnt Euch seiner in aller Sicherheit bedienen; er gehört mir. Wenn der Graf kommt und Euch sucht, wird der Page uns sein Nahen vermelden. – In diesem Beichtstuhl«, fügte er leise hinzu, »sitzt ein mir befreundeter Domherr, von dem geglaubt werden wird, er habe Euch aus dem Getümmel herausgeholt und Euch in dieser Kapelle unter seinen Schutz gestellt. Auf diese Weise ist alles vorausgesehen worden, um Saint-Vallier hinters Licht zu führen.«

Bei diesen Worten versiegten die Tränen der Gräfin, aber ein Ausdruck von Traurigkeit verdunkelte jäh ihre Stirn.

»Er läßt sich nicht hinters Licht führen!« sagte sie. »Heute abend wird er alles wissen; kommt seinen Anschlägen zuvor! Geht nach Plessis[7] zum König, sagt ihm, daß ...« Sie zögerte. Aber irgendeine Erinnerung machte ihr Mut, Ehegeheimnisse zu offenbaren, und so fuhr sie fort: »Ja, sagt ihm, daß der Graf, um sich zum Herrn über mich aufzuwerfen, mich an beiden Armen zur Ader und mich ausbluten läßt. Sagt, er habe mich an den Haaren geschleift, sagt, ich sei eine Gefangene, sagt, daß ...«

Ihr schwoll das Herz, Schluchzer blieben ihr in der Kehle stecken, ein paar Tränen enttropften ihren Augen, und in ihrer Erregung ließ sie sich von dem jungen Herrn, dem zusammenhanglose Worte entschlüpften, die Hände küssen.

»Niemand kann mit dem König sprechen, arme Kleine! Ich mag getrost der Neffe des Großmeisters der Bogenschützen sein, ich werde heute abend nicht nach Plessis hineingelangen. Liebe Dame, meine schöne Herrscherin! Mein Gott, wie hat sie gelitten! Marie, laßt mich Euch zwei Worte sagen, oder wir sind verloren.«

»Was soll werden?« fragte sie.

Die Gräfin gewahrte an der dunklen Mauer ein Bild der Madonna, auf das das Licht der Lampe fiel, und rief aus: »Heilige Muttergottes, berate du uns!«

»Heute nacht«, fuhr der junge Edelherr fort, »werde ich bei Euch sein.«

»Und auf welche Weise?« fragte sie naiv.

Sie waren in so großer Gefahr, daß ihrer beider sanfteste Worte klangen, als seien sie der Liebe bar.

»Heute abend«, fuhr der Edelmann fort, »will ich mich Meister Cornelius, dem Finanzverwalter des Königs, als Lehrling anbieten. Ich habe mir ein Empfehlungsschreiben zu verschaffen gewußt, durch das ich bei ihm Einlaß finden werde. Sein Haus ist neben dem Euren gelegen. Bin ich erst einmal unter dem Dach des alten Gauners, werde ich mittels einer seidenen Leiter den Weg in Eure Gemächer zu finden wissen.«

»Oh!« sagte sie, versteinert vor Entsetzen, »wenn Ihr mich liebt, dann geht nicht in Meisters Cornelius' Haus!«

»Ach«, rief er und drückte sie mit aller Kraft an sein Herz, die man in seinem Alter verspürt, »dann liebt Ihr mich also!«

»Ja«, sagte sie. »Seid Ihr nicht meine Hoffnung? Ihr seid ein Edelmann, ich vertraue Euch meine Ehre an! - Überdies«, fuhr sie fort und blickte ihn voller Würde an, »bin ich zu unglücklich, als daß Ihr meinen guten Glauben täuschen könntet. Aber wozu ist all dies gut? Laßt mich lieber sterben, als daß Ihr Cornelius' Haus betretet! Wißt Ihr nicht, daß alle seine Lehrlinge ...«

» ... gehängt worden sind«, ergänzte lachend der Edelmann. »Glaubt Ihr, seine Schätze führten mich in Versuchung?«

»Oh, geht nicht hin, Ihr würdet dort das Opfer irgendeines Hexenstücks werden.«

»Ich könnte das Glück, Euch zu dienen, nicht teuer genug bezahlen«, antwortete er und warf ihr einen feurigen Blick zu, der sie die Augen niederschlagen ließ.

»Und mein Gatte?« fragte sie.

»Dies hier wird ihn einschläfern«, entgegnete der junge Herr und zog ein Fläschchen aus seinem Gürtel.

»Doch nicht etwa für immer?« fragte die Gräfin zitternd.

Statt aller Antwort vollführte der Edelmann eine Geste des Abscheues.

»Ich würde ihn längst zum Einzelkampf herausgefordert haben, wenn er nicht so alt wäre«, fügte er hinzu. »Bewahre mich Gott davor, Euch je von ihm dadurch zu befreien, daß ich ihm einen Gifttrank gäbe.«

»Verzeiht«, sagte die Gräfin und errötete, »ich bin für meine Sünden grausam bestraft worden. In einem Augenblick der Verzweiflung habe ich den Grafen umbringen wollen; ich fürchtete, Ihr hättet den gleichen Wunsch gehabt. Es schmerzt mich tief, daß ich diesen schlimmen Gedanken noch nicht habe beichten können; ich habe nämlich Angst, daß mein Vorhaben ihm verraten wird und daß er sich dann rächt. – Jetzt schämt Ihr Euch meiner«, fuhr sie fort, gekränkt durch das Schweigen, in dem der junge Herr verharrte. »Ich habe diesen Tadel verdient.«

Sie schleuderte das Fläschchen heftig zu Boden, so daß es zerbrach.

»Kommt nicht«, rief sie aus, »der Graf hat einen leichten Schlummer. Es ist meine Pflicht, auf die Hilfe des Himmels zu warten. Das werde ich tun!«

Sie wollte gehen.

»Ha!« rief der Edelmann, »befehlt, Madame, und ich bringe ihn um. Heute nacht werdet Ihr mich bei Euch sehen.«

»Es war klug von mir, jene Droge zu verschütten«, erwiderte sie, und ihre Stimme klang erloschen ob der Freude, so glühend geliebt zu werden. »Die Angst, meinen Gatten zu wecken, wird uns vor uns selbst schützen.«

»Ich befehle Euch mein Leben an«, sagte der junge Herr und drückte ihr die Hand.

»Wenn der König es will, kann der Papst meine Ehe für ungültig erklären. Dann würden wir vereint sein«, fuhr sie fort und bedachte ihn mit einem von köstlichen Hoffnungen erfüllten Blick.

»Mein Gebieter kommt!« rief der herbeieilende Page.

Da nahm sich der Edelmann, betroffen ob der kurzen Zeit, die er bei seiner Geliebten geblieben war, und überrascht von der Schnelligkeit des Grafen, einen Kuß, den seine Geliebte ihm nicht zu verweigern vermochte.

»Bis heute nacht!« sagte er zu ihr und schlich sich aus der Kapelle.

Im Schutz der Dunkelheit gelangte der Verliebte, der von Pfeiler zu Pfeiler in der langen Schattenspur entwich, die jede dicke Säule quer durch das Kirchenschiff warf, an das Hauptportal. Plötzlich trat ein alter Domherr aus dem Beichtstuhl, ging an der Gräfin vorüber und schloß behutsam das Eisengitter, vor dem der Page gravitätisch mit der Selbstsicherheit eines Mörders auf und ab schritt. Lebhafter Lichtschein kündigte den Grafen an. Begleitet von einigen Freunden und Dienern, die Fackeln trugen, hielt er den nackten Degen in der Hand. Seine düsteren Augen schienen die tiefen Schatten zu durchdringen und die dunkelsten Winkel der Kathedrale zu durchforschen.

»Monseigneur, Madame ist hier«, sagte der Page, der ihm entgegenging.

Der Sire de Saint-Vallier fand seine Frau zu Füßen des Altars knien; der Domherr stand da und las in seinem Brevier Gebete. Bei diesem Anblick rüttelte der Graf ungebärdig an dem Gitter, als wolle er seiner Wut Nahrung geben.

»Was wollt Ihr, den nackten Degen in der Hand, in der Kirche?« fragte der Domherr.

»Vater, der Herr ist mein Gemahl«, antwortete die Gräfin.

Der Priester zog den Schlüssel aus seinem Ärmel und schloß die Kapelle auf. Fast wider Willen ließ der Graf die Blicke rings um den Beichtstuhl schweifen und trat ein; dann begann er, in das Schweigen der Kathedrale hineinzulauschen.

»Herr«, sagte seine Frau zu ihm, »Ihr schuldet diesem ehrwürdigen Domherrn, der mich hierhergebracht hat, Dank.«

Der Sire de Saint-Vallier erbleichte vor Zorn und wagte nicht, seine Freunde anzublicken; sie waren weit eher mitgekommen, um über ihn zu lachen, als ihm beizustehen; kurz angebunden entgegnete er: »Gott sei gedankt, Vater; ich werde Mittel finden, Euch zu belohnen!«

Er nahm seine Frau beim Arm, und ohne sie ihre Reverenz vor dem Domherrn vollenden zu lassen, gab er seinen Leuten einen Wink und verließ die Kirche; denen, die ihn begleitet hatten, gönnte er kein Wort. Sein Schweigen hatte etwas Wüstes. Ungeduldig drängte es ihn, heimzukommen; er überlegte Mittel und Wege zur Ergründung der Wahrheit, und so schritt er durch die gewundenen Straßen, die damals die Kathedrale vom Portal der Staatskanzlei trennten; dort erhob sich das schöne Stadtpalais, das unlängst vom Kanzler Juvénal des Ursins[8] auf der Stätte eines alten Befestigungswerks errichtet worden war, die Karl VII.[9] diesem getreuen Diener als Belohnung für seine ruhmreichen, harten Mühen geschenkt hatte. Dort begann eine seither «La Scéellerie« genannte Straße[10] zur Erinnerung an die Siegel, die dort lange Zeit hindurch aufbewahrt wurden. Sie verband das alte Tours mit dem Flecken Châteauneuf, wo sich die berühmte Abtei Saint-Martin[11] befand, an der soviele Könige schlichte Domherren waren. Vor hundert Jahren und nach langen Unterhandlungen war jener Marktflecken mit der Stadt vereinigt worden. Viele Nebenstraßen der Rue de la Scéellerie, die heute das Zentrum des modernen Tours bilden, waren bereits gebaut; und die schönsten Stadtpalais, zumal dasjenige des Schatzmeisters Xancoings[12], ein Haus, das noch heutzutage in der Rue du Commerce steht, lagen in der Gemeinde Châteauneuf. Dort hindurch führten die Fackelträger des Sire de Saint-Vallier ihn zu dem Teil des Fleckens, der an die Loire grenzte; mechanisch folgte er seinen Leuten und warf von Zeit zu Zeit einen düsteren Blick auf seine Frau und auf den Pagen; er wollte ein Blinzeln des Einverständnisses zwischen den beiden erhaschen, das einiges Licht auf dieses zur Raserei treibende Begebnis hätte werfen können. Endlich gelangte der Graf in die Rue du Mûrier, wo sein Haus gelegen war. Als sein Gefolge hineingegangen und das schwere Tor geschlossen worden war, herrschte tiefe Stille in der engen Straße, wo damals ein paar Edelleute wohnten; denn dieses neue Viertel lag in unmittelbarer Nähe von Schloß Plessis, dem gewöhnlichen Aufenthaltsort des Königs, zu dem also die Höflinge im Handumdrehen gelangen konnten. Das letzte Haus dieser Straße war auch das letzte der Stadt und gehörte Meister Cornelius Hoogworst, einem bejahrten Brabanter Handelsherrn, dem König Ludwig XI.[13] sein Vertrauen bei den finanziellen Transaktionen gewährte, die außerhalb des Königreichs durchzuführen seine verschlagene Politik ihn nötigte. Aus Gründen, die der Tyrannei dienten, die der Graf de Saint-Vallier über seine Frau ausübte, hatte dieser sich in einem Stadtpalais niedergelassen, das unmittelbar an das Haus jenes Meister Cornelius stieß. Die Topographie jener Örtlichkeiten dürfte die Vorteile erklären, die diese Lage einem Eifersüchtigen zu bieten vermochte. Das Haus des Grafen, Hôtel de Poitiers genannt, hatte einen Garten, der im Norden von der Mauer und dem Graben begrenzt wurde, die zu den Befestigungswerken des ehemaligen Fleckens Châteauneuf gehörten, und an denen entlang der Damm führte, den Ludwig XI. unlängst zwischen Tours und Schloß Plessis hatte aufschütten lassen. Nach dieser Seite hin wehrten Hunde den Zutritt zu der Wohnstatt, die nach Osten hin durch einen großen Hof von den Nachbarhäusern getrennt wurde, und die sich nach Westen hin an das Haus des Meisters Cornelius lehnte. Die Straßenfront war nach Süden zu gelegen. Das Stadthaus des mißtrauischen, abgefeimten Edelmannes war also nach drei Seiten hin abgeschirmt, und nur die Bewohner des Brabanter Hauses, dessen Giebel und steinerne Dachrinnen in die des Hôtel de Poitiers übergingen, konnten hineindringen. Nach der Straße zu waren die schmalen, in den Stein eingefügten Fenster mit Eisenstäben versehen; ferner war die Tür, die niedrig und gewölbt war wie die Eingangspforten unserer ältesten Gefängnisse, von einer Festigkeit, die jeder Probe gewachsen war. Eine Steinplatte, die als Tritt diente, befand sich neben dem Vorhof. Wenn man die Umrisse der von Meister Cornelius und dem Grafen von Poitiers bewohnten Häuser betrachtete, konnte man ohne weiteres glauben, daß die beiden Gebäude von demselben Baumeister errichtet und Tyrannen zugedacht worden waren. Beide waren von düsterem Aussehen, ähnelten kleinen Burgen und konnten lange erfolgreich gegen eine wütende Volksmenge verteidigt werden. Ihre Ecken wurden von kleinen Türmen geschützt, ähnlich denen, die den Liebhabern von Altertümern in manchen Städten auffallen, in die der Hammer der Zerstörer noch nicht eingedrungen ist. Die Öffnungen waren nicht breit; sie gaben den Eisenladen und Türen eine wunderbare Widerstandskraft. Die damals so häufigen Aufstände und Bürgerkriege rechtfertigten vollauf all diese Vorsichtsmaßnahmen.

Als es vom Glockenturm der Abtei Saint-Martin sechs Uhr schlug, ging der in die Gräfin Verliebte am Hôtel de Poitiers vorüber, blieb dort eine Weile stehen und vernahm in dem großen Raum des Erdgeschosses den Lärm, den die Leute des Grafen beim Abendessen vollführten. Er warf einen Blick zu dem Zimmer hinauf, von dem er vermutete, es sei dasjenige seiner Dame, und ging dann auf die Tür des Nachbarhauses zu. Überall auf seinem Wege hatte der junge Edelmann die fröhlichen Laute bei den Mahlzeiten vernommen, die in den Häusern der Stadt zu Ehren des Feiertags begangen wurden. Alle schlecht schließenden Fenster hatten Lichtstrahlen durchdringen lassen, die Schornsteine hatten geraucht, und der gute Bratenduft war heiter durch die Straßen geströmt. Nun, da der Gottesdienst überstanden war, war die ganze Stadt guter Dinge und erging sich in einem wohligen Gemurmel, das die Phantasie besser begreift, als das Wort es zu schildern vermöchte. An dieser Stätte jedoch herrschte tiefe Stille; denn in den beiden Häusern lebten zwei Leidenschaften, die keinerlei Freuden kannten. Die Felder draußen lagen schweigend da; und jene beiden stummen Häuser im Schatten der Glockentürme der Abtei Saint-Martin, die von den andern abgeschieden waren und an dem krummsten Ende der Straße lagen, muteten an wie ein Spital für Aussätzige. Das ihnen gegenüberliegende Haus, das Staatsverbrechern gehörte, war behördlich beschlagnahmt worden. Ein junger Mensch mußte durch diesen jähen Gegensatz ohne weiteres beeindruckt werden. Daher blieb der Edelmann, der drauf und dran war, sich in ein schauerlich kühnes Abenteuer zu stürzen, nachdenklich vor dem Haus des Lombarden[14] stehen und gedachte der Erzählungen, für die das Leben des Meisters Cornelius den Stoff abgab und die das seltsame Erschrecken der Gräfin ausgelöst hatten. In jenem Zeitalter durchschauerte es einen Kriegsmann und sogar einen Verliebten, durchschauerte es alle und jeden, wenn sie das Wort »Magie« vernahmen. Es gab damals nur wenige Phantasiebegabte, die absonderlichen Begebenheiten gegenüber in Unglauben verharrt oder bei Wundergeschichten kalt geblieben wären. Der Liebhaber der Gräfin de Saint-Vallier, einer der Töchter, die Ludwig XI. als Dauphin von Madame de Sassenage[15] gehabt hatte, mochte also so beherzt sein, wie er wollte; er mußte noch zweimal hinschauen, ehe er das verhexte Haus betrat.

Die Geschichte des Meisters Cornelius Hoogworst wird die Sicherheit, die der Geldmann dem Sire de Saint-Vallier eingeflößt, den Schrecken, den die Gräfin bezeigt und das Zögern, das den Liebhaber zum Innehalten gebracht hatten, vollauf erklären. Aber um den Lesern des neunzehnten Jahrhunderts vollends verständlich zu machen, wie dem Anschein nach ziemlich alltägliche Geschehnisse zu übernatürlichen geworden waren, und um sie das Grauen der alten Zeiten teilen zu lassen, ist es erforderlich, unsere Geschichte an dieser Stelle zu unterbrechen und einen raschen Blick auf das abenteuerliche Leben des Meisters Cornelius zu werfen.

Cornelius Hoogworst, einer der reichsten Handelsleute von Gent, hatte sich die Feindschaft des Herzogs Karl von Burgund[16] zugezogen und Zuflucht und Gönnerschaft am Hof Ludwigs XI. gefunden. Der König hatte die Vorteile gewittert, die er aus einem Mann ziehen konnte, der mit den wichtigsten Bankhäusern von Flandern, Venedig und der Levante liiert war; er adelte Meister Cornelius, bürgerte ihn ein und schmeichelte ihm, was Ludwig XI. nur selten tat. Der Monarch gefiel übrigens dem Flamen genauso, wie der Flame dem Monarchen gefiel. Sie waren beide abgefeimt, mißtrauisch und geizig; gleichermaßen Politiker, gleichermaßen hochgebildet; beide ihrem Zeitalter überlegen; und so verstanden sie einander wunderbar; sie ließen mit derselben Leichtigkeit der eine sein Gewissen, der andere seine Frömmigkeit fallen und nahmen sie wieder auf; sie liebten die gleiche Jungfrau, der eine aus Überzeugung, der andere aus Schmeichelei; und schließlich, wenn man den eifersüchtigen Bemerkungen des Olivier-le-Daim[17] und des Tristan[18] Glauben schenken darf, ging der König in das Haus des Geldmannes und verlustierte sich dort, wie Ludwig XI. sich zu verlustieren pflegte. Die Weltgeschichte ist darauf bedacht gewesen, uns die lasterhaften Neigungen dieses Monarchen zu überliefern; die Ausschweifung mißfiel ihm durchaus nicht. Der alte Brabanter fand sicherlich Freude und Nutzen dabei, wenn er sich den launischen Gelüsten seines königlichen Kunden lieh. Cornelius wohnte seit etwa neun Jahren in der Stadt Tours; es hatten sich bei ihm ungewöhnliche Dinge zugetragen, und diese hatten ihn zum Gegenstand allgemeinen Abscheues werden lassen. Bei seiner Ankunft hatte er ziemlich beträchtliche Summen an sein Haus gewendet, um seine Schätze in Sicherheit zu bringen. Die künstlichen Vorrichtungen, die die Schlosser der Stadt heimlich für ihn ausführten, die absonderlichen Vorsichtsmaßnahmen, die er getroffen hatte, um sie in sein Haus zu führen und sich auf diese Weise ihre Verschwiegenheit zu sichern, waren lange Zeit das Thema von tausenderlei Wundergeschichten gewesen, die die Spinnstubenabende der Touraine bezauberten. Die sonderbaren Kunstgriffe und Schliche des alten Mannes ließen in ihm den Besitzer von orientalischen Reichtümern vermuten. Daher erbauten die Erzähler jener Gegend, der Heimat des französischen Märchens, im Haus des Flamen Kammern aus Gold und Edelsteinen, ohne zu verfehlen, den Ursprung jenes ungeheuren Vermögens magischen Pakten zuzuschreiben. Meister Cornelius hatte einstmals zwei flämische Diener, eine alte Frau sowie einen jungen Lehrling mit sanftem, einnehmendem Gesicht mitgebracht; dieser junge Mensch diente ihm als Sekretär, als Kassierer, als Faktotum und Bote. Im ersten Jahr seiner Niederlassung in Tours fand bei ihm ein beträchtlicher Diebstahl statt. Die gerichtlichen Nachforschungen ergaben, daß das Verbrechen von einem Hausbewohner begangen worden sein mußte. Der alte Geizhals ließ seine Diener und seinen Lehrling ins Gefängnis werfen. Der junge Mann war schwächlich; er erlag den Leiden der Folter, bei der er seine Unschuld beteuert hatte. Die beiden Diener gestanden das Verbrechen ein, um den Folterqualen zu entgehen; doch als der Richter sie fragte, wo die gestohlenen Summen sich befänden, bewahrten sie Schweigen, wurden aufs neue der peinlichen Befragung unterzogen, gerichtet, zum Tode verurteilt und gehängt. Auf dem Weg zur Hinrichtungsstätte beharrten sie darauf, daß sie unschuldig seien, wie es die Gewohnheit aller Galgenvögel ist. Die Stadt Tours unterhielt sich lange Zeit hindurch über diese seltsame Geschichte. Die Verbrecher waren Flamen gewesen; deshalb erlosch das Interesse, das die beiden Unglücksmenschen und der junge Lehrling erregt hatten, nur zu schnell. Zu jener Zeit zeitigten Kriege und Aufstände ohne Unterlaß Aufregungen, und das

Drama von heute ließ das von gestern verblassen. Meister Cornelius war unbekümmerter über den riesigen Verlust, den er erlitten hatte, als über den Tod seiner drei Diener; er blieb allein mit der alten Flämin, seiner Schwester. Er erlangte vom König die Gunst, sich für seine Privatgeschäfte der Staatskuriere bedienen zu dürfen, stellte seine Maultiere bei einem Maultiertreiber in der Nachbarschaft unter und lebte fortan in tiefster Einsamkeit, kaum, daß er auch nur den König sah; seinen Handel betrieb er durch die Vermittlung der Juden, geschickter Rechner, die ihm getreulich dienten, um seine allmächtige Gönnerschaft zu gewinnen.

Einige Zeit nach jenem Geschehnis verschaffte der König selber seinem alten »Daumschrauber« einen Waisenjungen, an dem er großen Anteil nahm. Daumschrauber: mit jenem alten Namen pflegte der König Meister Cornelius vertraulich zu benennen; er hatte unter der Regierung des heiligen Ludwig[19] einen Wucherer bezeichnet, einen Steuereintreiber, einen Menschen, der die Leute mit gewaltsamen Mitteln bedrängte. Die Benennung »Folterknecht« (*tortionnaire*), die im Justizpalast noch üblich ist, erklärt recht gut das Wort *»torçonnier«* (Daumschrauber), das auch häufig *»tortionneur«* geschrieben wird. Der arme Junge befleißigte sich sorgsam der Geschäfte des Geldmannes, wußte ihm zu gefallen und gewann seine Gunst. Während einer Winternacht wurden die Diamanten, die der König von England dem Cornelius zu treuen Händen als Sicherheit für eine Summe von hunderttausend Talern übergeben hatte, gestohlen, und der Verdacht fiel auf den Waisenknaben; Ludwig XI. bezeigte sich ihm gegenüber um so strenger, als er für seine Redlichkeit gebürgt hatte. Daher wurde der Unselige nach einem ziemlich summarischen Verhör durch den Groß-Profoß gehängt. Jetzt wagte niemand mehr, bei Meister Cornelius die Künste des Bank- und Wechselwesens zu erlernen. Indessen traten trotzdem zwei junge Leute aus der Stadt, Tourangeaux, voller Ehrgeiz und erpicht auf Reichtum, nacheinander bei ihm ein. Mit dem Eintritt der beiden jungen Leute in das Haus des Daumschraubers fielen beträchtliche Diebstähle zusammen; die Begleitumstände jener Verbrechen, die Art und Weise ihrer Durchführung bewiesen klar und deutlich, daß die Diebe in geheimem

Einverständnis mit den Hausbewohnern gestanden hatten; es war unmöglich, die beiden Neuankömmlinge nicht zu beschuldigen. Der Brabanter, der immer argwöhnischer und rachsüchtiger geworden war, unterbreitete das Geschehene auf der Stelle Ludwig XI., und dieser betraute seinen Groß-Profoß mit der Angelegenheit. Der Prozeß wurde eilig eingeleitet und noch viel eiliger abgeschlossen. Der Patriotismus der Tourangeaux gab der Eilfertigkeit Tristans heimlich unrecht. Mochten die beiden jungen Leute nun schuldig sein oder nicht, sie galten als Opfer, und Cornelius galt als Henker. Die beiden trauernden Familien waren angesehen; ihren Klagen wurde Gehör geschenkt, und von Mutmaßung zu Mutmaßung gelang es ihnen, die Unschuld aller derer glaubwürdig zu machen, die der Finanzverwalter des Königs an den Galgen gebracht hatte. Die einen behaupteten, der grausame Geizhals ahme den König nach; er versuche, Schrecken und Galgen zwischen die Menschen und sich zu schieben; er sei niemals bestohlen worden; die bejammernswerten Hinrichtungen seien das Ergebnis kalter Berechnung, er wolle lediglich ohne Ängste um seine Schätze sein. Die erste Auswirkung dieser im Volk umlaufenden Gerüchte war, daß Cornelius gemieden wurde; die Tourangeaux behandelten ihn wie einen Pestkranken, nannten ihn »den Folterknecht« und bezeichneten sein Haus als Malemaison, Unheilshaus. Auch wenn der Geldmann Ausländer hätte finden können, die kühn genug gewesen wären, bei ihm einzutreten, würden alle Bewohner der Stadt sie durch ihr Gerede daran gehindert haben. Die günstigste Meinung über Meister Cornelius war noch die der Leute, die in ihm einen unheilvollen und unglücklichen Menschen erblickten. Den einen flößte er ein instinktives Grauen ein; den andern prägte er die tiefe Achtung auf, die man einer grenzenlosen Macht oder dem Geld entgegenbringt; für manche Leute besaß er die Anziehungskraft des Geheimnisvollen. Seine Lebensweise, seine Züge und die Gunst des Königs rechtfertigten sämtliche Märchen, zu deren Gegenstand er geworden war. Seit dem Tod seines Verfolgers, des Herzogs von Burgund, unternahm Cornelius häufig Auslandsreisen; während seiner Abwesenheit aber ließ der König das Haus des Bankiers durch Mannschaften seiner Schottenkompanie bewachen. Diese königliche Fürsorglichkeit ließ die Höflinge vermuten, der alte Mann habe sein Vermögen Ludwig XI. vermacht. Der Daumschrauber ging sehr wenig aus, aber die Herren vom Hof statteten ihm häufig Besuche ab; er lieh ihnen ziemlich freigebig Geld, war jedoch dabei launisch; an gewissen Tagen hätte er ihnen keinen Pariser Sou[20] gegeben; am Tag danach bot er ihnen riesige Summen an, freilich gegen hohe Zinsen und große Sicherheiten. Übrigens war er ein guter Katholik und nahm regelmäßig am Gottesdienst teil, ging aber bereits zu sehr früher Stunde nach Saint-Martin; und da er für ewige Zeiten eine Kapelle gekauft hatte, blieb er dort wie überall von den andern Christen abgeschieden. Eine volkstümliche Redensart jener Zeit, die in Tours lange im Schwange geblieben ist, lautete: »Ihr seid dem Geldmann über den Weg gelaufen; Euch stößt ein Unglück zu.« – »Ihr seid dem Geldmann über den Weg gelaufen« – das erklärte jäh ausbrechende Krankheiten, grundlose Schwermutsanfälle und schlechte Aussichten in Geld- und Liebesdingen. Sogar bei Hofe wurde Cornelius jenes verhängnisvollen Einflusses bezichtigt, den der italienische, spanische und asiatische Aberglaube als den »bösen Blick« bezeichnet haben. Ohne die Schrecken einflößende Macht, die Ludwig XI. wie einen Schutzmantel über jenes Haus gebreitet hatte, würde das Volk bei der geringsten Gelegenheit Malemaison in der Rue du Mûrier demoliert haben. Und dabei waren auf Cornelius' Besitz die ersten Maulbeerbäume *(mûriers)*, die in Tours gepflanzt wurden, in die Erde gesetzt worden, und damals hatten die Tourangeaux[21] ihn als einen guten Geist betrachtet. Da verlasse sich einer auf die Volksgunst! Einige Edelmänner, die Meister Cornelius außerhalb Frankreichs begegneten, waren überrascht ob seiner Wohlgelauntheit. In Tours war er stets düster und in Gedanken versunken; aber dennoch kehrte er immer nach dort zurück. Eine unerklärliche Macht führte ihn wieder heim in sein dunkles Haus in der Rue du Mûrier. Gleich der Schnecke, deren Leben so kräftig mit ihrem Gehäuse verbunden ist, bekannte er dem König, er fühle sich nur hinter den verschnörkelten Steinen und den Riegeln seiner kleinen Bastille wohl, obgleich er genau wisse, daß, wenn Ludwig XI. sterbe, dieser Ort für ihn der gefährlichste auf Erden sein werde.

»Der Teufel verlustiert sich auf Kosten unseres Gevatters

Daumschrauber«, hatte Ludwig XI. ein paar Tage vor Allerheiligen zu seinem Barbier[22] gesagt. »Er beklagt sich schon wieder, bestohlen worden zu sein. Aber jetzt kann er niemanden mehr hängen, sofern er sich nicht selber erhängt. Ist der alte Gauner doch vorhin gekommen und hat mich gefragt, ob ich nicht gestern aus Versehen eine Rubinkette eingesteckt hätte, die er mir hatte verkaufen wollen! ›Bei Gottes Auferstehung! Ich stehle doch nicht, was ich mir nehmen kann‹, habe ich ihm gesagt.« – »Und da hat er es mit der Angst bekommen?« fragte der Barbier. – »Geizhälse haben nur vor einem Angst«, antwortete der König. »Mein Gevatter Daumschrauber weiß genau, daß ich ihn nie ohne Grund ausplündern werde, denn sonst wäre ich ungerecht, und ich habe nie etwas getan, das nicht gerecht und notwendig gewesen wäre.« – »Dabei übervorteilt Euch der alte Lump dennoch«, entgegnete der Barbier. – »Du möchtest wohl, daß das stimmte, was?« fragte der König und warf dem Barbier einen boshaften Blick zu. – »Beim Bauche Mahomeds, Sire, die Erbschaft würde sich zwischen Euch und dem Teufel trefflich teilen lassen.« – »Genug«, sagte der König. »Bring mich nicht auf üble Gedanken. Mein Gevatter ist treuer als alle, deren Glück ich gemacht habe; vielleicht, weil er mir nichts schuldet.«

So lebte denn also Meister Cornelius seit zwei Jahren einsam mit seiner alten Schwester, die für eine Hexe gehalten wurde. Ein in seiner Nähe wohnender Schneider behauptete, er habe sie oftmals bei Nacht auf den Dächern die Stunde erwarten sehen, da sie zum Hexen-Sabbat aufbrechen konnte. Diese Tatsache mutete um so ungewöhnlicher an, als der alte Geizkragen seine Schwester in einer Kammer einzuschließen pflegte, deren Fenster mit Eisenstäben versehen waren. Der alternde, immerfort bestohlene Cornelius lebte in steter Furcht, von den Menschen begaunert zu werden, und so war er dahin gelangt, sie samt und sonders zu hassen, bis auf den König, dem er hohe Achtung zollte. Er war einem übersteigerten Menschenhaß anheimgefallen, aber wie bei den meisten Geizhälsen waren seine Leidenschaft für das Gold, die Assimilation dieses Metalls mit seinem Wesen immer inniger geworden und hatten an Intensität mit dem Alter zugenommen. Sogar seine Schwester erregte seinen Argwohn, obgleich sie vielleicht noch geiziger und sparsamer als der Bruder war; sie übertraf ihn noch an knickerigen Einfällen. Daher wirkte ihrer beider Dasein irgendwie rätselhaft und geheimnisumwittert. Die alte Frau holte so selten Brot beim Bäkker, sie erschien so selten auf dem Markt, daß sogar die am wenigsten leichtgläubigen Beobachter schließlich dahin gelangt waren, diesen beiden absonderlichen Menschenwesen die Kenntnis irgendeines Geheimmittels zur Fristung des Lebens zuzuschreiben. Die sich mit Alchimie befaßten, sagten, Meister Cornelius verstehe sich auf die Goldmacherei. Die Gelehrten behaupteten, er habe das Allheilmittel gefunden. Für viele Landbewohner, denen die Stadtleute von Cornelius erzählten, war er ein wunderlicher Sonderling, und manche von ihnen kamen und schauten aus Neugier die Fassade seines Hauses an.

Der Edelmann saß auf der Bank des Hauses, das dem des Meisters Cornelius gegenüber stand, und blickte abwechselnd auf das Hôtel de Poitiers und Malemaison; der Mond umrandete mit seinem Schein die Vorsprünge und legte Mischungen aus Schatten und Licht über die Vertiefungen und Ausbuchtungen des behauenen Mauerwerks. Die launischen Wirkungen dieser weißen Helle liehen beiden Bauwerken ein unheilverkündendes Aussehen; es schien, als gebe sich sogar die Natur zu dem Aberglauben her, der über dieser Wohnstatt schwebte. Dem jungen Herrn fielen nacheinander sämtliche Gerüchte ein, die aus Cornelius eine zugleich merkwürdige und Furcht einflößende Persönlichkeit machten. Obwohl er um der Heftigkeit seiner Liebe willen entschlossen war, in dieses Haus einzutreten und darin so lange zu verweilen, wie es zur Durchführung seiner Pläne notwendig war, scheute er davor zurück, diesen letzten Schritt zu wagen, obwohl er wußte, daß er ihn tun müsse. Aber wer lauschte in den Krisen seines Lebens nicht gern den Vorgefühlen und schwebte über den Abgründen der Zukunft? Als ein der Liebe würdiger Liebhaber fürchtete der junge Herr zu sterben, ohne von der Gräfin um der Liebe willen empfangen worden zu sein. Diese innerliche Beratschlagung war so fesselnd, daß er nicht einmal den kalten Wind spürte, der seine Beine und die Vorsprünge der Häuser umpfiff. Wenn er bei Cornelius eintrat, mußte er sich seines Namens entledigen, gerade wie er schon seine schöne, vornehme Kleidung abgelegt hatte. Es verbot sich ihm, sich für den Fall eines Unglücks auf die Privilegien seiner Abkunft oder den Schutz seiner Freunde zu berufen, sofern er nicht auf immer und ewig die Gräfin de Saint-Vallier verlieren wollte. Wenn der alte Edelmann den nächtlichen Besuch eines Liebhabers mutmaßte, war er imstande, sie bei kleinem Feuer in einem eisernen Käfig umkommen zu lassen oder ihr tagtäglich im Verlies irgendeiner Burg Todesqualen zu bereiten. Als der Edelmann die schäbige Kleidung betrachtete, mit der er sich vermummt hatte, schämte er sich seiner selbst. Beim Anblick seines schwarzen Ledergurts, seiner plumpen Schuhe, seiner verrutschten Strümpfe, seiner Beiderwand-Kniehose und seines grauwollenen Überrocks kam er sich vor wie der Schreiber des ärmlichsten Gerichtsbüttels. Für einen Adligen des fünfzehnten Jahrhunderts bedeutete es bereits den Tod, die Rolle eines Bürgerlichen ohne einen roten Heller zu spielen und auf die Privilegien des Ranges zu verzichten. Aber auf das Dach des Hauses zu klettern, in dem seine Geliebte weinte, durch den Kamin hinabzusteigen oder über die Galerien zu laufen und von Traufe zu Traufe bis an das Fenster ihres Schlafzimmers zu gelangen; sein Leben aufs Spiel zu setzen, um auf einem Seidenkissen vor einem guten Kaminfeuer bei ihr zu sein, während ein finsterer Ehemann schlief, dessen Schnarchen ihrer beider Freuden verdoppeln würden; Himmel und Erde durch die kühnsten aller Küsse herauszufordern; kein Wort zu sprechen, dessen Folgen nicht der Tod oder zumindest ein blutiger Kampf sein konnten; alle diese wollüstigen Bilder und romanhaften Gefahren brachten den Jüngling zum Entschluß. Je geringer der Lohn seiner Mühen sein durfte, und sei es nur, daß er noch einmal die Hand der Gräfin küssen konnte, desto rascher fand er sich bereit, alles zu versuchen; der ritterliche, leidenschaftliche Geist jenes Zeitalters trieb ihn vorwärts. Überdies nahm er nicht an, die Gräfin würde es wagen, ihm die süßesten Liebesfreuden inmitten so tödlicher Gefahren zu verweigern. Dieses Abenteuer war allzu gefahrvoll, allzu unmöglich, um nicht vollbracht zu werden.

In diesem Augenblick verkündeten sämtliche Glocken der Stadt die Stunde des Löschens von Feuer und Licht; dieses Gesetz war zwar außer Gebrauch gekommen, wurde aber in der Provinz, wo alles langsam abgeschafft wird, nach wie vor befolgt. Obgleich die Lichter nicht erloschen, ließen die Vorsteher der einzelnen Stadtviertel die Straßenketten spannen. Viele Türen wurden geschlossen; die Schritte einiger verspäteter Bürger, die truppweise mit ihren bis an die Zähne bewaffneten, Stocklaternen tragenden Dienern einherschritten, hallten in der Ferne wider; und bald schien die irgendwie geknebelte Stadt einzuschlafen; sie hatte nur noch das Eindringen von Übeltätern über die Dächer zu fürchten. Zu jener Zeit waren die Dachfirste der Häuser ein bei Nacht häufig begangener Weg. In der Provinz und sogar in Paris hatten die Straßen eine so geringe Breite, daß die Diebe von einer Seite zur andern hinübersprangen. Dieses gefährliche Unterfangen hat König Karl IX.[23] in seiner Jugend lange als Zeitvertreib gedient, wenn man den Memoiren jener Zeit Glauben schenken darf. Der Edelmann befürchtete, sich Meister Cornelius zu spät vorzustellen, und so verließ er seinen Platz, um an die Tür von Malemaison zu klopfen; doch als er zu ihr hinüberschaute, wurde seine Aufmerksamkeit durch eine Art Vision angestachelt, die die Schriftsteller jener Zeit als ungereimt und toll bezeichnet haben würden. Er rieb sich die Augen, um besser sehen zu können, und durch seine Seele glitten bei diesem Anblick tausend verschieden geartete Gefühle. An jeder Seite jener Tür zeigte sich ein Gesicht, das von den beiden Eisenstäben einer Art Schießscharte eingerahmt wurde. Anfangs hatte er jene beiden Gesichter für in den Stein gehauene groteske Masken gehalten, so faltig, eckig, verzerrt, hervorspringend, reglos und lohfarben, so braun waren sie; allein die Kälte und der Mondschein erlaubten ihm, die leichte weiße Wolke wahrzunehmen, die der Atem aus den beiden blaßvioletten Nasen entweichen ließ; dann sah er schließlich in jedem hohlwangigen Gesicht unter den Schatten der Brauen zwei fayenceblaue Augen, aus denen heller Glanz funkelte; sie ähnelten denjenigen eines im Dickicht kauernden Wolfs, der das Gebell einer Meute zu hören vermeint. Das unruhige Leuchten jener Augen war so starr auf ihn gerichtet, daß er, nachdem er es während der kurzen Weile empfangen, da er jenes seltsame Schauspiel betrachtet hatte, sich vorkam wie ein Stück Geflügel, das die Vorstehhunde aufgespürt haben, und in seiner Seele vollzog sich eine fieberhafte Regung, die sogleich unterdrückt wurde. Jene beiden gespannten, argwöhnischen Gesichter waren sicherlich diejenigen des Cornelius und seiner Schwester. Da tat der Edelmann, als halte er Umschau, wo er sich befinde; als suche er ein Haus zu erkennen, das auf einem Papierblatt bezeichnet worden war, das er aus der Tasche gezogen hatte und im Mondlicht zu lesen versuchte; dann ging er stracks auf die Tür des Daumschraubers zu und betätigte dreimal den Klopfer, dessen Schläge im Innern des Hauses widerhallten, als sei es der Eingang eines Kellergewölbes. Ein schwacher Lichtschein glitt unter der Tür hindurch, und hinter einem kleinen, äußerst starken Gitter begann ein Auge zu funkeln.

»Wer ist da?«

»Ein Freund, von Oosterlinck aus Brügge geschickt.«

»Was wollt Ihr?«

»Eingelassen werden.«

»Euer Name?«

»Philippe Goulenoire.«

»Habt Ihr Empfehlungsbriefe?«

»Hier!«

»Steckt sie in die Büchse.«

»Wo ist sie?«

»Links.«

Philippe Goulenoire warf den Brief in den Schlitz einer eisernen Büchse, über der sich eine Schießscharte befand.

»Teufel!« dachte er. »Man sieht, daß der König hierher kommt; denn hier finden sich genauso viele Sicherheitsmaßnahmen, wie er sie in Plessis ergriffen hat!«

Etwa eine Viertelstunde wartete er auf der Straße. Als diese Zeitspanne vergangen war, hörte er, wie Cornelius zu seiner Schwester sagte: »Klapp die Fußeisen vor der Tür zu.«

Ein Klirren von Ketten und Eisen erscholl unter der Tür hindurch. Philippe hörte, wie die Riegel zurückgeschoben wurden, wie die Schlösser knarrten und kreischten; endlich tat sich eine kleine, niedrige, eisenbeschlagene Pforte auf, und zwar so, daß sie den spitzesten Winkel bildete, durch den ein schmaler Mann hindurchschlüpfen konnte. Auf die Gefahr hin, sich seine Kleidung zu zerreißen, schob sich Philippe mehr in Malemaison hinein als daß er eintrat. Eine alte, zahnlose Jungfer mit einem Gesicht wie die am Hals einer dreisaitigen Geige geschnitzten, dessen Brauen wie die Henkel eines Kochtopfs aussahen, und zwischen dessen Nase und spitzem Kinn nicht einmal eine Haselnuß hätte gesteckt werden können; ein blasses, hageres Mädchen mit eingesunkenen Schläfen, das nur aus Knochen und Sehnen zu bestehen schien, geleitete schweigend den vorgeblichen Ortsfremden in einen niedrigen Raum, während Cornelius vorsichtshalber hinter ihm herschritt.

»Setzt Euch dorthin«, sagte sie zu Philippe und deutete auf einen dreibeinigen Schemel neben einem großen, gemeißelten Kamin, auf dessen Rost jedoch kein Feuer brannte.

Auf der anderen Seite jenes Kamins stand ein Nußbaumtisch mit gewundenen Beinen; darauf lag in einem Teller ein Ei, daneben lagen zehn oder zwölf kleine, harte, trockene Brotscheiben, die mit beflissener Knauserei geschnitten worden waren. Zwei Schemel, auf deren einen die Alte sich setzte, zeigten an, daß die beiden Geizhälse gerade beim Abendessen gesessen hatten. Cornelius stieß zwei Eisenladen nieder, sicherlich um die Gucklöcher zu schließen, durch die die beiden so lange auf die Straße geschaut hatten, und nahm dann seinen Platz wieder ein. Jetzt sah der vorgebliche Philippe Goulenoire zu, wie die Geschwister nacheinander voller Ernst, aber mit derselben Abgemessenheit, mit der Soldaten in gleichem Abstand den Löffel ins Kochgeschirr tauchen, ihre Brothäppchen eintunkten; sie benetzten sie kaum, um das Ausdauern des Eis der Zahl der Brothäppchen anzupassen. Diese Verrichtung vollzog sich schweigend. Während er weiteraß, musterte Cornelius den falschen Lehrling mit der gleichen Sorgfalt und Scharfsichtigkeit, wie wenn er alte Goldpfennige abgewogen hätte. Philippe, der spürte, wie ihm ein Eismantel über die Schultern fiel, war versucht, Umschau zu halten; aber mit der Verschlagenheit, die ein Liebesabenteuer verleiht, hütete er sich, auch nur den flüchtigsten Blick auf die Wände zu werfen; denn er sah ein, daß, wenn Cornelius ihn dabei ertappte, er schwerlich einen Neugierigen in seiner Wohnung behalten würde. Also begnügte er sich damit, den Blick bescheiden bald auf das Ei, bald auf die alte Jungfer zu richten; und manchmal betrachtete er auch seinen künftigen Lehrherrn.

Der Finanzverwalter Ludwigs XI. ähnelte diesem Monarchen; sogar einige Gesten hatte er von ihm übernommen, wie es häufig bei Menschen geschieht, die in einem gewissen vertrauten Umgang miteinander leben. Die dichten Brauen des Flamen bedeckten ihm fast die Augen; aber wenn er sie ein wenig hob, warf er einen hellsichtigen, durchdringenden, machtvollen Blick, den Blick der Männer, die es gewohnt sind zu schweigen, und denen das Phänomen der Konzentration der inneren Kräfte zu etwas Vertrautem geworden ist. Seine schmalen Lippen mit den senkrechten Rillen gaben ihm den Ausdruck unglaublicher Durchtriebenheit. Der untere Teil des Gesichts besaß eine vage Ähnlichkeit mit einer Fuchsschnauze; aber die hohe, gewölbte, über und über faltige Stirn schien auf große, schöne Eigenschaften hinzudeuten, auf einen Seelenadel, dessen Schwungfähigkeit durch die Erfahrung beeinträchtigt worden war, und den die grausamen Lehren des Lebens wohl in die verborgensten Falten dieser eigenartigen Menschenseele zurückgedrängt hatten. Schwerlich war dies ein gewöhnlicher Geizhals, und seine Leidenschaft verbarg sicherlich tiefe Genüsse und geheime Planungen.

»Welchen Kurs haben die venezianischen Zechinen?« fragte er barsch seinen künftigen Lehrling.

»Dreiviertel in Brügge; *pari* in Gent.«

»Wie hoch ist der Frachtpreis auf der Schelde?«

»Dreißig Pariser Sous.«

»Nichts Neues in Gent?«

»Der Bruder von Lieven-d'Herde ist pleite.«

»Aha!«

Als der Alte sich diesen Ausruf hatte entschlüpfen lassen, bedeckte er sein Knie mit einem Zipfel seiner Dalmatika, einer Art schwarzer Samtrobe, vorn offen, mit weiten Ärmeln und ohne Kragen, deren kostbarer Stoff spiegelblank gescheuert war. Es war der Rest der prächtigen Tracht, die er ehedem als Präsident des Erbteilungsgerichts getragen, welches Amt ihm die Feindschaft des Herzogs von Burgund eingetragen hatte; sie war jetzt nur noch ein Fetzen. Es fror Philippe keineswegs; ihm war heiß in seiner Verkleidung, aber er zitterte, noch andere Fragen über sich ergehen lassen zu müssen. Bis jetzt hatten die summarischen Unterweisungen, die ein Jude, dem er das Leben gerettet, ihm tags zuvor erteilt hatte, dank seines Gedächtnisses und der vollkommenen Kenntnis, die der Jude von Cornelius' Umgangsformen und Gewohnheiten besessen hatte, genügt. Jedoch der Edelmann, der im ersten Feuer der Eingebung an nichts gezweifelt hatte, begann jetzt, alle Schwierigkeiten seines Unterfangens zu erkennen. Der feierliche Ernst, die Kaltblütigkeit des furchterweckenden Flamen wirkten sich auf ihn aus. Überdies fühlte er sich eingeriegelt und hatte sämtliche Stricke des Groß-Profossen vor Augen, über die Meister Cornelius verfügte.

»Habt Ihr zur Nacht gegessen?« fragte der Finanzverwalter in einem Ton, der besagte: »Laßt die Finger davon!«

Trotz des Tonfalls ihres Bruders zuckte die alte Jungfer zusammen; sie musterte den jungen Tischgenossen, um die Aufnahmefähigkeit dieses Magens festzustellen, den sie würde füllen müssen, und sagte dann mit einem falschen Lächeln: »Ihr habt Euern Namen[24] nicht gestohlen; Euer Haar und Schnurrbart sind schwärzer als die Schwanzquaste des Teufels ...!«

»Ich habe gespeist«, antwortete er.

»Na, gut«, entgegnete der alte Mann, »Ihr könnt morgen wieder zu mir kommen. Ich bin es seit langem gewohnt, mich ohne einen Lehrling zu behelfen. Überdies wird die Nacht mir Rat erteilen.«

»Oh, bei Sankt Bavo[25], Monsieur, ich bin Flame, ich kenne hier niemanden, die Straßenketten sind gespannt, ich werde ins Gefängnis gesteckt werden. Jedoch«, fügte er hinzu, erschrokken ob der Heftigkeit, die er in seine Worte gelegt hatte, »wenn es Euch lieber ist, will ich gehen.«

Der Fluch beeinflußte den alten Flamen auf seltsame Weise.

»Schon gut, schon gut, bei Sankt Bavo, Ihr könnt hier übernachten.«

»Aber«, sagte die erschrockene Schwester.

»Halt den Mund«, erwiderte Cornelius. »Durch seinen Brief bürgt mir Oosterlinck für diesen jungen Mann.«

Er neigte sich zu seiner Schwester und flüsterte ihr zu: »Haben wir von Oosterlinck nicht hunderttausend Francs? Das ist doch eine Kaution!«

»Und wenn er dir die bayerischen Kleinodien stiehlt? Sieh ihn doch an, er wirkt eher wie ein Strauchdieb als wie ein Flame.«

»Pst!« machte der Greis und spitzte die Ohren.

Die beiden Geizhälse lauschten. Fast unhörbar, und eine Sekunde nach jenem »Pst!«, erscholl ein Geräusch, das von den Schritten mehrerer Männer herrührte, in der Ferne, auf der andern Seite der Umwallungsgräben der Stadt.

»Die Wachrunde von Schloß Plessis«, sagte die Schwester.

»Vorwärts, gib mir den Schlüssel der Lehrlingskammer«, entgegnete Cornelius.

Die Alte machte eine Bewegung, um die Lampe zu ergreifen.

»Willst du uns etwa ohne Licht hier allein lassen?« rief Cornelius, und seine Stimme durchklang Verständnis für seine Lage. »Kannst du dich in deinem Alter noch immer nicht ohne Licht zurechtfinden? Ist es denn so schwierig, diesen Schlüssel zu holen?«

Die Alte verstand den Untersinn dieser Worte und ging. Philippe Goulenoire sah diesem seltsamen Geschöpf nach, als es auf die Tür zuging, und konnte, ohne daß sein Meister es merkte, einen flüchtigen Blick auf jenen Raum werfen. Er war bis in Brusthöhe mit Eichenholz getäfelt, und die Wände waren mit gelbem, durch schwarze Arabesken verziertem Leder verkleidet; am meisten betroffen jedoch machte ihn eine Zunderpistole mit langem Abzugshahn. Diese neue, furchtbare Waffe befand sich in Cornelius' Reichweite.

»Wie gedenkt Ihr Euern Lebensunterhalt zu verdienen?« fragte der Daumschrauber.

»Ich habe nur wenig Geld«, antwortete Goulenoire, »aber ich kenne ein paar gute Geschäftskniffe. Wenn Ihr mir bloß für jede Mark[26], die ich Euch verdienen helfe, einen Sou gebt, bin ich's zufrieden.«

»Einen Sou, einen Sou!« wiederholte der Alte. »Das ist viel Geld.«

Unterdessen war die alte Sibylle wieder hereingekommen.

»Komm mit«, sagte Cornelius zu Philippe.

Sie gingen durch den Vorsaal hinaus und stiegen eine steinerne Wendeltreppe hinauf, deren runder Schacht sich neben dem großen Raum in einem hohen Turm befand. Im ersten Stockwerk blieb der junge Mann stehen.

»Nichts da!« sagte Cornelius. »Den Teufel auch! In dieser Wohnung ist das Nachtlager, wo der König sich belustigt.«

Der Baumeister hatte die Lehrlingsunterkunft unter dem Spitzdach des Turms eingebaut, in dem sich die Wendeltreppe befand; es war eine kleine, runde Kammer, ganz aus Stein, kalt und schmucklos. Jener Turm nahm die Mitte der nach dem Hof zu gelegenen Fassade ein; wie alle Höfe in der Provinz war er eng und düster. Hinten war durch die vergitterten Arkaden hindurch ein jämmerlicher Garten zu sehen; es standen darin nur Maulbeerbäume; sie waren wohl von Cornelius gezüchtet worden. Der Edelmann hatte das alles durch die Luken der Wendeltreppe im Schein des Mondes wahrgenommen, der zum Glück strahlte. Eine schäbige Lagerstatt, ein Schemel, ein Krug und eine wackelige Truhe bildeten das Mobiliar dieser Art Zelle. Das Tageslicht konnte nur durch kleine, viereckige Löcher eindringen, die in regelmäßigen Abständen im äußeren Mauerkranz des Turms angebracht waren und wohl als Schmuckwerk dienten, dem Charakter jener anmutigen Architektur entsprechend.

»Dies ist Eure Kammer; sie ist schlicht, fest gefügt und enthält alles, was man zum Schlafen braucht. Gute Nacht! Geht nicht hinaus wie die andern.«

Nachdem Cornelius einen letzten, von tausend Gedanken trächtigen Blick auf seinen Lehrling geworfen hatte, verschloß er die Tür zweimal, zog den Schlüssel ab und ließ den Edelmann so verdutzt wie einen Glockengießer zurück, der in seiner Form nichts vorfindet. Der Edelmann saß allein, ohne Licht, auf einem Schemel in diesem kleinen Gelaß, das seine vier Vorgänger nur verlassen hatten, um zum Schafott zu gehen; er kam sich vor wie ein in einem Sack gefangenes wildes Tier. Er stieg auf den Schemel, reckte sich zu seiner vollen Größe auf, um oben an die kleinen Öffnungen zu gelangen, durch die weißliches Licht hereinfiel; er erblickte die Loire, die schönen Hügelhänge von Saint-Cyr[27] und die düstern Wunder von Schloß Plessis, wo in den Nischen einiger Fenster ein paar Lichter schimmerten; in der Ferne erstreckten sich die schönen Gefilde der Touraine und die silbrigen Flächen ihres Stroms. Die geringsten Einzelheiten dieser anziehenden Gegend besaßen jetzt eine nie wahrgenommene Lieblichkeit: Die Fensterscheiben, die Wasser, die Hausgiebel leuchteten im zitternden Mondschein wie Edelsteine. Die Seele des jungen Edelmanns konnte sich einer sanften, traurigen Aufwallung nicht erwehren. »Wenn dies ein Abschiedsblick wäre!« sagte er sich.

Er blieb dort stehen und genoß bereits im voraus die heftigen Erregungen, die sein Abenteuer ihm verhieß; er gab sich allen Ängsten eines Gefangenen hin, wenn ein solcher noch einen Hoffnungsschimmer hegt. Mit jeder Schwierigkeit verschönte seine Geliebte sich. Sie war für ihn keine Frau mehr, sondern ein überirdisches Wesen, das er flüchtig durch das Lohen der Begierde hindurch wahrnahm. Ein schwacher Aufschrei, von dem er meinte, er sei im Hôtel de Poitiers ausgestoßen worden, brachte ihn wieder zum Bewußtsein seiner selbst und seiner wahren Lage. Als er sich auf seiner Lagerstatt ausgestreckt hatte, um über dies alles nachzudenken, vernahm er ein leises Rascheln auf der Wendeltreppe; er lauschte angestrengt; die Worte: »Er legt sich schlafen!«, die die Alte gesprochen hatte, trafen sein Ohr. Durch einen von dem Baumeister nicht bemerkten Zufall hallte das geringste Geräusch in der Lehrlingskammer wider, so daß dem falschen Goulenoire keine einzige der Bewegungen des Geizhalses und seiner Schwester entging, die ihn beide belauerten. Er kleidete sich aus, ging zu Bett, tat, als schlafe er, und nahm die Zeit, die seine beiden Wirtsleute beobachtend auf den Treppenstufen stehenblieben, wahr, um sich die Mittel zu überlegen, wie er aus seinem Gefängnis ins Hôtel de Poitiers gelangen könne. Gegen zehn Uhr waren Cornelius und seine Schwester überzeugt, daß ihr Lehrling schlafe; sie zogen sich in ihre Räumlichkeiten zurück. Der Edelmann horchte sorglich auf die dumpfen, fernen Geräusche, die die beiden Flamen vollführten, und glaubte, die Lage ihrer Zimmer zu erkennen; sie mußten den ganzen zweiten Stock einnehmen. Wie bei allen Häusern jenes Zeitalters hatte jenes Stockwerk einen Zugang vom Dach aus; dort befanden sich die mit Giebelfenstern und reichem plastischen Schmuck verzierten Fenster. Das Dach wurde von einer Art Balustrade eingefaßt, die die Dachrinne verbarg; diese diente dazu, das Regenwasser weiterzuleiten, das die Wasserspeier, die die Gestalt von Krokodilsrachen hatten, dann auf die Straße ergossen. Der Edelmann, der diese Topographie so sorgfältig untersucht hatte, wie ein Kater es getan hätte, hatte damit gerechnet, einen Durchgang vom Turm auf die Dächer zu finden, um über die Regenrinnen zu Madame de Saint-Vallier zu gelangen, wobei er sich eines Wasserspeiers bedienen wollte; aber er hatte nicht gewußt, daß die Luken seines Turms so klein seien; es war unmöglich, hindurchzukriechen. Also beschloß er, durch das Fenster der Wendeltreppe, das den Absatz des zweiten Stockwerks erhellte, auf die Dächer des Hauses hinaus zu gelangen. Zur Durchführung dieses kühnen Plans mußte er aus seiner Kammer heraus, und deren Schlüssel hatte Cornelius mitgenommen. Aus Vorbedacht hatte der junge Edelmann sich mit einem jener Dolche bewaffnet, mit denen man damals bei Zweikämpfen auf Tod und Leben den Gnadenstoß gab, wenn der Gegner einen anflehte, mit ihm ein Ende zu machen. Diese furchtbare Waffe hatte eine Klinge, die auf der einen Seite scharf wie ein Rasiermesser war, doch auf der andern gezahnt wie eine Säge, aber in entgegengesetzter Richtung zu der, der das Eisen beim Eindringen in den Körper folgte. Der Edelmann wollte sich dieses Dolches bedienen, um das Holz der Tür rings um das Schloß zu durchsägen. Zu seinem Glück war die Schließkappe des Schlosses von außen her durch vier dicke Schrauben befestigt worden. Mit Hilfe des Dolches konnte er, wenn auch mit großer Mühe, die Schließkappe losschrauben, die den Gefangenen einsperrte; vorsorglich legte er die Schrauben auf die Truhe. Gegen Mitternacht war er frei und stieg ohne Schuhe hinab, um die Örtlichkeit zu erkunden. Er war in nicht geringem Maße erstaunt, als er die Tür eines Flurs offenstehen sah, über den man in mehrere Zimmer gelangte und an dessen Ende sich ein Fenster befand, das auf eine Art Tal hinausging; es wurde durch die Dächer des Hôtel de Poitiers und des Malemaison gebildet, die dort zusammenstießen. Nichts vermöchte seine Freude besser wiederzugeben als das Gelübde, das er sogleich der Madonna machte, ihr zu Ehren eine Messe in der berühmten Pfarrkirche von Escrignoles in Tours zu stiften. Nachdem er die hohen, breiten Schornsteine des Hôtel de Poitiers gemustert hatte, ging er zurück, um seinen Dolch zu holen; aber er zuckte erschrocken zusammen, als er einen Lichtschein gewahrte, der die Treppe hell beleuchtete, und dann Cornelius selber sah, in der Dalmatika, eine Lampe haltend, die weit geöffneten Augen starr auf den Flur gerichtet, an dessen Eingang er erschienen war wie ein Geist.

»Wenn ich das Fenster aufmache und auf das Dach springe, hört er mich!« sagte sich der Edelmann.

Und der schreckliche Cornelius schritt immer weiter, er rückte vor wie die Todesstunde für den Verbrecher. In dieser äußersten Notlage kam Goulenoire die Liebe zu Hilfe, und er gewann all seine Geistesgegenwart wieder; er trat rasch in eine Türnische, zwängte sich dort in die Ecke und wartete das Vorbeigehen des Geizhalses ab. Als der Daumschrauber, der seine Lampe vorgestreckt hielt, sich gerade in der Richtung des Atemhauchs befand, den der Edelmann erzeugen konnte, wenn er blies, pustete er das Licht aus. Cornelius brummelte ein paar undeutliche Worte vor sich hin und stieß einen holländischen Fluch aus; aber er machte kehrt. Jetzt lief der Edelmann in seine Kammer, ergriff seine Waffe, kehrte an das gesegnete Fenster zurück, öffnete es behutsam und sprang aufs Dach. Nun, da er befreit unter dem offenen Himmel stand, fühlte er sich einer Ohnmacht nahe, so glücklich war er; vielleicht waren das Übermaß an Erregung, in die die Gefahr ihn versetzt hatte, oder die Kühnheit des Unternehmens die Ursache seiner Gemütsbewegung; der Sieg ist ebenso gefahrvoll wie der Kampf. Er stützte sich auf eine Dachtraufe, zitterte vor Wohlbehagen und fragte sich: »Durch welchen Kamin muß ich zu ihr hinabsteigen?« Er schaute sie alle an. Mit einem Instinkt, wie die Liebe ihn verleiht, betastete er sie, um denjenigen herauszufinden, in dem Feuer gebrannt hatte. Als seine Entscheidung getroffen war, steckte der kühne Edelmann seinen Dolch in den Spalt zweier Steine, befestigte daran seine Strickleiter, ließ sie in die Kaminöffnung gleiten und wagte es, ohne Zagen, im Vertrauen auf seine gute Klinge, zu seiner Geliebten hinabzusteigen. Er wußte nicht, ob Saint-Vallier wach sei oder schlafen werde; aber er war fest entschlossen, die Gräfin in seine Arme zu schließen, und sollte es zwei Männer das Leben kosten! Vorsichtig setzte er die Füße auf warme Asche; noch vorsichtiger beugte er sich vor und sah die Gräfin in einem Lehnstuhl sitzen. Beim Schein einer Lampe, blaß vor Glück und unter Herzklopfen wies die furchtsame Frau mit dem Finger auf Saint-Vallier, der zehn Schritt von ihr entfernt in einem Bett lag. Man möge glauben, daß ihrer beider glühender, stummer Kuß nur ein Echo in ihren Herzen fand!

Am andern Morgen gegen neun Uhr, als Ludwig XI. gerade seine Kapelle verließ, in der er der Messe beigewohnt hatte, begegnete er Meister Cornelius.

»Alles Gute, Gevatter«, sagte er kurz angebunden und setzte sein Barett wieder auf.

»Sire, ich würde nur zu gern tausend Goldtaler zahlen, um von Euch eine kurze Audienz bewilligt zu erhalten; ich habe nämlich den Dieb der Rubinkette ausfindig gemacht; er hat auch alle Kleinodien von ...«

»Schau, schau«, sagte Ludwig XI. und betrat den Schloßhof von Plessis, gefolgt von seinem Finanzverwalter, seinem Arzt Coythier[28], Olivier-le-Daim und dem Hauptmann seiner Schottengarde. »Trag mir deinen Fall vor. Wir bekommen also wieder mal einen Gehenkten nach deiner Methode. Holla! Tristan!«

Der Groß-Profoß, der im Hof auf und ab gegangen war, kam langsamen Schrittes heran, wie ein Hund, der mit seiner Treue großtut. Die Gruppe blieb unter einem Baum stehen. Der König setzte sich auf eine Bank; die Höflinge bildeten vor ihm einen Halbkreis.

»Sire, ein vorgeblicher Flame hat mich völlig eingewickelt«, sagte Cornelius.

»Das muß ja ein ganz ausgekochter Bursche sein«, sagte Ludwig XI. kopfschüttelnd.

»Ach ja«, antwortete der Finanzverwalter. »Aber ich weiß nicht, ob nicht auch Ihr selber ihm auf den Leim gegangen wäret. Wie konnte ich einem armen Schlucker mißtrauen, der mir von Oosterlinck empfohlen worden war, einen Mann, von dem ich hunderttausend Francs habe! Deshalb würde ich jede Wette eingehen, daß die Unterschrift des Juden gefälscht worden ist. Kurz und gut, Sire, heute morgen habe ich mich der Kleinodien beraubt gesehen, die Ihr bewundert habt, so schön waren sie.

Sie sind mir gestohlen worden, Sire! Die Kleinodien des Kurfürsten von Bayern zu stehlen! Vor nichts haben diese Gauner Ehrfurcht; sie werden Euch noch Euer Königreich stehlen, wenn Ihr nicht auf der Hut seid. Ich bin sogleich in die Kammer hinaufgestiegen, wo jener Lehrling war; er ist ganz sicher ein Meisterdieb. Diesmal wird es uns nicht an Beweisen mangeln. Er hat das Türschloß losgeschraubt; aber als er dann zurückgekommen ist, war kein Mondschein mehr, und da hat er nicht alle Schrauben wiederfinden können! Zum Glück habe ich beim Hineingehen eine Schraube unter meinem Fuß verspürt. Er schlief, der Gauner; er war wohl arg müde. Stellt Euch vor, Ihr Herren, durch den Kamin ist er hinunter in mein Kabinett gestiegen. Morgen, oder vielmehr heute abend will ich ihn vergittern lassen. Bei Dieben lernt man immer etwas dazu. Er hat eine seidene Leiter bei sich, und seine Kleidung trägt Spuren des Wegs, den er über die Dächer und durch den Kamin zurückgelegt hat. Er hat damit gerechnet, bei mir im Haus zu bleiben und mich zugrunde zu richten, der Kumpan! Wo mag er die Kleinodien vergraben haben? Die Bauern haben ihn gesehen, wie er zu sehr früher Stunde über die Dächer wieder in mein Haus gelangt ist. Er hatte wohl Spießgesellen, die auf dem Damm warteten, den Ihr habt aufschütten lassen. Ach, Sire, Ihr seid der Spießgeselle der Diebe; sie kommen in Booten, und wupp!, schleppen sie alles weg, ohne Spuren zu hinterlassen; aber jetzt haben wir den Anführer, einen kecken Schurken, einen muntern Knaben, der der Mutter eines Edelmanns zur Ehre gereichen würde. Ah, das gibt eine schöne Galgenfrucht, und mit einem bißchen peinlichen Verhör bekommen wir alles heraus! Liegt das etwa nicht im Interesse des Ruhmes Eurer Regierung? Unter einem so großen König dürfte es keine Diebe geben!«

Schon längst hörte der König nicht mehr zu. Er war in eine der düstern Grübeleien versunken, die während der letzten Tage seines Lebens immer häufiger werden sollten. Tiefe Stille herrschte.

»Das geht dich an, Gevatter«, sagte er endlich zu Tristan. »Sieb die Geschichte durch.«

Er erhob sich, tat ein paar Schritte vorwärts, und seine Höflinge ließen ihn allein. Da erblickte er Cornelius, der auf seinem

Maultier neben dem Groß-Profossen davonritt. »Und die tausend Taler?« fragte er ihn.

»Ach, Sire, Ihr seid ein zu großer König! Es gibt keine Summe, mit der Eure Gerechtigkeit bezahlt werden könnte . . .«

Ludwig XI. lächelte. Die Höflinge beneideten den alten Finanzverwalter, der rasch in der Maulbeerbaum-Allee, die zwischen Tours und Schloß Plessis gepflanzt worden war, davonritt, um seine freie Redeweise und seine Privilegien.

Tatsächlich lag der von der Anstrengung erschöpfte Edelmann im tiefsten Schlaf. Bei der Rückkehr von seinem galanten Ausflug hatte er nicht, um sich gegen künftige oder eingebildete Gefahren zu wappnen, an die er vielleicht nicht einmal mehr geglaubt hatte, den Mut und den Eifer in sich verspürt, mit denen er den gefährlichen Wollüsten entgegengeeilt war. Deswegen hatte er die Mühewaltung des Reinigens seiner beschmutzten Kleidung und der Beseitigung der Spuren seines Glücks auf den nächsten Morgen verschoben. Das war ein großer Fehler, bei dessen Zustandekommen freilich alles mitgewirkt hatte. In der Tat hatte er, da er der Helle des während seines Liebesfestes untergegangenen Mondes beraubt gewesen war, nicht alle Schrauben des verdammten Schlosses wiedergefunden; er hatte es dabei an Geduld fehlen lassen. Dann hatte er mit der Lässigkeit eines von Freude erfüllten oder nach Ruhe lechzenden Mannes sich den günstigen Zufällen seines Geschicks anvertraut, das ihn bislang so glückhaft bedient hatte. Vielleicht hatte er mit sich selbst einen Pakt geschlossen, auf Grund dessen er um die Dämmerung erwachen mußte; allein die Ereignisse des Tages und die Aufregungen der Nacht hatten ihm nicht gestattet, sich Wort zu halten. Das Glück ist vergeßlich. Cornelius dünkte den jungen Edelmann nicht mehr so furchtbar, als er sich auf der harten Lagerstatt ausstreckte, auf der so viele Unglückliche nur erwacht waren, um zur Hinrichtung zu gehen, und diese Sorglosigkeit geriet ihm zum Verderben. Während der Finanzverwalter des Königs, begleitet vom Groß-Profoß und dessen schreckeinflößenden Bogenschützen aus Plessis-lès-Tours, heimritt, wurde der falsche Goulenoire von der alten Schwester bewacht, die auf einer der Stufen der Wendeltreppe hockte und für Cornelius Strümpfe strickte, ohne der Kälte zu achten.

Der junge Edelmann hatte die heimlichen Entzückungen dieser so zauberhaften Nacht fortdauern lassen; er ahnte nicht das Unheil, das in gestrecktem Galopp heranpreschte. Er hatte geträumt. Seine Träume waren wie die aller jungen Menschen von einer so intensiven Farbigkeit gewesen, daß er nicht mehr wußte, wo die Illusion begonnen oder wo die Wirklichkeit geendet hatte. Er sah sich auf einem Kissen zu Füßen der Gräfin; den Kopf auf ihren liebeswarmen Knien lauschte er ihrer Erzählung von den Verfolgungen und den Einzelheiten der Tyrannei, die der Graf seine Frau bislang hatte erdulden lassen; er empfand tiefes Mitleid mit der Gräfin, die tatsächlich diejenige der natürlichen Töchter Ludwigs XI. war, die der König am meisten liebte; er versprach ihr, am nächsten Tag hinzugehen und diesem furchtbaren Vater alles zu enthüllen, sie beide würden sein Wollen nach ihrem Wohlgefallen lenken; sie würden die Ehe für nichtig erklären und den Gatten einkerkern lassen; in ebendem Augenblick, da sie bei dem geringsten Geräusch, das ihn hätte erwekken können, seinem Degen zum Opfer gefallen wären. Doch im Traum waren der Lampenschimmer, die Flamme ihrer Augen, die Farben der Stoffe und der Wandbehänge lebhafter; ein durchdringenderer Duft entströmte den Nachtgewändern, die Luft durchwehte mehr Liebe; es war mehr an Glut um sie her, als bei dem wirklichen Vorgang geherrscht hatte. Daher widerstrebte die Marie des Traumes sehr viel weniger als die wirkliche Marie den schmachtenden Blicken, den weichen Bitten, den magischen Befragungen, den geschickten Schweigepausen, dem wollüstigen Drängen und den gespielten Großherzigkeiten, die die ersten Augenblicke der Leidenschaft so durch und durch feurig machen und in den Seelen mit jedem neuen Fortschritt der Liebe eine neue Trunkenheit verbreiten. Gemäß dem Liebeskanon jenes Zeitalters bewilligte Marie de Saint-Vallier ihrem Liebhaber nur die oberflächlichen Rechte der »kleinen Gunstbezeigungen«. Willfährig ließ sie sich die Füße, das Kleid, die Hände, den Hals küssen; sie gestand ihre Liebe, sie nahm die Bemühungen und das Leben ihres Liebhabers entgegen, sie erlaubte ihm, für sie zu sterben, sie überließ sich einem Rausch, den diese strenge, oftmals grausame Halbkeuschheit noch steigerte; aber sie blieb unzugänglich und setzte als Preis für die höchsten Belohnungen der

Liebe ihre Befreiung. Um in jener Zeit eine Ehe aufzuheben, mußte man nach Rom gehen, ein paar Kardinäle zur Verfügung haben und mit der Gunst des Königs gewappnet vor dem Papst erscheinen. Marie wollte ihre Freiheit der Liebe danken, um sie ihr dann zu opfern. Fast alle Frauen besaßen damals noch Macht genug, um ihre Herrschaft im Herzen eines Mannes zu errichten, so daß aus einer Liebesleidenschaft die Geschichte eines ganzen Lebens wurde, das Grundelement der höchsten Entschlüsse! Aber in Frankreich galten die Damen ja auch etwas, es gab ihrer dort ebenso viele wie Herrscherinnen, sie hatten einen schönen Stolz, die Liebhaber waren mehr ihr Eigentum, als daß sie sich ihnen schenkten; oftmals kostete ihre Liebe sehr viel Blut, und um ihnen zu gehören, mußte man sich zahlreichen Gefahren aussetzen. Aber die Marie des Traumes war milder und gerührter ob der Ergebenheit ihres Vielgeliebten; sie verteidigte sich nur schwach gegen die drängende Liebe des schönen Edelmanns. Welche Marie war die wahre? Erblickte der unechte Lehrling im Traum die wirkliche Frau? Hatte er im Hôtel de Poitiers eine mit Tugend maskierte Dame gesehen? Das ist eine heikle Frage, und ebendeswegen bedingt es die Ehre der Damen, daß sie unentschieden bleibt.

Vielleicht gerade in dem Augenblick, da die erträumte Marie sich der hohen Würde als geliebte Herrin entkleiden wollte, fühlte der Liebende sich von einer eisernen Hand gepackt, und die bittersüße Stimme des Groß-Profossen sagte zu ihm: »Auf, guter Mitternachtschrist, der Ihr Gott im Finstern tappend sucht, jetzt heißt es aufwachen!«

Philippe erblickte das dunkle Gesicht Tristans und erkannte dessen sardonisches Lächeln; dann gewahrte er auf den Stufen der Wendeltreppe Cornelius, dessen Schwester und hinter ihnen die Häscher des Gerichts. Bei diesem Anblick, beim Gewahren aller dieser teuflischen Gesichter, aus denen entweder Haß oder die düstere Gier ans Hängen gewöhnter Leute sprach, richtete Philippe Goulenoire sich auf und rieb sich die Augen.

»Bei Gottes Tod!« rief er und langte nach seinem unter dem Kopfkissen liegenden Dolch, »jetzt ist die Stunde genaht, da die Messer ihr Werk tun müssen.«

»Hoho!« antwortete Tristan, »das klingt nach Edelmann! Mir

scheint, ich sehe Georges d'Estouteville vor mir, den Neffen des Großmeisters der Bogenschützen.«

Als der junge d'Estouteville Tristan seinen wahren Namen aussprechen hörte, dachte er weniger an sich als an die Gefahren, die seine unglückliche Geliebte lief, wenn er erkannt wurde. Um jeden Argwohn zu zerstreuen, rief er: »Beim Bauche Mahomets, her zu mir, alle Landstreicher!«

Nach diesem grausigen Aufschrei, den ein wahrhaft Verzweifelter ausgestoßen hatte, vollführte der junge Höfling einen gewaltigen Satz und sprang, den Dolch in der Hand, hinaus auf den Treppenabsatz. Aber die Gehilfen des Groß-Profossen waren an solcherlei Zwischenfälle gewöhnt. Als Georges d'Estouteville auf der Treppenstufe stand, packten sie ihn gewandt, ohne sich über den kräftigen Dolchstoß zu wundern, den er einem von ihnen versetzt hatte und der glücklicherweise am Brustharnisch des Häschers abgeglitten war; dann entwaffneten sie ihn, banden ihm die Hände und warfen ihn vor den Augen ihres Anführers, der reglos und nachdenklich dastand, auf das Bett.

Schweigend betrachtete Tristan die Hände des Gefangenen, fuhr sich durch den Bart, wies Cornelius darauf hin und sagte zu ihm: »Der hat weder die Hände eines Straßenräubers noch eines Lehrlings. Er ist aus edlem Haus.«

»Sagt lieber, er ist eine schäbige Haut[29]«, rief schmerzlich der Daumschrauber. »Mein guter Tristan, ob adlig oder ein Höriger, er hat mich zugrunde gerichtet, der Schurke! Am liebsten sähe ich ihn bereits mit angesengten Händen und Füßen oder in Eure hübschen Spanischen Stiefel eingezwängt[30]. Er ist, daran besteht kein Zweifel, das Oberhaupt jener Legion von unsichtbaren oder sichtbaren Teufeln, die alle meine Geheimnisse kennen, die meine Schlösser aufbrechen, mich ausplündern und umbringen. Sie sind schwerreich, Gevatter! Ha, diesmal bekommen wir ihren Schatz, denn der da sieht aus wie der König von Ägypten[31]. Ich bekomme meine lieben Rubine und meine ansehnlichen Summen wieder; unser würdiger König soll Taler in Hülle und Fülle haben . . .«

»Oh, unsere Verstecke sind verläßlicher als Eure!« sagte Georges lachend.

»Ha, jetzt gesteht er, der verdammte Spitzbube«, rief der Geizhals.

Der Groß-Profoß war damit beschäftigt, eifrig Georges d'Estoutevilles Kleidung und das Schloß zu mustern.

»Hast du alle diese Schrauben losgedreht?«

Georges schwieg.

»Na gut, schweig dich aus, wenn du willst. Bald wirst du auf der Folterbank beichten«, fuhr Tristan fort.

»Das soll ein Wort sein!« rief Cornelius.

»Abführen«, sagte der Profoß.

Georges d'Estouteville bat um die Erlaubnis, sich anzukleiden. Auf einen Wink ihres Anführers hin zogen die bewaffneten Bedienten den Gefangenen mit der geschickten Eilfertigkeit einer Amme an, die beim Windeln ihres Säuglings einen Augenblick ausnutzt, da er ruhig ist.

Eine ungeheure Menge verstopfte die Rue du Mûrier. Das Gemurmel des Volks wogte immer mehr auf und mutete an wie die Vorboten eines Aufruhrs. Vom frühen Morgen an hatte die Nachricht von dem Diebstahl sich in der Stadt verbreitet. Überall hatte der Lehrling, von dem es hieß, er sei jung und hübsch, Anteilnahme zu seinen Gunsten erweckt und den gegen Cornelius schwelenden Haß aufs neue angefacht, so daß es keinen Sohn einer guten Mutter und keine junge Frau mit hübschen Schuhen und einem vorzeigbaren frischen Gesicht gab, die nicht das Opfer hätten sehen wollen. Als Georges aus dem Hause kam, geführt von einem der Leute des Profossen, der gleich zu Pferde stieg und einen starken Lederriemen um den Arm gewickelt hatte, an dem er den Gefangenen hielt, dessen Hände eng gefesselt waren, erscholl ein grausiges, lautes Geschrei. Sei es, um Philippe Goulenoire zu sehen, sei es, um ihn zu befreien, drängten die Letztgekommenen die ersten gegen das Reiterpikett, das vor Malemaison hielt. In diesem Augenblick schloß Cornelius, dem seine Schwester dabei half, seine Tür und stieß die Laden mit einer Heftigkeit zu, die panischer Schreck verleiht. Tristan, der es nicht gewohnt war, seine Zeitgenossen zu respektieren, da ja das Volk damals noch nicht souverän war, machte sich keine Gedanken über einen Aufruhr.

»Drauf, drauf!« rief er seinen Leuten zu.

Auf die Stimme ihres Anführers hin trieben die Bogenschützen ihre Pferde gegen den Eingang der Straße. Als die zusammengerotteten Leute einen oder zwei Neugierige unter den Pferdehufen und ein paar andere rücksichtslos gegen die Hausmauern gedrängt sahen, wo sie keine Luft bekamen, faßten sie den weisen Entschluß, jeder für sich nach Hause zu gehen.

»Platz da für die Justiz des Königs!« rief Tristan. »Was habt ihr hier zu suchen? Wollt ihr gehängt werden? Geht heim, Freunde, sonst brennt euch der Braten an! He, die Frau da, die Hosen Eures Mannes haben Löcher, nehmt wieder Eure Stopfnadel zur Hand!«

Obwohl diese Redensarten verkündeten, daß der Groß-Profoß gut gelaunt war, trieb er sogar die Aufgebrachtesten in die Flucht, als habe er den schwarzen Tod ausgestreut. Gerade als das erste Aufwogen der Menge stattfand, war Georges d'Estouteville schier betäubt gewesen, als er an einem der Fenster des Hôtel de Poitiers seine geliebte Marie de Saint-Vallier gewahrte, die mit dem Grafen zusammen lachte. Sie machte sich also über ihn lustig, den armen, getreuen Liebhaber, der um ihretwillen dem Tod entgegenging. Aber vielleicht amüsierte sie sich auch über die, denen die Kappen von den Waffen der Bogenschützen weggerissen wurden. Man muß dreiundzwanzig Jahre alt und reich an Illusionen sein, um es zu wagen, an die Liebe einer Frau zu glauben, mit allen Kräften seines Wesens zu lieben, mit Entzücken sein Leben auf das Versprechen eines Kusses hin gewagt zu haben, um zu begreifen, was an Wut, Haß und Verzweiflung in das Herz Georges d'Estoutevilles eindrang, als er seine lachende Geliebte anblickte und von ihr einen kalten, gleichgültigen Blick empfing. Sie saß dort wohl schon seit einer ganzen Weile, denn sie hatte die Arme auf ein Kissen gestützt; sie war guter Dinge, und ihr alter Mann winkte zufrieden. Auch er lachte, der verfluchte Bucklige! Den Augen des Jünglings entrannen ein paar Tränen; doch als Marie de Saint-Vallier ihn weinen sah, zog sie sich rasch zurück. Da versiegten Georges' Tränen auf der Stelle; er hatte die schwarzen und roten Federn des Pagen erblickt, der ihm treu ergeben war. Der Graf hatte das Kommen dieses diskreten Dieners nicht gemerkt; dieser war nämlich auf Zehenspitzen eingetreten. Als der Page seiner Herrin zwei Worte zugeflüstert hatte, kam sie wieder ans Fenster. Sie entzog sich den beständigen Spähblicken ihres Tyrannen und warf Georges einen Blick zu, aus dem die List einer Frau, die ihren Argus bewacht, die Glut der Liebe und die Freuden der Hoffnung strahlten.

»Ich wache über dich!« Hätte sie diese Worte ausgerufen, so würden sie nicht so vielerlei ausgedrückt haben wie dieser mit tausend Gedanken durchtränkte Blick, in dem die Ängste, die Freuden, die Gefahren von ihrer beider Lage erglänzten. Das hieß, vom Himmel zu Märtyrertum und vom Märtyrertum zum Himmel überwechseln. Daher schritt der junge Edelmann leichtfüßig und zufrieden dem Schafott entgegen und fand, daß die Qualen des peinlichen Verhörs an die Entzückungen seiner Liebe noch nicht einmal heranreichen würden. Als Tristan gerade die Rue du Mûrier verlassen wollte, blieben seine Leute beim Erblicken eines Offiziers der schottischen Leibgarde stehen, der mit verhängtem Zügel herangaloppierte.

»Was gibt es?« fragte der Profoß.

»Nichts, was Euch anginge«, antwortete der Offizier verächtlich. »Der König schickt mich, um den Grafen und die Gräfin de Saint-Vallier zu holen; er lädt sie zum Essen ein.«

Kaum war der Profoß auf dem nach Schloß Plessis führenden Damm angelangt, als der Graf und seine Gemahlin, beide beritten, sie auf einem weißen Maultier, er auf seinem Pferde, und gefolgt von zwei Pagen, die Bogenschützen einholten, damit alle gemeinsam in Schloß Plessis einrücken konnten. Sie kamen ziemlich langsam vorwärts, Georges ging zu Fuß zwischen zwei Wachtsoldaten, deren einer ihn noch immer am Riemen hielt. Tristan, der Graf und seine Gemahlin ritten natürlich voraus, und der Verbrecher folgte ihnen. Der junge Page hatte sich den Bogenschützen zugesellt und stellte ihnen Fragen; manchmal sprach er auch mit dem Gefangenen, und so ergriff er geschickt eine Gelegenheit, um ihm zuzuflüstern: »Ich bin über die Gartenmauer gesprungen und habe einen von Madame an den König geschriebenen Brief nach Plessis gebracht. Sie hat geglaubt, sie müsse sterben, als sie von dem Diebstahl erfuhr, dessen Ihr beschuldigt werdet. Habt nur Mut! Sie wird sich für Euch einsetzen.«

Die Liebe hatte bereits der Gräfin ihre Kraft und ihre List

geliehen. Als sie gelacht hatte, da war ihr Verhalten und ihr Lachen dem Heroismus zuzuschreiben gewesen, den die Frauen in den großen Krisen ihres Lebens entfalten.

Trotz der seltsamen Laune, aus der heraus der Autor von ›Quentin Durward[32]‹ das Königsschloß Plessis-lès-Tours auf eine Anhöhe verlegt hat, muß man sich entschließen, es dort zu belassen, wo es zu jener Zeit stand, nämlich in einer Niederung, und zwar von zwei Seiten geschützt durch den Cher und die Loire, und ferner durch den Kanal Saint-Anne, den Ludwig XI. zu Ehren seiner geliebten Tochter Madame de Beaujeu[33] benannt hatte. Dadurch, daß jener Kanal die beiden Flüsse zwischen der Stadt Tours und Schloß Plessis verband, bildete er zugleich eine gefürchtete Befestigung der Burg und eine kostbare Wasserstraße für den Handel. Nach Bréhémont zu, einer weiten, fruchtbaren Ebene, wurde der Park durch einen Graben geschützt, dessen Überreste noch heutzutage von seiner riesigen Breite und Tiefe zeugen. Zu einer Zeit, da die Macht der Artillerie erst in den Anfängen stand, konnte die Lage von Plessis, das Ludwig XI. sich seit langem als Alterssitz erkoren hatte, als uneinnehmbar betrachtet werden. Das aus Ziegel- und Haustein erbaute Schloß hatte nichts Auffälliges, aber es war von schönen, schattenspendenden Bäumen umgeben und von seinen Fenstern aus hatte man durch die Schneisen des Parks (*Plexitium*) hindurch die schönsten Ausblicke der Welt. Übrigens erhob sich kein rivalisierendes Gebäude neben diesem einzeln stehenden Schloß, das genau in der Mitte der kleinen Ebene gelegen war, die der König sich durch vier furchterregende Wasserbefestigungen vorbehalten hatte. Wenn man den Überlieferungen Glauben schenken darf, bewohnte Ludwig XI. den Westflügel und konnte von seinem Schlafgemach aus gleichzeitig den Lauf der Loire, auf der andern Seite des Stroms das hübsche Tal, das die Choisille[34] durchfließt, und einen Teil der Hügel von Saint-Cyr überblikken; ferner umfaßte sein Blick von den nach dem Hof zu gelegenen Fenstern aus den Eingang seiner Burg und den Damm, durch den er seinen Lieblingswohnsitz mit der Stadt Tours verbunden hatte. Der mißtrauische Charakter dieses Monarchen leiht allen diesen Mutmaßungen Verläßlichkeit. Wenn übrigens Ludwig XI. beim Bau seines Schlosses den architektonischen

Luxus aufgewandt hätte, den später Franz I. in Chambord[35] entfaltete, so wäre die Wohnstatt der Könige von Frankreich für immer mit der Touraine verbunden geblieben. Man braucht sich lediglich die wunderbare Lage und die zauberhaften Ausblicke anzusehen, um von deren Überlegenheit über die landschaftliche Umgebung aller übrigen Königsschlösser überzeugt zu sein.

Ludwig XI. war damals in sein sechsundfünfzigstes Jahr gelangt und hatte kaum noch drei Jahre zu leben; er spürte bereits das Nahen des Todes an den Anfällen, mit denen die Krankheit ihn heimsuchte. Er war seiner Feinde ledig; er war drauf und dran, Frankreich durch sämtliche Besitzungen der Herzöge von Burgund zu vergrößern, und zwar durch die Heirat des Dauphins mit Margarethe[36], der Erbin von Burgund, die durch Desquerdes, den Befehlshaber seiner Truppen in Flandern, in die Wege geleitet worden war; überall hatte er seine Autorität durchgesetzt; er plante die glücklichsten Verbesserungen, doch jetzt sah er, wie die Zeit ihm entrann, und es blieben ihm nur noch die Leiden seines Alters. Da er von aller Welt, sogar von seinen Kreaturen, getäuscht worden war, hatte die Erfahrung sein angeborenes Mißtrauen noch gesteigert. Der Wunsch zu leben war in ihm zum Egoismus eines Königs gediehen, der mit seinem Volk eins geworden war und sein Leben verlängern wollte, um seine weitgespannten Pläne zu vollenden. Alles, was der gesunde Menschenverstand der Staatsrechtskundigen und der Genius der Revolutionen an Wandlungen in die Monarchie eingeführt haben, ist von Ludwig XI. schon vorausgedacht worden. Die Einheitlichkeit der Besteuerung, die Gleichheit der Untertanen vor dem Gesetz (damals war der Fürst das Gesetz) waren der Gegenstand seiner kühnen Versuche. Kurz vor Allerheiligen hatte er kundige Goldschmiede zu sich entbieten lassen, um in Frankreich die Einheit der Maße und Gewichte einzuführen, wie er bereits die Einheit der Regierungsmacht errichtet hatte. So schwebte dieser ungeheure Geist wie ein Adler über dem ganzen Herrschaftsgebiet, und Ludwig XI. vereinte jetzt alle Vorsicht und Umsicht des Königs mit den angeborenen Absonderlichkeiten der Männer von hoher Bedeutung. Zu keiner Zeit ist diese große Gestalt poetischer und schöner gewesen. Welch ein unerhörtes Miteinander von Kontrasten! Eine große Macht in einem gebrechlichen Körper, ein den irdischen Dingen gegenüber glaubensloser, in bezug auf die religiösen Praktiken jedoch gläubiger Geist; ein Mann, der mit zwei Mächten kämpfte, die stärker als er waren, nämlich mit der Gegenwart und mit der Zukunft; mit der Zukunft, in der er Höllenqualen anzutreffen fürchtete, und die ihn der Kirche so viele Schenkungen zu machen veranlaßt hat; mit der Gegenwart oder mit seinem Leben an sich, um dessentwillen er Coythier[37] gehorchte. Dieser König, der alles zermalmt hatte, wurde von Gewissensbissen zermalmt, und mehr noch von der Krankheit, und zwar inmitten all der Poesie, die sich um argwöhnische Könige rankt, in denen die Macht sich verkörpert hat. Es war der gigantische und stets großartige Kampf des Menschen, der im höchsten Ausdruck seiner Kräfte sich mit der Natur mißt.

Während Ludwig XI., der von einem kurzen Ausritt zurückgekehrt war, auf die für sein Mittagsmahl festgesetzte Stunde wartete (es fand zu jener Zeit zwischen elf und zwölf statt), saß er in einem großen Sessel mit Gobelinbezug am Kamin seines Schlafzimmers. Olivier-le-Daim und der Arzt Coythier blickten einander stumm an, blieben in einer Fensternische stehen und respektierten den Schlummer ihres Herrn und Meisters. Das einzige vernehmliche Geräusch rührte von den Schritten der beiden Kammerherrn vom Dienst her, des Sire de Montrésor[38] und des Jean Dufou, Sire de Montbazon[39], die im Vorsaal auf und ab gingen. Diese beiden aus Tours stammenden Herren schauten zu dem Hauptmann der Schottengarde hinüber, der seiner Gewohnheit gemäß wahrscheinlich in seinem Sessel eingenickt war. Der König schien tief zu schlafen. Der Kopf war ihm auf die Brust gesunken; sein in die Stirn gerutschtes Barett verbarg fast gänzlich seine Augen. Wie er so in seinem hohen, von einer Königskrone überragten Lehnstuhl saß, wirkte er in sich versunken wie jemand, der mitten in einer tiefsinnigen Grübelei eingeschlafen ist.

In diesem Augenblick überschritten Tristan und sein Geleit die Sainte-Anne-Brücke, die zweihundert Schritte vom Eingang von Schloß Plessis entfernt über den Kanal führte.

»Wer kommt da?« fragte der König.

Die beiden Höflinge sahen einander überrascht an.

»Er träumt«, sagte Coythier ganz leise.

»Bei Gottes Auferstehung!« entgegnete Ludwig XI., »haltet ihr mich für geistesgestört? Es gehen Leute über die Brücke. Ich sitze freilich dicht am Kamin und kann also das Geräusch leichter hören als ihr. Diese Naturerscheinung könnte ausgenützt werden.«

»Welch ein Mann!« sagte der »Damhirsch«.

Ludwig XI. stand auf, ging an dasjenige der Fenster, von dem aus er die Stadt sehen konnte, gewahrte jetzt den Groß-Profoß und sagte: »Haha, da kommt mein Gevatter mit seinem Dieb. Und außerdem kommt meine kleine Marie de Saint-Vallier. Ich hatte diese ganze Geschichte vergessen. – Olivier«, wandte er sich an den Barbier, »geh zu Monsieur de Montbazon und sag ihm, er solle uns von dem guten Wein aus Bourgueil[40] auftischen lassen. Sieh zu, daß der Koch es nicht an Lampreten[41] fehlen läßt; das sind Dinge, die die Gräfin sehr schätzt.«

»Darf ich Lampreten essen?« fragte er nach einer Pause und blickte mit besorgter Miene Coythier an.

Statt zu antworten, machte sich der Arzt daran, das Gesicht seines Herrn prüfend zu betrachten. Jene beiden Männer stellten an sich schon ein Gemälde dar.

Die Romanautoren und Historiker haben den braunen Kamelott[42]-Überrock und die Kniehosen aus demselben Stoff, die Ludwig XI. trug, berühmt gemacht. Sein mit Bleimedaillen verziertes Barett und seine Halskette mit dem Sankt-Michaels-Orden[43] sind nicht minder berühmt; aber kein Schriftsteller und kein Maler haben je das Antlitz dieses furchtbaren Herrschers in seinen letzten Augenblicken dargestellt; es war ein kränkliches, hohlwangiges, gelbes und braunes Gesicht, dessen sämtliche Züge bittere Verschlagenheit und kalte Ironie ausdrückten. Es fand sich in dieser Maske die Stirn eines großen Mannes, eine gefurchte, von hohen Gedanken schwere Stirn; aber in seinen Wangen und auf seinen Lippen lag irgend etwas Vulgäres und Gemeines. Beim Anblick gewisser Einzelzüge dieser Physiognomie hätte man gemeint, einen alten, lasterhaften Winzer oder einen geizigen Handelsmann vor sich zu sehen; aber durch diese unbestimmten Ähnlichkeiten und den Verfall eines sterbenden alten Mannes hindurch blickte beherrschend der König, der

Mann der Macht und der Tat hervor. Seine hellgelben Augen wirkten erloschen; aber es schwelte darin ein Funke von Mut und Zorn, und beim geringsten Anlaß konnte er daraus Flammen schleudern, die alles in Brand setzten. Der Arzt war ein feister, schwarz gekleideter Bürgersmann mit blühendem Gesicht, scharfzüngig, habgierig und wichtigtuerisch. Diese beiden Persönlichkeiten hatten als Rahmen ein Schlafzimmer mit Nußbaumtäfelung, behängt mit flandrischen Gobelins; seine aus geschnitzten Balken bestehende Decke war damals bereits rauchgeschwärzt. Die Möbel und das Bett waren mit Arabesken von Zinn verziert; sie würden heute vielleicht kostbarer wirken, als sie es zu jener Zeit tatsächlich waren, damals, als die Künste so viele Meisterwerke hervorzubringen begannen[44].

»Lampreten sind nichts für Euch«, antwortete der Physikus.

Diese Bezeichnung war erst kürzlich an die Stelle von »Meister Myrrhe«[45] getreten; die Ärzte in England führen sie noch immer. Damals trugen sämtliche Ärzte diesen Titel.

»Und was soll ich essen?« fragte der König gefügig.

»Gepökeltes Schulterfleisch[46]. Sonst wird Eure Galle gereizt, und Ihr könntet am Tag der Toten sterben.«

»Heute?« rief der König erschrocken aus.

»Nun, Sire, beruhigt Euch«, fuhr Coythier fort, »ich bin ja da. Versucht, Euch nicht zu quälen, und seid darauf bedacht, Euch zu erheitern.«

»Ach!« sagte der König, »dieses schwierige Unterfangen gelang früher meiner Tochter.«

Inzwischen hatte Imbert de Bastarnay, Sire de Montrésor und de Bridoré, leise an die königliche Tür geklopft. Als der König den Zutritt gewährt hatte, trat er ein und meldete den Grafen und die Gräfin de Saint-Vallier. Ludwig XI. machte ein Zeichen. Marie erschien, gefolgt von ihrem alten Gatten; er hatte ihr den Vortritt gelassen.

»Guten Tag, Kinder«, sagte der König.

»Sire«, antwortete die Dame leise, als sie ihn auf die Wangen küßte, »ich möchte Euch unter vier Augen sprechen.«

Ludwig XI. machte nicht den Eindruck, verstanden zu haben. Er wandte sich der Tür zu und rief mit hohler Stimme: »Holla, Dufou!«

Dufou, Seigneur de Montbazon und überdies Großmundschenk von Frankreich, kam in großer Hast.

»Geh zum Küchenchef, ich muß Schulterfleisch essen. Dann gehst du zu Madame de Beaujeu und sagst ihr, ich wollte heute allein speisen.«

»Seid Ihr Euch klar darüber, Madame«, fuhr der König fort und tat, als sei er ein wenig erzürnt, »daß Ihr mich vernachlässigt? Seit bald drei Jahren habe ich Euch nicht gesehen. – Also kommt her, mein Liebling«, fügte er hinzu, setzte sich und streckte ihr die Arme entgegen. »Ihr seid recht mager geworden! – Und warum laßt Ihr sie mager werden?« fragte Ludwig XI. barsch den Sire de Poitiers.

Der Eifersüchtige warf seiner Frau einen so furchtsamen Blick zu, daß sie fast Mitleid mit ihm bekam.

»Das macht das Glück, Sire«, antwortete er.

»Ach so, Ihr liebt Euch zuviel«, sagte der König, der seine Tochter zwischen den Knien hielt. »Ich merke also, daß ich recht hatte, als ich dich ›Marie-voll-der-Gnaden‹ nannte. – Coythier, laßt uns allein! – Was wollt Ihr von mir?« fragte er seine Tochter, als der Arzt hinausging. »Ihr schicktet mir doch Euern . . .«

Angesichts dieser Gefahr legte Marie dem König beherzt die Hand auf den Mund und flüsterte ihm zu: »Ich hatte Euch stets für verschwiegen und scharfsinnig gehalten . . .«

»Saint-Vallier«, sagte der König lachend, »ich glaube, Bridoré will sich mit dir über irgendwas unterhalten.«

Der Graf ging hinaus. Aber er vollführte eine Schulterbewegung, die seiner Frau wohlbekannt war; sie erriet die Gedanken des schrecklichen Eifersüchtlings und meinte, sie müsse seinen schlimmen Absichten zuvorkommen.

»Sag mal, Kind, wie findest du mich? Sag, habe ich mich sehr verändert?«

»Ja, Sire, wollt Ihr die reine Wahrheit? Oder wollt Ihr, daß ich Euch etwas vormache?«

»Nein«, sagte er leise, »ich muß wissen, woran ich bin.«

»Dann seht Ihr heute recht angegriffen aus. Möge meine Offenherzigkeit dem Erfolg meiner Angelegenheit nicht schaden.«

»Und was für eine Angelegenheit ist das?« fragte der König, runzelte die Brauen und fuhr sich mit der Hand über die Stirn.

»Hört, Sire«, sagte sie, »der junge Mensch, den Ihr bei Euerm Finanzverwalter Cornelius habt verhaften lassen und der augenblicklich Euerm Groß-Profoß überantwortet ist, ist unschuldig am Diebstahl der Kleinodien des Herzogs von Bayern.«

»Woher weißt du das?« entgegnete der König.

Marie senkte den Kopf und errötete.

»Man darf keine Fragen stellen, wenn dahinter eine Liebesgeschichte steckt«, sagte Ludwig XI., hob behutsam den Kopf seiner Tochter und streichelte ihr das Kinn. »Wenn du nicht jeden Morgen beichtest, Kindchen, kommst du in die Hölle.«

»Könnt Ihr Euch mir nicht verpflichten, ohne meinen geheimen Gedanken Gewalt anzutun?«

»Wo bliebe dann der Spaß?« rief der König, der in dieser Angelegenheit einen Anlaß zur Belustigung erblickte.

»Oh, wollt Ihr, daß Euer Spaß mir Kümmernisse schafft?«

»Du Durchtriebene, hast du denn kein Vertrauen zu mir?«

»Dann laßt jenen Edelmann in Freiheit setzen, Sire.«

»Haha, ein Edelmann ist es«, rief der König. »Dann ist er also kein Lehrling?«

»Auf alle Fälle ist er unschuldig«, antwortete sie.

»Ich sehe die Dinge anders«, sagte der König kalt. »Ich bin in meinem Königreich der oberste Richter, ich muß die Übeltäter bestrafen ...«

»Kommt, setzt nicht Eure sorgenvolle Miene auf und schenkt mir das Leben dieses jungen Herrn!«

»Hieße das nicht, dein Gut wieder an dich nehmen?«

»Sire«, antwortete sie, »ich bin sittsam und tugendhaft! Ihr spottet meiner ...«

»Nun«, sagte Luwig XI., »da ich von dieser ganzen Angelegenheit nichts begreife, wollen wir es Tristan überlassen, sie aufzuklären ...«

Marie de Sassenage erbleichte; sie raffte sich gewaltsam zusammen und rief: »Sire, ich versichere Euch, daß Ihr darob in Verzweiflung geraten werdet. Der vorgeblich Schuldige hat nicht gestohlen. Gewährt mir seine Begnadigung, dann werde ich Euch alles enthüllen, auch wenn Ihr mich dann bestrafen müßtet.«

»Hoho, jetzt wird die Sache ernst!« sagte Ludwig XI. und verschob sein Barett. »Sprich, Tochter.«

»Gut denn«, entgegnete sie leise und legte die Lippen an das Ohr des Vaters, »jener Edelmann ist die ganze Nacht bei mir gewesen.«

»Er hat sehr wohl beides tun können, zu dir kommen und Cornelius bestehlen; das ist dann doppelter Raub ...«

»Sire, ich habe von Euerm Blut in meinen Adern, und ich bin nicht dazu geschaffen, einen Landstreicher zu lieben. Jener Edelmann ist der Neffe des Generalkapitäns Eurer Bogenschützen.«

»Na, aber!« sagte der König. »Du machst es einem schwer, dir die Beichte abzunehmen.«

Bei diesen Worten stieß Ludwig XI. seine über und über zitternde Tochter weit von sich und eilte auf den Zehenspitzen und so, daß er kein Geräusch machte, an die Tür seines Schlafzimmers. Seit einer Weile hatte das durch ein Fenster des anstoßenden Raums fallende Licht, das die untere Seite der Türfüllung beleuchtete, es ihm ermöglicht, die Schatten der Füße eines Lauschers zu sehen, welche in sein Schlafzimmer fielen. Jäh riß er die mit Eisenbeschlägen versehene Tür auf und ertappte den Grafen de Saint-Vallier beim Horchen.

»Bei Gottes Auferstehung!« rief er, »das ist eine Dreistigkeit, die das Henkerbeil verdiente!«

»Sire«, erwiderte Saint-Vallier stolz, »lieber einen Beilhieb auf meinen Kopf als den Ehemannsschmuck auf meine Stirn.«

»Ihr könnt beides haben«, sagte Ludwig XI. »Keiner von Euch ist vor diesen beiden Gebrechen sicher, Ihr Herren. Zieht Euch in den andern Saal zurück. – Conyngham[47]«, wandte der König sich an den Hauptmann seiner Leibwache, »habt Ihr geschlafen? Wo ist Monsieur de Bridoré? Laßt Ihr auf diese Weise jeden an mich heran? Bei Gottes Auferstehung! Der letzte Bürger von Tours wird besser bedient als ich.«

Nach diesem Zornausbruch ging Ludwig XI. in sein Schlafzimmer zurück; aber er ließ es sich angelegen sein, den Gobelinvorhang zuzuziehen, der innen eine zweite Tür bildete; sie war dazu bestimmt, weniger den Luftzug als die Worte des Königs abzuschwächen.

»Also, mein Kind«, fuhr er fort und machte sich den Spaß, mit ihr zu spielen wie die Katze mit der Maus, die sie gefangen hat, »gestern ist Georges d'Estouteville dein Buhle gewesen?«

»O nein, Sire!«

»Nein? Ha, bei Sankt Carpion[48], dann verdient er den Tod! Vielleicht hat der Schelm meine Tochter nicht schön genug gefunden!«

»Ach, kommt es nur *darauf* an?« fragte sie. »Ich versichere Euch, daß er mir die Füße, die Hände mit einer Inbrunst geküßt hat, durch die die tugendhafteste aller Frauen erweicht worden wäre. Er liebt mich, aber in allen Ehren.«

»Hältst du mich etwa für den heiligen Ludwig, wenn du meinst, ich könne solch ein Geschwätz glauben? Ein junger Bursche von seiner Art sollte sein Leben gewagt haben, nur um deine Schuhchen oder deine Ärmel zu küssen? Mach das andern weis.«

»O Sire, es ist aber wahr. Er ist auch noch aus einem andern Grund gekommen.«

Bei diesen Worten hatte die Gräfin die Empfindung, sie habe das Leben ihres Gatten aufs Spiel gesetzt; denn sogleich fragte Ludwig XI. lebhaft: »Und aus welchem?«

Ihm machte dies Abenteuer unendliches Vergnügen. Freilich war er nicht auf die befremdlichen Geständnisse gefaßt gewesen, die seine Tochter ihm schließlich machte, nachdem sie im voraus Verzeihung für ihren Mann erlangt hatte.

»Haha, Monsieur de Saint-Vallier, Ihr vergießt also königliches Blut«, rief der König, dessen Augen vor Zorn aufblitzten.

In diesem Augenblick erklang die Glocke von Schloß Plessis und verkündete, daß die Tafel des Königs gerichtet sei. Gestützt auf den Arm seiner Tochter erschien Ludwig XI. mit zusammengezogenen Brauen auf seiner Türschwelle und fand draußen alle seine Dienstleute bereitstehen. Er warf einen zweideutigen Blick auf den Grafen de Saint-Vallier und überlegte das Urteil, das er über ihn fällen mußte. Da wurde die tiefe Stille, die herrschte, durch Tristans Schritte unterbrochen; er stieg die große Treppe hinan. Er gelangte in den Saal, trat auf den König zu und sagte: »Sire, die Sache ist geklärt.«

»Was? Es ist schon alles vollbracht?« fragte der König.

»Unser Mann ist in den Händen der Mönche. Nach einer kurzen peinlichen Befragung hat er den Diebstahl schließlich eingestanden.«

Die Gräfin stieß einen Seufzer aus, erbleichte, vermochte kein Wort zu sagen und schaute den König an. Diesen Blick hatte Saint-Vallier aufgefangen; er sagte leise: »Ich bin betrogen worden; der Dieb ist ein Bekannter meiner Frau.«

»Ruhe!« rief der König. »Hier ist einer anwesend, der mich mit Überdruß erfüllen will. – Geh schnell und laß die Hinrichtung aufschieben«, wandte er sich an den Groß-Profoß. »Du bürgst mir mit Leib und Leben für den Verbrecher, Gevatter! Diese Sache muß besser geklärt werden, und ich behalte mir vor, mich damit zu befassen. Setze den Angeklagten provisorisch in Freiheit! Ich werde seiner schon wieder habhaft werden; diese Diebe haben Schlupflöcher, die sie besonders lieben, und Erdhöhlen, in denen sie sich verkriechen. Laß Cornelius wissen, daß ich heute abend zu ihm kommen werde, um mich persönlich über das Vorgefallene zu unterrichten. Monsieur de Saint-Vallier«, sagte der König und blickte ihn starr an, »ich habe einiges über Euch gehört. All Euer Blut wiegt nicht einen Tropfen des meinigen auf, wißt Ihr das? Bei unserer Lieben Frau von Cléry[49]! Ihr habt das Verbrechen der Majestätsbeleidigung begangen. Habe ich Euch eine so niedliche Frau gegeben, damit Ihr sie bleich und unfruchtbar macht? Geht auf der Stelle nach Hause. Und trefft dort Vorbereitungen für eine lange Reise.«

Aufgrund einer grausamen Angewohnheit hielt der König nach diesen Worten inne; dann fügte er hinzu: »Ihr reist heute abend ab und seht zu, daß Ihr meine Angelegenheiten mit den Herren in Venedig regelt. Seid unbesorgt; Eure Frau hole ich heute abend in mein Schloß Plessis; da wird sie ja wohl in Sicherheit sein. Fortan werde ich besser über sie wachen, als ich es seit Eurer Heirat getan habe.«

Als Marie diese Worte vernahm, drückte sie stumm den Arm ihres Vaters, um ihm für seine Milde und seine Wohlgelauntheit zu danken. Was Ludwig XI. betraf, so lachte er sich ins Fäustchen.

Ludwig XI. besaß eine Schwäche dafür, in die Angelegenheiten seiner Untertanen einzugreifen; er mischte die königliche Majestät gern in die Geschehnisse des bürgerlichen Lebens. Dieser Hang, der von einigen Historikern streng getadelt worden ist, war indessen lediglich eine Leidenschaft für das Inkognito, eine der größten Freuden der Fürsten, eine Art kurzfristiger Abdankung, die ihnen gestattet, ein bißchen gewöhnliches Leben in ihr durch Mangel an Widerspruch farblos gewordenes Dasein zu bringen; die Sache war nur die, daß Ludwig XI. das Inkognito ungetarnt spielte. Bei solcherlei Begegnungen gab er sich übrigens gutartig und bemühte sich, den Leuten des Dritten Standes zu gefallen, aus denen er seine Verbündeten gegen die Feudalherren gemacht hatte. Seit langem hatte er keine Gelegenheit gehabt, sich volkstümlich zu gehaben und sich um die häuslichen Angelegenheiten eines Mannes zu kümmern, der in das Schleppnetz eines Prozesses geraten war (das ist ein altertümlicher Ausdruck, der noch heutzutage in Tours gebraucht wird), so daß er sich mit leidenschaftlichem Eifer die Sorgen des Meisters Cornelius und die heimlichen Kümmernisse der Gräfin de Saint-Vallier aufbürdete. Während des Essens sagte er mehrmals zu seiner Tochter: »Aber wer hat nur meinen Gevatter bestehlen können? Es gibt also Räuber, die es innerhalb von acht Jahren auf mehr als zwölfhunderttausend Taler gebracht haben. – Zwölfhunderttausend Taler, Ihr Herren«, wiederholte er und blickte die Edelleute an, die ihm aufwarteten. »Heilige Jungfrau! Für diese Summe bekäme man am römischen Hof mancherlei Ablaß. Ich hätte, bei Gottes Auferstehung, die Loire eindeichen oder besser noch Piemont erobern können; das wäre eine wie für unser Königreich geschaffene Befestigungsanlage.« Nach Beendigung des Essens zog Ludwig XI. mit seiner Tochter, seinem Arzt, dem Groß-Profoß und gefolgt von einer bewaffneten Eskorte zum Hôtel de Poitiers, wo er, ganz wie er vermutet hatte, den Sire de Saint-Vallier noch vorfand; er erwartete seine Frau, vielleicht, um sich ihrer zu entledigen.

»Monsieur«, sagte der König zu ihm, »ich hatte Euch empfohlen, schleunigst aufzubrechen. Verabschiedet Euch von Eurer Frau und macht, daß Ihr an die Grenze kommt; es wird Euch ein Ehrengeleit zugeteilt. Was Eure Instruktionen und Empfehlungsbriefe betrifft, so werden sie noch vor Euch in Venedig sein.«

Ludwig XI. gab, nicht ohne noch ein paar geheime Weisungen hinzuzufügen, einem Leutnant der Schottengarde den Befehl, eine Rotte zusammenzustellen und seinen Gesandten nach Venedig zu geleiten. Saint-Vallier brach in großer Hast auf, nachdem er seiner Frau einen frostigen Kuß gegeben hatte, den er am liebsten zu einem tödlichen gemacht hätte. Nun, da die Gräfin wieder daheim war, ging Ludwig XI. nach Malemaison; es drängte ihn, die traurige Farce aufzuklären, die bei seinem Gevatter, dem Daumschrauber, gespielt wurde; in seiner Eigenschaft als König schmeichelte er sich, über genügend Scharfsinn zur Entdeckung der Geheimnisse der Diebe zu verfügen. Cornelius gewahrte nicht ohne einige Besorgnis die Begleitung seines Herrn.

»Sollen denn alle diese Leute«, fragte er ihn leise, »an der Förmlichkeit teilnehmen?«

Ludwig XI. konnte nicht umhin zu lächeln, als er sah, wie erschrocken der Geizhals und dessen Schwester waren.

»Nein, Gevatter«, entgegnete er, »beruhige dich. Sie werden mit uns in meinen Gemächern zu Abend speisen; wir aber werden die Untersuchung ganz allein durchführen. Ich bin ein so guter Gerichtsherr, daß ich um zehntausend Taler wette: ich finde den Verbrecher.«

»Laßt ihn uns finden, Sire, und nicht wetten.«

Alsbald gingen sie in den kleinen Raum, in dem der Geldmann seine Schätze untergebracht hatte. Dort ließ Ludwig XI. sich zunächst das Kästchen zeigen, in dem die Kleinodien des Kurfürsten von Bayern gelegen hatten, und dann den Kamin, durch den der angebliche Dieb hätte hinabsteigen müssen; leicht überzeugte er den Brabanter von der Unstimmigkeit seiner Vermutungen, nämlich durch den Umstand, daß sich kein Ruß im Rauchfang befand; tatsächlich wurde dort nur ganz selten Feuer angezündet; im Schornstein war keine Spur zu sehen, daß jemand darin hinabgestiegen sei; und überdies begann der Kamin an einer fast unzugänglichen Stelle des Daches. Kurzum, nach zwei Stunden der Nachforschungen, die mit dem Scharfblick durchgeführt wurden, die das mißtrauische Genie Ludwigs XI. auszeichnete, war ihm offenbar klargeworden, daß niemand in die Schatzkammer seines Gevatters hatte einsteigen können. Es gab kein Merkmal der Gewaltanwendung im Innern der Verschlüsse, noch an den Eisentruhen, in denen sich das Gold, das Silber und die kostbaren, von reichen Schuldnern gegebenen Pfänder befanden.

»Wenn der Dieb dies Kästchen aufgemacht hat«, fragte Ludwig XI., »warum hat er dann nur die bayerischen Kleinodien genommen? Aus welchem Grunde hat er diese Perlenkette liegenlassen? Ein merkwürdiger Spitzbube!«

Bei dieser Bemerkung erbleichte der arme Daumschrauber; der König und er wechselten eine Zeitlang miteinander Blicke.

»Ja, aber, Sire, was hat dann der Dieb hier zu schaffen gehabt, dem Ihr Eure Protektion habt angedeihen lassen und der bei Nacht umhergewandelt ist?« fragte Cornelius.

»Wenn du das nicht errätst, Gevatter, befehle ich dir, es immer und ewig nicht in Erfahrung zu bringen; es ist eins meiner Geheimnisse.«

»Dann habe ich den Teufel in meinem Haus«, sagte der Geizhals kläglich.

Bei jeder andern Gelegenheit hätte der König vielleicht über diesen Ausruf seines Finanzverwalters gelacht; allein er war nachdenklich geworden, und er bedachte Meister Cornelius mit Blicken, die in den Kopf eindringen und die für Menschen von Talent und Macht etwas so Vertrautes sind; daher erschrak der Brabanter; er fürchtete, er habe seinen Herrn beleidigt.

»Engel oder Teufel, ich bekomme den Übeltäter zu fassen«, rief der König unvermittelt aus. »Wenn du heute nacht bestohlen wirst, dann weiß ich morgen, durch wen. Laß die alte Meerkatze heraufkommen, die du deine Schwester nennst«, fügte er hinzu.

Cornelius zögerte beinahe, den König allein in dem Gemach zu lassen, in dem seine Schätze lagen; aber er ging hinaus, besiegt von der Macht des bitteren Lächelns, das die welken Lippen Ludwigs XI. umspielte. Jedoch trotz seines Vertrauens kam er überschnell wieder, gefolgt von der Alten.

»Habt Ihr Mehl?« fragte der König.

»Oh, gewiß, wir haben uns unsern Wintervorrat zugelegt«, antwortete sie.

»Gut, dann holt es«, sagte der König.

»Und was wollt Ihr mit unserm Mehl machen, Sire?« rief sie bestürzt, ohne daß die königliche Majestät ihr den mindesten Eindruck machte, wie bei allen Leuten, die im Bann einer heftigen Leidenschaft sind.

»Alte Närrin, willst du wohl die Befehle unseres gnädigen Herrn ausführen?« rief Cornelius. »Leidet der König etwa Mangel an Mehl?«

»Da kaufe einer schönes Mehl«, brummelte sie auf der Treppe. »Ach, mein Mehl!« Sie kam nochmals wieder und fragte den König: »Sire, was ist das für ein königlicher Einfall, mein Mehl inspizieren zu wollen!«

Endlich erschien sie mit einer Leinentasche, wie sie seit undenklichen Zeiten in der Touraine dazu dienen, Nüsse, Obst und Weizen zum Markt zu tragen oder von dort mitzubringen. Die Tasche war halb voll Mehl; die Hausverwahrerin machte sie auf und zeigte sie furchtsam dem König, auf den sie die raschen Raubtierblicke warf, mit denen alte Jungfern Gift auf die Männer spritzen zu wollen scheinen.

»Der Sester[50] kostet sechs Sous«, sagte sie.

»Macht nichts«, antwortete der König, »streut es auf den Fußboden. Vor allem beachtet, daß es so verteilt wird, daß eine gleichmäßige Schicht entsteht, wie wenn Schnee gefallen wäre.«

Die alte Jungfer begriff nichts. Dieser Vorschlag verwunderte sie mehr, als es der Weltuntergang getan hätte.

»Mein Mehl, Sire! Auf den Fußboden . . . aber . . .«

Meister Cornelius begann, wenngleich verschwommen, die Absichten des Königs zu durchschauen; er packte die Tasche und schüttete sie behutsam auf den Fußboden aus. Die Alte zitterte, doch sie streckte die Hand aus, um die Tasche wieder an sich zu nehmen; und als ihr Bruder sie ihr übergeben hatte, verschwand sie und stieß dabei einen tiefen Seufzer aus. Cornelius nahm einen Federwisch und begann von der einen Seite des Gemachs aus das Mehl zu verteilen, so daß es wie eine Schneedecke aussah; er wich dabei entsprechend zurück; der König, dem dieser Vorgang großen Spaß zu machen schien, folgte ihm. Als sie an der Treppe ankamen, fragte er seinen Gevatter: »Gibt es für dieses Schloß zwei Schlüssel?«

»Nein, Sire.«

Der König sah sich die Konstruktion der Tür an; sie bestand aus zwei großen Platten mit Eisenstangen; die einzelnen Stücke dieser Beschläge endeten sämtlich in einem Geheimschloß, dessen Schlüssel von Cornelius gehütet wurde. Nachdem Ludwig XI. alles gemustert hatte, ließ er Tristan kommen und befahl ihm, die Nacht über insgeheim einige seiner Bewaffneten teils auf den Maulbeerbäumen des Dammes, teils auf den Regenrinnen der benachbarten Häuser zu postieren, seine ganze übrige Eskorte aber zu sammeln und sich nach Schloß Plessis zurückzubegeben, um den Glauben zu erwecken, er werde nicht in Meister Cornelius' Haus zu Abend essen; dann empfahl er dem Geizhals, vor allem sorgsam seine Fenster zu schließen, damit kein Lichtstrahl hinausdringe, und einen kurzen Schmaus zu bereiten, um nicht Anlaß zu der Vermutung zu geben, er übernachte heute bei ihm. Der König brach mit allem Gefolge über den Graben auf und kehrte heimlich, er als dritter, durch die Wallpforte zu seinem Gevatter Daumschrauber zurück. Alles wurde so gut durchgeführt, daß die Nachbarn, die Einwohner und die Hofleute glaubten, der König sei aus irgendeiner Laune heraus nach Plessis zurückgekehrt und wolle erst am folgenden Tag bei seinem Finanzverwalter zu Abend speisen. Cornelius' Schwester bestätigte diese Annahme, indem sie Grüne Sauce im Laden des guten Herstellers kaufte, der dicht beim »Quarroir aux herbes[51]« wohnte; dieser wird seither »Carroir de Beaune« genannt, des herrlichen weißen Marmorbrunnens wegen, den der unglückliche Semblançay (Jacques de Beaune)[52] aus Italien hat kommen lassen, um die Hauptstadt seiner Heimatprovinz zu schmücken. Gegen acht Uhr abends, als der König gemeinsam mit seinem Arzt, Cornelius und dem Hauptmann seiner schottischen Leibwache zu Abend aß, fröhliche Bemerkungen machte und vergessen hatte, daß er der kranke und fast schon tote Ludwig XI. sei, herrschte draußen die tiefste Stille, und die Vorübergehenden, sogar ein Dieb, hätten Malemaison für ein unbewohntes Haus halten können.

»Hoffentlich«, sagte der König lächelnd, »wird mein Gevatter diese Nacht bestohlen, damit meine Neugier gestillt wird. Deswegen Ihr Herren, darf morgen niemand ohne meinen Befehl das Zimmer verlassen, bei Androhung schwerer Strafe.«

Daraufhin ging jeder schlafen. Am andern Morgen verließ Ludwig XI. als erster sein Zimmer und begab sich zu Cornelius' Schatzkammer; aber er war nicht schlecht erstaunt, als er auf den Treppen und in den Fluren des Hauses überall die Spuren eines breiten Fußes wahrnahm. Sorglich mied er diese kostbaren Abdrücke und ging an die Tür des Gemachs mit den Talern; er fand sie verschlossen und ohne jede Spur gewaltsamen Aufbrechens vor. Eingehend prüfte er die Richtung der Schritte; aber da diese allmählich immer schwächer wurden, war es ihm unmöglich, festzustellen, wohinaus der Dieb entwichen sei.

»Haha, Gevatter«, rief der König Cornelius zu, »du bist rechtschaffen bestohlen worden.«

Auf diese Worte hin kam der alte Brabanter im Bann sichtlicher Furcht aus seinem Zimmer heraus. Ludwig XI. führte ihn zu den Fußspuren auf den Bodendielen und zeigte sie ihm; und während der König sie abermals untersuchte, fiel sein Blick zufällig auf die Pantoffel des Geizhalses, und er erkannte den Typus der Sohle wieder, die in so vielen Beispielen auf die Fliesen gedrückt worden war. Er sprach kein Wort; er hielt sein Lächeln zurück und gedachte all der Unschuldigen, die gehängt worden waren. Der Geizhals ging rasch in seine Schatzkammer. Der König befahl ihm, mit dem Fuß einen weiteren Abdruck neben den schon vorhandenen zu machen, und überzeugte sich dann, der Dieb sei niemand anders als er selber.

»Das Perlenhalsband fehlt mir«, rief Cornelius. »Hier ist Hexerei im Spiel. Ich habe mein Schlafzimmer nicht verlassen.«

»Das werden wir nur zu bald wissen!« sagte der König, den die sichtliche Gutgläubigkeit seines Finanzverwalters noch nachdenklicher gestimmt hatte.

Sogleich ließ er die Bewaffneten, die auf der Lauer gelegen hatten, in sein Gemach kommen und fragte sie: »Also, was habt ihr während der Nacht gesehen?«

»Ach, Sire, etwas, das an Magie grenzt!« sagte der Leutnant. »Euer Herr Finanzverwalter ist wie ein Kater entlang den Mauern hinabgestiegen, so geschmeidig, daß wir anfangs geglaubt haben, es sei ein Geist.«

»Ich?« rief Cornelius und stand nach dieser Aussage starr und stumm da wie ein an allen Gliedern Gelähmter.

»Abtreten, ihr andern«, befahl der König den Bogenschützen, »und sagt den Herren Conyngham, Coythier, Bridoré und auch Tristan, sie könnten ihre Betten verlassen und herüberkommen. – Du hast die Todesstrafe verdient«, sagte Ludwig XI. kalt zu dem Brabanter, der ihn zu seinem Glück nicht hörte, »du hast mindestens zehn Todesurteile auf dem Gewissen!« Danach ließ Ludwig XI. sich ein stummes Lächeln entschlüpfen und machte eine Pause. – »Aber beruhige dich«, fuhr er fort, als er die befremdliche Blässe wahrnahm, die sich über das Gesicht des Geizhalses gebreitet hatte, »dich läßt man besser zur Ader, anstatt dich umzubringen! Und gegen Zahlung einer gehörigen Buße in mein Säckel wirst du dich den Klauen meiner Justiz entziehen; aber wenn du nicht mindestens eine Kapelle zu Ehren der heiligen Jungfrau erbauen läßt, hast du die besten Aussichten, dir schwere und heiße Ungelegenheiten für die ganze Ewigkeit zu bereiten.«

»Zwölfhundertdreißig und siebenundachtzigtausend Taler macht dreizehnhundertsiebzehntausend Taler«, antwortete Cornelius mechanisch, völlig von seinen Berechnungen beansprucht. »Um dreizehnhundertsiebzehntausend Taler bestohlen!«

»Er wird sie in irgendeinem Versteck vergraben haben«, sagte sich der König, der die Summe königlich schön zu finden begann. »Das ist der Magnet, der ihn immer wieder nach hier gezogen hat. Er hat seinen Schatz gewittert.«

Inzwischen war Coythier eingetreten. Als er Cornelius' Haltung wahrnahm, beobachtete er ihn, während der König ihm das Abenteuer erzählte, mit kundigen Blicken.

»Sire«, antwortete der Arzt, »nichts bei dieser Geschichte ist übernatürlich. Unser Daumschrauber hat die Eigenart, Nachtwandler zu sein. Dies ist das dritte Beispiel dieser seltsamen Krankheit, dem ich begegne. Wenn Ihr Euch den Spaß machen wolltet, Zeuge ihrer Auswirkungen zu sein, so könntet Ihr diesen alten Mann in der ersten Nacht, in der er einen Anfall bekommt, gefahrlos am Rand der Dächer entlangschreiten sehen. Bei den beiden Männern, die ich beobachtet habe, sind mir merkwürdige Zusammenhänge zwischen diesem nächtlichen Leben und den Geschäften, die sie tagsüber treiben, aufgefallen.«

»Aha, Meister Coythier, du bist ein kluger Mann.«

»Bin ich nicht Euer Arzt?« fragte der Physikus anmaßend.

Auf diese Antwort hin vollführte Ludwig XI. die Geste, die er stets tat, wenn ihm ein guter Gedanke kam; er rückte hastig sein Barett zurecht.

»Bei solcherlei Gelegenheiten«, fuhr Coythier fort, »erledigen die Leute ihre Obliegenheiten im Schlaf. Da dieser hier nicht eben Widerwillen gegen das Sammeln von Schätzen hegt, wird er sich in aller Behutsamkeit seiner Lieblingsbeschäftigung hingeben. Daher muß er jedesmal Anfälle bekommen, wenn er tagsüber vielleicht von Ängsten um seine Schätze heimgesucht worden ist.«

»Bei Gottes Auferstehung, und um was für einen Schatz«, rief der König.

»Wo ist er?« fragte Cornelius, der durch irgendeine Gunst der menschlichen Natur die Äußerungen des Arztes und des Königs vernommen hatte, obwohl er durch die Gedanken an sein Unglück fast empfindungslos war.

»Haha!« entgegnete Coythier mit einem plumpen, teuflischen Lachen, »die Nachtwandler haben beim Erwachen keinerlei Erinnerung mehr an das, was sie getan und getrieben haben.«

»Laßt uns allein«, sagte der König.

Als Ludwig XI. mit seinem Gevatter allein war, blickte er ihn mit einem kalten Hohnlächeln an.

»Messire Hoogworst«, sprach er und verneigte sich, »alle in Frankreich vergrabenen Schätze sind Eigentum des Königs.«

»Ja, Sire, alles gehört Euch, und Ihr seid unbeschränkter Herr über unser Leben und unsere Vermögen; doch bislang ließet Ihr die Milde walten, nur das zu nehmen, was Euch notwendig war.«

»Hör mal zu, Gevatter. Wenn ich dir helfe, jenen Schatz wiederzufinden, dann kannst du ihn getrost und ohne Furcht mit mir teilen.

»Nein, Sire, nicht teilen will ich ihn, sondern ihn Euch ganz und gar anbieten, doch erst nach meinem Tode. Aber welches ist Euer Hilfsmittel?«

»Ich selber brauche dich doch nur zu belauern, wenn du deine nächtlichen Gänge unternimmst. Ein anderer als ich wäre zu fürchten.«

»O Sire!« entgegnete Cornelius und warf sich Ludwig XI. zu Füßen, »Ihr seid der einzige Mensch im Königreich, dem ich mich zu diesem Behuf anvertrauen möchte, aber ich vermag Euch sehr wohl meine Dankbarkeit für die Güte zu beweisen, die Ihr Eurem Diener bezeigt, indem ich mich mit höchstem Eifer für die Heirat der Erbin von Burgund mit Monseigneur einsetze[53]. Das ist ein schöner Schatz, nicht nur an Talern, sondern an Ländern, und er wird Eure Krone abrunden.«

»Ei, ei, Flame, du täuschst mich«, sagte der König und runzelte die Brauen, »oder du hast mir schlecht gedient.«

»Wie könnt Ihr, Sire, der einzige Mensch, den ich liebe, so an meiner Ergebenheit zweifeln?«

»Das sind Redensarten«, entgegnete der König und blickte den Brabanter scharf an. »Du hättest nicht diese Gelegenheit abwarten sollen, um mir nützlich zu sein. Du willst mir deine Gönnerschaft verkaufen, bei Gottes Auferstehung! Mir, Ludwig dem Elften! Bist du etwa der Herr und bin ich der Diener?«

»O Sire«, entgegnete der alte Daumschrauber, »ich hatte Euch eine angenehme Überraschung durch die Nachricht von den geheimen Abmachungen bereiten wollen, die ich für Euch mit denen in Gent in die Wege geleitet habe; und ich habe auf deren Bestätigung durch Oosterlincks Lehrling gewartet. Was ist eigentlich aus dem geworden?«

»Genug«, sagte der König. »Ein weiterer Fehler. Ich mag es nicht, wenn man sich wider meinen Willen in meine Angelegenheiten einmischt. Schluß jetzt! Ich will über dies alles nachdenken.«

Meister Cornelius hatte die Behendigkeit der Jugend wiedergefunden, als er in den untern Raum hinabeilte, wo seine Schwester war.

»O Jeanne, geliebte Seele, wir haben hier ein Schatzversteck, in dem ich die dreizehnhunderttausend Francs verborgen habe! Und ich, ich selber bin der Dieb!«

Jeanne Hoogworst erhob sich von ihrem Schemel und reckte sich so rasch auf, wie wenn der Sitz, den sie verlassen, aus rotglühendem Eisen bestanden hätte. Diese Erschütterung war zu heftig für eine alte Jungfer, die seit langen Jahren daran gewöhnt gewesen war, sich durch freiwilliges Fasten zu schwächen; sie zitterte an allen Gliedern und empfand einen grausigen Schmerz im Rücken. Immer blasser wurde sie, und ihr Gesicht, dessen Veränderungen der Falten wegen so schwer zu erkennen waren, verzerrte sich, als ihr Bruder ihr die Krankheit, deren Opfer er war, und die seltsame Lage erklärte, in der sie beide sich befanden.

»Wir beide, Ludwig XI. und ich«, sagte er abschließend, »haben einander vorhin angelogen wie zwei Myrobalanen[54]-Händler. Du verstehst, mein Kind, wenn er mir nachschliche, würde er allein um das Geheimnis des Schatzes wissen. Der König ist der einzige auf Erden, der meinen nächtlichen Gängen nachspüren kann. Ich weiß nicht, ob das Gewissen des Königs, so nahe er dem Tod auch sein möge, dreizehnhundertsiebzehntausend Talern widerstehen könnte. Wir müssen ihm zuvorkommen, das Nest ausheben, alle unsere Schätze nach Gent schicken, und du allein . . .«

Jäh hielt Cornelius inne; er sah aus, als wolle er das Herz dieses Herrschers wägen, der schon als Zweiundzwanzigjähriger von Vatermord geträumt hatte[55]. Als der Finanzverwalter mit seiner Beurteilung Ludwigs XI. zu Ende gekommen war, sprang er auf wie jemand, der es eilig hat, vor einer Gefahr davonzulaufen. Bei diesem Auffahren fiel seine Schwester, die zu schwach oder zu stark für eine solche Krise war, starr und steif um, sie war tot. Meister Cornelius packte sie, rüttelte sie heftig und sagte zu ihr: »Es handelt sich jetzt nicht darum zu sterben. Dazu hast du später noch Zeit genug. Oh, es ist aus mit ihr. Die alte Meerkatze hat nie etwas zur rechten Zeit zu tun verstanden.« Er schloß ihr die Augen und bettete sie auf dem Fußboden; doch dann kehrten ihm alle die edlen und guten Gefühle wieder, die in der tiefsten Tiefe seiner Seele ruhten; er vergaß beinahe seinen verborgenen Schatz und rief schmerzlich aus: »O meine liebe Gefährtin, ich habe dich also verloren, die mich so gut verstand! Oh, du warst ein wahrer Schatz. Mit dir ist meine Seelenruhe, ist all meine Zuneigung dahin. Hättest du gewußt, von welchem Nutzen es gewesen wäre, nur noch zwei Nächte lang zu leben, so wärest du nicht gestorben, und zwar einzig und allein um meines Wohlgefallens willen, arme Kleine: Heda, Jeanne, dreizehnhundertsiebzehntausend Taler! Ach, wenn dich das nicht erweckt . . . Nein. Sie ist tot!«

Daraufhin setzte er sich und sagte nichts mehr; aber zwei dicke Tränen entquollen seinen Augen und rollten über seine hohlen Wangen; dann entrangen sich ihm mehrere Ach! Ach!; er schloß den Raum ab und stieg wieder zum König hinauf. Ludwig XI. war betroffen über den Schmerz, der sich in den tränennassen Zügen seines alten Freundes ausprägte.

»Was ist geschehen?« fragte er.

»Ach, Sire, ein Unglück kommt selten allein. Meine Schwester ist gestorben. Sie ist mir dort hinunter vorausgegangen«, sagte er und deutete mit einer furchtsamen Geste auf den Dielenboden.

»Hör auf!« rief Ludwig XI. Er schätzte es nicht, vom Tod reden zu hören.

»Ich setze Euch zu meinem Erben ein. Ich lege auf nichts mehr Wert. Hier sind meine Schlüssel. Hängt mich, wenn es Euch beliebt, nehmt alles, durchstöbert das Haus, es ist voller Gold. Ich schenke Euch alles ...«

»Nun, nun, Gevatter«, entgegnete Ludwig XI., dem der Anblick dieses seltsamen Schmerzes beinahe zu Herzen ging, »wir werden den Schatz in irgendeiner schönen Nacht schon wiederfinden, und wenn du so viele Reichtümer erblickst, wird dein Herz zu neuem Leben erwachen. Ich werde diese Woche wiederkommen ...«

»Wann es Euch gefällt, Sire ...«

Auf diese Antwort hin fuhr Ludwig XI., der schon ein paar Schritte auf die Tür seines Schlafzimmers zu getan hatte, jäh herum. Jetzt blickten die beiden Männer einander mit einem Ausdruck an, den weder der Pinsel noch das Wort wiederzugeben vermögen.

»Lebwohl, Gevatter!« sagte schließlich der König und schob sich das Barett zurecht.

»Mögen Gott und die heilige Jungfrau Euch ihre Huld erhalten!« antwortete demütig der Daumschrauber und geleitete den König hinaus.

Nach einer so langen Freundschaft sahen diese beiden Männer zwischen sich durch das Mißtrauen und das Geld eine Schranke errichtet, weil sie einander stets verstanden hatten, wenn es um Geld oder Mißtrauen gegangen war; aber sie kannten einander so gut, sie waren so sehr aneinander gewöhnt, daß der König durch den Tonfall, in dem Cornelius das unkluge »Wann es Euch gefällt, Sire!« ausgesprochen, den Widerwillen erraten hatte, den sein Besuch fortan dem Finanzverwalter einflößen würde, gerade wie dieser in den Worten des Königs »Lebwohl, Gevatter!« eine Kriegserklärung erkannt hatte. Daher schieden Ludwig XI. und sein Daumschrauber recht verlegen über das Verhalten, das sie einander fortan würden bezeigen müssen. Zwar war der Monarch im Besitz des Geheimnisses des Brabanters; aber dieser konnte auch durch seine Beziehungen den Erfolg der schönsten Eroberung sicherstellen, die je ein König von Frankreich hätte machen können, nämlich diejenige der Lande, die dem Hause Burgund gehörten, und die zu jener Zeit den Neid aller Herrscher Europas erregten. Die Heirat der berühmten Margarethe[56] hing von den Leuten in Gent und den Flamen ab, die um sie waren. Das Gold und der Einfluß des Cornelius mußten den Verhandlungen mächtige Hilfe zuteil werden lassen, die Desquerdes[57] eingeleitet hatte, der General, dem Ludwig XI. das Kommando über die an der belgischen Grenze lagernde Armee anvertraut hatte. Die beiden fuchsschlauen Männer waren wie zwei Duellanten, deren Kräfte zufällig ausgeglichen waren. Sei es, daß seit jener vormittäglichen Begegnung der Gesundheitszustand Ludwigs XI. sich verschlechtert, oder sei es, daß Cornelius dazu beigetragen hatte, Margarethe von Burgund nach Frankreich kommen zu lassen, die tatsächlich im Juli 1483[58] nach Amboise reiste, um den Dauphin zu heiraten, dem sie in der Schloßkapelle angetraut wurde – jedenfalls erhob der König von seinem Finanzverwalter keine Buße, und es fand auch kein Prozeß statt, sondern sie verharrten beide in den Halbheiten einer bewaffneten Freundschaft. Zum Glück für den Daumschrauber verbreitete sich in Tours das Gerücht, die Diebstähle seien von seiner Schwester begangen worden, und Tristan habe sie heimlich dem Tod überantwortet. Wenn nämlich die wahre Geschichte bekannt geworden wäre, so würde die ganze Stadt sich zusammengerottet haben, um Malemaison zu zerstören, ehe der König die Möglichkeit besessen hätte, das Haus zu verteidigen. Aber wenn alle diese historischen Annahmen einige Begründung bezüglich der Untätigkeit haben, in der Ludwig XI. verblieb, so war nicht dasselbe der Fall in bezug auf Meister Cornelius Hoogworst. Der Daumschrauber verbrachte die ersten Tage, die diesem verhängnisvollen Morgen folgten, in andauernder Tätigkeit. Gleich den in einen Käfig eingesperrten Raubtieren ging er hin und her und witterte in allen Winkeln seines Hauses nach Gold; er untersuchte dessen sämtliche Risse, er klopfte die Wände ab; er verlangte seinen Schatz von den Bäumen im Garten zurück, von den Fundamenten und den Turmdächern, von der Erde und dem Himmel. Oftmals blieb er stundenlang stehen, warf seine Blicke auf alles und jedes und tauchte sie ins Leere. Er rief die Wunder der Entrükkungen und die Macht der Hexer zu Hilfe; er versuchte, seine Reichtümer über alle Entfernungen hinweg und durch alle Hindernisse hindurch zu erblicken. Immerfort war er in einen bedrängenden Gedanken versunken, von einer Begierde verzehrt, die ihm das Innere verbrannte; aber schmerzlicher noch wurde er von den Ängsten zernagt, die immer wieder aus dem Zweikampf entstanden, den er mit sich führte, seit seine Leidenschaft für das Gold sich gegen ihn selber gewandt hatte; es war eine Art unvollendeten Selbstmords, der alle Schmerzen des Lebens und des Todes in sich beschloß. Nie hat das Laster sich selber trefflicher erwürgt; denn der Geizhals, der sich unbesonnenerweise in dem unterirdischen Kerker einschloß, in dem sein Gold lagerte, hatte, wie Sardanapal[59], den Genuß, inmitten seiner Schätze zu sterben. Cornelius nun aber war zu gleicher Zeit Dieb und Bestohlener; er kannte das Geheimnis weder des einen noch des anderen; er besaß seine Schätze und besaß sie nicht; das war eine ganz neue, ganz absonderliche Marter, aber eine unwandelbar schreckliche. Manchmal ließ er, der fast vergeßlich Gewordene, die kleinen Eisengitter seiner Haustür offen, und dann konnten die Vorübergehenden diesen schon völlig ausgedörrten Mann sehen, wie er inmitten seines verwahrlosten Gartens stand, dort reglos verharrte und auf die ihn Beobachtenden einen stieren Blick warf, dessen unerträgliches Gleißen sie vor Entsetzen zu Eis erstarren ließ. Wenn er zufällig einmal durch die Straßen von Tours ging, hätte man ihn für einen Fremdling halten können; nie wußte er, wo er sich befand, noch, ob die Sonne schien oder der Mond. Häufig fragte er die Vorübergehenden nach dem Weg, der Meinung, er sei in Gent, und immer schien er auf der Suche nach seinem verlorenen Hab und Gut zu sein. Die lebendigste und von allen menschlichen Ideen am besten materialisierte Idee, diejenige, durch die der

Mensch sich selber darstellt, indem er außerhalb seiner selbst jenes gänzlich fiktive Wesen namens *Eigentum* erschafft, dieser moralische Dämon grub ihm in jeder Sekunde seine stählernen Klauen ins Herz. Inmitten dieser Folterqual erhob sich dann die Angst mit allen Gefühlen, die ihr als Gefolge dienen. Im Grunde waren zwei Menschen im Besitz seines Geheimnisses, jenes Geheimnisses, das er selber nicht kannte. Ludwig XI. oder Coythier konnten Leute als Posten aufstellen, um, während er schlief, seine Schritte zu überwachen und den unbekannten Schlund ausfindig zu machen, in den er seine Reichtümer mitsamt dem Blut so vieler Unschuldiger geschüttet hatte; denn neben seinen Ängsten wachten auch die Gewissensbisse. Um sich nicht zu seinen Lebzeiten seinen unbekannten Schatz entführen zu lassen, ergriff er in den ersten Tagen, die seiner Katastrophe folgten, die strengsten Maßnahmen gegen seinen Schlaf; seine Geschäftsverbindungen erlaubten ihm, sich die stärksten Mittel zu verschaffen, die dem Schlummer wehrten. Seine durchwachten Nächte müssen grauenhaft gewesen sein; er war ganz allein und dem Dunkel, der Stille, den Gewissensnöten und der Angst preisgegeben, und zugleich all den Gedanken, die der Mensch, vielleicht instinktiv, am besten personifiziert hat, wobei er auf solcherlei Weise einer moralischen Wahrheit gehorchte, für die es noch keine greifbaren Beweise gibt. Kurzum, dieser so mächtige Mann, dieses durch das politische und kaufmännische Leben verhärtete Herz, dieses finstere Genie in der Historie mußte den Schrecken der Folterqualen erliegen, die es sich geschaffen hatte. Zu Tode getroffen von gewissen Gedanken, die noch ätzender waren als alle, denen er bislang Widerstand geleistet hatte, schnitt er sich mit einem Raisermesser die Kehle durch. Dieser Tod fiel fast mit dem Ludwigs XI. zusammen, so daß Malemaison gänzlich vom Pöbel geplündert wurde. Ein paar alte Leute aus der Touraine haben behauptet, ein Steuerpächter namens Bohier[60] habe den Schatz des Daumschraubers gefunden und sich seiner bedient, um mit dem Bau von Chenonceaux[61] zu beginnen; das ist ein herrliches Schloß, das, ungeachtet der Reichtümer mehrerer Könige, trotz der Baulust der Diane von Poitiers und ihrer Rivalin Katharina von Medici, nach wie vor unvollendet ist.

Zum Glück für Marie de Sassenage starb der Sire de Saint-Vallier, wie man weiß, während seiner Gesandtschaft. Indessen erlosch die Familie nicht. Nach der Abreise des Grafen bekam die Gräfin einen Sohn, dessen Schicksal unter Franz I. unserer französischen Geschichte angehört[62]. Er wurde durch seine Tochter gerettet, die berühmte Diane von Poitiers, die illegitime Urenkelin Ludwigs XI., die illegitime Gemahlin, die vielgeliebte Maîtresse Heinrichs II., denn die Bastardschaft und die Liebe waren in dieser edlen Familie erblich!

Anmerkungen

Meister Cornelius

1 Hélie de Bourdeilles war 1468 Erzbischof von Tours geworden; er starb 1484.

2 Mit dem Bau der Kathedrale Saint-Gatien wurde zu Beginn des 13. Jahrhunderts begonnen; vollendet wurde sie im 16. Jahrhundert. Es lassen sich an ihr alle Entwicklungsstadien des gotischen Stils ablesen; die Bekrönungen der beiden edlen Türme weisen bereits in die Renaissance.

3 Bürger von Tours.

4 Lat.: Erlöse uns von dem Übel.

5 Lat.: Von Ewigkeit zu Ewigkeit.

6 Aymar de Poitiers, Graf de Saint-Vallier, ist eine historische Gestalt; seine Lebensdaten waren nicht zu ermitteln.

7 Schloß Plessis-lès-Tours, im Südwesten der Stadt gelegen. Die erhalten gebliebenen Teile des Schlosses Ludwigs XI. bergen heute ein Museum der Seidenweberei von Tours. Gezeigt wird überdies das Sterbezimmer des Königs.

8 Jean Juvénal des Ursins (1360–1431), hoher Verwaltungsbeamter.

9 Karl VII. (1403–1461; seit 1422 König von Frankreich), Sohn Karls VI. und der Isabeau von Bayern, verjagte, von der Jungfrau von Orléans unterstützt, die Engländer aus Frankreich und schuf eine gute Regierung, ein gesundes Finanzwesen und ein stehendes Heer. Seine Geliebte war Agnès Sorel.

10 Jene Straße existiert noch heute unter dem modernisierten Namen Rue de la Scellerie.

11 Die Basilika des heiligen Martin († 397) wurde erstmals im 5. Jahrhundert von den Normannen zerstört und im 11.–13. Jahrhundert in riesigen Ausmaßen neu erbaut. 1562 wurde sie von den Hugenotten verwüstet; während der Revolution verfiel sie und wurde 1802 abgebrochen. Es bestehen von ihr nur noch zwei Türme und ein Teil des Kreuzgangs. An ihre Stelle ist im 19. Jahrhundert eine neuromanisch-byzantinische Basilika getreten, die das Grab des heiligen Martin birgt.

12 Jehan de Xaincoings war Generaleinnehmer der Finanzen nicht unter Ludwig XI., sondern unter Karl VII., und ein Freund des Kaufherrn Jacques Coeur. Sein Stadtpalais lag in der heutigen Rue Colbert, gegenüber der gotischen Kirche Saint-Julien. Das

Stadtpalais in der heutigen Rue du Commerce, das Balzac ihm zuschreibt, wurde erst lange nach seinem Tode gegen Ende des 15. Jahrhunderts erbaut; es ist das heutige Hôtel Gouin, eins der vollendetsten Beispiele des Renaissance-Stils. 1940 wurde es zerstört, aber inzwischen rekonstruiert. Es birgt ein Museum für die Kunst des Mittelalters und der Renaissance in Tours.

13 Geboren am 3. Juli 1423 als ältester Sohn Karls VII. und der Marie von Anjou, König von Frankreich 1461–1483. Er nahm 1440 an der Empörung des Adels gegen seinen Vater teil (la Praguerie), entwich nach Burgund, bestieg 1461 den Thron, unterdrückte die Häuser Burgund und Bretagne, wurde 1468 von Karl dem Kühnen bei Péronne gefangengenommen, verbündete sich mit den Schweizern und dem Herzog von Lothringen, kämpfte gegen Karl den Kühnen, der 1476 bei Granson und Murten besiegt wurde und 1477 vor Nancy fiel, wodurch Ludwig XI. von seinem gefährlichsten Gegner befreit wurde. Er übernahm Burgund als erledigtes Manneslehen, besetzte die Provence, Anjou, die Picardie und Maine, unterwarf den Hochadel, sicherte die Einheit Frankreichs, schuf die Pferdepost, vergrößerte das stehende Heer, führte die Unabsetzbarkeit der Richter ein, ordnete die Verwaltung und errichtete in Paris die ersten Buchdruckereien. Unter allen Fürsten seiner Zeit kannte er sich am besten in den Schlichen und Tücken der Politik aus. Er war völlig gewissenlos und umgab sich nur mit Leuten, die ihm blind gehorchten. Im Alter zog er sich auf sein Schloß Plessis-lès-Tours zurück, wo er starb. Er war zunächst mit Margarethe von Schottland und nach deren Tod mit Charlotte von Savoyen verheiratet, die ihm drei Kinder gebar.

14 Die ersten in Frankreich tätigen Bankiers, Wechsler und Wucherer stammten aus Norditalien; die Bezeichnung »Lombarden« wurde in der Folgezeit auf alle zwielichtigen Geldleute ausgedehnt.

15 Noble-Félise Reynaud, Baronin de Sassenage, entstammte einer adligen Familie aus Die an der Drôme bei Valence; sie war in zweiter Ehe mit Henri de Sassenage vermählt. Nach dessen Tod hatte sie vom Dauphin, dem späteren Ludwig XI., zwei Töchter, die er gesetzlich anerkannte. Die ältere heiratete Louis, Bastard von Bourbon, Admiral von Frankreich, die jüngere Aymar von Poitiers, Seigneur von Saint-Vallier, einen der Kammerherrn des Königs.

16 Karl der Kühne (1433–1477), Herzog von Burgund, Sohn Philipps III., des Guten, aus dem Hause Valois, Haupt der 1465 gegen Ludwig XI. geschlossenen »Ligue du bien public«, seit 1467

Nachfolger seines Vaters, gedachte das alte Königreich Burgund wiederherzustellen. Von den Schweizern 1476 bei Granson und Murten besiegt, fiel er am 5. Januar 1477 bei Nancy, wo sein Leichnam, halb von den Wölfen zerfleischt, gefunden wurde.

17 Olivier le Diable (der Teufel), dessen Name Ludwig XI. in le Daim (der Damhirsch) umwandelte, war von niederer Herkunft und Barbier, als welchen Balzac ihn auch gelegentlich bezeichnet. Er war Kammerdiener des Königs, wurde von diesem geadelt und belehnt, genoß sein volles Vertrauen und wurde mit wichtigen Missionen betraut, so mit der Werbung um die Hand der Maria von Burgund, der Erbin Karls des Kühnen, für den Dauphin, die indessen fehlschlug; die Prinzessin heiratete den Erzherzog Maximilian, den Sohn Kaiser Friedrichs III., den »letzten Ritter«.

18 Louis Tristan l'Hermite oder L'Ermite, Profoß der Marschälle von Frankreich unter Karl VII. und Ludwig XI. Verächter der juristischen Formen, grausam, aber Errichter eines Polizeisystems, das nach Beendigung des Hundertjährigen Krieges dringend notwendig geworden war. Vertrauensmann des Königs.

19 Ludwig IX. (geb. 1215, König von Frankreich 1226–1270). Er ist der Erbauer der Sainte-Chapelle und der Sorbonne in Paris. Nach einer wechselvollen, von Aufständen und Kriegen erfüllten Regierung, die dennoch der Stärkung der Königsmacht diente und mancherlei Reformen und Vereinheitlichungen zeitigte, unternahm er 1270 den achten und letzten Kreuzzug, starb indessen, kaum bei Karthago gelandet, an der Pest. Der König führte ein beispielhaftes Leben, das ihm hohe Achtung eintrug. 1297 wurde er kanonisiert.

20 Die in Paris geprägten Münzen galten ein Viertel mehr als die Münzen von Tours.

21 Siehe Anmerkung 3.

22 Olivier-le-Daim; vgl. Anmerkung 17.

23 Zweiter Sohn Heinrichs II. und der Katharina von Medici (1550 bis 1574); König seit 1560, regierte unter der Vormundschaft seiner Mutter bis 1563. Seine Regierungszeit war erfüllt von Religionskriegen, in deren Verlauf Herzog Franz von Guise ermordet wurde. Unter Nichtachtung des Friedens von Saint-Germain gab der König das Zeichen zur Bartholomäus-Nacht (23. August 1572).

24 Der Name Goulenoire bedeutet: Schwarzmaul.

25 Der heilige Bavo († um 653) ist Schutzpatron von Gent.

26 Alte Gold- oder Silbermünze von unterschiedlichem Gewicht, in verschiedenen Ländern im Umlauf.

27 Jetzt eingemeindetes Dorf am Nordufer der Loire, Tours gegenüber. Dort liegt das Landhaus La Grenadière, in dem Balzac mit Mme de Berny den Sommer 1830 verbrachte.

28 Balzac schreibt den Namen »Coyctier«. Jacques Coythier, der Leibarzt Ludwigs XI., starb 1505 in Paris.

29 Unübersetzbares Wortspiel mit »gentilhomme« und »Jean-pillehomme«.

30 Beliebtes Folterinstrument jener Zeit.

31 Gemeint ist: wie einer der orientalischen Fürsten, deren sagenhafte Schätze in ›Tausendundeine Nacht‹ aufgezählt werden.

32 Walter Scotts Roman ›Quentin Durward‹ war 1823 erschienen.

33 Älteste Tochter Ludwigs XI. (1460–1522), Regentin von Frankreich, das sie energisch und geschickt während der Minderjährigkeit ihres jüngeren Bruders Karls VIII. regierte.

34 Von Norden her an der Westseite von Saint-Cyr in die Loire mündendes Flüßchen.

35 Schloß Chambord, ein architektonisches Juwel aus der Blütezeit der Renaissance und von großartiger Einheitlichkeit, wurde ab 1519 durch Franz I. erbaut, der dort 1539 Kaiser Karl V. empfing. Das Schloß wechselte häufig Besitzer und Bewohner; 1930 wurde es vom Staat angekauft.

36 Margarethe von Österreich (1480–1530), Tochter Kaiser Maximilians I. und der Maria von Burgund, Enkelin Karls des Kühnen, wurde als Kind mit dem Dauphin von Frankreich verlobt, kehrte nach dessen Vermählung mit Anne de Bretagne (durch die die Bretagne an Frankreich fiel) 1493 zu ihrem Vater zurück, wurde 1497 mit dem Infanten Juan von Spanien, der im gleichen Jahr starb, und 1501 mit Herzog Philibert II. von Savoyen († 1504) vermählt, später Statthalterin der Niederlande. Nicht zu verwechseln mit Margarethe von Parma (1522–1586), der Tochter Kaiser Karls V., die gleichfalls Statthalterin der Niederlande war und in Goethes ›Egmont‹ auftritt.

37 Siehe Anmerkung 28.

38 Eigentlich Imbert de Batarnay, Seigneur de Bouchage, häufig in den ›Mémoires‹ des Philippe de Commynes (um 1447–1511) erwähnt (einer der Quellen Balzacs für diese Novelle). Balzac bezeichnet diesen Günstling Ludwigs XI. und Karls VIII. als Sire de Montrésor und de Bridoré, Titel, die sich bei Commynes nicht finden. Montrésor liegt südlich von Blois an dem Flüßchen Indrois und ist bemerkenswert durch seine Kirche und sein Schloß.

39 Die Herrschaft über Montbazon ging von dem Geschlecht Dufou an die Rohans über. Die hübsche, von einem mächtigen Turm überragte Kleinstadt liegt südlich von Tours an der Indre.

40 Das Städtchen Bourgueil liegt westlich von Tours. Der Dichter Pierre de Ronsard hat dort oft geweilt. Es ist noch heute um seines Rotweins willen berühmt, eines der edelsten Frankreichs.

41 Neunaugen, Fischgattung der Rundmäuler, im Meer und in Flüssen. Es gibt verschiedene Arten, die alle wohlschmeckend sind.

42 Grober Stoff, ursprünglich aus Kamelhaar, später aus Wolle oder Ziegenhaar.

43 Militärische Auszeichnung, 1469 von Ludwig XI. gestiftet.

44 Das Zimmer ist erhalten geblieben und kann besichtigt werden.

45 Gummiharz von Balsamodendron Ehrenbergianum; bräunlichgelb oder rotbraun, balsamisch duftend, vor allem im Altertum und im Mittelalter beliebtes Heilmittel, da von anregender und schmerzstillender Wirkung.

46 Frz. »Macreuse«. Hier sicherlich nicht »Trauerente« (Oedemia), sondern das magere Fleisch am Schulterknochen des Schweins, in Südwestdeutschland »Schäufele« genannt.

47 Historisch nicht nachweisbar.

48 Carpion oder Carponius, Bruder der heiligen Fortunata, Märtyrer in Cäsarea 303 n. Chr.

49 Cléry-Saint-André, südwestlich von Orléans an der Loire, besitzt eine Basilika, die anstelle einer 1428 von Salisbury auf seinem Marsch nach Orléans zerstörten Kirche von Karl VII. und Dunois von Orléan neu erbaut und von Ludwig XI. reich dotiert wurde. Der König liegt in Notre-Dame de Cléry bestattet.

50 Altes Getreidehohlmaß, 3,28 Liter fassend.

51 Etwa »Gemüsemarkt«.

52 Jacques de Semblançay (um 1457–1527), Finanzmann, Minister Ludwigs XI. und Franz' I., geboren in Tours, wurde, wahrscheinlich zu Unrecht, angeklagt, den Staatsschatz vergeudet zu haben, und in Montfaucon gehängt.

53 Siehe Anmerkung 36.

54 An Gerbsäure reiche Früchte verschiedener Terminalia-Arten aus Indien, die, getrocknet, früher als Arzneimittel verwendet wurden; in neuerer Zeit wurden sie in großen Mengen für die Gerberei und Färberei benutzt.

55 Durch seine Teilnahme an der Adelsrevolte »La Praguerie« im Jahre 1440. (Siehe auch Anmerkung 13.)

56 Siehe Anmerkung 36.

57 Philippe de Crèvecoeur, Baron d'Esquerdes (?–1494), trat 1477 nach dem Tode Karls des Kühnen in den Dienst Ludwigs XI. Unter Karl VIII. wurde er Marschall von Frankreich.

58 Siehe Anmerkung 36.

59 Nach der medisch-persischen Sage letzter König von Assyrien aus dem Geschlecht des Ninos, wurde von den Satrapen von Medien und Babylon angegriffen und in seiner Hauptstadt Ninive belagert, wo er sich 606 v. Chr. mit seinen Frauen, Dienern und Schätzen verbrannte. Den Stoff behandelten Byron in einem Drama (1821) und Delacroix in einem Gemälde (1828).

60 Thomas Bohier (?–1524), Schatzkämmerer Karls VIII., Ludwigs XII. und Franz' I., erwarb das Schloß Chenonceaux für 12 500 Francs, ließ es abreißen und erbaute 1513–1521 das heutige Schloß, dessen einer Flügel sich über den Cher erstreckt.

61 Nach Bohiers Tod ergab es sich, daß er dem Staatsschatz viel Geld schuldete, weshalb sein Sohn das Schloß Franz I. überließ. Heinrich II. schenkte Chenonceaux seiner Geliebten Diane de Poitiers (1499–1566). Nach dem Tod des Königs im Jahre 1559, als Katharina von Medici Regentin wurde, zwang sie Diane, das Schloß zu verlassen und nach Chaumont überzusiedeln, wo sie aber nur kurze Zeit blieb; sie zog sich auf ihr Schloß Anet zurück, wo sie starb.

62 Jean de Poitiers, Graf de Saint-Vallier (1475–1530?), wurde zum Tode verurteilt, weil er 1524 die Flucht des Connétable de Bourbon zu Kaiser Karl V. begünstigt haben sollte. Nach Voltaire wurde er begnadigt, weil seine Tochter Diane de Poitiers, damals Gräfin de Brézé, sich Franz I. zu Füßen warf. Wahrscheinlich ist diese Version Erfindung.

Biographische Notizen über die Romangestalten

Meister Cornelius

Die Gestalten dieser Novelle treten in der ›Menschlichen Komödie‹ nicht wieder auf.

Die rote Herberge

Übertragung von Ernst Sander

Die Novelle ›L'Auberge rouge‹, nach Balzacs Angabe in Paris im Mai 1831 entstanden, wurde zum erstenmal am 10. und 27. August jenes Jahres in der ›Revue de Paris‹ abgedruckt. Die erste Buchausgabe erschien im nächsten Jahr in den ›Nouveaux Contes philosophiques‹ mit folgender Kapitel-Einteilung: 1. Introduction. 2. Les Deux Sous-Aides. 3. Les Deux Justices. 4. Les Deux Justices (fin). Ein Nachdruck erfolgte 1837 im XVII. Band der vierten Auflage der ›Etudes philosophiques‹; die Kapitel-Einteilung lautete jetzt: Introduction. 1. L'Idée et le Fait. 2. Les Deux Crimes. 3. Les Deux Justices. 4. Le Cas de Conscience. Im Jahre 1846 endlich wurde die Novelle in die ›Philosophischen Studien‹ der ›Menschlichen Komödie‹ eingegliedert, in zwei Teilen mit den Titeln ›L'Idée et le Fait‹ und ›Les Deux Justices‹ und mit der Widmung für den Marquis de Custine versehen. – In den ersten Ausgaben hieß der durch das Verbrechen reich gewordene Bankier Mauricey; 1837 änderte Balzac diesen Namen in Taillefer um und identifizierte auf diese Weise jene Gestalt mit der in ›Vater Goriot‹ und ›Das Chagrinleder‹ auftretenden.

Astolphe de Custine (1790–1857), Enkel des guillotinierten Verteidigers von Mainz, Sohn eines gleichfalls guillotinierten Vaters und der bezaubernden Delphine de Sabran-Custine, der Freundin Chateaubriands, war eine seltsame, anziehende, hochkultivierte Persönlichkeit, »ein Proust ohne Genie«, Autor von zumal in seiner Spätzeit betont religiös eingestellten Romanen, eines Dramas, Reiseschilderungen aus Spanien, Italien und England, die der ihm befreundete Stendhal hochschätzte, und eines Werks über das damalige Rußland, das ihn berühmt machte (geschrieben 1839, veröffentlicht 1843). Darin der hellseherische Satz: »Depuis que je suis en Russie, je vois en noir l'avenir de l'Europe.« Nach einem Sittenskandal (1824) verschloß sich ihm der Faubourg Saint-Germain, dem er nach Alter seines Adels und durch sein Vermögen angehörte. Fortan führte er ein großes Haus, in dem alles verkehrte, was in der Literatur, der Musik und der bildenden Kunst Rang und Namen hatte, aber auch Mme de Recamier und die Herzogin von Abrantès, die ihn heiraten wollte. In seinem Salon ist es zu der einzigen Begegnung zwischen Balzac und Barbey d'Aurevilly gekommen; sein Briefwechsel mit beiden (Custine war einer der fruchtbarsten und glänzendsten Briefschreiber seiner Zeit) ist zum überwiegenden Teil noch unveröffentlicht. Balzac hatte Custine 1832 im Salon der Sophie

Gay kennengelernt, einer Freundin der Mutter des Marquis; nach ihr nannte Sophie ihre berühmte Tochter Delphine. Bei Custine las Balzac zum erstenmal sein nie aufgeführtes Schauspiel ›L'Ecole des ménages‹ vor. Nach der Veröffentlichung von Custines Rußland-Buch, das hart mit dem zaristischen Absolutismus ins Gericht ging, brach Balzac für einige Zeit aus Rücksicht auf Mme Hanska, die ja russische Untertanin war, seine Beziehungen zu Custine ab und machte die Widmung des ›Oberst Chabert‹ an ihn rückgängig. Als seine politischen Bedenken gegen den Marquis sich verflüchtigt hatten, widmete er ihm ›L'Auberge rouge‹. 1846 plante der Romancier, Custines schloßhaftes Landhaus in Saint-Gratien bei Enghien zu kaufen, wo der Marquis Empfänge zu geben pflegte, die so berühmt waren wie diejenigen in seinem Pariser Haus in der Rue de la Rochefoucauld.

Custines fesselnde Biographie veröffentlichte 1957 der Marquis de Luppé, der Autor mehrerer kulturhistorischer Werke.

Ein Pariser Bankier (ich weiß nicht, in welchem Jahr es geschah), der sehr ausgedehnte Handelsbeziehungen zu Deutschland unterhielt, wollte einen jener lange Zeit hindurch ihm persönlich unbekannten Freunde festlich bewirten, wie die Geschäftsleute sie an diesem und jenem Handelsplatz durch Korrespondenz gewinnen. Jener Freund, der Chef eines recht bedeutenden Bankhauses in Nürnberg, ein gutmütiger, beleibter Deutscher, ein Mann von Geschmack und Bildung und vor allem ein wackerer Pfeifenraucher, hatte ein ansprechendes, breites Nürnberger Gesicht mit viereckiger, kahl gewordener Stirn, die mit ein paar spärlichen blonden Haaren geziert war. Er stellte den Typus des reinen, noblen Germanien dar, das so fruchtbar an ehrenhaften Charakteren ist, und dessen friedfertige Sitten sich nicht einmal nach sieben Invasionen je verleugnet haben. Der Fremdling lachte arglos, lauschte aufmerksam und trank bemerkenswert viel; er schien den Champagner ebenso zu schätzen wie die heimischen Johannisberger[1] Weine. Er hieß Hermann wie fast alle Deutschen, die die Schriftsteller auftreten lassen. Als ein Mensch, der alles gründlich zu erledigen pflegt, saß er behäbig am Tisch des Bankiers, aß mit dem in ganz Europa so berühmten urdeutschen Appetit und nahm von der Küche des großen Carême[2] gründlich Abschied. Um seinen Gast zu ehren, hatte der Hausherr ein paar intime Freunde, Geld- oder Kaufleute, eingeladen, ferner mehrere liebenswürdige, hübsche Frauen, deren anmutiges Geplauder und ungezwungenes Gehaben im Einklang mit der germanischen Herzlichkeit standen. Wahrhaftig, wer, gleich mir, das Vergnügen gehabt hätte, diese fröhliche Gemeinschaft von Leuten sehen zu können, die ihre Kaufmannskrallen eingezogen hatten, um auf die Freuden des Daseins zu spekulieren, dem wäre es schwergefallen, die Wucherzinsen zu hassen oder die Konkurse zu verfluchen. Der Mensch kann nicht immer nur Böses tun. Daher kommt es sogar in der Gesellschaft von Piraten gelegentlich zu ein paar angenehmen Stunden, in denen man glaubt, man befinde sich nicht an Bord ihres unheimlichen Schiffs, sondern auf einer Schaukel.

»Ehe Monsieur Hermann uns verläßt, wird er uns hoffentlich noch eine deutsche Geschichte erzählen, die uns gehörig Angst macht[3].«

Diese Worte wurden beim Nachtisch von einer jungen, blassen, blonden Dame gesprochen, die sicherlich die Erzählungen Hoffmanns und die Romane Walter Scotts gelesen hatte. Sie war die einzige Tochter des Bankiers, ein entzückendes Geschöpf, dessen Bildung im *Gymnase*[4] ihren Abschluß erhielt und das in die dort gespielten Stücke vernarrt war. Zu dieser Stunde befanden sich die Gäste in jener glücklichen, aus Trägheit und Schweigen zusammengesetzten Stimmung, in die uns eine erlesene Mahlzeit versetzt, wenn wir den Fähigkeiten unserer Verdauung ein bißchen zuviel zugemutet haben. Jeder Gast hatte sich auf seinem Stuhl zurückgelehnt, das Handgelenk leicht auf den Tischrand gestützt und spielte lässig mit der vergoldeten Klinge seines Messers. Wenn ein Abendessen in dieses Stadium des Abklingens geraten ist, mißhandeln manche Leute einen Birnenkern; andere rollen eine Brotkrume zwischen Daumen und Zeigefinger; Verliebte legen ungestalte Buchstaben aus Obstüberresten; Geizige zählen ihre Nüsse und reihen sie auf ihrem Teller auf, wie ein Regisseur hinten auf der Bühne seine Statisten aufstellt. Das sind kleine gastronomische Freuden, denen Brillat-Savarin[5], ein sonst so auf Vollständigkeit bedachter Autor, in seinem Buch nicht Rechnung getragen hat. Die Diener waren verschwunden. Das Dessert glich einer Schwadron nach dem Gefecht; es war völlig aus den Fugen geraten, ausgeplündert, verwüstet. Die Schüsseln irrten auf dem Tisch umher, trotz der Hartnäckigkeit, mit der die Hausherrin versuchte, sie wieder an Ort und Stelle zu rücken. Einige der Damen schauten die Schweizer Landschaften an, die symmetrisch an den grauen Wänden des Eßzimmers hingen. Doch keiner der Gäste war mißgestimmt. Uns ist niemand bekannt, der während der Verdauung eines guten Essens trübsinnig gewesen wäre. Man ist dann nur zu geneigt, in einer gewissen Ruhe zu verharren, einer Art Mitte zwischen der Sinniererei des Denkers und der Befriedigung der Wiederkäuer; man müßte sie die Melancholie der Feinschmeckerei nennen. Daher wandten die Gäste sich spontan dem guten Deutschen zu, entzückt, daß sie etwas Balladeskem lauschen konnten, auch wenn es uninteressant war. Während solch einer gesegneten Pause wirkt die Stimme eines Erzählers stets köstlich auf unsre erschlafften Sinne; sie begünstigt deren negatives Glück. Als ein auf Bilder Versessener bewunderte ich die von einem Lächeln erheiterten, von den Kerzen beleuchteten Gesichter, die das gute Essen purpurn gefärbt hatte; ihr verschiedenartiger Ausdruck erzeugte zwischen den Kandelabern, den Porzellankörbchen, den Früchten und dem Kristall hindurch pikante Effekte.

Unvermittelt wurde meine Phantasie durch den Anblick des Tischgenossen gefesselt, der mir gegenüber saß. Es war ein mittelgroßer Mann, ziemlich dick, lachlustig, mit der Haltung und dem Gehaben eines Börsenmaklers; er schien nur mit recht mäßigen Geistesgaben ausgestattet zu sein, und bislang war er mir nicht aufgefallen; in diesem Augenblick jedoch schien es mir, als habe sein wohl durch ungünstige Beleuchtung verdunkeltes Gesicht einen völlig andern Ausdruck angenommen; es war erdfarben geworden, blaßviolette Töne durchzogen es. Man hätte meinen können, es sei das leichenhafte Haupt eines Sterbenden. Er war reglos wie die in einem Diorama gemalten Gestalten; seine stumpfen Augen starrten auf die funkelnden Facetten eines Kristallstöpsels, aber schwerlich zählte er sie; er schien in eine phantastische Betrachtung der Zukunft oder der Vergangenheit versunken. Als ich dieses verdächtige Gesicht eine Weile gemustert hatte, ließ es mich denken: »Hat er Schmerzen? Hat er zuviel getrunken? Ist er durch die Baisse der Staatspapiere verarmt? Überlegt er, wie er seine Gläubiger übers Ohr hauen kann?«

»Sehen Sie nur«, sagte ich zu der neben mir Sitzenden und wies sie auf das Gesicht des Unbekannten hin, »ist das nicht ein Bankrott, wie er leibt und lebt?«

»Oh!« antwortete sie mir, »dann würde er heiterer dreinschauen.« Darauf schüttelte sie anmutig den Kopf und fügte hinzu: »Wenn der je Pleite machte, würde ich bis nach Peking laufen und es erzählen! Der hat eine Million in Grundbesitz. Er ist nämlich ein ehemaliger kaiserlicher Heereslieferant, übrigens ein gutartiger, ziemlich origineller Mensch. Er hat aus Spekulation zum zweitenmal geheiratet und lebt mit seiner Frau in glücklichster Ehe. Übrigens hat er eine hübsche Tochter, die er lange nicht hat anerkennen wollen; aber der Tod seines Sohns, der leider in einem Duell gefallen ist, hat ihn gezwungen, sie zu sich zu nehmen, weil er nämlich keine Kinder mehr bekommen konnte. Auf diese Weise ist das arme Mädchen plötzlich eine der reichsten Erbinnen von ganz Paris geworden. Der Verlust seines einzigen Sohns hat diesen lieben Mann in einen Kummer gestürzt, der dann und wann zutage tritt.«

In diesem Augenblick hob der Heereslieferant die Augen zu mir auf; sein Blick ließ mich zusammenzucken, so düster und gedankenvoll war er! Ganz sicher faßte dieser Blick in sich ein ganzes Leben zusammen. Doch plötzlich wurden seine Züge heiter; er ergriff den Kristallstöpsel, steckte ihn mit einer mechanischen Bewegung in eine gefüllte Wasserkaraffe, die vor seinem Teller stand, und wandte lächelnd den Kopf Monsieur Hermann zu. Dieser durch seine gastromonischen Genüsse beseligte Mann hatte sicherlich keine zwei Gedanken im Kopf und dachte an überhaupt nichts. Daher empfand ich irgendwie Scham darüber, mein divinatorisches Wissen *in anima vili*[6] eines dicken Finanzmanns vergeudet zu haben. Während ich gänzlich umsonst phrenologische Beobachtungen machte, hatte der gute Deutsche sich die Nase mit einer Prise Tabak gefüllt und begann mit seiner Geschichte. Es würde mir arg schwerfallen, sie in den gleichen Wendungen wiederzugeben, mit seinen häufigen Unterbrechungen und wortreichen Abschweifungen. Daher habe ich sie auf meine Weise niedergeschrieben, dem Nürnberger die Fehler überlassen und mich dessen bemächtigt, was sie vielleicht an Poetischem und Interessantem enthält, und zwar mit der Treuherzigkeit von Schriftstellern, die vergessen, auf die Titelseiten ihrer Bücher drucken zu lassen: *Übersetzt aus dem Deutschen.*

Gedanke und Tat

»Gegen Ende Vendémiaire des Jahres VII nach der Zeitrechnung der Republik, was nach der gegenwärtigen dem 20. Oktober 1799 entspricht, waren zwei junge, am Morgen von Bonn aufgebrochene Leute um Sonnenuntergang in der Nähe von Andernach angelangt; das ist eine kleine, am linken Rheinufer ein paar Meilen von Koblenz entfernt gelegene Stadt. Zu jener Zeit operierte die von General Augereau[7] befehligte Armee vor den Augen der Österreicher, die das rechte Ufer des Stroms besetzt hielten. Das Stabsquartier der republikanischen Division war in Koblenz, und eine der zu Augereaus Korps gehörenden Halbbrigaden lag in Andernach in Quartier. Die beiden Reisenden waren Franzosen. Beim Anblick ihrer blauen, mit weiß abgesetzten Uniformen mit den roten Samtaufschlägen, ihrer Säbel und zumal ihrer mit grünem Wachstuch überzogenen Hüte mit dem dreifarbigen Federbusch würden sogar deutsche Bauern in ihnen Militärärzte erkannt haben, Männer von Wissen und Können und von Verdienst, zumeist beliebt, nicht nur im Heer, sondern auch in den von unsern Truppen besetzten Gebieten. Damals waren nämlich durch das unlängst erlassene Aushebungsgesetz, das auf den General Jourdan[8] zurückging, zahlreiche Söhne aus guten Familien ihrer medizinischen Vorbereitungszeit entrissen worden; natürlich hatten sie lieber ihre fachlichen Studien auf dem Schlachtfeld fortgesetzt als zum Militärdienst gezwungen zu werden, der nicht eben im Einklang mit ihrer bisherigen Ausbildung und ihrer geruhsamen Zukunft stand. Als friedlich gesonnene, hilfsbereite Männer der Wissenschaft hatten diese jungen Menschen inmitten von soviel Unglück einiges Gute getan; sie standen im besten Einvernehmen mit den Gebildeten und Fachleuten der verschiedenen Gegenden, durch die die grausame Zivilisation der Republik hindurchzog. Die jungen Leute waren beide mit Militärpässen und zudem mit von Coste[9] und

Bernadotte[10] unterzeichneten Patenten als Feldunterärzte versehen und auf dem Weg zu der Halbbrigade, der sie zugeteilt worden waren. Beide gehörten mäßig begüterten Bürgerfamilien aus Beauvais an, Familien, in denen sanfte Sitten und provinzielle Ehrbarkeit weitergegeben wurden wie ein Teil des Erbes. Eine bei jungen Menschen leicht verständliche Neugier hatte sie bereits vor dem Zeitpunkt, da sie ihren Dienst anzutreten hatten, auf den Kriegsschauplatz geführt; mit der Postkutsche waren sie bis Straßburg gereist. Obgleich mütterliche Klugheit sie nur eine geringe Summe hatte mitnehmen lassen, hielten sie sich durch den Besitz von ein paar Louis für reich, denn diese stellten in einer Zeit, da die Assignaten[11] den letzten Grad ihrer Entwertung erreicht hatten und das Gold einen hohen Kaufwert besaß, einen wahren Schatz dar. Die beiden Feldunterärzte waren höchstens zwanzig Jahre alt und genossen das Poetische ihrer Lage mit allem Enthusiasmus der Jugend. Als Künstler, Philosophen und Beobachter hatten sie von Straßburg bis Bonn das Kurfürstentum[12] und die Ufer des Rheins besucht. Wenn wir eine wissenschaftliche Berufung haben, sind wir in jenem Alter wahrhaft vielseitige Wesen. Sogar in der Liebe oder auf Reisen muß ein Feldunterarzt bestrebt sein, die Rudimente seines Vermögens oder seines künftigen Ruhms fruchtbar anzulegen. So hatten sich denn die beiden jungen Leute der tiefen Bewunderung hingegeben, von der gebildete Menschen beim Anblick der Ufer des Rheins und der Landschaften Schwabens[13] zwischen Mainz und Köln ergriffen werden; es war eine kraftvolle, üppige, mächtig bewegte Landschaft, reich an Erinnerungen an die Feudalzeit, prangend in Grün; aber überall hat sie die Auswirkungen von Eisen und Feuer bewahrt. Ludwig XIV. und Turenne haben diese entzückende Gegend gebrandschatzt. Hier und dort bezeugen Ruinen die Anmaßung oder vielleicht die Voraussicht des Versailler Königs, der die wunderbaren Burgen schleifen ließ, die ehedem einen Schmuck dieses Teils von Deutschland bildeten. Beim Erblicken dieses herrlichen, mit Wäldern bedeckten Landes, in dem das Malerische des Mittelalters im Übermaß vorhanden ist, freilich in Ruinen, begreift man den deutschen Genius, seine grüblerischen Träumereien und seine Mystik. Indessen hatte der Aufenthalt der beiden Freunde in Bonn gleichzeitig dem Vergnügen gedient und einen wissenschaftlichen Zweck gehabt. Das große Lazarett der gallo-batavischen Armee und der Heeresabteilung Augereau war im Palais des Kurfürsten untergebracht worden. Die frischgebackenen Feldunterärzte hatten dort Kameraden besucht, Empfehlungsbriefe an ihre Vorgesetzten abgegeben und sich mit den ersten Eindrücken ihres Berufs vertraut gemacht. Und dort wie überall hatten sie einige der ausschließenden Vorurteile abgelegt, denen wir so lange Zeit hindurch zugunsten der Baudenkmäler und der Schönheiten unseres Geburtslandes treu zu bleiben pflegen. Der Anblick der Marmorsäulen, mit denen das kurfürstliche Palais geschmückt ist, überraschte sie; sie gingen umher und bewunderten das Grandiose der deutschen Bauten; mit jedem Schritt fanden sie neue Schätze aus Altertum und Gegenwart. Dann und wann führten die Wege, auf denen die beiden Freunde einherritten, als sie sich nach Andernach begaben, sie auf den Gipfel eines Granitbergs, der höher als die andern war. Von dort hatten sie durch eine Waldschneise oder einen Felsspalt einen Ausblick auf den Rhein, der von Sandsteinfelsen eingerahmt oder von kräftigem Pflanzenwuchs gesäumt war. Die Täler, die Pfade und die Bäume hauchten jenen Herbstduft aus, der zu träumerischem Sinnen verleitet; die Wipfel der Wälder begannen, sich zu vergolden und warme, braune Tönungen anzunehmen, Zeichen des Alterns; die Blätter fielen, aber der Himmel war nach wie vor von schönem Azur, und die trockenen Wege zeichneten sich wie gelbe Linien in der Landschaft ab, die jetzt von den schrägen Strahlen der untergehenden Sonne beleuchtet wurde. Etwa eine halbe Meile von Andernach entfernt ritten die beiden Freunde in tiefer Stille, wie wenn der Krieg dieses schöne Land nicht verheert hätte, und folgten einem Weg, der für die Ziegen durch die hohen, bläulichen Granitmauern gebahnt worden war, zwischen denen der Rhein brodelt. Bald stiegen sie einen der Abhänge der Schlucht hinab, in deren Tiefe eine kleine Stadt gelegen ist, sie hockt kokett am Flußufer und bietet den Schiffern einen hübschen Hafen dar. – ›Deutschland ist ein recht schönes Land‹, rief einer der beiden jungen Leute aus, der Prosper Magnan hieß, als er die bemalten Häuser von Andernach erblickte; sie lagen aneinandergedrängt da wie Eier in einem Korb, und zwischen ihnen befanden sich Bäume, Gärten und Blumen. Dann bewunderte er eine Weile die spitzigen Dächer mit den vorspringenden Giebeln, die Holztreppen, die Galerien tausend friedlicher Behausungen und die Boote, die im Hafen auf den Wassern schwankten ...«

In dem Augenblick, da Monsieur Hermann den Namen Prosper Magnan erwähnte, hatte der Heereslieferant die Karaffe ergriffen, sich Wasser in sein Glas gegossen und es in einem Zug geleert. Diese Bewegung hatte meine Aufmerksamkeit auf sich gelenkt; ich glaubte, in den Händen des Finanziers ein leichtes Zittern und auf seiner Stirn Feuchtigkeit wahrzunehmen.

»Wie heißt eigentlich dieser frühere Heereslieferant?« fragte ich meine liebenswürdige Tischgenossin.

»Taillefer«, antwortete sie.

»Fühlen Sie sich unpäßlich?« rief ich aus, als ich jene seltsame Persönlichkeit erbleichen sah.

»Durchaus nicht«, sagte er und dankte mir mit einer höflichen Geste. »Ich lausche aufmerksam«, sprach er weiter und nickte den Gästen zu, die ihn alle gleichzeitig angeblickt hatten.

»Den Namen des andern jungen Mannes«, sagte Monsieur Hermann, »habe ich vergessen. Lediglich aus dem mir von Prosper Magnan Mitgeteilten habe ich erfahren, daß sein Gefährte braunhaarig, ziemlich mager und lebenslustig war. Wenn Sie gestatten, werde ich ihn Wilhelm nennen, damit meine Geschichte beim Erzählen klarer wird.«

Nachdem der gute Deutsche auf diese Weise ohne Rücksicht auf die Romantik und das Lokalkolorit den französischen Feldunterarzt mit einem germanischen Namen getauft hatte, nahm er seine Erzählung wieder auf.

»Als die beiden jungen Leute in Andernach anlangten, war es bereits dunkel. In der Annahme, daß sie bei der Suche nach ihren Vorgesetzten, beim Sichausweisen und der Zuteilung einer Unterkunft in einer Stadt, die ohnehin schon stark mit Soldaten belegt war, viel Zeit verlieren würden, hatten sie beschlossen, ihre letzte Nacht der Freiheit in einer Herberge zu verbringen, die etwa hundert Schritte vor Andernach gelegen war; von der Höhe der Felsen aus hatten sie deren auffälligen, von den Glutstrahlen der untergehenden Sonne noch verschönten Anstrich bewundert. Jene Herberge war über und über rot getüncht und bewirkte einen reizvollen Effekt in der Landschaft, sei es, daß sie sich vom Gesamtbild der Stadt abhob, sei es, daß sie ihre breite, purpurne Wand dem Grün des unterschiedlichen Laubwerks entgegenstellte, und ihre lebhafte Färbung den grauen Tönungen des Wassers. Jenes Haus dankte seinen Namen dem Schmuck seiner Außenseite; es war ihm wohl schon vor undenklichen Zeiten durch die Willkür seines Gründers zuteil geworden. Ein bei den verschiedenen Besitzern dieser Unterkunftsstätte, die bei den Rheinschiffern in gutem Ruf stand, recht begreiflicher merkantiler Aberglaube hatte ihr Äußeres sorglich bewahrt bleiben lassen. Als der Wirt der ›Roten Herberge‹ das Pferdegetrappel vernahm, erschien er auf der Türschwelle. ›Beim wahrhaftigen Gott‹, rief er, ›meine Herren, ein bißchen später, und Sie hätten bei Mutter Grün übernachten müssen, wie die meisten Ihrer Landsleute, die auf der andern Seite von Andernach biwakieren. Bei mir ist alles besetzt! Wenn Sie Wert darauf legen, in einem guten Bett zu schlafen, kann ich Ihnen nur noch mein eigenes Schlafzimmer anbieten. Und Ihren Pferden, denen will ich in einer Ecke des Hofs Streu hinschütten lassen. Mein Stall liegt heute voll von Christenmenschen. Die Herren kommen aus Frankreich?‹ fuhr er nach einer kleinen Pause fort. – ›Aus Bonn‹, rief Prosper, ›und wir haben seit heute früh nichts gegessen.‹ – ›Oh, was die Kost betrifft‹, sagte der Wirt und nickte, ›so kommen die Leute aus zehn Meilen in der Runde, um sich in der ‚Roten Herberge' gütlich zu tun. Ein fürstliches Mahl sollen Sie haben, Rheinfisch! Das sagt alles.‹ Nachdem die Feldunterärzte ihre ermüdeten Pferde dem Gastwirt anvertraut hatten, der vergebens nach seinen Hausknechten rief, betraten sie die Gaststube der Herberge. Die dicken, weißlichen Rauchschwaden, die eine ansehnliche Schar von Rauchern ausgestoßen hatte, ließen sie zunächst nicht die Leute erkennen, mit denen sie beisammen sein sollten; doch als sie sich mit der auf Erfahrung beruhenden Geduld philosophischer Reisender, die erkannt haben, wie unnütz es ist, geräuschvoll aufzutreten, an einen Tisch gesetzt hatten, nahmen sie nach und nach durch den Tabaksqualm hindurch das unumgängliche Zubehör einer deutschen Gaststube wahr; den Ofen, die Standuhr, die Tische, die Bierkrüge, die langen Pfeifen; hier und dort wunderliche Gesichter, jüdische, deutsche; dann die rauhen Züge von Schiffern. Die Epauletten[14] mehrerer französischer Offiziere funkelten im Dunst, und das Klirren von Sporen und Säbeln erklang ohne Unterlaß auf dem Fliesenboden. Die einen spielten Karten, andere stritten miteinander, schwiegen, aßen, tranken oder gingen auf und ab. Eine dicke kleine Frau mit schwarzer Samthaube, einem blausilbernen Mieder, einem Nähkissen, einem Schlüsselbund, einer silbernen Schnalle, das Haar zu Zöpfen geflochten, was alles die bezeichnenden Merkmale aller deutschen Gastwirtsfrauen sind (ihre Tracht wird übrigens auf einer Fülle von Kupferstichen so genau ausgetuscht dargestellt, daß sie allgemein zu bekannt ist, um geschildert werden zu brauchen), die Frau des Gastwirts also machte die beiden Freunde mit höchst bemerkenswerter Geschicklichkeit geduldig und ungeduldig. Unmerklich nahm der Lärm ab; die Reisenden zogen sich zurück und die Qualmwolke verflog. Als das Gedeck der Feldunterärzte aufgelegt wurde, als der klassische Rheinkarpfen[15] auf dem Tisch erschien, schlug es elf, und die Gaststube war leer. Die Nachtstille ließ undeutlich das Geräusch vernehmen, das die Pferde beim Fressen oder Stampfen vollführten, sowie das Murmeln der Wasser des Rheins, und ferner die unbestimmten Geräusche, die sich in einem Wirtshaus regen, wenn alles zu Bett geht. Türen und Fenster wurden geöffnet und geschlossen, Stimmen brummten unverständliche Worte, und in den Zimmern erschollen ein paar fragende Rufe. In dieser Minute der Stille und des Rumorens lauschten die beiden Franzosen und der Gastwirt, der es sich angelegen sein ließ, ihnen Andernach, das Essen, seinen Rheinwein, die republikanische Armee und seine Frau zu rühmen, mit einem gewissen Interesse den rauhen Rufen einiger Schiffer und dem Geplätscher eines im Hafen anlegenden Bootes. Der Herbergsvater, der wohl mit den kehligen Rufen der Frachtschiffer vertraut war, ging hastig hinaus und kam bald wieder herein. Er brachte ein dickliches Männlein mit, dem zwei Schiffer folgten; sie trugen eine schwere Reisetasche und ein paar Ballen. Als sein Gepäck in der Gaststube verstaut worden war, nahm der kleine Mann eigenhändig seine Reisetasche und behielt sie bei sich, worauf er sich ohne alle Umstände an den Tisch der beiden

Feldunterärzte setzte. – ›Schlaft in eurem Boot‹, sagte er zu den Schiffern, ›das Gasthaus ist voll. Wenn man es sich richtig überlegt, dürfte das auch besser sein.‹ – ›Monsieur‹, sagte der Wirt zu dem neuen Ankömmling, ›dies ist alles, was mir an Essen übriggeblieben ist.‹ Damit zeigte er auf die für die beiden Franzosen aufgetragene Abendmahlzeit. ›Keine Brotrinde, keinen Knochen habe ich mehr.‹ – ›Und Sauerkraut?‹ – ›Nicht mal soviel, wie in den Fingerhut meiner Frau ginge! Wie ich die Ehre hatte, Ihnen zu sagen, können Sie keine andere Lagerstatt haben als den Stuhl, auf dem Sie sitzen, und kein Schlafzimmer als die Gaststube hier.‹ Bei diesen Worten warf das Männlein auf den Wirt, die Gaststube und die beiden Franzosen einen Blick, in dem sich gleichermaßen Argwohn und Schrecken malten.

Hier muß ich Sie darauf hinweisen«, unterbrach sich Monsieur Hermann, »daß wir nie den wahren Namen jenes Unbekannten erfahren haben, noch was es mit ihm auf sich hatte; aus seinen Papieren ging lediglich hervor, daß er aus Aachen gekommen war; er hatte den Namen Walhenfer angenommen und besaß in der Gegend von Neuwied eine ziemlich bedeutende Stecknadelfabrik. Wie alle Fabrikanten jenes Landstrichs trug er einen Überrock aus derbem Tuch, eine Kniehose aus dunkelgrünem Samt, hohe Stiefel und einen breiten Ledergurt. Sein Gesicht war ganz rund, sein Benehmen freimütig und herzlich; aber es fiel ihm während jener Abendstunde sehr schwer, seine geheimen Befürchtungen oder vielleicht grausigen Besorgnisse gänzlich zu verhehlen. Der Gastwirt ist stets der Meinung gewesen, dieser deutsche Geschäftsmann habe sich auf der Flucht aus seinem Heimatland befunden. Später habe ich erfahren, seine Fabrik sei durch einen der Zufälle, die in Kriegszeiten unseligerweise so häufig sind, abgebrannt. Trotz seines im ganzen sorgenvollen Gesichtsausdrucks zeugten seine Züge von ungemeiner Gutmütigkeit. Er wirkte sympathisch und hatte einen auffällig breiten Hals, dessen helle Haut durch eine schwarze Halsbinde so sehr hervorgehoben wurde, daß Wilhelm im Scherz Prosper darauf hinwies ...«

An dieser Stelle trank Monsieur Taillefer ein Glas Wasser.

»Zuvorkommend bot Prosper dem Fabrikanten an, ihrer beider Abendessen mit ihnen zu teilen, was Walhenfer ohne weiteres annahm, wie jemand, der sich imstande fühlt, eine solche Höflichkeit zu erwidern; er stellte seine Reisetasche auf den Fußboden, setzte die Füße darauf, nahm den Hut ab, nahm am Tisch Platz und entledigte sich seiner Handschuhe und zweier Pistolen, die er in seinem Leibgurt stecken hatte. Der Wirt hatte rasch ein weiteres Gedeck aufgelegt, und die drei Gäste begannen recht wacker, ihren Hunger zu stillen. Die Luft in der Gaststube war so warm, und es gab so viele Fragen, daß Prosper den Wirt bat, doch das Fenster zu öffnen, das nach dem Hoftor zu gelegen war, damit frische Luft hereinkomme. Jenes Fenster war durch eine Eisenstange versperrt, deren beide Enden in zwei Löchern der Umrahmung steckten. Um der größeren Sicherheit willen waren an jedem der Laden zwei Schraubenmuttern angebracht, in die zwei Schrauben gedreht werden konnten. Zufällig sah Prosper zu, wie der Wirt beim Öffnen des Fensters verfuhr.

Aber wenn ich nun schon von der Örtlichkeit spreche«, sagte Monsieur Hermann, »muß ich Ihnen auch beschreiben, wie das Innere der Herberge angelegt war; denn durch die genaue Kenntnis der Gegebenheiten wird diese Geschichte viel interessanter. Das Gastzimmer, in dem die drei Leute saßen, von denen ich Ihnen erzähle, hatte zwei Türen ins Freie. Die eine ging auf die Landstraße nach Andernach hinaus, die am Rhein entlangführt. Dort, also vor der Herberge, befand sich natürlich eine kleine Anlegestelle, wo das von dem Geschäftsmann für seine Reise gemietete Boot festgemacht hatte. Die andere Tür ging auf den Hof der Herberge hinaus. Jener Hof war von sehr hohen Mauern umgeben, und gegenwärtig stand er voll von Vieh und Pferden, da die Ställe sämtlich von Menschen belegt waren. Das große Einfahrtstor war so sorgfältig zugesperrt, daß der Wirt, damit dies schneller vonstatten ging, den Fabrikanten und die Schiffer durch die Gaststubentür hatte eintreten lassen, die ja auf die Landstraße ging. Nachdem er, Prosper Magnans Wunsch entsprechend, das Fenster geöffnet hatte, machte er sich daran, jene Tür zu verschließen; er schob die Eisenstangen in ihre Löcher und drehte die Schrauben ein. Das Schlafzimmer des Wirts, in dem die beiden Feldunterärzte übernachten sollten, stieß an die Gaststube und war nur durch eine ziemlich dünne Wand von der

Küche abgetrennt, in der die Wirtin und ihr Mann aller Wahrscheinlichkeit nach die Nacht verbringen mußten. Die Magd war gerade hinausgegangen; sie wollte wohl ihr Lager in irgendeiner Futterkrippe, einem Speicherwinkel oder sonstwo suchen. Es ist ohne weiteres verständlich, daß die Gaststube, das Schlafzimmer des Wirts und die Küche irgendwie von dem übrigen Wirtshaus abgesondert lagen. Im Hof waren zwei große Hunde, deren lautes Gebell kundtat, daß es sich um hellhörige und sehr reizbare Wächter handelte. – ›Welche Stille und welch schöne Nacht!‹ sagte Wilhelm und blickte zum Himmel auf, als der Wirt mit dem Zusperren der Tür fertig war. Jetzt war das Plätschern der Wellen das einzige vernehmliche Geräusch. – ›Meine Herren‹, sagte der Geschäftsmann zu den beiden Franzosen, ›erlauben Sie mir, Sie zu ein paar Flaschen Wein einzuladen, zum Begießen unseres Karpfens. Wenn wir trinken, machen wir uns von der Mühsal des Tages frei. An Ihrem Aussehen und dem Zustand Ihrer Kleidung sehe ich, daß Sie, gleich mir, heute ein gehöriges Stück Weges hinter sich gebracht haben.‹ Die beiden Freunde nahmen an, und der Wirt verschwand durch die Küchentür, um in seinen Keller hinabzusteigen, der sicherlich unter diesem Teil des Hauses lag. Als fünf ehrwürdige Flaschen, die der Wirt gebracht hatte, auf dem Tisch standen, war seine Frau gerade mit dem Bedienen der Gäste fertig geworden. Sie warf auf die Gaststube und das Aufgetragene einen Hausfrauenblick; als sie sich dann gewiß war, alle Ansprüche der Reisenden befriedigt zu haben, ging sie wieder in die Küche. Die vier Zecher, denn der Wirt war zum Mittrinken aufgefordert worden, hörten nicht, daß sie sich schlafen legte; aber später, während der Schweigepausen, die das Geplauder der Trinkenden unterbrachen, ließen ein paar überdeutliche Schnarchlaute, die durch die hohl liegenden Bretter des Hängebodens, wo sie untergekrochen war, noch lauter dröhnten, die Freunde und zumal den Wirt lächeln. Gegen Mitternacht, als auf dem Tisch nur noch Zwieback, Käse, Dörrobst und der gute Wein standen, wurden die Trinkenden, und zumal die jungen Franzosen, mitteilsam. Sie sprachen von ihrer Heimat, ihrem Studium und vom Krieg. Schließlich wurde die Unterhaltung immer lebhafter. Prosper Magnan ließ dem geflüchteten Fabrikanten ein paar Tränen in die Augen treten, als er mit dem picardischen Freimut und der Harmlosigkeit eines guten, zärtlichen Naturells Vermutungen darüber anstellte, was wohl zu dieser Stunde, da er selbst sich am Ufer des Rheins befinde, seine Mutter tue. – ›Ich sehe sie vor mir‹, sagte er, ›wie sie ihr Abendgebet liest, ehe sie sich schlafen legt! Ganz sicher vergißt sie mich nicht; sie muß sich fragen: Wo jetzt wohl mein armer Prosper weilt? Aber wenn sie beim Spiel einer Nachbarin – vielleicht deiner Mutter?‹ fügte er hinzu und stieß Wilhelm mit dem Ellbogen an, ›ein paar Sous abgewonnen hat, legt sie sie sicherlich in den großen, roten, irdenen Topf, in dem sie die Summe spart, die sie braucht, um die dreißig Morgen zu kaufen, die mitten in ihrem kleinen Landbesitz Lescheville liegen. Die dreißig Morgen sind etwa sechzigtausend Francs wert. Es ist gutes Weideland. Ach, wenn ich sie eines Tages hätte, würde ich mein Leben lang in Lescheville wohnen, ohne allen Ehrgeiz! Wie oft hat mein Vater diese dreißig Morgen und den hübschen Bach haben wollen, der sich durch die Wiesen schlängelt! Aber er ist gestorben, ohne daß er sie hat kaufen können. Wie oft habe ich da gespielt!‹ – ›Monsieur Walhenfer, haben Sie nicht ebenfalls Ihr Hoc erat in votis[16]? fragte Wilhelm. – ›Ja, Monsieur, ja, aber mir war alles zuteil geworden, und jetzt ...‹ Der Biedermann verfiel in Schweigen und sprach seinen Satz nicht zu Ende. – ›Ich‹, sagte der Wirt, dessen Gesicht sich leicht purpurn getönt hatte, ›habe letztes Jahr einen Rebberg gekauft, den ich mir seit zehn Jahren gewünscht hatte.‹ So plauderten sie wie Leute, denen der Wein die Zunge gelöst hat, und faßten füreinander die vergängliche Freundschaft, mit der wir auf Reisen nicht eben geizen, so daß, als schlafengegangen werden sollte, Wilhelm dem Fabrikanten sein Bett anbot. ›Sie können es um so eher annehmen‹, sagte er zu ihm, ›als ich ja mit Prosper zusammen schlafen kann. Es wäre bestimmt weder das erste noch das letzte Mal. Sie sind von uns der älteste; wir müssen das Alter ehren!‹ – ›Pah!‹ sagte der Wirt, ›im Bett meiner Frau sind mehrere Matratzen, legen Sie einfach eine auf die Erde.‹ Und damit schloß er das Fenster und machte den Lärm, der mit solcherlei Vorsichtsmaßnahmen verbunden ist. – ›Einverstanden‹, sagte der Fabrikant. ›Ich gestehe‹, fügte er mit gesenkter Stimme hinzu und blickte die beiden Freunde an, ›daß ich es mir so gewünscht hatte. Meine beiden Schiffer kommen mir verdächtig vor. Für diese Nacht ist es mir nicht unrecht, mich in der Gesellschaft zweier wackerer, guter junger Leute zu befinden, zweier französischer Offiziere! Ich habe in meiner Reisetasche hunderttausend Francs in Gold und Diamanten.‹ Die freundliche Zurückhaltung, mit der dieses unkluge Geständnis von den beiden jungen Leuten entgegengenommen wurde, machte den guten Deutschen vollends sicher. Der Wirt half seinen Gästen beim Umbau eines der Betten. Als dann alles aufs beste geregelt worden war, wünschte er ihnen eine gute Nacht und legte sich schlafen. Der Fabrikant und die beiden Feldunterärzte scherzten über die Beschaffenheit ihrer Kopfkissen. Prosper legte seine Instrumententasche und die Wilhelms unter die Matratze, um sie zu erhöhen und das fehlende Keilkissen zu ersetzen; gleichzeitig schob Walhenfer aus einem Übermaß an Vorsicht seine Reisetasche unter das Kopfende seines Bettes. – ›So schlafen wir beide auf unserm Hab und Gut: Sie auf Ihrem Golde, ich auf meinem Besteck! Bleibt nur zu wissen übrig, ob meine Instrumente mir einmal soviel Gold einbringen werden, wie Sie verdient haben.‹ – ›Das können Sie hoffen‹, sagte der Fabrikant. ›Arbeit und Redlichkeit führen bei allen Dingen ans Ziel; aber Sie müssen Geduld haben.‹ Bald waren Walhenfer und Wilhelm eingeschlafen. Sei es, daß seine Lagerstatt zu hart war, sei es, daß seine übergroße Erschöpfung ein Grund war, daß er nicht einschlafen konnte, sei es, daß es von einer verhängnisvollen Seelenstimmung herrührte – Prosper Magnan blieb wach. Unmerklich nahmen seine Gedanken eine schlimme Richtung. Er dachte an nichts als an die hunderttausend Francs, auf denen der Fabrikant schlief. Für ihn waren hunderttausend Francs ein ungeheures Vermögen, das zum Greifen nahelag. Er begann, sie auf tausenderlei verschiedene Weisen zu verschwenden; er baute damit Luftschlösser, wie wir alle so beglückt in der Zeitspanne tun, die dem Einschlafen vorhergeht, in der Stunde, da die Wunschbilder verworren unserm Denkvermögen entsteigen und da oftmals in der Stille der Nacht der Gedanke magische Macht gewinnt. Er erfüllte die Wünsche seiner Mutter, er kaufte die dreißig Morgen Weideland, er heiratete eine Demoiselle aus Beauvais, um die zu werben die Ungleichheit von ihrer beider

Vermögen sich gegenwärtig verbot. Er schuf sich mit jener Summe ein ganzes Leben voller Wonnen und sah sich glücklich, als Familienvater, reich, in seiner Provinz geachtet, vielleicht gar als Bürgermeister von Beauvais. Sein Hitzkopf glühte; er suchte nach Mitteln und Wegen, seine Phantasien Wirklichkeit werden zu lassen. Er erträumte sich den Tod des Fabrikanten und sah dabei deutlich das Gold und die Diamanten vor sich. Seine Augen wurden davon geblendet. Sein Herz pochte heftig. Schon allein die Überlegung war wohl bereits ein Verbrechen. Diese Masse Goldes schlug ihn in Bann; er berauschte sich innerlich durch die Erwägungen, die ein Mörder anstellt. Er fragte sich, ob dieser armselige Deutsche überhaupt zu leben brauche; er stellte sich vor, er habe nie existiert. Kurzum, er plante das Verbrechen so, daß ihm Straflosigkeit sicher war. Das andere Rheinufer hielten die Österreicher besetzt; unterhalb des Fensters waren ein Boot und Schiffer; er konnte diesem Mann den Hals abschneiden, ihn in den Rhein werfen, mitsamt der Reisetasche durchs Fenster entkommen, den Schiffern Gold bieten, zu den Österreichern übergehen. Er ging sogar so weit, daß er den Grad von Geschicklichkeit in seine Berechnungen einbezog, die er sich bei der Handhabung seiner chirurgischen Instrumente erworben hatte, so daß er den Kopf seines Opfers vom Rumpf trennen konnte, ohne daß dieses einen einzigen Schrei ausstieß . . .«

Jetzt wischte Monsieur Taillefer sich die Stirn ab und trank abermals ein bißchen Wasser.

»Prosper stand langsam und geräuschlos auf. Er war sich gewiß, niemanden aufgeweckt zu haben, kleidete sich an und ging in die Gaststube; dann schraubte er mit der fatalen Intelligenz, die der Mensch plötzlich in sich verspürt, mit der Macht des richtigen Tuns und des Willens, an der es den Gefangenen und den Verbrechern nie gebricht, wenn sie ihre Pläne durchführen, die Eisenstäbe los, zog sie, ohne das leiseste Geräusch zu machen, aus ihren Löchern, lehnte sie an die Wand und machte den Laden auf, wobei er auf die Angeln drückte, um ihr Knarren zu dämpfen. Da der Mond sein bleiches Licht über dieses Tun ergossen hatte, konnte Prosper schwach die Dinge in dem Zimmer erkennen, wo Wilhelm und Walhenfer schliefen. Da, so hat er mir erzählt, hat er einen Augenblick innegehalten. Sein

Herzklopfen war so stark, so tief innerlich und so laut geworden, daß er schier entsetzt dagestanden hatte. Jetzt fürchtete er, er könne nicht mehr kaltblütig handeln; seine Hände zitterten; ihm war, als stehe er mit den Fußsohlen auf glühenden Kohlen. Aber die Durchführung seines Plans war bislang von so viel Glück begleitet gewesen, daß er in dieser Gunst des Schicksals eine Art Vorbestimmung erblickte. Er öffnete das Fenster, nahm sein Besteck und suchte darin das Instrument heraus, das zur Begehung seines Verbrechens am geeignetsten war. – ›Als ich an das Bett herangetreten war‹, hat er mir gesagt, ›habe ich mich ganz mechanisch Gott anbefohlen.‹ Gerade als er den Arm hob und alle seine Kraft zusammenraffte, vernahm er in seinem Innern etwas wie eine Stimme und glaubte einen Lichtschein wahrzunehmen. Er warf das Instrument auf sein Bett, lief in den andern Raum und stellte sich an das Fenster. Dort packte ihn der tiefste Abscheu vor sich selbst; da er aber dennoch fühlte, wie schwach seine Tugend sei, und da er fürchtete, abermals dem Bann zu erliegen, in dessen Klauen er sich befand, sprang er hastig auf die Landstraße hinaus und ging entlang dem Rhein auf und ab, wobei er sozusagen vor der Herberge Posten stand. Oftmals kam er bei seinem überhasteten Gang bis nach Andernach; oftmals führten ihn seine Schritte auch an den Abhang, den er hinabgeritten war, um zu der Herberge zu gelangen; aber die Stille der Nacht war so tief, er verließ sich so sehr auf die Wachhunde, daß er dann und wann das Fenster aus den Augen verlor, das er offengelassen hatte. Es war seine Absicht, müde zu werden und den Schlaf herbeizurufen. Doch als er so unter einem wolkenlosen Himmel einherschritt, bewundernd zu den schönen Sternen aufschaute und vielleicht auch durch die reine Nachtluft und das schwermütige Rauschen der Wasser stark innerlich angerührt wurde, versank er in eine Grübelei, die ihn nach und nach zu gesunden, moralischen Gedanken zurückführte. Schließlich vertrieb die Vernunft völlig den Wahnwitz, der sich für kurze Zeit seiner bemächtigt hatte. Die Lehren seiner Erziehung, die religiösen Vorschriften und zumal, so hat er mir gesagt, die Erinnerungsbilder an das bescheidene Leben, das er bislang unter dem väterlichen Dach geführt hatte, triumphierten über seine bösen Gedanken. Als er nach einer langen, nachdenklichen Betrachtung, der er sich am Rheinufer, auf einen dicken Stein gestützt, überlassen hatte, wieder dem Haus zuging, da hätte er, so hat er mir gesagt, neben einer Milliarde in Gold nicht schlafen, sondern wachen können. Nun, da seine Redlichkeit stark und stolz aus diesem Kampf hervorgegangen war, warf er sich in einem Gefühl der Verzückung auf die Knie, dankte Gott und fühlte sich froh, leicht und zufrieden wie am Tag seiner Erstkommunion, als er sich der Engel würdig geglaubt, weil er den ganzen Tag hingebracht hatte, ohne in Worten, Taten und Gedanken zu sündigen. Er kam wieder in die Herberge, schloß das Fenster ohne Scheu, Geräusch zu machen, und legte sich sogleich zu Bett. Seine seelische und körperliche Ermattung gab ihn widerstandslos dem Schlaf preis. Kurz nachdem er den Kopf auf seine Matratze gelegt hatte, fiel er in jene erste, wunderliche Schläfrigkeit, die stets einem tiefen Schlaf vorangeht. Dann erschlaffen die Sinne, und allmählich entschwindet das Leben; die Gedanken sind unvollständig, und die letzten Zuckungen unserer Sinne gaukeln uns etwas wie Träume vor. – ›Wie drückend die Luft ist‹, sagte sich Prosper. ›Mir ist, als atmete ich feuchten Dampf ein.‹ Verschwommen erklärte er sich diese Wirkung der Atmosphäre durch den Unterschied, der zwischen der Temperatur im Zimmer und der reinen Landluft herrschen mußte. Bald jedoch vernahm er ein regelmäßig wiederkehrendes Geräusch; es ähnelte beinah dem, das niederfallende Wassertropfen verursachen. Einem panischen Schreck nachgebend, wollte er aufstehen und den Wirt rufen, den Fabrikanten oder Wilhelm wecken; doch da fiel ihm zu seinem Unglück die hölzerne Standuhr ein; und im Glauben, er vernehme die Bewegung des Pendels, schlief er in dieser undeutlichen, verworrenen Vorstellung ein ...«

»Wünschen Sie Wasser, Monsieur Taillefer?« fragte der Hausherr, als er sah, wie der Bankier mechanisch nach der Karaffe langte.

Sie war leer.

Nach einer kleinen, durch die Bemerkung des Bankiers ausgelösten Pause fuhr Monsieur Hermann mit seiner Erzählung fort.

»Am andern Morgen«, sagte er, »wurde Prosper Magnan durch lauten Lärm geweckt. Ihm war, als habe er gellende

Schreie gehört, und er verspürte das heftige Zittern der Nerven, das uns befällt, wenn wir beim Erwachen in einem unangenehmen Gefühl verharren, das während des Schlafs eingesetzt hat. Es vollzieht sich dann in uns ein physiologischer Vorgang, ein Ruck (um mich dieses vulgären Ausdrucks zu bedienen), der noch nicht zur Genüge beobachtet worden ist, als daß man wissen könnte, ob er für die Wissenschaft der Beachtung würdige Phänomene enthält. Jenes schauerliche Angstgefühl, das vielleicht durch eine zu jähe Vereinigung unserer beiden Naturen hervorgerufen wird, die während des Schlafs fast immer getrennt sind, geht für gewöhnlich schnell vorüber; aber bei dem armen Feldunterarzt dauerte es an, es steigerte sich sogar plötzlich und verursachte ihm das entsetzlichste Haarsträuben, als er zwischen seiner Matratze und Walhenfers Bett eine Blutlache gewahrte. Der Kopf des armen Deutschen lag am Boden, der Körper war im Bett verblieben. Alles Blut war aus dem Hals geströmt. Als Prosper Magnan die noch offenen, starren Augen sah, als er das Blut sah, das seine Bettlaken und sogar seine Hände befleckt hatte, als er sein chirurgisches Instrument auf dem Bett erkannte, sank er in Ohnmacht und fiel in Walhenfers Blut. – ›Das war bereits‹, so hat er mir gesagt, ›eine Strafe für meine Gedanken‹. Als er wieder zu Bewußtsein kam, befand er sich in der Gaststube. Er saß auf einem Stuhl, umringt von französischen Soldaten und angesichts einer gespannten, neugierigen Menge. Stumpfsinnig blickte er einen republikanischen Offizier an, der die Aussagen einiger Zeugen anhörte und wohl ein Protokoll aufsetzte. Er erkannte den Wirt, dessen Frau, die beiden Schiffer und die Herbergsmagd. Das chirurgische Instrument, dessen sich der Mörder bedient hatte . . .«

Hier hustete Monsieur Taillefer, zog sein Schnupftuch aus der Tasche, um sich die Nase zu putzen und wischte sich die Stirn ab. Diese recht natürlichen Bewegungen wurden nur von mir bemerkt; alle Tischgäste hatten die Augen auf Monsieur Hermann gerichtet und lauschten mit einer Art Gier. Der Heereslieferant stützte den Ellbogen auf den Tisch, lehnte den Kopf in die Hand und blickte Hermann starr an. Fortan ließ er sich weder ein Anzeichen der Erschütterung noch des Interesses anmerken; aber seine Züge blieben gedankenschwer und erdfahl wie in dem Augenblick, da er mit dem Kristallstöpsel gespielt hatte.

»Das chirurgische Instrument, dessen der Mörder sich bedient hatte, lag auf dem Tisch neben Prospers Besteck, Brieftasche und Papieren. Die Blicke der Anwesenden richteten sich abwechselnd auf diese Beweisstücke und auf den jungen Menschen, der dem Tod nahe schien und dessen erloschene Augen anmuteten, als sähen sie nichts. Der verworrene Lärm, der draußen vernehmlich war, zeugte vom Vorhandensein der Menge, die die Nachricht von dem Verbrechen vor die Herberge gelockt hatte, und vielleicht auch das Verlangen, den Mörder mit eigenen Augen zu sehen. Der Schritt der Wachtposten vor der Gaststube und das Aufstampfen ihrer Gewehre übertönten die gemurmelten Gespräche der Volksmenge; aber die Herberge war geschlossen, der Hof lag leer und stumm da. Prosper Magnan war außerstande, den Blick des protokollierenden Offiziers zu ertragen; da fühlte er, wie ein Mann ihm die Hand drückte, und er hob die Augen, um zu sehen, wer inmitten dieser feindseligen Menge sein Schützer sei. An der Uniform erkannte er den Stabsarzt der in Andernach einquartierten Halbbrigade. Der Blick dieses Mannes war so durchdringend, daß der arme junge Mensch darob erschauerte; er ließ den Kopf auf die Stuhllehne sinken. Ein Soldat ließ ihn Essig einatmen, und sogleich kam er wieder zu Bewußtsein. Dabei schienen seine verstörten Augen so sehr des Lebens und der Wahrnehmungsmöglichkeit zu entbehren, daß der Stabsarzt, nachdem er Prospers Puls gefühlt hatte, zu dem Offizier sagte: ›Herr Hauptmann, es ist unmöglich, diesen Mann jetzt zu verhören.‹ – ›Gut, dann führen Sie ihn ab‹, unterbrach der Hauptmann den Stabsarzt, zu einem Korporal gewendet, der hinter dem Feldunterarzt stand. – ›Verdammter Feigling‹, sagte der Soldat leise zu ihm, ›versuch doch wenigstens, dich vor diesen deutschen Hunden stramm aufzuführen, um die Ehre der Republik zu retten.‹ Dieser Zuruf weckte Prosper Magnan; er stand auf und tat ein paar Schritte; doch als die Tür sich auftat, als die Außenluft ihn traf und er die Menge hereindringen sah, verließen ihn die Kräfte, die Knie wurden ihm weich, er taumelte. – ›Dieser gottverfluchte Doktorlehrling verdient zweimal den Tod! Tritt gefaßt!‹ sagten die beiden Soldaten, die ihn mit den Armen stützten. ›O diese Memme! Diese Memme! Der ist es! Der ist es! Seht ihn nur! Seht ihn nur!‹ Diese Worte, so schien es ihm, wurden von einer einzigen Stimme gesprochen, der tobenden Stimme der Menge, die neben ihm her drängte, ihn beschimpfte und dabei mit jedem Schritt anschwoll. Während der Überführung von der Herberge zum Gefängnis waren der Lärm, den die Volksmasse und die Soldaten beim Marschieren machten, das Gebrodel der verschiedenen Unterhaltungen, der Anblick des Himmels und die frische Luft, Andernach und das Gekräusel der Wasser des Rheins Eindrücke, die die Seele des Feldunterarztes verschwommen, verworren und stumpf berührten wie alle Empfindungen, die er seit seinem Erwachen verspürt hatte. Bisweilen habe er geglaubt, hat er mir gesagt, er existiere gar nicht mehr.

»Ich war damals im Gefängnis«, unterbrach sich Monsieur Hermann. »Als ein Enthusiast, wie man es mit zwanzig ist, hatte ich mein Vaterland verteidigen wollen und eine Freischärler-Kompanie befehligt, die ich in der Umgebung von Andernach aufgestellt hatte. Ein paar Tage zuvor war ich bei Nacht mitten in eine achthundert Mann starke französische Abteilung geraten. Wir waren höchstens zweihundert. Meine Späher hatten mich verkauft. Ich wurde ins Andernacher Gefängnis geworfen. Ich sollte erschossen werden, man wollte ein Exempel statuieren, das die Gegend einschüchterte. Die Franzosen sprachen auch von Repressalien; aber der Mord, für den die Republikaner an mir Rache nehmen wollten, war nicht im Kurfürstentum begangen worden. Mein Vater hatte einen Aufschub von drei Tagen erlangt, um den General Augereau um meine Begnadigung bitten zu können; er hat sie ihm gewährt. Ich sah also Prosper Magnan in dem Augenblick, da er ins Andernacher Gefängnis kam, und er flößte mir tiefstes Mitleid ein. Obwohl er bleich war, mitgenommen, mit Blut besudelt, waren das hervorstechende Merkmal seiner Züge eine Reinheit und Unschuld, die mich tief ergriff. Für mich sprach aus seinem langen, blonden Haar, aus seinen blauen Augen Deutschland. Er war das leibhaftige Abbild meines der Ohnmacht anheimfallenden Heimatlandes; er kam mir wie ein Opfer und nicht wie ein Mörder vor. Als er unter meinem Fenster vorbeiging, lächelte er, ich weiß nicht wem entgegen, das bittere, schwermütige Lächeln eines Geistesgestörten, der für einen Augenblick ein flüchtiges Aufleuchten der Vernunft wiederfindet. Dieses Lächeln war gewiß nicht das eines Mörders. Als der Kerkermeister zu mir kam, fragte ich ihn über seinen neuen Gefangenen aus. – ›Seit er in seiner Zelle ist, hat er nicht gesprochen. Er sitzt da, hat den Kopf zwischen die Hände gelegt und schläft oder denkt über seinen Fall nach. Wie die Franzosen sagen, soll er morgen seine Abrechnung bekommen und dann binnen vierundzwanzig Stunden erschossen werden.‹ Am Abend, während der kurzen Weile, die es mir vergönnt war, im Gefängnishof auf und ab zu gehen, blieb ich am Fenster des Gefangenen stehen. Wir sprachen miteinander; er erzählte mir auf naive Weise sein Abenteuer und beantwortete ziemlich genau meine verschiedenen Fragen. Nach diesem ersten Gespräch zweifelte ich nicht mehr an seiner Unschuld. Ich erbat und erhielt die Gunst, ein paar Stunden bei ihm zu bleiben. So sah ich ihn also abermals, und der arme Junge weihte mich ohne Umschweife in alle seine Gedanken ein. Zu gleicher Zeit hielt er sich für unschuldig und schuldig. Da er an die schreckliche Versuchung denken mußte, der zu widerstehen er die Kraft besessen hatte, fürchtete er, er habe im Schlaf, in einem Anfall von Nachtwandeln das Verbrechen begangen, das er sich wachend erträumt hatte. – ›Aber Ihr Gefährte?‹ fragte ich ihn. – ›Oh!‹ rief er feurig, ›Wilhelm ist außerstande . . .‹ Er sprach den Satz nicht einmal zu Ende. Auf diese warmherzige, von Jugend und Tugend erfüllte Äußerung hin habe ich ihm die Hand gedrückt. – ›Als er aufwachte‹, fuhr er fort, ›muß er sicherlich einen furchtbaren Schrecken bekommen haben; da hat er wohl den Kopf verloren und ist davongelaufen.‹ – ›Ohne Sie zu wecken‹, sagte ich. ›Aber dann wird Ihre Verteidigung ja leicht sein; denn dann ist Walhenfers Reisetasche schwerlich ausgeraubt.‹ Plötzlich brach er in Tränen aus. – ›O ja, ich bin unschuldig!‹ rief er. ›Ich habe nicht gemordet. Jetzt fällt mir ein, was ich geträumt habe. Ich spielte mit meinen Schulkameraden Barlaufen. Ich habe doch diesem Fabrikanten nicht den Kopf abschneiden können, während ich träumte, ich liefe.‹ Trotz der Hoffnungsschimmer, die ihm dann und wann eine gewisse Beruhigung zuteil werden ließen, fühlte er sich stets von Gewissensbissen zernagt. Ganz bestimmt hatte er den Arm erhoben, um dem Fabrikanten den Kopf abzutrennen. Er ging mit sich ins Gericht, er fand, daß sein Herz nicht rein sei, nachdem er in Gedanken ein Verbrechen begangen habe. – ›Und dabei bin ich doch gut!‹ rief er aus. ›O meine arme Mutter! Vielleicht spielt sie in ihrem kleinen Wohnzimmer mit den Wandbespannungen in dieser Stunde mit ihren Nachbarinnen heiter Imperial[17]. Wenn sie wüßte, daß ich auch nur die Hand erhoben habe, um einen Menschen zu morden ... oh, dann würde sie sterben! Und ich bin im Gefängnis, angeklagt, ein Verbrechen begangen zu haben. Jenen Mann habe ich nicht umgebracht, aber meiner Mutter werde ich ganz sicher den Tod geben!‹ Bei diesen Worten weinte er nicht; aber in einem kurzen, heftigen Wutanfall, der bei Hitzköpfen nichts Ungewöhnliches ist, rannte er auf die Mauer zu, und wenn ich ihn nicht zurückgehalten hätte, würde er sich daran den Schädel zerschmettert haben. – ›Warten Sie Ihr Urteil ab‹, sagte ich zu ihm. ›Sie werden freigesprochen, Sie sind unschuldig. Und Ihre Mutter ...‹ – ›Meine Mutter‹, rief er ungestüm, ›wird dennoch von der Anklage gegen mich erfahren. In Kleinstädten ist das nun mal so, und dann wird die arme Frau deswegen vor Kummer sterben. Außerdem bin ich nicht unschuldig. Wollen Sie die volle Wahrheit wissen? Ich fühle, daß ich die Jungfräulichkeit meines Gewissens verloren habe!‹ Nach diesem furchtbaren Ausspruch setzte er sich hin, kreuzte die Arme über der Brust, neigte den Kopf und starrte mit düsterer Miene zu Boden. In diesem Augenblick kam der Schließer und forderte mich auf, wieder in mein Gelaß zu gehen; es verdroß mich, meinen Gefährten in einer Minute verlassen zu müssen, da seine Niedergeschlagenheit mich so tief dünkte, und ich schloß ihn freundschaftlich in die Arme. – ›Fassen Sie sich in Geduld‹, sagte ich zu ihm, ›vielleicht geht alles gut. Wenn die Stimme eines anständigen Menschen Ihre Zweifel zum Verstummen zu bringen vermag, dann vernehmen Sie, daß ich Sie achte und gern habe. Nehmen Sie meine Freundschaft entgegen und ruhen Sie auf meinem Herzen, wenn Sie in Unfrieden mit dem Ihrigen sind.‹ Am andern Morgen gegen neun Uhr wurde der Feldunterarzt von einem Korporal und vier Füsilieren abgeholt. Als ich die Geräusche hörte, die die Soldaten machten, trat ich an mein Fenster. Beim Durchschreiten des Hofs richtete der junge Mensch die Augen auf mich. Nie werde ich diesen Blick vergessen; er war erfüllt von Gedanken, bangen Ahnungen, Schicksalsergebenheit und einer gewissen traurigen, melancholischen Anmut. Es war eine Art stummen, vernehmlichen Testamentes, durch das ein Freund sein verlorenes Leben seinem letzten Freund vermacht. Die Nacht mußte für ihn sehr hart und sehr einsam gewesen sein; doch vielleicht rührte auch die Blässe, von der sein Gesicht gezeichnet war, von einem Stoizismus her, den er aus einer neuen Selbstachtung geschöpft hatte. Vielleicht hatte er sich durch Gewissensbisse geläutert und glaubte, er könne seine Sünde durch seinen Schmerz und seine Schande abwaschen. Er ging festen Schrittes; und schon am frühen Morgen hatte er die Blutflecken beseitigt, mit denen er sich wider Willen besudelt hatte. – ›Unseligerweise habe ich meine Hände da hineingetaucht, während ich schlief; mein Schlaf ist nämlich stets sehr unruhig‹, hatte er mir am Abend zuvor gesagt, und seine Stimme hatte grauenhaft verzweifelt geklungen. Ich hatte gehört, er müsse vor einem Kriegsgericht erscheinen. Die Division sollte am übernächsten Tag vorrücken, und der Chef der Halbbrigade wollte Andernach nicht verlassen, ohne das Verbrechen an der Stätte abgeurteilt zu haben, wo es begangen worden war ... Ich schwebte während der Zeit, die die Verhandlung dauerte, in Todesängsten. Endlich, gegen Mittag, wurde Prosper Magnan ins Gefängnis zurückgebracht. Ich machte gerade meinen gewohnten Spaziergang; er sah mich, kam auf mich zu und warf sich mir in die Arme. – ›Verloren!‹ sagte er. ›Ich bin hoffnungslos verloren! Hier gelte ich also für jedermann als ein Mörder.‹ Stolz hob er den Kopf. – ›Diese Ungerechtigkeit hat mir meine Unschuld völlig wiedergegeben. Mein Leben würde immer verdüstert gewesen sein, aber mein Tod ist makellos. Doch gibt es denn ein künftiges Leben?‹ In dieser unvermittelten Frage war das ganze achtzehnte Jahrhundert enthalten. Gedankenversunken stand er da. – ›Aber‹, fragte ich ihn, ›wie haben Sie denn geantwortet? Was sind Sie gefragt worden? Haben Sie nicht rückhaltlos über das Geschehene so ausgesagt, wie Sie es mir erzählt haben?‹ Eine Weile starrte er mich an; dann hat er mir nach dieser erschreckenden Pause mit fieberhaft hastigen Worten geantwortet: ›Zunächst haben sie mich gefragt: Haben Sie während der Nacht die Herberge verlassen? Ich habe geantwortet: Ja. – Auf welchem Weg? – Ich bin rot geworden und habe geantwortet: Durch das Fenster. – Dann haben Sie es also aufgemacht? – Ja, habe ich gesagt. – Dabei müssen Sie sehr behutsam vorgegangen sein. Der Gastwirt hat nichts gehört. – Ich habe wie betäubt dagestanden. Die Schiffer haben erklärt, sie hätten mich umhergehen sehen, bald auf Andernach, bald auf den Wald zu. Ich hätte, so haben sie ausgesagt, mehrere Gänge unternommen. Ich hätte wohl das Gold und die Diamanten vergraben. Die Reisetasche ist nämlich nicht wiedergefunden worden! Außerdem bin ich stets im Kampf mit meinem Gewissen gewesen. Wenn ich sprechen wollte, hat eine erbarmungslose Stimme mir zugerufen: Du hast das Verbrechen begehen wollen! – Alles war gegen mich, sogar ich selber . . .! Sie haben mich über meinen Kameraden befragt, und ich habe ihn rückhaltlos verteidigt. Da haben sie zu mir gesagt: Wir müssen einen Schuldigen unter Ihnen, Ihrem Kameraden, dem Gastwirt und seiner Frau finden! Heute morgen sind alle Türen und Fenster verschlossen vorgefunden worden. – Bei dieser Bemerkung‹, fuhr er fort, ›verschlug es mir die Sprache; ich war ohne Kraft und ohne Seele. Da ich meines Freundes sicherer war als meiner selbst, konnte ich ihn nicht beschuldigen. Ich habe begriffen, daß wir beide gleichermaßen als Komplicen des Mordes angesehen wurden, und daß ich als der Ungeschicktere galt! Ich habe das Verbrechen durch Nachtwandeln erklären und meinen Freund rechtfertigen wollen; da habe ich angefangen, irre zu reden. Ich bin verloren. In den Augen meiner Richter habe ich mein Urteil gelesen. Sie haben nur ungläubig gelächelt. Jetzt ist alles vorbei. Es gibt keine Ungewißheit mehr. Morgen werde ich erschossen. – Ich denke nicht mehr an mich‹, sprach er weiter, ›sondern an meine arme Mutter!‹ Er hielt inne, blickte zum Himmel auf und vergoß keine Träne. Seine Augen waren trokken und zuckten krampfhaft. – ›Frédéric!‹ – Ha, der andere hieß Frédéric, Frédéric! Ja, das ist sein richtiger Name«, rief Monsieur Hermann mit triumphierender Miene.

Meine Tischgenossin stieß mich mit dem Fuß an, deutete auf Monsieur Taillefer und gab mir einen Wink. Der ehemalige Heereslieferant hatte lässig die Hand auf seine Augen gelegt; aber zwischen seinen Fingern hindurch glaubten wir in seinem Blick eine düstere Flamme zu sehen.

»Na?« fragte sie mich leise. »Wenn er nun Frédéric hieße?« Ich antwortete ihr durch ein Blinzeln, das besagen sollte: »Still!«

Hermann fuhr folgendermaßen fort: »›Frédéric!‹ rief der Feldunterarzt. ›Frédéric hat mich feige im Stich gelassen. Er hat wohl Angst gehabt. Vielleicht hat er sich in der Herberge versteckt, denn unsere Pferde haben am Morgen nach wie vor im Hof gestanden. – Welch unergründliches Geheimnis‹, fügte er nach einer Weile des Schweigens hinzu. ›Das Nachtwandeln, das Nachtwandeln! Ich habe davon in meinem ganzen Leben nur einen einzigen Anfall gehabt, und da war ich erst zehn Jahre alt. – Soll ich von dieser Erde weggehen‹, fuhr er fort und stampfte mit dem Fuß auf, ›und alles mitnehmen, was es an Freundschaft auf dieser Welt gibt? Soll ich denn zweimal sterben, im Zweifel an ein Brudertum, das mit fünf Jahren begann und auf der Schule und während des Studiums fortgedauert hat? Wo ist Frédéric?‹ Er schluchzte auf. Wir hängen also mehr an einem Gefühl als am Leben. – ›Lassen Sie uns hineingehen‹, sagte er, ›ich möchte lieber in meiner Zelle sein. Ich will nicht, daß man mich weinen sieht. Ich werde beherzt in den Tod gehen, aber ich kann nicht zur Unzeit den Helden spielen; ich gebe zu, daß es mir leidtut um mein junges, schönes Leben. Letzte Nacht habe ich nicht geschlafen; ich habe an Szenen aus meiner Kindheit denken müssen, und ich habe mich über jene Weidewiesen laufen sehen, an die mich zu erinnern vielleicht meinen Tod verursacht hat. – Ich hatte eine Zukunft!‹ unterbrach er sich. ›Zwölf Mann; ein Leutnant, der kommandiert: Gewehr auf! Legt an! Feuer! Ein Trommelwirbel; und die Schande! Das ist jetzt meine Zukunft. Oh, es gibt einen Gott, oder dies alles wäre allzu albern.‹ Er schloß mich in die Arme und drückte mich mit aller Kraft an sich. – ›Ach, Sie sind der letzte Mensch, dem ich mein Herz habe ausschütten können. Sie kommen frei! Sie sehen Ihre Mutter wieder! Ich weiß nicht, ob Sie reich sind oder arm; aber was liegt daran! Für mich bedeuten Sie die ganze Welt. Der Krieg wird nicht ewig dauern. Ja, wenn wieder Frieden ist, dann reisen Sie nach Beauvais.

Falls meine Mutter die Unheilsnachricht von meinem Tod überlebt, werden Sie sie dort vorfinden. Sagen Sie ihr die Trostesworte: Er war unschuldig! – Sie wird Ihnen glauben‹, fuhr er fort. ›Ich will ihr schreiben; aber Sie sollen ihr meinen letzten Blick überbringen, Sie sollen ihr sagen, Sie seien der letzte Mensch, den ich umarmt hätte. Ach, wie lieb werden Sie ihr sein, der armen Frau! Sie, der Sie mein letzter Freund gewesen sind! – Hier‹, sagte er nach einem kurzen Schweigen, bei dem er dastand wie erdrückt von der Wucht der Erinnerungen, ›hier kenne ich weder die Vorgesetzten noch die Mannschaften, und ihnen allen flöße ich Abscheu ein. Ohne Sie würde meine Unschuld zwischen dem Himmel und mir bleiben.‹ Ich gelobte ihm, seinen letzten Willen getreulich zu erfüllen. Meine Worte und das Überströmen meines Herzens rührten ihn. Kurz danach kamen die Soldaten wieder und führten ihn abermals vor das Kriegsgericht. Er wurde zum Tode verurteilt. Ich kenne die Formalitäten nicht, die einem solchen Urteil erster Instanz folgen oder dabei befolgt werden müssen; ich weiß nicht, ob der junge Arzt sein Leben nach allen Regeln verteidigt hat; aber er war darauf gefaßt, am andern Morgen zur Hinrichtung zu gehen, und er verbrachte die Nacht damit, an seine Mutter zu schreiben. – ›Wir werden alle beide befreit‹, sagte er lächelnd zu mir, als ich ihn am nächsten Morgen aufsuchte. ›Ich habe gehört, daß der General Ihre Begnadigung unterzeichnet hat.‹ Ich schwieg, und ich blickte ihn an, um mir seine Züge fest einzuprägen. Da überzog ein Ausdruck des Ekels sein Gesicht, und er sagte zu mir: ›Ich bin jämmerlich feige gewesen! Die ganze Nacht hindurch habe ich diese Mauern um Gnade angefleht.‹ Und er deutete auf die Wände seiner Zelle. – ›Ja, ja‹, fuhr er fort, ›ich habe vor Verzweiflung geheult, ich habe aufbegehrt, ich habe den grausigsten seelischen Todeskampf erlitten. – Ich war ja allein! Jetzt denke ich daran, was die andern sagen werden ... Der Mut ist ein Kostüm, das man sich anzieht. Ich muß auf anständige Weise in den Tod gehen ... Daher ...‹«

»Oh, hören Sie auf!« rief die junge Dame, die um diese Geschichte gebeten hatte, und unterbrach auf diese Weise jäh den Nürnberger. »Ich will in Ungewißheit bleiben und glauben, er sei gerettet worden. Erführe ich heute, daß er erschossen worden ist, so könnte ich diese Nacht nicht schlafen. Erzählen Sie mir morgen den Schluß.«

Wir standen vom Tisch auf. Meine Dame nahm Monsieur Hermanns Arm und fragte ihn: »Nicht wahr, er ist erschossen worden?«

»Ja. Ich war Zeuge der Hinrichtung.«

»Wie?« fragte sie. »Sie haben es über sich bringen können ...«

»Er hatte es gewünscht, Madame. Es ist etwas Schauerliches, dem Leichenzug eines Lebenden zu folgen, eines Mannes, den man gern hat, eines Unschuldigen! Der arme junge Mensch hat mich unablässig angeblickt. Er schien nur noch in mir zu leben! Er wollte, so hat er gesagt, daß ich seiner Mutter seinen letzten Seufzer überbrächte.«

»Haben Sie sie aufgesucht?«

»Nach dem Frieden von Amiens[18] reiste ich nach Frankreich, um der Mutter das schöne Wort: ›Er war unschuldig‹ zu überbringen. Frommen Sinnes hatte ich diese Pilgerfahrt auf mich genommen. Aber Madame Magnan war an der Schwindsucht gestorben. Nicht ohne tiefe Erschütterung verbrannte ich den Brief, dessen Überbringer ich war. Vielleicht werden Sie mich meiner deutschen Überschwenglichkeit wegen auslachen; aber ich erblicke ein Drama von erhabener Schwermut in dem ewigen Geheimnis, das diese zwischen zwei Gräbern ausgetauschten Abschiedsgrüße, von denen die gesamte Schöpfung nichts wußte, begraben sollte wie den mitten in der Wüste von einem Wanderer, den ein Löwe überfällt, ausgestoßenen Schrei.«

»Und wenn man Sie einem der Männer gegenüberstellte, die sich in diesem Zimmer befinden, und Ihnen sagte: ›Dies ist der Mörder!‹ – wäre das nicht ebenfalls ein Drama?« fragte ich ihn. »Und was würden Sie dann tun?«

Monsieur Hermann holte sich seinen Hut und ging.

»Sie handeln wie ein junger Mensch, und sehr leichtfertig«,

sagte meine Tischdame zu mir. »Sehen Sie sich Taillefer an! Da drüben sitzt er auf der Bergère[19], am Kamin; Mademoiselle Fanny reicht ihm eine Tasse Tee. Er lächelt. Könnte ein Mörder, den die Erzählung dieses Abenteuers hätte aufs Schafott bringen müssen, soviel Ruhe bezeigen? Wirkt er nicht wahrhaft patriarchalisch?«

»Ja, aber fragen Sie ihn doch, ob er den Krieg in Deutschland mitgemacht habe«, rief ich.

»Warum nicht?«

Und mit der Keckheit, an der es die Frauen nie fehlen lassen, wenn ihnen ein Unternehmen lächelt oder wenn ihr Inneres von der Neugier beherrscht wird, trat meine Tischdame auf den Heereslieferanten zu.

»Sind Sie mal in Deutschland gewesen?« fragte sie ihn.

Fast hätte Taillefer seine Untertasse fallen lassen.

»Ich, Madame? Nein, nie.«

»Was redest du da, Taillefer?« entgegnete der Bankier. »Bist du beim Wagram-Feldzug nicht in der Proviantabteilung gewesen?«

»Ja, richtig«, antwortete Monsieur Taillefer. »Das eine Mal bin ich dagewesen.«

»Sie irren sich, er ist ein ganz harmloser Mensch«, sagte meine Tischdame, als sie zu mir zurückkam.

»Warten Sie ab!« rief ich. »Noch ehe diese Abendgesellschaft zu Ende ist, werde ich den Mörder aus dem Schlamm jagen, in dem er sich versteckt.«

Alle Tage vollzieht sich vor unsern Augen ein moralisches Phänomen von erstaunlicher Tiefe und ist dabei allzu einfach, um aufzufallen. Wenn in einem Salon zwei Männer einander begegnen, von denen der eine das Recht hat, den andern zu verachten oder zu hassen, sei es durch sein Wissen um eine intime, verborgene Tatsache, die ihn befleckt, sei es durch eine geheimgehaltene Veranlagung oder sogar um einer künftigen Rache willen, so erraten jene beiden Männer einander und spüren den Abgrund, der sie trennt oder trennen sollte. Unbewußt beobachten sie einander, befassen sie sich miteinander; ihre Blicke, ihre Gesten strömen eine unerklärliche Emanation der Gedanken aus; es waltet zwischen ihnen eine magnetische Kraft. Ich weiß nicht, was einander stärker anzieht, Rache oder Verbrechen, Haß oder Beleidigung. Gleich dem Priester, der die Hostie im Dabeisein des Bösen nicht weihen konnte, sind sie beide gehemmt und mißtrauisch; der eine ist höflich, der andere düster, welcher von beiden, das weiß ich nicht; der eine errötet oder erblaßt, der andere zittert. Oft ist der Rächer genauso feige wie das Opfer. Wenige Leute bringen den Mut auf, Unheil zu stiften, sogar ein notwendiges Unheil; und viele Menschen schweigen oder verzeihen aus Abscheu vor einem Skandal oder aus Scheu vor einem tragischen Ausgang. Diese wechselseitige Stoffaufnahme unserer Seelen und unserer Gefühle entfachte einen geheimnisvollen Kampf zwischen dem Heereslieferanten und mir. Seit der ersten Zwischenfrage, die ich während Monsieur Hermanns Erzählung an ihn gerichtet hatte, war er meinen Blicken ausgewichen. Vielleicht hat er auch diejenigen der übrigen Tischgenossen gemieden! Er plauderte mit der unerfahrenen Fanny, der Tochter des Bankiers; sicherlich empfand er, wie alle Verbrecher, das Bedürfnis, sich der Unschuld zu nähern, in der Hoffnung, bei ihr Ruhe zu finden. Obwohl ich fern von ihm stand, lauschte ich ihm, und mein druchdringender Blick bannte den seinen. Wenn er glaubte, unbemerkt zu mir hinsehen zu können, begegneten unsere Blicke einander, und sogleich senkten sich seine Lider. Erschöpft von dieser Marter beeilte Taillefer sich, ihr dadurch ein Ende zu machen, daß er sich an den Spieltisch setzte. Auch ich ging hin und wettete auf seinen Gegner, aber im Verlangen, mein Geld zu verlieren. Dieser Wunsch ging in Erfüllung. Ich nahm den Platz des ausscheidenden Spielers ein und saß nun Auge in Auge dem Mörder gegenüber ...

»Monsieur«, sagte ich zu ihm, während er mir Karten gab, »hätten Sie wohl die Güte, die Points auszugleichen?«

Ziemlich hastig schob er seine Jetons von links nach rechts. Meine Tischdame war zu mir getreten; ich warf ihr einen bedeutungsvollen Blick zu.

»Sind Sie vielleicht«, wandte ich mich an den Heereslieferanten, »jener Monsieur Frédéric Taillefer, dessen Familie ich in Beauvais gut gekannt habe?«

»Ja«, antwortete er.

Er ließ seine Karten fallen, erbleichte, legte den Kopf auf

die Hände, bat einen der auf ihn Wettenden, statt seiner zu spielen, und stand auf.

»Es ist zu heiß hier«, rief er. »Ich fürchte ...«

Er sprach nicht zu Ende. Sein Gesicht drückte plötzlich grausige Schmerzen aus, und er ging rasch hinaus. Der Hausherr begleitete Taillefer; er schien an dessen Zustand lebhaften Anteil zu nehmen. Meine Tischdame und ich blickten einander an, und ich sah, daß sich über ihre Züge bittere Traurigkeit gebreitet hatte.

»Ist Ihr Verhalten sehr barmherzig?« fragte sie mich und führte mich in eine Fensternische, als ich, der verloren hatte, vom Spieltisch aufstand. »Möchten Sie die Macht haben, in allen Herzen lesen zu können? Warum lassen Sie nicht die menschliche und die göttliche Gerechtigkeit sich auswirken? Wenn wir auch der einen entschlüpfen, der andern entrinnen wir nie! Sind die Befugnisse eines Schwurgerichtspräsidenten etwas so Beneidenswertes? Sie haben beinahe das Amt eines Henkers ausgeübt.«

»Erst haben Sie meine Neugier geteilt und angestachelt, und jetzt halten Sie mir eine Moralpredigt!«

»Sie haben mich nachdenklich gemacht«, antwortete sie.

»Dann also Friede den Schurken, Krieg den Unglücklichen; und das Gold sei Gott! Aber lassen wir das«, sprach ich lachend weiter. »Bitte beachten Sie doch die junge Dame, die eben hereinkommt.«

»Ja, und?«

»Ich habe sie vor drei Tagen auf dem Ball des neapolitanischen Gesandten gesehen und mich leidenschaftlich in sie verliebt. Sagen Sie mir doch gütigst, wie sie heißt. Niemand hat sie mir ...«

»Es ist Mademoiselle Victorine Taillefer.«

Mir wurde schwarz vor Augen.

»Ihre Stiefmutter«, sagte meine Tischdame, deren Stimme ich kaum vernahm, »hat sie erst kürzlich aus dem Kloster genommen, in dem reichlich spät ihre Bildung vervollkommnet worden ist. Ihr Vater hat sich lange gesträubt, sie anzuerkennen. Sie ist zum erstenmal hier. Sie ist sehr schön und sehr reich.«

Diese Worte wurden von einem sardonischen Lächeln begleitet. In diesem Augenblick vernahmen wir heftige, aber gedämpfte Aufschreie. Sie schienen aus einer benachbarten Wohnung zu kommen und hallten matt durch die Gärten.

»Ist das nicht Monsieur Taillefers Stimme?« rief ich aus.

Wir konzentrierten unsere ganze Aufmerksamkeit auf diese Laute, und es drang ein schauerliches Ächzen und Stöhnen an unsere Ohren. Die Gattin des Bankiers kam eilends auf uns zu und schloß das Fenster.

»Bitte lassen Sie uns alles Aufsehen vermeiden«, sagte sie zu uns. »Wenn Mademoiselle Taillefer ihren Vater hörte, könnte sie einen Nervenschock erleiden!«

Der Bankier kam wieder in den Salon, suchte nach Victorine und flüsterte ihr etwas zu. Da stieß die junge Dame einen Schrei aus, stürzte zur Tür und verschwand. Dieser Vorfall löste große Aufregung aus. Die Spielpartien wurden abgebrochen. Jeder fragte den aus, neben dem er gerade stand. Das Stimmengemurmel schwoll an; es bildeten sich Gruppen.

»Sollte Monsieur Taillefer etwa . . .«, fragte ich.

»Selbstmord begangen haben?« fragte meine spottsüchtige Tischdame. »Dann würden Sie ihm vermutlich frohgemut nachtrauern!«

»Aber was ist ihm denn zugestoßen?«

»Der Ärmste«, antwortete die Hausherrin, »leidet an einer Krankheit, deren Name ich nicht behalten kann, obwohl Doktor Brousson ihn mir oft genug gesagt hat, und jetzt hat er gerade wieder einen Anfall.«

»Welcher Art ist denn diese Krankheit?« fragte plötzlich ein Untersuchungsrichter.

»Ach, es ist ein schreckliches Leiden, Monsieur«, antwortete sie. »Die Ärzte kennen kein Mittel dagegen. Anscheinend ist es mit unerträglichen Schmerzen verbunden. Eines Tages hat der unglückliche Taillefer während eines Besuchs auf meinem Landsitz einen Anfall gehabt; ich mußte zu einer meiner Nachbarinnen hinübergehen, damit ich ihn nicht hörte; er stößt entsetzliche Schreie aus, er will sich umbringen; seine Tochter muß ihn dann auf seinem Bett festbinden und ihm eine Zwangsjacke anziehen lassen. Der arme Mann behauptet, er habe Tiere im Kopf, die ihm das Gehirn zernagten; es sind stechende Schmerzen, wie das Einschneiden einer Säge, wie ein Hinundherzerren im Innern jedes Nervs. Er hat so starke Kopfschmerzen, daß er nicht einmal die Brennkegel spürte, die ihm früher aufgelegt wurden, als Versuch, den Schmerz zu verteilen; aber Doktor Brousson, von dem er sich jetzt behandeln läßt, behauptet, es handele sich um eine Nervenüberreizung, eine Nervenentzündung, bei der Blutegel am Hals und Opium am Kopf angewendet werden müßten; und tatsächlich sind die Anfälle seltener geworden; sie treten nur noch alle Jahr auf, gegen Ende des Herbstes. Wenn Taillefer sie überstanden hat, sagt er immer wieder, er wolle lieber gerädert werden als noch einmal solche Schmerzen ertragen.«

»Na, dann scheint er ja viel auszuhalten zu haben«, sagte ein Börsenmakler, der Schöngeist des Salons.

»Oh!« fuhr sie fort, »letztes Jahr wäre er fast gestorben. Er war allein in seinem Landhaus, einer dringlichen Angelegenheit wegen; vielleicht weil keine Hilfe zur Hand war, hat er vierundzwanzig Stunden lang stocksteif dagelegen, wie tot. Nur durch ein sehr heißes Bad ist er gerettet worden.«

»Dann ist es also eine Art Starrkrampf?« fragte der Börsenmakler.

»Ich weiß es nicht«, entgegnete sie. »Seit beinahe dreißig Jahren macht ihm diese Krankheit zu schaffen, er hat sie sich im Heeresdienst zugezogen; ihm sei, sagt er, ein Holzsplitter in den Kopf gedrungen, als er in ein Boot gefallen sei; aber Brousson hofft, ihn zu heilen. Es wird behauptet, die Engländer hätten Mittel und Wege gefunden, diese Krankheit gefahrlos mit Blausäure zu bekämpfen.«

Da hallte ein noch schrillerer Schrei als die andern durch das Haus und ließ uns vor Schrecken erstarren.

»So habe ich ihn damals alle paar Augenblicke aufschreien hören«, fuhr die Bankiersgattin fort. »Es hat mich immer vom Stuhl auffahren lassen und mir an den Nerven gezerrt. Aber eins ist seltsam; obwohl der arme Taillefer unerhörte Schmerzen leidet, ist er nie ernstlich in Lebensgefahr. Während der Ruhepausen, die ihm die grausige Marter läßt (die Natur ist recht bizarr!), ißt und trinkt er wie sonst auch. Ein deutscher Arzt hat ihm gesagt, es sei eine Art Kopfgicht; das würde so ziemlich mit Broussons Meinung übereinstimmen.«

Ich trat von der Gruppe weg, die sich um die Hausherrin gebildet hatte, und verließ mit Mademoiselle Taillefer, die ein Diener geholt hatte, das Haus ...

»O mein Gott, mein Gott!« rief sie schluchzend, »was hat mein Vater dem Himmel getan, daß er verdient hätte, so zu leiden ...? Er ist doch ein so guter Mensch!«

Ich ging mit ihr die Treppe hinunter, und als ich ihr half, in den Wagen zu steigen, sah ich darin zusammengekrümmt ihren Vater sitzen. Mademoiselle Taillefer versuchte, das Ächzen und Stöhnen des Vaters dadurch zu dämpfen, daß sie ihm ein Taschentuch vor den Mund hielt; unglücklicherweise gewahrte er mich; sein Gesicht schien sich noch mehr zu verzerren, ein konvulsivischer Schrei zerspaltete die Luft, er warf mir einen entsetzlichen Blick zu, und der Wagen fuhr ab.

Dieses Essen, diese Abendgesellschaft übten einen qualvollen Einfluß auf mein Leben und meine Gefühle aus. Ich liebte Mademoiselle Taillefer, und vielleicht gerade, weil Ehre und Feingefühl mir verboten, mich verwandtschaftlich mit einem Mörder zu verbinden, ein so guter Vater und Gatte er auch sein mochte. Eine unglaubliche Schicksalsfügung zwang mich dazu, mich stets in Häusern einzufinden, von denen ich wußte, daß ich dort Victorine begegnen könne. Oft, wenn ich mir selbst mein Ehrenwort gegeben hatte, darauf zu verzichten, sie zu sehen, befand ich mich abends wieder in ihrer Nähe. Meine Wonnen waren unermeßlich. Meine berechtigte Liebe, die von grillenhaften Gewissensnöten durchsetzt war, nahm die Farbe einer verbrecherischen Leidenschaft an. Ich verachtete mich, daß ich Taillefer grüßte, wenn er zufällig seine Tochter begleitete; aber ich grüßte ihn dennoch! Denn leider ist Victorine nicht nur ein hübsches Mädchen, sondern überdies gebildet, talentvoll, liebenswürdig, ohne die mindeste Engherzigkeit, ohne den leisesten Anhauch von Anmaßung. Sie plaudert zurückhaltend, und ihr Charakter besitzt Züge von melancholischer Anmut, denen niemand zu widerstehen vermöchte; sie liebt mich, oder sie läßt es mich wenigstens vermuten; sie hat ein gewisses Lächeln, mit dem sie nur mich bedenkt; und für mich wird ihre Stimme noch lieblicher. Oh, sie liebt mich! Aber sie vergöttert ihren Vater, sie rühmt mir seine Güte, seine Milde, seine erlesenen guten Eigenschaften. Diese Lobesworte sind ebenso viele Dolchstiche, die sie mir ins Herz stößt. Eines Tages bin ich fast zum Mitschuldigen an dem Verbrechen geworden, auf dem der Reichtum der Familie Taillefer beruht; ich habe um Victorines Hand anhalten wollen. Da bin ich geflohen, ich bin verreist, ich bin nach Deutschland gefahren, nach Andernach. Aber ich bin zurückgekehrt. Beim Wiedersehen war Victorine blaß; sie war abgemagert! Hätte ich sie gesund und frohgemut vorgefunden, so wäre ich mit heiler Haut davongekommen. Meine Leidenschaft ist mit ungeheurer Heftigkeit wieder aufgelodert. Aus Furcht, meine Skrupel könnten zur Monomanie entarten, beschloß ich, einen Hohen Rat reiner Gewissen einzuberufen, um einiges Licht auf dieses Problem hoher Moral und Philosophie zu werfen. Seit meiner Rückkehr war die Frage noch sehr viel komplizierter geworden. Vorgestern also habe ich diejenigen meiner Freunde zu mir gebeten, denen ich ein Höchstmaß an Rechtschaffenheit, an Takt und Ehrenhaftigkeit zuerkenne. Ich hatte zwei Engländer eingeladen, einen Gesandschaftssekretär und einen Puritaner; einen ehemaligen Minister von allerbester politischer Reife; junge Leute, denen noch der Zauber der Unschuld anhaftete; einen bejahrten Priester, und ferner meinen ehemaligen Vormund, einen harmlosen Mann, der mir die schönste Vormundschaftsabrechnung geliefert hat, deren man sich im Justizpalast zu erinnern vermag; einen Advokaten, einen Notar, einen Richter, kurzum, alle gesellschaftlichen Anschauungen, alle praktisch betätigten Tugenden. Wir haben mit einem guten Abendessen angefangen, mit guten Gesprächen, bei denen es laut herging; dann, beim Nachtisch, habe ich ihnen unumwunden meine Geschichte erzählt, ohne den Namen meiner Erwählten zu erwähnen, und um gute Ratschläge gebeten.

»Jetzt ratet mir, ihr Freunde«, habe ich abschließend gesagt. »Erörtert die Frage lange, als handele es sich um ein geplantes Gesetz. Es sollen Euch die Urne und die Billardkugeln gebracht werden, und ihr sollt für oder gegen meine Heirat entscheiden, nach allen Regeln der geheimen Abstimmung!«

Plötzlich herrschte tiefe Stille. Der Notar erklärte sich für unzuständig.

»Es ist dabei ein Kontrakt aufzusetzen«, sagte er.

Der Wein hatte meinen ehemaligen Vormund schweigsam gemacht; er mußte selber unter Vormundschaft gestellt werden, damit ihm auf dem Heimweg nichts zustieß.

»Ich verstehe«! rief ich aus. »Seine Meinung nicht äußern, das heißt, mir nachdrücklich sagen, was ich zu tun habe.«

Eine Bewegung durchschwoll die Gesellschaft.

Ein Hausbesitzer, der einen Betrag für die Kinder und das Grabmal des General Foy[20] gestiftet hatte, rief:

»So wie die Tugend hat auch das Verbrechen Stufen.«

»Schwätzer!« sagte der ehemalige Minister leise zu mir und stieß mich mit dem Ellbogen an.

»Worin beruht eigentlich die Schwierigkeit?« fragte ein Herzog, dessen Vermögen aus Gütern besteht, die nach der Aufhebung des Edikts von Nantes[21] den widerspenstigen Protestanten abgenommen worden waren.

Der Advokat stand auf: »Vom Rechtsstandpunkt aus würde der uns unterbreitete Fall nicht die geringsten Schwierigkeiten bieten. Der Herzog hat recht!« rief die Stimme des Gesetzes. »Gibt es etwa keine Verjährung? Wo würden wir alle hinkommen, wenn Nachforschungen über den Ursprung der Vermögen angestellt würden? Dies hier ist eine Gewissensfrage. Wenn Sie die Sache unbedingt vor einen Richterstuhl bringen wollen, dann gehen Sie zum Beichtstuhl.«

Das Fleisch gewordene Gesetzbuch verstummte, setzte sich und trank ein Glas Champagner. Der Mann, dem es oblag, das Evangelium auszudeuten, der gute Priester, erhob sich.

»Gott hat uns alle als hinfällige Wesen erschaffen«, sagte er mit Festigkeit. »Wenn Sie die Erbin des Verbrechers lieben, dann heiraten Sie sie; aber begnügen Sie sich mit dem mütterlichen Erbteil und geben Sie das väterliche den Armen.«

»Aber«, rief einer der erbarmungslosen Rechthaber, denen man so häufig in der Gesellschaft begegnet, »vielleicht hat der Vater eine reiche Heirat gemacht, nur weil er selber sich bereits bereichert hatte. Ist also nicht stets auch der geringste seiner Glückszufälle eine Frucht des Verbrechens gewesen?«

»Daß wir darüber reden, ist an sich schon ein Urteil! Es gibt

Dinge, über die man sich nicht auf Erörterungen einläßt«, rief mein ehemaliger Vormund; er glaubte wohl, durch einen Geistesblitz aus der Trunkenheit heraus den Versammelten ein Licht aufzustecken.

»Ja!« sagte der Gesandtschaftssekretär.

»Ja!« rief der Priester.

Die beiden Herren verstanden einander nicht.

Ein Doktrinär[22], dem von hundertfünfundfünfzig Stimmen nur hundertfünzig gefehlt hatten, um gewählt zu werden, stand auf.

»Meine Herren, dieser phänomenale Fall von intellektueller Sonderart ist einer derjenigen, die auf das nachdrücklichste aus dem Normalzustand herausfallen, dem die Gesellschaft untersteht«, sagte er. »Also muß die Entscheidung, die wir zu treffen haben, etwas sein, das von unserem Gewissen unabhängig ist, eine plötzliche Eingebung, ein instruktives Urteil, eine flüchtige Nuance unseres intimen Verständnisses, beinahe etwas wie die Erleuchtungen, die das Gefühl der Vorliebe, der Neigung bilden. Wir wollen abstimmen.«

»Ja, abstimmen!« riefen meine Gäste.

Ich ließ jedem zwei Kugeln geben, die eine weiß, die andre rot. Die weiße, das Symbol der Jungfräulichkeit, sollte die Eheschließung in Acht und Bann tun; die rote Kugel sollte sie billigen. Meine Freunde waren siebzehn an der Zahl; die Neun bildete somit die absolute Mehrheit. Jeder steckte also seine Kugel in den enghalsigen Weidenkorb, in den die numerierten Kugeln kollern, wenn die Spieler ihre Plätze für eine Partie auslosen, und es regte sich in uns allen eine ziemlich heftige Neugier; denn diese geheime Abstimmung geläuterter Moral war etwas recht Originelles. Beim Zählen fand ich neun weiße Kugeln! Dieses Ergebnis überraschte mich nicht; ich ließ es mir einfallen, die jungen Leute meines Alters zu zählen, die sich unter meinen Richtern befanden. Diese Kasuisten waren neun an der Zahl; sie hatten alle denselben Gedanken gehabt.

»Holla«, sagte ich mir, »es besteht also Einmütigkeit *für* die Heirat und Einmütigkeit, sie mir zu verbieten. Wie ziehe ich mich da aus der Verlegenheit?«

»Wo wohnt der Schwiegervater?« fragte unbesonnenerweise

einer meiner Schulkameraden, der weniger der Verstellung huldigte als die andern.

»Den Schwiegervater gibt es nicht mehr«, rief ich. »Früher hat mein Gewissen deutlich genug gesprochen, so daß euer Urteil überflüssig gewesen wäre. Und wenn seine Stimme heute schwächer klingt, dann hat meine Feigheit folgenden Grund. Vor zwei Monaten habe ich diesen verführerischen Brief hier bekommen.«

Ich entnahm meiner Brieftasche folgende Einladung und zeigte sie ihnen.

Sie werden um Ihre Teilnahme am Leichenbegängnis, am Totenamt und an der Bestattung von

M. JEAN-FRÉDÉRIC TAILLEFER

gebeten, dem Chef des Bankhauses Taillefer & Co., ehemaligem Heereslieferanten, zu seinen Lebzeiten Ritter der Ehrenlegion und vom Goldenen Sporn[23]*, Hauptmann der Ersten Grenadier-Kompanie der Zweiten Legion der Pariser Nationalgarde, entschlafen am 1. Mai in seinem Stadthaus Rue Joubert. Das Begräbnis findet statt auf dem ... usw.*

Für die trauernden Hinterbliebenen ... usw.

»Was soll jetzt geschehen?« fuhr ich fort. »Ich will euch die Frage in aller Ausführlichkeit stellen. Es findet sich ganz bestimmt eine Blutlache auf dem Landbesitz der Mademoiselle Taillefer; die Hinterlassenschaft ihres Vaters ist ein wahres Hakeldama[24]. Ich weiß es. Aber Prosper Magnan hat keine Erben hinterlassen, und die Familie des in Andernach ermordeten Stecknadelfabrikanten habe ich nicht ausfindig machen können. Wem müßte das Vermögen erstattet werden? Bin ich berechtigt, ein von mir zufällig erfahrenes Geheimnis zu verraten, die Mitgift des unschuldigen jungen Mädchens um einen abgeschnittenen Kopf zu erhöhen, ihr üble Träume zu verursachen, ihr eine schöne Illusion zu rauben, ihren Vater ein zweitesmal zu töten, indem ich sage: ›Alle Ihre Taler sind blutbefleckt?‹ Ich habe mir von einem alten Geistlichen das ›Handbuch der Gewissensfragen‹ geliehen und darin keine Lösung meiner Zweifel gefunden. Eine fromme Stiftung für das Seelenheil Prosper Magnans, Walhenfers und Taillefer machen? Wir leben mitten im neunzehnten Jahrhundert. Ein Altersheim bauen oder einen Tugendpreis stiften? Der Tugendpreis käme sicher an eine schlaue Kokotte. Und die meisten unserer Armenhäuser scheinen mir heutzutage Schutzstätten des Lasters geworden zu sein. Stellen außerdem dergleichen mehr oder weniger der Eitelkeit dienende Anlagen wirklich eine Wiedergutmachung dar? Und bin ich eine solche schuldig? Alsdann liebe ich, liebe leidenschaftlich. Meine Liebe ist mein Leben! Wenn ich ohne Begründung einem jungen Mädchen, das an Luxus gewöhnt ist, an Eleganz, an ein an Kunstgenüssen reiches Leben, einem jungen Mädchen, das es liebt, geruhsam in den ›Bouffons‹[25] Rossinis Musik anzuhören; wenn ich ihr also vorschlüge, sich um verblödeter Greise oder sogenannter Grindiger willen fünfzehnhunderttausend Francs zu berauben, dann würde sie mir lachend den Rücken kehren, oder ihre Gesellschaftsdame würde meinen, ich machte einen schlechten Scherz; wenn ich ihr im Überschwang der Liebe die Reize eines schlichten Lebens in meinem Häuschen am Ufer der Loire rühmte, wenn ich sie bäte, unserer Liebe ihr Pariser Leben aufzuopfern, so wäre das zunächst eine tugendhafte Lüge; alsdann aber würde ich dabei eine traurige Erfahrung machen und das Herz jenes jungen Mädchens verlieren, eines Mädchens, das eine Schwäche für Bälle hat und versessen auf Schmuck ist, und für den Augenblick auf mich. Irgendein schlanker, geschniegelter Offizier mit hübsch gedrehtem Schnurrbart, der Klavier spielt, für Lord Byron schwärmt und gut zu Pferde sitzt, würde sie mir ausspannen. Was soll ich tun? Ihr Herren, um des Himmelswillen, ratet mir . . .!«

Der Ehrenmann, der Puritaner, der beinahe so aussah wie der Vater von Jeany Deans[26], jener, den ich bereits erwähnt habe und der bis jetzt kein Wort gesprochen hatte, zuckte die Achseln und sagte zu mir: »Du Rindvieh, warum hast du ihn gefragt, ob er aus Beauvais sei?«

Anmerkungen

Die rote Herberge

1 Johannisberg ist ein Dorf im Regierungsbezirk Wiesbaden; sein prächtiges Schloß, das seit 1816 dem Fürsten Metternich gehörte, besaß 16 ha hochwertigen Weinlandes.

2 Marie-Antoine Carême (1784–1833), berühmt als Theoretiker und Praktiker der Kochkunst, über die er mehrere Werke schrieb, war nacheinander der Küchenchef Talleyrands, der des Regenten von England, des Königs von Württemberg sowie der Kaiser von Rußland und Österreich.

3 Zu jener Zeit waren E. T. A. Hoffmanns Romane und Novellen in Frankreich außerordentlich beliebt und erschienen in mehreren Übersetzungen; sie galten als typisch deutsch.

4 Das »Gymnase dramatique« war 1820 gegründet worden, nahm unter dem Protektorat der Herzogin von Berry, der Thronfolgerin, den Titel »Théâtre de Madame« an und widmete sich dem Vaudeville und dem Lustspiel mit eingestreuten Liedern. Das Gymnase, am Boulevard Bonne-Nouvelle gelegen, besteht noch heute und ist eines der besten Pariser Theater.

5 Anthelme Brillat-Savarin (1755–1826) entstammte einer Juristenfamilie aus dem Bugey, dem heutigen Département Ain, und mußte als Bürgermeister von Belley trotz der Liebenswürdigkeit seines Charakters und seiner gemäßigten politischen Anschauungen 1793 emigrieren. Unter dem Direktorium kehrte er zurück; unter dem Konsulat kam er ans Kassationsgericht. Er nahm mit glücklichem Skeptizismus alle politischen Umwälzungen seiner Zeit in Kauf. Sie hätten nie seine Verdauung gestört, bekannte er. Er besaß Geist, Kultur und Geschmack und weilte lieber noch in den Salons als bei Tisch, wo er sich mäßig, aber feinschmeckerisch bezeigte. Sein geistvolles, von epikurischer Phantasie erfülltes Hauptwerk ›Physiologie du goût ou Méditation de la gastronomie transcendente‹ (1826) erfreut sich noch heute großer Beliebtheit bei kultivierten Freunden der Tafelgenüsse.

6 Lat.: an einem niedrigen Wesen (meist im Zusammenhang mit wissenschaftlichen Experimenten an Tieren gebraucht).

7 Pierre-François-Charles Augereau (1757–1816), Marschall von Frankreich, Herzog von Castiglione, führte den Staatsstreich vom 18. Fructidor durch und zeichnete sich in den Kriegen der Republik und des Kaiserreiches aus.

8 Jean-Baptiste Jourdan (1762–1833), Marschall von Frankreich, Sieger bei Fleurus (1794), unter Louis-Philippe Gouverneur des Hôtel des Invalides.

9 Jean-François Coste (1741–1819), Königlicher Armeearzt, begleitete während des Unabhängigkeitskrieges die französischen Truppen nach Nordamerika; bei seiner Rückkehr wurde er zum Ersten ratgebenden Feldarzt ernannt. 1796 wurde er Chefarzt des Hôtel des Invalides, dann, 1803–1807, Chefarzt der Küsten- und der Großen Armee.

10 Bernadotte war 1799 vom 2. Juli bis zum 14. September Kriegsminister.

11 Das 1790 von der französischen Nationalversammlung zur Tilgung der Staatsschuld ausgegebene Papiergeld; es verlor rasch an Wert und wurde 1796 zu $^1/_{30}$ des Nominalwerts außer Kurs gesetzt.

12 Das Kurfürstentum Mainz.

13 Balzacs geographische Kenntnisse standen, zumal wenn es sich um das Ausland handelte, wie die der meisten seiner Landsleute auf schwachen Füßen.

14 Heute: Schulterstücke.

15 So Balzac. Gemeint ist sicherlich Rheinsalm.

16 Lat.: Dies war einer meiner Wünsche. (Horaz, Satiren II, 6, 1.)

17 Altes Kartenspiel, das gewöhnlich zu zweit und mit zweiunddreißig Karten gespielt wurde.

18 27. März 1802, Friedensschluß zwischen Frankreich, England, Spanien und der Batavischen Republik.

19 Breiter, tiefer Lehnstuhl mit besonderem Kissen auf dem Sitz.

20 Der General Maximilien-Sébastien Foy (1775–1825) hatte während der Republik unter Masséna und Marceau gekämpft und unter dem Kaiserreich an den Feldzügen in Spanien und Portugal und schließlich an der Schlacht bei Waterloo teilgenommen. Während der Schreckenszeit war er als Girondist gefangengesetzt worden; 1801 hatte er in der Armee gegen den Ersten Konsul opponiert. Zu Beginn der Restauration schied er aus dem Heeresdienst aus und ließ sich 1819 zum Abgeordneten des Départements Aisne wählen. In der Kammer fand er sich sogleich in seinem Element; dieser General war zum Parlamentarier geschaffen. Er gehörte stets der liberalen Opposition an, und die reaktionären Pläne der Minister Ludwigs XVIII. hatten keinen erbitterteren und redegewandteren Gegner. Jene unerschöpfliche Beredtsamkeit machte

ihn berühmt. Daher wurde sein Tod von der liberalen Presse als ein öffentliches Unglück bezeichnet. Eine sogleich ins Werk gesetzte Sammlung für seine Kinder ergab rasch mehr als eine Million.

21 1685, durch Ludwig XIV.

22 Parteigänger der politischen Theorien der konstitutionellen Monarchisten oder Rechts-Liberalen wie Guizot, Decases und Casimir Périer, die ihrer dogmatischen Haltung wegen als »Doktrinäre« bezeichnet wurden.

23 Der Orden wurde 1560 unter Papst Pius IV. gestiftet. Im Lauf der Zeit verlor er durch allzu häufige Verleihung so sehr an Geltung, daß die französische Regierung 1821 ihren Staatsbürgern die Annahme verbot. Gregor XVI. (1831–1846) schaffte ihn 1841 ab.

24 Balzac schreibt »Hacelma«, was natürlich ein Lapsus ist. Nach Apostelgeschichte I, 15–19 kaufte Judas gegen den »ungerechten Lohn« einen Acker, auf dem er sich erhängte. »Und ist kund worden allen, die zu Jerusalem wohnen, also daß der selbige Acker genannt wird auf ihre Sprache: Hakeldama, das ist ein Blutacker.«

25 Traditionelle Bezeichnung des Théâtre des Italiens, der dort gespielten Buffo-Opern wegen.

26 Gestalt aus Walter Scotts Roman ›The Heart of Midlothian‹ (1818).

Biographische Notizen über die Romangestalten

Die rote Herberge

TAILLEFER, Jean-Frédéric, hatte 1819 seinen Sohn Frédéric-Michel verloren, der im Duell von dem Oberst Franchessini auf Anstiften Jacques Collins getötet worden war. Diese Katastrophe machte ihn endlich geneigt, seine Tochter Victorine anzuerkennen und bei sich aufzunehmen (›Vater Goriot‹). Der dritte »Bankrott« Nucingens verschaffte Taillefer die Möglichkeit zu glücklichen Spekulationen, die sein Vermögen beträchtlich erhöhten. (›Das Bankhaus Nucingen‹.) In seinem Stadtpalais in der Rue Joubert gab er unter Louis-Philippe rauschende Feste, wahre Orgien. Bei einem dieser Feste entdeckte Raphaël de Valentin die verhängnisvolle Kraft des Chagrinleders (im Roman dieses Titels) und nutzte sie aus.

TAILLEFER, Victorine, Tochter erster Ehe des Jean-Frédéric

Taillefer, wurde von ihrem Vater lange Zeit hindurch verstoßen, weil er sie für einem Ehebruch entsprossen hielt. Victorine lebte damals in Armut bei Mme Couture, einer Verwandten ihrer verstorbenen Mutter, in der Pension Vauquer. Dort lernte sie 1819 den damals blutjungen Eugène de Rastignac kennen und lieben. Dieser jedoch zog ihr Delphine de Nucingen und die Eroberung von Paris vor. Nach dem Tod ihres Bruders siedelte Victorine in das Haus ihres Vaters über (›Vater Goriot‹).

HONORÉ DE BALZAC

Die Menschliche Komödie

Dünndruckausgabe in 12 Bänden

I

Balzac. Sein Leben und Werk

SITTENSTUDIEN

Szenen aus dem Privatleben

Das Haus ›Zum ballspielenden Kater‹
Der Ball zu Sceaux
Memoiren zweier Jungvermählter
Die Börse
Modeste Mignon
Ein Lebensbeginn

II

Szenen aus dem Privatleben

Albert Savarus · La Vendetta
Eine doppelte Familie · Ehefrieden
Madame Firmiani · Eine Frauenstudie
Die falsche Geliebte
Eine Evastochter
Die Botschaft · Die Grenadière
Die Verlassene · Honorine
Béatrix

III

Szenen aus dem Privatleben

Gobseck

Die Frau von dreißig Jahren

Vater Goriot

Oberst Chabert

Die Messe des Gottesleugners

Die Entmündigung

Der Ehekontrakt

Zweite Frauenstudie

Szenen aus dem Provinzleben

Ursule Mirouët

IV

Szenen aus dem Provinzleben

Eugénie Grandet

Die Ehelosen:

1. Pierrette

2. Der Pfarrer von Tours

3. Die ›Fischerin im Trüben‹

Die Pariser in der Provinz:

1. Der berühmte Gaudissart

2. Die Muse des Départements

V

Szenen aus dem Provinzleben

Die Nebenbuhler:

1. Die alte Jungfer
2. Das Antiquitätenkabinett

Verlorene Illusionen:

1. Die beiden Dichter
2. Ein großer Mann aus der Provinz in Paris
3. Die Leiden des Erfinders

VI

Szenen aus dem Pariser Leben

Geschichte der Dreizehn:

Vorrede

1. Ferragus
2. Die Herzogin von Langeais
3. Das Mädchen mit den Goldaugen

César Birotteau

Das Bankhaus Nucingen

Glanz und Elend der Kurtisanen:

1. Wie leichte Mädchen lieben

VII

Szenen aus dem Pariser Leben

Glanz und Elend der Kurtisanen:
2. Was alte Herren sich die Liebe kosten lassen
3. Wohin schlechte Wege führen
4. Vautrins letztes Abenteuer

Die Geheimnisse der Fürstin von Cadignan
Facino Cane
Sarrasine
Pierre Grassou

Die armen Verwandten:
1. Tante Bette

VIII

Szenen aus dem Pariser Leben
Die armen Verwandten:
2. Vetter Pons
Ein Geschäftsmann
Ein Fürst der Bohème
Die Beamten
Gaudissart II
Die Komödianten wider ihr Wissen
Die Kleinbürger

IX

Szenen aus dem Pariser Leben

Die Kehrseite der Zeitgeschichte:
1. Madame de la Chanterie
2. Der Aufgenommene

Szenen aus dem politischen Leben

Eine Episode aus der Zeit der Schreckensherrschaft
Eine dunkle Begebenheit
Der Abgeordnete von Arcis
Z. Marcas

Szenen aus dem Soldatenleben

Die Königstreuen
Eine Leidenschaft in der Wüste

X

Szenen aus dem Landleben

Die Bauern
Der Landarzt
Der Dorfpfarrer
Die Lilie im Tal

XI

PHILOSOPHISCHE STUDIEN

Das Chagrinleder
Jesus Christus in Flandern
Melmoth
Massimilla Doni
Das unbekannte Meisterwerk
Gambara
Der Stein der Weisen
Das verstoßene Kind
Lebwohl
Die Marañas
Der Aufgebotene
El Verdugo
Ein Drama am Meeresufer
Meister Cornelius
Die rote Herberge

XII

PHILOSOPHISCHE STUDIEN

Katharina von Medici
Das Lebenselixier
Die Verbannten
Louis Lambert
Seraphita

ANALYTISCHE STUDIEN

Physiologie der Ehe
Die kleinen Nöte des Ehelebens